NOTICES ET EXTRAITS

DES

MANUSCRITS

DE LA BIBLIOTHÈQUE DU ROI

ET AUTRES BIBLIOTHÈQUES.

NOTICES ET EXTRAITS

DES

MANUSCRITS

DE LA BIBLIOTHÈQUE DU ROI

ET AUTRES BIBLIOTHÈQUES,

PUBLIÉS PAR L'INSTITUT ROYAL DE FRANCE,

FAISANT SUITE

AUX NOTICES ET EXTRAITS LUS AU COMITÉ ÉTABLI DANS L'ACADÉMIE DES INSCRIPTIONS ET BELLES-LETTRES.

TOME SEIZIÈME.

PARIS.

IMPRIMERIE ROYALE.

M DCCC XLVII.

A Monsieur F. Halévy
l'Espoir de la musique grecque
hommage de l'auteur
Vincent

NOTICE

SUR

DIVERS MANUSCRITS GRECS

RELATIFS A LA MUSIQUE,

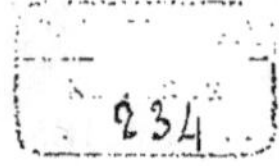

FORMANT LA DEUXIÈME PARTIE DU TOME XVI

DES NOTICES ET EXTRAITS DES MANUSCRITS

DE LA BIBLIOTHÈQUE DU ROI ET AUTRES BIBLIOTHÈQUES;

PAR M. A. J. H. VINCENT.

SECONDE PARTIE.

TABLE

DE LA SECONDE PARTIE DU TOME XVI.

NOTICES ET EXTRAITS

DES

MANUSCRITS

DE LA BIBLIOTHÈQUE DU ROI

ET AUTRES BIBLIOTHÈQUES.

NOTICE

SUR

DIVERS MANUSCRITS GRECS RELATIFS A LA MUSIQUE,

COMPRENANT UNE TRADUCTION FRANÇAISE ET DES COMMENTAIRES,

PAR M. A J. H. VINCENT.

PREMIÈRE PARTIE.

AVERTISSEMENT.

C'est une singulière destinée que celle du texte grec dont je donne ici la traduction française, accompagnée de notes et de commentaires. Depuis près de deux siècles, ce texte était signalé à l'attention publique par Meybaum[1], qui avait promis, dans la préface de son Bacchius, d'en donner une édition et une traduction latine; mais ce laborieux interprète des musiciens grecs n'eut pas le temps de couronner par là ses savants et utiles travaux.

[1] Marc Meybaum, en latin Meibomius.

TRAITÉS GRECS relatifs à la musique.

Depuis lors, les mêmes traités avaient attiré l'attention de l'italien Doni; mais ce fut également en vain que, les ayant remarqués dans quelques bibliothèques d'Italie, il avait formé le projet de les publier. Plus récemment encore, et seulement depuis quelques années, Perne avait repris le même travail; mais le temps, encore cette fois, faillit à l'entreprise [1].

Enfin, le 28 mai 1841, je présente à l'Académie des inscriptions et belles-lettres un travail complet sur ces textes, avec une traduction française, le tout accompagné de notes et de commentaires. Mon travail est renvoyé, séance tenante, à une commission composée de MM. Raoul-Rochette, Letronne, Boissonade, Hase; et, deux semaines après (*idibus juniis*), c'est-à-dire presque simultanément, les mêmes textes, doctement commentés en latin, étaient livrés aux presses de Berlin par le savant M. Fréd. Bellermann.

Je me suis plu, dans le temps (*Revue de bibliographie analytique* de MM. Miller et Aubenas, décembre 1841), à rendre justice au mérite incontestable du travail de l'éditeur allemand, dont j'ai été à même de profiter depuis, comme on le verra dans mes notes. J'ajouterai seulement ici quelques mots pour faire connaître le plan de la composition originale.

L'ouvrage désigné sous le titre : Ἀνωνύμου σύγγραμμα περὶ μουσικῆς, se compose de deux traités, entièrement distincts l'un de l'autre, quoiqu'on les trouve réunis en un seul corps dans les manuscrits, et que M. Bellermann, en cela d'accord avec Perne, les considère comme n'en formant qu'un; c'est une erreur que je n'ai pas été médiocrement surpris de voir partagée par un aussi habile critique que M. Bellermann.

Les manuscrits de Paris commencent brusquement, et sans préambule, par ces mots qui ont généralement fait regarder les deux ouvrages grecs comme n'étant qu'un traité du rhythme : Ῥυθμὸς συνέστηκεν ἔκ τε ἄρσεως καὶ θέσεως..., etc. Dans un manuscrit de la bibliothèque royale de Naples, que M. Bellermann a fait collationner, se trouve en titre : Τέχνη μουσικῆς; et dans un autre de la bibliothèque Barberine : Ἀνωνύμου σύγγραμμα περὶ μουσικῆς, titre adopté par M. Bellermann.

Suivent, en quelques pages, l'explication des signes de durée et les

[1] Quant à ce dernier auteur, sa traduction manuscrite est déposée avec ses œuvres à la bibliothèque de l'Institut; je dois à la bienveillance de M. Raoul-Rochette d'avoir été admis à en prendre communication; et je déclare que, dans mon opinion, ce travail eût été loin de réaliser les espérances que les premières publications de Perne avaient fait concevoir.

définitions des figures de la mélopée, *proslepsis*, *eclepsis*, *etc.*, avec des exemples en notes anciennes. Vient ensuite un traité fort abrégé de musique, précédé des mots Ὅρος μουσικῆς, qui ne peuvent évidemment s'appliquer qu'aux premières définitions; car, dans le cours du traité, l'auteur parcourt successivement, en termes fort succincts à la vérité, les sept parties que les anciens reconnaissaient dans la musique harmonique, savoir: les sons, les intervalles, les systèmes, les genres, les tons, les modulations, et enfin la mélopée.

TRAITÉS GRECS relatifs à la musique.

Après ce premier traité, en vient un autre qui n'est distingué du premier par aucun signe de séparation, pas même un simple alinéa. Ce second traité reprend les mêmes matières que le premier, en leur donnant beaucoup plus de développement; et il se termine, à quelques variantes près, par le même fragment sur le rhythme, Ὁ ῥυθμὸς συνέστηκεν ..... κ. τ. λ., suivi, avec quelques additions, des mêmes définitions de la proslepsis, de l'eclepsis, etc., puis enfin de quelques exemples de solfége et de quelques mélodies très-simples en notes anciennes.

Suit enfin l'opuscule intitulé Βακχείου τοῦ γέροντος εἰσαγωγὴ τέχνης μουσικῆς. Cet ouvrage est, comme le précédent, composé de deux parties, dont la première est entièrement contenue, à quelques variantes près, dans le chapitre VI du livre II de Manuel Bryenne (p. 414), qui l'a vraisemblablement empruntée lui-même à cet auteur, si, toutefois, ils n'ont puisé tous les deux à une source commune. On y prouve que la sensation est insuffisante pour bien apprécier l'exactitude des consonnances. Dans la seconde partie, à laquelle la première sert de préliminaire, on donne, d'une manière fort simple, et sous forme de théorèmes, la théorie de la division de la règle harmonique (κατατομὴ κανόνος), opération au moyen de laquelle on détermine les sons fixes du système musical, tandis qu'au contraire l'opération désignée par le mot καταπύκνωσις, en latin *condensatio*, mot qui signifie particulièrement ici *morcellement, partage en petites fractions*, sert à déterminer les cordes variables.

Mon travail comprend, comme je l'ai dit, une traduction complète de ces divers traités, avec un commentaire, et, à la suite de la traduction, des notes très-détaillées où j'ai discuté plusieurs questions d'un assez haut intérêt, qui n'entraient pas dans le plan de M. Bellermann.

Le texte qui devait accompagner ma traduction a été supprimé comme devenu surabondant depuis la publication de M. Bellermann.

TRAITÉS GRECS relatifs à la musique.

Cependant, il est un passage relatif au rhythme et aux diverses figures de la mélopée, qui, ainsi que je l'ai dit, se trouve reproduit deux fois dans les manuscrits, au commencement et à la fin. J'ai donné le texte de ce passage, reconstruit par la réunion de ses deux formes, opération qui, on pourra facilement le reconnaître, a exigé un travail assez compliqué.

J'avais divisé le second traité en paragraphes, dont je reproduis ici les titres tels que je les avais établis.

Κεφ^{ον} α'. Ὅρος μουσικῆς.
β'. Περὶ τῶν τῆς φωνῆς κινήσεων.
γ'. Περὶ φθόγγων.
δ'. Περὶ διαστημάτων.
ε'. Περὶ συστημάτων.
ϛ'. Περὶ γενῶν.
ζ'. Πόσαι διαστημάτων αἱ διαφοραί.
η'. Πόσα τῶν συμφώνων διαστημάτων σχήματα.
θ'. Περὶ τῶν φωνῆς τόπων.
ι'. Περὶ μεταβολῶν.

Κεφ[ον] ια'. Περὶ τρόπων, μάλιστα δὲ περὶ τοῦ λυδίου τρόπου.
ιβ'. Τίνες εἰσὶν οἱ τῶν συμφωνιῶν λόγοι.
ιγ'. Τῶν φθόγγων ὀνόματά τε καὶ σημεῖα.
ιδ'. Περὶ μελοποιΐας.
ιε'. Ῥυθμοῦ πέρι.
ιϛ'. Περὶ τῶν τοῦ μέλους σχημάτων.
ιζ'. Μελῶν παραδείγματα.

Les cinq derniers de ces paragraphes sont ceux dont j'ai conservé le texte grec. Pour les autres, je me suis contenté d'indiquer les leçons que j'ai adoptées, quand elles diffèrent de celles de M. Bellermann. Ces leçons, particulières à mon texte, proviennent généralement de quelques manuscrits dont M. Bellermann n'a pas eu connaissance, notamment d'un traité intitulé Ἁγιοπολίτης, qui fait partie du manuscrit grec n° 360 de la Bibliothèque royale, et que Fabricius (t. III, p. 654, édit. de Harles) attribue à Andréas de Crète, opinion que j'examinerai ailleurs. Cet opuscule traite principalement de la musique ecclésiastique des Néo-Grecs; mais la fin contient divers passages relatifs à la musique ancienne, qui se retrouvent identiquement, à quelques variantes près, dans nos auteurs.

N. B. — Je crois devoir déclarer ici que ce n'est pas par esprit d'innovation, mais que c'est, au contraire, pour me rapprocher de l'orthographe des anciens manuscrits, que j'écris *dans les définitions*, conformément à la logique et à la véritable prononciation des Grecs : μουσικὴ ἐστὶ... (mss. 2456, 2459...), ἁρμονικὴ ἐστὶ... (mss. 2340, 2459...), ἀριθμὸς ἐστὶ... (ms. 1817...), au lieu de μουσική ἐστι... ἁρμονική ἐστι...

TRAITÉS GRECS relatifs à la musique.

TRAITÉ DE MUSIQUE,

PAR UN AUTEUR ANONYME [1].

Traduit en français sur les manuscrits grecs de la Bibliothèque royale nos 2458, 2460, 2532.

La MUSIQUE [2] est la science qui s'occupe de la *mélodie par-*

[1] Ἀνωνύμου σύγγραμμα περὶ μουσικῆς. — M. Bellermann commence par mes paragraphes XV et XVI, après quoi se trouve ici, dans son édition (p. 27, n° 12 et suiv.), le titre Ὅρος μουσικῆς, que j'attribue au paragraphe 1er du second traité.

[2] Arist. Quintilien, p. 5 (en bas) : Μουσική ἐσΊιν ἐπισΊήμη μέλους, καὶ τῶν περὶ μέλος συμβαινόντων. Ὁρίζονται δὲ αὐτὴν καὶ ὡδί· τέχνη θεωρητικὴ καὶ πρακτικὴ τελείου μέλους καὶ ὀργανικοῦ. Ἄλλοι δὲ οὕτως· τέχνη πρέποντος ἐν φωναῖς καὶ κινήσεσι. Ἡμεῖς δὲ τελεώτερον. . . . . γνῶσις τοῦ πρέποντος ἐν σώμασι καὶ κινήσεσι.

Le man. 3027, fol. 31 *r.* l. 5, contient cette autre définition, à la suite d'un fragment d'Euclide attribué par erreur à Aristide Quintilien dans le Catalogue : [Μουσική ἐσΊι ῥυθμοῦ] καὶ μέλους καὶ πάσης ὀργανικῆς θεωρίας ἐπισΊήμη· μουσικὸς δὲ ὁ ἔμπειρος τούτων. Observons, toutefois, que les trois mots Μουσική ἐσΊὶ ῥυθμοῦ manquent au commencement de cette définition, laquelle, dans le ms. 3027, se trouve confondue pêle-mêle parmi plusieurs autres fragments; mais que ces trois mots se lisent à la fin d'un feuillet du man. suppl. 449, à la suite de quelques autres fragments qui accompagnent les Harmoniques de Ptolémée; de sorte que, suivant toute vraisemblance, les feuillets suivants du man. 449, d'abord égarés, auront été réunis à d'autres ouvrages sur lesquels le man. 3027 a été copié. On retrouvera, sans doute, quelque part ce feuillet commençant par καὶ μέλους.

Suivant le traité aristotélique *De mundo*, ch. V (t. I, p. 608 E) : Μουσικὴ ὀξεῖς ἅμα καὶ βαρεῖς, μακρούς τε καὶ βραχεῖς φθόγγους μίξασα ἐν διαφόροις φωναῖς, μίαν ἀπετέλεσεν ἁρμονίαν.

Les anciens attribuaient à la musique une extension beaucoup plus grande que nous ne le faisons nous-mêmes; car ils y comprenaient tous les attributs des muses, c'est-à-dire tous les arts et toutes les sciences. Pour les pythagoriciens, pour les platoniciens plus particulièrement, c'était « l'harmonie universelle, » τὸ πᾶν ἐν τῷ κόσμῳ.

Suivant Psellus (*init. music.*) : Μουσικὴν οἱ παλαιοὶ συνέχειν εἶπον τὸ πᾶν. — Diogène de Laërte (Vie de Pythag.) : καθ' ἁρμονίαν συνεσΊάναι τὰ ὅλα. — Strabon (liv. X, p. 468 A) : Μουσικὴν ἐκάλεσεν ὁ Πλάτων, καὶ ἔτι πρότερον οἱ πυθαγόρειοι τὴν φιλοσοφίαν, καὶ καθ' ἁρμονίαν τὸν κόσμον συνεσΊάναι φασι, πᾶν τὸ μουσικὸν θεῶν ἔργον (*al.* εἶδος θεῶν) ὑπολαμβάνοντες. — Le Pseudo-Hermès (*Asclep.* c. VI) : ἔσΊι τάξις πάντων τῶν πραγμάτων. — Le scoliaste d'Aristophane (*ad equit.* v. 188) : Μουσικὴν τὴν ἐγκύκλιον παιδείαν φησί. — Budée (*Comment.* col. 1389) : Μουσικὴ οὐ μόνον παιδεία, ἀλλὰ καὶ παιδιά. — Nicéphore Blemmydès (*Logic.* man. 1998, fol. 17 *v.*) : ἔσΊι γνῶσις ποσοῦ

TRAITÉS GRECS relatifs à la musique.

faite[1]. C'est une science théorique, tant dans son ensemble que dans ses diverses parties. D'autres la définissent ainsi : la science qui embrasse, sous le triple rapport de la théorie, de la pratique et de la composition[2], tout ce qui tient à la

διωρισμένου ἐν σχέσει. — Suivant Chrysanthe de Madyte (*Θεωρητικὸν μέγα τῆς μουσικῆς, ἐν Τεργέσῃ*, 1833), Platon définissait la musique : *τρόπων μίμημα βελτιόνων ἢ χειρόνων ἀνθρώπων* (cf. Platon, *Crat. Lois*, II, *Rép.* III, *passim*); mais le rhéteur Philodème, dans sa diatribe contre la musique, prétend qu'elle n'est pas plus imitative que l'art culinaire : *Οὐδὲ γὰρ μιμητικὸν ἡ μουσικὴ, μᾶλλον ἤπερ μαγειρικὴ* (*De mus.* col. III, p. 17; cf. Platon, *Gorg.*).

[1] *Μέλος τὸ τέλειον.*—Entre les mots *ᾠδὴ* et *μέλος* il y a cette différence essentielle, que le premier signifie un chant vocal exécuté sur des paroles, tandis que le second s'applique à toute suite mélodique de sons, particulièrement à l'exécution instrumentale, et même aussi à la vocalisation : *Αἱ πᾶσαι δυνάμεις τῶν φθόγγων εἰσὶν ὀκτὼ καὶ δέκα τὸν ἀριθμὸν, ἐν οἷς πάντα καὶ ᾄδεται καὶ αὐλεῖται καὶ κιθαρίζεται, καὶ τὸ σύμπαν εἰπεῖν, μελῳδεῖται* (Gaud. p. 10, l. 30).

Voici, sur ces mots, un passage que M. Boissonade (*Anecd. gr.* t. IV, p. 458) extrait du man. 2551, et qu'il croit être de Didyme : *Ἡμεῖς τὰ ἀπὸ τῶν τελείων ἀφαιρούμενα μέτρων μέλη καλοῦμεν.... δύναται δὲ καὶ διὰ τὸ κροῦμα ᾠδὴ καὶ μέλος ὡμονύμως λέγεσθαι· καὶ κῶλα δὲ ὁμοίως, ἐπειδὴ μὴ τέλειόν ἐστι μέτρον* : ainsi *μέλος* est ici pris pour synonyme de *μέρος*, comme on en trouve souvent des exemples.

Ἆσμα est, à proprement parler, le chant vocal, abstraction faite des paroles (et c'est en quoi il diffère de *ᾠδὴ*) : tel est le chant des voyelles, usité chez les prêtres égyptiens pour honorer les dieux (cf. Démétrius de Phalère, ou plutôt Denys, *Περὶ Ἑρμηνείας*, p. 28, Flor. 1552).

Μελῳδεῖν ᾄσματα (*S. Abbas Pumbo* dans Mart. Gerbert, *De cantu et musica sacra*, t. I, p. 207) c'est accompagner le chant avec des instruments.

Le mot *ψαλμὸς* indique formellement un chant accompagné d'un instrument à cordes : *Ψαλμὸς κυρίως ὁ τῆς κιθάρας ἦχος* (Scol. d'Aristoph. *in Aves*, v. 218). S. Basile l'emploie au figuré dans le passage suivant (*in ps.* 29) : *Ψαλτήριον μὲν τροπικῶς καὶ ὄργανον ἡρμοσμένον μουσικῶς εἰς ὕμνους τοῦ Θεοῦ ἡμῶν, ἡ τοῦ σώματός ἐστι κατασκευή. Ψαλμὸς δὲ αἱ διὰ τοῦ σώματος πράξεις, αἱ εἰς δόξαν Θεοῦ ἀποδιδόμεναι, ὅταν ὑπὸ τοῦ λόγου ἡρμοσμένου, μηδὲν ἐκμελὲς ἀποτελῶμεν ἐν κινήμασιν. Ὠδὴ δέ ἐστιν, ὅσα θεωρίας ἔχεται ὑψηλῆς* καὶ θεολογίας. Ὥστε ὁ ψαλμὸς λόγος ἐστὶ μουσικὸς, ὅταν εὐρύθμως κατὰ τοὺς ἁρμονικοὺς λόγους πρὸς τὸ ὄργανον κρούηται· ᾠδὴ δὲ φωνὴ ἐμμελὴς ἀποδιδομένη ἐναρμονίως, χωρὶς τῆς συνηχήσεως τοῦ ὀργάνου.*

[2] *Ἕξις θεωρητική τε καὶ πρακτικὴ καὶ ποιητική.* — Voir, sur ces trois points de vue de la science en général, les excellentes remarques de M. Ravaisson dans

* Plusieurs manuscrits portent *ψιλῆς*, que l'éditeur n'a pas cru devoir admettre : « Vocem *ψιλῆς* huic « loco accommodari non posse vident, ut opinor, « omnes. » Néanmoins, le mot *ψιλῆς* me paraît former un assez bon sens. (Voir, à la suite de cette traduction, dans la note D, *μουσικὴ ψιλή*, *θεωρία ψιλή*.)

mélodie parfaite. Quant au *musicien,* c'est celui qui est habile dans la mélodie parfaite, et qui sait en observer et apprécier toutes les convenances avec une précision minutieuse.

TRAITÉS GRECS relatifs à la musique.

On peut considérer la musique sous *six* aspects différents[1], qui sont : l'*harmonie,* le *rhythme,* le *mètre,* les *instruments,* la *poésie,* le *théâtre*[2].

La musique *harmonique,* qui se subdivise en *quinze tropes* [ou modes[3]], traite particulièrement des divers genres[4] de mélodie, de leur nombre et de leurs qualités, en établissant qu'il ne peut y en avoir plus de *trois :* le *diatonique,* le *chromatique,* et l'*harmonique*[5]; car celui que l'on nomme *mixte*[6], n'étant qu'une combinaison des précédents, ne doit pas compter pour un genre.

L'objet propre de la *rhythmique* est de considérer les différentes sortes de rhythmes, tant sous le rapport de leurs parties que sous celui de leurs formes, et de traiter de leurs divers genres, qui sont également au nombre de trois, l'*ïambique,* le *dactylique,* et le *péonique.*

La *métrique,* se subdivisant en un nombre d'espèces bien supérieur, offre à la pratique des ressources beaucoup plus variées. Il existe, en effet, des vers trimètres, des vers tétramètres, pentamètres, héroïques, lyriques, et mille autres; tous lui sont subordonnés.

La musique *instrumentale* établit la théorie des instruments,

son Essai sur la métaphysique d'Aristote, t. I, p. 251; et la Métaphysique d'Aristote, traduite par Al. Pierron et Ch. Zévort, t. I, p. 210, note. — Sur le mot ποιητική en particulier, voir aussi Meybaum *in Aristox.* page 75. — Enfin, cf. *Aristot. Metaph.* VI, I, et XI, VII.

[1] Sur cette classification voir Porphyre. — Conférez aussi le Θεωρητικὸν μέγα τῆς μουσικῆς (ci-dessus, p. 6, n.).

[2] Aristide Quintilien, page 8, lig. 17, ajoute *le chant,* εἶδος ᾠδικόν.

[3] Voir la note A, après cette traduction.

[4] Voir la note B.

[5] Voir la note C.

[6] Notons, en passant, que les seuls auteurs anciens qui fassent mention du genre *mixte* sont (à ce que je crois du moins) Euclide (p. 10, l. 1), Ptolémée (liv. II, c. XII), et Bryenne (p. 388, à la fin).

TRAITÉS GRECS relatifs à la musique.

dont on distingue trois espèces : les instruments à *vent*, les instruments à *cordes*, et les instruments *naturels* [1].

Les instruments à cordes sont la cithare, la lyre, et tous ceux qui s'en rapprochent. Les instruments à vent sont les flûtes, les hydraules, et les ptères [2]. Les instruments naturels sont, d'abord l'organe propre de l'homme ou l'organe vocal, par le moyen duquel nous chantons; viennent ensuite certains vases [3] auxquels la percussion fait *produire* des sons mélodieux.

[1] *Ψιλά.* — Voir la note D.

[2] L'Hagiopolite (man. 360), d'une part, et notre anonyme, de l'autre, sont les seuls auteurs (du moins à ma connaissance) qui fassent mention d'un instrument nommé *πτερόν*. L'Hagiopolite dit (fol. 20 *v.* l. 5) : Ἔστι δὲ τὰ πέντε ὄργανα τάδε· *σάλπιγξ, αὐλὸς, φωνὴ, κιθάρα, πτερόν.* Ducange a recueilli le passage, mais sans donner aucun renseignement sur l'instrument. A cet égard, l'Hagiopolite fait correspondre les cinq instruments qu'il cite aux cinq tropes principaux d'Alypius (voir la note A), savoir : le dorien, le phrygien, le lydien, l'éolien, l'iastien, de telle façon que le *πτερόν* se trouve le plus aigu de tous. Quant à sa forme, on peut conjecturer, d'après son nom, que ce devait être un assemblage de tubes de longueurs inégales, analogue à la flûte aujourd'hui nommée *syrinx*, avec laquelle il se confondait peut-être : je dis *aujourd'hui*, parce que le mot *σύριγξ* n'emportait pas toujours avec lui, chez les anciens, l'idée de la pluralité des tuyaux; témoin encore l'Hagiopolite (fol. 19, *v.* l. 14) : Σύριγγος εἴδη δύο, *τὸ μὲν γὰρ ἐστὶ μονοκάλαμον, τὸ δὲ πολυκάλαμον.* Mais, suivant Pollux (liv. IV, ch. IX, n° 5), *ἡ σύριγξ καλάμων ἐστὶ συνθήκη... ὡς ὄρνιθος πτέρυγι προσεοικέναι.*

J'ajouterai que, dans J. A. Coménius, *Janua aurea linguarum*, édition de 1649, on trouve cette définition, n° 775 : *τὸ ὄργανον πτερύγων καὶ σωλήνων (συρίγγων)* [*sic*] *συμπήγνυται* : mais, dans les éditions de 1642, Amsterdam, et 1643, Dantzick, il y a seulement : *τὸ ὄργανον σωλήνων ἢ συρίγγων συμπήγνυται.*

Perne, dans ses manuscrits, traduit *πτερά* par *instruments qui ont des ailes*; il pense que ce sont des orgues dont la soufflerie était mise en jeu au moyen d'un volant ou d'une mécanique ailée, et dont les touches étaient faites comme des ailes séparées. Il renvoie à Martin Gerbert, *De cantu et musica sacra*, t. II, p. 149 et suiv.

Hésychius (au mot *κραναῇ*) : *κραναῇ τὰ προσκεκολλημένα συρίγγια εἰς ἃ τὰ πτερὰ ἐμβάλλεται.* — Cf. Boulanger, p. 216.

Sur les mots *πτερόν, πτερύγων, παράπτερον*, voyez encore, dans les Notices des manuscrits, t. IX, pag. 184, une note de M. Hase : « *Πτερόν et παράπτερον sæpius* « *occurrunt apud auctores christianos, ut sint* « *alæ ecclesiæ.* » — Cf. en outre Bellermann, p. 28; Ducange, col. 1270; Strabon, p. 1159; Montfaucon, *Anal. gr.* p. 298; etc.

[3] Ὀξύβαφοι, en latin *acetabula* ou *acitabula*; proprement : *vase à mettre du vinaigre*, et généralement toute espèce de *vase à boire*. (Cf. *Observations sur les noms des vases grecs, etc.* par M. Letronne, p. 40.)

TRAITÉS GRECS relatifs à la musique.

Quant à la musique *poétique* et à la musique *théâtrale*, la nature en est, sans doute, suffisamment connue.

Des diverses branches de la musique, l'harmonique est la principale et la première; car c'est celle qui, par sa nature, contient la théorie des parties les plus élémentaires de la science [1]. En effet, quels sont les objets qui se présentent les premiers à étudier dans la musique? Ce sont, sans contredit, les sons, les intervalles, et tout ce qui en dépend. Or, précisément, des sept points capitaux dont on s'occupe surtout dans l'harmonique, le premier est l'étude des *sons*, le second celle des *intervalles;* viennent en troisième lieu les *systèmes*, en quatrième les *genres;* les *tons* ou *modes* occupent le cinquième rang, les *métaboles* ou *modulations* le sixième, et la *mélopée* enfin le septième.

Le *son* [2] doit être placé en tête des intervalles, parce qu'il en est comme l'élément indivisible [3], et qu'il leur sert à tous de mesure, sans pouvoir être mesuré par aucun. Le son est, dans la musique, ce qu'est le point dans la géométrie, l'unité dans les nombres, le trait dans l'écriture.

Le *son* [musical] est une émission mélodique de la voix suivant un certain degré d'*intonation* ou un certain *ton;* et le *ton* est une *station*, un lieu où se repose la voix. Le mot *son* se prend de trois manières, savoir : dans le sens général, dans

Ce mot est évidemment pris ici pour une sorte de patère ou de cymbale. — Les instruments de percussion sont qualifiés, en général, par les mots *κρουστά*, *κρουόμενα*, *κρουστικά*. — Cf. Cassiodore, *Var.* l. IV, ép. 51; Isidore, *Orig.* l. III, c. XXI; Casaub. *in Athen.* l. V, c. IV; Boulanger, *De theatro*, fol. 199; Calliachi, *De lud. scen.* p. 88; Bellermann, p. 28.

[1] Τυγχάνει γὰρ οὖσα (ἡ ἁρμονική) πρώτη τῶν θεωρητικῶν (Aristox. p. 1, l. 18). — C'est d'après ce texte d'Aristoxène que je me suis arrêté à celui-ci : πρῶτον γὰρ τῶν μουσικῆς πέφυκε θεωρητικῶν, et M. Bellermann à : τῶν γὰρ πρώτων μουσικῆς πέφυκε θεωρητική.

[2] Voyez ci-après, p. 24.

[3] Ἐλάχιστός τέ ἐστι καὶ ἀμερής. — Bellermann : ἐλάχιστόν τέ ἐστι καὶ ἀμερής, ce qui semble peu conséquent.

un sens spécial, et dans un sens tout à fait particulier. Dans le sens général, c'est le *nom* même du son; dans un sens plus spécial, c'est le caractère graphique[1], la *note* qui représente ce son; et enfin, dans le sens le plus particulier, c'est la *puissance* même du son, en vertu de laquelle nous disons qu'il est ou plus aigu ou plus grave[2]. Le son devient *aigu* par la tension, et *grave* par le relâchement.

L'*intervalle*[3] est la distance qui sépare deux sons d'intonation différente, c'est-à-dire deux sons dont l'un est plus aigu et l'autre plus grave.

Un *système*[4] est un assemblage de plusieurs sons occupant une certaine position déterminée dans l'*étendue* de la voix; et l'étendue de la voix est l'espace total que son chant parcourt en s'élevant à l'aigu et s'abaissant au grave aussi loin que possible.

Le *ton*[5] se divise en deux *demi-tons* [dans le genre diato-

[1] Χαρακτὴρ ὁ γραφείς; leçon que j'ai adoptée d'après le second traité, lequel donne γραφόμενος, au lieu que M. Bellermann adopte γράφων.

[2] Sur ces trois points de vue, voyez H. Martin, *Ét. sur le Timée*, t. I, p. 352.

[3] Voy. ci-après, p. 24. — Διάστημα δύο φθόγγων μεταξύτης (Georg. Pachymère, man. 2536, fol. 24 *r.* l. 7).

[4] Voyez p. 24. — Δυοῖν ἢ καὶ πλειόνων διαστημάτων σύνοδος (*Id. ibid.* l. 10).

[5] Ὁ τόνος ἐν μὲν χρώματι εἰς τρία διαιρεῖται, τὸ δὲ τριτημόριον καλεῖται χρωματικὴ δίεσις (Gaudence, p. 5, l. 30, et Aristox. p. 46, l. 5, ajoutent ici le mot ἐλαχίστη)· ἐν ἁρμονίᾳ δὲ εἰς δ̅ διαιρεῖται, τὸ δὲ τεταρτημόριον καλεῖται ἁρμονικὴ δίεσις (man. oxon. cité par Meib. sur Aristox. p. 94).

Δίεσίς ἐστι τὸ τρίτον τοῦ τόνου καὶ τὸ τέταρτον. Μερίζεται γὰρ ὁ τόνος εἰς τὸ ἥμισυ, εἰς τὸ τρίτον, καὶ τέταρτον. Καὶ τὸ μὲν ἥμισυ λέγεται ἡμιτόνιον, τὸ δὲ τρίτον δίεσις χρωματική, τὸ δὲ τέταρτον δίεσις ἐναρμόνιος ἐλαχίστη. Τουτῶν δὲ ἔλαττον οὐδὲν μελῳδεῖται διάστημα, κἂν πολλοὶ τοῦτο ἠγνόησαν (Scol. sur Aristox. man. suppl. gr. 449).

Δίεσις καλεῖται τὸ μικρότατον τῆς φωνῆς διάστημα, οἷον διάλυσις τῆς φωνῆς οὖσα (Arist. Quint. p. 14, l. 32).

Outre le tiers et le quart du ton, les seuls intervalles dont il soit question ici comme étant représentés par le mot δίεσις, il faut observer que le demi-ton recevait aussi, chez les pythagoriciens, la même dénomination; ainsi Théon de Smyrne, p. 87 : ὡς ἐλάχιστον μελῳδητὸν διάστημα τῶν πυθαγορείων δίεσιν καλούντων τὸ νῦν καλούμενον ἡμιτόνιον (cf. Proclus, *in Tim.* p. 191, l. 10 en montant). On voit par là que c'est postérieurement à

TRAITÉS GRECS relatifs à la musique.

nique[1]], en trois *diésis*[2] *trientals* ou tiers de ton, dans le chromatique, et en quatre [*diésis quadrantals* ou] quarts de ton [ou simplement *diésis*], dans le genre harmonique.

Relativement aux intervalles[3], quand la mélodie procède en faisant *un demi-ton, un ton*, puis *un ton*, il en résulte le *genre* nommé *diatonique;* quand elle procède en faisant *un demi-ton, un demi-ton*, et à la suite *un trihémiton* [non décomposable], elle produit le genre *chromatique;* enfin, quand elle marche en

Pythagore que les genres chromatique et enharmonique ont dû être introduits, ainsi que leurs diverses couleurs ou nuances; et quant à notre auteur, il en est encore à la doctrine d'Archytas, qui n'admettait que les trois genres principaux, sans aucune subdivision.

Voyez encore, dans G. Pachymère, fol. 30, un curieux passage attribué à Aristoxène (quoiqu'il ne soit qu'une analyse succincte de ce qu'on lit aux pages 24 et suiv. puis 50 et suiv. de ce dernier auteur); puis le scoliaste de Ptolémée, sur la page 24, ligne 25. — Enfin, cf. Ptol. p. 33 et 92; Aristide Quintilien, p. 18, l. 19; Bryenne, p. 387, l. 11.

[1] Les mots *ἐν διατόνῳ* manquent dans le manuscrit; il faudrait même ajouter *μάλιστα τῷ συντόνῳ* (Gaud. p. 5, l. 31).

[2] J'ai adopté le mot *diésis* pour échapper à l'équivoque que présenterait en français le mot *dièse*. De plus, je l'ai fait masculin, quoiqu'il dût être féminin (*ἡ δίεσις*), pour éviter une autre équivoque renfermée dans les mots français LA *dièse* ou LA *diésis*.

[3] Au lieu des mots Ἐν *δὲ τοῖς διαστήμασιν*, qui commencent cet alinéa dans l'édition de M. Bellermann (n° 25 de cette édition, p 30), leçon que le savant philologue a adoptée d'après un manuscrit de Naples qu'il désigne par N_1, les manuscrits de Paris s'accordent tous à donner *ἐν τοῖς διαστήμασι*, suivis d'un *point* qui en fait la fin du paragraphe précédent. Or cette dernière leçon, strictement suivie, étant un non-sens, j'avais cru pouvoir lire *ἐν τρισὶ διαστήμασι*, conformément à la pensée de G. Pachymère dans ce passage (fol. 9 *r*. l. 9) : *Ἰστέον ὅτι καὶ ἕκαστον τῶν τριῶν (γενῶν) διὰ τεσσάρων ἐστὶ καὶ ἐν τρισὶ διαστήμασι*, ou de Psellus (f. 26 r. l. 18) : *τρισὶ διαστάσεσι τὸ διὰ τεσσάρων ἀπήρτισται*; et la fin de la phrase précédente était alors, que la division devait toujours se faire de manière à partager la consonnance fondamentale (la quarte) *en trois intervalles*. Mais la leçon du manuscrit N_1 me paraît préférable; de sorte qu'il faut lire, je pense : Ἐν *δὲ τοῖς διαστήμασιν, εἰ μὲν καθ' ἡμιτόνιον* (au lieu de *πρὸς ἡμιτόνιον*) *καὶ τόνον καὶ τόνον* (ces deux mots sont partout omis fautivement) *προκόπτοι τὰ τῆς μελῳδίας, κ.τ.λ.*, c'est-à-dire : « Quant aux intervalles, etc. » J'ajouterai, pour la restitution des deux mots manquants, *καὶ τόνον*, que M. Bellermann en reconnaît également la nécessité, à la page 58, ligne 1, de son commentaire.

faisant *un diésis*, puis un *diésis*, puis *un diton*, elle engendre le genre *enharmonique*[1].

Le genre[2] diatonique[3] tire son nom du *ton*, intervalle que l'on y observe le plus souvent; son caractère est mâle et austère. — Le chromatique est ainsi nommé, soit parce qu'il n'est, en quelque sorte, qu'une altération du genre diatonique, soit parce qu'il sert à *colorer*, à *nuancer* les deux autres genres, sans avoir lui-même besoin d'eux; c'est le plus doux et le plus propre à exprimer la douleur[4].

[Quant au genre harmonique[5], on l'a ainsi nommé parce que c'est celui dont les éléments présentent le meilleur accord (c'est-à-dire la meilleure manière d'accorder l'instrument); c'est un genre qui demande du travail, et dont on ne parvient pas facilement à acquérir la pratique (Bryenne, liv. I, § 7).]

Il y a quatre sortes de *métaboles*[6], *modulations, muances, mutations*, ou *changements*. Ces métaboles peuvent avoir lieu: 1° dans le *genre*, 2° dans le *caractère*, 3° dans le *lieu* [ou *diapason*], 4° dans le *rhythme*. Le changement de genre se fait quand on passe

[1] Voy. les notes B et C; et ci-après, p. 25.

[2] Γένος ἐσῖὶ ποιὰ τεττάρων φθόγγων διαίρεσις (Eucl. p. 1), — ποιὰ τετραχόρδου διαίρεσις καὶ διάθεσις (Gaud. p. 5).

[3] Τὸ μὲν διατονικὸν ἀεὶ μελῳδεῖται, τὰ δὲ λοιπὰ δύο σπανίως (Scol. sur Gaud., man. suppl. n° 449).

[4] Comment donc se fait-il alors que, suivant Plutarque (*De Mus.* ch. xx), le genre chromatique fût exclus de la tragédie? N'y aurait-il pas ici une lacune, par suite de laquelle le commencement de la définition du genre chromatique se trouverait réuni à la fin de celle du genre enharmonique? Cela expliquerait pourquoi il ne paraît pas être ici question de ce dernier.

[5] Cette phrase n'est pas dans le manuscrit; je l'emprunte à Bryenne (p. 387, l. 28, d'après Théon, p. 88, l. 3), pour rendre l'énumération complète; en voici le texte: Ἐκλήθη δὲ ἁρμονία, διὰ το ἄριστον εἶναι τοῦ παντὸς ἡρμοσμένου (Wall. ἡρμοσμένον)· φιλότεχνον γὰρ τὸ τοιοῦτον γένος, καὶ οὐ ῥᾳδίως εἰς χρῆσιν ἔρχεται.

Arist. Quint. p. 18, l. 19, donne du mot ἁρμονία cette autre étymologie, adoptée également par Bryenne (p. 387, l. 11): ἁρμονία μὲν οὖν καλεῖται τὸ τοῖς μικροτάτοις πλεονάσαν διαστήμασιν, ἀπὸ τοῦ συνηρμόσθαι.

Cf. Aristox. p. 2 et 23; Gaud. p. 6; Ptol. l. I, ch. xvi; Arist. Quint. p. 111.

[6] Voyez ci-après, p. 31.

de l'harmonique au chromatique par exemple, ou réciproquement. Le changement de caractère a lieu lorsque les sons [mobiles] qui entrent dans chaque tétracorde subissent une *métaptose* [1], ou variation dans le degré de tension. Le changement de lieu, lorsque toutes les notes du ton, considérées *ensemble,* se trouvent transportées des hypatoïdes [basses] aux mésoïdes [ténors], etc. Le changement de rhythme a lieu quand on passe d'un rhythme déterminé à un autre.

L'harmonie phrygienne a la prééminence principalement dans les instruments à vent : témoins les premiers inventeurs [des flûtes] Marsyas, Hyagnis, Olympe, qui étaient tous Phrygiens. Les hydraules [ou orgues] n'emploient que ces six tropes [2] : l'hyperlydien, l'hypériastien, le lydien, le phrygien, l'hypolydien, l'hypophrygien. Ceux qui chantent au son de la cithare ne s'accompagnent que des quatre tropes suivants : l'hypériastien, le lydien, l'hypolydien, l'iastien. Les joueurs de flûte font usage des sept suivants : l'hypéréolien, l'hypériastien, l'hypolydien, le lydien, le phrygien, l'iastien, l'hypophrygien. Enfin, ceux qui s'adonnent à la musique de danse en emploient également sept, qui sont : l'hyperdorien, le lydien, le phrygien, le dorien, l'hypolydien, l'hypophrygien, et l'hypodorien [3].

[1] Ce mot ne peut signifier, dans cet endroit, qu'un changement de *couleur* dans un même genre, comme le passage du chromatique mou au chromatique synton. C'est là, en effet, un puissant moyen de varier le caractère des sons et l'impression morale qu'ils produisent (ἦθος). Sur ce point, voyez G. Pachymère, fol. 13 et suiv. et, sur la *métaptose,* le même, f. 25; Alypius, p. 2; et Ptol. p. 54.

[2] Voyez la note A; et ci-après, p. 32.

[3] D'après une remarque ingénieuse de M. Bellermann (p. 42), il résulte du tableau précédent, que, pour chaque classe d'instrumentistes, les divers tons employés procédaient par quartes et quintes successives, à partir du trope lydien, ce qui s'accorde avec la loi que nous suivons nous-mêmes dans l'armature de nos clefs.

FIN DU PREMIER TRAITÉ.

MANUEL DE L'ART MUSICAL

THÉORIQUE ET PRATIQUE[1],

PAR UN [SECOND] ANONYME,

Traduit sur les mêmes manuscrits (voir page 5).

§ 1er. IDÉE GÉNÉRALE DE LA MUSIQUE.

La *musique*[2] est la science *théorique* et *pratique* de la *mélodie parfaite*[3] et de la *mélodie instrumentale;* c'est l'art de discerner, dans la mélodie et le rhythme, ce qui est conforme au *bon goût* et ce qui ne l'est pas; c'est l'art de choisir les moyens les plus propres à produire l'effet moral que l'on a en vue.

La mélodie parfaite résulte de l'ensemble des *paroles*, de la *mélodie* proprement dite, et du *rhythme;* et le tout[4] prend ainsi le nom de la partie prédominante. La mélodie est dite *instru-*

[1] Bien qu'aucune division ne soit indiquée dans les manuscrits, il est facile de reconnaître qu'ici (édit. de Bell. p. 46, n° 29 et suivants) commence réellement un second traité tout à fait distinct du précédent, ce que n'ont aperçu ni Perne ni M. Bellermann. Toutefois, ce dernier auteur aurait pu le conclure de deux remarques qu'il fait, l'une page 33, l'autre page 55, pour signaler, dans le premier cas une contradiction, dans le second une répétition.

[2] Cf. Aristide Quintilien, p. 5 et 6; Aristox. p. 1.

[3] Voici la définition que donne Bacchius du mot *μέλος* (p. 6, l. 13) : *ἄνεσις καὶ ἐπίτασις δι' ἐμμελῶν φθόγγων γινομένη.* — Le même Bacchius revient sur sa définition (p. 19, l. 23) et donne cette autre : *τὸ ἐκ φθόγγων, καὶ διαστημάτων, καὶ χρόνων συγκείμενον· μέλος δὲ πλοκὴ φθόγγων ἀνομοίων ὀξύτητι καὶ βαρύτητι* (Eucl. d'après le man. suppl. 449). — On trouve la suivante dans le manuscr. 3027 (fol. 31 r. l. 12) : *διαστηματικῆς φωνῆς κεκλασμένης χρῆσις ἡδονὴν παρέχουσα τοῖς ἀκούουσιν.* Cette définition ne contredit nullement la note 1re de la page 6 : car *φωνή* ne s'applique pas seulement à la voix humaine.

Aristot. (*Poet.* c. VI): *τραγῳδία μίμησις . . . . . ἡδυσμένῳ λόγῳ· . . . . λέγω δὲ ἡδυσμένον λόγον, ἔχοντα ῥυθμὸν, καὶ ἁρμονίαν, καὶ μέλος* · — au chap. 1er, il s'exprime autrement : *ῥύθμῳ, μέλει, καὶ μέτρῳ.*

[4] Τὸ δὲ σύνολον; Bell. τὸ δ' ὅλον.

TRAITÉS GRECS relatifs à la musique.

mentale lorsqu'elle se compose de sons associés les uns aux autres au moyen du *jeu des instruments*[1].

La musique ne devenant donc parfaite que par la réunion en un seul tout des trois parties[2] qui la constituent, savoir : l'*harmonique*, la *rhythmique*, la *métrique*, il faut bien comprendre ceci, que la première en rang et la plus élémentaire est nécessairement celle qui s'occupe de la division des *échelles*[3]; or c'est celle-là qu'on appelle *harmonique*[4]. La deuxième est la

[1] Κροῦμα, mot à mot, *percussion, battement*, parce que c'est par une sorte de choc imprimé aux cordes, que l'on fait résonner l'instrument. Notons, en passant, que cette définition de la mélodie instrumentale, définition qui serait très-mauvaise, s'il s'agissait de la musique moderne, semble bien indiquer que ce que nous nommons l'*harmonie* n'avait pas ordinairement lieu entre les voix.

[2] *Τριῶν τῶν συνεκτικωτάτων* : Alypius ajoute *ἐπισῖημῶν*.

[3] *Series juncturaque :* tel me paraît être le sens général du mot *ἡρμοσμένον*, « ensemble bien coordonné et bien proportionné dans toutes ses parties. » Appliqué spécialement à la musique, le même mot signifie « une suite de sons propre à composer un chant : » *Μέλος ἡρμοσμένον. ἤτοι ἁρμονίαν ἔχον* (Scol. sur Aristox. man. gr. supplém. n° 449). Il correspond donc, jusqu'à un certain point, bien qu'avec une extension beaucoup plus grande, à notre mot *gamme;* et c'est en ce sens que les anciens employaient le mot *ἁρμονία* lorsqu'ils disaient : *l'harmonie phrygienne, l'harmonie dorienne, etc.* *Τετραχορδικαὶ διαιρέσεις αἷς. . . . . πρὸς τὰς ἁρμονίας κέχρηνται* (Aristid. Quint. p. 21, l. 3).

Τὸ ἡρμοσμένον, dit Meybaum (notes sur Euclide, p. 41), *nihil aliud est quàm scala dura (quam etiam naturalem vocant) et mollis.* Cette définition serait parfaitement exacte, si, pour être applicable à la musique des Grecs, elle n'exigeait plus d'extension.

Voici la définition que Bryenne, p. 414, l. 46, donne du mot *ἡρμοσμένον* : *Ἡρμοσμένον ἐσῖὶ τὸ ἐκ φθόγγων τε καὶ διασῖημάτων ποιὰν τάξιν ἐχόντων, συγκείμενον. . . . Κανὼν δὲ πάλιν ἁρμονικός ἐσῖι μέτρον ὀρθότητος τῶν ἐν τοῖς φθόγγοις ἡρμοσμένων διαφορῶν.*

Διαφέρει τὸ ἡρμοσμένον ἁρμονίας ἢ τὸ ἀριθμητὸν ἀριθμοῦ· εἶναι γὰρ τὸ μὲν ἀριθμητὸν ἀριθμὸν ἐν ὕλῃ ἢ σὺν ὕλῃ, τὸ δὲ ἡρμοσμένον ἁρμονία ἐν ὕλῃ ἢ σὺν ὕλῃ (Scoliaste de Ptolémée, ms. 2450, *init.*).

Ἁρμονία λόγος ἐσῖὶ τῶν μιχθέντων ἢ σύνθεσις (Suidas).

Καλὴ δὲ Ἁρμονία καὶ ἡδεῖα πῶς γένοιτ' ἄν; . . . . Μέλος εὐγενὲς, Ῥυθμὸς ἀξιωματικὸς, Μεταβολὴ μεγαλοπρεπὴς, τὸ πᾶσι τούτοις παρακαλουθοῦν Πρέπον (Den. d'Halic. *De Struct. orat.* p. 88).

[4] *Ἁρμονικὴ ἐσῖὶν ἐπισῖήμη θεωρητικὴ τῆς τοῦ ἡρμοσμένου φύσεως* (man. 3027, fol. 31 r. l. 14). — *Μουσικὴ, ἣν καὶ ἁρμονικὴν λέγομεν, διὰ τὸ ἁρμόζεσθαι τὰς συμφωνίας αὐτῆς κατὰ λόγους ἀριθμητικούς* (Pachym. fol. 1). — *Ἁρμονικὴ ἐσῖὶν*

rhythmique, et la troisième la *métrique*. On distingue même encore une quatrième partie, qui est l'*instrumentation*, puis une cinquième, que l'on nomme *poétique* [1], et enfin une sixième, que l'on appelle musique *hypocritique* [ou *théâtrale* [2]].

Ainsi la première partie de la musique est l'harmonique, puisque c'est à celle-ci qu'appartient l'étude des objets principaux et fondamentaux [3] de la science musicale, lesquels sont au nombre de *sept*, savoir [4] : 1° les *sons*, 2° les *intervalles*, 3° les *systèmes*, 4° les *genres* [5], 5° les *tons* [6], 6° les *modulations*, 7° la *mélopée*.

L'*harmonique* est donc encore la science des rapports considérés en musique ; et l'*harmoniste* est celui qui est habile à discourir sur cette science.

§ II. DES DIVERSES SORTES DE MOUVEMENTS DE LA VOIX [7].

On entend par *étendue* de la voix, et par *mouvement* de la voix dans cette étendue, tous les sons qu'elle peut parcourir, soit vers l'*aigu*, soit vers le *grave*. Toute voix peut donc ainsi se mouvoir; mais le mouvement est tantôt *continu*, tantôt *discontinu* [8].

αἰτία ποιητική, λογική, κριτική, καὶ τεχνική, καὶ αἰσθητική τῆς (suppl. τάξεως) περὶ τὸ ἀκουστὸν γένος (Scol. de Ptol. l. III, c. III).

Ἁρμονική ἐστὶ δύναμις καταληπτικὴ τῶν ἐν τοῖς ψόφοις περὶ τὸ ὀξὺ καὶ τὸ βαρὺ διαφορῶν· ψόφος δὲ ἐστὶ πάθος ἀέρος πλησσομένου, τὸ πρῶτον καὶ γενικώτατον τῶν ἀκουστῶν (Ptol. *init.*). — Προεπινοεῖται γὰρ τῶν φωνῶν καὶ τῶν φθόγγων ὁ ψόφος (Pach. fol. 3 *v.* l. 5).

Καθόλου φαμὲν ψόφον μὲν εἶναι πλῆξιν ἀέρος ἄθρυπτον μέχρι ἀκοῆς· φθόγγον δὲ φωνῆς ἐμμελοῦς ἀπλατῆ τάσιν (Nicom. p. 7, l. 27).

* Sur ce mot, voy. M. H. Martin, *Études sur le Timée*, t. Ier, p. 393, note 6.

Φθόγγος ἐστὶ ψόφος ἕνα καὶ τὸν αὐτὸν ἐπέχων τόνον (Ptolém. p. 9, l. 5).

[1] Voy. Meybaum sur Aristox. p. 75 ; et ci-dessus, p. 6.

[2] Cf. Eucl. p. 1 ; Alyp. p. 1 ; Aristox. p. 3 et suiv.

[3] Τὰ πρῶτα καὶ τὰ κυριώτατα ; Bell. ὡς τὰ κυριώτατα.

[4] Voyez Alyp. p. 1, l. 25.

[5] Voyez la note B.

[6] Voyez la note A.

[7] Bell. p. 47, n° 33 et suiv.

[8] Τῶν ψόφων, οἱ μὲν εἰσιν ἰσότονοι, οἱ δὲ ἀνισότονοι... Τῶν δὲ ἀνισοτόνων οἱ μὲν εἰσι συνεχεῖς, οἱ δὲ διωρισμένοι... Εἰσὶ δὲ ἐμμελεῖς μὲν, ὅσοι συναπτόμενοι πρὸς

TRAITÉS GRECS relatifs à la musique.

Dans le mouvement continu [1], l'oreille juge que la voix [2] ne fait de repos nulle part, mais qu'elle marche d'une manière toujours progressive [3], jusqu'à l'instant du silence. Dans le mouvement discontinu, c'est tout le contraire; car alors elle *se pose* dans sa marche [4], tantôt sur un *degré*, tantôt sur un autre, et cela sans s'arrêter; mais, quand je dis sans s'arrêter, il doit être bien entendu que c'est sous le rapport du temps. En franchissant donc rapidement les intervalles compris entre les différents degrés d'*intonation*, ou les *tons*, puis, s'arrêtant sur ces tons mêmes, pour les faire résonner distinctement les uns après les autres [5], c'est seulement alors que la voix est dite *chantante*, et que l'on peut la considérer comme se mouvant

ἀλλήλους, εὔφωνοι τυγχάνουσι πρὸς ἀκοήν· ἐκμελεῖς δὲ, ὅσοι μὴ οὕτως ἔχουσι. Συμφώνους δὲ ἔτι φασὶν εἶναι (παρὰ τὸν κάλλιστον ἤδη τῶν ψόφων, τὴν φωνὴν, ὀνοματοποιοῦντες) ὅσοι τὴν ὁμοίαν ἀντίληψιν ἐμποιοῦσι ταῖς ἀκοαῖς· καὶ διαφώνους, τοὺς μὴ οὕτως ἔχοντας (Ptol. p. 8 et 9).

Τῆς δὲ ἀνθρωπίνης φωνῆς, τὸ μὲν συνεχὲς ἰδίως ὠνόμαζον οἱ πυθαγόρειοι, τὸ δὲ διαστηματικόν. Συνεχὲς μὲν, καθ' ὃ ὁμιλοῦμεν ἀλλήλους· διαστηματικὸν δὲ, τὸ ἐναρμόνιον, εἴτε ἐπὶ τῆς ἀρτηρίας, εἴτε ἐπὶ τῶν ὀργάνων, τῶν τε ἐμπνευστῶν, καὶ τῶν ἐντάτων (Pach. fol. 3 v. l. 6). — Aristide Quint. (p. 7, l. 22) admet un intermédiaire: μέση δὲ, ἡ ἐξ ἀμφοῖν συγκειμένη, ᾗ τὰς τῶν ποιημάτων ἀναγνώσεις ποιούμεθα.

Bacchius (p. 16, l. 28) désigne par les mots ἐμμελεῖς et πεζοὶ les deux sortes de sons correspondant aux deux sortes de voix : Φθόγγων δὲ λέγομεν εἶναι γένη δύο· ἐμμελεῖς μέν εἰσιν οἷς οἱ ᾄδοντες χρῶνται· πεζοὶ δὲ οἷς αὐτοὶ πρὸς ἑαυτοὺς λαλοῦμεν. Καὶ δὲ μὲν ἐμμελεῖς ὡρισμένα ἔχουσι τὰ διαστήματα· οἱ δὲ πεζοὶ, ἀόριστα.

[1] Cf. Aristox. p. 3, 8 et suiv. 26; Eucl. p. 2; Nicom. p. 3; Ptol. l. I, ch. IV, et l. II, ch. VII; Arist. Quint. p. 8; Porph. p. 262; Bryenne, p. 375; Gaud. p. 2.

[2] Οἴεται ἡ ἀκοὴ μηδαμοῦ ἑστάναι, ἀλλά .... lis. οἴεται ἡ ἀκοὴ μηδαμοῦ ἑστάναι τὴν φωνὴν, ἀλλά.... M. Bellermann (p. 48) justifie cette addition, quoique lui-même s'abstienne.

[3] *Par nuances insensibles*, et, suivant la belle comparaison de Ptolémée (p. 8, l. 33), *comme dans les couleurs de l'iris*, ὁποῖον πέπονθε τὰ τῆς ἴριδος χρώματα. — De même Gaudence, p. 2 : φύσει τινὶ πεπονθότα παραπλήσιον.

[4] Ἵστησιν αὑτήν : tous les manuscrits de Paris écrivent αὐτήν : M. Bellermann a négligé de signaler cette variante, du reste peu importante. Lisez de même dans Aristox. p. 8, l. 8 en montant.

[5] Φθεγγομένη ταύτας μόνον κατ' αὐτάς, conformément au texte d'Aristoxène (p. 8, l. 34), sauf la virgule qui s'y trouve placée après le mot φθεγγομένη. — Bell. supprime κατά.

TRAITÉS GRECS relatifs à la musique.

d'un mouvement discontinu. C'est, en effet, par des *stations* successives, faites ainsi sur certains degrés de l'échelle des sons [1], que l'on imprime à la mélodie un caractère de justesse dont l'oreille est flattée [2]. Ainsi il est nécessaire de distinguer deux sortes de voix : la voix *parlante* et la voix *chantante ;* et de quiconque procédera comme nous venons de l'expliquer, chacun dira sans hésiter qu'il ne parle pas, mais qu'il chante. Au reste, chacune de ces deux sortes de voix a besoin d'emprunter le concours de l'autre [3].

Puis donc qu'en chantant, la voix doit exécuter d'une manière insensible [4] ses *élévations* et ses *abaissements*, et, au con-

[1] Je lis, d'après l'Hagiopolite, *ὅσον γὰρ ἱσῖάμεθα*, au lieu de *ὅσῳ γὰρ ἱσῖάμεθα*, et je traduis comme si cette phrase était avant *καὶ καλεῖται.... χρείᾳ*, parce que tel me paraît être l'ordre logique.

[2] Ἐν τῷ μελῳδεῖν τὸ μὲν συνεχὲς φεύγομεν· τὸ δὲ ἑσῖάναι τὴν φωνὴν ὡς μάλισῖα διώκομεν. Ὅσῳ γὰρ μᾶλλον ἑκάσῖην τῶν φωνῶν μίαν τε καὶ ἑσῖηκυῖαν, καὶ τὴν αὐτὴν ποιήσομεν, τοσούτῳ φαίνεται τῇ αἰσθήσει τὸ μέλος ἀκριβέσῖερον (Aristox. p. 9 et 10).

Ἐκεῖνοι μὲν (τῶν ψόφων οἱ συνεχεῖς) ἁρμονικῆς ἀλλότριοι (Ptol. liv. I, ch. IV).

Ἡ συνέχεια τῶν ψόφων τὸ ἐκμελέσῖατον εἶδος περιέχει (*id.* II, XII).

[3] Ἑκάτερον δὲ ἐν τῇ τοῦ λοιποῦ χρείᾳ. — J'ai peine à adopter ici la traduction de M. Bellermann : « Utrumque vero (*scil: et « loqui et canere dicitur*) qui reliquo sive ter« tio illo vocis movendæ genere utitur. » Le savant philologue croit qu'il s'agit ici de cette espèce de voix *intermédiaire*, *μέση*, dont parle Aristide Quintilien (p. 7), ou de la déclamation usitée pour la lecture de poëmes, τὰς τῶν ποιημάτων ἀναγνώσεις ; et, en conséquence, suivant M. Bellermann, l'auteur grec aurait voulu dire que *déclamer, c'est à la fois chanter et parler.* Ce sens serait, en effet, très-raisonnable en lui-même ; mais, l'auteur grec n'ayant pas dit un mot de la voix *μέση*, à quoi se rapporterait le *tertio illo ?* à moins que l'on n'admette l'existence d'une lacune, hypothèse qui ne me paraîtrait pas suffisamment justifiée. Je crois donc devoir interpréter *χρείᾳ*, non par *usage*, *emploi*, mais par *besoin, dépendance* (*ἐν χρείᾳ τινὸς εἶναι*) ; car, suivant moi, la phrase signifie que l'on ne peut parler d'une manière continue sans s'arrêter sur certaines intonations comme lorsqu'on chante, et que l'on ne peut non plus chanter sans faire sentir quelquefois le passage de la voix d'une intonation à une autre.

[4] Ἀφανεῖς, conformément au texte d'Aristoxène (p. 10, l. 13) ; Bell. et mss. *ἀφανῶς*. — Corrigez ainsi Aristide Quintilien (p. 7, l. 18) : Συνεχὴς μὲν οὖν ἐσῖι φωνὴ, ἡ τὰς τάσεις λεληθότως διά τι τάχος ποιουμένη· διασῖηματικὴ δὲ, ἡ τὰς μὲν τάσεις φανερὰς ἔχουσα, τὰ δὲ τούτων με-

traire, *poser* nettement et faire résonner d'une manière distincte les *tons* proprement dits[1]; puisqu'en d'autres termes, tout en dissimulant l'étendue des intervalles qu'elle franchit[2] tant en montant qu'en descendant, la voix doit rendre avec énergie et fermeté les sons qui limitent ces intervalles; cela étant, dis-je, il devient nécessaire de parler de l'*élévation* et de l'*abaissement*, de l'*acuité* et de la *gravité*, du *ton*, et de tout ce qui s'ensuit.

TRAITÉS GRECS relatifs à la musique.

Ainsi nous dirons que l'*élévation*[3] est un mouvement continu de la voix allant du grave[4] à l'aigu, et que l'*abaissement*, au contraire, est un mouvement de l'aigu au grave. L'*acuité* est le résultat de l'élévation, et la *gravité* celui de l'abaissement. Lors donc que nous tendons une corde (pour prendre un exemple dans les instruments), nous la poussons à l'aigu; et, au contraire, nous l'amenons au grave quand nous la relâchons. Toutefois, pendant le temps que nous tendons ainsi la corde[5] et que nous la portons vers l'aigu, l'acuité[6] n'existe pas encore; mais on peut dire qu'elle est actuellement engendrée par la tension, et qu'elle en sera bientôt le produit. Même explication pour la gravité. C'est, en effet, seulement quand cesse la perturbation de la corde[7], que l'acuité ou la gravité se ma-

ταξὺ (au lieu de *μέτρα*), τάς τε ἀνέσεις καὶ τὰς ἐπιτάσεις, λεληθότα.

[1] Τὰς δὲ τάσεις αὐτὰς φθεγγομένην φανερὰς καθιστάναι: — Aristox. (p. 10, l. 14) αὐτήν: — Bell. et mss. φθεγγομένους φανερὰς καθιστᾶν.

[2] D'après Aristoxène, qu'il faut lire (p. 10, l. 16) : ἐπειδὴ μὲν ὃν τοῦ διαστήματος τόπον διεξέρχεται: — Bell. τὸν μὲν τοῦ διαστήματος τόπον, ὃν διεξέρχεται.

[3] Cf. Aristox. p. 10, l. 24.

[4] D'après Aristoxène (p. 10, l. 25) : ἐκ βαρυτέρου: — Bell. et mss. ἐκ βαρυτάτου.

[5] Lisez dans Aristoxène (p. 11, l. 9) : Ἐπιτείνοντες μὲν τὴν χορδὴν, εἰς ὀξύτητα αὐτὴν ἄγομεν, ἀνίεντες δὲ εἰς βαρύτητα: καθ' ὃν δὲ χρόνον ἄγομέν τε καὶ μετακινοῦμεν τὴν χορδὴν εἰς ὀξύτητα, οὐκ ἐνδέχεταί που...., à moins que l'on ne préfère la restitution de M. Bellermann, que je crois moins logique.

[6] Ἡ ὀξύτης: — Bell. supprime l'article.

[7] Ἅμα γὰρ αἱ κινήσεις παύονται: — tous les manuscrits de Paris, hormis l'Hagiopolite, suppriment ἅμα, et disent αἱ γὰρ κινήσεις παύονται.

TRAITÉS GRECS relatifs à la musique.

nifeste; car il est impossible que la corde soit en même temps en mouvement et en *station;* et, entre ces deux états, il y a autant de différence qu'entre la cause et l'effet[1].

Le *ton*, ou le *degré* de *tension*, est un *repos* et une *station*[2] de la voix. Nous disons que la voix est *posée*, bien qu'elle ne reste pas inactive, quand nous jugeons qu'elle ne fait aucun effort pour se porter à l'aigu ou au grave; car on peut bien dire[3] que la voix se meut dans les intervalles; mais elle s'arrête dans le son. Les expressions *repos* et *mouvement*, appliquées à la voix, et telles qu'on les prend en musique, ont donc une signification bien différente de celle qu'on leur attribuerait ailleurs. On voit, en effet, que l'élévation et l'abaissement sont les véritables mouvements de la voix; et, pour les tons sur lesquels elle s'arrête, ils diffèrent nécessairement de l'acuité et de la gravité[4], puisque c'est d'après ces deux qualités opposées que l'on évalue les tons ou degrés de l'échelle.

Relativement à la voix humaine[5], l'étendue qu'elle peut

[1] *Τὸ ποιοῦν τοῦ ποιουμένου.* — Tous les manuscrits de Paris omettent ces deux derniers mots. — Conf. Arist. Quintilien, p. 43, et Aristot. *Metaph.* liv. V. c. 11.

[2] *Μονὴ καὶ στάσις.* — Voici comment Bacchius (p. 12, l. 6 et 9) distingue ces deux mots : *Μονή ἐστιν ὅταν ἐπὶ τοῦ αὐτοῦ φθόγγου πλείονες λέξεις μελῳδῶνται· στάσις δὲ ὕπαρξις ἐμμελοῦς φθόγγου* (voyez ci-après, p. 24).

Du reste, la théorie de notre auteur est plus complète même que celle d'Aristoxène, qui ne distingue pas la *τάσις* de la *στάσις*. Voici le passage (Aristox. p. 13, l. 26) : *Πέντε ταῦτά ἐστιν ἀλλήλων ἕτερα, τάσις τε καὶ ὀξύτης καὶ βαρύτης· πρὸς δὲ τούτοις ἄνεσίς τε καὶ ἐπίτασις.*

C'est ici le lieu de citer un remarquable passage de Porphyre (p. 239, l. 30) : *Οὐκ ἔστιν ἡ ὀξύτης καὶ ἡ βαρύτης οἷον ἔκτασις ἢ συστολή, καὶ ταχυτὴς ἢ βραδυτής. Ἰδιότητος δὲ μόνον παραλλαγή, καθ' ἣν καὶ ἐν τῇ λογικῇ φωνῇ, ἄλλαι μέν εἰσιν αἱ ἐκτάσεις καὶ συστολαὶ τῶν συλλαβῶν, αἵ τε μακρότητες καὶ αἱ βραχύτητες· ἄλλαι δὲ αἱ ταχυτῆτες καὶ αἱ βραδυτῆτες· ἄλλαι δὲ ὀξύτητες καὶ βαρύτητες. Τριῶν οὖν τάξεων θεωρουμένων, ταῖς μὲν χρῆται ἡ ῥυθμική, ταῖς δὲ ἡ μετρική, ταῖς δὲ ἡ ἀναγνωστική, περὶ τὴν ποιὰν προφορὰν τῶν λέξεων πραγματευομένη.*

[3] Voir ci-dessus, p. 16.

[4] *Τάσις δὲ καὶ ἠρεμία διαφέρει ὀξύτητος καὶ βαρύτητος:* — Bell. *τάσις δὲ ἠρεμία καὶ διαφ.*

[5] Cf. Pachym. fol. 3 *r.* l. 17; Aristox.

parcourir en chantant, je veux dire le plus grand et le plus petit intervalle qu'elle peut franchir, sont essentiellement bornés[1]. En effet, sous le rapport de la grandeur, la voix ne peut, ni vers l'aigu, ni vers le grave, suivre une marche constamment progressive jusqu'à l'infini; et, sous celui de la petitesse, elle ne saurait non plus resserrer indéfiniment l'intervalle à parcourir; de chaque côté il y a des limites. Il faut alors déterminer ces deux sortes de limites, en tenant compte à la fois, et de l'organe qui rend le son, et de celui qui le juge, c'est-à-dire en distinguant ce qui appartient à la voix de ce qui appartient à l'ouïe; car tout son que la première ne peut exécuter, ou que la seconde ne peut apprécier[2], doit être rejeté[3] en dehors de l'usage et de la pratique du chant.

TRAITÉS GRECS relatifs à la musique.

Les limites des intervalles dans le sens de la petitesse sont communs aux deux organes; car la voix ne saurait rendre sensible, et l'oreille ne saurait apprécier, un intervalle moindre[4] que le *diésis enharmonique*, de façon que l'on pût dire quelle partie il serait de ce diésis ou de tout autre intervalle connu. Quant aux limites dans le sens de la grandeur, le musicien juge que la voix a plus ou moins d'étendue, tant vers l'aigu que vers le grave, par l'impression que ressent la trachée-artère[5]; et l'on serait porté à attribuer à l'ouïe plus d'étendue qu'à la voix; la différence est, toutefois, fort peu considérable.

p. 14 et 20; Aristid. Quint. p. 13; Porph. p. 257; et ci-après, § IX.

[1] Ceci paraît être une allusion à la doctrine d'Anaxagore, doctrine blâmée par Aristote (*Métaph.* liv. X), d'après laquelle tout est également infini en multitude et en petitesse, *ἄπειρα καὶ πλήθει καὶ μικρότητι* (voyez la Métaph. d'Aristote, trad. par A. Pierron et C. Zévort, tom. II, p. 140).

[2] D'après l'Hagiopolite, *κρίναι* : Bell. *κρῖναι* : Aristox. *κρίνειν*.

[3] Meybaum : *τεθέον*, pour *θετέον*. On peut être surpris qu'il fasse quatre fois de suite ce barbarisme.

[4] Ἐλαττόν τι : Bellerm. d'après Aristox. p. 14 : *ἔλαττον ἔτι*, leçon fautive.

[5] Cf. Ptol. p. 7 et 8; Porph. p. 246 et suiv. d'après Aristote (*De audib.*); Théon de Smyrne, p. 100; Aristox. p. 14, 15, 20.

TRAITÉS GRECS relatifs à la musique.

Ainsi, en réalité, la limite d'*écartement* des intervalles appartient à l'ouïe, et celle du *resserrement* appartient à la voix [1]; mais autant vaut dire que les limites sont communes aux deux organes. En résumé, de quelque façon que l'on prenne les choses, l'étendue [2] propre à la voix d'une part, à l'ouïe de l'autre, est limitée à la fois et vers l'aigu et vers le grave; cépendant, si l'on ne considérait la nature du chant que d'une manière abstraite [3], rien ne s'opposerait à ce que l'on considérât cette étendue comme tout à fait indéfinie. Mais une plus longue explication sur ce sujet serait superflue pour le présent.

La mélodie peut être *prosaïque* ou *musicale*. La mélodie prosaïque est celle qui résulte de l'accentuation propre des mots; car il est naturel d'élever et d'abaisser la voix dans le discours. La mélodie musicale est celle qui donne lieu à la science harmonique, dont l'objet est, en quelque sorte, la *discontinuité* considérée dans les sons et dans les intervalles. Il faut, en effet, dans ce genre de mélodie, que le mouvement vocal présente, de distance en distance, de fréquents points de station.

Au surplus, des sons et des intervalles quelconques ne suffisent pas [4] pour constituer, par eux-mêmes, une échelle mélodique [5], ni une suite de sons ordonnée avec convenance; il faut encore les combiner avec choix [6], et non les prendre au hasard; car les sons et les intervalles dont dispose la mélodie musicale lui sont communs avec toute mélodie discordante. De

[1] Il semble que la conséquence devrait être tout opposée.

[2] Διάτασις, *extension*, d'après Aristox. (p. 15, l. 4); — Bell. διάστασις, leçon fautive.

[3] Εἰ δ' αὐτὴ καθ' αὑτὴν νοηθείη ἡ τοῦ μέλους φύσις: — Aristox. (p. 15, l. 6): εἰ δ' αὐτὴν νοηθείη ἡ τοῦ μέλους σύστασις: — Bell. εἰ δὲ αὐτῇ καθ' αὑτὴν νοηθείσῃ τῇ τοῦ μέλους φύσει.

[4] Cf. Aristox. p. 18, 27, 52.

[5] Τὸ ἡρμοσμένον μέλος (voy. ci-dessus, p. 15, n. 3).

[6] Προσδεῖται ποιᾶς τινος συνθέσεως, ce dernier mot d'après Aristox. (p. 18, l. 19); — Bell. et mss. θέσεως.

TRAITÉS GRECS relatifs à la musique.

sorte que, pour parvenir à bien composer un chant, il faut avoir égard à l'affinité mutuelle des sons en même temps qu'à leur qualité propre. En deux mots, la mélodie musicale diffère de celle du discours[1] par le mouvement discontinu de la voix; et elle se distingue du chant faux et discord par la différence de composition des intervalles.

§ III. DES SONS[2].

Le mot *son*, pris dans le sens *général*, exprime le *nom* propre du son lui-même; dans un sens plus *restreint*, il désigne le

[1] Aristox. *ἐπιτηδείως*, au lieu de *ἐπὶ τῆς λέξεως*. — Meybaum (not. sur Aristox. p. 89) s'était bien aperçu que la première leçon rendait fort obscure la pensée d'Aristoxène; mais il n'avait pas remarqué dans notre auteur anonyme, qu'il connaissait cependant, la leçon *τῆς λέξεως*, leçon bien plus probable à cause de son rapport avec *λογῶδες*. — Le scoliaste de Ptol. (sur la page 9, l. 10): *διαστηματικὴ φωνή ἐστιν ἡ πρὸς τὸ μέλος ἐπιτήδειος.*

[2] Bell. p. 56, n° 48 et 49. — Voyez ci-dessus, p. 9.

Πᾶς δὲ φθόγγος ἔχει σχῆμα, ὄνομα, δύναμιν. Σχῆμά ἐστιν ὁ τὸ στοιχεῖον σημαίνων τύπος. Ὄνομα δέ ἐστι τὸ κατὰ τοῦ σχήματος τιθέμενον. Δύναμις δέ ἐστιν ἡ ἑκάστου τῶν φθόγγων ἐν ὀργάνοις ἐκφώνησις (Bacch. p. 23, l. 33).

M. Bellermann ne me paraît pas avoir entendu convenablement ce passage; et l'on peut trouver un peu bizarre l'explication qu'il en propose, aux pages 55 et 56. Au reste, je crois inutile de la rapporter ici, attendu que cet estimable auteur paraît n'y pas attacher lui-même une grande importance : « Sed utrum, dit-il, « ferri hæc difficilis loci interpretatio, an « aptior excogitari possit, videant eruditiores. » Quant à moi, il me semble qu'en traduisant le mot *φθόγγος* par *note musicale*, les distinctions de l'auteur grec deviennent assez claires, bien que les expressions *κοινῶς, ἰδίως, ἰδιαίτατα*, ne soient peut-être pas appliquées ici d'une manière très-logique. Ainsi, 1° un *son*, une *note musicale*, est un *nom*, soit (pour les modernes) un *la*, un *si*, etc., ou un A, un B, un C, etc. (en prononçant ces notes sans chanter), soit (pour les anciens) une *proslambanomène*, une *hypate*, *etc.*, ou bien un τε, un τα, un τη, un τω, ou bien enfin un Α, un Β, un Γ, un Δ, etc.; 2° c'est un *signe* ou un *caractère* écrit, un ⊢, un Γ, etc., pour les anciens, et, pour les modernes, c'est  etc.; enfin 3° c'est la *puissance* même du son, le *son proféré* par la voix chantante, le *son musical proprement dit*, *ἰδιαίτατα*. La puissance du son est son degré d'acuité ou de gravité (principalement en le rapportant à une tonalité déterminée; car, dans le sens absolu, le mot *θέσις* est plus usité que *δύναμις*).

caractère graphique adopté pour le représenter; et enfin, dans un sens tout à fait *spécial*, il indique la *puissance* du son, c'est-à-dire le degré d'acuité et de gravité qui le distingue de tout autre. Le son est une émission mélodique de la voix sur un *ton* déterminé. Il semble que l'on peut le considérer comme l'élément propre à composer une mélodie harmonieuse[1], élément résultant du repos que paraît faire la voix sur un certain ton; car le ton, encore une fois, n'est autre chose qu'une *station* et un repos de la voix. Le son, en musique, est, en quelque sorte, un élément indivisible comparable à ce qu'est[2] l'unité en arithmétique, ou le point dans l'écriture. Enfin, le son est l'*attribut commun*[3] de l'acuité et de la gravité.

§ IV. DES INTERVALLES[4].

L'*intervalle* est la distance comprise et limitée entre deux sons qui diffèrent d'intonation. L'intervalle paraît être, pour le dire en un mot, la différence de deux tons, et le lieu intermédiaire en chaque point duquel on peut placer un son plus aigu que la limite grave de l'intervalle, et plus grave que sa limite aiguë[5]. La différence des intonations consiste dans le plus ou le moins de tension ou d'acuité.

[1] Μέλος ἡρμοσμένον: — v. p. 15, n. 3.

[2] Τοῦτο δύναται ὁ φθόγγος, ὃ δὴ ἐν ἀριθμῷ μὲν μονάς· ἐν δὲ γεωμετρίᾳ σημεῖον· ἐν δὲ γράμμασι σΊοιχεῖον (Nicom. p. 37, l. 9); Bryenne ajoute (p. 375, l. 28): καὶ τὸ νῦν τοῦ χρονοῦ.

Ἔσῖι δὲ φθόγγος, φωνὴ ἄτομος οἷον μονὰς κατ' ἀκοὴν, ἡ ἐπίπΊωσις φωνῆς ἐπὶ μίαν τάσιν καὶ ἁπλῆν (Pach. fol. 24 *r.* l. 5).

Διαφέρει φθόγγος τόνου, ὡς σημεῖον γραμμῆς (*id.* fol. 41 *r.* l. 15).

Πᾶσα μὲν ἁπλῆ κίνησις φωνῆς τάσις· ἡ δὲ τῆς μελῳδικῆς φθόγγος ἰδίως καλεῖται (Aristid. Quint. p. 9, l. 2).

[3] Κοινὸν κατηγόρημα (v. les Catég. d'Arist.). Il serait plus exact de dire en français : « Le *sujet commun* dont l'acuité et la gravité sont les attributs. » — Τόνος κοινὸν γένος τῆς ὀξύτητος καὶ τῆς βαρύτητος, παρ' ἓν εἶδος τὸ τῆς τάσεως εἰλημμένος (Ptol. pag. 8, l. 26).

[4] Bell. p. 56, n° 50. — Voyez ci-dessus, page 10.

[5] D'après Aristox. (p. 15, l. 5 en mon-

§ V. DES SYSTÈMES[1].

Le *système* est un assemblage de plusieurs sons pris dans le diapason de la voix, et présentant une certaine disposition ; il peut consister en plusieurs intervalles comme en un seul.

§ VI. DES GENRES[2].

Les *genres* de mélodie dont nous faisons usage sont au nombre de trois : l'*harmonique*[3] [ou *enharmonique*], le *chromatique*, et le *diatonique*.

Le genre *harmonique* est celui dans lequel le *pycnum*[4] est d'un demi-ton ; il n'y en a qu'une espèce.

tant) : τῶν ὁριζουσῶν τὸ διάσῖημα τάσεων : Bell. τάσεως. De plus, j'ajoute après ἀνάπαλιν, également d'après Aristoxène, les mots τῆς ὀξυτέρας.

[1] Bell. p. 57, n° 51. — Voy. ci-dessus, p. 10; Aristox. p. 17; Aristid. Quint. p. 12 et suiv.; Gaud. p. 4; Eucl. p. 8 et 18.

[2] Bell. *ibid.* n°s 52 et suiv. — Cf. Aristox. p. 19, 24, 44, 50 et suiv.; Eucl. p. 1, 8, 9, 10; Alyp. p. 2; Ptol. liv. 1, ch. 12; 16; Gaud. p. 5. — Voy. encore ci-dessus, p. 11; et cf. la note B.

[3] Voyez la note C.

[4] Rien, dans la musique des Européens, ne ressemblant au πυκνόν des Grecs, il est impossible de représenter ce *système de trois sons très-rapprochés* par aucun mot français actuellement existant, sans s'exposer à en donner une idée entièrement fausse. Pour des idées nouvelles il faut des mots nouveaux; et, dans la nécessité d'inventer une expression spéciale, je me suis décidé, après de longues hésitations, et n'imaginant rien de mieux, à franciser ou plutôt à latiniser le mot grec. On en trouvera la définition, d'après notre anonyme, à la page suivante. Voici encore celles des autres auteurs :

Πυκνὸν δὲ λεγέσθω τὸ ἐκ δύο διασῖημάτων συνεσῖηκὸς, ἃ συντεθέντα ἔλατῖον διάσῖημα περιέξει τοῦ λειπομένου διασῖήματος ἐν τῷ διὰ τεσσάρων (Aristox. p. 24, l. 11).

Πυκνὸν δὲ λεγέσθω μέχρι τούτου, ἕως ἂν ἐν τετραχόρδῳ διὰ τεσσάρων συμφωνούντων τῶν ἄκρων, τὰ δύο διασῖήματα συντεθέντα, τοῦ ἑνὸς ἐλάτῖω τόπον κατέχει..... Συμβαίνει δὲ ἅμα παύεσθαι τὸ πυκνὸν καὶ ἄρχεσθαι γινόμενον τὸ διάτονον γένος (Aristox. p. 50, l. 15; et 51, 19).

Ἴδιον τοῦ μὲν ἐναρμονίου καὶ τοῦ χρωματικοῦ τὸ καλούμενον πυκνόν· ὅταν οἱ πρὸς τῷ βαρυτάτῳ δύο λόγοι, τοῦ λοιποῦ ἑνὸς ἐλάτῖους γένωνται συναμφότεροι (Ptol. p. 30, l. 12).

Πυκνὸν δὲ ἐσῖὶ ποιὰ τριῶν φθόγγων διάθεσις, ἢ τὸ ἐκ δύο συσῖημάτων συνε-

TRAITÉS GRECS relatifs à la musique.

Il y a trois espèces de *chromatique*[1] : le premier, nommé chromatique *mou*, dans lequel le *pycnum* est le plus petit et vaut trois diésis enharmoniques moins[2] un douzième de ton; le second, nommé *hémiole* ou *sesquialtère*, dans lequel le *pycnum* se compose d'un demi-ton et d'un diésis enharmonique; le troisième, appelé *synton*, dans lequel le *pycnum* vaut deux demi-tons[3].

Il y a deux espèces de diatonique : le premier, nommé *diatonique mou*, dans lequel l'intervalle compris entre l'*hypate* et l'*indicatrice* ou *lichanos* est le plus petit. Cet intervalle se com-

σ7ηκὸς, ἃ συντεθέντα . . . . κ. τ. λ. (Eucl. d'après le man. suppl. 449).

Πυκνὸν λέγεται τὸ συνεγΓίζον (Scol. de Ptol.). — Cf. encore Aristid. Quint. p. 12; Alyp. p. 2.

Je ferai observer en passant que le mot *πυκνὸν*, qui joue un si grand rôle dans la musique ancienne, n'y signifie pas précisément *dense* ou *serré*, comme on le traduit ordinairement, mais bien *divisé en petites parties*, ce qui n'en est pas moins conforme à la signification radicale du mot, parce que, plus sont petites les parties dans lesquelles une ligne est divisée, plus les points de division sont rapprochés ou serrés les uns contre les autres.

Par suite, le mot *καταπύκνωσις*, employé pour exprimer le mode de division des tétracordes, ne devrait pas être traduit en latin, comme le font Bouillaud, Meybaum, etc., par *condensatio*, ce qui peut induire en erreur, mais par un mot tel que *particulatio, morcellement*. C'est ce dont nous trouvons la preuve dans les chapitres xxxv et xxxvi de Théon de Smyrne. Dans le premier, intitulé Περὶ τῆς τοῦ κανόνος κατατομῆς, on enseigne à diviser le canon harmonique, conformément à la méthode de Thrasylle, en deux, trois, et quatre parties, *διὰ τῆς τετρακτύος*. Puis, comme ces divisions sont insuffisantes pour fournir tous les tons du système, on donne, dans le chapitre suivant, la méthode pour obtenir les fractions plus petites; or c'est cette seconde opération que l'on nomme *καταπύκνωσις*, conformément au titre du chapitre, *περὶ καταπυκνώσεως*.

De même Proclus (*in Tim.* p. 194, l. 3, 16, 26, 40, 49, 54) emploie le verbe *καταπυκνῶ* pour signifier l'insertion d'une suite de moyens termes entre les deux extrêmes d'une progression; et le scoliaste de Ptolémée, sur la page 35 de cet auteur, dit : Πυκνοὺς λόγους λέγει τοὺς σμικροὺς, ἀπύκνους δὲ τοὺς μείζους. . . .

[1] Les divisions des genres sont ce que nous nommons *couleurs* ou *nuances*, *χρόα* en grec : *χρόα ἐσ7ὶ γένους εἰδικὴ διαίρεσις* (Eucl. p. 10). — Cf. Aristox. p. 24; Ptol. liv. I, ch. 9; Eucl. p. 12, l. 2. — Voy. encore ci-après, p. 27 et suiv.

[2] Voy. la note B.

[3] Mss. et Bell. ἡμιτόνιον : il faut lire δύο ἡμιτονίων.

pose d'un demi-ton compris entre l'hypate et la parhypate, et de neuf douzièmes de ton compris entre la parhypate et l'indicatrice; le second, nommé *diatonique synton*, dans lequel l'intervalle de l'hypate à la parhypate est d'un demi-ton, et l'intervalle de la parhypate à l'indicatrice d'un ton entier.

Le genre harmonique, comme nous l'avons déjà dit, ne présente qu'une espèce.

Quant à ce que l'on nomme *le pycnum*, c'est un système composé de deux intervalles consécutifs dont la somme est moindre que ce qu'il resterait à ajouter pour compléter la consonnance de quarte.

Les différents genres dont nous avons parlé présentent *six indicatrices* et *quatre parhypates*.

L'intervalle[1] total dans lequel l'indicatrice peut varier est d'un ton, tandis que, pour la parhypate, la distance des limites est d'un diésis enharmonique [ou quart de ton[2]].

§ VII. DES DIVERSES MANIÈRES DONT LES INTERVALLES PEUVENT DIFFÉRER[3].

Les intervalles[4] peuvent différer de *cinq* manières : premièrement, par la grandeur; deuxièmement, les uns sont consonnants, les autres dissonants; troisièmement, ils peuvent être composés ou indécomposables; quatrièmement, ils peuvent différer par le genre; enfin cinquièmement, les uns sont rationnels et les autres irrationnels.

[1] Cf. Aristox. p. 22 et 46; Eucl. p. 10.

[2] Voyez ci-dessus, page 11.

[3] Bell. p. 71, n° 58.

[4] Τῶν διαστημάτων εἰσὶ διαφοραὶ πέντε. — Bell. supprime l'article τῶν qui se trouve dans l'Hagiopolite.

TRAITÉS GRECS relatifs à la musique.

§ VIII. DES DIVERSES FORMES DES INTERVALLES CONSONNANTS[1].

Il y a *huit*[2] intervalles consonnants, dont les trois plus petits sont la *quarte*, la *quinte*, et l'*octave*. La quarte peut affecter *trois* formes, la quinte en présente *quatre*, et l'octave *sept*[3].

La première forme de la quarte[4] est celle où la place du *pycnum* est au grave, comme depuis l'hypate des[5] moyennes jusqu'à la mèse. Dans la seconde, les deux diésis [de l'enharmonique] sont aux extrémités du diton, comme depuis la parhypate des moyennes jusqu'à la trite des conjointes. La troisième forme est celle où le *pycnum* est à l'aigu; telle est, par exemple, la quarte qui commence à l'indicatrice enharmonique du tétracorde des moyennes, et se termine à la paranète enhar-

[1] Bell. p. 72, nos 59 et suiv.

Τῶν διαστημάτων σύμφωνα μὲν τά τε κατ' ἀντίφωνον, οἷόν ἐστι τὸ διὰ πασῶν· καὶ τὸ (lis. *καὶ τὰ κατὰ*) *παράφωνον, οἷον τὸ διὰ πέντε, τὸ διὰ τεσσάρων· σύμφωνα δὲ* (aj. *καὶ τὰ*) *κατὰ συνέχειαν, οἷον τόνος, δίεσις... Διάφωνοι δέ εἰσι καὶ οἱ σύμφωνοι φθόγγοι· ὧν ἐστι τὸ διάστημα τόνου, ἢ διέσεως· ὁ γὰρ τόνος καὶ ἡ δίεσις ἀρχὴ μὲν συμφωνίας, οὔπω δὲ συμφωνία* (Théon de Sm. p. 77). — Cf. Bryenne, p. 381, à la fin.

Je ne crois pas admissible la prétendue restitution que Meybaum a essayée du passage précédent dans les notes de son Gaudence (p. 36). L'auteur grec, Théon, me paraît avoir voulu dire que des sons qui peuvent s'accorder entre eux quand on les fait entendre successivement, c'est-à-dire des sons qui peuvent faire partie d'une même gamme, ne sont pas pour cela propres à composer ce que nous nommons un *accord*.

[2] Ces huit consonnances sont, conformément au texte d'Euclide (p. 13), la quarte, la quinte, l'octave, la onzième, la douzième, la double octave, la dix-huitième, et la dix-neuvième. Les autres auteurs ne comptent, toutefois, que les six premières : *καὶ πλέον οὐδὲν*, dit le scoliaste de Gaudence (ms. suppl. gr. 449) : *οὐ γὰρ ὑποφέρουσι τὴν τάσιν τὰ ὄργανα, κἂν ἐπινοηθῶσι καὶ ἕτεροι.* — Conf. Aristox. p. 16, 20 et 45; Eucl. p. 8 et 13; Arist. Quint. p. 12 et suiv.; Gaud. p. 11; Meybaum sur Gaud. p. 35 et 36.

[3] *Διαφέρει δ' ἡμῖν οὐδὲν, εἶδος λέγειν ἢ σχῆμα* (Aristox. p. 74). — *Εἶδός ἐστι ποιὰ θέσις τῶν καθ' ἕκαστον γένος ἰδιαζόντων, ἐν τοῖς οἰκείοις ὅροις, λόγων* (Ptol. p. 54). — Cf. Euclide, p. 14, et Boeckh, *De metris Pindari*, p. 211.

[4] *Τῶν δὲ τοῦ διὰ τεσσάρων σχημάτων* : — l'Hagiopolite est le seul manuscrit de Paris qui donne ce dernier mot, au lieu de *σχήματα*, qui se lit dans tous les autres avec *τοῦ δὲ τῶν*. M. Bellermann avait déjà adopté par conjecture la leçon *σχημάτων*.

[5] Voyez la note E.

monique du tétracorde des conjointes. [Dans le diatonique [1], les trois formes de la quarte se reconnaissent à ce que le demi-ton est au grave dans la première, à l'aigu dans la deuxième, au milieu dans la troisième.]

[2] La première forme de la quinte [3] est celle où le ton [disjonctif] est placé au premier rang à l'aigu; tel est l'intervalle compris entre l'hypate des moyennes et la paramèse. La seconde est celle où le ton [disjonctif] occupe le second rang à l'aigu; elle va de la parhypate des moyennes à la trite des disjointes. Dans la troisième, le ton occupe le troisième rang à l'aigu, comme depuis l'indicatrice des moyennes [4], soit enharmonique, chromatique, ou diatonique, jusqu'à la paranète des disjointes, pareillement enharmonique, chromatique [5], ou diatonique. Dans la quatrième enfin, le ton occupe le quatrième rang; elle est comprise entre la mèse d'une part, et la nète des disjointes de l'autre.

Il y a *sept* formes d'octaves [6]: la *première* [7] a le ton disjonctif

[1] Au lieu de cette phrase, que j'ajoute ici, les manuscrits, y compris l'Hagiopolite, en donnent une autre, qu'ils intercalent entre les mots *τρίτον δὲ οὗ* et ceux-ci: *τὸ πυκνὸν*, savoir : *πρῶτον τὸ ἡμιτόνιον ἢ τέλος ἢ μέσον· ἔστιν οὖν....* Or cette phrase, surtout placée ainsi, ne peut être que l'altération d'une glose introduite furtivement dans le texte, et imitée de cette phrase d'Aristide Quintilien (17, 19) : *ἢ πρῶτόν ἐστιν ἡμιτόνιον, ἢ δεύτερον, ἢ τρίτον, ἢ ὁποστονοῦν*, ou de cette autre d'Euclide (14, 21) : *τοῦ οὖν διὰ τεσσάρων πρῶτον μέν ἐστιν εἶδος, οὗ τὸ ἡμιτόνιον ἐπὶ τὸ βαρὺ τῶν τόνων κεῖται· δεύτερον δὲ, οὗ μέσον τοῦ τόνου* (lis. *τῶν τόνων*)*· τρίτον, οὗ πρῶτον ἐπὶ τὸ ὀξὺ τῶν τόνων.*

[2] Il est vraisemblable que tout le reste de ce paragraphe doit être ajouté au IIIe livre d'Aristoxène.

[3] Cf. Pachym. fol. 9 et 10.

[4] D'après Euclide, p. 15, l. 4 : *ἀπὸ λιχανοῦ μέσων* : Bell. et mss. *ἀπὸ λιχανοῦ ὃν* ou *ὄν*, ce qui n'a pas de sens, bien que M. Bellermann (p. 76) pense que *λιχανοῦ ὃν* peut rester : *ferri quidem potest.*

[5] *Χρωματικήν* : Bell. *χρωματικόν.* — J'ignore si ce mode de déclinaison, d'après lequel les deux genres masculin et féminin sont semblables, est applicable à des adjectifs en *κός*, et notamment à *χρωματικός*; cela me paraît un solécisme.

[6] Cf. Euclide, p. 13 et suiv. et p. 15; Gaud. p. 18 et suiv. et p. 28; Aristox. p. 6 et 74; Ptol. p. 53; Bacch. p. 18.

[7] Ce passage est gravement altéré par

à l'aigu ; elle s'étend depuis l'hypate des fondamentales jusqu'à la paramèse. La *seconde* a le ton disjonctif au second rang à l'aigu ; elle est comprise entre la parhypate des fondamentales et la trite des disjointes. La *troisième* a le ton disjonctif au troisième rang ; elle va depuis l'indicatrice des fondamentales, soit enharmonique [chromatique, ou diatonique[1]], jusqu'à la paranète des disjointes, soit enharmonique, chromatique, ou diatonique. La *quatrième*, dans laquelle le ton disjonctif occupe la quatrième place à l'aigu, va de l'hypate des moyennes jusqu'à la nète des disjointes. La *cinquième*, dans laquelle le ton occupe le cinquième rang, va de la parhypate des moyennes à la trite des adjointes. La *sixième*, dans laquelle le ton occupe le sixième rang, s'étend de l'indicatrice des moyennes, soit enharmonique, chromatique, ou diatonique, à la paranète des adjointes, pareillement enharmonique, ou chromatique, ou diatonique. Enfin la *septième*, dans laquelle le ton est à la septième place, va depuis la mèse jusqu'à la nète des adjointes [ou depuis la proslambanomène jusqu'à la mèse].

les copistes, et je dois dire qu'ici ma restitution diffère totalement de celle de M. Bellermann. Voici le texte d'après lequel j'ai traduit ; on en trouvera la justification dans la note A*a*.

Τῶν δὲ τοῦ διὰ πασῶν σχημάτων πρῶτον μέν ἐστιν οὗ πρῶτος ὁ τόνος ἐπὶ τὸ ὀξὺ, ἀπὸ ὑπάτης ὑπατῶν ἐπὶ παραμέσην· δεύτερον δὲ οὗ δεύτερος ὁ τόνος ἐπὶ τὸ ὀξὺ, ἀπὸ παρυπάτης ὑπατῶν ἐπὶ τρίτην διεζευγμένων· τρίτον δὲ οὗ τρίτος ὁ τόνος ἐπὶ τὸ ὀξὺ, ἀπὸ λιχανοῦ ὑπατῶν ἐναρμονίου, ἢ χρωματικῆς, ἢ διατόνου, ἐπὶ παρανήτην διεζευγμένων ἐναρμόνιον, ἢ χρωματικὴν, ἢ διάτονον· τέταρτον δὲ οὗ τέταρτος ὁ τόνος ἐστὶν ἐπὶ τὸ ὀξὺ, ἀπὸ ὑπάτης μέσων ἐπὶ νήτην διεζευγμένων· πέμπτον δὲ οὗ πέμπτος ὁ τόνος ἐστὶν ἐπὶ τὸ ὀξὺ, ἀπὸ παρυπάτης μέσων ἐπὶ τρίτην ὑπερβολαίων· ἕκτον δὲ οὗ ἕκτος ὁ τόνος ἐστὶν ἐπὶ τὸ ὀξὺ, ἀπὸ λιχανοῦ μέσων ἐναρμονίου, ἢ χρωματικῆς, ἢ διατόνου, ἐπὶ παρανήτην ὑπερβολαίων ἐναρμόνιον, ἢ χρωματικὴν, ἢ διάτονον· ἕβδομον δὲ οὗ ἕβδομος ὁ τόνος ἐστὶν ἐπὶ τὸ ὀξὺ, ἀπὸ μέσης ἐπὶ νήτην ὑπερβολαίων.

[1] J'ai ajouté au grec les deux mots manquants : ἢ χρωματικῆς, ἢ διατόνου : Bell. χρωματικοῦ (voyez la note 5 de la page précédente).

§ IX. DES DIVERS DIAPASONS DE LA VOIX [1].

[L'étendue naturelle de la voix humaine [2] comprend un intervalle de trois octaves [3]; mais, comme les sons les plus graves sont difficilement appréciables à l'oreille, et que les plus aigus sont d'une émission pénible, nous retranchons, tant à une extrémité qu'à l'autre, la valeur totale d'une octave, et nous chantons les deux octaves qui restent dans le médium et y occupent la place du trope lydien. En descendant d'une quarte, on obtient le trope hypolydien; et, au contraire, en montant [4] d'une quarte, on a le trope hyperlydien.]

Le diapason de la voix peut être de quatre espèces [5] : hypatoïde, mésoïde, nétoïde, hyperboloïde. Dans les voix de la première espèce sont compris cinq tétracordes, deux hypolydiens, deux hypophrygiens, un hypodorien. Dans la seconde il y a trois tétracordes, deux lydiens et un phrygien. Dans la troisième il y a deux tétracordes mixolydiens et un hypermixo-

[1] Bell. p. 76, n° 63 et suiv. — Voyez ci-dessus, p. 20, et la note F.

[2] Cet alinéa ne se trouve pas à cette place dans les manuscrits (cf. Bell. p. 92, n° 94). Il ne paraît même pas être du même auteur, ni rédigé précisément dans les mêmes principes. J'ai cru cependant devoir le placer ici, à cause de sa connexion avec ce qui suit.

[3] M. Bellermann adopte ici, d'après le ms. N_1, la leçon *δὶς διὰ πασῶν*, au lieu de *τρὶς διὰ πασῶν*, que donnent les autres. Mais il est clair que l'on ne peut se fixer à cette leçon; car il en résulterait une contradiction avec les mots *τὴν δὶς διὰ πασῶν* de la page suivante (p. 93, l. 1), attendu que l'on doit trouver une octave de différence. Et, pour arriver à commettre cette erreur, M. Bellermann a dû supposer, comme on le voit dans sa note, que c'était à l'étendue totale des tropes qu'il fallait retrancher une octave; d'où naît pour lui la difficulté imaginaire qu'il signale en cet endroit (p. 93, l. 7 en montant), difficulté résultant de ce qu'en dehors du trope lydien, le système total des quinze tropes contient encore, tant de part que d'autre, *une octave et un ton*, et non pas une octave seulement.

[4] *Ὑπερβαίνοντες* : Bellermann donne *ἀνατείνοντες*.

[5] D'après l'Hagiopolite (fol. 14 v. l. 16): *τόποι δὲ φωνῶν τέσσαρες*: Bell. et mss. *τόποι φωνῆς*.

lydien. L'hyperboloïde est tout ce qui dépasse l'hypermixolydien.

L'hypatoïde commence à l'hypate des moyennes de l'hypodorien, et s'étend jusqu'à la mèse dorienne[1]. La mésoïde s'étend de l'hypate des moyennes du phrygien à la mèse lydienne. La nétoïde commence à la mèse lydienne et s'étend jusqu'à la nète des conjointes [de l'hypermixolydien[2]]. Tout ce qui dépasse fait partie de l'espèce hyperboloïde.

§ X. DES MÉTABOLES[3].

La *métabole*[3]; *muance*, ou *modulation*, est un changement brusque et violent que l'on imprime à la mélodie, pour la transporter d'un lieu à un autre. Les métaboles peuvent consister, soit dans le genre, soit dans le ton, soit dans le système[4]: dans le genre, comme lorsqu'on passe de l'enharmonique au chromatique, ou réciproquement; dans le ton, comme lorsque, du lydien, du phrygien, etc., on passe à un autre[5]; dans le système enfin, comme lorsque la mélodie passe du système conjoint au disjoint, ou réciproquement[6].

[1] Ἐπὶ μέσην δώριον: Bell. et mss. ἐπὶ μέσων δώριον, ce qui n'a pas de sens.

[2] J'ajoute ici le mot ὑπερμιξολύδιον, nécessaire pour compléter le sens; suivant M. Bellermann, le mot sous-entendu serait λύδιον. — Voir la note F.

[3] Bell. p. 77, n° 65. — Cf. Eucl. p. 10 et 21; Ptol. liv. I, ch. XVI, et liv. II, ch. XV. — Voyez encore ci-dessus, p. 12.

[4] Cette énumération est tout à fait incomplète: d'abord, le traité précédent distingue de plus (p. 12) les métaboles κατὰ ἦθος, κατὰ τόπον, κατὰ ῥυθμόν. Ensuite, Euclide (p. 20, l. 22), et d'après lui Bryenne (p. 390), signalent, en outre, la métabole κατὰ μελοποιΐαν, et enfin Bacchius (p. 13 et 14) en ajoute encore deux autres: κατὰ ῥυθμοῦ ἀγωγὴν et κατὰ ῥυθμοποιΐας θέσιν.

[5] Εἰς ἑαυτοὺς μεταβολαί: Bell. et mss. εἰς αὐτὰς μεταβολή, ce qui fait une double faute.

[6] Ici se trouve dans les manuscrits la définition de la mélopée; v. ci-après, § XIV.

§ XI. DES TROPES EN GÉNÉRAL, ET EN PARTICULIER DU TROPE LYDIEN [1].

La musique est, ainsi que nous l'avons dit, une science composée de plusieurs parties, dont l'une est l'harmonique; or celle-ci se subdivise en *quinze tropes* ou *modes*[2], dont le premier est le lydien.

Les sons ou les *notes* chantés dans chaque trope sont au nombre de dix-huit[3] :

Une proslambanomène	1
Deux hypates (des fondamentales, des moyennes)	2
Deux parhypates (des fondamentales, des moyennes)	2
Cinq indicatrices (des fondamentales, des moyennes, des conjointes, des disjointes, des adjointes)	5
Une mèse	1
Une paramèse	1
Trois nètes (des conjointes, des disjointes, des adjointes)	3
Trois trites (des conjointes, des disjointes, des adjointes)	3
	18

[1] Bell. p. 78, n°s 66 et suiv. — Voyez ci-après, p. 42. — Voyez encore ci-dessus, p. 13; et conf. Aristide Quintilien, p. 10; Alyp. p. 2; Eucl. p. 19; Ptol. p. 61 et suiv.

[2] Voyez la note A.

[3] Cette énumération se trouve placée, dans les manuscrits, après le tableau que nous présentons ici à la page 34 (voyez ci-après, au *verso*; et conf. Bell. p. 79, n° 69); mais la nécessité de ne pas scinder ce tableau nous force (comme on le voit) à faire une légère inversion, qui, du reste, ne tire nullement à conséquence.

Cf. Euclide, p. 3 et suiv.; Aristide Quintilien, p. 9; Nicom. p. 17; Gaud. p. 11 et 18.

NOTES DU TROPE LYDIEN[1],

Les unes à gauche pour la voix, les autres à droite[2] pour les instruments.

Proslambanomène[3] : *zêta* imparfait et *tau* couché . . . . 7⊢

Hypate des fondamentales : *gamma* retourné et *gamma* droit. . . . . ꓶΓ

Parhypate des fondamentales : *bêta* imparfait et *gamma* renversé. . ꓑL

Indicatrice des fondamentales : *phi* et *digamma*. . . . . ΦF

Hypate des moyennes : *sigma* et *sigma*. . . . . ϹϹ

Parhypate des moyennes : *rho* et *sigma* couché[4]. . . . . Pᔕ

Indicatrice des moyennes : *mu* et *pi* allongé. . . . . MΠ

Mèse : *iôta* et *lambda* couché. . . . . I<

Trite des conjointes : *thêta* et *lambda* renversé. . . . . ΘV

Paranète diatonique des conjointes : *gamma* et *nu*. . . . . ΓN

Nète des conjointes : *ôméga* carré renversé, et *zêta* . . . . ꓵZ

Paramèse : *zêta* et *pi* couché. . . . . ZⲄ

Trite des disjointes : *epsilon* carré et *pi* renversé. . . . . Eꓵ

Paranète diatonique des disjointes : *ôméga* carré renversé et *zêta*. . ꓵZ

Nète des disjointes : *phi* couché et *nu* tracé négligemment. . . . . . . ⊖И

Trite des adjointes : *upsilon* renversé et *demi-alpha* gauche. . . . . . ⅄ ⸝

Paranète diatonique des adjointes : *mu* et *pi* allongé, avec accent aigu. . . . . M′Π′

Nète des adjointes : *iôta* et *lambda* couché, avec accent aigu. . . . . I′ <′

[1] Bell. p. 78, n° 67. — Voyez la note G.

[2] Dans le texte, il y a *au-dessus* et *au-dessous*, ἄνω, κάτω; mais, pour plus de commodité, j'ai placé, *suivant l'usage établi*, les notes instrumentales à la droite des notes vocales, au lieu de les placer au-dessous comme elles le sont dans le ms.

[3] Ἐπεὶ ἤθελε (ὁ Πυθαγόρας) καὶ τοὺς τελείους ἄκρους ἀποπληροῦν τὴν δὶς διὰ πασῶν συμφωνίαν, προσέθετο καὶ τὴν (lis. τὸν) προσλαμβανόμενον, καὶ διὰ τοῦτο καὶ προσλαμβανόμενος ἐκλήθη (Pachym. fol. 22 v. l. 21).

Τί ἐστι τὸ προσλαμβανόμενος (lis. προσλαμβανόμενον); ὅ, τι ἀρχόμενοι ἐπιτείνειν τὸ πνεῦμα, προσλαμβάνοντες τὸν ἀέρα μελῳδοῦμεν, τοὺς δὲ ἀκολούθους ἐκπέμποντες μᾶλλον ἢ λαμβάνοντες (man. 3027, fol. 31 *recto*, l. 16).

Cf. Euclide, p. 3 et suiv.; Arist. Quint. p. 9 et suiv.; Aristox. p. 22.

[4] Σίγμα ἀνεστραμμένον : cette locution est incorrecte, et il faudrait σίγμα πλάγιον, car σίγμα ἀνεστραμμένον n'est pas ᔕ, mais ट. Meybaum, à qui est due cette remarque, d'après laquelle il a tenté de ré-

Le caractère[1] de chaque son est double [comme on le voit], parce qu'en effet chaque son a deux emplois, l'un dans la voix, l'autre dans les instruments[2]; ou bien encore parce que, dans le milieu des morceaux de chant, on intercale parfois des passages dépourvus de paroles[3]; et, dans ce cas, il est nécessaire d'employer des *notes* différentes pour représenter les sons. En outre, la partie instrumentale[4] doit toujours commencer seule l'exécution, pour indiquer ainsi la forme que doit affecter l'accompagnement. D'ailleurs, on ne met pas toujours les notes sur les paroles[5] : bien souvent il faut modifier et étendre le chant suivant la diversité des mots[6]. Et puis [comme nous l'avons dit], il peut y avoir passage à une phrase purement instrumentale, soit intercalée entre les paroles, soit ajoutée à la suite. — En résumé donc, les notes de gauche[7] sont pour les paroles et pour la voix seule, et celles de droite pour l'instrument et pour les mains.

TRAITÉS GRECS relatifs à la musique.

former la nomenclature, a cependant, en cette circonstance, violé le principe qu'il voulait établir, en conservant l'expression *ἀνεστραμμένον* dans Alypius (p. 3, l. 17) et dans Gaudence (p. 25, l. 14).

[1] Bell. *ibid.* n° 68.

[2] Ἐπὶ *κρούσεως*.

[3] Κῶλα : ce mot diffère essentiellement de *κροῦσις* et de *κροῦμα*, en ce que ces derniers se rapportent à l'accompagnement proprement dit, tandis que le premier désigne une phrase purement instrumentale. — Voyez ci-dessus, p. 6, le passage des *Anecdota* de M. Boissonade.

[4] M. Bellermann me paraît dans l'erreur quand il prend *μέλος* pour la partie vocale, *cantilena*. — V. ci-dessus, p. 6, n. 1.

[5] Οὐ *ῥητῷ παραλέληπται ἡ στίξις*, conformément au manusc. 2460; les autres donnent *παραλέλειπται*, leçon adoptée par M. Bellermann; l'Hagiopolite, *περιλέληπται*; Meybaum, dans ses Prolégomènes, *παρείληπται*. Le mot à mot de la phrase grecque est donc : « La note n'a pas été prise pour accompagnement (de *παραλαμβάνω*) à la parole *ou* par la parole; » ou bien, avec la leçon *παραλέλειπται* : « La note n'a pas été laissée à la parole *ou* sur la parole. » La confusion des deux mots *λέλειπται* et *λέληπται* est fréquente; et Wallis me paraît avoir pris le premier pour le second dans son édition de Ptolémée (liv. III, ch. XVI, p. 151, l. 6 de ce chap.).

Voy. encore, dans les notes de M. Boissonade sur la Vie de Proclus par Marinus (p. 105), la remarque d'une confusion semblable entre les mots *ἀπαραλείπτως* et *ἀπαραλήπτως*, *εὐδιάληπτον* et *εὐδιάλειπτον*.

[6] Voyez la note H.

[7] Supérieures, inférieures (v. ci-dessus).

Il y a[1] :

De la proslambanomène à		l'hypate		1 ton.
De l'hypate	des fondamentales à	la parhypate	des fondamentales	½
De la parhypate		l'indicatrice diatonique		1
De l'indicatrice diatonique		l'hypate		1
De l'hypate	des moyennes à	la parhypate	des moyennes	½
De la parhypate		l'indicatrice diatonique		1
De l'indicatrice diatonique		la MÈSE		1
De la MÈSE à		la trite		½
De la trite	des conjointes à	l'indicatrice diatonique	des conjointes	1
De l'indicatrice diatonique		la nète		1
De la MÈSE à		la paramèse		1
De la paramèse à		la trite		½
De la trite	des disjointes à	l'indicatrice diatonique	des disjointes	1
De l'indicatrice diatonique		la nète		1
De la nète		la trite		½
De la trite	des adjointes à	l'indicatrice diatonique	des adjointes	1
De l'indicatrice diatonique		la nète		1

§ XII. RAPPORT NUMÉRIQUE DES CONSONNANCES[2].

L'intervalle de *quarte* comprend quatre sons ou trois intervalles valant deux tons et demi, ou cinq demi-tons, ou dix diésis[3]; et il est dans le rapport *épitrite*, c'est-à-dire de 4 : 3.

L'intervalle de *quinte* comprend cinq sons ou quatre intervalles, trois tons et demi, ou sept demi-tons, ou quatorze diésis; et il est dans le rapport *hémiole*, c'est-à-dire de 3 : 2.

L'intervalle d'*octave* comprend huit sons, sept intervalles, six tons, ou douze demi-tons, ou vingt-quatre diésis; et il est dans le rapport *double*, c'est-à-dire de 2 : 1.

Parmi les consonnances, les unes sont simples, les autres composées. Les consonnances simples sont la quarte et la quinte; les composées sont l'octave, la onzième, la douzième, et la quinzième. Au nombre des consonnances simples on a

[1] Bell p. 79, n° 70.

[2] Bell. p. 79, n° 71 et suiv. — Cf. Ptol. liv. I, chap. V, VI et suiv. et liv. II, ch. XIV; Eucl. p. 13, 23 et 30; Aristoxène, p. 20 et 45.

[3] Voyez ci-dessus, p. 11.

aussi compris le *ton*[1]; et, en l'employant comme mesure de la première consonnance [la quarte[2]], on a trouvé que le semi-ton est compris entre $\frac{19}{18}$ et $\frac{20}{19}$.[3]

Le ton se divise en deux semi-tons inégaux, l'un majeur, nommé *comma*[4] par les musiciens; l'autre, mineur, nommé *limma*[5]. Le ton est dans le rapport *sesquioctave*, c'est-à-dire de 9 : 8.

[1] Παντὸς διαστήματος γνωριμώτατον μέρος τε καὶ μέτρον ἐστὶ τὸ καλούμενον τονιαῖον διάστημα (Théon de Smyrne, p. 83, l. 4). — Voy. ci-dessus, p. 27, note 2.

[2] Κυριωτάτη πασῶν ἡ διὰ τεσσάρων συμφωνία (Théon de Smyrne, p. 100, l. 17). —Στοιχειωδέστατον τὸ διὰ τεσσάρων ἐστὶν (Pachym. fol. 24 *r.* l. 25). — Πρῶτον ἐν μουσικῇ σύστημα σύμφωνον... τὸ διὰ τεσσάρων (Arist. Quint. p. 122, l. 30).

[3] Voyez la note I. — Cf. Aristox. p. 20, 24, 28, 46, 55; Gaud. p. 15, l. 23; Ptol. p. 22, l. 33; Porph. p. 305, l. 1; Arist. Quint. p. 115.

[4] M. Bellermann observe avec raison (p. 80) que le mot κόμμα remplace ici fautivement le mot ἀποτομή : car le demi-ton majeur se nomme *apotome;* et le *comma* n'est que l'excès de l'apotome sur le limma (Procl. *in Tim.* p. 196, l. 23). — Cf. H. Martin, *Études sur le Timée*, t. I, p. 410.

[5] Καλούμενον παρὰ τοῖς μουσικοῖς ἡμιτόνιον, παρὰ δὲ τοῖς ἁρμονικοῖς λεῖμμα (Pach. fol. 55 *v.* l. 16).

COMMENT IL FAUT ÉVALUER LES RAISONS DES CONSONNANCES *.

La quarte est	:: 4 : 3	[La quarte redoublée est	:: 8 : 3]
	:: 8 : 6		[:: 16 : 6]
	:: 12 : 9		[:: 24 : 9]
	....		....
La quinte	[:: 3 : 2]	La quinte redoublée	[:: 3 : 1]
	:: 6 : 4		[:: 6 : 2]
	:: 9 : 6		:: 9 : 3
	:: 12 : 8		:: 12 : 4
	....		....
L'octave	[:: 2 : 1]	La double octave	[:: 4 : 1]
	[:: 4 : 2]		:: 8 : 2]
	:: 6 : 3		:: 12 : 3
	:: 8 : 4		....
	....		....

Le ton est :: 9 : 8; c'est pourquoi l'on dit qu'il est dans le rapport *sesquioctave*.

* Ce tableau se trouve, dans les manuscrits, tout à fait à la fin du traité (voy. Bellermann, p. 97, n° 103); j'ai cru devoir en faire une note, qu'il m'a paru convenable de placer ici. Le titre grec est : Πῶς δεῖ καταλαβέσθαι τὰς συμφωνιῶν (mss. et Bell. τὰς διαφορῶν) τάξεις· οἷον... κ.τ.λ. — J'ai rétabli quelques rapports manquants, notamment les rapports dits πυθμένες, c'est-à-dire *réduits à leur plus simple expression*.

§ XIII. NOMS ET SIGNES DES SONS[1].

Les proslambanomènes des quinze tropes se disent [dans la solmisation] . . . . τε[2]
Les hypates . . . . τα
Les parhypates . . . . τη
Les indicatrices[3] . . . . τω
Les mèses . . . . τε
Les paramèses[4] . . . . τα
Les trites . . . . τη
[Les paranètes[5] . . . . τω]
Les nètes[6] . . . . τα[7]

Il y a cinq tétracordes :
Celui des hypates ou fondamentales,
des mèses ou moyennes,
des conjointes,
des disjointes,
des adjointes.

[1] Bell. p. 80, n° 77 et suiv.

[2] Si je change en τε la syllabe de solmisation de la proslambanomène qui est τω dans l'auteur, c'est d'après l'autorité d'Aristide Quintilien (p. 94, l. 28). Meybaum avait déjà remarqué (p. 300) la contradiction qui existe entre les manuscrits des deux auteurs, sans oser, toutefois, se prononcer pour aucun des deux. Mais Aristide Quintilien étant vraisemblablement ici l'auteur original, c'est à lui que nous devons nous en rapporter, surtout lorsque son témoignage se trouve d'accord avec la logique.

M. Bellermann (p. 26) reconnaît aussi l'opportunité de ce changement, quoique lui-même conserve la syllabe τω par respect pour les manuscrits. Remarquons

Κεφον ιγ'. ΤΩΝ ΦΘΟΓΓΩΝ ΟΝΟΜΑΤΑ ΤΕ ΚΑΙ ΣΗΜΕΙΑ[1].

Τῶν δεκαπέντε τρόπων οἱ προσλαμβανόμενοι λέγουσι.......... τε[2]

Αἱ ὑπάται.......... τα

Αἱ παρυπάται.......... τη

Αἱ διάτονοι[3].......... τω

Αἱ μέσαι.......... τε

Αἱ παράμεσαι[4].......... τα

Αἱ τρίται.......... τη

[Αἱ παρανῆται[5].......... τω]

Αἱ νῆται[6].......... τα[7]

Τετράχορδα δὲ ἐσΊὶ πέντε·

ὑπατῶν,

μέσων,

συνημμένων,

διεζευγμένων,

ὑπερβολαίων.

d'ailleurs, en passant, que rien n'est plus commun dans les manuscrits que la confusion des lettres ε et ω. Il semblerait aussi que l'on ne dût dire τε sur la mèse que dans le système disjoint, la syllabe τα devant être employée dans le système conjoint; puis encore, que, dans le premier, on dût également dire τε sur la nète des adjointes; mais rien, dans les auteurs, ne nous autorise à établir ces distinctions.

[3] Les *indicatrices diatoniques*; Bellerm. οἱ διάτονοι. — Voy. la note E.

[4] Bellermann, αἱ παράμεσοι.

[5] Martin Gerbert (*De cantu et musica sacra*, t. II, p. 55) confirme la justesse de l'addition que je fais ici.

[6] Νῆται, conformément à l'usage, et non νῆται, comme on le trouve dans Bellermann.

[7] Voyez la note J.

SYSTÈME IMMUABLE[1].

PETIT SYSTÈME[3] PARFAIT[4].

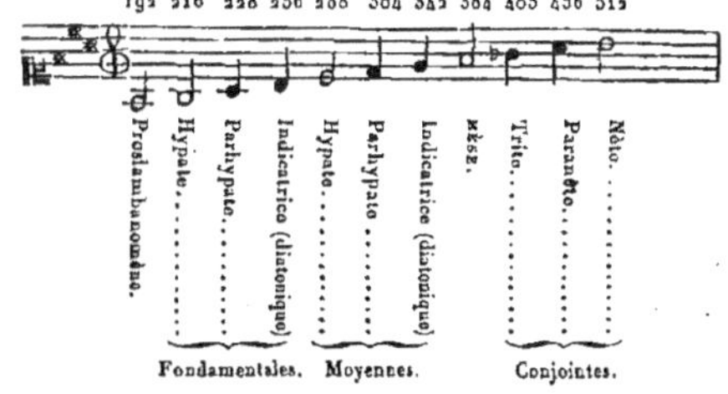

GRAND SYSTÈME[5] PARFAIT.

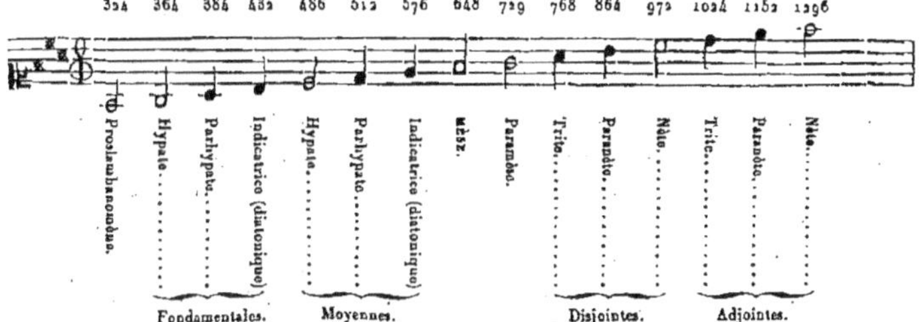

[1] Scoliaste de Ptol. (sur la p. 59, l. 5) : Ἀμετάβολον λέγεται σύστημα [οὐχ ἄλλως ἢ] διὰ τὴν τόνου [τοῦ διαζευκτικοῦ] δύναμιν. — Cf. Euclid. p. 18, l. 13.

[2] La clef d'*ut* avec les trois *dièses* est celle qui paraît correspondre au trope lydien (v. la note F); mais nous avons cru devoir, au moyen de la clef de *sol*, ramener le tout au ton naturel, pensant faciliter ainsi l'intelligence du système grec.

[3] Cf. Nicom. p. 30, l. 14.

[4] Τέλειον σύστημα λέγεται, τὸ περί-

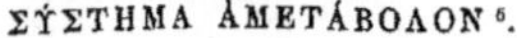
ΣΥΣΤΗΜΑ ἈΜΕΤΑΒΟΛΟΝ [6].

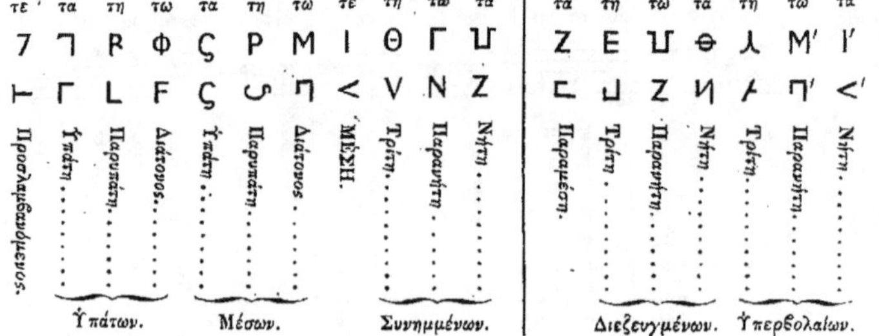

ΣΥΣΤΗΜΑ ΤΕΛΕΙΟΝ ἘΛΑΤΤΟΝ.

ΣΥΣΤΗΜΑ ΤΕΛΕΙΟΝ ΜΕΙΖΟΝ [9].

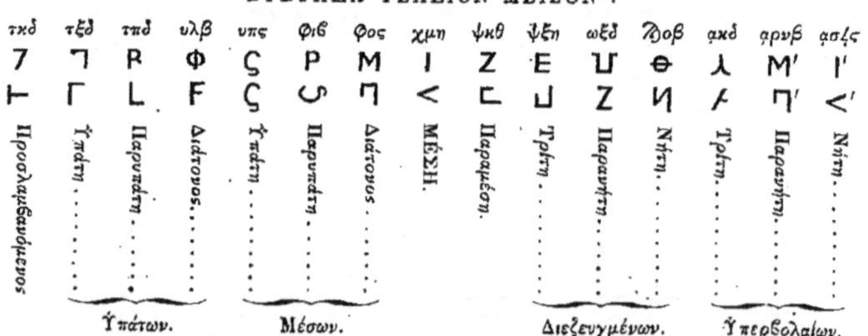

εχον πάσας τὰς συμφωνίας μετὰ τῶν καθ' ἑκάστην εἰδῶν.... ὥσπερ συμφωνία συμφωνιῶν (Pach. fol. 40 r. l. dern. et v. l. 1). — Cf. Ptol. liv. II, ch. IV, VIII, IX; et liv. III, ch. 1; Arist. Quint. p. 16.

[5] Cf. Gaud. p. 17, l. 20.

[6] Voy. la note K; et conf. Bellermann, p. 81, n° 77; et 83, n° 79.

[7] Man. τω (voy. ci-dessus, p. 38).

[8] Voy. la note L.

[9] Cette portion du tableau se trouve beaucoup plus loin (cf. Bell. p. 94, n° 96).

§ XIV. DE LA MÉLOPÉE [1].

La *mélopée* [2] est l'art d'employer les éléments [3] dont il a été traité jusqu'ici.

L'*agoge* ou *conduite* [4] est une *marche* suivie en partant des sons graves, ou un mouvement des sons en allant du grave à l'aigu; l'*anaclèse* [5] ou *retraite* est le contraire.

Les agoges et les anaclèses doivent être chantées en soutenant les sons plutôt qu'en les abrégeant; car une plus longue durée, une émission soutenue pendant un certain temps, est une source de plaisir pour l'oreille, à qui elle permet [6] une appréciation plus exacte.

TRANSCRIPTION DES CONSONNANCES DU MODE LYDIEN [7].

. . . .

SÉPARATION ET MÉLANGE DES CONSONNANCES DE QUINTE [8].

. . . .

[1] Cf. Eucl. p. 22; Bryenne, p. 479 et 501; Bacchius, p. 9 et suiv., 19 et suiv.; Aristox. p. 38; Ptol. p. 85; Arist. Quint. p. 28.

[2] Cette première phrase se trouve dans les manuscrits avant le paragraphe des *tropes* (ci-dessus, p. 33). Je dois même dire que M. Bellermann (p. 77, n° 66), supprimant le point après le mot ὑποκ., la considère comme le commencement du paragraphe des *tropes* : Μελοπ. δέ ἐσΊι π. χ. τ. ὑποκειμένων τῆς μουσικῆς ἐπ. πολυμ. ὑπαρχ. . . . κ. τ. λ.

[3] L'Hagiopolite est le seul manuscrit de Paris qui donne cette leçon; tous les autres portent ὑπομένων ou ἑπομένων.

[4] Bell. p. 82, n° 78.

[5] Bell. et mss. ἀνάλυσις (voy. la note M).

[6] Bell. ποριζεται.—Les manuscrits sont unanimes pour la leçon χαρίζεται; cepen-

Κεφον ιδ'. ΠΕΡῚ ΜΕΛΟΠΟΙΐΑΣ [1].

Μελοποιΐα [2] δέ ἐσ7ὶ ποιὰ χρῆσις τῶν ὑποκειμένων [3].

Ἀγωγὴ [4] προσεχὴς ἀπὸ τῶν βαρυτέρων ὁδὸς, ἡ κίνησις φθόγΓων ἐκ βαρυτέρου τόπου ἐπὶ ὀξύτερον· ἀνάκλησις [5] δὲ τοὐναντίον.

Τὰς ἀγωγὰς καὶ τὰς ἀνακλήσεις δεῖ μελῳδεῖν ἐκτείνοντας μᾶλλον καὶ μὴ βραχύνοντας τοὺς φθόγΓους· ἡ γὰρ ἔμμονος αὐτῶν καὶ ἐπιμηκεσ7έρα ἐκφώνησις ἀκριϐεσ7έραν τῇ ἀκοῇ χαρίζεται [6] τὴν κρίσιν.

Τῶν τοῦ λυδίου τρόπου συμφωνιῶν αἱ μεταγραφαί [7].

. . . .

Διαιρέσεις καὶ μίξεις τῶν διὰ πέντε συμφωνιῶν [8].

. . . .

dant M. Bellermann n'indique pas de variante et ne dit pas où il a pris la leçon ποϱίζεται.

[7] Bell. (p. 84, n° 80) : καταγραφαί. — Ce titre et le suivant ne sont pas remplis dans les manuscrits : le premier nous paraîtrait l'être convenablement au moyen du passage de Bacchius compris depuis la p. 4, lig. 4, de cet auteur, jusqu'à la p. 6, lig. 11. Quant au second, d'après la place qu'il occupe (voy. Bellerm. p. 86), il est vraisemblable que le signe Z ou 7, qui précède, dans les manuscrits, les mots ὁ ῥυθμὸς, était le commencement du passage destiné à remplir ce titre.

[8] Mss et Bell. p. 86, n° 82 : διαιρέσεις ἡ καὶ μίξεις. . . . κ. τ. λ.

Ce titre ne se trouve dans les manuscrits qu'après les tableaux de synthèse et d'analyse des quartes.

TRAITÉS GRECS relatifs à la musique.

CONDUITE ET RETRAITE DE LA QUARTE PAR LA SYNTHÈSE[1].

SYNTHÈSE.

CONDUITE.		RETRAITE[2].	
Proslepsis[3].	Proscrousis.	Eclepsis.	Eccrousis.

4

5

[1] Bell. p. 84, n° 80.

[2] Voir la note M.

[3] Cf. Bryenne, p. 485.

[4] Voir, pour la double clef, p 40, note 2.

[5] Bell., d'après les mss., donne V, c. à d. *si bémol*, au lieu de *si bécarre*. La leçon V

ἈΓΩΓῊ ΚΑῚ ἈΝΆΚΛΗΣΙΣ ΤΟΥ͂ ΔΙᾺ ΤΕΣΣΆΡΩΝ ΚΑΤᾺ ΣΎΝΘΕΣΙΝ[1].

ΣΎΝΘΕΣΙΣ.

Ἀγωγή.						Ἀνάκλησις[2].					
Πρόσληψις[3].				Πρόσκρουσις.		Ἔκληψις.				Ἔκκρουσις.	
Ͱ	Γ	L	F	Ͱ	F	F	L	Γ	Ͱ	F	Ͱ
Γ	L	F	ς	Γ	ς	ς	F	L	Γ	ς	Γ
L	F	ς	ᘐ	L	ᘐ	ᘐ	ς	F	L	ᘐ	L
F	ς	ᘐ	ᒣ	F	ᒣ	ᒣ	ᘐ	ς	F	ᒣ	F
ς	ᘐ	ᒣ	<	ς	<	<	ᒣ	ᘐ	ς	<	ς
ᘐ	ᒣ	<	V	ᘐ	V	V	<	ᒣ	ᘐ	V	ᘐ
ᒣ	<	⊏[5]	⊔	ᒣ	⊔	⊔	⊏	<	ᒣ	⊔	ᒣ
<	⊏	⊔	Z	<	Z	Z	⊔	⊏	<	Z	<
⊏	⊔	Z	И	⊏	И	И	Z	⊔	⊏	И	⊏
⊔	Z	И	⊬	⊔	⊬	⊬	И	Z	⊔	⊬	⊔
Z	И	⊬	ᒣ′	Z	ᒣ′	ᒣ′	⊬	И	Z	ᒣ′	Z
И	⊬	ᒣ′	<′	И	<′	<′	ᒣ′	⊬	И	<′	И

dans une progression ascendante est évidemment une erreur de copiste dont la source est facile à reconnaître. Perne (voy. ses manuscrits) ne l'a point remarquée ; et M. Bellermann, qui l'a signalée, reste pourtant dans l'incertitude à cet égard.

TRAITÉS GRECS relatifs à la musique.

CONDUITE ET RETRAITE DE LA QUARTE PAR L'ANALYSE[1].

ANALYSE.

CONDUITE.		RETRAITE.	
Proscrousis.	Proslepsis.	Eccrousis.	Eclepsis.

[2]

[1] Bell. p. 85, n° 81.

[2] Voir p. 40, note 2.

TRAITÉS GRECS relatifs à la musique.

ἈΓΩΓῊ ΚΑῚ ἈΝΆΚΛΗΣΙΣ ΤΟΥ͂ ΔΙᾺ ΤΕΣΣΆΡΩΝ ΚΑΤ' ἈΝΆΛΥΣΙΝ[1].

ἈΝΆΛΥΣΙΣ.

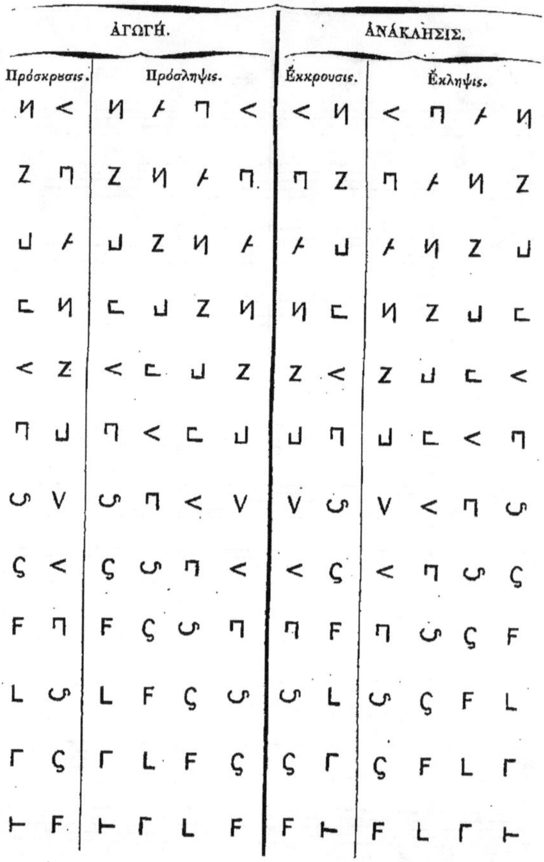

ἈΓΩΓΉ.						ἈΝΆΚΛΗΣΙΣ.					
Πρόσκρουσις.		Πρόσληψις.				Ἔκκρουσις.		Ἔκληψις.			
И	<	И	⊬	⅂	<	<	И	<	⅂	⊬	И
Z	⅂	Z	И	⊬	⅂	⅂	Z	⅂	⊬	И	Z
⊔	⊬	⊔	Z	И	⊬	⊬	⊔	⊬	И	Z	⊔
⊏	И	⊏	⊔	Z	И	И	⊏	И	Z	⊔	⊏
<	Z	<	⊏	⊔	Z	Z	<	Z	⊔	⊏	<
⅂	⊔	⅂	<	⊏	⊔	⊔	⅂	⊔	⊏	<	⅂
Ω	V	Ω	⅂	<	V	V	Ω	V	<	⅂	Ω
ς	<	ς	Ω	⅂	<	<	ς	<	⅂	Ω	ς
F	⅂	F	ς	Ω	⅂	⅂	F	⅂	Ω	ς	F
L	Ω	L	F	ς	Ω	Ω	L	Ω	ς	F	L
Γ	ς	Γ	L	F	ς	ς	Γ	ς	F	L	Γ
⊢	F	⊢	Γ	L	F	F	⊢	F	L	Γ	⊢

TRAITÉS GRECS relatifs à la musique.

§ XV. DU RHYTHME [1].

Le *rhythme* se compose de l'*arsis* [2] et de la *thésis*, c'est-à-dire du *levé* et du *frappé*, et du *temps* que quelques-uns nomment *temps vide* ou *silence*.

[Le temps ne pouvant se servir à lui-même de mesure, c'est par les choses qui se passent en lui que l'on doit l'évaluer [3].]

Les diverses espèces de durée qu'il présente sont :

[Outre la *brève* ou le *temps simple*................ ♪]
La *longue de deux temps* [4]........................ – [♩]
La *longue de trois temps*........................ ⌞ [♩.]
La *longue de quatre temps*....................... ⊔ [𝅗𝅥]
La *longue de cinq temps, etc.*.................... ш [𝅗𝅥‿♪]
Le *temps vide bref* [5] ou *silence d'un temps*............ Λ [𝄾]
Le *temps vide long* ou *silence de deux temps*........... Λ̄ [𝄽]
Le *silence de trois temps*........................ ⌞Λ [𝄽.]
Le *silence de quatre temps*....................... ⊔Λ [𝄼]
Le *silence de cinq temps, etc*..................... шΛ [𝄼‿𝄾]

[1] Bell. p. 17, n°s 1 et suiv., 83 et suiv. Les titres sont, dans son édition : Τέχνη μουσικῆς pour le n° 1, et Περὶ μελοποιίας pour le n° 83.

Je répéterai ici ce que j'ai dit dans l'avertissement (p. 3 et 4), savoir, que tout ce qui est relatif au rhythme et aux figures de la mélopée se trouve reproduit deux fois dans les manuscrits, au commencement et à la fin; et que c'est en réunissant ce passage sous ses deux formes, que j'ai composé les §§ XV et XVI de ce second traité. Cette explication suffit, à peu de chose près, pour rendre raison des différences que l'on pourra remarquer entre mon texte et celui de M. Bellermann. — Pour ce qui est relatif au rhythme en particulier, voir la note N.

[2] Ἄρσιν λέγομεν εἶναι ὅταν μετέωρος ᾖ ὁ ποῦς, ἡνίκα ἂν μέλλωμεν ἐμβαίνειν· θέσιν δὲ ὅταν κείμενος (Bacch. p. 24, l. 7).

[3] Ce passage se trouve beaucoup plus loin, avant le § XVII (cf. Bell. p. 93, n° 95). Ὁ μὲν χρόνος αὐτὸς αὐτὸν οὐ τέμνει·

TRAITÉS GRECS relatifs à la musique.

Κεφον ιε'. ΡΥΘΜΟΥ ΠΕΡΙ [1].

Ὁ ῥυθμὸς συνέστηκεν ἔκ τε ἄρσεως [2] καὶ θέσεως, καὶ χρόνου τοῦ καλουμένου ὑπ' ἐνίων κενοῦ.

[Ὁ χρόνος ἑαυτὸν οὐ δύναται μετρῆσαι· τοῖς οὖν ἐν αὐτῷ γινομένοις μετρεῖται [3].]

Διαφοραὶ δὲ αὐτοῦ αἵδε·

Μακρὰ δίχρονος [4]........................... –

Μακρὰ τρίχρονος........................... ⌞

Μακρὰ τετράχρονος........................... ⊔

Μακρὰ πεντάχρονος........................... ⊔⊔

Κενὸς βραχὺς [5]........................... Λ

Κενὸς μακρὸς διχρόνου........................... Λ̄

Κενὸς Ꙇ [6] τριχρόνου........................... ⌞ over Λ

Κενὸς Ꙇ τετραχρόνου........................... ⊔ over Λ

[Κενὸς Ꙇ πενταχρόνου [7]........................... ⊔⊔ over Λ]

.... ἑτέρου δέ τινος δεῖ τοῦ διαιρήσοντος αὐτὸν (Aristox. *Rhythm.* p. 272, l. 6).

[4] Perne observe (voir ses manuscrits) que Gafforio fait mention de ces signes de durée dans l'ouvrage intitulé *Practica utriusque cantus* (Venet. 1612).

[5] Bell. p. 97, n° 102.

Κενός ἐστι χρόνος ἄνευ φθόγγου πρὸς ἀναπλήρωσιν τοῦ ῥυθμοῦ. Λεῖμμα δὲ ἐν ῥυθμῷ, χρόνος κενὸς ἐλάχιστος. Πρόσθεσις δὲ χρόνος κενὸς μακρὸς ἐλαχίστου διπλασίων (Aristide Quint. p. 40, à la fin).

[6] Ce signe abréviatif, pour désigner μακρός, ne se trouve ni dans Ducange, ni dans aucun recueil que je connaisse.

[7] Bell. Κενὸς βραχύς· κενὸς μακρός· κενὸς μακρὸς τρίς· κενὸς μακρὸς τετράκις (mss. τέσσαρες); le reste est omis. J'observe de plus que, dans les manuscrits, ceci se trouve beaucoup plus loin (conf. Bell. p. 97). Je dois ajouter que M. Bellermann, à la page 17, avait placé les

Or la *thésis* s'indique en laissant la note qui représente le son ou le silence dépourvue de toute marque, comme ceci ⊢, et l'*arsis* en *ponctuant* la note, comme ceci ⊢̇ .

[On appelle *chants coulants* ou *chants confus*[1], soit dans la musique vocale, soit dans la musique instrumentale, tout ce qui est chanté ou joué de suite avec des mesures de temps toutes égales entre elles.]

Ainsi, tout ce qui, dans une mélodie écrite, soit pour la voix, soit pour les instruments, se trouve sans aucun point, sans temps vide, sans indication d'aucune espèce de durée, soit de deux temps ¯, soit de trois ˪, de quatre ⊔, ou de cinq ⧢, tout cela prend le nom de *chant coulant* [*plain-chant*], quand c'est pour la voix; et dans la musique instrumentale seulement on se sert de l'expression *diapsêlaphêmes*[2] [ou *diapsalmes*].

La figure nommée *diastole*[3] s'emploie, dans la musique vocale ou instrumentale, pour indiquer une *pause* et séparer les passages qui précèdent de ceux qui viennent ensuite; elle se trace ainsi : ⟩ .

signes de durée au-dessous du A; mais, à la page 97, il reconnaît que ces signes doivent être au-dessus. Il supprime, du reste, le silence de cinq temps, croyant se conformer à la rédaction primitive de l'auteur. Il me paraît, au contraire, que ce signe existait, mais que le A a disparu par la négligence des copistes.

[1] Ce passage se trouve également avant le § XVII, et précède les mots ὁ χρόνος... (voyez ci-dessus, page 48, note 3; et consultez aussi Bellermann, page 93, n° 95).

Κεχυμέναι ᾠδαί, ᾠδῇ κεχυμένα, mot à mot *chants coulants* ou plutôt *chants confus*, signifie évidemment, d'après le texte, un chant dépourvu de rhythme, et par conséquent quelque chose d'analogue à notre *plain-chant*. Au surplus, voici, pour confirmation, un passage d'Aristide Quintilien, qui indique les diverses combinaisons que l'on peut faire entre les paroles, le chant, et le rhythme (p. 32, l. 4) :

Ἡ μὲν οὖν θέσις σημαίνεται ὅταν ἁπλῶς τὸ σημεῖον ἄσΊικτον ᾖ, οἷον ⊢· ἡ δ' ἄρσις ὅταν ἐσΊιγμένον, οἷον ⊢̇ ....

[Κεχυμέναι ᾠδαὶ καὶ μέλη λέγεται, τὰ κατὰ χρόνον σύμμετρα καὶ χύδην κατὰ τοῦτον μελῳδούμενα [1]].

Ὅσα οὖν ἤτοι δι' ᾠδῆς ἢ μέλους, χωρὶς σΊιγμῆς, ἢ χρόνου τοῦ καλουμένου παρά τισι κενοῦ γράφεται, ἢ μακρᾶς διχρόνου ‾, ἢ τριχρόνου ⌞, ἢ τετραχρόνου ⊔, ἢ πενταχρόνου ⧢, τὰ μὲν [ἐν] ᾠδῇ κεχυμένα λέγεται, ἐν δὲ μέλει μόνῳ καλεῖται διαψηλαφήματα.

Ἡ δὲ λεγομένη διασΊολὴ ἐπί τε τῶν ᾠδῶν καὶ τῆς κρουματογραφίας, παραλαμβάνεται ἀναπαύουσα καὶ χωρίζουσα τὰ προάγοντα ἀπὸ τῶν ἐπιφερομένων ἑξῆς· ἔσΊι δὲ αὐτῆς σχῆμα σημεῖον τόδε ⊃.

Μέλος νοεῖται, καθ' αὑτὸ μὲν, τοῖς διαγράμμασι καὶ τοῖς ἀτάκτοις μελῳδίαις· μετὰ δὲ ῥυθμοῦ μόνου, ὡς ἐπὶ τῶν κρουμάτων καὶ κώλων· μετὰ δὲ λέξεως μόνης, ἐπὶ τῶν καλουμένων κεχυμένων ᾀσμάτων. Ῥυθμὸς δὲ, καθ' αὑτὸν μὲν, ἐπὶ ψιλῆς ὀρχήσεως· μετὰ δὲ μέλους, ἐν κώλοις· μετὰ δὲ λέξεως μόνης, ἐπὶ τῶν ποιημάτων.... Ταῦτα δὲ σύμπαντα μιγνύμενα τὴν ᾠδὴν ποιεῖ (Arist. Quint. p. 32, l. 4). — Συγκεχυμένη ἁρμονία, *harmonie*, ou plutôt, dans le sens moderne, *mélodie dépourvue de rhythme* (*id.* 76, 13).

[1] Voyez la note O.

[2] La définition de la *diastole* se trouve, dans les manuscrits, à la suite de celle du *térétisme;* j'ai pensé qu'elle devait être placée ici. En outre, je rétablis, d'après le man. 2460, le signe de cette figure, que M. Bellermann paraît n'y avoir pas remarqué (Bellermann, p. 22). — Voyez la note P.

TRAITÉS GRECS relatifs à la musique.

§ XVI. DES DIVERSES FIGURES DE LA MÉLODIE[1].

Les noms, les signes, et les figures de la mélodie, se classent comme il suit : la *proslepsis*[2], l'*eclepsis*, la *proscrousis*, l'*eccrousis*, le *proscrousmus*, l'*eccrousmus*, le *compismus*, le *mélismus*, le *térétisme*.

La *proslepsis* est l'élévation ou le transport mélodique d'un son grave à un son aigu ; c'est ce que quelques-uns nomment *hyphen*[3] *en dedans* [*trait d'union, liaison ou ligature en dedans*]. Or cela peut se faire de plusieurs manières, soit immédiatement, soit médiatement : immédiatement, c'est-à-dire d'un son au plus voisin, comme *la si, si do, do ré.....;* médiatement, c'est-à-dire en montant d'une tierce *ré fa*, d'une quarte *ré sol*, d'une quinte *ré, la, etc.*

L'*eclepsis*[5], au contraire, est l'abaissement d'un son aigu à un plus grave, ce que quelques-uns nomment *hyphen* ou *liaison en dehors*. Et cela peut aussi se faire, soit immédiatement, *mi ré*, soit médiatement, c'est-à-dire par tierce, *fa ré*, par quarte *sol ré*, par quinte *la ré, etc.*

[1] Bell. p. 19, n°s 2 et suiv. 84 et suiv.

[2] Les mots πρόληψις et πρόσληψις se présentent l'un et l'autre plusieurs fois dans les manuscrits. M. Bellermann s'est décidé pour le premier; j'ai adopté le second, parce qu'il me paraît seul propre à être mis en opposition avec le mot ἔκληψις. La même raison m'a déterminé

Κεφον ις'. ΠΕΡῚ ΤΩ͂Ν ΤΟΥ͂ ΜΈΛΟΥΣ ΣΧΗΜΆΤΩΝ[1].

Τὰ δὲ τοῦ μέλους ὀνόματά τε καὶ σημεῖα καὶ σχήματα οὕτω τέτακται· πρόσληψις[2], ἔκληψις, πρόσκρουσις, ἔκκρουσις, προσκρουσμὸς, ἐκκρουσμὸς, μελισμὸς, κομπισμὸς, τερετισμός.

Πρόσληψίς ἐσῖιν ἐκ τοῦ βαρυτέρου Φθόγῖου ἐπὶ τὸν ὀξύτερον κατὰ μέλος ἐπίτασις ἤτοι ἀνάδοσις, ἥν τινες καλοῦσιν ὑΦὲν[3] ἔσωθεν. Τοῦτο δέ γίνεται ποικίλως, ἀμέσως τε καὶ διαμέσου· ἀμέσως μὲν, ἐκ τοῦ ἐγγὺς Φθόγῖου, οἷον·

τε[4]-α, τα-η, τη-ω, τω-α, τα-η, τη-ω, τω-ε·

⊢Γ, ΓL, LF, FϚ, ϚƱ, ƱΠ, Π<·

Ἐμμέσως δὲ, οἷον διὰ τριῶν . . . . FƱ [τω-η]

διὰ τεσσάρων . . . . FΠ [τω-ω]

διὰ πέντε. . . . . F< [τω-ε]

Ἔκληψις[5] δὲ τὰ ὑπεναντία τούτοις, ἀπὸ τῶν ὀξυτέρων ἐπὶ τὰ βαρέα ἄνεσις, ἥν τινες ὀνομάζουσιν ὑΦὲν ἔξωθεν, οἷον·

Ἀμέσως μὲν . . . . ϚF

Ἐμμέσως δὲ, διὰ τριῶν . . . . ƱF

διὰ τεσσάρων . . . . ΠF

διὰ πέντε . . . . <F

pour πρόσκρουσις, au lieu de πρόκρουσις adopté par M. Bellermann. — Voy. mes notes M et R.

[3] Voy. la note Q.

[4] Mss. τω (voy. ci-dessus, p. 38 et 41).

[5] Voy. la note R.

La *proscrousis*[1] consiste en deux émissions de voix distinctes, en deux sons détachés, valant chacun un temps ou une brève, et allant d'une note grave à une note aiguë, soit immédiatement, *ré mi*, soit médiatement, par tierce, *ré fa*, par quarte, *ré sol*, par quinte, *ré la*, *etc.*

L'*eccrousis* est, au contraire [aussi en détachant les sons], l'abaissement opéré d'une note aiguë à une plus grave, soit immédiatement, *mi ré*, soit médiatement, par tierce, *fa ré*, par quarte, *sol ré*, par quinte, *la ré*, *etc.*

[Le *proscrousmus*[2] a lieu lorsque, un même son devant être émis deux fois, on intercale au milieu le son inférieur, comme : *mi ré mi*, *fa mi fa*, *etc.*

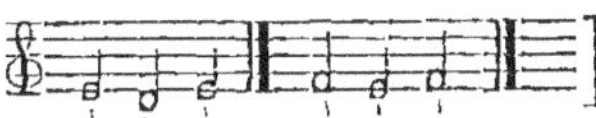

L'*eccrousmus*, au contraire, se fait, dans la même circonstance, en intercalant un son plus aigu : *ré mi ré*, *mi fa mi*, *etc.*

[1] Bryenne ajoute ici (p. 480, l. 28) κατὰ μέλος ὀργανικόν. — Notez de plus que le mot πρόσκρουσις n'est pas pris ici dans le même sens qu'aux pages 45 et 47, et que cette sorte de contradiction existe également dans Bryenne (p. 480 et 485). Toutefois, il faut observer que, dans cet auteur, la contradiction est tout à fait explicite et ne paraît pas pouvoir être facilement levée, tandis qu'ici, l'absence, dans la proscrousis et l'eccrousis, de la *liaison* indiquée pour les deux premières

Πρόσκρουσις[1] μέν ἐσ7ιν, ἐν χρόνοις δύο, ἑνὸς τοῦτ' ἔσ7ιν ἐλάτ7ονος χρόνου, δύο μέλη, τοῦτ' ἔσ7ι δύο φθόγΓοι, ἀπὸ τῶν βαρέων ἐπὶ τὰ ὀξέα, οἷον·

Ἀμέσως μὲν, ἐκ τοῦ ἐγγὺς φθόγΓου.............. FϚ
Ἐμμέσως δὲ, διὰ τριῶν......................... Fᔕ
διὰ τεσσάρων..................... FΠ
διὰ πέντε......................... F<

Ἔκκρουσις δὲ ὑπεναντία τούτοις, ἄνεσις ἀπὸ τῶν ὀξέων ἐπὶ τὰ βαρέα, οἷον·

Ἀμέσως μὲν................................ ϚF
Ἐμμέσως δὲ, διὰ τριῶν...................... ᔕF
διὰ τεσσάρων..................... ΠF
διὰ πέντε......................... <F

[Προσκρουσμὸς[2] μέν ἐσ7ιν ὅταν τοῦ αὐτοῦ φθόγγου δὶς λαμβανομένου μέσος παραλαμβάνηται βαρύτερος φθόγγος, οἷον·

ϚFϚ, ᔕϚᔕ.]

Ἐκκρουσμὸς δὲ ὑπεναντία ὅταν τοῦ αὐτοῦ φθόγγου δὶς λαμβανομένου μέσος ὁ ὀξύτερος προστίθηται, οἷον·

FϚF, ϚᔕϚ.

figures, permet de tout concilier. Si la leçon *ἐν χρόνοις δύο*, *en deux temps, en deux coups* (de gosier, de langue, etc.), n'est pas fautive, elle indique, sans aucun doute, cette absence de liaison (v. les notes M et R).

[2] Cette figure n'est pas mentionnée dans les manuscrits; mais l'ensemble du passage, confirmé par le texte de Bryenne (liv. III, ch. III), m'a semblé en démontrer l'existence (voy. la note R).

Le *mélismus*[1] se dit de la manière suivante :

Le *compismus*[1] se dit comme il suit :

Et la figure que quelques-uns nomment *térétisme*, et qui résulte de l'alliance des deux précédentes, soit du compismus et du mélismus, soit du mélismus et du compismus, se dit ainsi :

[1] Quoique l'auteur ne donne pas les définitions de ces deux figures, il n'est guère permis de douter, d'après ce qui précède et ce qui suit, et d'après la manière indiquée pour leur solmisation, qu'elles ne soient également, par rapport aux deux précédentes, savoir, le proscrousmus et l'eccrousmus, ce que sont la proslepsis et l'eclepsis par rapport à la proscrousis et à l'eccrousis; en d'autres termes, les nouvelles figures paraissent ne différer des précédentes que par l'addition de la ligature. Toutefois, nous ne pouvons nous dissimuler qu'ici notre traduction en notes modernes ne soit plus ou moins conjecturale. Nous observerons encore, relativement au mot *κομπισμὸς*, qu'il paraît se prendre quelquefois généralement pour toute espèce d'ornement du chant. Témoin cette phrase de l'Hagiopolite (fol. 19 *v.* l. 5 et suiv.) : Πρὸς τὴν τῶν ᾀσμάτων κροῦσιν λυσιτελεστέρα ἡ [sous-ent. συμφωνία et aj. τοῦ] διὰ πασῶν . . . περιττεύουσα καὶ πλεονεκτοῦσα, καὶ τοῖς κομπισμοῖς ἰδικῶς : « Les meilleurs accords pour l'accompagnement des voix sont ceux qui excèdent et dépassent les limites de l'octave, particulièrement quand on y emploie des ornements. » — Je soupçonne fortement le mot *κομπισμός* d'être une altération de *καμπισμός* : ainsi, dans Hésychius, *καμπαί*, dans Aristophane (*nub.*), ᾀσματοκάμπτης, et dans Cicéron (*De orat.* III, xxv) : *vocis flexiones et falsæ voculæ* (cf. encore, dans

Τὸν δὲ μελισμὸν[1] λέγομεν οὕτως·

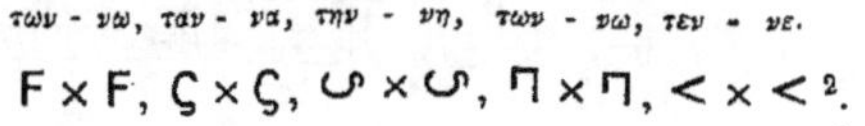

των - νω, ταν - να, την - νη, των - νω, τεν - νε.

F × F, Ϛ × Ϛ, ᔕ × ᔕ, Π × Π, < × <[2].

Τὸν δὲ κομπισμὸν[1] λέγομεν οὕτως·

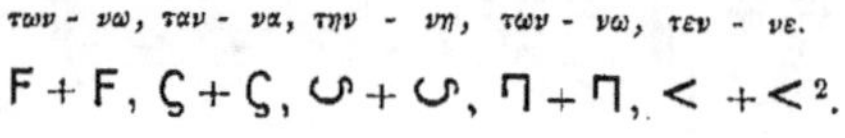

των - νω, ταν - να, την - νη, των - νω, τεν - νε.

F + F, Ϛ + Ϛ, ᔕ + ᔕ, Π + Π, < + <[2].

Τὸν δὲ κοινὸν ἐκ τῆς συνθέσεως αὐτῶν σχηματισμὸν, ὃν καλοῦσιν ἔνιοι τερετισμὸν, κομπισμοῦ τε καὶ μελισμοῦ, ἤτοι μελισμοῦ καὶ κομπισμοῦ, λέγομεν οὕτως·

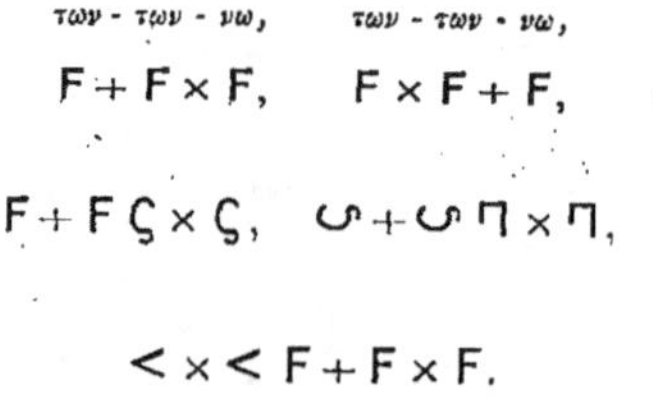

των - των - νω, των - των - νω,

F + F × F, F × F + F,

F + F Ϛ × Ϛ, ᔕ + ᔕ Π × Π,

< × < F + F × F.

Pline, la description du rossignol). On trouve même κόμπος et κόμμος en plusieurs endroits de nos manuscrits, au lieu de κομπισμός, dont les deux premiers mots m'ont paru être une altération. M. Bellermann se contente, à la vérité, de changer dans le texte κόμμος en κόμπος, en distinguant, d'ailleurs, cette figure du κομπισμός (p. 20); mais il résulte de ce qu'il dit à la page 23 (au bas de la note), que nous sommes entièrement du même avis, et que, s'il n'a pas écrit partout κομπισμός, c'est uniquement par respect pour le texte des manuscrits, réserve que je ne me permettrai pas de blâmer.

[2] Les deux signes ×, +, sont assez variables dans les manuscrits, surtout celui du μελισμός, χ, ϗ, ϗ; toutefois, ils ressemblent assez généralement au χ et au ψ. Or, parmi les formes de ces deux lettres, se trouvent celles auxquelles j'ai cru devoir m'arrêter; et c'est leur régularité et la facilité de leur emploi dans l'impression qui me les ont fait adopter de préférence. Il faut observer encore que ces mêmes signes sont souvent pris l'un pour l'autre dans les manuscrits; et ce qui a déterminé mon choix sous ce rapport, c'est que le système pour lequel je me suis décidé est suivi dans deux circonstances, tandis que le système opposé ne l'est qu'une seule fois (cf. Bellerm. p. 23 et 25).

Après avoir fait la proscrousis sur toutes les notes de l'octave,

on passe au compismus, que l'on doit dire en liant ainsi les notes :

§ XVII. EXEMPLES DIVERS[1].

RHYTHME DE QUATRE TEMPS.

RHYTHME DE SIX TEMPS.

[1] V. Bell. p. 94, n°s 97 et suiv.
Pour la commodité de l'écriture, tous ces morceaux, excepté le troisième, ont été transposés à l'octave aiguë. — Relativement à la double clef, voir la note 2 de la page 40. — Cf. encore les notes Bb et Cc.

Προσκρούσεως δὲ γενομένης ἐκ τοῦ διὰ ϖασῶν κομπισμὸς γίνεται· ἑξῆς δὲ λέγομεν.

Κεφ^ου ιζʹ. ΜΕΛΩΝ ΠΑΡΑΔΕΙΓΜΑΤΑ [2].

ῬΥΘΜῸΣ ΤΕΤΡΆΣΗΜΟΣ.

⊢ Γ L F   ⊢ L Γ F

⊢ F Γ L   ⊢ Γ F L

⊢ L F Γ   ⊢ F L Γ

ἌΛΛΟΣ ἙΞΆΣΗΜΟΣ.

⊢ Γ̄ L F̄   ⊢ L̄ Γ F̄

⊢ F̄ Γ L̄   ⊢ Γ̄ F L̄

⊢ L̄ F Γ̄   ⊢ F̄ L Γ̄

[2] Les signes mélodiques de ces exemples sont, en général, assez bien conservés dans les manuscrits, pour que, sauf quelques corrections nécessaires, on puisse y avoir pleine confiance. Mais quant aux signes rhythmiques, ou du moins quant aux points d'*arsis*, *σ7ιγμαί*, ils sont dans un tel désordre, que, ne pouvant les rétablir que par pure conjecture, je préfère en laisser le soin au lecteur, qui n'aura pour cela qu'à suivre la traduction ci-contre, en consultant la note N.

TRAITÉS GRECS relatifs à la musique.

MORCEAU À SIX TEMPS.

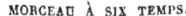

RHYTHME DE HUIT TEMPS.

[1] Au lieu de ce *si bécarre*, traduction du signe ⊏, le sens mélodique paraît demander un *si bémol*, représenté par V, ce qui revient à employer le système conjoint au lieu du système disjoint. Mais nous devons nous conformer aux manuscrits.

ΚΩ͂ΛΟΝ ἙΞΆΣΗΜΟΝ[1].

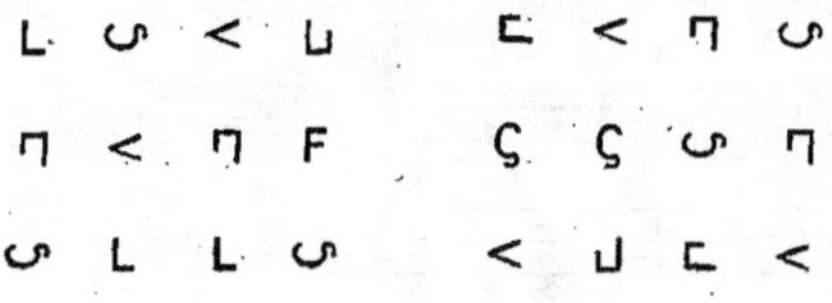

L Ͻ < ⊔ ⊏ < ⊓ Ͻ

⊓ < ⊓ F Ϛ Ϛ Ͻ ⊓

Ͻ L L Ͻ < ⊔ ⊏ <

ῬΥΘΜῸΣ ὈΚΤΆΣΗΜΟΣ.

⊢ Λ Γ L F Ϛ F Ϛ

⊢ Λ Γ L F Ϛ F L

⊢ Λ L Γ ⊢ L Γ L

Ϛ F F F Γ F L ⊢

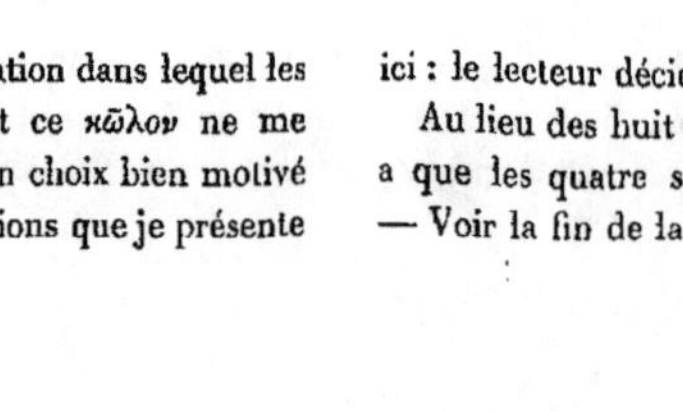

[1] L'état de dégradation dans lequel les manuscrits présentent ce *κῶλον* ne me permet pas de faire un choix bien motivé entre les trois traductions que je présente ici : le lecteur décidera entre elles.

Au lieu des huit dernières notes, il n'y a que les quatre suivantes : Ͻ L ⊔ <. — Voir la fin de la note Cc.

TRAITÉS GRECS relatifs à la musique.

AUTRE DE ONZE TEMPS.

AUTRE DE DOUZE TEMPS.

[1] Au lieu d'une demi-pause, il ne faudrait qu'un soupir pour ne pas dépasser les *onze* temps.

[2] Au lieu d'une longue de *trois* temps, nécessaire pour compléter le nombre *douze*, il n'y a dans les manuscrits qu'une longue de *deux* temps.

FIN DU SECOND TRAITÉ.

TRAITÉS GRECS relatifs à la musique.

ΈΝΔΕΚΆΣΗΜΟΣ.

⊢ Λ F ⊢ F Ϛ Λ Ϛ L ⊢ Λ

Ϛ Λ F L L Γ Λ Γ F L Λ

⊢ Γ L Γ L F Λ Ϛ L F Λ

Ϛ F Ϛ F L F Λ Ϛ L ⊢ Λ

ΔΩΔΕΚΆΣΗΜΟΣ.

⊢ Γ Λ L F Ϛ ᔕ ᒣ Λ <[2]

< ᒣ Λ ᔕ Ϛ F L Γ Λ ⊢

ΤΈΛΟΣ.

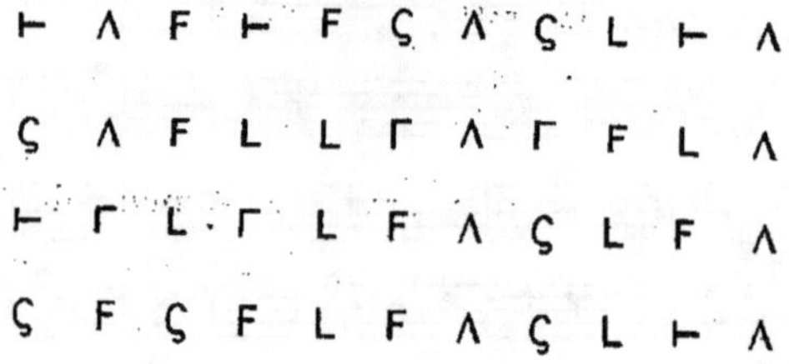

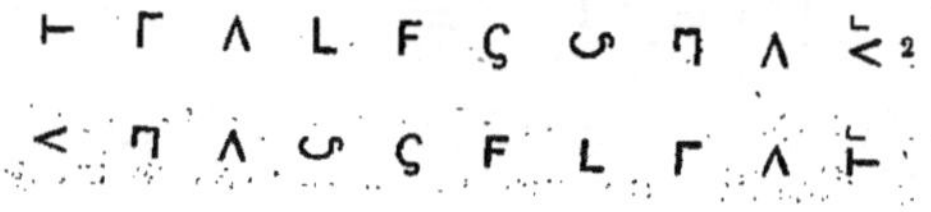

INTRODUCTION A L'ART MUSICAL,

PAR BACCHIUS L'ANCIEN [1];

Traduite sur les manuscrits de la Bibliothèque royale, nos 2458, 2460, 2532, 3027, et 173 du fonds Coislin.

On dit que, dans l'art musical, le fondement de toute doctrine doit être établi sur l'audition. Mais toute sensation, par cela seul qu'elle est en dehors de la raison, est un *criterium* nécessairement grossier et dépourvu de l'exactitude rigoureuse qui convient aux sciences mathématiques. C'est pourquoi les véritables musiciens, jaloux d'apporter la précision là où régnait l'incertitude, ont essayé de fixer, par des nombres et par des rapports de nombres, les points qui échappaient à l'appréciation de l'oreille, de manière à ne pas se laisser par elle écarter de la route ; et, au contraire, en lui empruntant la connaissance des sons, ils ont voulu substituer un jugement sûr à une sensation incertaine, et parvenir ainsi à des évaluations numériques incontestables.

Mais les sens étant, comme nous l'avons dit, privés de raison [2], ne peuvent donner des choses qu'une perception grossière et dépourvue de toute exactitude, comme il est d'ailleurs facile de le reconnaître, pour peu qu'on y réfléchisse.

La *vue*, par exemple, nous donne la connaissance des couleurs, des distances, des longueurs, des nombres. Eh bien, prenons tout de suite les couleurs, et supposons qu'il s'agisse de déterminer la plus éclatante. Cela sera impossible, si la différence est peu considérable; mais, si la différence devient très-grande, on y parviendra. Ainsi, que l'on nous présente deux vêtements blancs, l'un porté pendant un jour, et

[1] Cf. Bellermann, p. 101 et suiv.

[2] Cf. Henri Martin, *Études sur le Timée*, note XIV, tome I, page 334; Aristox. page 33.

l'autre absolument frais : la vue ne pourra en faire la distinction, bien que cependant le premier habit soit nécessairement souillé; mais, attendu que la différence se réduit presque à rien, il devient impossible de porter un jugement. Il en sera de même pour un monceau de pièces de monnaie : qu'il y en ait dix mille, qu'il y en ait dix mille et dix, la vue ne saura rien décider[1] sur la quantité, vu la petitesse de la différence. La même chose arrivera pour deux longueurs dont l'une sera seulement un peu plus grande que l'autre; et il en sera de même encore pour deux quantités de liquide.

Les mêmes raisonnements sont applicables à l'*odorat*[2]. Ce genre de sensation permet également d'apprécier des différences suffisamment grandes; mais, pour les petites, nullement. Ainsi, soient deux parfums composés des mêmes ingrédients et en même quantité : si l'on vient à ajouter[3] à l'un d'eux un petit excès de myrrhe ou de safran, le sens ne le distinguera pas, bien que, l'on en convient, le parfum qui a reçu cet excès de safran ou de myrrhe soit plus odorant que l'autre.

Même chose pour le sens du *goût :* que l'on mette dans deux tonneaux[4] égaux du vin miellé, préparé d'une manière absolument identique, et qu'ensuite on verse un verre de vin dans l'un des tonneaux, le goût ne saura décider s'il y a surplus ou égalité.

De même pour le *tact :* ce sens ne pourra déterminer exactement la quantité de chaud, ou de froid, ou de toute autre chose. Que l'on prenne deux poids, l'un de cent drachmes, l'autre de cent dix, on ne les distinguera point au toucher; de même, qu'à

[1] C'est à tort, à ce qu'il me semble, que M. Bellermann a changé ici et ailleurs *διαγνῷ* en *διαγνοίη*.

[2] La leçon que donne M. Bellermann, *προσθείη* au lieu de *προσθοίη*, se trouve justifiée par le manuscrit Coislin n° 173.

[3] Je lis avec Manuel Bryenne, en supprimant *Φησί : ὁ δ' αὐτός ἐστι λόγος καὶ ἐπί......*

[4] Gr. *ἐν ἀγγείοις δυσίν.*

une suffisante quantité de liquide chaud l'on mêle un verre de liquide froid, il n'en paraîtra rien, à cause du peu de différence.

La conséquence de tout cela est qu'il en sera de même pour l'*ouïe*. Que l'on donne une lyre à accorder[1] à un musicien virtuose, et qu'ensuite on la porte à accorder à un autre : il sera impossible de juger par l'audition, tant la différence sera petite, si le second musicien a tendu ou relâché les cordes.

Mais maintenant, que l'on accorde une lyre ; qu'une autre personne en accorde une seconde à l'unisson de la première ; qu'une troisième personne fasse la même chose par rapport à la deuxième lyre, une quatrième par rapport à la troisième, une cinquième par rapport à la quatrième, et qu'alors on compare la première lyre à la dernière : on trouvera qu'elles ne sont pas d'accord entre elles ; tant il est vrai qu'une différence imperceptible peut devenir très-appréciable par la répétition. Et pourtant on va jusqu'à dire, d'un autre côté, que les sens sont impuissants à percevoir, non-seulement les petites différences, mais même les grandes !

Ainsi les sens peuvent bien, au premier abord, reconnaître que telle chose comparée à telle autre chose est plus blanche ou plus noire, plus douce ou plus amère, plus grande ou plus petite, et ainsi de suite[2] ; mais il leur est impossible de décider de combien. C'est pour y suppléer qu'on a inventé les mesures et les poids[3] ; et les inventeurs, soit dieux, soit hommes, sont devenus l'objet de la vénération publique. Il est d'ailleurs évident que les nombres seuls peuvent nous donner une parfaite connaissance de la quantité et de la qualité (nous

[1] J'ajoute avec Bryenne, après *καὶ τὰ λοιπά*, le mot *δύνανται*.

[2] Sur le mot *ἁρμόζειν*, voyez Bojesen (*De probl. Arist. dissert.* p. 88).

[3] M. Bellermann apprendra sans doute avec plaisir que sa conjecture sur la substitution du mot *σλάθμους* à *σλάθμας* se trouve justifiée par le man. 3027.

TRAITÉS GRECS relatifs à la musique.

dire, par exemple, de combien *dix* est plus grand que *cinq*); que de même ce sont les balances qui nous donnent l'exacte notion des poids et de leurs grandeurs relatives, les mesures celle des volumes, des capacités, du plus ou moins d'espace, du plus ou moins d'étendue occupée par les corps, toutes choses que la sensation ne saurait nous faire apercevoir. Et ce qui le démontre [1], c'est cette considération, que, pour tous les objets qui s'évaluent par des mesures, des poids, ou des nombres, on peut toujours savoir de combien ils diffèrent entre eux, tandis que, pour tous les autres, les grandeurs de leurs différences mutuelles ne sauraient être exactement déterminées; c'est ainsi que, pour le blanc et le noir, pour le doux et l'amer, toutes choses qui n'affectent que les sens, il est impossible de dire de combien tel objet est plus blanc ou plus noir, plus amer ou plus doux que tel autre, comme on le ferait pour des objets d'une nature différente.

Il est donc vrai de dire que les autres sens nous donnent bien, sur la nature des choses, une connaissance telle quelle; mais, pour les quantités, cela leur est impossible; le plus et le moins qui constituent les différences mutuelles des choses échappent entièrement à leur appréciation. Conséquemment, il en est de même de l'*ouïe*, qui, étant également un sens, ne saurait mesurer la différence des sons : ainsi l'ouïe est impuissante à décider exactement de combien un son est plus grave ou plus aigu qu'un autre, lequel de deux intervalles est le plus grand ou le plus petit, soit ton, soit demi-ton [2]. C'est pourquoi les musiciens ont inventé un *canon*, une *règle* [3], pour

[1] Je réunis les paragraphes 15 et 16 de M. Bellermann, entre lesquels je ne place qu'une simple virgule.

[2] Je traduis comme s'il y avait : *ἄρα ἡμιτόνιον ἢ τόνος*, et non *ἄρα ἡμιτονίῳ ἢ τόνῳ*.

[3] Le scoliaste de Ptolémée (sur la p. 4, l. 1) définit ainsi le canon harmonique :

servir de mesure[1] à la différence des sons, et permettre de déterminer de combien un intervalle est plus grand ou plus petit qu'un autre, en employant pour cela des rapports numériques[2]. Or il est temps d'en venir maintenant aux démonstrations fondées ainsi sur l'emploi du canon harmonique, instrument qui, en donnant aux sons la faculté d'être mieux appréciés par l'oreille, montre en même temps quels sont, parmi les intervalles, ceux qui jouissent de la propriété d'être consonnants : car la raison étymologique d'après laquelle on est convenu de les appeler *consonnants* est que, quand on fait résonner l'une des notes, l'autre y répond sans qu'on l'ait touchée.

Cela posé, les consonnances les plus agréables sont la quinte et l'octave, par la raison que les sons qui les produisent par leur émission simultanée, ainsi que le mélange qui en résulte, sont dans les conditions les plus favorables possible pour permettre de discerner la résonnance particulière à chacune des notes.

THÉORÈME I.

A C B

Nous commencerons donc par montrer dans quel rapport est établie — *La consonnance d'*OCTAVE — et nous ferons voir qu'elle — *est dans le rapport* DOUBLE — (c'est-à-dire de 2 à 1).

En effet, soit une corde AB égale en longueur à la totalité du *canon :* je partage cette longueur en deux moitiés au point C; puis, ayant placé le chevalet mobile en ce point, je frappe alternativement la demi-corde CB, et la corde entière AB :

Κανὼν ἐσ7ὶ μέτρον ὀρθότητος τῶν ἐν τοῖς ψόφοις συμμετριῶν, ἢ μέτρον ὀρθότητος τῶν ἐν τοῖς φθόγγοις τῶν ἡρμοσμένων διαφορῶν, αἳ θεωροῦνται ἐν λόγοις ἀριθμῶν.

[1] Le texte me paraît présenter une hypallage, c'est-à-dire qu'au lieu de εὗρον τὸ μέτρον ἐπὶ τοῦ κανόνος, il faudrait peut-être : εὗρον τὸν κανόνα ἐπὶ τὸ μέτρον; à moins de lire ε. τ. μ. ἀπό (au lieu de ἐπὶ) τοῦ κ.

[2] Je lis, conformément au texte de Bryenne, τόδε τοῦδε, τῷ τῶν ἀριθμῶν λόγῳ.

les sons rendus produiront la consonnance d'octave. Soit 2 la longueur totale AB; CB sera l'*unité*; or 2 est *double* de 1 : donc les sons qui produisent la consonnance d'*octave* sont dans le rapport *double*.

TRAITÉS GRECS relatifs à la musique.

THÉORÈME. II.

A C D B

La consonnance de QUINTE —, voisine de celle d'octave, — *est dans le rapport* HÉMIOLE — (de 3 à 2).

En effet, soit le son total AB : je partage cette longueur en trois parties égales, aux points C et D; alors, plaçant le chevalet en C, je frappe les deux parties contenues dans CB; puis, ôtant le chevalet, je frappe la corde entière. Soit 3 la longueur entière, CB vaudra 2; les trois parties de AB seront dans le rapport hémiole avec les deux parties de CB; mais les deux sons produits sont à la quinte l'un de l'autre; donc la *quinte* est dans le rapport *hémiole*.

— Ces préliminaires établis en prenant l'ouïe à témoin de la démonstration faite sur le canon, il faut maintenant examiner les autres intervalles consonnants et voir dans quel rapport ils se trouvent, sans recourir dorénavant à l'oreille en aucune manière.

THÉORÈME III.

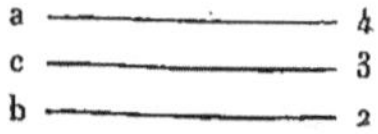

a —— 4
c —— 3
b —— 2

La consonnance de QUARTE — [excès de l'octave sur la quinte] — *est dans le rapport* ÉPITRITE — (de 4 à 3).

En effet, soit l'octave représentée par l'intervalle $a:b$, et la quinte par l'intervalle $c:b$: puisque la consonnance de quinte est dans le rapport hémiole, autant c vaudra de fois 3, autant b vaudra de fois 2; ensuite, puisque la consonnance d'octave est dans le rapport double, et que b a été dit égal à 2, a vaudra 4. Mais les quatre parties de a sont dans le rapport épitrite avec les trois parties de *c*, et les sons présentent la consonnance de quarte; donc la *quarte* est dans le rapport *épitrite*.

THÉORÈME IV.

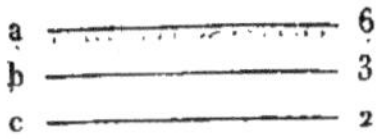

a ———— 6
b ———— 3
c ———— 2

*La consonnance d'*OCTAVE ET QUINTE *est dans le rapport* TRIPLE — (de 3 à 1).

En effet, soit l'intervalle *a*:*b* égal à une octave, et l'intervalle *b*:*c* égal à une quinte: puisque la consonnance de quinte a été trouvée dans le rapport hémiole, *b* contiendra autant de fois 3 que *c* contiendra de fois 2; mais la consonnance d'octave est dans le rapport double, et *c* a été dit égal à 2 [d'où *b* égal à 3]; donc *a* vaudra 6. Mais les six unités de *a* font le triple des deux unités de *c*, et les sons extrêmes forment la consonnance d'*octave et quinte;* donc cette dernière est dans le rapport de 3 à 1.

THÉORÈME V.

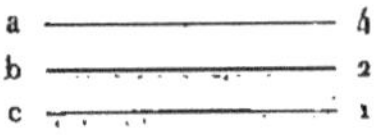

a ———— 4
b ———— 2
c ———— 1

La consonnance de DOUBLE OCTAVE *est dans le rapport* QUADRUPLE — (de 4 à 1).

En effet, soit un intervalle d'octave *a*: *b* et un autre intervalle d'octave *b*:*c*: puisque la consonnance d'octave est dans le rapport double, elle sera telle, que, si *b* vaut 2, *c* vaudra 1; et, par la même raison, puisque *b* vaut 2, *a* vaudra 4. Mais les quatre unités de *a* font le quadruple de l'unité de *c*, et les sons extrêmes forment la consonnance de *double octave;* donc cette consonnance est dans le rapport *quadruple*.

THÉORÈME VI.

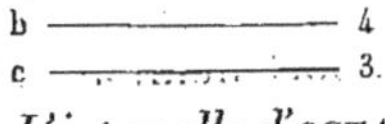

a ———— 8
b ———— 4
c ———— 3.

Les canonistes disent que — *L'intervalle d'*OCTAVE ET QUARTE *n'est pas une consonnance*[1].

[1] Cf. Bryenne, p. 499, et G. Pachym. man. 2536, fol. 20 *r*. l. 11.

TRAITÉS GRECS relatifs à la musique.

Car, soient une octave $a:b$ et une quarte $b:c$: puisque la consonnance de quarte a été trouvée dans le rapport épitrite, elle est telle qu'autant de fois c contiendra 3, autant de fois b contiendra 4; et, puisque la consonnance d'octave a été trouvée dans le rapport double, et que b vaut 4, a vaudra 8. Mais les huit unités de a, comparées aux trois unités de c, ne sont, par rapport à ces trois unités, ni dans un rapport multiple, ni dans un rapport superpartiel[1]; et, d'un autre côté, les sons extrêmes présentent l'intervalle d'octave et quarte; or les canonistes disent que les consonnances sont toujours dans un rapport multiple ou superpartiel, et que le rapport de 8 à 3, n'étant qu'un rapport de nombre à nombre, n'est pas exprimable[2]; [donc, etc.]

THÉORÈME VII.

a ———————— 9
c ———————— 8
b ———————— 6

Le TON *est dans le rapport* SESQUIHUITIÈME — (de 9 à 8).

En effet, soit le rapport de quinte $a:b$, et le rapport de quarte $c:b$, de manière que l'excès $a:c$[3] soit la valeur du *ton*; car, suivant la définition des musiciens, le ton est l'excès de la quinte sur la quarte. Puis donc que la consonnance de quarte a été trouvée dans le rapport épitrite, autant de fois c contiendra 8, autant b contiendra de fois 6; et, puisque la quinte a été trouvée dans le rapport *hémiole*, pour six unités contenues dans b, il y en aura neuf dans a. Mais les neuf unités de a sont aux huit unités de c dans le rapport *sesquihui-*

[1] C'est-à-dire représenté par la formule $\frac{m+1}{m}$.

[2] Cependant les Grecs avaient l'expression *πολλαπλασιεπιμερής* pour désigner ces sortes de rapports : celui de huit à trois est le rapport *διπλασιεπιδίτριτος* (voy., à la suite de cet ouvrage et après les notes, un fragment de J. Pediasimus).

[3] Au lieu de *α*, il faut lire ici $\overline{\alpha\gamma}$; l'erreur provient du double *γ* dans $\overline{\alpha\gamma}$ *γίνεται*.

tième, et les sons extrêmes présentent un intervalle de ton; donc le *ton* est représenté par le rapport de 9 à 8.

THÉORÈME VIII.

Pour — *Le partage du ton en deux parties égales* —, les canonistes disent que cette opération — *est impossible.*

En effet, il n'y a pas proprement de moitié de ton, mais un intervalle plus petit que cette moitié, et un autre plus grand, que l'on nomme *demi-ton chromatique* (le plus petit se nomme *diésis*). Mais quant à partager le ton en deux parties parfaitement égales et à mesurer exactement le demi-ton, les musiciens [1] pensent [2] que cela ne se peut pas [3].

On prend donc ainsi la sensation pour règle de jugement dans les autres cas.

[1] Le plus ordinairement, le mot *μουσικοί*, mis en regard des mots *ἁρμονικοί*, *κανονικοί*, distingue les *aristoxéniens*, qui s'abandonnent au jugement de l'oreille, des *pythagoriciens*, qui ne s'en rapportent qu'aux nombres. Mais ici *μουσικοί* est employé dans le sens générique (cf. Porphyre, p. 207). — En outre, voyez ci-dessus, p. 37.

[2] Je lis ici : Μὴ *δύνασθαι δὲ τμηθῆναι* (sous-ent. τὸν τόνον), *μηδὲ τὸ ἡμιτόνιον οἱ μουσικοὶ οἴονται μετρεῖσθαι* (au lieu de *οἷον τέμνεσθαι*). Cette restitution admise, je ne vois aucune raison de supposer que le traité ne soit pas complet.

[3] Τὸ *μέν τοι ἡμιτόνιον οὐχ' ὡς ἥμισυ τόνου λέγεται ὥσπερ Ἀριστόξενος ἡγεῖται, καθὸ καὶ τὸ ἡμιπήχειον τὸ ἥμισυ πήχεως, ἀλλ' ὡς ἔλαττον τοῦ τόνου μελῳδητὸν διάστημα, καθὸ καὶ ἡμίφωνον γράμμα οὐχ' ὡς ἥμισυ φωνῆς καλοῦμεν, ἀλλ' ὡς μὲν τῷ αὐτοτελεῖ κατὰ ταὐτὸ φωνεῖν* (Théon de Smyrne, p. 83, à la fin). — Cf. Arist. Quint. p. 15, l. 3.

FIN DU TRAITÉ DE BACCHIUS ET DE LA PREMIÈRE PARTIE.

DEUXIÈME PARTIE.

NOTES

SUR LE TEXTE ET LA TRADUCTION DES PRÉCÉDENTS TRAITÉS DE MUSIQUE GRECQUE.

NOTE A[1].

SUR LES TROPES, LES TONS, MODES, ETC.

(Premier Traité, p. 7; et deuxième Traité, § 1.)

Les mots *τρόπος*, *τόνος*, que nous traduisons assez indifféremment par *modes*, s'emploient en effet souvent l'un pour l'autre : *τρόποι οὓς καὶ τόνους ἐκαλέσαμεν* (Aristide Quintilien, p. 136); cependant ils sont loin d'être parfaitement synonymes.

Le premier, *τρόπος*, correspond plus particulièrement à ce que nous nommons *ton d'*UT, *ton de* FA, *etc.* Il désigne l'ensemble des deux *systèmes parfaits* (voir la note L), le *grand* ou *disjoint*, et le *petit* ou *conjoint*, établis sur une *proslambanomène* donnée. Ainsi tous les tropes sont semblables, ne différant entre eux que par le degré de gravité ou d'acuité; les Tables d'Alypius en présentent la réunion complète.

Le mot *τόνος* a une signification plus restreinte : *τόνον καλοῦμεν τρόπον συστηματικόν* (Arist. Quint. p. 22). Il désigne plus spécialement ce que nous

[1] Il doit être bien entendu que, ne pouvant et ne devant ici, ni présenter un traité général de musique, ni répéter ce que d'autres ont cent fois dit avant moi sur le système grec, je supposerai connu, dans les notes qui suivent, tous les travaux qui m'ont précédé, jusqu'à ceux de Perne inclusivement. Au surplus, je renverrai le lecteur qui ne se croirait pas suffisamment préparé, à mon Introduction au texte de G. Pachymère, qui fera partie de la suite de ce travail.

nommons *modes*, *tons*, dans le sens où nous disons le *mode majeur*, le *mode mineur*, les *tons de l'Église;* il indique la partie du trope que la voix peut chanter, peut renfermer dans le *medium* de son *diapason;* et c'est dans ce sens que nous disons : *les sept tons de Ptolémée.* Ainsi tous les tons, quoique différents entre eux par la composition, peuvent occuper le même lieu dans le diapason général des voix et des instruments; tandis que, comme nous l'avons dit, les tropes, tous semblables entre eux par la composition, diffèrent essentiellement par le degré d'acuité ou de gravité.

En général, les *tons* sont les *espèces d'octaves*[1] (Euclide, p. 15). Les anciens Grecs, *πάνυ παλαιότατοι* (Arist. Quint. p. 21), nommaient *ἁρμονίαι* les différentes dispositions des sons de l'octave : l'*harmonie lydienne*, l'*harmonie dorienne*, *etc.* Les Grecs modernes de l'Église d'Orient nomment *ἦχοι* les tons de leur liturgie. En voici la définition d'après le *Θεωρητικὸν μέγα* (p. 124, § 281) : *Ἦχος εἶναι κλίμαξ συσΊηματικὴ, δι' ἧς ὡρισμένως ὁδεύοντες, ἀπεργάζονται τὴν μελῳδίαν. Ἤγουν ὁ ἦχος εἶναι μία κλίμαξ τῶν συσΊημάτων, εἰς τὴν ὁποίαν περιπατοῦντες οἱ μουσικοὶ διωρισμένως, ἤγουν ἀρχόμενοι ἀπὸ ῥητοὺς φθόγγους καὶ διατρίβοντες εἰς ῥητοὺς φθόγγους, φυλάτΊοντες καὶ ῥητὰ διασΊήματα, καὶ εἰς ῥητοὺς φθόγγους καταλήγοντες, ποιοῦσι τὴν μελῳδίαν.* Et l'auteur ajoute aussitôt : *Ὁ δὲ τούτων διορισμὸς ἐγένετο παρὰ τῶν ἀρχαίων μουσικῶν.* L'auteur insiste (§ 282) : *Ἦχος εἶναι ἰδέα μελῳδίας, συνισΊαμένη εἰς τὴν ἕξιν τοῦ γινώσκειν τίνας μὲν τῶν φθόγγων ἀφετέον, τίνας δὲ παραληπτέον· καὶ ἀπὸ τίνος τε ἀρκτέον, καὶ εἰς ὃν καταληκτέον.*

Toutes ces diverses dénominations se rapprochent donc, sans être parfaitement identiques. Nous allons tâcher, pour faire mieux comprendre la différence qu'il y a entre les *tons* et les *tropes*, de tracer un résumé succinct de leur histoire, et d'expliquer les difficultés qu'a généralement paru présenter leur théorie, peut-être uniquement parce que cette théorie était mal entendue.

C'est un fait reconnu de toute l'antiquité, que les modes primitifs étaient au nombre de *trois*, *dorien*, *phrygien*, *lydien*, se surpassant mutuellement d'un ton[2]; et la composition des diverses espèces d'octaves, comprenant

[1] Les mots *εἶδος*, *σχῆμα*, appliqués à l'octave, ont encore à peu près la même signification que le mot *τόνος* : ils distinguent les *espèces* d'octaves, les diverses formes que l'octave peut prendre et sur lesquelles les tons sont établis. Mais on dit aussi : les diverses espèces de quarte, de quinte.

[2] Ptolém. l. II, ch. VI et X; Plutarch. *De musica;* cf. Boulanger, fol. 192 et suiv. édit de 1603.

chacune deux quartes ou deux tétracordes semblables et un ton complétif de l'octave, prouve, de plus, que chacun de ces modes était déterminé par une espèce particulière de quarte, caractérisée elle-même par la position qu'occupait le demi-ton dans le tétracorde[1], ce demi-ton étant placé au grave dans le dorien, au milieu dans le phrygien, et à l'aigu dans le lydien. En conséquence, prenant pour point de départ les Tables d'Alypius, dans lesquelles les trois tropes dorien, phrygien, lydien, vont du grave à l'aigu en s'élevant successivement d'un ton, on a cru devoir disposer les trois tétracordes dorien, phrygien, lydien[2], comme dans la *figure* A *ci-dessous* (Boëckh, *De metr. Pind.* p. 215). Or je pense, au contraire, que, nonobstant la position des tropes dans les Tables d'Alypius, les trois tétracordes primitifs devaient être établis comme ils le sont dans la *figure* B :

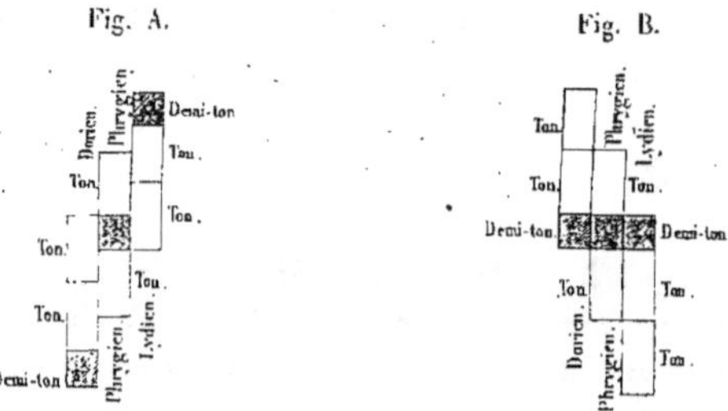

Et cette manière de voir se trouve complétement justifiée par un passage du Θεωρητικὸν μέγα (p. 44, § 99), que l'on peut traduire ainsi : « Quand il faut monter d'un grand ton, puis d'un moyen, puis d'un petit — c'est comme si nous disions : *d'un ton majeur, d'un ton mineur, puis d'un demi-ton* —, il est clair que le son le plus grave est un *ut*, puis le suivant un *ré*, puis le suivant un *mi*, puis le suivant un *fa*. Mais, au contraire, s'il faut monter d'un moyen ton, puis d'un petit, puis d'un grand, le son le plus grave ce sera un *ré*, puis le suivant un *mi*, puis le suivant un *fa*, puis le dernier un *sol*. . . . . » etc.

[1] C'est pourquoi, suivant Platon (*Rép.* III, p. 400, A), tous les modes dérivent de *quatre sons*, ou plutôt encore de *quatre intervalles* diversement combinés, de *quatre formes* (savoir, celles de la quinte) : τέτταρα [ἐστιν εἴδη] ὅθεν αἱ πᾶσαι ἁρμονίαι [πλέκονται].

[2] Il faut observer que ces dénominations données au tétracorde ne sont point d'usage antique ; mais elles sont une conséquence de celles des diverses espèces d'octaves. — Voir, au sujet de ces dernières, Eucl. p. 15 ; Gaudence, p. 20 ; Bacchius, p. 18 ; Bryenne, p. 385, etc.

Mais, en outre, j'ai à donner plusieurs autres raisons qui ne laisseront, je l'espère, aucun doute sur mon assertion.

D'abord, c'est une chose, je le pense, suffisamment démontrée par Burette, que les modes dorien et lydien[1] s'accompagnaient mutuellement, d'après ce distique d'Horace (Ep. IX, v. 5), sur lequel j'aurai l'occasion de revenir plus tard (voy. note H) :

> Sonante mistum tibiis carmen lyra,
> Hac dorium, illis barbarum[2].

Or M. Boëckh reconnaît lui-même (p. 259) que ce genre de *duo* note pour note, ne donnant, d'après la disposition de ses trois tétracordes, d'autres consonnances que des tierces majeures et des quartes, est fort peu propre à produire une symphonie agréable. Et, en effet, comment deux modes pourraient-ils se servir d'accompagnement réciproque, s'ils ne sont liés entre eux par une sorte de *tonalité* commune, c'est-à-dire s'ils n'ont leurs demi-tons respectivement placés aux mêmes degrés du diapason général, comme dans l'hypothèse que je viens d'établir?

En second lieu, quand le nombre des modes se fut accru, on eut un *hypolydien* contigu du *dorien*, et un *hyperdorien* contigu du *lydien*. Or on sait que les Grecs plaçaient le grave en haut et l'aigu en bas[3] : *hypo* désigne donc l'*aigu*, et *hyper* le *grave*, comme le prouve d'ailleurs le mot *ὑπάτος*, *suprême*, employé pour désigner, soit le tétracorde le plus grave, soit la corde la plus grave de chaque tétracorde : *ὁ βαρύτατος φθόγγος ὑπάτη ἐκλήθη, ὕπατον γὰρ τὸ ἀνώτατον· κατώτατος δὲ νεάτη, καὶ γὰρ νέατον κατώτατον*[4]. Donc

[1] M. H. Martin, dans ses Études sur le Timée (t. II, p. 17), ouvrage que nous aurons souvent occasion de citer avec éloges (notes C, G, H, L, etc.), pense que le mot *barbarum* doit signifier ici le mode *mixolydien*, qui est à la quarte du dorien. Je ne saurais partager cette opinion, qui est en contradiction formelle avec l'énoncé du problème 18 de la XIXe section d'Aristote, où il est dit que *l'octave est la seule consonnance qui se magadise*. Mais cette proscription ne saurait concerner l'accompagnement à la tierce, 1° parce que la tierce n'est pas une *consonnance, συμφωνία*, mais une *paraphonie, παραφωνία** (Gaud. p. 11 et 12); 2° parce que le mot *magadiser*, supposant, sans doute, la parfaite égalité des intervalles successifs, ne peut s'entendre d'une suite de tierces qui sont nécessairement, les unes majeures, les autres mineures.

[2] Voir les anciens Mémoires de l'Académie des inscriptions et belles-lettres, t. IV, p. 121.

[3] Voyez ci-après, note C, p. 108.

[4] Nicom. p. 6; voir aussi Bojezen, *De problematis Aristotelis dissertatio*, p. 103.

* C'est à tort que M. Boëckh exclut la paraphonie, puisque Aristote ne parle que des symphonies. — Voyez aussi Athénée, p. 635, B; 636, B; et 182, D; puis Boulanger, fol. 219 et suiv.

TRAITÉS GRECS relatifs à la musique.

le dorien, contigu de l'hypolydien, est plus aigu que le lydien, contigu de l'hyperdorien[1]. Les Tables d'Alypius, il est vrai, paraissent les présenter dans un autre ordre; mais rappelons-nous ce qui a été dit plus haut, et ne confondons pas les *tropes* avec les *tons* ou *modes* : la suite va faire voir que les uns et les autres doivent suivre un ordre précisément inverse.

Troisièmement, l'*Hagiopolite* (manus. 360), faisant l'énumération des *tons* (fol. 1 et 2)[2], commence à l'*hypodorien*, et arrive en septième lieu au *mixolydien*, qu'il nomme *le ton grave*, *βαρύς*[3].

Quatrièmement enfin, examinons le tableau des diagrammes des anciennes *harmonies* ou des anciens *modes*, rapportés par Aristide Quintilien (p. 22); et nous allons y trouver une nouvelle preuve, preuve directe et sans réplique, du principe que nous voulons établir.

En effet, 1° la note aiguë du *mode dorien* d'Aristide Quintilien, rapportée au *trope lydien* d'Alypius, tel qu'il se trouve d'ailleurs exposé dans notre auteur (§ XIII, p. 40 et 41), est la *nète du tétracorde des disjointes*[4] de ce trope, représentée par Θ/И, *mi;* 2° la note aiguë du mode *phrygien* est la *paranète* du même tétracorde, représentée par Ʊ/Z, *ré*, et située un ton plus au grave; 3° enfin, la note aiguë du mode *lydien* est située sur la *trite* du même tétracorde, représentée par E/⊔, *ut*, encore un ton plus bas. Les notes aiguës de ces trois anciens modes suivent donc la loi que nous avons énoncée.

Quant aux notes graves, ce sont, pour le mode phrygien et le dorien, l'*indicatrice* du tétracorde des *fondamentales* du trope lydien, représentée par Φ/F, *ré*. Mais observons que la formule de l'harmonie dorienne, telle qu'elle est donnée par Aristide Quintilien, est surabondante d'un ton. Or, si l'on

[1] Dans l'hypothèse opposée à celle que nous établissons, ces dénominations sont une inconséquence et une contradiction que Ptolémée ne manque pas de faire remarquer (liv. II, chap. x), bien qu'il n'en donne pas l'explication. *Τῷ μὲν ὑπὸ καταχρησάμενοι πρὸς τὴν ἐπὶ τὸ βαρύτερον ἔνδειξιν, τῷ δὲ ὑπὲρ πρὸς τὴν ἐπὶ τὸ ὀξύτερον.* Cet auteur, en cherchant à rétablir l'ancienne théorie des octaves, aurait-il eu la prétention de la donner pour nouvelle, et de la faire passer comme étant entièrement de son invention? — Voyez aussi Wallis sur Bryenne, p. 364, note *c*.

[2] La fin du premier feuillet manque dans ce manuscrit.

[3] Le dernier ou 8e est ici nommé *ὑπομιξολύδιος*. Si cette leçon n'était pas fautive, ce dont il est permis de douter, elle indiquerait l'époque à laquelle on a pu commencer à placer le grave au-dessous de l'aigu.

[4] Pour cette nomenclature, voyez ci-après la note E.

supprime en conséquence la note excédante $\genfrac{}{}{0pt}{}{\Phi}{F}$, qui fait double emploi avec la note grave de l'harmonie phrygienne, on a justement pour note grave de l'harmonie dorienne l'*hypate des moyennes* du trope lydien, représentée par $\genfrac{}{}{0pt}{}{C}{C}$, *mi*, et plus aiguë d'un ton que la précédente. — Il ne reste plus alors à considérer que la note grave de l'harmonie lydienne; mais celle-ci, identique avec la *parhypate des fondamentales*, représentée par $\genfrac{}{}{0pt}{}{R}{L}$, *ut*, est également un ton au-dessous de $\genfrac{}{}{0pt}{}{\Phi}{F}$[1].

La loi de succession, représentée par la *figure* B (ci-dessus, p. 75), est donc complétement démontrée; et je puis même ajouter, dès à présent, qu'elle est encore confirmée par le diagramme *mixolydien* qui commence et finit un demi-ton plus bas que le lydien; car sa note aiguë est la *paramèse* du trope lydien, représentée par $\genfrac{}{}{0pt}{}{Z}{\sqsubset}$, *si*, tandis que sa note grave est l'*hypate des fondamentales* du même trope, octave de la précédente, et représentée par $\genfrac{}{}{0pt}{}{\urcorner}{\Gamma}$.

Appuyés sur ce principe, savoir : que « des trois tétracordes dorien, phrygien, lydien, le premier est le plus aigu et le dernier le plus grave, tous trois ayant leur demi-ton commun, » partons ainsi de ce qui est relatif au tétracorde, pour en déduire la composition et la disposition des diverses octaves. Or, avec deux quartes semblables et un ton supplémentaire, on peut former trois octaves différentes, suivant qu'on placera le ton au-dessous des deux quartes, ou entre les deux, ou au-dessus[2]. On a ainsi, en totalité, les neuf octaves suivantes, groupées en trois *ternaires*, et dont les deux dernières ne sont d'ailleurs que la *réplique* des deux premières[3] (voyez, page suivante, la *fig.* C.).

(On voit, du reste, que, depuis l'hypodorien jusqu'à l'hyperphrygien, qui est la réplique au grave du premier, chaque ton ne forme ainsi qu'une

[1] Il y a même, dans le digramme d'Aristide Quintilien, un *diésis* ou *quart de ton* de plus, tant à l'aigu qu'au grave; mais c'est à cause du genre enharmonique, comme il sera expliqué ci-après.

[2] Un tétracorde pris dans chaque groupe ternaire et dans les trois tons qui se correspondent conduit au *système conjoint*.

[3] De là le mot τρόπος, *retour, circulation*, pour indiquer que les mêmes séries d'intervalles se reproduisent périodiquement : διὰ τὸ τρέπεσθαι (Scol. de Ptol.). — En outre, les trois octaves du premier groupe sont dites *plagales* ou *collatérales* de celles du second. La *septième* ou *hyperdorienne*, restant isolée quand on supprime les deux répliques, prend le nom de *mixolydienne* ou *grave* (voyez page précédente).

octave, prise successivement, en descendant, depuis la nète du système immuable jusqu'à la proslambanomène[1].)

Fig. C.

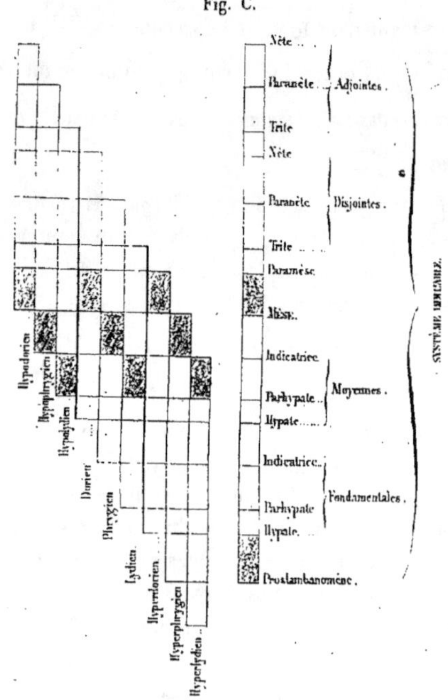

Telle est la loi des différentes espèces d'octaves pour le genre diatonique. On en déduit sans peine celle des genres chromatique et enharmonique, en rapprochant convenablement de l'hypate de chaque tétracorde rapporté au système immuable pris pour terme de comparaison, les cordes variables de ce tétracorde, de manière à former le *pycnum* (voy. p. 27, et la note C).

Pour le genre chromatique, cela se réduit à pousser d'un demi-ton vers le grave toutes les indicatrices et paranètes; et quant au genre enharmonique, où le *pycnum* est composé de deux quarts de ton, on obtient le tableau suivant (*fig.* D), en supprimant les octaves hyperphrygienne et hyperlydienne, qui ne sont que les répliques des octaves hypodorienne et

[1] Cf. Euclid. p. 15; et Arist. Quintilien, p. 17, et 18.

TRAITÉS GRECS relatifs à la musique.

hypophrygienne, et considérant le ton complémentaire comme étant uniformément placé entre la mèse et la paramèse du système immuable, quelle que fût, d'ailleurs, sa position primitive dans chaque octave :

Fig. D.

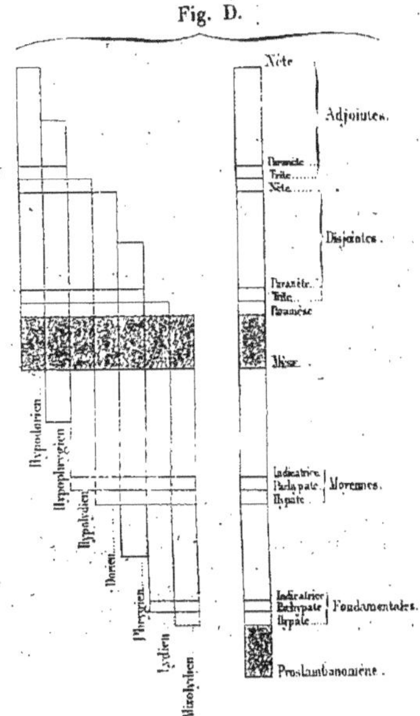

Maintenant, connaissant la loi de formation des octaves enharmoniques quand elles sont régulières, examinons jusqu'à quel point les *diagrammes* ou formules de la page 22 d'Aristide Quintilien[1] y sont conformes, et en quoi ils en diffèrent; enfin, voyons à quelles conséquences conduit cette comparaison.

[1] Il est à remarquer que ces diagrammes du genre enharmonique sont les seuls que nous trouvions dans cet auteur. Or l'absence de ceux des autres genres me paraît justifiée par cette considération, que, pour reproduire ces derniers, il suffit d'élever convenablement l'*indicatrice* et la *parhypate* de chaque tétracorde, c'est-à-dire l'*aiguë* et la *moyenne* du *pycnum*, ce qui ne peut jamais présenter d'équivoque. Les diagrammes du genre enharmonique rendaient donc inutiles tous les autres; et c'est sans doute là le sens d'un passage d'Aristoxène (p. 2, l. 7), passage dont Proclus se scandalise (*in Tim.* pag. 192), où il est dit que, «si l'on jugeait le système des anciens par leurs diagrammes, on croirait qu'ils n'ont voulu être qu'*harmonistes*, mais que ces diagrammes sont suffisants pour indiquer la marche de toute mélodie.»

TRAITÉS GRECS relatifs à la musique.

D'abord, le diagramme *lydien* (marqué α ou n° 1) est exactement conforme à la formule que nous venons de trouver, non pas, à la vérité, pour le lydien proprement dit, mais pour l'*hypolydien;* et toutes ses notes appartiennent également au trope hypolydien d'Alypius.

Ce résultat semblerait déjà indiquer que l'on avait reconnu l'inconvénient d'échelonner les sept octaves dans leur ordre naturel comme nous venons de le faire, inconvénient qui consiste dans l'impossibilité, pour une même voix, d'en parcourir l'étendue totale, si son diapason ne comprend deux octaves moins un ton. Il paraîtrait donc que, sinon dans l'exécution effective, du moins dans les diagrammes, on aurait eu l'habitude de ramener les trois systèmes, grave, moyen et aigu, au même diapason, ce qui faisait gagner cinq tons sur les neuf octaves primitives, ou trois tons sur les sept restantes.

D'un autre côté, le texte qui donne la définition du mode lydien est très-corrompu : au lieu de ἐκ διέσεως, καὶ τόνου, καὶ τόνου, καὶ διέσεως, καὶ διέσεως, καὶ τόνου, καὶ διέσεως, leçon que donnent tous les manuscrits, on est obligé de lire avec Meybaum : ἐκ διέσεως, καὶ διτόνου, καὶ τόνου, καὶ διέσεως, καὶ διέσεως, καὶ διτόνου, καὶ διέσεως; et, pour que ce mode fût le lydien proprement dit, et non l'hypolydien, il faudrait qu'on lût : ἐκ διέσεως, καὶ διτόνου, καὶ διέσεως, καὶ διέσεως, καὶ διτόνου, καὶ τόνου, καὶ διέσεως. Mais ce n'est pas là la plus grande difficulté : ce qui rend cette dernière leçon improbable, ce sont les changements qu'elle entraînerait dans la lecture du diagramme lui-même (p. 22), changements qui ne seraient admissibles que dans l'hypothèse où ces diagrammes seraient moins anciens que le texte, et n'y auraient été introduits que postérieurement pour lui servir de commentaire. Or rien n'autorise à adopter une pareille hypothèse, puisque, au contraire, ces diagrammes sont formellement annoncés dans le texte.

En définitive, l'explication la plus naturelle, et sans doute aussi la plus probable, est qu'à cette époque reculée où les modes n'étaient pas encore réunis en système, la manière de disposer les deux tétracordes et le ton complémentaire de l'octave n'avait rien de régulier et d'uniforme, hypothèse que confirmeront d'ailleurs de plus en plus les remarques qui suivront. Le mot ὑπό, ajouté au nom des modes, et auquel on a donné postérieurement un sens relatif à leur position, pouvait n'être primitivement qu'un *diminutif;* c'est même ce qu'affirme Héraclide dans Athénée (l. XIV, p. 624, D) : ὑποδώριον ἐκάλεσαν [ἁρμονίαν τὴν αἰολίδα], ὡς τὸ προ-

σεμφερὲς τῷ λευκῷ ὑπόλευκον, καὶ τὸ μὴ γλυκὺ μὲν, ἐγγὺς δὲ τούτου, ὑπόγλυκυ· οὕτω καὶ ὑποδώριον τὸ μὴ πάνυ δώριον.

Au reste, voici la traduction [1], en notes modernes, de cette harmonie lydienne, l'une de celles que Platon (*Républ.* liv. III) proscrit comme *molles, relâchées, propres aux festins* [2], *συμποτικὴ καὶ λίαν ἀνειμένη λυδιστί* (Arist. Quint. p. 22) [3] :

Échelle enharmonique du mode lydien.

Passons au diagramme du mode *dorien* (β ou n° 2). — Si nous en retranchons le ton placé au grave, nous trouvons exactement la formule donnée par la *figure* D. Or plusieurs raisons autorisent à supposer, ainsi que nous l'avons dit ci-dessus (p. 77), que la note Φ F ou *ré*, qui détermine ce ton au grave, ne fait pas partie essentielle du diagramme : car 1° elle fait double emploi avec la note grave du mode phrygien; 2° elle excède l'octocorde; 3° elle fait sortir la formule des limites de l'octave, qui se trouve ainsi dépassée d'un ton; 4° elle rompt l'échelle de gradation qui existe entre les modes, comme nous l'avons fait voir plus haut; 5° elle appartient au tétracorde des fondamentales; or Plutarque dit formellement (*De musica*, chap. XIX) que les anciens n'employaient point ce tétracorde dans le mode dorien; 6° enfin, l'on peut supposer que cette note est la *nète dorienne* introduite postérieurement par Terpandre, au rapport de Plutarque (*l. c.* ch. XXVIII) : car la *nète* peut être toute corde *nouvelle*, et n'est pas nécessairement une note aiguë.

Voici la traduction de cette harmonie noble et mâle à laquelle Platon réserve tout son assentiment [4] :

[1] Sauf la transposition à une tierce mineure au-dessus, afin de simplifier la clef; nous en agirons de même pour toutes les formules qui suivront (v. p. 40, n. 2; et ci-après la note F).

[2] Encore même est-il vraisemblable que c'est au genre diatonique que Platon fait ici allusion, bien que ce soit celui des trois genres qui mérite le moins la réprobation.

[3] Je désigne l'élévation d'un quart de ton par ce signe ×, et son abaissement par cet autre ɖ. — Voir, à la suite de la note C, la description d'un instrument au moyen duquel on peut facilement réaliser ces sortes d'intervalles, ainsi que les diverses harmonies.

[4] Cf. Boëckh, *De metr. Pind.* p. 238 et suiv. — Quant au mode dorien diatonique, qui

Échelle enharmonique du mode dorien.

Pour le mode *phrygien* (γ ou n° 3), qui ne diffère du précédent que parce que la note supérieure ϴ/И, *mi*, y est remplacée par Ц/Z, *ré*, il satisfait pleinement à la formule de la *figure* D; et nous n'avons rien à en dire, si ce n'est qu'il excède l'octocorde (sans cependant dépasser l'intervalle que nous nommons octave). Sans doute on en supprimait une corde dans la pratique, vraisemblablement la corde E/Ц ou *si* ×. Les cordes sont, d'ailleurs, les mêmes que celles du mode précédent, excepté le *mi* en haut, qui est remplacé par un *ré;* mais il devait y avoir une grande différence dans la manière de traiter ces deux harmonies.

Nous passons pour un instant sur l'*iastien* (δ ou n° 4); et nous arrivons au *mixolydien* (ε ou n° 5), que nous trouvons conforme à la formule de la *figure* D, sauf une particularité assez bizarre : c'est que, contrairement à toutes les analogies, le *diton* ∀Ϛ/ꓕϚ, *ut-mi*, se trouve partagé en deux tons par la note Φ/F, *ré*, d'où résulte cinq cordes dans l'intervalle ꓶϚ/ΓϚ, *si-mi*, qui pour nous est une quarte[1]; tandis que, par compensation, la note |/<, *la*, qui devrait partager le triton ΠZ/ƧE, *fa-si*, en *un diton* et *un ton* (du grave à l'aigu), n'existe pas. Un copiste aurait-il remplacé, pour le premier intervalle, *καὶ διτόνου* par *καὶ τόνου καὶ τόνου*; et, quant au second, les mots *καὶ τριῶν τόνων* auraient-ils été substitués à ceux-ci : *καὶ διτόνου καὶ τόνου*[2]?

Quoi qu'il en soit, le mélange de la note Φ/F, *ré*, qui appartient au genre

n'est autre chose que la *quatrième* espèce d'octave ou l'octave de *mi*, plusieurs tentatives ont été faites pour en enrichir la musique moderne, notamment par Blainville qui lui donnait le nom de *mode mixte* (*Histoire générale de la musique*, Paris, 1767; voy. aussi le *Dictionnaire de musique* de J. J. Rousseau, art. *Mode*), et par Fabre d'Olivet, qui le désignait sous le nom de *mode hellénique* (voy. *Magasin encycl.* an 1806). — M. Bellermann (page 37) cite plusieurs morceaux de musique allemande qui sont écrits dans ce même mode.

[1] On remarque une circonstance analogue dans le phrygien et l'hypophrygien de la *fig.* D.

[2] Lemme Rossi (*Sist. mus.* p. 129) traduit *καὶ τριῶν τόνων* par *trois tons successifs*, et non par *un triton* indécomposé, ce qui serait fort admissible, si le diagramme lui-même ne repoussait cette interprétation. Mais celui-ci n'est-il pas fautif?

diatonique, au milieu d'un diagramme qui, pour le reste, est tout enharmonique, et, de plus, la proximité du mode lydien, contigu de celui dont nous parlons, donneraient peut-être la véritable explication de la dénomination de *mixolydien* appliquée à ce dernier [1]. Du reste, il ne peut être douteux que les limites assignées ici à ce mode ne soient bien exactes; car Plutarque dit formellement qu'il a sa disjonction à l'aigu, et qu'il s'étend de la paramèse à l'hypate des fondamentales, ce qui fait bien l'octave de *si*.

Platon attribue un caractère lamentable à ce mode, dont les cordes sont les suivantes :

Échelle du mode mixolydien.

Aristide Quintilien rapporte encore les diagrammes de deux autres harmonies qui ne déterminent aucune nouvelle espèce d'octave, et ne sont que des modifications des précédentes.

Le premier est l'*iastien* (δ ou n° 4), *semblable au lydien*, dit Plutarque d'accord avec Platon qui comprend les deux modes dans la même réprobation. Le second est le *lydien synton* ou *ferme* (n° 6 ou ϛ), *semblable au mixolydien* suivant les mêmes auteurs, et particulièrement suivant Plutarque, qui établit, en outre, une opposition formelle entre ces deux-ci et les deux précédents : *τὴν ἐπανειμένην λυδιστὶ, εἴπερ ἐναντίαν τῇ μιξολυδιστὶ, παραπλησίαν οὖσαν τῇ ἰαστί.*

Voici les formules de l'*iastien* et du *lydien synton* :

Quant au mode *éolien*, nous savons, d'après les paroles d'Athénée citées plus haut, qu'il était analogue au dorien, puisqu'il portait aussi le nom

[1] Ptolémée (liv. II, chap. x) ne voit que la seconde raison.

d'hypodorien [1]; et, suivant Euclide (p. 16), il en est de même du mode *locrien*. De là nous croyons pouvoir conclure que ces deux expressions désignent l'une et l'autre la septième forme d'octave, laquelle n'est autre que notre mode mineur ordinaire [2]. Cette même forme d'octave est encore nommée *commune*, *κοινόν*, par Euclide (p. 16), ce qui paraît indiquer qu'à cette époque reculée elle était déjà prise pour type; d'où résulterait l'absence de son diagramme parfaitement connu. Enfin, pour nouvelle vérification, nous la retrouvons, sous le nom d'octave hypermixolydienne, donnée pour exemple par Pachymère et Bryenne.

Nous ne quitterons pas ce sujet sans faire observer que M. Boëckh (*De metris Pindari*, p. 213-236), en appliquant simplement aux octaves diatoniques [3] ce que les anciens rapportent de ces antiques harmonies (*πάνυ παλαιόταται*) dont nous venons de parler, et dont il ne dit que tardivement quelques mots (p. 237), s'est totalement mépris, et sur leurs caractères respectifs, et sur leurs relations mutuelles, et sur les rapports qu'elles peuvent présenter avec les tons de notre musique moderne [4]. On en acquerra la preuve surtout en comparant l'explication que donne le savant auteur (*ibid.* p. 224 et 225), d'un très-remarquable passage d'Athénée, avec la traduction que nous allons faire du même passage. Cette traduction complétera ce que nous avions à dire sur les modes antérieurs aux tropes d'Alypius; et nous reviendrons, dans un instant, sur ceux-ci.

« Il faut, dit Héraclide dans Athénée (lib. XIV, p. 625, D), rejeter l'opinion de ceux qui, ne sachant pas reconnaître la différence de figure des diverses harmonies — sens analogue à l'expression *formes d'octaves* —, et ne s'attachant qu'à l'acuité et à la gravité des sons, ajoutent un mode au-

[1] Jo. Harenbergius (*Comment. de musica vetustissima*, vol. IX Miscell. Lips. pag. 217, an. 1752) : « Æolius dicitur אילת *Aijeleth* in inscriptione psalmi davidici XXII, si quid assequi licet divinando. Ionicus autem vocatur יונת in epigraphe odæ davidicæ LVI. » — Les expressions par lesquelles les Arabes rendent ces deux mots signifient, la première *depressus*, la seconde *roborans*; est-ce parce qu'ils font dériver *αἰόλιος* de *αἰολάω*, *troubler*, et *ἰάστιος* de *ἰᾶσθαι*, *guérir?* (Cf. J. G. L. Kosegarten, *Alii Ispahanensis lib. cantilen. magn. procem.* p. 72. Gripswald, 1840.)

[2] Tel est aussi l'avis de M. Bellerm. (p. 37).

[3] Le même reproche est applicable à M. Bellermann (p. 37 et suiv.).

[4] Par exemple, M. Boëckh prend l'harmonie nommée par Plutarque *ἀνειμένη λυδιστί*, pour un mode *hypolydien*: et l'harmonie *συντονολυδιστί* pour un *hyperlydien* : de sorte que, suivant lui, il y avait *trois* harmonies lydiennes différentes, sans compter la mixolydienne et l'ionienne. C'est une erreur : il est facile de reconnaître, d'après Arist. Quintil. (p. 22, l. 6), que l'*ἀνειμένη λυδιστί* n'est que le lydien ordinaire, représenté par le diagramme de cet auteur.

dessus[1] du mixolydien, puis encore un autre au-dessus de celui-ci. Pour moi, je ne vois pas quel caractère particulier un mode peut acquérir à être placé, soit au-dessus du mixolydien, soit au-dessous du phrygien[2]. Pourtant certaines gens viendront vous dire qu'ils ont inventé un nouveau mode *sous-phrygien*[3]! — Ensuite, il faut que le mode dont on fait usage présente un caractère conforme aux sentiments ou aux passions que l'on veut exprimer, comme nous le prouve ce qui est arrivé relativement à l'harmonie locrienne; car, parmi les poëtes du temps de Simonide et de Pindare, nous voyons les uns s'en servir et les autres la rejeter, » etc.

Revenons maintenant aux octaves diatoniques de la *figure* C. Nous avons déjà fait observer qu'il faut à la voix plus de deux octaves d'étendue pour les rendre toutes dans leur ordre naturel. Or, comme la forme du mode est seule très-importante, et que son degré d'élévation ne l'est, pour ainsi dire, aucunement (Athénée vient de nous l'apprendre); comme, d'un autre côté, un chant donné ne sort presque jamais de l'étendue d'une octave, on n'a pas tardé à reconnaître qu'il y avait un grand avantage à faire rentrer toutes ces diverses octaves dans les limites d'un même diapason, c'est-à-dire à les renfermer entre deux notes constantes situées à une octave d'intervalle l'une de l'autre. Alors, si l'on suppose que chacune de ces octaves emporte avec elle le système invariable (*fig.* C) auquel on les avait toutes rapportées, il en résulte exactement les tropes d'Alypius, réduits toutefois au nombre de neuf[4], et groupés de même en *trois ternaires*, de telle manière qu'en passant d'un trope au suivant, on s'élève d'un ton vers l'aigu, si c'est dans le même ternaire, et d'un demi-ton seulement, si le passage a lieu d'un ternaire à l'autre[5].

[1] Nous isolons, dans le texte, les prépositions ὑπό et ὑπέρ, tandis que M. Boëckh les considère, avec les anciens interprètes, comme formant des mots composés, ce qui ne donne aucun sens raisonnable.

[2] A part les dénominations anciennes, ne croirait-on pas entendre un musicien moderne disserter sur la *transposition* et sur les caractères divers qu'elle peut imprimer à la mélodie?

[3] Cette phrase confirme pleinement ce que nous avons dit plus haut (p. 81) à l'occasion du mode lydien, et fournit une complète justification de ce qui va suivre. — M. Boëckh (p. 225), avec raison peut-être, croit voir ici une allusion à Aristoxène et une critique de son treizième ton, l'hyperphrygien, qui n'est que la réplique de l'hypodorien.

[4] Les *huit* premiers ou plus graves, avec les *cinq* intermédiaires, forment les *treize* tons d'Aristoxène (Eucl. p. 19; — Cf. Aristox. p. 37).

[5] En ne prenant, au contraire, que l'octave grave de chacun des *huit* premiers tropes, on a les huit *tons*, *τόνοι*, de la page 406 de Bryenne, tons qu'il faut bien se garder de confondre avec *les octaves* de la page 481, *μελῳδίας εἴδη*, ἦχοι, comme cet auteur le recommande formellement à la page 483 (cf. aussi G. Pachymère, fol. 37 v., et l'Hagiopolite).

TRAITÉS GRECS relatifs à la musique.

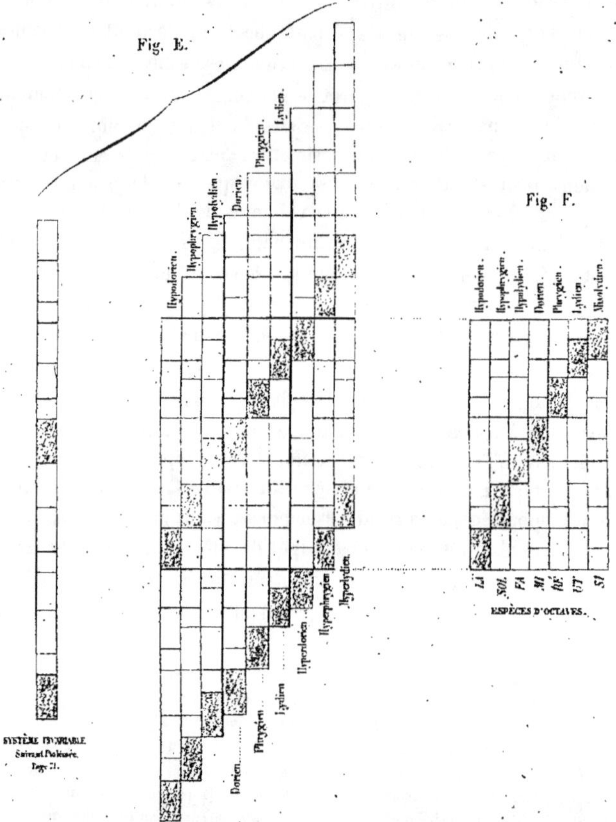

D'où l'on voit que les espèces d'octaves les plus graves ont donné lieu justement aux tropes les plus aigus [1], comme nous l'avions avancé; et l'on

[1] La leçon τούτων ὀξύτατος, considérée comme fautive dans le texte d'Euclide (p. 20, l. 9, et Meyb. p. 63), pourrait bien trouver ici, sinon sa justification, du moins son explication.

reconnaît, de plus, que, si l'on supprime, d'une part, les deux derniers tropes, qui font double emploi avec les deux premiers, et, de l'autre, les degrés provenant de l'emploi du système immuable qui a servi de terme de comparaison, on a exactement les sept tons de Ptolémée, lesquels ne sont, d'ailleurs, autre chose que les sept octaves primitives [1]; seulement *elles sont ramenées au même diapason* [2].

Fig. F.

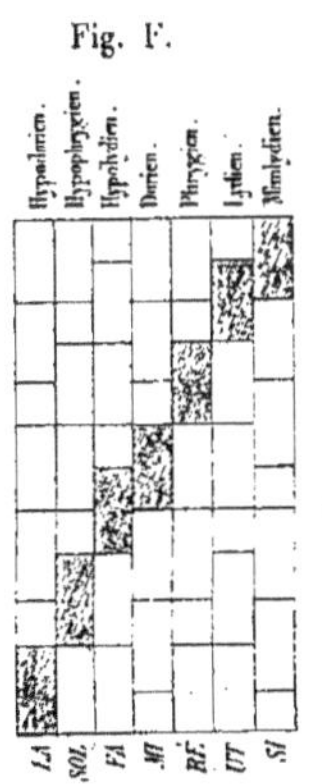

Quant aux tons intermédiaires, *iastien*, *éolien*, et à leurs *collatéraux* ou *plagaux*, ils n'auraient pu que faire double emploi avec les sept espèces

[1] M. Bellermann (p. 41), en rapportant à ce système les anciennes harmonies, a certainement confondu les époques, comme le prouve, je crois, la traduction des diagrammes telle que je l'ai donnée plus haut. Observons, du reste, que le même auteur (p. 45) réunit dans un même tableau les sept tons de notre *figure* F sous le titre de *Veteres modi Græcorum*, et les tropes de la *figure* E, à peu près comme nous venons de le faire (pag. préc.), sous celui de *Recentiores modi Græcorum*.

[2] Il faut observer, toutefois, que cet énoncé s'applique spécialement au chapitre x du livre III de Ptolémée et au diagramme de la page 71; car, dans le chapitre suivant et dans le diagramme de la page 73, cet auteur, abandonnant ce qu'il a dit sur la nécessité de renfermer les tons dans les limites d'une même octave, adopte un autre principe, d'après lequel c'est la mèse de chaque ton qui doit être établie à l'unisson de l'un des degrés du ton dorien. Or, par suite de cette nouvelle convention, il y a trois octaves qui se trouvent abaissées d'un demi-ton, savoir: la lydienne, l'hypolydienne, et l'hypophrygienne. Remarquons, à cet égard, que *le lieu d'un son*, τόπος, ou que *la position d'une note musicale* appartenant à une gamme, n'est point, dans le langage de Ptolémée et des autres musiciens, un degré d'intonation déterminé d'une manière tout à fait absolue, mais bien un certain intervalle *autour* de ce degré, dans lequel la note peut être placée un peu plus haut ou un peu plus bas, suivant les circonstances.

TRAITÉS GRECS relatifs à la musique.

d'octaves, tant que l'on s'en tenait à ces dernières en ayant égard seulement à leur forme sans considérer leur élévation. Mais les neuf tropes étant une fois établis, et formant neuf systèmes parfaits de deux octaves chacun, tous semblables quant à la forme, et différents seulement par le degré d'acuité ; alors, comme il restait dans chaque groupe ternaire deux intervalles d'un ton entier, tandis que l'intervalle des groupes eux-mêmes n'était que d'un demi-ton, on s'est trouvé naturellement conduit à intercaler six nouveaux tropes intermédiaires dans les intervalles d'un ton, et l'on a eu ainsi, en totalité, quinze tropes tous semblables entre eux et distants d'un intervalle constant de demi-ton[1]. Du reste, c'est principalement en vue des instruments que ces six nouveaux tropes ont été établis, comme le témoigne Aristide Quintilien (p. 25); et, quant à leurs dénominations, on n'aura trouvé rien de mieux à faire que de leur appliquer les noms, restés sans emploi, des anciennes harmonies *éolienne* et *ionienne*, désormais tombées en désuétude ainsi que toutes les autres[2].

Telle est, ainsi du moins qu'elle nous apparaît, l'histoire des modes et des tropes, depuis son antiquité la plus reculée jusqu'au moyen âge. A cette époque s'opéra, sous l'influence des idées chrétiennes, une révolution complète dans l'art musical : saint Augustin, saint Ambroise, saint Grégoire, parmi les Latins; saint Jean Chrysostôme, saint Jean Damascène, Cosmas, parmi les Grecs, y contribuèrent successivement, à des degrés divers, et en suivant des routes différentes. Mais, quoi qu'il en soit de la part que chacun prit à la réforme, on en revint, comme d'un commun accord, à l'ancienne théorie des octaves successives par degrés conjoints (*fig.* C), ainsi qu'aux diverses formes d'échelles. Par conséquent, on s'accorda sur les points capitaux; mais quelques différences subsistèrent dans les détails.

Ainsi les Grecs, de leur côté, ajoutèrent aux sept octaves primitives et principales, comprises depuis l'hypodorien jusqu'à l'hyperdorien ou mixolydien, une huitième octave hyperphrygienne, réplique de l'hypodorienne, de même espèce que cette dernière, et située à un intervalle d'*un ton* de la mixolydienne. Mais alors, donnant à cette octave la plus grave le nom du trope le plus grave ou de l'hypodorien, puis à l'octave mixolydienne le nom du trope voisin ou de l'hypophrygien, et de même de proche en

[1] Nous avons déjà dit (p. 86, n. 4) que les 13 plus graves formaient le système d'Aristox.

[2] « Nomina Æolii et Ionii, propter nominum hypodorii et hypophrygii usum obsoleta, iterum adhibita sunt, mutata significatione. » (Bellermann, p. 42.)

TRAITÉS GRECS relatifs à la musique.

proche, ils arrivèrent ainsi à renverser tous les noms[1]; de sorte que l'octave la plus aiguë prit le nom du trope le plus aigu et devint l'octave hypermixolydienne. C'est ce que l'on voit sur la figure suivante, laquelle ne diffère de la *figure* C que par la suppression de l'octave hyperlydienne et le renversement des noms.

Fig. G.

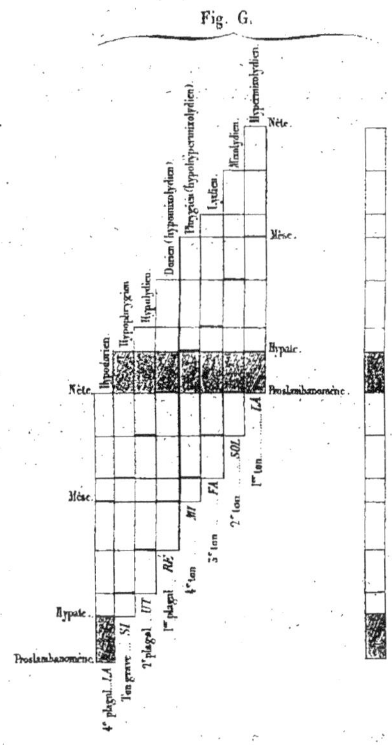

Les octaves, ou les tons nouveaux, nommés alors ἦχοι, se trouvant au nombre de huit, on les partagea en deux groupes quaternaires, c'est-à-dire

[1] « Quum illi ipsi [modi] ab antiquis in unam tensionem redactis speciebus denominati inversum illis ordinem sequerentur, recentiores quoque species contrarium veteribus nominibus ordinem acceperunt. » (Bellermann, page 44.)

TRAITÉS GRECS relatifs à la musique.

en quatre supérieurs ou *maîtres*, *κύριοι*, et quatre inférieurs ou *collatéraux*, *πλάγιοι*, comme on le voit expliqué à la page 481 des Harmoniques de Manuel Bryenne. Les quatre tons supérieurs, énumérés, comme dans la *figure* G ci-dessus, dans un ordre descendant, y reçoivent les dénominations de *premier*, *deuxième*, *troisième*, et *quatrième ton*. Quant aux quatre tons inférieurs, énumérés également en descendant, ils sont désignés ainsi : *premier ton plagal* ou *latéral*, *deuxième ton plagal*, puis *ton grave*, *βαρύς*, enfin *quatrième plagal*.

Il faut remarquer ici que le ton hyperphrygien, au lieu d'être appelé troisième plagal, reçoit une dénomination particulière, celle de *ton grave*. Cette désignation lui venait, sans doute, de ce qu'il reproduisait l'ancienne octave mixolydienne, la plus grave[1] et la première des anciennes octaves (voy. plus haut, p. 78, n. 3), ainsi classées vraisemblablement avant l'addition de la proslambanomène (cf. Bryenne, p. 484)[2]; comme, d'ailleurs, les trois autres tons du groupe quaternaire inférieur se trouvaient à la quinte grave de leurs correspondants respectifs dans le groupe quaternaire supérieur, et que celui-là seul, l'hyperphrygien, faisait exception à la règle, il en résultait ainsi en quelque sorte la nécessité de donner à celui-ci une désignation spéciale.

Les cordes que Bryenne désigne comme les principales dans chaque ton de ce système, sont : 1° la plus grave, nommée *proslambanomène*; 2° l'*hypate*, à un degré au-dessus; 3° la *mèse*, à trois degrés au-dessus de l'hypate; et enfin 4° la *nète*, à trois degrés au-dessus de la mèse, et à l'octave aiguë de la proslambanomène. De cette manière, la proslambanomène de chaque ton supérieur était à l'unisson de la mèse du ton inférieur correspondant; et il est vraisemblable que, dans l'origine, cette note leur servait de finale commune, le ton supérieur se terminant ainsi sur sa proslambanomène, tandis que le plagal se terminait sur sa mèse, note identique à la précédente, et quinte aiguë de sa propre proslambanomène.

Le système nommé *ὀκτώηχος*, que les Grecs suivent encore aujourd'hui dans leur liturgie, dérive évidemment de celui qui vient d'être exposé,

[1] L'*Εἰσαγωγὴ εἰς τὸ θεωρητικὸν καὶ πρακτικὸν τῆς ἐκκλησιαστικῆς μουσικῆς* (Paris, Rignoux, 1821) en donne (p. 43) une autre raison, qui cependant, au fond, rentre dans la précédente.

[2] Un passage remarquable du scoliaste de Ptolémée (sur le commencement du chapitre X du II° livre) confirme complétement ce point de vue : ce ton, dit-il en parlant du huitième, c'est-à-dire du ton signalé comme superflu par Ptolémée, « ce ton que l'on nomme *hypermixolydien* quand il est placé à l'aigu, *proslambanomène* quand il est placé au grave, etc. »

TRAITÉS GRECS relatifs à la musique.

malgré diverses particularités qui l'en distinguent, comme on peut le voir dans le traité de Chrysanthe, ou dans l'Εἰσαγωγή[1], ou même dans le Mémoire de Villoteau sur l'état actuel de l'art musical en Égypte, 2e partie, chap. IV (Description de l'Égypte).

Voilà pour les Grecs. Quant à l'Église latine, elle suivit une marche un peu différente. Ici, ce sont les tons hypodorien, hypophrygien, hypolydien, que l'on continua à faire correspondre, comme plagaux, aux tons dorien, phrygien, lydien, ce qui jusque-là était plus régulier, puisque chaque plagal se trouvait à une distance constante de son *principal*, ou *maître*, ou *authente*, savoir, à un intervalle de quarte. Mais il restait deux tons, le mixolydien et l'hypermixolydien, situés à une seconde de distance l'un de l'autre. Alors devait-on les considérer comme formant ensemble une quatrième paire de tons, ainsi que le fait Boëce pour les tropes eux-mêmes (*De musica*, liv. IV, chap. XV, p. 1159)? Cette irrégularité eût été plus choquante encore que celle dont le système grec se trouvait affecté par la position du ton grave. Aussi fit-on mieux : on supprima le ton hypermixolydien comme faisant double emploi avec l'hypodorien; et le dorien, authente de celui-ci, fut lui-même considéré comme plagal du mixolydien, en raison de quoi il reçut une seconde dénomination, celle d'*hypomixolydien*.

On obtint ainsi ce que l'on nomme le système des *huit tons de l'Église*, dont *quatre authentes* et *quatre plagaux* :

ou bien encore *quatre impairs* et *quatre pairs*, autre dénomination provenant de la manière dont on est convenu[2] de les disposer et de les enchaîner entre eux, afin de pouvoir en parcourir le cercle entier par une suite de modulations consonnantes :

[1] Voyez encore les pages 43 et suiv. de l'ouvrage qui a pour titre : Κρηπὶς τοῦ θεωρητικοῦ καὶ πρακτικοῦ τῆς ἐκκλ. μουσικῆς, παρὰ Θεοδώρου Παπᾶ (Constantinople, 1842).

[2] A ce sujet, M. Bellermann (p. 44) cite, d'après Gerbert (*Script. eccles.* t. I, p. 127, et t. II, p. 56), Ucbald, auteur du Xe siècle, et Guy d'Arezzo.

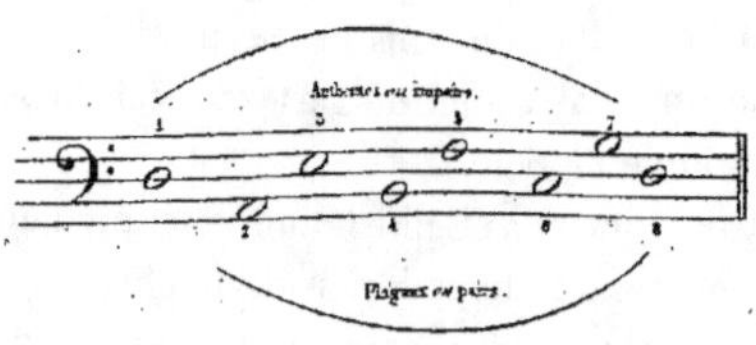

Mais la différence des espèces d'octaves et des divers degrés d'élévation n'est pas la seule chose à considérer dans les deux classes de tons : à chacune d'elles est affecté un mode d'emploi particulier, d'où résulte une analogie et une liaison intime entre chaque ton authente et son plagal.

Ainsi, lorsque le ton est authente, l'octave se partage en une quinte située au grave et une quarte située à l'aigu, comme *ré-la-ré;* lorsque le ton est plagal, c'est le contraire, comme *la-ré-la.* Dans le premier cas, la division de l'octave est dite *harmonique*, parce que la longueur de la corde qui donne la quinte (*la*) du son grave (*ré*) est une *moyenne harmonique*[1] entre celles des cordes qui donnent les extrêmes de l'octave ($ré_1$-$ré_2$); dans le second cas, la division est dite *arithmétique*, parce que la longueur de la corde qui donne la quarte (*ré*) du son grave est une *moyenne arithmétique* entre celles des cordes extrêmes (la_1-la_2). Dans le premier cas encore (ce qui est le plus important), c'est-à-dire dans le cas où le mode est authente, le chant se termine sur la note grave, en faisant toutefois des repos momentanés sur la quinte, qui prend, en raison de cet emploi, le nom de *dominante;* et, dans le cas d'un mode plagal, la finale du chant se place sur la note qui opère la division de l'octave, c'est-à-dire à la quarte aiguë du son grave ou à la quinte grave du son aigu.

En conséquence, voici la composition, l'ordre, et les relations mutuelles des *huit tons* de l'Église latine :

Ce système, parfaitement régulier, laissait cependant quelque chose à désirer sous le rapport de la généralité et de l'étendue. Mais il n'y avait plus

[1] Voyez la note L.

TRAITÉS GRECS relatifs à la musique.

qu'un pas à faire pour parvenir à concilier les deux avantages; et ce fut Glaréan qui eut l'honneur d'attacher son nom à cette importante innovation [1]. Peut-être y fut-il conduit par cette observation, que, dans le second livre des Harmoniques de Bryenne (p. 405), les tons dorien et phrygien, authentes des tons hypodorien et hypophrygien, sont eux-mêmes indiqués comme plagaux par rapport au mixolydien et à l'hypermixolydien, et y reçoivent en conséquence les dénominations d'*hypomixolydien* et d'*hypo-hypermixolydien* (ci-dessus, *fig.* G). Or, une fois admise l'idée de considérer les octaves de *ré* et de *mi* comme les plagales de *sol* et de *la*, il était naturel de considérer, en outre, l'octave de *sol* comme plagale de l'octave d'*ut*, en conservant d'ailleurs le ton hypermixolydien, dont la suppression se trouvait, sous ce nouveau point de vue, un pas rétrograde.

Ainsi le système de Glaréan est fondé sur ce principe, que chaque ton peut être alternativement authente et plagal : authente, pourvu que le cinquième degré en montant soit à la quinte juste de la note grave; plagal, pourvu que son quatrième degré soit à la quarte juste de la même note. Cette double restriction entraîne deux exceptions, l'une pour l'octave de *si*, qui ne peut être que plagale, en raison de la quinte *diminuée si-fa;* et la seconde pour l'octave de *fa*, qui ne peut être qu'authente, en raison du triton *fa-si*. Alors, en tenant compte de ces deux exceptions, on obtient les douze tons suivants, dont six authentes et six plagaux [2] :

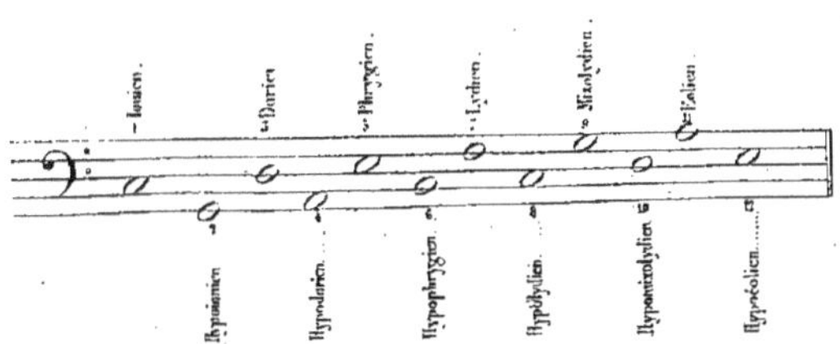

On voit encore que, de cette manière, chaque degré de la gamme diatonique, excepté le *si*, peut servir de finale à deux modes différents, un authente et un plagal : car l'octave de *si*, n'admettant pas la division authentique, ainsi que nous l'avons dit, ne peut être que plagale (de *mi*);

[1] Cf. le Dictionnaire de musique de Sébast. de Brossard, et Burette (*Académie des inscript.* tom. XVII, p. 96 et suiv.).

[2] L'Église a continué de les compter à partir du dorien; l'ionien et l'hypoïonien sont ainsi le onzième et le douzième.

tandis que, d'un autre côté, et par la même raison, l'octave de *fa*, n'admettant pas la division plagale, ne peut avoir *si* pour finale.

En résumé, voici le tableau du système de Glaréan :

DOUBLE DIVISION DES OCTAVES.

Note *aiguë*.........	LA	SI	UT	RÉ	MI	FA	SOL
Quinte : division authentique.....	MI	.	SOL	LA	SI	UT	RÉ
Quarte : division plagale.........	RÉ	MI	FA	SOL	LA	.	UT
Note *grave*.........	LA	SI	UT	RÉ	MI	FA	SOL

Pour compléter cette théorie des modes, ajoutons quelques mots relatifs au caractère moral, ἦθος, de chacun d'eux, point auquel les philosophes de l'antiquité attachaient une si grande importance; et examinons si, d'après les rapprochements que nous avons établis entre les modes anciens et les nôtres, il nous sera possible de reconnaître dans ceux-ci les mêmes nuances d'expression : c'est là certainement le meilleur *criterium* que nous puissions employer pour vérifier l'exactitude de notre théorie.

Or nous avons établi que les diverses *harmonies* des anciens correspondaient aux diverses espèces de l'octave. Mais les sons d'une échelle ne suffisent pas pour déterminer le caractère des diverses mélodies qu'elle peut servir à former : les cordes sur lesquelles se font les repos plus ou moins parfaits, et surtout le repos final, c'est là principalement ce qu'il faut considérer.

Bien que, sur cette partie si intéressante de la mélopée des anciens, nous possédions peu de données positives, cependant il en est une fort précieuse, qui nous permettra, je pense, de résoudre la question proposée. Il suffit, en effet, que nous connaissions l'importance qu'ils attachaient à la *mèse*, corde à laquelle toutes les autres cordes étaient rapportées, sur laquelle on les *accordait*[1]. Nul doute que cette corde ne fût pour eux ce qu'est pour nous la *tonique*, et que, par conséquent, ce ne fût sur la mèse que se faisait, pour l'ordinaire, le repos final. Un passage de Bryenne le dit d'ailleurs formellement (p. 486) : « La mélodie est parfaite lorsque, en partant de la mèse, elle parcourt tous les sons de l'échelle pour venir finir sur la mèse. »

[1] Bryenne, p. 372 et 386. — Cf. aussi Euclide, p. 19; et Aristote, probl. 20 et 36 du § XIX. — Le même Arist. (*Métaph.* V, XI) : ἡ μέση ἀρχή.

D'un autre côté, l'emploi d'un petit nombre de cordes était, aux yeux des anciens, une qualité dont ils faisaient le plus grand cas; à tel point que, suivant Plutarque (*De musica*, ch. XVIII), deux musiciens du plus grand génie, dont les compositions furent jugées dignes de servir de modèles à la postérité, mais qui laissèrent bien loin derrière eux tous leurs imitateurs, Olympe et Terpandre enfin, n'employaient jamais que *trois* cordes (voyez ci-dessus, p. 74, n. 2). De plus, comme c'était de l'aigu au grave que procédait alors tout le système musical (v. la *note* C), il s'ensuit que les cordes les plus usitées, dans l'heptacorde ou dans l'octocorde, étaient les cordes comprises depuis la nète jusqu'à la mèse, comme nous le voyons dans la plupart des chants de notre Église, dans les *tons* de l'*octoéchos*, dans le chant de la première pythique de Pindare, chant que nous rapporterons plus loin (note H), etc., etc.

Appliquons cette considération aux principaux modes dont nous connaissons le caractère par les rapports des anciens, en commençant par le dorien et l'hypodorien. — Ces deux modes comprennent respectivement, ainsi que nous l'avons établi, l'octave de *mi* et l'octave de *la*. Nous avons donc,

Pour le mode dorien : Pour l'hypodorien :

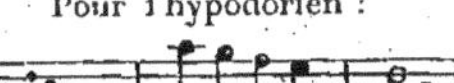

échelles identiques, comme on le voit, du moins dans le haut, avec celle du mode mineur de la musique moderne.

On en trouve de fréquents exemples dans les chants de l'Église.

Di-xit Do-mi-nus Do-mi-no me-o: Se-de à dex-tris me-is.
In ex-i-tu Is-ra-ël de Æ-gyp-to, do-mus Ja-cob de po-pu-lo bar-ba-ro.

Or il est facile de reconnaître maintenant combien les passages des auteurs anciens relatifs au mode dorien s'accordent avec le caractère de ces chants. Quant à Platon, qui ne permet aux citoyens de sa nouvelle république que l'harmonie dorienne et la phrygienne, « elle représente l'homme, dit-il en parlant de la première, dans un état de tranquillité qui s'emploie volontairement à persuader et à instruire les autres, qui

TRAITÉS GRECS relatifs à la musique.

adresse à la Divinité des prières et des vœux, ou qui se rend lui-même accessible aux supplications, se laisse dissuader, et qui, ayant obtenu ce qu'il souhaite, n'en est pas plus fier, mais sait jouir de sa fortune, quelle qu'elle puisse être, avec modestie, avec tempérance et avec fermeté.» (Platon, *Rép.* III, traduction de Burette dans sa note CII sur Plutarque.) — Le même philosophe, Platon, va plus loin encore dans le Lachès; car là il proclame le mode dorien comme le seul véritablement grec[1]. Écoutons encore Aristote (*Polit.* VIII, VII) : «Tout le monde, dit-il, s'accorde sur le caractère grave et viril du mode dorien;» puis Héraclide de Pont, dans *Athénée* (l. XIV, p. 624) : «L'harmonie dorienne présente un caractère mâle et grandiose propre à réprimer le penchant au désordre et le goût des plaisirs; en repoussant le brillant et l'éclat, elle a quelque chose d'austère et de grave, etc.» Pindare[2], Aristoxène[3], Proclus[4], Plutarque[5], Apulée[6], Lucien[7], rendent également justice au caractère majestueux du mode dorien. Galien raconte, à ce sujet (*De Hipp. et Plat. dogm.* IX, 5), que Damon le musicien, se trouvant avec une joueuse de flûte qui, en exécutant sur le mode phrygien, faisait faire des extravagances à quelques jeunes gens pris de vin, lui ordonna de jouer sur le mode dorien, et qu'aussitôt les folies cessèrent. Saint Basile (*πρὸς τοὺς νέους*) raconte une anecdote à peu près semblable qu'il attribue à Pythagore[8].

[1] *Ἥπερ* (*δωριστὶ*) *μόνη ἑλληνική ἐστιν ἁρμονία.* — Pareille chose a lieu pour l'architecture dorique, suivant l'opinion de M. Raoul-Rochette (*Lettres archéologiques*, page 145), opinion si imposante en pareille matière.

[2] Voyez les scol. sur la 1re Olymp. vers 25.

[3] Dans Plutarque, *De musica*, ch. XVII.

[4] Dans les scol. sur Platon, Ruhnk. p. 155; — Boëckh, *De metr. Pind.* p. 239.

[5] Lieu cité, ch. XVI.

[6] *Florides*, I. — Voici le passage d'Apulée avec les corrections que je crois nécessaire d'y introduire : «Seu tu velles Æolium simplex, «seu Asium (*lis.* Iastium) varium, seu Lydium «querulum, seu Phrygium religiosum (*lis.* bel«licosum), seu Dorium bellicosum (*lis.* reli«giosum).»

[7] *Harmonide.*

[8] Voici comment s'exprime le Rituel de Gémistus Pléthon (ms. suppl. 66, *fol.* 48) au sujet de l'harmonie dorienne, qu'il nomme hypodorienne, parce qu'en suivant le système de la *fig.* C (ci-dessus, p. 79), il établit toutes ses finales sur la note grave: «Nous attribuons, dit-il, cette harmonie à Jupiter roi et aux autres dieux, à cause de son caractère de grandeur, et parce qu'aucune ne convient mieux à l'expression des sentiments nobles, généreux et braves.» *Τῷ γὰρ Διΐ τῷ βασιλεῖ καὶ αὖ πᾶσιν ὁμοῦ τοι τοῖς θεοῖς ταύτην τὴν ἁρμονίαν ἀπονέμομεν, μεγέθους τε ἔχουσαν πλεῖστον, καὶ ἅμα θαῤῥαλέῳ τε καὶ ἐρωτικῷ* (*lis.* *ἡρωϊκῷ*) *προσήκουσαν ἤθει.*

De même, en parlant du mode hypodorien, qu'il nomme phrygien : «Nous attribuons, dit-il, cette harmonie aux dieux inférieurs, parce qu'elle convient à l'expression des sentiments doux et paisibles.» *Τοῖς μετὰ τοὺς ὀλυμπίους θεοῖς ταύτης αὖ τῆς ἁρμονίας ἀπονεμομένης, διὰ τὸ μεγέθους τε μέσως πως ἔχειν, καὶ ἅμα εὐθυμουμένῳ προσήκειν ἤθει.*

TRAITÉS GRECS relatifs à la musique.

Passons aux modes phrygien et hypophrygien; ils sont ainsi représentés suivant nous :

Phrygien :
Hypophrygien :

Ils correspondent donc à notre mode majeur. Aussi, d'après Aristote, l'harmonie phrygienne est-elle éminemment propre à produire l'enthousiasme, à exciter les passions, le courage, la fureur même. Suivant Platon (*lieu cité*), « elle imite la voix et les accents de ceux qui marchent au combat, qui affrontent sans crainte les périls des blessures, de la mort, et de toute autre calamité, et qui soutiennent constamment les plus violents assauts de la fortune. » Enfin, au rapport d'Athénée (l. IV, à la fin), c'était sur ce mode que sonnaient les trompettes et les autres instruments de guerre. C'est là, on ne saurait le nier, une éclatante démonstration de notre système, puisque les colonnes d'air vibrant à plein tuyau dans les tubes qui ne sont armés ni de clefs ni de pistons, ne peuvent donner que les harmoniques du son fondamental : ce qui conduit exclusivement au mode majeur de la musique moderne [1].

On a un exemple de l'emploi du mode phrygien dans ce chant d'Église [2] :

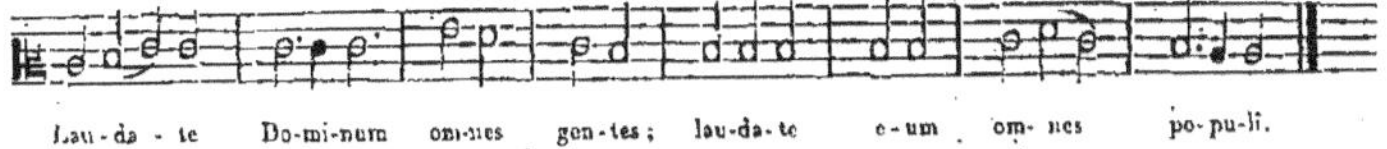
Lau-da - te Do-mi-num om-nes gen-tes; lau-da-te e-um om-nes po-pu-li.

Quant à l'harmonie lydienne, nous avons déjà eu l'occasion de dire que les anciens lui attribuaient un caractère mou et relâché (Plat. *Rép.* liv. III) : *ἰαστὶ καὶ λυδιστὶ αἵτινες χαλαραὶ καλοῦνται, μαλακαὶ καὶ συμποτικαί.*

[1] C'est même (pour le dire en passant) ce qui nous paraît ébranler un peu la théorie d'après laquelle on prétend faire dériver toutes les lois de l'harmonie de ce que l'on est convenu d'appeler *la résonnance du corps sonore*, puisque cette résonnance, dans les limites et dans le sens qu'on l'entend, ne saurait produire le mode mineur.

[2] « Nous attribuons cette harmonie, dit Gemistus Pléthon qui la nomme hypophrygienne, aux dieux de l'Olympe; parce qu'elle tient le second rang pour la majesté, et qu'elle est propre à peindre l'admiration pour les grandes choses. » *Τῆς ἁρμονίας αὖ ταύτης τῶν θεῶν τοῖς ὀλυμπίοις ἀπονεμομένης, μεγέθει τε δευτερούσης ἔν γε ἁρμονίαις, καὶ ἅμα θαυμαστικῷ τῶν καλῶν προσηκούσας ἤθει.*

Plutarque la considère comme propre à peindre et à exciter la tristesse et les lamentations : *ἐπιτήδειος πρὸς θρῆνον* (*De musica*, cap. xv) ; — *τὸ θρηνῶδες καὶ φιλοπενθὲς ἡμῶν ἠγείρουσαν τῆς ψυχῆς* (le même, *De gerenda republica*, p. 822, B).

L'échelle de ce ton et celle de l'hypolydien peuvent être représentées ainsi :

Lydien :
Hypolydien :

et l'on a des exemples de la dernière dans les chants de l'office des morts :

Ky - ri - o
e - - - - - le - i - son.

Enfin l'harmonie mixolydienne se distingue par son caractère essentiellement pathétique : *ἡ μιξολύδιος παθητική τίς ἐστι τραγῳδίαις ἁρμόζουσα.*

Son échelle est la suivante :

et nous en avons un exemple dans ce chant[1] :

Ex-au-di Do-mi-ne de-pre-ca-ti-o-nem me-am ; in-ten-do o-ra-ti-o-ni me-æ.

Observons, toutefois, que, dans la tragédie, le mode mixolydien était presque exclusivement affecté aux chœurs, par cette raison entre autres, qu'il était le plus grave de tous[2], et que « les sons graves, dit Aristote

[1] Cette harmonie, dit Pléthon, qui lui donne le nom de dorienne d'après le système exposé plus haut, « cette harmonie est attribuée aux hommes et à la divinité qui préside aux destinées humaines, parce qu'elle est propre à peindre les combats de notre nature sans cesse glissante et chancelante, et toutes les vicissitudes et les embarras de la vie. » *Τῆς ἁρμονίας αὖ ταύτης ἀνθρώποις καὶ τῷ ἀνθρώπων προστάτῃ θεῷ ἀπονεμομένης, διὰ τὸ ἐναγωνίῳ μάλιστα προσήκειν ἤθει, ἀγῶνος ἀεὶ διὰ τὸ τῆς φύσεως εὐόλισθόν τε καὶ ἁμαρτητὸν τῶν γε ἀνθρωπείων δεομένων πραγμάτων.*

[2] Les diagrammes d'Aristide Quintilien (p. 22) en fournissent une preuve certaine. Ainsi M. Boëckh commet une erreur évidente

(probl. 49 du § xv), sont ceux qui s'accordent le mieux avec les sentiments doux et paisibles. » Au contraire, les modes hypodorien et hypophrygien, les deux plus aigus du système, étaient exclus des chœurs, par la raison qu'ils sont, dit le même auteur (probl. 48), « éminemment propres à l'action; or les personnages sont les héros : c'est à eux qu'appartient l'énergie, l'enthousiasme ; tandis que le chœur, c'est le peuple, être essentiellement faible et passif. »

Là se borne ce qu'il nous est possible de dire de quelque peu positif sur le caractère des anciennes harmonies. Chercher à concilier, sur ce point, tous les témoignages souvent contradictoires des anciens, serait une tentative vraisemblablement peu fructueuse; et quant à l'origine de ces contradictions, elles tiennent en partie, sans aucun doute, à ce qu'à chaque instant le caprice des compositeurs, les coutumes locales, et une foule d'autres causes tout aussi inconstantes, pouvaient lier, à l'emploi de chaque mode, l'emploi de tel ou tel genre[1], l'emploi de tel ou tel rhythme déterminé[2], qui en modifiaient nécessairement le caractère dans un sens ou dans l'autre[3]. Il eût fallu, pour démêler ce qui tenait à chacun de ces éléments divers, un esprit d'analyse qui manquait aux anciens, ou qui, du moins, fut chez eux l'apanage exclusif de quelques génies privilégiés. Nous sommes donc forcés, faute de documents plus complets, de borner ici nos investigations; et nous terminerons cette note en présentant un tableau qui nous paraît résumer tout le système des anciennes harmonies grecques. C'est-à-dire que tous les modes et genres des anciens Grecs nous paraissent être des combinaisons, des modifications, ou des altérations, des quinze formes de quinte qui suivent (sauf encore les subdivisions des genres dans leurs diverses nuances).

en attribuant le caractère de cette harmonie et de la précédente à leur acuité. Il confond ici les époques, et prend les tropes lydien et mixolydien d'Alypius pour les anciennes harmonies lydienne et mixolydienne.

De même Euclide (p. 20) déclare formellement que le ton hypodorien est le plus aigu. Mais on voit, à la page 37 d'Aristoxène, que la confusion commençait déjà à s'introduire de son temps.

[1] Voy. la note B.

[2] Voy. la note N.

[3] Voyez Plutarque, édit. de Burette, p. 56 et suiv.

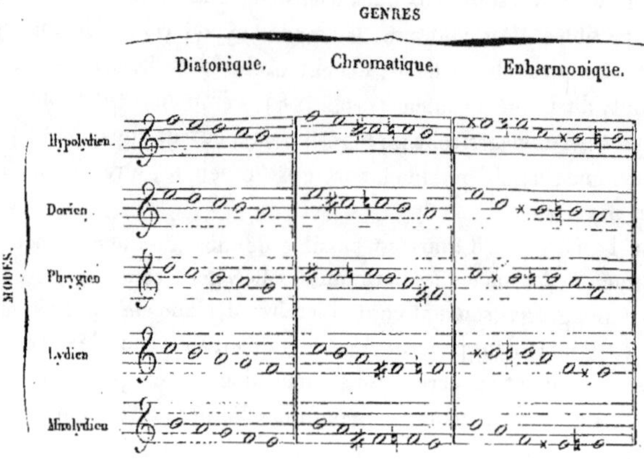

GENRES

Diatonique. Chromatique. Enharmonique.

MODES.

Hypolydien.

Dorien.

Phrygien.

Lydien.

Mixolydien.

Toutefois, nous ne pouvons quitter ce sujet sans faire remarquer encore l'avantage immense que les anciens avaient sur nous, et qu'ils trouvaient dans l'emploi de leurs modes. Quelle source féconde de variété, et que de moyens dont nous sommes privés, pour imprimer à la mélodie tel ou tel caractère! En effet, sans parler du genre enharmonique (genre si expressif, qui nous manque entièrement[1]), tandis que nous, modernes, nous ne connaissons que deux finales, celle du mode majeur et celle du mode mineur (mode que même nous n'employons jamais que dans la progression descendante), les anciens avaient la faculté d'établir les leurs sur tous les degrés de l'échelle; de telle sorte que nous en sommes, sur ce point, réduits à porter envie au plain-chant, genre de musique qui, malgré la perte de la mesure et du rhythme, « offre encore aux connaisseurs, dit J. J. Rousseau (*Dict. de musique*, au mot *plain-chant*), de précieux fragments de l'ancienne mélodie et de ses divers modes..... Ces modes, continue-t-il, tels qu'ils nous ont été transmis dans les anciens chants ecclésiastiques, y conservent une beauté de caractère et une variété d'affection bien sensibles aux connaisseurs non prévenus, et qui ont conservé quelque jugement d'oreille...;

[1] Cette notice ne sera peut-être pas terminée sans que l'un de nos plus habiles compositeurs, qu'il me soit permis de nommer M. Halévy, à qui la possibilité de reproduire et d'apprécier les intervalles du genre enharmonique a été démontrée, soit parvenu à réaliser le vœu que nous émettions naguère (*Journal général de l'instruction publique*, 28 août 1844, p. 759, col. 1re, n. 6), de voir revivre sur nos théâtres ce genre si éminemment pathétique.

et l'on doit désirer que ces précieux restes de l'antiquité soient fidèlement transmis à ceux qui auront assez de talent et d'autorité pour en enrichir le système moderne. Loin qu'on doive porter notre musique dans le plain-chant, je suis persuadé qu'on gagnerait à transporter le plain-chant dans notre musique; mais il faudrait avoir pour cela beaucoup de goût, encore plus de savoir, et surtout être exempt de préjugés. »

NOTE B.

SUR LES GENRES.

(Ier Traité, p. 7; et IIe Traité, § 6.)

Une légère altération dans ce passage du deuxième Traité, en ce qui tient à la composition du genre *chromatique mou*, n'empêche pas de reconnaître que l'auteur anonyme suit ici exactement les divisions du tétracorde données aux pages 11 et 12 de l'Introduction harmonique attribuée à Euclide, divisions qui ne sont d'ailleurs que celles d'Aristoxène (p. 50 des Éléments). En effet, Euclide divise d'abord le tétracorde en trente parties[1], dont douze pour chacun des deux *tons* du genre *diatonique* et six pour le *demi-ton;* le *diésis enharmonique*, moitié du demi-ton, vaut alors trois de ces parties, et le *πυκνόν*, composé, dans le genre enharmonique, de deux de ces diésis, égale ainsi ce même demi-ton. En second lieu, le *chromatique mou* se divise, toujours d'après Euclide, en deux *diésis chromatiques* composés chacun de quatre *douzièmes* ou un *tiers* de ton, et les vingt-deux *douzièmes* restants; de sorte que le *pycnum* se trouve composé de huit *douzièmes* de ton, ce qui fait deux *diésis* enharmoniques et deux *douzièmes* de ton, ou, ce qui est la même chose, *trois diésis moins un douzième de ton*. Le passage se trouvera donc convenablement corrigé par une conjecture fort heureuse de M. Bellermann (p. 58), conjecture que je m'empresse d'adopter, et qui consiste à changer simplement *ἀεί* en *μεῖον*, *diminué de*. Quant à la composition du *chromatique sesquialtère* ou *hémiole*, donnée par l'anonyme, elle est exactement conforme à celle d'Euclide, puisque, suivant ce dernier auteur, le *pycnum* se compose de deux fractions de ton comprenant chacune quatre *douzièmes* plus *la moitié d'un douzième*, ce qui fait vingt et un *douzièmes* pour le reste du tétracorde. Enfin, pour

[1] Le ms. 3027 (*fol.* 33 *r.* l. 7) attribue cette division à Ératosthène : *Ἔστι δὲ εὕρεσις τῶν τόνων καὶ τῶν ἡμιτονίων καὶ τῶν διέσεων κατὰ τὸν Ἐρατοσθένην*. Cependant cela ne s'accorde point avec les formules que Ptolémée lui attribue, à la page 91 des Harmoniques.

la troisième espèce de chromatique, *le synton* ou *dur*, l'anonyme est encore parfaitement d'accord avec Euclide, puisque le premier auteur donne deux *demi-tons* pour le *pycnum*, et le second deux fois six *douzièmes*, nombre égal au précédent. Même accord pour les deux nuances du genre diatonique[1].

TRAITÉS GRECS relatifs à la musique.

Il ne sera sans doute pas sans intérêt d'observer ici que ce genre de division du tétracorde, commun à notre anonyme et au prétendu Euclide, les classe tous deux au nombre des disciples d'Aristoxène, dont ils ne sont d'ailleurs, jusqu'à un certain point, que les abréviateurs; ce qui prouve jusqu'à l'évidence que l'Introduction harmonique ne saurait être d'Euclide le mathématicien; car ce dernier, que l'on ne saurait méconnaître pour l'auteur de la Division du canon harmonique, professe, par le seul fait de la composition d'un pareil ouvrage, des principes diamétralement opposés à ceux de l'Introduction. J'aimerais donc mieux encore, à la rigueur, attribuer ce dernier à Pappus, conformément à l'indication de plusieurs manuscrits de la Bibliothèque royale, par exemple le ms. 2460. Une particularité assez curieuse que présente ce manuscrit, et qui paraît n'avoir par été remarquée, c'est que l'Introduction harmonique s'y trouve deux fois : une première fois sous le nom d'Euclide (folio 40-45), et une seconde sous le nom de Pappus (folio 52-57). On serait tenté de croire que c'est le résultat de quelque spéculation frauduleuse, en voyant que la première copie, attribuée à Euclide, ne diffère de l'autre que par les premiers mots et les derniers. C'est faute d'avoir fait cette observation, que le collecteur anglais des *Anecdota Græca* de la Bibliothèque royale de Paris, M. Cramer, a donné cette pièce comme inédite[2] dans son second volume (Oxford, 1839).

[1] M. Bellermann (p. 68 et suiv.) cherche à établir que les différentes couleurs des trois genres n'ont jamais été réellement mises en pratique par les poëtes et les musiciens, que ce sont de pures arguties inventées pour servir d'aliment aux discussions des philosophes, et que les genres seuls pouvaient présenter dans l'exécution des différences appréciables. L'observation est certainement fondée, et je la crois applicable à plusieurs des diagrammes que nous trouvons dans Ptolémée (p. 45 et suiv.); mais on peut lui reprocher d'être par trop générale. Il est incontestable que le diatonique *égal*, par exemple, *διάτονον ὁμαλόν*, présente un caractère d'étrangeté et de rusticité, *ξενικὸν καὶ ἄγροικον*, qui lui est tout à fait particulier; mais, pour bien apprécier ces différences, l'habitude est indispensable. « Pour apprendre à donner aux intonations leurs véritables intervalles, dit l'auteur de l'*Εἰσαγωγὴ εἰς τὸ Θ.* (p. 25), adressez-vous à un habile chantre grec : un étranger ne saurait les observer convenablement. » *Πρέπει νὰ διδαχθῇ νὰ ψάλλῃ τὴν κλίμακα ἀπὸ ψάλτην ἕλληνα, προσέχων καλῶς εἰς τὴν προφοράν· ἐπειδὴ ὁ ἀλλοεθνὴς μουσικὸς ψάλλων δὲν φυλάττει τὰ διαστήματα.* — Voyez aussi le *Θεωρ. μέγα*, page 9.

[2] Supprimez les sept premières lignes de l'Euclide de Meybaum, ainsi que les deux

On peut voir, à la page 33 de Ptolémée, un résumé de la doctrine des genres suivant Archytas, suivant Aristoxène, et suivant sa propre théorie. Archytas n'admettait que trois genres, l'enharmonique, un chromatique, un diatonique; Aristoxène en admet six en tout, l'enharmonique, trois chromatiques (le mou, l'hémiole, et le tonié ou tonique), et deux diatoniques (le mou, le synton ou dur). Ptolémée trouve ce nombre de genres chromatiques trop grand; et n'en admet que deux, le mou et le dur. Par compensation, il trouve trop petit le nombre des genres diatoniques d'Aristoxène, et en admet trois, le mou, le dur, et le tonié ou moyen. Tout cela est confirmé par le scoliaste de Ptolémée. Mais, aux pages 45 et 92 de ce dernier auteur, on trouve deux diatoniques de plus, le diatonique ditonié et le diatonique égal; et le scoliaste, sur la page 40, signale également ces huit genres; il est bon de noter ces différences.

De même que les diverses harmonies, les différents genres ont aussi chacun un caractère moral particulier: le genre diatonique est mâle et austère (Aristide Q. II, page 111); le chromatique a quelque chose de tendre et de mélancolique; enfin, l'enharmonique est doux quoique excitant. (Cf. Théon de Smyrne, page 85 et suiv. et Bryenne, page 387.—Voy. encore ci-dessus, page 12.)

NOTE C.

SUR LE GENRE ENHARMONIQUE.

(Ier Traité, p. 7; et IIe Traité, § 6.)

Il résulte d'un passage de Plutarque [1] (*De musica*, ch. XI), que l'inventeur du genre enharmonique, Olympe l'Ancien, ne partageait l'intervalle nommé *διὰ τεσσάρων* ou *quarte*, la *συλλαϐά* de Pythagore, qu'en deux intervalles, l'un aigu, compris entre la *nète* et la *parhypate*, égal à peu près à un *diton* ou *double-ton*, le second grave, de la *parhypate* à l'*hypate*, valant environ un *limma* ou *demi-ton*; de manière que, supprimant ainsi la *lichanos* ou l'*indicatrice*, c'est-à-dire l'élément caractéristique des deux genres diatonique et chromatique, les seuls connus à cette époque, il ne conservait plus rien de particulier à aucun des deux. C'est le genre ainsi obtenu qui prit le nom de genre *harmonique*, comme réunissant les propriétés

derniers mots ἐστὶ πραγματείας (p. 22) : et vous aurez l'*anecdotum* de M. Cramer, y compris le titre περὶ φθόγγων.

[1] Voir les anciens Mémoires de l'Académie des inscriptions et belles-lettres, t. XIII, p. 180 et suiv.

communes aux deux premiers. Théon de Smyrne (page 145) : Τὸ δὲ ἁρμόνιον [γένος] ἐξαιρουμένων τῶν διατόνων καθ' ἕκαςον τετράχορδον διπλωδουμένων γίνεται[1].

J'ai dit que les deux intervalles partiels dans lesquels l'intervalle total de l'hypate à la nète avait été partagé par Olympe étaient à peu près un *diton* et un *limma*. C'est qu'en effet, en prenant à la lettre le passage de Plutarque que nous venons de citer, tel du moins qu'il nous est possible de l'interpréter d'après l'état actuel du texte, qui est peut-être fort corrompu en cet endroit, il paraîtrait que le dernier ou le plus petit de ces intervalles, celui qui produit le πυκνόν, avait été établi par l'inventeur, non pas égal à un *limma*, ou *demi-ton*, ou *double diésis*, comme il le fut depuis, mais bien à *trois diésis*, et que c'était à cet intervalle, dont Aristide Quintilien (page 28) et Plutarque (*ibid.*) font seuls mention, que l'on donnait le nom de *spondiasme*. Ce serait donc postérieurement que le πυκνόν, réduit, par une sorte de raffinement prétentieux, si je puis m'exprimer ainsi, à un demi-ton ou deux *diésis* au lieu de trois, aurait été en même temps décomposé en ces deux *diésis*, d'incomposé qu'il était auparavant; et ainsi les trois intervalles constitutifs de la quarte se seront trouvés rétablis dans d'autres proportions[2].

Il ne me paraît pas improbable que ce fut le nouveau genre ainsi créé qui prit le nom d'*enharmonique*, ἐναρμόνιον, expression propre à caractériser l'intercalation de la nouvelle parhypate, faite ainsi dans le genre harmonique d'Olympe[3]. Peut-être les commentateurs et les traducteurs

[1] Remarquons, en passant, que le genre *commun* proprement dit, κοινόν (Eucl. p. 9), ne présentait que les sons fixes. Quant aux genres mixtes, μικτά (le même, p. 10), ils présentaient, au contraire, la réunion des cordes particulières à plusieurs genres, peut-être comme l'harmonie mixolydienne (v. p. 83 et 84).

[2] Suivant M. Bellermann (page 64), ce fut également par la réunion en un seul intervalle indécomposé, des deux intervalles supérieurs des tétracordes lydien et phrygien, et le partage du ton restant en deux demi-tons, que l'on fut conduit au genre chromatique, procédé analogue, en effet, à celui qui, appliqué au tétracorde dorien, donna le genre enharmonique.

[3] Il est vrai de dire cependant que le mot ἐναρμόνιος paraît être l'adjectif correspondant au substantif ἁρμονία. Aristoxène (page 52) : ἐναρμόνιον ἴδιόν ἐστι τῆς ἁρμονίας. Peut-être aussi le mot ἐναρμόνιος n'est-il qu'une corruption de εὐαρμόνιος. On lit dans Denys d'Halicarnasse (Περὶ συνθ. ὀνομ. p. 56. Lond. 1728) : ἐναρμονιώτερόν τε καὶ εὐεδρότερον : sur quoi Sylburg fait cette remarque : « pro ἐναρμ. mallet « fortasse quispiam εὐαρμ. ut mox sequitur εὐεδρ. »

Quoi qu'il en soit, ce qu'il y a de certain, c'est que la syllabe ἐν ou εὐ paraît être exclusivement affectée à l'adjectif : car, pour le substantif, c'est toujours ἁρμονία.

Plutarque ajoute que l'intercalation se fit dans le tétracorde des *moyennes*, ἐν ταῖς μέ-

TRAITÉS GRECS relatifs à la musique.

n'ont-ils pas bien compris cette distinction, ce qui fait qu'on les voit presque continuellement substituer sans motif le mot *enharmonique* au mot *harmonique*.

Pour en revenir au *spondiasme*, c'est, comme nous l'avons dit, un intervalle de *trois diésis* dont on s'élève de l'hypate à la parhypate dans le genre harmonique d'Olympe. Le mouvement contraire se nomme ἔκλυσις, d'après Aristide Quintilien (page 28) et Bacchius (page 11). A ces deux intervalles les mêmes auteurs en réunissent un troisième, particulier, comme les précédents, au genre enharmonique, suivant Bacchius (page 9), mais dont Aristide Quintilien dit seulement qu'il servait, ainsi que les deux autres, à établir des différences dans les diverses espèces d'harmonies ou d'octaves; d'où il est résulté qu'on les nommait *affections* ou *passions* (πάθη τῶν διαστημάτων), à cause de la rareté de leur emploi [1]. Cet intervalle est l'ἐκβολή ou élévation de *cinq diésis*. Il est évident que cette énumération est incomplète : en effet, d'abord, à l'ἐκβολή devait correspondre un mouvement inverse ou descendant de *cinq diésis*, de même qu'au *spondiasme* correspond l'ἔκλυσις; et, en second lieu, la quarte ayant une valeur de *dix diésis*, si on la partage en deux intervalles indécomposés dont l'un vaille *trois diésis*, il reste *sept diésis* pour l'autre; or celui-ci devait aussi avoir un nom [2].

Ce qui précède va nous servir de préliminaires pour tenter nous-même l'interprétation de ce célèbre passage de Plutarque dont il a été question plus haut, interprétation dans laquelle on avait, à ce qu'il nous paraît, fort peu réussi, jusqu'à M. Henri Martin, qui en a le premier, suivant nous, présenté la clef (*Études sur le Timée*, tome I, page 409), en observant, avec une remarquable justesse de coup d'œil, la différence totale qui existe entre le genre *harmonique primitif*, caractérisé par cet intervalle de *trois diésis* dont nous parlions tout à l'heure, et le genre *harmonique* ou *enharmonique* des

σαις, ce qui ne présente aucune difficulté, quoique M. Bellermann (p. 63) paraisse ne l'avoir pas suffisamment entendu : « non liquet « quid sit ἐν ταῖς μέσαις. »

[1] D'après Bacchius (p. 11), on nommerait πάθος, non-seulement tout *mouvement*, mais même tout *repos* de la voix, μονὴ καὶ στάσις.

[2] Un passage de Plutarque (*De musica*, ch. XXXVIII), commenté dans les notes CCLIII et suiv. de Burette, établit clairement que le genre enharmonique employait les intervalles de trois, cinq, et sept diésis. — Dans un autre passage (ch. XXIX) il est dit que Polymneste augmenta l'eklysis et l'ekbole.

Dans ses Études sur le Timée (voir ci-dessus, note A, page 76), M. Henri Martin explique (t. I, p. 411) l'intervalle de cinq *diésis* par une *métabole* entre le tétracorde conjoint et le tétracorde disjoint; cette explication me paraît peu naturelle.

musiciens plus modernes, genre dans lequel le πυκνόν n'est que de *deux diésis*. Toutefois, les détails de l'explication de M. H. Martin nous paraissent manquer d'exactitude en quelques points, comme le fera voir celle que nous allons exposer [1].

Plutarque raconte d'abord [2] comment Olympe, en parcourant, de l'aigu au grave, les divers sons de la suite diatonique, conduisait souvent la mélodie jusqu'à la parhypate, en partant soit de la mèse, soit de la paramèse, et passant par-dessus l'indicatrice. Olympe, dit ensuite l'auteur, ayant remarqué la beauté du caractère [3] que ce procédé donnait à son chant, composa dans le ton dorien en suivant le même système, et supprimant ainsi tout ce qui était propre soit au genre diatonique, soit au chromatique. « Mais ce n'était point encore là l'harmonie, » ajoute Plutarque, si le texte οὐδὲ τῶν τῆς ἁρμονίας est exact; mais je suis porté à croire, avec Burette et contre l'avis de M. Henri Martin, qu'il faut corriger οὐδέ en y substituant, soit, comme le premier auteur, ἤδη, *déjà*, soit plutôt ὧδε, *ainsi*. « Et tels furent les débuts d'Olympe dans le genre enharmonique : » εἶναι δ' αὐτῷ τὰ πρῶτα τῶν ἐναρμονίων τοιαῦτα.

« En effet, continue Plutarque, le premier intervalle que l'on place [dans le tétracorde] est le *spondée*, τὸν σπονδεῖον. » — Je ne pense pas, avec Burette, suivi en cela par M. Henri Martin, qu'il soit ici le moins du monde question du *nome spondée* [4]. Si σπονδεῖον n'est pas synonyme de σπονδειασμόν, il désigne certainement l'intervalle de *sept diésis* dont nous avons parlé plus haut, intervalle complémentaire du premier, ce qui, du reste, revient absolument au même pour le résultat; seulement ce premier intervalle sera l'intervalle aigu au lieu d'être l'intervalle grave.

Le premier intervalle est donc le *spondiasme* ou le *spondée*, « dans lequel on n'aperçoit rien qui appartienne en propre à aucune des divisions anciennes [diatonique et chromatique], à moins que, en attribuant au spondiasme une valeur trop grande, on ne le considère comme un intervalle diatonique [c'est-à-dire à moins qu'on ne le confonde avec le ton, intervalle caractéristique du diatonique, et valant *quatre diésis*]. Mais il est évident

[1] Il me semble, en premier lieu, que M. H. Martin met ces deux genres justement l'un à la place de l'autre (t. I, p. 409); mais ceci est peu important pour le résultat.

[2] Acad. des inscr. et belles-lettres, *lieu cité*.

[3] Burette, en traduisant ἦθος par *usage*, a évidemment confondu ce mot avec ἔθος.

[4] De même M. Bellermann (p. 61) : « earum enim [melodiarum] antiquissimam ponunt eam quæ vocatur spondeus. »

TRAITÉS GRECS relatifs à la musique.

qu'en le prenant ainsi on le rendrait *faux et discord*, *ψεῦδος καὶ ἐκμελές* : *faux* parce qu'il est d'un diésis moindre que le ton placé auprès de la corde aiguë » — [*ἡγεμόνα*, synonyme de *ἡγούμενον*, le premier son du tétracorde, le son aigu, parce que, dans le système grec, les sons se comptent toujours de l'aigu au grave [1]; ce mot est l'opposé de *ἑπόμενον*, qui désigne le dernier son ou le son grave du tétracorde, ou, plus généralement encore, qui s'applique à chacun des sons mobiles; enfin le ton placé auprès de cette corde n'est autre que le ton de la disjonction compris entre la mèse et la paramèse]; — « *discord*, parce que, si quelqu'un s'avisait de donner au spondiasme ainsi étendu la valeur d'un ton » — [*δύναμις τονιαίου*, sous-entendu *διαςήματος* et non *γένους χρωματικοῦ* comme le suppose Burette; car, toutes les fois qu'avec l'adjectif *τονιαῖον* est sous-entendu un substantif, celui-ci n'est jamais autre que *διάςημα*, intervalle], — « il en résulterait deux ditons de suite » — [*δίτονα* au lieu de *διάτονα* : tout le monde s'accorde sur la nécessité de cette correction], — « l'un *incomposé* » [depuis la parhypate du tétracorde des moyennes jusqu'à la mèse proprement dite], « l'autre *composé* » [du ton de la disjonction et du spondiasme supposé égal à un ton pris dans le tétracorde disjoint; or Aristoxène démontre (p. 63) que deux ditons consécutifs ne sauraient exister].

Voilà, comme on le voit, toute la phrase difficile expliquée, sans autre changement que celui de *διάτονα* en *δίτονα*, correction incontestable. Néanmoins, malgré tout le respect que commande le nom de Plutarque, nous sommes obligé d'avouer que son dernier raisonnement, relatif à l'impossi-

[1] Cf. Ptol. lib. II, c. III et VI, et *passim* : *οἱ ἡγούμενοι φθόγγοι, ἡ ἡγουμένη τοῦ τετραχόρδου, κ.τ.λ.* — De même, G. Pachymère (man. 2536, fol. 31 r. l. 1 et suiv.) : *λόγος ἡγούμενος*, le *rapport des sons aigus*, par opposition à *λ. ἑπόμενος* et *λ. μέσος*. — Bryenne (p. 483, l. 33) : *παντὸς τετραχόρδου συστήματος ὁ μὲν ὀξύτατος φθόγγος πρῶτος ὀνομάζεται, κ. τ. λ.* — Arist. (probl. 33 du § XIX) : *Διὰ τί εὐαρμοστότερον ἀπὸ τοῦ ὀξέος ἐπὶ τὸ βαρὺ ἢ ἀπὸ τοῦ βαρέος ἐπὶ τὸ ὀξύ; . . . ἡ γὰρ μέση καὶ ἡγεμὼν ὀξυτάτη τοῦ τετραχόρδου.* — Lucien (*Πρὸς τὸν εἰπόντα· Προμηθεὺς εἶ. . .*, p. 11, D) : *τὸ δὶς διὰ πασῶν εἶναι τὴν ἁρμονίαν ἀπὸ τοῦ ὀξυτάτου εἰς τὸ βαρύτατον.* — Cic. (*De Orat.* I, LIX) : « Vocem sedentes [tragœdi] ab acutissimo sono « usque ad gravissimum recipiunt. » — Cf. Bojesen (p. 81 et 100).

Remarquons encore que la notation vocale alphabétique des Grecs procédait de l'aigu au grave (voyez la note G).

Enfin, conf. le poëme composé par Publ. Optat. Porph. à la louange de Constantin (Augsbourg, 1595). Dans le n° 25, représentant un *buffet d'orgue* avec son *clavier*, les vers qui figurent les *tuyaux* doivent être considérés comme procédant de l'aigu au grave, puisqu'en allant de gauche à droite, c'est-à-dire en suivant le sens naturel de l'écriture dans toutes les langues occidentales, ils vont en augmentant.

bilité de deux ditons de suite, nous semble être un véritable *paralogisme;* et Plutarque oublie certainement ici que, dans le système de l'adversaire qu'il combat, le spondiasme valant un ton, il ne reste plus, pour l'intervalle grave indécomposé, un diton, comme il le dit dans sa réfutation, mais seulement un *trihémiton*. Au reste, nous aurions hésité à qualifier aussi durement l'argumentation de l'illustre historien de la musique ancienne, si un juge que nous regardons comme fort compétent, ainsi que nous l'avons déjà dit, si M. H. Martin n'avait lui-même reconnu l'inconséquence de ce raisonnement, et supposé, pour le corriger, que le tétracorde des moyennes était monté sur le système enharmonique des musiciens plus modernes (voir plus haut), dans lequel le *pycnum* est de *deux diésis* seulement, ou un *demi-ton*, comme Plutarque lui-même semble le dire trois lignes plus bas. Mais cette réunion simultanée de deux systèmes harmoniques ou enharmoniques différents nous paraît entièrement inadmissible; et l'expression ἡμιτόνιον, employée plus bas par Plutarque, n'est qu'une confirmation de ce fait d'inconséquence dont nous avons cru pouvoir l'accuser.

SUPPLÉMENT AUX NOTES A, B, ET C,

Annoncé à la page 82.

EXTRAIT DU PROCÈS-VERBAL DE LA SÉANCE DU 18 DÉCEMBRE 1840, DE L'ACADÉMIE DES INSCRIPTIONS ET BELLES-LETTRES DE PARIS [1].

«Il est donné lecture d'une lettre par laquelle MM. Vincent et Bottée de Toulmon annoncent qu'ils sont parvenus à faire exécuter un instrument au moyen duquel ils peuvent réaliser les divers modes, gammes ou harmonies de la musique des anciens Grecs. Voici comment ils s'expriment à ce sujet :

«Cet instrument est du genre des pianos; il est à double clavier et comprend deux octaves: on eût pu lui donner une plus grande étendue.

«Chacun des deux claviers a quinze touches; sur l'un, destiné à servir de terme de comparaison, toutes les notes sont fixes; elles rendent les sons de notre système diatonique moderne, ou, plus exactement, ceux du genre *diatonique ditonique* de Ptolémée [2]. Les cordes de l'autre, préalablement accor-

[1] Voir l'*Institut*, journal général des Sociétés et travaux scientifiques de la France et de l'étranger; 2e section : Sciences historiques, archéologiques et philosophiques; n° 60, 1840.

[2] Dans d'autres instruments que nous avons fait construire depuis pour le même usage, les notes fixes sont accordées d'après le tempérament moyen : les tables que nous donnerons pour en faciliter l'emploi seront calculées dans cette hypothèse.

TRAITÉS GRECS relatifs à la musique.

dées à l'unisson de celles du premier, peuvent, sans changer de tension, varier de longueur dans la partie vibrante, de manière que les sons rendus peuvent s'élever par degrés continus depuis l'unisson de la corde immédiatement plus grave jusqu'à celui de la corde immédiatement plus aiguë. Leur variation comprend ainsi, suivant les cas, soit un ton et demi, soit deux tons.

«Cette variation de longueur s'obtient au moyen de *curseurs* faisant l'office de *chevalets mobiles*, qui peuvent se placer à un point quelconque de la partie variable de la corde. Quant à la position de ces curseurs dans chaque cas particulier, pour être à même de la fixer avec précision, nous avons marqué, sur toute l'étendue de la course de chacun d'eux, et de part et d'autre à partir de la position initiale, des points de division dont chacun correspond à une élévation ou à un abaissement d'un *dixième de ton moyen* ou *soixantième d'octave*. Cet intervalle, parfaitement appréciable à l'oreille, diffère très-peu du *comma* ordinaire $\frac{81}{80}$ (lequel représente, comme on sait, le rapport du ton majeur au ton mineur) : car il est à ce *comma* environ dans le rapport de dix à onze; nous donnons à cet intervalle unitaire le nom de *comma décimal*. Son emploi est d'ailleurs conforme à la pensée de Ptolémée, qui, dans ses Harmoniques (liv. II), partage en soixante parties égales la portion de longueur dont une corde varie en montant ou en descendant d'une octave. Mais le procédé de Ptolémée a le très-grand désavantage que ses divisions, égales en longueur de corde, correspondent à des intervalles de sons tous différents entre eux, tandis que nos divisions, inégales en longueur, correspondent toutes à des intervalles mélodiques égaux. Aussi, pour en déterminer la valeur pour chacune des cordes variables, nous avons dû employer un système de *logarithmes acoustiques* ayant pour base la *racine soixantième de 2*, et qui ne diffère, d'ailleurs, du système de même genre imaginé par M. de Prony, qu'en ce que nos logarithmes sont cinq fois plus forts que les siens. Toute la partie matérielle de cette construction délicate et difficile, ainsi que la totalité de l'instrument, a été exécutée avec beaucoup de talent par M. Roller, habile constructeur d'instruments de musique.

«L'instrument en question nous paraît résoudre complétement la difficulté principale qui s'était jusqu'ici présentée dans l'étude de la musique grecque, celle d'en reproduire avec exactitude les intonations et les intervalles, difficulté qui avait toujours paru si grande, qu'à peine avait-on osé l'aborder. On conçoit, en effet, qu'après avoir réduit en *logarithmes acoustiques sexagésimaux* les intervalles correspondant aux diverses divisions du tétracorde ou de l'octave, telles qu'elles sont données par chaque auteur, rien n'est plus facile que de les réaliser avec nos curseurs; et, en quelques secondes, l'instrument se trouve accordé dans tel système, sur tel mode, tel genre, telle nuance que l'on veut.

TRAITÉS GRECS relatifs à la musique.

« Plusieurs questions importantes se trouveront bientôt résolues au moyen de notre instrument. Pour aujourd'hui, nous nous bornerons à dire que l'existence des genres enharmonique et chromatique, jusqu'à présent toujours restée problématique, et la possibilité d'y accoutumer notre oreille, ne nous paraissent plus susceptibles d'être raisonnablement contestées.

« Quant à la perfection et aux avantages de ces deux genres comparés au genre diatonique, ainsi qu'au parti qu'il sera possible d'en tirer pour notre système de musique, nous nous abstenons de prononcer. Nous nous contentons de constater les faits.

« . . . .

« L'Académie arrête que le secrétaire provisoire écrira aux inventeurs pour les inviter à présenter préalablement à la compagnie un mémoire philologique sur les textes grecs ou latins qui leur ont servi à construire leur instrument. »

Telle est l'origine du présent travail.

Je citerai, à l'occasion de l'instrument dont il vient d'être question, un curieux passage que Photius (page 1051 de l'édition de Rouen, 1653) a extrait de Damascius. Ce dernier auteur raconte que le philosophe « Asclépiodote, quoique très-heureusement né pour la musique, ne fut cependant pas capable de sauver le genre enharmonique alors perdu : il eut beau subdiviser et rapetisser les intervalles du chromatique et du diatonique, il ne put parvenir à trouver le genre enharmonique, quoiqu'il eût déplacé et changé au moins 220 chevalets. La cause de son manque de succès fut la petitesse excessive de l'intervalle enharmonique nommé *diésis*. C'est cet intervalle qui, perdu pour notre oreille, dit-il, a entraîné la perte du genre enharmonique lui-même. » — (Voyez, ci-dessus, la note de la page 101.)

NOTE D.

SUR LE MOT ψιλός.

(Ier Traité, § 8.)

Il est fort difficile de concilier l'application du mot ψιλός à l'organe vocal avec la signification que l'on donne ordinairement à ce mot, soit en le faisant dériver de ψῶ (voyez, ci-après, la *note* O), ψάω, ou ψίω, *râcler, raser, dépouiller, épiler, mettre à nu*[1], soit en le traduisant par *petit, mince, ténu, etc.* Ou, du moins, si c'est là le sens primitif du mot, il est incontestable que l'usage lui a fait acquérir une signification beaucoup plus étendue, et qu'on doit le considérer plus généralement comme équivalant aux expressions françaises : *pur et simple, naturel, sans mélange, dépourvu de tout accessoire, de tout appendice*[2]. C'est ce que l'on va reconnaître en parcourant ses principales acceptions.

LOCUTIONS RELATIVES À LA MUSIQUE.

Ψιλὸς λόγος, *discours en prose, discours non-cadencé;*
Ψιλαὶ λέξεις, *paroles non-chantées;*
Ψιλὴ ποίησις, *poésie non-accompagnée de musique;*
Ψιλὴ φωνή[3], *voix naturelle,* par opposition au chant;
Ψιλὸν μέλος, *mélodie dépourvue de paroles;*
Ψιλὸν μέρος, *musique à une seule partie* (Plut. sympos. VII, VIII. — Voyez, ci-après, premier fragment de l'*Hagiopolite*);
Ψιλὴ χορδή, *corde pincée sans accompagner le son de la voix;*
Ψιλὴ κιθάρισις, ψιλὴ αὔλησις, *jeu de la cithare, de la flûte, sans accompagnement vocal;*
Ψιλὴ ὄρχησις, *danse non-accompagnée de musique;*
Ψιλὴ μουσική, *musique abstraite* et purement spéculative, par opposition à la musique sensible *μουσικὴ μετὰ μελῳδίας* (Arist. *Polit.* VIII, v);
Ψιλοὶ ὄντες καὶ ἀμικτότεροι τῇ φωνῇ οἱ τῆς λύρας φθόγγοι, *les sons de la lyre étant*

[1] Comparez avec l'hébreu פצל, *écorcer* (Gen. cap. XXX, v. 37 et 38). — Au surplus, ψιλός viendrait peut-être de πτίλος, qui lui-même vient de ἀποτίλλω.

[2] *Psile,* quod interpretatur siccitas sive purum (Isidore de Séville, liv. I, chap. XVIII). — Ψιλός, *nudus, merus, ut aqua pura* (Lexique d'Hédéric, corrigé par Ernesti. *Leips.* 1796).

[3] En latin, *assa vox;* et de même, *assa organa, assæ tibiæ, etc.*

plus purs et moins susceptibles de se mélanger à la voix (Aristote, *Probl.* 43, § XIX, Bojesen), par opposition au son de la flûte dont le souffle se mêle à celui de la voix;

TRAITÉS GRECS relatifs à la musique.

Ψιλαῖς χερσὶ τὰς χορδὰς κρούειν, *pincer les cordes avec les mains seules* (sans plectre) (Achille Tatius, *Clitoph.* I, v);

Ψιλῷ τῷ σίόματι μεταχειρίζεσθαι τὴν μουσικὴν, *faire de la musique avec la bouche seule*, en sifflant comme font les pâtres (Platon, *Polit.* p. 268, B)[1];

Διά τε ὀργάνων καὶ διὰ ψιλῆς τῆς ἀρτηρίας (Jambl. *De vit. Pyth.* I, XV), *soit avec les instruments, soit avec la seule trachée* (c'est-à-dire *avec la voix*);

Τὴν μίξιν ποιητέον οὐ διὰ ψιλῶν τῶν ἐναντίων, ἀλλὰ τῶν μέσων, πρὸς τὰ ἄκρα συναρμοττομένων (Aristide Quintilien, p. 102) : « Ce n'est point en unissant les éléments contraires parfaitement purs que l'on doit composer un mélange : c'est en tempérant convenablement les extrêmes par quelque chose qui tienne le milieu entre eux. »

AUTRES LOCUTIONS.

Ψιλὸς ἀριθμός, *nombre abstrait;*

Ψιλὸς κανών, *règle non-divisée;*

Ψιλὰ κεφάλαια, *titres purs et simples* (sans développements);

Ψιλοὶ ἄνθρωποι, *de simples mortels* (voy. plus bas ψιλάνθρωπος);

Ψιλὴ ἀνάγνωσις, *simple lecture;*

Ψιλὴ δύναμις, *force inerte, puissance inactive* (Pléthon, *Des Lois*, liv. I, ch. v, dans *Arétin, Beytræge, etc.* t. VI, p. 259);

Ψιλὴ ἀναμέτρησις, *simple mesurage;*

Ψιλὴ γῆ, *terre sans culture;*

Ψιλὴ ἄροσις, *campagne nue;*

Ψιλὴ τῆς αἰσθήσεως τριβή (Ptol. *Harm.* p. 4), *simple exercice de la sensation;*

Ψιλὸν χωρίον, *contrée aride;*

Ψιλὸν πάθος (méd.), *affection légère* (Léon le phil. Cf. Boissonade, *Anecdota nov.* I, p. 368);

Ψιλὸς τόπος, *territoire seul* (abstraction faite des bâtiments);

Ψιλὸν ὕδωρ, *eau pure, eau naturelle;*

Ψιλὴ ναῦς, *vaisseau dégarni de ses agrès;*

Ψιλὴ ἐρετῶν, *dépourvu de rameurs;*

Ψιλὴ μάχαιρα, *épée nue;*

Ψιλὸς νέκυς, *cadavre dépouillé* (Soph. *Antig.*);

Ψιλοὶ σίρατιῶται, *soldats sans armes* (au moins défensives); — Ψιλὴ τάξις... γυμνὴ ὅπλων (*schol. in thesm.* v. 232);

Ψιλαῖς χερσὶν ἀγωνίζεσθαι (Élien, *Var. hist.* VI, 11), *faire le coup de main;*

Ψιλὴν ἔχειν τὴν κεφαλήν (Xénoph.), *avoir la tête désarmée;*

Ψιλὴ ἱστορία, *simple histoire;*

[1] Cf. Bell. p. 28.

Ψιλὴ θεωρία, *pure spéculation* (voir le passage de saint Basile au commencement du premier traité, p. 6);

Ψιλὴ ἀπόφασις, *simple énoncé* (Procl. *in Eucl.* p. 47);

Ψιλὸς λόγος, *les paroles sans les actes* (Marinus);

Ψιλὸν ἐννόημα (Jambl. *in Nicom.* p. 2), *pure abstraction;*

Ψιλὴ ἔννοια (Longin.), *pensée non exprimée;*

Ψιλαὶ ἐπίνοιαι (Arist.), *idées simples;*

Ψιλὴ ἀκρόασις, *la simple audition;*

Νεῦμα ψιλόν, *un simple signe de tête;*

Ψιλὴ ἀφομοίωσις (Olympiodore), *simple ressemblance, ressemblance grossière* (celle des images produites par l'art, en opposition avec les ressemblances parfaites qui sont dans la nature);

Ψιλὴ φαντασία, *vain fantôme;*

Ψιλὴ τοῦ χαρακτῆρος ἐμφέρεια, *la seule ressemblance de figure* (Sext. Emp. *Adv. Math.*);

Κατὰ ψιλὴν παράταξιν, *par pure obstination* (c'est ainsi que, suivant Marc-Antonin, les chrétiens recherchaient la mort);

Ψιλῆς ψυχαγωγίας χάριν (Strab. I), *par pure récréation;*

Προσεύχου, οὐ ῥήμασι ψιλοῖς (Isidore le Moine; Arétin, t. IX, p. 687): *Priez, non pas seulement du bout des lèvres;*

Καὶ ῥῆμα βασιλέως ψιλὸν μεγάλην ἔχει παρὰ πᾶσι τὴν ἰσχύν (Agapet. ad Justin. p. 81): « Même la simple parole d'un roi a toujours une grande force auprès des hommes; »

Ψιλῷ τῷ νῷ τὸ θεῖον ἐποπτεύειν, *contempler la divinité par la seule intelligence* (Clém. Alex. *Strom.* 5);

Ψιλὸς ἄρτος καὶ οἶνος (le B. Jérôme, théologien grec, différent, bien entendu, du célèbre Père de l'Église latine), *les espèces du pain et du vin* (dans le sacrement de l'eucharistie).

(Pour de plus amples détails, voir les lexiques.)

Aucun exemple ne me paraît plus propre à bien fixer le sens du mot ψιλός, que l'emploi que l'on en fait dans la grammaire.

Parmi les voyelles, deux sont dites ψιλαί: ἐψιλόν et ὑψιλόν. Or on se tromperait si l'on croyait que cela signifie *e bref* et *u bref*: car *o bref* ne s'appelle pas ὀψιλόν, mais ὀμικρόν par opposition à ὠμέγα ou *o long*. Cela ne veut pas dire non plus *e doux* et *u doux* (non aspiré): car, au contraire, l'ὑψιλόν est aspiré par lui-même, comme on le voit dans tous les mots auxquels il sert d'initiale. Il n'est pas douteux que ἐψιλόν ne veuille dire *é pur*, par opposition à l'ἦτα dont le son était mélangé de ε et de ἰῶτα, comme semble l'indiquer son nom, et comme le prouve d'ailleurs ce passage du

TRAITÉS GRECS relatifs à la musique.

Cratyle[1]: Οὐ γὰρ η̄ ἐχρώμεθα, ἀλλὰ εῑ τὸ παλαίον. De même, ὐψιλόν signifie *u pur*, par opposition à l'*u* des Latins dont le son représentait celui de la diphthongue *ου*. Et, en effet, généralement, suivant le Pseudo-Démétrius de Phalère, ἦχος ψιλός est le son d'une *voyelle simple*, par opposition à celui d'une diphthongue; et ψιλὴ προσῳδία[2] désigne l'*esprit doux*, c'est-à-dire l'émission *pure et simple* du son d'une voyelle quelconque, par opposition à l'*aspiration* ou *aspération*, πνεῦμα δασύ.

La classification des consonnes conduit à la même conséquence. Les consonnes sont ψιλαί, ou δασεῖαι, ou μέτριαι. Celles que l'on nomme ψιλαί, π, κ, τ, ne sont pas les consonnes faibles, comme on l'énonce quelquefois, à tort selon nous: car elles ne sont pas plus faibles que β, γ, δ. Les consonnes ψιλαί sont celles dont le son est *pur, net*, et *franc*. Les δασεῖαι sont les *aspirées*, φ, χ, θ. Et enfin, entre ces deux classes sont les *moyennes*, μέτριαι, ou *demi-aspirées*, β, γ, δ. — (Cf. Denys d'Halicarnasse, περὶ συνθέσεως ὀνομ., § 14. — *It. Psellus curante Boissonade*, Nuremb. 1838, p. 69 et suiv.)

Tout concourt donc à démontrer que le sens du mot ψιλός est celui des expressions françaises *pur et simple*, *tout naturel*, et, par extension en différents sens, *nu*, *dépouillé*, *rasé*, *dégarni*, *désarmé*, *etc.*, et quelquefois, mais rarement, *faible*, *petit*, *mince*, *ténu*.

Juvénal me paraît ainsi avoir fait un hellénisme en employant le mot *merus* au lieu de *nudus*, traduisant exactement le mot ψιλός, dans ce vers de sa sixième satire :

« Observant ubi festa mero pede sabbatha reges. »

Le sens de l'adverbe ψιλῶς confirme ce qui précède : c'est, pour l'ordinaire, *purement et simplement*, *sommairement*, *grosso modo*. (Il va sans dire que le neutre ψιλόν est quelquefois pris adverbialement dans le même sens; — cf. *Procl. in Tim.* p. 246, l. 28.)

Ψιλῶς λέγειν signifie ordinairement *parler pour ne rien dire*, ou *parler en vain*, *parler dans le vide*.

Θεὸν ψιλῶς οἱ πυθαγόρειοι τὴν δεκάδα ἐπωνόμαζον (*Théolog. Arithm.*) : « Les pythagoriciens donnaient tout simplement, *sans plus de façons*, le titre de Dieu au nombre dix. »

[1] On trouve souvent, par iotacisme, l'ἦτα au lieu de ει (*Journal des Savants*, 1827, p. 172). — Cf. une note de M. Raoul-Rochette (même *Journal*, 1836, p. 455).

[2] Nous lisons dans le Lexique de Cyrille : Ψιλή· ἀπ' ἄκρας γὰρ τῆς γλώσσης, παρὰ τὸ ψιλὸν οὖν· καὶ τὸ χερσὸν δ' ἄκροις περιτιθέμενον ψιλὸν καλεῖται (cf. Cramer, *Anecd.* t. III, p. 193).

Il en est de même des composés du mot ψιλός.

Ψιλοκιθαριστής, *celui qui joue de la cithare,* sans s'accompagner de la voix;

Ψιλομετρία, *poésie purement métrique*, et non lyrique ou rhythmique;

Ψιλοτοπαρχία, *gouvernement d'un territoire,* sans y comprendre les habitations et les productions;

Ψιλάνθρωπος (terme de théologie), *J. C. considéré uniquement comme homme*, par opposition à sa qualité de *Dieu-homme*, Θεάνθρωπος; de même que θέα ψιλή (Themist. orat. 24), *déesse, divinité qui n'a plus rien d'humain* (Cf. Boisson. sur Marinus, p. 86).

Le mot ψιλός, d'après le sens *nu, ras*, que tout le monde lui reconnaît, est certainement très-propre à rendre l'idée que les métaphysiciens cherchent à exprimer par la locution *table rase;* aussi m'attendais-je à le trouver employé dans ce sens chez les anciens philosophes. Cependant il n'en est rien; et M. Cousin, autorité des plus compétentes en cette matière, croit, avec raison sans aucun doute, reconnaître l'origine de l'expression *table rase* dans un passage du sixième livre de la République de Platon, où il est dit que « l'âme de chaque citoyen doit être considérée comme une toile qu'il faut commencer par rendre nette, » ὥσπερ πίνακα καθαρόν. C'est donc, suivant l'opinion exprimée par M. Cousin, le mot πίναξ, en latin *tabula*, qui, isolé de ce passage et mal entendu, est devenu le *tabula rasa*, la *table rase* des modernes. De sorte que ce n'est pas le mot ψιλός, mais le mot καθαρός, qui se trouve employé à rendre les mots *pure et nette* appliqués à la toile. Or rien ne pouvait, si je ne m'abuse, militer plus puissamment en faveur de ma conjecture, que cette sorte de vérification, tout indirecte soit-elle, que nous acquérons ainsi de la synonymie des mots ψιλός et καθαρός[1].

Nous trouvons une application intéressante, et je pourrais peut-être dire une nouvelle preuve de ce qui précède, dans une épigramme de Philodème, publiée par Brünck d'après deux manuscrits de la bibliothèque du Vatican et de la bibliothèque Barberine. Cette épigramme (Ξανθοκηρόπλαστε, etc.), qui a exercé la sagacité de plusieurs savants critiques, se retrouve dans les annotations qui accompagnent l'édition italienne des fragments de Philodème sur la musique, et dans les Mélanges de critique et de philologie de Chardon de la Rochette (t. I, p. 210). Un examen approfondi et complet de cette épigramme excéderait de beaucoup les bornes d'une simple note relative à la musique ancienne. Mais je ne laisserai pas échapper l'oc-

[1] De même: εἰλικρινῆ τε καὶ ψιλὴν μιασμάτων (*ignoti poetæ;* Cf. Man. Philæ, etc. Leips. 1768, page 48).

casion de faire remarquer que mon interprétation du mot ψιλόν fournit, pour le troisième vers de cette épigramme, ψιλόν μοι χερσὶ δροσίναις μύρον, une explication beaucoup plus naturelle que toutes celles que l'on en a données. Brünck, considérant, avec raison, le mot δροσίναις comme l'adjectif de χερσί, hypothèse qui laisse la phrase sans verbe, a pensé qu'il fallait substituer au mot ψιλόν le mot σπεῖσον, *liba* (Van Eldick : λεῖψον). Mais D. Carlo Rosini, l'éditeur de Philodème, trouvant, avec raison, la correction un peu forcée, aime mieux lire ψιλοῦ, deuxième personne du présent de l'impératif du verbe ψιλόω, qui se prend ordinairement, chez les écrivains grecs, dans le sens de *deglabrare* ou *nudare* : « Qui empêche, dit-il, que l'on ne prenne ici ce mot dans le sens d'*attenuare?* et, puisque l'on dit bien ψιλὸν μύρον, *tenue unguentum*, pourquoi ne dirait-on pas tout aussi bien ψιλοῦν μύρον, *attenuare unguentum?* » De sorte que, suivant Rosini, approuvé en cela par Chardon de la Rochette, le commencement du second distique serait : ψιλοῦ μοι χερσὶ δροσίναις (ou plutôt δροσίμαις) μύρον, qu'il faudrait traduire ainsi : *Attenua mihi roscidis tuis manibus unguentum.* Mais ψιλὸν μύρον signifiant évidemment, d'après tout ce qui précède, *un parfum pur, un parfum vierge*, la seule difficulté restante est celle de l'absence du verbe; or qu'est cela maintenant, sinon un cas d'ellipse fort ordinaire : παῖ, λυχνεῖον (Athen. XV, p. 699); *Unde mihi lapidem?* (Horat. *Serm.* II, v. 7.)

Nous parviendrons tout aussi simplement, je pense, à l'interprétation du douzième des problèmes musicaux d'Aristote, problèmes qui forment sa dix-neuvième section. Il paraît que ce problème fut pour Chabanon un sujet de cruelle torture, lorsque le savant académicien tenta de traduire cette partie si difficile des œuvres du Stagyrite[1] (*Académie des inscriptions et belles-lettres*, t. XLVI, p. 320).

Rappelons d'abord que l'on nommait, comme nous l'avons dit plus haut, ψιλὴ φωνή le son que rendait la voix non accompagnée, *à l'unisson*, par un instrument; *et vice versa*, ψιλὴ χορδή, la corde que l'on faisait résonner pareillement sans l'accompagner d'un chant à l'unisson (cf. Bojesen, p. 79).

Il faut savoir, en outre, que la *mèse*, la *nète*, et l'*hypate*, représentant pour

[1] « Nous sommes forcé d'avouer, dit-il, qu'après y être revenu vingt fois avec une obstination presque infatigable, nous n'avons pas pu même soupçonner le sens qu'il serait possible d'en tirer.... Dans ce problème, nous ignorons tout; nous ne concevons, ni la question qu'Aristote y propose, ni le rapport de la réponse à la demande. » — Bojesen (page 79) fait un aveu semblable : « Hoc problema, dit-il, « mihi quidem obscurius esse fateor. »

nous la *tonique*[1], la *dominante* à l'aigu, et son *octave* grave, sont les trois cordes dont on se servait le plus dans les accompagnements, et que la manière de les employer consistait le plus ordinairement à en faire des espèces de *pédales* ou de *bourdons*.

Cela posé, voici l'énoncé de la question proposée par Aristote :

Διὰ τί τῶν χορδῶν (suppl. *τῆς μέσης καὶ τῆς παραμέσης*) *ἡ βαρυτέρα ἀεὶ τὸ μέλος λαμβάνει*[2]; *Ἂν γὰρ δέηται ᾆσαι τὴν παραμέσην, σὺν ψιλῇ τῇ μέσῃ, γίνεται τὸ μέσον* (lis. *μέλος*) *οὐθὲν ἧττον· ἐὰν δὲ τὴν μέσην, δέον ἄμφω, ψιλὰ οὐ γίνεται. Ἢ ὅτι... κ. τ. λ.*

« Pourquoi la plus grave de ces deux cordes (la mèse et la paramèse) tend-elle toujours de préférence à entrer dans la partie instrumentale? Lorsqu'en effet il s'agit de chanter la paramèse, si on l'accompagne du son de la mèse, la mélodie n'en souffre nullement[3]; mais, s'il faut, au contraire, chanter la mèse, alors on doit accompagner à l'unisson, et il n'y a plus de son isolé. Est-ce parce que, etc. »[4]

NOTE E.

SUR LA NOMENCLATURE.

(IIe Traité, § 8.)

Il est utile que je rende raison des dénominations par lesquelles j'ai traduit les noms grecs des divers tétracordes, ainsi que ceux des diverses cordes qui les composent.

[1] Bryenne (p. 372) : *Ἡ δὲ μέση παντὸς ἡρμοσμένου συμφώνου συστήματος, κρείττων τῶν ἄλλων αὐτοῦ τυγχάνει χορδῶν· πρὸς αὐτὴν καὶ γὰρ αὗται ἁρμόζονται.* — V. ci-dessus, p. 96, un autre passage du même auteur.

[2] Cf. la note H.

« Non diffiteor, dit Bojesen (p. 117), illud « ipsum *τὸ μέλος λαμβάνειν* quid sit non satis « perspicuum mihi esse. »

Plutarque (*Sympos.* arg. du liv. IX) propose aussi cette question, dont malheureusement la solution est perdue : *Διὰ τί τῶν συμφώνων ὁμοῦ κρουομένων τοῦ βαρυτέρου γίνεται τὸ μέλος;* — V. ci-dessus, p. 35; et p. 6, n. 1.

[3] On a justement un exemple de ce procédé d'accompagnement dans la musique de la première Pythique de Pindare (rapportée note H). On y voit, en effet, à la dernière syllabe des mots *ἰοπλοκάμων* et *προοιμίων*, un *si*, qui peut être considéré comme *paramèse*, accompagné par un *la* qui en serait la mèse. Une circonstance analogue peut être observée dans la gamme de cithare à deux parties, que l'on trouvera ci-après, dans les fragments.

La musique moderne présente des exemples semblables dans les *prolongations* de la seconde note du *ton* sur la *tonique*.

[4] Dans les problèmes d'Aristote, il y a ordinairement trois parties à distinguer : 1° la *question* à résoudre; 2° une sorte de *confirmation* de la première partie, présentant, soit les raisons qui motivent la position de la question, soit même quelquefois des *doutes* sur une opinion qu'elle présuppose; 3° enfin la *solution*, ou un essai de solution.

Or, dans les deux premières parties, c'est

TRAITÉS GRECS relatifs à la musique.

Le premier tétracorde, ou le plus grave, est nommé en grec τετράχορδον ὑπατῶν, tétracorde des *principales* ou des *suprêmes*, parce que les Grecs plaçaient le grave au-dessus de l'aigu[1] (v. ci-dessus, note A, p. 109), méthode absolument contraire à la nôtre. En traduisant ce mot par *fondamentales* nous nous rapprochons du grec, en même temps que nous indiquons, en rappelant l'idée de la *basse fondamentale*, la position de ce tétracorde par rapport à notre système.

Le second tétracorde est en grec le tétracorde μέσων; ce mot a pu être rendu littéralement par tétracorde des *moyennes*.

Il en est de même des tétracordes συνημμένων et διεζευγμένων, dont nous avons traduit les noms littéralement par tétracorde des *conjointes* et tétracorde des *disjointes*.

Reste le tétracorde ὑπερβολαίων, que l'on nomme quelquefois, en français, tétracorde des *excellentes*, tétracorde des *supérieures*, et dont l'invention est postérieure à celle des autres tétracordes. Nous l'avons nommé tétracorde des *adjointes*, pour indiquer à la fois, et son rang d'ancienneté, et sa position dans le système.

Quant aux noms des cordes, *proslambanomène*, *hypate*, *parhypate*, *mèse*, *paramèse*, *nète*, *paranète*, et même *trite*, il était difficile de trouver des mots véritablement français qui rendissent l'idée que chacun d'eux exprime; et, comme il n'y avait aucun inconvénient à les conserver en leur donnant une terminaison moderne, c'est ce dernier parti que nous avons pris, nous conformant d'ailleurs, en cela, à l'usage ordinaire.

Il n'y a donc que le mot λίχανος que nous n'ayons pas conservé, parce qu'il sonne mal dans notre langue. Or ce mot, qui dérive de λιχανός, *index*, étant emprunté au nom du doigt qui pince ou qui frappe la corde (Arist. Quintilien, page 10), nous l'avons traduit par *indicatrice*, dénomination qui présente, en outre, l'avantage de s'appliquer à la corde même dont le degré de tension *indique* ou *détermine* le *genre* dans lequel la mélodie est composée ou exécutée. Par cette raison, la même dénomination peut également s'appliquer aux *paranètes*, et elle traduit alors le mot générique λιχανοειδές[2].

Aristote qui parle; et l'on reconnaît presque toujours, dans la question qu'il se pose, des vues profondes et une extrême finesse d'observation. Mais, dans la troisième, ce n'est plus le philosophe, c'est la science de son temps; et souvent, il faut le dire, on ne trouve dans la réponse qu'une erreur ou un non-sens.

[1] Τὸ ἄνω... ὕπατον (Plut. *in Romul.*).

[2] La même corde λίχανος se désigne encore en grec par le mot διάτονος, parce qu'on la

De même on nomme quelquefois *parhypatoïdes* les *trites* des tétracordes aigus en même temps que les *parhypates* des tétracordes graves. Les mots *hypatoïdes*, *nétoïdes*, peuvent s'employer également avec le même degré de généralité. (Cf. Wallis, p. 58, notes.)

NOTE F.

SUR L'ÉTENDUE DE LA VOIX HUMAINE.

(IIe Traité, § 9.)

Cet alinéa (ἡ ἀνθρωπίνη..... ὑπερλύδιον) se trouvait mêlé au chapitre du rhythme; je l'ai rapproché du passage τόποι δὲ φωνῶν, auquel il sert comme d'introduction. Néanmoins, il existe entre eux une discordance qu'il est nécessaire de signaler. En effet, tandis qu'il résulte du premier, que l'étendue de la voix se trouvait comprise dans les deux octaves composant le trope lydien, le second lui donne un ton de plus au grave, en la faisant commencer à l'hypate des mèses du trope hypodorien, sans lui assigner d'ailleurs de limite à l'aigu. En cela, ce second texte se rapproche de celui d'Aristide Quintilien, qui considère le trope *dorien* comme représentant l'étendue de la voix: « Le dorien, dit-il (p. 24), se chante dans son entier: » Δώριος σύμπας μελῳδεῖται. Il est vrai de dire, toutefois, que l'expression μελῳδεῖται s'applique aussi bien, et même beaucoup plus ordinairement, aux instruments qu'aux voix (cf. p. 6, n. 1); mais ici, c'est bien de la voix qu'il paraît être question, parce que l'auteur ajoute immédiatement: « car la voix a deux octaves d'étendue, etc. » διὰ τὸ μέχρι τῶν ιβ̄ τόνων τὴν φωνὴν ἡμῖν ὑπηρετεῖσθαι, etc.

Quoi qu'il en soit, ces voix étaient distribuées en quatre classes, savoir: *hypatoïdes*, *mésoïdes*, *nétoïdes*, *hyperboloïdes*, correspondant respectivement à nos anciennes dénominations de *bassus*, *ténor*, *contra*, *superus*, ou aux dénominations italiennes de *basso*, *tenore*, *alto*, *soprano*, et d'ailleurs réparties, deux à deux, au-dessus et au-dessous de la *mèse* du trope *lydien*. L'étendue de chacune des deux intermédiaires, *mésoïde* ou *ténor*, *nétoïde* ou *contra*, qui sont complétement séparées par l'intervalle du *demi-ton* compris entre la mèse du trope lydien et celle de l'hyperdorien ou mixolydien grave suivant la classification d'Aristoxène (Euclide, p. 19), était fixée à une quinte; ce qui fait que l'on y pouvait moduler *trois quartes* différentes, ou que, suivant

considère ordinairement dans le genre *diatonique*. Le mot est féminin: αἱ διάτονοι, et non οἱ δ. comme l'écrit M. Bellermann (p. 80).

les expressions du texte, elle comprenait *trois tétracordes*. Quant aux deux extrêmes, la voix *hypatoïde* commençait à l'*hypate des moyennes* de l'*hypodorien*, limite grave de tout le système, et se terminait à la *mèse dorienne*. Elle comprenait ainsi un intervalle de *sixte majeure*, en présentant *cinq tétracordes*, dont deux empiétaient sur la voix *mésoïde*. Enfin, on nommait *hyperboloïde* toute voix qui s'élevait au-dessus du diapason de la voix *nétoïde*.

TRAITÉS GRECS relatifs à la musique.

Voici le tableau du tout :

VOIX HYPATOÏDE.

Hypodorien	Hypophrygien grave.	Hypophrygien aigu.	Hypolydien grave.	Hypolydien aigu.	Étendue totale.

VOIX MÉSOÏDE.

Phrygien aigu.	Lydien grave.	Lydien aigu.	Étendue totale.

VOIX NÉTOÏDE.

Mixolydien grave.	Mixolydien aigu.	Hypermixolydien.	Étendue totale.

COMMENCEMENT DE LA VOIX HYPERBOLOÏDE.

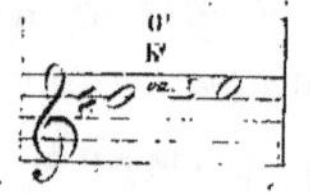

Or, quand je dis que la note précédente est le *commencement de la voix*

hyperboloïde, il ne faut pas entendre par là que la voix a cette note pour limite grave, mais bien que la voix devient hyperboloïde dès qu'elle comprend cette note dans son *medium*, quand bien même elle ne s'élèverait pas plus haut. Ainsi les deux classes de voix aiguës pouvaient avoir des sons communs, ainsi que les deux classes de voix graves; mais les voix graves étaient complétement séparées des voix aiguës, l'étendue des premières étant prise tout entière dans les tétracordes *moyens* (*μέσων*) des différents tropes correspondants, et celle des dernières dans les tétracordes *conjoints* (*συνημμένων*) des tropes suivants. Telle était, à ce qu'il paraît du moins d'après notre auteur, la doctrine antique, doctrine suivant laquelle les voix d'hommes étaient considérées comme n'ayant aucun son commun avec celles des femmes et des enfants. Il est certain, du reste, que cette séparation était purement théorique, et que l'on n'y avait pas égard dans la pratique ordinaire, c'est-à-dire quand il s'agissait d'écrire un chant vocal isolé; car nous voyons, au contraire, que tous les morceaux de musique antique qui nous restent sont notés dans le *medium* du mode lydien, c'est-à-dire dans un diapason contenant à la fois les voix aiguës des hommes et les voix graves des femmes. Il faut donc croire que, dans l'exécution, chacun transposait au diapason de sa voix : c'est, du reste, ce que nous faisons nous-mêmes.

Nous avons remarqué, un peu plus haut, que cette classification des voix n'était pas en parfaite harmonie avec le reste de l'ouvrage, lequel paraît adopter pour principal le trope lydien, comme représentant l'étendue totale de la voix humaine. Une autre divergence mérite d'être signalée : c'est qu'il n'est plus question ici des quinze tropes, mais bien des treize tons d'Aristoxène[1], tels qu'ils sont énumérés par Euclide (p. 19) et par Aristide Quintilien (p. 23); je ne cite que ces deux auteurs, attendu que l'on ne retrouve plus cette énumération dans ce qui nous reste d'Aristoxène lui-même, et que seulement ce dernier semble la promettre dans un passage du livre II (p. 37 et 38).

Il paraît donc extrêmement probable que le paragraphe qui nous occupe ici est un emprunt fait à Aristoxène[2] dans une des parties de son ouvrage

[1] A la vérité, il manque ici deux de ces tons, le *dorien* et le *phrygien grave;* mais leur absence est suffisamment motivée, et même rendue nécessaire par la séparation des deux systèmes de voix, savoir : la voix *hypatoïde* et la voix *mésoïde*.

[2] On a dû remarquer que le § II lui est aussi presque entièrement emprunté.

TRAITÉS GRECS relatifs à la musique.

que nous avons perdues. Peut-être seulement notre auteur y aura-t-il fait quelques légères modifications, comme, par exemple, en ce qui est relatif aux voix hyperboloïdes, lesquelles, s'élevant d'ailleurs au-dessus des treize tons d'Aristoxène ou du moins de leurs tétracordes *conjoints*, paraissent avoir fait une classe à part, en quelque sorte *anomale*, et dont ne parlent non plus ni Aristide Quintilien [1], ni Bryenne, bien que cependant les trois autres classes soient mentionnées par ces deux auteurs.

Les détails qui précèdent motivent, je pense, suffisamment les légères corrections que j'ai fait subir au texte, et dont la principale est le mot *δώρια* changé en *λύδια*. Quant à *ὑπερβολαίων* changé en *ὑπερμιξολύδιον*, la nécessité d'une correction était de toute évidence, attendu qu'il n'y a pas de mode *ὑπερβολαίων*; et je suis complétement d'accord avec M. Bellermann [2] pour la substitution du second mot au premier. Enfin, le mot *συνημμένων* demandait un complément, que je lui ai donné conformément au sens et à la lettre du texte.

La théorie que nous venons d'exposer nous conduit assez naturellement à l'examen d'une question qui n'est sans doute pas sans intérêt, savoir : la comparaison du degré d'élévation de la voix humaine considérée dans l'antiquité, avec son *diapason* actuel. Or c'est à quoi l'on peut parvenir approximativement, en s'appuyant sur la tradition qui, dès l'époque de l'établissement de la notation moderne, a fixé le second *la* grave du piano  sur la *proslambanomène* du trope hypodorien [3], tradition d'après laquelle ont été faites toutes les traductions en notation moderne qui se trouvent, soit dans la présente note F, soit dans le reste de l'ouvrage. Il s'ensuit, en effet, que la proslambanomène du trope lydien correspond au *fa dièse* qui est situé un demi-ton au-dessus de la *clef* de *fa* 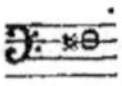 , et, par suite encore, la mèse du même trope lydien, au *fa dièse* qui est un demi-ton au-dessous de la *clef* de sol  . En conséquence, le *medium* du diapason général des voix serait placé, soit sur cette dernière note, limite aiguë des voix graves, soit sur le *sol* même de la clef  , limite grave des voix aiguës. Mais aujourd'hui

[1] Suivant cet auteur (p. 11), le tétracorde *hyperboléon*, que je nomme *adjoint* (v. note E), a été ainsi appelé parce qu'il est la limite aiguë des voix humaines.

[2] Cet estimable philologue avoue néanmoins (page 77) qu'il ne comprend pas le passage (voir ci-après, note Aa).

[3] Conf. Boëckh, *De metris Pind.* p. 214; Meyb. *in Euclid.* p. 50; le même, *in Arist. Quint.* p. 240.

TRAITÉS GRECS relatifs à la musique.

on place ce point *medium* vers le *mi* ou le *fa*, un ton au-dessous des précédentes; il faudrait donc admettre que la voix humaine a baissé d'environ un ton. Autant vaut croire que l'instrument régulateur du ton, ou le *tonorium* (vulgairement nommé *diapason*), a été élevé d'autant; et l'on ne peut même pas douter qu'il n'ait dû monter beaucoup plus depuis deux ou trois siècles [1].

Quoi qu'il en soit, ce qui est beaucoup plus certain d'après les passages que nous examinons, c'est que les Grecs se tenaient dans le *medium* de la voix beaucoup plus que nous ne le faisons; car, tandis que nous portons l'étendue totale des voix jusqu'à cinq *octaves*, ils ne lui en attribuaient que trois, dont une était entièrement rejetée de la pratique [2]; et, tandis que nous faisons chanter jusqu'à *deux octaves* à la même voix, ils en limitaient l'emploi à une *quinte* ou à une *sixième*. Il paraît même, d'après un passage de Bryenne (p. 402), que les Grecs considéraient comme forcée toute mélodie qui dépassait les limites d'une *quarte*: *ἡ φύσις τοῦ μέλους μέχρι τριῶν ἁπλῶν διαςημάτων..... ἐμμελῶς πως συνείρηται, καὶ περαιτέρω προσαίνειν οὐ δύναται..... ὡς ἔκ τινος δαιμονίας καὶ ἀῤῥήτου ἀνάγκης*. Cette remarque, à défaut de documents plus précis, ne nous permet pas de douter que le système musical des anciens ne fût bien au-dessous du nôtre, si ce n'est pour le degré de perfection, du moins pour l'extension. C'est ce que confirme d'ailleurs la comparaison directe de notre système, que l'on porte aujourd'hui à *sept octaves* et plus, avec les Tables d'Alypius, qui ne comprennent que *trois octaves et un ton*, tant pour les instruments que pour la voix [3].

[1] A en croire une assertion que l'on trouve dans la Revue britannique (Nouv. série, n° 23, mai 1832), notre *ut* serait le *sol* du temps d'Élisabeth, et le *mi* du temps de Cromwel. Serait-ce d'après quelque observation de ce genre que, suivant une affirmation de M. Bellermann (p. 6, l. 2), le chant était, il y a un siècle, plus grave qu'aujourd'hui d'un ton au moins? La conséquence ne serait guère rigoureuse. Quoi qu'il en soit, il est à noter que j'arrive ici, quoique par une voie détournée, à une coïncidence bien remarquable avec les résultats de M. Bellermann : car la proslambanomène du trope dorien, qu'il regarde comme la limite grave des voix humaines, est justement située un ton plus bas que l'hypate des moyennes du trope hypodorien, qui détermine cette même limite suivant notre auteur, et d'après laquelle j'ai établi l'évaluation ci-dessus.

Voir, ci-après, note Cc.

[2] Euclide (p. 13), qui paraît en cela suivre Aristoxène (p. 20), fixe l'étendue de la voix à la *huitième* consonnance, c'est-à-dire à *deux octaves et une quinte*, ce qui comprend exactement les treize tons d'Aristoxène, depuis la *proslambanomène* de l'*hypodorien* jusqu'à la *nète des disjointes* de l'*hypermixolydien* ou *hyperphrygien*. Il serait bien possible que, du temps de ces auteurs, le tétracorde *hyperboléon* n'existât pas encore, et qu'il ne parût dans leurs écrits que par suite d'intercalations postérieures.

[3] Il y a eu des additions postérieures; elles seront mentionnées ailleurs.

A l'égard du diagramme de Platon (voir la note L), diagramme qui constituerait un système composé de près de *cinq octaves* (quatre octaves et une sixième majeure), il n'y a pas lieu d'en parler ici. Une fois convenu qu'il s'agit là d'un genre de symphonie *qui n'est pas destiné à des oreilles humaines*[1], il est clair qu'il ne faut pas songer à y chercher sérieusement un système réel de musique. C'est, d'ailleurs, ce qui résulte suffisamment d'un passage du péripatéticien Adraste, rapporté par Théon de Smyrne (p. 98) et par Proclus (lib. III, *in Timæum Platonis*) : Πλάτων δὲ πρὸς τὴν φύσιν ὁρῶν, ἐπειδὴ τὴν ψυχὴν ἀνάγκη συνισΊαμένην καθ'ἁρμονίαν, μέχρι τῶν στερεῶν προάγειν ἀριθμῶν..... τὴν ἁρμονίαν αὐτῆς μέχρι τούτου προαγήοχε, τρόπον τινὰ κατὰ τὴν αὐτῆς φύσιν ἐπ' ἄπειρον δυναμένην προϊέναι (Meyb. *in Euclid.* p. 51).

NOTE G.

ANALYSE DE LA NOTATION.

(IIᵉ Traité, § 12.)

Le *trope lydien*, dont nous trouvons ici l'exposition, était, à ce qu'il paraît, le plus généralement usité; et c'est le seul dont les notes soient employées dans le petit nombre de morceaux de musique grecque qui nous sont parvenus. Quant au système complet de la notation dite pythagoricienne[2] (c'est ainsi que l'on qualifie cette notation, par opposition à une autre plus ancienne par quarts de ton, dont parle Aristide Quintil. p. 15), on le croit généralement très-compliqué. Burette (*Acad. des inscriptions et belles-lettres*, t. V, p. 182), par une exagération inexplicable, le porte à mille six cent vingt notes; et Barthélemy même croyait beaucoup faire en réduisant ce nombre à neuf cent quatre-vingt-dix. Rien, sans aucun doute, n'a plus nui au progrès des études musicales grecques, que l'existence de ce préjugé. Déjà combattu avec succès par Perne (*Revue musicale*, t. III et suiv.), nous espérons qu'il suffira, pour le détruire complétement, d'exposer ici le tableau général de la notation dont il s'agit, tel qu'on le trouve à la page 27 d'Aristide Quintilien (voir ci-après la *figure 1ʳᵉ*, page 129). On y reconnaît, en effet, d'un seul coup d'œil, que le système total

[1] Ἡ τοῦ παντὸς ἁρμονία, διὰ μέγεθος τῶν ψόφων, ὑπερβάλλει ἡμῶν τὴν ἀκοὴν (Porph. *in Ptol.* p. 257, l. 27). — (Cf. Macrob. *in Somn. Scip.* liv. II, chap. IV).

[2] Πυθαγόρου σΊοιχεῖα (Arist. Quint. p. 28). — Observons, toutefois, que l'on se tromperait grossièrement en prenant à la lettre cette dénomination.

TRAITÉS GRECS relatifs à la musique.

se réduit, en réalité, à soixante-dix paires de notes, les unes supérieures, destinées aux voix, et consistant dans les lettres de l'alphabet, soit naturelles, soit altérées de diverses manières; les autres inférieures, pour l'usage des instruments, et composées de signes sur lesquels nous reviendrons tout à l'heure. Mais il est bon qu'auparavant nous entrions dans le détail de la composition et de l'emploi de ce tableau.

Or on aperçoit, à la première inspection (et cette remarque est due à Meybaum), que toutes les paires de notes sont disposées par *triades*, de telle façon que, dans la série instrumentale, les trois signes de chaque triade ne sont, à quelques exceptions près, qu'un même signe disposé dans trois situations successives différentes, comme s'il eût *pivoté* sur lui-même en exécutant, pour passer d'une situation à la suivante, un tiers de révolution[1].

Mais, outre cette circonstance, il en est une autre non moins remarquable, complémentaire en quelque sorte de la première, qui ne s'aperçoit plus à la simple inspection, mais que l'on découvre en analysant la notation dans son mode d'emploi. Cette autre propriété consiste dans une disposition secondaire par *ennéades*, disposition d'où il résulte que les intervalles compris entre deux notes successives (notes formées, dans la série vocale, comme nous l'avons dit, des seules lettres de l'alphabet) sont toujours au nombre de *neuf* par *quarte*; ou, en d'autres termes, que la consonnance fondamentale, *la quarte*, se trouve *divisée en neuf intervalles* compris chacun entre deux notes consécutives[2].

Au premier abord, ce fait paraît bizarre, absurde même, et en contradiction avec les divisions signalées par Aristoxène, Euclide, Ptolémée, et tous les auteurs. Cependant, avec un peu de réflexion, on reconnaît bientôt que la contradiction n'est qu'apparente. D'abord, le *neuvième de la quarte* diffère peu du *quart de ton* qui en est le dixième, et qui représente le plus petit intervalle usité (sauf les *couleurs* ou *nuances* qui distinguent les genres). Ensuite, il n'y a jamais, dans chaque quarte ou dans chaque tétracorde, que deux

[1] Ce genre de disposition était, à ce qu'il paraît, en très-grande faveur chez les pythagoriciens : on en retrouve un exemple dans le triangle qui termine l'inscription de Cyrène.— Voy. *Lettre à M. Raoul-Rochette sur une inscription en caractères phéniciens et grecs récemment découverte à Cyrène;* par H. A. Hamaker, Leyde, 1825.

[2] Cf. une communication que j'ai faite à l'Académie des inscr. et belles-lett. dans sa séance du 29 juin 1838, et les Procès-verbaux de la Société philomathique, séances des 26 mai et 9 juin 1838. — (V. le journal *L'Institut*, IIe sect. juillet 1838; et le même journal, Ire sect. etc.)

notes variables ou deux cordes mobiles, les deux intermédiaires. En troisième lieu, on conçoit facilement que les notes du système pythagoricien, au lieu de représenter des sons essentiellement fixes et distants les uns des autres d'intervalles égaux à des neuvièmes de quarte, pouvaient très-bien, devaient même, représenter des sons variables dans certaines limites, dont les degrés exacts d'acuité et de gravité étaient déterminés *a priori* suivant le *genre* et la *couleur* du genre. C'est ainsi que, dans notre système de musique, soit que l'on adopte ou non le *tempérament*, que l'on exécute dans un *ton* ou dans un autre, la même *note* représente toujours le même degré nominal de l'échelle, bien que ce degré n'ait pas exactement la même intonation lorsqu'on ne tempère pas. De même, dans le système grec, une note suffisait pour chaque corde, quel que fût d'ailleurs le degré de tension de cette corde[1]. Les musiciens pouvaient donc, aussi bien dans la théorie que dans la pratique, et tout en adoptant la notation pythagoricienne, continuer, d'une part, à compter les intervalles par *moitiés* et par *quarts* de ton, et, d'une autre, à diviser le tétracorde conformément aux prescriptions de chaque théoricien : il suffisait d'avoir, une fois pour toutes, établi, dans chaque mode, un tableau de comparaison et de synonymie entre l'ancienne notation par quarts de ton et la notation pythagoricienne. Ni les musiciens exécutants, ni même les compositeurs, n'avaient aucun besoin d'être initiés au secret de cette *division nonaire de la quarte*.

Je viens d'employer le mot *secret*, et ce mot exige quelques explications : c'est qu'en effet les auteurs passent entièrement sous silence le genre de division dont il s'agit. Ce n'est que par une analyse intime de la notation, que l'on peut, comme nous allons l'expliquer, pénétrer cette sorte de mystère; et, s'il est permis de conclure de certains passages d'Aristide Quintilien, que la doctrine musicale comprenait une partie *ésotérique* ou entièrement occulte, ce mode de division *nonaire* était certainement au nombre des théories réservées.

Voici d'abord les passages dont je viens de parler: Λέξω δή, dit Aristide Quint. (p. 75), τὰ μὲν παλαιοῖς τισιν εἰρημένα, τὰ δὲ εἰσέτι νῦν σιωπηθέντα, οὔτ'

[1] Il résulte néanmoins de l'inspection des tables d'Alypius, que l'on faisait une distinction entre les genres *pycnés*, chromatique et enharmonique, et le seul genre non pycné, le diatonique; et peut-être, de cette communauté de notation entre les deux premiers genres, serait-on en droit de conclure qu'à l'époque de l'établissement de la notation pythagoricienne, le genre enharmonique était déjà tombé en désuétude.

ἀγνωσίᾳ τῶν συγγραφέων, οὔτε βασκανίᾳ....· ἀλλὰ γὰρ τὰ μὲν αὐτοῖς ἐν συγγράμμασι κατετάτ͂ετο, τὰ δ' ἀποῤῥητότερα ταῖς πρὸς ἀλλήλους ὁμιλίαις διεσώζετο. « Dans ce que j'aurai à dire se trouvent, il est vrai, des choses déjà expliquées par les anciens, mais certes aussi d'autres que les écrivains ont, jusqu'à ce jour, passées sous silence; non qu'il y eût de leur part ignorance ni mauvaise foi : mais, tandis que certains préceptes se trouvaient consignés par écrit, d'autres, plus obscurs, étaient réservés pour les conférences familières[1]. » Un autre passage du même auteur est encore plus explicite : *ὅπως*, dit-il (page 26), *τὰ κατὰ τὴν μουσικὴν ἀπόῤῥητα συγκρύπτομεν* (*lis.* *ωμεν*) *εὐκόλως*, « pour cacher avec facilité les parties mystérieuses de la musique[2]. »

Il n'est donc guère permis, d'après ces passages, de douter qu'il n'y eût, dans le système musical des pythagoriciens, certains points de doctrine qui n'ont pu nous parvenir que sous le voile du mystère.

Cela posé, nous allons, pour plus de clarté dans ce qui suivra, présenter, sous forme d'une suite de théorèmes, la démonstration de cette proposition, que, dans le système exposé par Aristide Quintilien et les Tables d'Alypius, on comptait en effet, pour *chaque quarte*, *neuf intervalles* partiels, dont chacun, dans la série vocale, était compris entre deux lettres consécutives de l'alphabet. Nous nommerons *diésis* pythagoricien, ou simplement *diésis*, chacun de ces intervalles *unitaires*, d'accord en cela avec le texte d'Aristide Quintilien, qui, après avoir dit (page 16) qu'il y a plusieurs manières d'exposer la série des sons, *ἐξ ἀνομοίων διαςημάτων οἷον διέσεων, ἡμιτονίου, τόνου* (*lis.* *ἡμιτονίων, τόνων*), c'est-à-dire par *diésis*, par *demi-tons*, et par *tons*, commence par exposer la série complète des signes; d'où il suit que l'espèce de diésis dont il est question dans ce passage est bien la distance entre deux notes consécutives. (Voyez *figure 1re*.)

[1] Je profite de la circonstance pour faire remarquer une erreur que Meybaum me paraît avoir commise dans l'interprétation de la dernière phrase de ce passage où l'auteur grec a déclaré qu'il allait s'occuper de la versification : Ἀγαπητὸν ἔσται, dit-il, *τοῖς μετρίως ἐπιμελέσιν, εἰ βίβλῳ οὐ σαφές τι περιεχούσῃ περιπέσοιεν.* — Voici la traduction de Meybaum : « Gratum erit mediocriter studiosis, si vel in « librum accurati nihil continentem incide« rint. » Celle que je propose est la suivante : « Gratum erit metrorum curiosis (ainsi je lis « *μέτρων* au lieu de *μετρίως*), si in librum « ignotum quid continentem inciderint; » c'est-à-dire : « Il sera agréable aux amateurs de mètres de rencontrer un livre contenant quelques notions nouvelles. »

[2] Il semblerait, toutefois, que le sens logique de ce passage exigeât, au lieu de *συγκρύπτωμεν*, un verbe tel que *ἀνακαλύπτωμεν*, *dévoiler*, puisqu'en effet l'auteur fait quelques demi-révélations; mais la conséquence est la même.

RÉSUMÉ SYNOPTIQUE
DES TABLES D'ALYPIUS,

POUR LES TROIS GENRES,

DIATONIQUE, CHROMATIQUE ET ENHARMONIQUE.

N. B. On a écrit à l'encre noire toutes les notes stables, c'est-à-dire communes aux trois genres, ainsi que les parhypatoïdes (trites et parhypates), qui, sans être stables, sont toutefois désignées par une notation constante. — Les notes rouges sont les indicatrices diatoniques; les notes vertes, les indicatrices chromatiques. — Le genre chromatique et le genre enharmonique ont la même notation, à cela près que les indicatrices du premier prennent un accent (trope-lydien), tandis que celles du second en sont dépourvues.

Le système conjoint ou variable est compris depuis la proslambanomène de chaque trope jusqu'à la nète des conjointes inclusivement. — Pour avoir le système disjoint ou immuable, il faut, par la pensée, supprimer dans le tableau tout le tétracorde des conjointes, en superposant la mèse sur la nète de ce tétracorde, de façon que les doubles barres qui soulignent ces notes coïncident parfaitement, ainsi que les arcs de cercle qui les surmontent.

Adjointes — Nète; Paranète diatonique; Paranète chromatique; Trite

Disjointes — Nète; Paranète diatonique; Paranète chromatique; Trite

Paramèse

Conjointes — Nète; Paranète diatonique; Paranète chromatique; Trite

Mèse

Moyennes — Indicatrice diatonique; Indicatrice chromatique; Parhypate; Hypate

Fondamentales — Indicatrice diatonique; Indicatrice chromatique; Parhypate; Hypate

Proslambanomène

Hypodorien. Hypoïastien. Hypophrygien. Hypoéolien. Hypolydien. Dorien. Iastien. Phrygien. Éolien. Lydien. Hyperdorien. Hyperiastien. Hyperphrygien. Hyperéolien. Hyperlydien.

Octave disjointe. Quarte conjointe. Octave commune.

SYSTÈME GÉNÉRAL

DE LA NOTATION PYTHAGORICIENNE,

PROCÉDANT PAR *DIÉSIS* DE L'AIGU AU GRAVE[1],

LA LIGNE SUPÉRIEURE ÉTANT POUR LES VOIX, ET L'INFÉRIEURE POUR LES INSTRUMENTS[2].

FIGURE 1.

	1	2	3	4	5		6	7
⊔'	Α' Β' Γ'	Δ' Ε' Ζ'	Η' Θ' Ι'	Κ' Λ' Μ'	Ν' Ξ' Ο'		⊥ ⊥ ⊖	Χ ⸸ ⊔
Ζ'	\ / Ν'	⊐' Ⅎ ⊏'	> V' <	⅄ ⸝ Ч'	Я' ⋈' Κ'		⅄ ⸝ Ч	⸝ ⅄ Ζ

7	8	9	10	11	12	13	14	15
⊔	Α Β Γ	Δ Ε Ζ	Η Θ Ι	Κ Λ Μ	Ν Ξ Ο	Π Ρ C	Τ Τ Φ	Χ Ψ Ω
Ζ	\ / Ν	⊐ Ⅎ ⊏	> V <	⅄ ⸝ Ч	Я ⋈ Κ	Ɔ ∪ C	Ⅎ ш F	⌣ Ƨ ⌐

15	16	17	18	19	20	21	22	23
Ω	V Я Ƚ	⊼ F 7	Ч ⌒ ⌣	⋈ V Ʀ	Ⅹ ⌇ Ϙ	Π ɗ 3	⊣ ⊢ ⊥	✕ ⸸ Ɔ
⌐	Ⅎ L Γ	⊣ ⊥ ⊢	Ǝ ⊡ Ε	Ч ⊥ h	⩧ ⊟ Η	3 ω Ɛ	Τ ⊣ ⊓	✕ ⸸ ⁝

THÉORÈME PREMIER ET FONDAMENTAL.

La notation pythagoricienne correspond à une division de l'octave en 21 DIÉSIS.

En effet :

PREMIÈRE DÉMONSTRATION.

Sur les anciens modes (*harmonies*) dont les diagrammes sont rapportés par Aristide Quintilien (page 22), quatre, savoir : le lydien, le phrygien, le mixolydien, et le syntonolydien, comprennent une octave (*id.* page 21) :

[1] Aristid. Quint. p. 27. — [2] On peut d'ailleurs faire abstraction de cette dernière ligne.

FIGURE 2.

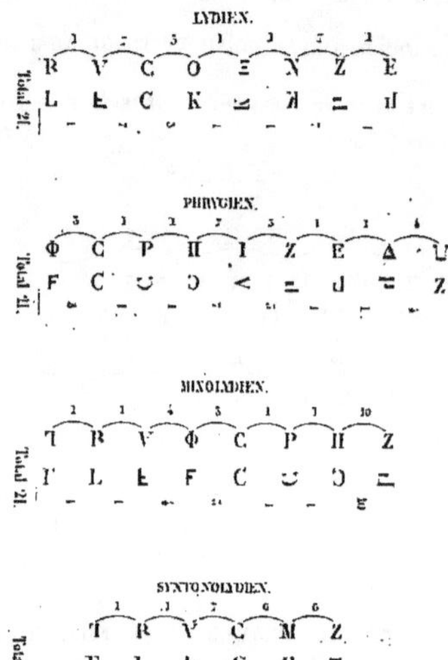

Or, comme on le voit, chacun de ces modes comprend aussi vingt et un *diésis ;*

Donc, etc.

DEUXIÈME DÉMONSTRATION.

Les lettres accentuées, comprenant les *cinq* premiers *groupes ternaires* de la *figure première*, sont à l'octave aiguë des mêmes lettres non accentuées (Alypius, Gaudence, etc.);

Or, entre les lettres accentuées du *cinquième* ternaire et les lettres renversées du *sixième* et du *septième* ternaire, il manque, pour faire un alphabet complet, les trois lettres Π, Ρ, Σ, ce qui fait que les notes accentuées sont à une distance de 21 *diésis* des notes pareilles non accentuées;

Donc, etc.

TRAITÉS GRECS relatifs à la musique.

TROISIÈME DÉMONSTRATION.

Dans la série des demi-tons (ἔκθεσις τῶν κατὰ ἡμιτόνιον) donnée par Aristide Quintilien (page 27, lignes 17, 18, 19, 20 et 21; *les lignes 22 et 23 n'en sont pas*), je prends *trois* suites successives de 12 *demi-tons* formant ainsi chacune une octave (je supprime les notes inférieures ou instrumentales) :

FIGURE 3.

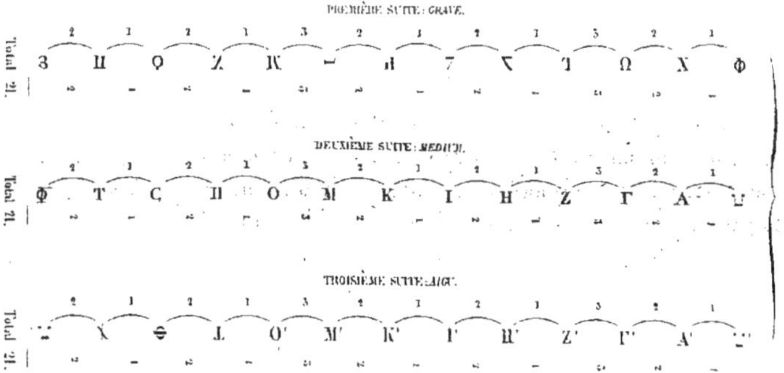

Or je trouve dans chacune d'elles une somme de 21 *diésis;*
Donc, etc.

REMARQUE.

La figure suivante prouve que ce résultat n'est point l'effet du hasard : car on y voit que les notes non employées dans la série des demi-tons, notes qui suivent un ordre régulier, se composent d'abord des notes médianes des *ternaires* de la figure *première* (elles sont marquées d'un simple trait), et ensuite alternativement d'une note par *quarte* et d'une note par *quinte* (cette seconde suppression est indiquée par des flèches); ce qui fait en tout 9 notes supprimées sur 21 : restent les 12 *demi-tons.*

FIGURE 4.

REPRODUCTION DE LA SÉRIE DES DEMI-TONS PAR LE CRIBLE D'ÉRATOSTHÈNE.

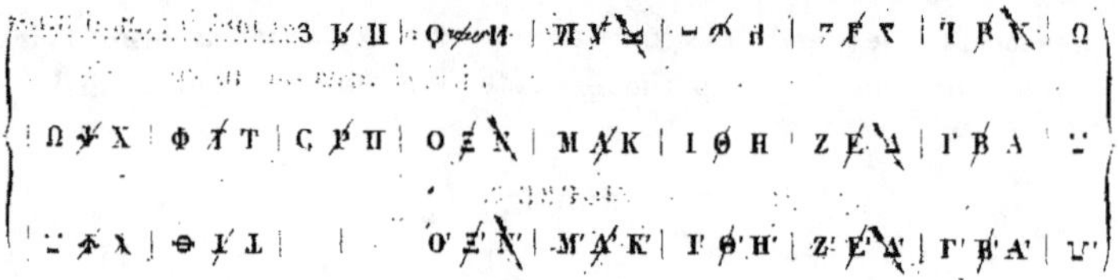

3 Ƀ Π	Ϙ	Ψ		Ʌ	Ɏ	Ω
Ω X	Φ T	C Π	O	M K	I Ɵ H	Z	Γ Ƀ A
	Φ		O	M K	Γ Ɵ H	Z	Γ Ƀ A

THÉORÈME II.

Le ton des pythagoriciens est composé de 3 DIÉSIS.

En effet, suivant Aristide Quintilien (page 21, lignes 19 et 26), l'ancien mode dorien était composé d'une octave et un ton (*τόνῳ τὸ διὰ πασῶν ὑπερέχον*, ligne 19), et le mode iastien d'une octave moins un ton (*τοῦ διὰ πασῶν ἐλλεῖπον τόνῳ*, ligne 26);

Or, 1° le premier des ces modes contient 24 *diésis*, et le second 18 :

FIGURE 5.

Dorien.

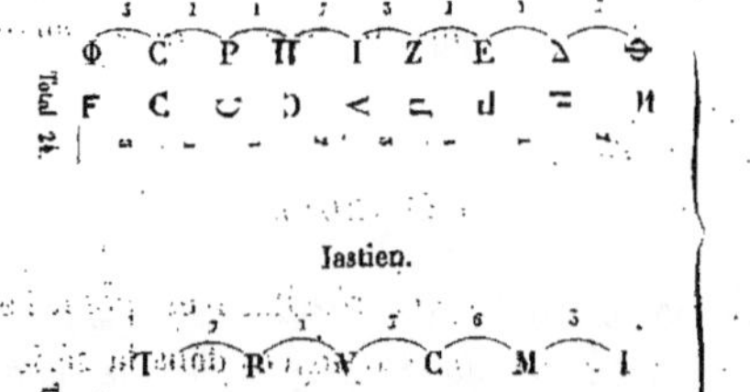

Iastien.

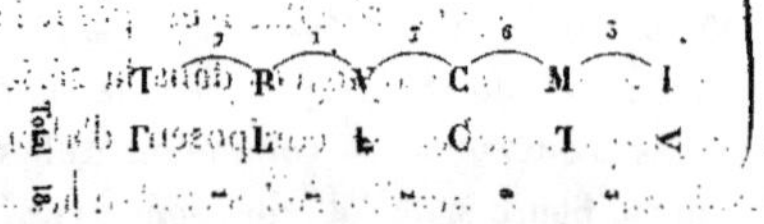

Et 2° l'*octave* est composée de 21 *diésis* (théor. I);

Donc, etc. (ce qui fait une double démonstration).

THÉORÈME III.

La QUARTE *est composée de 9* DIÉSIS.

En effet, l'*octave* se compose d'*une quarte* et d'*une quinte*, et la *quinte* d'*une quarte* et d'*un ton* : c'est-à-dire que l'*octave* se compose de *deux quartes* et *un ton* (Nicomaque, p. 16 et 17, et tous les auteurs.)

Or l'*octave* comprend 21 *diésis* (théor. I), et le *ton* 3 *diésis* (théor. II);

Donc la *quarte* se compose de 9 *diésis*.

COROLLAIRE.

La QUINTE *contient 12* DIÉSIS.

REMARQUE.

Ce troisième théorème, ainsi que son corollaire, peuvent aussi se déduire du premier, d'après cette observation, que l'*octave* contenant 12 *demi-tons* et 21 *diésis*, la *quarte* et la *quinte* respectivement 5 et 7 *demi-tons*, on aura le nombre de *diésis* de la *quarte* et celui de la *quinte* par les deux proportions *approximatives* suivantes :

$$12 : 21 :: 5 : x = 9, \qquad \text{et} \qquad 12 : 21 :: 7 : y = 12,$$

ce qui fait voir encore que l'existence simultanée des trois théorèmes ne peut être vraie en toute rigueur, mais seulement *par approximation*.

On voit donc combien le système de la notation musicale dite *de Pythagore* est simple, quand on commence par résumer, comme nous venons de le faire d'après Aristide Quintilien, tous les modes en un seul tableau. La complication que l'on croirait y trouver ne saurait donc plus exister que dans le développement des modes eux-mêmes; mais nous allons faire voir encore que, sous ce rapport, on serait tout aussi peu fondé en raison que sous le premier.

FIGURE 6.

LOI DE FORMATION DES TABLES D'ALYPIUS.

NOTES STABLES DES QUINZE TROPES.

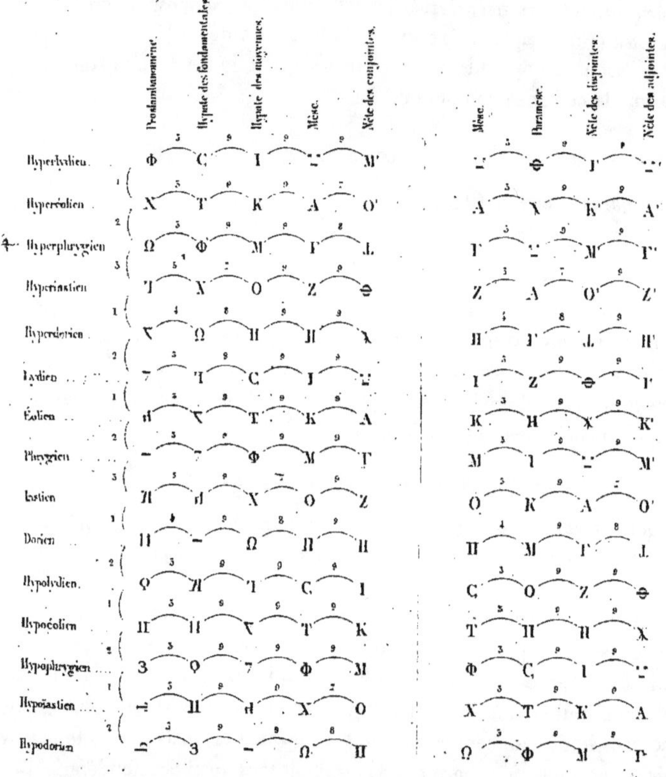

Les *proslambanomènes* se composent de la suite ascendante des quinze *demi-tons* consécutifs compris depuis ἡμιφῖ ϖλάγιον ἀπεστραμμένον (⫐) jusqu'à φῖ inclusivement (Φ).

Les *hypates des fondamentales* commencent *deux demi-tons plus haut,* au σίγμα διπλοῦν ἀπεστραμμένον (Ƨ), et se terminent également *deux demi-tons plus haut*, au σίγμα (Ϛ);

Les *hypates des moyennes*, *cinq demi-tons plus haut* que les précédentes, et s'étendent depuis la note ἰῶτα πλάγιον (⊢) jusqu'à la note ἰῶτα (I);

Les *mèses*, encore *cinq demi-tons plus haut*, depuis ὠμέγα (Ω) jusqu'à ὠμέγα τετράγωνον ὕπτιον (Ʊ);

Enfin, les *nètes des conjointes*, encore *cinq demi-tons plus haut*, depuis πῖ (Π) jusqu'à μῦ [γραμμὴν ἔχον] ἐπὶ τὴν ὀξύτητα (M').

Voilà pour les notes *stables* du système *conjoint* : voyons celles qui appartiennent exclusivement au système *disjoint*.

Les *paramèses* sont situées deux *demi-tons* plus haut que les *mèses*, et s'étendent depuis φῖ jusqu'à φῖ πλάγιον (⊖);

Les *nètes des disjointes*, *cinq demi-tons plus haut* que ces dernières, depuis μῦ (M) jusqu'à ἰῶτα γραμμὴν ἔχον ἐπὶ τὴν ὀξύτητα (I');

Enfin les *nètes des adjointes*, encore *cinq demi-tons plus haut*, depuis γάμμα (Γ) jusqu'à ὠμέγα τετράγωνον ὕπτιον [γραμμὴν ἔχον] ἐπὶ τὴν ὀξύτητα (Ʊ').

Passons maintenant aux notes *mobiles*, c'est-à-dire aux *parhypates* et aux *indicatrices*. Ici il faut sortir de la série des *demi-tons*, et avoir recours de plus à celle des *diésis*. (Voyez notre figure Ire; Aristide Quintilien, page 27, lignes 6, 7, 8, 9, et les tables d'Alypius. — Du reste, nous pensons qu'une figure spéciale serait tout à fait superflue.)

D'abord, la *parhypate* est constamment, et sans aucune exception, à *un diésis au-dessus de l'hypate* correspondante. (Dans cet énoncé sont d'ailleurs comprises la *trite des conjointes* par rapport à la *mèse*, la *trite des disjointes* par rapport à la *paramèse*, et enfin la *trite des adjointes* par rapport à la *nète des disjointes*.)

Plus généralement, la même règle est applicable à chaque *parhypatoïde* (voir plus haut la note E) par rapport à l'*hypatoïde* correspondante. (Voir les tables d'Alypius.)

[Observez que toutes les notes médianes des ternaires ayant été supprimées dans la série des demi-tons, les *parhypates* ne peuvent ainsi être représentées que par les notes graves et par les notes médianes elles-mêmes, mais jamais par les notes aiguës.]

Ensuite les *indicatrices diatoniques* sont fixées, également sans exception, à *trois demi-tons* d'intervalle *au-dessus* des *hypates* ou des *hypatoïdes* correspondantes.

Restent donc enfin les *indicatrices chromatiques*, lesquelles sont toujours, et aussi sans aucune exception, les notes aiguës des ternaires auxquels appartiennent les *parhypates* ou *parhypatoïdes*. Il arrive, de cette manière, qu'elles sont situées tantôt à *un diésis*, tantôt à *deux diésis* d'intervalle en montant, de ces *parhypates;* et, dans le premier cas, les trois cordes graves de chaque tétracorde, formant le *pycnum*, se trouvent représentées par les trois notes d'un même *ternaire*, comme on le voit dans les modes *lydien*, *hypolydien*, et d'autres encore.

REMARQUE.

La loi qui régit cette dernière corde, l'*indicatrice chromatique*, donne aussi lieu à une circonstance qui ne peut se présenter pour aucune autre corde, savoir: que, dans un très-grand nombre de cas, deux tropes successifs ont leurs *indicatrices chromatiques* représentées par la même note. Et telle est, sans doute, la véritable raison pour laquelle nous voyons cette note marquée d'un accent, γραμμὴ διὰ μέσου, dans le mode lydien. Il est probable que cet accent servait plutôt à distinguer la parhypate chromatique du trope lydien de celle du trope éolien, qu'à séparer, dans le même trope, la parhypate chromatique de la parhypate enharmonique comme on le dit ordinairement.

Reste maintenant à expliquer le sens de la notation instrumentale. A cet égard, il serait impossible de fournir des démonstrations aussi concluantes que pour les propositions qui précèdent. Celles-ci n'expriment qu'un fait en quelque sorte matériel, et ne sauraient, par conséquent, donner prise à aucune objection. Mais, pour ce que nous allons dire, si les faits sont également constants, les conséquences en sont plus ou moins conjecturales. Toutefois, certaines considérations préalables doivent donner à penser que les rapprochements que nous avons à présenter ne sont ni fortuits ni imaginaires. En premier lieu, il faut observer que la notation dite *de Pythagore* ne saurait être l'œuvre de ce philosophe, du moins sous la forme où nous la connaissons dans les tables d'Alypius. De cela il y a plusieurs raisons à donner : d'abord que le système musical n'avait, de son temps, qu'une étendue très-bornée, puisque c'est à lui que l'on doit la transformation de l'heptacorde en octocorde; et il ne paraît même pas que, du temps d'Aristote, à en juger par ses problèmes, le système se fût encore beaucoup

TRAITÉS GRECS relatifs à la musique.

étendu. C'est seulement sous Aristoxène que le grand système paraît s'être établi, et seulement pour un nombre limité de modes (voir la note A); et même n'est-il pas bien sûr que le tétracorde *hyperboléon* n'ait pas été ajouté postérieurement. En second lieu, ni Aristoxène, ni Euclide, ni Nicomaque, ni Théon de Smyrne, ni Ptolémée, ni Plutarque, ne font la moindre allusion à la notation qui nous occupe. C'est dans Aristide Quintilien, Gaudence, Bacchius, Porphyre, tous auteurs beaucoup plus modernes, qu'il commence à en être fait mention; et Aristide Quintilien, en l'exposant, a soin de dire qu'elle remplace une notation plus ancienne disposée par moitiés et par quarts de ton. On peut, à ce qu'il nous semble, conclure avec quelque vraisemblance de ces considérations, que l'établissement de la notation dite *pythagoricienne* ne remonte pas bien haut, tout au plus peut-être au siècle qui a précédé notre ère, comme semble l'indiquer la forme de quelques-uns de ses éléments, notamment celle du *sigma*[1]; que, par conséquent, elle ne saurait être due à Pythagore, et que, suivant toutes les probabilités, elle aura pris naissance parmi les néoplatoniciens ou néopythagoriciens de l'école d'Alexandrie.

Quoi qu'il en soit, nous connaissons, par une foule de passages de Platon, de Nicomaque, de l'auteur du *De mundo*, de Plutarque, Ptolémée, Aristide Quintilien, Cicéron, Macrobe, Boëce, Pachymère, Psellus, Bryenne, etc., les rapports que les anciens s'efforçaient d'établir entre leur système musical et la prétendue symphonie des corps célestes, qu'ils nommaient l'harmonie du monde ou l'harmonie universelle, *ἁρμονία τοῦ παντός*[2]. Quant au détail de cette comparaison, «il y a, dit M. H. Martin (*Études sur le Timée*, t. II, «p. 37), autant et même plus d'opinions que de commentateurs.» L'opinion la plus généralement suivie cependant était celle que Plutarque paraît adopter (*De animæ creatione*), et que nous retrouvons dans Geminus, dans

[1] Conf. Letronne, *Recherches pour servir à l'histoire de l'Égypte* (Paris, 1823), p. 184.

[2] *Τῆς τοῦ παντὸς ἁρμονίας τὴν εἰκόνα φέρει* [*ἡ μουσική*] (Arist. Quint. p. 129). — *Καὶ τῶν ἀστέρων κίνησιν οἱ περὶ Πυθαγόραν καὶ Ἀρχύταν καὶ Πλάτωνα, καὶ οἱ λοιποὶ τῶν ἀρχαίων φιλοσόφων οὐκ ἄνευ μουσικῆς γίνεσθαι καὶ συνεστάναι ἔφασκον* (Plut. *De musica*). — On peut encore citer ici ce passage du scoliaste de Ptolémée (sur la p. 133) : *Σημείωσαι ὅτι τοὺς ἀστέρας καὶ τὸν οὐρανὸν ἔμψυχα ἔλεγον Ἕλληνες* : — puis les suivants : *Ὑπέλαβον* [*οἱ πυθαγόρειοι*] *καὶ τὸν ὅλον οὐρανὸν ἁρμονίαν εἶναι καὶ ἀριθμόν* (Arist. *Metaph.* I, v). — «Musica mundana, in his maxime «perspicienda quæ in ipso cœlo, vel compage «elementorum, vel temporum varietate vi«suntur» (Boëce, *De musica*, Bâle, 1546, p. 1065).

Voir aussi la note F, ci-dessus, p. 120, et, ci-après, la note supplémentaire aux fragments. — Cf., en outre, Ach. Tatius, *in Arat. Phænom.* § xv et xvi.

TRAITÉS GRECS relatifs à la musique.

Stobée, dans Censorin, dans Cicéron et dans son commentateur Macrobe, dans Pline, dans Boëce, dans G. Pachymère, etc.[1]. D'après cette disposition, qui a la propriété de reproduire l'ordre des jours de la semaine par des répétitions successives de l'intervalle de quarte, comme l'explique Dion Cassius[2] (XXXVII, XVIII), l'harmonie cosmique serait symbolisée par la lyre heptacorde, chacun des sons de cet instrument représentant celui qu'était censée rendre, dans les cieux, chacune des sept sphères du système planétaire ancien[3]. En d'autres termes, chacune des cordes était consacrée à une planète dont elle portait le nom, de telle façon que

La Lune correspondait à l'Hypate,
Mercure . . . . à la Parhypate,
Vénus . . . . à l'Indicatrice,
Le Soleil . . . . à la Mèse,
Mars . . . . à la Trite,
Jupiter . . . . à la Paranète,
Saturne . . . . à la Nète.

On se trouva donc ainsi naturellement amené à donner aux sons musicaux les mêmes noms qui servaient à désigner les planètes : « Il est bien croyable, dit Nicomaque (*Harm. man.* p. 6, lig. 6), que les dénominations des sons ont été tirées des astres qui parcourent le ciel en tournant autour de la terre ; » mais ce que Nicomaque juge vraisemblable pour les noms, l'est évidemment bien plus encore pour les signes. Or, ayons le courage de fouiller dans les archives des sociétés occultes du moyen âge, héritières, peut-être trop dédaignées, de toutes les rêveries pythagoriciennes ; là, nous trouvons d'abord que les planètes étaient représentées par certaines lettres de l'alphabet hébreu : « Rem sane jucundam, et antiquissimis « authoribus celebratam, » dit le savant Reuchlin (*De arte cabalistica*, lib. III, p. 715), « ne sint futuri aliquando qui hanc artem ut tenuem ac jejunam « cavillentur [demonstrabimus]. »

[1] Voyez encore H. Martin, t. II, p. 103; Jomard, *Système métrique des Égyptiens*, p. 242; Bellermann, p. 90; Letronne, *Observations sur les représentations zodiacales* (p. 99), et *Mémoire sur les écrits et les travaux d'Eudoxe* (p. 28).

[2] Je pense qu'il faut lire, dans le passage cité de cet auteur : διαλιπὼν δύο τὰς ἑπομένας, au lieu de διαλ. δ. τ. ἐχομένας, puisque l'on compare ici les deux planètes intermédiaires aux sons mobiles du tétracorde, sons nommés ἑπόμενοι, par opposition aux sons fixes ou ἡγούμενοι (voyez la note C).

[3] Je m'abstiens à regret de rapporter ici plusieurs textes curieux, pour lesquels je me borne à renvoyer au Panthéon égyptien de Jablonski (*Proleg.* p. 55 et suiv.).

Voici ces lettres, avec leurs significations symboliques, telles que les donne *Reuchlin*[1] :

Lamed,	Mem,	Mem final,	Nun,	Nun final,	Samech,	Aïn,
ל	מ	ם	נ	ן	ס	ע
Saturne,	Jupiter,	Mars,	le Soleil,	Vénus,	Mercure,	la Lune.

Mais ce n'est pas tout : il paraît que, pour ce genre de représentation, on employait de préférence un alphabet particulier et conventionnel, dit *alphabet céleste*, dénomination provenant de ce que l'on prétendait y représenter les groupes d'étoiles les plus remarquables dont se composent les constellations. On trouve cet alphabet dans le célèbre Cornelius Agrippa de Nettesheim (*De occulta philosophia*, l. III, c. XXX, p. 273, ann. 1533), lequel, au jugement de M. de Hammer (*Mém. sur deux coffrets gnostiques*, Paris, 1832, p. 14), « paraît l'avoir puisé dans un ouvrage cabalistique semblable au recueil d'*alphabets* d'Ibn-Wahschiyyeh. » On le trouve encore dans Claude Duret (*Trésor de l'histoire des langues*, p. 119, Cologne, 1613), dans Jacques Gaffarel (*Curiosités inouïes*, Paris, 1629), et dans plusieurs auteurs plus modernes qui le leur ont emprunté, tels que Kircher (*Œdipus ægyptiacus*, t. II, *Gymn. hierogl.*; class. II, *Gramm.* p. 105, et class. VII, *Mathém.* p. 217)[2], Th. Bangius (*Cœlum orientis*, Copenhague, 1657), l'*Histoire générale des religions*, par une société de gens de lettres, etc., etc.[3].

[1] Voyez aussi Jacques Gaffarel citant R. Capol ben Samuel. (*Curiosités inouïes*, p. 475, Paris, 1629. — Il y a d'autres éditions françaises de 1631, 1637, 1650, et une édition latine donnée en 1678 par Grég. Michaëlis, qui avait commenté l'ouvrage en 1676.) Ce R. Capol, qui était de Cracovie, a publié, dit-on, vers la fin du XVIe siècle, un alphabet sidéral, intitulé *Galgal hamisraschim*, « Profondeur des profondeurs. »

[2] Je dois avertir que Kircher a, toutefois, confondu, dans le premier des passages cités, l'*alphabet céleste* avec un autre alphabet occulte que les kabbalistes nomment *alphabet des anges*.

[3] Il en est fait mention dans les Lettres cabalistiques du marquis d'Argens. Cf. aussi, au sujet des alphabets occultes, le livre kabbalistique intitulé *Sepher Raziel*; les *Ancient Alphabets* d'Ahmad ben Wahschiyyeh, publiés par M. de Hammer (Londres, 1806); une *Notice* de M. Silvestre de Sacy sur l'ouvrage précédent (*Magasin encyclopédique*, 1810, t. VI, p. 145); la *Description des monuments arabes, persans et turcs du cabinet Blacas*, par M. Reinaud; Ibn Esra, dans l'ouvrage intitulé *Reschit hocmah*, « Le commencement de la sagesse » (Bibliothèque royale, manusc. hébr. n° 465); Picatrix (Biblioth. roy. n° 7340, ou suppl. latin 91); de Hammer, *Notice sur deux coffrets gnostiques*; Goulianoff, *Essai sur les hiéroglyphes d'Horapollon, et quelques mots sur la cabale* (Paris, 1827); enfin les manuscrits arabes de la Bibliothèque royale, n° 1180, 1181, 1182, et 1224.

Ces préliminaires posés, nous allons présenter simultanément et comparativement, avec les signes de la notation instrumentale des pythagoriciens, *les caractères célestes des planètes*, tels que les donne F. H. S. Delaulnaye, «auteur [né à Madrid en 1739] qui avait fait,» dit son biographe (M. Weiss, *Biograph. univers.* de Michaud, t. LVI, Ier du suppl. p. 563), «une étude spéciale des sciences occultes, et s'était livré à des recherches très-étendues sur les mystères de l'antiquité, sur les sociétés secrètes du moyen âge, etc.» Nous trouvons ces caractères dans la planche V de son Histoire générale et particulière des religions[1] (Paris, Fournier, 1791), dont les premières livraisons ont seules paru (elles manquent à la Biblioth. royale). Ces caractères ne diffèrent en rien de ceux donnés par Agrippa, Duret, Gaffarel, Bangius; seulement, la planche de Delaulnaye contient, en plus, un *mem final* et un *nun final* empruntés à l'hébreu carré[2], qui manquent dans les alphabets de ces auteurs. Voici donc les deux systèmes de signes :

[1] Cette planche V se retrouve dans l'Histoire de l'origine de la franche-maçonnerie, par Alexandre Lenoir, qui en avait fait l'acquisition.

[2] L'analogie de cet alphabet, considéré même dans sa totalité, avec l'hébreu carré, est d'ailleurs facile à reconnaître. Quant à son emploi par les astrologues juifs antérieurs à Agrippa, nous avouons que nos recherches, pour constater directement ce point important, sont, jusqu'à présent, restées à peu près infructueuses, et que nous n'avons, à cet égard, d'autres garants que les assertions d'auteurs plus modernes. Ce qui peut, toutefois, contribuer à donner un grand poids à ces assertions sur l'existence de l'*alphabet céleste* à une époque assez reculée, c'est qu'elles se trouvent confirmées par plusieurs auteurs qui ont écrit pour démontrer l'absurdité de l'usage auquel on voulait faire servir cet alphabet, je veux dire la lecture d'une prétendue écriture des étoiles. Voici, par exemple, comment s'exprime à cet égard Th. Bangius dans l'ouvrage cité (p. 135): «Principio itaque vanam hujus opinionis de literis cœlestibus originem ostendimus deberi istius gentis doctoribus qui nugari quum incipiunt nunquam desinunt, sive cœlestia, sive terrestria tractent, pervicaci et ascita ϖωρώσει præpediti. Verbulo istos indigitamus : *Judæi sunt*. . . . . . Superest modo ut pari fide et industria christianos scriptores heic male feriatos Judæorum simios suis magistris adjungamus. In quibus primas tenet ϖολοτεχνίτης ille (tantum non quondam veneficus) priscarum LITERARUM ludio, HENRICUS CORNELIUS AGRIPPA (lib. III, cap. XXX), cujus hæc sunt verba atro carbone digna, etc., etc.» (Voir, ci-après, le 2e supplément à cette note.)

Écoutons encore Kircher (*loc. cit.*) : «Alphabetum hoc loco apponere volui, prout in rabbinis reperi, quod tamen nolim eam fidem mereri quam cætera alphabeta sequentia quæ ex irrefragabilibus maximæ antiquitatis monumentis eruimus, sed eam solam quæ ex traditione probabilis redditur, quum nulla ejus huc usque in vetustatis monumentis vestigia reperuimus.»

FIGURE 7.

NOTATION INSTRUMENTALE DES PYTHAGORICIENS,

COMPARÉE AUX SIGNES CÉLESTES DES PLANÈTES.

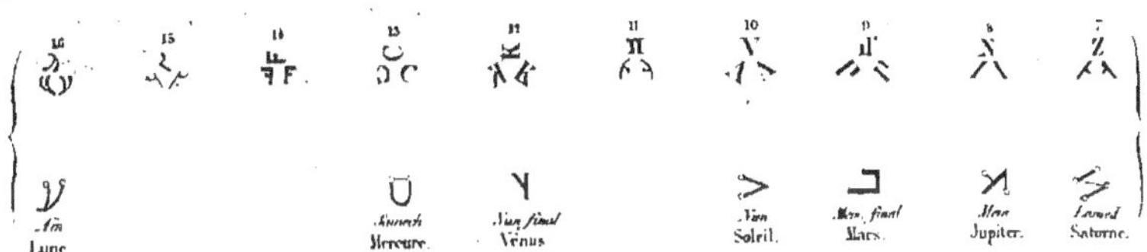

Il s'ensuivrait donc que, chez les néopythagoriciens, véritables inventeurs, ou du moins restaurateurs suivant nous, de ce système de signes musicaux, ce n'étaient plus précisément les cordes de la lyre qui se trouvaient assimilées aux sept planètes, mais bien sept différents *ternaires*, spécialement choisis parmi ceux qui composent la notation, de manière à satisfaire à plusieurs conditions remarquables que nous allons énumérer. D'abord, ces sept ternaires embrassent précisément tout le système des anciens modes rapportés par Aristide Quintilien (p. 22), à l'exception toutefois, de la *nète dorienne*, désignée par Ч, note qui, comme le témoigne Plutarque, est d'invention postérieure[1]. Ensuite, la mèse < du trope lydien, c'est-à-dire du trope fondamental de tout le système harmonique, auquel on avait l'habitude de comparer et de rapporter tous les autres tropes[2], se trouve justement comprise au nombre des trois sons affectés au soleil, conformément à ce que l'on a vu plus haut (p. 138). Puis, dix ternaires sont employés, nombre égal à celui des corps admis par les pythagoriciens pour composer le système de l'univers, savoir : les cinq planètes, le soleil et la lune, la terre et l'antichthone, et, en dixième et dernier lieu, le feu central, ou, suivant d'autres, le ciel des fixes. Une autre circonstance non moins notable est la disposition d'après laquelle les sept ternaires consacrés ainsi

[1] Nous devons cependant faire observer que ce dernier point serait contredit par une remarque faite dans la note A (p. 82), remarque d'après laquelle la note surajoutée serait au grave. Mais les auteurs de la nouvelle notation ont très-bien pu s'y méprendre.

[2] Tous les morceaux de musique ancienne qui nous restent sont écrits avec les seules notes du trope lydien; notre auteur lui-même n'en donne point d'autres; et c'est par une sorte d'exception que l'on trouve de plus, dans l'Hagiopolite, les notes du trope hypolydien.

aux planètes sembleraient avoir été espacés à dessein, comme pour simuler la disposition des nombres fondamentaux du diagramme de Platon :

1.2.3.4.*.8.9.*.*.27.

Enfin, un remarquable passage du XIVe livre de la Métaphysique d'Aristote (ch. VI et dern.) semble venir, comme pour sanctionner notre théorie. nous découvrir le fondement de cette singulière disposition : *ἴσον τὸ διάστημα ἔντε τοῖς γράμμασιν ἀπὸ του Α πρὸς τὸ Ω, καὶ ἀπὸ τῆς βόμβυκος ἐπὶ τὴν ὀξυτάτην νεάτην ἐν αὐλοῖς, ἧς ὁ ἀριθμὸς ἰσότης τῇ ὁλομελείᾳ τοῦ οὐρανοῦ*, c'est-à-dire, que *l'harmonie de l'univers embrasse tout l'alphabet* d'une part, et, de l'autre, *tout le diapason des sons que nos instruments peuvent rendre*. Et nous voyons, en effet, que les ternaires compris entre le septième et le seizième embrassent justement tout l'alphabet principal des notes vocales. Je ne dois pas négliger d'ajouter que la fin de la Métaphysique est arguée d'interpolation; or cette circonstance, loin de contredire notre théorie, est, au contraire, complétement en sa faveur[1].

Maintenant, il nous serait facile d'établir par un calcul, de représenter par un chiffre, l'énorme probabilité que des relations si bien coordonnées, quelque bizarres qu'elles paraissent au premier coup d'œil, ne sauraient être l'effet d'un pur hasard, si n'étaient les justes préventions que peut inspirer ce mode de raisonnement. Mais reportons-nous par la pensée à l'époque où la notation dont nous venons de faire l'analyse paraît avoir été fabriquée, et tâchons de nous pénétrer des idées qui déjà commençaient à envahir l'esprit humain. N'oublions pas, dis-je, que c'est à cette époque que les rêveries pythagoriciennes reprenaient un ascendant longtemps comprimé par l'influence de la philosophie péripatéticienne, alors que la *gnose* et la *kabbale* commençaient à se faire jour au milieu du chaos de l'école d'Alexandrie. Considérons enfin que nous sommes ici au plus fort du règne de l'astrologie judiciaire et des sciences occultes[2]; et alors, au

[1] Et le signe Π du 11e ternaire, signe qui n'est pas assujetti au *pivotement* (voir, au commencement de cette note, p. 126, ainsi que la fig. 1re), propriété négative qui lui est d'ailleurs commune avec le Z et le N du 7e et du 8e ternaire, cette lettre Π, dis-je, serait-elle là comme le sceau du maître, comme le symbole de l'addition d'une huitième corde que Pythagore intercala à cette place même (voyez la note supplém. aux fragments)? Cette idée, qui n'est pas plus bizarre que le reste, nous paraît tout à fait conforme à l'esprit général du système.

[2] Il n'est pas inutile de faire remarquer ici que, dans les *Cestes* de Julius Africanus, auteur du IIIe siècle (*Veteres mathem.* Paris, Impr. roy. 1693), on trouve (p. 279 et suiv.) les notes

TRAITÉS GRECS relatifs à la musique.

lieu de voir avec étonnement les bizarreries que présente la notation musicale pythagoricienne, nous reconnaîtrons que, à la juger *a priori* d'après les circonstances de son origine, elle ne pouvait pas être constituée autrement qu'elle ne le fut. (Voy. le Mémoire de M. Letronne *Sur l'origine grecque des zodiaques prétendus égyptiens*, Revue des deux mondes, 15 août 1837, et, du même auteur, les *Observations critiques sur l'objet des représentations zodiacales*. Paris, 1824.)

PREMIER SUPPLÉMENT A LA NOTE G.

SUR L'ORIGINE DE NOS CHIFFRES.

A l'appui de l'hypothèse par laquelle j'ai tâché d'expliquer (ci-dessus, p. 136 et suiv.) l'origine de la notation instrumentale, je crois devoir rappeler la théorie que j'ai cherché à établir dans le Journal de mathématiques de M. Liouville (t. IV, p. 261, juin 1839) sur l'*origine de nos chiffres*[1]; car les deux choses se servent mutuellement de preuve :

......Alterius sic
Altera poscit opem res.....

J'espère, toutefois, pouvoir compléter le premier aperçu que je donnai alors, au moyen d'un texte remarquable auquel on n'avait pas prêté l'attention qu'il mérite, surtout sous le point de vue spécial dont il est ici question.

J'ai d'abord énoncé (*loc. cit.*) cette proposition, que, suivant toutes les probabilités, *nos chiffres actuels*, qui ne sont pas, quoi qu'on en dise, les véritables chiffres arabes, *dérivent des* APICES *de Boëce*: il suffit, en effet, de renverser[2] la série présentant ces derniers caractères dans un manuscrit de la bibliothèque de Chartres, d'où M. Chasles les a extraits (*Aperçu historique*, p. 467 et suiv.), pour y reconnaître immédiatement presque tous ceux dont nous faisons actuellement usage.

On peut en juger par le tableau suivant, dans lequel je fais entrer en même temps les noms modernes de nos chiffres, c'est-à-dire les

musicales du trope lydien employées à la composition des talismans (cf. une communication que j'ai faite à l'Académie des inscriptions et belles-lettres, le 31 décembre 1841).

[1] Voir, sur mon Mémoire, un Rapport présenté à l'Académie royale de Metz, le 26 avril 1840, par M. Gerson-Lévy, et un Compte rendu de ce Rapport dans les *Archives israélites de France* (déc. 1840), par M. Terquem.

[2] Observons que, dans les manuscrits où les chiffres sont disposés horizontalement, ils le sont généralement de droite à gauche.

TRAITÉS GRECS relatifs à la musique.

nombres qu'ils représentent, et les noms qu'ils portent dans les manuscrits de Boëce :

Un.	Deux.	Trois.	Quatre.	Cinq.	Six.	Sept.	Huit.	Neuf.	Zéro.
I	Ꞇ	Ih	B	Ч	Ⴆ	Λ	8	σ	@
Igin.	*Andras.*	*Ormis.*	*Arbas.*	*Quimas.*	*Caltis.*	*Zenis.*	*Temenias.*	*Celentis.*	*Sipos.*

De plus, si l'on rapproche un certain passage, où Boëce attribue l'invention des chiffres aux pythagoriciens (*Géom.* liv. I), de deux autres que nous lisons dans la Métaphysique d'Aristote, et où il est dit : 1° que, chez une certaine secte de philosophes, *les idées et les nombres* étaient *de même nature* : *Ἔνιοι δὲ τὰ μὲν εἴδη καὶ τοὺς ἀριθμοὺς τὴν αὐτὴν ἔχειν φασὶ φύσιν* (Arist. *Metaph.* VII, II); et 2° que ces idées et ces nombres allaient *jusqu'à* DIX : *μέχρι τῆς δεκάδος ὁ ἀριθμὸς* (*Id.* XIII, VIII), il ne sera plus guère permis de douter que, sans le savoir, nous ne soyons véritablement en possession d'un système d'hiéroglyphes dans lequel on avait prétendu renfermer les propriétés occultes des nombres.

En effet, passons en revue chacun de ces caractères avec leurs dénominations respectives, et voyons si effectivement il n'existe pas une relation sensible, évidente même, entre leurs formes et leurs dénominations.

D'abord, *igin* ne vient-il pas de *ἡ γυνή*, *fœmina*, ou simplement de *γυνή*, auquel se sera réuni l'*apice* ou *chiffre* 1, que l'on aura pris plus tard pour la lettre I?

Ensuite, si le mot *igin* vient de *γυν*, *andras* pourrait-il ne pas provenir de *ἀνδρ*, *vir?* Nous voyons, en effet, dans les Θεολογούμενα τῆς ἀριθμητικῆς, que les pythagoriciens attribuaient au nombre 2 le *courage viril* : *εἴκαζον αὐτὴν* [*τὴν δύαδα*] *ἐν ἀρεταῖς ἀνδρείᾳ* (*Theol.* p. 7, éd. Ast.)

Cela concédé, il est difficile de ne pas reconnaître dans *ormis* un dérivé de *ὁρμή*, *saltus*.

Ainsi, dans le système qui a donné naissance à ces dénominations, si l'on ne peut se refuser à y voir une intention symbolique, *l'unité* est la *mère*, la *matrice* de tous les nombres, et *le deux* en est le *père*[1]. En effet, aucun nombre ne peut être produit sans passer par *un* et *deux*, sans que la mo-

[1] Cette idée de donner au principe femelle la prééminence sur le principe mâle paraîtrait un emprunt fait à l'Orient par quelque secte gnostique.

nade ne soit fécondée par la *dyade* : la *triade* est le résultat de leur première copulation.

TRAITÉS GRECS relatifs à la musique.

Le mot *arbas*, *quatre*, provient, suivant toute vraisemblance, de l'hébreu *arbah*, ארבע : c'est, du moins, le sentiment du savant Huet. Quant au chiffre lui-même, il présente, dans les manuscrits, bien des variétés, ꟑ, ꟒, ꟓ. Toutefois, en rapprochant et comparant ces diverses formes, on ne saurait méconnaître l'intention générale d'y figurer un *crochet*, une *clef*, symbole qui s'adapte parfaitement à la dénomination de *porte-clef de la nature*, κλειδοῦχος τῆς φύσεως, dénomination que, d'après Photius, les pythagoriciens donnaient au *quaternaire*. D'un autre côté, la fameuse *croix ansée* des divinités égyptiennes prend quelquefois, par suite de la position inclinée de sa boucle ou de son anneau, une forme qui se rapproche assez de notre chiffre 4 actuel, pour qu'il ne soit pas sans exemple que l'on ait confondu les deux figures [1]. Mais la *croix ansée* ne représente-t-elle pas aussi une clef, savoir la *clef de la vie divine, de la vie future*, ζωῆς ἐπερχομένης ? C'est une interprétation qui, je le pense, n'est nullement en désaccord avec l'état de nos connaissances sur la valeur de cet emblème [2]. La forme du 4 se trouve donc ainsi expliquée d'une manière qui doit paraître satisfaisante.

Afin de pouvoir pousser plus loin cette recherche, je dois mentionner ici un passage important du commentaire d'Olympiodore sur le Phédon [3], où il est dit que l'on distinguait spécialement *deux triades d'idées*, d'une part *le bon*, *le juste*, *le beau*; de l'autre, *la grandeur*, *la santé*, *la force* [4]. Or il me paraît que ce sont ces deux triades d'idées que l'on a voulu symboliser dans les nombres restants, de telle façon que *le juste* correspondît au 5, *le beau* au 6, *la grandeur* au 7, *la santé* au 8, et *la force* au 9. Quant au *bon*,

[1] Dans un mémoire *Sur l'origine et la signification de la croix ansée*, lu à l'Académie des inscriptions et belles-lettres, le 26 janvier 1844, M. Lajard était parvenu, sans connaître mon travail, à la même conclusion sur l'analogie qui paraît exister entre cet emblème et le quaternaire.

[2] Conf. Guigniaut, trad. de la *Symbolique* de Creutzer (t. I, p. 958), et Letronne, *De la croix ansée* (p. 24). — Cette opinion, que la croix ansée n'est autre chose qu'une véritable *clef*, a été soutenue par Mongez, d'après Caylus, dans le Dictionnaire d'antiquités de l'Encyclopédie méthodique, article *Clef*, et appuyée par lui de raisons qui me paraissent sans réplique. — La forme de cet emblème n'est-elle point d'ailleurs exactement, sauf l'anneau qui est remplacé par un cercle plein, celle du petit levier, de la bascule, que l'on adapte au loquet ordinaire de nos portes ?

[3] Ms. 1824, fol. 16; cf. aussi un article de M. Cousin, dans le Journal des Savants pour 1834, p. 432.

[4] Il est impossible de méconnaître les relations qui existent entre toute cette théorie et celle des dix *séphiroth* ou numérations de la kabbale, qui se groupent aussi par *triades* ou *trinités* (Frank, *La kabbale*, IIe partie, ch. III).

TRAITÉS GRECS relatifs à la musique.

il correspondrait au 4 ; mais celui-ci étant déjà, pour une raison majeure, identifié au quaternaire comme on l'a vu, il ne reste plus à considérer que les cinq autres, à commencer par le 5.

Or, «Si l'on écrit sur une ligne, disent les Θεολογούμενα τῆς ἀριθμητικῆς (p. 28), la progression des neuf premiers nombres,

1 2 3 4 5 6 7 8 9

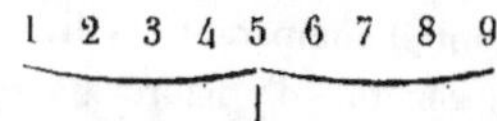

le 5 occupera le milieu de la ligne, en même temps qu'il sera le terme moyen de la progression [c'est-à-dire la neuvième partie de la somme totale]; de sorte que, si l'on compare la série des neuf nombres au fléau d'une balance en équilibre, le 5, continue l'auteur grec, sera justement le point de suspension. De là vient qu'il a reçu le nom de *justice*, Νέμεσις, δίκη, δικαιοσύνη[1]. »

C'en est assez, je pense, pour que l'intention de figurer par le chiffre 5, sous sa forme antique ꟸ, la potence qui supporte le fléau de la balance, ne puisse être douteuse pour personne, même quand Photius n'ajouterait pas aux dénominations précédentes celle d'ἀτάλαντα, *équilibre*.

Quant au nom de ce chiffre, *quimas*, il est évident que ce n'est encore, conformément au sentiment d'Huet, que le mot hébreu *chamesch*, חמש :

Significat quinos ficto de nomine Quimas,

dit la légende qui accompagne ces chiffres dans les manuscrits.

Passons au nombre *six*, nommé *caltis* dans le manuscrit de Chartres, et *chalcus* dans le manuscrit d'Arundel n° 343, du *British Museum;* cette dernière leçon est certainement la véritable[2], et je lui donne pour origine le grec χαλκοῦς : on va en voir la raison.

Les anciens, suivis en cela par les modernes, considéraient comme *parfait*, τέλειος, tout *nombre égal à la somme de ses diviseurs* (Euclide, liv. VII, déf. 22 ; Vitruve, III, 1). Or le nombre *six* est le premier ou le plus petit de ceux qui présentent cette particularité : ses diviseurs exacts sont 1, 2, 3, dont la somme fait bien 6. Mais le χαλκοῦς, unité de poids pour les Grecs, était, pour cette raison, un emblème naturel de la *perfection* ou de la *beauté*, conformément au dire des pythagoriciens, et suivant ces paroles du sage : « Omnia in mensura et numero et pondere perfecisti » (*Sap.* XI, 21). D'ailleurs, cette manière de voir se trouve pleinement confirmée par deux passages,

[1] Cf. Jambl. sur Nicom. p. 20 et 21.

[2] M. Jomard a adopté la même correction dans un mémoire qu'il a lu à l'Académie pendant les mois d'août et de septembre 1842.

TRAITÉS GRECS relatifs à la musique.

l'un de Cassiodore, l'autre de Pollux : « Le *sénaire* ou nombre *six*, dit le premier (Var. liv. I, Ép. x), que la docte antiquité a, non sans raison, déclaré nombre parfait, a été appelé ONCE, *uncia*, parce que l'once est le premier degré de la mesure. » Puis : « Le mot *once*, οὐγγία, dit Pollux (liv. IX, chap. VI), est un mot sicule qui a pour synonyme, dans la langue grecque, le mot *chalcus*, χαλκοῦς. » L'interprétation de ce dernier mot et son application au nombre *six* comme symbole de la *perfection* et de la *beauté* sont donc complétement justifiées [1] :

Sexta tenet Calcis (Chalcus) perfecto munere gaudens.

Quant à la forme du chiffre, elle se compose de deux parties essentielles, I et ◘, que l'on trouve ordinairement réunies dans les manuscrits en un seul trait cursif et continu, de différentes manières Ⅰ◘, P, mais aussi quelquefois, dans de très-anciens manuscrits, séparées [2] de cette façon I◘; et je crois que l'intention des inventeurs a été de représenter ainsi *la mesure et le poids* : « in mensura et pondere omnia perfecisti. »

Continuons : *zenis*, qu'il faut, selon Huet, lire *zevis*, ou mieux *zebis*, n'est encore que l'hébreu *schiba*, שבע, *sept*; mais, quant au chiffre Λ, qui doit, en suivant le passage d'Olympiodore, symboliser la *grandeur*, ne représente-t-il pas le *compas*, καρκίνος, ainsi nommé sans doute à cause de la marche oblique qu'on lui imprime pour mesurer une suite de longueurs égales sur une même direction?

Nous en sommes à *temenias*, mot remplacé qar *zementas* dans le manuscrit d'Arundel. Le premier de ces deux mots vient directement du chaldéen תמניא, *temania*, et le second de l'hébreu שמנה, *schemonah*, dont tous les autres dérivent : c'est le nom du *huit*. Pour ce nombre, les triades d'Olympiodore nous donnent la santé, ὑγίεια, source de bonheur :

Octo beatificos Temenias exprimit unus.

Or, dans la forme du caractère, n'est-il pas raisonnable de voir en conséquence le *serpent*, attribut d'*Esculape*? et ne serait-ce pas pour cette raison aussi que le nombre *huit* aurait reçu des pythagoriciens, comme le témoigne Photius, le surnom de Καδμεία, par allusion à Cadmus changé en serpent?

[1] On trouve *termas* dans certains manuscrits (Halliwell, *Two essays*, etc., page 6). Ce mot présentera le même sens de perfection, si on le fait venir de τέρμα, *limite*, comme nous employons le mot *fini* dans le sens de *parfait*.

[2] Je renvoie, pour ces détails sur les variétés que présente la forme des chiffres, à l'histoire de l'arithmétique dont M. Chasles s'occupe en ce moment; c'est à cet honorable savant que j'en suis redevable.

TRAITÉS GRECS relatifs à la musique.

Maintenant, le *neuf* doit représenter la force et la puissance. Cette destination, en effet, se trouve parfaitement remplie par la forme ithyphallique que lui donne le manuscrit. Quant à son nom *celentis*, il est naturel de le faire dériver de ἀθήλυντος[1], *ineffœminatus*, *virilis*, dénomination que les anciens pythagoriciens attribuaient au quaternaire, et qui se trouve aussi convenablement appliquée au nombre *neuf*, carré ou *puissance*, δύναμις, du nombre *trois* que nous avons reconnu comme étant le premier produit engendré par la monade et la dyade.

Enfin, nous arrivons au *zéro :*

> Hinc sequitur Sipos[2] est qui rota namque vocatur.

Ce chiffre est-il aussi ancien que les autres? La négative n'est pas douteuse, bien que le vide, τὸ κένον, figure déjà, dans Aristote (*Métaph.* XIII, VIII), parmi les productions des dix premiers nombres. En effet, on n'eut aucun besoin du zéro tant que les calculs s'exécutèrent au moyen de l'*abacus*[3], tableau couvert de poussière que l'on préparait à l'avance en y traçant des lignes :

> Abaco numeros et secto in pulvere metas
>
> (Perse, *Sat.* I, v. 131);

ce n'est que quand on reconnut la possibilité de supprimer ce tableau

[1] On ne s'étonnera sans doute pas de voir la voyelle initiale disparaître d'un mot qui a dû passer successivement du grec en hébreu et de l'hébreu en latin. Au reste, le système des dénominations dont il est question ici a subi bien d'autres transformations : M. Munk les a retrouvées écrites en caractères hébraïques dans le man. 189 du fonds de l'Oratoire; mais elles y sont évidemment transcrites du latin, et tellement défigurées d'ailleurs, que le mot ארבע, par exemple, est changé en ארבאש, חמש en כימאש, שבע en זימיש, שמנה en זימניאש; et ainsi des autres. Il arrive ici à peu près la même chose que pour la Métaphysique d'Aristote, qui passa d'abord du grec en syriaque, hébreu, arménien, ou latin; puis de ces langues en arabe; puis de rechef de l'arabe en hébreu, arménien, ou latin (voyez Pierron et Zévort, *Traduction de la Métaphysique d'Aristote*, p. CXXVIII; et Jourdain, *Recherches sur les traductions latines d'Aristote*, passim.

[2] C'est peut-être *siphos*, de סף *vase*, d'où σιφνός ou σιφλός, *vide*, σίφων, *tube*, *pompe*.

[3] Suivant Étienne Guichart (*Harmonie des langues*), *abacus* vient de *abaq*, אבק, *poussière*, comme semble le confirmer un passage du Talmud (traité du *schabath*, ch. *habonch*, p. 104 de l'édition in-fol.), passage que m'a communiqué M. le docteur Terquem, et où il est dit : « Celui qui écrit avec son doigt sur l'*abaq* des savants et sur l'*abaq* des chemins, etc. » (Cf. Lambert-Bos, *Animadv.* p. 76, et *Journ. des Sav.* 1839, p. 643, un article de M. Naudet.)

Il n'est pas douteux que la véritable *table de Pythagore*, *mensa pythagorica*, ne soit l'*abacus*, et non le *tableau des multiples*, auquel nous donnons à tort le nom qui convient à l'*abacus*. Le *tableau des multiples*, c'est-à-dire notre *table de multiplication*, se trouve dans l'Arithmétique de Nicomaque (p. 96), qui n'eût pas manqué, lui pythagoricien, d'en faire honneur à son maître, si c'eût été là la fameuse table de Pythagore; or il ne dit rien de semblable.

préparé à l'avance, et la facilité de calculer de même sur toute espèce de surface, que l'on se trouva conduit à inventer un caractère de plus pour tenir lieu des places vides de l'*abacus*. On employa d'abord, soit un petit carré pour figurer le carré vide, soit un simple *point* comme on le voit dans Alséphadi; mais, à la place de ce carré ou de ce point, on se vit bientôt amené à adopter un signe plus simple ou plus saillant; et le cercle vide se présenta assez naturellement : « Quod [punctum] ut magis appareret, dit « Huet, insigniusque fieret et crassius, circumducto in circulum calamo « spatium inane properantia primum deinde consuetudine relictum est. » Ce cercle fut nommé par les uns, *sipos*, *rota*, *galgal*, גלגל[1]; par les autres, *tsiphra* (de צפר, *couronne* ou *diadème*) ou *ciphra* (de ספר, *numération*); mais le mot *ciphra* étant venu à perdre sa signification spéciale pour en acquérir une générique, c'est-à-dire le mot *chiffre* ayant fini par être employé à représenter chacun des neuf nombres indistinctement, on lui substitua alors, dans sa signification spéciale, le synonyme *zéro* (de זר, *zer*, *cercle*, *auréole*, *couronne*)[2].

TRAITÉS GRECS relatifs à la musique.

Il me paraît vraisemblable et conforme à l'histoire, que le mot *algorismus*, usité au moyen âge pour désigner notre système d'arithmétique, et introduit dans la langue à peu près à la même époque où le *zéro* a commencé à être employé, fut inventé pour caractériser ce passage du calcul sur l'abacus au calcul sur la membrane, de עור, *ghor*, *membrane*, *parchemin*[3].

CONCLUSION ET RÉSUMÉ.

1° Notre système d'arithmétique paraît dériver de celui des Grecs, réduit toutefois à l'emploi de neuf caractères symboliques.

2° Cette importante transformation paraît s'être opérée au commencement de notre ère, si ce n'est à l'école même d'Alexandrie, du moins sous l'influence des doctrines qui y florissaient, et vraisemblablement au moyen d'éléments plus anciens empruntés à l'Orient.

[1] Les Juifs font le zéro de cette manière ט; et, quand plusieurs zéros sont de suite, ils les lient ainsi par un trait continu : טטטטט. *Le galgal est comme la paille poussée par le vent*, dit Ibn-Esra dans son traité d'arithmétique intitulé *Sepher Hamispar* (ms. hébreu de la Bibliothèque royale, n° 449; — v. une Notice sur ce manuscrit, par M. le docteur Terquem, dans le Journal de mathématiques de M. Liouville, tome VI).

[2] M. de Paravey (*Essai sur l'origine des chiffres, etc.* p. 105) fait venir ces mots de l'arabe *tsiphron-zéron*, c'est-à-dire *tout à fait vide*. — Notons encore que la première des dix *séphiroth* porte un nom, *keter*, כתר, qui signifie également *couronne*, et qui n'est vraisemblablement pas sans analogie avec l'étymologie que nous avons attribuée au mot *zéro* (cf. Duret, *Trésor des langues*, p. 180).

[3] Quant à la particule *al*, nous avons, pour en justifier l'addition, l'exemple du mot *almageste*.

3° Le nouveau système dut prendre bientôt faveur, particulièrement auprès des juifs hellénisants et des rabbins, auprès des gnostiques et des kabbalistes dont il flattait les spéculations [1]; et c'est par leur moyen qu'il se propagea dans les écoles d'Occident, où, toutefois, il ne reçut que des développements bornés.

4° D'un autre côté, il fut colporté, à l'aide des relations commerciales, surtout par les marchands et les médecins juifs, en Orient et principalement dans l'Inde; et c'est là que les Arabes, le trouvant établi, lui donnèrent le nom de système indien, de même qu'en Occident, le vulgaire, voyant l'usage des chiffres généralement adopté parmi eux, imposa à ces caractères la qualification de *chiffres arabes*.

5° L'emploi n'en devint universel en Occident qu'après la conquête des Arabes et sous l'influence de leur domination.

6° Enfin, l'invention du zéro marque une phase distincte dans l'histoire de l'arithmétique; elle est postérieure à celle des autres chiffres; elle caractérise le passage du système de l'abacus à celui de l'algorithme, du calcul sur le tableau au calcul sur la membrane.

(Voyez derechef les deux *mémoires* de M. Letronne, auxquels nous avons déjà renvoyé, à la page 143.)

2e SUPPLÉMENT A LA NOTE G.

SUR L'ALPHABET CÉLESTE.

Une note spéciale nous paraît due à Gaffarel, qui, parmi les promoteurs chrétiens de l'alphabet céleste, se distingue, dit avec raison Bangius (p. 138), « velut inter stellas luna minores. »

Gaffarel cite, à propos de cet alphabet, outre les RR. Capol et Abjudane (p. 632), un certain R. Éliahou Chomer, traducteur hébreu d'un astrologue persan nommé Hamahalzel (p. 97 et 98, 428, 632, 644, etc.), et à qui il dit (p. 644) avoir emprunté son alphabet. L'un et l'autre de ces auteurs paraissent, sauf les citations de Gaffarel, être restés complétement

[1] Cela explique le caractère de la nomenclature des chiffres, mi-partie d'hébreu et de grec corrompu.

Ajoutons que les dénominations hébraïques représentent littéralement les nombres, tandis que les autres seules sont de nature symbolique.

Au surplus, « pythagoriciens et cabalistes, dit Reuchlin (*De arte cabalistica*, liv. III), sont tous gens de même farine. »

TRAITÉS GRECS relatifs à la musique.

inconnus. Mais leur existence n'en est pas moins admise sans contestation par Wolf (*Biblioth. hébr.*); par Basnage (*Hist. des Juifs*, Rotterdam, 1716, t. II, p. 1030); par Grég. Michaëlis, traducteur latin et commentateur de Gaffarel (*Notæ in Gaffarelli curiositates*, Hambourg, 1676, p. 481); par Sorel, qui, sous le nom de de l'Isle (*Des talismans, etc.*, par le S^r de l'Isle, Paris, 1636), a réfuté les Curiosités inouïes; par P. F. Arpe (*De prodigiosis naturæ et artis operibus*, Hambourg, 1717, p. 105; *id. Feriæ æstivales*, 1726, p. 16); par Grotius (*Annot. ad lib. IV regum*, cap. xx), etc., etc. L'obscurité dans laquelle les noms de ces deux auteurs sont demeurés ne serait point, en effet, une raison valable pour se refuser entièrement à croire à leur existence. L'histoire n'offre que trop d'exemples de ce genre d'oubli; et celui-ci serait peut-être suffisamment expliqué par l'époque où florissait ce rabbi Chomer, quoique contemporain de Gaffarel, qui le regarde comme *un des Hébreux sensés de son temps* (*Cur. in.* p. 644). « Vivant furtivement, » dit M. Arthur Beugnot, faisant l'histoire des persécutions qui ont précédé le XVIe siècle (*Les Juifs d'Occident*, 3e part. p. 246), « Vivant furtivement, poursuivis par les princes, proscrits par les lois, ils [les rabbins] avaient perdu, non-seulement toute considération, mais même tout état; et ce n'est pas quand un peuple est flétri par des préjugés outrageants... » qu'il peut songer à laisser après lui des monuments[1] littéraires.

Quoi qu'il en soit, il est certain que Gaffarel, qui avait parcouru, par ordre de Richelieu, l'Italie, la Grèce, et tout le Levant, pour y recueillir des manuscrits dont il avait rapporté une ample moisson, était en position d'apprendre bien des choses dont la connaissance a pu périr avec lui.

Quant à accuser Gaffarel de mauvaise foi, lui, l'ami et le collaborateur de Naudé, qui lui dédia sa Biographie politique, comment pourrait-on y songer? D'ailleurs, une réflexion bien simple suffit pour démontrer qu'il ne saurait y avoir lieu de concevoir ici le moindre soupçon d'imposture. L'ouvrage de Gaffarel a subi, comme on l'a vu, plusieurs réimpressions et traductions; il a été cité par plusieurs auteurs contemporains, commenté, tourné en dérision, réfuté dans toutes les formes quant aux opinions de l'auteur sur les propriétés des talismans et le langage des étoiles, absurdités auxquelles il a eu la faiblesse et le tort de croire. Mais ce n'est pas tout encore, les Curiosités inouïes furent censurées par la Sorbonne (en 1629), et,

[1] La superstition a pu détruire beaucoup de ces monuments; ainsi, dans le ms. grec 1603, les fol. 326 et 327, qui contiennent encore des signes célestes, ont été lacérés.

TRAITÉS GRECS relatifs à la musique.

par suite, l'auteur obligé de se soumettre à une rétractation. Or, dans tout le cours de ces longues et nombreuses vicissitudes, pas une seule apparence de dénégation ou de doute sur l'existence de R. Chomer, cité cependant lui-même comme auteur contemporain. Et enfin (ce qui est bien plus fort) à quoi se réduit la rétractation de Gaffarel? à jurer qu'il n'a pas avancé un mot qui ne se trouve dans les auteurs arabes et hébreux : « Nunquam fuisse « animum nisi narrandi tantum referendique velut varie collectas ex Arabum « Hebræorumque libris opiniones. »

Je crois devoir ajouter ici que plusieurs savants israélites, qui passent avec raison pour être aujourd'hui la lumière de leurs coreligionnaires, M. Zunz à Berlin, Rapoport à Prague, Reggio à Goritz, Munk, Frank, Terquem à Paris [1], ont été consultés sur l'origine de l'alphabet céleste et l'existence du rabbi Chomer; mais toutes mes démarches, dans cette direction, sont demeurées sans résultat.

Est-ce là, je le répète, une raison concluante pour se refuser à croire à la réalité de ce rabbin et de son unique manuscrit? Non certainement. Il existe en ce genre des faits bien plus étonnants que l'oubli où l'un et l'autre sont tombés. Ainsi, pour n'en citer qu'un exemple, on sait qu'un des plus profonds mathématiciens du XVIIe siècle, contemporain, ami, émule de Pascal, a écrit sur la géométrie plusieurs ouvrages. Ces ouvrages, multipliés par la presse, ont fait, dans le temps, l'admiration du monde savant; ils sont cités, commentés, combattus ou défendus par plusieurs auteurs que nous avons encore entre les mains [2]. Eh bien, je le demande sans espérer de réponse,

Le vrai peut quelquefois n'être pas vraisemblable,

je le demande, qui pourrait montrer aujourd'hui, dans une bibliothèque publique ou particulière, une seule page d'un seul exemplaire d'un seul des ouvrages de Desargues?

Quoi qu'il en soit de tout cela, l'identité des notes instrumentales de la musique grecque et des caractères de l'alphabet céleste n'en reste pas moins, je le pense, un fait acquis à la science, et qu'aucune négation ne saurait atteindre.

[1] Je saisis avec empressement cette occasion pour remercier les savants que je viens de citer, auxquels je dois joindre l'illustre professeur M. Étienne Quatremère, des intéressantes communications qu'ils ont bien voulu me faire, et que je regrette de ne pouvoir rapporter ici. Une consultation que j'avais adressée à M. Luzzato, à Padoue, est restée sans réponse.

[2] Chasles, *Aperçu historique de l'origine des méthodes en géométrie, etc.* passim.

TRAITÉS GRECS relatifs à la musique.

NOTE H.

SUR LES DEUX GENRES DE NOTES, VOCALES ET INSTRUMENTALES. — À CETTE OCCASION, EXAMEN DE LA MUSIQUE DE LA PREMIÈRE PYTHIQUE DE PINDARE. — COMPARAISON DE CETTE MUSIQUE AVEC LE CHANT DE LA PROSE *LAUDA SION*. — DISCUSSION DU SYSTÈME DE MÉTRIQUE DE M. BOËCKH.

(IIe Traité, § 11.)

Nous avons à examiner ici un passage important du § XI, où il s'agit des deux sortes de *notes musicales* qu'employaient les Grecs, les unes pour la voix, les autres pour les instruments. Ce passage (p. 35) est assez obscur, et l'on ne saurait s'en étonner, puisque l'auteur veut y prouver une chose dont les procédés de la musique moderne nous démontrent la fausseté, savoir : la nécessité d'une distinction entre la forme des notes vocales et celle des notes instrumentales. Quoi qu'il en soit, Meybaum en a essayé, dans ses Prolégomènes, une traduction latine qui diffère sensiblement de notre interprétation; mais ce qui doit nous rassurer sur cette divergence, c'est que lui-même ne paraît pas avoir une grande confiance dans la signification qu'il attribue aux expressions de l'auteur grec : *Hæc*, dit-il, *minus scite cohærent*. Le mot στίξις, en particulier, que nous considérons comme représentant ici toute *note* de musique, est traduit par Meybaum : *puncti in medio litteræ positio;* nous ne saisissons pas ce que l'on peut induire de là pour l'interprétation du passage en question.

Au surplus, il nous semble que l'on reconnaît assez bien ici les procédés usités dans nos églises pour le chant des psaumes. Un instrumentiste donne d'abord le *ton* pour l'intonation du premier verset[1], et le chœur se dirige en conséquence. Il suffit d'ailleurs que les notes soient écrites sous ce premier verset; et, pour les suivants, on modifie la série et l'étendue de ces notes suivant les paroles et la prosodie. On peut encore, plus simplement, adopter une formule indépendante des paroles, comme, chez nous, ce que l'on appelle l'*intonation*, la *médiation*, l'ÉVOVAÉ, et, dans l'Église grecque, les ἀπηχήματα, tels que αγια, νεανες, etc.

Il nous paraît hors de doute que ces sortes de formules étaient précisément ce que l'on nommait νόμοι, *lois*, *règles de chant*[2], comme je l'ai énoncé dans la communication citée, p. 126, note 2.

[1] Ἰδίαν ἀρχὴν τῆς ἀναγνώσεως λήψεται τὸ μέλος (cf. l'énoncé d'un problème d'Aristote, à la fin de la note D).

[2] Le mot *neume* est encore usité dans la liturgie, pour désigner une phrase de chant dépourvue de paroles, que l'on intercale à la

TRAITÉS GRECS relatifs à la musique.

Cette assertion sur la nature des *nomes* me paraît complétement démontrée par plusieurs passages d'auteurs anciens, notamment par un fragment de la *Chrestomathie* de Proclus conservé dans Photius (cf. Hephæst. *Enchir. cur.* Th. Gaisford, p. 382), et par l'énoncé d'un problème d'Aristote (§ XIX, probl. 15). En effet, d'après ce que l'on peut conclure de ce dernier document, le *nome* était une sorte d'air que chantaient des personnages isolés, et sur lequel on improvisait, je ne dirai pas des variations, mais des développements plus ou moins étendus, tant sous le rapport de la mélodie que sous celui des paroles. Le chant de la préface de la messe peut nous en donner une idée[1]. Mais, pour apporter un exemple plus spécial, je prendrai la musique du commencement de la première pythique de Pindare, découverte par le P. Kircher dans un couvent de Sicile[2]. Comme, d'ailleurs, ce morceau présente plus d'une sorte d'intérêt, j'entrerai à son sujet dans quelques détails.

On sait que les strophes et antistrophes de l'ode en question comprennent, si l'on s'en tient au mode de division des anciens scoliastes, chacune *douze vers* que l'on peut grouper en *trois quatrains*. Or la musique dont il s'agit se compose de deux périodes mélodiques successives, dont l'une s'applique au premier quatrain et l'autre au second, et cela avec plusieurs circonstances remarquables.

D'abord, les notes qui accompagnent le premier quatrain sont des notes vocales, tandis que celles du second sont des notes instrumentales, précédées d'ailleurs de cette annotation : *χορὸς εἰς κιθάραν*. Or ne semble-t-il pas contradictoire que les notes instrumentales soient appliquées aux paroles? Si la voix devait être accompagnée à l'unisson par la cithare, il suffisait d'en faire mention, en continuant, ce qui était naturel, d'employer les notes vocales. Il est évident qu'en supprimant celles-ci, c'est comme si l'on eût dit : « Pour les notes vocales, voyez ci-dessus; » et cela étant, c'est donc qu'alors les mêmes notes vocales s'appliquent aux paroles des deux quatrains, nonobstant la différence totale de mesure et de quantité.

Mais, ce premier résultat une fois admis, une autre particularité se pré-

fin des répons dans les grandes solennités; mais il y a, sans doute, confusion entre cette sorte de *neumes* et les notes musicales employées au moyen âge, notes également nommées *neumes*, de *πνεῦμα*.

[1] Voyez, à cet égard, un passage remarquable de l'Histoire générale de la musique, par M. Adrien de Lafage (tom. II, p. 190).

[2] Voir sa *Musurgie*, t. I, p. 541; *Mémoires de l'Acad. des inscr.* t. V, p. 202; Boëckh, *De metr. Pind.* p. 266; Henri Martin, tom. II, p. 34.

TRAITÉS GRECS relatifs à la musique.

sente. Pour la bien reconnaître, faisons un instant abstraction du nombre, de la qualité et de la quantité des syllabes, en un mot, du mètre ainsi que des paroles; et ne considérons que les notes musicales sous l'unique rapport de leurs degrés respectifs d'acuité et de gravité. Alors, si l'on vient à placer en regard les unes des autres les notes qui appartiennent au premier quatrain et celles qui appartiennent au second, on voit tout de suite qu'elles forment un *contre-point à la tierce* mélangé de quelques unissons[1]. Il paraît donc naturel de penser que, sauf la mesure propre aux paroles de chacun des deux quatrains, la musique du second n'est que l'accompagnement du premier; et l'on a ainsi l'explication de ce distique si connu d'Horace, dont nous avons déjà fait mention dans la note A : *Sonante mistum, etc.*, ainsi que la vérification du commentaire que Burette en a donné dans le tome IV des Mémoires de l'Académie des inscriptions et belles-lettres (p. 121)[2].

[1] Voir la communication déjà citée p. 126 et 154.

[2] Ce résultat est en contradiction formelle avec le système soutenu par M. Henri Martin dans ses Études sur le Timée (t. II, p. 1 et suiv.); mais, lorsqu'il écrivit, cet estimable auteur ne connaissait pas le rapprochement que nous venons de présenter à nos lecteurs. Au surplus, dans cette question de la symphonie des anciens, il ne peut y avoir de discussion que sur la nature des intervalles employés; car, quant à l'existence même de la symphonie, c'est-à-dire à la production simultanée de divers sons consonnants, une foule de textes la constatent surabondamment : Ἀλλὰ μὲν μέλη τῶν χορδῶν ἰεισῶν, ἀλλὰ δὲ τοῦ τὴν μελῳδίαν ξυνθέντος ποιητοῦ (Plat. *De leg.* VII, p. 812).

> Ut satis impulsas tentavit pollice chordas,
> Et sensit varios, quamvis diversa sonarent,
> Concordare modos, etc.
>
> Ovid. *Métam.* liv. X, v. 145.

— « Primus Hyagnis in canendo manus discapedinavit; primus duas tibias uno spiritu animavit, primus lævis et dextris foraminibus acuto tinnitu et gravi bombo concentum musicum miscuit » (Apulée, *Florid.* liv. I). — Ce dernier passage nous explique clairement l'usage de la double flûte, et nous apprend que les sons de la flûte droite accompagnaient au grave les sons de la flûte gauche. C'est ce que confirment d'ailleurs Pline (liv. XVI, chap. XXXVI) et Théophraste (*Hist. plant.* lib. IV) : τὴν μὲν πρὸς τῇ ῥίζῃ ἀρισ7ερὰν εἶναι, « *lævæ tibiæ convenire* « *eam partem arundinis quæ terræ et radici* « *vicinior est;* » τὴν δὲ πρὸς τοὺς βλασ7οὺς δεξίαν, *cacumen dextræ.* — Voici maintenant un passage de Diomède qui semble bien prouver que ce qui avait lieu pour la double flûte avait aussi lieu pour les voix : « Si quando, dit-il, monodio « agebat, unam tibiam inflabat [artifex]; si « quando synodio, duas tibias. » Or pourquoi deux flûtes d'accompagnement, si les deux voix eussent chanté à l'unisson ou à l'octave? (Voy. dans les fragments, le deuxième fragment de l'Hagiopolite. Voy. aussi Boulanger, *De theatro*, liv. II, chap. XXII, XXV, XXVIII; et Barthol. *De tibiis*, p. 49, Rom. 1677.) — Je passe entièrement sous silence ce qui est relatif à l'orgue, me contentant de renvoyer à Vitruve (X, XIII), à Héron d'Alexandrie (*Math. vet.* p. 227), à Tertull. (*De anima*), à Claudien (cf. Voss. *De poematum cantu*, p. 105), à Publ. Porph. Opt. (voir la note C).

Voyez encore le Pseudo-Aristote, *De mundo* (ch. VI), Sénèque (Épit. 84), Maxime de Tyr (Dissert. 16).

Bojesen, dans son commentaire sur le pro-

TRAITÉS GRECS relatifs à la musique.

En résumé, donc, nous pensons que la formule ou le thème musical, ou le *nome* donné, en le supposant réellement à deux parties, peut être représenté comme il suit :

THÈME [1].

FIGURE 1.

Alors, les deux premiers quatrains se trouveront reproduits dans les deux parties et avec toutes leurs notes déjà connues, ainsi que le troisième quatrain [3], de la manière suivante :

blème 39 d'Aristote (voir la page 108 de son ouvrage), admet que l'accompagnement, après avoir employé des accords variés, ainsi que divers ornements mélodiques, même des dissonances qui contrarient l'oreille, λυποῦσι, finit à l'octave de la voix : notre ode est une confirmation de cette manière de voir.

[1] Ce morceau est dans le mode dorien, genre diatonique; et ses notes appartiennent toutes au trope lydien, système conjoint.

Dans l'hypothèse où la mèse du trope lydien est un *fa* dièse, comme on le pense ordinairement (voir la note F), les notes musicales modernes sont ici transposées à la septième aiguë, et, par suite, le morceau se trouve écrit en *ré* mineur, ce qui, vu l'absence du *si* bémol, simplifie la clef. On obtient la même simplification en ne transposant que d'une quarte et écrivant le morceau en *la* : c'est ce que nous ferons pour le chant de la pythique même (ci-contre). La clef de *fa* sur la 3ᵉ ligne, avec un dièse, posée derrière la clef de *sol*, servira, si on le veut, à remettre le morceau dans son véritable ton, c'est-à-dire en *mi* (ou plus exactement à l'octave grave du véritable ton). — (Voy. p. 40, n. 2.)

[2] Au lieu de la note <, qui donne un *mi* pour la cithare, le grec porte un V, c'est-à-dire un *fa*; c'est, du reste, la seule correction que je me sois permise.

[3] La musique était sans doute la même pour toutes les strophes et les antistrophes; alors il ne manquerait, pour compléter la musique de l'ode entière, que celle de l'épode.

FIGURE 2.

PREMIÈRE STROPHE DE LA PREMIÈRE PYTHIQUE DE PINDARE.

TRAITÉS GRECS relatifs à la musique.

Nous n'insistons pas en ce moment sur les conséquences que l'on peut tirer de ce résultat, relativement à la manière dont les Grecs pratiquaient ce que nous nommons en langage moderne *l'harmonie :* nous y reviendrons plus tard. Nous pouvons cependant, sans nous écarter de l'objet qui est spécialement en question, faire ici remarquer, en passant, comment, sur une formule de chant donnée, λῆψις (voir le paragraphe de la *mélopée*, p. 42), on peut placer des paroles de toute sorte de mesure en modifiant convenablement les longueurs des notes, χρῆσις ; et peut-être ne sera-t-il pas trop hasardé de voir, dans ce mode de composition à deux parties, la dernière des trois sections de la mélopée, μίξις. Quoi qu'il en soit, ce n'est pas sous le rapport de la mélopée que nous voulons en ce moment nous occuper de ce morceau : présentons d'abord quelques observations auxquelles il donne naturellement lieu, sous ceux du mètre et du rhythme.

Or si, dans la transcription précédente, nous avons adopté le rhythme égal ou à deux temps, ce n'est pas que nous n'eussions pu employer également le rhythme double ou à trois temps. Peut-être même un rhythme déterminé, quel qu'il fût, devrait-il être entièrement rejeté ; car, d'après le passage de Proclus déjà cité, c'était par une sorte d'exception que le *nome* admettait parfois le rhythme, ce qui le distinguait du *dithyrambe*. Quoi qu'il en soit, nous ne croyons pas pouvoir nous dispenser d'exposer les raisons pour lesquelles nous ne saurions adopter le rhythme auquel ce chant de Pindare se trouve soumis dans le savant ouvrage de M. Boëckh (*De metris Pindari*, p. 268). L'illustre auteur part de ce principe (liv. I, c. XVIII), que si, en passant d'un pied à un autre, les valeurs relatives des longues et des brèves peuvent varier suivant la *rhythmopée*, il n'en est pas moins vrai que, dans un même pied, les brèves sont égales entre elles, et chaque longue invariablement double de chaque brève. Sur ce point, les compatriotes du savant commentateur, MM. Apel, Feussner, ont adopté un avis tout contraire au sien, et ont, je pense, pleinement raison contre lui. En effet, en admettant que le principe énoncé dût être strictement observé, non-seulement dans la métrique, mais même dans la rhythmique (voir la note N), condition à laquelle il est facile de satisfaire quand il s'agit *à priori* de composer un chant, la difficulté est tout autre lorsque l'on veut déterminer le rhythme qui convient à une mélodie donnée. Car, qu'y a-t-il de plus arbitraire que la division d'un vers en pieds, surtout quand on admet la faculté d'employer les *anacruses*, les *bases*, *ekbases*, *etc.*, *etc.*, non-seulement au commencement et

TRAITÉS GRECS relatifs à la musique.

à la fin, mais dans le milieu même du mètre? non-seulement isolées, mais répétées [1]? Comment distinguer, par exemple, un vers *iambique* d'un vers *trochaïque catalectique avec anacruse*, ou *vice versa*, si l'on ignore comment, dans les intentions de l'auteur, et d'après la nature du chant qui pouvait y être adapté, l'*arsis*, la *thésis*, les *césures*, s'y trouvaient distribuées? Et que sera-ce encore, si l'on n'est même pas sûr des limites qui séparent les vers? Il faudrait que le principe de M. Boëckh ne pût être mis en défaut par aucun mode possible de décomposition des vers; c'est-à-dire, puisque le mode de division est entièrement arbitraire, que, sans aucune exception, chaque brève devrait être moitié de la longue qui la précède et de la longue qui la suit, chaque longue, être double de la brève qui la précède et de la brève qui la suit; mais alors la mesure rhythmique ne serait plus autre chose que la mesure métrique; en d'autres termes, il n'y aurait plus proprement de rhythme.

D'ailleurs, en admettant même que le problème de la division en pieds de vers lyriques tels que ceux de Pindare n'admît qu'une solution unique parfaitement déterminée, et ne laissât prise à aucun arbitraire, nous pouvons invoquer une multitude de passages d'auteurs anciens, qui prouvent, avec la dernière évidence, que jamais ce rapport métrique de la quantité des syllabes longues et brèves, c'est-à-dire le rapport conventionnel *de deux à un* n'a été admis dans la rhythmique. Qu'il nous suffise de citer quelques-uns de ces passages [2].

Longin (*fragment III*) : Ἔτι τοίνυν διαφέρει ῥυθμοῦ τὸ μέτρον, ᾗ τὸ μὲν μέτρον πεπηγότας ἔχει τοὺς χρόνους μακρόν τε καὶ βραχὺν, ... ὁ δὲ ῥυθμὸς,

[1] Les métriciens allemands, d'après Hermann, nomment *anacruse* une syllabe initiale qui ne compte pas dans un pied ou dans un vers (voir la note N). Ils nomment *base* un pied ïambique ou autre qui ne compte pas dans la mesure du vers (voir Boëckh, p. 112); ce pied parasite peut être répété (*id.* p. 112 et 113); et M. Boëckh nomme *ekbasis* un semblable pied pris à la fin du vers (*ibid.*). Telle n'est pas la véritable signification du mot *base* suivant les anciens: Marius Victorinus (p. 2489): « Græco sermone duorum pedum copulatio « *basis* dicitur. »

[2] Sur ce sujet, l'on trouvera d'autres développements encore dans une dissertation de M. le docteur H. Feussner, qui a pour titre : *De antiqaorum metrorum et melorum discrimine* (Hanau, 1836). Cet ingénieux mémoire est, parmi ceux parvenus à notre connaissance, celui qui nous a paru contenir les idées les plus nettes et les plus exactes sur la rhythmique ancienne. Nous nous félicitons de nous être trouvé d'accord avec l'auteur sur tous les points capitaux, et de ne nous écarter de son opinion que dans quelques détails. Nous renvoyons également aux notes dont le même auteur a enrichi sa nouvelle édition des Éléments rhythmiques d'Aristoxène (*Aristoxenus Grundzüge der Rhythmik*; Hanau, 1840).

TRAITÉS GRECS relatifs à la musique.

ὡς βούλεται ἕλκει τοὺς χρόνους, πολλάκις γοῦν καὶ τὸν βραχὺν χρόνον ποιεῖ μακρόν.

« Le mètre diffère (encore) du rhythme en ceci, que le mètre n'emploie que deux temps fixes, le temps long et le temps bref, ... tandis que le rhythme donne aux temps l'extension qu'il lui plaît, jusqu'à faire bien souvent d'un temps bref un temps long. »

Le scoliaste d'Héphestion (p. 150, éd. Gaisford) : Ἰςέον δὲ ὅτι ἄλλως λαμβάνουσι τὸν χρόνον οἱ μετρικοὶ καὶ ἄλλως οἱ ῥυθμικοί· . . . . οἱ ῥυθμικοὶ λέγουσι τόνδε εἶναι μακρότερον τοῦδε, φάσκοντες τὴν μὲν τῶν συλλαβῶν εἶναι δύο ἡμίσεως χρόνων, τὴν δὲ τριῶν, τὴν δὲ πλειόνων· οἷον τὴν ως οἱ γραμματικοὶ λέγουσιν εἶναι δύο χρόνων, οἱ δὲ ῥυθμικοὶ δύο ἡμίσεως.

« Il faut savoir que les rhythmiciens comprennent le temps tout autrement que les métriciens : . . . . ainsi les rhythmiciens disent que tel temps long est plus long que tel autre, que telle syllabe vaut deux temps et demi, telle autre trois temps, telle autre davantage : la syllabe ως, par exemple, est de deux temps pour les grammairiens; mais elle sera de deux temps et demi pour les rhythmiciens. »

Aristide Quintilien (p. 32 et 33) : Πρῶτος μὲν οὖν ἐςι χρόνος ἄτομος καὶ ἐλάχιςος, ὃς καὶ σημεῖον καλεῖται· . . . . . . σύνθετος δὲ ἐςι χρόνος ὁ διαιρεῖσθαι δυνάμενος. Τούτων δὲ ὁ μὲν διπλασίων ἐςὶ τοῦ πρώτου, ὁ δὲ τριπλασίων, ὁ δὲ τετραπλασίων· μέχρι γὰρ τετράδος προῆλθεν ὁ ῥυθμικὸς χρόνος. . . . .

« Le premier temps est le temps indivisible et le plus court de tous, que l'on nomme *point*; . . . . le temps composé est celui que l'on peut partager : il est tantôt double du premier, tantôt triple, tantôt quadruple : car le temps rhythmique va jusqu'à quatre. »

[Le même auteur (p. 37) pousse jusqu'à huit l'augmentation progressive des temps dans les pieds rhythmiques nommés *orthius* et *trochæus semantus*, que l'on peut représenter ainsi [1] :

Orthius.	Trochæus sem.
𝅗𝅥 𝅝	𝅝 𝅗𝅥 .]

Reprenons : — Euclide (Introd. harm. p. 22) : Τονὴ δὲ ἐςὶ ἡ ἐπὶ πλείονα χρόνον, Μονὴ κατὰ μίαν γενομένη προφορὰν τῆς φωνῆς [2].

[1] Sur la composition de ces deux pieds je m'écarte de l'opinion de Meybaum adoptée par M. le docteur Feussner, pour me rapprocher de celle de M. Boeckh (voir, sur le même sujet, la note N ci-après).

[2] D'après Bacchius (p. 12), c'est σίάσις et

TRAITÉS GRECS relatifs à la musique.

Marius Victor. (p. 2481) : « Musici, qui temporum arbitrio syllabas com-« mittunt... tam longis longiores quam.... breviores brevibus proferunt.

Et plus loin (p. 2484) : « Rhythmus nunquam numero [syllabarum vel « pedum] circumscribitur; nam ut volet protrahit tempora, ita ut breve « tempus plerumque longum efficiat, longum contrahat. »

Puis plus loin encore (p. 2486) : « Non gradiuntur mele pedum men-« sionibus, sed rhythmis fiunt. »

Puis enfin (p. 2494) : « Carmen lyricum quum metro subsistat, potest « tamen videri extra legem metri esse, quia libero scribentis arbitrio per « rhythmos exigitur. »

Diomède (p. 464) : « Rhythmi certa dimensione temporum terminantur, « et pro nostro arbitrio nunc brevius arctari, nunc longius provehi pos-« sunt. Pedes certis syllabarum temporibus insistunt, nec a legitimo spatio « unquam recedunt. Metra sunt verborum spatia, certis pedum temporibus « alligata. »

Priscien (p. 572) : « Tempus syllabæ accidit unum vel duo, vel etiam, « ut quibusdam placet, unum semis [1], et duo semis, et tria. »

Denys d'Halicarnasse (*Περὶ συνθ.* § XI, p. 76 et suiv. Lond. 1728) : Ἡ δὲ *ὀργανική τε καὶ ᾠδικὴ μοῦσα..... τάσσε λέξεις τοῖς μέλεσιν ὑποτάττειν ἀξιοῖ, καὶ οὐ τὰ μέλη ταῖς λέξεσιν...... Τὸ δ' αὐτὸ γίνεται καὶ περὶ τοὺς ῥυθμούς....* ... Ἡ *ῥυθμικὴ λέξις καὶ μουσικὴ μεταβάλλουσιν αὐτὰς [τὰς συλλαβὰς] μειοῦσαι καὶ αὔξουσαι, ὥστε πολλάκις εἰς τἀναντία μεταχωρεῖν· οὐ γὰρ ταῖς συλλαβαῖς ἀπευθύνουσι τοὺς χρόνους, ἀλλὰ τοῖς χρόνοις τὰς συλλαβάς.*

« Dans la musique, soit vocale, soit instrumentale, ce sont les mots que l'on subordonne au chant, et non le chant que l'on soumet aux paroles... Même chose pour le rhythme....... La diction rhythmique et musicale transforme les syllabes, les allonge et les accourcit, de manière bien souvent à intervertir leurs qualités : car ce ne sont point les durées que l'on règle sur les syllabes, mais bien les syllabes sur les durées. »

Citons encore, du même auteur (§ XV, p. 104), un passage d'autant plus concluant, que ce n'est plus de la rhythmique seulement qu'il y est question,

non *μονή* : *Μονή ἐστιν ὅταν ἐπὶ τοῦ αὐτοῦ φθόγγου πλείονες λέξεις μελῳδῶνται....: στάσις δὲ ὕπαρξις ἐμμελοῦς φθόγγου.*

[1] Il y a lieu d'être surpris que Burette, dans sa dissertation sur le rhythme de l'ancienne musique (*Mémoires de l'Acad. des inscript. et belles-lettres*, tom. V, p. 152), n'ait pas tiré parti de ces passages qui allaient si bien à l'appui de sa conjecture sur l'existence du *rhythme pointé*.

TRAITÉS GRECS relatifs à la musique.

mais même de la prononciation vulgaire : Μήκους δὲ καὶ βραχύτητος συλλαβῶν οὐ μία φύσις· ἀλλὰ καὶ μακρότεραί τινές εἰσι τῶν μακρῶν, καὶ βραχύτεραι τῶν βραχειῶν.....

« La nature de la longueur et de la brièveté des syllabes n'est point absolue : car il y a des longues plus longues que d'autres longues, et des brèves plus brèves que d'autres brèves. »

L'auteur donne comme exemple la gradation formée par les mots ὀδός, ῥόδος, τρόπος, ϛρόφος, etc., et il termine ainsi : Ἀρκεῖ.... εἰρῆσθαι ὅτι διαλλάττει καὶ βραχεῖα συλλαβὴ βραχείας, καὶ μακρὰ μακρᾶς, καὶ οὔτε τὴν αὐτὴν ἔχει δύναμιν, οὔτε ἐν λόγοις ψιλοῖς, οὔτ' ἐν ποιήμασιν ἢ μέλεσι διὰ ῥυθμῶν ἢ μέτρων κατασκευαζομένοις, πᾶσα βραχεῖα καὶ πᾶσα μακρά.

« Il suffit d'avoir dit qu'une syllabe brève diffère d'une autre brève, et une syllabe longue d'une autre longue; et que, ni dans le simple discours, ni dans les poëmes, ni dans les cantiques soumis au rhythme ou au mètre, toute syllabe brève et toute syllabe longue n'a constamment la même valeur. »

Mais qu'est-il besoin de tant de citations; ne suffirait-il pas de faire remarquer que notre auteur anonyme nous donne (p. 49) la connaissance des signes de durée de quatre espèces de longues?

Μακρὰ δίχρονος.......................... –
Μακρὰ τρίχρ.......................... ∟
Μακρὰ τετράχρ.......................... ⊔
Μακρὰ πεντάχρ.......................... ⧢

Maintenant, nous sommes en droit de demander si, malgré l'autorité de semblables et de si nombreux passages, il est possible encore de méconnaître la différence totale qui existe entre les procédés de la rhythmique et ceux de la métrique [1], différence dont n'a sans doute pas assez tenu compte le savant auteur que nous combattons, entièrement préoccupé par cette dernière science à laquelle il a élevé un aussi beau monument, différence enfin qui ne permet pas de supposer la pratique musicale des Grecs renfermée dans d'aussi étroites limites [2].

Nous aurions d'ailleurs d'autres reproches encore à adresser à M. Boëckh. Pourquoi, par exemple, ces deux repos d'une demi-mesure (*De metris Pind.* p. 268) au milieu de son second vers (formant le troisième et le quatrième

[1] « Magnum fuisse inter musicam et metricam rationem discrimen » (Bell. p. 20).

[2] « Musicam veterum non tam arctis legibus coercitam fuisse » (Bell. p. 19).

des éditions ordinaires)? Comment le savant auteur ne s'est-il pas aperçu que, dans plusieurs strophes et antistrophes, ce silence tombe justement au milieu d'un mot dont il fait ainsi deux tronçons complétement séparés par le temps comme par l'espace? Or une pareille scission est bien autrement énorme que le partage d'un mot placé à cheval sur deux vers consécutifs, partage qui n'affecte que l'œil quand il y a continuité dans la musique. Un système qui ne peut échapper à de pareilles conséquences, nous sommes forcé de le dire, ne saurait être dans la vérité.

TRAITÉS GRECS relatifs à la musique.

Maintenant, puisque nous voici, par la connexion des matières, transporté au centre même du système de M. Boëckh, quelques mots sur le fond de sa doctrine ne paraîtront sans doute pas une digression trop déplacée.

L'axiome Πᾶν *μέτρον εἰς τελείαν περατοῦται λέξιν* (Héph. p. 26, l. 16) est, comme on le sait, la base sur laquelle est fondé ce système, et le principe d'où son auteur est parti pour soumettre à une nouvelle coupe depuis le premier jusqu'au dernier chant du prince des lyriques, donnant en cela un démenti formel à la tradition qui nous les avait enseignés sous une tout autre forme. Mais d'abord, un autre axiome, bien plus capital encore que le précédent, établit comme juge de la qualité du vers, *la sensation, l'oreille*: Μέτρον *ἐστὶ ποδῶν ἢ βάσεων σύνταξις, αἰσθήσει τῇ δι'ἀκοῆς παραλαμβανομένη* (Λογγίνου *προλεγ.* p. 138); d'où déjà l'on peut conclure que la longueur du vers doit être telle, que l'impression produite par le commencement sur l'organe de l'ouïe ne soit pas entièrement effacée lorsque arrive celle de la fin; et l'on peut ajouter ici avec Cicéron (*De Orat.* liv. III, ch. LXVIII, 184): « Necessitas cogit, et ipsi numeri ac modi, sic verba versu « includere, ut nihil sit, ne spiritu quidem minimo, brevius aut longius « quam necesse est. » Cependant, sans examiner si ce ne serait pas déjà là une réfutation suffisante d'un système qui ne recule pas devant des vers de plus de soixante syllabes brèves (dernière isthmique), et qui ne reculerait pas devant le double et le triple, alors qu'Aristide Quintilien nie la possibilité de sentir la cadence d'un rhythme de plus de vingt-cinq temps (p. 35), voyons si le savant métricien ne se serait pas encore ici laissé aller imprudemment à ses préoccupations favorites.

Pour cela, proposons-nous les questions suivantes :

Un vers lyrique ou rhythmique et un vers épique ou métrique (*μέτρον τέλειον*) sont-ils dans les mêmes conditions de structure; et le même *crite-*

TRAITÉS GRECS relatifs à la musique.

rium leur est-il applicable? L'oreille peut-elle apprécier les qualités d'un vers lyrique lorsqu'elle l'entend seulement déclamer? En un mot, un vers lyrique non chanté, mais simplement prononcé, est-il encore un vers?

A cet égard, écoutons encore Cicéron (*Orat.* chap. LV, 183) : « A modis « quibusdam cantu remoto, soluta esse videtur oratio, maximeque id in « optimo quoque eorum poëtarum qui *λυρικοί* a Græcis nominantur, quos « quum cantu spoliaveris, nuda pæne remanet oratio. Quorum similia sunt « quædam etiam apud nostros,. . . . . . quæ, nisi cum tibicen accessit, ora- « tioni sunt solutæ simillima. »

Que signifie ce passage? Que l'*ode*, *ᾠδή*, le *chant lyrique*, se compose de trois éléments distincts, mais essentiellement inséparables : les *paroles*, la *mélodie*, et le *rhythme* qu'il faut bien distinguer du mètre. Supprimez un quelconque des trois, il n'y a plus d'ode. Aussi voyons-nous Fab. Quintilien (IX, IV, p. 445, Londres, 1641) se plaindre des grammairiens qui cherchaient à trouver une mesure dans les paroles des vers lyriques : « In « molestos incidimus grammaticos, » dit-il, « qui lyricorum quædam carmina « in varias mensuras coëgerunt; » et, à ce compte, il n'y a pas de prose que l'on ne puisse, ajoute-t-il, détailler en quelque espèce de petits vers : « Nihil « est prosa scriptum, quod non redigi possit in quædam versiculorum « genera. »

C'est encore ce que nous voyons dans Denys d'Halicarnasse parlant du style de Platon (*De adm. vi dic. Dem.* c. XLVII) : *Ταῦτα καὶ τὰ ὅμοια τούτοις, ἃ πολλά ἐστιν, εἰ λάβοι μέλη καὶ ῥυθμοὺς, ὥσπερ οἱ διθύραμβοι καὶ τὰ ὑπορχήματα, τοῖς Πινδάρου ποιήμασι δόξειεν ἄν.*

« Prenez, dit ailleurs le même écrivain (Περὶ *συνθ.* p. 258), prenez tel poëme de Simonide, supprimez les coupures qu'y a établies Aristophane ou tel autre, et n'y faites d'autres divisions (*διαστολάς*) que celles de la ponctuation ordinaire; le rhythme disparaîtra entièrement; vous ne distinguerez plus ni strophe, ni antistrophe, ni épode; vous n'apercevrez plus qu'un discours en prose. »

Horace (liv. IV, od. II) :

. . . . Numerisque fertur
Lege solutis.

Cessons donc, pour le dire en passant, cessons de nous étonner que la mesure des vers lyriques grecs ou latins ne nous affecte pas comme celle des vers épiques. Pouvons-nous y trouver ce que les anciens mêmes n'y trouvaient pas, ce qui n'y est réellement pas? TRAITÉS GRECS relatifs à la musique.

Concluons : les vers lyriques proprement dits sont, comme vers, inséparables de la musique. Vouloir *à priori* trouver la coupe d'une strophe dont on n'a pas la musique, c'est, selon nous, tenter l'impossible. Il n'y a, dans ce cas, d'autre parti à prendre que de s'en rapporter à la tradition.

Quant au morceau qui nous occupe et dont nous connaissons le chant, voyons s'il confirmera la théorie de M. Boëckh; c'est-à-dire voyons comment la musique en est coupée. Or, même en faisant abstraction du rhythme, que nous ne pouvons rétablir que par conjecture, nous reconnaissons sur-le-champ, dans chacune des deux *périodes mélodiques* (v. ci-dessus, p. 156 et 157) dont se compose cette musique, quatre divisions ou phrases musicales bien distinctes, qui s'accordent précisément, sauf une petite exception dont je parlerai tout à l'heure, avec celles que nous sommes accoutumés à trouver dans les éditions vulgaires de Pindare; il faut donc croire que celles-ci méritent quelque confiance. Comment M. Boëckh, qui admet, avec la plupart des savants modernes, l'authenticité de cette musique[1], qui la trouve même en tout point digne des beaux temps de la Grèce et digne du génie de Pindare (p. 269)[2], n'a-t-il pas aperçu l'invincible argument qu'elle fournit contre son système?

Mais alors, comment concilier le principe d'Héphestion avec les nombreuses coupures de mots que nous trouvons dans ces éditions?

A cette objection il y a plusieurs réponses.

D'abord, le principe d'Héphestion n'est pas tellement absolu[3], que ce grammairien (Héph. *Gaisf.* p. 27 et 235) ne soit obligé de reconnaître lui-même, et M. Boëckh après lui (p. 82 et 324), que les poëtes l'ont souvent transgressé. Or sont-ce les écrivains ou les grammairiens qui établissent les principes?

[1] « L'authenticité de la musique de la première pythique de Pindare ne peut guère être révoquée en doute » (H. Martin, *Études sur le Timée*, t. II, p. 34). — Je dois dire cependant que M. Bellermann n'y a pas une grande foi (*Die Hymnen des Dionysius und Mesomedes*, p. 1-3. — Cf. *Ἀνωνύμου σύγγραμμα*, p. 7, n. 4).

[2] La simplicité de cette musique serait loin d'être une objection contre son authenticité : « Les chants d'Olympe et de Terpandre, dit Plutarque (*De musica*, ch. XVIII), n'avaient que trois cordes, et jamais compositeur ne parvint à les égaler. »

[3] Il est nécessaire d'observer qu'aucune des exceptions citées par Héphestion n'est empruntée aux lyriques; on comprendra tout à l'heure pourquoi : c'est que là en effet ce ne sont plus des exceptions.

TRAITÉS GRECS relatifs à la musique.

Ensuite, dût-on ne considérer ces transgressions que comme des licences, il n'en résulterait pas moins la conséquence que ces exceptions n'ont certainement rien d'antipathique au génie de la langue et de la versification, et qu'à titre de licence elles doivent être admises, sans aucune difficulté, dans le genre de composition où les licences sont le plus largement tolérées.

En troisième lieu, il est certain que les poëmes de Pindare, bien que partagés en strophes et antistrophes parfaitement caractérisées et déterminées, admettent néanmoins, d'une strophe à l'autre, des enjambements de plusieurs mots ou portions de phrases. Or ne s'ensuit-il pas évidemment qu'admettre d'un vers à l'autre des enjambements de syllabes ou portions de mots, ce n'est qu'être conséquent, d'autant mieux que ce partage de mots, ainsi que nous l'avons dit plus haut, n'avait lieu que pour l'œil, et que la liaison des diverses parties du chant le dissimulait entièrement à l'oreille.

Cette raison se trouve d'ailleurs puissamment fortifiée par ces paroles de F. Quintilien (*Inst. orat.* IX, IV, p. 444) : «Sunt et illa discrimina, quod «rhythmis libera spatia, metris finita sunt, et his certæ clausulæ, illi quo-«modo cœperant currunt usque ad *μεταβολήν*, id est transitum in aliud «genus rhythmi.»

Je termine par une raison après laquelle il serait permis, je crois, de considérer toutes les autres comme superflues. Si l'on remarque, dit Mallius Théodorus (préf. p. 5, Leyde, 1766), «si l'on remarque, chez les poëtes lyriques ou tragiques, des procédés qui s'écartent des règles communes de la métrique, que l'on cesse de s'en étonner, et les plus doctes écrivains l'ont dit avant nous : *ce ne sont pas des mètres, mais des rhythmes.*» Or je m'empare de ce raisonnement, et je dis : «La règle d'Héphestion est établie pour les mètres proprement dits : *πᾶν μέτρον*......; or les poëmes de Pindare ne sont pas des mètres : *non metra, sed rhythmos.*»

Il nous reste à parler d'une exception que nous avons indiquée plus haut, dans l'identité des coupures que donnent les éditions, avec celles que présente la musique. Cette exception a lieu au premier vers, au mot Ἀπόλλωνος, dont la dernière syllabe est rejetée au vers suivant par les métriciens, tandis qu'elle est nécessaire pour terminer la première phrase musicale. Mais il nous paraît hors de doute qu'en ceci ce sont les métriciens qui ont tort, par la raison que, sur *dix* strophes et antistrophes, *huit* présentent le même enjambement d'une syllabe, et que, dans une neuvième (l'antistrophe γ), la syllabe litigieuse est un monosyllabe; conséquemment, une seule strophe (la strophe ε) présentera, à la même place, un mot coupé lorsqu'on fera passer au premier vers la première syllabe du second. Or, dans tous les cas, ainsi que nous l'avons dit, la coupure des mots étant considérée comme une exception, le partage en vers devait toujours être fait de manière à présenter le moins de coupures possible. Les métriciens donneront d'autres noms aux deux premiers vers : nous n'avons point à nous occuper de cet objet.

Terminons ici cette digression sur le système de M. Boëckh, non pas que nous pensions l'avoir complétement réfuté : nous n'avons pas eu cette prétention; mais, puisque nous avons cru devoir adopter un avis contraire au sien, le mérite et la réputation de l'auteur nous obligeaient à faire ressortir les raisons qui peuvent justifier notre dissentiment.

Cependant encore, nous ne quitterons pas ce précieux monument de la musique antique, sans céder à la tentation de faire remarquer une particularité qui, fût-elle, comme il est fort possible, comme il est probable même si l'on veut, l'effet d'un pur hasard, n'en serait pas moins curieuse : c'est à savoir, que l'idée mélodique qui règne dans ce morceau,

FIGURE 3.

se retrouve, à ce qu'il nous paraît, développée dans un chant d'église du moyen âge, où elle parcourt successivement différents modes :

FIGURE 4.

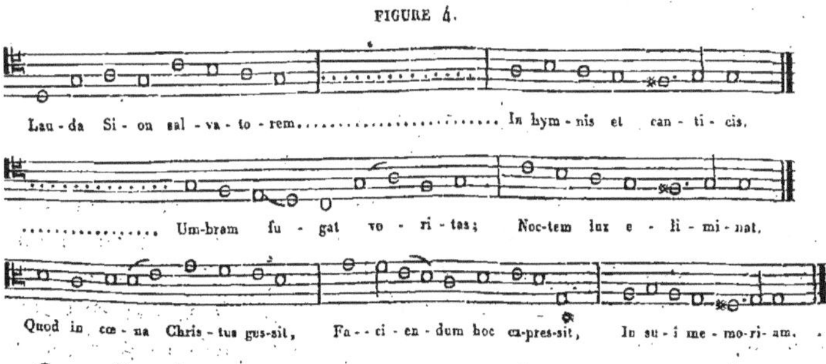
Lau-da Si-on sal-va-to-rem.................. In hym-nis et can-ti-cis.
.... Um-bram fu-gat ve-ri-tas; Noc-tem lux e-li-mi-nat.
Quod in cœ-na Chris-tus ges-sit, Fa-ci-en-dum hoc ex-pres-sit, In su-i me-mo-ri-am.

Certes, en admettant, ainsi que plusieurs auteurs le pensent, sans que ce soit pour cela une opinion généralement admise (cf. Card. J. Bona, *De rebus liturg.* p. 319, col. 2; et M. Gerbert, *De cantu et musica sacra*, t. II, p. 27), en admettant que ce chant ait été composé au XIIIe siècle par saint Thomas d'Aquin, il n'y aurait aucune vraisemblance à lui attribuer quelque relation d'origine avec le chant de la première pythique. Mais, si cependant la prose ou séquence *Lauda Sion* n'avait de moderne que les paroles, comme on ne saurait douter que pareille chose n'ait lieu pour beaucoup de morceaux qui composent le chant ecclésiastique, alors on pourrait aimer à rechercher si les antécédents de ces deux mélodies ne présentent pas quelques points de contact.

Quant à l'ode de Pindare, remarquons d'abord que le poëte, ayant à célébrer pour la première fois une victoire remportée aux jeux pythiens, doit avoir cherché à rappeler à ses auditeurs l'origine de la solennité. Et, en effet, nous trouvons, au début, une invocation à la lyre d'or d'Apollon; puis, plus loin, le supplice que subit, au fond du Tartare, Typhon, le reptile aux cent têtes; puis, plus loin encore, les flèches célèbres du fils de Péan; enfin, on voit que le poëte s'efforce à multiplier les images qui peuvent présenter quelque allusion au triomphe du dieu Phébus sur le serpent Python. Or il est naturel de penser que Pindare aura voulu donner à la partie musicale le même caractère; et, pour cela, avait-il autre chose à faire que d'établir son chant sur quelque idée empruntée au célèbre nome pythien dont Pollux et Strabon nous ont conservé des analyses?

D'un autre côté, la fête où se chante l'hymne dont nous avons rapporté quelques mots, la fête du Saint Sacrement, qui, dans les premiers siècles de l'Église, n'était pas séparée de la fête de Pâques, ayant été établie spécialement pour célébrer la victoire du Fils du Dieu de toute lumière sur le prince des ténèbres, de l'erreur sur la vérité

> [Umbram fugat veritas,
> Noctem lux eliminat],

si quelque chant emprunté aux mystères païens était propre à entrer ici dans l'esprit de la nouvelle loi, c'était certes bien encore ce même nome pythien, ce chant de triomphe en l'honneur d'Apollon-Phébus, du dieu soleil vainqueur des ombres de la nuit[1]. Et en effet, il est aisé de reconnaître dans la contexture de la prose en question, plusieurs parties bien

[1] Je n'ai sans doute pas besoin d'avertir que cet emprunt supposé de quelques coutumes liturgiques n'a rien de commun avec le système de Dupuis.

distinctes, tout à fait comparables aux différents actes qui, suivant les auteurs que nous avons cités, composaient le nome pythien (cf. Boëckh, *De metris Pindari*, p. 182).

Un rapprochement qui devrait paraître fort singulier, s'il ne trouvait une explication naturelle dans ce qui précède, en même temps qu'il le confirme d'une manière remarquable, est encore fourni par le chant de notre *Alleluia*, comparé à l'exclamation usitée, au rapport de Plutarque (*in Theseo*), de la part de ceux qui célébraient le Péan. Ἐλελεῦ ἰὲ ἰὲ, dit-il, *ἀναφωνεῖν οἱ παιανίζοντες εἰώθασι*. « Et quid aliud, » observe Dickinson, au chapitre VI de sa dissertation intitulée : *Delphi phœnicissantes*, « quid aliud « fuisse in initio *τὸ ἐλελεῦ ἰού vel τὸ ἐλελεῦ ἰή* putemus, quam Hebræorum « הללו יה *halleluh-iah?* »—« .... Ratum sit igitur, ajoute-t-il plus loin, *τὸ ἐλελεῦ* « *ἰή vel ἐλελεῦ ἰά* ipsissimum halleluh-iah fuisse; et *παιανικὴν ᾠδήν* nihil « aliud exstitisse in principio quam hebraïcum quemdam hymnum. »

L'*Io Péan* serait-il donc l'origine commune de cette mélodie en tétracorde qui forme tout à la fois, et le début de la prmeière pythique[1], et ce chant de joie et de triomphe

FIGURE 5.

par lequel les cloches nous annoncent, comme elles annonçaient à nos ancêtres, les grandes solennités d'une religion qui peut bien se transformer, mais ne saurait périr?

Tout cela, je m'empresse de l'avouer, est loin de présenter les caractères rigoureusement exigibles en bonne critique, pour rendre une chose véritablement *probable*; cependant, après avoir suivi les rapprochements que nous avons présentés, qui oserait dire : *Cela est impossible?*

NOTE I.

SUR LE DEMI-TON.

(IIe Traité, § 12.)

Si l'importance du service rendu à la science musicale par l'invention

[1] Pour compléter le rapprochement, il ne manquait plus à notre chant pythien que d'avoir été découvert dans un lieu spécialement consacré au saint Sauveur, au milieu de la musique chorale d'un couvent (*Musurgie*, t. I, p. 541, et *Mém. de l'Acad. des insc.* t. V, p. 204).

des *logarithmes acoustiques* avait besoin d'être démontrée, elle le serait par la théorie du *demi-ton* telle que nous la trouvons dans les écrivains de l'antiquité. Pour les aristoxéniens, le *demi-ton* est rigoureusement la moitié d'un *ton* et le cinquième de la consonnance de *quarte*. Mais, pour les pythagoriciens, qui le nomment *limma*, λεῖμμα, ce n'est que l'excès de la quarte sur deux tons, ou de la quinte sur trois tons, le ton n'étant lui-même que l'excès de la quinte sur la quarte.

« Ce que l'on nomme *demi-ton*, dit Théon de Smyrne (p. 83), n'est pas la moitié d'un ton comme Aristoxène l'entend, de la même manière qu'une demi-coudée est la moitié d'une coudée; mais plutôt, de même qu'en disant une *demi-voyelle*, on ne veut pas dire la moitié d'une voyelle [1], mais une lettre analogue aux voyelles, en ce qu'elle a bien un son par elle-même, mais un son imparfait, de même aussi le demi-ton est un intervalle analogue au ton, mais moindre que lui, et que l'on peut chanter; car de partager un ton en deux parties égales, cela ne se peut. »

Sauf la dernière assertion et surtout la preuve, tout cela serait parfaitement juste. Cependant, voyons cette preuve, si l'on peut appeler de ce nom le raisonnement suivant :

« Que l'on prenne, dit Nicomaque (p. 30), les nombres 192 et 256, qui sont dans le rapport de 3 à 4; puis, qu'en partant de 192 on aille à 216 : on aura, entre ces deux nombres, le rapport de 8 à 9, et par conséquent la valeur d'un ton, qui sera ainsi de 24, différence des deux nombres. Ensuite, que l'on aille de 216 à 243, on aura encore le rapport de 8 à 9, et par conséquent la valeur d'un autre ton, qui sera ainsi de 27. Enfin, que l'on prenne la différence de 243 à 256, on aura pour la valeur du *limma*, le nombre 13, qui n'est la moitié ni de 24 ni de 27. »

Voilà donc ce qui prouvait, suivant les anciens, que le ton ne peut être partagé en deux parties égales [2].

Quant à la proposition que le *limma* est moindre qu'un demi-ton, comme il ne s'agit plus d'obtenir un rapport exact, mais seulement d'établir une inégalité, la démonstration est à peu près irréprochable.

Aristide Quintilien (p. 114) et Gaudence (p. 16) : « Que l'on décompose le rapport $\frac{9}{8}$ en $\frac{18}{17}\times\frac{17}{16}$, on aura deux demi-tons inégaux, l'un plus

[1] Suivant Priscien, on dit *demi-voyelle* comme on dit *demi-dieu*.

[2] On en trouvera plus loin, dans un fragment de Pédiasimus, parmi ceux qui composent la 3e partie, une preuve beaucoup plus curieuse encore que celle-ci.

TRAITÉS GRECS relatifs à la musique.

grand, $\frac{17}{16}$, et l'autre plus petit, $\frac{18}{17}$» [ce qui prouve encore, d'une autre manière, que le ton ne peut être partagé en deux parties égales], « mais, maintenant, $\frac{256}{243}$ est moindre que $\frac{18}{17}$; donc, etc.»

De là Porphyre conclut (p. 305) que la moitié du ton proprement dit, ou de l'intervalle représenté par $\frac{9}{8}$, a pour valeur approchée la fraction $\frac{258}{243}$; ce qui résulte de ce que

$$17 : 16 :: 258\tfrac{5}{16} : 243$$

et

$$18 : 17 :: 257\tfrac{5}{17} : 243.$$

Enfin, pour avoir le *limma* sous la forme *superpartielle*, *ἐπιμόριον*, forme si recherchée des musiciens de l'école de Ptolémée, il faut résoudre l'équation $\frac{m+1}{m} = \frac{256}{243}$, d'où la valeur de m comprise entre 18 et 19, ce qui est parfaitement conforme à notre texte, à cette restriction près cependant, que, des deux fractions $\frac{19}{18}$ et $\frac{20}{19}$, c'est la première des deux qui est la plus grande, contrairement à l'énoncé de l'auteur [1].

M. Bellermann, pour prouver l'inégalité

$$\frac{19}{18} > \frac{256}{243} > \frac{20}{19},$$

réduit le tout au même dénominateur 9234, nombre qui est *le plus simple multiple* de 18, 243, et 19. De cette manière, en supprimant le dénominateur commun, on trouve

$$9747 > 9728 > 9720,$$

inégalité dont l'exactitude évidente entraîne celle de la première.

Ainsi donc se trouve vérifié l'énoncé de l'auteur : Τὸ *ἡμιτόνιον εὑρήκασι μεῖζον μὲν ἢ ὀκτωκαιδεκάτῳ, ἔλαττον δὲ ἢ ἐννεακαιδεκάτῳ*. — Observons à cet égard que les expressions *ἢ ὀκτωκαιδεκάτῳ*, *ἢ ἐννεακαιδεκάτῳ*, sont une manière abrégée de dire *ἢ ἐποκτωκαιδ.*, *ἢ ἐπεννεακαιδ.*; la même remarque est aussi faite par M. Bellermann (p. 80).

Le passage relatif aux deux sortes de demi-tons, dont nous avons donné la traduction d'après M. Bellermann, qui l'a trouvé dans un seul manuscrit, est fautif, comme nous l'avons dit précédemment (p. 37, n. 4), et doit être

[1] Cf. encore, au sujet du demi-ton, Proclus (*in Tim.* p. 195), Macrobe (*in somn. Sc.* II, 1), et dans le ms. gr. 449, *suppl.* le scol. de Gaudence.

Le scol. de Ptolémée (sur la p. 15) : *Δίεσιν καλοῦσιν οἱ ἀριστοξένιοι τὸ τεταρτημόριον τοῦ τόνου. Διαιροῦσι καὶ τὸν τόνον εἰς δύο τμήματα, ὧν λεῖμμα λέγεται τὸ ἔλαττον τμῆμα, ἀποτομὴ δὲ τὸ μεῖζον· ὁ γὰρ τόνος ἐν ἐπογδόῳ λόγῳ θεωρούμενος, οὐ δύναται διαιρεθῆναι εἰς δύο ἴσα· ὅμως κατὰ κατάχρησιν καλοῦνται ἡμιτόνια καὶ ταῦτα ἄνισα.*

TRAITÉS GRECS relatifs à la musique.

rétabli ainsi : Ὁ τόνος διαιρεῖται εἰς ἡμιτόνια δύο, εἴς τε μεῖζον καὶ ἔλαττον, ὧν τὸ μεῖζον μὲν ἀποτομὴν καλοῦσιν οἱ μουσικοὶ, τὸ δὲ ἔλαττον λεῖμμα. — Ainsi *le demi-ton majeur se nomme* APOTOME, et *le demi-ton mineur*, LIMMA [1]. — En d'autres termes, l'*apotome* est *l'excès du ton sur le limma*, et le *comma* est *l'excès de l'apotome sur le limma*, comme nous l'avons dit (p. 87, n. 4) d'après Proclus. — En sorte que

La valeur de l'*apotome* est $\frac{9}{8} : \frac{256}{243} = \frac{2187}{2048}$,

et celle du *comma* $\frac{2187}{2048} : \frac{256}{243} = \frac{531441}{524288}$.

Il s'ensuit que *le ton vaut deux limmas et un comma*. — En effet :

$$\left(\frac{256}{243}\right)^2 \times \frac{531441}{524288} = \frac{9}{8}.$$

La dénomination de *comma* s'applique encore à d'autres intervalles que le précédent : par exemple, à l'excès du ton majeur $\frac{9}{8}$ sur le ton mineur $\frac{10}{9}$ de la musique moderne; il vaut, par conséquent, $\frac{81}{80}$. — (Voir ci-dessus, p. 110; et cf. Villoteau, *Recherches sur l'analogie de la musique, etc.* t. II, p. 10.)

NOTE J.

SUR LA SOLMISATION.

(IIe Traité, § 13.)

Cette manière de solfier par tétracordes présente, comme on peut le voir, quelque analogie avec l'ancienne méthode par *muances*. Aristide Quintilien en donne l'explication aux pages 93 et 94, en motivant, de plus, le choix des voyelles employées, ainsi que celui de la consonne τ qu'il compare ici au *plectre* ou *archet* des instruments à cordes; et il revient encore, à la page 159, sur son explication, qu'il appuie de raisons empruntées à la philosophie pythagoricienne.

Nous trouvons plus loin, au paragraphe XVI, diverses modifications que subissait cette manière de solfier, et qui la rendaient, on peut le dire, beaucoup plus parfaite que la nôtre. Ainsi, lorsqu'on devait *lier* entre elles deux notes successives, on supprimait la consonne τ dans l'émission de la seconde

[1] Gaudence (p. 16) : τοῦ δὲ λείμματος τὸ λεῖπον εἰς συμπλήρωσιν τόνου καλεῖται ἀποτομή· κοινῶς δὲ καὶ αὐτὸ ἡμιτόνιον, ὥστε ἔσται τῶν ἡμιτονίων τὸ μὲν μεῖζον, τὸ δὲ ἔλαττον.

TRAITÉS GRECS relatifs à la musique.

note[1]; on produisait ainsi un effet qu'il serait évidemment impossible d'obtenir dans notre méthode. La manière dont on combinait l'emploi de la consonne ν avec celui de la consonne τ dans certains ornements du chant ou figures de la mélodie, comme on le voit au même paragraphe, est aussi fort digne de remarque, et d'autant plus, que notre auteur anonyme est le seul qui entre dans ces divers détails sur la solmisation des anciens.

Nous ajouterons encore ici une chose que cet auteur lui-même ne dit pas, et qui avait été déjà signalée par Doni : c'est que, quand une même note devait être répétée plusieurs fois, on employait alternativement les consonnes τ et ρ; et c'est, sans aucun doute, de cet usage, que provient la dénomination de *térétisme*. On trouve un exemple de cet emploi de la consonne ρ dans la planche IX, n° 1, de l'ouvrage de Martin Gerbert, *De cantu et musica sacra* : cet exemple est tiré d'un manuscrit de la bibliothèque du monastère de Saint-Blaise.

Les Grecs modernes ont beaucoup étendu et perfectionné les procédés de solfége et de vocalisation, comme on pourrait le voir dans un très-beau manuscrit que je dois à l'amitié de M. Philippe Lebas.

NOTE K.

SUR LA CORRUPTION DU TEXTE.

(IIe Traité, § 13.)

A partir du paragraphe XIII, la plus grande confusion règne dans les manuscrits : notes vocales, notes instrumentales, syllabes de solmisation, noms des cordes et des tétracordes, valeurs numériques, etc., tout se trouve pêle-mêle, jeté par fragments plus ou moins complets au milieu du discours. Je ne pourrais, sans entrer dans une foule de détails fastidieux, rendre raison du minutieux travail qu'a exigé la restitution de cette partie du texte, de celle des premiers feuillets, ainsi que la reproduction des tableaux. Je ferai remarquer seulement que la cause principale de la confusion qui règne ici consiste, comme on le reconnaîtra aisément, en ce que les divers tableaux donnés par l'auteur auront dû être transportés d'un manuscrit de large format sur un autre plus étroit, qui lui-même alors aura servi de type. Or, dans le premier manuscrit, les notes vocales et les notes instrumentales

[1] M. Bellermann (p. 26) observe avec raison que le premier groupe de la proslepsis, au lieu de s'énoncer τωα, devrait s'énoncer τεα. C'est aussi de cette manière que je l'ai transcrit.

TRAITÉS GRECS relatifs à la musique.

étaient disposées régulièrement l'une sur l'autre et deux par deux, avec leurs syllabes de solmisation, leurs valeurs acoustiques, etc. Pour transcrire cet ensemble sur un manuscrit plus étroit sans détruire la correspondance des diverses espèces de signes, il fallait évidemment faire une ou plusieurs coupures verticales sur l'ensemble; et, au lieu de cela, qu'a fait le copiste? Il a traité le tout comme il eût fait d'un discours continu, réduisant en une même série notes vocales, notes instrumentales, sigles numériques, etc.

Je pense que de plus longues explications à ce sujet seraient superflues. Cependant je dois dire pourquoi j'ai réuni, dans le tableau de ce paragraphe XIII, les nos 77, 79 et 96 de M. Bellermann : c'est que les fragments composant ces numéros me paraissent n'avoir été disjoints que par suite de quelqu'un de ces accidents matériels dont on reconnaît si souvent les traces dans les manuscrits, soit que l'on doive en accuser la maladresse des copistes, soit qu'il faille les attribuer à d'autres causes. M. Bellermann (p. 83) reconnaît lui-même cette erreur, bien qu'il n'ait pas aperçu que la réunion des nos 79 et 96 était nécessaire pour la rectifier.

Enfin, il est nécessaire que je rende raison des corrections que j'ai fait subir à quelques sigles des tableaux de la page 41.

Presque toujours c'était par le rapport des longueurs de cordes de même nature, de même diamètre, de même tension, que les anciens évaluaient les intervalles des sons; et alors les nombres les plus grands représentaient les sons les plus graves, *et vice versa*[1] (cf. Ptol. p. 17). Cependant les musiciens les plus avancés commençaient à soupçonner le principe du *nombre de vibrations inverse des longueurs* (cf. Porph. p. 227 et suiv.); et, sous ce nouveau point de vue, c'étaient, au contraire, les nombres les plus petits qui correspondaient aux sons les plus graves : ὥστε ἀντιπεπονθέναι ταῖς διασλάσεσι τοὺς ψόφους (Ptol. p. 7); — ἀντιπεπονθότως τὰ τῶν χορδῶν μήκη, πρὸς τοὺς ἐξ αὐτῶν φθόγγους (Bry. p. 367). Il y a donc, quant à la manière de représenter une suite de sons par des nombres respectivement correspondants (ἐπιβαλόντες τοῖς φθόγγοις ἀριθμοί, Gaudence, p. 17), deux sortes de *diagrammes*. Or c'est à la seconde espèce que se rapporte notre texte; ce qui ne laisse pas que d'être fort digne de remarque : car la méthode contraire, beaucoup plus commode dans la pratique, est suivie généralement par les auteurs anciens, notamment par Ptolémée; et, sauf le Manuel harmonique de Gaudence où les deux procédés sont exposés comparativement, je ne me rap-

[1] C'est donc à tort, à ce qu'il me semble, que M. Bellermann énonce le contraire (p. 82).

pelle pas avoir vu faire à la méthode habituelle d'autre exception que celle qui se présente ici.

Cela posé, pour former la première série de nombres, celle qui correspond au système *conjoint* ou *petit système*, *σύστημα ἔλαττον* (Gaud. p. 9), l'anonyme est parti du nombre 192 qu'il a pris pour *proslambanomène*, imitant en cela Nicomaque (p. 30) et Aristide Quintilien (p. 115). Mais le nombre 192, très-bon pour l'usage qu'en font ces auteurs, ne l'est point également ici; car il eût fallu un nombre qui, multiplié plusieurs fois successives par la fraction $\frac{9}{8}$ ou par la fraction $\frac{256}{243}$, suivant qu'il faut s'élever par degrés égaux à un *ton* ou à un *limma*, donnât constamment des résultats entiers, propriété dont le nombre 192 ne jouit pas. Aussi, pour satisfaire à la condition de n'employer que des nombres entiers, est-on obligé de se contenter de résultats presque tous approximatifs qu'il faudrait généralement, pour reproduire les véritables rapports, augmenter ou diminuer d'une fraction qu'on a été forcé de négliger.

Les trois derniers nombres obtenus de cette manière sont 405, 456, et 512, au lieu desquels l'auteur donne νλε, νπϛ, et Φιβ, dont le dernier est exact. Quant aux deux autres, les ν doivent être évidemment changés en υ ou 400, et le premier, νλε, ne contient vraisemblablement la sigle λ, que parce que le copiste aura lu dans la seconde série (*σύστημα μεῖζον*) le nombre qui devait suivre 384 ou τπδ, au lieu de le lire dans la première. Il en est de même de νπϛ dont le dernier caractère est évidemment un ϛ altéré[1]. En un mot, le copiste aura cru qu'entre les deux mêmes nombres 384 et 512 on ne pouvait également intercaler que les mêmes nombres. A ce compte, à la vérité, c'est 432 et non 435 que l'on devrait trouver dans la première série; mais on sait que les sigles ε et β (et nous pourrions ajouter θ) sont de celles qui se changent l'une dans l'autre avec la plus grande facilité. Enfin, pour compléter cette démonstration, observons que, si les nombres de l'auteur pouvaient être exacts, il en résulterait *quatre tons de suite*, ce qui est une *monstruosité* dans la musique ancienne[2].

Les corrections que j'ai faites à la seconde série n'exigeront pas une aussi longue justification. Il suffira d'observer que la lettre numérale des centaines entre χ et ω ne peut être que ψ et non υ; et de même, après ω, il ne peut y avoir que ϡ et non τ. J'ai ajouté deux paires de lettres accen-

[1] Cf. Boeckh, *Économie politique des Athéniens*, t. II, p. 385.

[2] Cf. Aristox. p. 29, 54, 64; et Bellermann, p. 36.

TRAITÉS GRECS relatifs à la musique.

tuées dont la théorie prouve la nécessité, lettres que le copiste aura supprimées comme faisant double emploi, et dont la première même se retrouve avec son accent dans l'initiale de μ' ε σ η (ms. 2458). Je dirai de plus que les nombres de cette seconde série sont tout simplement ceux du second diagramme de Gaudence (p. 17 et 39) réduits à moitié. Or, comme le deuxième nombre de ce second diagramme est impair, 729, et qu'ainsi sa moitié n'est pas entière, le nombre 364, adopté en conséquence par l'anonyme, est fautif d'une demi-unité. Les autres termes sont exacts.

Les séries de nombres analogues à celles qui nous occupent étant généralement établies à l'imitation de ce que l'on nomme le *diagramme* de Platon, il ne sera sans doute pas inutile de dire ici quelques mots de cette question d'arithmétique *astromusicale* si célèbre dans l'antiquité.

NOTE L.

SUR LE DIAGRAMME MUSICAL DE PLATON[1].

(IIe Traité, § 13.)

Platon, dans son Timée, prend, pour représenter les parties de l'âme, et par suite l'harmonie musicale, qui a, dit-il plus loin, des mouvements semblables aux révolutions de l'âme, Platon, dis-je, commence par prendre les quatre premiers termes de deux progressions géométriques commençant par 1, dont les raisons sont respectivement 2 et 3, termes qu'il dispose (ou plutôt ce sont ses commentateurs qui le font pour lui) le long des côtés d'un triangle, de la manière suivante :

(A)

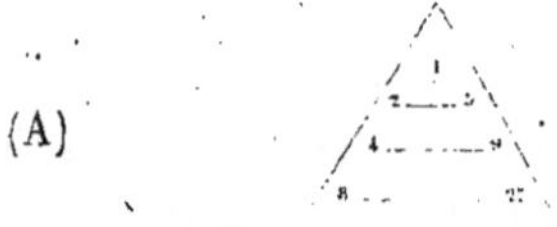

pour indiquer ainsi, que tout, *comme un large fleuve*, dérive de l'*unité qui représente Dieu* (cf. H. Martin, *Études sur le Timée*, tom. I, p. 385).

Platon dit ensuite que Dieu, après avoir pris ces diverses parties, intercala, dans chacun des intervalles de chacune des progressions, deux moyennes différentes, dont l'une, que l'on nomme *harmonique*, surpassait

[1] Voyez les Fragments à la fin de l'ouvrage.

le premier extrême et était surpassée par le second, d'une même fraction de chacun d'eux; et l'autre, nommée *moyenne arithmétique*, surpassait autant en nombre l'un des deux extrêmes, qu'elle-même était surpassée par l'autre.

Ainsi, nommant a et b les deux extrêmes, x et y les deux moyennes, on a ces deux proportions :

$$b - x : x - a :: b : a,$$

d'où

$$x = \frac{2ab}{a+b};$$

et

$$b - y = y - a,$$

d'où

$$y = \frac{a+b}{2}.$$

Ainsi la moyenne *arithmétique*, ou y, s'obtient en prenant la demi-somme des extrêmes, et la moyenne *harmonique*, ou x, en divisant le double produit des extrêmes par leur somme, ou leur produit simple par la moyenne arithmétique.

Ces deux formules, appliquées alternativement aux deux progressions, donnent les deux séries de résultats qui suivent :

(B)

Progress. double.	1	$\frac{4}{3}$	$\frac{3}{2}$	2	$\frac{8}{3}$	3	4	$\frac{16}{3}$	6	8
Progress. triple.	1	$\frac{3}{2}$	2	3	$\frac{9}{2}$	6	9	$\frac{27}{2}$	18	27

Platon fait remarquer alors que, si l'on prend le rapport de chacun de ces nombres au précédent, on obtient trois sortes de fractions, qui sont $\frac{9}{8}$, $\frac{4}{3}$, et $\frac{3}{2}$. Puis il dit que, dans les intervalles de $\frac{4}{3}$, il faut intercaler des nombres tels, qu'entre un nombre et le précédent on ait le rapport $\frac{9}{8}$, et qu'il reste une petite fraction égale à $\frac{256}{243}$. Cette opération, effectuée, comme le dit Platon, sur la progression double, donne les résultats suivants, que l'on peut partager en trois groupes :

(C)

1	$\frac{9}{8}$	$\frac{81}{64}$	$\frac{4}{3}$	$\frac{3}{2}$	$\frac{27}{16}$	$\frac{243}{128}$	2
2	$\frac{9}{4}$	$\frac{81}{32}$	$\frac{8}{3}$	3	$\frac{27}{8}$	$\frac{243}{64}$	4
4	$\frac{9}{2}$	$\frac{81}{16}$	$\frac{16}{3}$	6	$\frac{27}{4}$	$\frac{243}{32}$	8

Il est facile de voir que, conformément à l'assertion de Platon, les rap-

TRAITÉS GRECS relatifs à la musique.

ports $\frac{4}{3} : \frac{81}{64}$, $2 : \frac{243}{128}$, et tous ceux du même rang, valent en effet $\frac{256}{243}$; pour les autres, ils valent tous maintenant $\frac{9}{8}$.

Quant à l'intervalle $\frac{3}{2}$, qui se présente de plus dans la progression triple, et dont le rapport à la fraction $\frac{4}{3}$ vaut également $\frac{9}{8}$, il est vraisemblable que, dans l'intention de Platon, il devait être, *a fortiori*, rempli de la même manière par des intervalles de $\frac{9}{8}$ et de $\frac{256}{243}$; ce qui eût donné, par exemple, de 2 à $\frac{3}{2}$, la série :

(D)

1	$\frac{9}{8}$	$\frac{81}{64}$	$\frac{729}{512}$	$\frac{3}{2}$

dont chaque nombre est égal au précédent multiplié par $\frac{9}{8}$, excepté le dernier $\frac{3}{2}$, qui, divisé par $\frac{729}{512}$, donne $\frac{256}{243}$.

Mais, si cette intercalation était dans l'intention de Platon, du moins ne l'a-t-il point exprimé. Pour y suppléer, Proclus, qui nous a conservé les principaux détails de ce calcul (pages 193 et suiv. Bâl. 1534), considérant apparemment comme convenablement rempli par les intervalles partiels de la progression double, l'intervalle total compris entre 1 et 3 dans la progression triple, se contente de tripler les termes des premiers pour remplir le dernier. Cette opération ne fait que reproduire les autres nombres supérieurs à 3 déjà intercalés dans la progression double, sauf *deux*, savoir : la fraction $\frac{16}{3}$, qui est remplacée par $\frac{729}{128}$, triple de $\frac{243}{128}$, et le nombre 9, qui dépasse les limites de la première progression.

Enfin, on triple tous les nombres obtenus de 3 à 9, y compris la nouvelle fraction $\frac{729}{128}$; et ainsi se trouve rempli l'intervalle de 9 à 27.

Nous allons présenter le tableau du tout, en y joignant les produits que donnent les résultats ainsi trouvés quand on les multiplie par 384, nombre qui est loin d'être pris au hasard, car il est *le plus simple multiple de leurs dénominateurs.* Timée de Locres, ou l'ouvrage qui porte son nom, en partant du nombre 384 au lieu de partir de l'unité, évite par là l'emploi des fractions; mais il ne motive pas le choix qu'il fait de ce nombre de préférence à tout autre, choix qui ne se trouve expliqué que par la méthode suivie par nous-même conformément au texte du Timée de Platon.

En prenant le rapport de chaque nombre au précédent, on obtient trois nombres différents, savoir, 1° : $\frac{9}{8}$, qui représente la valeur du *ton;* 2° : $\frac{256}{243}$, que les anciens nomment λεῖμμα, *limma*, c'est-à-dire *reste*, parce que cette fraction est la mesure de l'intervalle restant quand on a retranché *deux tons* de l'intervalle de *quarte* représenté par $\frac{4}{3}$, ou *trois tons* de l'intervalle de *quinte* représenté par $\frac{3}{2}$; en deux mots, parce que l'on a

$$\frac{9}{8} \times \frac{9}{8} \times \frac{256}{243} = \frac{4}{3},$$

et

$$\frac{9}{8} \times \frac{9}{8} \times \frac{9}{8} \times \frac{256}{243} = \frac{3}{2}.$$

Enfin le troisième des trois rapports différents dont nous parlons est $\frac{2187}{2048}$; on le nomme *apotome*, *ἀποτομή* : c'est l'excès du *ton* sur le *limma*, ou le rapport de $\frac{9}{8}$ à $\frac{256}{243}$. L'*apotome* étant un peu plus grand que le *limma*, on nomme encore le premier intervalle *demi-ton majeur*, et le second *demi-ton mineur* (v. les pages 37, 72, 169).

Voici le tableau, avec l'indication des intervalles. Nous y joignons le résultat de l'addition de tous les termes entiers, résultat qui est, conformément au texte de Timée de Locres, égal à 114695.

(E)

					T			T
1	384		$\frac{27}{8}$	1296		$\frac{81}{8}$	3888	
		T			T			T
$\frac{9}{8}$	432		$\frac{243}{64}$	1458		$\frac{729}{64}$	4374	
		T			L			L
$\frac{81}{64}$	486		4	1536		12	4608	
		L			T			T
$\frac{4}{3}$	512		$\frac{9}{2}$	1728		$\frac{27}{2}$	5184	
		T			T			T
$\frac{3}{2}$	576		$\frac{81}{16}$	1944		$\frac{243}{16}$	5832	
		T			L			L
$\frac{27}{16}$	648		$\frac{16}{3}$	2048		16	6144	
		T			A			A
$\frac{243}{128}$	729		$\frac{729}{128}$	2187		$\frac{2187}{128}$	6561	
		L			L			L
2	768		6	2304		18	6912	
		T			T			T
$\frac{9}{4}$	864		$\frac{27}{4}$	2592		$\frac{81}{4}$	7776	
		T			T			T
$\frac{81}{32}$	972		$\frac{243}{32}$	2916		$\frac{729}{32}$	8748	
		L			L			L
$\frac{8}{3}$	1024		8	3072		24	9216	
		T			T			T
3	1152		9	3456		27	10368	
	8547			26537			79611	

8547
26537
79611
114695

N. B. — Le nombre des termes est 36, ce qui est également conforme au texte de Timée de Locres.

Avant de rechercher quelle peut être la signification de ces nombres, je crois devoir relever une légère inexactitude échappée à M. Th. Henri Martin, dans l'ouvrage remarquable que j'ai déjà eu l'occasion de citer plusieurs fois (notes A, C, F, G) : *Études sur le Timée de Platon.* Ce livre me

TRAITÉS GRECS relatifs à la musique.

paraissant destiné à faire autorité sur la matière, et généralement sur toutes les questions de musique ancienne, qui y sont traitées d'une manière supérieure, on pourrait craindre que, par cela même, il ne contribuât à accréditer l'erreur dont je parle ici, erreur qui n'est pas sans quelque importance, puisqu'elle conduit l'auteur à établir que le *tétracorde synèmménôn* et le *système conjoint* ne jouent aucun rôle dans l'échelle musicale de Platon.

Or M. Martin, après avoir parfaitement établi la manière d'intercaler les moyennes arithmétiques et les moyennes harmoniques dans la progression double (tom. I, p. 385 et suiv.), se contente, au lieu d'employer directement les nombres de la progression triple, de doubler et de quadrupler (p. 389) les termes déjà obtenus entre 4 et 8; ce qui donne le même résultat que si Platon eût employé la seule progresssion double en la portant jusqu'au sixième terme, savoir :

$$\div\; 1 : 2 : 4 : 8 : 16 : 32.$$

Mais, en opérant ainsi, M. Martin s'est totalement écarté des procédés des commentateurs de Platon. Ce n'est pas là cependant ce dont je blâmerais le docte auteur; ce que je veux lui reprocher d'abord, c'est de laisser supposer au lecteur que, si ses résultats diffèrent de ceux de Proclus (p. 384), c'est uniquement par la forme. Il est facile, au contraire, de prévoir *a priori* que la vérification indiquée dans le traité attribué à Timée de Locres ne saurait réussir avec les nombres de M. Martin; et en effet ceux-ci donnent pour somme 129065 au lieu de 114695[1].

M. Martin, en s'écartant ainsi de Proclus, de Timée de Locres, et des autres auteurs anciens qui ont traité cette question, s'est-il rapproché de Platon? Encore moins, puisque, comme nous venons de le dire, il n'emploie qu'une seule progression au lieu de deux, et qu'il la pousse jusqu'au nombre 32, tandis que, dans l'intention de Platon, il fallait évidemment ne pas dépasser 27.

[1] M. H. Martin, à qui ces observations ont été communiquées, s'est empressé, avec une candeur qui l'honore autant comme homme, que son ouvrage l'élève comme écrivain et comme philosophe, de reconnaître la justesse de nos critiques.

Il y a, dans l'ouvrage cité (*Études, etc.*), p. 384, l. 8, une faute d'impression qui n'est pas indiquée dans l'*errata*, et que nous signalons à ceux qui voudraient refaire le calcul, savoir : 114665 au lieu de 114695.

De même, l. 11, $\frac{9}{8}$ au lieu de $\frac{4}{3}$: cette dernière faute, toute légère qu'elle est en elle-même, paraît être la cause qui a le plus contribué, par ses conséquences, à occasionner l'erreur signalée ci-dessus dans notre texte.

Quant à moi, reconnaissant aussi que les commentateurs ont pu ne pas bien saisir la pensée de Platon, je pense (et M. Martin m'a depuis déclaré verbalement qu'il adhérait à cet avis), je pense qu'il fallait effectuer directement, dans la progression triple, des intercalations semblables à celles qui ont été effectuées dans la progression double. On obtient alors ces trois nouvelles séries :

(F)

	T	T	T	L	T	T	L	T	T	T	L
1	$\frac{9}{8}$	$\frac{81}{64}$	$\frac{729}{512}$	$\frac{3}{2}$	$\frac{27}{16}$	$\frac{243}{128}$	2	$\frac{9}{4}$	$\frac{81}{32}$	$\frac{729}{256}$	3
3	$\frac{27}{8}$	$\frac{243}{64}$	$\frac{2187}{512}$	$\frac{9}{2}$	$\frac{81}{16}$	$\frac{729}{128}$	6	$\frac{27}{4}$	$\frac{243}{32}$	$\frac{2187}{256}$	9
9	$\frac{81}{8}$	$\frac{729}{64}$	$\frac{6561}{512}$	$\frac{27}{2}$	$\frac{243}{16}$	$\frac{2187}{128}$	18	$\frac{81}{4}$	$\frac{729}{32}$	$\frac{6561}{256}$	27

séries qui, du reste, ne contiennent que dix-sept nombres véritablement nouveaux, savoir : les fractions $\frac{729}{512}$, $\frac{729}{256}$, $\frac{2187}{512}$, $\frac{729}{128}$, $\frac{2187}{256}$, et les douze nombres de la troisième ligne[1].

Il nous paraît donc fort probable que c'était là véritablement l'intention de Platon : car c'est le seul moyen d'obtenir le système *conjoint* dont il n'est pas raisonnable de supposer qu'il ait voulu faire abstraction, ce système étant certainement connu de son temps, étant même antérieur au système *disjoint*, s'il est vrai, comme on le rapporte, que ce fut Pythagore qui imagina la disjonction.

Pour justifier ce que nous venons d'avancer, il faut maintenant voir comment on peut interpréter les résultats qui précèdent.

Or, en se reportant à ce que nous avons dit dans la note précédente, on voit que cette interprétation peut être tentée suivant deux systèmes différents.

Dans le premier système, les nombres de Platon représenteraient des vibrations : alors les nombres les plus petits correspondraient aux sons les plus graves ; et, d'après la disposition des intervalles de *ton* et de *limma* telle que nous l'avons fixée, disposition qui est d'ailleurs indépendante du système que l'on adopte, la progression double, avec les termes intercalés,

[1] Pour le coup, si l'on voulait avoir des nombres entiers, ce ne serait plus seulement par 384 qu'il faudrait multiplier, mais par 1.536, qui est le plus simple multiple des dénominateurs actuels. Ensuite il y aurait 39 nombres au lieu de 36, et la somme serait évidemment fort supérieure à celle que donne Timée de Locres.

représenterait trois octaves diatoniques ascendantes de l'espèce *lydienne*, c'est-à-dire de la forme : *Ut, ré, mi, fa, sol, la, si, ut.* Mais ce système d'interprétation ne supporte pas l'examen.

Si, au contraire, comme il est infiniment plus probable, ces nombres représentent des longueurs de corde, alors, les sons les plus aigus étant les premiers, la progression double représente trois octaves doriennes descendantes, ou de la forme *Mi, ré, ut, si, la, sol, fa, mi;* et ce qui rend tout à fait certain ce second système d'interprétation, c'est la prééminence exclusive que Platon accordait à l'harmonie dorienne[1] sur toutes les autres : ἥπερ [δωριστὶ] μόνη ἑλληνική ἐστιν ἁρμονία (v. p. 97). On obtient d'ailleurs le grand système parfait de deux octaves, tel qu'il se trouve dans notre tableau restitué (p. 41), en prenant, dans les trois octaves précédentes, toutes les notes comprises depuis le *la* représenté par $\frac{3}{2}$, jusqu'au *la* représenté par 6.

Passons maintenant à la progression triple. Pour que l'on puisse tirer de cette progression le système conjoint que la progression double ne donne pas, il faut que la première contienne un *si* ♭. Or la fraction $\frac{729}{128}$ du tableau (E) représente bien en effet cette note quand on adopte le second système d'interprétation, d'après lequel les nombres sont des longueurs de corde; mais il faudrait, de plus, vers le grave, trois tétracordes conjoints successifs que l'on n'y trouve pas; en d'autres termes, au lieu de la fraction $\frac{729}{64}$, qui représente également un *si* ♭, on devrait avoir un *si* ♮ représenté par la fraction $\frac{32}{3}$, ce qui n'a pas lieu.

Mais il n'en est plus de même lorsque, au lieu de prendre les nombres de la progression triple dans le tableau (E), on les prend dans le tableau (F) : car, dès l'abord, on trouve dans celui-ci un *si* ♭ représenté par la fraction $\frac{729}{512}$, puis son octave grave représentée par $\frac{729}{256}$; et, si l'on adopte, par exemple, ce dernier pour représenter la trite des conjointes, on aura l'ensemble des deux systèmes parfaits, conjoint et disjoint, représenté par la série des nombres suivants que l'on peut transformer en nombres entiers en multipliant par 768.

[1] Cependant, Platon ne s'exprimant pas formellement sur la disposition des intervalles de $\frac{9}{8}$ et $\frac{256}{243}$ avec lesquels il remplit les quartes, on pourrait, à la rigueur, supposer que, dans son intention, cette disposition était susceptible de varier, de manière à produire à volonté trois octaves doriennes, ou phrygiennes, ou lydiennes.

	$\frac{3}{2}$	1152	la			νήτη	ὑπερβολαίων.
	$\frac{27}{16}$	1296	sol			παρανήτη	ὑπερβολαίων.
	$\frac{243}{128}$	1458	fa			τρίτη	ὑπερβολαίων.
	2	1536	mi			νήτη	διεζευγμένων.
	$\frac{9}{4}$	1728	ré	νήτη	συνημμένων.	παρανήτη	διεζευγμένων.
	$\frac{81}{32}$	1944	ut	παρανήτη	συνημμένων.	τρίτη	διεζευγμένων.
	$\frac{8}{3}$	2048	si		συνημμένων.	παραμέση.	
(G)	$\frac{729}{256}$	2187	si ♭	τρίτη	συνημμένων.		
	3	2304	la	ΜΈΣΗ.			
	$\frac{27}{8}$	2592	sol	λιχανός	μέσων.		
	$\frac{243}{64}$	2916	fa	παρυπάτη	μέσων.		
	4	3072	mi	ὑπάτη	μέσων.		
	$\frac{9}{2}$	3456	ré	λιχανός	ὑπάτων.		
	$\frac{81}{16}$	3888	ut	παρυπάτη	ὑπάτων.		
	$\frac{16}{3}$	4096	si	ὑπάτη	ὑπάτων.		
	6	4608	la	προσλαμβανομένη.			

TRAITÉS GRECS relatifs à la musique.

Une dernière remarque nous paraît nécessaire pour lever tous les doutes, en achevant de prouver que nous avons bien opéré conformément à la pensée de Platon, et que la série calculée ne saurait représenter des nombres de vibrations. En effet, dans cette hypothèse, le système disjoint se retrouverait, à la vérité, dans les termes de la progression double, depuis $\frac{27}{16}$ jusqu'à $\frac{27}{4}$, ou, en nombres entiers, depuis 648 jusqu'à 2592 (ce qui n'est autre chose que le second diagramme de Gaudence, p. 17 et 39); mais, pour le système conjoint, on ne pourrait le déduire en aucune façon du diagramme de Platon, comme nous en avons ci-dessus exposé la convenance. — Au reste, pour y suppléer, voici, en nombres de vibrations, le tableau exact du diagramme de ce système conjoint :

	προσλαμβανομένη		la	1	1944
	ὑπάτη	ὑπάτων.	si	$\frac{9}{8}$	2187
	παρυπάτη	ὑπάτων.	ut	$\frac{32}{27}$	2304
	λιχανός	ὑπάτων.	ré	$\frac{4}{3}$	2592
	ὑπάτη	μέσων.	mi	$\frac{3}{2}$	2916
(H)	παρυπάτη	μέσων.	fa	$\frac{128}{81}$	3072
	λιχανός	μέσων.	sol	$\frac{16}{9}$	3456
	ΜΈΣΗ		la	2	3888
	τρίτη	συνημμένων.	si ♭	$\frac{512}{243}$	4096
	παρανήτη	συνημμένων.	ut	$\frac{64}{27}$	4608
	νήτη	συνημμένων.	ré	$\frac{8}{3}$	5184

Quant aux nombres donnés par notre auteur, il est facile de reconnaître

TRAITÉS GRECS relatifs à la musique.

qu'ils sont à ceux de ce tableau (H), soit exactement, soit approximativement, dans le rapport de 8 à 81; et M. Bellermann observe avec raison (p. 82) que ceux qui ne sont pas des produits exacts sont tous plus grands que leurs vraies valeurs.

C'est ici le lieu de rappeler une petite dissertation sur le *nombre nuptial* de Platon, que j'ai communiquée à l'Académie le 16 août 1839, sous ce titre: *Essai d'interprétation d'un passage obscur du VIIIe livre de la République.*

SUPPLÉMENT A LA NOTE L.

SUR LE NOMBRE NUPTIAL DE PLATON[1].

Au nombre des problèmes plus ou moins importants que l'antiquité nous a légués, se trouve ce célèbre passage du VIIIe livre de la République de Platon, sur lequel se sont vainement essayés la plupart des commentateurs. Dans cet endroit, l'illustre philosophe met en scène les muses; et, sur un ton moitié léger moitié sérieux, *ὡς παιζούσας καὶ ἐρεσχελούσας, ὡς δὴ σπουδῇ λεγούσας*, il les fait disserter sur la stabilité et les vicissitudes des empires.

Plusieurs circonstances concourent à rendre inintelligible ce passage, qui déjà, au temps de Cicéron, était regardé comme une énigme indéchiffrable (*Lettre à Atticus*, VII, 13)[2]. L'obscurité qu'il présente, obscurité devenue proverbiale, est telle en effet, que l'on a été jusqu'à douter qu'il cachât véritablement un sens : en sorte que l'écrivain n'aurait eu d'autre but que de s'y jouer de son lecteur. M. Cousin, dans sa traduction, rejette avec raison une semblable hypothèse, n'admettant pas qu'une phrase de Platon, phrase d'ailleurs en partie commentée par Aristote (*Politique*, V, XII), pût être dépourvue de sens, et ne pensant pas davantage qu'une chose « doive être décidément réputée absurde par cela seul que nous ne l'entendons point. »

Quant aux principales causes de l'obscurité en question, on peut les énumérer ainsi :

[1] Cf. Nicomaque (*Arithmétique*, édit. d'Ast, p. 144); Boëce (Bâle, p. 1050); Proclus *in Eucl. passim*; le même, *in Tim.* p. 270; Plutarque, *De animæ creatione*; le même, *In Isid.*; le même, *De defect. orac.*; Desermes (Mersenne), *Traité de l'harm. univ.*, Paris, 1627, in-8°, p. 424; Cl. Duret, *Discours de la vérité des causes, etc.*, p. 260; J. V. Leclerc, *Pensées de Platon*, 1824, p. 544.

[2] Batteux, dans son édition du Timée (p. 104), attribue à Sextus Empiricus cette remarque, que « les commentateurs de Platon n'ont osé toucher cette partie » ; « mais Sextus, dans l'endroit cité, ne parle que d'une manière générale de l'obscurité de Platon.

TRAITÉS GRECS relatifs à la musique.

En premier lieu, le passage est en lui-même l'énoncé d'un problème où il s'agit de déterminer, soit *un*, soit *deux* nombres : car, sur ce point même, les opinions diffèrent.

Ensuite, ce sont les altérations évidentes du texte, altérations qui présentent ici cette circonstance particulière, que le sens ne peut plus servir de guide pour aider à leur rectification, puisque ce sens, même supposé complet, n'offrirait encore qu'une énigme.

En troisième lieu, c'est l'intention formelle, avouée par l'auteur au début du passage, d'y donner à son style une tournure (que l'on me passe le mot) *amphigourique*, vraisemblablement parce qu'il s'agissait là d'une superstition que le philosophe ne voulait ni admettre ni combattre, d'un mystère qu'il ne lui convenait ni de divulguer ni de céler entièrement.

Nous ne devons donc trouver rien de bien surprenant dans l'impuissance des tentatives faites jusqu'ici pour arriver à une interprétation quelconque. Et si, d'un côté, il y a de ma part quelque témérité à m'avancer dans une carrière aussi épineuse, j'y suis, d'un autre, encouragé: 1° par Schleiermacher, qui, après avoir interrompu pendant douze années, dit-il, sa traduction de Platon, « dans l'espérance toujours renaissante et toujours trompée de parvenir à comprendre le fameux passage, » a fini par en donner une traduction mot à mot, dont il déclare d'ailleurs n'entendre que partiellement le sens; et, pour le reste, il se borne à réfuter ses devanciers et ses contemporains, particulièrement ses deux compatriotes Fries et Schneider (dont les interprétations sont d'ailleurs totalement différentes de celle que j'ai à proposer); 2° par M. Cousin lui-même, qui déclare formellement (*Œuvres complètes de Platon*, t. X, p. 325) que « l'inutilité de ses efforts pour en trouver la clef n'est nullement une raison pour lui de désespérer qu'avec le temps et une étude particulière de la géométrie ancienne, on ne vienne à bout de résoudre ce nœud embarrassé. »

Tel est l'exposé succinct de l'état d'une question sur laquelle j'ai cru pouvoir, en conséquence, me permettre de présenter une nouvelle conjecture.

Je commencerai par reproduire ici le passage grec tel que le donne l'édition de Bekker :

Ἔστι δὲ θείῳ μὲν γεννητῷ περίοδος ἣν ἀριθμὸς περιλαμβάνει τέλειος, ἀνθρωπείῳ δὲ ἐν ᾧ πρώτῳ αὐξήσεις δυνάμεναί τε καὶ δυναστευόμεναι τρεῖς ἀποστάσεις, τέτταρας δὲ ὅρους λαβοῦσαι ὁμοιούντων τε καὶ ἀνομοιούντων, καὶ αὐξόντων καὶ φθινόντων, πάντα προσήγορα καὶ ῥητὰ πρὸς ἄλληλα ἀπέφηναν· ὧν ἐπίτριτος πυθμὴν πεμπάδι συζυγεὶς δύο ἁρμονίας παρέχεται τρὶς αὐξηθεὶς, τὴν μὲν ἴσην ἰσάκις, ἑκατὸν τοσαυτάκις, τὴν δὲ ἰσομήκη μὲν, τῇ προμήκει δὲ, ἑκατὸν μὲν ἀριθμῶν ἀπὸ διαμέτρων ῥητῶν πεμπάδος, δεομένων ἑνὸς ἑκάστων, ἀῤῥήτων δὲ δυεῖν, ἑκατὸν δὲ κύβων τριάδος. Ξύμπας δὲ οὗτος ἀριθμὸς γεωμετρικὸς τοιούτου κύριος ἀμεινόνων τε καὶ χειρόνων γενέσεων... κ. τ. λ.

Voici maintenant l'interprétation que je propose, interprétation dans laquelle je devais éviter, même volontairement, d'être très-clair, pour ne pas m'écarter entièrement de la couleur du style et de l'intention de l'auteur. J'expliquerai ensuite ma traduction, en exposant les bases sur lesquelles elle est fondée :

« Il y a, pour les générations divines comme pour les générations humaines, une période qu'embrasse un nombre parfait, dans lequel [il faut considérer] en premier lieu certaines puissances successives portées jusqu'au quatrième terme et présentant trois intervalles. [La comparaison de] ces diverses puissances entre elles, soit semblables, soit dissemblables, croissantes ou décroissantes, met en évidence leurs relations et leurs rapports mutuels. Or, si l'on multiplie ce nombre par le rapport du quaternaire au ternaire, et que l'on réunisse au moyen du quinaire, on obtiendra trois produits qui, par un double assemblage, donneront deux figures, l'une carrée, l'autre oblongue; de telle sorte que la première figure aura pour mesure son côté multiplié par lui-même, et la seconde ce même côté multiplié par cent; [ce qui fait d'une autre manière] : cent nombres égaux, à une unité près, au diamètre rationnel du quinaire, deux unités en surplus, et six fois le cube du ternaire. — C'est ce nombre géométrique dont le pouvoir préside aux bonnes et aux mauvaises générations, etc. »

Tâchons maintenant de justifier notre traduction.

D'abord la première ligne ne présente aucune difficulté; seulement, je transporte la virgule après ἀνθρωπείῳ τε, ainsi que je lis au lieu de ἀνθρωπείῳ δέ. Ensuite, à partir de ἐν ᾧ πρώτῳ jusqu'à ἀπέφηναν, Schleiermacher a expliqué comment le nombre 216 peut être considéré comme résolvant l'espèce de problème proposé par la muse. Souscrivant moi-même à la solution qu'il en donne, je pourrais passer outre, en renvoyant aux raisons sur lesquelles il s'appuie; mais je ne ferai sans doute pas mal d'indiquer diverses autres propriétés du nombre 216 qui peuvent contribuer à faire regarder ce nombre comme étant bien réellement celui auquel il est fait allusion dans la première moitié du passage que j'examine ici.

TRAITÉS GRECS relatifs à la musique.

Premièrement, en partant de l'unité, *principe* ou *semence*, *σπέρμα*, de tous les nombres, suivant les pythagoriciens et les platoniciens, formons les trois premières puissances (multiplications par puissances et puissances de puissances, *αὐξήσεις δυνάμεναί τε καὶ δυναστευόμεναι*[1]) des nombres 2, 3, et 6, c'est-à-dire du premier nombre pair ou femelle suivant les mêmes pythagoriciens, du premier nombre impair ou mâle (car l'unité, pour eux, n'était pas un nombre, *ἡ γὰρ μονὰς οὐκ ἦν ἀριθμός*[2]), et enfin du premier nombre parfait (égal à la somme de ses diviseurs 1, 2, 3). — Nous pourrons ainsi former le tableau suivant :

1 : 1 : 1 : 1
1 : 2 : 4 : 8
1 : 3 : 9 : 27
1 : 6 : 36 : 216.

On reconnaît alors sur chaque ligne, soit horizontale, soit verticale, les *quatre termes*, *τέτταρας ὅρους*, et les *trois intervalles*, *τρεῖς ἀποστάσεις*. Ces termes *croissent*, *αὐξόντων*, ou *décroissent*, *φθινόντων*, suivant le sens dans lequel on les prend. Ensuite, si l'on considère chaque colonne verticale, on a les termes *semblables* ou de même puissance, *ὁμοιούντων*, termes qui sont d'ailleurs *en proportion;* de plus, les termes d'une même ligne horizontale sont en progression; enfin les autres combinaisons donnent les termes *dissemblables*, *ἀνομοιούντων*.

On ne peut guère supposer, je crois, que Platon ait voulu dire quelque chose qui s'accorde mieux avec la signification individuelle de chaque expression. Or le dernier ou le plus grand terme est égal à 216.

D'ailleurs, *deuxièmement*, les premières puissances de 2 et de 3 forment précisément le double quaternaire de Platon (cf. son Timée, ainsi que le traité de la Création de l'âme, de Plutarque), ce qui rend très-probable l'hypothèse précédente, savoir, que c'est à ces mêmes nombres que Platon fait ici allusion; or on obtient encore le nombre 216 en multipliant ce quaternaire par le nombre 4.

[1] Cf. Proclus *in Eucl.* p. 2, l. 14, en montant. — Tout ce passage me paraît faire allusion à un antique jeu pythagoricien nommé *ῥυθμομαχία* ou *ἀριθμομαχία*, que Lefebvre d'Étaples a tenté de faire revivre au XVIe siècle. Après lui, un nommé de Boissière a écrit sur ce sujet un livre intitulé : *Le jeu pythagorique, dit rhythmomachie*, par Cl. de Boissière, Paris, 1556, in-8°, lequel a eu d'ailleurs plusieurs éditions, tant en français qu'en latin.

[2] Théon de Smyrne édité par Bouillaud, p. 159.

$$\begin{array}{rcr} 1 & = & 1 \\ 2+3 & = & 5 \\ 4+9 & = & 13 \\ 8+27 & = & 35 \\ \hline & \text{Somme :} & 54 \\ & & \times\ 4 \\ \hline & & 216 \end{array}$$

Troisièmement, on reproduit de nouveau le même nombre 216, cube de 6, en ajoutant entre eux les cubes des trois nombres 3, 4, 5 :

$$\begin{array}{ccccccc} 1 & : & 3 & : & 9 & : & 27 \\ 1 & : & 4 & : & 16 & : & 64 \\ 1 & : & 5 & : & 25 & : & 125 \\ \hline & & & & & & 216. \end{array}$$

Or ces nombres 3, 4, 5, 6, représentent, les trois premiers, les côtés, et le dernier la surface d'un triangle rectangle célèbre dans la géométrie et la philosophie anciennes, puisque ce fut pour sa découverte que Pythagore sacrifia un bœuf suivant les uns, ou même une hécatombe suivant la tradition la plus commune; et ce triangle fournit ainsi, entre ses divers éléments, ces deux relations remarquables[1] :

$$3^2 + 4^2 = 5^2, \qquad \text{et} \qquad 3^3 + 4^3 + 5^3 = 6^3.$$

Mais cette même figure, on n'en peut douter, joue un rôle essentiel dans la question : car Aristote, à l'endroit cité, y faisant une allusion évidente, dit, en commentant une partie de la phrase de Platon dont il répète les expressions ὧν ἐπίτριτος ϖυθμὴν ϖεμπάδι συζυγείς, que les révolutions sur lesquelles dissertent les interlocuteurs de la République arrivent quand le nombre du triangle désigné est devenu *solide*, c'est-à-dire *cubique* ou à *trois dimensions*, ὅταν ὁ τοῦ διαγράμματος ἀριθμὸς τούτου γένηται στερεός.

Quatrièmement, dans le IIIe livre d'Aristide Quintilien (*De la musique*, p. 151, édit. de Meybaum), se trouve un long passage en style mystique, qui paraît avoir aussi pour but de commenter ce passage de Platon : car les mots ὧν ἐπίτριτος ϖυθμὴν ϖ. σ. y sont également cités, ainsi que la propriété

[1] Cf. le compte rendu de l'Académie des sciences, 1er février 1841.

du même triangle rectangle. Aristide Quintilien y conclut formellement au nombre 216, qu'il obtient, comme je l'ai fait ci-dessus (*troisièmement*), en ajoutant, de plus, que ce nombre représente, à 6 jours près, l'intervalle de 7 mois au bout duquel les enfants naissent viables. On sait en effet que, suivant les pythagoriciens, ces heureuses naissances n'arrivent qu'à 7 mois et à 9, mais non pas à 8, par l'excellente raison que chacun des nombres 7 et 9 est la réunion ou somme de deux nombres de sexes différents, c'est-à-dire, l'un pair, et l'autre impair, comme on l'a dit plus haut, tandis que 8 est la réunion de deux nombres de même sexe, ce qui, on le pense bien, ne pouvait manquer d'occasionner un avortement [1] !

TRAITÉS GRECS relatifs à la musique.

Quant au nombre 6, formant l'excédant des 216 jours sur les 7 mois, on explique sa présence actuelle par diverses raisons sans doute très-concluantes, par exemple celle-ci : que 6 est le nombre essentiellement *nuptial*, le *mariage*, *γάμος*, de la première femelle avec le premier mâle, c'est-à-dire le produit de la multiplication du premier nombre pair, ou 2, par le premier impair, ou 3.

Cinquièmement et en dernier lieu, j'ajoute que c'était au bout de chaque période de 216 ans que s'opéraient les métempsycoses, comme on le voit dans un fragment d'Anatolius qui fait partie des Θεολογ. τῆς ἀριθμητικῆς (p. 40, éd. Ast, 1817), et dont je donne ici la traduction :

« Androcyde le pythagoricien, celui qui a écrit sur les symboles, Eubulide le pythagoricien, Aristoxène, Hippobote, Néanthe, tous, en traitant de l'homme, ont établi que les métempsycoses qui lui arrivaient s'opéraient par intervalles de 216 années. C'était en effet au bout de ce temps que Pythagore effectuait sa renaissance [2]. Ils ont examiné en même temps comment cela tenait aux retours périodiques du cube de 6, dont dépend la naissance des âmes, et de ses révolutions sphériques [3]; et ils ont tiré d'autres conséquences qui se trouvent confirmées par l'existence de Pythagore. En effet, ce philosophe avait autrefois possédé l'âme d'Euphorbe ; or, en suivant l'ordre des temps, il s'est écoulé, d'après l'histoire, environ 514 ans depuis

[1] Ce préjugé existe encore, sous une autre forme, dans certaines classes de la société.

[2] Cela montre que, dans le texte de Diogène de Laërte, *Vie de Pythagore* (p. 576, éd. de Henri Étienne, 1593), il y a une faute; et qu'au lieu de ἑπτὰ καὶ διακοσίων, il faut lire : ἓξ καὶ δέκα καὶ διακοσίων.

[3] C'est-à-dire que les puissances se terminent toujours par le même chiffre (cf. Théon de Smyrne, p. 60), propriété qui n'appartient qu'aux nombres terminés, dans notre système de numération, par un des chiffres 0, 5, et 6.

TRAITÉS GRECS relatifs à la musique.

la guerre de Troie jusqu'à Xénophane le physicien, Anacréon, Polycrate, ou jusqu'à la ruine et destruction des Ioniens par le Mède Arpagon, événement par suite duquel les Phocéens émigrèrent et allèrent se fixer à Marseille; et Pythagore était contemporain de ces divers personnages. Mais on raconte aussi que, lors de la conquête de l'Égypte par Cambyse, Pythagore fut pris avec les prêtres, dans la société desquels il vivait; qu'il fut avec eux emmené captif à Babylone, et que là il fut initié aux mystères des barbares. On sait d'ailleurs que Cambyse était contemporain de Polycrate, et que ce fut pour se soustraire à la tyrannie de ce dernier que Pythagore s'était réfugié en Égypte. Enfin, si l'on retranche cette double période, c'est-à-dire deux fois 216 ans [des 514], on trouve pour reste 82 ans, durée de la vie de Pythagore. »

$$\begin{array}{r} 216 \\ 216 \\ 82 \\ \hline 514 \end{array}$$

Pour en revenir à la question, voilà certes, dans les idées pythagoriciennes, des raisons plus que suffisantes pour faire regarder le nombre 216 comme présentant une solution plausible de la première partie de la question. Mais, jusqu'ici, nous n'avons fait que développer et fortifier une solution déjà proposée et adoptée par d'autres; et, quant au surplus de la question même, nous ne lui avons pas encore fait faire un pas. Avançons donc, en reprenant à *ἐπίτριτος πυθμήν* qui a été jusqu'à présent la véritable pierre d'achoppement.

Or le mot *πυθμήν* signifie (Théon de Smyrne, p. 125) un « rapport réduit à sa plus simple expression, » et *ἐπίτριτος πυθμήν* est le rapport de 4 à 3. Mais j'ai déjà dit plus haut que le triangle rectangle dans lequel les côtés de l'angle droit sont représentés par ces nombres doit avoir 5 pour hypoténuse; et il ne peut y avoir de doute que ce ne soit bien de ce triangle qu'il est ici question, comme Schleiermacher et Schneider paraissent aussi l'avoir entendu. Il est vrai que, malgré cela, cette figure, suivant eux, n'a rien à faire ici; mais on va voir que j'ai quelque raison pour n'être pas de l'avis de ces auteurs; car c'est de sa considération même que se déduit l'explication de la phrase suivante et de tout le reste du passage.

En effet, la base de notre triangle étant 216 ou 3 fois 72, le rapport

TRAITÉS GRECS relatifs à la musique.

épitrite ou de 4 à 3 nous donnera 4 fois 72 ou 288 pour hauteur, et le rapport de la *pentade* ou du *quinaire*, 5 fois 72 ou 360 pour hypoténuse, puisque l'on a

$$216 : 288 : 360 :: 3 : 4 : 5.$$

Alors, ajoutant les trois produits ou les trois côtés, nous avons 864 pour le périmètre; et c'est à ce nouveau nombre que nous avons maintenant affaire.

Or 864 se décompose en deux parties, savoir : 8 fois 8, et 100 fois 8:

$$\begin{aligned} 8 \times 8 &= 64 \\ 100 \times 8 &= 800 \\ \hline &\ 864 \end{aligned}$$

Mais avec 8 fois 8 on fait une figure carrée, *ἰσομήκη*, ou de dimensions égales, *ἴσην ἰσάκις*; et, avec 100 fois 8, une figure oblongue, *προμήκη*, de même largeur que la première, mais d'une longueur égale à *cent*, *ἑκατὸν τοσαυτάκις* : on voit qu'il faut lire *τὴν προμήκη* au lieu de *τῇ προμήκει*.

De plus, *τρὶς αὐξηθείς* n'indiquant que vaguement une triple augmentation, il est permis de croire que Platon a voulu jouer ici sur les mots *ἁρμονία* et *αὐξηθείς*, et donner, en outre, à sa phrase un second sens d'après lequel il faudrait considérer 8, base commune des deux figures, comme le *cube*, la *troisième puissance* du nombre 2 désigné ici par le mot *ἁρμονία*, les expressions *δύο ἁρμονίας* faisant alors allusion au double emploi de ces nombres 2 et 8 dans les produits 64 et 800. Quant à cette qualification d'*harmonie* appliquée au nombre *deux*, elle se trouve justifiée par l'autorité de Photius d'après Nicomaque, et par celle de tous les auteurs cités par Meursius dans son *Denarius pythagoricus*. On voit en effet, en rapprochant divers passages de ce dernier auteur, que le mot *ἁρμονία* est génériquement employé pour désigner les nombres 2, 3, 4, 6, vraisemblablement parce qu'ils expriment des intervalles consonnants; et il existe, en outre, une raison pour appeler *harmonie* particulièrement le nombre *deux* : c'est que l'intervalle représenté par ce nombre, ou l'*octave*, est nommé spécialement *ἁρμονία* par Pythagore (conf. les paroles de Philolaüs citées par Nicomaque, *Manuel d'harmonie*, page 17, édition de Meybaum); de sorte que le nombre 2 est lui-même *l'harmonie κατ' ἐξοχήν*.

Quoi qu'il en soit, le sens paraissant complet jusque-là, le reste du passage de Platon me semble devoir être considéré comme exprimant une

TRAITÉS GRECS relatifs à la musique.

autre propriété ou une autre décomposition du nombre 864. En effet, le *diamètre du quinaire*, *διαμέτρος πεμπάδος*, est le nombre 7 (Théon de Smyrne, page 67); c'est-à-dire que, si l'on construit un triangle rectangle isocèle ayant pour côtés de l'angle droit le nombre 5, ce qui donne 2 fois 25 ou 50 pour le carré de l'hypoténuse, cette hypoténuse aura pour valeur la racine carrée de 50, ou 7, en négligeant toutefois une unité sur le carré, *δεομένων ἑνὸς ἑκάστων*, parce que 7 est la racine exacte de 49, mais non de 50 qui contient une unité de trop; et, pour ce dernier nombre, 7 n'est que la partie entière de sa racine, ou sa racine à une unité près, ou enfin la partie rationnelle du diamètre de 5, *διαμέτρος ῥητὸς τῆς πεμπάδος*; or c'est de cette partie rationnelle seulement qu'il faut prendre le centuple, *ἑκατὸν μὲν ἀριθμῶν ἀπὸ δ. ρ. π. δεομ. ἑνὸς ἑκάστων*.

Maintenant, à cette *centaine* de fois le diamètre, ou aux 7 *centaines*, ajoutons 2 *unités hors de compte*, ou *sans rapport* avec le nombre précédent, *ἀῤῥήτων δὲ δυοῖν* (mots auxquels il faut peut-être substituer *ἄῤῥητα δὲ δύο*).

Ajoutons encore *une demi-douzaine de cubes de la triade*, c'est-à-dire 6 fois 27, ou 162, *ἕκτον δὲ κύβον τριάδος*, que je lis ici, comme on le voit, au lieu de *ἑκατὸν δὲ κύβων*, mot à mot : *le sixième cube*, ou *jusqu'au sixième cube*[1], en employant l'adjectif d'ordre au lieu du nom de nombre, licence si commune dans les poëtes; et Platon n'est-il pas poëte surtout en cet endroit où il fait parler une muse?

Enfin, réunissant les trois parties, 700, 2, et 162, nous avons derechef 864 pour somme.

$$\begin{array}{r} 700 = 7 \times 100 \\ 2 \\ 162 = 3^3 \times 6 \\ \hline 864 \end{array}$$

Telle sera donc l'explication complète de ce passage, pourvu que l'on adopte les corrections que j'ai proposées.

Au surplus, ayant observé que, dans une édition de 1625 citée par Bouillaud (page 293), les mots *ἑκατὸν δὲ κύβων* étaient remplacés par *ἐσχάτου δὲ κύβου*, j'avais songé à adopter moi-même la leçon *ἐσχάτον δὲ κύβον*, ce qui me donnait, *en dernier lieu*, une seule fois *le cube de* 3, au lieu de *six fois*

[1] Notons que le mot *ἕκτον* est employé par Théon de Smyrne (p. 160) pour désigner un *sixain* ou une *sixaine*.

TRAITÉS GRECS relatifs à la musique.

ou *cent fois* ce cube. Alors j'obtenais pour somme 729, qui est justement la *sixième puissance de* 3, de même que 216 est la *troisième puissance de* 6.

$$\begin{array}{r} 700 \\ 2 \\ 27 \\ \hline 729 \end{array}$$

Je pensais alors, en conservant la distinction ἀνθρωπείῳ δέ, que ce nouveau nombre devait représenter la période des générations divines dont il est question au début du passage, θείῳ μὲν γεννητῷ, le mot τέλειος pouvant d'ailleurs faire allusion à l'exposant 6, qui est considéré comme un nombre parfait; et la composition symétrique des deux nombres 216 et 729 me semblait exhaler un parfum de platonisme qui m'avait d'abord séduit. J'avais même cru pouvoir expliquer ainsi l'espèce d'emphase avec laquelle le nombre 729 se trouve cité dans le neuvième livre de la République, pour exprimer le nombre de fois que la vie du roi est plus heureuse que celle du tyran; et le rapprochement de ce dernier passage avec celui du huitième livre me paraissait signifier d'une manière détournée que le bonheur du roi l'élevait au rang des dieux.

Cette première explication qui s'était offerte à moi est loin d'être insoutenable, et elle pourrait même être préférée par certaines personnes; voilà pourquoi j'ai cru devoir la présenter. Convenons toutefois qu'elle a contre elle un grave inconvénient, celui d'établir un manque essentiel de transition, et une lacune qu'il faudrait remplir avant les mots ἑκατὸν μὲν ἀριθμῶν, à moins de supposer encore l'existence d'une autre équivoque, et une nouvelle allusion au *double assemblage*. Aussi, après avoir bien examiné le passage, je me fixe à croire que la seconde explication n'est qu'une glose qui se sera glissée dans le texte : c'est en quelque sorte le mot de l'énigme, que quelque scoliaste ancien aura voulu donner, mais en style arithmétique; car observons que le genre de cette seconde description du nombre est bien différent de celui de la première : il n'y entre que des termes techniques, termes qui devaient par conséquent être parfaitement connus des mathématiciens grecs; et la signification de ces termes une fois admise, le nombre 216 en résulte nécessairement.

Quelques personnes pourront aussi être tentées de chercher la période des générations divines dans ce voyage de 1000 ans dont il est question

TRAITÉS GRECS relatifs à la musique.

dans le mythe du dixième livre de la République; car 1000 peut aussi, à certains égards, être lui-même considéré comme un nombre parfait. Mais je ne m'arrête point à cette hypothèse.

En résumé : «Le mot de l'espèce d'énigme proposée par Platon est le nombre 216, cube de 6, et quatrième terme de la proportion

$$1 : 8 :: 27 : 216;$$

et le sens que l'on aperçoit, en perçant le voile mystérieux qui recouvre le passage, est : d'abord, que, sur ce nombre pris pour petit côté, il faut construire un triangle rectangle semblable à celui de Pythagore, c'est-à-dire au triangle formé sur les côtés 3, 4, 5; ce qui donne pour les deux autre côtés du premier triangle, les nombres 288 et 360, formant un périmètre total égal à 864; — ensuite, que ce nombre 864 peut être considéré sous deux points de vue : soit, 1° comme la somme du carré de 8 ajoutée au rectangle ou produit de 8 par 100, 8 étant d'ailleurs le cube de 2, mesure de l'octave et symbole de l'harmonie; soit, 2° comme la somme des trois nombres 700, 162, et 2, 162 étant d'ailleurs le *sextuple* du cube de 3, et 700 le *centuple* de la racine carrée approchée de 50, carré de l'hypoténuse du triangle rectangle isocèle construit sur le côté 5[1].»

NOTE M.

SUR LA MÉLOPÉE.

(IIe Traité, § 14.)

Les parties de la mélopée, suivant les anciens, sont au nombre de trois : *le choix*, λῆψις, *l'emploi*, χρῆσις, *le mélange*, μίξις; ces expressions se comprennent suffisamment, sauf la dernière, qui pourrait s'entendre, soit de la *variété* de la composition, soit de la réunion des sons *consonnants* (voyez plus haut, note H, p. 158).

L'emploi, suivant Euclide (p. 22), comprend quatre figures : *la conduite* ou *marche*, ἀγωγή, qui est une suite de sons conjoints; *le nœud*, πλοκή, suite de sons disjoints; πεττεία, la répétition d'un même son; τονή, la prolongation du même son. Chrysanthe y ajoute *le silence* ou *la pause*, σιωπή.

Le caractère de la mélopée peut être de trois sortes : *le diastaltique* ou

[1] Extrait de *L'Institut*, IIe sect. (septembre 1839).

excitant, *διασ7αλτικόν*; *le systaltique* ou *calmant*, *συσ7αλτικόν*; et *le tranquille* ou *moyen*, *ἡσυχασ7ικόν*.

Entrons dans quelques autres détails.

Ayant reconnu que le mot *ἀνάλυσις* ne pouvait être le relatif de *ἀγωγή*[1], j'avais cru pouvoir lire *ἀνάδυσιν* pour le premier mot, lorsque *l'hagiopolite* (ms. 360), que je ne connaissais pas d'abord, m'a fourni l'excellente leçon *ἀνάκλησις*, qui certainement doit être la véritable[2].

Quant au sens de ces deux mots, voici les lumières que nous fournit Bryenne, le seul auteur grec chez lequel nous trouvions quelques détails un peu circonstanciés sur les diverses parties de la mélopée. (Toutefois voyez Euclide, page 22.)

A la page 502, Bryenne distingue trois sortes d'*ἀγωγή*, *conduite* ou *marche* : elle peut être *εὐθεῖα*[3], *ἀνακάμπ7ουσα*, *περιφερής*. La marche *directe* ou *ascendante*, *εὐθεῖα*, est une série de sons ascendants par degrés conjoints. La marche *inverse*, *rétrograde*, ou *descendante*, *ἀνακάμπ7ουσα*, est une série de sons descendants, etc; celle-ci est l'*ἀνάκλησις* de notre auteur. Enfin l'*ἀγωγὴ περιφερής*, marche *circulaire* ou *courbe*, est composée d'une série de sons alternativement ascendants et descendants, ou *vice versa* : cette marche, par conséquent, comprend les deux premières.

A la page 485, le même auteur (Bryenne) définit l'*ἀνάλυσις* (*sic* : *lisez ἀνάκλησις*) une série de sons descendants par degrés conjoints : c'est donc la même chose que la *conduite inverse*. Bryenne ajoute, à la même page, les deux définitions suivantes, qui nous serviront dans un instant :

La *πρόληψις* (je crois qu'il faudrait *πρόσληψις*) des quartes est une série mélodique de trois intervalles (quatre sons) consécutifs[4].

La *πρόκρουσις* (de même, *lis. πρόσκρουσις*) est l'ascension d'un intervalle de quarte sans intermédiaire, ou, en deux mots, un *saut* de quarte ascendante.

[1] M. Bellermann reconnaît aussi (p. 86) que le mot *ἀνάλυσις* n'est jamais employé dans ce sens.

[2] Marius Victorinus (p. 2539) attribue aux musiciens l'emploi du mot *ἀνάκλασις* dans un sens qui a quelque analogie avec celui-ci. — Il en est de même de Diomède, p. 505 (v. *Héphest.* éd. de Gaisford, p. 321); conf. aussi *Incerti auctoris de figuris vel schematibus versus heroici* (curavit F. G. Schneidewin, Gotting. 1841, d'après l'édition *princeps* de M. J. Quicherat, *Biblioth. de l'école des chartes*, t. I), p. 3 et 16 :

.... *Ἀνάκλασις*
Est *reflexio*, cum « contra refleximu' dicta. »

[3] La fin du Ier livre d'Aristoxène (p. 29, l. 31), passage tronqué et altéré, où se trouvaient vraisemblablement ces diverses définitions, paraît devoir être ainsi lu : *Ἀγωγὴ δὲ ἔστω ἡ διὰ τῶν ἑξῆς φθόγγων ἔξω θέντων* (*fort. τεθέντων*) *ἄκρων, ὅταν ἑκατέρωθεν ἀσύνθετον κεῖται διάστημα· εὐθεῖα μὲν ἡ ἐπὶ τὸ ἄνω· κ.τ.λ.*

[4] Cf. la note R ci-après.

Il est vrai de dire, toutefois, qu'aux pages 479 et 480 le même auteur emploie le mot πρόληψις pour la musique instrumentale, et dans le même sens que ci-dessus, à cela près qu'il ne s'agit plus seulement d'un mouvement de quarte, mais de celui d'un intervalle quelconque, et en distinguant de plus la *prolepsis* immédiate de la *prolepsis* médiate, qui remplace alors la *procrousis;* et de même pour la seconde figure.

Dans tous les cas, ces figures ont pour correspondantes l'ἔκληψις et l'ἔκκρουσις, qui sont en descendant ce que les précédentes sont en montant.

Maintenant, observons encore que le tableau de la page 45 porte ἀγωγὴ κατὰ σύνθεσιν. Par opposition, il est vraisemblable que le suivant (p. 47) doit être indiqué κατὰ ἀνάλυσιν, mot qui alors serait convenablement appliqué : car, dans le premier cas (p. 45), c'est-à-dire en chantant la *proslepsis* avant la *proscrousis*, on compose la quarte au moyen de ses éléments préalablement exposés; et dans le second, c'est-à-dire en chantant la *proscrousis* avant la *proslepsis*, on décompose en ses éléments la quarte préalablement exposée.

Il résulterait de ce point de vue que le premier tableau ne se compose pas uniquement de conduites et le second de retraites, mais que chacun se compose alternativement de l'une et de l'autre de ces deux figures, de la manière suivante :

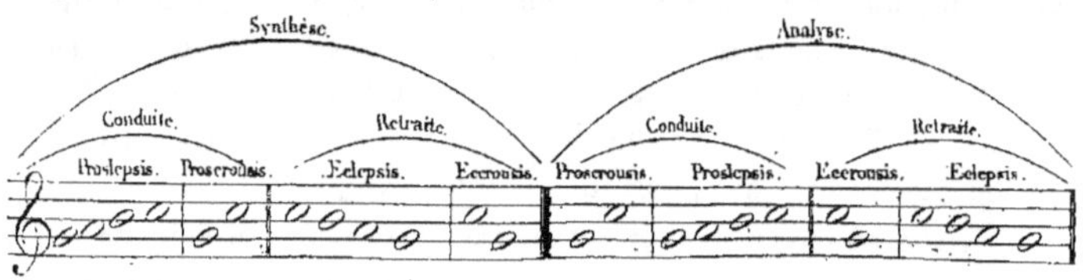

Tels sont les principes d'après lesquels nous avons arrêté la disposition de nos tableaux.

Nous ajouterons encore, relativement à la manière de chanter ces exercices, qu'il semble résulter du paragraphe XVI et de la note R (ci-après), que la *proslepsis* et l'*eclepsis* doivent être chantées en liant les sons, la *proscrousis* et l'*eccrousis*, au contraire, en les détachant, à peu près comme il suit :

Nous nous contenterons de donner ici cette indication que nous n'avons pas voulu appliquer dans nos tableaux, afin d'accorder le moins possible aux conjectures.

TRAITÉS GRECS relatifs à la musique.

NOTE N.

SUR LE RHYTHME[1].

(IIe Traité, § 15.)

La compilation anonyme qui nous occupe est ordinairement signalée comme un traité du rhythme[2], par la raison qu'elle commence par les mots Ῥυθμὸς συνέστηκεν... etc., qui ne sont pas même une définition.

En réalité, il ne s'y trouve, sur le rhythme, que trois phrases : la première de l'ouvrage, répétée vers la fin : Ὁ ῥυθμὸς συνέστηκεν...., phrase qui toutefois présente, à elle seule, un immense intérêt, car elle est l'unique document que nous possédions relativement aux signes de durée; puis une seconde phrase : Ἡ μὲν οὖν θέσις σημαίνεται... κ. τ. λ., également répétée (les définitions qui séparent ces deux phrases sont étrangères au rhythme, et se rapportent entièrement à la mélopée); enfin une phrase du premier traité (ci-dessus, p. 7) : Τῆς δὴ ῥυθμικῆς ἴδιον... κ. τ. λ.

Plus sont précieuses les nouvelles lumières dont nous entrons ainsi en possession[3], plus nous devons regretter de n'en pas rencontrer de plus abondantes sur un sujet que l'ouvrage semblait cependant promettre de traiter tout spécialement, et auquel les anciens attachaient une si haute importance : car c'était, suivant eux, la partie la plus virile de la musique. « Le rhythme, disaient-ils dans leur énergique langage, le rhythme est le mâle; la mélodie n'est que la femelle : » Τινὲς δὲ τῶν παλαιῶν τὸν μὲν ῥυθμὸν ἄῤῥεν ἀπεκάλουν, τὸ δὲ μέλος θῆλυ (Aristide Quint. p. 43; cf. aussi la page 90). C'est donc pour remplir cette lacune si déplorable, que nous allons présenter, d'après les auteurs anciens déjà connus, un résumé de la doctrine du rhythme[4].

[1] Revoyez la note H.

[2] Voyez sur ce sujet deux dissertations de Burette, parmi les Mémoires de l'Académie des inscriptions et belles-lettres (t. V, p. 152; et t. XVII, p. 107). — Cf. aussi Isaac Vossius (*De poematum cantu et de viribus rhythmi*, Oxford, 1673); Cleaver (*De rhythmo Græcorum*, 1775 et 1789); Perne (*Revue musicale*, t. XIV, p. 353).

[3] Il est bon d'observer, toutefois, que les signes de durée sont mentionnés par Gafforio (*Practica utriusque cantus*, Venise, 1612).

[4] Nous aurions pu rapporter ici une trentaine de définitions du rhythme, que nous avons recueillies dans les auteurs grecs et latins qui en ont traité, soit *ex professo*, soit incidemment; mais c'eût été là une chose beaucoup moins utile que fastidieuse.

TRAITÉS GRECS relatifs à la musique.

Deux causes nous paraissent avoir, jusqu'à présent, empêché que l'on ne se fît, peut-être en France plus qu'ailleurs, des idées nettes sur le rhythme musical des anciens : la première, c'est que l'on n'a pas assez remarqué la différence capitale qui existe entre *la métrique* et *la rhythmique*; la seconde, c'est que l'on a trop confondu diverses espèces de rhythmes qui sont cependant très-distinctes. Le premier point, la distance qui sépare le rhythme du mètre, a été traité dans la note H; ajoutons ici quelques nouveaux détails à cet égard.

D'abord cette comparaison que fait F. Quintilien, de l'un et de l'autre (*Inst. orat.* lib IX, cap. IV.) : « Omnis structura ac dimensio et copulatio vocum constat aut *numeris* (*numeros ῥυθμούς*[1] accipi volo) aut *μέτρῳ*, id est « *dimensione* quadam. Quod etiam si constat utrumque *pedibus*, habet tamen « non simplicem differentiam : nam *rhythmi*, id est *numeri*, *spatio temporum* « constant, *metra* etiam *ordine*; ideoque alterum esse *quantitatis* videtur, al- « terum *qualitatis*. »

Puis ce passage de Varron (dans Diomède, p. 512) : « Inter rhythmum qui « latine numerus vocatur, et metrum, id interest, quod inter materiam et « regulam : » c'est-à-dire que « la mesure métrique des syllabes n'est que la matière que l'on façonne pour former la mesure musicale[2]. »

Puis celui-ci de Maximus Victorinus (p. 1955) : « Rhythmus non metrica « ratione, sed numeri sanctione ad judicium aurium, veluti sunt cantica poe- « tarum vulgarium; » c'est-à-dire : « Le rhythme ne s'assujettit point aux rapports métriques; la mesure qu'il suit reçoit sa sanction du jugement de l'oreille, comme on le voit dans les chansons des poëtes populaires. »

Suidas : *Διαφέρει ῥυθμὸς μέτρου τῷ τὸν μὲν γενικώτερον εἶναι, τὸ δὲ μέτρον ὑπάρχειν εἶδος τοῦ ῥυθμοῦ.* Ainsi le rhythme est le genre, et le mètre est l'espèce.

Aristote, *Poétique*, IV : Τὰ *μέτρα μόρια τῶν ῥυθμῶν*, « Les mètres sont les parties des rhythmes. »

Marius Victorinus (p. 2494.) : « Metrum est rhythmus modis finitus. »

[1] *Ἀριθμῶν ἢ ῥυθμῶν πέρι* (Denis d'Halic. § 17). — « Numeros memini si verba tenerem » (Virg.).

[2] *Ὁ ῥυθμὸς πλάττει αὐτὸ τὸ μέλος* (Aristide Quint. *loc. cit.*). — Le P. Mersenne (*Harm. univ.* Paris, 1636, in-fol., VIe liv. : *De l'art de bien chanter*, prop. 30, p. 418) me paraît avoir assez bien exprimé cette manière de *façonner*, de *mouler* en quelque sorte ce que Varron appelle ici la *matière métrique* : « Chacun, dit-il, doit prendre la liberté de marquer les syllabes longues, tantôt d'une minime, et d'autres fois d'une noire, ou d'une crochuē, soit toute seule ou avec un point; mais les notes qui suivent immédiatement après pour marquer les syllabes briefves de la mesme dictiōn, doivent estre de moindre temps : par exemple, si la syllabe longue a une note minime, la syllabe briefve doit avoir une noire, etc. »

TRAITÉS GRECS relatifs à la musique.

Enfin, suivant Longin (fragm. 3.) : *Μέτρου πατὴρ* (*al.* *πνεῦμα*) *ῥυθμός*, « Le rhythme est le père [et l'âme] du mètre. »

Quant aux diverses sortes de rhythmes, elles sont au nombre de trois principales : le rhythme oratoire, le rhythme musical, et le rhythme poétique, intermédiaire entre les deux premiers ; espèces qui correspondent, pour le dire en passant, aux trois espèces de mouvements de la voix énumérées par Aristide Quintilien (p. 7), savoir : le mouvement continu, le mouvement discontinu, et le mouvement intermédiaire ou moyen.

Nous n'avons à traiter ici que du rhythme musical ; et, si nous disons quelques mots des deux autres, ce ne sera que pour faire sentir en quoi ils diffèrent du premier, et en quoi les auteurs ont souvent confondu, comme appartenant aux trois espèces, ce qui n'appartenait qu'à une seule ou à deux d'entre elles.

Relativement à celui-ci, donc, au rhythme musical, c'était pour les anciens exactement ce qu'est pour nous la mesure, c'est-à-dire « le partage de la durée du chant, de la danse, etc., en intervalles égaux et périodiquement cadencés, au moyen d'un *frappé*, ou temps *fort*, et d'un *levé*, ou temps *faible*[1]. »

Voici, en effet, la définition qu'en donne Aristide Quintilien (p. 31) : *Ῥυθμὸς ἐστὶ σύστημα ἐκ χρόνων κατά τινα τάξιν συγκειμένων· καὶ τὰ τούτων πάθη καλοῦμεν ἄρσιν καὶ θέσιν, ψόφον καὶ ἠρεμίαν*[2]. « Le rhythme est un système d'intervalles de temps qui se suivent dans un certain ordre ; il est caractérisé par ce que nous nommons *l'arsis* et *la thésis* (c'est-à-dire le levé et le frappé), *le silence* et *le bruit.* » Je fais ici correspondre le silence à l'*arsis* et le bruit à la *thésis*, malgré la construction de la phrase grecque, qui semblerait exiger le contraire ; il est évident que l'auteur a ici employé la figure de grammaire nommée *χιασμός* ; en effet, d'après Marius Victorinus (p. 2482) : « Est arsis sublatio pedis sine sono, thesis positio pedis cum sono. »

Ainsi donc la *thésis* correspond à ce que nous nommons le temps fort,

[1] On dit, dans le sens indéfini, *le rhythme*, comme nous disons *la mesure : le rhythme à deux temps, à trois temps, etc.* ; et, dans le sens défini, *un rhythme*, comme nous disons *une mesure, la première, la seconde mesure, etc.* Toutefois, dans ce dernier sens, ce sont, à proprement parler, les *pieds rhythmiques* qui correspondent aux mesures ; et il en faut plusieurs pour faire un *rhythme*, comme il faut plusieurs *pieds métriques* pour faire un *mètre* ou un *vers*.

[2] Et plus loin (p. 34) : Ποὺς *μὲν ἐστὶ μέρος τοῦ παντὸς ῥυθμοῦ, δι' οὗ τὸν ὅλον καταλαμβάνομεν· τούτου δὲ μέρη δύο· ἄρσις καὶ θέσις.* — Dans Aristoxène (*Élém. rhythm.* p. 292), la *thésis* est nommée *βάσις*.

et l'*arsis* au temps faible; et ce qui le confirme, c'est que, dans les définitions des divers pieds, données par Aristide Quintilien et Bacchius, lorsque ces pieds se décomposent en parties inégales, les temps longs sont presque toujours attribués aux *thésis* et les temps brefs aux *arsis*. Cependant, ce n'est point là une règle générale; car, suivant l'analyse beaucoup plus exacte d'Aristoxène (*Rhythm. elem.* p. 288), les pieds de trois temps en ont tantôt deux à l'*arsis* et un à la *thésis*, et tantôt un seul à l'*arsis* et deux à la *thésis* : Τῶν δὲ ποδῶν οἱ δὲ ἐκ τριῶν [χρόνων σύγκεινται]· δύο μὲν τῶν ἄνω, ἑνὸς δὲ τοῦ κάτω· οἱ δὲ ἐξ ἑνὸς μὲν τοῦ ἄνω, δύο δὲ τῶν κάτω. Le premier cas est celui du rhythme trochaïque ; il correspond à notre mesure à trois temps syncopée; le second, qui correspond à notre mesure ordinaire à trois temps, est celui du vers ïambique.

On voit par là en même temps, que, suivant la théorie d'Aristoxène, c'est, dans les deux cas, l'*arsis* qui est placée au commencement du rhythme, et la *thésis* qui le termine [1]. Cela paraît même établi en règle générale par les grammairiens latins. Suivant Diomède (p. 471) : « Pes est poeticæ dic« tionis... modus, recipiens arsin et thesin, id est qui incipit a sublatione, et « finitur a positione. » Suivant Sergius (p. 1831) : « Arsis in prima parte, thesis « in secunda ponenda est. » Marius Victorinus (p. 2482 et suiv.), sans être aussi explicite, professe la même doctrine. Mais, sur ce point, les Grecs s'expriment différemment : suivant Bacchius, comme nous venons de le voir, le trochée (p. 25) commence par la *thésis;* mais, en cela, Bacchius, dont l'autorité ne saurait d'ailleurs contrebalancer celle d'Aristoxène, paraît être dans l'erreur : car l'idée qu'il donne ainsi du trochée est entièrement contraire à l'étymologie. Nous pourrions en dire autant d'Aristide Quintilien (p. 37); mais il faut observer que cet auteur, après avoir défini (p. 36) le *procéleusmatique simple* et le *procéleusmatique double* en les faisant commencer tous les deux par la *thésis*, ajoute : καὶ ἀνάπαλιν, mots qui doivent, sans aucun doute, être sous-entendus après chaque définition, et desquels on peut induire que, suivant cet auteur, le même pied peut commencer, tantôt d'une façon, tantôt de l'autre; et c'est en effet ce qu'il affirme formellement plus loin (p. 40) : Καὶ τοὺς μὲν [ποδὰς] ἀπὸ θέσεως, τοὺς δὲ ἀπὸ ἄρσεως [2] ·

[1] Les Indiens terminent aussi la mesure par le temps fort (cf. *Hist. générale de la musique*, par M. Adrien de Lafage, tom. I, p. 452).

[2] Ainsi le *procéleusmatique simple* ou *pyrrhique*, défini par Aristide Quintilien (p. 36 et 37), et l'*hégémon*, défini par Bacchius (p. 25), se composant tous deux de deux temps brefs, paraissent ne différer l'un de l'autre qu'en ce que le premier commence par la *thésis* et le second par l'*arsis*.

TRAITÉS GRECS relatifs à la musique.

καὶ τοὺς μὲν ἀπὸ μακρῶν, τοὺς δὲ ἀπὸ βραχειῶν συντιθέασι; et, plus loin encore (p. 98) : Ἀλλ' ὁτὲ μὲν ἀπὸ μακρᾶς ἄρχεσθαι, λήγειν δ' εἰς βραχεῖαν, ἢ ἐναντίως· καὶ ὁτὲ μὲν ἀπὸ θέσεως, ὁτὲ δὲ ὡς ἑτέρως (Meyb. ὁτὲ δὲ ἀπ' ἄρσεως).

Quant à la raison qui a fait adopter une marque particulière, le point, στιγμή, pour signaler les notes sur lesquelles porte l'*arsis* ou le temps faible[1], tandis que la *thésis*, ou le temps fort, n'est caractérisée par aucune marque[2]; quoique, au premier abord, cela paraisse bizarre, la plus légère réflexion suffit pour montrer que c'était la convention la plus naturelle. En effet, une fois établi en principe que le pied rhythmique commençait par l'*arsis* et finissait par la *thésis*, il est clair que le signe de délimitation des divers pieds devait être placé sur la note où était l'*arsis*, sur la note où il fallait commencer le mouvement, c'est-à-dire lever le pied : ἄρσις ὅταν μετέωρος ὁ πούς (Bacch. p. 24). Ce point jouait donc absolument le même rôle que nos barres de mesure, avec cette différence qu'il était placé sur la note initiale au lieu de l'être devant.

Après avoir expliqué, aussi exactement qu'il nous a été possible et telle qu'elle nous apparaît, la doctrine du rhythme musical chez les anciens, nous avons encore à justifier la différence qui existe entre notre manière d'entendre l'*arsis* et la *thésis*, et le sens que donnent à ces mots les métriciens allemands. Or nous avons averti plus haut qu'il fallait commencer par séparer complétement la théorie du rhythme musical de celles du rhythme oratoire, du rhythme poétique, et de tous leurs intermédiaires; cependant, c'est sur une confusion de choses aussi différentes que la théorie allemande est établie, comme la suite va le faire voir.

Le rhythme poétique pur est celui qui convient aux vers héroïques, élégiaques, ïambiques purs, etc.; les brèves y comptent rigoureusement pour un temps, et les longues pour deux; l'*arsis* et la *thésis* y présentent constamment le même rapport dans toute l'étendue du poëme ou du morceau : avec ces conditions rigoureusement remplies, on voit qu'il rentre dans le rhythme musical.

[1] M. Bellermann adopte l'opinion contraire (p. 21).

[2] Perne s'est trompé (voir ses manuscrits) en pensant que la *thésis* était marquée par ce signe ⊢ : l'auteur anonyme dit : « L'*arsis* est marquée par un point, de cette manière : ⊢̇, et la *thésis* par l'absence de tout signe, de cette manière : ⊢. » Il est donc évident que le ⊢ est ici une note prise pour exemple de la manière dont on devait placer le point d'*arsis* sur une note quelconque; toute autre note, <, ᔑ, etc., eût également pu servir; mais ⊢ est la première du diagramme.

TRAITÉS GRECS relatifs à la musique.

Quant au rhythme oratoire, c'est quelque chose de beaucoup plus vague, et que l'on ne saurait définir bien exactement : *nomen aliquod desiderat*, dit Fab. Quintilien (*Inst. orat.* IX, IV). Ce que l'on peut en dire de plus précis, c'est qu'il consiste plutôt à éviter l'absence du rhythme qu'à rechercher le rhythme lui-même, « *magis non ἀρυθμόν quam εὔρυθμόν esse.* » Ici, l'on ne bat plus la mesure : « Oratio non descendit ad strepitum digitorum. » (Quintilien avait dit plus haut que l'on marquait les temps par le choc des doigts : « Et pedum et digitorum ictu intervalla signant. ») Plus de mesure battue, disions-nous donc, partant plus d'*arsis* et de *thésis* proprement dites; ces dernières expressions ne sont plus employées que pour désigner l'élévation et l'abaissement de la voix (Prisc. p. 1289) : « In unaquaque parte orationis ar« sis et thesis sunt, non in ordine syllabarum, sed in pronunciatione; velut in « hac parte *natura*, ut quando dico *natu*, elevatur *vox* et est arsis in *tu*; quando « vero *ra* deprimitur vox et est thesis. » Ainsi voilà l'*arsis* devenue l'*accent tonique* et en quelque sorte le *temps fort*, si l'on pouvait encore employer ici les dénominations de *temps fort* et de *temps faible*; et cette inversion d'idées et de mots gagne jusqu'aux musiciens (je veux dire les musicographes). Ainsi Martien Capelle (p. 191) ne donne d'autre définition que celle-ci : « *Arsis est elevatio* (Meybaum, p. 360, lit *elatio*), thesis depositio *vocis* ac remissio, » quoique, dans le fond, il suive la doctrine d'Aristide Quintilien, doctrine qui n'a rien de commun avec cette définition.

Telle est, à ce qu'il nous semble, la cause de l'usage qui s'est établi chez les métriciens allemands, de nommer constamment *arsis* le temps fort, celui sur lequel porte l'effort de la voix, effort qu'ils nomment *ictus*. Et ainsi, pour eux, l'*arsis* est toujours la première partie du pied ou de la mesure, comptée à la manière de la musique moderne, ce qui, définitivement, donne à ces mots, *arsis* et *thésis*, une signification tout opposée à celle qu'ils avaient pour les anciens[1]. M. Boëckh (p. 13) a déjà signalé cette coutume erronée qui paraît s'être établie sur l'autorité de Bentley et surtout d'Hermann; et lui-même s'est laissé entraîner à suivre le même usage, « de peur, dit-il, de paraître dire le contraire de son opinion, aux yeux de ceux qui ne sont pas familiarisés avec la véritable signification des mots. » Dans cette manière de voir, chaque pied commence par le temps long et par l'*arsis* (*thésis* des anciens); et, quand le vers débute par une brève, c'est une syllabe parasite que l'on rejette en dehors et à part, et pour laquelle Her-

[1] Hermann (*Elem. doctr. metricæ*, Leips. 1816, p. 14) : « Thesis ictu caret. »

TRAITÉS GRECS relatifs à la musique.

mann a inventé le mot *anacrusis*[1]. Par suite, le vers ïambique n'existe plus; on ne trouve à sa place qu'un vers trochaïque inverse avec anacruse, finissant par l'*arsis* quand il est acatalectique (Boëckh. p. 120), c'est-à-dire, en d'autres termes : *se terminant irrégulièrement justement alors qu'il est parfait!*

Puis-je craindre de me tromper en affirmant que c'est là méconnaître entièrement l'esprit de la versification ancienne? Comment retrouver dans cette prétendue loi d'Hermann (*ib.* p. 23) qui interdit au temps faible de surpasser en longueur le temps fort, où retrouver, dis-je, cette légèreté du vers trochaïque ou choraïque, qui le rend si propre à marquer le rhythme de la course ou de la danse[2] (d'où lui vient son double nom), légèreté qu'il doit à ce que, sur trois temps de durée, le pied y est levé deux temps et posé le troisième seulement, tandis que l'ïambique, son opposé ou antipathique[3] (*τροχαῖος ἀντιπαθεῖ τῷ ἰάμβῳ*, Héphest. p. 31), par sa marche lourde et pesante, le pied y posant deux temps sur trois, est si propre à exprimer la marche d'une armée qui s'avance en combattant, ce qui lui a fait donner le nom de *gradalis*, par allusion à Mars Gradivus (Diom. p. 473)? Telles sont les conséquences où conduisent les abus de la métrique, l'oubli des vrais principes de la théorie du rhythme, et j'ajouterais volontiers, la perte des traditions et du sentiment de l'art antique. — (Voyez la note H.)

Cette note ne serait pas complète, si nous la terminions sans dire quelques mots des divers genres du rhythme musical, ce que nous allons faire d'après la doctrine d'Aristide Quintilien.

Cet auteur commence par donner les définitions du temps incomposé et du temps composé.

Le premier temps, *πρῶτος χρόνος* (p. 32), est *le plus petit*, *ἐλάχιστος*, que nous puissions percevoir, qui puisse tomber sous le sens, *καταληπτὸς αἰσθήσει*. C'est le temps indivisible, *ἄτομος*. On le prend pour unité, et on le nomme *point*, *punctum temporis*, *σημεῖον*, parce qu'il n'a pas de parties, *ἀμερής ἐστι*, et qu'il est comparable au point géométrique, à *l'unité arithmétique*. Ce sera, par exemple, *la croche* dans le mouvement le plus rapide dont on fasse usage.

Le temps composé, *χρόνος σύνθετος* (p. 33), est celui que l'on peut divi-

[1] « *Anacrusin* vocamus eam partem [numeri « quæ ante ictum est] quæ neque arsis est ut « ictu destituta, neque thesis ut non ex ea vi « quam indicat ictus, pendens : propterea quod « quasi introductio quædam est ad numerum « quem deinde ictus orditur » (*Id*, *ibid.* p. 11).

[2] Ὁ δὲ *τροχαῖος κορδακικώτερος* (Aristote, *Rhetor.* III, VIII).

[3] Aristote (*ibid.*) témoigne aussi de cette opposition de rhythme.

ser : il peut être double, triple, quadruple du premier. Telles seraient *la noire*, *la blanche*, *la ronde*, dans ce même mouvement.

A chaque temps incomposé ou composé, considéré comme durée d'un son, correspond un *silence* ou *temps vide*, *χρόνος κένος ἄνευ φθόγγου* (p. 40). Aristide Quintilien ne distingue que le temps vide *bref*, *ἐλάχιςος*, qu'il nomme *λεῖμμα*, *résidu* ou *reste*, et le temps vide *long*, *μάκρος*, double du premier, qu'il nomme *πρόσθεσις*, *apposition*. Mais notre auteur énumère les temps vides double, triple, quadruple, et même quintuple. Ces silences, que l'on peut assimiler à nos pauses, à nos soupirs, etc., étaient généralement désignés par un *λάμϐδα* droit, Λ, sans doute comme initiale du mot *λεῖμμα*[1], signe que l'on a pu, sans inconvénient, appliquer à cet usage, parce qu'il ne fait pas partie de la série des notes instrumentales. Quant aux signes de durée de ces silences, c'étaient les mêmes que ceux des notes chantantes.

Maintenant, il y a ici plusieurs choses essentiellement différentes qu'il faut bien prendre garde de confondre.

Ainsi *le temps simple* et *le temps multiple* (p. 34) doivent être soigneusement distingués du temps *indivisible* et du temps *composé* que nous venons de définir. Le temps simple, *ἁπλοῦς*, est celui qui ne porte que sur une syllabe ou sur un son, quelle que soit sa longueur; le temps multiple *πολλαπλοῦς*, est celui qui appartient à un système de plusieurs sons ou de plusieurs syllabes : c'est donc, à proprement parler, la durée d'un ou de plusieurs pieds[2].

Quant aux pieds, ils peuvent être simples ou composés (p. 34) : simples quand ils ne peuvent se décomposer autrement qu'en syllabes, composés quand ils peuvent se décomposer en d'autres pieds. Un pied composé de deux pieds simples se nomme quelquefois *base* (c'est-à-dire pas ou marche) : cette base est une *dipodie* si les deux pieds sont semblables, comme deux ïambes ou deux trochées, et une *syzygie* s'ils sont dissemblables, comme un ïambe et un trochée (Mar. Victor. p. 2489 et 2490).

Enfin, les rhythmes eux-mêmes peuvent être incomposés, ou composés, ou mixtes. Les rhythmes incomposés sont ceux qui n'emploient qu'une sorte de pieds; les rhythmes composés sont ceux qui en emploient plusieurs; et

[1] « Unde signum Λ natum fortasse est » (Bell. p. 18).

[2] La théorie d'Aristoxène diffère sensiblement de celle-ci : car, pour lui, un temps est simple quand il ne porte que sur un son, sur une syllabe, quelle que soit d'ailleurs sa durée (p. 284). Cf. Bellermann, p. 18.

les rhythmes mixtes[1] sont ceux qui se décomposent, tantôt en pieds et tantôt en syllabes ou temps simples. Les rhythmes qui sont composés peuvent l'être par *syzygies*, c'est-à-dire par *couples* de pieds, ou par périodes, c'est-à-dire par systèmes de plus de deux pieds.

Nous pouvons maintenant expliquer les divers genres de rhythmes.

Ces genres sont au nombre de trois principaux : le rhythme *égal*, le rhythme *double*, et le rhythme *sesquialtère* ou *hémiole*. Quelques-uns y ajoutent le rhythme *épitrite;* mais Aristoxène (*Elem. rhyth.* p. 304) ne reconnaît pas ce dernier.

Le rhythme *égal* ou *dactylique* est celui dans lequel l'*arsis* est égale à la *thésis* : il correspond, par conséquent, à nos mesures à deux et à quatre temps. Il comprend, dit Aristide Quintilien, depuis deux temps jusqu'à seize; c'est-à-dire que, si l'on prend la croche[2] pour unité de temps, *σημεῖον*, on aura depuis deux croches jusqu'à seize pour les diverses divisions du rhythme égal; divisions qui, comparées aux divisions modernes, correspondent, jusqu'à un certain point, à nos mesures $\frac{2}{8}$, $\frac{4}{8} = \frac{2}{4}$, $\frac{6}{8}$, $\frac{8}{8}$, que nous marquons simplement par 2, ou Ȼ, ou C; puis $\frac{10}{8}$, mesure inusitée chez nous; $\frac{12}{8} = \frac{6}{4}$; $\frac{14}{8}$, également inusitée chez nous; enfin $\frac{16}{8} = \frac{8}{4} = \frac{4}{2} = \frac{1}{2}$, mesure à quatre temps, composée de quatre blanches ou deux rondes.

J'ai dit qu'entre les divisions anciennes et les mesures modernes il y avait correspondance jusqu'à un certain point. On se tromperait gravement en effet, si l'on voulait établir ici une assimilation complète. C'est le *pied rhythmique* qui forme véritablement *une mesure; un rhythme* proprement dit est un *vers rhythmique* (cf. la note H; et v. ci-dessus, p. 199, n. 1); il est donc composé de plusieurs pieds rhythmiques; et, par conséquent, il s'y faisait plusieurs *levés* et plusieurs *frappés.*

Par exemple, le rhythme de seize temps peut être considéré comme composé, soit de huit mesures de deux temps, représentées chacune par $\frac{2}{8}$, soit de quatre mesures de quatre temps, $\frac{4}{8}$ ou $\frac{2}{4}$ pour chacune, soit de deux mesures de huit temps, $\frac{8}{8}$=Ȼ, soit enfin d'une seule mesure de seize temps, $\frac{16}{8} = \frac{4}{2}$.

Supposons ce rhythme décomposé en quatre mesures de quatre temps; il y aura quatre levés et quatre frappés; et chaque mesure ou pied sera un

[1] A la page 39, ligne 31, d'Aristide Quint., il faut entendre par *ῥυθμοὶ σύνθετοι* ce qu'il nomme *ῥυθμοὶ μικτοί* aux pages 35 et 36 : c'est ici de sa part une incorrection de langage.

[2] Le docteur Feussner prend la *double croche.*

spondée ♩♩, un dactyle ♩♪♪, un anapeste ♪♪♩, ou enfin un procéleusmatique double ♪♪♪♪.

Au contraire, supposons le même rhythme décomposé en deux mesures de huit temps; il n'y aura plus que deux levés et deux frappés. Alors chaque mesure pourra se réduire à un double spondée 𝅗𝅥𝅗𝅥; mais aussi chacun de ces deux temps principaux 𝅗𝅥 pourra être lui-même décomposé en un spondée simple ♩♩, ou en un dactyle ♩♪♪, etc. Or, dans le premier cas, chaque moitié de la mesure, qui est une blanche de quatre temps, est un temps ἁπλοῦς (voyez plus haut); dans le second, cette même demi-mesure, ainsi résolue en un spondée simple, en un dactyle, etc., devient un temps πολλαπλοῦς ou ποδικός; et la mesure totale est une *syzygie*, ou *dipodie*, ou *base*.

EXEMPLES DU RHYTHME ÉGAL.

1er EXEMPLE :

T A TA TA TA T A TA TA TA

Ve-ni-ent an-nis Sæ-cu-la se-ris Qui-bus O-ce-a-nus Vin-cu-la re-rum

TA TA T A TA TA T A TA TA

La-xet, et in-gens Pa-te-at tel-lus, Typhysque no-vos De-te-gat or-bes,

TA TA TA TA

Nec sit terris Ul-ti-ma Thule. (Sénèque, *Méd.* act. II.)

2e EXEMPLE :

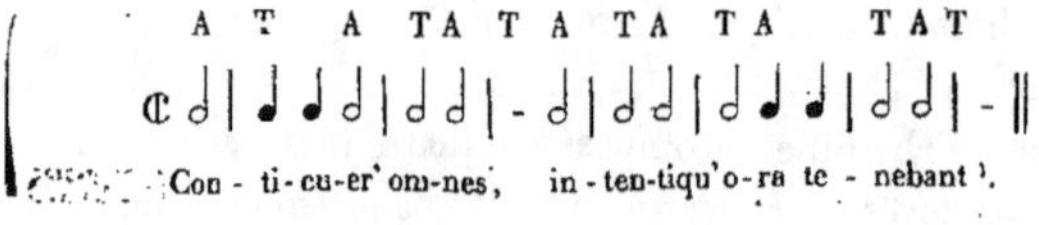

A T A TA TA TA TA TAT

Con-ti-cu-er' om-nes, in-ten-tiqu' o-ra te-nebant [1].

[1] Ai-je besoin de faire remarquer ici combien est fautive la méthode ordinaire de scander le vers hexamètre, méthode dans laquelle tous les dactyles se trouvent transformés en anapestes? — (Cf. Villoteau, *Recherches sur l'analogie, etc.*, tom. I, p. 151.)

A T A T A TA TA TA TAT

In - de to-ro pa-ter Æ - ne-as sic orsus ab al-to :

A TA TA T A TA TA TAT

In - fandum, Re-gi - na, ju - bes re-no - va-re do - lo-rem.

Ces trois vers, pris dans leur ensemble, présentent une particularité assez remarquable, c'est qu'ils fournissent à la fois un exemple des trois principales césures[1] que les métriciens reconnaissent dans le vers héroïque, savoir : la césure de deux pieds et demi ou césure *penthémimère*, qui est la première en rang comme en beauté (Hermann, *Annot. ad Orphica*, p. 692.) : « Conticuere omnes. » La seconde est la césure de trois pieds et demi, dite *hephthémimère* : « Inde toro pater Æneas. » La troisième est celle de deux pieds et un trochée, dite *κατὰ τρίτον τροχαῖον* : « Infandum, Regina. »

Il y en a une quatrième dont l'usage est rare parce qu'elle énerve le vers : « Quæ quia vim et robur numerorum debilitat, » dit Hermann (*loco citato*) « a melioribus poetis improbata est : » c'est celle de trois pieds suivis d'un trochée.

EXEMPLE :

Quæ pax lon - ga re-mi - se-rat ar - ma no - va-re pa - rabant.

Sans une de ces quatre césures, il n'existe pas de vers héroïque : « Harum

[1] J'ignore d'où tire son origine cette théorie qui s'est introduite dans nos écoles, et d'après laquelle la césure est définie comme étant une *syllabe longue terminant un mot et commençant un pied.* On ne trouve, si je ne me trompe, rien de semblable dans les anciens grammairiens. Dans la doctrine antique, la césure n'est autre chose que ce qu'indique le mot : une *coupure* ou une *section* du vers, *τομή*, ou plus exactement encore, un *segment*, *κῶλον*.

Voici, du reste, la définition qu'en donne Aristide Quintilien (p. 52) : « La *césure* est le premier segment du vers, lorsque la pensée qu'il exprime se trouve partagée au delà du second pied, de manière à le diviser en deux parties inégales. » Ainsi, comme on le voit, il n'est question que d'*une* césure dans le vers, bien qu'il puisse s'y trouver plusieurs syllabes longues *terminant un mot et commençant un pied.*

Quelques auteurs toutefois, je dois en convenir, Marius Victorinus entre autres (p. 2508), prennent la césure plutôt dans le sens de *section* que dans celui de *segment;* et alors ils admettent plusieurs césures dans le même vers.

«[incisionum quas Græci τομάς vocant] si nullam in hexametro speciem «inveneris, heroum versum jure ac merito negabis» (Mar. Victor. p. 2508).

> «Harum si nulla est species deprensa, magistri
> «Versum recusant, nec vocant heroïcum.»
>
> (Terentian. Maur. p. 2419.)

«Sex enim pedum percussio, ajoute Mar. Vict., versum quidem hexame-«trum, non tamen heroum, quem epicum, si legem incisionis non tenuerit, «facit[1].»

C'est sans doute sur cette impérieuse loi de la césure, et, bien plus encore, du moins dans les vers latins, sur l'exigence de l'accent (voy. ci-après le supplément à cette note), qu'est fondée l'opinion de Tyrwhitt et de Cleaver (cf. Boëckh, *De metris Pindari*, p. 98). Ces auteurs pensent, avec beaucoup de raison, à ce qu'il me semble, que la césure devait être marquée par un repos ou temps vide d'une longue, comme j'ai eu soin de le faire sentir en écrivant les exemples qui précèdent. Le nom de vers hexamètre ne fait nullement objection à cette manière de voir, parce que les métriciens, habitués à ne mesurer que les temps syllabiques, ne tiennent aucun compte des temps vides : c'est la règle de la césure qui y supplée.

[1] C'est ce qui a lieu dans les vers de Théocrite, nommés vers *bucoliques*, où la césure est placée après le quatrième pied (supposé dactyle).

EXEMPLES :

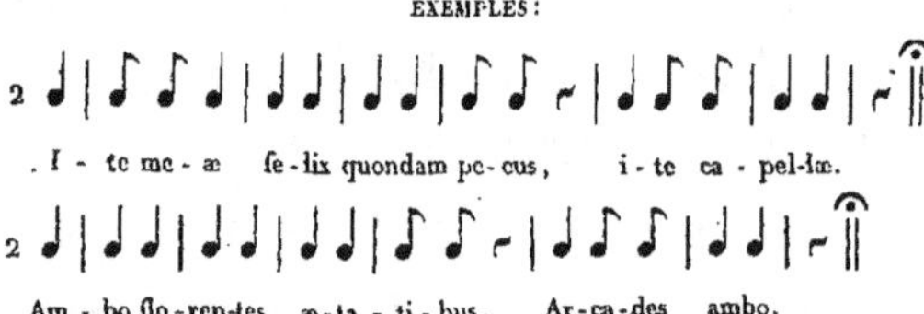
I - te me - æ fe - lix quondam pe - cus, i - te ca - pel - læ.
Am - bo flo - ren - tes æ - ta - ti - bus, Ar - ca - des ambo.

La césure après le quatrième pied ne porte la qualification de *bucolique* que quand elle suit un dactyle, et non quand elle vient après un spondée, comme dans ces vers si souvent cités :

Ill' in - ter se - se ma - gna vi bra - chi - a tol - lunt
In nu - merum, versant - que te - na - ci for - ci - pe fer - rum.

Il y a encore d'autres espèces de césures; mais elles sont tellement rares, que je crois pouvoir les passer sous silence.

TRAITÉS GRECS relatifs à la musique.

On a encore un exemple remarquable du rhythme égal, dans le distique élégiaque, composé d'un vers hexamètre suivi d'un pentamètre.

EXEMPLE :

$\frac{2}{4}$

Do - nec e - ris fe-lix, mul - tos nu-me - ra-bis a - micos;

Tem - po-ra si fu - e - rint nu-bi - la, so-lus e - ris.

Le rhythme double est celui dans lequel l'*arsis* et la *thésis* sont dans le rapport de *un à deux* ou de *deux à un;* il y en a ainsi deux espèces, comme nous l'avons dit plus haut, savoir : *l'ïambique* et *le trochaïque.* Quant à celui-ci, la musique moderne ne le reconnaît pas directement; mais elle le ramène au premier, en réunissant, par une sorte de syncope, les deux derniers des trois temps qui composent la mesure. L'ïambique donc correspond à notre mesure à trois temps : il comprend depuis trois temps simples jusqu'à dix-huit, et peut être représenté par l'une des formules $\frac{3}{8}$, $\frac{3}{4}$, $\frac{9}{8}$, $\frac{3}{2}$, $\frac{15}{8}$, et $\frac{9}{4}$.

EXEMPLES DU RHYTHME DOUBLE.

1er EXEMPLE :

2e EXEMPLE :

3

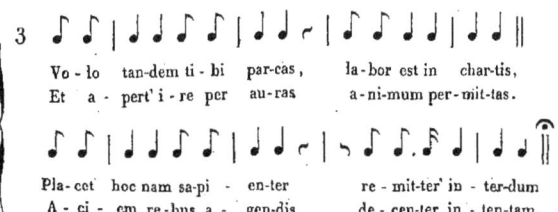

Vo - lo tan-dem ti - bi par-cas, la-bor est in char-tis,
Et a - pert' i - re per au-ras a-ni-mum per-mit-tas.

Pla-cet hoc nam sa-pi - en-ter re - mit-ter' in - ter-dum
A - ci - em re-bus a - gen-dis de - cen-ter in - ten-tam.

(Saint Augustin, *De musica*, liv. II, chap. XII.)

Le rhythme *hémiole*, *sesquialtère*, ou *péonique*, est un rhythme dans lequel l'*arsis* et la *thésis* sont dans le rapport de deux à trois. Il est, à part quelques essais, absolument inusité chez nous[1]. Il comprend, suivant le texte d'Aristide Quintilien, tel que l'a édité Meybaum conformément à la plupart des manuscrits, depuis cinq temps jusqu'à vingt-cinq, ou seulement jusqu'à quinze, d'après le manuscrit 2459 qui porte *πεντεκαιδεκασήμου* au lieu de *πεντεκαιεικοσασήμου*. Il peut donc être représenté par les formules $\frac{5}{8}$, $\frac{10}{8} = \frac{5}{4}$, $\frac{15}{8}$, $\frac{20}{8} = \frac{10}{4} = \frac{5}{2}$, et enfin $\frac{25}{8}$.

Chacun de ces genres de rhythme et chacune des espèces de chaque genre admettent un certain nombre de pieds qui leur sont propres.

Ainsi le rhythme de deux temps, *δίσημος*[2], n'admet d'autre pied que le *procéleusmatique* simple, qui est formé de deux *brèves;* mais le rhythme de trois temps, *τρίσημος*, admet : 1° le *trochée*, ♩♪, composé d'une *longue* (*noire*) et une *brève* (*croche*); 2° l'*ïambe*, ♪♩, composé, au contraire, d'une *brève* et une *longue;* et 3° le *tribraque*, ♪♪♪, composé de trois *brèves*.

Le rhythme de quatre temps, *τετράσημος*, admet, comme nous l'avons déjà dit, le *spondée*, composé de deux *longues*, ♩♩, le *dactyle*, composé d'une *longue* et deux *brèves*, ♩♪♪, l'*anapeste*, composé de deux *brèves* et une *longue*, ♪♪♩, et le *procéleusmatique double*, de quatre *brèves*, ♪♪♪♪.

Le rhythme de cinq temps, *πεντάσημος*, admet une espèce de pied qui lui est particulière et que l'on nomme *péon*. On distingue plusieurs sortes de *péons;* ils sont généralement composés, soit d'*une brève et deux longues*, soit d'*une longue et trois brèves* diversement disposées, soit même de *cinq brèves*.

Le rhythme de six temps, qui correspond à nos mesures $\frac{6}{8}$ et $\frac{3}{4}$, est un de ceux que l'on peut donner pour exemple de rhythmes susceptibles d'être tantôt simples, tantôt composés, tantôt mixtes. Par exemple, si une

[1] Ce rhythme est encore très-usité en Orient : on en trouve un exemple dans le Voyage littéraire de la Grèce, par Guys (Lettre 39). — On en voit aussi un essai dans le Dictionnaire de musique de J. J. Rousseau.

Boïeldieu a adapté cette mesure à un passage du deuxième acte de la Dame Blanche, intercalé dans l'air : *Viens, gentille dame.*

Catel avait aussi composé dans cette mesure une ou deux études pour le solfége du Conservatoire; M. A. de Lafage cite le commencement de l'une d'elles dans sa Séméiologie musicale (p. 86).

[2] Quand je dis le rhythme *de deux temps*, cela signifie de *deux croches par pied* ou *par mesure*. Par conséquent, cette expression ne doit pas être confondue avec celle de *rhythme* ou de mesure *à 2 temps*.

TRAITÉS GRECS relatifs à la musique.

suite de pareils rhythmes se compose toute de couples d'ïambes (♪♩) ou de trochées (♩♪) successifs, ce sont des rhythmes *simples*. Mais alors chacun d'eux peut aussi être considéré comme un *pied composé*, ou comme une *dipodie* ïambique ou trochaïque, formée de deux ïambes ou de deux trochées, qui sont les temps principaux du rhythme, temps que d'ailleurs on nomme *multiples*, πολλαπλοί. Si, au contraire, les ïambes et les trochées se trouvent mélangés, les rhythmes sont *composés*. Les *dipodies* deviennent des *syzygies* quand le mélange a lieu dans un même rhythme; et alors, l'opposition des deux sortes de pieds ne permettant plus de les soumettre à un même système de percussion, la mesure ne peut plus se battre que par *syzygies*, l'un des pieds y formant l'*arsis* et l'autre la *thésis*. Enfin, si quelques-uns des rhythmes de la suite que nous supposons viennent à admettre momentanément une autre division, par exemple, en *deux noires pointées* de trois temps chacune, ♩. ♩., ou en *une blanche* de quatre temps et *une noire* de deux, 𝅗𝅥 ♩ ou ♩ 𝅗𝅥, alors le rhythme est *mixte*, puisqu'il se décompose, tantôt en pieds, tantôt en temps qui ne forment plus ainsi qu'un seul pied; spondée, ♩. ♩., ïambe, ♩ 𝅗𝅥, ou trochée, 𝅗𝅥 ♩. Chaque note ou syllabe de ce pied est d'ailleurs un temps *simple*, ἁπλοῦς, quoique *composé*, σύνθετος, soit *double* ♩, soit *triple* ♩. ou *quadruple* 𝅗𝅥; la croche, ♪, ou la brève de chaque ïambe ou de chaque trochée, est la seule durée qui soit à la fois *simple*, ἁπλοῦς, et *indivisible*, ἄτομος.

EXEMPLE DE VERS ÏAMBIQUES,

SCANDÉS D'ABORD PAR MONOPODIE, ET ENSUITE PAR DIPODIE :

A T A T A T A T A T A T
.... Ï - am-bus : ip - se sex e - nim lo - cis ma - net;
Et in - de no-men in - dit' est se - na - ri - o.
A T A T A T
Sed ter fe - ri-tur; hinc tri - me-trus di-ci - tur,
Scan-den-do bi-nos quod pe - des con-jun-gi - mus.

(Terentianus Maurus, p. 2442.)

TRAITÉS GRECS relatifs à la musique.

AUTRES EXEMPLES

DE VERS SCANDÉS PAR DIPODIE :

C'est d'une manière semblable que le rhythme de douze temps, qui correspond à notre mesure $\frac{12}{8}$, mesure à quatre temps de trois croches chacun, peut donner lieu momentanément à une division en *une ronde* de huit temps et *une blanche* de quatre temps, ce qui produit l'*orthius* quand c'est la blanche qui précède 𝅗𝅥 𝅝, et le *trochée* dit *sémantos* quand c'est la blanche qui suit 𝅝 𝅗𝅥 (cf. note H). Mais, pour la métrique, ces deux pieds ne sont qu'un ïambe et un trochée ordinaires[1]. C'est encore à peu près de même que nous pouvons expliquer l'*ïamboïde* et le *trochoïde* mentionnés par Aristide Quintilien (p. 39). Il me paraît vraisemblable que ces pieds doivent être représentés ainsi :

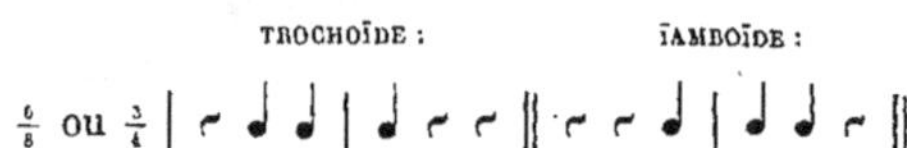

[1] Aristide Quintilien, en parlant de ces pieds, dit qu'ils *doublent la mesure, διπλασιάζων τὰς θέσεις*, ce qui me semble n'avoir pas été bien compris (cf. Feussner, *De antiq. mel.* p. 10). Fabius Quintilien (liv. IX, chap. IV) nous donne, si je ne m'abuse, l'explication de ces mots : il dit que l'on compte des temps *doubles, triples, quadruples, quintuples, etc., τρίσημον, τετράσημον, πεντάσημον*, etc., et qu'ensuite on fait les mesures plus longues : *deinceps longiores fiunt percussiones*, ce qui me paraît signifier que, quand la longueur d'une note dépassait cinq temps, il y avait lieu de changer de mesure en adoptant une plus longue unité. Ainsi, que dans la mesure à $\frac{2}{4}$ il se présentât un trochée sémantos qui eût dû être écrit ainsi : $\frac{2}{4}$ 𝅗𝅥 | 𝅗𝅥 | 𝅗𝅥, on changeait la mesure et l'on écrivait : 𝄵 𝅝 | 𝅗𝅥, ou $\frac{3}{2}$ 𝅝 𝅗𝅥. Ces sortes de transformations se rencontrent fréquemment dans la musique du moyen âge, où elles portent le nom d'*augmentation*; la *diminution* est la transformation inverse.

Aristide Quintilien les appelle *irrationnels*, parce que, sous le rapport de la mesure, ils se réduisent tous les deux à un *molosse* ou pied de trois longues, tandis qu'en ayant égard à leur usage en rhythmique, ils présentent deux divisions différentes. C'est ainsi que l'on nomme irrationnelles les syllabes douteuses, dont on peut faire un double usage en les rendant à volonté longues ou brèves [1]. Ces mêmes pieds sont encore irrationnels sous un autre rapport, s'ils appartiennent à une mesure à $\frac{6}{8}$, parce qu'ils la rompent momentanément pour la soumettre à un autre mode de décomposition, celle de la mesure à $\frac{3}{4}$. Le *tribraque* devait donner lieu au même genre d'irrationalité; aussi regardons-nous comme assez probable que, dans les deux définitions dont il s'agit, il faudrait lire μιᾶς au lieu de μακρᾶς.

Au moyen des détails qui précèdent, on pourra, ce nous semble, prendre une idée suffisante de la théorie du rhythme de l'ancienne musique. Nous ajouterons que l'on nomme *marche* ou *conduite rhythmique*, ἀγωγὴ ῥυθμικὴ, la *lenteur* ou la *rapidité* du mouvement, χρόνων τάχος ἢ βραδύτης (p. 42), qu'il faut bien distinguer de la *longueur* et de la *brièveté* des temps; c'est

[1] Aristide Quintilien dit que l'ïamboïde est composé d'une *arsis longue* et de *deux thésis* : je pense que le mot μακρῶν est sous-entendu après θέσεων, ainsi que dans ce qui est relatif au trochoïde. Le même auteur dit encore que l'ïamboïde est semblable au dactyle quant au rhythme, et à l'ïambe quant au nombre des parties du mot, c'est-à-dire vraisemblablement au nombre des syllabes. Il est évident qu'il y a ici une inversion, et que ces mots ἰάμβῳ et δακτύλῳ se sont substitués l'un à l'autre dans le texte, comme l'ont depuis longtemps remarqué Burette (*Mém. de l'Acad. des inscript.* t. XV, p. 231), et M. Boëckh (*De metris Pindari*, p. 42). Au reste, on n'est pas plus d'accord sur la nature de ces pieds, définis fort obscurément par Aristide Quintilien, que sur celle de l'orthius et du trochée sémantos. Après les avoir expliqués de la manière qui m'a paru la plus naturelle, j'abandonne mon explication au jugement des hommes compétents; dans tous les cas, c'est un point de détail qui ne me paraît pas mériter de longues discussions. Quant à dire avec Meybaum (p. 268) que la dénomination d'*irrationnels* provient ici de ce que les deux pieds commencent l'un et l'autre par l'*arsis*, il est évident que cela ne présente aucun sens raisonnable. Au surplus, une syllabe ou un pied pouvaient être irrationnels de bien des manières; et je ne doute pas, par exemple, que, dans des vers tels que les suivants (ïambiques dimètres catalectiques), le premier pied ainsi que le dernier ne dussent porter la qualification dont il s'agit :

Quo - nam cru - en - ta Mæ-nas
Præ - ceps a - mo-re sæ-vo
Ra-pi - tur? quod im-po - ten-ti
Fa - ci - nus pa - rat fu - ro-re.

(Sén. *Méd.* act. IV.)

elle, par conséquent, qui détermine les divers mouvements que nous nommons *allegro*, *andante*, *adagio*, *etc.*

La *rhythmopée* est l'art de composer les rhythmes; elle comprend trois parties qui correspondent exactement à celle de la mélopée. Ce sont : le *choix* du rhythme convenable, λῆψις; l'*emploi*, ou la manière de se servir du rhythme que l'on a choisi, χρῆσις; enfin l'art de *mélanger* les divers rhythmes, μίξις, ce qui se fait par les *métaboles* ou *muances rhythmiques*, μεταβολαὶ ῥυθμικαί.

Pour terminer cette note, je donnerai, comme application de la théorie qu'elle contient, quelques formules rhythmiques pour les Odes d'Horace.

ODE Ire (livre Ier).

2

Mæ - ce-nas, a - ta - vis e - di - te re - gi - bus, etc.

ODE II (strophe saphique)[1].

2

Jam sa - tis ter-ris ni - vis, at - que di - ræ
Gran-di - nis mi-sit Pa - ter; et ru - ben - te
Dex - te - ra sa-cras ja - cu - la - tus ar - ces,

Ter-ru - it Ur-bem.

ODE III.

2

Sic te Di - va po - tens Cy - pri,

Sic fra - tres He - le - næ, lu - ci - da si - de - ra, etc.

[1] Voyez les Essais sur la musique, par Laborde, t. I, p. 43; mais observez que la quantité y est fort peu respectée.

TRAITÉS GRECS relatifs à la musique.

ODE IV.

2

Sol - vi - tur a - cris hi-ems gra-ta vi - ce ve - ris et fa - vo - ni ;

Tra-hunt-que sic-cas ma - chi - næ ca - ri - nas. Etc.

ODE V.

3[1]

Quis mul-ta gra - ci - lis te pu - er in ro - sa
Per - fu - sus li - qui - dis ur-get o - do - ri - bus,

2[2]

Gra-to, Pyr-rha, sub an-tro?

Cui fla-vam re - li - gas co - mam? etc.

ODE VIII.

2

Ly - di - a dic, per om-nes

Te Do - os o - ro, Sy - ba - rin

Cur pro-pe - res a - man-do (perdere? etc.).

ODE IX (strophe alcaïque).

3

Vi - des ut al - ta stet ni - ve can - di - dum
So - rac - te, nec jam sus - ti - ne-ant o - nus

Syl - væ la - bo - ran-tes, ge - lu-que

Flu-mi - na con - sti - te - rint a - cu - to?

[1] Ou bien comme *Mæcenas atavis*, I, 1. — [2] Métabole rhythmique.

ODE XI.

3
Tu ne quæ-si - e - ris, sci - re ne-fas, quem mi-hi, quem ti - bi
Fi - nem Dî de-de - rint, etc.
ODE XVIII (livre II).
Non e - bur, ne-que au-re - um
Me - a re - ni - det in do - mo la - cu - nar; etc.
ODE XII (livre III).
3
Mi - se - rar' est, ne-que a-mo-ri da-re lu-dum,
Ne-que dul-ci ma-la vi-no la-ver'; aut ex-a-ni-ma-ri,
Me-tu-en-tes pa-tru-æ ver-be-ra lin-guæ.

SUPPLÉMENT A LA NOTE N.

DE L'ACCENT.

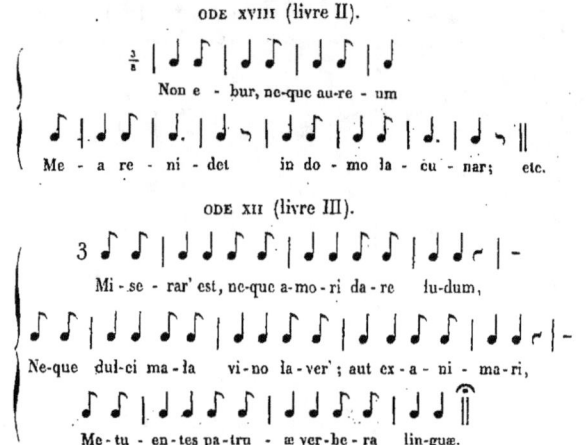

La règle établie par Tyrwhitt (voir ci-dessus), de faire un repos à la césure du vers hexamètre, me paraît avoir pour résultat général de faire porter, dans le plus grand nombre de cas, la *thésis* ou le temps fort sur la syllabe accentuée, résultat dont on comprend toute l'importance, et d'où dépend, je crois, la bonté du vers. C'est ce qui m'engage à dire ici quelques mots de l'accent en particulier.

La *quantité*, le *rhythme*, et l'*accent*, sont trois attributs de la parole, je dis de la *parole parlée* et non chantée, très-distincts les uns des autres, et qu'il faut bien se garder de confondre. Je ne partage donc pas l'opinion assez commune d'après laquelle on ne pourrait faire sentir l'accent d'une syllabe qu'en augmentant sa durée. Lorsque je prononce le mot *ἁρμονία*, je puis faire sentir l'accent sur la syllabe *νί* sans l'allonger le moins du monde. L'accent ne réside pas davantage, comme d'autres personnes le croient, dans une élévation du ton : je puis prononcer ce même mot ἁρμονία, en faisant sentir l'accent, soit tout aussi bien en abaissant la voix sur la syllabe νί, qu'en l'élevant ou même en la maintenant en place :

ἁρμονια, ἁρμονια, ἁρμονια.

On reconnaîtra, en effet, si l'on y réfléchit un peu, que l'accent n'est autre chose qu'un *coup de gosier* donné sur la syllabe, ce que les Italiens désignent par le mot *sforzato*. Ainsi, en prononçant les mots : *Arma virumque cano*, il dépend de moi, sans altérer en rien la quantité, de faire sentir l'accent, à volonté, soit sur la *première* syllabe de chaque pied,

Ar-ma vi - rum-que ca - no,

soit sur la *deuxième*,

Ar-ma vi - rumque ca - no,

soit enfin sur la *troisième*,

Ar-ma vi - rumque ca - no.

Il est évident, d'ailleurs, que la nature de l'accent ne se distingue pas moins de celle de l'arsis et de la thésis, s'il est vrai que l'arsis ne soit que l'antécédent, et la thésis le conséquent d'un même pied ; et c'est ainsi que, dans la musique moderne, suivant une opinion soutenue avec quelque raison par certains auteurs, nos barres de mesure, annonçant le temps fort, ne font que séparer les deux parties d'une même mesure, le temps faible qui précède, du temps fort qui suit, au lieu de séparer, suivant la commune manière de voir, les mesures complètes les unes des autres [1].

[1] Ainsi, dans cette phrase mélodique :

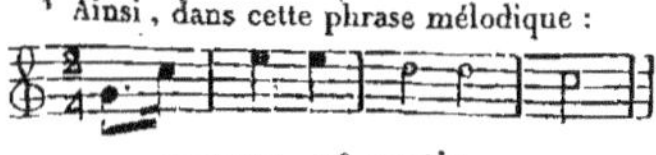

la première mesure serait *sol-ut-mi*, la seconde *mi-ré*, la troisième *ré-ut*.

Les mesures seraient alors séparées par

En résumé, ce qui prouve surabondamment que la quantité, le rhythme, et l'accent, sont trois choses complétement distinctes, c'est que la musique moderne possède des signes spéciaux et complétement distincts pour caractériser ces trois attributs, comme il doit être suffisamment clair d'après ce qui précède.

Je terminerai par une remarque bien propre à faire sentir l'influence de l'accent dans la versification, influence qui me paraît beaucoup trop négligée dans les traités de métrique, si même elle ne l'est entièrement.

On cite ce vers qui paraît *tomber* à chaque pied :

> Similes nobis volumus pueros edere matres ;

et cependant on reconnaît qu'il est très-admissible, pourvu qu'on le lise convenablement :

Si - mi - les no-bis vo - lu-mus pu - e - ros e - de - re ma-tres.

D'où peut naître ce paradoxe? Il s'explique, si je ne m'abuse, par cette observation, que l'accent, se trouvant sur la première syllabe de chaque pied, indique par là même la place naturelle de la thésis. Le vers n'est donc point véritablement anapestique, mais *dactylique catalectique avec anacruse.* Alors, la fin du mot se trouvant constamment à l'arsis, c'est-à-dire sur l'antécédent du rhythme, relève par là même le vers, au lieu de le faire tomber.

C'est par un renversement opposé, et certes bien mal entendu, que Hermann a été conduit au résultat que j'ai cru devoir critiquer plus haut (voyez p. 203).

NOTE O.

SUR LE MOT διαψηλάφημα.

(IIe Traité, § 15.)

Aucun mot français ne peut bien rendre cette expression διαψηλάφημα,

ce que Quintilien (IX, IV) nomme *quoddam in divisione verborum tempus latens*, c'est-à-dire par une pause imperceptible, comme il en place une au milieu du vers pentamètre.

TRAITÉS GRECS relatifs à la musique.

qui signifie à peu près *attouchement, toucher;* peut-être le mot italien *toccata*, qui désigne une sorte de *prélude*, lui correspondrait-il. Elle est d'ailleurs évidemment synonyme de *διάψαλμα*, à cela près qu'elle emporte l'idée plus formellement articulée du *toucher* (de *ἀφή*, *tact*) d'un instrument quelconque[1]. Au reste, mise en opposition avec *ᾠδῇ κεχυμένα*, il est clair qu'elle indique ici une suite de notes égales rendues par un instrument, ou, en d'autres termes, une mélodie instrumentale dépourvue de rhythme.

On sait que, dans une multitude d'endroits des psaumes hébreux, soit à la fin, soit au milieu, se trouve le mot סלה, sur lequel on a beaucoup écrit, sans arriver, que je sache, à une solution définitive ou du moins satisfaisante sur son interprétation. Or observons que ce mot a toujours été traduit en grec par *διάψαλμα*. *Gloss. lat. med.* : « *Sela* idem est quod *diapsalma.* » — Mart. Gerb. (*De cantu et musica sacra*, t. I, p. 5) : « S. Chrysostomus, Euthymius, et alii SS. Patres vocem *διάψαλμα*, seu סלה *sela*, passim in psalmis occurrentem, cantus quamdam seu melodiæ immutationem designare putant, quod jam ab Origene fuit notatum. » Ce dernier passage, en prouvant la synonymie des deux mots, indique déjà l'incertitude qui règne sur leur commune signification; et, de plus, l'interprétation ne saurait s'appliquer au cas où le mot termine le psaume. Cette incertitude se manifeste encore plus fortement dans le passage suivant de saint Maxime (Quest. 18) : *Τί ἐστι διάψαλμα; οἶμαι ὅτι ἡ ἀπὸ νοήματος εἰς νόημα μεταβολὴ, ἢ καὶ τρόπου διδασκαλίας εἰς ἕτερον τρόπον.* Phavorinus, Hésychius, etc., s'expriment dans le même sens.

Or la synonymie des mots *διαψηλάφημα*, *διάψαλμα*, סלה, étant une fois admise, la difficulté nous paraît entièrement levée par la définition de notre auteur : car il résulte de cette définition et des divers rapprochements que nous venons de faire, que les expressions dont il s'agit indiquent une sorte de *ritournelle*, une interruption de chant, soit momentanée, soit définitive, pendant laquelle l'orchestre seul fait entendre quelque *phrase mélodique dépourvue de rhythme*, genre de musique qui est pour les instruments ce qu'est le plain-chant pour la voix[2].

[1] Eustathe, Il. XI, v. 627 : *Οὕτω καὶ τοῦ ψάλλω πρόεστι τὸ ψῶ, ἐκεῖνο δὲ αὖθις προϋπόκειται τοῦ ψηλαφῶ· ψηλαφᾶν γὰρ κυρίως τὸ ψάλλειν ἐπαφώμενον χορδῶν, ταὐτὸν δ' εἰπεῖν, ψῶντα χειρί.* (Cf. Bell. p. 22; et ci-dessus, note D, p. 112.)

[2] Bell. (p. 22) : « *κεχυμένα ᾄσματα*, quæ a nostris itala voce vocantur *recitativi.* »

Quant à la signification littérale du mot סלה, il est probable que ce doit être une de ces abréviations *acrologiques* que l'on rencontre si fréquemment dans le Talmud et dans les

NOTE P.

SUR LA DIASTOLE.

(IIe Traité, § 15.)

Les anciens grammairiens nommaient *διασ7ολή* ou *ὑποδιασ7ολή* un signe servant à séparer deux mots dont la réunion pouvait présenter une amphibologie, comme dans *ἔσ7ι*, *νάξιος*, qu'il ne faut pas confondre avec *ἔσ7ιν*, *ἄξιος*. (Cf., dans les *Anecdota* de D'Ansse de Villoison, t. II, p. 107 et 108, et 118, Porph. *Fragm. ined. περὶ προσῳδίας.*)

Quoique le signe de la diastole musicale ait entièrement disparu des manuscrits [1], on peut conjecturer qu'il n'était autre que celui de la diastole grammaticale, c'est-à-dire qu'il était fait absolument comme notre virgule.

Voici, du reste, ce que disent de la diastole grammaticale les grammairiens latins :

Marius Victorinus (p. 1944) : « *Diastole*, dextra pars quædam circuli, ad « imam literam ; hac nota male cohærentia discernuntur. »

Sergius ajoute (*De accentibus*, p. 1834) : « Hoc interest inter *diastolen* et « *apostrophum*, quod apostrophos ad caput literæ ponitur, diastole vero ad « imam partem literæ. » — Et plus loin (p. 1836) : « *Diastole* est nota con- « traria *hyphen*. »

Priscien (p. 1287) : « Huic [hyphen] est contraria *diastole ;* diastole qui-

livres rabbiniques. C'est ainsi, par exemple, que סהר signifie סוף הדיבור, *fin de ce discours* ou *de ce texte* (J. Buxtorf, *De abreviat. hebr.* Bâle, 1640, p. 146). A la vérité, ce serait le seul cas de ce genre que l'on rencontre dans les livres bibliques; mais est-ce là une raison suffisante de rejeter notre conjecture, surtout si ce mot, qui en définitive se réduit à une simple annotation musicale, n'a été, comme il nous paraît vraisemblable, introduit dans le texte que pour servir à diriger l'exécution du chant?

Au surplus, nous abandonnons ce point au jugement des hébraïsants, tout aussi bien que la recherche des mots hébreux ayant pour initiales les lettres ס, ל, ה, et présentant un sens conforme à l'idée proposée, idée que nous croyons d'ailleurs émise pour la première fois.

[1] On en reconnaît cependant une trace dans la rédaction *finale* du ms. 2460. (On sait, ci-dessus, *Avertiss.* p. 3 et 4, qu'il y a deux rédactions différentes pour tout ce qui est relatif aux signes rhythmiques.) Mais cette marque ͻ paraît avoir été ajoutée après coup. Quant à la rédaction *initiale*, elle paraîtrait indiquer, pour signe de la diastole musicale, une barre verticale suivie de *un* ou *deux* points **|.** ou **|:**

« dem dextra pars circuli ad imas litteras deposita quæ fit ita ɔ et hac nota « male cohærentia discernuntur; ut :

« Procubuit, viridique in littore conspicitur ɔ sus. »

Diomède (p. 430) et Donat (p. 1742) s'expriment de la même manière [1].

NOTE Q.

SUR L'HYPHEN.

(IIe Traité, § 16.)

On ne conçoit pas trop quelle relation il y a, d'une part, entre l'élévation et le mot ἔσωθεν, *en dedans*, et d'une autre, entre l'abaissement et le mot ἔξωθεν, *en dehors*, à moins que les mots ἔσωθεν et ἔξωθεν ne proviennent de la forme des signes employés pour indiquer ces figures de mélodie.

Relativement à l'*hyphen en dedans*, l'auteur en donne bien la forme, qui est une espèce de demi-cercle placé au-dessous de deux notes, de manière à les unir en leur tournant sa concavité; mais la forme de l'*hyphen en dehors* n'est pas indiquée dans le manuscrit.

Voici la définition que les grammairiens latins donnent de la première figure, sorte de trait d'union qu'ils employaient également.

Sergius (p. 1836) : « *Hyphen* est nota quæ duo verba subjungit, ac nectit « subposita, quæ ducitur à præcedentis fine verbi usque ad initium consequentis, ut *interea* ◡ *loci*, cum tamen usus exegerit. *Diastole* est nota contraria *hyphen*. »

Priscien (p. 1287) : « Est *hyphen* virgula subjecta versui circonflexa, « ita ◡, qua duo verba cum res exigit copulamus : ut *antetulit gressum*, *etc.* « Huic est contraria *diastole*. »

Diomède (p. 429) : « *Hyphen*, cujus forma est virgula sursum curvata, « subjacens versui, et inflexa ad superiorem partem, hac nota ◡. Supposita, « utriusque verbi proximas litteras in una pronunciatione colligit : ita tamen « ut cum ita res exegerit, copulemus; ut est : *Turnus ut ante volans*. Huic contraria est *diastole*, *etc.* »

Voyez encore Donat (p. 1742) et Marius Victorinus (p. 1943).

[1] Le mot διαστολή s'emploie aussi quelquefois pour désigner la *ponctuation* en général : c'est ce qui a lieu, par exemple, dans le passage de Denys d'Halicarnasse relatif aux poëmes de Simonide, que nous avons rapporté précédemment, note H (p. 164).

TRAITÉS GRECS relatifs à la musique.

En supposant que l'hyphen en dehors fût aussi un demi-cercle placé de même au-dessous des notes, mais de manière à leur tourner sa convexité, alors on aurait la raison de cette dernière dénomination ainsi que de la précédente. Or, dans la musique des Grecs modernes, la figure nommée πελασθή ou πεταςή, qui indique une élévation d'un ton, est une espèce de C couché les pointes en haut ◡, tout à fait analogue à l'hyphen en dedans, tandis que la figure nommée ἐλαφρόν, semblable à un C couché les pointes en bas ◠, indique un abaissement du même intervalle. En admettant que ces deux dernières figures aient pour origine les deux espèces d'hyphen, la conjecture émise sur la forme de l'hyphen en dehors se trouverait vérifiée.

D'après la remarque qui précède, on peut regarder comme très-vraisemblable que les figures du genre des deux *hyphen*, du *mélismus*, du *compismus* (v. p. 56, § XVI), figures qui représentent à l'œil, non plus un son déterminé, mais le sens du *mouvement de la voix*, ainsi que la grandeur de l'intervalle à parcourir, auront donné lieu, par leur généralisation, au système de notation des Grecs modernes, et peut-être même aux *neumes* de l'Église d'Occident[1].

NOTE R.

SUR QUELQUES FIGURES DE MÉLODIE.

(IIe Traité, § 16.)

L'auteur ne donne pas la définition de l'*eclepsis*; et quant à celles de la *proscrousis* et de l'*eccrousis*, elles sont tout à fait tronquées; mais les exemples ne laissent pas de doute sur la signification des mots. Suivant Bryenne (p. 480), les deux derniers se rapporteraient exclusivement à la mélodie instrumentale; mais, au lieu de cette restriction, notre auteur établit une distinction de laquelle il résulte que les deux premières expressions, *proslepsis* et *eclepsis*, indiqueraient une *liaison*, un *coulé*, qui, dans les deux dernières figures, c'est-à-dire dans la *proscrousis* et dans l'*eccrousis*, serait remplacé par un *détaché*.

Nous avons substitué le mot *proscrousis* au mot *procrousis*, et de même plus loin *proscrousmos* à *procrousmos*, pour des raisons que les hellénistes apprécieront[2].

[1] M. Bottée de Toulmont, à qui des travaux importants sur la musique du moyen âge ont acquis une réputation méritée, est aussi de cet avis.

[2] Cf. la note M, ci-dessus, p. 194.

Quant à la figure nommée *proscrousmos*, il est vrai de dire que l'auteur n'en parle pas. Mais il est évident que l'*eccrousmos* doit être précédé du *proscrousmos*, de la même manière que l'*eclepsis* et l'*eccrousis* sont précédées de la *proslepsis* et de la *proscrousis*. C'est en effet ce que confirme le texte de Bryenne.

Il faut remarquer maintenant que, pour les deux figures analogues au *proscrousmos* et à l'*eccrousmos*, notre auteur s'écarte de Bryenne encore plus complétement. Chez l'anonyme, ces figures correspondantes sont nommées *compismos* et *melismos*, expressions qui, dans Bryenne, ont une tout autre signification; et, pour celui-ci, ce sont le *prolemmatismos* et l'*eclemmatismos* qui correspondent au *proscrousmos* et à l'*eccrousmos* : c'est-à-dire que, suivant Bryenne, ces dernières figures sont pour les instruments, *κατὰ μέλος ὀργανικόν*, ce que les deux autres sont pour les voix, *κατὰ μουσικὸν μέλος*.

Enfin, le *térétisme* n'est pour Bryenne que la répétition multipliée d'un même son, tandis que, pour notre auteur, on voit que cette figure est une sorte de *trille*[1].

Nous devons convenir que cette divergence d'une part, d'autre part l'état d'imperfection où se trouvent tous les manuscrits, ne laissent pas que de jeter quelque incertitude sur le véritable sens des mots *κομπισμός*. *μελισμός*, *τερετισμός*, dont l'interprétation reste, par suite, plus ou moins conjecturale : aussi ma solution diffère-t-elle notablement ici de celle de M. Bellermann (p. 25 et 26).

Suivant l'estimable commentateur, les figures désignées par ces trois mots ne seraient toutes indistinctement que la répétition d'un même son, sauf quelques différences dans la manière de lier ou de détacher les diverses émissions de voix. Or il est bien peu probable que l'on ait cru devoir recourir à deux ou trois dénominations différentes, à autant de signes spéciaux, à des formules distinctes de solmisation, le tout pour aboutir en définitive à caractériser des nuances aussi légères[2]. Je crois d'ailleurs que

[1] *Τερετίσματα*, dans Suidas, est interprété ainsi : *ᾠδαὶ ἀπατηλαὶ ἢ ᾄσματα ἔκλυτα*, ce que j'essaierai de traduire par *chants faux et mal assurés*. Hésychius ajoute *τὰ τῆς κιθάρας κρούματα*. Dans Pollux, *τερετίσματα*, *τερετισμοί*, se rapportent au jeu de la flûte. Enfin Kircher (*Musurgie*, t. I, p. 30) nomme *térétisme* la figure suivante :

— Cf. Bojesen, p. 76.

[2] Il faut observer cependant que les expressions de ce genre sont très-nombreuses. Certains ornements sont encore désignés par les mots *πλάσεις*, *πλάσματα*, *μινυρίσματα*, *καμπαί*,

TRAITÉS GRECS relatifs à la musique.

les formules de solmisation τοννω, ταννα, etc., conduisent bien plus naturellement à mon interprétation qu'à celle de M. Bellermann. En outre, il me semble que la singulière explication donnée par M. Bellermann (p. 24) de cette phrase des n°s 10 et 92 (p. 26) : προκρούσεως δὲ γενομένης, κ. τ. λ, ne rend guère raison de la solution qu'il adopte pour le κομπισμός, solution d'après laquelle il ne faudrait voir dans la figure ainsi nommée qu'une sorte de *glonssement* analogue à celui des chanteurs tyroliens. Quant à la mienne, je dois y avoir d'autant plus de confiance, que la forme affectée au signe du μελισμός dans le manuscrit N (Bell. p. 23), en indiquant qu'il entre dans cette figure une sorte d'ὑφέν ou de *liaison*, vient encore à l'appui de mon interprétation. — Enfin, si je ne m'abuse, l'ensemble que l'on peut remarquer dans la traduction que j'ai donnée de tout ce difficile passage doit être de nature à lui concilier l'assentiment du lecteur.

NOTE Aa.

DISCUSSION D'UN PASSAGE ALTÉRÉ PAR LES COPISTES.

(IIe Traité, § 8 et § 9.)

On voit qu'il s'agit ici des différentes *formes de l'octave*, τῶν τοῦ διὰ πασῶν σχημάτων (ms. 2460). Or, en faisant pour un instant abstraction des numéros d'ordre de l'auteur grec, il est facile de reconnaître que sa série d'octaves n'est autre que celle donnée par Euclide à la page 15; et, pour rendre les deux séries tout à fait identiques, il n'y a qu'à substituer partout dans nos manuscrits πρῶτον, πρῶτος, à δεύτερον, δεύτερος, ces derniers mots à τρίτον, τρίτος, et ainsi de suite jusqu'à ὄγδοον, ὄγδοος, auquel il faudra substituer ἕβδομον, ἕβδομος.

Or M. Bellermann, ne pouvant se décider à croire à une erreur répétée ainsi quatorze fois (*quum hæc à cæteris* [*scriptoribus*] *discrepantia librariorum vitio nata esse nullo modo possit*), préfère voir une lacune au commencement de l'énumération, lacune qu'il remplit, comme on le voit à la page 76 de son édition (lig. 1 et 2), par *une première forme d'octave allant de la proslambanomène à la mèse, et dans laquelle le ton occupe le premier rang;* et, pour justifier sa manière de voir, le savant philologue s'autorise du témoignage

au lieu qu'un jeu simple et uni s'appelait en grec ἀπλαστος (cf. Burette, Plut. p. 326). — Ἐξαρμόνιοι καμπαί, *inflexions de voix dépourvues d'harmonie* (Phérécrate dans Plutarque, p. 45, et Burette, p. 391). — Enfin, cf. Ptol. II, XII, p. 85, l. 10; et Cic., *De orat.* III, LVII et LVIII.

de Boëce, qui, dit-il, après avoir (liv. IV, ch. XIII) fait connaître sept espèces d'octaves, signale (chap. XVI) l'addition d'un huitième mode, *octavus modus*, qui est l'*hypermixolydien*.

Mais, qu'il me soit permis de le dire, ce système de correction n'est nullement admissible, malgré l'autorité de Boëce qui est ici invoquée à faux; car Boëce parle d'un *huitième mode*, et nullement d'une *huitième espèce d'octave*. Or, si l'on peut imaginer autant de *modes* que l'on veut, il ne peut dépendre de personne de faire qu'il y ait plus de sept espèces d'octaves [1] (diatoniques), la *huitième* redevenant de toute nécessité semblable à la *première*, la *neuvième* à la *seconde*, et ainsi de suite périodiquement, d'où vient même vraisemblablement le mot *trope*, *τρόπος*, comme nous l'avons dit précédemment (p. 78). Mais ce n'est pas tout : M. Bellermann, voyant bien que, dans son système d'interprétation, le ton disjonctif serait également placé à faux, si l'on devait le considérer comme désigné par le mot *τόνος*, est obligé de prendre ce mot comme représentant le son de la mèse : *ipsam mesen significet necesse est.* Or, un pareil langage, je ne crains pas de l'affirmer, est en contradiction formelle avec le langage de tous les auteurs (cf. Euclide, p. 19).

Le docte interprète ajoute alors cette remarque, savoir : que, si, dans l'énumération des *trois* sortes de *quarte*, on adopte l'interprétation qu'il vient de proposer pour le mot *τόνος*, en continuant néanmoins à entendre ce mot par *ton disjonctif* dans l'énmuération des diverses sortes de *quinte*, alors la première espèce de quarte et la première espèce de quinte auront une définition commune. Cette remarque est fort ingénieuse, j'en conviens; mais, malheureusement pour M. Bellermann, elle est justement la réfutation de son système d'interprétation, puisqu'elle n'aboutit à rien moins qu'à mettre l'auteur grec en contradiction avec lui-même.

[1] C'est d'ailleurs ce que M. Bellermann reconnait lui-même très-formellement, à la page 35 (en bas) : « non plures his septem [octavæ speciebus] excogitari posse. » — Voyez encore Ptolémée, liv. II, fin du ch. VIII, ainsi que son scoliaste. — *Item*, ch. IX. — Τὸ δὲ ἕβδομον [εἶδος τοῦ διὰ πασῶν περιέχουσιν] ἥ τε νήτη τῶν ὑπερβολαίων ἢ ὁ προσλαμβανόμενος καὶ ἡ μέση (Ptol. p. 61, l. 9). — Δὶς γὰρ γίνεται τὸ πρῶτον εἶδος [ἐν τῷ] (scol. τὸ ἓν) διὰ πασῶν, ἤγουν ὃ ποιεῖ ἡ μέση μετὰ τῆς νήτης τῶν ὑπερβολαίων, καὶ ὃ μετὰ τοῦ προσλαμβανομένου ἡ αὐτὴ μέση ποιεῖ (Scol. de Ptol. sur la p. 67, l. 40).

Observez qu'aux pages 55 et 61 de Ptolémée l'énumération des espèces d'octaves (ch. III et V) suit deux marches opposées : c'est celle de la page 55 que le scoliaste a suivie; le contraire à lieu pour l'anonyme, si nous l'avons bien restitué. Mais le texte de la page 55 mérite moins de confiance, parce qu'il est fondé sur une figure sans doute mal restituée; et le scoliaste aura mis πρῶτον pour ἕβδομον.

Cependant il faut une solution; or voici la mienne : l'auteur grec suit évidemment ici le système d'Euclide, système qui n'est lui-même que celui des auteurs plus anciens (ὑπὸ τῶν ἀρχαίων, Euclid. p. 15); mais son copiste, plus expert sans doute sur les *troparia* que sur les Éléments d'Aristoxène, a confondu les *tons* ou *modes* avec les *octaves;* et, persuadé qu'il s'agissait ici de l'ὀκτώηχος (v. Bryenne, liv. III, § 4, p. 481, et notre note A, vers la fin), il a décidé dans sa sagesse que son auteur se trompait en appelant *première espèce* la mixolydienne, attendu que, dans le système des auteurs plus modernes, le *premier des huit tons* est l'*hypermixolydien*, et que le *mixolydien* n'est que le *second*.

En résumé, les quatorze erreurs n'en font qu'une; et le moyen de la rectifier était de rétablir purement et simplement la nomenclature et la classification d'Euclide, qui, suivant toutes les vraisemblances, les avait lui-même empruntées à Aristoxène. Ce résultat, au surplus, s'accorde parfaitement avec une ingénieuse conjecture de l'estimable auteur que je combats (cf. Bell. p. 75); mais, comme tout ceci tient à une grave divergence entre M. Bellermann et moi, il est nécessaire que j'entre encore, à cet égard, dans quelques détails.

Les n°s 63 et 64 de M. Bellermann, formant mon § IX (en rapportant toutefois ici un passage de la fin du manuscrit : ἡ ἀνθρωπίνη φωνή.......), ces deux numéros, dis-je, sont inséparables pour le sens, et se complètent mutuellement en s'expliquant l'un par l'autre.

Or écoutons M. Bellermann : « Intricatus locus (dit-il) cujus difficultates « indicare licet, non expedire; » et plus loin : « Quemadmodum illis regio- « nibus ea, quæ hic afferuntur, variorum modorum tetrachorda tribui pos- « sint, nullo modo enucleare queo. Itaque hunc totum locum, mihi quidem « omnino desperatum, lectoris acumini relinquo expediendum. » Ainsi, M. Bellermann ne pouvant, d'après son propre aveu, expliquer son n° 63, quelles garanties peuvent offrir les corrections qu'il propose pour le n° 64, corrections qui devraient pourtant, si elles ne portaient pas entièrement à faux, conduire à l'interprétation du n° 63? Au contraire, les explications que j'ai données, dans ma note F, de l'ensemble de ces deux numéros, bien qu'en évitant toute grave atteinte portée au texte, étant parfaitement concordantes, il en résulte, ce me semble, une grande probabilité en faveur de leur exactitude. Et en effet, pour dire toute ma pensée, elles me paraissent porter avec elles un tel caractère d'évidence, que M. Bellermann lui-même ne peut manquer, si je ne m'abuse, de les accepter sans opposition. Il est d'autant plus surprenant que cet estimable philologue ne soit pas tombé du premier coup sur la véritable interprétation de ce remarquable passage, que lui-même, reconnaissant et signalant ses deux n°s 63 et 64 comme un emprunt fait aux Éléments d'Aristoxène dans les parties de cet ouvrage qui ne nous sont pas parvenues et dont nous avons l'avantage de recouvrer ici un précieux fragment, avait ainsi trouvé la véritable clef de la difficulté. Il devait donc naturellement, de sa conjecture, dont la justesse me paraît incontestable, déduire cette conséquence, que la désignation des tétracordes énumérés dans le n° 63 se rapportait à la nomenclature des treize tons d'Aristoxène, nomenclature que nous connaissons du moins d'après Euclide (p. 19) et Aristide Quintilien (p. 23).

Pour le reste, mon interprétation se trouvant suffisamment développée dans la note F (p. 120 et suiv.), il me suffit d'y renvoyer.

NOTE Bb.

SUR UNE VARIANTE CONSIDÉRABLE QUI SE TROUVE DANS LES MANUSCRITS.

(IIe Traité, § 17.)

Ici se trouvent chez M. Bellermann (p. 89) deux passages par lesquels le manuscrit N remplace ce § 17 tel qu'il est présenté par les autres manuscrits, ainsi que plusieurs phrases détachées que nous avons cru devoir transporter ailleurs (v. §§ 9, 15, 13, et 12). Le premier de ces passages n'est à peu près que la reproduction du *petit système* ou *système conjoint* exposé ci-dessus, p. 40 et 41 (n° 77, p. 81 de Bell.). Je dis à peu près, parce que les valeurs numériques des sons ne paraissent plus ici, et que, de plus, on peut y remarquer plusieurs variantes dans les dénominations des notes musicales.

Ainsi, Γ*άμμα ἀνεστραμμένον* (conforme à la nomenclature de Meybaum), au lieu de *γάμμα ὕπτιον* : L (c'est du reste le même signe avec une dénomination différente);

Δ*ίγαμμον*, au lieu de *δίγαμμα*;

Ρ*ῶ ὀρθόν*, au lieu de *ῥῶ* simplement;

Μ*ῦ ὀρθόν*, de même;

Λ*άμϐδα*, au lieu de *λάμϐδα πλάγιον*, pour le signe instrumental de la *mèse* (ici le signe est différent, mais c'est une erreur de copiste);

Λάμϐδα ὕπτιον, au lieu de λάμϐδα ἀνεστραμμένον, pour la *trite des conjointes* (ici encore il n'y a de différence que dans les dénominations).

Le tétracorde conjoint y est nommé συνημμένων νητῶν, ce qui mérite d'être remarqué, de même que, dans Gaudence (p. 18), on trouve διεζευγμένων νητῶν.

On a indiqué dans ce tableau les valeurs des intervalles (ton ou demi-ton) des cordes consécutives, comme dans le § XI de mon texte.

En marge est une sorte de titre : αὕτη ἐστὶ μεταϐολὴ (?) τετραχόρδοις τρισί : il faudrait peut-être μεταγραφή au lieu de μεταϐολή, que M. Bellermann a marqué d'un point de doute.

Le second passage particulier au manuscrit N n'est autre chose que le XVIe chapitre du IIIe livre de Ptolémée, ou plutôt de Nicéphore Grégoras : Μήτις δὲ οἰέσθω, κ. τ. λ.

Seulement, M. Bellermann croit devoir faire (p. 92) une légère intercalation pour éclaircir et compléter le texte. A la suite des mots τὴν ἀφροδίτην καὶ τὴν σελήνην· (p. 151, l. 20 de l'édition de Wallis) suivis d'un point en haut, il ajoute πρὸς μὲν ἐκείνην πάντας ἀγαθοποιούς, πρὸς δὲ τὴν σελήνην (μὴ πάντας πάλιν, κ. τ. λ.)

Je ferai remarquer que, dans le commentaire relatif à ce n° 84, M. Bellermann cite comme récemment publié pour la première fois par M. J. Franz (*De musicis græcis commentatio*, Berlin, 1840, p. 10), un fragment relatif aux Harmoniques de Ptolémée, et d'où il résulte que l'ouvrage généralement connu sous ce nom est en réalité de l'un des auteurs qui ont porté le nom de Nicéphore Grégoras (il ne paraît pas, du reste, que ce soit le patriarche).

En cela M. Bellermann est dans l'erreur, et M. Franz s'était lui-même trompé le premier en donnant ce fragment comme inédit. On le trouve tout au long, accompagné d'une traduction latine, à la page 227 du Catalogue de la Bibliothèque Coislin (imprimé à Paris, 1715), comme extrait du manuscrit 172 (*olim* 255). Le même catalogue donne, au même endroit, divers autres passages non moins remarquables des manuscrits 173 et 174, s'accordant tous à attribuer à Nicéphore Grégoras la rédaction actuelle des Harmoniques. Il paraît que, dès l'époque de ce savant philosophe, surnommé par ses contemporains ἔξοχος ἐν φιλοσόφοις, σοφώτατος, l'ouvrage original de Ptolémée était réduit à un tel état de désordre et de mutilation, qu'il en était devenu entièrement inintelligible; et c'est sur les fragments qui en restaient que le traité actuel a été composé. Tout cela est d'accord avec la scolie donnée par Wallis (p. 149); mais là il n'est question que des trois derniers chapitres. Pour en revenir au fragment donné par M. Franz, je rapporterai, pour les deux dernières lignes, une variante importante que fournissent les manuscrits 172 et 173 Coislin, ainsi que le n° 449 suppl. de la Biblioth. royale : οὐ μόνον δὲ, ἀλλὰ καὶ ὅλα κεφάλαια διέκοψεν ὁ χρόνος καὶ ἠφάνισεν· ἃ πάντα φιλοπονίᾳ χρησάμενος οὗτος οἴκοθεν ἐκπλήρωσεν.

Je ferai observer encore, pour terminer ce qui est relatif à ce numéro, que M. Bellermann, dans sa note (p. 90) sur l'Harmonie des corps célestes, a omis de citer le nom de Plutarque (*De anim. creat.*), dont l'opinion méritait cependant une mention (voy., dans ma note G, la page 138). D'ailleurs, cette opinion n'est autre que celle dont on fait ici honneur à Manuel Bryenne (cf. H. Martin, *Études sur le Timée*, t. II, p. 37).

Revenons maintenant aux manuscrits de Paris et au manuscrit romain, à la fin desquels nous trouvons, comme nous l'avons dit, plusieurs passages qui n'existent pas dans le manuscrit N. Ce sont :

1° Ἡ ἀνθρωπίνη..... (§ IX, Bell. n° 94);

2° Κεχυμέναι..... (§ XV, n° 95);

3° Ὁ χρόνος..... (*ibid. ibid.*);

4° Presque tout le grand système..... (§ XIII, n° 96);

5° Les exercices de solfége..... (§ XVII, n°s 97-101);

6° Κενὸς βραχύς..... (§ XV, n° 102);

7° Enfin Πῶς δεῖ καταλαβέσθαι..... (§ XII, n° 103).

L'absence de ces passages dans le manuscrit de Naples est une circonstance fort digne de remarque, car elle dénote évidemment une addition postérieure à la rédaction primitive du Traité; d'où résulte cette conséquence assez fâcheuse, que l'on ne saurait raisonnablement faire remonter à la même époque que le reste de la composition, ni les exemples de solfége, ni ces mélodies dont deux surtout sont d'un beau caractère.

J'ajouterai que la même circonstance justifie peut-être le déplacement que j'ai cru devoir faire des n°s 94, 95, 96, 102, et 103, de M. Bellermann, ainsi que leur réunion aux paragraphes traitant des mêmes matières, et auxquels ils devaient servir d'éclaircissement, l'incohérence de ces diverses phrases ainsi détachées m'ayant porté à les considérer comme distraites de leur lieu naturel. C'est ainsi que j'ai réuni le n° 94 au § IX, relatif aux *diapasons des voix;* les n°s 95 et 102 au § XV, sur le *rhythme;* le n° 96 aux *diagrammes* du § XIII, dont il n'est qu'une répétition ou un extrait, et

TRAITÉS GRECS relatifs à la musique.

enfin le tableau des *rapports numériques des sons*, formant le n° 103, au § XII, dont il est un commentaire ou un développement.

De cette façon, il m'est resté un § XVII parfaitement dégagé de toute matière hétérogène et entièrement composé d'exemples, formant ainsi une application et une suite naturelle des paragraphes précédents, relatifs au rhythme et à la mélopée.

NOTE Cc.

COMPARAISON DE MA TRADUCTION EN NOTES MODERNES AVEC CELLE DE M. BELLERMANN.

(IIe Traité, § 17.)

Je ne dois pas manquer de signaler la coïncidence remarquable qui existe entre mes résultats et ceux de M. Bellermann, quant à la traduction en *notes* modernes des exercices de solfége et phrases mélodiques de ce § XVII[1]; car, de ce point important résulte la preuve qu'un travail sur la musique grecque n'est pas, comme pourraient le croire quelques personnes, une œuvre d'imagination, mais que l'on peut, dans ce genre d'études, obtenir des résultats aussi certains ou aussi probables que sur toute autre branche de la science de l'antiquité.

D'abord, quant à la clef, nous avons des notes de même nom; toutefois cette coïncidence n'est pas, en réalité, aussi parfaite qu'elle peut le paraître; et, à cet égard, il y a quelques mots d'explication à donner.

Les notes de M. Bellermann sont une octave trop bas, et les miennes une octave trop haut; la raison en est que, n'ayant eu l'un et l'autre que l'intention de donner la forme de la mélodie sans tenir compte de l'élévation dans le diapason de la voix, M. Bellermann a jugé convenable d'employer la *clef de fa*, tandis que j'avais préféré la *clef de sol*. Ceci est de pure convention, et, sur ce point, il ne s'agit que de s'entendre. Au reste, M. Bellermann (p. 93, l. 9 en montant) semble lui-même s'apercevoir qu'il a pris une octave trop grave. Mais il y a toujours, au sujet de la clef, une autre divergence plus importante. J'ai expliqué dans ma note F la correspondance qui existe, ou du moins que l'on croit généralement exister, entre notre système et celui des Grecs. D'après les conventions admises à cet égard, au lieu de noter les morceaux de musique vocale qui accompagnent le texte,

[1] Ma traduction, à laquelle rien n'a été changé, était entre les mains d'une commission quand l'ouvrage de M. Bellermann a paru.

dans le ton de *la mineur*, comme je l'ai fait, j'aurais dû les noter en *fa**, avec trois *dièses* à la *clef*; c'est donc uniquement pour simplifier l'écriture, que j'ai transposé ces morceaux une tierce mineure plus haut. J'ai d'ailleurs eu soin d'indiquer cette transposition, en plaçant derrière la *clef de sol* une *clef d'ut* sur la première ligne, armée de trois *dièses*, ce qui rétablit les diverses *notes* dans leur véritable place quand on veut la connaître.

M. Bellermann a, comme moi, pour simplifier l'écriture, noté ses morceaux en *la*; mais la transposition qu'il a faite ainsi n'est plus, dans son intention, d'une tierce mineure à l'aigu, mais bien d'un demi-ton au grave; car le savant auteur admet en principe (pages 3-17), que le système grec, comparé au nôtre, doit être établi deux tons plus haut qu'on ne le croit ordinairement. Cette hypothèse, à la vérité, ne paraît guère conforme aux conséquences que j'ai déduites, dans ma note F, de la comparaison des deux systèmes; mais cette divergence apparente n'a rien d'étonnant, d'abord parce que je n'ai entendu établir cette comparaison que d'après les données qui m'étaient fournies par notre auteur, tandis que M. Bellermann a fait la sienne d'après le système d'Aristide Quintilien et de Ptolémée. Cependant, non-seulement je suis tout disposé à considérer ce dernier comme le plus exact, mais je puis dire même que j'arrive ici, quoique par une voie détournée, à une coïncidence bien remarquable avec les résultats de M. Bellermann. En effet, la proslambanomène du trope dorien, limite grave des voix humaines suivant Aristide Quintilien, est justement d'un ton plus bas que l'hypate des moyennes du trope hypodorien, position de la même limite suivant l'anonyme. Or c'est là aussi précisément, comme je l'ai établi dans ma note F, l'intervalle dont il faudrait supposer que la voix humaine a baissé depuis quelques siècles, si la théorie de notre auteur était parfaitement exacte.

Quoi qu'il en soit, je regarde comme impossible une solution rigoureuse de cette question, sur laquelle les anciens même n'étaient pas d'accord, et qui d'ailleurs me paraît plus curieuse que véritablement importante; et en attendant, d'accord avec M. Bellermann, je trouve très-convenable de traduire les notes du trope lydien, c'est-à-dire du trope le plus communément employé, par celles de notre gamme naturelle, considérant cette convention comme fournissant la plus commode des approximations.

Disons maintenant quelques mots de la mesure : M. Bellermann a adopté partout la croche pour le temps simple, tandis que j'ai employé des noires dans quelques morceaux et des blanches dans les autres. Or c'est encore là une chose de convention, comme je l'ai expliqué dans ma note N; il n'y a donc point ici de véritable divergence.

Les *points d'arsis* (*στιγμαί*) étant placés avec une telle négligence (Bellerm. p. 94), qu'il est devenu absolument impossible aujourd'hui d'en rien tirer de certain, M. Bellermann les a entièrement rejetés. J'en ai usé de même, quoique, dans la traduction en notes modernes, j'aie rapporté chaque morceau à quelqu'une de nos mesures.

Tout ceci convenu, reste à examiner les différences dans les *notes* proprement dites considérées sous le rapport de la suite mélodique. Or, sur ce point, nos résultats présentent, comme je l'ai dit plus haut, une coïncidence dont j'ai moi-même été d'autant plus surpris, et je puis dire flatté, qu'ayant déjà, conformément à l'autorisation que l'Académie avait bien voulu m'en donner, confronté mon travail avec celui de Perne qui est déposé dans sa bibliothèque, j'étais loin d'avoir trouvé ici la même conformité.

J'ai pu en effet reconnaître, dans cet examen, que Perne avait commis deux sortes d'inexactitudes, les unes involontaires, et les autres, je ne crains pas de le dire, volontaires.

Les premières résultent de ce que cet estimable auteur n'a pas su reconnaître le signe du temps vide, signe formé d'un *λάμβδα* droit, Λ (voir la note N), qui se rencontre en plusieurs endroits de nos mélodies; quoique cependant, ayant lui-même signalé l'existence de ce signe, avec ses diverses modifications, dans la Revue musicale (8ᵉ ann. 1834, t. XIV, nº 45, p. 353), il eût dû être parfaitement à même de ne pas le confondre avec les signes d'intonation. Les erreurs de la seconde espèce, que j'appelle volontaires (quoiqu'elles soient une conséquence des premières), proviennent de ce que, ne trouvant plus aucun sens mélodique aux phrases musicales ainsi altérées par une fausse interprétation du signe du temps vide, le même auteur, Perne, avait cherché à leur en restituer un de son imagination.

Il n'en est pas de même de M. Bellermann, avec qui, par suite, je me trouve dans un accord remarquable, sauf sur un très-petit nombre de sigles que je vais indiquer.

Nº 99 de M. Bellermann, ligne 1ʳᵉ (p. 95). — La dernière note de M. Bellermann est un *la grave* (⊢); la mienne est un *la aigu* (<). Je me fonde sur ce que tous les manuscrits, excepté N_2, présentent la note V qui est évidemment fautive, car elle donnerait un *si*♭; et la ressemblance des deux signes V et < m'a fait croire que l'un avait été pris pour l'autre. Malgré la leçon du manuscrit N_2, que je ne connaissais pas, je persiste dans cette opinion : c'est évidemment une octave diatonique ascendante que l'auteur a eu l'intention d'écrire.

Ibidem, l. 2. — Par une raison semblable, je pense qu'il faut adopter la même note < (*la aigu*) pour la première de cette ligne, et que la huitième doit être un Γ au lieu d'un <, c'est-à-dire un *si*, et non un *la aigu*. La ressemblance et la confusion fréquente des signes Γ et < viennent encore à l'appui de ma conjecture.

N° 101, l. 4 (p. 96). — Il se trouve dans tous les manuscrits une note surabondante pour le rhythme, et néanmoins conservée par M. Bellermann. Quant à moi, j'ai cru et je crois encore à une erreur provenant de la répétition multipliée du signe F; je pense qu'un copiste, ayant mal compté, aura écrit *quatre* fois F où il ne fallait l'écrire que *trois* fois : je ne me suis donc pas fait scrupule d'opérer une réduction en conséquence.

Enfin, au n° 104 (p. 98) de M. Bellermann, dans le κῶλον ἑξάσημον, malgré la corruption des notes musicales, défaut qui se montre dans ce dernier numéro plus que partout ailleurs, nous ne différons que dans les dernières sigles, où, pour compléter le rhythme, j'ai ajouté, par conjecture, *quatre* notes, après avoir doublé un *ut* (L). La seule véritable divergence est dans l'avant-dernier signe du texte, que M. Bellermann a lu ⊔ (*ut*) au lieu de ᔑ (*fa*).

De plus, j'ai rétabli le rhythme de six temps indiqué par le titre; M. Bellermann déclare (*ibid.*) n'avoir pu y parvenir : *enucleare non contigit.*

FIN DE LA DEUXIÈME PARTIE.

TROISIÈME PARTIE.

FRAGMENTS DE DIVERS MANUSCRITS,

POUR SERVIR DE PIÈCES JUSTIFICATIVES, TRADUCTIONS, NOTES, ETC.

EXTRAIT D'UN MANUSCRIT DE LA BIBLIOTHÈQUE DE MUNICH, N° 48 (FOL. 478 R°).

ΚΕΦΑΛΑΙ' ἌΤΤΑ ΛΟΓΩΝ ΜΟΥΣΙΚΩΝ. ΠΛΗΘΩΝΙΟΝ.

Φωνῆς ἄνεσις [ἐσΊὶν ἡ] ἐπὶ τὸ βαρύτερον μεταβολὴ, ἐπίτασις δὲ ἡ ἐπὶ τὸ ὀξύτερον, σΊάσις [1] δὲ ἡ ἐν τῷ αὐτῷ ὅσαγε κατὰ τὴν βαρύτητα ἢ ὀξύτητα τῆς φωνῆς μονή· γίγνεσθαι δὲ τὴν μὲν βαρύτητα κάτωθεν καὶ πρὸς τῷ λάρυγγι τοῦ πνεύματος ἠχοῦντος, τὴν δ' ὀξύτητα ἄνω καὶ πρὸς τῇ ὑπερῴᾳ. Τὸ μὲν οὖν ἐλάχισΊον φωνῆς ἐμμελοῦς μέρος φθόγγον εἶναι, οὗ τὸν [2] μὲν τῆς βραχείας συλλαβῆς χρόνου [3] ἑνὸς γίγνεσθαι, τὸν δὲ τῆς μακρᾶς δυοῖν μὲν τὰ πολλὰ, γίγνεσθαι δ' ἐν ταῖς μελῳδίαις [4] καὶ πλειόνων.

ΔιάσΊημα δ' εἶναι μέγεθος φωνῆς ὑπὸ δυοῖν περιεχόμενον φθόγγων· διασΊήματος δὲ τὸ μὲν ἀκεραιότατόν [τε καὶ κυριώτατον [5]] τόνος, ἐν ἐπογδόῳ θεωρούμενος λόγῳ. Ἐκ δὲ δυοῖν τε τόνων καὶ ἡμιτονίου μὲν τῷ λόγῳ, τῇ δ' ἀκριβείᾳ ἐλάτΊονός τινος ἢ ἡμιτονίου, τὸ ἐπίτριτον ἀποτελεῖσθαι σύσΊημα. Τὸ δ' ἐλάχισΊον διασΊήματος αἰσθητὸν δίεσις, τόνου μὲν ὂν

[1] Ms. τάσις. — [2] Ms. τό.
[3] Ms. χρόνον. — [4] Ms. μεγαλῳδ.
[5] Ces trois derniers mots étaient écrits à la marge.

TRADUCTION

DE L'EXTRAIT DU MANUSCRIT N° 48 DE LA BIBLIOTHÈQUE DE MUNICH.

QUELQUES POINTS IMPORTANTS DES RAPPORTS MUSICAUX.

DE PLÉTHON.

L'abaissement[1] de la voix est un mouvement vers le grave; son élévation est un mouvement vers l'aigu; et le *ton*[2] ou l'intonation est une station de la voix sur le même degré, soit de gravité, soit d'acuité. Les sons graves se forment dans les régions inférieures de l'organe, dans les environs du larynx; les sons aigus, dans la partie supérieure, vers le palais. La moindre partie de la voix modulée se nomme un *son*[3] [musical]. — On distingue, quant aux durées, celle de la syllabe brève, qui est d'un temps, et celle de la syllabe longue, qui est de deux temps pour l'ordinaire, bien qu'elle puisse en avoir davantage dans la poésie chantée.

L'*intervalle* est la grandeur ou l'étendue vocale comprise entre deux sons. L'intervalle le plus simple et le plus fondamental est le *ton*[4] : c'est celui qui a pour définition et pour mesure le rapport de 9 à 8. La quarte ou le système épitrite se compose de deux tons et d'un demi-ton (au reste, quand nous disons *d'un demi-ton*, c'est une manière de parler; car,

[1] Mot à mot : le *relâchement*....., la *tension*.

[2] Voy. p. 20.

[3] Voy. p. 9 et 24. — Si un intervalle diminue jusqu'à se réduire à sa limite infiniment petite, on a ce que l'auteur appelle *la moindre partie de la voix modulée*, *ἐλάχιστον φωνῆς ἐμμελοῦς μέρος* : tel est le *son musical* suivant les anciens; et c'est en conséquence de la définition précédente que ce son est considéré comme *dépourvu de largeur, ἀπλατής* (v. p. 16).

[4] Il faut bien prendre garde de confondre les diverses acceptions de ce mot.

TRAITÉS GRECS relatifs à la musique.

τεταρτημόριόν πως, θεωρουμένη δ' ἐν ἀριθμῶν μάλισ7α λόγῳ τῷ τριῶν καὶ τριάκοντα πρὸς δύο καὶ τριάκοντα· ἔσ7ι δὲ χαλεπώτατόν τε τοῦτο τὸ διάσ7ημα μελῳδεῖσθαι, καὶ οὐδ' ἂν

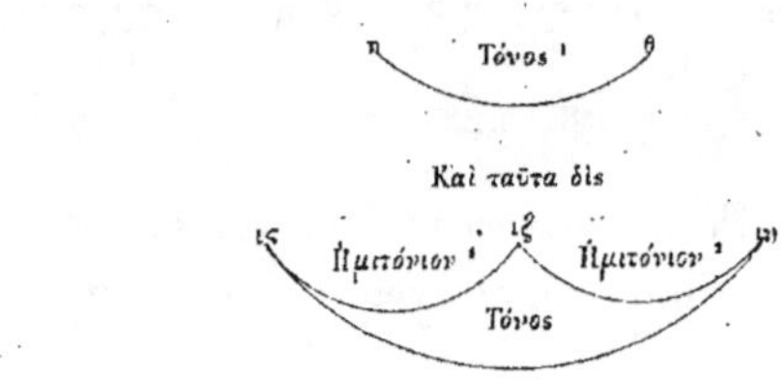

Καὶ μεταξὺ εὑρίσκεται ἀριθμὸς ὁ ιζ.

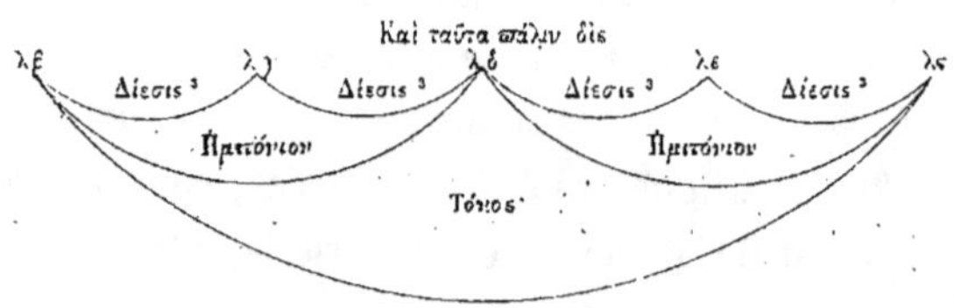

Εὑρίσκονται μεταξὺ ἀριθμοὶ λγ, λε.

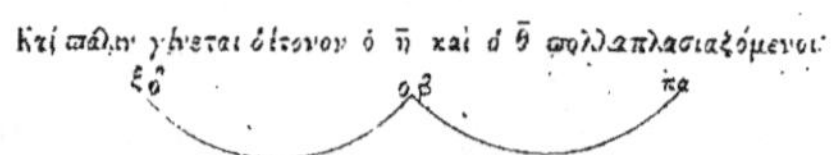

ὁ γὰρ οβ εὑρίσκεται ἀνάλογον μεταξὺ, καὶ ποιεῖ αὐτὸ δίτονον.

(Extr. du Ms. 3027, fol. 33.)

ὑπὸ παντὸς μελῳδητόν. Τὸ δ' ἐπίτριτον πρῶτον συσ7ημάτων εἶναι, καὶ ἅπαν σύσ7ημα ἐς τοῦτό τε καὶ τὸ ἡμιόλιον ἀναλύεσθαι· πλεονάζειν δὲ τὸ ἡμιόλιον τοῦ ἐπιτρίτου τόνῳ ἑνί.

Ἄρσιν μὲν οὖν εἶναι ὀξυτέρου φθόγγου ἐκ βαρυτέρου με-

[1] Ms. το. — [2] Ms. τος. — [3] Ms. τδιε.

TRAITÉS GRECS relatifs à la musique.

à la rigueur, cet intervalle est un peu moindre). Le plus petit intervalle perceptible aux sens est le *diésis*, valant à peu près un quart de ton; il est, en nombres plus exacts, représenté par le rapport de 33 à 32[1] : c'est un intervalle très-difficile à moduler; et il n'est pas donné à tout le monde d'y parvenir. Le système épitrite est celui qui tient le premier rang; c'est dans ce système conjointement avec le système hémiole que tous les autres se résolvent; le rapport hémiole surpasse l'épitrite d'un ton[2].

L'*arsis* est l'emploi d'un son aigu succédant à celui d'un son grave; la *thésis*, au contraire, l'emploi d'un son grave a r ès celui d'un son aigu[3]. L'étendue de la voix humaine, depuis

[1] D'après la formule de Didyme (conf. Ptol. p. 91), cet intervalle serait compris entre $\frac{32}{31}$ et $\frac{31}{30}$. L'évaluation de Pléthon correspond à une valeur du demi-ton égale à $\frac{17}{16}$, et celle de Didyme à une valeur de $\frac{16}{15}$ (voy. p. 37).

Un passage du ms. 3027 (fol. 33) est propre à faire comprendre comment s'obtiennent ces sortes d'évaluations. Il partage le rapport de 9 à 8 en deux autres ainsi qu'il suit : $\frac{9}{8}=\frac{18}{16}=\frac{18}{17}\times\frac{17}{16}$: en considérant les deux fractions $\frac{18}{17}$ et $\frac{17}{16}$ comme étant égales, elles mesureront le demi-ton; puis on opère de même sur celles-ci pour avoir des quarts de ton, et l'on a $\frac{18}{17}\times\frac{17}{16}=\frac{36}{35}\times\frac{35}{34}\times\frac{34}{33}\times\frac{33}{32}$. (Voyez ci-contre, p. 236).

Pour avoir le *double ton* ou *diton*, *δίτονον*, on procède, au contraire, par multiplication; et, comme on a $\frac{9}{8}=\frac{72}{64}=\frac{81}{72}$ d'où 64 : 72 : : 72 : 81, il en résulte $\frac{81}{64}$ pour la mesure dudit intervalle.

[2] Voy. p. 68 et suiv.

[3] L'acception que l'auteur donne ici aux mots *arsis* et *thésis* ne prouve pas qu'il soit bien versé dans la doctrine des anciens; il faudrait dans le texte *τάσις* et *ἄνεσις*, à moins que l'auteur n'ait voulu indiquer l'*accent aigu* et l'*accent grave*.

τάληψιν, θέσιν δὲ τοὐναντίον βαρυτέρου ἐξ ὀξυτέρου. Τὴν δ' ἀπὸ τοῦ βαρυτάτου ἐπὶ τὸ ὀξύτατον φωνῆς διάσ7ασιν[1] ἀνθρωπίνης ἄχρι λόγου τοῦ τετραπλασίου ἐξικνεῖσθαι δώδεκα τόνων [μὲν τῷ λόγῳ, τῇ δ' ἀκριβείᾳ δέκα τόνων] καὶ τετ7άρων ἡμιτονίων γιγνομένην· τὴν γὰρ διπλασίαν[2] διάσ7ασιν ἐξ γίγνεσθαι τόνων, [ἢ πέντε τόνων] καὶ δυοῖν ἡμιτονίων, συσ7ημάτων δὲ δυοῖν, ἑνὸς μὲν ἐπιτρίτου, ἑτέρου δὲ ἡμιολίου, ἢ δυοῖν ἐπιτρίτων[3] καὶ τόνου· ἐκ γὰρ τούτων τὸ διὰ πασῶν, ἐν διπλασίῳ λόγῳ ὂν σύσ7ημα, συνίσ7αται.

Μέτρων δὲ δὴ κάλλισ7ον τὸ δακτυλικὸν[4] δι' ἰσότητά τε καὶ γενναιότητά τινα· γίγνεται μὲν γὰρ ἐκ δυοῖν μόνοιν ποδοῖν, δακτύλου τε καὶ σπονδείου, οἷν ὁ μὲν δάκτυλος ἐκ μακρᾶς τε [μιᾶς] θέσεώς ἐσ7ι καὶ δυοῖν βραχειῶν ἄρσεων, ὁ δὲ σπονδεῖος ἔκ τε μακρᾶς θέσεως καὶ μακρᾶς ἄρσεως· ἡ δ' ἐκ μὲν μακρᾶς ἀρχὴ, ἐς δὲ ἄρσιν τελευτὴ ποιεῖ τινα τῇ ᾠδῇ γενναιότητα[5]. Χρῆται δὲ τοῦτο τὸ μέτρον καὶ συνεκφωνήσει· συνεκφώνησις δ' ἐσ7ὶ δυοῖν συλλαβῶν ὁποιωνοῦν, ὧν οὐδὲν μεταξὺ σύμφωνον, ἀντὶ μιᾶς μακρᾶς παράληψις.

[1] C'est sans doute διάτασιν.

[2] Ms. πλασίαν.

[3] Ms. ἐπιτρίτου.

[4] Le rituel de Pléthon (ms. de Paris, n° 66 suppl.) s'exprime en ces termes sur ce mètre (fol. 47) : Οὗτοι ἐς θεοὺς ὕμνοι... ἐν ἑξαμέτρῳ ᾀδόμενοι (ms. ἀδομένῳ) τόνῳ, μέτρου τοῦ ἡρωϊκοῦ, ὅσπερ ἄρα κάλλισ7ος ῥυθμῶν. Οὔσης γὰρ συλλαβῆς, τῆς μὲν μακρᾶς, τῆς δὲ βραχείας, καὶ τῆς μὲν βραχείας ἑνὸς ἀεὶ γιγνομένης χρόνου, τῆς δὲ μακρᾶς, δυοῖν μὲν τὰ πολλὰ, ἐν δὲ ταῖς μελῳδίαις ἔσθ' ὅτε καὶ πλειόνων, τοῦ δὲ μέτρου τούτου τοῦ ἡρωϊκοῦ δυοῖν μόνοιν χρωμένου ποδοῖν, δακτύλῳ τε δὴ καὶ σπονδείῳ, καὶ ὄντος τοῦ μὲν δακτύλου ἔκ τε μιᾶς μακρᾶς θέσεως καὶ δυοῖν βραχειῶν ἄρσεως [peut-être ἄρσεων], τοῦ δὲ σπονδείου ἔκ τε μιᾶς μακρᾶς θέσεως καὶ μακρᾶς ἄρσεως, ἡ ἐκ μὲν μακρᾶς ἀμφοῖν τοῖν ποδοῖν τούτοιν ἀρχὴ, ἐς δὲ ἄρσιν τελευτὴ, καὶ ἅμα ἀλλήλων ἰσότης, γενναιότητός τι τούτῳ δὴ μᾶλλον ἢ ἄλλῳ ὁτῳοῦν ῥυθμῷ περιποιεῖ.

[5] Ms. γενναιότατα.

le son le plus grave qu'elle peut rendre jusqu'aux plus aigus, atteint jusqu'au rapport quadruple [c'est-à-dire jusqu'à la double octave[1]] : elle est donc de 12 tons [ou, plus exactement, de 10 tons] et 4 demi-tons. En effet, l'intervalle mesuré par le rapport double [ou l'octave] est de 6 tons [ou, plus exactement, de 5 tons] et 2 demi-tons, et il comprend deux systèmes, l'épitrite [ou la quarte] et l'hémiole [ou la quinte], ou bien encore deux fois le rapport épitrite, plus un ton. Telle est donc la composition de l'octave, mesurée par le rapport double.

Le plus beau de tous les mètres est le dactylique : il y a dans sa marche quelque chose d'égal et de noble d'où il tire sa supériorité. Il dérive de deux pieds seulement, le dactyle et le spondée : le premier, composé d'une longue à la thésis et de deux brèves à l'arsis; le second, d'une longue à la thésis et d'une longue à l'arsis. Or, ces deux pieds commençant ainsi toujours par une longue et finissant toujours par l'arsis, il en résulte dans le chant un caractère remarquable de noblesse et de dignité. Ce mètre emploie aussi la *synecphonèse*[2] : on nomme ainsi la figure par laquelle deux syllabes quelconques, pourvu qu'il n'y ait pas de consonne dans le passage de l'une à l'autre, sont prises pour une seule longue.

Quant aux syllabes, les unes sont longues, d'autres sont brèves, quelques autres sont communes. — Une syllabe est longue par nature quand elle emploie dans son émission une voyelle longue ou de deux temps distincts, ou bien une diphthongue; elle est longue par position lorsque, brève d'ailleurs par nature, elle est suivie de deux consonnes ou d'une seule

[1] Voyez p. 31.

[2] C'est comme si l'on disait *coémission de plusieurs voix*. — Cette figure se nomme autrement *συνίζησις*. — Conf. Héphest. éd. Gaisford; p. 20, 152, 194, 220; Isaac Monachus, ms. 2731, fol. 195 v.; Bachmann Anecd. tom. II, p. 169 et suiv.; et Marius Victorinus, I, xx

Τῶν δὲ συλλαβῶν ἡ μὲν μακρὰ, ἡ δὲ βραχεῖα, ἡ δὲ κοινή. Καὶ φύσει μὲν μακρὰ ἡ ἐν μακρῷ φωνήεντι ἢ διχρόνῳ ἐκτεταμένῳ[1] ἢ διφθόγγῳ ἐκφερομένη· θέσει δὲ μακρὰ, ἣ ἂν φύσει βραχεῖα οὖσα δύο σύμφωνα ἐπάγηται, ἢ ἓν διπλοῦν. Φύσει δὲ βραχεῖά ἐστιν ἡ ἐν βραχεῖ φωνήεντι ἢ διχρόνῳ συνεσταλμένῳ ἐκφερομένη. Ἡ δὲ κοινὴ συλλαβὴ γίνεται τοῖσδε τοῖς τρόποις· ἑνὶ μὲν, ὅταν συλλαβὴ ἐν διχρόνῳ ἐκφέρηται, μήτε ἐκτεταμένῳ[2] ἁπλῶς, μήτε συνεσταλμένῳ, ἀλλ' ἐπαμφοτερίζοντι· ἑτέρῳ δὲ, ὅταν συλλαβῇ φύσει βραχείᾳ[3] ἄφωνον ἀμεταβόλου κατὰ σύλληψιν προηγουμένου ἐπάγηται· τρίτῳ, ὅταν φάσει, ἐς φύσει μακρὰν περαινούσῃ συλλαβὴν, φωνῆεν ἐπάγηται· τετάρτῳ, ὅταν φάσει, ἐς φύσει βραχεῖαν περαινούσῃ συλλαβὴν, σύμφωνον ἓν ἢ φωνῆεν δασυνόμενον ἐπάγηται.

[1] Ms. ἐκτεταμμένῳ. — [2] Ms. ἐκτεταμμένῳ. — [3] Ms. συλλαβὴ φύσει βραχεῖα.

consonne double. — La syllabe est brève par nature lorsque son émission s'opère au moyen d'une voyelle brève, ou même d'une voyelle de deux temps contractés en un seul. — Enfin, la syllabe commune peut naître de ces quatre manières :

1° Lorsqu'elle est émise en deux temps qui ne sont précisément ni distincts ni contractés en un, mais qui participent des deux modes;

2° Lorsque, étant brève par nature, elle est suivie de deux consonnes dont la première est muette et la seconde immuable [ou liquide], toutes deux réunies par la figure nommée *syllepse;*

3° Lorsque, étant la dernière d'un mot et longue par nature, elle est suivie d'une voyelle;

Et 4° Lorsque, étant la dernière d'un mot et brève par nature, elle est suivie d'une consonne ou d'une voyelle aspirée.

TRAITÉS GRECS relatifs à la musique.

EXTRAITS DU MANUSCRIT 3027.

PREMIER FRAGMENT (FOL. 33 R°, LIG. 9).

Τρία εἰσὶ τὰ ῥυθμιζόμενα[1]· λέξις, μέλος, κίνησις σωματική· ὥσῖε διαιρήσει[2] τὸν χρόνον ἡ μὲν λέξις τοῖς αὐτῆς[3] μέρεσιν, οἷον γράμμασι, καὶ συλλαβαῖς, καὶ ῥήμασι, καὶ πᾶσι τοῖς τοιούτοις· τὸ δὲ μέλος τοῖς αὐτοῦ φθόγγοις τε καὶ διασῖήμασιν· ἡ δὲ κίνησις σημείοις τε καὶ σχήμασι, καὶ εἴ τι τοιοῦτο ἐσῖὶ[4] κινήσεως μέρος ἐπὶ τούτοις· ἐσῖὶν ὁ ῥυθμός[5].

Ὁ δὲ αὐτὸς ῥυθμὸς οὔτε περὶ γραμμάτων οὔτε περὶ συλλαβῶν ποιεῖται τὸν λόγον, ἀλλὰ περὶ τῶν χρόνων· τοὺς μὲν ἐκτείνειν κελεύων, τοὺς δὲ συνάγειν, τοὺς δὲ ἴσους ποιεῖν ἀλλήλοις· καὶ τοῦτο ποιοῦμεν[6] ὄντων [τῶν] συλλαβῶν καὶ τῶν γραμμάτων.

Πᾶς ὁ κατὰ βάσιν γινόμενος χρόνος διορισμοῦ δύναμιν ἔχει. Ἀλλὰ καὶ ὅτε τὴν μὲν προτέραν συλλαβὴν μηκέτι φθέγγετε[7], τὴν δευτέραν μηδέπω, τοῦτον τὸν χρόνον σιωπήσει[8] ἀντέχεσθαι[9].

[1] Cf. Aristox. *Rhythm. elem.* p. 278 de l'édition de Morelli (Florence, 1785), et p. 7 de celle du docteur Feussner (Hanau, 1840).—Voyez aussi, dans le *Rheinisches Musæum für Philologie*, nouvelle série, 1re année, 1842, p. 620, un fragment de Psellus sur le rhythme, extrait de la bibliothèque de Munich, ms. 165. C'est le fragment signalé par Morelli, p. 266 du recueil cité, et qui a pour titre : Προλαμβανόμενα εἰς τὴν ῥυθμικὴν ἐπισΐήμην. — Enfin, cf. la note N, ci-dessus, p. 197.

[2] Ms. διαίρεσει.

[3] Ms. αὐτοῖς.

[4] Aristox. τοιοῦτόν ἐσῖι.

[5] Si ces trois mots, qui ne se trouvent pas dans Aristoxène, ne sont pas surabondants, et n'indiquent pas le commencement d'une phrase manquante, il faudrait peut-être écrire ἑ. ὁρισμός, en mettant le point en haut avant καί et la virgule avant ἐσῖίν.

[6] Au lieu de ce mot, ne serait-ce point ὁποιωνοῦν?

[7] Ms. φθέγγεται.

[8] Ms. σιωπήσῃ.

[9] Peut-être ἀντηχεῖσθαι.

TRAITÉS GRECS relatifs à la musique.

TRADUCTION DES EXTRAITS DU MANUSCRIT 3027.

PREMIER FRAGMENT.

Trois choses forment la matière du rhythme : la *diction*, le *chant*, les *mouvements* du corps. Dans la diction, les divisions du temps sont déterminées par les diverses parties qui la composent, c'est-à-dire par les lettres, les syllabes, les mots, et tout ce qui s'ensuit. Dans le chant, ces divisions sont déterminées par les sons et les intervalles mélodiques. Enfin, dans le mouvement, elles le sont par les gestes, les poses, et toute autre chose analogue susceptible de diviser le temps. C'est donc tout cela qui forme l'objet du rhythme.

Cependant, à proprement parler, le rhythme ne s'occupe ni des lettres, ni des syllabes considérées en elles-mêmes, mais seulement de leurs durées; et il établit les règles suivant lesquelles on peut les étendre, les contracter, les rendre égales entre elles. Or cette division du temps s'opère indépendamment des lettres et des syllabes.

La durée du premier pied une fois fixée, elle devient la mesure du temps pour tous ceux qui suivent. Mais, lorsque, la première syllabe une fois émise, on ne prononce pas immédiatement la seconde, il faut, dans les pieds qui suivent, faire correspondre à ce silence une durée de même valeur[1].

[1] Si la phrase grecque est complète et que je l'aie bien entendue, ce qui, je l'avoue, ne me paraît pas bien certain, l'auteur ferait ici allusion au cas dont on trouve précisément un exemple aux pages 60 et 61 de cette notice, dans la première mesure de chacune des trois premières phrases du second morceau : on y voit un *la* à l'*arsis*, suivi d'une *pause* à la *thésis*, ce qui ne fait pas un pied proprement dit, mais n'en compte pas moins pour un pied, parce que c'est la même durée totale.

TRAITÉS GRECS relatifs à la musique.

IIe FRAGMENT DU MS. 3027 (FOL. 31 R°, LIG. 20 ET DERN.).

Λεκτέον καὶ περὶ ποδὸς τί ποτέ ἐστι· καθόλου μὲν νοητέον πόδα ᾧ σημαινόμεθα τὸν ῥυθμὸν καὶ γνώριμον ποιοῦμεν τῇ αἰσθήσει. Ὡρισμένοι δέ εἰσι τῶν ποδῶν οἱ μὲν λόγῳ τινὶ, οἱ δὲ ἀλογίᾳ κειμένῃ μεταξὺ δύο λόγων γνωρίμων· ὥστε εἶναι φανερὸν ἐκ τούτων ὅτι ὁ ποῦς λόγος τίς ἐστιν ἐν χρόνοις κείμενος, ἢ ἀλογία ἐν[1] χρόνοις κειμένη, εἰρημένον ἀφορισμὸν ἔχουσα.

. . . .

Τῶν δὲ χρόνων οἱ μὲν εὔρυθμοι, οἱ δὲ ῥυθμοειδεῖς, οἱ δὲ ἄρυθμοι. Εὔρυθμοι μὲν οἱ διαφυλάττοντες ἀκριβῶς τὴν πρὸς ἀλλήλους εὔρυθμον τάξιν· ῥυθμοειδεῖς δὲ οἱ τὴν μὲν εἰρημένην ἀκρίβειαν μὴ σφόδρα ἔχοντες, φαίνοντες δὲ ὅμως ῥυθμοῦ τινος εἶδος· ἄρυθμοι δὲ οἱ πάντη[2] καὶ πάντως ἄγνωστον ἔχοντες πρὸς ἀλλήλους σύνθεσιν.

. . . .

Γνώριμος δὲ γίνεται ποῦς ἐξ ἄρσεως καὶ θέσεως συγκείμενον σύστημα· ἄρσις δέ ἐστιν ὁ μείζων ὅλως τῆς ἰδίας ἄρσεως.

. . . .

[1] Ms. ἡ ἀλογία δὲ ἐν. — [2] Ms. παντή.

TRAITÉS GRECS relatifs à la musique.

IIe FRAGMENT DU MS. 3027.

Il faut encore parler du *pied* et dire ce que c'est : en général, on doit entendre par cette expression la mesure que nous employons pour caractériser le rhythme et le rendre appréciable aux sens. On définit les pieds, tantôt en les ramenant à un rapport déterminé, tantôt, dans certains cas d'irrationalité, en les comprenant entre deux rapports connus; d'où il résulte clairement que le pied consiste, ou bien dans un rapport de durée rigoureusement déterminé, ou bien dans certaine durée manquant de rapport exact, mais susceptible néanmoins d'être définie comme on vient de dire.

Parmi les temps, les uns sont *eurhythmiques* (essentiellement favorables au rhythme), d'autres sont seulement *rhythmoïdes* (médiocrement propres au rhythme), d'autres enfin *arhythmiques* (entièrement opposés au rhythme); les temps *eurhythmiques* sont ceux qui observent, les uns envers les autres, une disposition rhythmique parfaitement exacte; les temps *rhythmoïdes* sont ceux qui ne présentent pas tout à fait cette précision dont on vient de parler, mais où l'on reconnaît toutefois une certaine apparence de rhythme; enfin, les temps *arhythmiques* sont ceux qui, de quelque manière que l'on s'y prenne, ne peuvent être ramenés à aucune combinaison précise.

Ce qui caractérise le pied, c'est l'*arsis* et la *thésis*, le *levé* et le *frappé*, assemblés suivant une règle convenue. Le mot *arsis* s'emploie dans deux sens différents, savoir : pour désigner, soit la mesure entière, soit le *levé* en particulier; dans le second sens, c'est la plus grande des deux parties du tout[1].

[1] Nous sommes obligé de nous écarter ici du mot à mot, qui ne serait pas intelligible. — Voir note N pour les différentes manières d'entendre les mots *arsis* et *thé-*

Λόγοι δέ εἰσι[1] ῥυθμικοὶ[2] καθ' οὓς συνίσΊανται οἱ ῥυθμοὶ δυνάμενοι συνεχῆ ῥυθμοποιΐαν ἐπιδείξασθαι, τρεῖς· ἴσος, διπλασίων, ἡμιόλιος[3]· ἐν μὲν τῷ ἴσῳ τὸ δακτυλικὸν γίνεται γένος, ἐν δὲ τῷ διπλασίῳ τὸ ἰαμβικὸν, ἐν δὲ τῷ ἡμιολίῳ τὸ παιονικόν.

Ἄρχεται δὲ τὸ μὲν δακτυλικὸν ἀπὸ τετρασήμου ἀγωγῆς, αὔξεται δὲ μέχρι ἑξκαιδεκασήμου· ὥσΊε γίνεσθαι τὸν μέγισΊον πόδα τοῦ ἐλαχίσΊου τετραπλάσιον. (ἘσΊι δὲ ὅτε καὶ ἐν δισήμῳ μεγέθει γίνεται δακτυλικὸς πούς.)

Τὸ δὲ ἰαμβικὸν γένος ἄρχεται μὲν ἀπὸ τρισήμου ἀγωγῆς, αὔξεται δὲ μέχρι ὀκτωκαιδεκασήμου ἀγωγῆς· ὥστε γίνεσθαι τὸν μέγισΊον πόδα τοῦ ἐλαχίσΊου ἑξαπλάσιον.

Τὸ δὲ παιονικὸν ἄρχεται μὲν ἀπὸ πεντασήμου ἀγωγῆς, αὔξεται δὲ μέχρι πεντεκαιεικοσασήμου· ὥσΊε γίνεσθαι τὸν μέγισΊον πόδα τοῦ ἐλαχίσΊου πενταπλάσιον.

Διαφέρουσι δὲ οἱ μείζονες πόδες τῶν ἐλατΊόνων ἐν τῷ αὐτῷ γένει ἀγωγῆς[4]. ἜσΊι δὲ ἀγωγὴ ῥυθμοῦ[5] τῶν ἐν τῷ αὐτῷ λόγῳ ποδῶν κατὰ μέγεθος διαφορά[6]· οἷον ὡς τρίσημος[7], ἰαμβικὸς, ὁ μὴ συνέχει ἓν[8] ἐν ἄρσει καὶ τὸ διπλάσιον ἐν θέσει· τῶν γὰρ τριῶν ἡ[9] διαίρεσις εἰς σημεῖον καὶ διπλάσιον γίνεται, τῶν τε ἓξ ὁμοίως[10]· οὗτοι οὖν οἱ πόδες μεγέθει ἀλλήλων διαφέ-

sis. — Lorsque F. Quintilien dit : « deinde « longiores fiunt *percussiones*, » il emploie aussi ce dernier mot dans le sens de *mesure entière*, bien que son sens propre soit celui du *frappé*, par opposition au *levé*.

[1] Il me semble que ce mot εἰσι doit être transporté deux lignes plus bas, avant τρεῖς.

[2] Ms. ῥυθμιτικοί.

[3] Ms. à la marge du fol. 33 *verso* : τρία γένη τῶν ποδῶν.

[4] Ce doit être ἀγωγῇ précédé d'une virgule.

[5] Ms. ῥυθμοῦ.

[6] Ms. διαφορᾶς.

[7] Il ne s'agit pas ici de 3 temps indivisibles, ἄτομοι, mais de 3 temps susceptibles de subdivision, qu'Arist. Quintilien (p. 34) nomme χρόνοι ποδικοί (voy. la note N, p. 206); et ce que nous disons ici se trouve confirmé par l'expression ποδικὰ σημεῖα que l'on trouve ci-dessous, à la dernière ligne de ce fragment.

[8] Ms. συνέχων ἐν ά.

[9] C'est peut-être εἰ.

[10] Ms. ἐξ ὁμοίων.

Les rapports rhythmiques, c'est-à-dire les rapports qui constituent les seuls rhythmes capables de composer une *rhythmopée* continue, sont au nombre de *trois*, savoir : le rapport d'*égalité* (de 1 à 1), le rapport *double* (de 2 à 1), et le rapport *hémiole* ou *sesquialtère* (de 3 à 2). Du rapport d'*égalité* résulte le genre *dactylique*, du rapport *double* le genre *ïambique*, et du rapport *sesquialtère* le genre *péonique*.

Le genre *dactylique* commence par le rhythme de 4 temps, et s'étend jusqu'à celui de 16 temps; de sorte que le plus grand pied est quadruple du plus petit. (Il y a cependant des cas où la durée du pied dactylique n'est que de deux temps.)

Le genre *ïambique* commence par le rhythme de 3 temps, et va jusqu'à celui de 18 temps; de sorte que le plus grand pied est sextuple du plus petit.

Le genre *péonique* commence par le rhythme de 5 temps et s'étend jusqu'à celui de 25 temps; de sorte que le plus grand pied est quintuple du plus petit.

Ces différences des plus grands pieds aux plus petits, qui ont lieu dans le même genre de rhythme, constituent ce que l'on nomme le *mouvement* [la *marche* ou *conduite rhythmique*, voir note N].

Ainsi l'on nomme *mouvements rhythmiques* les grandeurs respectives de divers pieds divisés suivant le même rapport. Par exemple la *mesure à trois temps*, en d'autres termes le pied ïambique, n'est pas nécessairement composée de *un* temps à l'*arsis* et de *deux* à la *thésis* : car, si la division de 3 temps ($\frac{3}{8}$) se fait dans le rapport de 1 à 2, la division de six temps ($\frac{3}{4}$) peut aussi se faire dans le même rapport. Par conséquent, ces deux sortes de pieds (de 3 et de 6 temps) diffèrent entre eux par la grandeur, mais, pour le genre,

TRAITÉS GRECS relatifs à la musique.

ροντες, [τῷ] γένει καὶ τῇ διαιρέσει τῶν ϖοδικῶν σημείων [1] οἱ αὐτοί εἰσιν [2].

IIIe FRAGMENT DU MS. 3027 (FOL. 32 V°, LIG. 4).

Πυρὸς ϖοιότητες, θερμότης, ξηρότης· ἰδία μὲν θερμότης, κοινὴ δὲ ϖρὸς μὲν τὴν γῆν ξηρότης, ϖρὸς δὲ τὸν ἀέρα θερμότης.

Ἀέρος ϖοιότητες, ὑγρότης, θερμότης· ἰδία μὲν ὑγρότης, κοινὴ [δὲ] ϖρὸς μὲν τὸ ϖῦρ θερμότης, ϖρὸς δὲ τὸ ὕδωρ ὑγρότης.

Ὕδατος ϖοιότητες, ψυχρότης, [ὑγρότης]· ἰδία μὲν ψυχρότης, κοινὴ δὲ ϖρὸς [μὲν] τὸν ἀέρα ὑγρότης, ϖρὸς δὲ τὴν γῆν ψυχρότης.

Γῆς ϖοιότητες, ξηρότης, ψυχρότης· ἰδία μὲν ξηρότης [3], κοινὴ δὲ ϖρὸς μὲν τὸ ὕδωρ ψυχρότης, ϖρὸς δὲ τὸ ϖῦρ ξηρότης.

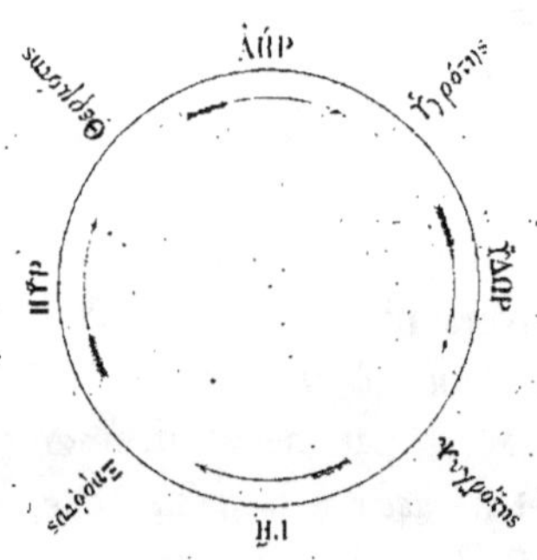

[1] Nous venons (p. 246, n. 6) de signaler cette expression. — [2] Ms. *sic.* — [3] Ms. ψυχρότης.

TRAITÉS GRECS relatifs à la musique.

c'est-à-dire pour la division en temps principaux, ils sont les mêmes.

Le troisième fragment (p. 248), qu'il serait superflu de traduire, se trouve, dans le manuscrit 3027, mêlé parmi ceux qui sont relatifs au rhythme. Comme on n'irait pas l'y chercher, j'ai pensé qu'il pourrait être utile de l'insérer ici. C'est une sorte de résumé de la doctrine d'Ocellus Lucanus (voy. éd. Batteux, II, XI, p. 48 et suiv.). J'ai ajouté une figure dans le genre de celles que l'on trouve parmi les écrits des Pythagoriciens (*ibid.* p. 109).

Cette même doctrine se trouve longuement développée dans deux opuscules de Nicéphore Chumnus, que M. Boissonade a insérés au tome III de ses *Anecdota* (p. 392 et suiv.). — (Voyez aussi *Alexandri Aphrod. Quæst. natur. et moral. ex recens. Leon. Spengel.* Munich, 1842, p. 30 et suiv.)

Je rappellerai les vers suivants comme se rapportant à cette théorie :

Ὁ μὲν Ἐπίχαρμος τοὺς θεοὺς εἶναι λέγει
Ἀνέμους, ὕδωρ, γῆν, ἥλιον, πῦρ, ἀσΊέρας.

(Menandr. *Fragm.* p. 196. Meineke. — Cf. Vitruv. *Præf.* lib. VIII.)

Le même manuscrit 3027 contient un autre fragment du même genre, qui se rapporte beaucoup plus directement à notre sujet (voir p. suiv. le IVe fragm.). Enfin, ce dernier est suivi immédiatement du passage que voici :

Τέσσαρά[1] εἰσι πολυθρύλλητα αἴτια, ὑλικὸν, ποιητικὸν, εἰδικὸν, τελικόν· διότι τὸ εἶδος καὶ τὸν ὁρισμὸν καλεῖ· πᾶσα γὰρ ἀπόδειξις εἰς τὸ διὰ τί[2] ἀνάγεται.

[1] Cette phrase, étrangère au sujet, appartient sans aucun doute à quelque commentaire sur la Métaphysique d'Aristote (conf. les livres I et VII). — *ἔσΊιν ὁρισμὸς ὁ τοῦ τί ἦν εἶναι λόγος* (Arist. *Métaph.* VI, v). — *Εἶδος δὲ λέγω τὸ τί ἦν εἶναι* (*ibid.* VI, x). — On sait d'ailleurs que le *τί ἦν εἶναι*, qu'il faudrait peut-être lire *τὸ ΤΙ ἘΝ εἶναι*, n'est autre chose que ce que les métaphysiciens nomment la *forme substantielle*.

[2] Ms. *διο τι.*

TRAITÉS GRECS relatifs à la musique.

IVe FRAGMENT DU MANUSCRIT 3027 (FOL. 34 R°, LIG. 2).

ὍΡΟΙ ΣΥΣΤΉΜΑΤΟΣ ΚΟΣΜΙΚΟΫ́.

Φθόγγοι ἑσΊῶτες.	Ἀριθμοί.	Σφαῖραι [1].
Μετὰ [2] ὑπερβολαῖον	λϛ	Ἀπλανῶν·
Νήτη ὑπερβόλαίων [3]	λβ	Κρόνου·
Νήτη διεζευγμένων	κδ	Διός·
Νήτη συνημμένων	κα [4]	Ἄρεως·
Παραμέση [5]	ιη	Ἡλίου·
Μέση	ιϛ	Ἀφροδίτης·
Ὑπάτη μέσων [6]	ιβ	Ἑρμοῦ.
Ὑπάτη ὑπάτων	θ	Σελήνης· Πυρός, Ἀέρος·
Προσλαμβανόμενος	η	Ὕδατος, Γῆς.

Περιέχουσιν οἱ ἀριθμοὶ μεσοτήτων μὲν ἀριθμητικὰς ϛ [7],
γεωμετρικὰς ϛ,
ἁρμονικὰς γ·
συμφωνιῶν δὲ [8] ἐν λόγοις ἐπιμορίοις καὶ πολλαπλασίοις·
διὰ τεσσάρων ἐν ἐπιτρίτοις γ [9],
διὰ πέντε ἐν ἡμιολίοις δ [10],
διὰ πασῶν ἐν διπλασίοις ε [11],
δὶς διὰ πασῶν ἐν τετραπλασίοις β [12],
καὶ προσέτι τόνους ἐν ἐπογδόοις γ [13].

[1] Ms. σφαῖρα. — V. note G, p. 136.

[2] Ms. μέν. Je ne vois pas d'autre mot que μετά qui puisse aller ici, le nombre λϛ indiquant une corde élevée d'un ton au-dessus de la *nète* des disjointes, c'est-à-dire au-dessus de la limite ordinaire du grand système. L'emploi de cette corde, que nous retrouverons plus loin sous la dénomination d'ὀξεῖα παράμεσος, semble accuser une époque postérieure à l'antiquité classique.

[3] Ms. ὑπερβόλαιον.

[4] En rigueur, il faut ajouter *un tiers* au nombre 21.

[5] Ms. παραμέσης. — [6] Ms. μέσην.

[7] Au lieu des trois nombres ϛ, ϛ, γ, le manuscrit répète trois fois le nombre ε.

[8] Ms. δ. — [9] Ms. ε. — [10] Ms. τέταρσι.

[11] Ms. ιβ. — [12] Ms. δύο.

[13] Ms. καὶ ἐν ἐπιτόνοις· ἐν ἐπογδόοις τέταρσι : je ne vois d'autre restitution possible que κ. προσέτι '.

TRAITÉS GRECS relatifs à la musique.

Nous allons présenter encore (p. suiv.) un tableau du même genre, mais plus complet sous certains rapports, que nous extrayons du man. *suppl.* 449, où il se trouve à la suite d'Aristoxène. Ce n'est du reste qu'un fragment d'Anatolius que l'on trouve dans les Θεολογούμενα τῆς ἀριθμ. à la page 55 de l'édition d'Ast. En voici le commencement :

Ἀνατολίου. — Ἡ ὀγδοὰς ἀσφάλεια καλεῖται καὶ ἕδρασμα, ἀγωγὸς οὖσα παρὰ τὸ δύο ἄγειν σπέρμα αὐτῇ, ὁ [lis. ὅ] πρῶτος ἄρτιος· τετράδι πολλαπλασιασθεῖσα ποιεῖ τὸν λβ, ἐν ᾧ φασὶ χρόνῳ τὰ ἑπτάμηνα διατυποῦσθαι. Ἡ περιέχουσα τὰ πάντα σφαῖρα ὀγδόη, ὅθεν ἡ παροιμία ΠΆΝΤΑ ὈΚΤΏ φησι. « Σὺν ὀκτὼ δὴ σφαίρησι κυ-« λίνδεται ὁ κυκλόων ἐνάτην περιγαίην » Ἐρατοσθένης φησίν. Ἀρχὴ τῶν.... κ.τ.λ.

Il paraît donc que ce tableau n'est que le développement d'une opinion d'Ératosthène, dont les paroles sont d'ailleurs fort altérées ici. Voici le passage d'Ératosthène tel que le donne Théon de Smyrne (p. 165) :

Ὀκτὼ δὴ τάδε πάντα σὺν ἁρμονίησιν ἀρήρει·
Ὀκτὼ δ' ἐν σφαίρεσσι [*lisez* σφαίρῃσι] κυλίνδετο κύκλῳ ἰόντα
[Ἐννάτην περὶ γῆν].

Ces trois derniers mots résultent d'une conjecture à peu près certaine émise par Ast (Théol. p. 196), conformément à ce passage des *Théologumena* (p. 58) : Αἱ σφαῖραι περὶ ἐννάτην γῆν σΊρέφονται.

Quant au proverbe πάντα ὀκτώ, ou ἁπαντοκτώ, c'est d'après Timothée que Théon le rapporte; et il l'explique par ces vers orphiques :

Ναὶ μὴν ἀθανάτων γεννήτορας αἰὲν ἐόντων (*al.* ἐόντας)
Πῦρ καὶ ὕδωρ, γαῖάντε καὶ οὐρανὸν, ἠδὲ σελήνην,
Ἠέλιόν τε, φάνητα (*al.* μίθραν) μέγαν, καὶ νύκτα μέλαιναν.

(Cf. Théon de Smyrne, p. 164 et 288; — Érasme, adag. I, VII, n° 26.)

* Voici la justification des corrections numériques proposées à la page précédente:

Μεσ. ἀριθμ.	Μεσ. γεωμ.	Μεσ. ἁρμον.	3 : 4	2 : 3	1 : 2	1 : 4	8 : 9
η . ιβ . ις	η : ιβ : ιη	η .·. ιβ .·. κδ	θ : ιβ	η : ιβ	η : ις	η : λβ	η : θ
η . ις . κδ	η : ις : λβ	ιβ .·. ις .·. κδ	ιβ : ις	ιβ : ιη	θ : ιη	θ : λς	ις : ιη
ιβ . ιη . κδ	θ : ιβ : ις	ιβ .·. ιη .·. λς	ιη : κδ	ις : κδ	ιβ : κδ		λβ : λς
ιβ . κδ . λς	θ : ιη : λς			κδ : λς	ις : λβ		
ις . κδ . λβ	ις : κδ : λς				ιη : λς		
ιη . κα . κδ	ιη : κδ : λβ						

Voyez la page 37.

FRAGMENT EXTRAIT DU MS. 449 SUPPL.

ΠΤΟΛΕΜΑΊΟΥ ΜΟΥΣΙΚΆ.

Ἀρχὴ τῶν μουσικῶν λόγων ἐσ̓τὶν ὁ η ἀριθμὸς· καὶ εἰσὶν οἱ ὅροι τοῦ κοσμικοῦ συσ̓τήματος οὕτως·

α·	Ἀριθμὸς ὁ	η	ἔχει ἐπόγδοον		
	τὸν	θ	ἀριθμόν·		ὑπερέχει μονάδι ὁ θ τοῦ η·
β·	ὁ	ιβ[1]	ἐπίτριτος τοῦ	θ,	ὑπερέχει γ τοῦ θ·
γ·	ὁ	ις	ἐπίτριτος τοῦ	ιβ·	ὑπεροχὴ δ·
δ·	ὁ	ιη	ἐν ἐπογδόῳ τοῦ	ις·	[ὑπεροχὴ β]·
ε·	ὁ	κα	[ἐπίεκτος] τοῦ	ιη·	ὑπεροχὴ γ·
ς·	ὁ	κδ	[ἐπιέβδομος τοῦ	κα·	ὑπεροχὴ γ]·
ζ·	ὁ	λβ	ἐπίτριτος τοῦ	κδ·	ὑπεροχὴ η·
η·	ὁ	λς	ἐν ἐπογδόῳ λόγῳ [τοῦ	λβ·	ὑπεροχὴ δ].

Καὶ ἔσ̓τιν ὁ θ	ἐπόγδοος τοῦ η·	Σελήνης	☾
ὁ ιβ,	ἡμιόλιος τοῦ η·	Ἑρμοῦ	☿
ὁ ις,	διπλάσιος τοῦ η·	Ἀφροδίτης	♀
ὁ ιη,	διπλάσιος τοῦ θ, ἡμιόλιος τοῦ ιβ[2]·	Ἡλίου	☉
ὁ κα,	διπλασιεπίτριτος τοῦ θ·	Ἄρεως	♂
ὁ κδ,	διπλάσιος τοῦ ιβ, ἐν ἡμιολίῳ τοῦ ις[3], ἐπίτριτος τοῦ ιη[4], [τριπλάσιος τοῦ η]·	Διός	♃
ὁ λβ,	τετραπλάσιος τοῦ η·	Κρόνου	♄
ὁ λς,	τετραπλάσιος τοῦ θ, διπλάσιος τοῦ ιη, ἡμιόλιος τοῦ κδ[5]·	Ἀπλανῶν.	

Αἱ δὲ ὑπεροχαί· λς — δ = λβ, — η = κδ, — γ = κα, — γ = ιη, — β = ις, — δ = ιβ, — γ = θ, — α = η.

Ὑπερέχει τοῦ η ὁ θ, μονάδι· ὁ ιβ τοῦ θ, γ· ὁ ις τοῦ ιβ, δ· ὁ ιη τοῦ ις, β· καὶ οἱ λοιποὶ ὁμοίως.

[1] Je supprime les mots ἡμιόλιος τοῦ η qui se trouvent répétés plus bas; j'en ai agi avec la même liberté pour plusieurs autres répétitions ou permutations.

[2] Le ms. ajoute ὑπεροχὴ ς: c'est en raison d'une transposition; de même ci-après.

[3] Ms. τοῦ η: il paraissait manquer un rapport que j'ai rétabli.

[4] Ms. ὑπεροχὴ ς. — [5] Ms. ὑπεροχὴ ιβ.

Viennent ensuite, dans le même ms. 449, *suppl.*, les mots Μουσικὴ ἐστὶ ῥυθμοῦ, que j'ai mentionnés, page 5, note 1.

TRAITÉS GRECS relatifs à la musique.

C'est en suivant l'un ou l'autre de ces deux systèmes pour la disposition des planètes, que l'on peut rendre raison de l'ordre que suivent les noms des jours de la semaine, comme nous l'avons indiqué dans la note G (p. 138), en renvoyant à Dion Cassius.

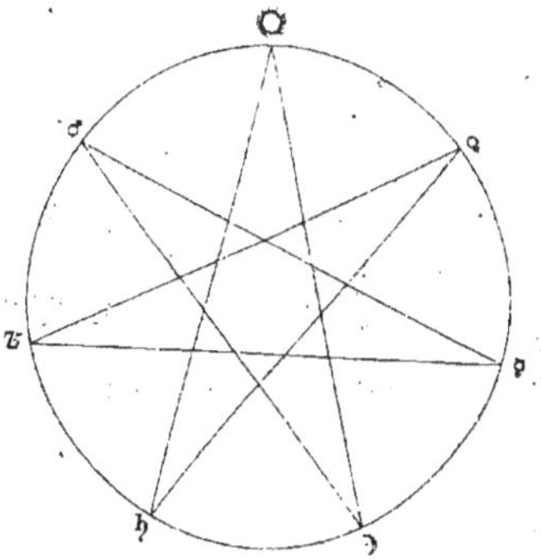

En effet, si, dans cette figure où les planètes occupent l'ordre relatif proposé, on compte 1 sur le Soleil, 2 sur Vénus, 3 sur Mercure, en allant ainsi jusqu'à 24 pour les 24 heures de la journée, la 24e tombera sur Mercure; et, en recommençant à compter 1 sur la Lune, la 1re heure du jour suivant se trouvera ainsi attribuée à la Lune; alors, comptant 2 sur Saturne, 3 sur Jupiter, etc., la 24e heure se trouvera attribuée à Jupiter, et Mars commencera le jour suivant; et ainsi de suite.

Ou bien, plus simplement, on comptera un intervalle de quarte à partir du Soleil, et on se trouvera sur la Lune, puis un intervalle de quarte à partir de la Lune, et l'on se trouvera sur Mars; et ainsi de suite.

Des deux manières, on obtiendra toujours cet ordre: *Soleil, Lune, Mars, Mercure, Jupiter, Vénus, Saturne.*

Je crois cependant devoir ajouter que M. Letronne (*Observations, etc.* p. 98) tire du planisphère de Bianchini un indice que l'ordre des jours de la semaine provenait d'une combinaison des 7 planètes avec les 36 décans du zodiaque.

Ve FRAGMENT EXTRAIT DU MANUSCRIT 3027 (FOL. 34), COMPLÉTÉ PAR UN MANUSCRIT DE LA BIBLIOTHÈQUE DE MUNICH (N° 104, FOL. 284).

Ἡ ΚΟΙΝῊ ὉΡΜΑΘΊΑ Ἡ ἈΠῸ ΤΗ͂Σ ΜΟΥΣΙΚΗ͂Σ ΜΕΤΑΒΛΗΘΕΙ͂ΣΑ.

[κατὰ κιθαρῳδίαν[1].]

Λυδίου κατὰ τὸ διάτονον.

Ἀριστερᾶς χειρός			Δεξιᾶς χειρός.		
Προσλαμβανόμενος[2]	ο/Κ	7⊢	Διάπεμπτος[8]	α/Μ	ΦF
Μέση[3]	ο/Κ	I<	Ὑπάτη[9]	α/Μ	ϹϹ
Νήτη[4]	α/Μ	ΘИ	Χρωματική[9]	α/Μ	ΟΚ
Συνημμένη[5]	α/Μ	ՄZ	Διάτονος[6]	α/Μ	Ξ⋎
Συνημμένη[5]	α/Μ	ՄZ	Μέση[3]	α/Μ	I<
Διάτονος[6]	ο/Κ	Ξ⋎	Παράμεσος[3]	α/Μ	Z⊏
Διάτονος[6]	ο/Κ	Ξ⋎	Τρίτη[7]	α/Μ	EԱ
Παράμεσος[3]	ο/Κ	Z⊏	Συνημμένη[5]	α/Μ	ՄZ
Τρίτη[7]	α/Μ	EԱ	Νήτη[4]	α/Μ	ΘИ
Διάπεμπτος[8]	α/Μ	ΦF	Ὀξεῖα χρωματική	ο/Κ	Ο′Κ′
Ὑπάτη[9]	α/Μ	ϹϹ	Ὀξεῖα διάτονος	ο/Κ	Ξ′⋎′
Παρυπάτη[9]	α/Μ	Ρ◡	Ὀξεῖα μέση	ο/Κ	I′<′
Χρωματική[9]	ο/Κ	ΟΚ	Ὀξεῖα παραμέση	ο/Κ	Z′⊏′
Μέση[3]	ο/Κ	I<	Ὀξεῖα τρίτη	ο/Κ	E′Ա′
Παράμεσος[3]	ο/Κ	Z⊏	Ὀξεῖα συνημμένη	ο/Κ	Մ′Z′
Νήτη[10]	α/Μ	ΘИ	Ὀξεῖα νήτη	ο/Κ	Θ′И′

La disposition des notes de ce morceau ne permet guère de le considérer autrement que comme une gamme de cithare, exécutée par la main droite tandis que la main gauche y fait un accompagnement. En voici la traduction en notes modernes :

Il se présente ici plusieurs remarques. — D'abord, que, si l'on fait abstraction de la note grave, les deux octaves restantes de la partie supérieure (main droite) constituent un nouveau trope supérieur d'un ton au plus aigu des 15 tropes d'Alypius, et reproduisant ainsi, à une octave plus aiguë, le trope hypolydien. Si, au contraire, c'est la note aiguë que l'on veut

[1] Ces deux mots ne se trouvent que dans le ms. de Paris, lequel, en revanche, ne contient aucune des notes musicales. — Je dois ajouter que, sur le manuscrit, les notes instrumentales sont au-dessous des notes vocales (v. au haut de cette page, celles qui accompagnent la traduction en notes modernes; v. aussi la page 34, et cf. la note H, p. 153.)

[2] Ce mot manque dans le ms. de Paris, ainsi que plusieurs autres que je m'abstiens de mentionner.

[3] On voit, par les signes de la mèse, ainsi que par ceux de la proslambanomène et de la paramèse, que cette espèce de *tablature* se rapporte au trope lydien.

[4] Il faut évidemment sous-entendre διεζευγμένων.

[5] C'est la νήτη συνημμένων.

[6] Sous-entendez μέσων. — Les mss. de Paris ne répètent pas, et disent συνημμέναι $\overline{\beta}$, διάτονος $\overline{\beta}$.

[7] Sous ent. διεζευγμένων.

[8] Cette expression inusitée n'est-elle pas une altération de διάτονος ὑπάτων?

[9] Sous-ent. μέσων.

[10] Ms. Τρίτη. — Quoique la lecture de cette paire de notes paraisse douteuse, je regarde comme certain qu'elle représente la *nète des disjointes*, ⊖ И (*la*), ainsi que je l'ai lue, et non la *trite*, qu'il faudrait lire E ⊔ (*ut*).

TRAITÉS GRECS relatifs à la musique.

séparer, il reste une double octave phrygienne établie sur les degrés du trope hyperlydien.

Ensuite, nous trouvons deux paires de notes qui n'existent pas dans les tables d'Alypius. La première E′ ⊔′ est homophone de Γ′N′ (*ut*); mais la seconde ϴ′ И′ (*mi*) dépasse la table d'un ton à l'aigu. Ces notes récentes avaient déjà été signalées par M. Bellermann (p. 8 de son ouvrage) comme se trouvant dans un traité anonyme conservé à l'Escurial : « cujus fragmenta « nonnulla, dit-il, a monachis in pellucida charta depicta, viri illustriss. « Gust. de Lorichs humanitas mihi suppeditavit. » Une autre particularité digne de remarque est que ces deux paires de notes, ainsi que toutes celles qui portent des accents, au nombre de 7 en totalité, ont exactement les mêmes noms que si elles étaient sans accent, sauf l'addition de l'épithète ὀξεῖα pour indiquer l'octave aiguë.

Mais une chose plus étonnante à signaler est l'apparition et le mode d'emploi de ces deux paires de notes $\frac{o}{K}$ et $\frac{\alpha}{M}$, pour lesquelles je ne vois d'interprétation possible qu'en les considérant comme des sortes de pédales. La première ne peut être qu'un *fa dièse* (dans notre système de traduction), *homophone* ou *homotone* (Gaud. p. 24) de l'indicatrice chromatique des moyennes du trope lydien (cf. les Tables d'Alypius); et l'autre, en prenant la note vocale pour un α, doit être, à en juger par son rang alphabétique, un *la*, octave grave de la proslambanomène du même trope, représentée dans notre système par [note]. Ces deux pédales supposées (que nous nous sommes abstenu de noter dans la traduction, par la raison que leur existence n'est que conjecturale), formeraient avec les deux notes graves, *la*, *ré*, de notre gamme de cithare, l'accord parfait majeur de *ré*, remarque dont nous ne prétendons toutefois rien inférer.

A la droite des deux colonnes de *notes* qui précèdent, il est écrit :

Ὑπολυδίου κατὰ τὸ διάτονον.
Ὑπερλυδίου κατὰ τὸ διάτονον.
Ὑπεραιολίου κατὰ τὸ διάτονον γένος.
Ὑποιασιίου κατὰ τὸ χρωματικόν.
Ὑπεραιολίου κατὰ τὸ διάτονον.
Λυδίου κατὰ τῶν τριῶν γενῶν.
Ὑπερφρυγίου κατὰ τὸ ἐναρμόνιον.
Ὑπεριασιίου κατὰ τὸ διάτονον.
Ὑπεριασιίου κατὰ τὸ ἐναρμόνιον.

Je ne saurais dire quel rapport cette énumération peut avoir avec la gamme de cithare. Peut-être est-ce une indication des divers tons ou tropes dans lesquels l'instrument peut être accidentellement accordé. Cependant cette série ne suit nullement la loi reconnue par M. Bellermann (voy. ci-dessus, p. 13, n. 3).

Après le morceau précédent, le manuscrit de Munich en donne un autre qui forme la suite et le complément du premier, et qui est ainsi conçu :

Ὁ κανὼν οὗτος τῆς ὁρμαθίας[1] *ἐσῖὶ τοῦ ἐκεῖθεν φύλλου, ἀλλὰ κατὰ τῶν τριῶν γενῶν, τουτέσῖι διατονικοῦ, χρωματικοῦ, ἐναρμονίου· ἔχει δὲ τὴν τάξιν τοῦ κανόνος καὶ τὰς κατατομάς*[2]. *Ὅπερ ἐὰν βούλῃ ποιῆσαι, ξύλινον ποίησον ὑπόκουφον, τουτέσῖιν ὑποτύμπανον, ἔχοντα καὶ μίαν χορδὴν ἐπιτείνουσαν, καὶ ἔχουσαν τὸ καβάλιν· καὶ κατὰ γραμμὴν ὑπόσυρον τὸ καβάλιν· καὶ εὑρήσεις τὴν ὁρμαθίαν ὑπολυδίου ὡς προείρηται.*

Ce que l'on peut traduire de la manière suivante :

« Ceci est le canon [ou la règle] de la gamme qui précède ; il est applicable aux trois genres, diatonique, chromatique, enharmonique ; on voit la disposition et les divisions qu'il doit avoir[2]. Quand vous voudrez le réaliser, faites une caisse en bois, ce que l'on nomme un *tambour*[3] ; tendez une corde par-dessus, et adaptez-y un chevalet. Alors, faisant glisser le chevalet suivant l'indication des lettres, vous obtiendrez l'échelle du trope hypolydien comme il a été dit. »

A côté de cet avertissement se trouve exposée la suite complète des *notes* du trope hypolydien, avec les demi-tons intermédiaires qui sont indiqués en dehors de la série. De ces demi-tons, les uns correspondent aux indicatrices chromatiques des divers tétracordes : ils sont marqués d'un χ ; les autres n'appartiennent à aucun genre : ils sont marqués d'un φ qui signifie probablement *φαῦλον*, pour dire que la *note* n'est pas employée.

[1] Ici, de même que dans le titre de la p. 254 (*ἡ κοινὴ ὁρμ.*), le ms. porte *ὁρμασία*, et non *ὁρμαθία* qui est, sans aucun doute, la véritable leçon (comme *ὁρμάθιον*, *série*), conformément à une remarque dont je suis redevable à M. Alexandre.

[2] Ces mots semblent indiquer qu'à la figure étaient primitivement jointes les lettres numérales qui déterminent, soit les valeurs acoustiques, soit les longueurs des cordes correspondant à chaque son.

[3] Les Turcs désignent, par l'équivalent de ce mot, le corps d'un instrument qui, sauf pour le nombre des cordes, est entièrement semblable à une guitare : voyez Ptolémée (p. 85), et Chrysanthe, p. 28.

TRAITÉS GRECS relatifs à la musique.

Voici la figure : j'ai ajouté, outre la traduction en notes modernes, les noms des tétracordes, lesquels ne sont pas dans le manuscrit.

C'était donc sur cette formule ou *tablature* que l'on accordait à l'octave aiguë les cordes de la cithare, autant du moins qu'il est permis d'en juger par la connexion des deux morceaux.

En comparant ce diagramme avec les tables d'Alypius, on remarquera qu'au lieu des deux paires de notes OK et Ξ⋉ pour indicatrices chromatique et diatonique du tétracorde conjoint, ces tables font une distinction, et donnent ΠϹ et MΠ, respectivement homophones des premières qui sont exactes quant au système disjoint.

L'Hagiopolite, manuscrit dont nous allons parler, donne, fol. 21[1], pour la composition de ce même trope hypolydien dans le genre diatonique, les variantes que voici, et que je reproduis sans y faire de correction :

Προσλαμβανόμενος· ου κάτω γραμμὴν ἔχοντι. — Παρυπάτη ὑπατῶν· α ἀνεστραμμένον καὶ η ἐλλιπὲς ὕπτιον. — Ὑπάτη μέσων· βγ ἀνεστραμμένον. —

[1] Il faut observer, pour les numéros de renvoi à l'Hagiopolite, que le relieur a interverti l'ordre des derniers feuillets de ce manuscrit, de sorte que la pagination (faite après la reliure) se trouve fautive. Ainsi, pour rétablir l'ordre naturel des feuillets, il faudrait les disposer de la manière suivante, d'après leurs n[os] actuels : 1, 2,... 14, 15, 21, 16, 22, 17, 18, 19, 20. Ainsi, les n[os] exacts de ces feuillets étant : 1, 2,... 14, 15, 16, 17, 18, 19, 20, 21, 22, il s'ensuit que, quand j'indique un renvoi aux folios.....

16, 17, 18, 19, 20, 21, 22,

il faut lire sur le manuscrit :

21, 16, 22, 17, 18, 19, 20.

Μέση· σ᾽ιγμὴ καὶ σίγμα. — Τρίτη ὑπερβολαίων· ει τετράγωνον. — Ὑπερβολαίων διάτονος· ω τετράγωνον. — Νήτη ὑπερβολαίων· φ πλάγιον καὶ η.

TRAITÉS GRECS relatifs à la musique.

FRAGMENTS DE L'HAGIOPOLITE,

Manuscrit de la Bibliothèque royale de Paris, du XIIe ou XIIIe siècle, coté n° 360, 4°.

J'ai indiqué dans l'Avertissement (p. 4) la composition générale de ce manuscrit qui commence ainsi : Βιβλίον Ἁγιοπολίτης συγκεκροτημένον ἔκ τινων μουσικῶν μεθόδων. — Ἁγιοπολίτης λέγεται τὸ βιβλίον, ἐπειδὴ περιέχει ἁγίων τινῶν καὶ ἀσκητῶν βίῳ διαλαμψάντων [πατέρων ἐν] τῇ ἁγίᾳ πόλει τῶν Ἱεροσολύμων συγ[γράμματα]. — Immédiatement après, il est fait mention de saint Jean de Damas; mais, autant que l'on peut en juger par l'état de dégradation et de délabrement du manuscrit, c'est vraisemblablement une autre phrase; et je la lis ainsi : Παρά τε [τοῦ ὁσίου Κοσμᾶ] καὶ τοῦ κυροῦ Ἰωάννου τοῦ δαμασκηνοῦ τῶν ποιητῶν, ἤχους δέ[δεικται μόνους] ὀκτὼ ψάλλεσθαι· ἔστι δὲ τοῦτο ὑπ[όβλητον καὶ] ψευδές. — Suivent les raisons pour lesquelles le nombre des tons est différent de *huit;* et l'auteur conclut ainsi au *verso* du premier feuillet : Ἔστιν οὖν ἐκ τούτων γνῶναι, ὅτι οὐκ ὀκτὼ μόνοι ψάλλονται, ἀλλὰ δέκα. Δεῖ δὲ... κ. τ. λ.

La rédaction de cette compilation, dont, à ce qu'il paraît, il n'existe que ce seul exemplaire, est donc très-probablement postérieure à saint Jean de Damas, c'est-à-dire à la première moitié du VIIIe siècle; mais il est important de remarquer que plusieurs fragments de l'ouvrage sont évidemment d'une composition bien plus ancienne. Quant à son auteur, ce serait, suivant Fabricius (t. III, p. 654), le patriarche André de Crète; mais quel est le fondement de cette assertion? nulle raison n'est indiquée à l'appui. Beaucoup d'auteurs de musique sacrée, un Sergius, un Étienne, etc., ont porté le surnom d'Hagiopolitès[1]; et peut-être y aurait-il plus de vraisemblance à attribuer à l'un d'eux l'écrit qui porte ce titre, d'autant plus qu'André de Crète, mort au commencement du VIIIe siècle, a dû peu connaître saint Jean de Damas.

Quoi qu'il en soit, nous extrayons ici les fragments de ce manuscrit, relatifs à la musique ancienne, qui ne se trouvent pas déjà compris dans la composition anonyme qui a fait la base de notre travail (p. 5—63).

[1] Cf. Villoteau, *De l'état actuel de la musique en Égypte*, IIe partie, ch. IV, art. 8.

1er FRAGMENT DE L'HAGIOPOLITE, FOL. 19 R° [1].

Τὰ μέλη ἢ ἁπλῶς ἢ κατὰ σύγκρασιν κρουομένων τῶν φθόγγων ἐξηχεῖται. Ἡ δὲ σύγκρασις γίνεται, συμφώνων ἢ διαφώνων κρουομένων· καὶ τὴν μὲν τῶν διαφώνων σύγκρασιν φρύαγμα [2] καλοῦσι, τὴν δὲ τῶν συμφώνων, συμφωνίαν· καὶ λαμβάνεται ἐπὶ μὲν τῶν ᾀσμάτων κράσις μόνη σύμφωνος, ἐπὶ δὲ τῶν μερῶν [3] ἀμφοτέρα [4].

Τῆς δὲ διὰ πασῶν ὁ μὲν πρῶτος φθόγγος δύο συμφώ[νων κράσε]ις· δέχεται, καὶ τέσσαρα φρυάγματα [5]. Ἀλλὰ τὸ μὲν φρύαγμα ταὐτό ἐστι [6] τῶν προειρημένων, τὰ δὲ τρία διάφορα. Ὁ δὲ τρίτος, συμφωνίαν μίαν καὶ τέσσαρα φρυάγματα. Ὁ δὲ τέταρτος, ἀντιστρόφως, κατὰ ἀνάλυσιν μίαν [7] καὶ τρία φρυάγματα· ὁ δὲ πέμπτος ὁμοίως ἀντιστρόφως, συμφωνίας [8] δύο καὶ φρυάγματα κατὰ ἀνάκλησιν [9] δύο [καὶ κατὰ ἀγω]γὴν δύο.

[1] Ce remarquable fragment vient à l'appui de celui qui précède (p. 254 et suiv.); et il indique également, par rapport à l'harmonie (ce mot étant pris dans l'acception moderne), des idées et des procédés beaucoup plus avancés qu'on ne le suppose ordinairement; il est fâcheux que l'on ne puisse avec certitude en fixer la date. Cependant la mention de 15 tropes à l'exclusion des 7 tons de Ptolémée, doit lui faire supposer une certaine ancienneté. — Cf. Man. Bryenne p. 382 et 402; Psellus (Paris, 1545), f. 23 v.; Eucl. p. 8; Nicom. p. 25; Gaud. p. 11 et 12; Bacch. p. 2; Aristot. probl. XIX, 43; et Bojesen, p. 105.

[2] Ms. φρᾶγμα. — Il ne me paraît pas qu'un autre mot puisse aller ici que φρύαγμα, *bruit confus et tumultueux*, comme le hennissement des chevaux, le cliquetis des armes : Ἥδετο δὲ ὁ ἰόβακχος ἐν ἑορταῖς καὶ θυσίαις Διονύσου, βεβαπτισμένος πολλῷ φρυάγματι (Πρόκλ. Χρηστομ. ιϛ). — Κοῦφα φρυάγματα θνατῶν (Mésomède, *Hymne à Némésis*).

[3] Peut-être μελῶν. — Il est assez remarquable que la leçon μερῶν, quoique probablement fautive, traduite littéralement par le mot *parties*, donne cependant un très-bon sens : de même ψιλὸν μέρος dans la note D, p. 112. — Voyez encore ci-dessus, 1er Traité, p. 6, n. 1, col. 1.

[4] Ms. ἀμφότερα.

[5] Ms. φράγματα : c'est partout de même dans le cours du fragment. — Il me paraît qu'il manque ici plusieurs choses, et que le passage doit être rétabli à peu près comme il suit : Ὁ δὲ δεύτερος, δύο συμφωνίας καὶ τέσσαρα φρυάγματα· ἀλλὰ τὸ μὲν πρῶτον φρύαγμα ταὐτό ἐστι τῶν

TRADUCTION DU 1er FRAGMENT.

La mélodie se compose de sons qui peuvent être émis isolément ou mélangés entre eux. Les sons mélangés peuvent être consonnants ou dissonants : le mélange prend en conséquence, et suivant le cas, le nom de *consonnance* ou celui de *dissonance*. Dans le chant, on n'emploie que des consonnances; mais les instruments usent des deux sortes de mélange.

En se bornant à une octave [*la-sol-fa-mi-ré-do-si*], le premier son [*la*] présente deux consonnances [*la-mi, la-ré*], et quatre dissonances [*la-sol, la-fa, la-do, la-si*]. Le deuxième son, *sol*, présente de même deux consonnances, *sol-ré, sol-do*, et quatre dissonances [*sol-la, sol-fa, sol-mi, sol-si*]. Il est à remarquer que la première dissonance [*sol-la*] de ce second cas est la même que la première [*la-sol*] du cas précédent. Le troisième son [*fa*] présente une seule consonnance [*fa-do*] et quatre dissonances [*fa-la, fa-sol, fa-ré, fa-si*]. Le quatrième son [*mi*], pouvant monter ou descendre, présente une consonnance de chaque côté [*mi-la* en montant, *mi-si* en descendant], et, de plus, trois dissonances [*mi-sol, mi-ré, mi-do*]. Le cinquième son [*ré*], pris de même pour point de départ en montant ou en descendant, présente deux dissonances de chaque côté [*ré-fa* et *ré-mi* d'une part, *ré-do* et *ré-si* de l'autre], et en outre deux consonnances [*ré-la, ré-sol*].

προειρημένων, τὰ δὲ ἕτερα τρία διάφορα. Ὁ δὲ τρίτος, κ. τ. λ.

Il est à remarquer que le manuscrit de l'Hagiopolite fourmille de ces omissions par ὁμοιοτέλευτον.

[6] Ms. φράγμα ταὐτὸ ἐπὶ.

[7] Au lieu de ces trois mots, je crois qu'il faut lire : κατὰ ἀγωγὴν συμφωνίαν μίαν, καὶ κατὰ ἀνάκλησιν συμφωνίαν μίαν καὶ τρία φρυάγματα. — Cf. 2e Traité, § XIV, ci-dessus, p. 42.

[8] Ms. συμφωνίαι. — [9] Ms. ἀνάλυσιν.

Προσληφθείσης[1] δὲ τῆς δευτέρας διὰ πασῶν συμφωνίας, ἄλλα προσῖθενται[2] κράματα[3] τῆς τε διὰ πασῶν καὶ μετ' αὐτὴν τῆς διὰ τεσσάρων καὶ διὰ πέντε, καὶ δὶς διὰ πασῶν[4]· τὰ δὲ ἄλλα φρυάγματα εἰσὶ ταὐτὰ τάσει διαφέροντα. Πρὸς τὴν τῶν ᾀσμάτων κροῦσιν λυσιτελεστέρα ἡ διὰ πασῶν, κράσει συμφωνιῶν περιττεύουσα καὶ πλεονεκτοῦσα, καὶ τοῖς κομπισμοῖς[5] ἰδικῶς. Τριττὴ δὲ τούτων ἡ διαφορά· ἡ γὰρ βαρειῶν πρὸς βαρείας, ἡ βαρειῶν πρὸς ὀξείας, ἡ ὀξείων πρὸς ὀξείας. Οἱ δὲ ιε τρόποι διαφέρουσιν ἕκαστος ἑκάστου ἀπέχοντες τῇ διὰ τεσσάρων συμφωνίᾳ.

IIe FRAGMENT DE L'HAGIOPOLITE, FOL. 19 V.[6]

[Φρ]υγῶν δὲ εὕρημά φασιν εἶναι τὸν αὐλὸν, διὰ τὸν Μαρσύαν, καὶ Ὄλυμπον, καὶ Σάτυρον· εἰσὶ γὰρ οὗτοι Φρύγες.

Σύριγγος[7] εἴδη δύο· τὸ μὲν γάρ ἐστι μονοκάλαμον, τὸ δὲ πολυκάλαμον, ὅ φασιν εὕρημα Πανὸς τοῦ Αἰθέρος[8] καὶ νύμφης Οἰνόης[9]· καὶ ὁ μὲν μῦθος οὕτως. Ὁ δὲ φυσικὸς λόγος τοιοῦτος· κατὰ τὸν Πιερικὸν[10] Ὄλυμπον[11], καλάμου ἀποξηρανθέντος ἀποθραυ[σθέντος τε] εἰς συριγγοειδῆ χείλωσιν[12], ὑπὸ τοῦ εἰσρέοντος ἀνέμου διὰ τῆς χειλώσεως, λιγυρὸν ἦχον ἀπετέλει. Οὗπερ ὁ ποιμὴν ἀκούσας ἥσθη, καὶ τοῦτον ἐκτεμὼν, προση-

[1] Ms. προσλειφθήσης. — Voy. ci-dessus, p. 35, n. 5.

[2] Ms. ἀλλὰ προσῖθαινται.

[3] Ms. κρατήματα : κράτημα est un terme de musique néo-grecque; c'est ce qui aura trompé le copiste.

Cf. Chrysanthe, p. 180, § 407; Villoteau, *État actuel de la musique en Égypte*, IIe part. ch. IV, art. 4 et 5.

[4] Il paraît manquer encore ici quelque chose.

[5] Voyez ci-dessus, p. 56, n. 1.

[6] Cf. Boulanger, *De theatro*, fol. 210 et suiv.; Barthol. p. 10, 51; Plut. *De mus.* et les notes XXXII et suiv. de Burette.

Enfin voyez la note H.

[7] Scol. de Ptolém. sur la page 17, l. 7 : *σύριγξ ὁ κοινῶς λεγόμενος σουρουλάς* (mot inconnu, peut-être *συραυλάς*).

[8] Ms. παντὸς τοῦ αἰθέρους.

[9] Cf. Plat. Prot. t. I, p. 310, C; Paus. p. 83, 631, 662, 695; Strab. l. VIII.

En ajoutant la seconde octave à la première[13], on obtient de nouveaux mélanges, soit consonnants, tels que la quarte et la quinte redoublées, la double octave; soit des mélanges dissonants qui ne diffèrent de ceux déjà énumérés que par l'addition de l'octave. En général, pour l'accompagnement des voix, cette addition d'une octave est très-avantageuse en raison de l'abondance des consonnances nouvelles dont elle devient la source, particulièrement quand on y introduit des ornements[14]. Or les mélanges peuvent alors être de trois sortes : car on peut allier des sons graves avec des sons graves, des sons aigus avec des sons aigus, ou des sons aigus avec des sons graves. Et, à ce propos, il est bon de rappeler que les 15 *tropes* se dépassent mutuellement trois à trois par intervalles de quarte.

TRADUCTION DU IIe FRAGMENT.

On regarde la flûte comme étant d'origine phrygienne, en raison de ce que Marsyas, Olympe, Satyre, étaient phrygiens.

Il y a donc deux sortes de flûtes : celle qui n'a qu'un tuyau et celle qui en a plusieurs. L'invention de cette dernière est attribuée à Pan, fils de l'Éther et de la nymphe Œnoé; c'est du moins ce que dit la fable. Mais voici la véritable histoire. Au temps d'Olympe de Piérie, un roseau desséché se brisa, de manière à former un tube creux. Or, le vent venant à souffler par l'embouchure de ce tube, il en résulta un son mélodieux. Le pâtre, enchanté de ce qu'il venait d'entendre,

[10] Ms. Πιεριχνὸν. — [11] Cf. Bell. p. 35.

[12] Je suppose qu'il faut *κοιλίωσιν*. — Cf. Nicom. p. 19.

[13] De manière à compléter un trope. — Cf. p. 31.

[14] J'ai donné (p. 56) une autre traduction de cette phrase; je crois celle-ci plus exacte.

Κομπισμός, ou *καμπισμός*, signifierait-il ici le mouvement oblique?

TRAITÉS GRECS relatifs à la musique.

νές τι καὶ ἐπακτικὸν ἀπεσύριζεν. Ὁμοίῳ δὲ τρόπῳ καὶ ἄλλους ὀργανοποιησάμενος τοὺς ἀναλογίαν ἔχοντας πρὸς τὸν εὑρημένον φθόγγον ἡρμόσατο. Καὶ ποιήσας πεντασύριγγον, ἐζηλώθη παρὰ τῶν ἄλλων ποιμένων. Εἶτα τούτοις, ἔντιμος ἡ χρῆσις γινομένη καὶ τοῖς λοιποῖς ἀγροίκοις, ὕστερον καὶ ἐν ταῖς πολιτικαῖς ἀπολαύσεσι παρελαμβάνετο. Οἱ δὲ τότε Μακεδόνων βασιλεῖς ἐπὶ τὰ βασίλεια μετήνεγ[καν αὐτ]ῶν τὴν χρῆσιν, καὶ τὸ μέλος αὐτῶν ἐπικαλεῖσθαι μακεδόνιον. Μετὰ τοῦτο Ἄττις τὸ δεκάλομον [1] αὐλὸν ποιήσας, ποιμενικὴν ἐκάλει σύριγγα. Ποιήσας τὸν [2] μὲν πρῶτον δεκαδάκτυλον [3], καὶ δακτύλ[ους] ἀφελὼν, ἕως δὲ τοὺς λοιποὺς ἰσομήκεις ἐ[νὶ] ἑκάστῳ ἐσχηκέναι αὐ]λῷ· χειλώσας, τηρήσας τ' αὐτῶν [4] πη[λικότητα καὶ] τομὴν, τὰ βουκολικὰ καὶ αἰπολικὰ παρὰ τὸν Σύριγγον [5] ποταμὸν ἐσύρισε [6].

IIIe FRAGMENT DE L'HAGIOPOLITE, FOL. 20 V.

Πᾶν δὲ ἁρμονικὸν διάστημα ὁριζόμενον αἰσθήσει τῇ δι' ἀκοῆς, πέντε διαφοραῖς ὀργάνων ἀποκτυπεῖται φυσικῶς· διὸ καὶ εἰς πέντε μόνον καταδιήρηται τρόπους [7]. Ἔστι δὲ τὰ πέντε ὄργανα τάδε· σάλπιγξ, αὐλὸς, φωνὴ, κιθάρα, πτερόν [8]. Ὀνόματα δὲ

[1] Probablement τὸν δεκάλαμον. — On ne saurait cependant affirmer qu'il ne faille pas δεκακάλαμον, mot que la cacophonie aurait fait changer en δεκάλαμον. Dans ce cas, l'invention d'Attis aurait beaucoup moins d'importance, puisqu'au lieu d'une flûte *à dix trous*, il ne s'agirait plus que d'une flûte *à dix tuyaux*. Je ne négligerai cependant pas de faire remarquer, en faveur de la première interprétation, qu'elle est acceptée sans difficulté par M. Adrien de Lafage (à qui je l'avais communiquée) dans son Histoire générale de la musique, t. II, p. 118.

[2] Ms. τὸ.

[3] Censorin, *De die natali* (ch. 10), comparant les sons rendus par des flûtes de différentes longueurs, adopte aussi le *doigt* pour unité de mesure. Mais il donne à la plus grande flûte 12 *doigts* de longueur *, parce qu'alors, prenant pour *fondamental* le son qu'elle peut rendre, on

* Ὁ ιβ ἀριθμὸς ὁ ἁρμονικώτατος. (Pachym. fol. 22.)

TRAITÉS GRECS relatifs à la musique.

coupa le roseau, et parvint à produire lui-même des sons d'une douceur ravissante. Alors, ayant taillé de la même manière d'autres roseaux qui rendaient des sons analogues à ceux du premier, il les assembla, et forma ainsi une flûte à cinq tuyaux, ce qu'imitèrent bientôt à l'envi les autres pâtres. Dès lors en honneur parmi les habitants des campagnes, la flûte finit par prendre rang parmi les jouissances de la ville. Les rois de Macédoine l'admirent même depuis à figurer dans leurs palais; et l'on donna le nom de *macédoniennes* aux mélodies dans lesquelles on la mettait en usage. Après cela vint Attis, qui inventa la flûte à dix trous, et lui donna le nom de *syringe* pastorale. [Or voici comment il y parvint:] Ayant d'abord pris un tube de dix doigts de longueur, il y marqua les diminutions successives convenables pour donner au restant du tube la longueur qu'il eût dû avoir dans la flûte à dix tuyaux. Il pratiqua un trou à chaque place, et étudia ensuite les meilleures proportions à adopter pour la longueur, la taille, etc. C'est alors qu'il composa, près des rives du fleuve Syrinx, des airs que répétèrent bientôt les pasteurs de bœufs et de chèvres.

TRADUCTION DU IIIe FRAGMENT.

Tout intervalle harmonique susceptible d'être apprécié par le jugement de l'oreille peut être réalisé physiquement sur cinq sortes d'instruments : c'est pourquoi l'on distribue les sons suivant cinq tropes ou modes. Les cinq instruments sont : la

obtient les consonnances de *quarte*, de *quinte*, et d'*octave*, en réduisant cette longueur à 9 *doigts*, 8 *doigts*, et 6 *doigts* (voy., ci-après, les fragments de Psellus.)

[4] Ms. τῇ τῶν.

[5] Il n'est pas à ma connaissance qu'aucun auteur ait parlé du fleuve *Syrinx*. Au reste, ce n'est pas le seul point par lequel ce récit diffère des fables accréditées.

[6] Ms. εὐσηρῆσαι.

[7] Ms. τόπους.

[8] Voy. ci-dessus, p. 8, n. 2.

TRAITÉS GRECS relatifs à la musique.

τῶν τρόπων· δώριος ὁ βαρύτατος, σάλπιγγος[1]· φρύγιος ὁ μετ' αὐτὸν, αὐλῶν· λύδιος ὁ καὶ μέσος, φωνῆς· αἰόλιος, κιθάρας· ἰάσΊιος, ϖΊεροῦ[2]. Αἱ δὲ τῶν ὀργάνων τούτων ἐπὶ τὸ μᾶλλον καὶ ἧτΊον διαφοραί· τὸ ὑπὸ καὶ ὑπὲρ ἑκάσΊῳ χαρίζεται.

IVe FRAGMENT DE L'HAGIOPOLITE, FOL. 20 V.[3]

Ἡ [σάλπιγ]ξ[4], τραγῳδία, ϖαπίας, μεσότριτος, κιθαρῳδία, λύρα, ὀξύτονον, κωμῳδία, κιθάρα, δώριος, φρύγιος, ϖληνθίον, σάλπιγξ, αὐλὸς, ὕδραυλις, αἰόλιος, ϖΊερὸν, κιθάρα, σύριγξ, λύδιος, φωνὴ, ἰάσΊιος, ϖΊερόν.

Ve FRAGMENT DE L'HAGIOPOLITE, FOL. 21 V.[5]

ἸσΊέον οὖν ὡς μὲν λόγος ἀρχαῖος θύραθεν ὁ ϖαρ' Ἕλλησι θρυλλούμενος, Πυθαγόρας ϖαρά τινι χαλκείῳ ϖολιτικῷ καθε-

[1] Ms. σάλπιγξ.

[2] Ms. ϖΊερόν.

[3] Ce fragment, qui n'est ici que pour mémoire, paraît être, comme le précédent, un tableau de correspondance entre chaque genre de poëme, les modes qu'on y employait, ainsi que les instruments qui y étaient le mieux appropriés.

Les mots ϖαπίας*, ϖληνθίον, sont, je crois, inconnus. Le premier paraîtrait désigner une sorte de chant, et le second un instrument. Les mots μεσότριτος, ὀξύτονον, dont la signification générale ne présente pas de difficulté, ont ici une acception particulière qu'il n'est pas aisé de déterminer. — Cf. le Gloss. de Ducange.

[4] Ou peut-être φόρμιγξ.

[5] Le fragment suivant, le *cinquième* extrait de l'Hagiopolite, paraît être de nature à disculper, à venger en quelque sorte l'antiquité, d'une grave erreur qu'on lui prête assez légèrement depuis quelques siècles, d'après les textes, tels qu'ils nous sont parvenus, de Nicomaque, de Jamblique, de Gaudence, de Boëce, de Macrobe. Suivant ces auteurs, ce serait *d'après les poids des marteaux* dont il entendit le bruit en passant devant l'atelier d'un forgeron, que Pythagore fut conduit à la découverte des rapports numériques des sons de la gamme diatonique, découverte qui lui est en conséquence attribuée. Or, d'après le fragment qui suit, l'assertion (au moins quant à ce qu'elle présente d'absurde dans quelques-uns de ses détails) n'aurait d'autre fondement qu'un mot *mal lu*. On va voir en effet que l'auteur, après avoir énuméré avec une sorte d'affectation les diverses particularités du fait, le métal forgé qui était le même,

* Papias est aussi le nom de l'auteur d'un glossaire latin (Voy. Fabr.).

trompette, la flûte, la voix, la cithare, le *ptéron* [ou instrument en forme d'aile]. Quant aux noms des cinq tropes, ce sont, pour le plus grave, le *dorien;* il convient à la trompette. Celui qui vient après est le *phrygien,* convenable à la flûte. Le *lydien,* qui occupe le milieu, est pour la voix. Enfin l'*éolien* est pour la cithare, et l'*iastien* pour le ptéron. Au reste, les instruments de chaque espèce peuvent différer entre eux du plus au moins par la grandeur et les degrés d'intonation, de manière à s'accorder à volonté sur chacun des trois systèmes, grave, moyen, aigu, des quinze tropes.

. . . .

. . . .

. . . .

TRADUCTION DU Ve FRAGMENT.

Il faut donc savoir (car ceci n'est point un mystère, mais une ancienne tradition répandue parmi les Grecs) que Pytha-

l'enclume qui était la même, l'outil qui était le même, arrive enfin à la seule circonstance variable que présente le phénomène, et qu'il désigne, non par le mot σφῦρα, *marteau,* comme on l'aura lu d'abord, et comme ensuite on l'a dit et répété dans toutes les langues, mais par σφαῖρα, *corps rond,* ce qui ne saurait plus signifier autre chose que le corps forgé, soit globe, soit vase sphérique, chaudron ou autre. Et alors, il devient parfaitement exact d'attribuer les différentes intonations des sons rendus, à la différence des dimensions de ce vase qui est ici le véritable corps vibrant et par conséquent sonore.

Ce passage mérite d'autant plus de fixer l'attention, qu'il paraît surpasser en antiquité tous les récits déjà connus du même fait. Car, à en juger par cette composition remarquable de l'heptacorde, que son principal but est d'expliquer, l'auteur de la description doit être antérieur, non-seulement à Aristoxène, mais peut-être même à Aristote; et il se trouverait être ainsi le plus ancien écrivain sur la musique, dont les œuvres ne sont pas entièrement perdues.

Cf. Nicom. p. 10; Gaudence, p. 13;

ζόμενος, καὶ διαφόρων ἤχων ἐξ αὐτοῦ ἀκούων, καὶ ταῦτα μιᾶς ὕλης οὔσης τῆς χαλκευομένης, καὶ τοῦ αὐτοῦ καὶ ἑνὸς σκεύους [1] τοῦ χαλκεύοντος, καὶ τοῦ αὐτοῦ ἄκμωνος ἐν ᾧπερ ἠλαύνοντο τὰ χαλκευόμενα, σκοπὸν ἔθετο τὴν τῶν [ἀπ]οτελουμένων ἤχων διαφορὰν ὅθεν γίνεται καταλαβεῖν. Καὶ δὴ πολλὰ σκοπήσας καὶ ἐρευνήσας, τέλος πρὸς τὰς σφαίρας [2] ἐνέσκηψεν, ἃς καὶ σταθμώσας, καὶ εὑρὼν τὴν μὲν βαρυτέραν, τὴν δὲ κουφοτέραν, ἔγνω ἐντεῦθεν προΐεσθαι τὸ τῶν ἤχων διάφορον [3], καὶ ἀναλόγως τήν τε κουφότητα τῶν φωνῶν ἤγουν τῶν σφαιρῶν [ἀντιπαθεῖν] [4] βαρύτητι, καὶ τὰ ἀπηχήματα [διάφορα γεγενῆσθαι] ἐξ αὐτοῦ.

Καὶ αὐτὸς παρορμηθεὶς [5] κατεσκεύασεν ἀπὸ χορδῶν τεσσάρων καὶ μόνον ὄργανον ὃ κέκληκε Μουσικήν· εἶτα ἀνεβίβασεν αὐτὸ εἰς ἑπτὰ χορδάς. Καθὼς ὁ πυθαγορικὸς Φιλόλαος, ἔν τινι πονήματι αὐτοῦ, πρός τινα γυναῖκα πυθαγορείαν ἐκτιθέμενος, γράφει περὶ τῆς ἁρμονικῆς φιλοσοφίας οὕτω φάσκων·

Jambl. *in vita Pythag.* I, XXVI; Boëce, *De musica*, I, x; Macrobe, *in Somn. Scip.*; Bojesen, p. 118.; Plutarque, *De anim. creat.* et *De musica.* — Voyez encore, ci-après (p. 282), un passage de Synésius avec le commentaire de Nicéphore Grégoras; et d'abord la note qui commence à la page 274.

[1] Ce mot joint à l'actif τοῦ χ., et mis en opposition avec ὕλης τῆς χ. au passif, ne peut évidemment désigner que *le marteau.*

[2] D'après ce qui a été dit ci-dessus, σφαίρας ne saurait être mis ici pour σφύρας. — Ce remarquable exemple de σφῦρα substitué à σφαῖρα n'est pas le seul : on en trouve un autre dans Ptolémée, p. 17, l. 34. Au mot σφυρῶν le scoliaste dit : κρουστήρων (mot du reste inconnu), et à la marge, γρ. σφαιρῶν. Ce n'est pas tout : pour confirmation, il ajoute plus loin (p. 18, l. 9), au mot σφαιρικάς : Ἰστέον ὅτι κατὰ παράχρησιν σφαιρικὸν σῶμα λέγει καὶ τὸ ἐπίμηκες μὲν, τετορνευμένον δὲ, ὡς καὶ ἀνωτέρω σφαιρῶν καὶ δίσκων εἶπεν ἐπὶ τοῦ αὐτοῦ σημαινομένου. — Une autre confirmation résulte de ce que Suidas, en attribuant à Dioclès la découverte des proportions musicales, dit que c'est sur des vases qu'il la fit.

Suivant une observation de M. Raoul-Rochette (*Journal des Savants*, 1825, page 484), on trouve quelquefois l'inscription ΣΦΙΡΑ pour ΣΦΑΙΡΑ sur certains vases.

[3] Les nombres qui représentent les valeurs acoustiques des sons, ou les nombres de vibrations qui leur correspondent

TRAITÉS GRECS relatifs à la musique.

gore, s'étant un jour arrêté près de l'atelier d'un chaudronnier de la ville, observa que les sons qui en sortaient étaient très-différents entre eux. Cependant, le métal que l'on y travaillait était le même; l'outil dont se servaient les ouvriers était exactement le même; enfin l'enclume sur laquelle ils forgeaient était la même aussi. Il dirigea en conséquence toutes ses recherches sur la cause d'où pouvait provenir la différence des sons qu'il avait entendus. Après avoir bien examiné et bien réfléchi, il finit par mettre le doigt sur la solution, en observant que les vases forgés, bien qu'uniformément sphériques, n'étaient pas tous semblables entre eux; car, en les pesant, il trouva les uns plus lourds, les autres plus légers. Il comprit donc que c'était de là que provenait la différence des sons produits par leur percussion; et il conclut, par analogie, qu'il en devait être du volume ou de la ténuité des voix comme de la grandeur ou de la petitesse des vases, et qu'ainsi telle était la cause de la différence des tons.

Encouragé par ce résultat, il construisit avec *quatre* cordes un instrument qu'il nomma *une Musique*, et dont il poussa depuis le nombre des cordes jusqu'à *sept*. C'est à ce sujet que Philolaüs, pythagoricien, dans un ouvrage qu'il adressait à une dame professant les mêmes doctrines, pour lui exposer les principes de la philosophie harmonique, s'exprime ainsi :

dans un temps donné, sont *en raison directe des épaisseurs, et inverse des carrés des dimensions de leurs surfaces*. S'ils sont en tout *semblables*, le rapport des valeurs acoustiques devient le rapport *inverse des dimensions*. Pour un même vase qui s'étend successivement sous le marteau, ils décroissent en raison *directe des carrés des épaisseurs* successives.

[4] Cf. note L.

[5] Ainsi, dans tous les cas, la première observation ne fit que donner à Pythagore l'idée d'une *expérimentation* en règle; et c'est sur des cordes qu'il l'exécuta : il y a bien loin de là au récit vulgaire. Observons, en outre, la fausseté de cette assertion répétée sans cesse, que *les anciens n'expérimentaient pas*.

« Ἁρμονίας μέγεθος συλλαβὰ [1] καὶ διοξεῖα· τόδε διοξείας μεῖζον « τᾶς συλλαβᾶς ἐπογδόῳ. »

Πρὸς δὲ σαφήνειαν σχηματιστέον οὕτω, ὑπάτη, παρυπάτη, ὑπερμέση [2], μέση, παραμέση, παρανήτη, νεάτη·

Ὑπάτη.
Παρυπάτη.
Ὑπερμέση.
Μέση.
Παραμέση.
Παρανήτη.
Νεάτη.

Ἰδοὺ τοίνυν ἑπτάχορδον ὄργανον.

Ἡ τοίνυν τρίτη χορδὴ, καὶ ὑπερμέση λεγομένη, πρὸς τὴν πρώτην καὶ ὑπάτην ὀνομαζομένην, τὸν ἐπίτριτον [ἔχει λόγον], ὃν καὶ συλλαβὴν ἀποκαλοῦσιν· ἐπὶ [τρία γὰρ καὶ ἓν συλληπ]τέον· οὐδὲ γὰρ ἄλλως ἔχει εἰ μὴ [3] ἐκ τῶν ἀριθμῶν οἷον ὁ τέταρτος πρὸς τὸν τρίτον, ἐπίτριτος. Ἐπίτριτος λέγεται οὗτος, καθότι ἐπιφέρεται μὲν καὶ τῶν τρία ὅλων [4], καὶ τὸ τρίτον αὐτῶν, τὸ ἕν. Ἀρχεῖ [5] γὰρ οὗτος εἰς τόπους [6], ἐπιτρίτου παράδειγμα. Ἐξ αὐτοῦ δὲ τοῦ ἀριθμοῦ ἐπιγινώσκεται καὶ ὁ ἐπίτριτος φθόγγος, ὃν αἱ χορδαὶ τῆς μουσικῆς καὶ τῶν λοιπῶν ὀργάνων ἀποτελοῦσι τῆς [7] τοῦ ἑβδόμου χορδῆς ὀργάνου· ὥστε δῆλον γενέσθαι οἷα φθόγγων ἀναλογία ἐστὶν ἐν αὐταῖς.

[1] Ms. Ἁρμονίας μεγέθους συλλαβῆς δι' ὀξεῖα μείζων τὰς συλλάβὰς ἐπέγη. (Conf. Nicom. p. 17.)

[2] Meybaum (*in Nicom.* p. 7), au sujet du mot ὑπερμέση employé par Nicomaque, dit n'avoir jamais rencontré ailleurs cette expression.

[3] Εἰ μὴ ne devrait-il pas être transporté

« *L'étendue de l'harmonie* [octave] *comprend la syllabe* [quarte] *et la dioxie* [quinte]; *et la dioxie surpasse la syllabe dans le rapport sesquioctave* [c'est-à-dire d'un ton]. »

TRAITÉS GRECS relatifs à la musique.

Pour plus de clarté, on peut représenter ici les sept cordes : hypate, parhypate, hypermèse, mèse, paramèse, paranète, nète.

1	Hypate.
2	Parhypate.
3	Hypermèse.
4	Mèse.
5	Paramèse.
6	Paranète.
7	Nète.

Voilà donc l'instrument à sept cordes.

La troisième corde de cet instrument, dite aussi hypermèse, est à la première, nommée aussi hypate, dans le rapport *épitrite,* que l'on appelle également *syllabe* [réunion], pour indiquer qu'à *trois* il faut *ajouter un.* Et en effet, parmi les nombres, le rapport de *quatre* à *trois* ne se désigne pas autrement que par le mot *épitrite.* Ce rapport se nomme donc *épitrite* parce qu'il comprend le nombre *trois* tout entier et le *tiers* en sus, c'est-à-dire *un* de plus; aussi figure-t-il, dans les traités d'arithmétique, en tête du *Tableau des rapports épitrites;* et c'est encore au moyen du même nombre que se détermine l'in-

plus loin avant *ἐπίτριτος*, ou du moins avant *οἷον*?

[4] Vraisemblablement *τὸ τρία ὅλον.*

[5] Ms. Ἀρκεῖ.

[6] Τόποι, les *lieux communs* de l'arithmétique. — Ἐπιτρίτου παράδειγμα· $\frac{4}{3}$, $\frac{5}{6}$, $\frac{12}{9}$, $\frac{16}{12}$, $\frac{20}{15}$ etc.

[7] Ms : τῇ. — Le passage est gravement

TRAITÉS GRECS relatifs à la musique.

Ἡ μέν τοι μέση χορδὴ πρὸς τὴν τρίτην χορδὴν τοῦ ὀργάνου τὸν ἐπόγδοον κέκτηται λόγον· καὶ γὰρ ὁ ἐννέα ἀριθμὸς πρὸς τὸν ὀκτὼ τὸν [1] αὐτὸν ἔχει λόγον. Ἐπεὶ γὰρ τὸν [2] ὀκτὼ ἔχει καὶ τὸ [3] ὄγδοον αὐτοῦ, ἤτοι τὸ ἕν· ἐξ ὀκτὼ γὰρ καὶ ἑνὸς συνίσΊαται ὁ ἐννέα ἀριθμός.

Ἡ μέση χορδὴ πρὸς τὴν πρώτην καὶ ὑπάτην λεγομένην τὸν ἡμιόλιον ἐπιφέρεται λόγον, ὃν καὶ διοξείαν [4] ὠνόμασε [5] κατὰ τοὺς λόγους τῆς ἁρμονίας. [Ἡμί]ολος δὲ ἀριθμὸς ἐσΊὶν ὁ ἐννέα πρὸς τὸ ἕξ, [καθότι] σὺν τῷ ὅλῳ ἤτοι τῷ ἕκτῳ ἐλ[λεῖπον τὸ ἥμισυ αὐτοῦ ἤτοι τὸ τρία παραθετέον.]

altéré : il semble qu'il faille lire : ὃν αἱ μέσαι χορδαὶ τῆς μ. καὶ τῶν λ. ὀργ., ἀπ. τῆς ἑβδόμης τοῦ ὀργάνου χορδῆς. — [1] Ms. ὀκτώτονον.

tervalle épitrite dont la troisième corde de l'instrument nommé musique (ou de tout autre) diffère de la septième; de sorte qu'ainsi le rapport mutuel des sons qu'elles rendent devient évident.

Maintenant, la *mèse* ou corde moyenne est à la troisième dans le rapport *sesquioctave*, c'est-à-dire dans le rapport du nombre *neuf* au nombre *huit*. En effet, *neuf* se compose de *huit* plus *le huitième de huit* c'est-à-dire *un;* et par conséquent il *est à huit* dans le rapport énoncé.

Quant au rapport de la *mèse* à la première corde ou *hypate*, c'est le rapport *hémiole* [ou *de trois à deux*], rapport que l'on nomme encore *dioxie* suivant les principes harmoniques. On obtient d'ailleurs le rapport *hémiole* en comparant le nombre *neuf* au nombre *six*, puisque, pour avoir *neuf*, il faut, au nombre *six* considéré comme entier, ajouter sa moitié *trois*.

[2] Ms. τῶν.

[3] Ms. τὸν.

[4] Ms. δι' ὀξ.

[5] Sous-ent. ὁ Πυθαγόρας.

NOTE RELATIVE AU Ve FRAGMENT DE L'HAGIOPOLITE.

En rétablissant d'après Nicomaque (Ἁρμον. ἐγχειρ. p. 17), les paroles de Philolaüs évidemment altérées ici, je profiterai de l'occasion pour tâcher d'éclaircir une des questions les plus obscures de toute la musique ancienne, savoir: celle de la composition de l'*heptacorde* primitif, et de l'intercalation d'une huitième corde qu'y fit ensuite Pythagore, pour remplacer cet heptacorde (c'est ainsi du moins que la tradition le rapporte) par l'*octocorde* des musiciens plus modernes. Malheureusement, l'Hagiopolite se termine précisément au milieu du passage qui eût pu nous donner sur ce point des lumières directes. Je vais tâcher d'y suppléer.

Il paraît d'abord, si l'on s'en rapporte à Nicomaque (p. 9), que l'heptacorde primitif était composé de deux tétracordes conjoints dont les cordes extrêmes sonnaient la quarte avec la mèse, et par conséquent comprenaient entre elles un intervalle de septième. Voici les intervalles que je crois devoir attribuer aux sept cordes, intervalles desquels il résulte que les deux tétracordes (fig. 1re) devaient présenter la disposition dite phrygienne, dans laquelle le demi-ton est au milieu. Cette hypothèse paraît, au premier abord, s'écarter de la vérité, puisqu'il semble que l'on sorte ainsi entièrement du caractère de l'harmonie dorienne; mais il suffit de se reporter à la note A (ci-dessus, p. 97) pour reconnaître que la disposition indiquée est, au contraire, la seule propre à reproduire ce caractère.

FIGURE 1.

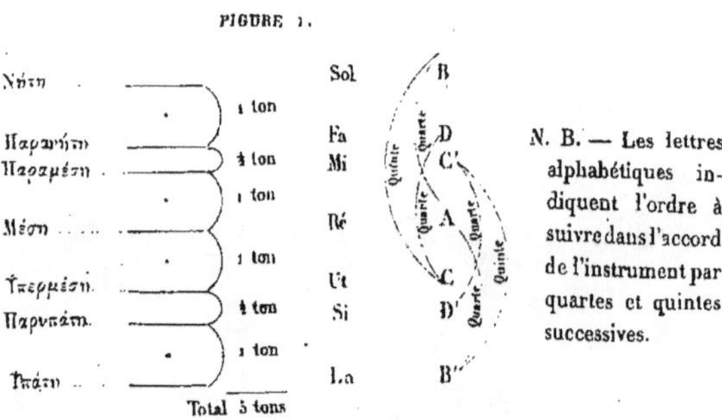

Maintenant, l'adjonction de la huitième corde doit être partagée en deux opérations ou en deux époques : dans la première, la nète et la paranète montent[1] chacune d'un ton, de manière à présenter les intervalles suivants:

FIGURE 2.

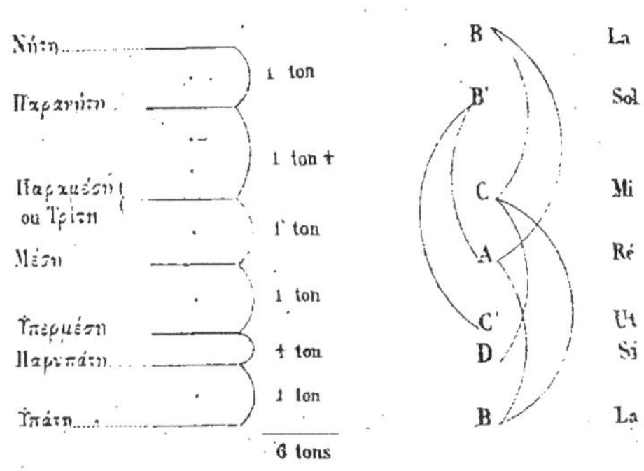

Je dois m'arrêter ici avant d'aller plus loin, pour faire observer que Meybaum (p. 52 de son Nicomaque) s'est complétement trompé dans la composition de l'heptacorde de cette seconde époque. Celui qu'il imagine est musicalement absurde : car, en établissant à trois tons de distance l'une de l'autre sa parhypate et sa paramèse qu'il nomme ici τρίτα, il rend absolument *impossible* l'accord de l'instrument; et par suite s'écroule toute son explication.

FIGURE 3 (marquée β par Meybaum.)

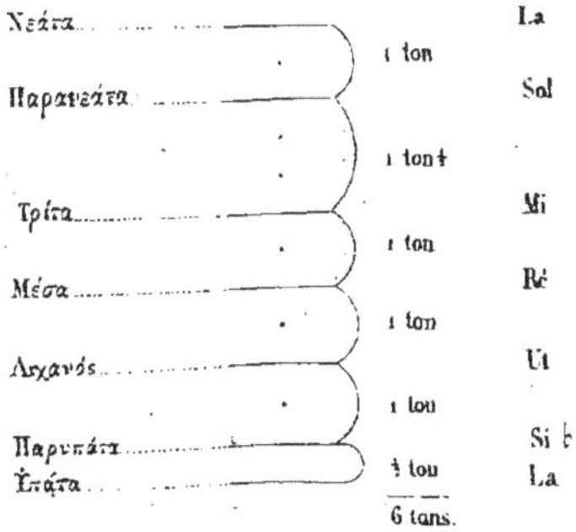

Νεάτα — La
1 ton
Παρανεάτα — Sol
1 ton +
Τρίτα — Mi
1 ton
Μέσα — Ré
1 ton
Λιχανός — Ut
1 ton
Παρυπάτα — Si ♭
½ ton
Ὑπάτα — La
6 tons.

[1] J'emploie, dans le courant de cette note, le langage moderne qui suppose l'aigu en haut et le grave en bas (voir ci-dessus, p. 76 et 108).

TRAITÉS GRECS relatifs à la musique.

Revenons maintenant à la figure 2. Dans la troisième époque, on ajoute une huitième corde pour combler en quelque sorte l'intervalle de trihémiton qui existe entre la paranète et la paramèse. Rien n'était plus simple que de décrire cette dernière opération : il suffisait de dire que l'on intercalait une nouvelle corde entre ces deux-là, dans l'heptacorde composé de deux tétracordes conjoints, ou, plus simplement encore, que l'on ajoutait une huitième corde à un ton de distance à l'aigu de la nète primitive : car telle est en effet toute la différence qui existe entre les deux systèmes. Mais, au lieu de cet énoncé si simple, on a préféré supposer que la huitième corde, s'introduisant entre la mèse et la paramèse, faisait remonter celle-ci d'un demi-ton [1], de manière à se substituer elle-même à cette dernière corde, ainsi qu'il suit :

FIGURE 4.

Νήτη		La	B
	1 ton		
Παρανήτη		Sol	B′
	1 ton		
Τρίτη		Fa	D′
	½ ton		
Παρεντεθεῖσα		Mi	C
	1 ton		
Μέση		Ré	A
	1 ton		
Ὑπερμέση		Ut	C′
	½ ton		
Παρυπάτη		Si	D
	1 ton		
Ὑπάτη		La	B
	6 tons		

[1] Les pythagoriciens évitent autant qu'ils peuvent les changements de terminologie : quand ils inventent un élément nouveau, ils lui donnent un nom ancien. Ainsi, pour eux, la terre est primitivement au centre, et la lune se nomme *lune* ou *antichthone*. Vient-on à inventer le *feu central?* on le nomme *soleil par excellence;* et l'on donne à un nouveau corps céleste imaginé pour compléter le nombre 10 un des deux noms de la lune, celui d'*antichthone*.

De même en musique : une note de l'heptacorde se nomme-t-elle à la fois *trite* et *paramèse?* une note de l'octocorde se nommera *trite;* une autre *paramèse*. Pas de mots nouveaux : la corde affectée d'un double nom sera seulement *dédoublée;* voilà pourquoi la 8e corde n'a pas été placée ailleurs.

C'est à M. H. Martin que je dois cette remarque aussi juste qu'ingénieuse (v. ses *Études sur le Timée*, t. II, p. 96).

Cf. aussi Letronne, *Des opinions cosmograph. des pères de l'Église,* dans la *Revue des deux mondes*, 15 mars 1834, p. 613; le même, *Sur les écrits et les travaux d'Eudoxe*, p. 27 ; puis Aristot. *Métaph.* I, v.

De cette dernière opération, supposée effectuée, résulte l'explication complète des deux passages cités, comme on va le voir.

Nicomaque, *page 9, ligne 27 et suivantes:* Παρέθηκεν [ὁ Πυθαγόρας] ὄγδοόν τινα φθόγγον, κ. τ. λ.

« Pythagore intercala un huitième son entre la mèse et la paramèse; et il le plaça à distance d'un ton entier de la mèse et d'un demi-ton de la paramèse, de manière que la paramèse primitive de l'heptacorde prit le nom de *trite*, c'est-à-dire de troisième corde, attendu qu'elle continuait à être, comme par le passé, la troisième en rang à partir de la nète, la corde intercalée se trouvant alors la quatrième, et sonnant d'ailleurs la quarte avec la nète, de même que la mèse (et cela déjà dès l'origine) sonnait la quarte avec l'hypate. Quant à l'intervalle de ton compris entre la mèse et la corde intercalée ou substituée à la paramèse primitive, si on le considère comme juxtaposé à l'un ou à l'autre des deux tétracordes, soit au plus grave dont il sera le ton le plus aigu, soit au plus aigu dont il sera le ton le plus grave, il présentera toujours une consonnance de quinte, composée de chaque côté d'un tétracorde et du ton surajouté, de la même manière que le rapport numérique de cette même consonnance de quinte, rapport qui est celui de 3 à 2, se compose des rapports de la quarte, de 4 à 3, et de celui du ton; ce qui prouve que le ton est bien dans le rapport de 9 à 8. »

Voyons maintenant le passage de la *page 17, ligne 9 et suivantes.*

« Voici, dit Nicomaque, les paroles de Philolaüs : Ἔχει δ' οὕτως ἡ τοῦ Φιλολάου λέξις. La grandeur de l'*harmonie* [octave] se compose de celles de la *syllabe* [quarte] et de la *dioxie* [quinte]. Mais la grandeur de la dioxie est plus grande *d'un ton* [ἐπόγδοον] que celle de la syllabe. En effet, de l'hypate à la mèse il y a une syllabe d'intervalle, et de la mèse à la nète il y a une dioxie; de même, de la nète à la trite il y a une syllabe, et de la trite à l'hypate, une dioxie; et, quant à l'intervalle intermédiaire entre la trite et la mèse, il est d'un ton. Mais la syllabe est dans le rapport *épitrite* [de 4 à 3], la dioxie dans le rapport *hémiole* [de 3 à 2], et l'octave [τὸ διὰ πασῶν] dans le rapport *double* [de 2 à 1]. Ainsi l'harmonie est composée de cinq tons et deux *diésis* [demi-tons], la dioxie, de trois tons et un *diésis*, et la syllabe, de deux tons et un *diésis*. »

« Or il faut se rappeler, continue Nicomaque (page 17, ligne 24 et suivantes), Μεμνῆσθαι δὲ δεῖ. . . . ., il faut se rappeler que la corde nommée ici *trite* par Philolaüs est la paramèse de l'heptacorde, celle même qui, avant l'existence du ton disjonctif, occupait la place qui se trouva dévolue à la paramèse de l'octocorde; car celle-ci était distante de la paranète d'un intervalle de trihémiton indécomposé ; » — [*τριημιτόνιον* au lieu de *ἡμιτόνιον*, correction de Meybaum, dont la nécessité est évidente; car que signifierait-il de dire, dans le genre diatonique, le seul dont il puisse être ici question, qu'un demi-ton est indécomposé? et d'ailleurs voyons la suite :] — « sur cet intervalle, la corde intercalée a enlevé un ton; et le demi-ton restant, entre la trite et la paramèse, s'est trouvé réuni au ton disjonctif. C'est donc avec raison que l'ancienne trite est considérée comme distante de la nète d'un intervalle de quarte, intervalle qui se trouve maintenant compris entre la même nète et la paramèse substituée à la trite. »

Les deux passages en question se trouvent ainsi, à ce qu'il nous semble[1], complétement expliqués, et ce qui confirme notre explication, c'est que Nicomaque présente ensuite la même objection que nous-même avons faite plus haut à la complication inutile donnée à l'énoncé : « Mais il y a des gens, dit-il, qui, ne comprenant pas cela, objectent l'impossibilité que la trite soit, par rapport à la nète, dans le rapport de 4 à 3 ; » [cela serait vrai pour la nouvelle trite, mais il s'agit de celle de la seconde époque, fig. 2]; « d'autres disent qu'il n'est pas improbable que le son additionnel, au lieu d'être placé entre la mèse et la trite, l'ait été entre la trite et la paranète, et qu'alors il ait reçu lui-même la dénomination de trite à la place de l'autre, tandis que la trite sera devenue paramèse dans la disjonction. » [C'était en effet là l'exposé le plus naturel de l'opération, comme nous l'avons dit plus haut.] « Quoi qu'il en soit, reprend Nicomaque, il n'en est pas moins certain que c'est à la paramèse que Philolaüs applique son ancien nom de trite, bien qu'elle soit, par rapport à la nète, à un intervalle de quarte. »

Ajoutons que, si notre explication suppose les deux tétracordes conjoints de l'heptacorde primitif accordés suivant le mode phrygien, ce n'est pas à dire pour cela que l'on ne puisse faire une pareille intercalation dans les heptacordes lydien et dorien. Ainsi c'est bien à ce dernier que paraît se rapporter le passage de Plutarque (*De musica*), relatif à la suppression que les anciens faisaient de la *trite*. Il résulte, à la vérité, de cette suppression, un heptacorde, *mi*, *ré*, *si*, *la*, *sol*, *fa*, *mi*, identique avec l'heptacorde (fig. 3)

[1] Cf. encore le même Nicomaque, p. 21 et 22.

imaginé par Meybaum (voir ci-dessus, p. 275); mais il y a entre les deux cas cette différence capitale, que, par le fait, Plutarque suppose l'octocorde essentiellement complet, car *on employait*, dit-il, *la trite* (*ut*) *dans les accompagnements;* d'où il résulte que, si l'on supprimait souvent cette note, c'était seulement dans le chant vocal, ce qui lève toute difficulté relative à l'accord de l'instrument.

TRAITÉS GRECS relatifs à la musique.

Je dis, de plus, que ce n'était pas seulement dans le tétracorde aigu que l'intercalation pouvait se faire, et qu'elle était également admissible dans le tétracorde grave. Le passage de l'Hagiopolite dont nous nous occupons ici en est la preuve, puisque nous y voyons la mèse à une quinte de distance de l'hypate; et ainsi la description de la figure peut être complétée de la manière suivante, ce qui reproduit absolument les intervalles de la figure 2, mais pris à rebours.

FIGURE 5.

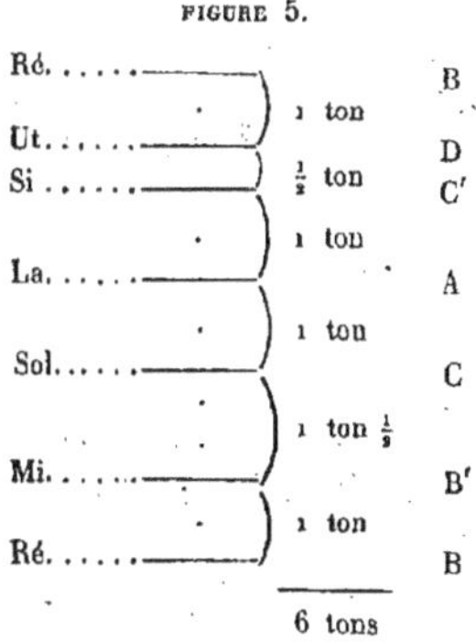

Il est facile, avec un peu d'attention, de reconnaître les conditions générales de possibilité d'un heptacorde dont toutes les notes s'accordent au moyen des seules consonnances admises par les Grecs (c'est-à-dire par quartes et par quintes successives), et dont les extrêmes soient à l'octave l'une de l'autre. Ces conditions se réduisent à ce qu'il se trouve, dans l'heptacorde, un intervalle de demi-ton et un autre de trihémiton, séparés l'un de l'autre par deux intervalles d'un ton chacun, ce qui revient à une octave de notre gamme naturelle, moins une *note*, le *fa* par exemple, les notes extrêmes étant d'ailleurs placées sur tel autre degré que l'on voudra de notre échelle. Cela donne les *six* systèmes suivants, pouvant s'accorder, en partant de la note marquée *ut*, soit en montant par quintes, soit plutôt en descendant par quartes, jusqu'à ce que l'on soit arrivé au *si*, ou *vice versa* en partant du *si* pour arriver à l'*ut*.

FIGURE 6.

Sol...	La...	Si...	Ut...	Ré...	Mi...
.	.	.	Si...	.	.
.	Sol...	La...	.	Ut...	Ré...
Mi...	.	.	La...	Si...	.
.	.	Sol...	.	.	Ut...
Ré...	Mi...	.	Sol...	La...	Si...
.	.	.	.	.	.
Ut...	Ré...	Mi...	.	Sol...	La...
Si...	.	.	Mi...	.	.
.	Ut...	Ré...	.	.	Sol...
La...	Si...	.	Ré...	Mi...	.
.	.	Ut...	.	.	.
Sol...	La...	Si...	Ut...	Ré...	Mi...

On reconnaît ici, dans l'heptacorde *la-la*, celui même de la figure 2, et, dans l'heptacorde *ré-ré*, celui de l'Hagiopolite [1].

On voit aussi, sur le même tableau, pourquoi la figure β de Meybaum (fig. 3) est inadmissible : c'est que le demi-ton et le trihémiton y sont séparés l'un de l'autre par *trois tons* au lieu de *deux*.

Le savant commentateur de Pindare, M. Boëckh, expliquant l'intercalation de la huitième corde (p. 205), a fort bien évité l'erreur de Meybaum ; cependant son heptacorde, compris du *si* au *si* (figure ci-dessus), n'est pas celui de Nicomaque ; car l'auteur grec dit formellement, dans le second des deux passages expliqués ci-dessus, que le trihémiton se trouvait entre la paranète et la paramèse ; et de là il résulte que son heptacorde était compris (fig. ci-dessus) du *la* au *la*, ainsi que l'octocorde résultant. Cet octocorde, identique avec notre gamme mineure, formait l'octave nommée par les anciens *hypodorienne*, ou *locrienne*, ou *commune*, *κοινόν* (Euclide, p. 16), dénomination qui indique, comme nous l'avons déjà remarqué ailleurs (note A), qu'à cette époque reculée l'espèce d'octave dont il s'agit était déjà prise pour type, comme elle l'est encore en quelque sorte dans la musique moderne. Ce résultat s'accorde avec les paroles de Nicomaque (p. 10)

[1] Je ferai remarquer, en passant, que l'heptacorde *sol-sol* donne la gamme ordinaire des Chinois, résultant des cinq quintes successives *ut—sol—ré—la—mi—si*.

TRAITÉS GRECS relatifs à la musique.

citées plus haut comme terminant le premier passage expliqué, savoir, que *l'octocorde présente, au grave comme à l'aigu, un tétracorde avec un ton surajouté*. En effet, depuis l'hypate jusqu'à la paramèse de l'octocorde, comme depuis la mèse jusqu'à la nète, on a bien réellement un intervalle de quinte, composé d'un intervalle de quarte et d'un ton.

Enfin, l'on pouvait encore, de l'heptacorde composé des deux tétracordes conjoints, passer à l'octocorde, en ajoutant simplement, comme nous l'avons déjà dit, un ton à l'aigu ou au grave; et c'était de cette dernière manière qu'opérait Platon, au dire de Plutarque[1].

On conçoit d'ailleurs *à priori* que passer de l'heptacorde à l'octocorde, ou réciproquement, est un problème fort indéterminé; et rien ne prouve mieux l'incertitude qui régnait en effet dans l'esprit des anciens lorsqu'ils voulaient rendre compte de cette transformation, que l'énoncé des n°s 7 et 47 de la XIXe section du XIe chapitre des problèmes d'Aristote : « Pourquoi, se demande-t-il, les anciens, en composant des systèmes harmoniques à sept cordes, y faisaient-ils entrer l'hypate et non la nète? Mais peut-être, reprend-il (lui ou un scoliaste), peut-être que cela est faux; peut-être conservaient-ils l'une et l'autre en supprimant la trite (problème 7), ou la paramèse (pr. 47), et se servant seulement de la mèse qui est à l'aigu du *pycnum?* Enfin qu'y a-t-il de vrai ou de faux dans tout cela? — Dans la première hypothèse, est-ce parce que... etc., etc.? »

Ce passage du *problème* 47 est d'autant plus remarquable, qu'il confirme pleinement notre hypothèse, savoir: que, dans l'ancien heptacorde, le demi-ton n'était que le second intervalle au grave[2].

EXTRAIT DE SYNÉSIUS.

Le morceau qui suit est extrait du Traité de Synésius Περὶ ἐνυπνίων; sa connexion avec ce qui précède, et l'intérêt qu'il présente pour l'histoire musicale, nous engagent à le donner ici accompagné du commentaire de Nicéphore Grégoras, quoique l'un et l'autre soient déjà publiés (Paris, 1631) avec une traduction latine de Pétau[3]. Nous avons collationné le texte sur le ms. Coislin n° 173=C qui a fourni quelques bonnes leçons.

[1] *De creat. animæ.* — Cf. aussi *Manuel Bryenne*, p. 365, ainsi que le traité de G. Pachymère.

[2] Voyez encore le problème 32, ainsi que le Commentaire de Bojesen.

[3] Il y a une autre édition de 1586 avec traduction latine de Pichon; mais dans celle-ci on n'a pas donné le texte de Nicéphore Grégoras.

ἘΚ ΤΟΥ͂ ΣΥΝΕΣΊΟΥ ΠΕΡῚ ἘΝΥΠΝΊΩΝ.

. . . . . Οἷς ὁμοιοπαθῶν εἴκει τῇ φύσει καὶ γοητεύεται.

Ὥσπερ ὁ τὴν ὑπάτην ψήλας[1], οὐ τὴν παρ' αὐτὴν τὴν ἐπόγδοον, ἀλλὰ τὴν ἐπιτρίτην καὶ τὴν νήτην ἐκίνησε· τοῦτο μὲν ἤδη τῆς προγενεστέρας ἐστὶν ὁμονοίας[2]· ἔστι γάρ τις ὡς ἐν συγγενείᾳ τοῖς μέρεσι καὶ διχόνοια. Οὐ γάρ ἐστιν ὁ κόσμος[3] τὸ ἁπλῶς ἕν, ἀλλὰ τὸ ἐκ πολλῶν ἕν· καὶ ἔστιν ἐν αὐτῷ μέρη, μέρεσι προσήγορα καὶ μαχόμενα, καὶ τῆς στάσεως[4] αὐτῶν εἰς τὴν τοῦ παντὸς ὁμόνοιαν συμφωνούσης· ὥσπερ ἡ λύρα σύστημα φθόγγων ἐστὶ ἀντιφώνων τε καὶ συμφώνων[5]· τὸ δὲ ἐξ ἀντικειμένων ἓν ἁρμονία, καὶ λύρας, καὶ κόσμου.

ΝΙΚΗΦΌΡΟΥ ΤΟΥ͂ ΓΡΗΓΟΡΆ ἙΡΜΗΝΕΊΑ.

Ταῦτα ἐκ τῆς κατατομῆς τοῦ ἁρμονικοῦ κανόνος εἴληπται παραδειγματικῶς· δεῖ οὖν ἐκεῖθεν ἡμᾶς ἀρξαμένους ἀναπτύξαι καὶ ταῦτα πρὸς σαφήνειαν τῶν ἐντυγχανόντων εἵνεκα.

Συμφωνίαι μὲν οὖν δι' ὧν τὰ ἁρμονικὰ γίνονται συστήματα πλεῖσται εἰσὶν, ὧν πρώτη ἡ ἐπιτρίτη διὰ τεσσάρων οὖσα χορ-

[1] Cf. Fabric. (éd. Harles), tome IX, p. 195.

[2] *Scol.* Ἣν εἶχον πρὸ τοῦ εἰδοποιηθῆναι, ὄντα δ' ἔτι ὕλη ἀνείδεος.

[3] *Scol.* Συνθέτως ἕν· ἁπλῶς γὰρ εἴη ἕν, ὁ ῥοῦς. — ἢ σύνθεσιν.

Ms. C : Σύνθετος γάρ. — ἓν ἁπ. γ. ε. ἂν ὁ νοῦς. — ὡς σύνθετον.

[4] *Scol.* Αὐτῆς τῆς στάσεως, αὐτῆς τῆς μάχης. — Ms. C : Καὶ ἀ. τ. στ. αὐτῶν. τῆς μ.

[5] *Scol.* Καθὸ ὀξὺ καὶ βαρὺ λέγεται ἀντίφωνον· καθὸ κυρίως' ἐπίτριτον καὶ ἡμιόλιον καὶ διπλάσιον λέγεται σύμφωνον. — **ἁρμ. ἐστὶ — ἐπὶ λ. — ἐπὶ κ.

* Ms. C : δέ. — ** C omet le reste.

TRAITÉS GRECS relatifs à la musique.

EXTRAIT DU TRAITÉ DES SONGES, PAR SYNÉSIUS.

..... L'âme est, de sa nature, entraînée et comme fascinée par les objets auxquels elle sympathise.

C'est ainsi qu'en frappant l'hypate [la corde grave], on ne fait pas pour cela résonner la corde voisine dont le son ne diffère que d'un ton de celui de la précédente, tandis qu'au contraire on met en vibration la quarte et la nète [octave]; or cela provient de l'accord qui se trouvait déjà établi à l'avance[1]. En effet, il en est ici comme dans les familles, où l'on voit quelquefois régner la discorde. Le monde n'est pas *l'unité absolue,* mais *un tout* composé d'éléments divers : on y voit des parties tantôt analogues, tantôt contraires à d'autres parties; et c'est de l'ensemble de leur constitution que dépend l'accord du tout, de même que la lyre n'est autre chose qu'un système de sons tantôt discordants entre eux, tantôt concordants[2] : or c'est de l'opposition des contraires, soit dans le monde, soit dans la lyre, que résulte une chose vraiment *une,* l'harmonie.

COMMENTAIRE DE NICÉPHORE GRÉGORAS.

Ceci est un exemple emprunté à la division de la règle harmonique. C'est donc de là que nous devons partir pour présenter clairement la chose à l'intelligence des lecteurs.

Ainsi nous dirons d'abord que les consonnances, d'où résultent les systèmes harmoniques, sont plusieurs en nombre.

[1] « Avant que les éléments constitutifs de l'instrument n'eussent été façonnés : lorsqu'ils étaient encore à l'état de matière informe. » C'est là du moins ce que dit le commentaire : mais il me paraît, au contraire, que l'auteur ne veut parler que de l'accord de l'instrument, accord qui existait *avant que l'on en frappât les cordes.*

[2] C'est pour cette raison que le grave est dit l'opposé de l'aigu; et c'est aussi pourquoi l'on nomme concordants ou consonnants les sons qui présentent le rapport *épitrite,* le rapport *hémiole,* ou le rapport *double.*

TRAITÉS GRECS relatifs à la musique.

δῶν· συνίσταται δ' ἐκ δύο τόνων καὶ λείμματος, τοῦ καὶ ἡμιτονίου καταχρηστικῶς καλουμένου, ἐν ᾗ συγκρινόμενος ὁ τῆς τετάρτης χορδῆς φθόγγος πρὸς τὸν τῆς πρώτης, ἐπίτριτον ἀεὶ εὑρίσκεται ἔχων λόγον.

Δευτέρα δὲ συμφωνία ἐστὶν ἡ ἡμιολία[1], ἥτις καὶ διὰ πέντε γίνεται χορδῶν ἤτοι ἐκ τόνων τριῶν καὶ λείμματος· συγκρινόμενος μέν τοι κἀνταῦθα ὁ τῆς πέμπτης χορδῆς φθόγγος πρὸς τὸν τῆς πρώτης, εὑρίσκεται ἀεὶ ἔχων λόγον ἡμιόλιον.

Πρώτην δὲ χορδὴν λέγω ἐνταῦθα τὴν τετάρτην τῆς πρώτης συμφωνίας τῆς διὰ τεσσάρων· κοινὴ γάρ ἐστιν ἡ τετάρτη χορδὴ τῶν δύο συμφωνιῶν τῶν πρώτων· τέλος μὲν τῆς διὰ τεσσάρων, ἀρχὴ δὲ τῆς διὰ πέντε· ἤγουν τέλος μὲν τῆς ἐπιτρίτης, ἀρχὴ δὲ τῆς ἡμιολίου. Αὗται γοῦν αἱ δύο συμφωνίαι, οὑτωσὶ συντιθέμεναι, ποιοῦσι τὸ διὰ πασῶν ὁμόφωνον καλούμενον σύστημα.

Τὰς μὲν οὖν ἄλλας συμφωνίας ἐατέον νῦν, ὡς οὐ πάνυ τοι συντελούσας ἡμῖν εἰς τὸ δεῖξαι τὸ προκείμενον· συνίσταται μέν τοι καὶ τὸ διὰ πασῶν ὁμόφωνον τουτὶ σύστημα ἐκ χορδῶν μὲν ἤτοι φθόγγων ὀκτὼ, τόνων δὲ πέντε καὶ λειμμάτων δύο· συγκρινόμενος δὲ ἐνταῦθα ὁ τῆς ὀγδόης χορδῆς πρὸς τὸν τῆς πρώτης φθόγγον, διπλάσιον[2] ἀεὶ εὑρίσκεται ἔχων λόγον.

Ἡ μέν τοι πρώτη χορδὴ καλεῖται νήτη, ἡ δὲ δευτέρα παρανήτη, ἡ δὲ τρίτη παραμέση, ἡ δὲ τετάρτη μέση, ἡ δὲ πέμπτη ὑπερπαρυπάτη, ἡ δὲ ἕκτη παρυπάτη, ἡ δὲ ἑβδόμη ὑπάτη, ἡ δὲ ὀγδόη, προσλαμβανόμενος[3]· ὕστερον γὰρ προσελήφθη τῷ Πυθαγόρᾳ· ἡ γὰρ ἀρχαιότροπος λύρα τοῦ Ὀρφέως ἑπτάχορδος ἦν.

[1] Édit. ἡμιόλιος.

[2] Édit. διπλασίονα.

[3] Sous-ent. φθόγγος. — Voyez ci-après, p. 288.

TRAITÉS GRECS relatifs à la musique.

La première est l'*épitrite* ou la *quarte*, ainsi nommée par la raison qu'elle emploie *quatre* cordes : elle se compose de *deux tons* et *un limma*, intervalle que l'on nomme abusivement demi-ton; et elle est telle, que le son de la quatrième corde, comparé à celui de la première, y présente toujours le rapport épitrite.

La seconde consonnance est l'*hémiole* ou la *quinte*; elle emploie *cinq* cordes et se compose de *trois tons* et *un limma*; de telle sorte que le son de la cinquième corde, comparé à celui de la première, présente toujours le rapport *hémiole* ou *sesquialtère*.

Observez toutefois que je nomme ici *première* la quatrième corde de la première consonnance, ou de la quarte; car cette quatrième corde est commune aux deux premières consonnances, étant à la fois la fin de la quarte et le commencement de la quinte, ou bien, la fin du rapport épitrite et le commencement du rapport hémiole. Ce sont donc les deux consonnances ainsi combinées qui composent le *diapason* ou l'*octave*, intervalle nommé aussi *système homophone*.

Laissons donc maintenant les autres consonnances qui ne vont point au but que nous nous sommes proposé, celui d'expliquer ce qui précède; et ne nous occupons plus que de ce système homophone, nommé diapason ou octave, qui se compose de huit cordes ou sons, ou, sous un autre point de vue, de *cinq tons* et *deux limmas*, de telle sorte que le son de la huitième corde, comparé à celui de la première, présente toujours le rapport double.

Or la première corde se nomme *nète*, la seconde *paranète*, la troisième *paramèse*, la quatrième *mèse*, la cinquième *hyperparhypate*, la sixième *parhypate*, la septième *hypate*, et la huitième *proslambanomène* ou *adjointe*, en raison de ce que c'est à la suite des autres qu'elle fut ajoutée par Pythagore: car la lyre ancienne, c'est-à-dire la lyre d'Orphée, n'avait que *sept* cordes.

TRAITÉS GRECS relatifs à la musique.

Τῶν γοῦν τοιούτων χορδῶν αἱ μέν εἰσιν ὀξεῖαι κατὰ τοὺς φθόγγους, αἱ δὲ βαρεῖαι, αἱ δὲ μέσαι· καὶ βαρεῖαι μέν εἰσιν αἱ ὑπάται, ὀξεῖαι δὲ αἱ νῆται, μέσαι δὲ αἱ μεταξύ.

Πρὸς μέν τοι σαφήνειαν πλείονα ἐξεθήκαμεν γραμμικῶς καὶ κανόνα ὀκτάχορδον, τουτέστι τὸ διὰ πασῶν ὁμόφωνον σύστημα συγκείμενον ἐκ δύο τετραχόρδων καὶ τόνου ἑνὸς, ἤτοι ἐκ δύο ἐπιτρίτων λόγων καὶ ἐπογδόου ἑνὸς, ἢ μᾶλλον ἐξ ἐπιτρίτου ἑνὸς καὶ ἡμιολίου ἑνός· ὁ γὰρ ἐπόγδοος λόγος συναπτόμενος τῷ ἑνὶ ἐπιτρίτῳ ποιεῖ λόγον ἡμιόλιον.

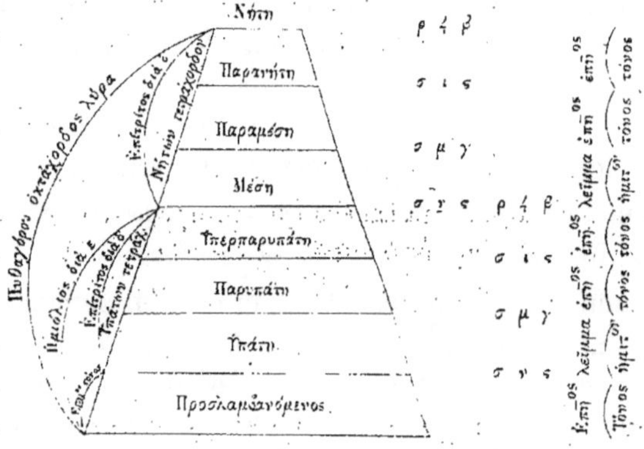

Θεωρεῖται δὲ ὁ ἐπίτριτος λόγος ἐν δύο ἀνίσοις ἀριθμοῖς, ὅταν ὁ μείζων ἔχῃ ὅλον [1] τὸν ἐλάττονα, καὶ τὸ τοῦ ἐλάττονος τρίτον, ὡς ἐπὶ τοῦ τέσσαρα καὶ τρία [2]· ὁ ἐπόγδοος δὲ ὅταν ὁ μείζων ἀριθμὸς ἔχῃ ὅλον τὸν ἐλάττονα καὶ τὸ τοῦ ἐλάττονος ὄγδοον, ὡς ἐπὶ τοῦ ἐννέα καὶ ὀκτώ· ὁ ἡμιόλιος δὲ, ὅταν ὁ μείζων ἀριθμὸς ἔχῃ ὅλον τὸν ἐλάττονα, καὶ τὸ τοῦ ἐλάττονος ἥμισυ, ὡς ἐπὶ τοῦ τρία καὶ δύο [3].

[1] Ms. C : ὁ μείζων ἔχῃ λόγον. — Édit. ἐχ. ὁ μ. ὅλ.

[2] Édit. τοῦ τετάρτου καὶ τρίτου.

[3] Cf. Jamblique, *In vita Pythag.* (Amst. 1707, p. 101, note 20).

Maintenant, de ces cordes, les unes sont aiguës, d'autres sont graves; et entre ces deux espèces sont les cordes moyennes; or les graves sont nommées *hypates*, les aiguës sont les *nètes*, et les intermédiaires ou moyennes s'appellent *mèses*.

Pour plus de clarté, représentons par une figure la règle octocorde, c'est-à-dire le diapason ou l'octave; soit, en d'autres termes, le système homophone, lequel se compose de deux tétracordes et un ton, ou de deux rapports épitrites et un rapport sesquioctave [le produit des fractions $\frac{4}{3}$, $\frac{4}{3}$, et $\frac{9}{8}$, $= \frac{2}{1}$], ou mieux encore, du rapport épitrite et du rapport hémiole [$\frac{4}{3} \times \frac{3}{2} = 2$] : car le rapport épitrite, composé avec le rapport sesquioctave, produit le rapport hémiole ($\frac{4}{3} \times \frac{9}{8} = \frac{3}{2}$).

(Voir la figure ci-contre, p. 286.)

Or le rapport épitrite s'observe dans deux nombres inégaux dont le plus grand contient le plus petit tout entier plus son tiers, comme on le voit dans les nombres 4 et 3. Le rapport sesquioctave, au contraire, s'observe dans deux nombres dont le plus grand contient le plus petit plus son huitième, comme dans les nombres 9 et 8. Enfin le rapport hémiole a lieu entre deux nombres dont le plus grand contient le plus petit plus sa moitié, comme dans les nombres 3 et 2.

Τούτων οὕτως ὑποκειμένων, φησὶν ὁ σοφὸς οὗτος Συνέσιος ὅτι ὁ τὴν ὑπάτην ψήλας ἤτοι κινήσας (ἔστι δὲ τὸ ψήλας ποιὰ φωνὴ μουσικῆς ἐμμελὴς ἀπὸ τοῦ ψάλλω)· ὁ γοῦν τὴν ὑπάτην φησὶ ψήλας, οὐ τὴν παρ' αὐτὴν ἤτοι τὴν πλησίον[1] τὴν προσλαμβανομένην[2] ἐκίνησεν (αὕτη γὰρ ἔχει λόγον ἐπόγδοον πρὸς αὐτήν), ἀλλὰ τὴν μέσην πρὸς ἣν καὶ ἐπίτριτον ἔχει λόγον (καὶ[3] ἔτι τὴν νήτην, πρὸς ἣν αὖθις ἡ μέση τὸν αὐτὸν διασώζει ἐπίτριτον λόγον)· τῇ γὰρ συγγενείᾳ τῶν τοιούτων λόγων, συμπάσχουσιν ἀπορρήτως ἀλλήλαις καὶ πόρρω οὖσαι, μᾶλλον τῶν ἔγγιστα.

[1] L'édition de Pétau transporte à tort ces deux mots deux lignes plus bas, avant τὴν μέσην.

[2] Voy. ci-dessus, p. 284, n. 3.

[3] L'édition de Pétau supprime ce membre de phrase qui présente en effet une absurdité : car l'*hypate* ne saurait faire résonner la *nète*, si elle formait avec elle un intervalle de *septième*, comme le suppose le commentateur. Mais je pense que celui-ci n'a pas compris son auteur : Synésius raisonne sur l'heptacorde tel qu'il a été décrit ci-dessus, p. 270, tandis que Nicéphore argumente sur un octocorde composé comme le sont les tons de Bryenne (p. 405). Dans le système de Synésius, la nète était, sans aucun doute, l'octave aiguë de l'hypate, attendu qu'il n'y avait pas de proslambanomène.

Quant à la résonnance de la quarte, c'est un préjugé commun à toute l'antiquité, et qui se trouve en contradiction avec les connaissances modernes : la vérité sur ceci est qu'une corde, pour en faire vibrer une autre par communication, doit en être *multiple* ou *sous-multiple* en longueur.

On sera sans doute bien aise de retrouver ici cette élégante épigramme de l'Anthologie (1, 46, Rostoch, 1604), qui s'accorde parfaitement, pour les idées, avec le passage de Synésius :

Ἀγαθίου σχολαστικοῦ.

Τὸν σοφὸν ἐν κιθάρῃ τὸν μουσικὸν Ἀνδροτίωνα
Ἤρετό τις τοίην κρουματικὴν σοφίην·
« Δεξιτερὴν ὑπάτην ὁπότε πλήκτροισι δονήσω,
« Ἡ λαιὴ νήτη πάλλεται αὐτομάτως,
« Λεπτὸν ὑποτρίζουσα· καὶ ἀντίτυπον τερέτισμα
« Πάσχει τῆς ἰδίης πλησσομένης ὑπάτης.
« Ὥστε με θαυμάζειν πῶς ἄπνοα νεῦρα ταθέντα
« Ἡ φύσις ἀλλήλοις θήκατο συμπαθέα. »
Ὃς δὲ τὸν ἐν πλήκτροισιν Ἀριστόξεινον ἀγητὸν
Ὤμοσε μὴ γνῶναι τήνδε θεημοσύνην.
« Ἔστι δ', ἔφη, λύσις ἥδε· τὰ νευρία πάντα τέτυκται
« Ἐξ οἶος χολάδων ἄμμιγα τερσομένων·
« Τοὔνεκεν εἰσὶν ἀδελφά, καὶ ὡς ξύμφυλα συνηχεῖ,
« Συγγενὲς ἀλλήλων φθέγμα μεριζόμενα.
« Γνήσια γὰρ τάδε πάντα, μιῆς ἅτε γαστρὸς ἐόντα,
« Καὶ τῶν ἀντιτύπων κληρονομεῖ πατάγων.
« Καὶ γὰρ δεξιὸν ὄμμα κακούμενον ὄμματι λαιῷ
« Πολλάκι τοὺς ἰδίους ἀντιδίδωσι πόνους. »

Voyez Aristote, *Probl.* sect. XIX, pr. 24 et 42 ; Arist. Quint. p. 107 ; Bojesen, p. 92, 108, et 109 ; Boulanger, II, 36.

Tout cela supposé, le sage Synésius nous dit qu'en frappant la corde, en la mettant en mouvement (ψήλας, terme de musique, expression élégante qui dérive de ψάλλω, *toucher d'un instrument*), en touchant l'hypate, dit-il donc, on ne fait pas vibrer la corde voisine, c'est-à-dire la proslambanomène (car c'est celle-ci qui est à la précédente dans le rapport sesquioctave); mais, au contraire, on met en vibration la mèse, avec laquelle elle forme le rapport épitrite (et, en outre, la nète, qui, comparée à la mèse, présente derechef le rapport épitrite[1]); car c'est de l'affinité de ces rapports que naît cette mystérieuse sympathie qui existe entre les cordes, et plus particulièrement encore entre les cordes éloignées qu'entre les cordes voisines.

TRAITÉS GRECS relatifs à la musique.

OPUSCULE DE J. PÉDIASIMUS.

L'opuscule suivant est extrait du manuscrit 2762. — Nulle part le précepte Συναγάγετε τὰ περισσεύσαντα n'a besoin d'être invoqué plus qu'ici, pour motiver, en quelque sorte, la publication d'un traité où l'on trouve des idées aussi fausses et des erreurs aussi grossières : car son auteur, maître Jean Pédiasimus, qui vivait au XIVe siècle, ne paraît guère plus fort sur les principes de la musique que sur ceux de la logique. Cet opuscule est cependant utile à connaître, d'abord comme objet d'étude de la langue ; ensuite parce qu'il nous fait connaître les idées que l'on se formait, à cette époque, des grandeurs *incommensurables*, de la *continuité*, *etc.*, et peut-être aussi les véritables raisons qui ont fait adopter les fausses dénominations de rapports *géométriques*, de proportions et progressions géométriques, pour indiquer les rapports, proportions et progressions *par quotient*.

[1] Voyez ci-contre (p. 288), le commencement de la note 3.

TRAITÉS GRECS relatifs à la musique.

ἘΠΙΣΤΑΣΊΑΙ ΜΕΡΙΚΑΊ

Εἴς τινα τῆς ἀριθμητικῆς σαφηνείας δεόμενα· εἰς τὸ ἀλλ' ὅτι καὶ αἱ μουσικαὶ συμφωνίαι διὰ τεσσάρων, διὰ πέντε, κατὰ ἀριθμὸν εἰσιν ὠνομασμέναι. Συνετέθησαν δὲ παρὰ τοῦ ὑπάτου τῶν φιλοσόφων καὶ διακόνου κύρου [1] Ἰωάννου τοῦ Πεδιασίμου.

Φθόγγος μέν ἐστι φωνῆς [2] πλῶσις ἐπὶ μίαν τάσιν, τουτέστι φωνὴ ἐμμελὴς τόπον τινὰ ἔχουσα· οὐδὲ γὰρ καὶ ὁ τῆς βροντῆς ἦχος φθόγγος ἂν λέγοιτο, οὐδ' εἴ τις φωνὴ ἀνεξάκουστος σχεδὸν εἴη. Ἐπὶ μίαν δὲ τάσιν πρόσκειται, ὅτι εἴτε τὴν αὐτὴν καὶ μίαν χορδὴν δὶς κρούσει τις, εἴτε δύο κατὰ ταὐτὸν χορδὰς, οὐκ ἔστι τοῦτο φθόγγος εἷς· ἀλλ' ἐκεῖ μὲν χορδὴ μὲν μία, φθόγγοι δύο· ἐνταῦθα δὲ καὶ δύο χορδαὶ, καὶ φθόγγοι δύο. Τὸ αὐτὸ δ' ἂν ἔχοις νοεῖν καὶ ἐπὶ τοῦ αὐλοῦ, καὶ τῆς ἁπλῶς ἀπὸ γλώσσης φωνῆς.

Ἡ δὲ δύο φθόγγων κατὰ ταὐτὸν τάσις, καθόλου μὲν διάστημα λέγεται· κατ' εἶδος δὲ, ποτὲ μὲν ἐστι δίεσις, ποτὲ δὲ ἡμιτόνιον, ποτὲ δὲ τόνος. Καὶ ἡ μὲν δίεσις ποτὲ μέν ἐστιν ἥμισυν ἡμιτονίου, ποτὲ δὲ τρίτον [3], ὡς Ἀριστοξένῳ δοκεῖ. Καὶ τὸ μὲν τονιαίου τριτημόριον διεσιαῖον διάστημα, ἐν μόνῳ τῷ ἐναρμονίῳ γένει μελῳδητόν ἐστι· τὸ δὲ τονιαίου [4] τὸ ἥμισυ, ἐν τῷ χρωματικῷ γένει μελῳδητόν· αὐτὸ δὲ τὸ τονιαῖον [5], ἐν τῷ

[1] Sur cette expression, cf. Boissonade (*Anecd. nov.* t. I, p. 2).

[2] Ce mot, que j'ai traduit par *voix*, a un sens plus étendu que le mot français; il faut donc, dans ce passage, entendre par le mot *voix* un son mélodieux produit par une cause quelconque. Le son ne pouvant être défini par le mot *son* lui-même, et les deux mots φθόγγος et φωνή n'ayant ici qu'un même équivalent en français, il fallait bien, pour traduire la phrase grecque, employer le mot *voix* en lui donnant une extension qu'il n'a pas ordinairement.

Quant à ἦχος, c'est tout ce qui frappe ou qui affecte le sens de l'*ouïe*, πᾶν ὅ, τι ἀκουστόν : c'est la *résonnance*.

[3] Suppl. τονιαίου.

[4] Ms. ἡμιτονίου.

[5] Ms. ἡμιτόνιον.

TRAITÉS GRECS relatifs à la musique.

MENUES OBSERVATIONS

SUR DIVERS POINTS QUI ONT BESOIN D'ÊTRE ÉCLAIRCIS PAR L'ARITHMÉTIQUE; ENTRE AUTRES SUR LA RAISON QUI A FAIT DÉSIGNER LES CONSONNANCES MUSICALES, LA QUARTE, LA QUINTE, ETC., PAR DES DÉNOMINATIONS NUMÉRALES;

PAR LE SAVANT PHILOSOPHE ET DIACRE

MAÎTRE JEAN PÉDIASIMUS.

Le *son musical* est une émission de *voix* sur un certain ton, ou, plus exactement, une émission mélodieuse de la *voix* sur un degré d'intonation déterminé; car on ne peut appeler *son*, ni le fracas du tonnerre, ni un murmure qui serait, pour ainsi dire, imperceptible. Ensuite, il faut que l'intonation soit bien *une;* car, lorsqu'on frappe successivement deux fois la même corde, ou simultanément deux cordes différentes, il n'en résulte pas un son unique, mais bien deux sons distincts, produits, dans le premier cas, par une corde unique, et, dans le second, par deux cordes. Il faut faire attention que cela s'applique au son de la flûte comme à celui de tout autre instrument, tout aussi bien qu'à la voix naturelle.

L'intonation simultanée[1] de deux sons forme ce que l'on nomme en général un *intervalle,* et, en particulier, c'est tantôt un *diésis,* tantôt un *demi-ton,* tantôt un *ton.* Le diésis est tantôt la *moitié* du demi-ton, tantôt le *tiers* [du ton], suivant la doctrine d'*Aristoxène*[2]. Le diésis tiers de ton ne se chante que dans le genre enharmonique; le demi-ton se chante surtout dans le genre chromatique; et le ton dans le genre diatonique. Il

[1] Pourquoi cette restriction? Cependant la phrase précédente prouve que c'est bien là le sens que l'auteur attache aux mots κατὰ ταυτὸν, comme d'ailleurs il le confirme plus bas.

[2] Cf. Aristox. Harm. p. 11. — Au surplus, malgré la citation, l'auteur ne paraît pas très-versé dans la doctrine d'Aristoxène, puisqu'on le voit confondre, dans son texte, le ton avec le demi-ton. Je dis qu'*il confond*, parce que l'erreur ne paraît pas venir du copiste.

διατόνῳ. Ἔστι δὲ καὶ τοῦ ἡμιτονίου τὸ μὲν ἔλαττον, και καλεῖται λεῖμμα· ποτὲ δέ[1] μεῖζον ἡμιτονίου, καὶ καλεῖται ἀποτομή· ἡ διαφορὰ δὲ ἣν ἔχει ἡ ἀποτομὴ πρὸς τὸ λεῖμμα, τουτέστιν ἡ ὑπεροχὴ τοῦ μείζονος πρὸς τὸ ἔλαττον, καλεῖται κόμμα.

Σαφέστερον οὖν εἰπεῖν, φθόγγος μέν ἐστὶ καὶ λέγεται καθ' ὑπόθεσιν μιᾶς χορδῆς τάσις. Διάστημα δέ, δύο χορδῶν συνεχῶν κατὰ τὸ αὐτὸ σύγκρουσις· καὶ ὃ μέν ἐστι δυνατὸν πρώτως μελῳδηθῆναι καὶ ἀκουστὸν γενέσθαι, δίεσις ὀνομάζεται, ἀπὸ τοῦ δίειμι τὸ εἰσέρχομαι, ὡσανεὶ ἀρχὴ καὶ εἴσοδος εἰς τὸ μέλος. Τὸ δὲ μετ' αὐτὸ ἀκουστὸν ἐπὶ τὸ ὀξύτερον, ἡμιτόνιον λέγεται· καὶ ἔστι τοῦτο γνωριμότερον, καὶ ἐν λόγῳ τινὶ θεωρούμενον πρώτως, ὃν ὁ σνϛ ἀριθμὸς πρὸς τὸν σμγ ἀριθμόν, ἥττονα[2] ἢ ἐφεξκαιδέκατον ὄντα. Τίνος δὲ χάριν οὐ σῶον ἐφεξκαιδέκατόν ἐστι τὸ ἡμιτόνιον, ὅ ἐστιν ἥμισυ τόνου, τουτέστιν ἐπογδόου λόγου; διότι φασὶ τοῦ συνεχοῦς εἰς δύο ἴσα τεμνομένου, οὐδέτερον τῶν δύο ἥμισυ κυρίως τοῦ ὅλου ἐστί. Καὶ δῆλον ἐκ τῶν πριζομένων ξύλων· εἰ γάρ ἐστι τὸ ὅλον δεκάπηχυ, καὶ μέσον πρισθῇ, οὐδέτερον τῶν τμημάτων ἔσται πεντάπηχυ σῶον· ἐντὸς γὰρ τῶν δέκα, καὶ τὸ πρίσμα αὐτὸ συνεισήγετο. Εἰ οὖν καὶ τὸ μέλος συνεχές[3] καὶ ὁ τῆς νεύρας ἦχος, ἀδύνατον τὸν ἐπόγδοον, εἰς δύο ἴσα τεμνόμενον, (εἰς[4]) ἐφεξκαιδέκατον σῶον τμηθῆναι, ὅπερ ἐστὶ κυρίως τὸ ἡμιτόνιον. Πῶς

[1] Vraisemblablement au lieu de τὸ δέ.
[2] Ms. ἧττον.
[3] Ms. συνεχής.
[4] Mot surabondant.

y a deux sortes de demi-ton, un plus petit que l'on nomme *limma*, et un plus grand que l'on nomme *apotome;* et la différence du plus grand demi-ton au plus petit, c'est-à-dire l'excès du premier sur le second, se nomme *comma*[1].

Ainsi, pour parler plus clairement, le *son* est..., ou bien l'on est convenu d'appeler *son*, le ton d'une corde. L'intervalle est la résonnance simultanée[2] de deux cordes mises ensemble; et le premier intervalle qu'il est possible de chanter et de rendre sensible à l'oreille se nomme *diésis*, de *dieimi*, qui signifie *passer, s'introduire*, parce qu'il est comme la porte d'*entrée* et l'*ouverture* du chant. Le premier intervalle appréciable après celui-là, en allant en augmentant[3], s'appelle demi-ton; celui-ci est plus connu, et on l'a d'abord établi dans le rapport du nombre 256 au nombre 243, rapport qui est un peu moindre que celui de 17 à 16[4]. Mais pour quelle raison le rapport de 17 à 16 n'est-il pas exactement la valeur du demi-ton, c'est-à-dire de la moitié du rapport de 9 à 8? Parce que, répond-on, quand on partage une quantité continue en deux parties égales, aucune des deux n'est exactement la moitié du tout; et c'est ce que l'on voit clairement dans le sciage des bois: car, si l'entier est de dix coudées, et qu'on le scie par le milieu, aucune des deux parties ne sera exactement de cinq coudées, puisque, dans les dix coudées, il faut comprendre le *trait de la scie*[5]. Si donc le chant, si le son d'une corde, est un tout continu, il est impossible que le rapport de 9 à 8, partagé en deux parties égales, donne exactement le rapport de 17 à 16, comme on l'entend lorsqu'on donne à ce dernier la qualification de *demi-ton*. Quant

[1] Voy. ci-dessus, p. 37.

[2] V. ci-dessus, p. 291, note 1.

[3] Dans le grec : *en allant vers l'aigu.*

[4] Le rapport de 19 à 18 est beaucoup plus approché : le rapport de 17 à 16 s'obtient en prenant la racine carrée approchée de $\frac{9}{8} = \frac{18}{17} \times \frac{17}{16}$ (voir ci-dessus, p. 37, et la note I).

[5] Quel raisonnement! quelle finesse d'aperçus!

TRAITÉS GRECS relatifs à la musique.

δὲ τὸ λεῖμμα εὑρίσκεται, ἐν τοῖς ἐφεξῆς φανερὸν ἔσῖαι· ἀλλ' οὕτω μὲν καὶ τὸ ἡμιτονιαῖον διάσῖημα.

Εὕρηται δὲ ὁ τόνος, τὸν ἐπόγδοον ἔχων λόγον οὕτως· ἰσῖέον δὲ ϖρὸ τούτου ὅτι ἐν μὲν τῇ ἀριθμητικῇ, ϖρῶτον μετὰ τὸ ὅλον ἐσῖὶ τὸ ἥμισυ, καὶ οὕτω τρίτον, καὶ τέταρτον, καὶ ἑξῆς. Ὀνομάζεται γὰρ, τὸ μὲν ὅλον ἀπὸ τοῦ ἑνὸς, διὸ καὶ δασύνεται [1], τὸ δὲ ἥμισυν ἀπὸ τῶν δύο· ἀπὸ γὰρ τοῦ ἅμα τὸ ἥμισυ· τὸ δὲ ἅμα, ϖρώτως τὰ δύο σημαίνει. Ὡς οὖν λέγομεν, ἕν, δύο, τρία, τέσσαρα, καὶ ἑξῆς· οὕτως ὅλον, ἥμισυ, τρίτον, τέταρτον, καὶ ἑξῆς. Ἐν δὲ τῇ ἁρμονικῇ, ἐπεὶ ἀπὸ τοῦ ταπεινοτέρου ἐπὶ τὸ ὀξύτερον ἡ [2] τῶν φθόγγων ϖροκοπὴ, ϖρῶτόν ἐσῖι τὸ τρίτον, μᾶλλον δὲ τὸ ὄγδοον, ὅπερ, ὡς εἴρηται, ἐν τῷ τόνῳ εὑρίσκεται· εἶτα τὸ τρίτον, εἶτα τὸ ἥμισυ, καὶ ἐπέκεινα. Ἀλλ' ἀπὸ μὲν τοῦ τρίτου, ὁ ἐπίτριτος λόγος γίνεται, ἀπὸ δὲ τοῦ ἡμίσεως, ὁ ἡμιόλιος· ἐν οὖν τῇ ἁρμονικῇ ϖρῶτός ἐσῖι λόγος ἐν διασῖήματι ὁ ἐπόγδοος, ἐν δὲ συσῖήματι ϖρῶτος ὁ ἐπίτριτος, ὃς καὶ διὰ τεσσάρων καλεῖται (ἔσῖι δὲ σύσῖημα διασῖημάτων ἕνωσις)· μετὰ δὲ τὸν ἐπίτριτον λόγον, ἔσῖιν ὁ ἡμιόλιος, ὃς καὶ διὰ ϖέντε καλεῖται.

Ὅπως δὲ ὁ μὲν ἐπίτριτος διὰ τεσσάρων καλεῖται, ὁ δὲ ἡμιόλιος διὰ ϖέντε, δῆλον ἐντεῦθεν. Δύο ϖρῶτον χορδὰς ἰσοπαχεῖς, διὰ βαρῶν, ἢ δι' ὑπαγωγέως, τὴν μὲν τρὶς ἐντείναντες, τὴν δὲ τετράκις, εἶτα κρούσαντες ἀμφοτέρας, τὸν ἐπίτριτον λόγον εὑρίσκομεν· ὡς γὰρ ὁ $\overline{\delta}$ ϖρὸς τὸν $\overline{\gamma}$ τὸν ἐπίτριτον ἔχει

[1] Ces mots ne devaient pas figurer dans la traduction où ils n'auraient aucun sens : quant aux étymologies, elles me paraissent à peu près aussi exactes dans le français que dans le grec.

[2] C'est peut-être ἢ.

à la manière de découvrir la valeur du *limma*, c'est ce que l'on verra par la suite; et ce sera en même temps une autre manière d'obtenir celle du demi-ton.

Pour le ton, nous allons dire comment on a trouvé qu'il était dans le rapport de 9 à 8. Mais auparavant il faut savoir que, dans l'arithmétique, la première fraction à considérer après l'*entier* est la *moitié*, après quoi vient le *tiers*, puis le *quart*, et ainsi de suite; car *entier* vient de *un*, *demi* vient de *deux*, attendu que de *simul*, *ensemble*, on a fait *sémi*, et que le mot *ensemble* désigne en premier lieu le nombre *deux*. Ainsi, de même que nous disons *un*, *deux*, *trois*, *quatre*, et ainsi de suite, de même aussi nous disons *entier*, *demi*, *tiers*, *quart*, et ainsi de suite. Mais, dans l'harmonique, comme la progression des sons a lieu du plus faible au plus fort, le premier nombre à considérer est le *tiers*, ou mieux encore le *huitième*, fraction d'où dépend, conformément à ce que l'on a dit, l'évaluation du *ton*; et ensuite viennent le *tiers*, puis la *moitié*, et ainsi de suite. Mais du *tiers* dérive le rapport de 4 à 3, et de la moitié celui de 3 à 2; donc, dans l'harmonique, le premier rapport à considérer est, en fait d'intervalle, celui de 9 à 8; et, en fait de système, celui de 4 à 3, que l'on nomme aussi *quarte* (or un système est une réunion de plusieurs intervalles); puis après le rapport de 4 à 3, celui de 3 à 2, que l'on nomme aussi *quinte*.

Mais pourquoi le rapport de 4 à 3 s'appelle-t-il *quarte*, et pourquoi celui de 3 à 2 s'appelle-t-il *quinte?* c'est ce que l'on va voir. Commençons, pour cela, par prendre deux cordes d'égale épaisseur; et, soit au moyen de poids, soit au moyen de chevalets, donnons à l'une une tension représentée par 3, et à l'autre une tension représentée par 4; puis frappons ces deux cordes : nous aurons bien le rapport *épitrite*, puisque le rap-

λόγον, οὕτως ἡ τετράκις ἐνταθεῖσα χορδὴ πρὸς τὴν τρὶς ἐνταθεῖσαν τὸν αὐτὸν ἔχει λόγον. Εἶτα χορδὴν ἑτέραν ἐντείνας, ἐν παραυξήσει τοσοῦτον, ὅσον πρὸς τὴν πρώτην τὸν ἡμιόλιον λόγον ἔχειν, εὑρίσκω τὴν αὐτὴν πρὸς τὴν δευτέραν, τὸν ἐπόγδοον λόγον ἔχουσαν.

Ἀπὸ δὲ τῶν ἀριθμῶν δῆλον ἔσΊαι ὃ λέγομεν. ἜσΊωσαν γὰρ τρεῖς ἀριθμοὶ ὁ ἕξ, ὁ ὀκτὼ, καὶ ὁ ἐννέα· ὁ η πρὸς τὸν ς ἔχει τὸν ἐπίτριτον λόγον. Ζητῶ ἕτερον ἀριθμὸν, ὃς ὀλίγον παραυξηθεὶς, ἕξῃ [1] πρὸς τὸν αὐτὸν ς, τὸν ἡμιόλιον λόγον, καὶ ἔσΊιν ὁ θ· οὗτος γὰρ πρὸς τὸν ς ἡμιόλιος· ἔσΊι δὲ ἡ παραύξησις τοῦ θ πρὸς τὰ ὀκτὼ, ὁ ἐπόγδοος λόγος. Οὕτως μὲν οὖν τὸ τονιαῖον ἐν ἐπογδόῳ λόγῳ εὑρίσκεται· ταύτην γὰρ ἔχει διαφορὰν ὁ ἡμιόλιος πρὸς τὸν ἐπίτριτον· καὶ γὰρ καὶ ἀπὸ ἡμιολίου διασΊήματος ἐπίτριτον ἐὰν ἀφαιρεθῇ διάσΊημα, τὸ λοιπὸν καταλείπεται ἐπόγδοον. ἜσΊω γὰρ ὁ μὲν α τοῦ β ἡμιόλιος, ὁ δὲ γ τοῦ β ἐπίτριτος· λέγω ὅτι ὁ α τοῦ γ ἐσΊὶν ἐπόγδοος. Ἐπεὶ γὰρ ὁ α τοῦ β ἐσΊὶν ἡμιόλιος, ὁ α ἄρα ἔχει τὸν β καὶ τὸ ἥμισυν αὐτοῦ· ὀκτὼ ἄρα οἱ α ἴσοι εἰσὶ δώδεκα τοῖς β· δώδεκα δὲ οἱ β ἴσοι εἰσὶν ἐννέα τοῖς γ· ὀκτὼ ἄρα [2] οἱ α ἴσοι εἰσὶν ἐννέα τοῖς γ· ὁ α ἄρα ἴσος ἐσΊὶ τῷ γ καὶ τῷ ὀγδόῳ αὐτοῦ· ὁ α ἄρα τοῦ γ ἐσΊὶν ἐπόγδοος.

Οὕτω μὲν οὖν καὶ διὰ γραμμικῆς ἀποδείξεως, ἡ διαφορὰ τοῦ ἡμιολίου πρὸς τὸν ἐπίτριτον εὕρηται ἐν ἐπογδόῳ οὖσα λόγῳ.

α ———————— θ

γ ———————— η

β ———————— ς

[1] Ms: ἕξει. — [2] Ms. ιβ δὲ οἱ β ἴσοι εἰσὶν ὀκτὼ τοῖς α· η ἄρα. . . . Cf. p. 70, Th. IV.

TRAITÉS GRECS relatifs à la musique.

port ainsi nommé n'est autre que le rapport de 4 à 3, et que ce dernier est bien aussi celui de la corde dont la tension est 4 à la corde dont la tension est 3. Ensuite prenons une troisième corde, et donnons-lui une tension encore plus forte et justement assez élevée pour être à la première dans le rapport de 3 à 2 : cela fait, nous trouverons que la tension de cette dernière est à celle de la seconde corde dans le rapport sesquioctave.

Nous pouvons, en employant des nombres, rendre évident ce que nous venons de dire. En effet, soient les trois nombres *six*, *huit*, et *neuf*. 8 est d'abord à 6 dans le rapport épitrite. Je cherche un troisième nombre un peu plus grand, qui soit à 6 dans le rapport hémiole, c'est-à-dire de 3 à 2 : ce nombre est 9, comme il est facile de le vérifier; or l'excès de 9 sur 8 ne peut donner que le rapport sesquioctave. Ce rapport est donc aussi la valeur du ton : en effet c'est le même que l'excès du rapport hémiole sur le rapport épitrite, puisque, quand on retranche[1] le rapport épitrite du rapport hémiole, il reste le rapport de 9 à 8. Ainsi, soit une grandeur a hémiole d'une autre grandeur b [c'est-à-dire que $a : b :: 3 : 2$], et une troisième grandeur c, épitrite de la même b [c'est-à-dire que $c : b :: 4 : 3$] : je dis que a est à c dans le rapport de 9 à 8. En effet, puisque a est hémiole de b, il s'ensuit que a contient b plus sa *moitié*, et que par conséquent 8 fois a valent 12 fois b. Mais 12 fois b valent 9 fois c; donc 8 fois a valent 9 fois c : c'est-à-dire que a est égal à c plus son *huitième*. Donc a est à c dans le rapport de 9 à 8[2].

Ce même principe, que la différence du rapport hémiole au rapport épitrite est le rapport sesquioctave, peut encore se vérifier sur des lignes. (Voy. la fig. p. 296.)

[1] Pour les arithméticiens grecs, *retrancher* un rapport d'un autre signifie *diviser* le second par le premier : c'est une lueur de la propriété des logarithmes.

[2] En langage moderne, cela se réduit à diviser $\frac{3}{2}$ par $\frac{4}{3}$, ce qui donne $\frac{3}{2} \times \frac{3}{4} = \frac{9}{8}$.

TRAITÉS GRECS relatifs à la musique.

Ἑξῆς δὲ ῥητέον περὶ τοῦ ἐπιτρίτου ἐν ἁρμονικῇ[1] λόγου διὰ τί καλεῖται διὰ τεσσάρων, καὶ τοῦ ἡμιολίου ὅπως ὀνομάζεται διὰ πέντε, καὶ ἔτι τοῦ διπλασίου[2] διὰ τί λέγεται διὰ πασῶν ἐν μουσικῇ. Ἰστέον οὖν ὅτι τὸ διὰ τεσσάρων σύστημα ἐκ δύο τόνων καὶ ἡμιτονίου σύγκειται, τουτέστι φθόγγων τεσσάρων. Ζητῶ οὖν τινὰ ἀριθμὸν, ἐξ οὗ πυκνῶς ἀποστήσω τόνους δύο εἶτα καὶ τέταρτόν τινα ἀριθμὸν, ὃς πρὸς μὲν τὸν πρῶτον ἐπίτριτον ἕξει λόγον, πρὸς δὲ τὸν τρίτον ἡμιτονιαῖον. Ἐπεὶ οὖν ἐμάθομεν ἐν τῇ ἀριθμητικῇ ταύτῃ εἰσαγωγῇ, ὡς ὁ πρῶτος διπλάσιος ἕνα μόνον γεννᾷ ἡμιόλιον, καὶ ὁ δεύτερος δύο, ὡσαύτως καὶ ὁ τριπλάσιος καὶ οἱ ἑξῆς τοὺς παρωνύμους ἐπιμορίους, καὶ ὁ δεύτερος ἄρα ὀκταπλάσιος δύο ἐπογδόους ἀπογεννήσει. Ἔστι δὲ δεύτερος ὀκταπλάσιος ὁ $\overline{ξδ}$· ἀλλ' ἐπεὶ οὗτος τρίτον οὐκ ἔχει, ἵνα πρὸς τὸν πρῶτον[3] ὁ τελευταῖος καὶ τέταρτος τὸν ἐπίτριτον ἕξῃ λόγον ὡς εἴρηται, τριπλασιάζω τὸν $\overline{ξδ}$, ἵνα καὶ ὄγδοον ἔχῃ καὶ τρίτον. Γίνεται $\overline{ρϟβ}$· οὗτος γὰρ καὶ ὄγδοον ἔχει τὰ $\overline{κδ}$, καὶ τρίτον τὰ $\overline{ξδ}$. Ὥσπερ γὰρ ὁ πρῶτος ὀκταπλά-

[1] Ms. ἐναρμονίου.

[2] Ms. διπλασίονος. — Le rapport *de 2 à 1*, ou le rapport *double*, ou enfin le rapport d'*octave*, est bien le λόγος διπλάσιος, tandis que λόγος διπλασίων signifie le *carré d'un certain rapport* quelconque.

C'est ainsi, par exemple, que le rapport du troisième terme d'une progression par quotient (géométrique) au premier terme, est διπλασίων par comparaison au rapport du second terme au premier.

Meybaum, dans son Dialogue sur les proportions (Copenhague, 1655), confond les deux expressions, comme Wallis le lui reproche dans ses œuvres (Cf. J. Wall. op. math. tom. I, p. 195, 231, et 257).

[3] Ms. πρ. αὐτὸν.

Mais il faut maintenant parler du rapport *épitrite* considéré dans l'harmonique, et dire pour quelle raison on l'a nommé *quarte;* de même, comment le rapport *hémiole* a été nommé *quinte ;* et, de même, pourquoi le rapport *double* a été nommé, en musique, *octave* ou diapason. Pour cela, il faut savoir que le système nommé *quarte* se compose de deux tons et un demi-ton, c'est-à-dire de *quatre* sons. Je cherche donc un nombre à la suite duquel je puisse établir deux intervalles consécutifs d'un ton, et placer un quatrième nombre, qui, étant au premier dans le rapport épitrite, soit, de plus, à une distance de demi-ton du troisième. Or nous avons vu, dans cette introduction arithmétique [1], que la *première* puissance [2] de 2 ne peut donner lieu qu'à *un* seul rapport hémiole, que la *seconde* ne peut en produire que 2, etc., et que, de même, les puissances successives de 3 et des nombres suivants ne peuvent comporter (en nombres entiers) plus de rapports superpartiels de l'espèce correspondante, que l'on n'a multiplié de facteurs égaux pour former la puissance [3]; il faudra donc employer la seconde puissance de 8 pour que l'on puisse prendre deux fois le rapport sesquioctave. Or la seconde puissance de 8 est 64; mais ce nombre n'est pas divisible par 3; afin de pouvoir obtenir un quatrième et dernier nombre qui soit au premier dans le rapport épitrite, je triple 64, de sorte que le résultat ait son huitième et son tiers exacts. J'obtiens ainsi 192, nombre dont le *huitième* est 24, et le *tiers* 64. Et, de même que la première puis-

TRAITÉS GRECS relatifs à la musique.

[1] Il paraîtrait résulter de là que cet opuscule ne serait qu'un fragment d'un ouvrage plus étendu.

[2] Mot à mot, le *premier double*, le *second double, etc.*, et de même les *triples*, les *multiples*, pour désigner les puissances de *trois* ou d'un nombre quelconque.

[3] En langage moderne, cela signifie que a^n, multiplié par $\left(\frac{a+1}{a}\right)^p$, ne donnera de produit entier (a, n, p, étant entiers et positifs), qu'autant que p ne surpassera pas n. En effet, le produit est $(a+1)^p a^{n-p}$, expression sur laquelle le théorème est évident.

σιος ἤγουν ὁ ὀκτὼ, κἂν ἅπαξ ληφθῇ, κἂν δὶς, κἂν τρὶς, κἂν ἑπ7άκις, οὐ πλείονας τοῦ ἑνὸς ἐπογδόους ἀπογεννήσει, οὕτω καὶ ὁ δεύτερος ὀκταπλάσιος ὁ ξδ, κἂν δὶς ληφθῇ, κἂν τρὶς, κἂν ὁσακισοῦν, καὶ μέχρι τοῦ ἑπ7άκις, οὐ πλείονας τῶν δύο ἐπογδόων ἀπογεννήσει. Πρὸς οὖν τὸν ρϟϐ ἕξει λόγον ἐπόγδοον ὁ σις· πρὸς δὲ τὸν σις λόγον αὖθις ἕξει ἐπόγδοον ὁ σμγ. Τοῦ μὲν γὰρ ρϟϐ μέρος ὄγδοον τὰ κδ· ὁ δὲ σις ἔχει ὅλον τὸν ρϟϐ καὶ ἐπέκεινα τὸ ὄγδοον αὐτοῦ μέρος τὰ κδ. Τοῦ δὲ σις μέρος ὄγδοον τὰ κζ· ὁ δὲ σμγ ἔχει ὅλον τὸν σις, καὶ ὄγδοον αὐτοῦ μέρος τὰ κζ. Μετὰ οὖν τὸ ἀποσ7ῆσαι πυκνῶς πρὸς τὸν πρῶτον δύο ἐπογδόους λόγους, ὅπερ ἦν τὸ ζητούμενον, ζητῶ ἕτερον ἀριθμὸν τέταρτον[1], ὃς πρὸς τὸν πρῶτον, ὡς εἴρηται, τὸν ἐπίτριτον ἕξει λόγον. Καὶ ἔσ7ιν ὁ σνς· τοῦ μὲν γὰρ πρώτου ρϟϐ τρίτον μέρος τὰ ξδ· ὁ δὲ σνς ἔχει ἐν ἑαυτῷ ὅλον τὸν ρϟϐ, καὶ τὸ τρίτον αὐτοῦ μέρος τὰ ξδ. Αὐτίκα οὖν ἡ ὑπεροχὴ τοῦ τετάρτου ἀριθμοῦ τοῦ σνς πρὸς τὸν τρίτον ἀριθμὸν τὸν σμγ ἐσ7ὶν[2] ἡμιτονιαῖον· εἴπομεν γὰρ ὅτι τὸ διὰ τεσσάρων ἐκ δύο τόνων καὶ ἡμιτονίου γίνεται· σώζει δὲ καὶ τὸν ἐπίτριτον λόγον. Κυρίως οὖν ἀποσ7ήσω πυκνῶς καὶ ἐφεξῆς δύο ἐπογδόους λόγους· ἕξει δὲ καὶ τὰ ἄκρα τὸν ἐπίτριτον λόγον· συναναφαίνεται θαυμασίως καὶ τὸ ἡμιτονιαῖον διάσ7ημα· οὕτω γὰρ ἕξει χορδὴ πρὸς χορδὴν, ἢ φθόγγος πρὸς φθόγγον, καθ' ἡμιτονιαῖον διάσ7ημα, ὡς τὰ σνς πρὸς τὰ σμγ, ὅπερ, ὡς εἴρηται, ἐγγὺς ἐφεξκαιδέκατόν ἐσ7ι.

Διὰ τοῦτο οὖν καλεῖται διὰ τεσσάρων, ὅτι τὸ σύσ7ημα τὸ ἐκ δύο τόνων καὶ ἡμιτονίου (ὅπερ καὶ ἔμμεσον καὶ ἐμμελές ἐσ7ι, διὰ τὸ κατὰ τοὺς τῆς ψυχῆς λόγους ἡρμόσθαι) ἐν τεσ-

[1] Ms. δ. — [2] Ms. τόν.

sance de 8, qui est 8 lui-même (soit que l'on prenne ce nombre *une* fois, deux fois, trois fois, etc., jusqu'à 7 fois), n'admettra jamais qu'un seul rapport sesquioctave, de même la seconde puissance de 8, ou 64, prise *une* fois, 2 fois, 3 fois, autant de fois que l'on voudra jusqu'à 7, ne produira jamais que deux rapports sesquioctaves. Or le nombre qui est à 192 dans le rapport sesquioctave est 216, et le nombre qui est à celui-ci dans le même rapport est 243 : car le huitième de 192 est 24, et 216 contient 192 tout entier, plus ce huitième 24; et, de même, le huitième de 216 est 27, et 243 contient 216 tout entier, plus ce huitième 27. Ainsi donc, après avoir établi à la suite du premier nombre deux rapports sesquioctaves, conformément à la question, je cherche un quatrième nombre qui soit au premier, comme il a été dit, dans le rapport épitrite. Ce nombre est 256 : car le *tiers* de 192 est 64, et 256 contient 192 tout entier, plus ce tiers 64. Par suite, l'excès du *quatrième* nombre 256 sur le *troisième* 243 est la valeur du *demi-ton;* car nous avons dit que la quarte se composait de deux tons et un demi-ton, en conservant d'ailleurs le rapport épitrite. Ainsi donc je commence par placer l'un contre l'autre, et de suite, deux rapports sesquioctaves; j'établis les extrêmes dans le rapport épitrite; et aussitôt je vois apparaître, comme par enchantement, l'intervalle de demi-ton ; et en effet c'est bien là l'intervalle que présentera, si on les compare, les deux cordes ou les deux sons, intervalle mesuré par le rapport de 256 à 243, qui est approximativement, comme nous l'avons dit, celui de 17 à 16.

Maintenant, nous dirons que le système de *quarte* a été ainsi nommé, par la raison qu'il est composé de deux tons et un demi-ton, c'est-à-dire de *quatre* termes ou sons, composition qui, le mettant en quelque sorte à l'unisson des divers éléments dont l'âme est formée, est ainsi la cause des justes

σαρσιν ὅροις ἤτοι φθόγγοις εὑρίσκεται. Ὑπὸ δὲ τοῦ διαγράμματος ἔσῖαι δῆλον ὃ λέγομεν.

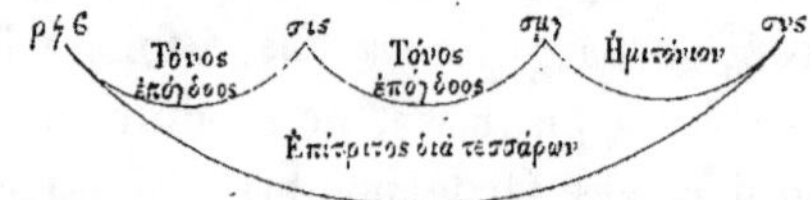

Ἔσῖιν οὖν τοῦτο διὰ τεσσάρων, πάντων τῶν συσῖημάτων ἁπλούσῖερον, καί τοι εἰ τὸ διάσῖημα ἐκ δύο φθόγγων ἐσῖὶν, ἔδει τὸ ἁπλούσῖατον σύσῖημα ἐκ τριῶν πρώτως γίνεσθαι φθόγγων· οὔτε γὰρ τὸ τρίτον, ἀφ' οὗ τὸ ἐπίτριτον, ἐλάχισῖόν ἐσῖι μόριον, ἀλλ' εἰσὶ τούτου ἐλάτῖονα ἕτερα, τὸ τέταρτον, καὶ τὸ πέμπῖον, καὶ ἐφεξῆς μέχρι τοῦ ὀγδόου, ἀφ' οὗ τὸ ἐπόγδοον, ὅπερ ἐποίει τὸν τόνον. Ἀλλ' οὐκ ἐνεχώρει, οὔτε ἐξ ἐλατῖόνων ἢ τεσσάρων φθόγγων, ἢ ἐξ ἐλάτῖονος ἢ ἐπιτρίτου λόγου γενέσθαι τὸ ἁπλούσῖατον σύσῖημα· εἰ γὰρ ἐκ δύο μόνων τόνων ἐγίνετο, φθόγγων δὲ τριῶν, ὁ τρίτος πρὸς τὸν πρῶτον φθόγγον οὐδένα ἂν τῶν εἰρημένων εἶχε λόγον ἐπιμορίων. Ἔσῖω γὰρ ἀριθμὸς ἐν πρώτῳ φθόγγῳ ὁ ξδ· πρὸς αὐτὸν τοίνυν ὁ οϛ τονιαῖον ποιήσει διάσῖημα, καὶ πρὸς τὸν οϛ ὁ πα τονιαῖον ὁμοίως· ὁ δὲ πα πρὸς τὸν ξδ οὐδένα ἐπιμόριον ἕξει λόγον. Ὤφειλε μὲν γὰρ ἐπιτέταρτον, διὰ τὸ τὰ δύο ὄγδοα τέταρτον γίνεσθαι· ἔσῖι γὰρ καὶ τοῦτο τὸ καθ' ὑπόθεσιν σύσῖημα ἐκ δύο τονιαίων διασῖημάτων συγκείμενον, ὧν ἑκάτερον τὸν ἐπόγδοον ἔχει λόγον. Ἀλλ' οὐκ ἐγχωρεῖ τὸν ἐπιτέταρτον ἔχειν λόγον τὸν πα πρὸς τὸν ξδ· καὶ γὰρ ξδ καὶ ις ὅπερ ἐσῖὶν αὐτοῦ τέταρτον, π γίνονται. Τοῦτο δὲ γίνεται, ὡς προείρηται, διὰ τὸ συνεχὲς ποσὸν εἶναι τὸ μέλος· καὶ κερματιζόμενον[1] μὴ δύνασθαι τὸ ὅλον ἀνα-

[1] Ms. κερματιζόμενος.

proportions de son harmonie. Une figure va rendre sensible ce que nous disons.

TRAITÉS GRECS relatifs à la musique.

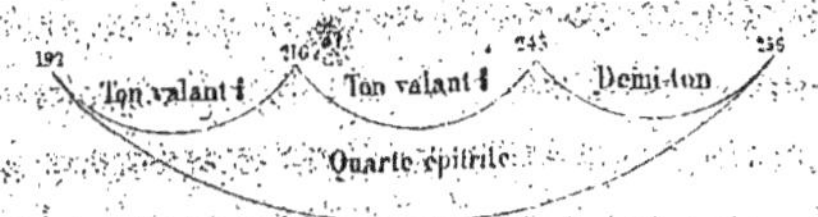

Telle est donc la quarte, le plus simple de tous les systèmes, bien que, l'intervalle étant le résultat d'une combinaison de deux sons, il semble que le système le plus simple dût être formé de trois sons; or le tiers, d'où résulte le rapport épitrite, n'est pas la plus petite des parties, puisqu'il y en a d'autres plus petites, savoir : le *quart*, le *cinquième*, et ainsi de suite jusqu'au *huitième*, d'où résulte le rapport *sesquioctave*, qui produit le ton. Mais il n'était pas possible que le système le plus simple fût le résultat de moins de quatre sons, ni d'un rapport plus petit que le rapport épitrite : car, en considérant deux tons seulement, et par conséquent trois sons, le troisième, comparé au premier, ne donne aucun des rapports superpartiels dont on a déjà parlé. En effet, soit 64 le nombre affecté au premier son; le premier intervalle de ton pris à la suite du premier son nous donnera 72, et le second, pris de même à la suite du précédent, nous donnera 81, nombre qui n'a avec 64 aucun rapport superpartiel. Ce ne pourrait être, en effet, que le rapport sesquiquarte, puisque deux huitièmes font un quart, et que, par hypothèse, le système dont il s'agit est formé de deux tons, dont chacun est représenté par le rapport sesquioctave. Mais il est impossible que le rapport sesquiquarte soit celui de 81 à 64, puisqu'en ajoutant à 64 son quart, qui est 16, on obtient seulement 80. Or cela provient de ce que, comme on l'a dit (p. 293), le chant est une grandeur continue, et que, par suite, les petites fractions dans lesquelles on le réduit ne peuvent jamais reproduire

πληροῦν. Ἐν μὲν γὰρ τῇ ἀριθμητικῇ, τὸ τέταρτον τμώμενον, εἰς δύο ὄγδοα γίνεται, καὶ τὸ ὄγδοον εἰς δύο ἑξκαιδέκατα· ἐν δὲ τῇ μουσικῇ, διὰ τὸ συνεχὲς εἶναι τὸ μέλος, οὔθ' ὁ τόνος εἰς δύο ἡμιτόνια ἴσα τέμνεται, οὔτ' ἐκ δύο ἐπογδόων ὁ ἐπιτέταρτος συναχθήσεται. Ὁ δὲ τοιοῦτος κατακερματισμὸς[1] τῶν λεπτῶν, κἂν τῇ γεωμετρίᾳ καὶ τῇ ἀστρονομίᾳ, διὰ τὴν αὐτὴν αἰτίαν, οὐδέ ποτε ἐξικνεῖται εἰς τὴν ὁλότητα πλήρη πολλαπλασιαζόμενος, ἀλλ' εἰς τὸ ὡς ἐπὶ[2] μάλιστα ἔγγιστα· ἐπ' ἄπειρον γὰρ διαιρετὸν τὸ συνεχὲς καὶ τεμνόμενον, οὐδέ ποτε ἀναπληρώσει τὸ ὅλον τοῖς μέρεσιν. Ἐπεὶ οὖν οὐκ ἦν δυνατὸν ἐκ τριῶν φθόγγων γενέσθαι τὸ ἁπλούστατον σύστημα, προσετέθη φθόγγος ἕτερος τέταρτος, τοσοῦτον παρηυξημένος, ὅσον πρὸς μὲν τὸν τρίτον, λόγον ἔχειν ἐγγὺς ἐφεξκαιδέκατον, ὅ ἐστιν ἡμιτονιαῖον διάστημα, πρὸς δὲ τὸν πρῶτον, τὸν ἐπίτριτον· καὶ οὕτως τὸ πρῶτον καὶ ἁπλούστερον μουσικὸν σύστημα διὰ τεσσάρων ἐστί τε καὶ ὀνομάζεται.

Ἑξῆς δὲ τὸ διὰ πέντε[3] τόνῳ προσηυξημένον, εἰκότως διὰ πέντε καλεῖται· γίνεται δὲ οὕτως. Ζητῶ ἀριθμὸν ὀκταπλάσιον, ὅθεν πυκνῶς ἀποστήσω τρεῖς ἐπογδόους, ὅ ἐστι τονιαῖα διαστήματα· καὶ ἔστιν οὗτος ὁ τρίτος ὀκταπλάσιος ἤγουν ὁ φιβ. Πρῶτος μὲν γὰρ ὀκταπλάσιος ὀκτώ, δεύτερος δὲ ὁ ὀκτάκις ὀκτώ, ἤγουν ὁ ξδ, τρίτος δὲ ὁ ὀκτάκις ξδ, ἤγουν ὁ φιβ, πρὸς ὃν ἐπόγδοον λόγον ἕξει ὁ φοϛ· καὶ πρὸς αὐτὸν, τὸν αὐτὸν λόγον ὁ χμη, καὶ πρὸς αὐτὸν ὁμοίως ὁ ψκθ. Εἶτα ἐπεὶ αὐτὸς ὁ ψκθ οὐ σώζει τὸν ἡμιόλιον λόγον πρὸς τὸν φιβ, προσλαμβάνω καὶ πέμπτον τινὰ ἀριθμὸν, ὃς πρὸς μὲν τὸν φιβ, τὸν ἡμιόλιον ἕξει λόγον, πρὸς δὲ τὸν ψκθ ἡμιτονιαῖον ποιήσει

[1] Ms. καλακερματισμός. — Le mot κατακερματισμός n'existe pas dans les dictionnaires. — Τὴν μουσικὴν κατακερματίζειν (Plut. *De musica*), « partager l'harmonie en petits intervalles : ἡ θατέρου φύσις κατακερματισθεῖσα, τὸ μὴ ὂν ὑπῆρχεν (Proclus in Tim. p. 188, l. 14 en m.).

[2] Ms. ἐνι.

[3] Ms. τῷ διὰ $\frac{\alpha}{\pi}$.

TRAITÉS GRECS relatifs à la musique.

l'entier[1]. Dans l'arithmétique, en effet, un quart partagé se change en deux huitièmes, et un huitième en deux seizièmes; mais, dans la musique, à cause de la nature continue de l'intervalle, le ton ne peut se partager en deux demi-tons, ni deux rapports sesquioctaves produire le rapport sesquiquarte (5:4); et, après une semblable réduction en petites parties, soit dans la géométrie, soit dans l'astronomie par la même raison, on ne parvient jamais, par la multiplication, à un entier complet, mais seulement à quelque chose qui en diffère extrêmement peu : car une quantité continue, partagée et divisée à l'infini, ne reproduira jamais un entier égal à ses parties. Vu donc qu'il n'était pas possible, avec trois sons seulement, de former un système, on a juxtaposé un quatrième son, en ajoutant une quantité suffisante pour que le nouveau son fût au troisième à peu près dans le rapport de 17 à 16 (ce qui fait le demi-ton), et, au premier, dans le rapport épitrite; et c'est ainsi que le premier et le plus simple des systèmes en musique est l'intervalle de *quarte :* car tel est le nom qu'on lui a donné.

Vient ensuite la quinte, qui n'est autre chose que la quarte augmentée d'un ton; et c'est en conséquence qu'on l'a nommée *quinte :* or voici comment elle est engendrée. Je cherche une puissance de 8, telle que je puisse la multiplier successivement 3 fois par le rapport de 9 à 8 qui représente le ton : cette puissance est la *troisième,* égale à 512. En effet, la première puissance est 8; la seconde, 8 fois 8, ou 64; la troisième, 8 fois 64, ou 512; or ce nombre, multiplié par le rapport sesquioctave, donne 576; celui-ci, multiplié de même, donne 648; et enfin celui-ci de même, 729. Ensuite, comme 729 n'est pas à 512 dans le rapport hémiole, je prends à la suite un cinquième nombre qui soit à 512 dans ce rapport, et, de plus, soit à une

[1] On voit donc que c'est un principe bien arrêté.

TRAITÉS GRECS relatifs à la musique.

διάσ7ημα, ὅ ἐσ7ιν ὡς εἴρηται οὐ κυρίως ἥμισυ τόνου· καὶ ἔσ7ιν οὗτος ὁ ψ̅ξ̅η̅. Ἐπεὶ οὖν τὸ διὰ πέντε τόνῳ παρηυξημένον, ὡς πρὸς τὸ διὰ τεσσάρων, ἐν πέντε χορδαῖς εὑρίσκεται, διὰ πέντε ὀνομάζεται· ἀπὸ δὲ τοῦ διαγράμματος καὶ τοῦτο σαφέσ7ερον ἔσ7αι·

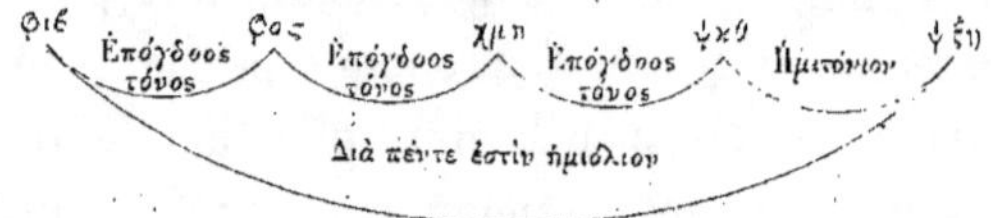

Ὁ δὲ διὰ πασῶν ὀκτώχορδον [1] μέν ἐσ7ι, διὸ καὶ διὰ πασῶν λέγεται· τὸ γὰρ ἁπλούσ7ερον ὄργανον, ὀκτώχορδόν [1] ἐσ7ι· τὸ δὲ πλείονας ἔχον χορδὰς, σύνθετόν ἐσ7ιν ἐξ ὀκτὼ [2] χορδῶν τοιούτων. Ὅτι οὖν ὁ διπλάσιος [3] λόγος διὰ πασῶν τῶν τοῦ τοιούτου ὀργάνου χορδῶν εὑρίσκεται, διὰ πασῶν ὠνομάσθη. Συνέσ7αται δὲ ἡ τοιαύτη συμφωνία ἐκ τόνων πέντε, καὶ [δὶς] ἡμιτονίου [4]· γίνεται δὲ οὕτως. Ζητῶ τὸν πέμπ7ον ὀκταπλάσιον, ὅθεν ἀποσ7ήσω πυκνῶς ἐπογδόους πέντε· καὶ ἔσ7ιν ὁ γ͵βψξη [5]. Πρῶτος μὲν ὁ η̅, δεύτερος δὲ ὁ ξ̅δ̅, τρίτος δὲ ὁ ϕ̅ι̅β̅, τέταρτος ὁ ͵δϛ, πέμπ7ος δὲ ὁ ῥηθεὶς γ͵βψξη· πρὸς ὃν ἐπόγδοον ἕξει λόγον, εἴτουν τονιαῖον διάσ7ημα, ὁ γ͵ϛωξδ, πρὸς αὐτὸν δὲ πάλιν τὸν ὅμοιον λόγον ὁ δ͵αυοβ, καὶ πρὸς τόνδε ὁμοίως ὁ δ͵ϛχυϛ, καὶ πρὸς αὐτὸν ὡσαύτως ὁ ε͵βυπη, καὶ πρὸς αὐτὸν ὁ ε͵θμθ. Εἶτα πρὸς αὐτὸν μὲν, ἡμιτονιαῖον ἕξει λόγον [ὁ ϛ͵βση,

[1] Ms. ἑπ7άχορδ.

[2] Ms. ἑπ7ά.

[3] Ms. διπλασίων.

[4] Ms. καὶ ἡμιτονίου.

[5] Pour représenter les nombres de cinq chiffres, l'auteur marque ici autant de points sur la cinquième lettre numérale, qu'il y a d'unités représentées par cette lettre; ainsi pour 60000 il écrit ϛ. Mais, à la fin du Traité, toutes les lettres de la seconde tétrade, ou celles qui représentent la seconde chiliade d'unités, sont indistinctement marquées de deux points : c'est cette dernière méthode que j'ai suivie dans les corrections indiquées. (Conf. *Sam. Tennul. notas in Jambl.* p. 158.)

distance de demi-ton de 729 (distance qui, comme nous l'avons dit, n'est pas exactement la moitié du ton); et j'obtiens ainsi le nombre 768. Puis donc que la quinte, comparée à la quarte, n'est autre chose que celle-ci augmentée d'un ton, et que conséquemment elle se réalise en cinq cordes, c'est pour cette raison qu'on l'a nommée quinte. On peut encore, au moyen d'une figure, rendre tout cela plus clair.

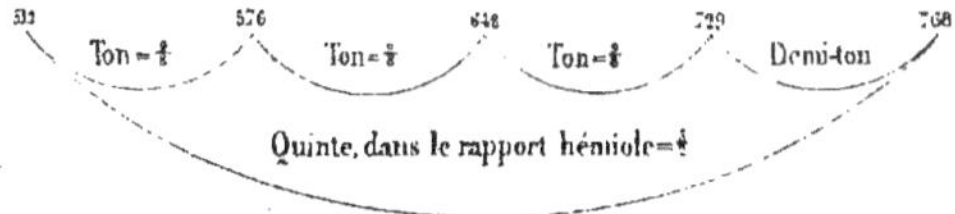

Le *diapason* est composé de 8 cordes [1], et c'est pourquoi on le nomme *diapason;* car l'instrument le plus simple est un instrument à 8 cordes, et celui qui a un plus grand nombre de cordes comprend l'octocorde dans sa composition. C'est donc parce que le rapport double se trouve dans la totalité des cordes de cet instrument qu'on l'a nommé *diapason*. Or cette consonnance se compose de *cinq tons* et *deux demi-tons;* et on l'obtient comme il suit. Je cherche la cinquième puissance de 8, afin de pouvoir placer à la suite 5 rapports sesquioctaves, et j'obtiens 32768. En effet, la première puissance est 8, la deuxième 64, la troisième 512, la quatrième 4096, et la cinquième ledit nombre 32768. Or le nombre qui est à celui-ci dans le rapport sesquioctave, ou qui en est distant d'un ton, est 36864; puis le nombre qui est à ce dernier dans le même rapport est 41472; après celui-ci vient de même 46656; puis, après celui-ci, 52488; puis enfin, après ce dernier, 59049.

[1] Il y a 7 dans le grec; et plus loin, on ne trouve qu'un seul demi-ton où il en faudrait deux.

L'auteur paraît avoir copié, en confondant d'ailleurs les époques, des calculs qu'il ne comprenait pas et qu'il altérait à son insu. C'est ce que la suite confirmera.

TRAITÉS GRECS relatifs à la musique.

καὶ πρὸς αὐτὸν ὁμοίως] ὁ ϛ̈εφλϛ, πρὸς δὲ τὸν πρῶτον ὁ αὐτὸς διπλάσιον[1]. Ἔχει δὲ ἡ καταγραφὴ αὐτοῦ ὧδε.

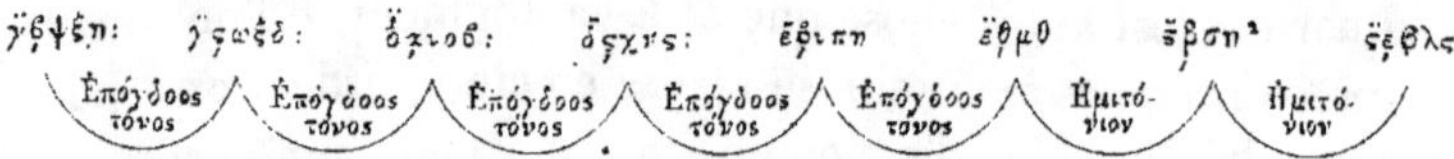

Ἕτεροι δὲ τὸ διὰ πασῶν ἄλλως ἀποδεδώκασι. Φασὶ γὰρ ὡς τῆς λύρας ὀκταχόρδου οὔσης, αἱ τρεῖς αὗται συμφωνίαι εὑρίσκονται ἐν αὐτῇ· ἡ διὰ τεσσάρων, ἡ διὰ πέντε, καὶ ἡ διὰ πασῶν. Εἰσὶ γὰρ ἀναγκαίως καὶ ἦχοι ὀκτὼ, καὶ ἐν τούτοις τὸ πᾶν μέλος[3] περαίνεται. Ἔστι δὲ εἰπεῖν ἑτέραν ἀπολογίαν κρείττονα καὶ ἀληθεστέραν τῶν προειρημένων· ὅτι διὰ πασῶν τὸ τοιοῦτον καλεῖται σύστημα, διότι μίγμα ἐστὶ τῶν ῥηθέντων δύο διαστημάτων[4], τοῦ τε διὰ τεσσάρων καὶ τοῦ διὰ πέντε. Εἴπομεν γὰρ ὡς τὸ διὰ τεσσάρων τὸν ἐπίτριτον ἔχει λόγον· τὸ διὰ πέντε τὸ ἡμιόλιον· ἐκ δὲ τοῦ ἐπιτρίτου καὶ ἡμιολίου τὸ διπλάσιον γίνεται, ὥσπερ καὶ ἐξ ἡμιολίου καὶ ἐπιτρίτου. Οἷον [τοῦ β̄ ὁ γ̄ ἡμιόλιος, καὶ] τοῦ γ̄ ὁ δ̄ ἐπίτριτος, καὶ ὁ δ̄ τοῦ β̄ διπλάσιος· καὶ ἐν ἄλλοις ὁποιοισοῦν ἀριθμοῖς τὸ αὐτὸ ἀπαραλλάκτως εὑρήσεις γινόμενον.

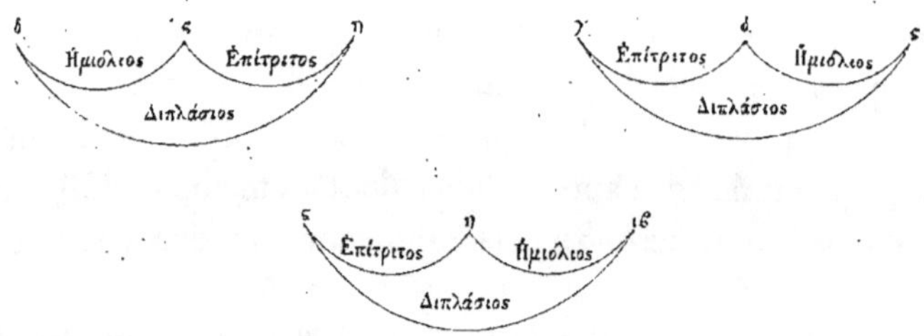

[1] Ms. διπλασίονα.

[2] Le ms. omet ce nombre et n'écrit qu'une fois le mot ἡμιτόνιον.

[3] Ms. μέρος.

[4] C'est sans doute συστημάτων que l'auteur a voulu dire.

Ensuite, multipliant par la valeur du demi-ton, on a 62208; puis, multipliant encore de même[1], on a enfin 65536, qui est au nombre primitif 32768 dans le rapport double. Suit le tableau du tout.

	32768	
T		ton
	36864	
T		ton
	41472	
T		ton
	46656	
T		ton
	52488	
T		ton
	59049	
D		demi-ton
	62208	
D		demi-ton
	65536	

D'autres expliquent autrement le diapason. Ils disent que la lyre ayant huit cordes (car toute mélodie se réduit essentiellement à 8 sons), on trouve en elle ces trois consonnances, savoir : la *quarte*, la *quinte*, et le *diapason* ou l'*octave*. Or on peut donner une explication plus concluante et plus vraie que la précédente, en disant que le nom de diapason a été appliqué au système en question, par la raison qu'il est la réunion des deux autres systèmes, savoir la quarte et la quinte. Car nous avons dit que la quarte présente le rapport épitrite, et la quinte le rapport hémiole; or le rapport épitrite multiplié par le rapport hémiole donne le rapport double, comme aussi le rapport hémiole multiplié par le rapport épitrite. C'est ce qui arrive, par exemple, pour les nombres 2, 3, 4, dont les deux premiers présentent le rapport hémiole, les deux derniers le rapport épitrite, et les deux extrêmes le rapport double. Et l'on trouve constamment la même chose sur d'autres nombres pris comme on voudra.

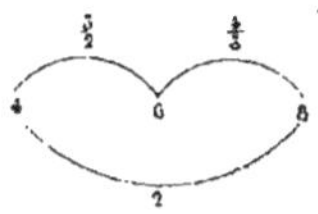

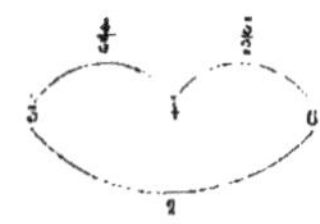

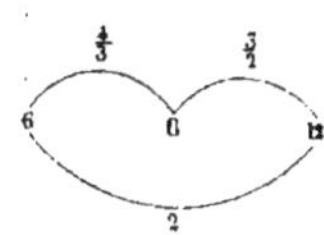

[1] Au moins l'auteur eût-il dû placer ses demi-tons à un intervalle de quarte ou de quinte.

Ἄρα οὖν καὶ ἐκ τοῦ διὰ τεσσάρων καὶ ἐκ τοῦ διὰ πέντε συστήματος ἑνωθέντων[1] ὁμοῦ, τὸ διὰ πασῶν γίνεται· καὶ καλεῖται διὰ πασῶν χορδῶν, δηλαδὴ ὅτι πᾶσαι αἱ τοῦ ὀργάνου χορδαὶ τῶν ῥηθέντων δύο συστημάτων, τοῦ τε διὰ τεσσάρων καὶ τοῦ διὰ πέντε, δεικτικαὶ[2] γίνονται, ταὐτὸν δ' εἰπεῖν τοῦ ἐπιτρίτου καὶ τοῦ ἡμιολίου λόγου· καὶ ἡ πᾶσα μουσικὴ οὗτοι οἱ δύο λόγοι εἰσὶν ὡς πρῶτοι, καὶ ἐφεξῆς. Οὔτε γὰρ τοῦ ἡμίσεως, ἐξ οὗ τὸ ἡμιόλιον, μέρος ἀρχοειδέστερον, οὔτε τοῦ τρίτου, ἀφ' οὗ τὸ ἐπίτριτον· ἀλλ' ὅτι μέρος μᾶλλον ἐφεξῆς πρὸς τὸ ἥμισυν. Εἰ δ' ἐν μουσικῇ τὸ τρίτον προτέτακται, ἀφ' οὗ τὸ ἐπίτριτον καὶ τὸ διὰ τεσσάρων, οὐ δεῖ θαυμάζειν· φθάσαντες γὰρ εἴπομεν ὡς ἀπὸ τοῦ ἐλάττονος μέρους ἐπὶ τὰ μείζονα ἡ τοῦ μέλους[3] προκοπὴ γίνεται. Εἰ δὲ καί τινες ἕτεροι λόγοι συνιστῶσι τὴν ἁρμονίαν, οἷον ὁ ἐπόγδοος, ὁ διπλάσιος, ὁ διπλασιεπιδίτριτος[4], ὁ τριπλάσιος, καὶ ὁ τετραπλάσιος, ἀλλὰ χρὴ εἰδέναι ὡς οὐκ ἐκτὸς οὗτοι τῶν εἰρημένων δύο λόγων εὑρίσκονται, ἀλλ' ἢ ἐν τῇ διαφορᾷ καὶ παραυξήσει αὐτῶν, ἢ μιγνυμένων αὐτῶν οὗτοι ἀποτελοῦνται. Ἡ μὲν γὰρ διαφορὰ καὶ ἡ παραύξησις τοῦ ἡμιολίου πρὸς τὸν ἐπίτριτον ποιεῖ τὸν ἐπόγδοον λόγον· ἡ δ' ἕνωσις τῶν δύο τὸν διπλάσιον[5]· ἡ δ' ἐπιτρίτου καὶ διπλασίου[6], τὸν διπλασιεπιδίτριτον[7]· ἡ δ' ἡμιολίου καὶ διπλασίου[6], τὸν τριπλάσιον· καὶ ἡ διπλασίου[6] καὶ διπλασίου[6], τὸν τετραπλάσιον[8], ὃς καὶ [δὶς] διὰ πασῶν λέγεται. Ἐκ δὲ τῶν διαγραμμάτων ἐκδηλότερον ἔσται ὃ λέγομεν.

[1] Ms. ἑνωθέντες.
[2] Ms. δεκτικαί.
[3] Ms. μέρους.
[4] Ms. διπλασιοεπίτριτος.
[5] Ms. διπλασίονα.
[6] Ms. διπλασίονος.
[7] Ms. διπλασιοεπίτριτον.
[8] Ms. τετραπλασίονα.

Ainsi donc la réunion des deux systèmes de la quarte et de la quinte engendre le diapason, nom qui vient, sans aucun doute, de ce que, dans l'instrument, les cordes des deux systèmes indiqués, savoir, la quarte et la quinte, c'est-à-dire encore les rapports épitrite et hémiole, se trouvent mis en évidence; et toute la musique est renfermée dans ces deux rapports qui sont les premiers en rang; tous les autres ne viennent qu'à leur suite. Au reste, aucune des deux fractions ne doit passer avant l'autre, ni la moitié qui donne lieu au rapport hémiole, ni le tiers qui donne lieu au rapport épitrite, à moins pourtant que l'on ne croie devoir placer la moitié la première, à cause de son rang naturel. Mais si, en musique, on a mis au premier rang le tiers, fraction qui engendre le rapport épitrite et l'intervalle de quarte, il ne faut pas s'en étonner : car nous avons averti, en commençant, que c'était en allant du petit au grand que se classaient les intervalles mélodiques. Et quant à certains autres rapports qui contribuent également à la constitution de l'harmonie, comme le rapport de 9 à 8, le rapport de 2 à 1, ceux de 8 à 3, de 3 à 1, de 4 à 1, il faut observer que ces nouveaux rapports ne s'écartent pas des deux principaux dont nous avons parlé, mais qu'ils dérivent toujours, soit de la différence ou de l'excès mutuel de ces deux-ci, soit de leur mélange [par voie de multiplication]. Ainsi la différence du rapport hémiole au rapport épitrite, ou l'excès du premier sur le second, donne le rapport de 9 à 8; et leur réunion produit le rapport *double*, ou le rapport de 2 à 1. Ensuite, la réunion du rapport épitrite et du rapport double produit le rapport de 8 à 3; le rapport hémiole avec le rapport double donnent le rapport *triple;* enfin, le rapport *double* avec lui-même donne le rapport *quadruple*, nommé aussi *double-diapason* ou *double-octave*.

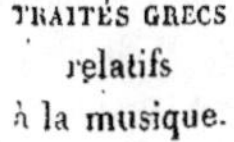

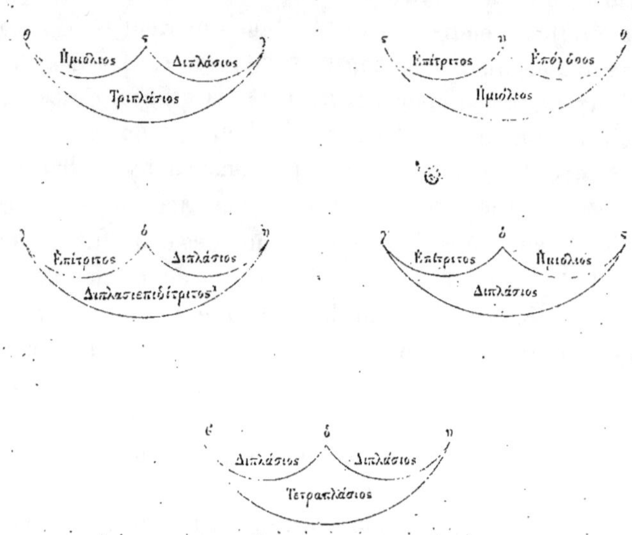

Δέδεικται οὖν ὡς οἱ ἀρχοειδεῖς καὶ πρῶτοι λόγοι τῆς ἁρμονίας οὗτοι εἰσὶν οἱ δύο, ὁ διὰ τεσσάρων καὶ ὁ διὰ πέντε, καὶ ἐν τούτοις ἡ πᾶσα μελῳδία τῆς μουσικῆς ὑφαίνεται· τούτων δὲ μιγνυμένων εἰκότως τὸ διὰ πασῶν σύστημα γίνεταί τε καὶ ὀνομάζεται. Τούτου γὰρ χάριν καὶ οὐ τόνῳ προσηύξηται πρὸς τὸ διὰ πέντε συγκρινόμενον, ὥσπερ ἐκεῖνο πρὸς τὸ διὰ τεσσάρων, ἀλλὰ δυσὶν[2] [καὶ ἡμιτονίου]· ἐκ πέντε γὰρ τόνων καὶ [δὶς] ἡμιτονίου τὸ διὰ πασῶν, ἵνα κἀντεῦθεν φανερὸν ᾖ, ὅτι τῶν δύο ἐκείνων ἐστὶ μίγμα. Ἐκ δύο μὲν γὰρ τόνων [καὶ ἡμιτονίου] τὸ διὰ τεσσάρων συνίσταται· τὸ διὰ πέντε δὲ ἐκ τριῶν [τόνων καὶ ἡμιτονίου], ὧν ἡ ἕνωσις πέντε εἰσὶ τόνοι [καὶ δύο ἡμιτόνια], ἐξ ὧν ὡς εἴρηται τὸ διὰ πασῶν· διὸ καὶ τὸν ͵δϟϛ, τέταρτον ὄντα ὀκταπλάσιον, παρεδράμομεν. Ἐλάβομεν δὲ τὸν πέμπτον ὀκταπλάσιον τὸν γ͵βψξη εἰς σύστημα τὸ διὰ πασῶν,

¹ Ms. διπλασιοεπίτριτος. — ² Sous-ent. τόνοις.

TRAITÉS GRECS relatifs à la musique.

Les figures suivantes vont rendre cela très-clair.

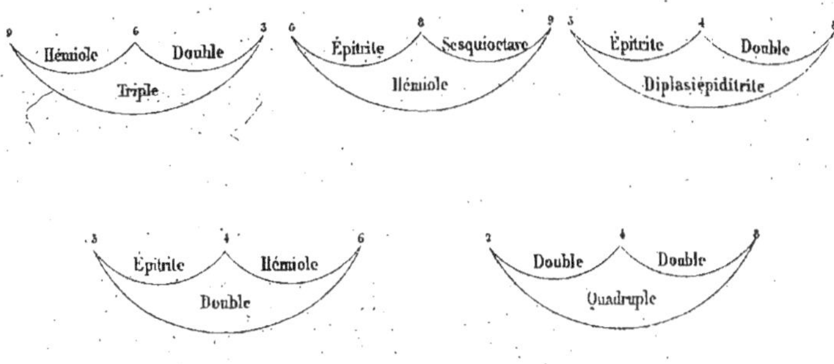

Il est donc démontré que les rapports les plus élémentaires et les premiers de l'harmonie sont ces deux-là, la quarte et la quinte; que c'est en eux que repose, comme sur ses fondements, toute la mélodie musicale; et qu'enfin c'est de leur réunion que résulte tout naturellement l'octave nommée aussi diapason. Aussi n'est-ce pas en ajoutant simplement un ton à la quinte que l'on obtient l'octave, de même qu'en ajoutant un ton à la quarte on avait produit la quinte; non : il faut ajouter deux tons et un demi-ton, puisque l'octave se compose de 5 *tons* et 2 *demi-tons* : d'où il résulte bien clairement que l'octave est la réunion des deux intervalles. Et en effet la quarte se compose de 2 *tons* et 1 *demi-ton*, et la quinte de 3 *tons* et 1 *demi-ton;* total 5 *tons* et 2 *demi-tons*, qui, comme nous l'avons dit, composent l'octave; ce qui fait que, pour en calculer la valeur, nous avons dû dépasser le nombre 4096, qui n'est que la quatrième puissance de 8. Aussi sommes-nous partis du nombre 32768, comme pouvant donner lieu à cinq rapports successifs de 9 à 8, nécessaires pour reproduire l'octave.

ὡς δυνάμενον ἐφεξῆς πέντ' ἐπογδόους ἀπογεννῆσαι λόγους, ἐξ ὧν τὸ διὰ πασῶν συνίσταται.

Ἐφεξῆς δὲ μετὰ τὸ διὰ πασῶν, ἔστι τὸ διὰ πασῶν καὶ διὰ τεσσάρων, ἐν λόγῳ εὑρισκόμενον διπλασιεπιδιτρίτῳ[1]· γίνεται δὲ οὕτως. Ζητῶ ἀριθμὸν ὀκταπλάσιον ὃς ἐφεξῆς ἀπογεννήσει ἐπογδόους ἑπτά· δύο γὰρ ἐπόγδοοι τοῦ διὰ τεσσάρων, πέντε τοῦ διὰ πασῶν· ἑνωθέντων δὲ ὁμοῦ ἑπτὰ γίνονται. Ἔστι δὲ οὗτος ὁ ἕβδομος ὀκταπλάσιος ὁ σ̈θ̈,ζρνϐ· ἀλλ' ἐπειδὴ οὗτος τρίτον οὐκ ἔχει (ὁ γὰρ τελευταῖος πρὸς αὐτὸν διπλασιεπιδίτριτος[1] ἔσται), τριπλασιάζω αὐτὸν, καὶ γίνεται χ̈κ̈θ̈,αυνϛ. πρὸς αὐτὸν οὖν ἐπόγδοον ἕξει λόγον ὁ ψ̈ζ̈,ζωπη[2], καὶ πρὸς αὐτὸν τὸν ὅμοιον λόγον ὁ ψ̈ϟ̈ϛ̈,ϐχκδ, καὶ πρὸς αὐτὸν ὁ ω̈ϟ̈ε̈,ζϡνϐ, καὶ πρὸς αὐτὸν ὁ [͵α̈ζ̈,ζχϟϛ, καὶ πρὸς αὐτὸν ὁ] ͵α̈ρ̈λ̈γ̈,ζνη, καὶ ἔτι πρὸς αὐτὸν ὁ ͵α̈σ̈ο̈ε̈,δφπδ[3] [καὶ πρὸς αὐτὸν ὁ ͵α̈ν̈λ̈δ̈,ηϡζ. Εἶτα πρὸς αὐτὸν μὲν ἡμιτονιαῖον ἕξει λόγον ὁ ͵α̈φ̈ϊα̈,ϛφμδ, πρὸς αὐτὸν ὁμοίως ὁ ͵α̈φ̈ϟ̈β̈,εσμη[4]], καὶ πρὸς αὐτὸν ὁ ͵α̈χ̈ο̈ζ̈,ζσιϛ[5]. Πρὸς μὲν τὸν πρῶτον τὸν χ̈κ̈θ̈,αυνϛ τὸν διπλασιεπιδίτριτον[1] ἕξει λόγον· ἕξει γὰρ ὅλον αὐτὸν δὶς καὶ δύο τρίτα αὐτοῦ· πρὸς δὲ τὸν πρὸ αὐτοῦ τὸν ͵α̈ν̈λ̈δ̈,ηϡζ, [τρὶς][6] ἡμιτόνιον, ὅ ἐστιν ἔλαττον τόνου· εἴτε γὰρ ἔλαττόν ἐστιν ἡμίσεως εἴτε μεῖζον, ἡμιτόνιον λέγεται μόνον εἰ ὡς πρὸς τὸν τόνον ἐστὶν ἐλλιπές.

[1] Ms. διπλασιοεπ.

[2] Ms. ψ̈ο̈.

[3] Ms. ϛ au lieu de φπ.

[4] Ms. ͵α̈ν̈λ̈ζ̈.

[5] Il est évident que l'auteur n'a pas la conscience de son opération.

[6] Ms. ͵ηνιζ, et τρὶς est omis.

Après l'octave vient la consonnance d'*octave et quarte* (quarte redoublée), dont on a trouvé le rapport égal à celui de 8 à 3; or voici comment on l'obtient. Je prends une puissance de 8 qui puisse me donner sept rapports successifs de 9 à 8 : car il y en a 2 dans la quarte et 5 dans l'octave; il y en aura donc 7 dans leur réunion. Or la 7e puissance de 8 est 2097152; mais, comme ce nombre n'a pas son tiers exact, et que le nombre final doit être au premier dans le rapport de 8 à 3, je multiplie par 3, et il vient 6291456. Le nombre qui est avec celui-ci dans le rapport de 9 à 8 est 7077888; nous avons dans le même rapport avec ce dernier le nombre 7962624, puis avec celui-ci le nombre 8957952 [puis le nombre 10077696], puis le nombre 11337408, puis 12754584, puis enfin [14348907. Maintenant, la multiplication par le rapport de 256 à 243 donne 15116544; puis une seconde multiplication par le même rapport, 15925248; puis une troisième multiplication [1],] 16777216. Or ce nombre est au nombre primitif, 6291456, dans le rapport de 8 à 3, puisqu'il contient deux fois ce dernier, et deux fois son tiers en sus; et quant au nombre 14348907, il le dépasse de 3 *demi-tons*, c'est-à-dire simplement de trois intervalles moindres qu'un ton chacun : car, que ces intervalles soient plus petits ou plus grands que la moitié véritable du ton, cela ne fait rien; si on les appelle demi-tons, c'est seulement parce qu'il leur manque quelque chose pour valoir un ton.

[1] Trois demi-tons de suite! et cependant il n'y a pas d'autre restitution possible. — (V. ci-dessus, la note de la page 309.)

TRAITÉS GRECS relatifs à la musique.

OPUSCULE DE MICHEL PSELLUS,

EXTRAIT DES MSS. 2731 (=A), FOL. 120-132, ET 1817 (=B), FOL. 112-118[1].

J'ai pensé que ce curieux commentaire d'une des parties les plus difficiles du *Timée* de Platon, qui peut être considéré comme un supplément à la note L (ci-dessus, p. 176), serait, aux yeux des personnes qui cultivent les études philosophiques, assez important pour devenir la base d'un travail plus complet qu'il ne serait possible et convenable de le faire ici. C'est dans cette prévision et dans cette espérance que j'ai cru pouvoir me dispenser de l'accompagner, comme les autres pièces de ce recueil, d'une traduction française, en m'attachant principalement aux difficultés relatives à la musique et à l'arithmétique, seul point de vue sous lequel j'eusse à considérer cet opuscule, dont la place se trouve ainsi naturellement à côté de celui de J. Pédiasimus, auquel, du reste, il est incomparablement supérieur.

ΜΙΧΑΗΛ ΤΟΥ ΨΕΛΛΟΥ ΕΙΣ ΤΗΝ ΤΟΥ ΠΛΑΤΩΝΟΣ ΨΥΧΟΓΟΝΙΑΝ[2].

Πολλοί φασι τῶν σοφῶν, οἱ μὲν ἁρμονίαν εἶναι τὴν ψυχὴν, οἱ δ' ἔχειν ἁρμονίαν.
Arist. *Polit.* VIII, 5.

Τὸ μὲν λεγόμενόν ἐσΊιν[3], ὅτι οὐ μάτην ἡ τῶν ἐφεξῆς λόγων ἕυρησις[4] ἡμῖν μεμηχάνηται, τοῦ πρὸς τί ποσοῦ· καὶ δείκνυται ὅτι ἡ ἰσότης σΊοιχεῖόν ἐσΊι τοῦ παντοίου τῶν ἐν ἀριθμοῖς σχέσεων πληθυσμοῦ· διότι ἐξ αὐτῆς πᾶσαι αἱ σχέσεις γεννῶνται, καὶ εἰς αὐτὴν ἐσχάτην ἀναλύονται, ὅπερ ὅρος σΊοιχείων

[1] Voyez le Phédon, p. 85 et 86; Arist. *De anima*, I, 4 (les idées de Platon y sont réfutées). — Cf. aussi Arist. Quint. p. 103, et Bojesen, p. 95.

[2] B, τὴν ψυχ. τοῦ Πλάτωνος. — J'ai ajouté l'épigraphe, ainsi que la division en chapitres.

[3] Par cette première phrase qui sert d'argument, l'auteur annonce que c'est sur la connaissance acquise des rapports des nombres comparés entre eux, rapports qui ont pour élément l'*égalité*, qu'est fondée la théorie dont il se propose de présenter une exposition; « et quelle est cette théorie? dit-il: celle de la création de l'âme d'après Platon, et celle des intervalles harmoniques. »

[4] B, εὕρεσις.

ἐσῖιν· ἀλλὰ καὶ[1] πρὸς πραγματειώδη καὶ φιλόσοφον ὄντως θεωρίαν χρησιμεύει ἡμῖν.

Τίνα δέ εἰσιν[2] εἰς ἃ ἡμῖν ἡ παροῦσα χρησιμεύει θεωρία; εἴς τε[3] τὴν Πλάτωνος ψυχογονίαν, καὶ εἰς τὰ ἁρμονικὰ διασῖήματα.

I. Κεφ^ον α^ον. Ἔσῖι δὲ ἁρμονικὸν διάσῖημα, ἡ ἀπὸ φθόγγου εἰς φθόγγον διάβασις[4] τῆς πληγῆς[5], οἷον ἀπὸ τοῦ βαρυτέρου εἰς τὸ ὀξύτερον, ἢ τὸ ἀνάπαλιν. Φθόγγος γάρ ἐσῖιν, ἡ τῆς μιᾶς χορδῆς ποιά τις ἀπήχησις· ἡ δ' ἀπ' αὐτῆς πρὸς τὴν ἑξῆς καὶ διάφορος αὐτῇ κατὰ βαρύτητα ἢ ὀξύτητα, ἐν λόγῳ διεσιαίῳ, ἢ ἡμιτονιαίῳ, ἢ τονιαίῳ μετάσῖασις, καλεῖται διάσῖημα· τὸ δ' αὐτὸ καὶ ἐμμέλεια. Ἐκ δὲ τῶν ἐμμελειῶν τὸ σύστημα, ἐκ τριῶν μὲν, τὸ διὰ τεσῖάρων, ἐκ δ̄ δὲ, τὸ διὰ πέντε· καὶ τὸ μὲν διὰ τεσῖάρων ἐν ἐπιτρίτῳ[6], τὸ δὲ διὰ πέντε ἐν ἡμιολίῳ λόγῳ συνεσῖώς· ἃ καὶ πρῶται καὶ ἁπλαῖ συμφωνίαι καλοῦνται παρὰ τοῖς μουσικοῖς. Ἐν δὲ τοῦ διὰ τεσῖάρων καὶ διὰ πέντε ἡ διὰ πασῶν σύγκειται, ἐν διπλασίῳ[7] λόγῳ θεωρουμένη, ἥτις καὶ ὁμοφωνία καλεῖται, καὶ ὁμόφωνον σύσῖημα· σύστημα ἐκ συσῖημάτων μέλος ἔχον κατακορέσῖατον, καὶ ἐφεξῆς τὰ λοιπὰ συσῖήματα, ἵνα μὴ πάντα ἐπεξέρχωμαι· οὐδὲ γάρ[8] περὶ τούτων νῦν πρόκειται λέγειν· καὶ ὅσον[9] ἐνδείξασθαι τὰ λεγόμενα.

Καταδιαιρεῖται οὖν τὸ ἐπίτριτον, ἐν μὲν τῷ διατονικῷ γένει (τρία[10] γὰρ τὰ ἐν ἁρμονίᾳ[11] γένη· ἐναρμόνιον, χρῶμα, καὶ διάτονον), εἰς[12] ἡμιτόνιον (ἔσῖι δὲ τὸ λεγόμενον ἡμιτόνιον, οὐ κυρίως ἡμιτόνιον, ἀλλὰ λεῖμμα) καὶ τόνον καὶ τόνον[13] [,ἤγουν εἰς ἡμιτόνιον καὶ δύο τόνους ἐφεξῆς τὸ διατονικὸν διαιρεῖται[14]].

[1] A om. καί.

[2] B, δείεισιν.

[3] B, θεωρίαν εἶτε.

[4] B, μετάβασις.

[5] B, πληθῆς.

[6] Cf. Procl. in Tim. p. 191, l. 24 en m.

[7] Ms. διπλασίονι: v. ci-dessus, p. 298, n. 2.

[8] B, ἐπεὶ οὐδὲ π.

[9] B, ἀλλ' ὅσον.

[10] Procl. *ibid.*

[11] B, ἐναρμονία.

[12] A, καί.

[13] Au lieu de καὶ τ. κ. τ. ainsi répété, B, καὶ τόνο (*sic*) une seule fois.

[14] A omet toute cette phrase depuis

Ὁ δὲ τόνος, ἐν ἐπογδόῳ συνίσΊαται λόγῳ· διὰ τοῦτο δὲ οὐκ ἔσΊι τὸ λεγόμενον ἡμιτόνιον, κυρίως ἡμιτόνιον· ὅτι οὐδεὶς ἐπιμόριος λόγος δίχα, ἤγουν εἰς δύο ἴσα, διαιρεθῆναι πέφυκεν, ἀλλ' εἰς ἄνισα· καθάπερ καὶ ὁ ἐπόγδοος, εἴς τε τὸ λεγόμενον λεῖμμα ὅπερ ἐσΊὶν ἔλαττον τμῆμα τοῦ τόνου, καὶ τὴν ἀποτομὴν ὅπερ ἐσΊὶ μεῖζον. Ἐν δὲ τῇ ἁρμονίᾳ[1], εἰς δίεσιν καὶ δίεσιν καὶ δίτονον, ἐν δὲ τῷ χρώματι, εἰς ἡμιτόνιον καὶ ἡμιτόνιον καὶ τριημιτόνιον, ὁ ἐπίτριτος καταδιαιρεῖται λόγος.

Εἰς ταῦτα οὖν τὰ ἁρμονικὰ διασΊήματα ἡ μέθοδος τῆς εὑρέσεως τῶν ἐφεξῆς ἐπιμορίων συμβάλλεται λόγων· εἶπε δὲ[2] διασΊήματα, ἀλλ' οὐ συσΊήματα[3], ἵνα τὴν σΊοιχειωδεστάτην σχέσιν τῶν ἐν ἁρμονίᾳ λόγων, καὶ ἐξ ὧν αἱ ἄλλαι σύγκεινται σχέσεις, δηλώσῃ.

Κεφον βον.

Εἰς ταῦτα οὖν ὡς εἴρηται, καὶ εἰς τὴν τοῦ Πλάτωνος συμβάλλεται ψυχογονίαν. Θεωρεῖ γὰρ ὁ Πλάτων ἐν τῷ Τιμαίῳ τῷ διαλόγῳ, τὴν ψυχὴν ἁπλῶς ἐκ τοῦ δημιουργοῦ γενομένην νοῦ, οὐ[4] κατὰ χρόνον, ἀλλὰ κατ' οὐσίαν· καὶ γὰρ ἐν τῷ Φαίδρῳ[5] ἀγένητον καὶ ἀνώλεθρον αὐτὴν δείκνυσιν· ὥσΊε τὴν κατ' οὐσίαν αὐτῆς ἀπὸ τῶν νοητῶν αἰτίων πρόοδον[6], γένεσιν λέγει τῆς ψυχῆς. « ἜσΊι γὰρ τῶν ὄντων, τὰ μὲν νοητὰ καὶ ἀγένητα, τὰ δὲ αἰσθητὰ καὶ γεννητὰ, τὰ δὲ μεταξὺ τούτων, νοητὰ καὶ γεννητά· [τὰ μὲν γάρ ἐσΊιν ἀσύνθετα πάντῃ καὶ ἀμέρισΊα, καὶ διὰ τοῦτο ἀγένητα· τὰ δὲ σύνθετα καὶ μερισΊὰ, καὶ διὰ τοῦτο γεννητά[7]· τὰ δὲ ἐν μέσῳ τούτων νοητὰ καὶ γεννητά[8]·] ἀμέρισΊά τε ὄντα καὶ μερισΊὰ τὴν φύσιν, ἁπλᾶ τε καὶ σύνθετα τρόπον ἕτερον.

ἤγουν : au reste, ce n'est qu'une répétition, et peut-être une simple glose.

[1] B, ἐναρμονίῳ.

[2] Sous-ent. ὁ Πλ.

[3] B om. ἀλλ' οὐ σ.

[4] B, καί.

[5] Plat. tom. III, p. 246 A. — Cf. Procl. in Tim. p. 175, l. 24 en m.

[6] B, παρόδον.

[7] Ces neuf mots (depuis τὰ δὲ σύνθετα), évidemment nécessaires pour rendre le raisonnement complet, manquent dans l'édition de Proclus, auteur que Psellus copie ici.

[8] A omet toute cette phrase depuis τὰ μὲν γάρ.

« Ἄλλη οὖν ἡ ἐπὶ ψυχῆς γένεσις, καὶ ἄλλη ἡ ἐπὶ σώματος· ἡ μὲν, προτέρα καὶ πρεσβυτέρα, προσεχεστέρα γάρ ἐστι τῷ πάντων δημιουργῷ· ἡ δὲ, δευτέρα καὶ νεωτέρα, πορρωτέρα[1] γάρ ἐστι τῆς μιᾶς[2] αἰτίας. » Οἶδε γὰρ ὁ Πλάτων, « οὐ[3] μόνον ἐπὶ σωμάτων, ἀλλὰ καὶ ἐπὶ ψυχῶν, χώραν ἔχουσαν τὴν γένεσιν, καθόσον καὶ αὗται χρόνου μετέχουσι[4], καθὼς καὶ ἐν τῷ Φαίδρῳ[5] φησὶ διὰ χρόνου θεᾶσθαι τὸ ὂν αὐτάς. Πᾶσα γὰρ μεταβατικὴ[6] κίνησις, κἂν ἀσωμάτων ἐστὶν οὐσιῶν ἐνέργεια, συνεζευγμένον ἔχει τὸν χρόνον » αὐτῇ· καὶ γὰρ ἡ ψυχὴ μεταβατικῶς τοὺς ὅρους νοεῖ, καὶ κατὰ μὲν τὰς ἐνεργείας χρόνου μετείληχε, κατὰ δὲ τὴν οὐσίαν αἰῶνι συντέτακται. Θεώρημα[7] γὰρ ἐν τῇ ψυχῇ, οὐσία, καὶ δύναμις, καὶ ἐνέργεια[8]· ἀλλ' ἔστιν αὐτὴ ἐκ τῶν γενῶν τοῦ ὄντος συγκειμένη, οὐσίας, ταὐτοῦ, θατέρου. Ἀλλὰ γὰρ τριφυῆ καὶ τὴν τῆς ψυχῆς οὐσίαν ὁ Πλάτων ὁρᾷ· « ἄλλη γάρ ἐστιν ἡ ὕπαρξις αὐτῆς, καὶ ἄλλη ἡ ἁρμονία ἡ ἐν αὐτῇ, καθ' ἣν τὸ οὐσιῶδες αὐτῆς συνέχεται πλῆθος· οὔτε μιᾶς οὔσης οὐσίας[9], ὡς ὁ νοῦς· οὔτε εἰς ἄπειρον[10] διαιρουμένης, ὡς τὸ σῶμα μετ' αὐτήν· ἀλλ' εἰς πλέω μὲν[11] οὐσιώδη μέρη ἐξ ὧν ἐστι[12]· πεπερασμένα δὲ κατ' ἀριθμὸν,

[1] Procl. *πορρωτέρω*.

[2] Il faut sans doute *πρώτης* au lieu de *μιᾶς*, ce qui proviendrait de l'abréviation *ᾱ'* mal interprétée.

[3] Procl. *μή*; cf. p. 177, l. 14.

[4] Proclus ajoute *καὶ γὰρ ἐν ταῖς θείαις ψυχαῖς χρόνος ἐστὶν, ὥσπερ καὶ ἐν*. . .

[5] Plat. tom. III, p. 247, D.

[6] B, *ἡ μετ*.

[7] B, *θεωρεῖται*.

[8] B, *ἀνέργεια· καί*.

[9] Procl. *αἰτίας*.

[10] Procl. *ἄπειρα*.

[11] Procl. *εἰς πλείω μὲν ἑνός*. B, *εἰ πλείω*.

[12] Cette phrase un peu obscure paraît signifier que l'âme est multiple et décomposable quant à l'essence, bien qu'elle ne soit pas divisible en plusieurs âmes de même espèce qu'elle. C'est de cette manière que l'atome d'un composé chimique, s'il est permis de faire une semblable comparaison, que l'atome d'eau, par exemple, bien que résultant de la combinaison d'un atome d'oxygène et d'un atome d'hydrogène, ne saurait être divisé géométriquement en plusieurs particules aqueuses N'oublions pas, au surplus, qu'il s'agit ici de l'âme telle que la conçoit Platon, et non de l'intelligence, du *νοῦς*, dont la nature est essentiellement une : *νοῦς μὲν γὰρ μίαν οὐσίαν ἔχει· κ. τ. λ.* (Procl. in Tim. p. 186, l. 20 en mont.) *τὰ δὲ μόρια τῆς*

TRAITÉS GRECS relatifs à la musique.

ὧν πλείω εἶναι μέρη ψυχῆς ἀδύνατον· μηκέτι διαιρετῶν [1] ὄντων εἰς ἄλλα τῶν μερῶν αὐτῆς, ὡς ἔσΊαι δῆλον» ἐν τῇ διαιρέσει τῶν ἁρμονικῶν λόγων αὐτῆς· «καὶ ἄλλο τὸ εἶδος αὐτῆς. Καὶ πάντα ταῦτα ἐν ἀλλήλοις ἐσΊιν [2].

«Ἥτε γὰρ ὕπαρξις [3] ἔχει μεθ' ἑαυτῆς τὸ ἡρμοσμένον πλῆθος [4] (οὐ γάρ ἐσΊιν ἀπλήθυντος)· οὐδέ γε [5] πλῆθος μόνον ἔχουσα, ἀνάρμοσΊον [6] δέ. Καὶ ἡ ἁρμονία [7] οὐσιώδης ἐσΊὶ, καὶ αὕτη συνεκτικὴ καὶ εἰδοποιὸς τῆς οὐσίας, ἀφ' ἧς καὶ δείκνυται πῶς μέν ἐσΊιν ἁρμονία ἡ ψυχὴ, πῶς δὲ οὔ [8].» Διαιρεῖται γὰρ ἡ ψυχή [9], πρῶτον μὲν εἰς οὐσίαν, καὶ δύναμιν, καὶ ἐνέργειαν· ἡ δὲ οὐσία, ὡς εἴρηται, εἰς ὕπαρξιν, ἁρμονίαν, καὶ εἶδος· ἡ δὲ ὕπαρξις, εἰς οὐσίαν, ταὐτὸν, θάτερον.

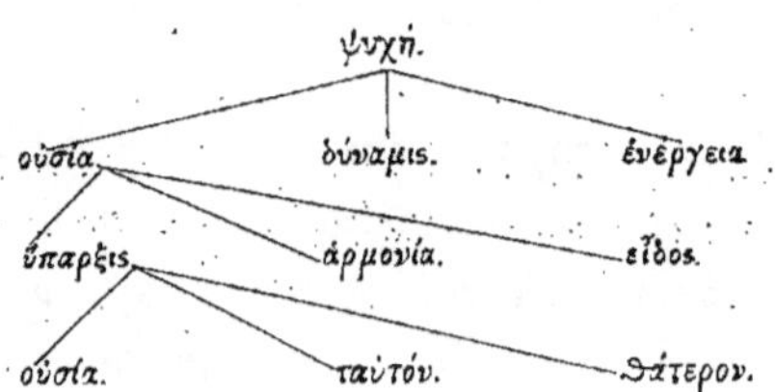

Αὕτη δὲ ἡ δοκοῦσα διαίρεσις τῆς ψυχῆς, οὐκ ἔσΊι διαίρεσις, ἀλλὰ ἀνάλυσις, ὡς [10] ἀπὸ συνθέτου τῆς ψυχῆς, εἰς τὰ ἁπλὰ γένη τοῦ ὄντος προχωροῦσα. Ταῦτα οὖν τὰ γένη τοῦ [10] ὄντος πρότερον μέν ἐσΊιν ἐν τοῖς νοητοῖς καὶ ἀκινήτοις εἴδεσι· δεύτερον δὲ ἐν ταῖς [10] ψυχαῖς· ἔσχατον δὲ ἐν σώμασι [11].

ὅλης ψυχῆς πολλά ἐσΊιν, ἐξ ὧν ἡ ψυχὴ σύγκειται πρὸς ἄλληλα ἡρμοσμένων (cf. le même Procl. p. 183, l. 12 en m.).

[1] A, διαιρετικῶν.

[2] Procl. p. 178, l. 12 et suiv.

[3] B, ὕπαρξιν.

[4] Procl. *ibid.* l. 20.

[5] Procl. οὐδὲ πλ.

[6] B, ἐνάρμοσΊον.

[7] Mss. aj. δέ.

[8] Procl. π. δ. μή. — Cf. le même Pr. p. 189, l. 26 et suiv.

[9] Procl. p. 178, l. 10, et 188, l. 22.

[10] B om.

[11] A, ἐσχάτως δὲ ἐν σώματι.

Γένεσιν οὖν ψυχῆς ὁ Πλάτων ἐν τῷ Τιμαίῳ, πρῶτα μὲν τῆς τοῦ οὐρανοῦ λέγει ψυχῆς κατὰ τὸ ἑαυτοῦ δόγμα· ἣν καὶ τοῦ παντὸς λέγει ψυχὴν ἐν τῷ πρώτῳ μίγματι τῶν γενῶν ἐν τῷ κρατῆρι, κρατῆρα λέγων τὴν ζωογόνον καὶ ὑποστατικὴν τῆς ψυχικῆς (ἢ ψυχικῆς [1]) ζωῆς τοῦ δημιουργοῦ δύναμιν. Δευτέρως [2] δὲ καὶ τὴν ἀνθρωπείαν ψυχὴν γενέσθαι λέγει ἐν δευτέρῳ κράματι, ἐκ τῶν αὐτῶν μὲν γενῶν τοῦ ὄντος, ὑφειμένων δέ. Λέγει δὲ [3] οὕτως· « Καὶ πάλιν [4] ἐπὶ τὸν πρότερον κρατῆρα ἐν ᾧ τὴν τοῦ παντὸς ψυχὴν ἔμισγε κεραννὺς [5], τὰ τῶν πρόσθεν ὑπόλοιπα κατεχεῖτο μίσγων, τρόπον μέν τινα τὸν αὐτὸν, ἀκήρατον δὲ οὐκ ἔτι κατὰ τὰ αὐτὰ [6] ὡσαύτως, ἀλλὰ δεύτερα καὶ τρίτα [7]· » ἀκήρατα δὲ οὐκ ἔτι λέγων, ἀντὶ τοῦ ἄτρεπτα [8] καὶ ἀκλινῆ καὶ ἀμείλικτα, ἀλλὰ πρὸς τὴν γενεσιουργὸν ἀπονέμοντα [9] φύσιν. Καθόλου μὲν οὖν καὶ ἐμφαντικῶς ὡς ἐν βραχέσιν εἰπεῖν, τοιαύτη ἡ τοῦ Πλάτωνός ἐστι ψυχογονία.

Τοιοῦτον οὖν τὸ κρᾶμα τῆς ψυχῆς εἰπὼν συγκερασθῆναι παρὰ τοῦ δημιουργοῦ νοῦ· « μιγνύντος τὴν τοῦ θατέρου φύσιν, δύσμικτον (ὥς φησιν) οὖσαν· » (διακριτικὴ γὰρ καὶ διαιρετικὴ, καὶ προόδων καὶ πολλαπλασιασμῶν ἐστιν αἰτία ἡ φύσις αὐτοῦ·) « τῷ ταυτῷ [10] μετὰ τῆς οὐσίας καὶ ἐκ τριῶν ἓν ποιησαμένου, ἐπάγει [11] πάλιν ὅλον τοῦτο, » (ὅλον τὸ μίγμα λέγων [12],) « μοίρας ὅσας προσῆκε διένειμεν, ἑκάστην δὲ ἔκ τε ταὐτοῦ καὶ θατέρου καὶ τῆς οὐσίας μεμιγμένην. »

[1] B om. ἢ ψυχ. — Cf. Procl. p. 315, l. dern. : αἰτία γάρ ἐστι [ὁ κρατήρ] τῶν ψυχῶν, ἢ ψυχαὶ, καὶ οὐ πάσης ζωῆς.

[2] B, δεύτερον.

[3] B, λέγει γάρ.

[4] Plat. *Tim.* p. 41, D; Pr. p. 190, l. 6.

[5] Edit. κερ. ἐμ.

[6] Plat. ἀκήρατα δ' οὐκέτι κατὰ ταὐτά.

[7] Cf. Procl. p. 318.

[8] B, ἄτρεπα.

[9] B, ἀποδόντα.

[10] Edit. τῷ ταὐτῷ, orthographe peut-être fautive, dans le cas où le *même*, le ταυτόν, est, comme ici, en quelque sorte hypostasié par le redoublement de l'article qui le précède.

[11] L'auteur reprend ici le mot à mot de Platon (p. 35 B); d'où résulte une ἀνακολουθία, le sujet étant νοῦς ποιησάμενος...

[12] B, λέγω.

TRAITÉS GRECS relatifs à la musique.

« Ἤρχετο δὲ διαιρεῖν ὧδε· μίαν ἀφεῖλε τὸ πρῶτον ἀπὸ παντὸς μοῖραν· μετὰ δὲ ταῦτα[1], ἀφῄρει διπλασίαν ταύτης· τὴν δ' αὖ τρίτην, ἡμιολίαν μὲν τῆς δευτέρας, τριπλασίαν[2] δὲ τῆς πρώτης· τετάρτην δὲ, τῆς δευτέρας διπλῆν[3]· πέμπτην δὲ, τριπλῆν τῆς τρίτης· τὴν δὲ ἕκτην, τῆς πρώτης ὀκταπλασίαν· ἑϐδόμην δὲ, ἑπτακαιεικοσαπλασίαν τῆς πρώτης. »

Αὕτη οὖν ἡ εἰς τὰ μείζω διαίρεσις τῆς ψυχῆς· διήρηται γὰρ οὕτω κατ' ἀριθμὸν οὐσιώδη εἰς ὅρους ἑπτά[4]·

α̅, ϐ̅, γ̅, δ̅, θ̅, η̅, κζ̅.

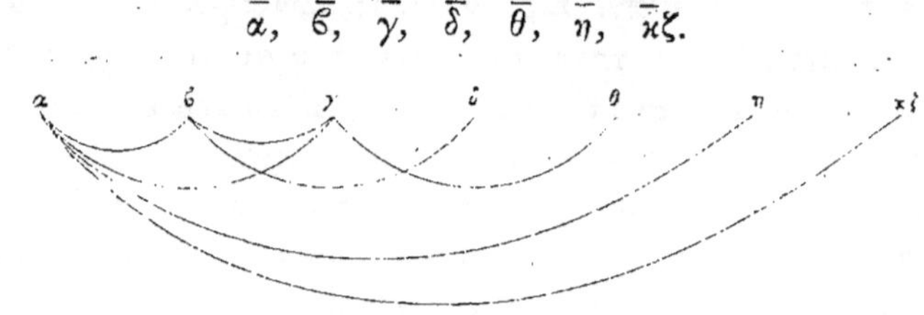

Λόγους δὲ ὡσαύτως τῶν ἐπικειμένων ὅρων ἑπτά· ἕνα μὲν τὸν τῆς δευτέρας πρὸς τὴν πρώτην· δύο δὲ τῆς τρίτης πρὸς τὴν δευτέραν καὶ τὴν πρώτην[5]· ἕνα δὲ τῆς τετάρτης πρὸς τὴν δευτέραν, καὶ ἕνα τῆς πέμπτης πρὸς τὴν τρίτην· καὶ δύο τῆς ἕκτης καὶ τῆς ἑϐδόμης πρὸς τὴν πρώτην· ὡς[6] εἶναι τὴν ψυχὴν ἑπταδικὴν, κατά[7] τε τὰ μέρη, καὶ τοὺς τῶν μερῶν πρὸς ἄλληλα λόγους· καὶ συμϐαίνειν ταύτην ἑπταμελῆ[8], καὶ ἑπτάλογον, καὶ ἑπτάκυκλον εἶναι. Κύκλοις γὰρ ἐοίκασιν οἱ τρεῖς ἐπιτρεπτικοὶ ὡς τριαδικοί[9], ὁ γ̅, ὁ θ̅, ὁ κζ̅· καὶ οἱ δύο ἰσάκις

[1] Ed. ταύτην.

[2] A, διπλ.

[3] A, διπλῆς.

[4] Τρία ταῦτά ἐστιν εἰς ἃ τέμνεται τὸ περὶ τῆς ἁρμονίας κεφάλαιον· ἓν μὲν ἡ τῶν ἑπτὰ μοιρῶν ἔκθεσις· δευτέρα δὲ, ἡ τῶν δύο μεσοτήτων παρεμϐολή· τρίτον δὲ ἡ κατατομὴ τῶν ἐπιτρίτων καὶ τῶν ἡμιολίων, εἰς τοὺς ἐπογδόους καὶ τὰ λείμματα (Procl. p. 192, l. 21).

[5] B, τρίτην.

[6] Fort. ὥςε.

[7] B, κατῶτε.

[8] Procl. in *Tim.* p. 202, l. 11, ἑπταμερῆ.

[9] Ces nombres ont, veut-il dire, la pro-

TRAITÉS GRECS relatifs à la musique.

ἴσοι, ὁ $\overline{\delta}$ καὶ ὁ $\overline{\theta}$· καὶ οἱ δύο ἰσάκις ἴσοι ἰσάκις, ὁ $\overline{\eta}$ καὶ ὁ[1] $\overline{\kappa\zeta}$. Οὕτως οὖν καὶ ἑπτάκυκλος· « ἡ[2] γὰρ μονάς ἐστιν ὁ δημιουργὸς νοῦς· ἡ δὲ ψυχὴ, πρότερον[3] ἀπὸ τοῦ νοῦ προϊοῦσα, ἑβδομάδος ἔχει λόγον[4] πρὸς αὐτόν· πατρικὴ γὰρ καὶ ἀμήτωρ[5] ἡ ἑβδομάς. »

Κεφον δον.

Ἀλλὰ γὰρ λεκτέον εἰ καὶ παρεκβατικώτερον, τίνα τὴν ἐμφάνειαν ὁ μερισμὸς τῆς ψυχῆς εἰς τὸν οὐσιώδη ἀριθμὸν γεγονὼς φέρει, καὶ ὅπως αἱ ἑπτὰ μοῖραι τούτου τὴν ὑπόστασιν ἔλαχον.

« Ἡ μὲν δὴ πρώτη μοῖρα, τὸ νοερώτατόν ἐστι καὶ ἀκρότατον τῆς ψυχῆς, αὐτῷ τῷ ὑπερουσίῳ[6] ἑνὶ συνάπτουσα, καὶ τῇ ὑπάρξει τῆς ὅλης οὐσίας. Διὸ καὶ μία προσαγορεύεται ὡς ἑνοειδής· καὶ ὁ ἀριθμὸς αὐτῆς κατὰ[7] τὸ πλῆθος ἑνώσει κατέχεται· καὶ ἐστὶν[8] ἀνάλογον τῇ αἰτίᾳ καὶ τῷ κέντρῳ τῆς ψυχῆς· κατὰ ταύτην[9] γὰρ καὶ ἀνεκφοίτητός ἐστι τῶν ὅλων[10].

« Ἡ δὲ δευτέρα[11] πολλαπλασιάζει τὴν πρὸ αὐτῆς γεννητικαῖς προόδοις, ἃς ἡ δυὰς ἐνδείκνυται, καὶ πάσας τὰς προόδους ἐκφαίνει τῆς οὐσίας· διὸ καὶ διπλασία λέγεται τῆς πρώτης, ὡς μιμουμένη τὴν ἀόριστον δυάδα, καὶ τὴν ἀπειρίαν τὴν νοητήν.

« Ἡ δὲ τρίτη, πᾶσαν αὐτὴν ἐπιστρέφει πάλιν εἰς τὴν ἀρχὴν, καὶ ἔστι τὸ τρίτον αὐτῆς τὸ συνελισσόμενον εἰς τὰς ἀρχάς· ὃ δὴ μετρεῖται μὲν ὑπὸ τῆς πρώτης μοίρας, ὡς ἑνώσεως ἀπ' αὐτῆς πληρούμενον, μερικώτερον δὲ συνάπτεται πρὸς τὴν δευτέραν.

priété de reproduire indéfiniment et périodiquement les mêmes chiffres d'unités quand on les élève aux puissances successives :

3, 9, 27, 81, 243, 729...

Au reste, tous les nombres entiers jouissent de la même propriété; mais il semble que l'auteur eût dû, pour rendre son énumération complète, commencer par citer les nombres 1, 2, 3, au lieu de 3, 9, 27.

[1] B om. l'article ὁ.

[2] Procl. *ibid.* l. 12 : εἰ γάρ.

[3] Procl. πρώτως.

[4] B, λόγου.

[5] Le nombre 7 n'a pas de mère, c'est-à-dire qu'il n'a pour facteur aucun nombre pair, puisque lui-même est impair.

[6] Procl. *ibid.* l. 27, om. ὑπ.

[7] Procl. εἰς τὸ πλ.

[8] Mss. ἔστιν.

[9] Procl. μένει γὰρ ἡ ψυχὴ κατὰ ταύτην, καὶ ἀνεκφοίτητός ἐστι τῶν ὅλων.

[10] A, τῷ ὅλων : B, τῶν ὄντων (sic).

[11] Procl. *ibid.* l. 16 en m.

Καὶ διὰ τοῦτο λέγεται τριπλασία[1] μὲν ἐκείνης, ἡμιολία δὲ ταύτης, ἐξ ἡμισείας μὲν ὑπὸ τῆς δευτέρας συνεχομένη[2]· ὡσὰν μηδὲ τὴν ἴσην δύναμιν ἐχούσης, τελέως δὲ ὑπὸ τῆς ϖρώτης.

« Ἡ δ' αὖ τετάρτη μοῖρα καὶ ἡ ϖέμπτη (λοιπὸν ἰδίως) ϖροσ7άτιν αὐτὴν ἀποφαίνουσι[3] τῶν δευτέρων· αἰτίαι γάρ εἰσι τῶν ἀσωμάτων, τῶν μέν τοι σώμασι[4] μεριζομένων, νοεραὶ δέ[5]· ἐπίπεδοι οὖσαι καὶ τετραγωνικαί, ἡ μὲν ἀπὸ τῆς δευτέρας, ἡ δὲ ἀπὸ τῆς τρίτης μοίρας, τῆς[6] ϖροόδου καὶ τῆς ἀπογεννήσεως, ἡ τετάρτη, τῆς δὲ ἐπισ7ροφῆς καὶ τῆς τελειώσεως, ἡ ϖέμπ7η· ἐπίπεδοι γὰρ ἀμφότεραι, ἀλλ' ἡ μὲν ἀπὸ τῆς δευτέρας, δὶς ἀπ' αὐτῆς ὑποστᾶσα, ἡ δὲ ἀπὸ τῆς τρίτης, τρὶς ϖροελθοῦσα. Καὶ ἔοικεν εἶναι, ἡ μὲν γεννητική, τῶν ϖερὶ τὸ σῶμα γεννητικῶν μορίων μερισ7ῶν, γονίμων δὲ ὅμως εἰδῶν τὴν ϖρόοδον μιμουμένων τῆς ψυχῆς[7]· ἡ δέ, τῶν ϖερὶ τὸ σῶμα μερισ7ῶν, γνωσ7ικὴν δὲ δύναμιν ἐχόντων, καὶ ταύτῃ μιμουμένων τὸ τῆς ψυχῆς ἐπισ7ρεπ7ικόν[8]. Πᾶσα[9] γὰρ γνῶσις ἐπισ7ρέφει τὸ γινῶσκον εἰς τὸ γνωστόν, ὥσπερ ϖᾶσα φύσις γεννᾶν ἐθέλει, καὶ εἰς τὸ κάτω ϖοιεῖσθαι τὴν ϖρόοδον.

« Ἡ δὲ ἕκτη καὶ ἑβδόμη[10], καὶ αὐτῶν τῶν σωμάτων καὶ τῶν σ7ερεῶν ὄγκων τὰς ϖρωτουργοὺς αἰτίας ἐν αὐτῇ[11] ϖροϋποτίθεται[12]· σ7ερεοὶ γάρ[13] οἵδε οἱ ἀριθμοί, καὶ ὁ μὲν ἀπὸ τῆς δευτέρας, ὁ δὲ ἀπὸ τῆς τρίτης. Ἐπισ7ρέφων δὲ ὁ λόγος, καὶ τὰ ἔσχατα εἰς τὰ ϖρῶτα, καὶ τὰς ἀποπερατώσεις αὐτὰς[14] τῆς

[1] Procl. τριπλάσιον.... ἡμιόλιον.

[2] A, συνεχόμενος; Procl. et B, συνεχόμενον. L'auteur continue à suivre le commentaire de Proclus, où se trouve ce dernier mot qui se rapporte à τὸ τρίτον.

[3] A, ἀποφαίνουσιν.

[4] A, σώματι : Pr. τῶν ϖερὶ τοῖς σώμασι.

[5] Procl. om. δέ.

[6] Procl. aj. μέν.

[7] L'édition de Proclus omet les deux lignes qui suivent, jusqu'aux mots τῆς ψυχῆς.

[8] A, ἐπιτρεπ7ικόν.

[9] Mss. ϖᾶσαν γὰρ γνῶσιν : Procl. ϖᾶσα γ. γνῶσις ἐπ. τὸ γιγνῶσκον.

[10] A, τετάρτη.

[11] B, ἐναυτῷ (sic).

[12] Procl. ὑποτίθενται.

[13] Mss. σ7. δέ.

[14] Procl. om. αὐτάς.

ψυχῆς ἐπὶ τὴν ἀκρότητα αὐτῆς, τὴν μὲν ὀκταπλασίαν, τὴν δὲ ἑπλακαιεικοσαπλασίαν ἔθετο τῆς πρώτης.

« Καὶ οὕτως[1] ἑπλαμερὴς ἡ οὐσία τῆς ψυχῆς, ὡς μένουσα καὶ προϊοῦσα, καὶ ἐπισλρέφουσα, καὶ αἰτία τῆς[2] προόδου καὶ τῆς ἐπισλροφῆς τῶν περὶ τὰ σώματα[3] μερισλῶν οὐσιῶν, καὶ τῶν σωμάτων αὐτῶν. »

II. Εἶχον οὖν[4] πολλὰ καὶ μαλὰ θεάματα λέγειν εἰς τὸν περὶ
φον εον. ψυχῆς τόνδε τοῦ Πλάτωνος λόγον[5], εἰ δεῖ με οὕτως εἰπεῖν, ὦ κρατίσλη μοι Δέσποινα[6], τά τε ἄλλα καὶ τῶν ἐν ἀποῤῥήτοις λεγομένων ἐποπλικώτατε θεωρέ· ἑπόμενος Πορφυρίῳ τε καὶ Ἰαμβλίχῳ, καὶ τοῖς λοιποῖς τῶν πλατωνικῶν ἰύγγων[7] ὀργανισλαῖς, ἐξαιρέτως δὲ τῷ ἐκφαντορικωτάτῳ Πρόκλῳ καὶ μουσολήπλῳ. Ἀλλ' ἐπείπερ οὐ τοῦτο ἐπιτέτραπλαί μοι, ἀλλὰ πῶς ἡ τῶν ἐν ἀριθμοῖς ἐφεξῆς λόγων εὕρεσις εἰς τὴν Πλάτωνος χρησιμεύει ψυχογονίαν, συμμετρησάμενος ὅσαπερ ἀρκεῖ πρὸς τὴν ἔνδειξιν τοῦ προκειμένου, συντόμως καὶ κεφαλαιωδῶς εἴρηκα. Εἰ δέ γε μὴ περίεργόν ἐσλι καὶ περισσὸν, ἄλλως καὶ αὐτὸ τὸ διάγραμμα μεθοδεύσας, ἐκθήσομαί σοι, ἐκ τοῦ τετράκις διὰ πασῶν, καὶ διὰ πέντε, καὶ τόνου[8] συνεσλώς.

[1] B, οὕτω.

[2] Procl. τῆς τε.

[3] Procl. π. τοῖς σώμασιν.

[4] B, Εἶχον μὲν οὖν, peut-être εἶχον ἄν.

[5] B, τόπον.

[6] « O ma puissante Maîtresse, vous qui avez pénétré si avant dans la profondeur des mystères que l'on ne dévoile point aux profanes. »

Il ne peut être douteux que l'impératrice à laquelle s'adresse cette allocution, ne soit la savante Eudocie, d'abord femme de Constantin Ducas, puis ensuite de Romain Diogène qui fut promu à l'empire en 1068, époque où florissait Mich. Const. Psellus surnommé *le jeune*, auteur de cet opuscule. Entre autres ouvrages composés par cette femme justement célèbre, nous possédons sa *Guirlande de violettes* (Ἰωνιά), formant le premier volume des *Anecdota græca* de D'Ansse de Villoison (1781, Venise). — Voyez l'image d'Eudocie et de Romain, d'après une ivoire de S. Jean de Besançon, dans la 2e livraison de la *Revue archéologique*.

[7] Sur ce mot, cf. particulièrement Boissonade *in Marinum*, p. 123. Ici, il signifie *oracle*.

[8] A, τόνον.

Ἀλλὰ ῥητέον ὅσον οἷόν τε πρὸς τὴν παροῦσαν ὁρμὴν, περὶ τῶν[1] ἐν ψυχογονίᾳ τοῦ Πλάτωνος εἰλημμένων ἀριθμητικῶν λόγων, «περί τε τῶν τοῦ πολλαπλασίου[2] καὶ τῶν μεσοτήτων τῶν μεταξὺ τούτων· περὶ τῶν ἐπιτρίτων καὶ ἡμιολίων τῶν ἐν ταῖς μεσότησιν ἀναφαινομένων· περὶ ἐπογδόων τῶν τὰ διαστήματα συμπληρούντων· περὶ τοῦ λείμματος· καὶ γὰρ τὸ διάγραμμα δεῖ πάντων τούτων εἶναι περιληπτικὸν, καὶ καταπεπυκνῶσθαι πᾶσι[3] τούτοις τοῖς λόγοις. Ἵνα οὖν ἐν τάξει προΐωμεν, λάβωμεν πρῶτον ἐν τοῖς ἀπὸ μονάδος ἀριθμοῖς τοὺς λεγομένους πρώτους ὑπὸ τοῦ Πλάτωνος λόγους.

Κεφον ςον.

«Ἐκκείσθω οὖν δὴ μονὰς, καὶ ταύτῃ διπλασία δυάς· εἶτα τριὰς, ἡμιολία μὲν τῆς δυάδος, τριπλασία δὲ τῆς μονάδος· εἶτα τετρὰς, διπλασία τῆς δυάδος· εἶτα ἐννεὰς[4], τριπλασία τῆς τριάδος· εἶτα ὀγδοὰς, ὀκταπλασία τῆς μονάδος· ἐπὶ πᾶσι δὲ ἑβδόμη μοῖρα, ἑπτακαιεικοσαπλασία τῆς μονάδος.

«Ἀλλ' εἰ μὲν ἄχρι τούτων[5] ἔστη τὰ τοῦ Πλάτωνος, ἔδει μηδὲν περιεργάζεσθαι πλέον. Ἐπειδὴ δὲ αὐτὸς ἡμῖν παρακελεύεται τὰ διπλασίω καὶ τριπλασίω[6] διαστήματα ταῖς τε ἀριθμητικαῖς καὶ ἁρμονικαῖς μεσότησι συνδεῖν, μονάδος δὲ οὐκ ἔστι καὶ δυάδος μεταξὺ ταύτας τὰς μεσότητας εὑρεῖν, ληπτέον τινὰ πρῶτον ἀριθμὸν, ὃς ἐλάχιστος ὢν, ἕξει ἥμισυ καὶ τρίτον· διπλάσιον γὰρ πᾶς ἀριθμὸς ἔχειν δύναται[7]. Εἰλήφθω γ' οὖν[8] ὁ ἕκτος· καὶ τούτου διπλάσιος ὁ δωδέκατος, τὸν αὐτὸν ἔχοντες[9] λόγον, ὃν πρὸς δυάδα μονάς. Τούτων δὲ[10] τῶν ἑξαπλασίων μονάδος καὶ δυάδος μέσοι παρεντεθέντες[11]

[1] A, τῶν περὶ τῶν: B, τοῦ περὶ τῶν.
[2] Procl., p. 193, l. 18 en m.: περὶ τῶν τοῦ πολλαπλασίου λόγων.
[3] B om. πᾶσι.
[4] Procl. ἐννάς.
[5] *Id. ibid.* l. 7 en m.
[6] Procl. τὰ διπλάσια καὶ τριπλάσια.
[7] Procl. aj. καὶ τοῦτο οὖν ζητητέον.
[8] A, εἰλήφθω οὖν.
[9] A, ἔχει; B, ἔχων; Procl. ἔχοντες.
[10] Procl. δή.
[11] B, μέσον παρεντιθέντες.

ὅτε ὄγδοος καὶ ἔννατος[1], τὰς εἰρημένας μεσότητας ἀποδώσουσιν. Ὁ μὲν γὰρ ὄγδοος ταὐτῷ μέρει τῶν ἄκρων[2] ὑπερέχει τε καὶ ὑπερέχεται » (ὅπερ ἴδιόν ἐσῖιν ἁρμονικῆς ἀναλογίας)· ὁ δὲ ἔννατος, ἴσῳ μὲν[3] κατ' ἀριθμὸν ὑπερέχει, ἴσῳ δὲ ὑπερέχεται » (ὅπερ ἴδιόν ἐσῖιν ἀριθμητικῆς μεσότητος).

« Ἑξάκις[4] ἄρα τὴν μονάδα καὶ δυάδα ποιήσαντες, εὕρομεν ἀριθμοὺς τὰς εἰρημένας ἐπιδεχομένους μεσότητας. Ὁμοίως δὲ[5] καὶ τοὺς λοιποὺς τῶν ἐν τῷ προειρημένῳ σῖίχῳ[6] τῶν διπλασίων ἅμα καὶ τριπλασίων ἐξαπλασιάσαντες, εὑρήσομεν ὅρους, οὓς δυνησόμεθα καταπυκνοῦν ἀριθμητικαῖς τε καὶ ἁρμονικαῖς μεσότησι[7]· Γεγονέτωσαν γὰρ[8] ἀπὸ παντὸς τοῦ προειρημένου σῖίχου[9] ἑξαπλάσιοι· ἄλλους ἀριθμοὺς ἐν τάξει θέντες, μόνον τὸν πεντηκοστὸν τέταρτον[10] πρὸ τοῦ τεσσαρακοσῖοῦ ὀγδόου θεῖναι ὀφείλοντες (τοῦτον γὰρ πρότερον[11] εἶπε τριπλάσιον τοῦ τρίτου), μετ' ἐκεῖνον[12] αὐτὸν ἡμεῖς[13] ἔθεμεν, τῷ πλήθει τῶν μονάδων ἑπόμενοι, καὶ οὐ τῇ ἀπαριθμήσει ἣν ὁ Πλάτων πεποίηται, τοῖς λόγοις αὐτῶν ἑπόμενος, καὶ ἐναλλὰξ τιθεὶς[14] τοὺς διπλασίους καὶ τριπλασίους.

« Μεταξὺ μὲν οὖν[15] τοῦ ἕκτου καὶ δωδεκάτου [aj. πρώτου διπλασίου], ἐμπεσοῦνται ὁ ὄγδοος καὶ ὁ ἔννατος. Μεταξὺ δὲ τοῦ δωδεκάτου καὶ εἰκοσῖοῦ τετάρτου, [aj. δευτέρου] διπλασίου, ἁρμονικὴ μὲν μεσότης ὁ δέκατος ἕκτος, ἀριθμητικὴ δὲ ὁ δέκατος ὄγδοος. Μεταξὺ δὲ τοῦ [aj. δευτέρου] διπλασίου τοῦ εἰκοσῖοῦ τετάρτου καὶ τεσσαρακοσῖοῦ ὀγδόου [aj. τρίτου

[1] Procl. ὅ,τε ὀκ7ὼ καὶ θ̄.
[2] Procl. aj. αὐτῶν.
[3] B, τε.
[4] Procl. p. 194.
[5] Procl. δή.
[6] Procl. σῖοίχῳ.
[7] Procl. ἀρ. τε μεσ. καὶ ἁρμ.
[8] B. om. γάρ.
[9] Procl. σῖοίχου.
[10] Procl. τὸν πεντηκοντατέσσαρα πρὸ τοῦ τεσσαρακονταοκτώ.
[11] A, εἶπε πρότερον.
[12] A, κατ' ἐκεῖνον δέ.
[13] Procl. om. ἡμεῖς.
[14] Procl. om. τιθείς.
[15] Procl. om. οὖν.

διπλασίου], ἁρμονικὴ μὲν μεσότης ὁ τριακοσῖὸς δεύτερος, ἀριθμητικὴ δὲ ὁ τριακοσῖὸς ἕκτος.

« Ἐν δὲ τοῖς τριπλασίοις, μεταξὺ τοῦ ἓξ [1] καὶ δεκάτου ὀγδόου πρώτου τριπλασίου, ἁρμονικὴ μεσότης ὁ ἔννατος, ἀριθμητικὴ δὲ ὁ δωδέκατος [2]. Μεταξὺ δὲ τοῦ πρώτου [3] τριπλασίου [4] τοῦ δεκάτου ὀγδόου καὶ τοῦ [aj. δευτέρου τριπλασίου τοῦ] πεντηκοσῖοῦ τετάρτου, ἁρμονικὴ μὲν ὁ εἰκοσῖὸς ἕϐδομος, ἀριθμητικὴ δὲ ὁ τριακοσῖὸς ἕκῖος. Μεταξὺ δὲ τοῦ δευτέρου [5] τριπλασίου τοῦ πεντηκοσῖοῦ τετάρτου καὶ τοῦ [aj. τρίτου τριπλασίου τοῦ] ἑκατοσῖοῦ ἑξηκοσῖοῦ δευτέρου, ἁρμονικὴ μὲν ὁ ὀγδοηκοσῖὸς πρῶτος, ἀριθμητικὴ δὲ ὁ ἑκατοσῖὸς ὄγδοος.

« Διῄρηται ἄρα τὰ διπλάσια καὶ τριπλάσια διαστήματα ταῖς δύο ταύταις μεσότησιν, ὥσῖε εἶεν ἂν ἐφεξῆς οἱ ὅροι οὗτοι·

ς . η . θ . ιϐ . ις . ιη . κδ . κζ [6] . λϐ . λς . μη [7] . νδ . πα . ρη . ρξϐ
6 . 8 . 9 . 12 . 16 . 18 . 24 . 27 . 32 . 36 . 48 . 54 . 81 . 108 . 162

« Ἀλλ' εἰ μὲν ἦν δυνατὸν ἐν τούτοις τοῖς ἐκκειμένοις ἡμῖν [8] ὅροις, τοὺς ἐπιτρίτους λόγους εἴς τε τοὺς ἐπογδόους καὶ τὰ λείμματα διελεῖν, μέχρι τούτων [9] ἂν ἔσῖημεν· νῦν δὲ ἐπεὶ οὐκ ἂν [10] οἷόν τε, ἄλλης ἂν δεοίμεθα [11] μεθόδου [12].

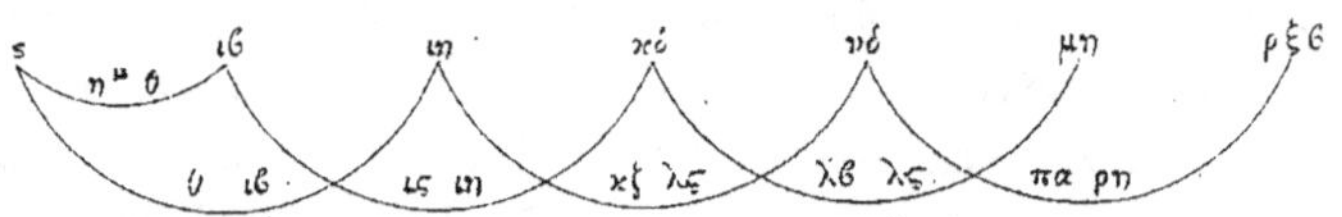

[1] B, τον ς: A, τούτου.

[2] Procl. ὁ δυόδεκα.

[3] Mss. δευτέρου.

[4] Procl. aj. ἀριθμοῦ.

[5] Mss. τρίτου.

[6] Mss. ainsi que Procl. om. κζ'.

[7] A, μϐ au lieu de μη.

[8] A om. ἡμῖν.

[9] A, τούτου.

[10] Procl. νῦν δὲ οὐ γὰρ ο. τ.; B, νῦν δὲ οὐκ ἂν ο. τ.

[11] Procl. δέοι.

[12]

α
(β) η θ (γ)
ξδ οϐ πα

Ὀκταπλάσιος, ὁ μὲν η τοῦ α, ὁ δὲ ξδ τοῦ η, [καὶ ὁ οϐ τοῦ θ].

[Ἐννεαπλάσιος, ὁ μὲν θ τοῦ α, ὁ δὲ πα τοῦ θ, καὶ ὁ οϐ τοῦ η].

Ἐπόγδοοι δὲ, [ὁ θ τοῦ η, καὶ] ὁ μεν οϐ τοῦ ξδ, ὁ δὲ πα τοῦ οϐ.

[13] Ms. ο au lieu de η.

III. κεφον ζον.

« Προκείσθω οὖν ἐξ ἀρχῆς καταπυκνῶσαι τὸν διπλάσιον λόγον ταῖς εἰρημέναις μεσότησι, καὶ τοῖς ἐπογδόοις· δεήσει ἄρα τὸν ὑπόλογον τοῦ διπλασίου, μεταξὺ [1], τοὺς δύο ἐπογδόους καὶ ἐπίτριτον ἔχειν.

« Εἰλήφθω οὖν ὁ τρίτος ἀπὸ μονάδος, κατὰ τὸν ὀκταπλάσιον λόγον, ὁ ξδ· ἀπὸ τούτου μὲν δύο ἐπογδόους ἀποσῆσαι [2] δυνατόν· ἅπας γὰρ πολλαπλάσιος τοσούτων ἐπιμορίων ἡγεῖται λόγων ἀντιπαρωνύμων [3] αὐτῷ, ὁπόσῖος [4] ἐσῖὶν αὐτὸς ἀπὸ μονάδος. Ἐπίτριτον δὲ οὐκ ἔχει· τριπλασιάσας οὖν αὐτὸν τὸν ξδ [5], ποιῶ τὸν ρϟβ, οὗ ἐπίτριτος μέν ἐσῖιν [6] ὁ σνς, ἐπόγδοος δέ, ὁ σις· καὶ τούτου ἐπόγδοος ὁ σμγ. Ὁ ἄρα τοῦ λείμματος λόγος ἐσῖὶν ὁ μετὰ τὴν ἀφαίρεσιν τῶν δύο ἐπογδόων [7] λειπόμενος τοῦ σμγ^{ου} πρὸς τὸν σνς^{ον} [8]· ἀπὸ παντὸς γὰρ ἐπιτρίτου δύο ἐπογδόων ἀφαιρεθέντων, καταλείπεται ὁ τοῦ λείμματος λόγος. Ἀλλὰ τοῦ σνς^{ου} ἐπόγδοος ὁ σπη^{ος}, ὃς τὴν ἀριθμητικὴν σώζει [9] μεσότητα τεταγμένος μεταξὺ τοῦ ρϟβ [10] καὶ τοῦ τπδ [11] πρὸς μὲν τὸν ρϟβ τὸν διπλάσιον λόγον ποιοῦντος [12], πρὸς δὲ τὸν σπη ἐπίτριτον.

« Εἰ μὲν οὖν δυνατὸν ἀποστῆσαι [13] δύο ἐπογδόους ἀπὸ τοῦ σπη, κατεπυκνώσαμεν ἂν καὶ τοῦτο τὸ ἐπίτριτον, τοῖς τε ἐπογδόοις καὶ τῷ λείμματι. Νῦν δὲ οὐχ οἷόν τε· ὁ γὰρ ἐπόγδοος αὐτοῦ, ὁ τκδ [14], ὄγδοον οὐκ ἔχοι. Διὸ πρὸς αὐτὸν ἐπόγδοον γενέσθαι λόγον οὐ δυνατὸν [15], τοῖς ἄτμητον τὴν μονάδα φυλάττειν ἀεὶ βουλομένοις· τὸ γὰρ ὄγδοον αὐτοῦ

[1] Procl. μετὰ τοὺς δ. ἐπ. ἐπιτρ. ἐχ.

[2] Procl. ὑποσῖ.

[3] Mss. ἀντὶ π en deux mots.

[4] Procl. ὁπόσος ἐσῖὶν ἀπὸ μ.

[5] Procl. om. τὸν ξδ.

[6] Procl. om. ἐσῖιν.

[7] Procl. τοῖν δυοῖν ἐπογδόοιν λ., τοῖν σμγ, σις (sic).

[8] Je me conforme aux manuscrits en laissant l'adjectif numéral au lieu du nom de nombre.

[9] A, φέρει.

[10] A, τῶν ρνβ.

[11] A, ρπδ.

[12] Procl. διπλ. πρ. τὸν ρϟβ λόγ. π.

[13] Procl. ὑποσῖῆσαι.

[14] A, σκδ.

[15] Pr. ἀδύνατον, τοῖς ἀτμ. ἀεὶ τ. μ. φ. β.

μ ‿‿ ἐσ7ί[1]. Διπλασιάσαντες οὖν αὐτὸν, ἵνα τὸ ἥμισυ ὅλον ποιήσωμεν, καὶ σχῶμεν[2] καὶ αὐτοῦ λαβεῖν ἐπόγδοον, ἀναγκασθησόμεθα[3] διὰ τοῦτο καὶ τοὺς πρὸ αὐτοῦ διπλασιάσαι πάντας, καὶ τοὺς μετ' αὐτόν. Ἔσ7αι οὖν ἀντὶ μὲν τοῦ ρϟϐ^ου, ὁ τπδ^ος· ἀντὶ δὲ τοῦ σις, ὁ υλϐ· ἀντὶ δὲ τοῦ σμγ, ὁ υπς· ἀντὶ δὲ τοῦ σνς, ὁ φιϐ· ἀντὶ δὲ τοῦ σπη, ὁ φος. Καὶ τούτου ἐπόγδοος ὁ χμη^ος· καὶ τούτου ἐπόγδοος ὁ ψκθ[4]· ἔπειτα ὁ ψξη, διπλάσιος μὲν ὢν τοῦ τπδ, πρὸς δὲ τὸν ψκθ[4] λόγον ἔχων τοῦ λείμματος. Καὶ οὕτω δὴ συμπεπλήρωται[5] τὸ διπλάσιον διάσ7ημα, τοῖς τε ἡμιολίοις καὶ ἐπιτρίτοις καὶ ἐπογδόοις λόγοις, ἐν τοῖσδε τοῖς[6] ἀριθμοῖς·

τπδ. υλϐ. υπς. φιϐ. φος. χμη. ψκθ. ψξη.
[384.432.486.512.576.648.729.768]

Κεφ^ον η^ον. « Εἰ οὖν ἐθελήσαιμεν[7] ὅλον συμπληρῶσαι τὸ διάγραμμα, ἐκθέμενοι κατὰ τὸ[8] ἑξῆς, ἀντὶ μὲν τῆς πρώτης μοίρας, τὸν τπδ^ον· ἀντὶ δὲ τῆς δευτέρας[9], τὸν ψξη· ἀντὶ δὲ τῆς τρίτης[10], τῆς τριπλασίας μὲν[11] τῆς πρώτης, ἡμιολίας δὲ τῆς δευτέρας, τὸν ,αρνϐ· ἀντὶ δὲ τῆς τετάρτης, διπλασίας τῆς δευτέρας[12], τὸν ,αφλς· ἀντὶ δὲ τῆς πέμπ7ης, τῆς τριπλασίας[13] τῆς τρίτης, τὸν ,γυνς· ἀντὶ δὲ τῆς ἕκτης, ἥ ἐσ7ιν ὀκταπλασία τῆς πρώτης, τὸν ,γοϐ· ἀντὶ δὲ τῆς ἑϐδόμης, ἥ ἐσ7ιν ἑπ7ακαιεικοσαπλασία[14] τῆς πρώτης, τὸν α̈τξη[15].

[384.768.1152.1536.3456.3072.10368]

[1] Procl. τ. γ. ο. ἐσ7ὶν αὐτοῦ μη.
[2] Procl. ἕξομεν.
[3] Procl. aj. δέ.
[4] A, ψκϐ.
[5] Procl. πεπλ.
[6] A, ἐν δὲ τοῖς.
[7] Procl. ἐθελήσομεν.
[8] Procl. τὰ ἑξῆς.
[9] Procl. ἀντὶ δὲ τῆς διπλασίας ταύτης.
[10] Pr. om. τῆς τρίτης; B, τῆς δεύτερας.
[11] Mss. om. μέν.
[12] Proclus, au lieu de ces quatre mots, donne τῆς τετραπλασίας τῆς πρώτης.
[13] Procl. ἥ ἐσ7ὶ τριπλασία.
[14] Procl. ἑπ7...πλασίων.
[15] Procl. μτξη.

TRAITÉS GRECS relatifs à la musique.

« Εἰ οὖν ἐθελήσαιμεν τάσδε καταπυκνῶσαι[1] ταῖς τε ἁρμονικαῖς καὶ ἀριθμητικαῖς μεσότησιν, αἳ παρατεθεῖσαι[2] τά τε ἡμιόλια καὶ ἐπίτριτα διαστήματα ποιήσουσιν, ἔσονται μεταξὺ τοῦ τε τπδ καὶ τοῦ ψξη διπλασίου, ὅτε φιϐ ποιῶν τὴν ἁρμονικὴν μεσότητα[3]; καὶ ὁ φος τὴν ἀριθμητικὴν » μεσότητα ποιῶν.

[384 . 512 . 576 . 768] [(1 : 2)]

« Εἰ δὲ τοῦ τριπλασίου διαστήματος, λέγω δὴ[4] τοῦ τπδ καὶ τοῦ αρνϐ[5], λάϐοιμεν τὰς μεσότητας, ὁ μὲν φος σώζει τὴν ἁρμονικὴν[6], ὃς ἐν τῷ διπλασίῳ[7] τὴν ἀριθμητικὴν[8] ἀνεπλήρου[9] μεσότητα· ὁ δὲ ψξη τὴν ἀριθμητικήν, ὃς ἦν μείζων[10] ἄκρος τοῦ διπλασίου.

[384 . 576 . 768 . 1152] [(1 : 3)]

« Πάλιν εἰ τοῦ δευτέρου διπλασίου[11] τὰς αὐτὰς ἐθελήσαιμεν [μεσότητας λαϐεῖν, ἔσονται μεταξὺ τοῦ τε ψξη καὶ τοῦ αφλς, ὁ μὲν αχδ ἁρμονικὴ μεσότης, ὁ δὲ αρνϐ ἀριθμητική[12].

[768 . 1024 . 1152 . 1536] [(2 : 4)]

[1] Procl. τούσδε καταπυκνώσαι.

[2] Procl. παρεντ.

[3] Σχόλ. : Ὁ γὰρ φιϐ ποιεῖ πρὸς μὲν τὸν τπδ, τὸν ἐπίτριτον λόγον, πρὸς δὲ τὸν ψξη, τὸν ἡμιόλιον, ἐξ ὧν σύγκειται ὁ διπλάσιος· ὑπερέχει ὁ φιϐ τοῦ τπδ, τῷ τρίτῳ αὐτοῦ μέρει, ὑπερέχεται δὲ ὑπὸ τοῦ ψξη, τοῦ ψξη γ° μέρει. Ὁ δὲ φος· πρὸς μὲν τὸν τπδ, τὸν ἡμιόλιον ποιεῖ λόγον, πρὸς δὲ τὸν ψξη, τὸν ἐπίτριτον ἀντιστρόφως· καὶ ὑπερέχει καὶ ὑπερέχεται ἑκατέρων τῶν ἄκρων μονάσιν ρζϐ.

* Ms. φογ.

[4] Mss. δέ.

[5] A, αρη.

[6] Procl. ἀριθμητικήν.

[7] Procl. τριπλασίῳ.

[8] Procl. ἁρμονικήν.

[9] Procl. ἡμῖν ἀπεπλήρου.

[10] Procl. ὁ μείζων.

[11] Procl. διπλ. καὶ τετρ. (au lieu de δευτ. διπλ.) ἐθηλήσομεν (sic).

[12] A, ἀριθμητικήν. — Ici se trouve intercalée dans le manuscrit la série suivante : ρζϐ'. σις'. σμγ'. σνς'. σπη'. τκδ. τξδ∠''. τπδ'. υλϐ'. υπς'. φιϐ'. φος'. χμη'. ψκθ'. ψξη'. [192. 216. 243. 256. 288. 324. 364 ½. 384. 432. 486. 512. 576. 748. 729. 768.]

« Εἰ δὲ καὶ τὸ δεύτερον ἐθελήσαιμεν[1]] καταπυκνῶσαι τριπλάσιον, οὗ οἱ ὅροι εἰσὶν ὁ ͵αρνϐ[2] καὶ ὁ ͵γυνϛ, ὁ μὲν ͵αψκη τὴν ἁρμονικὴν ἀποδώσει μεσότητα πρὸς αὐτοὺς, ὁ δὲ ͵βτδ τὴν ἀριθμητικήν.

[1152.1728.2304.3456] [(3:9)]

« Καὶ μὴν καὶ εἰ τὸ τρίτον διπλάσιον καταπυκνώσαιμεν[3], ἐν ὅροις ὂν[4] τῷ τε ͵αφλϛ καὶ [τῷ] ͵γοϐ, ὁ μὲν ͵βμη τὴν ἁρμονικὴν ἕξει πρὸς αὐτοὺς, ὁ δὲ ͵βτδ τὴν ἀριθμητικήν.

[1536.2048.2304.3072] [(4:8)]

« Ἔτι δὲ εἰ τὸ τρίτον τριπλάσιον, λέγω δὴ τήν τε πέμπτην καὶ ἑβδόμην μοῖραν, ταῖς ὁμοίαις μεσότησι καταπυκνώσαιμεν, ἔσονται[5] ἄκροι μὲν ὅ τε ͵γυνϛ καὶ ὁ ἀτξη[6], μέσοι δὲ ἁρμονικὸς[7] ὁ ͵ερπδ, ἀριθμητικὸς δὲ ὁ ͵ϛϡιϐ[8].

[3456.5184.6912.10368] [(9:27)]

« Εἰ δ' αὖ καὶ τῶν ἐπιτρίτων ἕκαστον τῶν ἀναφανέντων ἐκ τούτων τῶν μεσοτήτων, καὶ τῶν ἡμιολίων, τοῖς τε ἐπογδόοις καὶ τῷ λείμματι καταπυκνώσαιμεν, ἔσται[9] ἐν ὅροις τοῖς ἑξῆς κειμένοις[10] τὸ ὅλον διάγραμμα[11], ἔχον ἐπογδόους μὲν κδ, λείμματα δὲ θ[12]. »

[1] Procl. θελήσαιμεν. — Le ms. B omet, par suite de l'ὁμοιοτέλευτον, tout ce qui se trouve entre ἐθελήσαιμεν, trois lignes plus haut, et le mot καταπυκνῶσαι.

[2] B, αρν.

[3] Procl. κατ.... ῶσαι.

[4] A, ὤν.

[5] Procl. aj. ἡμῖν.

[6] A : ἵτξη.

[7] Procl. ἁρμονικῆς... ἀριθμητικῆς.

[8] A, ͵ϛϡϛβ; B, ϡκβ.

[9] Procl. (p. 195) aj. ἡμῖν.

[10] Procl. aj. μετὰ τὴν ὅλην ἐξήγησιν.

[11] Mss. τοῦ ὅλου διαγράμματος : Procl. τὸ ὁ. δ... μα.

[12] Timée de Locres fait entrer l'apotome dans le calcul, et trouve 36 termes au lieu de 34, comme Proclus (p. 197 et 198) le remarque en le désapprouvant (voyez la note ' du tableau suivant).

ἸΔΟΥ͂ ΤῸ ΔΙΆΓΡΑΜΜΑ.

Δεῖ δὲ νοεῖν αὐτὸ κατὰ συνέχειαν.

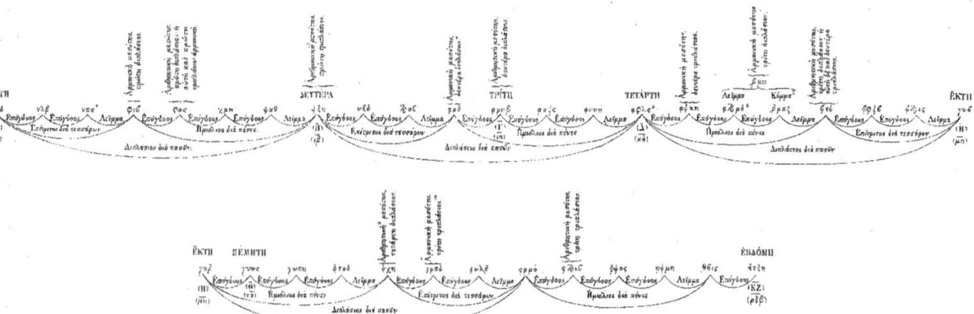

* On voit que ce tableau est exactement le même que le tableau E de la note L, sauf les nombres 2048 et 6561 qui manquent ici, le premier, placé comme il l'est, hors de ligne, ne figurant que pour mémoire, en qualité de troisième moyenne harmonique dans la progression des doubles. La somme totale des termes est donc moindre que celle donnée par Timée de Locres, qui en a deux de plus, de la somme de ces deux termes, ou de 8609 unités; ce qui fait, en définitive, le nombre 106086, à la place duquel Proclus donne 105407, commettant ainsi une erreur de 679 unités (peut-être n'est-ce qu'une faute de copiste : ,ευζ au lieu de ,ϛπϛ).

[1] B : κγανύχειαν (sic). — [2] A, νπϛ. — [3] Mss. ἁρμονική. — [4] B, διπλασία. — [5] Les Mss. donnent : A, ϡβλγ; B, ϡλϛ. — [6] A, ϡμδ. — [7] B, τριπλ. — [8] Voir la note I. — [9] Mss. ἁρμον. — [10] Les manuscrits ajoutent ἡ αὐτὴ δὲ καὶ δ' διπλ. ἀριθμ., ce qui est une erreur : car, pour avoir la quatrième moyenne harmonique, il faudrait monter d'une quarte au-dessus de 3072; ce qui donnerait $3072 \times \frac{4}{3} = 4096$; et quant à la quatrième moyenne arithmétique, elle n'est autre que le nombre précédent, c. à. d. 4608.

IV. Κεφον ιον. Ἡ πρώτη[1] μοῖρα δηλοῖ ὅτι ἀμερίστως νοεῖ[2] ὁ νοῦς πρῶτον· δευτέρως δὲ κατ' αὐτὸν ἡ ψυχὴ καὶ μονοειδῶς[3], καὶ ὁλοσχερῶς[4], καὶ ὅλως ὅλου τοῦ γνωστοῦ[5] ἀντιλαμβάνεται. Εἰ γὰρ μεμερισμένως ἀντελαμβάνετο, συνεχέοντο ἂν τὰ εἴδη τῶν γνώσεων, καὶ οὐκ ἂν ἠδύνατο ἡ ψυχὴ φυλάττειν αὐτὰ ἀμετάπτωτα. Καὶ ἄλλως, ὅτι ἔμελλεν ἡ γνῶσις διαμερίζεσθαι κατὰ τὸ γινῶσκον· καὶ οὕτως, ἢ δαπανθῆναι ποτὲ, εἴπερ ἵστατο ἡ τομή· ἢ, εἴπερ εἰς ἄπειρον ἦν ἡ διαίρεσις, ἀπειράκις ἐν μέρει ἐνεργεῖν, καὶ κατὰ[6] τὸ αὐτὸ πάλιν καὶ πάλιν ἐν ἑτέρᾳ τομῇ γνώσεως. Καὶ εἰ τοῦτο, [ἵνα τι καὶ κὲ ἅπαν ὁλοτελῶς ἢ ἀποκεκληρωμένος (lis. ἢ ἀποκεκληρωμένον) ἓν ἕκαστον ἐν ἑκάστῃ τομῇ γνώσεως[7],] ἢ ἔδει πάντας τῶν[8] πάντων νοεῖν ὁλοτελῶς[9] φέροντας τὴν ψυχὴν, ἢ ἐξ ἀνάγκης ἔν τισι, μᾶλλον δὲ καὶ ἐν πᾶσι, τινὰ μὲν ἐνεργεῖν[10] μέρη τῆς ψυχῆς, τινὰ δὲ ἀνενέργητα[11] μένειν· οὗ τί ἀτοπώτερον, δυναμένην τὴν ψυχὴν μὲν[12] ἐνεργεῖν, ἀλλὰ ματαίαν ἔχειν τὴν δύναμιν; Ὥστε ἀμερῶς καὶ ἑνωειδῶς ἅμα[13] νοεῖ ἡ ψυχὴ καὶ γινώσκει· καὶ διὰ τοῦτο οὐδὲ τὰ εἴδη τῶν[14] γνωστῶν ἐπιθολοῦνται, διόλου ἐνυπάρχοντα τῇ ψυχῇ.

Κεφον ιαον. Ἡ δευτέρα μοῖρα, διπλασία τῆς πρώτης οὖσα, δηλοῖ ὅτι εἰ καὶ ἐν ἑαυτῇ[15] ἑνίζεται καὶ ταυτίζεται, καὶ ἀνεκφοίτητός[16] ἐστι καὶ μονοειδὴς ἡ ψυχὴ, ἀλλ' οὖν προέρχεται καὶ ποικίλλεται

[1] L'article est omis dans le ms. A, et la même chose se répète à chaque cas de l'énumération; ce qui tient tout simplement à l'absence de la lettre rubrique.

[2] B, νοεῖν.

[3] B, μονοειδής.

[4] B, ὁλοτελῶς

[5] A, γνωστικοῦ.

[6] A, ἡ.

[7] Le manuscrit A supprime cette phrase, contenue dans le seul manuscrit B qui la termine par la répétition évidemment fautive des mots καὶ εἰ τοῦτο : la phrase paraît d'ailleurs fortement altérée.

[8] Mss. τήν.

[9] A, ὁλοτελῆ.

[10] B, μὴ ἐννεργεῖν.

[11] B, ἐνεργείματα.

[12] Mss. μή.

[13] B, καὶ ἅμα.

[14] B, εἰδοτῶν.

[15] B, ἐν αὐτοῖς.

[16] B, ἐκφοίτητός.

κατὰ τὰ γνωστά· ταῦτα δὴ τὰ ἐν γενέσει, καὶ τὰ τῆς θατέρου φύσεως· τοῦτο γὰρ δηλοῖ τὸ διπλάσιον. Ὡς γὰρ ἐν τῷ ἑνὶ τὸ ταυτὸν[1] (εἰ γὰρ μὴ ἑτέρῳ ταὐτὸν, ἀλλ' οὖν γε ἑαυτῷ πάντως), οὕτως ἐν τοῖς δυσὶ τὸ ἕτερον (οὐ γὰρ ἑαυτοῦ ἕτερον, ἀλλ' ἑτέρου ἕτερον)· ὥστε καὶ πρὸς ἑαυτῷ ἀστασίαστον μένον, στασιάζει πρὸς ἄλλο πολλάκις[2].

Κεφον ιβον. Ἡ τρίτη μοῖρα, δύο ἔχουσα σχέσεις, πρός τε τὴν πρώτην καὶ πρὸς τὴν δευτέραν, καὶ τῆς πρώτης οὖσα τριπλασία, τῆς δὲ δευτέρας ἡμιολία, δηλοῖ τὴν εἰς τὰ αἰσθητὰ πάντως γνῶσιν· ἅπερ εἰ καὶ πληθύνονται κατὰ τὰς ὑποστάσεις (ὁ γὰρ τρία πλήθους ἀρχὴ), ἀλλ' οὖν ἑνίζονται τῷ ἑνιαίῳ καὶ ἁπλῷ τῆς γνώσεως, καὶ τῷ καθόλου· καὶ μετὰ τὰ[3] πολλὰ αὖ τῶν μορίων συνάγεται, κἀκεῖνα[4] μὲν πολλὰ καὶ διάφορα. Ἡ δὲ γνῶσις ἁπλῆ, καὶ μονοειδὴς, καὶ ἀδιάφορος, πλὴν ἔχει καὶ πρὸς τὴν δευτέραν τὸν ἡμιόλιον λόγον, ὑπεμφαίνοντος[5] οἶμαι τοῦ λόγου ὅτι, εἰ καὶ τὸ πεπληθυσμένον εἰς τὸ καθόλου καὶ ἑνιαῖον ἑνοῦται, ἀλλ' οὖν καὶ αὐτὸ τὸ πεπληθυσμένον ἐξ ἑνιαίου συνάγεται εἰς πλῆθος· ἐκ γὰρ πολλῶν τοιούτων τὸ ἓν, καὶ ἐξ ἑνὸς τοιούτου πολλάκις τὸ πλῆθος. Ἐπεὶ οὖν τὸ αἰσθητὸν (ὃ δηλοῖ ἡ δευτέρα μοῖρα) τὸ πλῆθος παρίστησιν (ὃ δηλοῖ ἡ τρίτη), ἑκάτερα δὲ τοῦ κυρίως ἑνὸς ἐξήρτηνται (αὐτῶν μὲν πρὸς ἐκεῖνον ἐξεταζομένων), τὸ αἰσθητὸν ἑνιαῖον ἐγγύτερόν ἐστι τοῦ κυρίως ἑνὸς, ἢ[6] τὸ πεπληθυσμένον· ὡς ὁ διπλάσιος δύο τοῦ ἑνὸς, ἢ ὁ τριπλάσιος [τρία]. Τὸ γὰρ ἐν τοῖς τοιούτοις μεῖζον, μακρυσμόν τινα ὑπεμφαίνει[7] καὶ ἀλλοτρίωσιν· αὐτὰ δὲ πρὸς ἄλληλα συγκρινόμενα, εὕρηται συνεγγύτερον, ἐν[8] ἡμιολίῳ γὰρ ὡς ἀμφότερα ὑπὸ αἴσθησιν ὄντα.

[1] B, τὸ αὐτὸν.
[2] B, πολλ. πρὸ ἄλλο.
[3] B om. τά.
[4] A, κἀκεῖ.
[5] B, ὑπεμφθένοντος.
[6] Mss. ἤ.
[7] B, ὑπεραφαίνει.
[8] B, ὡς ἐν ὁμιολίῳ.

Κεφον ιγον. Ἡ τετάρτη μοῖρα, διπλασία τῆς δευτέρας οὖσα, καὶ πρὸς τὴν πρώτην μὴ ἀντικειμένη, καὶ ἤδη τετραπλεύρως[1] τὸ ἐπίπεδον ἔχουσα, δηλοῖ τὴν κατὰ πλάτος γνῶσιν· διὰ τοῦτο γὰρ καὶ τοῦ ἑνὸς μὲν ἀφίσταται, τῷ μήκει δὲ εἴτουν τῇ δυάδι ἀντεξετάζεται. Πᾶσα γὰρ γνῶσις ἐπιμήκιστον προϊοῦσα, ἐξέχεται μὲν τοῦ ἑνὸς, ὡς καὶ πᾶς ἀριθμὸς τῆς μονάδος, καὶ κατὰ τοῦτο ἐνικωτέρα ἐσΊίν· οὐ μὴν δὲ καὶ εἰς πλάτος ἐπιδίδωσιν, ἔσΊ' ἂν[2] τῆς μονάδος[3] ἐξέχηται· ὅτε δὲ ἐκείνης οἷον ἀφεμένη, ἐπικάμψει [καὶ πλαγιάσει, διπλῇ τις ὡς ἂν, ἐγγίνεται, τῷ μήκει πρότερον[4]], εἶτα καὶ τῷ πλάτει· καὶ ἐπιπεδοῦται, οἷον τὸ γινῶσκον κατὰ τὸ τοῦ γινωσκομένου ἐπίπεδον· ὃ δηλοῖ ἐνταῦθα ἡ τετάρτη[5] μοῖρα πρὸς τὴν δευτέραν καὶ μόνην ἀντικειμένη.

Κεφον ιδον. Ἡ πέμπΊη μοῖρα, τριπλασία τῆς τρίτης οὖσα, καὶ μήτε πρὸς τὴν δευτέραν, μήτε πρὸς τὴν πρώτην ἀντικειμένη, δηλοῖ τὸ τῶν γνώσεων πολύ· πυθμὴν γὰρ τῶν πολλῶν τὰ τρία· πολλάκις δὲ πολλὰ τὰ ἐννέα, ὅθεν καὶ Μούσας ἐννέα οἱ ποιηταὶ φασὶν, οἱονεὶ πολλάκις πολλάς. Τὰ δὲ πολλὰ οὔτε πρὸς τὸ ἓν[6] ἔχει τὴν ἀντεξέτασιν, ὡς οὐδὲ τὸ ἐπίπεδον ἢ τὸ σΊερεὸν πρὸς τὴν σΊιγμήν· οὔτε μὴν πρὸς τὰ δύο, ὥσπερ οὐδὲ οἰκία πρὸς θεμέλιον, καὶ πλοῖον πρὸς τρόπιν, καὶ ἅπαν πρὸς ἀρχὴν (οὐδεμία δὲ ἀρχὴ τοῖς τέλεσι συγγενὴς[7], ἀρχὴ δὲ πλήθους ἡ δυὰς, οὐ πλῆθος)· ἀλλὰ τὰ πολλὰ πρὸς πολλὰ, ὅθεν ὁ ἔνvατος πρὸς τὸν τρίτον ἐξετάζεται, τὸ πλῆθος πρὸς τὸ πλῆθος· καὶ ὑπεμφαίνει[8] τὸν τριπλάσιον κατὰ πολὺ πληθυνόμενον.

Κεφον ιεον. Ἡ ἕκτη μοῖρα, ὀκταπλασία τῆς πρώτης οὖσα, καὶ πρὸς οὐδεμίαν ἑτέραν τὴν σχέσιν ἔχουσα, δηλοῖ τὴν ἐπὶ τὴν τρίτην

[1] B, ἤδε τετράπλευρον.
[2] Forl. κἄν.
[3] B, ἕναδος.
[4] A omet tout ce membre de phrase.
[5] A, πρώτη.
[6] A, ὄν.
[7] B, ἀρ. συγ. τ. τ.
[8] B, ὑπεφθαίνει.

TRAITÉS GRECS relatifs à la musique.

διάσλασιν τῶν πραγμάτων γνῶσιν, δηλονότι[1] τὴν εἰς βάθος[2], ἢ πάχος, ἢ ὕψος. Διὰ τί δὲ ἄσχετος[3] οὖσα πρὸς τὰς ἄλλας, τῇ πρώτῃ ἑνοῦται; ἢ ὅτι κύβος ὢν καὶ ὁ μετ' αὐτὸν[4], καὶ ἀπὸ τῆς δυάδος καὶ τετράδος γινομένη, οὔτε πρὸς αὐτὴν τὸν[5] τετραπλασίονα, οὔτε πρὸς τὴν δευτέραν τὸν διπλασίονα τηρεῖ, ἀλλὰ τὸν[6] πρὸς τὴν πρώτην ὀκταπλασίονα, τὴν περιέχουσαν ἐκείνας[7]. Ἐπισλρέφει δὲ ὁ λόγος, καὶ τὰ ἔσχατα εἰς τὰ πρῶτα, ἵνα μὴ ἀπεσχοινισμένα[8] ὦσι τελέως τοῦ πρώτου· ἀλλ' ὁμοῦ τοῦ γνωστοῦ ἡ γνῶσις ἀντιλαμβάνεται, εἰ καὶ ποικίλη ἐσλίν· ὁ γὰρ ἀριθμὸς πρῶτος σλερεὸς, καὶ πρῶτος ἰσάκις ἴσος ἰσάκις· καὶ διὰ τοῦτο ὡς πρῶτος τῷ ἑνὶ συνάπλεται, δηλονότι τῇ πρώτῃ μοίρᾳ, ἐκεῖθεν ἔχων τὴν σύσλασιν.

Κεφῶν ιςῶν.

Ἡ δὲ ἑβδόμη μοῖρα, ἑπλακαιεικοσαπλασία τῆς πρώτης οὖσα, καὶ δευτέρα[9] κύβος[10] οὖσα στερεὸς, ταὐτὰ τῷ προτέρῳ πέπονθε[11]· καὶ τὸ πλῆθος μὲν τῶν γνώσεων, καὶ[12] εἰς τρεῖς διασλάσεις ἐπιβολὴν[13] παρίσλησιν· ὑπερβαίνει δὲ οὗτος τὸν τρίτον καὶ τὸν ἔννατον, τοῦ μὲν ἐννεαπλάσιος[14] ὤν, τοῦ δὲ τριπλάσιος· ὧν τὸ μὲν τριπλάσιον, ἐντὸς ἦν ἐν ἑτέροις· τὸ δὲ ἐννεαπλάσιον, καὶ αὐτὸ ἀπὸ τοῦ ἐννάτου πρὸς τὸ πρῶτον σώζεται. Διὰ τοῦτο, τὸ πόρρω καὶ σλερεὸν [καὶ] ἑπλαδικὸν ὁ λόγος τιθεὶς, τῷ ἑνὶ

[1] A, δηλοῖ.

[2] B, βάρος.

[3] B, ἄσχετον.

[4] A, μετ' αὐτό.

[5] A, τήν.

[6] A, τό.

[7] B, κἀκείνας.

[8] B, ἀπεσχομένα.

[9] B, δεύτερος.

[10] A, κῦβος.

[11] Voulant revenir à l'unité de l'âme, il dit que les derniers résultats ne donnent rien qui soit essentiellement nouveau, et que les nombres triples se trouvaient déjà implicitement dans les précédents : c'est-à-dire que les nombres de 9 à 27 ne sont autre chose que les triples de ceux de 3 à 9 ; et la multiplication par 9 se trouve même déjà réalisée dans 9 ou 9 fois 1. « C'est pourquoi le discours (de Platon, c'est Psellus qui parle) finit par rejeter au loin cet échafaudage de cube, de nombre septénaire, en ramenant le système entier à l'unité; et alors il élève les destinées de l'âme jusque dans la région de l'infini. »

[12] B, καὶ τὴν εἰς.

[13] B, ἐπιβολῆς.

[14] Mss. ἐνναπλ.

συνάπ1ει· καὶ ὑπερβὰς τὰ μέσα, ἀναφέρει τὰς περατώσεις τῆς ψυχῆς ἐπὶ τὴν ἀκρότητα.

[1] Τέλος τῆς Ψυχογονίας τοῦ Πλάτωνος.

ΠΥΘΑΓΟΡΟΥ ὈΚΤΑΧΟΡΔΟΣ ΛΥΡΑ,

Διάγραμμα ἀπὸ φωνῆς Μιχαὴλ τοῦ Ψελλοῦ.

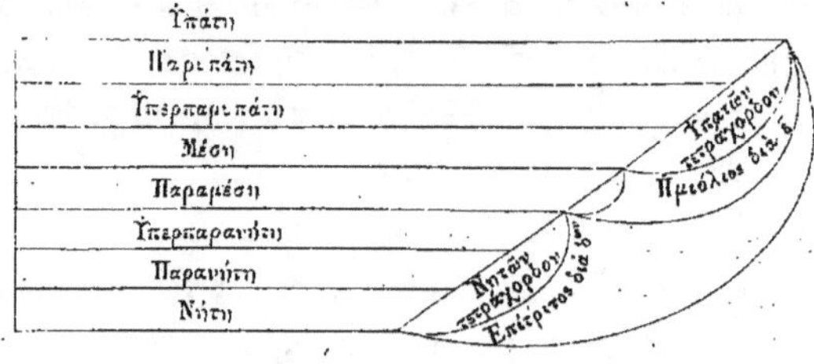

Les trois fragments qui suivent sont extraits du manuscrit 2448; ils appartiennent à un traité signalé ainsi : *Anonymus de musica, seu definitiones musices. Alias : Anonymi ad musicam introductio inedita, nudas definitiones complectens. — Codex optimæ notæ.*

Or l'*anonyme* n'est autre que le même Michel Psellus, dont nous retrouvons, dans ce manuscrit, le Traité intitulé : Τῆς μουσικῆς σύνοψις ἠκριβωμένη, sauf l'addition des trois fragments que je donne ici, et un assez grand nombre de variantes plus ou moins importantes. C'est donc, le cas échéant, ce manuscrit 2448 qui devrait être pris pour base d'une nouvelle édition de Psellus [2].

[1] B omet tout le reste.

[2] Je profite de l'occasion pour signaler une autre rédaction de l'ouvrage de Psellus, qui se trouve, sous le nom de Joseph Racendyta, dans le ms. 3031, du fol. 107 au fol. 110 *verso*, l. 1re. Le reste, depuis le mot Θράσυλλος jusqu'à la fin, fol. 116, est un abrégé de Théon de Smyrne, depuis la page 74 (éd. Bouillaud), chap. II, jusqu'à la p. 151, l. 13, au mot πυραμίς.

TRAITÉS GRECS relatifs à la musique.

PREMIER FRAGMENT DE PSELLUS,

EXTRAIT DU MANUSCRIT 2448, FOL. 1 VERSO, L. 5 EN MONTANT.

(A intercaler à l'édition de Paris, 1545, fol. 23 rect. après la ligne 13 qui finit à ἀπηχούμενον.)

Εἰ γὰρ καὶ τοῖς ἀριθμοῖς σύμφρασις[1] οὐκ ἐγγίνεται διὰ τὸ τῶν ἀριθμῶν ἄϋλον[2] ἀκίνητόν τε καὶ ἄρευστον, ἀλλ' ἐν τοῖς μέλεσι, διὰ τὸ εἰς ὕλην κατάγεσθαι, περὶ δὲ τὴν ὕλην ὁρᾶσθαι συνέχειαν, ἐντεῦθεν ἐγγίνεται καὶ τὴν σύμφρασιν[3] εἶναι· καὶ τὸ περὶ δύε νευρὰς ἀποτεινόμενον μῆκος ἐν μιᾷ συναιρεῖται κατὰ συνέχειαν· ὥσπερ ἐκ τοῦ ἐναντίου καὶ τὸ παρὰ μίαν πάλιν εἰς πολλὰς διαιρεῖται κατὰ συνέχειαν. Ταύτῃ τοι καὶ ἡ Γεωμετρία καὶ ἐλάττονα ἀπὸ τῆς[4] μείζονος κατὰ πάντα τρόπον ἀφαιρεῖται εὐθεῖαν, καὶ τῇ ἐλάττονι προστίθησι καὶ πεποίηται μείζονα· ἔνθα καὶ ἅπαν σχῆμα παραυξῆσαι κατὰ τὸ δοκοῦν μῆκος καὶ ἀπομειῶσαι δύναται, ὅπερ καὶ ἀριθμητικὸν ἀνεγχώρητον. Αὐτίκα τὸ δοθὲν τετράγωνον· ἡ μὲν ἀριθμητικὴ εἰς ἴσα τέμνειν[5] τετράγωνα, ἢ διπλασιάσαι τὸ δεδομένον οὐ δύναται· οἷον τὸν ἑξδέκατον[6] ἀριθμὸν τετράγωνον ὄντα, οὔτε εἰς ἴσα δυνατὸν διαιρεθῆναι τετράγωνα (τὰ γὰρ ὀκτὼ τετραγωνισθῆναι ἀδύνατον), οὔτε εἰς ἕτερον διπλασιασθῆναι τετράγωνον· τὸν γὰρ τριακονταδύο ἀριθμὸν τετραγωνισθῆναι ἀμήχανον. Τῇ γεωμετρίᾳ δὲ τοῦτο ῥᾴδιον· τὴν γὰρ τοῦ δοθέντος τετραγώνου πλευρὰν εἰς διάμετρον γεωμέτρης λαβὼν, καὶ τετράγωνον αὐτὴν περιθεὶς, ἥμισυ τοῦ δοθέντος τετραγώνου ποιεῖ· καὶ τὴν διάμετρον πάλιν τοῦ δοθέντος μετειληφὼς εἰς πλευρὰν, τὸ δοθὲν διπλασιάζει τετράγωνον. Ἀλλὰ τὸ μὲν περὶ διαστημάτων, καὶ ὅτι ἐκ παραυξήσεως τῶν προτέρων διαστημάτων

[1] Il est probable qu'il faut σύγκρασις; mais je n'ose pas faire la correction.

[2] Ms. τὸν τῶν ἀριθμόν.

[3] Ms. ἡ σύμφρασις.

[4] Ms. τοῦ.

[5] Ms. τέμνει.

[6] Ms. ἑνδ.

Car si, lorsqu'il s'agit de nombres, on ne saurait en concevoir plusieurs fondus en un seul indissoluble, et cela à cause de leur nature immatérielle, immuable et invariable, il n'en est pas de même pour les intervalles mélodiques dont la nature touche à la matière : car tout ce qui est matière est soumis à la loi de continuité; et de là vient que deux intervalles peuvent être complétement fondus en un seul. C'est ainsi que les longueurs de deux cordes tendues peuvent être réunies en une seule en vertu de la continuité; de même que réciproquement, avec une seule corde on peut en faire plusieurs, toujours en vertu de la continuité. Les mêmes choses ont lieu dans la géométrie, qui peut toujours, sans difficulté, retrancher une droite moindre d'une droite plus grande, et ajouter une droite à une autre pour en faire une plus grande; d'où il résulte qu'aussi elle peut toujours augmenter ou diminuer une figure suivant telle dimension voulue, ce qu'il serait impossible de faire en arithmétique. Ainsi, pour un carré donné, l'arithmétique ne saurait partager un carré en deux carrés égaux, ni doubler un carré donné. Soit pris pour exemple le nombre *seize* qui est un carré: on ne peut le partager en deux carrés égaux, puisque *huit* n'est pas un carré, ni obtenir un carré double de celui-là, puisqu'il serait absurde de vouloir disposer *trente-deux* unités en carré parfait. Pour la géométrie, au contraire, rien de plus facile : le géomètre n'a qu'à prendre le côté d'un carré donné, et à construire sur ce côté comme diagonale un autre carré : il obtient ainsi la moitié du carré donné; au contraire, qu'il prenne pour côté la diagonale du carré donné, et il aura un carré double du proposé. Il en est de même pour les intervalles : nous avons fait voir qu'en augmentant des intervalles donnés, on forme des intervalles simples;

ἕτερα ἀσύνθετα διασθήματα γίνεται, καὶ διατί ἀσύνθετα εἴρηται, ἱκανῶς ἤδη εἴρηται[1].

Περὶ δε ταῦτα, κ. τ. λ. (Éd. ϖαρά.)

DEUXIÈME FRAGMENT DE PSELLUS,

EXTRAIT DU MANUSCRIT 2448, FOL. 3 R.

(A intercaler à l'édition de 1545, au fol. 24 vers. l. 3 en montant, après le mot τέταρτος.)

Σκοπητέον δὲ ὡς τὰ μὲν οὖν ἔμμεσα διαστήματα, οἷον, τὸ διὰ τεσσάρων, τὸ διὰ ϖέντε μέλος, τὸ διὰ ϖασῶν, τὸ δὶς διὰ τεσσάρων, τὸ δὶς διὰ ϖέντε, καὶ τὸ δὶς διὰ ϖασῶν, ϖρὸς τὸν ϖρολαμβανόμενον φθόγγον τῶν λόγων ἔχουσι τὴν ἀναφοράν· τὰ δὲ ἄμεσα καὶ μεταξὺ τούτων κείμενα, οἷον, [ἡ] δίεσις, τὸ ἡμιτόνιον, καὶ ὁ τόνος, ϖρὸς τοὺς ϖρὸ αὐτῶν ἐγγὺς φθόγγȣς τὴν ϖοιὰν τῶν λόγων ἕξιν ϖεποίηνται· ὡς δὲ καὶ τὰ ἐξ φθάρσεως[2] διασθημάτων[3] ϖλειόνων μεγεθυνόμενα διαστήματα, οἷον, ἡ τριδίεσις, τὸ τριημιτόνιον, τὸ διτόνιόν τε καὶ τριτόνιον, καὶ εἴ τι ἕτερον τοιουτότροπον εἶδος τῶν ἐν αὐτοῖς κεκραμένων[4] διασθημάτων ϖρὸς τοὺς ἐγγὺς φθόγγους ϖρότερον λογοθετηθέντων, οὕτως εἰς ἓν διάσθημα ὡς ἐξ φθάρσεως[2] κίρνανται.

Κατὰ σειρὰν μὲν γὰρ οἱ τῶν ἀμέσων διασθημάτων ἔκκεινται λόγοι· καθ' ὑπερβατὸν δὲ, οἱ τῶν ἐν μέσῳ ὥσπερ ἐπὶ τῶν συλλογισμῶν αἱ ϖροτάσεις, καὶ τὰ συμπεράσματα· αἱ μὲν γὰρ ϖροτάσεις, ἐφεξῆς κατὰ σειρὰν οἷον ϖλέκονται· τὰ δὲ συμπεράσματα, καθ' ὑπερβατὸν[5] τοὺς ἄκρους τῶν ὅρων συνδέουσιν. Οὕτως οὖν ἔχει ϖερὶ τοὺς λόγους καὶ τὰ τῆς μουσικῆς διαστήματα· τοῦ μὲν τῶν ἐμμέσων διασθημάτων λόγου, καθ' ὑπερβατὸν ϖρὸς τοὺς ἄκρους ϖαραβαλλομένου τῶν φθόγγων,

[1] Peut-être εἰρήσθω : c'est une formule usitée, comme *dixi* en latin : le traité de Gémistus Pléthon Περὶ Εἱμαρμένης (ms. suppl. 66) finit ainsi : ὡς γοῦν μετρίως εἰρῆσθαι, ἤδη εἰρήσθω.

[2] Ms. ἐξυφθάρσεως. — Ces mots sont inconnus aux dictionnaires.

[3] Ms. διασθήματα.

[4] Ms. κεκρυμμένων.

[5] Ms. καθυπ.

et nous avons expliqué pourquoi ils sont simples : c'en est assez sur ce point.

Maintenant, il faut étudier la nature et la grandeur de plusieurs sortes de rapports. D'abord ceux que fournissent les intervalles décomposables, comme la quarte, la quinte, l'octave, la double quarte, la double quinte[1], la double octave, rapportés à un premier son pris pour base. Ensuite, ceux que présentent les intervalles indécomposables contenus dans les premiers, tels que le diésis, le demi-ton, le ton, lorsqu'on les compare aux sons voisins déjà considérés. Puis encore, ceux qui résultent d'une altération de l'échelle, produite par la multiplication de certains intervalles, comme le triple diésis, le trihémiton, le diton et le triton, ou toute autre espèce analogue : c'est-à-dire qu'il faut voir comment le mélange des intervalles précédemment calculés donne lieu à d'autres intervalles, produits de leur combinaison, et que l'on peut considérer, lorsqu'on les compare à d'autres sons voisins, comme des intervalles simples résultant eux-mêmes d'une altération de l'échelle.

Cela posé, les intervalles des sons qui se suivent immédiatement ne présentent que des rapports suffisamment connus. Quant à ceux des sons qui ne se suivent pas immédiatement, on peut les comparer aux diverses parties qui composent le syllogisme, c'est-à-dire les prémisses et la conséquence : car les prémisses se suivent sans intermédiaire en formant une sorte d'enchaînement continu ; et la conséquence, franchissant tous les moyens termes, réunit d'un seul trajet les termes extrêmes. Or il en est de même des rapports et des intervalles musicaux : au moyen des rapports des intervalles décomposables, on est à même de comparer les sons extrêmes, en faisant

[1] Seraient-ce les intervalles que nous nommons *quarte* et *quinte redoublées*?

TRAITÉS GRECS relatifs à la musique.

τοῦ δὲ τῶν ἀμέσων, καθεξῆς πρὸς τοὺς ἐγγὺς ἀλλήλων φθόγγους συγκρινομένων· τῆς ἀπὸ τῶν ἐλαττόνων πρὸς τοὺς μείζονας προσαυξήσεως κατὰ σειρὰν προϊούσης, μονάδων[1] μὴ τεμνομένων, ὅ, τι[2] μηδὲ τοῖς ἀριθμητικοῖς οὔ πω[3] δέδοκται.

Σκοπητέον δὲ ὡς πρὸς τὸν ἀριθμὸν τῶν φθόγγων ἢ τῶν χορδῶν, οἱ λόγοι τῶν διαστάσεων κρίνονται. κ. τ. λ. (Éd. Εἰδέναι μέν τοι χρὴ, ὡς οὐ πρὸς τὸν ἀ. τ. φ. ἢ τ. χ.)

TROISIÈME FRAGMENT DE PSELLUS,

EXTRAIT DU MANUSCRIT 2448, FOL. 4 R.

(À rétablir fol. 25 r., l. 6 en montant, de l'édition de 1545. — Le premier alinéa qui suit est pris dans l'édition, et le second Ἰστέον dans le manuscrit : celui-ci manque entièrement dans l'édition, qui, après ἀνέσεως, reprend immédiatement à τῶν δὲ διας. (au lieu de συς.)

Ἐξεύρηνται δὲ οἱ τοιοῦτοι τῶν διαστάσεων λόγοι, ἀπὸ τῆς διαφορᾶς τοῦ μήκους τῶν χορδῶν, ἢ τῆς παχύτητος, ἢ τῆς τάσεως γενομένης κατὰ τὴν στροφὴν τῶν κολλάβων[4], ἢ γνωριμώτερον ἀπὸ τῆς ἐξαρτήσεως[5] τῶν βαρῶν : ἐπὶ δὲ τῶν ἐμπνευστῶν, ἢ ἀπὸ τῆς εὐρύτητος τῶν κοιλιῶν, ἢ ἀπὸ τῆς ἐπιτάσεως τοῦ πνεύματος καὶ ἀνέσεως.

Ἰστέον δὲ ὡς ἐπὶ μὲν τῆς τάσεως, ἢ τῆς ἐξαρτήσεως[6], ἡ ἐπὶ πλέον ἐπίτασις, καὶ ἡ ἐπὶ μᾶλλον βαρύτης, τὴν ἐπὶ ὀξὺ μελῳδίαν ἐργάζεται[7]· ἐπὶ δὲ τῆς παχύτητος τῶν νευρῶν, ἢ τοῦ μήκους τούτων ἢ τῶν αὐλῶν, ἢ τῆς τῶν τρημάτων διατάσεως, τὸ πλεονάζον τούτων τινὸς ἀμφότερον τῆς μελῳδίας εἶδος συνίστησι.

Τῶν δὲ συστημάτων, τὸ μὲν ἐστι τετράχορδον, κ. τ. λ. (Éd. τῶν δὲ διαστημάτων, leçon fautive.)

[1] Ms. μονάδος.

[2] Ms. ὅτι.

[3] Ms. τοῦτο.

[4] Éd. κολάβων.

[5] Ms. ἐπὶ δὲ τῶν ἐ., ἀπὸ τῆς τῶν αὐλῶι ἢ τῶν τρημάτων ἀφορότητος, ἢ ἀπὸ τῆ τάσεως τοῦ πνεύματος. (Notez, en passant, les mots ἐξάρτησις, *suspension*, ἀφορότης, *délimitation*, qui paraissent nouveaux.)

[6] Ms. ἐξαντήσεων.

[7] Peut-être ἐξάγεται

abstraction des intermédiaires, tandis que les rapports des intervalles indécomposables présentent le résultat immédiat de la comparaison des sons voisins; et la progression du petit au grand a lieu ici sans jamais exiger le partage d'aucune monade ou unité, avantage que l'arithmétique ne possède point.

TRAITÉS GRECS relatifs à la musique.

Les rapports des intervalles se déterminent, dans les cordes, par leurs différences de longueur et d'épaisseur, ainsi que par la tension qui résulte, soit du virement des chevilles, soit, ce qui fournit un moyen d'appréciation plus facile, de la suspension des poids; dans les instruments à vent, comme les flûtes, c'est par la dimension de leurs ouvertures et la largeur de leurs tuyaux [1], ainsi que par la force ou la faiblesse du souffle. Or il faut savoir que, pour ces dernières circonstances, une augmentation dans la tension ou dans les poids suspendus fait marcher la mélodie vers l'aigu. Quant à l'épaisseur des cordes et à leur longueur, ainsi qu'aux dimensions des flûtes et de leurs embouchures, tout ce que nous en dirons [2], c'est qu'en les faisant varier, on change d'une manière ou d'une autre la forme de la mélodie (c'est-à-dire son degré d'acuité ou de gravité) [3].

[1] J'ai réuni dans la traduction le sens des deux leçons.

[2] Pour les *cordes*, les *nombres de vibrations* dans un temps donné, c'est-à-dire les *valeurs acoustiques* des sons rendus, sont *réciproques des longueurs et des diamètres, proportionnelles aux racines carrées des poids suspendus, et en raison inverse des racines carrées des densités*; pour des cordes de même sorte; ils sont ainsi *en raison inverse des longueurs, et directe des racines carrées des poids*; enfin, pour un même poids, ils sont *en raison inverse des longueurs*. Cette dernière loi est aussi celle qui s'observe dans les colonnes d'air vibrant dans les *instruments à vent*, quels que soient les diamètres. (Il faut observer que ceci ne s'applique pas aux tuyaux à anches libres.)

Cf. Théon de Sm. chap. XII, sur Lasus d'Hermione et sur Hippase de Métapont. — Aristote, probl. 23, et Bojesen, p. 91.

[3] Voici ce que dit le scoliaste de Ptolémée (sur la page 28) : Ἐὰν ᾖ τὸ πάχος τῆς μιᾶς χορδῆς διπλάσιον τῆς ἄλλης, ποιητέον καὶ τὴν τάσιν τῆς παχυτέρας, διπλασίαν τῆς λεπτοτέρας· καὶ οὕτως ἀνταναπληροῦται τὸ ἐνδέον τοῦ ψόφου τῆς παχυτέρας.

TRAITÉS GRECS relatifs à la musique.

EXTRAITS DES CESTES DE JULES L'AFRICAIN.

Ces fragments, considérés quant à leur valeur intrinsèque, seraient certainement fort peu dignes d'être reproduits; mais, outre la connexion naturelle qu'ils ont avec l'ensemble de ce travail, en raison de ce qu'il y est fait allusion à un talisman dans lequel les notes de la musique jouent le principal rôle, nous avons pensé qu'ils présentaient assez d'obscurité pour avoir éloigné les traducteurs et rebuté les commentateurs; de sorte qu'ainsi ce seraient ces misérables passages qui auraient, jusqu'à ce jour, mis obstacle à la révision complète d'un texte que les manuscrits nous offrent dans un état si déplorable[1]. Il ne fallait pas moins qu'un motif aussi grave pour nous faire surmonter la répugnance inséparable d'un pareil labeur, surtout lorsque le résultat, sans avoir une grande valeur absolue par lui-même, ne peut tirer quelque prix que de son utilité relative.

Le talisman dont il est ici question consiste généralement en une figure pentagone que les pythagoriciens nomment ΥΓΕΙΑ[2], et qui, suivant les Ophites, était le sceau de l'âme purifiée ou initiée[3]:

On y inscrivait certaines images, certaines paroles, variables suivant l'objet

[1] « Ex omnibus qui ad hanc diem editi « sunt veterum libris, nescio an ullus in « lucem prodierit æque mendosus atque « hic. Est enim ita depravatus, ita corrup- « tus, ac proinde obscurus, ut plerisque « in locis, non commentatore qui verba « et sententias explicet, sed OEdipo aliquo « opus sit, qui ænigmata interpretetur. » (Thévenot, *Veteres mathem.* Paris, 1693, p. 340.) — « Corruptissima in mss. cod. « reperta sunt hæc excerpta : quamobrem « nulla etiam latina versio addi potuit. » (Fabr. *Bibl. græc.* édit. de Harles, t. IV, p. 41.)

[2] C'est ce que les profanes nomment aujourd'hui tout simplement, d'après M. Poinsot, pentagone du second ordre. (*Journ. de l'École polytech.* x[e] cah. tom. IV, p. 16 et 199.)

[3] Origène contre Celse, l. VI, p. 655 C. — Cf. aussi Lucien, *De lapsu inter salutandum*, p. 270 et 271; Reuchlin, *De arte cabbalistica*, lib. III; Kepler, *Harm. mundi*, lib. II; Kircher, *Arithmologie; idem*, *Œdip. Ægypt.* tom. II, part. IIe, class. XI, p. 477; Reinaud, *Descript. du cabinet Blacas*, t. II, p. 240; Chasles, *Aperçu historique, etc.*, p. 477. — Voyez encore les pierres numérotées 77 et 103 dans les *Abraxas* de J. Macaire, ou 429 et 459 dans la *Dactyliotheca* de Gorlée; ou bien Montfaucon, *Antiquités expliquées*, t. II, part. IIe, pl. 160 et 169.

que l'on avait particulièrement en vue, mais toujours accompagnées de signes musicaux qui servaient à les distinguer les unes des autres, en même temps qu'à compléter leurs vertus occultes. L'auteur cite neuf pareilles figures, numérotées ainsi de 1 à 9, et qui étaient vraisemblablement disposées sur un même tableau[1] partagé en carrés ou en triangles, comme nous le représentons ici :

TRAITÉS GRECS relatifs à la musique.

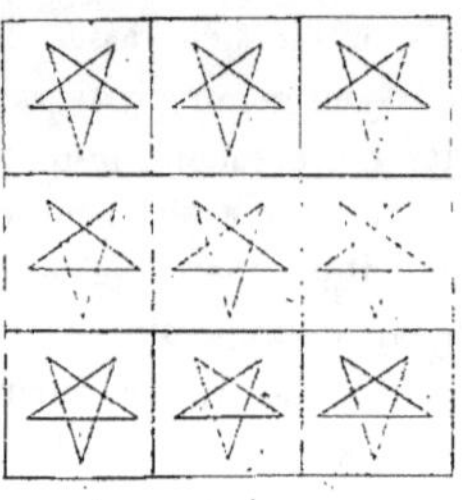

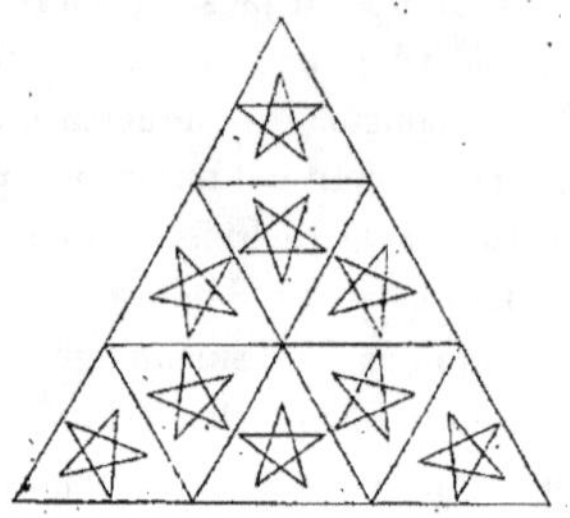

Guischardt, aide de camp du grand Frédéric, qui, depuis l'édition de Thévenot et celle de Meursius (*Meurs. op.* tom. VII, flor. 1746), a traduit quelques fragments des Cestes dans ses Mémoires critiques et historiques sur plusieurs points d'antiquité militaire (1773), et non dans ses Mémoires militaires sur les Grecs et les Romains (1758), comme Clavier le dit par erreur (*Biographie universelle*, article *Africain*), Guischardt, dis-je, n'a pas du tout compris ce qui est relatif au talisman pentagone; et, chaque fois qu'il rencontre ce mot, il ne le traduit pas autrement que par *grimoire*, supposant que c'est un ouvrage sur la magie, précédemment composé par l'auteur des Cestes, et auquel celui-ci renvoie[2].

[1] Nous savons par Pausanias (VII, xxv, 6) que de pareils tableaux étaient employés à consulter le sort : *μαντείας ὑπὸ πίνακι λαβεῖν... σχήματα γεγραμμένα ἐν πίνακι ἐπιτηδὲς ἐξήγησιν ἔχει τοῦ σχήματος.* (Cf. M. Letronne, App. aux Lettres d'un antiquaire, p. 90.)

[2] Pour plus de détails, je renverrai à une Note sur la numération chez les Romains, que j'ai présentée à l'Académie des inscriptions et belles-lettres, dans sa séance du 31 décembre 1841. (Cf. l'Institut, journal, etc., 2e sect. nos 71-72; et v. ci-après, p. 360 et 361.)

TRAITÉS GRECS relatifs à la musique.

Περὶ ϖολεμίων φθορᾶς. β[1].

Τροφὴ μὲν οὖν οὕτως· ἄρτους ϖοιήσωμεν ταῦτα δρέψαντες[2] τὴν ἐσχάτην ἡμέραν ζῶα, βάτραχον τὸν δενδρίτην ἢ φρυνόν, καὶ ἔχιν (ἅπερ ἂν ἐν ᾱ γραπ7ῷ[3] καὶ ἐπιτέλει κεῖται ἐν ϖεν7αγώνῳ[4], ᾧ κατὰ τὸ γραμμοειδὲς ἔγκειται λυδίου τρόπου ϖροσλαμβανομένου σημεῖον, ζῆτα ἐλλιπὲς καὶ ταῦ ὕπ7ιον[5]). Εἰς ἀγγεῖον κατάκλεισον ἀμφότερα κοινῇ, φιμώσας τὸ ϖῶμα ϖηλῷ, ὡς διάπνοιαν μὴ γενέσθαι τοῖς θηρίοις ὑφ' αὐτῶν ἔνδον ἁλωμένοις. Εἶτ' αὐτῶν λειώσας τὰ λείψανα, εἰς τὸ ὕδωρ κάθες ὅθεν τὸ ϖέμμα φύρεται. Τοῦτο δὲ δράσας[6], αὐτῷ χυλῷ τούτῳ τοὺς κριβάνους χρίσεις· ἀλλὰ γὰρ τοῖς ϖέπ7ουσι τοῦτο κίνδυνος. Τὸ αὐταρκὲς οὖν τῶν τοιούτων ϖαρασκευάσας τροφῶν, ϖαρέσχε τοῖς ϖολεμίοις ὃν δύνασαι τρόπον. . . . .

. . . .

Ποτίσωμεν[7] αὐτοὺς ὁμοίως τοιαύτῃ φιλοτησίᾳ. Τρίσσα γένη ζώων (ἅπερ ἐν ϖενταγώνῳ δευτέρῳ κεῖται ϖρὸς σημείοις ὑπάτης ὑπάτων, γάμμα ἀπεσ7ραμμένον καὶ γάμμα ὀρθόν), ὄφιν τὸν φυσαλόν, ἢ φύσας ϖοταμίας[8]· ταῦτα σύγκοπ7ε, ὡς ἰχῶρα

[1] Éd. Par. page 279, col. 2, l. 13 en montant.

La lettre B désignera les leçons de Boivin, M, celles de Meursius, et P, celles de l'édition de Paris.

[2] P. τοὺς θρέψαντας; B. τοὺς θρέψοντας.

La leçon δρ. me paraît d'autant plus probable, qu'outre l'analogie des lettres θ et δ, elle présente l'avantage de s'appliquer ici à un animal que l'on va chercher dans les arbres comme si c'était un fruit ou une fleur: or Jules l'Africain, du moins dans les Cestes, recherche avec une singulière affectation les images et les figures de rhétorique.

[3] P. ἀγράπ7ῳ; B. ἀνάγραπ7α; M. ἂν ἀγράπ7ῳ.

[4] Guischardt, comme je l'ai dit ci-dessus, traduit ce mot par *grimoire*.

[5] Alypius nomme ces notes (Meybaum, *Alyp.* p. 23 et 68) : ζῆτα ἐλλειπὲς, καὶ ταῦ ϖλάγιον.

[6] P. δράσεις.

[7] *Ib.* p. 290, col. 1re, l. 26 en mont.

[8] « Hæc verba, dit Boivin, videntur spu-

POUR DÉTRUIRE LES ENNEMIS. (CH. II.)

Il faut préparer comme aliment des pains que vous confectionnerez par la recette que je vais indiquer. Recueillez [1], sur la fin du jour, les animaux suivants, savoir : la grenouille des arbres [2] (à son défaut, le crapaud) et la vipère (tels que vous les voyez dessinés dans le pentagone parfait n° 1er, dans la figure même où l'on a tracé les signes de la *proslambanomène* du trope lydien, c'est-à-dire un *zêta sans queue* et un *tau couché* 7 ⊢ [LA [3]]). Enfermez ensemble ces animaux dans un vase de terre dont vous luterez l'ouverture avec de la terre glaise, afin qu'étant ainsi emprisonnés ils ne puissent plus avoir ni air ni lumière. Après un temps convenable, cassez le vase; puis délayez les restes que vous trouverez, dans l'eau destinée à pétrir la pâte; et, de plus, frottez les moules dans lesquels vous ferez cuire le pain, avec cette composition dangereuse même pour ceux qui l'emploient. Ayant donc préparé une quantité suffisante de ces pains, faites-les prendre aux ennemis comme vous pourrez. . . . .

Quant à la boisson, nous allons leur porter une excellente santé. Il y a trois espèces [4] d'animaux représentés dans le

« ria, et a scholiaste adjecta; certe men- « dosus est hic locus. » — Cf. Philé, *De propr. animal.* 81.

[1] Guischardt, trompé par le mot θρέψαντας, traduit ainsi : « Qu'on prépare donc à ses ennemis une nourriture qui sera pour eux ce qu'est celle qu'on donne aux animaux qu'on engraisse la veille de leur trépas. »

[2] Ou reinette, *hyla arborea*. — Pour les divers animaux cités dans ces fragments, la correspondance des noms français avec les dénominations grecques est assez difficile à établir; nous avons adopté la synonymie qui nous a été indiquée par des hommes compétents, comme étant la plus probable. Au reste, la chose est ici de fort peu d'importance.

[3] Pour la traduction en notes modernes, voyez les pages 40, 41, et suiv.

[4] Il n'en nomme cependant que deux.

γενέσθαι τὰ πάντα, καὶ ὕδατι πλείστῳ ζέσας μέχρι τοῦ πᾶσαν ἀναλωθῆναι τὴν τῶν ἑψημένων πιμελὴν, ἔγχεε τῶν πολεμίων ὑδρεύματι. Ὀγκωθήσεται τὰ σώματα τῶν πεπωκότων αὐτῶν τε καὶ ὑποζυγίων· εἶτα[1] οἴδησις μετ' ὀδύνης αὐτοῖς ἐπιστήσεται[2]. . . . . .

Ἀέρος φάρμαξις. δ'[3].

Θρίσσος ὄφις ἐστὶ Θετταλὸς, πυρσὸς τὴν χρόαν, δρακοντίδος παραπλήσιος μήκει. Ὁ δὲ αὐτὸς καὶ ἐπὶ τῆς Ἀσίας πολὺς γίνεται. Σύροι καλοῦσιν αὐτὸν βαθανηραθάν[4] (ὃς ἑξῆς γέγραπται ἐν πενταγώνῳ τρίτω, οὗ σημεῖά ἐστι παρυπάτης ὑπάτων, βῆτα ἐλλιπὲς καὶ γάμμα ὕπτιον[5]). Καὶ λέων ὄφις ἄλλος διάφορος, μικρός τε γάρ ἐστι καὶ μέγας· ἀλλὰ γὰρ ὁ μικρὸς εἰς τοῦτο ληπτὸς μᾶλλον· πολὺς δὲ καὶ αὐτὸς ἐν Συρίᾳ γεννώμενος. Συγκαθειργνύσθωσαν εἰς ἄγγος ἀμφότεροι ἀσφαλῶς μάλα

[1] P. εἰς ἀ.

[2] Τὸν ὄγκον ὑγρᾶς φλεγμονῆς ἐξετράπη,
Καθάπερ οἰδεῖ καὶ τὸ σαρκῶδες τέρας.
(Pᴇʟʟᴇ́, 81, v. 10.)

[3] Éd. Par. p. 290, col. 2, au milieu.

[4] « Vocem *bathanerathan* existimat vir « eruditissimus *Julianus Pachardus* factam « esse verbis ebreis ac syriacis פתן רטן « *pethen raten*. *Pethen* dicitur *serpens*, sive « *aspis*, unde *Python*, nomen serpentis, « Græcis Latinisque usurpatum; *raten in*« *cantatorem* significat. Est itaque *batha*« *nerathan* idem ac *serpens incantator*. » (Note de Boivin.)

[5] Meyb. ἀνεστραμμένον.

2me pentagone, auprès des signes de l'*hypate des hypates*, consistant en un *gamma retourné* et un *gamma droit* : ⅂Γ [SI]. Prenez ces animaux qui sont la lamproie et la sangsue ; pilez-les ensemble de manière à réduire le tout en pâte. Puis, ayant fait bouillir le mélange dans une grande quantité d'eau, jusqu'à ce que la cuisson ait complétement absorbé la graisse, jetez-le dans les sources où les ennemis doivent puiser leur breuvage. Les corps de tous ceux qui en auront bu, hommes et animaux, s'enfleront peu à peu, et une bouffissure cuisante finira par les envahir entièrement.

TRAITÉS GRECS relatifs à la musique.

POUR CORROMPRE L'AIR. (CH. IV.)

Le *thrissus* est un serpent de la Thessalie, de couleur rousse, et assez semblable au dragon quant à la longueur[1]. Il s'en trouve aussi beaucoup en Asie ; et les Syriens le nomment *bathanérathan* (il est tel que vous le voyez tracé dans le 3e pentagone, celui qui est marqué des signes de la *parhypate des hypates*, c'est-à-dire d'un *bêta imparfait* et d'un *gamma renversé* : ꓤL [UT]). De même, le *lion*[2] est un autre serpent qui présente diverses espèces : car il y en a un grand et un petit ; mais le petit est le plus convenable au but qu'on se propose. Il y en a aussi beaucoup en Syrie. Enfermez ensemble tous ces animaux dans un vase bien couvert et hermétiquement fermé, que vous expo-

[1] Probablement la vipère rouge. Nous ferons remarquer, sans toutefois prétendre en rien conclure, l'analogie du nom *θρίσσος* avec le mot *θρίσσα*, qui désigne, dans Aristote (*Hist. anim.* IX, p. 941, D), un poisson épineux nommé *alosa* par Théodore Gaza. Plutarque (*De solert. animal.* p. 961, E) signale le même poisson *θρίσσα* comme étant grand amateur de musique : *τὴν θρίσσαν ᾀδόντων καὶ κροτούντων ἀναδύεσθαι καὶ προϊέναι λέγουσιν.*

Cuvier a emprunté à Aristote le nom *thrissa*, pour l'imposer à un petit genre de sa création, démembrement du genre *mystus* de Lacépède, appartenant à la famille des *clupées*, dans laquelle sont comprises les *aloses*.

[2] Impossible de dire ce que ce peut être que cet animal. — Cf. Philé, 71.

σῖεγνόν· βλεπέτω δὲ τὸ ἄγγος ὁ δριμύτατος ἥλιος. Ἐπειδὰν οὖν διαφθαρῶσιν ὑπό τε ἀλλήλων, καὶ τῆς ἕλης καὶ τοῦ χρόνου κατανέμοντος, συνεχῶς εἰς ἐκείνους φέρειν συνειθισμένον, τὸ σκεῦος τεθὲν ἀνοιγνύσθω, ὡς τὴν ἀπ' αὐτοῦ ἀποφορὰν εἰς τοὺς ἀντιπάλους ὀχεῖσθαι, πορθμευομένης τῆς αὔρας εἰς τὰς τῶν ἐπιβουλευομένων ἀναπνοάς..... κ. τ. λ.

Πρὸς τομὴν πληγέντος. ς′ [1].

Ἐπεὶ πολλοὶ πρὸς τὰς ἀναγκαίας ἀπὸ σιδήρου θεραπείας εἰσὶ δειλοὶ, φοβούμενοι μᾶλλον τὸν ἀπὸ τῆς ἰάσεως ἀλγηδόνα, τοῦ μέλλοντος ἐκ τοῦ μὴ θεραπευθῆναι βλάβους· φέρε πῶς παραμυθησώμεθα τὸν τῆς ὀδύνης ὄκνον, εὐθαρσεσῖέρους τοὺς κάμνοντας εἰς τὸ ὑποσῖῆναι τὴν ἴασιν καθισῖάντες. Κούφην ἐχέτω ὁ ἰώμενος χεῖρα, ἵνα εὐκόλως τὴν τομὴν ἐπιδράμῃ· ὀξεῖαν δὲ φερέτω τὴν ἀκμὴν, ὀδυνηρὸν γὰρ ἡ ἀμβλύτης· εὐτρεπὴς δὲ εἴη εἰς πάντα ὁ βοηθῶν, καὶ ἐπὶ πάντων τῷ πλύντῃ [2], ὅσπερ [3] ἐν πενταγώνῳ [4] δ κεῖται, ᾧ κατὰ τὸ γραμμοειδὲς [5] ἔγκειται σημεῖα λέξεως τε καὶ κρούσεως ὑπάτων ἐναρμονίου, ἄλφα ὕπῖιον καὶ γάμμα ἀπεσῖραμμένον ὄπισθεν γραμμὴν ἔχον [6].

[1] Éd. Par. p. 291, col. 2, au milieu.

[2] P. τῇ πλίνθῳ.

[3] P. ὅπερ; B. ἧπερ.

[4] « Puto laterculum illum *amuletum* « fuisse, seu περιαπῖόν, quod vulgo *talis-* « *manum* vocant. » Cette note de Boivin s'applique d'ailleurs à tous les autres cas.

[5] P. πυραμοειδές.

[6] Dans Meybaum, ces notes sont nommées ἄλφα ἀνεσῖραμμένον καὶ δίγαμμον ἀνεσῖραμμένον.

serez aux rayons d'un soleil ardent. Puis, quand le mélange sera bien putréfié, et que la chaleur et le temps l'auront suffisamment réduit, hâtez-vous de le faire porter vers les ennemis par une personne connaissant les lieux, laquelle ouvrira le vase après l'avoir déposé en quelque endroit, de sorte que les exhalaisons, se répandant à la faveur des vents, ne tarderont pas à infecter l'atmosphère de ceux à qui vous voulez nuire.

POUR LA SECTION D'UN MEMBRE BLESSÉ[1]. (CH. VI.)

Comme beaucoup d'hommes redoutent l'application du fer, qui devient parfois indispensable, craignant bien plus la douleur occasionnée par le remède, que le dommage résultant du défaut de guérison, cherchons à diminuer cette crainte de la souffrance, en donnant aux patients la force et le courage de supporter les opérations. Que le chirurgien ait la main légère, pour pouvoir exécuter facilement et rapidement son amputation, et qu'il se serve d'instruments bien tranchants ; car le fer émoussé est beaucoup plus douloureux. Qu'il soit d'ailleurs accompagné d'un aide toujours prêt à le seconder, et par-dessus tout attentif à étancher le sang de la plaie, employant pour cela un bassin comme il est représenté dans le 4e pentagone, celui qui est marqué des signes, vocal et instrumental, de la *corde enharmonique* du tétracorde des *hypates*, c'est-à-dire un *alpha renversé* et un *gamma renversé portant un trait à la partie postérieure* ∀⊥ [U T*].

[1] « La musique, dit Chrysanthe (Θεωρητικὸν μέγα, p. 211, note β) formait une partie essentielle de la médecine magique et astrologique. »

Πρὸς τὴν ἀπὸ σιδήρου ϖληγήν. ζʹ[1].

Καί τῷ ϖληγέντι δὲ ὑπὸ σιδήρου τόδε ὀδύνης ἄκος. Τὸν τρώσαντα σίδηρον ἀλεῖψαι ϖροσήκει· εἶτ' ἐπικροῦσαι αὐτὸν τῷ τραύματι. Λέγομεν κατὰ τρὶς, ἅμα τε ἐπιπτύοντες, ῥωμαίαν τινὰ ῥῆσιν, ἡ ἐν τῷ ε κειμένῳ[2] ϖενταγώνῳ ἔγκειται ϖρόσω σημεῖα χρωματικῆς, ἄλφα ὕπτιον γραμμὴν ἔχον, καὶ γάμμα ἀπεστραμμένον ὄπισθεν δύο γραμμὰς ἔχον[3]. Ἡ μὲν οὖν ἀλγηδὼν ϖαύσεται· τὸ δὲ τραῦμα ἰατρῶν ϖαῖδες Ϡεραπευέτωσαν, τοῦ κάμνοντος ἑαυτὸν εὐχερῶς εἰς τὴν ἐπάφησιν αὐτῶν χειραγοῦντος[4].

Ἵππου τιθασία. ηʹ[5].

. . . .

Τί δ' ἄν τις ϖοιήσειεν κατὰ τοῦ ἀφεστηκότος, καὶ μηδενὶ τρόπῳ ϖείθεσθαι [ἐάοντος], ὡς μηδὲν μήτε ἐπιταγμάτων μήτε μαθημάτων ϖροειρημένου[6]; ὥσπερ γὰρ τὰ ἀγριώτατα τῶν Ϡηρίων τελευτῶντα[7] οὐ τιθασσεύεται. Ἀλλὰ, κἂν ϖρὸς ὀλίγον χειροήθης γεγενῆσθαι δοκῇ, ὅμως τῆς ϖρόσθεν ὠμότητος οὐκ ἐπιλανθάνεται. Οὕτως δὲ τότε τὸ Ϡρέμμα δυσμεταγώγιμον[8], κακίας ἐγχρονισθείσης. Πρὸς τὰ τοιαῦτα, ϖληγῇ, καὶ ἀπειλῇ, καὶ τέχνῃ, καὶ τροφῇ· κακία φύσεως τέχνῃ διορθούσθω.

(Il manque vraisemblablement ici un passage où l'auteur annonçait qu'il allait indiquer un secret propre à dompter les animaux rétifs. Ce secret consistait dans une marque que l'auteur va décrire.)

[1] Éd. Par. à la suite.

[2] P. ἐκκειμένῳ.

[3] Meybaum appelle ces notes ἄλφα ἀνεστραμμένον, γρ. ἔχ., καὶ δίγαμμον ἀνεστρ. γραμμὴν ἔχον.

[4] Peut-être χειραγωγοῦντος ; P. χορηγοῦντος.

[5] Éd. Par. p. 292, col. 1re, lig. 21 en montant.

[6] Cf. Plat. *Phèdre*, p. 253, D.

[7] P. τεληφθέντα.

[8] P. δυσμετάγωγον.

POUR LES BLESSURES FAITES PAR LE FER. (CH. VII.)

Quant à celui que le fer a blessé, voici un moyen d'adoucir la douleur. Il est bon pour cela de graisser le fer qui a fait le mal, et puis d'en frotter la plaie. En outre, on doit prononcer trois fois, en crachant, certains mots latins[1] écrits dans le 5e pentagone, devant lesquels se trouvent les signes de la corde *chromatique* [*des hypates*] savoir : un *alpha renversé et marqué d'un trait*, et un *gamma renversé et marqué de deux traits à la partie postérieure*[2] : ∀ Ⱡ [RÉ♭] ; c'est ainsi que la douleur s'apaisera. Mais, pour le traitement, il faut avoir recours aux enfants d'Esculape, dont l'attouchement a le pouvoir de guérir les blessures, lorsque le malade témoigne de l'empressement à se porter de lui-même au-devant d'eux.

ÉDUCATION DES CHEVAUX. (CH. VIII.)

Mais que faire à l'individu rétif qui ne veut entendre à rien, et sur lequel l'éducation ni la discipline n'ont rien pu gagner? Il est comme ces animaux féroces dont le caractère indomptable finit toujours par avoir le dessus. C'est en vain que, sous quelques rapports, ils sembleront s'être un peu radoucis : leur ancienne brutalité ne manque jamais de reparaître tôt ou tard. Il en est de même d'un élève intraitable dont la méchanceté est passée à l'état chronique. C'est le cas de recourir aux coups, aux menaces, à la rigueur, et à tous les expédients imaginables. Que l'art soit employé à vaincre la perversité de la nature.

[1] Cf. Caton, *De re rustica* (p. 160, éd. Schneider); Plin. (liv. XXVIII); Egger, *Latini sermonis reliquiæ*, p. 167 et 347.

[2] Nous devons faire observer que ce mode de notation contredit la conjecture émise dans la remarque de la page 136.

Ἡμερωσάτω αὐτὸν, καὶ γραφὴν οὐ φοβηθήσεται· ἣν οὐχ ὑποπλεύσει· ἣν φορῶν δαμασθήσεται. Κοίλῳ ὁπλῆς προτέρου ποδὸς εὐωνύμου, χειρὶ εὐωνύμῳ, ἐγχάραττε γραφίῳ χαλκῷ, σελήνης ς̄ ῥωμαίας προσταγῆς· ἀπειλὴ, ἀνάγκη· ἔχει πειθαρχίας ἡ γραφή. Κεῖται δὲ ἐν τῷ ς̄ πενταγώνῳ, ὧπερ ἐγγέγραπται ὑπάτων διατόνου σημεῖα· φῖ[1] καὶ δίγαμμα.

Ἵππον μὴ πτοεῖσθαι[2]. ιβ'.

Καὶ τῷ μὴ πτοεῖσθαι δὲ ἵππους μάτην θεάμασι καινοῖς, ἢ σκιαῖς, ἄκος· ὠτὶ δεξιῷ προσαρτηθεῖσα οὐρὰ ἣν ζῶντος αὐτοῦ θηρίου ἀποκοπῇ. Κεῖται δὲ ἐν πενταγώνῳ ἑβδόμῳ, ᾧ σημεῖα ὑπέρκειται ὑπάτης μέσων· σίγμα καὶ σίγμα.

Ταράξιππον[3]. ιδ'.

Καὶ ἡμεῖς δὲ εὕρομεν φάρμακον εὐχῆς ὀξύτερον, κρεῖττον πάντων ὁπόσα ἂν ἔχοις· οὗπερ ἐπιτέλει πενταγώνῳ η̄ τὸ εἶδος ἐγγέγραπται, ᾧ σημεῖα ὑπέρκειται παρυπάτης μέσων ῥῶ καὶ σίγμα ὕπτιον[4]. Εἰς πυουλκοὺς ἐμβάλλεται, καὶ εἰς παράταξιν κούφοις ἀνδράσι δίδοται φέρειν, ὡς εὐκόλως ὑπὸ τῷ στίφει τῶν προμαχομένων ἑστάναι. Οἱ μὲν οὖν ἐπάγουσιν ἀλκῇ καὶ τάχει καὶ σιδήρῳ τεθαῤῥηκότες. Ἄν τε οὖν κατάφρακτοι οὗτοι τύχωσιν, ἄν τε καὶ ἄλλως ἐσταλμένοι, θεράπεια εἰς τὸν αὐτὸν σπεύδουσι κίνδυνον· γενομένης γὰρ τῆς εἰς τοὺς πεζοὺς

[1] Au lieu du nom de la lettre φῖ, prise comme note musicale, on lit dans les manuscrits : πεντακόσια δέκα, 510, parce que telle est la valeur arithmétique des lettres φ et ι, quand elles représentent des nombres.

[2] Éd. Par. p. 293, col. 1re. — [3] *Ibid.* c. 2.

[4] Meyb. ἀνεστραμμένον.

Flattez votre animal, et il ne craindra pas la marque; il ne s'en doutera même pas; et, dès qu'une fois il la portera, il sera dompté. Ainsi donc, dans le creux du sabot du pied gauche de devant, gravez de la main gauche, avec un stylet d'airain, le sixième jour de la lune suivant le calendrier romain, les mots *fatalité, nécessité*. Le secret de la soumission gît dans cette marque que vous trouvez couchée dans le pentagone n° 6, celui où l'on a tracé les signes de la corde *diatonique des hypates*, consistant en un *phi* et un *digamma* : ΦF [RÉ].

POUR EMPÊCHER LES CHEVAUX DE S'EFFRAYER. (CH. XII.)

Pour empêcher les chevaux de s'effrayer en vain lorsqu'ils voient quelque chose de nouveau, et d'avoir peur même de leur ombre, voici un remède : Suspendez à leur oreille droite la queue d'un certain animal, que vous aurez coupée sur l'individu vivant. Vous en voyez la figure sur le 7e pentagone, sous les signes de l'*hypate des mèses: sigma* et *sigma* : ϹϹ [MI].

POUR EFFRAYER LES CHEVAUX. (CH. XIV.)

Mais nous-même avons trouvé une drogue plus efficace que la prière (l'auteur avait dit que l'on invoquait Neptune), et plus puissante que tous les moyens que vous pourriez employer : c'est la plante dont vous voyez la figure dans le pentagone parfait n° 8, celui où sont tracés les signes de la *parhypate des mèses*, c'est-à-dire un *rhô* et un *sigma couché* : Ρ⌣ [FA]. On en met le jus dans des seringues que l'on donne à porter, pour le moment de la bataille, à des hommes équipés légèrement, et de manière à pouvoir se placer sans peine sous la première ligne des combattants. Ceux-ci donc s'avancent bravement et vivement, en brandissant leurs épées. Pour lors, si leurs

ἐμϐολῆς, οἱ μὲν ϖροτεταγμένοι[1] φέρουσι τὴν ἐπιδρομὴν, τῶν ἀσπίδων φράγματι· οἱ δὲ τοὺς ϖυουλκοὺς ἔχοντες[1], ἐκθλίϐουσι τὸν εὐφόρϐιον εἰς τὰς τῶν ἵππων ἀναπνόας. Δεινὸς δὲ ὁ χυλὸς[1] καὶ ἀνδράσιν εἰς βλάϐην.

Ἀγρυπνητικόν. κγ'[2].

L'auteur récapitule, dans ce chapitre, les anciennes histoires où l'on voit les héros, les dieux, vaincus par leurs ennemis, pour s'être imprudemment laissés aller au sommeil. Pour terminer son récit, il raconte la fable de Silène enchaîné par le roi Midas qui l'avait surpris endormi ; puis il continue de cette manière :

Καὶ σατύρων[3] δὲ ἄλλος εὐτυχὴς ἡγεμὼν, οὐκ ἀπαξιῶ δὲ ἐμαυτὸν τῆς ϖρὸς ἐκείνους ἰσοτιμίας, ϖεριγείους ἐκείνῃ[4] δαίμονας καὶ ταπεινούς. Εἷλκον κεκοιμημένους· ἐγὼ λαϐεῖν τὸν ἐκείνους δήσαντα ζητῶ· ὕπνον γενέσθαι θέλω τῆς ἐμῆς ἐμπειρίας ἥττονα· ἵνα ϖαρ' ἐμοὶ μόνῳ ἄναξ καὶ ϖανδαμάτωρ οὗτος οἰκῇ. Συναγρυπνείτω μοι καὶ βουλευόμενος βασιλεὺς, καὶ σΊρατιώτης φρουρῶν, καὶ ἀρισΊεὺς ὁ καμών. ἈντιτατΊομαί σοι, ὕπνε· ὡς σὺ κατὰ ϖάντων, οὕτω κἀγὼ κατὰ σοῦ σΊρατηγήσω.

Ζῶόν ἐσΊι ϖΊηνὸν ὑμενόπΊερον, ἐν ζοφεροῖς χωρίοις διαιτώμενον· τούτου[5] ὡς ζωοτοκούντων ϖΊηνῶν τὰ ἔγγονα γάλακΊι τρέφονται. Ταύτης[6] ἐσκυλευμένη μὲν ἡ κεφαλὴ, καὶ ἐρραφεῖσα σκυτίδι[7] ἐμποιεῖ[8] τὸν ϖεριαψάμενον ἄγρυπνον ἑσΊάναι.

Φορῇ ϖΊέρυγα δέ τις ὅλην ζώσης[9] αὐτῆς ἐξελὼν, καὶ τελεστηρίῳ τῷδε[10] εἰς ἄρυσΊιν[11] ϖοτοῦ χρήσθω, ὀλιγάκις μὲν ἂν ϖρὸς

[1] Ces trois leçons sont fournies par un manuscrit appartenant à M. E. Miller; et les deux dernières, en outre, par le ms. de la Bibliothèque royale, 26 *suppl.*, au lieu de ϖρ....μένου, ἔχοντας; σχυλὸς, de l'édition.

[2] Éd Par. p. 297, col. 2, lig. 9.

[3] P. σάτυρον.

[4] P. ἐκεῖνοι.

[5] P. τῶν ὡς.

[6] B. aj. τῆς ὄρνιθος.

[7] On peut comparer cette expression avec celle de σκυτάρια ῥαπΊά, *sachets de cuir* (Athén. XII, 548, D).

[8] P. ἐποίει.

[9] Sous-entendu τῆς ὄρνιθος.

[10] P. ἀτελὶς τριά τε.

[11] P. ἄρυσιν.

adversaires sont cuirassés ou suffisamment armés de toute autre façon, cette précaution même contribue à les précipiter dans le danger : car ils ne manquent pas de charger l'infanterie; et, tandis que le premier rang supporte le choc en formant le rempart des boucliers, ceux qui portent les seringues lancent l'euphorbe au nez des chevaux ; or ce suc est terrible même pour les hommes, car il peut les tuer.

RECETTE CONTRE LE SOMMEIL. (CH. XXIII.)

Et moi aussi je me flatte de pouvoir faire ici le conducteur de satyres[1], et d'acquérir une gloire égale à celle des héros que je viens de citer. Pauvres dieux en effet, et triste victoire! Triompher de gens endormis! mais je prétends, moi, prendre celui même qui les enchaîna : je veux que le sommeil rende les armes à mon habileté, et qu'à moi seul ce puissant seigneur, ce conquérant universel, soit forcé de prêter hommage. Je ferai veiller avec moi, et le roi au conseil, et le soldat en faction, et le brave accablé de fatigues. Oui, sommeil, je me mesurerai avec toi : tu défies toute la nature; eh bien, moi, j'accepte le défi.

Il existe un animal volant au moyen d'ailes membraneuses, habitant les lieux ténébreux, pourvu de mamelles pour nourrir ses petits, comme tous les volatiles vivipares. Or la tête de cet animal, attachée à une ceinture de cuir, donne à quiconque la porte sur soi, la faculté de résister au sommeil.

Autrement : Que l'on enlève à l'animal vivant une aile tout entière; que l'on porte sur soi ce talisman; et que l'on s'en serve en guise de coupe à boire, de temps en temps, si l'on ne

[1] N'est-ce pas là l'origine de notre expression *meneur d'ours?*

ὀλίγον, πολλάκις δὲ, καὶ ἀμφοτεράκις [1], ἣν μακρὰς χρήζῃ τις ἀγρυπνίας. Ἂν δέ τις ἀπλήστως τούτῳ χρήσηται τῷ ποτῷ, ἄϋπνος ἐς τὸ πάμπαν μένει.

Εἰδέπῃ καὶ παῖξαι θέλοις εἰς ἀγρυπνίαν ἐμβαλὼν [2], ζώσης τὴν κεφαλὴν ἀφελὼν, τῷ προσκεφαλαίῳ ἔνθα καθεύδειν αὐτῷ σύνηθες, ἔνραψον· ὁ δὲ οὐ κοιμήσεται ὡς ὀλοὴν [3] αὐτὴν περιημμένος· καὶ γὰρ τὸν οὕτως αὐτὴν περικείμενον διὰ παντὸς ἄϋπνον τηρεῖ.

Νυκτὸς εἶ τέκνον, ὦ Ὕπνε· νυκτὸς ὄρνις σε νικᾷ· εἰ καὶ σὺ πτερόεις τυγχάνεις, προλαμβάνω σε κἀγὼ ἄλλῳ πτερῷ. Οὕτως οἱ Πασιθέας πρὸς Ὕπνον γάμοι· ἀγρυπνοῦσι μὲν ὁ Ἔρως, ἐγγύη δὲ ὑπὸ Ἥρας τούτου ἡ [4] κλοπὴ τοῦ πτεροῦ. Τί δε θαῦμα εἰ καὶ τοῦτο παρὰ χαρίτων ἔλαβεν ἡ Ἥρα, καὶ γὰρ παρὰ τῆς Ἀφροδίτης τοὺς κεστοὺς ἐδανείσατο;

Εἰ μὲν οὖν ἐπέγνως ἐκ συμβόλων τὸ ζῶον, οὐ γὰρ ἀσαφῶς ἢ δυσλήπτως ἔκειται, τάχα ἐπαινοῖς. Εἶδος οὖν ἐπιτέλει κείμενον εὑρήσεις ἐν πενταγώνῳ $\overline{\theta}$, πρὸς σημείοις μέσων ἐναρμονίου τρόπου τοῦ λυδίου (πρὸς τοῖς τελευταίοις δ' ἐστὶν), πῖ καὶ σίγμα ἀπεστραμμένον.

La Note sur la numération, que j'ai citée à la page 345, avait pour objet principal d'appeler l'attention sur un curieux passage du même auteur, d'où il paraîtrait résulter qu'au IIIe siècle de notre ère, les Romains connaissaient l'usage des *valeurs de position* dans les signes représentatifs des unités des différents ordres. Je crois ne pouvoir mieux terminer les extraits de Jules l'Africain, qu'en donnant ici le texte de ce passage, tel que je l'ai restitué et traduit; en même temps que ce sera une manière de reposer l'esprit du lecteur à qui les procédés magiques auront sans doute paru fort peu récréatifs, ce dernier fragment, considéré en lui-même, pourra servir de complément à l'histoire de nos chiffres, telle que je l'ai présentée à la fin de la note G.

[1] P. ἀμφοτέραις.

[2] Sous-entendu τινα.

[3] P. ὅλην.

[4] P. ἤ.

veut que se tenir légèrement éveillé; souvent, et même continuellement, si l'on veut obtenir une grande insomnie. Il y a plus, si l'on s'abandonnait inconsidérément à cette manière de boire, on perdrait entièrement la faculté de dormir.

Mais, si vous ne voulez que vous divertir en empêchant quelqu'un de sommeiller, coupez la tête à l'animal vivant, et cousez-la dans l'oreiller de celui que vous voulez tenir éveillé; vous pouvez être sûr qu'il ne dormira pas en si méchante compagnie, et que le sommeil fuira bien loin d'un pareil hôte.

Ô sommeil, tu es enfant de la nuit[1], et l'oiseau de la nuit triomphe de toi! Tu as des ailes, il est vrai; mais je saurai t'atteindre avec une aile plus puissante que la tienne. C'est ainsi que tu fus vaincu lors de ton mariage avec Pasithée[2]. L'amour ne va pas avec le sommeil; et voilà pourquoi la perte de ton aile était le gage exigé par Junon pour l'accomplissement de tes vœux. Faut-il s'étonner d'ailleurs que, pour parvenir à son but, cette déesse ait eu recours aux grâces, elle qui déjà avait emprunté la ceinture de Vénus?

Si donc vous avez reconnu l'animal aux caractères que j'ai indiqués (et ce problème n'est certes ni bien obscur, ni difficile à résoudre), vous vous hâterez de célébrer son mérite. Or vous en trouverez la figure dans le pentagone parfait n° 9, auprès des notes de la corde *enharmonique des mèses* du trope lydien, c'est-à-dire *pi* et *sigma retourné* Πƨ [FA*]. Ces notes sont les dernières.

[1] Cf. les hymnes orphiques. — [2] Cf. Pausanias, p. 781.

Περὶ πυρσῶν. ος´[1].

Πρὸς τούτοις καί τι τολμῶσι Ῥωμαῖοι, ἐμοὶ δὲ καὶ λίαν θαυμαζόμενον, πάντα ὅσα καὶ βούλονται διὰ πυρσῶν γράφοντες. Ποιοῦσι δὲ ὧδε· ἀφορίζουσι τοὺς τόπους οἳ ἐπιτηδείως ἔχουσιν εἰς τὴν τῶν πυρσῶν χρείαν, τὸν μὲν δεξιὸν, τὸν δὲ εὐώνυμον, τὸν δὲ μεταξὺ τάτΊοντες. Διαιροῦσι δὲ τούτοις τὰ σΊοιχεῖα, τὰ μὲν ἀπὸ τοῦ ἑνὸς μέχρι τοῦ θ̄ ἀφορίζοντες τῷ ἀρισΊερῷ μέρει, τὰ δὲ ἀπὸ τοῦ ῑ[2] μέχρι τοῦ ϟ[3] τῷ μέσῳ, τὰ δὲ ἀπὸ τοῦ ρ̄ μέχρι τοῦ ϡ[4] τῷ δεξιῷ.

Ὅτ' ἂν δὲ τὸ ᾱ βουληθῶσι σημᾶναι, ἅπαξ ἀνάπΊουσι τὸν πυρσὸν κατὰ τὸ εὐώνυμον μέρος· ὅτ' ἂν δὲ τὸ β̄ δίς· τρὶς[5] δὲ ὅταν τὸ γ̄· καὶ ἐφεξῆς. Ὅταν δὲ τὸ ῑ βουληθῶσι σημᾶναι, ἅπαξ ἀναπΊοῦσι τὸν πυρσὸν κατὰ τὸν μέσον τόπον, [καὶ δὶς ὅταν τὸ κ̄,] καὶ τρὶς[6] ὅταν τὸ λ̄, καὶ ἐφεξῆς. Ὁμοίως δὲ ὅταν τὸ ρ̄ βουληθῶσι σημᾶναι, κατὰ τὸ δέξιον μέρος ἅπαξ ἀναπΊοῦσι τὸν πυρσόν, δὶς[7] δὲ ὅταν τὸ σ̄, καὶ τρὶς[8] [ὅταν] τὸ τ̄· καὶ ἐπὶ τῶν ἄλλων ὁμοίως.

Τοῦτο δὲ ποιοῦσι τὴν ἀπὸ σΊοιχείων σημασίαν ἀριθμὸν φεύγοντες· οὐ γὰρ ἂν τὸ ρ̄ σημᾶναι βουλόμενοι, ἑκατοντάκις ἀνάψουσι τοὺς πυρσούς· ἀλλ' ἅπαξ κατὰ τὸ δεξιὸν μέρος, καθάπερ πρότερον εἴρηται. Καὶ ταῦτα ποιοῦσι μετὰ συμφωνίας ἀλλήλων οἵ τε διδάσκοντες διὰ τῶν σημείων, οἵ τε μανθάνοντες, γράφοντες τὰ διὰ τῶν πυρσῶν δηλούμενα τῶν σΊοιχείων. Εἶτα ἀναγινώσκοντες καὶ δηλοῦντες ὁμοίως ταῦτα τοῖς

[1] Éd. Par. p. 315, c. 1re, l. 10 en mont.
[2] P. α.
[3] P. π.
[4] P. π; en marge ω.
[5] P. τρίτον.
[6] P. τρίτον.
[7] P. δύο.
[8] P. τρίτον.

SUR [LES SIGNAUX PAR] LES FEUX. (CH. LXXVI.)

Les Romains ont encore une invention que je ne puis trop admirer, pour représenter, au moyen des feux, tous les nombres qu'ils veulent. Pour cela, voici comment ils s'y prennent : ils commencent par déterminer des emplacements commodes pour l'emploi des feux, en fixant un lieu sur la droite, un autre sur la gauche, et un troisième dans le milieu; et ils distribuent, à chacune des places, les divers nombres élémentaires (lettres numérales) qui devront y être représentés, assignant au côté gauche les nombres compris depuis 1 jusqu'à 9, au milieu les nombres compris depuis 10 jusqu'à 90, enfin ceux compris entre 100 et 900, au côté droit[1].

Ainsi, lorsqu'ils veulent désigner le nombre 1, ils produisent, du côté gauche, une flamme unique; ils en produisent deux quand ils veulent désigner le nombre 2, trois pour le nombre 3, ainsi de suite. Mais, lorsqu'ils veulent désigner le nombre 10, alors ils allument une fois sur la place du milieu; ils allument deux fois pour le nombre 20, trois fois pour le nombre 30, et ainsi de suite. De même, lorsqu'ils veulent signifier le nombre 100, ils allument une seule flamme à droite; ils en allument deux pour le nombre 200, trois pour 300, et de même pour tous les autres cas.

Or, dans ce moyen de représentation par éléments, on évite l'emploi des grands nombres; car, pour signaler le nombre 100, on n'allume pas le feu cent fois, mais seulement une fois sur la droite, ainsi que je l'ai expliqué précédemment : cela résulte de l'accord établi entre ceux qui font les signaux et ceux qui

[1] Cet ordre, qui paraît l'inverse de celui de notre numération, devenait l'ordre direct pour ceux qui recevaient et *regardaient* les signaux.

TRAITÉS GRECS relatifs à la musique.

μετ' ἐκείνοις τεταγμένοις, καὶ τὴν τῶν πυρσῶν ἐπιμέλειαν ἔχουσι καὶ αὐτοί· ὁμοίως τοῖς μετ' ἐκείνοις, μέχρι τῶν τελευταίων οἳ ποιοῦνται τὴν τῶν πυρσῶν ἐπιμέλειαν [1].

INTRODUCTION AU TRAITÉ INÉDIT DE G. PACHYMÈRE, DES QUATRE SCIENCES MATHÉMATIQUES [OU *QUADRIVIUM*].

Avant de donner le texte du Traité de musique de G. Pachymère, qui composera la quatrième partie de ce travail, j'ai cru devoir placer ici, à la suite des fragments, l'Introduction générale de son ouvrage, dans laquelle on verra le lien que, d'après Platon, les anciens établissaient entre les *quatre sciences* considérées par eux comme *mathématiques*.

Le commencement ne subsiste dans aucun manuscrit; mais on s'aperçoit facilement que l'auteur cite, à la cinquième ou sixième ligne, la fin de l'Épinomis de Platon, et, de plus, qu'il suit les traces de Nicomaque (Ἀριθμ. εἰσαγωγῆς κεφ. γ'). D'après cette remarque, j'ai pu, en empruntant une phrase de ce dernier auteur, donner au Traité un commencement très-logique, je pourrais même presque dire authentique.

Le texte de cette Introduction est fourni par cinq manuscrits de la Bibliothèque royale, savoir : 2338=B, 2339=C, 2340=D, 2341=E, et enfin 2438=F [2].

Le manuscrit B, noté comme étant du XVIe siècle, me paraîtrait cepen-

[1] Il est curieux de comparer, à ce moyen de représenter les nombres, celui que décrit Polybe dans son X^e livre, pour transmettre des mots et des phrases entières. Quand c'était là le but que l'on se proposait, on partageait les vingt-quatre lettres de l'alphabet grec en cinq groupes de cinq lettres chacun (excepté le dernier groupe qui ne contenait que quatre lettres). Alors on allumait des feux sur la gauche pour indiquer le rang du groupe, et des feux sur la droite pour désigner le rang de la lettre dans chapue groupe. La méthode donnée pour les nombres par Jules l'Africain pourrait donc, jusqu'à un certain point, être considérée comme une simple classification des lettres numérales, analogue à celle que décrit Polybe pour les lettres alphabétiques. La différence consisterait en ce que, dans la première méthode, chaque groupe a neuf caractères au lieu de cinq, et qu'au lieu de signaler d'abord, par un nombre convenable de feux, le rang du groupe, on affecte à chaque groupe une place particulière pour y allumer les feux qui lui correspondent. — Consultez Casaubon, dans ses *Notes sur Énée le Tacticien.*

[2] La lettre A est affectée au ms. 2536 qui ne contient que la Musique; nous en parlerons plus loin (v. ci-après, p. 400).

les reçoivent; et ceux-ci écrivent alors les nombres que les feux leur ont indiqués. Les ayant ainsi reconnus, ils les transmettent de la même manière à ceux qui occupent la station suivante, et qui observent leurs signaux; ceux-ci font de même à d'autres; et ainsi de suite jusqu'à la dernière station, où l'on observe les signaux [sans les répéter].

TRAITÉS GRECS relatifs à la musique.

---

dant remonter au XVe; il a porté successivement les n°s 792, 859, 2170, et enfin 2338.

Le manuscrit C, de l'écriture d'Ange Vergèce, ancien fonds Colbert, a porté autrefois les n°s 1540, 2639, et en dernier lieu 2339. Il commence ainsi : Γεωργίου Παχυμερίου *μαθηματικά· ἀριθμητικὰ, μουσικά· γεωμετρικὰ, καὶ ἀσῖρονομικά. Λείπει ἡ ἀρχή. . . . καὶ διορίζεται. . .*

Le manuscrit D, qui paraît être de la main de Paléocappa, a porté autrefois les n°s 350, 381, 2168, et aujourd'hui 2340. Il commence ainsi : Τοῦ *βιβλίου τούτου τῶν τεσσάρων μαθηματικῶν λείπει ἡ ἀρχὴ, ἴσως φύλλον ἓν μόνον καὶ οὐ πλεῖον* (il me paraît même vraisemblable qu'il manque seulement quelques lignes, détruites par le frottement dans le manuscrit original). *Οὐκ ἔχομεν δὲ*, continue-t-il, *καὶ τοὔνομα τοῦ διδασκάλου τίνος ἐσῖιν· ὅμως, καθάπερ ἐν ἄλλοις ἐμάθομεν, ὑπολαμβάνομεν εἶναι* Γεωργίου *τοῦ* Παχυμερίου. . . . *καὶ διορίζεται. . . .*

Le manuscrit E=2341 ne contient que l'Arithmétique (y compris l'introduction), et la Géométrie; il est intitulé : Παχυμέρη *μεγίσῖου διδασκάλου περὶ* Ἀριθμ. : il est signé Νικόλεως ὁ Ναγκήλιος, et daté de Paris, 1557.

Enfin, le manuscrit F = 2438, in-fol., du XVIe siècle (*olim Teller. Rem.*), présente cette bizarre circonstance, de donner jusqu'à cinq copies différentes des premiers chapitres de l'ouvrage, lesquelles s'arrêtent ensuite : celles-ci à un endroit, celles-là à un autre. Il eût été aussi fastidieux qu'inutile de signaler une multitude de variantes sans valeur que donnent ces diverses copies; je me suis borné aux principales.

[[1] Ὁ θεῖος Πλάτων, ἐπὶ τέλει τοῦ τρισκαιδεκάτου τῶν Νόμων, ὅπερ τινὲς Φιλόσοφον ἐπιγράφουσιν, ὅτι ἐν αὐτῷ περισκοπεῖ] καὶ διορίζεται[2] ποταπὸν χρὴ τὸν ὄντως φιλόσοφον εἶναι, ἀνακεφαλαιούμενος τὰ διὰ πλειόνων προδιαλεχθέντα καὶ προδιαβεβαιωθέντα, ἐπιφέρει· « Ἅπαν[3] διάγραμμα, ἀριθμοῦ τε σύστημα, καὶ ἁρμονίας σύστασιν ἅπασαν, τῆς τε τῶν ἄστρων φορᾶς[4], τὴν ἀναλογίαν[5] μίαν ἀναφανῆναι[6] δεῖ τῷ κατὰ τρόπον μανθάνοντι. Φανήσεται[7] δ' ἂν ὃ[8] λέγομεν ὀρθῶς, εἴ[9] τις[10] εἰς ἓν βλέπων πάντα[11] μανθάνοι[12]· δεσμὸς γὰρ[13] ἁπάντων[14] τοιούτων[15] εἷς ἀναφανήσεται[16]. Εἰ δέ τις ἄλλως μεταχειριεῖται φιλοσοφίαν, τύχην δεῖ καλεῖν συνεργόν[17]· οὐ γὰρ ἄνευ[18] τούτων ἡ ὁδός ποτε[19]· ἀλλ' οὗτος ὁ τρόπος. Ταῦτα τὰ[20] μαθήματα εἴτε χαλεπὰ, εἴτε ῥάδια, ταύτῃ ἰτέον[21]· ἀμελεῖν δὲ οὐ δεῖ. Τὸν δὲ ταῦτα πάντα οὕτω λαβόντα ὡς ἐγὼ λέγω, τοῦτον ἐγὼ καλῶ τὸν[22] σοφώτατον· καὶ διϊσχυρίζομαι παίζων τε[23] καὶ σπουδάζων. »

[24] Δῆλον γὰρ ὅτι κλίμαξί τισι καὶ γεφύραις ἔοικε ταῦτα τὰ μαθήματα, διαβιβάζοντα τὴν διάνοιαν ἡμῶν ἀπὸ τῶν αἰσθητῶν καὶ δοξαστῶν, ἐπὶ τὰ νοητὰ καὶ ἐπιστημονικὰ, καὶ ἀπὸ τῶν

[1] Cf. Nicom. éd Ast, 1817, p. 70. La phrase de Nicomaque commence ainsi : Καὶ Πλάτων δὲ, ἐπὶ τέλει. κ. τ. λ.

[2] Nic. om.

[3] Cf. Théon. de Sm., p. 131. — Th. aj. τό.

[4] Plat. περιφορᾶς.

[5] Nicom. ὁμολ.

[6] Th. ἀν. οὖσαν, μίαν ἁπάντων ἀναφ.

[7] Plat. ἀναφαν.

[8] Th. ἅ.

[9] Om. Nic. Plat. et Th.

[10] Th. τὶς ἐμβλέπων μανθάνῃ.

[11] Om. Plat.

[12] Nic. et Plat. νῃ.

[13] Pl. et Th. aj. πεφυκώς.

[14] Cf. Nicom. p. 71.

[15] Nic. et Pl. et ms. 2338, τούτων : Th. πάντων.

[16] Pl. aj. διανοουμένοις.

[17] Pl. ὥσπερ καὶ λέγομεν.

[18] Pl. aj. γε.

[19] Cf. Plat., et Th. de Sm., p. 3.

[20] Pl. om.

[21] F, ἰστέον : Pl. πορευτέον « il faut en passer par là ».

[22] Nic. om. — Pl. aj. ἀληθέστατα.

[23] Nic. ἅμα : Pl. π. κ. σπ. ἅμα.

[24] Cf. Psellus Περὶ γεωμετρίας, à la suite du Traité Περὶ ἐνεργείας δαιμόνων, éd. de M. Boissonade, p. 162.

TRAITÉS GRECS relatifs à la musique.

Platon, à la fin du XIIIe livre des Lois, livre que quelques-uns intitulent *le Philosophe* par la raison que l'auteur y examine et explique quelles conditions doit remplir celui qui prétend être réellement philosophe; Platon, dis-je, récapitulant en cet endroit tout ce qu'il a précédemment traité et discuté dans de longs détails, s'exprime ainsi : « Toutes les figures de géométrie, les combinaisons de nombres, les systèmes harmoniques, les mouvements des astres, tout cela est lié par un rapport commun qui doit être évident pour celui qui aura appris suivant la méthode que nous avons indiquée. Et la vérité de cette assertion sera clairement démontrée à quiconque voudra s'assurer qu'il est impossible de porter ses regards vers un seul de ces divers objets sans apercevoir en même temps tous les autres : dès lors, en effet, il devient impossible de méconnaître l'unité du lien qui les assemble. Veut-on entreprendre la philosophie par une autre méthode? autant vaut prendre le hasard[1] pour guide; le seul moyen est celui que je prescris; nulle autre voie ne saurait conduire au but. Que les sciences soient faciles, qu'elles soient difficiles, il faut les acquérir; il n'est pas permis de les négliger; et celui qui les prendra par le côté que je lui ai montré, celui-là, je le proclame le sage des sages, et je suis prêt à le célébrer comme tel, soit en vers, soit en prose[2]. »

Il est clair en effet, que les mathématiques sont comme des *échelles* ou des *ponts* dont notre esprit se sert pour franchir l'intervalle qui sépare les choses sensibles et incertaines des

[1] Le mot τύχη est pris, chez Platon, dans un tout autre sens; mais on serait tenté de croire que, dans Pachymère, et même dans Nicomaque, le texte du passage ait été altéré à dessein.

[2] Mot à mot : « en style badin comme en style sérieux ». — Nous avons en français la locution analogue : « à pied et à cheval. »

συντρόφων ἡμῖν, καὶ ἐκ βρεφῶν[1] ὄντων[2], συνήθων, ὑλικῶν, καὶ σωματικῶν, ἐπὶ τὰ ἀσυνήθη τε[3] καὶ ἑτερόφυλα[4] πρὸς τὰς αἰσθήσεις, τῇ δὲ ἀϋλίᾳ καὶ ἀϊδιότητι συγγενέστερα ταῖς ἡμετέραις ψυχαῖς, καὶ πολὺ πρότερον τῷ ἐν αὐταῖς διανοητικῷ[5]. Πῶς δὲ γέφυραί εἰσι[6] τὰ μαθήματα, καὶ οἷον[7] κλίμακες πρὸς τὰ νοητὰ ἀπὸ τῶν αἰσθητῶν καὶ ἀπὸ τῶν δοξαστῶν πρὸς τὰ ἐπιστημονικά, ἢ πάντως ὅτι μεταξύ εἰσι τῶν τε αἰσθητῶν καὶ τῶν νοητῶν; Ἐν ὕλῃ μὲν κατανοούμενα, ἀφαιρεῖσθαι δὲ τῆς ὕλης οἷά τε ὄντα· οἷον φέρε, ὁ μὲν κύκλος διὰ διαβήτου καὶ ἐν μέλανι[8] διαγράφεται, καὶ ὁ τέσσαρα ἐν πράγμασί τισι φαίνεται[9]· δύνανται[10] δὲ ταῦτα καὶ ἐκ τῆς ὕλης ἀφαιρεθῆναι, καὶ εἶναι καὶ κύκλον, καὶ ἀριθμὸν τὸν τέσσαρα, ἄϋλον, ἄρτιον, καὶ εἰς ἴσα διαιρούμενον, καὶ πρῶτον ἐνεργείᾳ τετράγωνον.

Διὰ ταῦτα καὶ ἡ μὲν ἐπιστήμη σοφία ἐστὶ[11] τῆς ἐν τοῖς οὖσιν ἀληθείας· τέλος γὰρ θεωρίας, ἀλήθεια. Ὄντα δὲ κυρίως τὰ νοητά, ὡς ἀεὶ[12] κατὰ τὰ αὐτὰ καὶ ὡσαύτως ἔχοντα· τὰ δὲ καθ' ἡμᾶς, ταῦτα εἰ καὶ ὄντα λέγονται, ἀλλ' ὁμωνύμως πρὸς ἐκεῖνα καὶ ταῦτα λέγονται ὄντα. Καὶ μαρτυρεῖ λέγων Πλάτων

[1] F, βρέφους.

[2] Nic. ἔτι.

[3] Nic. μέν.

[4] F, ἑτερόφυα.

[5] Nic. νοητικῷ.

[6] F, εἰς.

[7] F, οἷοι.

[8] Expression à noter dans cette acception. — S'il y avait : μέλανι καὶ καλάμῳ, cela signifierait « avec l'encre et la plume » (le roseau). — Cf. Boiss. (*Anecd. nov.* t. I, page 95.)

[9] F, διαφ.

[10] F, δύναται.

[11] Cf. Nic. p. 67. — Il faudrait σοφία ἐστὶν ἐπ.

[12] F, ὡσανεί.

TRAITÉS GRECS relatifs à la musique.

choses intellectuelles et positives[1], pour passer des choses qui sont nées avec nous, avec lesquelles nous avons été nourris, des choses habituelles, matérielles, corporelles, aux choses inaccoutumées et encore étrangères pour notre intelligence, bien que plus conformes, par leur nature immatérielle et éternelle, à l'essence de notre âme, aux spéculations les plus pures de la pensée. Or pourquoi les mathématiques sont-elles ainsi comme des ponts et des échelles pour passer des choses sensibles aux choses intellectuelles, des choses incertaines aux choses positives, si ce n'est absolument parce qu'elles occupent le milieu entre les unes et les autres? En effet, c'est sur des objets matériels qu'on les étudie; et cependant on peut, par une abstraction, les dégager de toute considération matérielle. Prenons, si vous voulez, pour exemple, le *cercle* que l'on décrit avec un compas sur un tableau noir, ou le nombre *quatre* que l'on rencontre à chaque instant dans les calculs de négoce : ne peut-on pas les dégager des objets matériels auxquels ils s'appliquent, et considérer, d'une part le *cercle* comme immatériel, d'autre part, le nombre *quatre,* soit uniquement comme un nombre pair, c'est-à-dire décomposable en deux moitiés exactes, soit comme le premier des nombres carrés, etc.?

Aussi la sagesse n'est-elle que la science de la vérité considérée dans tous les *êtres :* car la fin de toute étude, c'est la vérité. Or les êtres par excellence sont les choses intellectuelles, parce que, existant éternellement par elles-mêmes, elles persistent éternellement dans le même état. Quant aux choses qui n'existent que par rapport à nous, si on les nomme aussi *êtres,* ce n'est que par extension, et en les assimilant aux pre-

[1] *Λέγω δ' ὅτι τὰ μαθηματικὰ μὲν μεταξύ τε τῶν εἰδῶν τιθέασι, καὶ τῶν αἰσθητῶν, οἷον τρίτα τινά* (Aristot. *Métaph.* XI, 1; — Cf. XIII, vi).—Plat. *Républ.* VI, p. 509 et suiv.

ἐν τῷ Τιμαίῳ, ὅς Φησι[1]· « Τί τὸ ὂν μὲν[2] ἀεί, γένεσιν δὲ οὐκ ἔχον, καὶ τί τὸ γινόμενον[3] μὲν ἀεὶ[4], ὂν δὲ οὐδέποτε· » καὶ διευκρίνων[5] τὰ περὶ τούτων λέγει· « Τὸ μὲν δὴ νοήσει μετὰ λόγου περιληπτὸν, ἀεὶ καὶ κατὰ τὰ αὐτὰ ὄν[6]· τὸ δ' αὖ[7] δόξῃ[8] μετ' αἰσθήσεως ἀλόγου δοξασΊὸν, γιγνόμενόν τε[9] καὶ ἀπολλύμενον, ὄντως δὲ οὐδέποτε ὄν. » Τοῦ γοῦν κυρίως ὄντος ἡ ἐ πισΊήμη· τὸ γὰρ ὄντως ὂν νοήσει μετὰ λόγου περιληπΊόν· τοῦ δὲ γενομένου[10] οὐκ ἔσΊι κυρίως ἐπισΊήμη, εἰ μὴ κατὰ τὸ ὄντως ὄν.

Εἰ τοίνυν ἡ ἐπισΊήμη ἀνάγειν Θέλει[11] ἡμᾶς πρὸς τὰ νοητά, ἄλλως δὲ οὐ δυνάμεθα ἀπὸ τῶν αἰσθητῶν προσβῆναι τοῖς νοητοῖς, εἰ μή τινι γεφύρᾳ χρησαίμεθα[12], εἰσὶ γέφυραι καὶ κλίμακες τὰ μαθήματα, ἐν ὕλῃ μὲν φαινόμενα, τῆς ὕλης δὲ ἀφαιρούμενα· διὰ ταῦτα καὶ ἀφαιρεματικὰ λέγονται, καὶ μέσον εἰσὶ τῶν τε αἰσθητῶν οἷς συντεθράμμεθα, καὶ τῶν νοητῶν οἷς προβαίνειν[13] γλιχόμεθα· πλὴν οὐδὲ τὰ νοητὰ εἰσὶ παντελῶς ἡμῶν ἀλλότρια, καὶ μηδὲν ἡμῖν ζητεῖσθαι προσήκοντα, εἴπερ ψυχὴν ἔχομεν λογικὴν καὶ νῷ διοικούμεθα. Τοῦτον οὖν τοῖς κατὰ κόσμον καὶ αἰσθητοῖς κατορυτΊόμενον οἷον καὶ ἀμαυρούμενον, οὐκ ἄλλως ἔχομεν ἐξιᾶσθαι, καὶ πρὸς τὴν τῶν νοητῶν μετάληψιν διεγείρειν, εἰ μὴ διὰ μέσων αὐτῶν τῶν μαθημάτων,

[1] Cf. Nic. p. 68.

[2] Om. Nic.

[3] Pl. γιγνό

[4] Nic. om. ἀεί.

[5] Mss. διευκρινῶν : F, διακρ.

[6] Pl. ἀεὶ κατὰ ταὐτὰ ὄν. La leçon de Pach. ἀεὶ καὶ κατά... me paraît meilleure.

[7] E ἄν.

[8] F, aj. καί.

[9] Pl. om.

[10] E, F, γιν.

[11] τέλει ?

[12] B, C, χρησάμ. : F, χρησώμ.

[13] F, προσβ.

TRAITÉS GRECS relatifs à la musique.

mières. C'est ce dont Platon rend témoignage dans son Timée, lorsqu'il dit : « Ce qui existe éternellement n'a pas eu de naissance, et ce qui naît éternellement n'existe jamais; » et il porte là-dessus un jugement parfait lorsqu'il ajoute : « La première de ces deux choses peut être saisie par l'intelligence aidée de la raison, puisqu'elle existe éternellement, et toujours de la même manière; l'autre ne peut être que conjecturée par l'opinion accompagnée de la sensation irraisonnable, puisqu'elle ne fait que naître et périr, mais en réalité n'existe jamais. » Ce sont donc les êtres par excellence qui sont l'objet de la science, puisque ce qui existe essentiellement peut seul être saisi par l'intelligence aidée de la raison. Quant aux choses qui naissent et changent, elles ne sauraient être l'objet de la science proprement dite, si ce n'est en tant qu'elles participent de la nature des êtres réels [1].

Puis donc que la science a pour but de nous élever à la connaissance des choses intellectuelles, et que nous ne pouvons passer des choses sensibles aux choses intellectuelles qu'en franchissant l'abîme qui les sépare, voici nos ponts et nos échelles : ce sont les mathématiques. A la vérité, c'est sous une enveloppe matérielle qu'elles nous apparaissent; mais dépouillons-les de cette enveloppe, et réduisons-les à l'état de *sciences abstraites,* comme on les appelle encore. Ce sont là les intermédiaires entre les choses sensibles dont nous avons été nourris, et les choses intellectuelles auxquelles nous voulons parvenir. Il s'en faut d'ailleurs que les choses intellectuelles nous soient complétement étrangères ; et nous ne sommes point dans le cas de les regretter, puisque nous possédons une âme raisonnable, ainsi qu'une intelligence pour la gouverner [2]. Mais cette intelligence étant comme enveloppée et obscurcie par les choses du

[1] Cf. H. Martin, *Études sur le Timée,* t. I, p. 83 et 350. — [2] *Id. ibid.* p. 356.

τῶν ἐν ὕλῃ μὲν βλεπομένων [1], τῆς ὕλης δὲ δυναμένων ἀφαιρεῖσθαι· « Παραδοτέον γὰρ τοῖς νέοις τὰ μαθήματα, φησὶν ὁ Πλωτῖνος, πρὸς συνεθισμὸν τῆς ἀσωμάτου φύσεως [2]. » Οὐκ ἄρα τῶν μαθημάτων ἄνευ δυνατὸν τὰ τοῦ ὄντος εἴδη ἀκριβῶσαι [3], οὐδ' ἄρα τὴν ἐν τοῖς οὖσιν ἀλήθειαν εὑρεῖν, ἧς ἐπισΊήμη σοφία [4].

Φαίνεται δὲ ὅτι [5] οὐδ' ὀρθῶς φιλοσοφεῖν· φησὶ γὰρ ὁ Πυθαγορικὸς Ἀνδροκίδης [6] · « Ὅπερ ζωγραφίη [7] συμβάλλεται τέχναις βαναύσοις πρὸς θεωρίης [8] ὀρθότητα, τοῦτό τοι γραμμαί, καὶ ἀριθμοί, καὶ ἁρμονικὰ διασΊήματα, καὶ κύκλων περιπολήσιες, πρὸς λόγων σοφῶν μαθήσιας συνεργίην [9] ἔχουσιν. » Οἷόν τι λέγει· « ἘπιτάτΊομεν, φησί, τῷ βαναύσῳ, φέρε χαλκεῖ, τοιανδέτινα μάχαιραν τεχνουργῆσαι· οὐ δύναται ὁ βάναυσος ἐπινοῆσαι τὸ ἐπιτατΊόμενον ἀκριβῶς· διαζωγραφοῦμεν τοῦτο, καὶ δείκνυμεν γραφικῶς ὁποῖον, καὶ ἐπιτάτΊομεν· ὁμοίως καὶ ἐπὶ τῶν ἄλλων [10]. » Οὕτω δὴ [11] καὶ ἐπὶ τῶν μαθημάτων· ἔκ τινων ἀφαιρέσεων τῶν ἐν ὕλῃ ὄντων, πρὸς τὰ νοητὰ συνεθιζόμεθα. Ὡς γὰρ ἐκεῖ ἡ ἐπιτατΊομένη μάχαιρα νοητή ἐσΊι, καὶ οὐ δύναται ἐπινοῆσαι ὁ βάναυσος· ὅμως τῇ ζωγραφίῃ προσ-

[1] D, φαινομ.

[2] Voici le texte du passage de Plotin (Περὶ διαλεκτ. Enn. I, chap. III): Τὰ μὲν δὴ μαθήματα δοτέον πρὸς συνεθισμὸν κατανοήσεως καὶ πίσΊεως ἀσωμάτου.

[3] F, ἀκριβώσειν.

[4] Cf. Nic. p. 70.

[5] F om.

[6] F, Ἀνδρομήδης.

[7] Nic. φία.

[8] N. ας.

[9] N. αν.

[10] Ce second passage d'Androcide, ne se trouvant pas dans Nicomaque, paraît être, jusqu'à présent, resté inédit.

[11] E, δέ.

monde sensible, nous ne pouvons la dégager et l'élever à la conception des choses intellectuelles, autrement que par l'intermédiaire des mathématiques, étudiées à la vérité sur les objets matériels, mais susceptibles néanmoins d'être isolées de la matière. « Il faut, dit Plotin, mettre les jeunes gens en possession des sciences mathématiques, pour les familiariser avec les choses incorporelles. » En effet, sans les sciences, il est impossible de saisir exactement *l'être* sous toutes ses faces, de découvrir la vérité qui se trouve dans les *êtres*, vérité dont la connaissance constitue la sagesse.

TRAITÉS GRECS relatifs à la musique

Il me paraît, toutefois, que cette manière de raisonner n'a pas tout le degré de justesse désirable; et que le pythagoricien Androcide est beaucoup plus exact quand il dit : « Les avantages que les arts mécaniques retirent de la science du dessin pour le perfectionnement de leurs procédés, ces mêmes secours se retrouvent, pour ce qui tient à l'intelligence des rapports exacts des choses, dans la considération des figures, des nombres, des intervalles harmoniques, des révolutions des corps célestes. » Puis il ajoute à peu près ceci : « Nous commandons, dit-il, à un forgeron, de nous fabriquer une épée de telle et telle façon, en airain par exemple; l'artiste a de la peine à comprendre parfaitement ce que nous lui demandons; alors nous lui dessinons l'objet; et, par cette description, nous le lui faisons, pour ainsi dire, toucher au doigt; et il en serait de même de toute autre chose. » Eh bien, on peut appliquer cela aux mathématiques : car c'est en étudiant les objets matériels, que nous nous habituons, par des abstractions, à considérer les choses intellectuelles. Ainsi, dans le cas actuel, l'épée commandée est l'objet que l'esprit doit saisir; l'artiste ne peut d'abord le comprendre : cependant il y parvient par le secours du dessin; et, concevant alors l'idée de l'objet comme il le ferait sur l'objet

βιβάζεται[1], καὶ ὡς ἐν ὕλῃ τὸ εἶδος μανθάνων, ἀφαιρούμενος[2] τοῦτο μόνον δίχα τῶν χρωμάτων, τεχνουργεῖ τὸ ἐπιτατλόμενον· οὕτω καὶ ἐνταῦθα γέφυραι τινές εἰσιν ἡμῖν τὰ μαθήματα ἀπὸ τῶν αἰσθητῶν πρὸς τὴν τῶν νοητῶν κατανόησιν[3], ἃ δὴ καὶ μᾶλλον οἰκεῖα ἡμῖν ἐσὶι, μᾶλλον δὲ τῷ διανοητικῷ τῆς ψυχῆς ἡμῶν.

Ἐπειδὴ[4] σοφία ἐσὶιν ἐπισὶήμη τῆς ἐν τοῖς οὖσιν ἀληθείας, ἐπιστήμη μέν ἐσὶι κατάληψις τοῦ ὑποκειμένου ἄπὶαισὶος καὶ ἀμετακίνητος, αὕτη δὲ ἡ κατάληψις οὐ δύναται ἄπὶαισὶος καὶ ἀμετακίνητος εἶναι, εἰ μὴ τὰ ὑποκείμενα ταύτῃ[5], τὰ αὐτὰ καὶ ὡσαύτως ἔχοντα ἀεὶ διατελοῦσι[6]· τοιαῦτα δὲ τὰ κυρίως ὄντα, ὧν κατὰ μετοχὴν καὶ τὰ τῇδε ὄντα λέγονται· ταῦτα δέ εἰσι τὰ ἄϋλα· τὰ μὲν γὰρ ἐν ὕλῃ, τρεπὶὰ καὶ ἀλλοιωτὰ, μιμούμενα τὴν ἐξ[7] ἀρχῆς αὐτῶν διὰ παντὸς ἀλλοιωτὴν φύσιν. (Πανδεχὴς[8] γὰρ ἡ ὕλη, καὶ πάντα δυνάμει ἐσὶὶ, καὶ εἰς πάντα τρέπεται[9]· τὰ δὲ περὶ ταύτην[10], ἀσώματά τε καὶ ἄϋλα, καὶ διὰ τοῦτο ἄτρεπὶα καὶ ἀεὶ ὡσαύτως ἔχοντα, οἷον ποσότητες, ποιότητες, σχηματισμοὶ, μεγέθη, καὶ τὰ τοιαῦτα. Τὸ μὲν γὰρ λευκὸν σῶμα μετατρέπεται καὶ ἀλλοιοῦται· ἡ δὲ λευκότης αὐτὴ καθ' αὐτὴν, ἀναλλοίωτος καὶ ἄτρεπὶός ἐστι. Καὶ ὁ μὲν χαλκοῦς κύβος δύναται πυραμὶς γενέσθαι· ἡ δὲ κυβότης οὐ δύναται εἰς ἄλλο τι σχῆμα μεταβῆναι. Ὥσπερ δῆτα καὶ αὐτὴ ἡ οὐσία, ἀμετάβλητός ἐσὶιν· οὐ γὰρ ἀλλοιωθήσεταί ποτε τὸ τοῦ

[1] D, προβιβ.

[2] F aj. γάρ.

[3] D, ἐπιν.

[4] Le complément de cet ἐπειδή, c'est-à-dire la conclusion du syllogisme, ne se trouvant qu'à la page suivante, j'ai dû, en traduisant, changer la tournure.

[5] Nic. p. 67. ἀπὶ. κ. ἀμ., ὄντα δὲ τὰ κατὰ τὰ αὐτὰ καὶ ὡσαύτως ἀεὶ διατελοῦντα ἐν τῷ κόσμῳ καὶ οὐδέποτε τοῦ εἶναι ἐξισὶάμενα οὐδὲ ἐπὶ βραχύ· ταῦτα δ' ἂν εἴη τὰ ἄϋλα καὶ τὰ ἀΐδια.

[6] F, διατελεῖεν.

[7] Nic. aj. τῆς.

[8] D, E, F, πανδεχές.

[9] Ἡ ὕλη ἐσὶὶ δυνάμει, ὅ τι ἔλθοι ἂν εἰς τὸ εἶδος (Aristot. *Métaph.* IX, 8). — Cf. le même, *ib.* VII, III; et *Phys.* II, III.

[10] Nic. αὐτῆν.

lui-même, il dégage, par une abstraction, cette forme idéale, des moyens matériels employés pour la lui inculquer, et finit ainsi par fabriquer l'objet commandé. C'est donc de cette manière que les mathématiques sont les ponts qui s'offrent à nous pour passer des choses sensibles à la connaissance des choses immatérielles, connaissance que nous devons revendiquer comme notre propriété, comme l'apanage de notre âme intelligente.

Maintenant tirons les conséquences. D'abord, la philosophie est la science de la vérité considérée dans les êtres. Ensuite, toute science est la conception sûre et certaine d'un objet donné. Mais une conception ne peut être sûre et certaine, si les divers objets qu'elle embrasse ne sont toujours les mêmes et ne persistent invariablement dans le même état. Or de pareils objets sont les êtres par excellence; et, si d'autres objets différents de ceux-là sont aussi nommés *êtres*, c'est à cause de la participation qu'ils ont à la nature des premiers, et en cela seulement. De plus, ces objets sont les choses immatérielles; car les choses de la matière sont changeantes et variables, conformément à la nature entièrement variable qu'elles tiennent de leur origine. (En effet, la matière embrasse tout; elle est tout en puissance; elle se transforme en tout. Mais à côté d'elle sont les choses incorruptibles et immatérielles, invariables par cela même, et existant toujours de la même manière, telles que les *quantités*, les *qualités*, les *figures*, les *grandeurs*, et tout ce qui y ressemble. Ainsi un corps blanc varie et s'altère, mais la blancheur, considérée en elle-même, est invariable et inaltérable. Un cube d'airain peut être transformé en pyramide; mais le cube, en tant que figure, ne saurait se changer en une autre figure. Il en est de même de l'être ou de l'essence: l'être est essentiellement immuable; jamais la forme d'une tête de cheval ne se changera en guêpes; mais la matière de la

ἐγκεφάλου τοῦ ἵππου εἶδος εἰς σφῆκας, ἀλλ' ἡ ὕλη τοῦ ἐγκεφάλου εἰς σφῆκας ἀλλοιωθήσεται. Ὥσʇε τὰ πάθη καθ' ἑαυτὰ ἀκίνητα καὶ ἀμετάπʇωτα, παραπολαύουσι[1] δὲ τῶν περὶ τὸ ὑποκείμενον σῶμα παθῶν.) Τῶν γοῦν[2] τοιούτων ἐξαιρέτως ἐπιστήμη ἐσʇὶν ἡ σοφία· συμβεβηκότως δὲ καὶ τῶν μετεχόντων αὐτῶν, ὅ ἐσʇι σωμάτων. Ὥσʇε μᾶλλον διαρθρωτέον τὰ τοῖς ὑποκειμένοις συμβεβηκότα τῷ σοφῷ τε καὶ ἐπιστήμονι[3]· μᾶλλον γὰρ ταῦτα ὄντα[4]. Τοιγάρτοι μὴ τοὺς δέκα κίονας φέρε, ἀλλὰ τὸν δέκα αὐτὸν ζητητέον τί ἐσʇι, καὶ μὴ τὰ τέσσαρα σʇοιχεῖα, ἀλλὰ τὸν τέσσαρα αὐτὸν τί ἐσʇιν· ἐκεῖνα γὰρ ὑποκείμενα, ὁ δὲ δέκα καὶ ὁ τέσσαρα, αὐτοῖς ἐπισυμβέβηκε· ποσὰ γὰρ ἐκεῖνα, ταῦτα δὲ ποιότητες[5]. Ἐπεὶ δὲ οὐ δυνάμεθα ταῦτα καθ' αὑτὰ γνῶναι, εἰ μὴ ἐν ὑποκειμένοις θεωροῖντο, διὰ τοῦτο λέγομεν [τὰ μὲν κυρίως ὄντα, τὰ δὲ ὁμονύμως. Τῶν τοίνυν[6]] ὄντων[7] τῶν τε κυρίως, καὶ τῶν καθ' ὁμωνυμίαν, ὅπερ ἐσʇὶ νοητῶν τε καὶ αἰσθητῶν, τὰ μέν ἐσʇιν ἡνωμένα καὶ συνεχῆ[8], ἃ καὶ ἰδίως καλεῖται μεγέθη, τὰ δὲ διηρημένα[9] καὶ ἐν παραθέσει, [καὶ οἷον κατὰ σωρείαν[10],] ἃ καλεῖται καὶ[11] πλήθη· τῶν ἄρα δύο εἰδῶν τούτων ἐπισʇήμην νομισʇέον[12] τὴν σοφίαν εἶναι[13]. Ἀλλ' ἐπεὶ πᾶν πλῆθος καὶ πᾶν μέγεθος ἄπειρα τῇ ἑαυτῶν φύσει εἰσί[14] (τὸ μὲν γὰρ πλῆθος ἀπὸ ὡρισμένης

[1] Nic. λαύει.

[2] Nic. δή.

[3] Mss. exc. E, F, μὴ ἐπ.

[4] Ceci est en contradiction formelle, d'abord avec les principes de Platon (voir ci-dessus, p. 368), ensuite avec la doctrine d'Aristote, doctrine d'après laquelle il ne peut y avoir de science de l'accident : ἐπισʇήμη οὐκ ἔσʇιν αὐτοῦ (*Métaph.* VI, II) : — οὐ γὰρ εἶναι τῶν ῥεόντων ἐπισʇήμην (*Ibid.* XIII, IV). — Cf. aussi IV, V.

[5] E, F, ποσότ.

[6] Au lieu de cette parenthèse, il n'y a dans le ms. que l'article τῶν. — Cf. Nicom. p. 68.

[7] Cf. Meybaum, *De proportionibus*, Copenhague, 1655, p. 80.

[8] Nic. p. 69, ἀλληλουχούμενα.

[9] Nic. aj. τε.

[10] Nicom. p. 69.

[11] Nic. om.

[12] Meyb. *ibid.* νοητέον.

[13] Nic. om.

[14] Mss. exc. F_1, αὐτ. — Nic. ἑαυτ. φ. ἐξ ἀνάγκης ἐσʇί.

tête peut très-bien se changer en guêpes[1]. De même, les passions et les affections, considérées en elles-mêmes, sont immuables et invariables ; cependant elles participent de la nature des corps qui leur servent de *substratum*.) Tels sont donc avant tout les objets dont la science constitue la philosophie, objets auxquels il faut joindre secondairement ceux qui participent des propriétés des premiers, c'est-à-dire les corps. De sorte que, pour le philosophe et l'homme instruit, l'accident, la manière d'être, est une chose plus importante à analyser que la substance : parce que c'est dans la manière d'être que réside *l'être*. Ainsi ne demandez pas au philosophe ce que c'est, par exemple, que dix colonnes, ce que c'est que quatre éléments ; mais demandez-lui ce que c'est que dix, ce que c'est que quatre : car les colonnes, les éléments, sont la substance ; tandis que l'accident réside dans le nombre *dix*, dans le nombre *quatre* : le nombre des choses est précisément leur manière d'être. C'est donc parce que nous ne pouvons connaître certaines choses par elles-mêmes, et à moins de les avoir étudiées sur quelque substance où elles se rencontrent, que nous appelons les unes *êtres* par excellence, et que nous ne donnons le même titre aux autres que par extension.

Parmi les *êtres* ainsi nommés, soit par excellence, soit par extension, c'est-à-dire parmi les objets, soit intellectuels, soit sensibles, les uns forment un seul tout unique et continu, et on les nomme proprement *grandeurs ;* les autres sont composés d'objets distincts et simplement rapprochés, et on les appelle *nombres*[2] : ce sont donc là deux aspects sous lesquels la philosophie doit considérer la science des êtres. Mais toute gran-

[1] Je n'ai point à m'occuper ici de ce préjugé.

[2] Ce sont les *quantités* proprement dites, et les *quotités ;* ou, en d'autres termes, les *quantités concrètes* et les *quantités discrètes*.

ἀρχῆς[1] ἀρξάμενον εἰς ἄπειρον πρόεισι[2] · τὸ δὲ μέγεθος ἀπὸ ὡρισμένης ὁλότητος διαιρούμενον, οὐχ ἵστησι τὴν τομήν[3]). Αἱ δὲ ἐπιστῆμαι[4] πεπερασμένων εἰσὶν, ἀπείρων δὲ οὐδαμῶς[5] · οὔτε περὶ ἁπλῶς μέγεθος, οὔτε περὶ ἁπλῶς πλῆθος συσταίη ἄν ποτε ἐπιστήμη, ἀλλὰ περί τι ἀπ' ἀμφοῖν ἀφωρισμένον· ἀπὸ μὲν τοῦ πλήθους, περὶ τὸ ποσὸν, ἀπὸ δὲ μεγέθους, περὶ τὸ πηλίκον[6].

Ἐπεὶ τοίνυν τοῦ ποσοῦ[7] τὸ μὲν ἐστι συνεχές, τὸ δὲ διωρισμένον, ἐκ μὲν τοῦ διωρισμένου δύο ἐπιστῆμαι συνίστανται, ἀριθμητικὴ, καὶ ἁρμονικὴ εἴτ' οὖν μουσική· ἐκ δὲ τοῦ συνεχοῦς ἄλλαι δύο, ἥ τε γεωμετρία καὶ ἡ ἀστρονομία. Καὶ γὰρ τοῦ διωρισμένου τὸ μὲν ὁρᾶται καθ' αὑτὸ, καὶ ποιεῖ τὴν ἀριθμητικήν· τὸ δὲ πρὸς ἄλλο ἔχει τὴν σχέσιν, καὶ ποιεῖ τὴν ἁρμονικήν. Καθ' αὑτὸ γὰρ ὁ τρία, ὁ δέκα, ὁ ἄρτιος, ὁ περισσὸς, καὶ τὰ παραπλήσια· πρὸς ἕτερον δὲ τὸ διπλάσιον, τὸ τριπλάσιον, καὶ τὰ ἑξῆς. Τοῦ δὲ συνεχοῦς, τὸ μὲν περὶ[8] τὸ ἀκίνητον καταγίνεται, καὶ ποιεῖ τὴν γεωμετρίαν· ἀκίνητος γὰρ ἡ γῆ, ὡς τοῦ παντὸς κέντρον· τὸ δὲ περὶ τὸ κινούμενον, καὶ ποιεῖ τὴν ἀστρονομίαν· κινεῖται γὰρ καὶ ἀεὶ κινεῖται ὅ τε οὐρανὸς καὶ τὰ περὶ αὐτόν. Διὸ καὶ Ἀρχύτας ὁ Ταραντῖνος ἀρχόμενος τοῦ ἁρμονικοῦ[9], οὕτω πως λέγει[10] · « Καλῶς μοι δοκοῦντι[11] περὶ τὰ μαθήματα διαγνώμεναι, καὶ οὐδὲν ἄτοπον αὐτοὺς, ὀρθῶς οἷά ἐντι περὶ ἑκάστου φρονέειν· περὶ γὰρ τᾶς[12] τῶν ὅλων φύσιος καλῶς διαγνόντες, ἔμελλον καὶ περὶ τῶν καταμέρος

[1] Nic. ῥίζης.

[2] Mss. exc. E, F, πρόϊσι. — Nic. οὐ παύεται προκόπτον.

[3] Nic. οὐδαμῇ δύναται παύειν τὴν τ., ἀλλ' ἐπ' ἄπειρον διὰ ταῦτα (lis. δι' αὐτῆς, Meyb.) προχωρεῖ.

[4] Nic. aj. πάντως.

[5] Nic. οὐδέποτε.

[6] Cf. Nic. p. 69.

[7] Cette expression est ici employée καταχρηστικῶς, pour désigner toute espèce de *grandeur*, c'est-à-dire tout ce qui est susceptible d'augmentation et de diminution.

[8] F, κατά.

[9] Nic. aj. τὸ αὐτό.

[10] F, οὕτω περιλέγει.

[11] Nic. aj. τό.

[12] Mss. τῆς.

deur et tout nombre est infini de sa nature : car le nombre commence par une valeur bornée, et s'étend à l'infini; et la grandeur, présentant toujours un tout limité, peut cependant être partagée indéfiniment sans jamais cesser d'être entière. Mais les sciences s'appliquent aux choses finies, et nullement aux choses infinies; une science traitant de la grandeur absolue ou du nombre absolu serait impossible : d'un côté comme de l'autre, il faut que l'objet soit limité : ce sera, du côté du nombre, la *quotité;* du côté de la grandeur, la *quantité.*

TRAITÉS GRECS relatifs à la musique.

Ainsi donc, parmi les grandeurs, les unes sont continues, les autres discontinues. Or la quantité discontinue fournit la matière de deux sciences, l'arithmétique, et l'harmonique ou musique; et la quantité continue en produit deux autres, la géométrie et l'astronomie. En effet, la quantité discontinue peut être considérée, soit en elle-même, et elle donne lieu à l'arithmétique, soit par son rapport à une autre quantité, et il en résulte l'harmonique. Car c'est en eux-mêmes que l'on considère le nombre *trois,* le nombre *dix,* le *pair,* l'*impair;* et c'est par rapport à un autre nombre que l'on considère le double, le triple, etc. La quantité continue, de son côté, tantôt se trouve dans un corps immobile, et elle produit la géométrie (car la terre est immobile comme centre de l'univers); tantôt elle réside dans un corps en mouvement, et elle forme le sujet de l'astronomie (car le ciel se meut, il se meut éternellement, ainsi que tout ce qu'il embrasse). C'est pourquoi Archytas de Tarente, commençant à traiter de l'harmonique, s'exprime à peu près ainsi : « Ceux-là me paraissent avoir eu sur les mathématiques une opinion également belle et juste, qui, les appliquant à tout ce qui existe, ont pensé que leur emploi était d'établir les principes exacts de chaque chose : car ils ont dû alors, pour être conséquents, non-seulement consi-

οἷά ἐντι καλῶς ὀψεῖσθαι· περί τοι[1] δὴ τᾶς[2] γεωμετρίας[3], καὶ ἀστρονομίας[4], καὶ ἀριθμητικᾶς[5], παρέδωκαν ἅμμιν[6] σαφῆ διάγνωσιν, οὐχ ἥκιστα δὲ καὶ περὶ μωσικᾶς[7]. Ταῦτα γὰρ τὰ μαθήματα δοκοῦντι ἔμμεναι ἀδελφεά[8]· περὶ γὰρ ἀδελφεὰ τὰ τοῦ ὄντος πρώτιστα δύο εἴδεα τὰν ἀναστροφὰν ἔχει.» Ἀλλὰ[9] ταῦτα μὲν Ἀρχύτας, δεικνὺς ὅτι περὶ ἓν καὶ τὸ αὐτό ἐστι τὰ τέσσαρα μαθήματα· πρώτιστα γὰρ τὰ τοῦ ὄντος εἴδεα λέγει, τό τε διωρισμένον καὶ τὸ συνεχές, τὰ ἀδελφὰ ἐκ[10] τῆς αὐτῆς ῥίζης τοῦ ποσοῦ· πρώτιστα δὲ ταῦτα, ὅτι ἐκ τούτων τὰ ἄλλα· ἐκ μὲν τοῦ διωρισμένου τὰ πλήθη πάντα, ἐκ δὲ τοῦ συνεχοῦς τὰ μεγέθη πάντα.

Ὅτι δὲ πρώτη τῶν μαθηματικῶν[11] ἡ ἀριθμητική ἐστι, δῆλον ἐντεῦθεν[12]. Πρῶτον μέν, ὅτι καὶ οὐσίαν φησὶ Πυθαγόρας τὸν ἀριθμὸν, ἐν τῇ τοῦ Τεχνίτου Θεοῦ διανοίᾳ προϋποστάντα τῶν ἄλλων, ὡσανεὶ λόγον τινὰ κοσμικὸν καὶ[13] παραδειγματικὸν, πρὸς ὃν ἀπερειδόμενος ὁ τῶν ὅλων δημιουργὸς, ὡς πρὸς προκέντημά[14] τι καὶ ἀρχέτυπον παράδειγμα, τὰ ἐκ τῆς ὕλης ἀποτελέσματα κοσμεῖ, καὶ τοῦ οἰκείου τέλους εἴτ' οὖν εἴδους[15] τυγχάνειν ποιεῖ. Διὸ καὶ Πλάτων « τὰς ἰδέας ἀριθμούς » φησιν[16].

[1] Nic. τε.

[2] Mss. ῆς.

[3] Mss. ικῆς.

[4] Mss. ης; Nic. σφαιρικᾶς.

[5] Mss. ῆς; Nic. om.

[6] Mss. ἡμῖν.

[7] Mss. μουσ.

[8] Cf. Plat. *Rép.* page 530, D; Jambl. liv. III (dans Villois. *Anecd. gr.* t. II, p. 197), et *in Arith.* p. 9; enfin v. les *Théolog.* p. 17.

[9] F, ἁπλᾶ.

[10] F, ἀπό.

[11] F, μ...μάτων.

[12] Cf. Boëckh, *Philolaos.*

[13] Nic. p. 72, ἤ.

[14] B, C, παρακέντημά.

[15] Nic. om.

[16] C'est dans les livres d'Aristote qu'il faut chercher cette doctrine. Ainsi, *Métaph.* I, VI : κατὰ μέθεξιν τοῦ ἑνὸς τὰ εἴδη εἶναι τοὺς ἀριθμούς. — *De anima*, I, II : οἱ μὲν γὰρ ἀριθμοὶ τὰ εἴδη αὐτὰ καὶ ἀρχαὶ τῶν ὄντων ἐλέγοντο. — Cf. Trendelenburg, *Platonis de ideis et numeris doctrina*, Leips. 1826; H. Richter, *De ideis Platonis*, Leips. 1827; Hermann, *De idea boni ap. Platonem*, Marburg, Jul. 1839. — V. aussi H. Martin, tom. I, p. 349 et suiv. — Au surplus, il ne paraît pas que cette doctrine de l'identité des nombres avec les idées

TRAITÉS GRECS relatifs à la musique.

dérer chaque objet dans son entier, mais encore l'étudier à fond dans toutes ses parties; et c'est ainsi qu'ils nous ont dotés de belles connaissances sur la géométrie et l'astronomie, sur l'arithmétique, et encore plus sur la musique. Ces sciences, en effet, sont comme deux couples de sœurs jumelles, semblables à ces organes que nous possédons en double : les deux faces principales de l'être semblent s'y refléter de l'une à l'autre. » Telles sont les paroles d'Archytas, paroles par lesquelles il fait voir que les quatre sciences mathématiques forment un tout unique et identique : car ce qu'il nomme les deux faces principales de l'être n'est autre chose que la continuité et la discontinuité, deux branches issues d'un même tronc, de la quantité; il les nomme principales, parce que toutes les autres qualités en dérivent : car de la discontinuité naissent tous les nombres, et de la continuité toutes les grandeurs.

Maintenant, que la première des sciences mathématiques soit l'arithmétique, c'est ce que l'on va voir bien clairement. Car, en premier lieu, Pythagore dit que l'essence est un nombre, un nombre qui, dans la pensée de l'Artiste-Dieu, préexistant à tous les autres, est comme la raison universelle et exemplaire, le paradigme et l'archétype, où cet artisan de l'univers prenant son terme de comparaison et son modèle, imprime à la matière toutes les qualités qui résultent d'une fabrication accomplie, lui communiquant ainsi quelque chose de ses propres perfections, quelques traits de sa propre image. Aussi Platon dit-il que *les idées sont des nombres*; et telles seraient, en effet, suivant

soit véritablement de Platon; un passage de la Métaphysique d'Aristote, VII, II, le nie même formellement : *Πλάτων τά τε εἴδη καὶ τὰ μαθηματικὰ, δύο οὐσίας (οἴεται).... Ἔνιοι δὲ τὰ μὲν εἴδη καὶ τοὺς ἀριθμοὺς τὴν αὐτὴν ἔχειν φασὶ φύσιν.* — Cf. Ravaisson, *Essai sur la métaphys. d'Aristote*, part. III, liv. II, chap. II.

εἶεν δὲ αὗται αἱ δημιουργικαὶ ἔννοιαι κατ' εὐσεβῆ λόγον, καθ' ἃς τῶν ὄντων ἕκαστον συνέστησέ τε καὶ εἰδοϖοίησε[1].

Δεύτερον δὲ ὅτι φύσει ϖρογενεστέρα[2] ὑπάρχει τῶν ἄλλων ἡ ἀριθμητικὴ, ὅτι[3] συναναιρεῖ μὲν ἑαυτῇ[4] τὰς λοιπὰς[5], οὐ συναναιρεῖται[6] δὲ ἐκείναις. Ἀναιρεθέντος γὰρ τοῦ τρία[7], ὅπερ ἐστὶ τῆς ἀριθμητικῆς, οὐκ ἂν εἴη τρίγωνον, ὅπερ ἐστὶ τῆς γεωμετρίας· καὶ ἀναιρεθέντος τοῦ ἐπιτρίτου, ὅπερ ἐστὶ τῆς ἀριθμητικῆς, οὐκ ἂν εἴη τὸ διὰ τεσσάρων, ὅπερ ἐστὶ τῆς μουσικῆς· καὶ ἀναιρεθέντος τοῦ ἀριθμοῦ, οὐκ ἂν ἀριθμηθείη ϖοτὲ ἡ[8] οὐρανοῦ κίνησις, ἢ ἡλίου, ἢ ἄλλου τινὸς ἀστέρος· ὅθεν καὶ ϖρωτίστης οὔσης, ϖερὶ ταύτης καὶ ϖρώτης λέγομεν.

Ἔστι δὲ ἀριθμητικὴ[9] ἐπιστήμη θεωρητικὴ τῶν ϖερὶ ἀριθμῶν[10] συμβαινόντων, κατά τε ϖλήθη καὶ εἴδη καὶ τοὺς λόγους αὐτῶν, ἔτι δὲ διαιρέσεις καὶ συνθέσεις.

Ἀριθμὸς δὲ ἐστὶ ϖλῆθος ὡρισμένον, ἢ μονάδων σύστημα.

Μονὰς δὲ ἐστὶ καθ' ὃ ἕκαστον τῶν ὄντων ἓν[11] λέγεται, κἂν συστηματικὸν ᾖ. Ἀπ' αὐτῆς δὲ ὡς ἀπὸ σπέρματος καὶ ἀϊδίου ῥίζης, ἐφ' ἑκάτερον ἀντιπεπονθότως αὔξεται μὲν τὸ ϖοσὸν, μειοῦται δὲ ἔμπαλιν τὸ ϖηλίκον[12]. Μονὰς δὲ ἐκλήθη, ἀπὸ τοῦ τοὺς κατ' αὐτὴν ϖολυπλασιαζομένους, μηδαμῶς

[1] Cf. Proclus, *Théologie suivant Platon*, et *Commentaire sur le Parménide*.

[2] B, C, ϖεριγεν.

[3] Nic. τοσούτῳ ὅσῳ.

[4] F, ἡ αὐτή.

[5] Nic. τὰ λοιπά.

[6] F, . . . ρεῖ.

[7] Cf. Nic. p. 72 et suiv.

[8] F, ἤ.

[9] Cf. Nicom.; Jambl. *in Nicom.*; J. Philop. *in Nicom.*; les *Théolog.*; Théon de Smyrne, etc.

[10] E, F, . . . ούς.

[11] Tous les mss. excepté F₄ et F₁, ἑνός; peut-être ἑνάς.

[12] Ainsi, dans le premier cas, *un arbre* auquel on ajoute d'autres arbres, et, dans le second, *une barre* de métal que l'on partage en tronçons de plus en plus nombreux, et, par suite, de plus en plus petits.

un religieux langage, les pensées d'après lesquelles le grand Architecte, en donnant l'être à chacune de ses créatures, en a établi le fondement et modelé la forme.

En second lieu, l'arithmétique est, par sa nature, antérieure aux autres sciences, parce que, supposons-la détruite, les autres s'écroulent avec elle, tandis que, les autres étant détruites, elle, au contraire, pourra subsister encore. Ainsi, que l'on supprime le nombre *trois*, qui appartient à l'arithmétique, on n'aura plus le triangle, qui appartient à la géométrie. Que l'on supprime le rapport épitrite, qui appartient à l'arithmétique, on n'aura plus la quarte qui appartient à la musique. Que l'on supprime tel ou tel nombre, il n'y aura plus moyen de calculer, ni le mouvement du ciel, ni celui du soleil ou de tout autre astre.

Ainsi, l'arithmétique marchant avant les autres sciences, nous avons raison de la considérer et de la traiter comme la première de toutes.

Maintenant donc, l'*arithmétique* est la *science théorique des propriétés des nombres*, tant pour ce qui regarde leurs grandeurs, leurs formes, et les rapports qu'ils ont entre eux, que pour leur composition et leur décomposition.

Le *nombre* est une *quantité discontinue*, ou plutôt une *quotité* de choses distinctes, ou enfin un *assemblage* de *monades* ou *unités*.

La *monade* est ce par quoi chacun des êtres est dit *un*, même quand il fait partie d'un assemblage. C'est en partant d'elle comme d'une semence ou d'une racine éternelle, que, suivant deux directions opposées, la quotité va en augmentant, tandis que réciproquement la quantité va en diminuant[1]. On la nomme monade, parce que les nombres qui résultent de sa multiplicité ne changent pas et restent les mêmes (*manent*)[2] : ainsi *une*

[1] Cf. Aristot. *Métaph.* X, VI.

[2] Il y a ici une subtilité fondée sur un jeu de mots que l'on ne peut reproduire en français (v. ci-dessus, page 295).

ἀλλοιοῦσθαι, ἀλλ' ἐν ταὐτῷ διαμένειν· ἅπαξ γὰρ τὰ πέντε, αὖθις πέντε, καὶ αὖθις[1] τὰ δέκα, δέκα. Ταὐτὸν γὰρ ἡ μονὰς, ὡς καὶ ἑαυτὴν καὶ πάντα ἀριθμὸν ταυτίζουσα· ἅπαξ γὰρ τὸ ἓν, ἓν, καὶ ἅπαξ τὰ τέσσαρα, τέσσαρα. Ἕτερον δὲ ἡ δυὰς[2], ὡς καὶ ἑαυτὴν εἰς τὸ αὐτὸ μὴ τηροῦσα καὶ πάντα ἀριθμόν· δὶς γὰρ τὰ δύο, οὐ πάλιν δύο, ἀλλὰ τέσσαρα· καὶ δὶς τὰ τρία, οὐ πάλιν τρία, ἀλλὰ ἕξ.... Κ. τ. λ.

[1] F, ἅπαξ.

[2] Cf. *Theol. Arithm.* — F, supprime les deux lignes qui précèdent, en remplaçant μή par μέν.

fois *cinq* fait *cinq*, et *dix* fois *un* font *dix*. La monade est une identité; car elle ne fait que s'identifier, soit en elle-même, soit dans les autres nombres: c'est ainsi que *une* fois *un* fait *un*, et que *une* fois *quatre* fait *quatre*. La *dyade*, au contraire (le nombre *deux*) est hétérogène; car elle se change elle-même, comme elle change tout nombre, en un nombre différent: car *deux* fois *deux* ne font pas derechef *deux*, mais bien *quatre*; et *deux* fois *trois* ne font pas de nouveau le nombre *trois*, mais le nombre *six*... Etc., etc.

TRAITÉS GRECS relatifs à la musique.

QUATRIÈME PARTIE.

TRAITÉ D'HARMONIQUE

DE GEORGE PACHYMÈRE.

EXTRAIT DES MANUSCRITS 2536, 2338, 2339, 2340, ET 2438, DE LA BIBLIOTHÈQUE ROYALE.

INTRODUCTION.

Le Traité de *musique* ou d'*harmonique* de George Pachymère, que nous publions pour la première fois, peut être considéré, malgré le peu d'attention dont il a, jusqu'ici, été l'objet, comme un des plus intéressants que nous possédions sur la matière : d'abord à cause de l'état d'intégrité dans lequel il nous est parvenu, ensuite par l'époque de sa rédaction. En effet, au XIIIe siècle, dont la première moitié vit fleurir notre auteur, bien que les principes de la musique moderne eussent déjà poussé d'assez profondes racines puisque le XIe avait produit Guy d'Arezzo, cependant, les traditions de la musique antique étaient encore vivantes chez les Grecs; de sorte que G. Pachymère, imité ou copié bientôt après dans plusieurs parties par Manuel Bryenne, peut être considéré comme formant l'anneau qui rattache l'antiquité aux époques modernes. Comment un auteur aussi digne de voir le jour a-t-il pu être à ce point négligé, que Léon Allatius, dans son traité *De Georgiis*, déclare ne pas savoir si le traité *Des quatre sciences mathématiques*, signalé dans les catalogues sous le nom de George Pachymère, est véritablement autre chose que celui de Psellus[1]?

Quoi qu'il en soit, nous ne doutons pas que ce Traité, jusqu'à présent

[1] Cf. Fabricius, éd. de Harles, t. XII, p. 68.

inédit, ne soit reçu avec plaisir des personnes qui cultivent la musique ancienne. Mais, pour en rendre la publication aussi fructueuse que possible, nous croyons devoir le faire précéder d'une courte introduction qui servira en même temps d'épilogue aux diverses pièces qui composent notre troisième partie.

TRAITÉS GRECS relatifs à la musique.

Nous allons y traiter, d'une manière succincte, des différences essentielles qui existent entre le système musical des Grecs et le nôtre; ce sera certainement un puissant moyen de faciliter l'intelligence du texte que nous publions, et de la musique ancienne en général.

Or, si l'on compare tous les systèmes mélodiques qui ont été mis en usage, soit chez divers peuples, soit en différents temps, soit encore simultanément chez un même peuple, il est impossible de trouver entre eux aucun lien commun véritablement essentiel, excepté la consonnance de quarte (*συλλαβή* de Pythagore), intervalle ainsi nommé parce qu'il se divise facilement et naturellement en trois intervalles partiels limités par *quatre sons, cordes,* ou *notes.* Ainsi, *deux cordes sonnant la quarte*, tel est le rudiment de toute musique [1]. Puis, quand le système vient à s'étendre et à se perfectionner, on voit apparaître l'*octave* (*ἁρμονία* de Pythagore); je veux dire l'octave dans la même voix ou le même instrument : car, pour l'octave considérée dans deux voix différentes, la voix *grave* ou *mâle* et la voix *aiguë* ou *féminine*, cet intervalle est bien antérieur à la quarte; mais, ne jouant alors d'autre rôle que celui d'une sorte d'unisson, il ne peut encore être considéré comme formant un système.

La quarte et l'octave, dans une même voix, donnent ensuite lieu à un troisième intervalle, différence des deux premiers, et que nous nommons quinte (*διοξεῖα* de Pythagore).

Puis, l'excès de la quinte sur la quarte, ou le *ton* [2] (*τόνος* ou *ἐπόγδοον*); par suite, le *double ton* ou *diton* (*δίτονον*) que nous nommons *tierce* (*majeure*); et enfin, l'excès de la quarte sur le diton, excès que les Grecs nommaient *limma* (*λεῖμμα*) ou *résidu*, et que nous nommons *demi-ton* parce que le double limma diffère peu du ton.

Tels sont les principaux intervalles ordinairement employés dans le

[1] *Κυριωτάτη πασῶν ἡ διὰ τεσσάρων συμφωνία· ἐκ γὰρ ταύτης καὶ αἱ λοιπαὶ εὑρίσκονται* : « la consonnance qui gouverne tout est celle de quarte : car c'est d'elle que toutes les autres se déduisent » (Th. de Sm., éd. de Bouillaud, p. 100).

[2] *Ἡ δὲ διὰ πέντε τόνῳ τοῦ διὰ τεσσάρων διενήνοχε* (*ibid.*).

TRAITÉS GRECS relatifs à la musique.

genre de musique que l'on nomme *diatonique*, intervalles qui tous, comme ont vient de le voir, dérivent de la *quarte* et de l'*octave*.

Quant à l'emploi de ces intervalles, les Grecs avaient deux manières de les disposer. Lorsque leur théorie musicale fut réduite en corps complet de doctrine, ils distinguèrent *deux systèmes parfaits* (qui pourtant se trouvaient réunis) : le premier nommé *système conjoint*, composé de *trois quartes* ou *tétracordes successifs* auxquels on a depuis ajouté un *ton au grave*. Tel serait pour nous le système ascendant :

ton quarte quarte quarte
LA SI MI LA RÉ.

Le second, nommé *système disjoint*, formé de deux octaves pareilles comprenant chacune *un ton (au grave) et deux quartes*. Telle est pour nous l'octave :

ton quarte quarte
LA SI MI LA.

Dans tout cela cependant, point de différence bien essentielle entre le système grec et le nôtre; mais, si nous en revenons à l'élément fondamental, au tétracorde, sans nous occuper de quelle manière il a été postérieurement employé à la composition de systèmes plus étendus, nous trouvons immédiatement une différence capitale dans la manière dont cet intervalle est divisé.

Dans notre tétracorde, les *deux tons* sont au *grave* et le *limma* à l'*aigu* ;

Exemple :

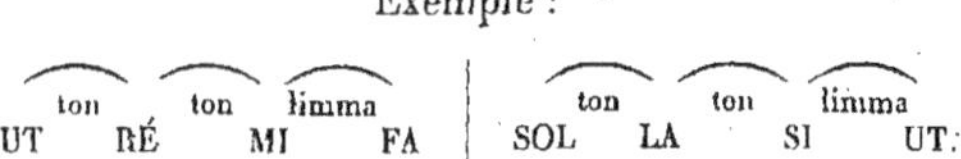

Mais à cette disposition comparons celle du tétracorde grec, c'est-à-dire du tétracorde dorien, le seul véritablement grec [car les autres systèmes n'ont jamais été considérés que comme des étrangers auxquels on avait concédé le droit de cité : Δωριςὶ ἀλλ' οὐκ Ἰαςὶ, οἴομαι δ' οὐδὲ Φρυγιςὶ οὐδὲ Λυδιςὶ· ἀλλ' ἥπερ μόνη ἑλληνική ἐςιν ἁρμονία (*Platon in Lachete*[1])]; dans le

[1] « Je parle de l'harmonie dorienne et non de l'iastienne, pas même de la phrygienne ou de la lydienne : car celle-là est la seule véritablement grecque (voy. note A, p. 97).

tétracorde dorien, dis-je, la division ordinaire, ou *diatonique*, est tout à fait *inverse* ou *réciproque* de la nôtre : c'est-à-dire que le *limma* est au *grave* et les *deux tons* à l'*aigu;*

Exemple :

limma	ton	ton		limma	ton	ton	
SI	UT	RÉ	MI	MI	FA	SOL	LA.

Or maintenant, 1° les notes extrêmes de chaque tétracorde étant considérées comme les cordes principales, celles sur lesquelles le chant doit se reposer, celles qui, en un mot, déterminent le *ton ;* et 2° les notes les plus voisines des précédentes, c'est-à-dire celles qui en sont distantes seulement d'un *limma* et que l'on nomme *notes sensibles*, présentant, d'après un fait physiologique ou psychologique que nous ne saurions expliquer, cette propriété remarquable de produire une sorte d'*appel* sur les notes de repos, ou, en d'autres termes, de faire éprouver et, pour ainsi dire, d'inspirer à l'oreille le désir et le besoin d'entendre ces dernières notes sur lesquelles les premières doivent ainsi *se sauver* ou *se résoudre ;* il s'ensuit que les notes sensibles sont, dans le système grec, plus aiguës que leurs *notes de résolution*, tandis qu'elles sont placées au grave dans le système moderne. Par suite, tandis que notre gamme naturelle est plus particulièrement propre à être chantée en montant, la gamme dorienne, au contraire, est plus convenablement disposée pour une mélodie descendante [1], point de vue que d'ailleurs confirment pleinement les notations alphabétiques des deux systèmes, la notation grecque procédant de l'aigu au grave, tandis que la nôtre marche du grave à l'aigu [2].

C'est là, entre la gamme dorienne et la nôtre, une première différence et une différence capitale, dont l'importance sera de mieux en mieux appréciée à mesure que l'on sera plus avancé dans l'étude de la musique des

[1] Les sons les plus aigus du tétracorde sont nommés par Ptolémée (lib. II, ch. III) *οἱ ἡγούμενοι φθόγγοι* : « ceux qui sont à la tête. »

Ainsi la corde aiguë est nommée (*ibid.* ch. XI) *ἡ ἡγουμένη τοῦ τετραχόρδου* : « celle qui est à la tête du tétracorde. »

Il en est de même des rapports : le rapport des sons aigus du tétracorde est nommé par le même Ptolémée, et d'après lui par Pachymère, *λόγος ἡγούμενος*, tandis que celui des sons graves est nommé *λόγος ἑπόμενος*, et celui des sons intermédiaires ou mobiles, *λόγος μέσος*.

[2] V. note C, page 108.

TRAITÉS GRECS relatifs à la musique.

Grecs; nous devons, pour le moment, nous borner à la signaler comme un fait.

Une seconde différence, non moins essentielle que la première, est la suivante. Nous n'avons, à proprement parler, comme nous l'avons indiqué déjà, qu'un seul genre, le genre diatonique; et ce genre, nous l'avons caractérisé plus haut en disant que, dans chaque tétracorde, deux des intervalles partiels étaient d'un ton chacun, tandis que le dernier était d'environ un demi-ton. Voilà un mode de division bien déterminé et ne souffrant aucune modification, sauf certains écarts que l'oreille tolère, mais sous la condition, toutefois, qu'ils ne seront jamais assez marqués pour lui rendre impossible toute illusion sur les véritables intervalles. Cette condition est de rigueur, en raison surtout de l'emploi habituel que nous faisons des sons simultanés, ou de ce qu'en langage moderne nous nommons *l'harmonie*: car la convenance mutuelle des sons ainsi combinés[1] exige que chacun d'eux soit en rapport, non-seulement avec la tonique, mais avec les divers sons destinés à être entendus en même temps que lui.

Dans la musique ancienne, au contraire, où l'usage des sons simultanés

[1] De là résulte encore cette conséquence, que le *diton*, représenté par $(\frac{9}{8})^2$, étant *dissonant*, on a dû lui substituer l'intervalle $\frac{5}{4} = \frac{9}{8} \times \frac{10}{9}$, composé de deux tons inégaux, l'un *majeur* $\frac{9}{8}$, et l'autre *mineur* $\frac{10}{9}$, inférieur au premier de l'intervalle $\frac{81}{80}$ nommé *comma*. Le *limma* se trouve alors remplacé par l'intervalle $\frac{16}{15}$, plus grand que lui de ce même *comma*, et que nous nommons *demi-ton*.

Par suite, la quinte, au lieu d'être décomposée en *trois tons majeurs* et *un limma*, est considérée comme formée de deux intervalles, $\frac{5}{4}$, $\frac{6}{5}$ $(= \frac{9}{8} \times \frac{16}{15})$, dont le premier, nommé *tierce majeure*, vaut, ainsi que nous venons de le dire, *un ton majeur* et *un ton mineur*, tandis que le second, nommé *tierce mineure*, vaut *un ton majeur* et *un demi-ton*.

Il y a de fortes raisons de croire que le diatonique naturel, le plus simple, celui qui n'emploie qu'une sorte de ton, le diatonique d'Ératosthène et de Platon, *diatonique ditonique* ou *ditonié* de Ptolémée (δίτονος ou διτονιαῖος), est aussi celui dont nous nous rapprochons le plus dans la mélodie; mais il n'en est pas moins vrai que le diatonique de la seconde espèce, où l'on emploie deux sortes de ton, le *diatonique* de Didyme, *diatonique dur* ou *synton* (σύντονος) de Ptolémée, est le seul propre à l'harmonie; de sorte que nous aurions *deux gammes diatoniques différentes*, savoir : *la gamme mélodique*, fondée uniquement sur le sentiment de la quarte, de la quinte, et de l'octave; et la *gamme harmonique*, exigeant une base de plus, le sentiment de la tierce. Au surplus, ces différences délicates sont entièrement effacées, et les diverses gammes complétement conciliées, par le tempérament. — (V. *Montucla*, Hist. des mathématiques, t. IV, p. 647.)

était extrêmement restreint, la détermination juste et précise des tons intermédiaires du tétracorde n'avait plus le même genre d'importance. Comme ces derniers, presque toujours employés isolément, n'étaient plus d'ailleurs que des *notes de passage*, destinées à lier entre eux les tons extrêmes du tétracorde en fractionnant l'intervalle qui les séparait, non-seulement alors la constance de position de ces degrés transitoires de l'échelle n'était plus nécessaire, mais on trouvait, au contraire, sous le rapport de la mélodie, du récit, et de la déclamation, un immense avantage à établir en théorie, comme à mettre en pratique, leur mobilité presque indéfinie : car cette sorte de flexibilité devenait ainsi, pour le musicien-poëte, le plus puissant moyen de varier, avec ses intonations, le caractère et l'expression qu'il voulait donner à son chant. Quelque paradoxal que puisse être pour nous ce principe, fondamental dans la musique grecque antique, de la mobilité de certains sons de la gamme, nous trouvons dans plusieurs auteurs, notamment dans Aristoxène, dans Ptolémée et son école, à laquelle appartient notre Pachymère, une foule de passages dont un seul suffirait pour lever tous les doutes à cet égard. Le premier de ces deux auteurs nous donne, exprimées en nombres exacts, les diverses divisions du tétracorde, soit admises par les philosophes qui l'avaient précédé et par les praticiens de son temps, soit imaginées par lui-même et établies sur ses propres expériences. Ces divisions, que nous pouvons reproduire avec la plus grande facilité, sont tellement nombreuses, et comportent une telle latitude dans la décomposition de l'octave, qu'autant vaut admettre, pour la fixation de certains degrés de l'échelle, une indétermination presque absolue[1]; et l'on ne peut douter de la légitimité de cette conséquence; car Aristoxène l'énonce formellement : Νοητέον γὰρ, dit cet auteur (page 26), *ἀπείρους τὸν ἀριθμὸν τὰς λιχανούς· — διάκενον δὲ οὐδέν ἐστι τοῦ λιχανοειδοῦς τόπου· — Une chose dont il faut se bien pénétrer, c'est que le nombre des* LICHANOS *(indicatrices) est illimité; — il n'y a aucun degré où l'on ne puisse placer une* LICHANOÏDE.

[1] Ptolémée donne, seulement comme exemple, 70 divisions différentes de l'octave. Toutefois l'indétermination dont nous parlons ici, indétermination relative particulièrement à la tension de la corde nommée en grec λιχανός et que nous appelons *indicatrice* (voy. ci-dessus, IIe partie, note E, p. 119), n'en est pas moins bornée en ce sens, qu'il y a des limites au delà desquelles cette tension ne peut s'élever. — Voir dans la IIe partie, ci-dessus, note E, page 119, l'explication des mots λιχανός et λιχανοειδής.

On peut comparer le son de cette corde

TRAITÉS GRECS relatifs à la musique.

Ἡμεῖς δὲ οὐ μόνον πλείους..... φαμὲν εἶναι λιχανοὺς μιᾶς, ἀλλὰ καὶ προστίθεμεν ὅτι ἄπειροί εἰσι τὸν ἀριθμόν (Aristoxène, page 26) : — *Quant à nous, nous ne disons pas seulement qu'il y a plusieurs lichanos : nous soutenons qu'il y en a une infinité.*

Mais, ce point étant la difficulté capitale, et peut-être la seule difficulté réelle que l'on rencontre en abordant la musique des Grecs avec les idées modernes, il est nécessaire que nous entrions à cet égard dans quelques détails, d'autant plus que nous n'avons pas insisté sur ce sujet, dans la note B, autant que nous l'aurions pu.

Nous avons dit que, dans le genre diatonique, les deux cordes intermédiaires du tétracorde étaient tendues de telle manière, que l'intervalle total des cordes extrêmes, c'est-à-dire la quarte, était décomposé en deux tons à l'aigu et un demi-ton au grave; de sorte qu'en nommant hypate la corde grave (soit la note MI), parhypate celle qui la suit en s'élevant à l'aigu (soit FA), indicatrice la suivante (SOL), et enfin nète la corde la plus aiguë (LA), il y a, en procédant de l'aigu au grave,

De la nète à l'indicatrice.......	(LA-SOL)......	1	ton.
De l'indicatrice à la parhypate...	(SOL-FA)......	1	ton.
De la parhypate à l'hypate......	(FA-MI)......	$\frac{1}{2}$	ton.
Intervalle total de la nète à l'hypate, une *quarte*, ou		2 $\frac{1}{2}$	tons.

Or maintenant le caractère propre du système grec consiste en ce que la parhypate et la paranète peuvent se mouvoir au grave, et acquérir, par le relâchement ou l'allongement, des intonations quelconques, sous ces conditions toutefois : 1° que l'intervalle de l'hypate à la parhypate soit toujours au moins d'un quart de ton, et 2° que l'intervalle de la parhypate à l'indicatrice soit toujours au moins égal à celui de l'hypate à la parhypate. De cette façon, comme le dit Aristoxène, l'intervalle total (τόπος) dans lequel la parhypate peut se mouvoir est d'un quart de ton, et l'intervalle correspondant pour l'indicatrice est d'un ton [1].

à la troisième *note* du ton dans notre gamme, note qui est tantôt plus aiguë, tantôt plus grave, d'un intervalle de demi-ton. Au lieu de cette simple bifurcation, le système grec admet une indétermination indéfinie; tel est le sens du passage d'Aristoxène.

[1] On voit cependant, par le tableau général des genres suivant les divers auteurs, que ces limites ne doivent pas être prises en toute rigueur, et que même les cordes variables admettent aussi un léger mouvement vers l'aigu.

TRAITÉS GRECS relatifs à la musique.

Du reste, chaque longueur ou tension particulière de la parhypate et de l'indicatrice constitue un *genre;* de sorte que deux genres sont différents dès que l'une de ces deux cordes, et *à fortiori* lorsque toutes deux, n'y ont pas la même intonation, les extrêmes, c'est-à-dire l'hypate et la nète, y conservant les leurs, toujours distantes d'un intervalle de quarte.

Les anciens avaient reconnu que les tensions des deux cordes moyennes ont une extrême influence sur le caractère moral du genre qu'elles déterminent, c'est-à-dire sur l'impression qu'elles produisent dans l'âme, sur l'affection qu'elles expriment ou la passion qu'elles peuvent exciter. Les genres les plus *mous*, c'est-à-dire qui portent le plus à la tristesse, sont ceux dans lesquels l'*intervalle aigu* du tétracorde (de la nète à la paranète) est le *plus grand;* les plus *durs* sont ceux, au contraire, dans lesquels cet intervalle est le plus petit.

Les genres les plus mous, dit Pachymère (chap. xv), d'après Ptolémée (I, xii, p. 30), *resserrent l'âme et l'énervent; les plus durs la dilatent et l'excitent.* Tel est, sans doute, le grand secret de la musique des Grecs, dans ce que les prodigieux effets que l'on nous en raconte peuvent avoir de réel.

Je comprends que Platon ait proscrit une pareille musique!... tel est le mot échappé à un de nos grands compositeurs, la première fois qu'il entendit la simple gamme du genre enharmonique. Mais *ce qui présente un caractère de mollesse ne plaît pas également à tous les hommes* (dit plus loin, chapitre xvi, le même Pachymère[1]) : nous pouvons donc nous rassurer; et d'ailleurs ce n'est pas à notre siècle que les craintes de Platon pourraient sérieusement s'appliquer.

Le genre est dit *pycné*, c'est-à-dire *condensé*, lorsque la somme des deux intervalles graves, de l'hypate à la parhypate et de la parhypate à l'indicatrice, est moindre que l'intervalle aigu restant, de l'indicatrice à la nète; c'est la somme des deux premiers intervalles que l'on nomme *pycnum* (voyez ci-dessus, p. 25, et les notes B et C, p. 102 et suiv.). *Les genres pycnés sont donc les plus mous, les plus énervants, les plus propres à exprimer la douleur.*

Lorsque le genre est pycné, il est dit *enharmonique* si le *pycnum* y est moindre que deux tiers de ton; il est dit *chromatique* dans le cas contraire. Le chromatique est ainsi intermédiaire entre l'enharmonique et le diatonique (le seul genre non pycné); aussi les auteurs le considèrent-ils comme

[1] Voyez encore Ptolémée (I, xvi, p. 41).

étant surtout propre à *nuancer* les deux autres genres; et c'est de là que lui vient son nom (ci-dessus, page 12).

On peut très-facilement, en partant du genre diatonique, qui est le plus naturel, se faire une idée du chromatique, en supposant que, dans le premier, l'indicatrice descende d'un demi-ton. Pour le genre enharmonique, il faut se figurer que cette corde soit enlevée d'abord, et ensuite remplacée par une autre qui partage en deux quarts de ton le demi-ton grave du diatonique. En sorte que les trois genres peuvent être ainsi représentés :

	Nète. Aigu.		Indicatrice. Grave.			Hypate.
Diatonique........	1 ton		1 ton		1/2 ton	
Chromatique......	1 1/2 ton			1/2 t.	1/2 ton	
Enharmonique.....	2 tons				1/4	1/4

Archytas, Eratosthène et Didyme, les plus anciens musiciens dont nous connaissions d'une manière précise les théories musicales, ne distinguaient que ces trois genres dont chacun d'eux calculait les formules à sa manière; mais, postérieurement, on subdivisa ces genres en diverses *couleurs* ou *nuances*, comme nous l'avons expliqué précédemment.

Nous allons présenter ici l'ensemble de toutes ces formules de genres et de nuances, telles que nous les trouvons dans Ptolémée; mais nous insisterons auparavant sur ce point, savoir : que l'on ne doit pas considérer comme essentiellement différentes pour l'impression qu'elles produisent sur l'âme (*ἦθος*), les diverses subdivisions du tétracorde données pour un même genre par les divers auteurs; c'est-à-dire, en d'autres termes, que les diverses formules des genres et des nuances données par un même auteur sont les seules qui puissent présenter des différences d'expression véritablement appréciables; ou enfin, que la diversité des formules n'est pas une cause suffisante de diversité dans l'expression, si les nombres qui composent ces formules n'ont que des valeurs peu différentes entre elles.

Les différences de nombre données par les différents auteurs sont donc, dans ce cas, à peu près purement théoriques, bien que, nous le répétons, on ne puisse douter qu'aux diverses nuances admises en même temps par un même auteur, ne correspondent des différences d'expression très-sensibles, comme on peut le vérifier au moyen de l'instrument dont nous avons déjà parlé (p. 109 et suiv.[1]).

TRAITÉS GRECS relatifs à la musique.

Le diatonique d'Archytas se composait d'un ton majeur ($\frac{9}{8}$) à l'aigu, d'un ton un peu plus fort ($\frac{8}{7}$) pour l'intervalle médium du tétracorde; et il restait ainsi ($\frac{28}{27}$), à peu près un tiers de ton, pour l'intervalle grave, ou de l'hypate à la parhypate.

Archytas.

Cet intervalle, Archytas le conservait constant dans les deux autres genres, de manière à obtenir ainsi $\frac{4}{3} : \frac{28}{27} = \frac{9}{7}$ pour représenter la réunion des deux autres intervalles; et, en prenant le *diton* $\frac{5}{4}$, égal à notre tierce majeure, pour l'intervalle aigu du tétracorde enharmonique, il lui restait $\frac{36}{35}$, ou environ un quart de ton, pour l'intervalle médium de ce genre.

Quant au chromatique, il prenait, pour l'intervalle aigu, un *trihémiton* (ou une tierce mineure) représenté par $\frac{32}{27}$, excès de la quarte $\frac{4}{3}$ sur le ton majeur $\frac{9}{8}$; et il lui restait $\frac{243}{224}$, environ deux tiers de ton, pour l'intervalle médium[2].

On voit que les trois genres d'Archytas étaient assez mal gradués; et cela, en raison de la constance de l'intervalle grave. En outre, il s'y trouve deux intervalles ($\frac{32}{27}$ et $\frac{243}{224}$) qui ne sont ni l'un ni l'autre mesurés par des fractions de la forme *superpartielle*[3], forme si favorable pour la facile division du tétracorde.

Ératosthène.

Le diatonique d'Ératosthène n'est autre que celui même de Platon; il est donc composé de deux tons majeurs $\frac{9}{8}$ à l'aigu, et d'un limma $\frac{256}{243}$ au grave.

Quant aux deux genres pycnés, Ératosthène commençait par décomposer la quarte $\frac{4}{3}$ en un demi-ton faible valant $\frac{20}{19}$, au grave, et une tierce majeure très-forte $\frac{19}{15}$, à l'aigu. Ce dernier intervalle, il le laissait indécomposé dans le genre enharmonique, et partageait le demi-ton restant en deux

[1] Voir les tableaux A, B, C, dont le but est suffisamment expliqué par leur titre. Disons seulement que le tableau B sert de transition entre les deux autres, c'est-à-dire sert à transformer les longueurs des cordes en intervalles mélodiques.

[2] Ou, ce qui revient au même, il plaçait l'indicatrice ou paranète à un limma d'intervalle de l'indicatrice du diatonique: et c'est ainsi qu'il avait $\frac{8}{7} : \frac{256}{243} = \frac{243}{224}$. Les intervalles $\frac{28}{27}$ et $\frac{243}{224}$, réunis en un seul, produisent alors un ton majeur.

[3] C'est-à-dire de la forme $\frac{m+1}{m}$ (voir page 71).

quarts de ton : le premier, de $\frac{40}{39}$, au grave, et le second, de $\frac{39}{38}$, pour le *médium.*

Dans le genre chromatique, c'était, au contraire, le demi-ton grave $\frac{20}{19}$ qu'il laissait indécomposé; et il décomposait la tierce majeure $\frac{19}{15}$ en une tierce mineure $\frac{6}{5}$ à l'aigu, et un demi-ton $\frac{19}{18}$ qu'il prenait ainsi pour l'intervalle *médium.*

Le système d'Ératosthène a, sur celui d'Archytas, l'avantage d'être mieux gradué; et, de plus, il ne s'y trouve plus qu'un seul intervalle non superpartiel, le *limma.*

Didyme.

Le système de Didyme se distingue, non-seulement par sa régularité et sa simplicité, mais encore parce qu'il est entièrement débarrassé du limma et de tout intervalle non superpartiel.

Didyme décompose d'abord la quarte $\frac{4}{3}$ en une tierce majeure $\frac{5}{4}$ à l'aigu, et un demi-ton majeur $\frac{16}{15}$ au grave; ce demi-ton est décomposé, dans le genre enharmonique, en un quart de ton $\frac{32}{31}$ au grave, et un quart de ton $\frac{31}{30}$ pour le médium; il reste indécomposé dans les deux autres genres.

Maintenant, la tierce majeure $\frac{5}{4}$ est décomposée, dans le genre chromatique, en une tierce mineure $\frac{6}{5}$ à l'aigu, et un demi-ton mineur $\frac{25}{24}$ dans le médium.

Quant au diatonique, la tierce majeure est décomposée en un ton mineur $\frac{10}{9}$ pour le *médium*, et un ton majeur $\frac{9}{8}$ à l'aigu. On voit que c'est absolument la division moderne de la quarte *fa—ut* renversée.

Aristoxène.

Aristoxène, venu après ces auteurs, pensant avec raison qu'il valait mieux s'en rapporter au seul jugement de l'oreille, pour qui ces divisions étaient faites, que se perdre dans des calculs sur lesquels on ne pouvait s'accorder, résuma toute l'harmonique en six genres dont nous avons donné la composition dans la note B (page 102), en les rapportant tous au ton moyen pris pour unité. Il est sans doute fort inutile que nous y revenions ici; mais nous devons faire observer que les nombres par lesquels Ptolémée (p. 91 et 92) prétend représenter les divisions d'Aristoxène, sont entièrement fautifs, par suite de l'impossibilité où étaient les anciens, privés de la connaissance des logarithmes, de transformer les rapports des valeurs acoustiques ou des nombres de vibrations, en intervalles mélodiques. Toutes les cordes mobiles qui résultent des mesures qu'il donne sont trop graves, comme on le voit dans les tableaux A et C. Les véritables divisions d'Aristoxène étant en réalité des soixantièmes de la *quarte*, nous avons dû, pour déterminer les longueurs effectives des cordes correspondantes, employer pour multiplicateurs les puissances successives de la racine soixantième de la fraction $\frac{4}{3}$, ce qui n'offre aucune difficulté quand on y applique les logarithmes; mais, comme les résultats sont incommensurables à l'unité, nous les avons exprimés en décimales, à un centième près, approximation beaucoup plus que suffisante pour la pratique.

TRAITÉS GRECS relatifs à la musique.

Ptolémée.

Quant à Ptolémée lui-même, récusant, d'une part, le simple jugement résultant de la sensation, comme n'étant pas suffisamment exact, mais trouvant, d'un autre côté, que les formules de ses devanciers ne s'accordaient pas avec la pratique, il reconnaît essentiellement six genres, comme nous l'avons dit dans la note B, genres qu'il échelonne d'après le rapport des tons des deux cordes aiguës (λόγος ἡγούμενος), attribuant le rapport $\frac{5}{4}$ au genre *enharmonique*, le rapport $\frac{6}{5}$ au *chromatique mou*, $\frac{7}{6}$ au *chromatique dur*, $\frac{8}{7}$ au *diatonique mou*, $\frac{9}{8}$ au *diatonique moyen*, et enfin $\frac{10}{9}$ au *diatonique dur*[1]. Ce dernier genre est celui que les modernes ont adopté; et le diatonique moyen n'est autre que celui d'Archytas.

Maintenant, en divisant $\frac{4}{3}$ par ces diverses fractions, il reste pour l'intervalle total de l'indicatrice à l'hypate :

Dans le genre enharmonique...... $\frac{16}{15}$
chromatique mou.... $\frac{10}{9}$
chromatique dur.... $\frac{8}{7}$
diatonique mou..... $\frac{7}{6}$
diatonique moyen.... $\frac{32}{27}$
diatonique dur...... $\frac{6}{5}$

Or, toutes ces fractions ayant la forme superpartielle, excepté une, voici comment fait Ptolémée pour les décomposer en deux rapports superpartiels : il multiplie les deux termes par 3 (exemple : $\frac{7}{6}=\frac{21}{18}$); il intercale un nombre pair (de cette façon : $\frac{21}{20}\times\frac{20}{18}$), et il obtient deux facteurs dont l'un est à peu près la racine carrée de l'autre et la racine cubique de la fraction proposée; il prend alors le premier facteur pour représenter l'intervalle grave, et l'autre pour représenter l'intervalle moyen, qui se trouve ainsi à peu près double de l'autre.

Quant au quotient ou à la fraction restante ($\frac{32}{27}$), correspondant au genre diatonique moyen, fraction qui n'a pas, comme les autres, la forme su-

[1] Voy. les *Nouvelles annales de mathématiques*, janvier 1846.

perpartielle, Ptolémée intercale le nombre pair 28, ce qui lui donne $\frac{32}{28}\times\frac{28}{27}=\frac{8}{7}\times\frac{28}{27}$; de sorte qu'il obtient, entre l'hypate et la parhypate, un intervalle égal à peu près au quart de l'intervalle moyen du tétracorde, et ne différant pas de la distance des deux mêmes cordes dans le genre chromatique mou[1]. Ceci nous paraît un inconvénient; et il eût été préférable, suivant nous, d'intercaler le nombre 30, ce qui eût donné $\frac{32}{30}\times\frac{30}{27}=\frac{16}{15}\times\frac{10}{9}$. A la vérité, les intervalles eussent été identiques à ceux du diatonique dur, qui se fût distingué seulement par la disposition de ces intervalles; mais cet inconvénient nous paraît moindre que celui dans lequel on est tombé. On eût obtenu ainsi, au lieu du diatonique d'Archytas, celui de Didyme, qui est également intermédiaire entre le diatonique dur et le diatonique mou, participant du premier par l'intervalle grave, et du second par l'intervalle moyen. Peut-être aussi eût-il mieux valu, pour les deux genres chromatiques et pour le genre enharmonique, employer le multiplicateur 2 au lieu du multiplicateur 3, ce qui eût donné, dans chacun des trois genres pycnés, un intervalle grave à peu près égal à l'intervalle moyen.

Quoi qu'il en soit, tel est le système de Ptolémée, système auquel on peut reprocher d'être un peu trop artificiel, et dont nous aurons complété l'exposition quand nous aurons ajouté : 1° que cet auteur ne rejette cependant pas entièrement le genre diatonique de Platon, l'admettant par tolérance sous le nom de *diatonique ditonié;* 2° qu'il propose encore un second genre diatonique dur, plus dur que tous les autres, nommé par lui *diatonique égal*, et composé, de l'aigu au grave, des intervalles $\frac{10}{9}$, $\frac{11}{10}$, $\frac{12}{11}$; et enfin, 3° que l'on trouve, en outre, mentionné, à la page 100 de cet auteur, un second genre enharmonique déterminé par les intervalles $\frac{5}{4}$, $\frac{22}{21}$, $\frac{56}{55}$, dont le dernier ou grave ne dépasse presque pas un *demi-quart* de ton.

[1] Telle est sans doute l'origine de la dénomination de *μαλακὸν ἔντονον* par laquelle Ptolémée désigne ce genre.

[2] Le problème de la décomposition de la quarte ou de la fraction $\frac{4}{3}$ qui la représente, en trois fractions superpartielles dont l'une est donnée suivant les conditions de Ptolémée, est un problème indéterminé que l'on pourrait traiter par les méthodes ordinaires, en posant d'abord

$$\frac{4}{3} : \frac{a+1}{a} = \frac{x+1}{x} \times \frac{y+1}{y},$$

et faisant ensuite alternativement :

$$a = 4,\ a = 5, 6, 7, 8, 9;$$

nous ne nous y arrêterons pas. Nous observerons seulement que, s'il était vrai, suivant la piquante expression de Leibnitz (*Haüy, Traité de physique*, 2e édit. 1806, tome I, page 348), *que l'oreille ne comptât que jusqu'à cinq*, cela devrait s'entendre uniquement de l'oreille moderne : celle des Grecs comptait bien autrement loin, puisque nous voyons figurer, dans les formules qui

TRAITÉS GRECS relatifs à la musique.

On trouvera dans nos tableaux les évaluations numériques des intervalles qui correspondent à toutes ces divisions : ce que nous en avons dit ici suffit pour le moment.

Au nombre des genres que nous venons d'énumérer, se trouve, comme on l'a vu, le genre enharmonique, genre essentiellement caractérisé par l'emploi du quart de ton. Or à cet égard, nous croyons, pour rectifier quelques idées qui nous paraissent généralement admises aujourd'hui, devoir faire plusieurs observations.

D'abord, ce serait une grande erreur de croire que le quart de ton soit inappréciable; l'expérience démontre que nous distinguons très-bien un intervalle huit ou dix fois moindre[1] que celui-là.

Ensuite, il faut bien se garder de considérer le partage du demi-ton comme devant s'effectuer par une sorte de glissement. On évitait, au contraire, les mouvements de voix *continus*, ne regardant un chant comme irréprochable, qu'autant que les intonations en étaient bien précises, bien distinctes, bien tranchées :

Ἐν τῷ μελῳδεῖν τὸ μὲν συνεχὲς φεύγομεν· τὸ δὲ ἑστάναι τὴν φωνὴν ὡς μάλιστα διώκομεν· ὅσῳ γὰρ μᾶλλον ἑκάστην τῶν φωνῶν μίαν τὲ καὶ ἑστηκυῖαν, καὶ τὴν αὐτὴν ποιήσομεν, τοσούτῳ φαίνεται τῇ αἰσθήσει τὸ μέλος ἀκριβέστερον (Aristox. page 10) : — « Nous évitons, en chantant, de traîner la voix; et nous cherchons, au contraire, autant que possible, à bien poser chaque son : car plus les intonations deviendront nettes, soutenues, homogènes, et plus le chant nous semblera parfait; »

Ἐκεῖνοι μὲν [τῶν ψόφων οἱ συνεχεῖς] ἁρμονικῆς ἀλλότριοι (Ptolémée, liv. I, chap. IV) : — « Les sons traînés sont ennemis de l'harmonie; »

Τὴν συνέχειαν τῶν ψόφων τὸ ἐκμελέστατον εἶδος περιέχουσαν (*id.* liv. II, chap. XII) : — « Les sons traînés produisent un effet discordant. »

Enfin, il ne faudrait pas non plus s'imaginer que le genre enharmonique consistât à filer des gammes entières par quarts de ton, comme l'entendait Salinas; car, dans la théorie grecque, le nombre total des intervalles partiels qui composent l'intervalle total que Pythagore nomme la *syllabe*, *συλλαβή*, ne peut jamais dépasser *trois*, d'où l'expression *διὰ τεσσάρων*, *quarte*, indiquant le nombre de cordes qu'il admet; et Aristoxène nous dit positi-

précèdent, jusqu'au nombre premier 31 (enharmonique de Didyme).

[1] Voir, dans les *Mémoires de la Société royale de Lille* pour l'année 1827, les expériences de M. Delezenne.

TRAITÉS GRECS relatifs à la musique.

vement (page 28), ce qui est une conséquence du principe précédent, que « la voix, quelque effort qu'elle fasse, ne saurait parvenir à entonner trois diésis (ou quarts de ton) successifs : » — Τὴν τρίτην δίεσιν πάντα ποιοῦσα [ἡ φωνή], οὐχ οἵα τε ἐστὶ προστιθέναι.

Mais revenons aux différences qui existent entre le système grec et le nôtre.

Une de ces différences est relative à ce que nous pouvons, suivant l'usage, nommer *la tonalité*, et qui n'est autre chose que la manifestation, dans la mélodie, de cette loi universelle qui régit les beaux-arts, *la loi de l'unité*. Ce n'est donc pas que, chez les anciens, le sentiment de la tonalité fût entièrement nul (hâtons-nous de repousser une pareille supposition); mais certes il y était bien moins prononcé que chez les modernes. Ainsi, tandis que nous effectuons constamment le repos final sur une même note que nous nommons, pour cette raison, la *tonique*, sauf à établir des repos momentanés sur deux autres notes nommées *dominantes*, et distantes de la première, à l'aigu ou au grave, d'un intervalle de quarte ou de quinte, chez les Grecs, au contraire, les repos pouvaient se faire presque indifféremment sur tel ou tel degré de l'échelle diatonique, comme nous le voyons encore pratiquer de nos jours dans le plain-chant, reste précieux de la musique antique, et dont la constitution nous a remis en main plus d'une fois le fil nécessaire pour assurer nos pas incertains; sur ce sujet, il nous suffira de renvoyer à la note A.

Enfin, outre toutes ces différences entre les deux systèmes de musique que nous avions à comparer, il en est encore une, déjà indiquée, et que nous n'avons à citer ici que pour mémoire : nous voulons parler de l'emploi des sons simultanés ou du système *harmonique* (en donnant à ce mot l'acception moderne), système encore dans l'enfance chez les Grecs anciens, et qui a reçu chez nous, depuis quelques siècles, de si brillants développements.

Quoi qu'il en soit, les Grecs modernes, bien moins avancés sur ce point que leurs ancêtres, persistent à rejeter cette harmonie que, suivant eux, leurs échelles ne sauraient admettre, et que leurs oreilles ne comprennent plus depuis qu'elles ont été façonnées à la musique des barbares; aussi faut-il voir avec quel dédain ils en parlent :

« Les règles de cette sorte d'harmonie[1], dit Chrysanthe (Θεωρ. μέγα, p. 221),

[1] Ce mot a ici une signification inconnue aux anciens.

sont si nombreuses, qu'il y en a de quoi remplir un livre entier. En outre, elles sont tellement appropriées aux intervalles de l'échelle diatonique des Européens, que, si l'on voulait les appliquer à notre propre échelle, il faudrait commencer par en changer les intervalles. Et ce n'est pas tout: car le chant à plusieurs parties exige des auditeurs habitués à y trouver du plaisir. Pour nous qui n'en ressentons pas la moindre jouissance (*οἵ τινες οὔτε τὴν παραμικρὰν ἡδονὴν λαμβάνομεν ἀπὸ τὴν τοιαύτην ἁρμονικὴν συνῳδίαν*), un plus long discours sur ce sujet serait en pure perte, et ne saurait en aucune manière être agréable à nos auditeurs. Si cependant il se trouvait quelqu'un qui voulût s'en occuper par forme de distraction, rien ne l'empêche d'ouvrir un de ces nombreux ouvrages qui ont traité la matière dans ses plus petits détails : c'est le moyen de satisfaire sa curiosité (*νὰ εὐχαριστήσῃ τὴν περιέργειάν του*). »

CONCLUSION.

En résumé, nous espérons que le court exposé que nous venons de faire du système musical des anciens Grecs, ou du moins des différences qui distinguent ce système de notre système moderne, complété d'ailleurs par les développements que nous avons déjà donnés dans les parties précédentes de cet ouvrage, suffira pour lever la plupart des difficultés qui ne sont pas insolubles dans l'état actuel de nos connaissances sur cette matière ; et nous allons en conséquence présenter le Traité de G. Pachymère, en nous contentant de l'accompagner de quelques notes quand nous le croirons utile à l'intelligence du texte.

Ayant déjà (page 362) signalé les manuscrits que j'ai employés, il ne me reste ici que quelques mots à ajouter à cet égard.

La copie, prise sur le n° 2536 de la Bibliothèque royale de Paris, in-8°, manuscrit que je nomme A, a été ensuite collationnée sur les trois manuscrits 2338=B, 2339=C, et 2340=D. Le manuscrit 2438=F a aussi fourni quelques variantes aux trois premiers chapitres; il ne va pas plus loin. Quant au manuscrit E=2341, il ne contient, comme nous l'avons déjà dit, que l'Arithmétique et la Géométrie.

Le manuscrit A avait été choisi de préférence pour fournir la copie primitive, à cause de la perfection de son exécution matérielle, qui faisait

TRAITÉS GRECS relatifs à la musique.

supposer une plus grande correction dans le texte. En effet, ce superbe manuscrit, de la plus belle écriture d'Ange Vergéce, enrichi par les mains de sa fille des plus jolies miniatures en or et couleurs, est un véritable chef-d'œuvre de calligraphie. L'extérieur répondait à l'intérieur avant que l'on eût détruit deux médaillons, sans doute aussi en miniature, qui ornaient les plats de la couverture. Comme, d'ailleurs, ce manuscrit ne contient que l'harmonique, il est vraisemblable qu'il aura été exécuté par l'ordre de François Ier, pour être donné en cadeau à quelque personne amie de la musique, que le roi honorait d'une considération particulière. Quant à l'exactitude du texte, qualité sur laquelle j'avais compté comme je viens de le dire, la collation avec les autres manuscrits a fait voir qu'elle était loin de répondre à mon espoir; mais cette collation même a fait complétement disparaître un inconvénient qui n'eût été réel que dans le cas d'un manuscrit unique.

Du reste, comme c'est au même manuscrit 2536 que j'ai renvoyé dans tout ce qui précède, je prends le soin d'indiquer, à la marge du texte, le *folio* correspondant de ce manuscrit; averti d'ailleurs que chaque page, à partir de la seconde, contient constamment 26 lignes, on pourra toujours facilement retrouver les passages cités.

TABLEAU A,

INDIQUANT LES LONGUEURS EFFECTIVES DES CORDES DES DIVERS DEGRÉS DE L'OCTAVE DORIENNE,

POUR TOUS LES GENRES ET NUANCES ADMIS PAR LES PRINCIPAUX CHEFS D'ÉCOLE.

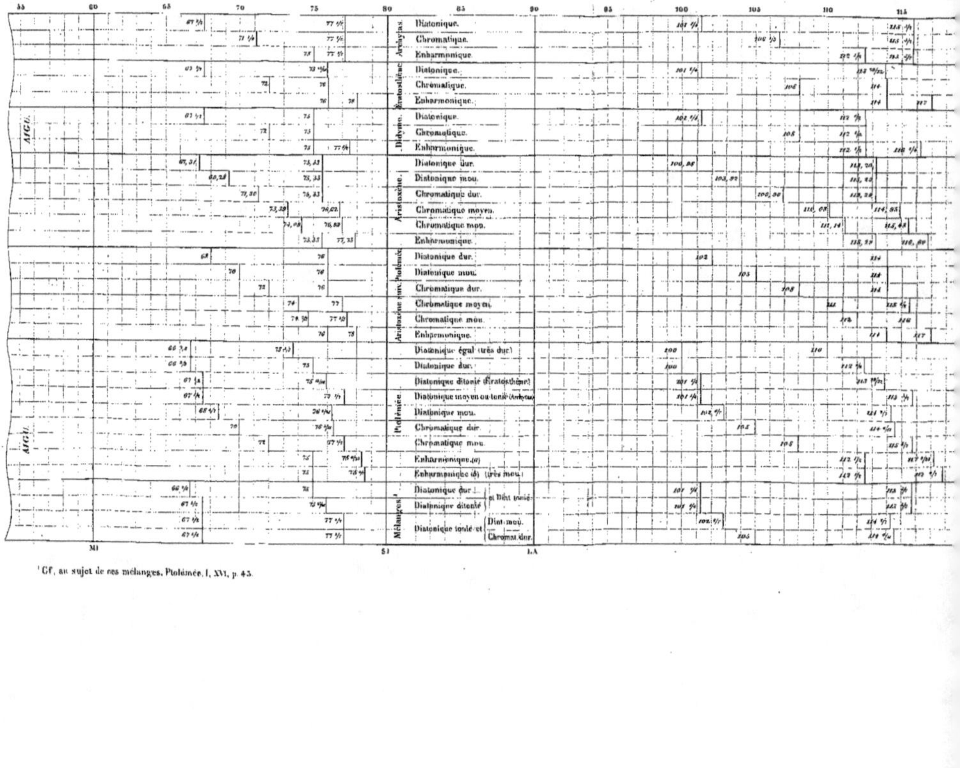

Échelle : 55, 60, 65, 70, 75, 80, 85, 90, 95, 100, 105, 110, 115. — AIGU. — MI (60), SI (80), LA (90).

Archytas.	Diatonique.	67 1/2	77 1/7	101 1/4	115 5/7
	Chromatique.	71 1/9	77 1/7	106 2/3	115 5/7
	Enharmonique.	75	77 1/7	112 1/2	115 5/7
Ératosthène.	Diatonique.	67 1/2	75 15/16	101 1/4	113 29/32
	Chromatique.	72	76	108	114
	Enharmonique.	76	78	114	117
Didyme.	Diatonique.	67 1/2	75	101 1/4	112 1/2
	Chromatique.	72	75	108	112 1/2
	Enharmonique.	75	77 1/2	112 1/2	116 1/4
Aristoxène.	Diatonique dur.	67,31	75,53	100,96	113,20
	Diatonique mou.	69,28	75,53	103,92	113,29
	Chromatique dur.	71,30	75,53	106,90	113,29
	Chromatique moyen.	73,39	76,02	110,08	114,93
	Chromatique mou.	74,09	76,80	111,14	115,48
	Enharmonique.	75,35	77,35	113,29	116,00
Aristoxène suiv. Ptolémée.	Diatonique dur.	68	76	102	114
	Diatonique mou.	70	76	105	114
	Chromatique dur.	72	76	108	114
	Chromatique moyen.	74	77	111	115 1/2
	Chromatique mou.	74 2/3	77 1/3	112	116
	Enharmonique.	76	78	114	117
Ptolémée.	Diatonique égal (très dur.)	66 2/3	73 1/3	100	110
	Diatonique dur.	66 2/3	75	100	112 1/2
	Diatonique ditonié (Ératosthène)	67 1/2	75 15/16	101 1/4	113 29/32
	Diatonique moyen ou tonié (Archytas)	67 1/2	77 1/7	101 1/4	115 5/7
	Diatonique mou.	68 4/7	76 4/21	102 6/7	114 2/7
	Chromatique dur.	70	76 4/11	105	114 6/11
	Chromatique mou.	72	77 1/7	108	115 5/7
	Enharmonique. (a)	75	78 6/23	112 1/2	117 9/23
	Enharmonique (b) (très mou.)	75	78 [illegible]	112 1/2	117 [illegible]
Mélanges[1].	Diatonique dur et Diat. tonié.	66 2/3	75	101 1/4	115 5/7
	Diatonique ditonié et Diat. tonié.	67 1/2	75 15/16	101 1/4	115 5/7
	Diatonique tonié et Diat. mou.	67 1/2	77 1/7	102 6/7	114 2/7
	Diatonique tonié et Chromat. dur.	67 1/2	77 1/7	105	114 6/11

[1] Cf. au sujet de ces mélanges, Ptolémée, I, XVI, p. 45.

TABLE DE LOGARITHMES ACOUSTIQUES DÉCIMAUX

AYANT POUR BASE LA RACINE SOIXANTIÈME DE 2, ET MESURANT DES DIXIÈMES DE TON MOYEN.

N. B. — Les différences donnent les logarithmes des rapports superparticls.

LOGARITHMES.	DIFFÉRENCES.	NOMBRES.	LOGARITHMES.	DIFFÉRENCES.	NOMBRES.	LOGARITHMES.	DIFFÉRENCES.	NOMBRES.	LOGARITHMES.	DIFFÉRENCES.
Infini négatif.	Infini.	30	294,4134	2,8384	60	354,4134	1,4308	90	389,5112	0,9565
0,0000	60,0000	31	297,2518	2,7482	61	355,8442	1,4076	91	390,4677	0,9460
60,0000	35,0977	32	300,0000	2,6636	62	357,2518	1,3850	92	391,4137	0,9358
95,0977	24,9023	33	302,6636	2,5842	63	358,6368	1,3632	93	392,3495	0,9258
120,0000	19,3157	34	305,2478	2,5092	64	360,0000	1,3420	94	393,2753	0,9160
139,3157	15,7820	35	307,7570	2,4385	65	361,3420	1,3216	95	394,1913	0,9064
155,0977	13,3436	36	310,1955	2,3717	66	362,6636	1,3018	96	395,0977	0,8970
168,4413	11,5587	37	312,5672	2,3085	67	363,9654	1,2824	97	395,9947	0,8878
180,0000	10,1955	38	314,8757	2,2484	68	365,2478	1,2637	98	396,8825	0,8788
190,1955	9,1202	39	317,1241	2,1916	69	366,5115	1,2455	99	397,7613	0,8700
199,3157	8,2502	40	319,3157	2,1374	70	367,7570	1,2278	100	398,6313	0,8613
207,5659	7,5318	41	321,4531	2,0859	71	368,9848	1,2107	101	399,4927	0,8528
215,0977	6,9287	42	323,5390	2,0369	72	370,1955	1,1940	102	400,3455	0,8445
222,0264	6,4149	43	325,5759	1,9900	73	371,3895	1,1777	103	401,1900	0,8364
228,4413	5,9721	44	327,5659	1,9453	74	372,5672	1,1619	104	402,0264	0,8283
234,4134	5,5866	45	329,5112	1,9025	75	373,7291	1,1466	105	402,8547	0,8205
240,0000	5,2478	46	331,4137	1,8616	76	374,8757	1,1315	106	403,6752	0,8128
245,2478	4,9477	47	333,2753	1,8225	77	376,0072	1,1169	107	404,4880	0,8053
250,1955	4,6802	48	335,0978	1,7848	78	377,1241	1,1027	108	405,2933	0,7978
254,8757	4,4400	49	336,8826	1,7488	79	378,2268	1,0889	109	406,0911	0,7905
259,3157	4,2233	50	338,6314	1,7141	80	379,3157	1,0753	110	406,8816	0,7834
263,5390	4,0269	51	340,3455	1,6809	81	380,3910	1,0621	111	407,6650	0,7763
267,5659	3,8478	52	342,0268	1,6488	82	381,4531	1,0492	112	408,4413	0,7694
271,4137	3,6840	53	343,6752	1,6181	83	382,5023	1,0367	113	409,2107	0,7627
275,0977	3,5337	54	345,2933	1,5883	84	383,5390	1,0245	114	409,9734	0,7560
278,6314	3,3950	55	346,8816	1,5597	85	384,5635	1,0124	115	410,7294	0,7495
282,0264	3,2670	56	348,4413	1,5321	86	385,5759	1,0007	116	411,4789	0,7430
285,2933	3,1480	57	349,9734	1,5055	87	386,5766	0,9893	117	412,2219	0,7367
288,4413	3,0376	58	351,4789	1,4797	88	387,5659	0,9781	118	412,9586	0,7305
291,4789	2,9345	59	352,9586	1,4548	89	388,5440	0,9672	119	413,6891	0,7243
294,4134	2,8384	60	354,4134	1,4308	90	389,5112	0,9565	120	414,4134	0,7184

LOGARITHMES ACOUSTIQUES DÉCIMAUX

DES NOMBRES PREMIERS.

NOMBRES.	LOGARITHMES.	NOMBRES.	LOGARITHMES.	NOMBRES.	LOGARITHMES.
2	60,000000	127	419,321081	239	474,052008
3	95,097750	131	422,005380	241	474,773360
5	139,315685	137	425,881925	251	478,292613
7	168,441295	139	427,136464	257	480,337473
11	207,565897	149	433,150111	263	482,335139
13	222,026383	151	434,304284	269	484,287742
17	245,247770	157	437,677245	271	484,978942
19	254,875051	163	440,923689	277	486,824530
23	271,413717	167	443,022257	281	488,065579
29	291,478859	173	446,077693	283	488,679494
31	297,251778	179	449,028946	293	491,685411
37	312,567202	181	449,990753	307	495,725690
41	321,453120	191	454,645729	311	496,846246
43	325,575885	193	455,547422	313	497,401131
47	333,275331	197	457,323109	317	498,500342
53	343,075227	199	458,197477	331	502,241244
59	352,958583	211	463,265951	337	503,796287
61	355,864240	223	468,053994	347	506,327511
67	363,965351	227	469,592909	349	506,826994
71	368,984827	229	470,352297	353	507,811462
73	371,389473	233	471,851168	359	509,270402
79	378,226845				
83	382,502366				
89	388,544006				
97	395,994770				
101	399,492689				
103	401,190031				
107	404,488019				
109	406,091059				
113	409,210737				

L. ac. $\frac{256}{243}$ = 4,51125 (Limma).
L. ac. $\frac{2187}{2048}$ = 5,68425 (Apotome).
L. ac. $\frac{531441}{524288}$ = 1,17300 (Comma).

L. ac. $\frac{243}{224}$ = 7,04745 (Double tiers de ton d'Archytas).
L. ac. $\frac{32}{27}$ = 14,70675 (Trihémiton d'Archytas).
L. ac. $\frac{19}{15}$ = 20,46222 (Diton d'Ératosthène).

GENRES ET NUANCES suivant LES DIVERS AUTEURS.		INTERVALLES MÉLODIQUES mesurés en commas décimaux ou dixièmes de ton moyen, compris dans chaque tétracorde entre						DISTANCES TOTALES comptées à partir de la proslambanomène LA jusqu'à chacune des notes								DISTANCE DE CHAQUE NOTE à sa correspondante de la gamme moyenne. N. B. Le signe + indique un allongement de la corde moyenne, et le signe — un raccour					
		l'hypate et la parhypate.		la parhypate et la paranète.		la paranète et la nète.		LA.	SI.	UT.	RÉ.	MI.	FA.	SOL.	LA.	SI.	UT.	RÉ.	MI.	FA.	
Archytas.	Diatonique	28/27	3,1481	8/7	11,5587	9/8	10,1955	LA = 0	SI = 10,1954	13,3435	24,9022	MI = 35,0977	38,2458	49,8045	LA = 60	— 0,1954	+ 1,6565	+ 0,0978	— 0,0977	+ 1,7542	+
	Chromatique	28/27	3,1481	243/224	7,0475	32/27	14,7067			13,3435	20,3910		38,2458	45,2933			+ 1,6565	+ 4,6090		+ 1,7542	+
	Enharmonique	28/27	3,1481	36/35	2,4385	5/4	19,3157			13,3435	15,7820		38,2458	40,6843			+ 1,6565	+ 9,2180		+ 1,7542	+
Ératosthène.	Diatonique	256/243	4,5113	9/8	10,1955	9/8	10,1955			14,7067	24,9022		39,6090	49,8045			+ 0,2933	+ 0,0978		+ 0,3910	+
	Chromatique	20/19	4,4400	19/18	4,6802	6/5	15,7821			14,6354	19,3156		39,5377	44,2179			+ 0,3646	+ 5,6844		+ 0,4623	+
	Enharmonique	40/39	2,1916	39/38	2,2484	19/15	20,4623			12,3870	14,6354		37,2893	39,5377			+ 2,6130	+ 10,3646		+ 2,7107	+ 1
Didyme.	Diatonique	16/15	5,5866	10/9	9,1202	9/8	10,1955			15,7820	24,9022		40,6843	49,8045			— 0,7820	+ 0,0978		— 0,6843	+
	Chromatique	16/15	5,5866	25/24	3,5336	6/5	15,7821			15,7820	19,3156		40,6843	44,2179			— 0,7820	+ 5,6844		— 0,6843	+
	Enharmonique	32/31	2,7482	31/30	2,8384	5/4	19,3157			12,9436	15,7820		37,8459	40,6843			+ 2,0564	+ 9,2180		+ 2,1541	+
Aristoxène.	Diatonique dur	[12]	4,9805	[24]	9,9609	[24]	9,9609	LA = 0	SI = 10,1954	15,1759	25,1368	MI = 35,0977	40,0782	50,0391	LA = 60	— 0,1954	— 0,1759	— 0,1368	— 0,0977	— 0,0782	—
	Diatonique mou	[12]	4,9805	[18]	7,4707	[30]	12,4511			15,1759	22,6466		40,0782	47,5489			— 0,1759	+ 2,3534		— 0,0782	+
	Chromatique dur	[12]	4,9805	[12]	4,9805	[36]	14,9413			15,1759	20,1564		40,0782	45,0587			— 0,1759	+ 4,8436		— 0,0782	+
	Chromatique moyen	[9]	3,7353	[9]	3,7353	[42]	17,4317			13,9307	17,6660		38,8330	42,5683			+ 1,0693	+ 7,3340		+ 1,1670	+
	Chromatique mou	[8]	3,3203	[8]	3,3203	[44]	18,2617			13,5157	16,8360		38,4180	41,7383			+ 1,4843	+ 8,1640		+ 1,5820	+
	Enharmonique	[6]	2,4902	[6]	2,4903	[48]	19,9218			12,6856	15,1759		37,5879	40,0782			+ 2,3144	+ 9,8241		+ 2,4121	+
Aristoxène suivant Ptolémée.	Diatonique dur	20/19	4,4400	19/17	9,6279	17/15	10,8344			14,6354	24,2633		39,5377	49,1656			+ 0,3646	+ 0,7367		+ 0,4623	+
	Diatonique mou	20/19	4,4400	38/35	7,1188	7/6	13,3435			14,6354	21,7542		39,5377	46,6565			+ 0,3646	+ 3,2458		+ 0,4623	+
	Chromatique dur	20/19	4,4400	19/18	4,6802	6/5	15,7821			14,6354	19,3156		39,5377	44,2179			+ 0,3646	+ 5,6844		+ 0,4623	+
	Chromatique moyen	27/26	3,3085	26/25	3,4400	37/30	18,1538			13,5039	16,9439		38,4062	41,8462			+ 1,4961	+ 8,0561		+ 1,5938	+
	Chromatique mou	30/29	2,9346	29/28	3,0376	56/45	18,9301			13,1300	16,1676		38,0323	41,0699			+ 1,8700	+ 8,8324		+ 1,9677	+
	Enharmonique	40/39	2,1916	39/38	2,2484	19/15	20,4623			12,3870	14,6354		37,2893	39,5377			+ 2,6130	+ 10,3646		+ 2,7107	+ 1
Ptolémée.	Diatonique égal	12/11	7,5319	11/10	8,2502	10/9	9,1202	LA = 0	SI = 10,1954	17,7273	25,9775	MI = 35,0977	42,6296	50,8798	LA = 60	— 0,1954	— 2,7273	— 0,9775	— 0,0977	— 2,6296	—
	Diatonique dur	16/15	5,5866	9/8	10,1955	10/9	9,1202			15,7820	25,9775		40,6843	50,8798			— 0,7820	— 0,9775		— 0,6843	—
	Diatonique ditonié	256/243	4,5113	9/8	10,1955	9/8	10,1955			14,7067	24,9022		39,6090	49,8045			+ 0,2933	+ 0,0978		+ 0,3910	+
	Diatonique tonié	28/27	3,1480	8/7	11,5587	9/8	10,1955			13,3435	24,9022		38,2458	49,8045			+ 0,6565	+ 0,0978		+ 1,7542	+
	Diatonique mou	21/20	4,2234	10/9	9,1202	8/7	11,5587			14,4188	23,5390		39,3211	48,4413			+ 0,5812	+ 1,4610		+ 0,6789	+
	Chromatique dur	22/21	4,0269	12/11	7,5319	7/6	13,3435			14,2223	21,7542		39,1246	46,6565			+ 0,7777	+ 3,2458		+ 0,8754	+
	Chromatique mou	28/27	3,1481	15/14	5,9721	6/5	15,7821			13,3435	19,3156		38,2458	44,2179			+ 1,6565	+ 5,6844		+ 1,7542	+
	Enharmonique (a)	46/45	1,9025	24/23	3,6841	5/4	19,3157			12,0979	15,7820		37,0002	40,6843			+ 2,9021	+ 9,2180		+ 2,9998	+
	Enharmonique (b)	56/55	1,5597	22/21	4,0269	5/4	19,3157			11,7551	15,7820		36,6574	40,6843			+ 3,2449	+ 9,2180		+ 3,3126	+
Mélanges.	Diatonique dur et Diatonique tonié									15,7820	25,9775		38,2458	49,8045			— 0,7820	— 0,9775		+ 1,7542	+
	Diatonique ditonié et Diatonique tonié									14,7067	24,9022		38,2458	49,8045			+ 0,2933	+ 0,0978		+ 1,7542	+
	Diatonique tonié et Diatonique mou									13,3435	24,9022		39,3211	48,4413			+ 1,6565	+ 0,0978		+ 0,6789	+
	Diatonique tonié et Chromatique dur									13,3435	24,9022		39,1246	46,6565			+ 1,6565	+ 0,0978		+ 0,8754	+

TABLEAU D,

REPRÉSENTANT, AU MOYEN D'UNE COURBE LOGARITHMIQUE, LA CORRESPONDANCE DES RÉSULTATS DES TABLEAUX A ET C, RELATIVEMENT À L'OCTAVE HYPODORIENNE OU HYPERMIXOLYDIENNE,

AVEC DEUX APPLICATIONS PARTICULIÈRES, (a) ET (b), INDIQUÉES AU BAS DE LA PLANCHE.

L'abscisse x représentant en dixièmes de ton moyen, l'intervalle de chaque corde à la proslambanomène ou corde grave, et l'ordonnée y représentant la longueur de la corde, l'équation de cette courbe est $y = 90\,(\sqrt[60]{2})^{-x}$, ou $x = \log. 90 - \log. y$, en prenant pour base du système de logarithmes la racine soixantième de 2 qui représente la valeur acoustique du dixième de ton moyen.

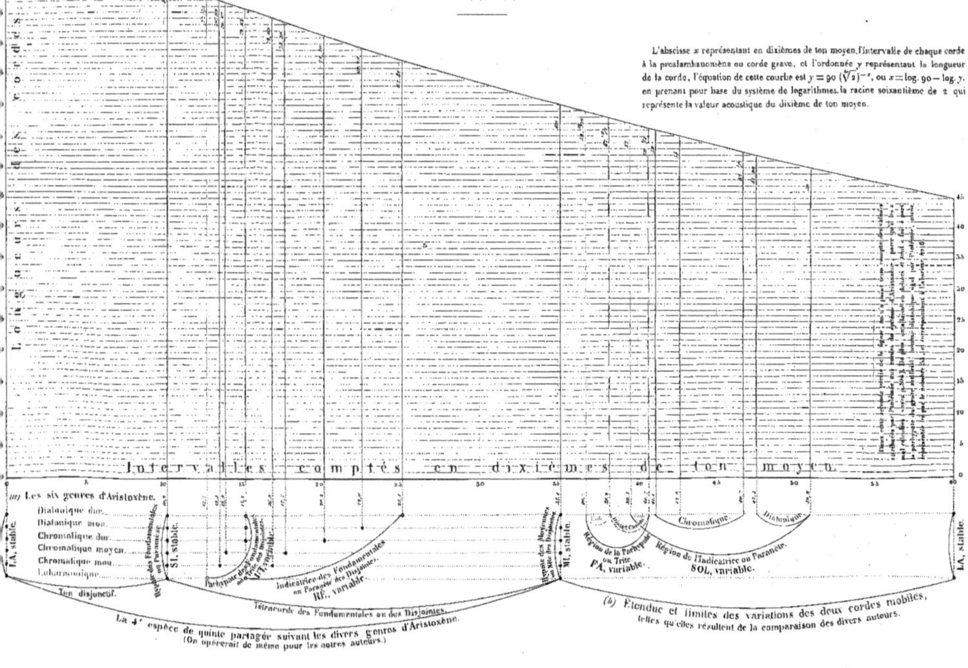

Longueur des cordes

Intervalles comptés en dixièmes de ton moyen.

0 5 10 15 20 25 30 35 40 45 50 55 60

(a) Les six genres d'Aristoxène.

Diatonique dur.
Diatonique mou.
Chromatique dur.
Chromatique moyen.
Chromatique mou.
Enharmonique.

LA, stable.
Hypate des Fondamentales ou Paramèse.
SI, stable.
Parhypate des Fondamentales ou Trite des Disjointes.
UT, variable.
Indicatrice des Fondamentales ou Paranète des Disjointes.
RÉ, variable.
Hypate des Moyennes ou Nète des Disjointes.
MI, stable.
Ton disjonctif.
Tétracorde des Fondamentales ou des Disjointes.

La 4e espèce de quinte partagée suivant les divers genres d'Aristoxène.
(On opérerait de même pour les autres auteurs.)

Enh.
Diat et Chrom.
Enh.
Chromatique.
Diatonique.
Région de la Parhypate ou Trite.
FA, variable.
Région de l'Indicatrice ou Paranète.
SOL, variable.
LA, stable.

(b) Étendue et limites des variations des deux cordes mobiles, telles qu'elles résultent de la comparaison des divers auteurs.

TRAITÉS GRECS relatifs à la musique.

ΠΕΡῚ ἉΡΜΟΝΙΚΗ͂Σ

ἮΤΟΥΝ[1] ΜΟΥΣΙΚΗ͂Σ·

Ἣν ὁ σοφώτατός τε καὶ λογιώτατος Γεώργιος ὁ Παχυμέρης, ἐκ πολλῶν παλαιῶν τε καὶ νέων διδασκάλων, ἐν ἀκριβείᾳ πολλῇ ἐκλεξάμενος, συνετάξατο κάλλιστα, τοῖς τὰ μουσικὰ ἐξασκοῦσιν ὄντως χαριζόμενος[2].

CHAPITRE PREMIER.

L'*arithmétique* considère les quantités discontinues en elles-mêmes, la *musique* les considère dans leurs rapports mutuels; elle les dispose, les arrange, d'où le nom d'*harmonique* que l'on donne aussi à la musique. Quant à ces rapports dont elle s'occupe, ce sont les *consonnances.* — La première consonnance est la *quarte*, qui est dans le rapport de 4 à 3; la seconde est la *quinte*, dans le rapport de 3 à 2. Leur différence, c'est-à-dire leur rapport, donne le *ton*, qui est dans le rapport de 9 à 8 ($\frac{3}{2} : \frac{4}{3} = \frac{9}{8}$); et leur somme, c'est-à-dire leur produit, donne l'*octave*, dans le rapport de 2 à 1 ($\frac{3}{2} \times \frac{4}{3} = 2$). — La quarte contient ainsi 2 tons et un reste que l'on nomme *limma* ou *demi-ton;* ce qui n'est qu'une manière de parler : car ce reste est moindre que la moitié d'un ton. La quinte contient donc 3 tons et un limma, et l'octave 5 tons et 2 limmas. — Les consonnances qui viennent ensuite sont la quinte redoublée, ou *douzième*, et la *double-octave.* Quant à la quarte redoublée, ou *onzième*, qui n'est pas représentée par une fraction superpartielle, l'auteur remet à s'expliquer ultérieurement à son égard.

Fol. 1 recto. Δευτέραν ἔχει τάξιν μετὰ τὴν ἀριθμητικὴν ἡ μουσική, ἣν καὶ ἁρμονικὴν λέγομεν, διὰ τὸ ἁρμόζεσθαι τὰς συμφωνίας αὐτῆς[3] κατὰ λόγους ἀριθμητικούς. Διὸ κἀκείνης[4] περὶ τὸ καθ' αὑτὸ διωρισμένον ποσὸν καταγινομένης, αὕτη[5] διὰ τοῦ πρός τι ἀριθμοῦ τοὺς λόγους αὐτῆς[3] ἁρμόζεται· εἰσὶ δὲ οἱ λόγοι αὐτῆς Κεφον α·

[1] De ἤ τε οὖν : cette conjonction ne se trouve pas dans les lexiques (remarque que je dois à M. Gournay, correcteur de l'Imprimerie royale).

[2] Ce lemme ne se trouve que dans le ms. A = 2536.

[3] F om. — Il semble que ce doit être αὐτῆς, pour ἑαυτῆς.

[4] C'est-à-dire τῆς ἀριθμητικῆς.

[5] Μουσική.

αἱ συμφωνίαι. Ἐπειδὴ γὰρ ἐν τοῖς αἰσθητοῖς τὸ βραχὺ παραλλάτλον ἀκατάληπλόν ἐσλι τῇ αἰσθήσει, παχυμερῶς πεφυκυίᾳ κρίνειν (τὸ γὰρ βραχὺ παραλλάτλον ἑτέρου κατὰ τὴν γλυκύτητα ὅμοιον ἔχει ἡ γεῦσις[1], εἰ μὴ παχυμερῶς ἐσλὶν ἕτερον ἑτέρου γλυκύτερον· καὶ τὸ βραχὺ παραλλάτλον ἑτέρου κατὰ μέγεθος ἡ ὅρασις ἴσον ἔχει· ὡσαύτως καὶ τὸ βραχὺ διαλλάτλον ἐν φθόγγοις ἡ ἀκοὴ ὅμοιον νομίζει, εἰ μή γε παχυμερῶς διαφέρει ἄλλος ἄλλου)· διὰ ταῦτα ἡ ἁρμονικὴ αὐτὴ[2] τῶν μὲν πάντῃ λεπλοτάτων καὶ τῶν περὶ τοὺς φθόγγους βραχυτάτων διαφορῶν ἀπέσχετο. Ποῦ γὰρ δύναιτο εὑρεῖν διαφορὰν φθόγγου πρὸς φθόγγον ἐν λόγῳ ἐπιτετάρτῳ ἢ ἐπιπέμπλῳ, πολλῷ δὲ μᾶλλον κἂν τοῖς ἑξῆς; Διὰ τοῦτο ἄρχεται ἀπὸ ἐπιτρίτου, καὶ πειρᾶται διὰ τῶν ἀριθμητικῶν λόγων κατατεμεῖν αὐτόν· καὶ ἤδη καταλαμβάνει φθόγγου πρὸς φθόγγον διαφοράν, ἐν τῷ ἔχειν τὸν μείζονα αὐτόν τε τὸν ἐλάτλονα, καὶ ἔτι τὸ τρίτον αὐτοῦ· καὶ αὕτη ἡ συμφωνία λέγεται διὰ τεσσάρων. Διὰ τεσσάρων γὰρ χορδῶν εὕρηνται τὰ τρία διασλήματα, καὶ ἔσλιν ἐπόγδοος, ἐπόγδοος, καὶ λεῖμμα, ὁ τὸν διὰ τεσσάρων συνισλῶν· ἤγουν τόνος, τόνος, καὶ ἡμιτόνιον, ἐν γένει διατονικῷ, περὶ οὗ μαθησόμεθα ἐν τόπῳ πρέποντι. Νῦν δὲ ὅτι[3] ὁ ἐπίτριτος λόγος ἐκ δύο ἐπογδόων καὶ λείμματος συνίσλαται[4] ἡ ἀριθμητικὴ παρισλᾷ. Ζητοῦμεν γὰρ κατὰ τὰς ἐκείνης ὑποθήκας, τὸν δεύτερον[5] ὀκταπλάσιον, ἵνα ἐποικοδομήσωμεν τοὺς δύο ἐπογδόους, καὶ τὸ ἐπέκεινα λεῖμμα, καί τὸν ἐπίτριτον συςήσωμεν. Ἔστιν οὖν ὁ δεύτερος ὀκταπλάσιος ὁ ξ̅δ̅· καὶ ὅτι μὲν ἐποικοδομοῦνται[6] τούτῳ ὅ τε ο̅ϛ̅ καὶ ὁ π̅α̅ οἱ ἐπόγδοοι, ὁ[7] μὲν πρὸς τὸν ξ̅δ̅, ὁ δὲ πρὸς τὸν ο̅ϛ̅, δῆλον. Ἀλλ' οὐκ ἔχει ὁ ξ̅δ̅[8] τρίτον, ἵνα ἐπὶ τούτου

Fol. 1° verso. — Fol. 2 r°.

[1] Cf. Bacchius, ci-dessus, p. 64.
[2] Mss. αὔτη.
[3] F : ὅτε.
[4] F : συνίσλανται.
[5] F : τοῦ δευτέρου.
[6] F : ἐποικ. . . τος.
[7] A : οἱ.
[8] F : κ̅δ̅.

TRAITÉS GRECS relatifs à la musique.

δοκιμάσωμεν τὸν λόγον· λαμβάνομεν τὸν διπλάσιον τούτου τὸν ρκη· ἔξεσῖι γὰρ ἵνα ἐπ' [1] αὐτοῦ τὸν λόγον δοκιμάσωμεν. Καὶ οὐδ' αὐτὸς ἔχει τρίτον· λαμβάνομεν τὸν τοῦ ξδ τριπλάσιον τὸν ρζϐ, καὶ ἐπὶ τούτου τὸν λόγον ποιούμεθα· ἔχει [2] γὰρ τρίτον τὰ ξδ. Τοῦ γοῦν ρζϐ ἐπόγδοος ὁ σις· τούτου δ' αὖθις ἐπόγδοος ὁ σμγ, οὗτινος ὁ σνς [3] ἥμισυ μὲν ἐπογδόου οὐκ ἔχει (ιγ γὰρ ἔχει τούτου ἐπέκεινα)· ὥσῖε λεῖμμα μὲν τοῦτο λέγεται· ἡμιτόνιον δὲ οὐ κυρίως λεχθήσεται· οὐ γὰρ τέμνεταί ποτε ὁ ἐπόγδοος (δηλονότι ὁ τόνος) εἰς δύο ἡμιτόνια, ὡς μαθησόμεθα· τέως ὁ σνς τοῦ ρζϐ ἐπίτριτος. Καὶ οὕτω συνίσῖαται ὁ μὲν ἐπίτριτος λόγος [4] ἐκ δύο ἐπογδόων καὶ λείμματος, ἡ δὲ διὰ τεσσάρων συμφωνία ἐκ δύο τόνων καὶ ἡμιτονίου, οὐ κυρίως· πῶς δὲ ὁ ἐπόγδοος λόγον ἔχει τόνου, μετ' ὀλίγον εἰρήσεται. Δευτέρα συμφωνία ἡ διὰ ε ἐν ἡμιολίῳ λόγῳ· ὡς γὰρ [5] ἔχειν τὸν μείζονα αὐτόν τε τὸν ἐλάτῖονα καὶ τὸν ἥμισυν αὐτοῦ· καὶ τότε μᾶλλον ἡ τῶν φθόγγων διαφορὰ φαίνεται· πολλὴ γάρ τις ἡ διαφορὰ τοῦ ἡμιολίου πρὸς τὴν διαφορὰν τοῦ ἐπιτρίτου· διὰ πέντε δὲ λέγεται ἡ συμφωνία, ὅτι διὰ ε γίνεται χορδῶν· προσῖεθείσης γὰρ χορδῆς μιᾶς, προσῖίθεται καὶ διάσῖημα ἕν, ὡς εἶναι τὰ διασῖήματα τούτου τέσσαρα, προσκειμένου τῇ διὰ τεσσάρων καὶ [6] τόνου, ἐπειδήπερ καὶ ἐν τοῖς ἀριθμητικοῖς λόγοις προσῖεθέντος ἐπογδόου τῷ ἐπιτρίτῳ, ἡμιόλιος γίνεται. Οἷον ἔσῖω ς καὶ η [7]· ἰδοὺ ἐπίτριτος· προσῖίθεται μονὰς τὸ

Fol. 2 v°. ηον τοῦ η καὶ γίνεται ὁ θ ἐπόγδοος τοῦ η· καὶ γίνεται ὁ θ τοῦ ς ἡμιόλιος· καὶ διὰ τοῦτο ὁ ἐπόγδοος ἐν τόπῳ τοῦ τόνου κεῖται· καὶ ἔστιν ὁ διὰ ε τόνος, τόνος, τόνος, καὶ ἡμιτόνιον· διαφέρει γὰρ οὐδὲν ὅπου ἄρα καὶ κεῖται τὸ ἡμιτόνιον ἐν τοῖς

[1] A : ἀπ'.
[2] C'est-à-dire ὁ ρζβ ἔχει.
[3] F : σις.
[4] A om.
[5] B et F om.
[6] F om.
[7] F : ἑξάκις η.

τοιούτοις· καιρὸς ἔσλαι εἰπεῖν, εἴπερ καὶ διαφορά, περὶ τῆς διαφορᾶς τούτων. Τέως ἐπεὶ ἐφεξῆς θέλομεν τρεῖς ἐπογδόους, ληψόμεθα τὸν γ^{ον} ὀκταπλάσιον, ὅς ἐσλιν ὁ φιβ, οὗτινος ἐπόγδοος ὁ[1] φος· τὸ γὰρ ὄγδοον τοῦ φιβ, ξδ· τούτου δὲ τοῦ φος ἐπόγδοος ὁ χμη[2]· τὸ γὰρ ὄγδοον ἐκείνου, οβ· τούτου δ' αὖθις τοῦ χμη[2] ἐπόγδοος ὁ χκθ· τὸ γὰρ η^{ον} ἐκείνου, πα· πρὸς δὲ τὸν ψκθ[3] ἔχει λθ ἐπέκεινα ὁ ψξη, ὃς καὶ λεῖμμα λέγεται· ὁ δὲ ψξη τοῦ φιβ ἡμιόλιος[4].

Ἐπεὶ δὲ ἐξ ἡμιολίου καὶ ἐπιτρίτου συνίσλαται ὁ διπλάσιος (ϛ γὰρ καὶ θ καὶ ιβ[5], ὁ δὲ ιβ τοῦ ϛ διπλάσιος), σύγκειται[6] ἡ διὰ πασῶν συμφωνία ἔκ τε τοῦ διὰ δ καὶ τοῦ διὰ ε, ἤγουν ἐκ τόνου, τόνου, καὶ ἡμιτονίου, καὶ αὖθις τόνου, τόνου, τόνου, καὶ ἡμιτονίου. Διὰ πασῶν δὲ λέγεται δι' ὀκτὼ χορδῶν δηλονότι, ἥτις ἐσλὶ τελεία συμφωνία· τὸ γὰρ παλαιὸν ἐν η χορδαῖς ἡ μουσικὴ ἦν· καὶ ἔχει διασλήματα ζ ὁ διὰ πασῶν.

Ἐπεὶ[7] δὲ προστεθέντος τῷ διπλασίῳ ἡμιολίου[8] τριπλάσιος γίνεται (οἷον δ καὶ η, καὶ ὁ ιβ ἡμιόλιος τοῦ η, ὁ ιβ δὲ τοῦ δ τριπλάσιος), πρόσκειται τῷ διὰ πασῶν ὁ διὰ ε, καὶ γίνεται συμφωνία ἡ διὰ πασῶν ἅμα καὶ διὰ ε, ἤγουν ἐκ τόνου, τόνου, καὶ ἡμιτονίου, καὶ αὖθις τόνου, τόνου, τόνου, καὶ ἡμιτονίου, καὶ αὖθις τόνου, τόνου, τόνου, καὶ ἡμιτονίου· ἐν ἕνδεκα διασλήμασιν. Ἐπεὶ[9] δὲ προσλεθέντος τῷ τριπλασίῳ τοῦ ἐπιτρίτου[10] γίνεται ὁ τετραπλάσιος (οἷον δ, η, ιβ, καὶ ὁ ἐπίτριτος τούτου[11] ιϛ, ὃς πρὸς τὸν δ τετραπλάσιος), προσλεθεὶς ὁ διὰ δ τῷ διὰ πασῶν ἅμα καὶ διὰ πέντε, τὴν[12] δὶς διὰ πασῶν συμφωνίαν συνίσλησι, Fol. 3 r°.

[1] F om. ὁ.

[2] F : χκη.

[3] Mss. : ψκδ.

[4] Tous les mss., excepté C et F, omettent les dix mots : ὃς καὶ λ.....

[5] C'est-à-dire : τοῦ ϛ ἡμιόλιος ὁ θ, καὶ τοῦ θ ἐπίτριτος ὁ ιβ.

[6] F : συνίσλαται.

[7] F : Ἐπί.

[8] A, D : ἡμιόλιον.

[9] F : Ἐπί.

[10] Ms. : καὶ ἐπιτρίτῳ : corrigé dans D en τοῦ ἐπ...ου.

[11] F : τοῦ.

[12] F : τῶν.

τὸ τέλειον σύσῖημα τῶν συμφωνιῶν· ἔσῖι δὲ τόνος, τόνος, καὶ ἡμιτόνιον· καὶ αὖθις τόνος, τόνος, τόνος, καὶ ἡμιτόνιον, [καὶ αὖθις τόνος, τόνος, καὶ ἡμιτόνιον· καὶ αὖθις τόνος, τόνος, τόνος, καὶ ἡμιτόνιον[1],] ἐν πεντεκαίδεκα διασῖήμασιν[2].

Ἔσῖιν ἐν τούτοις καὶ τὸ διὰ πασῶν ἅμα καὶ διὰ τεσσάρων· ὅπως δ' ἔχει τοῦτο[3] ἐν τοῖς ἑξῆς μαθησόμεθα, κατὰ τὰς ὑφηγήσεις τοῦ Πτολεμαίου. Ἔσῖι δὲ τοιοῦτον· ἐπειδὴ προσκείμενος[4] τῷ διπλασίῳ ὁ ἐπίτριτος λόγον ποιεῖ τὸν διπλασιεπιδίτριτον[5] (οἷον ς̄, ιβ̄, καὶ ὁ ἐπίτριτος τούτου ὁ ις̄ ἐσῖὶ, καὶ ἔσῖιν ὁ ις̄ τοῦ ς̄ διπλασιεπιδίτριτος), τὴν αὐτὴν ἀναλογίαν πληροῦσι[6] καὶ χορδαὶ ἕνδεκα· οἷον τόνος, τόνος, τόνος, καὶ ἡμιτόνιον· καὶ αὖθις τόνος, τόνος, καὶ ἡμιτόνιον· καὶ αὖθις τόνος, τόνος, καὶ ἡμιτόνιον, ἐν διασῖήμασι δέκα. Καὶ τὰ μὲν τῶν συμφωνιῶν τοιαῦτα· ἐν οἷς καὶ τοῦτο ἰσῖέον, ὅτι ὥσπερ τὸ ἐλάχισῖον τῆς διαφορᾶς φθόγγου πρὸς φθόγγον οὐκ οἴδαμεν οὐδὲ μὴν κατωτέρω τοῦ ἐπιτρίτου, ἤγουν τοῦ διὰ δ̄, μὴ χωρούσης τῆς ἀκοῆς διακρῖναι τὸ ἔλαττον, οὕτω καὶ τὸ ἐπὶ μεῖζον, ἢ τῆς φωνῆς, ἢ τῆς χορδῆς, οὐ δύναται ἐπέκεινα διαφορὰν τοῦ διαφέρειν φθόγγον πρὸς φθόγγον τετραπλασίως, ὅπερ τὸ δὶς[7] διὰ πασῶν ἐργάζεται, δέχεσθαι τῷ[8] ἐμμελῶς ἢ ἐνηχεῖν ἢ ᾄδειν. Οὐδὲ γὰρ πέφυκε συσῖαθῆναι κατὰ πλεῖον διάσῖημα φθόγγον μείζονα· καὶ γὰρ ἡ μὲν φωνὴ οὐκ ἀρκέσει εἰς πλέον ἐκφωνουμένη· ἡ δὲ χορδὴ ῥαγήσεται ἐπὶ πλέον ἐκτεινομένη[9].

[1] Tous les mss. omettent cette répétition que les copistes auront regardée comme fautive.

[2] Plus exactement : ἐν ιε̄ χορδαῖς, ιδ̄ δὲ διασῖ.

[3] F : τοῦτον.

[4] Mss. : προσκείμενον.

[5] A, D : διπλασιεπίτριτον.

[6] F om.

[7] Mss. : δ'.

[8] F : τό.

[9] Cf. ci-dessus le second anonyme, § II, p. 21, et § IX, p. 31.

TRAITÉS GRECS relatifs à la musique.

ὍΡΟΣ ἉΡΜΟΝΙΚΗ͂Σ.

CHAPITRE II.

Définition de la science harmonique, du *bruit*, du *son*, de la *voix*. — Le *son* de la voix humaine est *continu* ou *discontinu*. — Rapports des sons avec les *planètes* : origine de l'*heptacorde*, composé de deux *tétracordes conjoints*. — Intercalation d'une huitième corde par Pythagore, d'où l'*octocorde*, composé de deux tétracordes *disjoints*; et de là l'octave ou le *diapason*, dans le rapport *double*.

Κεφου β. « Ἁρμονική [1] ἐσῖὶ δύναμις καταληπτικὴ τῶν ἐν τοῖς ψόφοις περὶ τὸ ὀξὺ καὶ τὸ βαρὺ διαφορῶν. Ψόφος δέ ἐσῖὶ [2] πάθος ἀέρος πλησσομένου, τὸ πρῶτον καὶ γενικώτατον τῶν ἀκουστῶν. » Προεπινοεῖται γὰρ τῶν φωνῶν καὶ τῶν φθόγγων ὁ [3] ψόφος. Τῆς δὲ ἀνθρωπίνης φωνῆς τὸ μὲν συνεχὲς ἰδίως ὠνόμαζον οἱ πυθαγόρειοι[4], τὸ δὲ διασῖηματικόν [5]· συνεχὲς μὲν, καθ' ὃ [6] ὁμιλοῦμεν ἀλλήλοις· διασῖηματικὸν δὲ, τὸ ἐναρμόνιον, εἴτε ἐπὶ τῆς ἀρτηρίας, εἴτε ἐπὶ τῶν ὀργάνων τῶν τε ἐμπνευστῶν καὶ τῶν [7] ἐντατῶν. Fol. 3 v°.

Τὰ μὲν οὖν ὀνόματα τῶν φθόγγων ἀπὸ τῶν κατ' οὐρανὸν [8] φαινομένων [9] ἀσῖέρων ὑπέθεντο, κομψῶς λέγοντες ῥοιζοῦν τοὺς ἀσῖέρας, καὶ διαφέρειν κατὰ τὸν ῥοῖζον, ἢ παρὰ τοὺς ἑαυτῶν ὄγκους, ἢ παρὰ τὰς ἰδίας ταχυτῆτας ἢ ἐποχάς. Ἀπὸ μὲν οὖν τοῦ κρονικοῦ κινήματος ὁ βαρύτατος ἐν τῇ διὰ πασῶν ἐκλήθη ὑπάτη· ἀπὸ δὲ τοῦ σεληνιακοῦ, νεάτη· ἀπὸ δὲ τοῦ Διὸς, παρυπάτη· ἀπὸ δὲ τοῦ ὑπὲρ τὴν Σελήνην τοῦ τῆς Ἀφροδίτης, παρανήτη· ἀπὸ δὲ τοῦ ἡλιακοῦ τοῦ μεσαιτάτου, μέση, καὶ διὰ δ̄ πρὸς ἀμφότερα τὰ ἄκρα· ἀπὸ δὲ τῶν παρ' ἑκάτερα

[1] Cf. Ptol. I, 1, p. 1. — Ἁρμ. μὲν ἐ. δ... κ. τ. λ.

[2] Ptol. om.

[3] F om. ὁ.

[4] A et F : πυθαγόριοι.

[5] Ci-dessus, 2e anonyme, § II, p. 16.

[6] Mss. : καθὸ.

[7] F om. τῶν.

[8] Cf. Nicom. *Enchirid.* p. 6.

[9] F : φερομένων.

τοῦ Ἡλίου, ἄνω μὲν τοῦ[1] τοῦ Ἄρεος, ὑπερμέση, κάτω δὲ τοῦ τοῦ Ἑρμοῦ, παραμέση. Τὴν δὲ ὑπερμέσην καὶ λιχανὸν φασίν. Ἐπεὶ δὲ ἑπτά εἰσιν οἱ πλανῆτες, ἑπτάχορδος ἡ λύρα ἦν, τοῦ μέσου καθ' ἑκάτερα λαμβανομένου, ὡς γίνεσθαι δύο τετράχορδα.

Ἕτεροι δὲ τὸ ἀνάπαλιν λέγουσιν, ὑπάτην μὲν, ὡς βαρυτάτην, τὴν σεληνιακὴν, τὴν δὲ τῆς Ἀφροδίτης, παρυπάτην· ὑπερπαρυπάτην δὲ καὶ λιχανὸν, τὴν τοῦ Ἑρμοῦ· μέσην δὲ τὴν τοῦ Ἡλίου· τὴν δὲ τοῦ Ἄρεος[2], παραμέσην· παρανήτην δὲ τὴν τοῦ Διός· καὶ νήτην τὴν τοῦ Κρόνου, ὡς[3] ὀξυτάτην καὶ ὑψηλοτάτην.

Fol. 4 r°.

Τινὲς δὲ καὶ τὸν Ἑρμῆν[4] ὑποκάτω τῆς Ἀφροδίτης λογιζόμενοι, τὴν μὲν τοῦ Ἑρμοῦ παρυπάτην λέγουσι· τὴν δὲ τῆς Ἀφροδίτης ὑπερπαρυπάτην καὶ λιχανὸν, ἀπὸ τοῦ δακτύλου τοῦ λιχανοῦ τοῦ τῶν χορδῶν ἀφωμένου. Ἀναγκαῖον γὰρ εἰδέναι ὡς ἐπειδὴ ἀντιπεπονθότως τὰ τῶν χορδῶν μήκη πρὸς τοὺς ἐξ αὐτῶν φθόγγους ἔχουσιν (ἡ γὰρ μακροτέρα χορδὴ πρὸς τὴν βραχυτέραν, βαρύτερον φθόγγον ἔχει), διὰ τοῦτο εἰκότως τοῖς βραδυκινήτοις τῶν πλανωμένων αἱ μείζους χορδαὶ ἀποδίδονται, τοῖς δὲ ταχυκινήτοις αἱ ἐλάττους. ☾ γοῦν καὶ ☿ καὶ ♀ καὶ ☉ ποιοῦσιν, ἐκ τεσσάρων χορδῶν, κατὰ τὰ[5] τρία διαστήματα, τετράχορδον ὑπατῶν[6]· ☉ δ' αὖθις καὶ ♂ καὶ ♃ καὶ ♄, ἐκ τεσσάρων χορδῶν, κατὰ τὰ[5] τρία διαστήματα[7], τετράχορδον νητῶν[6], τοῦ μέσου Ἡλίου δὶς καὶ ἐν ἀμφοτέροις λαμβανομένου, ἐν μὲν τῷ τῶν ὑπατῶν[6], ὡς νήτη, ἐν δὲ τῷ[8] τῶν νητῶν[6], ὡς ὑπάτη· καθὼς καὶ τὸ διάγραμμα ἔχει·

[1] Les mss., exc. D, om. τοῦ, c'est-à-dire ne l'ont qu'une fois.

[2] D: Ἄρεως.

[3] F om.

[4] A: Ἑρμοῦ.

[5] D et F om. τά.

[6] Observez l'accentuation de ces quatre mots, dans cette acception.

[7] C om. dix-sept mots, depuis τετράχ. ὑπατῶν.

[8] F: τό.

TRAITÉS GRECS
relatifs
à la musique.

Τὰ ἡμερήσια κινήματα, καὶ αἱ ἡμερησίαι ὑπολήψεις τῶν ἑπτὰ πλανωμένων[1].

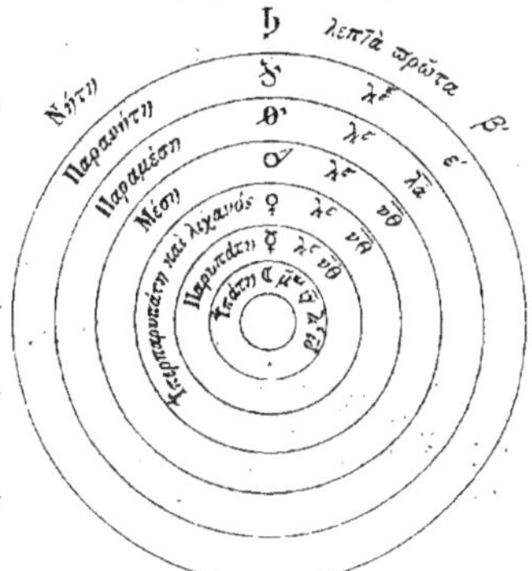

Τὸ ἀνάπαλιν.

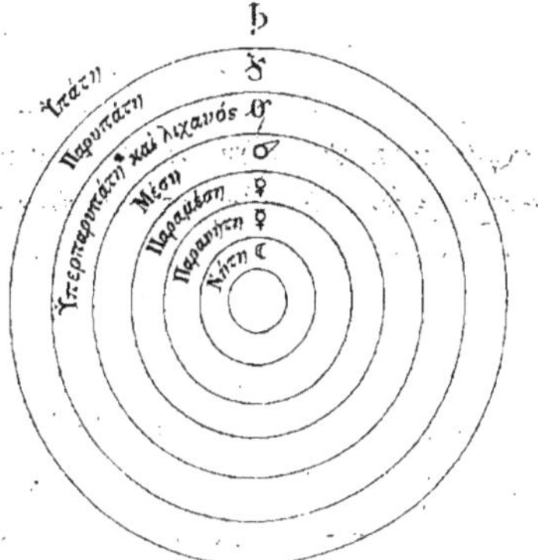

[1] Il faut observer que ces deux figures (fournies par le seul ms. C) sont disposées à l'inverse de l'indication du texte, c'est-à-dire que la seconde (τὸ ἀνάπαλιν) est justement celle à laquelle le texte fait allusion en premier lieu.—Voir, pour cette seconde figure, ainsi que pour l'explication des nombres qu'elle présente, Bryenne, II, v (p. 411); au reste, le sens en est suffisamment indiqué ici : c'est-à-dire que l'on a pour le mouvement diurne en longitude

de Saturne	2′
de Jupiter	5′
de Mars	31′
du Soleil } de Vénus } de Mercure }	59′
de la Lune (cf. Nic. p. 35, et Meyb. p. 58)	13° 14′

[2] Ce devrait être plutôt ὑπερμέση.

Πυθαγόρας[1] δέ, ἵνα μὴ κατὰ συναφὴν ὁ μέσος ὅρος[2] λαμβάνηται, διαφορούμενος πρὸς ἀμφότερα τὰ τετράχορδα· ἵνα δὲ καὶ ποικιλωτέραν θεωρίαν ἔχωμεν, καὶ τῶν ἄκρων τὴν κατακορεστάτην συντελούντων[3] συμφωνίαν τὴν διὰ πασῶν ἐν
Fol. 4 v°. διπλασίῳ[4] λόγῳ, ἢ δὴ[5] οὐκ ἐδύνατο συμβαίνειν ἐκ τῶν δύο τετραχόρδων (οὐδὲ γὰρ ἐκ δύο ἐπιτρίτων ὁ διπλάσιος συνίσταται, ἀλλ' ἐξ ἐπιτρίτου καὶ ἡμιολίου), παρενέθηκεν[6] « ὄγδοόν τινα φθόγγον, μεταξὺ μέσης καὶ παραμέσης συνάψας[7], καὶ ἀποστήσας, ἀπὸ μὲν τῆς μέσης ὅλον[8] τόνον, ἀπὸ δὲ τῆς παραμέσης ἡμιτόνιον· ὥστε τὴν μὲν προτέραν ἐν τῷ ἑπταχόρδῳ παραμέσην οὖσαν, καὶ ἔτι τρίτην εἶναι ἀπὸ τῆς νήτης[9]· τὴν δὲ παρεντεθεῖσαν τετάρτην μὲν ἀπὸ τῆς[10] νήτης ὑπάρχειν, συμφωνεῖν δὲ πρὸς αὐτὴν τὴν διὰ τεσσάρων συμφωνίαν, ἥν περ καὶ ἡ ἐξ[11] ἀρχῆς μέση πρὸς τὴν ὑπάτην εἶχεν. »

« Ὁ δὲ μεταξὺ ἀμφοτέρων τόνος, μέσης τε καὶ τῆς παρεντεθείσης, ὀνομασθείσης δὲ[12] ἀντὶ τῆς προτέρας παραμέσης, ὁποτέρῳ ἂν τετραχόρδῳ προστεθῇ, εἴτε τῷ[13] πρὸς τῇ ὑπάτῃ νητοδέστερος[14], εἴτε τῷ πρὸς[15] τῇ νήτῃ βοβϐυϐέστερος[16], τὴν διὰ ε̄ συμφωνίαν ἀποδείξει, σύστημα ἑκατέρωσε ὑπάρχουσαν
Fol. 5 r°. αὐτοῦ τε τοῦ τετραχόρδου καὶ τοῦ προσγενομένου τόνου· ὥσπερ καὶ ὁ τοῦ διὰ πέντε λόγος ἡμιόλιος[17] σύστημα εὑρισ-

[1] Cf. Nicom. *Enchir.*, p. 10.

[2] F om.

[3] Nicom. : συναποτελούντων.

[4] F : διπλασίονι. — V. ci-après, le ch. XVIII.

[5] B et F : ἢ δή. A : ἤδε. Les autres mss. : ἡ δέ.

[6] Nicom. : παρέθηκεν.

[7] Nicom. : ἐνάψας.

[8] F aj. τόν.

[9] Nicom. : παραμ. οὖσαν, τρίτην ἔτι ἀπὸ νήτης καλεῖσθαι τε καὶ οὐδὲν ἧττον κεῖσθαι.

[10] Nicom. om. τῆς.

[11] Nicom. : καὶ ἐξ.

[12] Nicom. om. δέ.

[13] F om.

[14] Nicom. : νητοειδέστερος. F : νητοεδ.

[15] Nicom. : εἴτε πρ.

[16] Mss. exc. F : βοϐϐυϐέστερος. Nicom. : βομϐυκ.

[17] Nicom. : ὁ ἡμ.

κεται ἐπιτρίτου[1] ἅμα καὶ ἐπογδόου· ὁ ἄρα τόνος ἐντεῦθεν[2] ἐπόγδοος. »

Καὶ οὕτως τὸ ἑπτάχορδον ὀκτάχορδον γέγονεν ἐν λόγῳ διπλασίῳ τῶν ἄκρων[3].

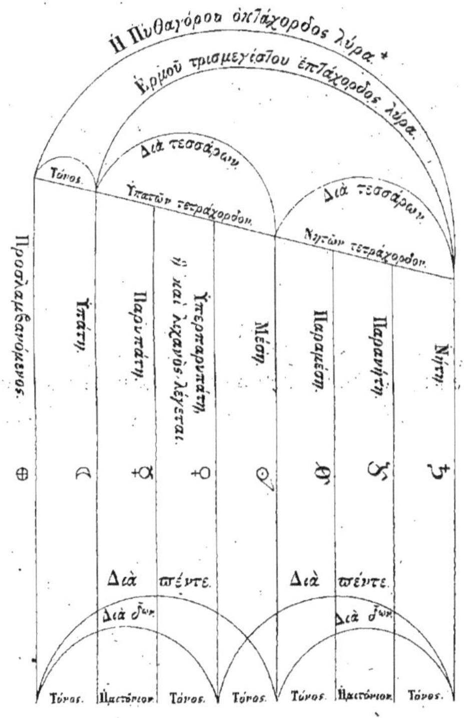

[1] Nicom. : ἐπ. τε. — [2] Nicom. om. — [3] Cf. Nicom. — [4] Dans le ms., la figure occupe le milieu du fol. 4, v°.

CHAPITRE III.

Système *parfait* ou *immuable*, composé de deux octaves, dont la plus grave forme le ton *hypodorien*, et la plus aiguë le ton *hypermixolydien*. — Nom des quatre tétracordes et des quinze cordes qui les composent. — Cordes *fixes* ou *stables*; cordes *mobiles* ou *variables*. — Il y a *trois genres*: le *diatonique*, le *chromatique*, l'*enharmonique*. — Système *conjoint* ou *variable*; système *disjoint* ou *invariable*; système de 18 cordes qui les réunit tous deux.

Ἐπειδὴ τοίνυν ἡ κατὰ τὸν Ἑρμῆν ἑπτάχορδος λύρα ὀκτάχορδος ἀπετελέσθη, παρεντεθείσης παρὰ τοῦ Πυθαγόρου μέσον χορδῆς μιᾶς, ἵνα καὶ οἱ ἄκροι συμφωνίαν τὴν διὰ πασῶν ἀποτελέσωσιν, ἔστι δὲ διπλασιάσαι ταύτην καὶ συστῆσαι τὴν δὶς διὰ πασῶν, τὸ τελειότατον καὶ ἀμετάβολον σύστημα· διπλασιάζονται αἱ[1] χορδαὶ, καὶ γίνονται ἅπασαι ιε, οὐ ιϛ δὲ, διότι ἡ μέση διαφορεῖται[2], καὶ κεῖται μέσον τῶν δύο διὰ πασῶν· ὡς εἶναι τὸ πᾶν[3] δὶς διὰ πασῶν τῆς συμφωνίας εἶδος, τόνος, ἡμιτόνιον, τόνος, τόνος, ἡμιτόνιον, τόνος, τόνος· ἰδοὺ τὸ διὰ πασῶν· καὶ αὖθις τόνος, ἡμιτόνιον, τόνος, τόνος, ἡμιτόνιον, τόνος, τόνος· ἰδοὺ τὸ β^ον διὰ πασῶν. Παρεκβεβλημένου[4] δὲ τοῦ πρώτου τόνου, καὶ τοῦ μέσου τῶν δύο καὶ δύο τετραχόρδων, τέσσαρα τετράχορδα εἰσίν· ὑπατῶν τετράχορδον, μέσων τετράχορδον, διεζευγμένων τετράχορδον, καὶ ὑπερβολαίων τετράχορδον. Τῶν γοῦν ὑπατῶν τὸ τετράχορδον[5] καὶ τῶν μέσων τὸ τετράχορδον Ἑρμοῦ ἑπτάχορδος λύρα ἐστὶ βαρυτέρα, καθ' ὃ ὑποδώριος τόνος ἁρμόζεται· τὸ[6] δὲ τῶν[7] διεζευγμένων[8] τετράχορδον καὶ τὸ[9] τῶν ὑπερβολαίων ἀρχαιότροπος Ἑρμοῦ λύρα ἐστὶν ὀξυτέρα, καθ' ὃ ὑπερμιξολύδιος τόνος ἁρμό- Κεφ^ον γ.

[1] F om.
[2] Mss. exc. A : διφ.
[3] F : τὸ τῆς δίς.
[4] A, C : παρ... μένον.
[5] F : τὰ τετρ... δα.
[6] B, D, F : τῶν.
[7] Mss. exc. C, om. τῶν.
[8] D aj. τό.
[9] F : τά.

TRAITÉS GRECS relatifs à la musique.

ζεται. Προσκειμένων δὲ καὶ τῶν δύο τῶν [1] ἀφῃρημένων τόνων κατὰ τὰ πρῶτα δηλαδὴ ἀμφοτέρων τῶν διὰ πασῶν, ἡ δὶς διὰ πασῶν συνίσταται συμφωνία, ἐν χορδαῖς ιε, ὧν τὰ ὀνόματα ἀρχομένοις ἡμῖν ἀπὸ τῶν βαρυτέρων φθόγγων καὶ μακροτέρων χορδῶν· προσλαμβανόμενος, ὑπάτη ὑπατῶν, παρυπάτη ὑπατῶν, λιχανὸς ὑπατῶν· καὶ αὖθις, ὑπάτη μέσων, παρυπάτη μέσων, λιχανὸς μέσων, μέση· καὶ αὖθις, παραμέση, τρίτη διεζευγμένων, παρανήτη διεζευγμένων, νήτη διεζευγμένων· καὶ αὖθις [ὑπάτη ὑπερβολαίων, ἥτις ἐστὶν ἡ νήτη τῶν διεζευγμένων [2]], τρίτη ὑπερβολαίων, παρανήτη ὑπερβολαίων, καὶ νήτη ὑπερβολαίων. Εἰσὶ γοῦν τῶν δεκαπέντε χορδῶν διαστήματα δεκατέσσαρα· προηγούμενον διάστημα τοῦ τε προσλαμβανομένου καὶ τῆς ὑπάτης τῶν ὑπατῶν μεταξὺ ἔχον τὸν πρῶτον φθόγγον ἑστῶτα· οὐ γὰρ μετακινεῖται κατὰ τὰ μέλη. Ἔπειτα τὸ τῶν ὑπατῶν τετράχορδον, καὶ ἄρχεται ἀπὸ τοῦ ἡμιτονίου· ἡμιτόνιον, τόνος, τόνος· (καὶ εὐθὺς συνεχὲς [3] ἄλλο διὰ τεσσάρων τετράχορδον, τόνος, τόνος, ἡμιτόνιον· καὶ εὐθὺς ἄλλο συνεχὲς, τόνος, ἡμιτόνιον, τόνος·) καὶ εὐθὺς συνεχὲς τὸ τῶν μέσων τετράχορδον, ὡς τὸ τῶν ὑπατῶν, ἡμιτόνιον, τόνος, τόνος. Καὶ τοῦ πρώτου φθόγγου ὄντος ἑστῶτος, τὸ τῶν ὑπατῶν τετράχορδον τοὺς δύο ἄκρους ἑστῶτας ἔχει, ἤγουν τὸν β̄ʺ καὶ τὸν ε̄ʺ· τοὺς δὲ μεταξὺ δύο, κινουμένους, εἰς τὸ γενέσθαι τὰ γένη, ἢ διατονικὸν, ἢ χρωματικὸν, ἢ ἐναρμόνιον· περὶ ὧν ἐν τοῖς ἑξῆς μαθησόμεθα, καὶ ὅπως οἱ μέσοι τούτων κινοῦνται. Τὸ δέ γε τῶν μέσων τετράχορδον ἔχει καὶ αὐτὸ ὁμοίως τοὺς Fol. 5 v°.

[1] A om.

[2] Ces huit mots sont entièrement surabondants, d'autant plus que l'expression ὑπάτη ὑπερβολαίων est absolument inusitée; c'est peut-être une glose.

[3] L'auteur, en s'élevant ici graduellement par degrés conjoints, donne en passant la composition du tétracorde lydien (compris de la parhypate des fondamentales à la parhypate des moyennes), et celle du tétracorde phrygien (de l'indicatrice des fondamentales à celle des moyennes). Alors il continue.

Fol. 6 r°. ἄκρους ἑσ7ῶτας Φθόγγους, τοὺς δὲ δύο μέσους, κινουμένους· τοῦ γοῦν πέμπ7ου Φθόγγου ἑσ7ῶτος ὄντος ὡς ἐλέγομεν, ἔσ7ι καὶ ὁ ὄγδοος Φθόγγος ἑσ7ὼς, εἰς τὸ γίνεσθαι τὰ εἰρημένα τρία γένη. Καὶ ἰδοὺ οὕτως ἔχομεν τὰς ὀκτὼ χορδὰς, καὶ τοὺς ὀκτὼ τούτων Φθόγγους. Ἀφίεμεν μέσον τόνον τὸν διαζευκτικὸν, καὶ ἀρχόμεθα πάλιν τῶν τετραχόρδων, καὶ εὐθὺς τὸ τῶν διεζευγμένων τετράχορδον, ἡμιτόνιον, τόνος, τόνος, ὃ καὶ αὐτὸ τοὺς μὲν ἄκρους ἑσ7ῶτας ἔχει, τοὺς δὲ μεταξὺ δύο, κινουμένους· καὶ εὐθὺς τὸ τῶν ὑπερβολαίων τετράχορδον, ἡμιτόνιον, τόνος, τόνος· καὶ ἔχει καὶ αὐτὸ τοὺς μὲν ἄκρους ἑσ7ῶτας, τοὺς δὲ μέσους, κινουμένους, εἰς τὸ τὴν διαφορὰν γίνεσθαι τῶν τριῶν γενῶν, καθὼς μαθησόμεθα. Κατὰ δὲ τὸ τῶν διεζευγμένων τετράχορδον ὁ Φρύγιος τόνος συνίσ7αται· κατὰ δέ γε τὸ τῶν ὑπερβολαίων, ὁ μιξολύδιος· μέσον δὲ τούτων, ὁ λύδιος καὶ ὁ ὑπερμιξολύδιος [1] τόνος μελῳδεῖται. Καθὼς ἄρα μέσον τῶν δύο τετραχόρδων, τοῦ τε τῶν ὑπατῶν καὶ τοῦ τῶν μέσων, ὁ ὑποδώριος τόνος συνίσ7αται· βαρὺς γάρ ἐσ7ι, καὶ διὰ τούτων τῶν τετραχόρδων μελῳδεῖται.

Εἰσὶ δὲ καὶ οἱ Φθόγγοι, ὁ μὲν προσλαμβανόμενος, ἄπυκνος· τοῦ δὲ τῶν ὑπατῶν τετραχόρδου, ὁ μὲν α^{os} βαρύπυκνος, ὁ δὲ β^{os} μεσόπυκνος, ὁ δὲ γ^{os} ὀξύπυκνος· ὁ δὲ δ^{os}, ἐπεὶ καὶ α^{os} ἐσ7ὶ τοῦ τῶν μέσων τετραχόρδου, πάλιν βαρύπυκνος, ὁ δὲ β^{os} τοῦ τῶν μέσων τετραχόρδου, μεσόπυκνος, ὁ δὲ γ^{os} ὀξύπυκνος, ὁ δὲ δ^{os} ἄπυκνος. Καὶ εὐθὺς τὸ τῶν διεζευγμένων τετράχορδον, οὗ ὁ μὲν α^{os} Φθόγγος βαρύπυκνος, ὁ δὲ β^{os} μεσόπυκνος, ὁ δὲ γ^{os} ὀξύπυκνος, ὁ δὲ δ^{os}, ἐπεὶ καὶ α^{os} ἐσ7ὶ τοῦ τῶν ὑπερβολαίων
Fol. 6 v°. τετραχόρδου, βαρύπυκνος, ὁ δὲ β^{os} τοῦ τῶν ὑπερβολαίων τε-

[1] Il est évident que les deux tons mixolydien et hypermixolydien ont pris dans la copie la place l'un de l'autre (v. note A, fig. G). — Cela posé, observons l'expression *συνίσ7αται* appliquée au tétracorde aigu du ton, expression qui semble confirmer les considérations exposées à la fin de la note A (p. 96). — Comparer à l'expression *ἁρμόζεται* employée plus haut et s'appliquant à l'octocorde.

τραχόρδου, μεσόπυκνος, ὁ δὲ γ^{ος} ὀξύπυκνος, ὁ δὲ δ^{ος} ἄπυκνος, ὥσπερ καὶ ὁ τοῦ προσλαμβανομένου, ἔτι δὲ καὶ ὁ μέσος, ἄπυκνοι ἦσαν. Μέσον δὲ τούτων, ὥσπερ ἦσαν τὰ εἴδη τοῦ διὰ τεσσάρων, οὕτω καὶ τὰ εἴδη τῶν διὰ πέντε εὑρίσκονται· ἀπὸ γὰρ τοῦ πέμπτου φθόγγου ἀρχόμενοι λέγομεν, ἡμιτόνιον, τόνος, τόνος, τόνος· καὶ συνεχῶς, τόνος, τόνος, τόνος [1], ἡμιτόνιον· καὶ αὖθις τόνος, τόνος, ἡμιτόνιον, καὶ τόνος· καὶ αὖθις τόνος, ἡμιτόνιον, τόνος, καὶ τόνος.

Διεζευγμένον δὲ τοῦτο τὸ σύστημα, πρὸς ἄλλο συνημμένον ἐν χορδαῖς καὶ φθόγγοις δέκα καὶ ὀκτώ [2]· ἐν ᾧ ἔστι μὲν καταρχὰς ὁ προσλαμβανόμενος, ἔκτοτε τετράχορδον ὑπατῶν· ὑπάτη ὑπατῶν, παρυπάτη ὑπατῶν, λιχανὸς ὑπατῶν, ὑπάτη μέσων, παρυπάτη μέσων, λιχανὸς μέσων, μέση, τρίτη συνημμένων, παρανήτη συνημμένων, νήτη συνημμένων. Ἕως ὧδε τὸ μεταβολικὸν σύστημα, ὃ καὶ συνημμένον καλεῖται· ἔστι γὰρ ὁ ἀπὸ τοῦ προσλαμβανομένου τόνος, καὶ εὐθὺς τὰ τρία τετράχορδα· τὸ τῶν ὑπατῶν, ἡμιτόνιον, τόνος, τόνος· τὸ τῶν μέσων, ἡμιτόνιον, τόνος, τόνος· τὸ τῶν συνημμένων, ἡμιτόνιον, τόνος, τόνος· συναφαὶ μὲν δύο, ἐπὶ ταῖς ἀρχαῖς τῶν δύο ἡμιτονίων, καθ' ἃς συνάπτουσι τὰ τετράχορδα· ἡ δὲ προτέρα ἐπισυναφή, καθ' ἣν συνάπτει ὁ ἀπὸ τοῦ προσλαμβανομένου τόνος τῷ τῶν ὑπατῶν τετραχόρδῳ, κατὰ τὸ πρῶτον ἡμιτόνιον. Ἔπειτα τόνος ἐν ὀξυτέρᾳ διαζεύξει [3]· καὶ εὐθὺς τὰ δύο τετράχορδα, τό τε τῶν διεζευγμένων καὶ τὸ τῶν ὑπερβολαίων, ἡμιτόνιον, τόνος,

[1] C, D, aj. *καί*.

[2] L'auteur décrit dans ce qui suit un système de dix-huit cordes que nous ne trouvons qu'au moyen âge, savoir: chez lui, chez Bryenne (p. 505), chez le Scoliaste de Ptolémée (liv. II, ch. VII). — Voir les figures à la fin du chapitre. — On trouve, à la vérité, une pareille figure dans Porphyre (p. 352); mais l'identité des signes de la nète des conjointes et de la paranète des disjointes fait voir que les deux systèmes n'y sont que superposés, et non juxtaposés comme ici. Toutefois, c'est sans doute la figure employée par Porphyre qui aura donné l'idée de la juxtaposition.

[3] Par opposition à la disjonction de la figure précédente.

Fol. 7 r°. τόνος, καὶ ἡμιτόνιον, τόνος, τόνος, ἐν φθόγγοις καὶ χορδαῖς ἑπτά· ἤγουν παραμέση, τρίτη διεζευγμένων, παρανήτη διεζευγμένων, νήτη διεζευγμένων, τρίτη ὑπερβολαίων, παρανήτη ὑπερβολαίων, νήτη ὑπερβολαίων. Τὸ γοῦν βαρύτερον μεταβολικὸν σύστημα συνημμένον, ἐκεῖνο ἦν· τὸ δὲ ὀξύτερον, ἀμετάβολον, ἐκβεβλημένου τοῦ τῶν ὑπατῶν τετραχόρδου, ἀρχόμενον ἀπὸ τῆς ὑπάτης τῶν μέσων γίνεται. Ὁ γοῦν λιχανὸς τῶν ὑπατῶν, ὡς προσλαμβανόμενος γίνεται· ἔπειτα τὰ δύο τετράχορδα, τῶν τε ὑπατῶν καὶ τῶν μέσων, μέχρι καὶ τῆς διαζεύξεως, ἐν ἑπτὰ φθόγγοις καὶ χορδαῖς, οἷον· ὑπάτη ὑπατῶν, παρυπάτη ὑπατῶν, λιχανὸς ὑπατῶν, ὑπάτη μέσων, παρυπάτη μέσων, λιχανὸς μέσων, καὶ μέση. Οἷς δυσὶ τετραχόρδοις προσκειμένου καὶ τοῦ ἀπὸ τοῦ προσλαμβανομένου τόνου, ἡ διὰ πασῶν γίνεται συμφωνία, ἥτις καὶ ὑποδιάζευξις λέγεται βαρυτέρα· ὑποκάτω γὰρ τῆς διαζεύξεως τῆς κοινῆς ἐστίν· ἔπειτα αὖθις τόνος, αὐτὴ[1] ἡ διάζευξις. Καὶ εἶθ' οὕτως δύο τετράχορδα, τό τε τῶν διεζευγμένων καὶ τὸ τῶν ὑπερβολαίων, ἐν ἑπτὰ χορδαῖς καὶ φθόγγοις, οἷον· παραμέση, τρίτη διεζευγμένων, παρανήτη διεζευγμένων, καὶ νήτη διεζευγμένων· καὶ αὖθις, τρίτη ὑπερβολαίων, παρανήτη ὑπερβολαίων, καὶ νήτη ὑπερβολαίων. Οἷς δυσὶ τετραχόρδοις προσκειμένου καὶ τοῦ τῆς διαζεύξεως τόνου, ἡ διὰ πασῶν γίνεται συμφωνία, ἥτις καὶ ὑποδιάζευξις[2] ὀξυτέρα λέγεται· καίτοιγε ὑπὲρ τὴν διάζευξιν οὖσα, ἀλλ' ὅμως πρὸς τὴν βαρυτέραν ὑποδιάζευξιν, ὀξυτέρα αὕτη ὑποδιάζευξις λέγεται. Μέσον δὲ τῶν δύο τούτων ὑποδιαζεύξεων βαρυτέρας
Fol. 7 v°. καὶ ὀξυτέρας, ὑπερδιάζευξις συνίσταται, ἀρχομένη ἀπὸ τῆς ὑπάτης τῶν μέσων, καὶ λήγουσα εἰς τὴν τῶν ὑπερβολαίων τρίτην, ἐν χορδαῖς καὶ φθόγγοις ἐννέα, περιέχουσα τό τε τετράχορδον τῶν μέσων, τὸν τόνον τῆς διαζεύξεως, τὸ τετρά-

[1] D : αὔτη. — [2] A : ὑπόζ.

χορδον τῶν διεζευγμένων (καὶ τόνον [1]) καὶ ἡμιτόνιον. Ὑπερδιάζευξις δὲ λέγεται, ὅτι παρ' ἑκάτερα τῆς διαζεύξεως αἱ χορδαὶ κεῖνται· ἀλλ' ἔνθα μὲν τὸ βαρὺ, τέσσαρες· ἔνθα δὲ τὸ ὀξὺ, πέντε χορδαὶ εἰσί. Καὶ ὑπερτείνουσιν αὗται τὴν μέσην [2] διάζευξιν κατὰ τὸ ὀξύτερον, ἢ ἐκεῖναι κατὰ τὸ βαρύτερον. Καὶ οὕτως ἔχομεν ἐν μιᾷ καὶ τῇ αὐτῇ καταγραφῇ, καὶ τὸ μεταβολικὸν καὶ συνημμένον σύσῖημα, εἰ ἀρχόμεθα ἐξ ἀρχῆς μέχρι καὶ τῆς τελευτῆς τῶν συνημμένων, καὶ τὸ διαζευκτικὸν ἀμετάβολον, εἰ ἀρχόμεθα ἀπὸ τοῦ λιχανοῦ τῶν ὑπατῶν, καὶ ποιοῦμεν τοῦτον προσλαμβανόμενον, καὶ οὕτω μέχρι τέλους χωροῦμεν.

[1] Ces deux mots sont en trop. Quant au demi-ton nécessaire pour compléter le nombre des neuf cordes, on ne voit pas trop pourquoi on l'emploie ici, plutôt que de donner une octave et huit cordes seulement à la *sur-disjonction* comme aux deux *sous-disjonctions*.

[2] Ce qui ne veut pas dire la disjonction moyenne, mais la disjonction qui occupe le milieu.

Fol 8 r°

Τὸ δὶς διὰ πασῶν ἀμετάβολον σύστημα.

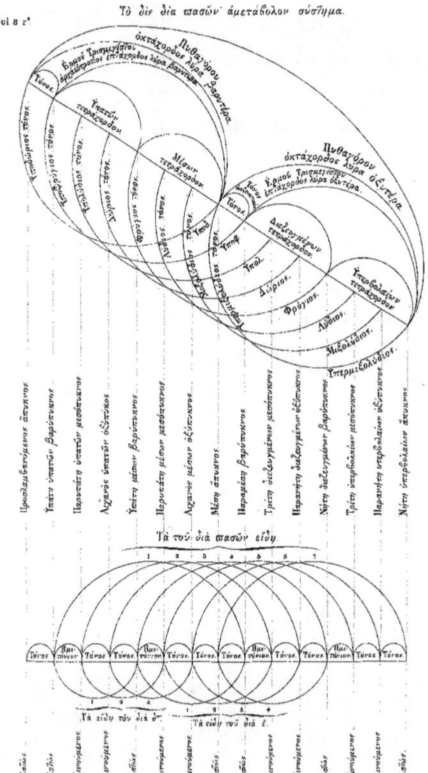

Τὰ τοῦ διὰ πασῶν εἴδη.

Τὰ εἴδη τῶν διὰ δ^{ων}

Τὰ εἴδη τοῦ διὰ ε.

Fol 8

Τὸ μεταβολικὸν σύστημα, ὃ καὶ συνημμένον καλεῖται.

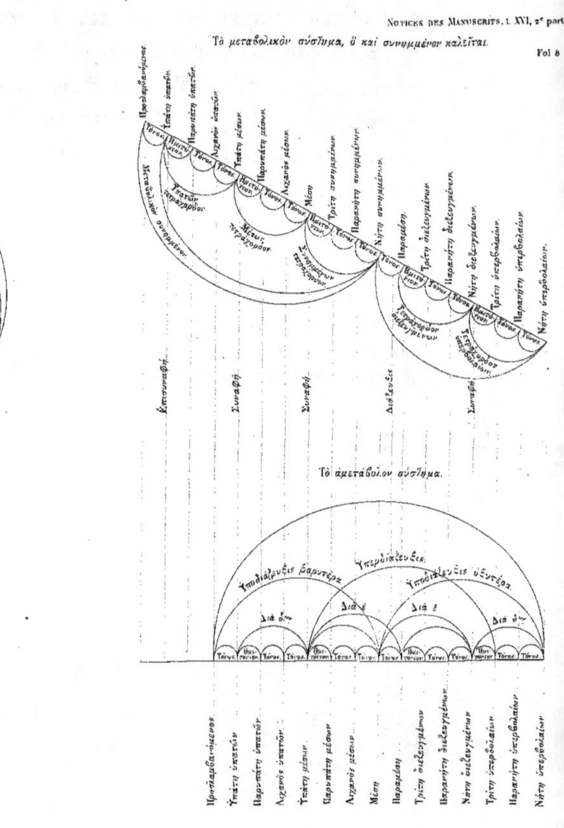

Τὸ ἀμετάβολον σύστημα.

CHAPITRE IV.

Définitions des trois genres indiqués dans le chapitre précédent. — Diverses formes de la *quarte*, de la *quinte*, de l'*octave*. — Définition du *pycnum*. — *Conjonction; Disjonction.*

Fol. 9 r°. Ἐπειδὴ τρία τῶν τετραχόρδων ἐλέγομεν γένη, τὸ διατονικὸν, τὸ χρωματικὸν, καὶ τὸ ἐναρμόνιον· τὸ μὲν ὅτι ἐκ τόνων ἔχει τὴν σύσΊασιν· τὸ δὲ ἐναρμόνιον ἐκ διέσεων, δίεσις δὲ δ^{ον} τόνου· τὸ δὲ μέσον τούτων χρωματικὸν καλεῖται, ἀπὸ μεταφορᾶς τῶν χρωμάτων τῶν μέσον λευκοῦ καὶ μέλανος· μέσον γάρ εὕρηται καὶ αὐτὸ τοῦ τε διατονικοῦ τοῦ ἀδροτέρου [1], καὶ τοῦ ἐναρμονίου τοῦ λεπΊοτέρου, ὡς ἐξ ἡμιτονίων [2] συνισΊάμενον. ἸσΊέον ὅτι καὶ [3] ἕκασΊον τῶν τριῶν διὰ τεσσάρων ἐσΊὶ καὶ ἐν τρισὶ διασΊήμασι· συνάγεται δὲ καὶ ἐν τοῖς τρισὶν ὁ ἐπίγ^{ος} τοῦ διὰ δ^{ων} λόγος· ἄλλως δὲ καὶ ἄλλως. Καὶ τὸ μὲν διατονικὸν γένος ἔχει τὰ τρία διασΊήματα, λεῖμμα, τόνον, καὶ τόνον· διὰ τοῦτο γὰρ καὶ διατονικὸν λέγεται, καὶ δεχόμεθα τὸ λεῖμμα ἀντὶ ἡμιτονίου. Τὸ δὲ ἐναρμόνιον, δίεσιν, δίεσιν, καὶ δίτονον. Τὸ δὲ μέσον τούτων χρωματικὸν, ἡμιτόνιον, ἡμιτόνιον, καὶ τριημιτόνιον· ταῦτα δὲ δύο ἥμισυ τόνους σχεδὸν ἀπεργάζονται, ἤγουν ἐπόγδοον, ἐπη^{ον}, καὶ λεῖμμα. Τοῦτο δὲ τὸ λεῖμμα, τὸ καταχρησΊικῶς καὶ ἡμιτόνιον λεγόμενον, ποιεῖ τὰ τρία εἴδη τοῦ διὰ δ^{ων}· ἢ γὰρ ἐν ἀρχῇ κεῖται, ἢ ἐν μέσῳ τῶν δύο τόνων, ἢ ἐν τῷ τέλει τῶν διασΊημάτων. Τοῦτο ποιεῖ καὶ τοῦ διὰ πέντε τὰ τέσσαρα εἴδη· ἢ γὰρ ἐν ἀρχῇ κεῖται, ἢ ἐν τῷ β^ῳ διασΊήματι, ἢ ἐν τῷ γ^ῳ, ἢ ἐν τῷ δ^ῳ. Τοῦτο καὶ τὰ εἴδη τοῦ διὰ πασῶν ὁμοιοτρόπως, ἤγουν· Κεφ^{ον} δ.

Ἡμιτόνιον, τόνος, τόνος, καὶ ἡμιτόνιον, τόνος, τόνος, τόνος·

[1] A : ἀνδρ. — [2] Mss. exc. D : ἡμιτόνων. — [3] D : καὶ ὅτι.

TRAITÉS GRECS relatifs à la musique.

Καὶ αὖθις, τόνος, τόνος, ἡμιτόνιον, καὶ τόνος, τόνος, τόνος, ἡμιτόνιον·

Καὶ αὖθις, τόνος, ἡμιτόνιον, τόνος, καὶ τόνος, τόνος, ἡμιτόνιον, τόνος·

Καὶ αὖθις, ἡμιτόνιον, τόνος, τόνος, καὶ τόνος, ἡμιτόνιον, τόνος, τόνος·

Καὶ αὖθις, τόνος, τόνος, τόνος, ἡμιτόνιον, καὶ τόνος, τόνος, ἡμιτόνιον, προηγουμένου τοῦ διὰ ε̅· Fol. 9 v°.

Καὶ αὖθις, τόνος, τόνος, ἡμιτόνιον[1], καὶ τόνος, τόνος, ἡμιτόνιον (καὶ[2]) τόνος·

Καὶ αὖθις, τόνος, ἡμιτόνιον, τόνος, καὶ τόνος, ἡμιτόνιον, τόνος, τόνος.

Ὁμοῦ ἑπ7ὰ, ὡς ἔσ7ιν ἰδεῖν ἐν τῷ διαγράμματι τὰ εἴδη τούτων περιγεγραμμένα.

Τρία γοῦν εἴδη τοῦ διὰ τεσσάρων, οὕτως· πρῶτον μὲν τὸ ὑπὸ βαρυπύκνων περιεχόμενον, οἷον ἐσ7ὶ τὸ ἀπὸ ὑπάτης ὑπατῶν ἐπὶ ὑπάτην μέσων· δεύτερον τὸ ὑπὸ μεσοπύκνων, οἷον ἐσ7ὶ τὸ ἀπὸ παρυπάτης ὑπατῶν ἐπὶ παρυπάτην μέσων· τρίτον τὸ ὑπὸ ὀξυπύκνων, οἷον ἐσ7ὶ τὸ ἀπὸ λιχανοῦ ὑπατῶν ἐπὶ λιχανὸν μέσων.

Τοῦ δὲ διὰ ε̅ τεσσάρων ὄντων τῶν σχημάτων, πρῶτον μὲν ἐσ7ι τὸ ὑπὸ βαρυπύκνων περιεχόμενον, οὗ πρῶτος ὁ τόνος ἐπὶ τὸ ὀξὺ, οἷον ἐσ7ὶ τὸ ἀπὸ ὑπάτης μέσων ἐπὶ παραμέσην[3]· δεύτερον τὸ ὑπὸ μεσοπύκνων, οὗ δεύτερος ὁ τόνος ἐπὶ τὸ ὀξύ[4]· τρίτον τὸ ὑπὸ ὀξυπύκνων, οὗ γ̅ος ὁ τόνος ἐπὶ τὸ ὀξύ· τέταρτον, τὸ ὑπὸ βαρυπύκνων[5], οὗ δ̅ος ὁ τόνος ἐπὶ τὸ ὀξύ, τὸ μὲν ἀπὸ λιχανοῦ μέσων[6] ἐπὶ παρανήτην διεζευγμένων[7], τὸ δὲ

[1] Cinq mots répétés dans A et D.

[2] Mot surabondant.

[3] B, C : παραμέσα.

[4] Suppléez : οἷον ἐσ7ὶ τὸ ἀπὸ παρυπάτης μέσων ἐπὶ τρίτην διεζευγμένων : — faites de même pour les deux figures suivantes.

[5] Ceci est trop général, le son grave étant ἄπυκνος dans la mèse.

[6] D : μέσον.

[7] Ou plutôt ἐπὶ νήτην συνημμένων. A

ἀπὸ μέσης νήτης[1] ἐπὶ νήτην διεζευγμένων. Ἐν γοῦν τῷ διατόνῳ, πρῶτον μέν ἐστιν εἶδος τοῦ διὰ πέντε, οὗ πρῶτον τὸ ἡμιτόνιον ἐπὶ τὸ βαρύ· δεύτερον δὲ οὗ τέταρτον[2] τὸ ἡμιτόνιον ἐπὶ τὸ ὀξύ· τρίτον δὲ οὗ δεύτερον τὸ ἡμιτόνιον ἐπὶ τὸ ὀξύ· τέταρτον δὲ οὗ γ̅ον τὸ ἡμιτόνιον ἐπὶ τὸ βαρύ. Ἐπεὶ δὲ καὶ τὰ εἴδη τοῦ διὰ δ̅ων τρία ἦσαν κατὰ τὰ διαστήματα αὐτοῦ, καὶ τὰ εἴδη τοῦ διὰ ε̅ τέσσαρα ἦσαν κατὰ τὰ διαστήματα αὐ-
Fol. 10 r°. τοῦ, εἰκότως καὶ τὰ εἴδη τοῦ διὰ πασῶν ἑπτά εἰσι κατὰ τὰ διαστήματα αὐτοῦ.

Πρῶτον οὖν τούτων τὸ ὑπὸ βαρυπύκνων περιεχόμενον, οὗ α̅ον μιξολύδιον.
πρῶτος ὁ τόνος ἐπὶ τὸ ὀξύ· ἔστι δὲ τὸ ἀπὸ ὑπάτης ὑπατῶν ἐπὶ παραμέσην[3]· ἐκαλεῖτο δὲ ὑπὸ τῶν παλαιῶν[4] μιξολύδιον. Δεύτερον τὸ ὑπὸ μεσοπύκνων, οὗ β̅ος ὁ τόνος ἐπὶ τὸ ὀξύ· β̅ον λύδιον.
ἔστι δὲ τὸ ἀπὸ παρυπάτης ὑπατῶν ἐπὶ τρίτην διεζευγμένων[5]· ἐκαλεῖτο δὲ λύδιον. Τρίτον τὸ ὑπὸ ὀξυπύκνων, οὗ γ̅ος ὁ τόνος γ̅ον φρύγιον.
ἐπὶ τὸ ὀξύ· ἔστι δὲ τὸ[6] ἀπὸ λιχανοῦ ὑπατῶν ἐπὶ παρανήτην διεζευγμένων[7]· ἐκαλεῖτο δὲ φρύγιον. Τέταρτον τὸ ὑπὸ βαρυ- δ̅ον δώριον.
πύκνων, οὗ δ̅ος ὁ τόνος ἐπὶ τὸ ὀξύ· ἔστι δὲ τὸ ἀπὸ ὑπάτης μέσων ἐπὶ νήτην διεζευγμένων[8]· ἐκαλεῖτο δὲ δώριον. Πέμπ- ε̅ον ὑπολύδιον.
τον τὸ ὑπὸ μεσοπύκνων, οὗ πέμπτος ὁ τόνος ἐπὶ τὸ ὀξύ· ἔστι δὲ τὸ ἀπὸ παρυπάτης μέσων ἐπὶ τρίτην ὑπερβολαίων[9]·

la vérité, c'est la même corde; mais le demi-ton n'est pas placé de la même manière. Au surplus, je regarde comme fort probable qu'il y a ici une transposition, et que les huit mots τὸ μὲν ἀπὸ λιχανοῦ μ. ἐ. π. δ. doivent être transportés plus haut avant les dix mots τέταρτον, etc.

[1] Cette expression μέσης νήτης, si elle n'est pas fautive, doit faire allusion à la νήτη συνημμένων du système à dix-huit cordes du chapitre précédent.

[2] Il faudrait πρῶτον : mais ce n'est qu'une incorrection de langage ou un défaut de méthode; de même, à la quatrième forme, il faudrait δεύτερον au lieu de τρίτον.

[3] C'est l'octave de SI. — Voy. Ptolémée, p. 60 et 61.

[4] Remarquer cet aveu qui confirme pleinement notre système relatif à l'histoire des *modes* (voy. la note A).

[5] C'est l'octave d'UT.

[6] D om. τό.

[7] Octave de RÉ.

[8] Octave de MI.

[9] Octave de FA.

ἐκαλεῖτο δὲ ὑπολύδιον. Ἕκτον τὸ ὑπὸ ὀξυπύκνων[1], οὗ ἕκτος ὁ τόνος ἐπὶ τὸ ὀξύ· ἔστι δὲ τὸ ἀπὸ λιχανοῦ μέσων ἐπὶ παρανήτην ὑπερβολαίων[2]· ἐκαλεῖτο δὲ ὑποφρύγιον[3]. Ἕβδομον τὸ ὑπὸ ἀπύκνων[4], οὗ ὁ τόνος ζος ἐπὶ τὸ ὀξύ· ἔστι δὲ τὸ ἀπὸ μέσης ἐπὶ νήτην ὑπερβολαίων[5]· ἐκαλεῖτο δὲ κοινὸν, καὶ λοκριστὶ, καὶ[6] ὑποδώριον[7].

ς ὑποφρύγιο[ς]
ζ ὑποδώριον.

Ἐν δὲ τῷ διατόνῳ, πρῶτον μέν ἐστιν εἶδος τοῦ[8] διὰ πασῶν οὗ αον μὲν ἐπὶ τὸ βαρύ, δον δὲ ἐπὶ τὸ ὀξύ[9] ἐστὶ τὸ ἡμιτόνιον· βον δὲ οὗ γον μὲν ἐπὶ τὸ βαρύ, ζον δὲ ἐπὶ τὸ ὀξὺ τὸ ἡμιτόνιον· τρίτον δὲ οὗ βον ἐφ' ἑκάτερα τὸ ἡμιτόνιον· τέταρτον δὲ οὗ αον μὲν ἐπὶ τὸ βαρὺ[10], εον δὲ ἐπὶ τὸ ὀξὺ τὸ ἡμιτόνιον· πέμπτον δὲ οὗ δον μὲν ἐπὶ τὸ βαρὺ, ζον δὲ ἐπὶ τὸ ὀξὺ τὸ ἡμιτόνιον· ἕκτον δὲ οὗ γον μὲν ἐπὶ τὸ βαρύ, ςον δὲ ἐπὶ τὸ ὀξύ· ἕβδομον δὲ οὗ βον μὲν ἐπὶ τὸ βαρὺ, πέμπτον δὲ ἐπὶ τὸ ὀξύ. Ἔστι δὲ καὶ ταῦτα ἀπὸ τῶν αὐτῶν φθόγγων ἐπὶ τοὺς αὐτοὺς, καθάπερ ἐπὶ τῆς ἁρμονίας καὶ τοῦ χρώματος, καὶ ἐκαλεῖτο τοῖς αὐτοῖς ὀνόμασι. Τὸ δὲ λεγόμενον πυκνὸν σύστημα ἢ πρὸς τῷ βαρυτάτῳ φθόγγῳ τοῦ διὰ τεσσάρων δύο διαστήματα ἐπέχει, ἤτοι[11]

Fol. 10 v°.

[1] Mss. exc. D : μεσοπύκνων.

[2] Octave de SOL.

[3] D : φρύγιον.

[4] Mss. : ὀξυπύκνων, ce qui est une erreur évidente.

[5] Octave de LA.

[6] A, D, om. καί.

[7] Pour ce qui précède, voir ma note A, p. 87, fig. F. — Ce système est celui de la page 405 de Man. Bryenne; seulement cet auteur commence par l'octave hypermixolydienne (LA), qui porte le n° 1; la suivante, ou mixolydienne, porte le n° 2; et ainsi de suite jusqu'à la huitième, qui ne fait que reproduire la première une octave plus haut.

[8] Mss. exc. B : τό.

[9] C'est-à-dire en montant.

[10] Mss. : δον.

[11] Mss. : ἢ τά. — Le même passage se retrouve dans Bryenne (I, VI, p. 384, l. 28), à cette légère différence près que les manuscrits de cet auteur portent εἶτα, également changé par Wallis en ἤτοι : le changement de ἤτοι en ἢ τά, et par suite εἶτα, est facile à expliquer. De plus, Bryenne ajoute ici la définition du *pycnum*, à peu près telle que nous l'avons donnée, p. 25, d'après Aristoxène et Euclide. Cette définition devrait également se trouver à cette place dans notre auteur; elle ne vient que plus loin, ch. VIII.

ϖρὸς τῷ ὀξυτάτῳ· καὶ γὰρ τὸ τοιοῦτον σύσ7ημα ἐν δυσὶν ἀεὶ διασ7ήμασι τοῦ διὰ $\overline{\delta}$ θεωρεῖσθαι ϖέφυκεν, ὡς δειχθήσεται ἔμπροσθεν, ὅτι κατὰ σύγκρισιν [1] τῶν δύο διασ7ημάτων ϖρὸς τὸ ἓν συνίσ7αται.

Μηδὲ τοῦτο δέ σε λάθῃ τὸ ἐμφαινόμενον ἐν τῷ διαγράμματι, τί συναφὴ, καὶ τί διάζευξις· συναφὴ μὲν οὖν ἐσ7ὶ τόνος ἀνὰ μέσον δύο τετραχόρδων ἑξῆς μελῳδουμένων, ἃ καὶ κατάλληλα λέγεται· διάζευξις δὲ δύο τετραχόρδων ἑξῆς μελῳδουμένων διαίρεσις, ἃ καὶ ϖαράλληλα καλεῖται. Εἰσὶ δὲ ἐν τῷ ἀμεταβόλῳ συσ7ήματι συναφαὶ δύο· βαρυτέρα μὲν ἡ ἐκ τῶν ὑπατῶν καὶ τῶν μέσων τετραχόρδων, κοινὸς συνάπτων φθόγγος, ἡ ὑπάτη τῶν μέσων· ὀξυτέρα δὲ, ὁ ἐκ τῶν διεζευγμένων [καὶ τῶν [2]] ὑπερβολαίων κοινὸς φθόγ7ος, ἡ νήτη τῶν διεζευγμένων· διάζευξις δὲ μία, ὁ τόνος ὁ ὑπό τε τῆς μέσης καὶ τῆς ϖαραμέσης ϖεριεχόμενος.

CHAPITRE V.

Formules numériques des trois *genres* et des huit *nuances*, conformément à la théorie de Ptolémée, savoir : *un* enharmonique, *deux* chromatiques, et *cinq* diatoniques (voir l'Introduction, page 395). — Comparaison qu'Aristote fait entre les *sons* et les *couleurs*. — Quinze fractions *superpartielles* et le *limma* $\frac{256}{243}$ sont les seuls nombres qui puissent produire des intervalles conjoints consonnants; ces fractions sont :

$$\frac{5}{4},\ \frac{6}{5},\ \frac{7}{6},\ \frac{8}{7},\ \frac{9}{8},\ \frac{10}{9},\ \frac{11}{10},\ \frac{12}{11},\ \frac{15}{14},\ \frac{16}{15},\ \frac{21}{20},\ \frac{22}{21},\ \frac{24}{23},\ \frac{28}{27},\ \frac{46}{45}.$$

Ἔτι [3] δὲ ϖερὶ γενῶν καὶ τῶν τοιούτων διαληπτέον. Γένος ἐσ7ὶ ϖοιὰ τεττάρων φθόγ7ων, ταὐτὸ [4] δ' εἰπεῖν τετραχόρδου, διαίρεσις, κατὰ διάφορον ἰδέαν ἤθους. Γένη δὲ μελῳδίας τρία· Κεφον ε.

[1] Peut-être σύγκρασιν.

[2] Mss. om.

[3] D : ὅτι.

[4] B, C : ταυτόν.

TRAITÉS GRECS relatifs à la musique.

ἁρμονία, χρῶμα, διάτονον. Ἁρμονία μὲν οὖν τὸ τοῖς μικροτάτοις[1] πλεονάσαν διαστήμασιν, ἀπὸ τοῦ συνηρμόσθαι· τὰ γὰρ μικρὰ συναρμόζονται μᾶλλον τῶν μειζόνων. Διάτονον δὲ τὸ τοῖς τόνοις, ἤτοι τοῖς μείζοσι διαστήμασι, πλεονάζον· ἐπειδὴ Fol. 11 r°. σφοδρότερον ἡ φωνὴ κατ' αὐτὸ διατείνεται. Χρῶμα δὲ τὸ δι' ἡμιτονίων, διὰ τὸ μέσον[2] ἀμφοῖν θεωρεῖσθαι, ἀπὸ μεταφορᾶς τοῦ φαιοῦ χρώματος τοῦ μέσου λευκοῦ καὶ μέλανος· τὸ γὰρ ἡμιτόνιον, μέσον τόνου ἐστὶ καὶ διέσεως· πλὴν ἐπεὶ πᾶν τετράχορδον ἐν[3] ἐπιτρίτῳ θεωρεῖται λόγῳ, τουτέστιν ἐν τρισὶ διαστήμασι[4], καὶ ἐν τοῖς τρισὶ γένεσι τὸ αὐτὸ συμβαίνει· ὃ γὰρ ἐν διατόνῳ λεῖμμα καὶ τόνος καὶ τόνος ποιεῖ, τοῦτο ἐν ἁρμονίᾳ δίεσις καὶ δίεσις καὶ δίτονον, ἐν δὲ χρώματι ἡμιτόνιον, ἡμιτόνιον, καὶ τριημιτόνιον. Τούτων δὲ φυσικώτερον μέν ἐστι τὸ διάτονον· πᾶσι γὰρ καὶ αὐτοῖς τοῖς ἀπαιδεύτοις μελῳδητόν ἐστι. Τεχνικώτερον δὲ τὸ χρῶμα· παρὰ γὰρ μόνοις μελῳδεῖται τοῖς πεπαιδευμένοις. Ἀκριβέστερον δὲ τὸ ἐναρμόνιον· τοῖς δὲ πολλοῖς ἐστὶν ἀδύνατον· ὅθεν ἀπέγνωσάν τινες τὴν κατ' αὐτὸ μελῳδίαν. Ἔτι τὸ μὲν διάτονον σεμνόν ἐστι καὶ ἐρρωμένον· τὸ δὲ χρῶμα γοερώτερον καὶ παθητικώτερον. Γίνονται δὲ αἱ τῶν γενῶν διαφοραὶ παρὰ τοὺς κινουμένους φθόγγους, δηλαδὴ τοὺς μέσους τοῦ τετραχόρδου· οἱ γὰρ ἄκροι ἑστῶτες εἰσί. Χρόα δέ ἐστι γένους εἰδικὴ διαίρεσις· χρόαι δὲ αἱ ῥηταὶ καὶ γνώριμοι κατὰ Πτολεμαῖον ὀκτώ· ἁρμονίας, μία· χρώματος, δύο· διατόνου, πέντε.

Ἡ μὲν οὖν τῆς ἁρμονίας χρόα τῇ αὐτῇ τοῦ γένους διαιρέσει καὶ αὐτὴ κέχρηται, μονοειδὴς γάρ. Μελῳδεῖται δὲ ἐπὶ μὲν τὸ βαρὺ[5] κατὰ ἐπιτέταρτον καὶ ἐπιεικοστότριτον καὶ ἐπιτεσσα-

[1] A : μακρ.

[2] Mss. μέσων.

[3] A om. ἐν.

[4] L'auteur joue ici sur les mots : il n'est pas vrai que ἐπίτριτος λόγος indique le partage en trois intervalles, mais bien le rapport de 4 à 3 ; l'analogie prétendue avec ces trois genres n'est pas mieux fondée.

[5] C'est-à-dire en allant de l'aigu au grave.

ρακοστόπεμπτον λόγον[1]· ἐπὶ δὲ τὸ ὀξὺ, ἐναντίως, κατὰ ἐπιτεσσαρακοστόπεμπτον καὶ ἐπιεικοστότριτον καὶ ἐπιδον. Τῶν

Fol. 11 v°. χρωματικῶν δὲ διαιρέσεων βαρυτέρα μέν ἐστιν ἡ τοῦ Μαλακοῦ χρώματος χρόα, ἣ μελῳδεῖται ἐπὶ μὲν τὸ βαρὺ κατὰ ἐπιεον, καὶ ἐπιιδον, καὶ ἐπικζον λόγον[2]· ἐπὶ δὲ τὸ ὀξὺ, ἐναντίως, κατὰ ἐπικζον, καὶ ἐπιιδον, καὶ ἐπίπεμπτον. Ὀξυτέρα δὲ ἡ τοῦ Συντόνου, ἣ μελῳδεῖται ἐπὶ μὲν τὸ βαρὺ κατὰ ἐπίεκτον, καὶ ἐπιιαον, καὶ ἐπικαον λόγον[3]· ἐπὶ δὲ τὸ ὀξὺ, ἐναντίως, κατὰ[4] ἐπικαον, καὶ ἐπιιαον, καὶ ἐπίεκτον. Τῶν δὲ διατονικῶν διαιρέσεων, ἡ μὲν τοῦ Μαλακοῦ διατόνου χρόα μελῳδεῖται ἐπὶ μὲν τὸ βαρὺ κατὰ ἐπιέβδομον, καὶ ἐπένατον, καὶ ἐπιεικοστὸν λόγον[5]· ἐπὶ δὲ τὸ ὀξὺ, ἐναντίως, κατὰ[6] ἐπικον, καὶ ἐπ' θον, καὶ ἐπιζον. Ἡ δὲ τοῦ Μαλακοῦ ἐντόνου χρόα μελῳδεῖται ἐπὶ μὲν τὸ βαρὺ κατὰ ἐπηον, καὶ ἐπιέβδομον, καὶ ἐπικζον λόγον[7]· ἐπὶ δὲ τὸ ὀξὺ, ἐναντίως, κατὰ ἐπικζον, καὶ ἐπιζον, καὶ ἐπηον. Ἡ δὲ τοῦ Συντόνου διατόνου χρόα μελῳδεῖται ἐπὶ μὲν τὸ βαρὺ κατὰ ἐπένατον, καὶ ἐπηον, καὶ ἐπιεον λόγον[8]· ἐπὶ δὲ τὸ ὀξὺ ἐναντίως, κατὰ ἐπιεον καὶ ἐπηον καὶ ἐπιθον. Ἡ δὲ τοῦ Διατόνου ὁμαλοῦ χρόα μελῳδεῖται ἐπὶ μὲν τὸ βαρὺ κατὰ ἐπιθον, καὶ ἐπιδέκατον, καὶ ἐπιιαον λόγον[9]· ἐπὶ δὲ τὸ ὀξὺ ἐναντίως, κατὰ ἐπιιαον καὶ ἐπιιον καὶ ἐπένατον. Ἡ δὲ τοῦ διτονιαίου[10] χρόα μελῳδεῖται ἐπὶ μὲν τὸ βαρὺ κατὰ ἐπόγδοον, καὶ[11] ἐπηον, καὶ ἡμιτονιαῖον[12] λόγον· ἐπὶ δὲ τὸ ὀξὺ, ἐναντίως, κατὰ ἡμιτονιαῖον, καὶ ἐπόγδοον, καὶ ἐπηον. Αὗται αἱ ῥηταὶ χρόαι καὶ γνώριμοι· τῆς μὲν ἁρμονίας, μία, ἁρμονία λεγομένη· τῶν χρωματικῶν, δύο· βαρυτέρα

[1] Division qui est représentée par la formule $\frac{5}{4} \times \frac{24}{23} \times \frac{46}{45} = \frac{4}{3}$.

[2] Formule : $\frac{6}{5} \times \frac{15}{14} \times \frac{28}{27} = \frac{4}{3}$.

[3] Formule : $\frac{7}{6} \times \frac{12}{11} \times \frac{22}{21} = \frac{4}{3}$.

[4] Mss. : καί.

[5] Formule : $\frac{8}{7} \times \frac{10}{9} \times \frac{21}{20} = \frac{4}{3}$.

[6] A, C : καί.

[7] Formule : $\frac{9}{8} \times \frac{8}{7} \times \frac{28}{27} = \frac{4}{3}$.

[8] Formule : $\frac{10}{9} \times \frac{9}{8} \times \frac{16}{15} = \frac{4}{3}$.

[9] Formule : $\frac{10}{9} \times \frac{11}{10} \times \frac{12}{11} = \frac{4}{3}$.

[10] A : διατονικοῦ. D : διατονιαίου.

[11] C, D, om. καί.

[12] A : ἡμιτόνιον. — Form. $\frac{9}{8} \times \frac{9}{8} \times \frac{256}{243} = \frac{4}{3}$.

μὲν ἡ τοῦ μαλακοῦ, ὀξυτέρα δὲ[1] ἡ τοῦ συντόνου· τῶν δὲ διατονικῶν, πέντε· Μαλακὸν διάτονον, Μαλακὸν ἔντονον, Σύν- Fol. 12 r°.
τονον διάτονον, Διάτονον ὁμαλὸν, καὶ Διτονιαῖον, ὧν καὶ αἱ καταγραφαὶ μετ' ὀλίγον τεθήσονται. Νῦν δὲ ἰσῖέον ὅτι τοῦ ἐπιγου λόγου συνισῖαμένου καὶ ἐκ λοιπῶν παρὰ ταῦτα διασῖημάτων, οἷον ἐπιςου, καὶ ἐπιιδου, καὶ ἐπιιεου[2] (ὡς ὁ λϐ πρὸς τὸν κδ, τοῦ λ καὶ κη)· καὶ πάλιν τοῦ ἐφεϐδόμου καὶ ἐπιιϐου καὶ ἐπιιγου[3]· (καὶ αὖθις ἐπιςου, ἐπιιδου, καὶ ἐπιιεου[4]·) καὶ αὖθις ἐπεννάτου, καὶ ἐπιιεου, καὶ ἐπογδόου[5]· (καὶ πάλιν[6] ἐπιζου, ἐπιιϐου, ἐπιιγου[7]·) καὶ ἁπλῶς ἐξ ἄλλων πολλῶν· τὰ ὀκτὼ ταῦτα καὶ μόνα τοῖς μουσικοῖς παραλαμϐάνονται. Ὃ γάρ φησιν ὁ Ἀρισῖοτέλης ἐν τῷ περὶ αἰσθήσεως καὶ αἰσθητῶν βιϐλίῳ, περὶ χρωμάτων λέγων, καὶ λαμϐάνων εἰς τὴν περὶ τούτων θεωρίαν τὰς συμφωνίας ὡς παράδειγμα, ἔξεστιν ἀντισῖρέψαντας τὰ τῶν συμφωνιῶν συνισῖᾶν ἐκ τοῦ ἀπὸ τῶν χρωμάτων παραδείγματος. Φησὶ γὰρ ἐκεῖνος[8]· « Ἔσῖι μὲν οὕτως ὑπολαϐεῖν πλείους εἶναι χρόας παρὰ τὸ λευκὸν καὶ τὸ μέλαν· πολλὰς δὲ τῷ λόγῳ· τρία γὰρ πρὸς δύο, καὶ τρία πρὸς τέσσαρα, καὶ κατ' ἄλλους ἀριθμοὺς ἔσῖι παράλληλα κεῖσθαι· τὰ δ' ὅλως, κατὰ μὲν λόγον μηδένα, καθ' ὑπεροχὴν δέ τινα καὶ ἔλλειψιν ἀσύμμετρον· καὶ τὸν αὐτὸν δὴ τρόπον ἔχει[9] ταῦτα ταῖς συμφωνίαις. Τὰ μὲν γὰρ ἐν ἀριθμοῖς εὐλογίστοις χρώματα, καθάπερ ἐκεῖ τὰς συμφωνίας, ἥδισῖα[10] τῶν χρωμάτων εἶναι δοκεῖ[11], οἷον τὸ ἁλουργὸν, καὶ φοινικοῦν, καὶ ὀλίγ' ἄτῖα τοιαῦτα· δι' ἥν-

[1] Mss. exc. A, om. δέ.

[2] C'est-à-dire d'après la formule $\frac{7}{6} \times \frac{15}{14} \times \frac{16}{15} = \frac{4}{3}$, comme si, pour aller de 32 à 24, on prenait les deux nombres intermédiaires 30 et 28; ou plus simplement, si, pour aller de 16 à 12, on prenait les intermédiaires 15 et 14.

[3] Formule : $\frac{8}{7} \times \frac{13}{12} \times \frac{14}{13} = \frac{4}{3}$.

[4] Répétition fautive.

[5] Formule : $\frac{10}{9} \times \frac{16}{15} \times \frac{9}{8} = \frac{4}{3}$.

[6] Répétition également fautive.

[7] Mss : ἐπὶ ιδ.

[8] Aristote, t. I, p. 666, D.

[9] Arist. : ἔχειν.

[10] Arist. : τὰ ἡδ.

[11] Arist. : δοκοῦντα.

περ αἰτίαν καὶ αἱ συμφωνίαι ὀλίγαι[1] · τὰ δὲ μὴ ἐν ἀριθμοῖς [τὰ ἄλλα χρώματα, ἢ καὶ πάσας τὰς χρόας ἐν ἀριθμοῖς[2],] εἶναι τὰς μὲν τεταγμένας, τὰς δὲ ἀτάκτους· καὶ αὐτὰς ταύτας ὅταν μὴ
Fol. 12 v°. καθαραὶ ὦσι, διὰ τὸ μὴ ἐν ἀριθμοῖς εἶναι, τοιαύτας γίνεσθαι. »
Ὡς γοῦν ἐπὶ τῶν χρωμάτων ἡ ἐν ἀριθμοῖς εὐλόγιστος κρᾶσις, ἴδιόν τι χρῶμα ἀποτελεῖ, ἡ δὲ ἐν ἀλογίστοις ἄτακτον καὶ συγκεχυμένον, οὕτως ἔχει καὶ ἐπὶ τῶν συμφωνιῶν· τὰς μὲν ἐν ἀριθμοῖς εὐλογίστοις, κατὰ διαφοράν τινα (τὴν[3]) πρὸς ἀλλήλας συνίστασθαι, καὶ ῥητὰς εἶναι· τὰς δὲ ἐν ἀλογίστοις, συγκεχυμένας καὶ ἀλόγους εἶναι. Διὰ ταῦτα πολλαὶ μὲν καὶ διάφοροι αἱ διαιρέσεις τοῦ ἐπιγ^ου· καὶ οἱ ἐπιμόριοι λόγοι διάφοροι πρὸς σύστασιν αὐτοῦ· μόνοι δὲ οἱ τοιοῦτοι ἐπιμόριοι πρὸς ἀλλήλους ποιοῦσι τὰς συμφωνίας τὰς ὀκτὼ ἃς καὶ χρόας λέγουσιν, ὁ ἐπιδ^ος, ὁ ἐπιε^ος, ὁ ἐπιϛ^ος, ὁ ἐπιζ^ος, ὁ ἐπιη^ος, ὁ ἐπιθ^ος, ὁ ἐπιδέκατος, ὁ ἐπιια^ος, ὁ ἐπιιδ^ος, ὁ ἐπιιε^ος, ὁ ἐπικ^ος, ὁ ἐπιεικοστοπρῶτος, ὁ ἐπικγ^ος, ὁ ἐπικζ^ος, καὶ ὁ ἐπιμε^ος[4]· ὁ δὲ τοῦ λείμματος λόγος[5], ἐπεὶ οὐκ ἐν λόγῳ ῥητῷ θεωρεῖται, οὐ τούτοις τοῖς λόγοις τοῖς ιε συνείλεκται.

CHAPITRE VI.

Développements du chapitre précédent. *Propriétés morales* propres à chaque genre et à chaque nuance. — Les *sons* (c'est-à-dire les nombres relatifs de vibrations qui leur correspondent dans un temps donné) sont, toutes choses d'ailleurs égales, *en raison inverse des longueurs des cordes.* Partage de la corde au moyen du *compas à pointes.* — *Tétracordes communs* (c'est-à-dire comparaisons sur un tétracorde dont les sons extrêmes sont fixes) des huit genres que l'on vient d'étudier, pris deux à deux.

Ἤδη δὲ λεκτέον καὶ περὶ τῶν τοιούτων ὀκτὼ χροῶν τοῦ Κεφ. ϛ.

[1] A om. ὀλίγαι.

[2] Ces dix mots manquent dans notre texte.

[3] Mot surabondant.

[4] On observera que l'impossibilité d'employer d'autres fractions n'est établie qu'à *posteriori*.

[5] A om.

τετραχόρδου, καὶ πρῶτον τοῦ διτονιαίου, ὅπερ σύγκειται ἐκ λείμματος, ἐπογδόου, καὶ ἐπογδόου. Ἰστέον δὲ ὅτι ἀντιπαθοῦσιν αἱ χορδαὶ τοῖς φθόγγοις, καὶ αἱ μακρότεραι βαρύτερον ἀποδιδοῦσι τὸν φθόγγον.

Διὰ τοῦτο καὶ ὅταν συμφωνία ἀπὸ βαρυτέρου φθόγγου ἀρχομένη, ἐπὶ τὸ[1] ὀξὺ μεταβαίνει κατά τε λειμματιαῖον, καὶ ἐπη^{ον}, καὶ ἐπη^{ον}, τὸ τοιοῦτον τετράχορδον Διτονιαῖον ὀνομάζεται· εἰ δὲ ἀπὸ ὀξυτέρου ἄρχεται ἡ μελῳδία, ὁ ἐπη^{ος} προηγήσεται, καὶ τὸ λεῖμμα ἕψεται[2]. Ἔςι δὲ τοιοῦτον·

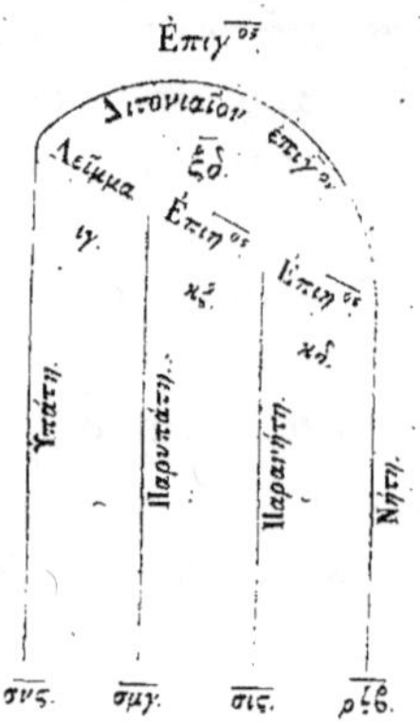

Ὅταν δὲ ἀπὸ βαρυτέρου φθόγγου ἀρχομένη ἐπὶ τὸ ὀξὺ μεταβαίνει κατά τε ἐπιιε^{ον} λόγον, καὶ ἐπη^{ον}, καὶ ἐπιθ^{ον}, ἀπὸ δὲ τοῦ ὀξυτέρου ἐναντίως κατὰ ἐπιθ^{ον}, καὶ ἐπόγδοον, καὶ ἐπιιε^{ον}[3], καλεῖται τὸ γένος τῆς τοιαύτης συμφωνίας Διάτονον σύντονον, διὰ τὸ (σχεδὸν καὶ τοῦτο ὡς τὸ πρῶτον) σεμνόν τι καὶ ἐρρωμένον καὶ εὔτονον ἦθος ἐμφαίνειν.

Fol. 13 r°.

[1] A om. — [2] Formule : $\frac{9}{8}\times\frac{9}{8}\times\frac{256}{243}=\frac{4}{3}$. — [3] Formule : $\frac{10}{9}\times\frac{9}{8}\times\frac{16}{15}=\frac{4}{3}$.

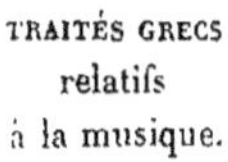

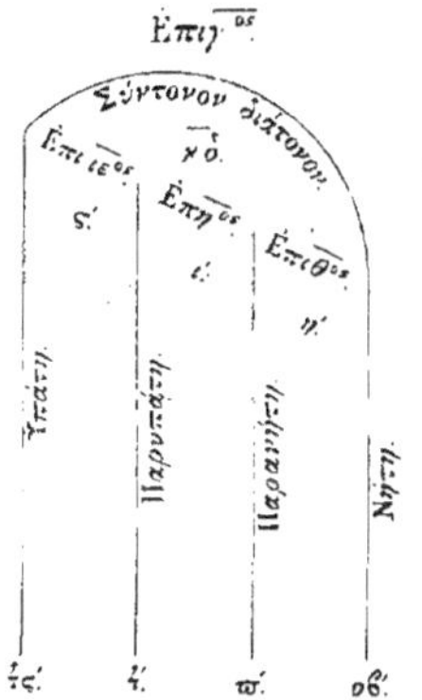

Ὅταν δὲ πάλιν ἀπὸ βαρυτέρου φθόγγου ἀρχομένη, ἐπὶ τὸ ὀξὺ μεταβαίνῃ κατά τε ἐπιια^ον [1] λόγον, καὶ ἐπιι^ον, καὶ ἐπιθ^ον, ἀπὸ δὲ τοῦ ὀξυτέρου ἐναντίως, κατά τε ἐπιθ^ον, καὶ ἐπιι^ον, καὶ ἐπιια^ον [2], τὸ τοιοῦτον σύμφωνον Διάτονον ὁμαλὸν καλεῖται, διὰ τὸ ἧττον ἠρέμα ἀμφοτέρων τῶν εἰρημένων γενῶν διαιρεῖν τὸ ἦθος τῆς ψυχῆς, καὶ εὔτονον ποιεῖν.

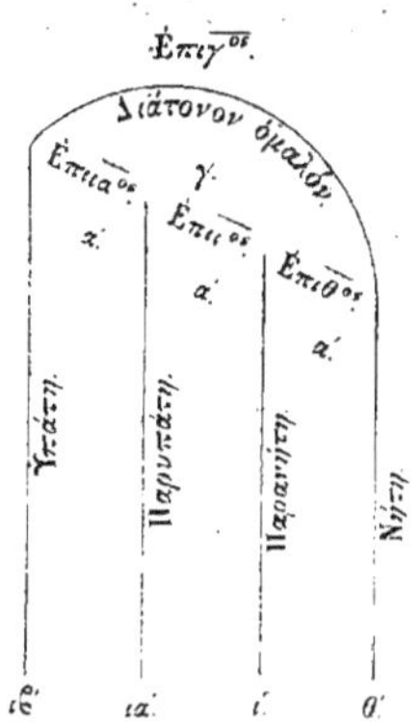

[1] A : ιε^ον. — [2] Formule : $\frac{10}{9} \times \frac{11}{10} \times \frac{12}{11}$.

TRAITÉS GRECS relatifs à la musique.

Ὅταν δὲ πάλιν ἀπὸ βαρυτέρου ἡ φωνὴ ἀρχομένη ἐπὶ τὸ ὀξὺ μεταβαίνει, κατά τε ἐπικζον λόγον, ἐπιζον, καὶ ἐπηον, ἀπὸ δὲ τοῦ ὀξέως τὸ ἀνάπαλιν[1], τὸ τοιοῦτον γένος τῆς συμφωνίας Μαλακὸν ἔντονον[2] καλεῖται[3], διὰ τὸ μήτε τὸ ἦθος εὔτονον καὶ ἀνδρεῖον ἐμφαίνειν ὡς τὰ διάτονα, μήτε πάλιν ταπεινὸν καὶ ἄνανδρον, ὡς τὸ χρωματικὸν, ἀλλ' ἡσυχαστικόν τε καὶ ἐλευθέριον.

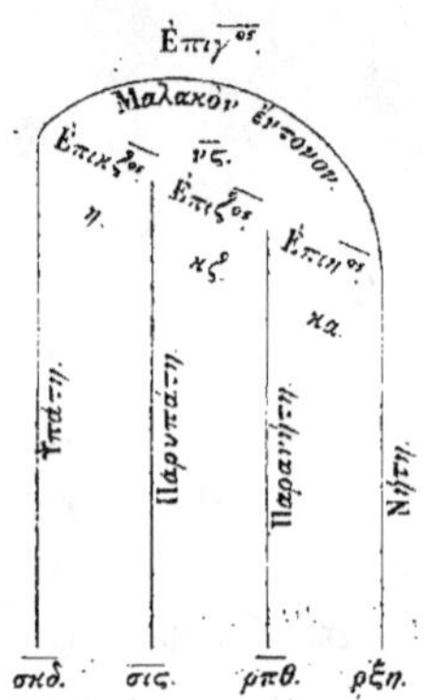

Ὅταν δὲ πάλιν ἀπὸ βαρυτέρου ἡ φωνὴ ἀρχομένη εἰς τὸ ὀξὺ μεταβαίνει κατὰ λόγους ἐπικον, ἐπιθον, καὶ ἐφέβδομον, ἀπὸ δὲ τοῦ ὀξυτέρου τὸ ἀνάπαλιν[4], τὸ τοιοῦτον μέλος τῆς συμφωνίας καλεῖται Μαλακὸν διάτονον, διὰ τὸ ἡσυχαστικόν τε καὶ εἰρηνικὸν ἦθος ἐμφαίνειν, καὶ τοῦ ἐντόνου ἠρέμα πως ταπεινότερον. Fol. 13 v°.

[1] Formule : $\frac{9}{8} \times \frac{8}{7} \times \frac{28}{27}$.

[2] A om.

[3] Peut-être faudrait-il ajouter : ὁ καὶ τονιαῖον διατονικόν. — V. ci-après, ch. xv.

[4] Formule : $\frac{8}{7} \times \frac{10}{9} \times \frac{21}{20}$.

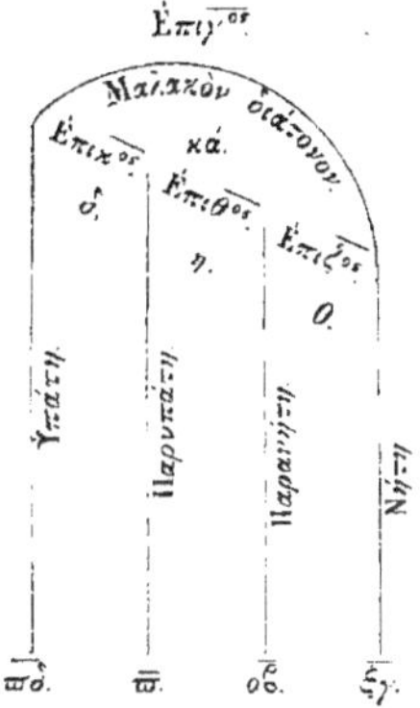

Ὅταν δ' αὖθις ἀπὸ βαρυτέρου ἡ φωνὴ ἀρχομένη, ἐπὶ τὸ οξύτερον μεταβαίνει κατὰ λόγους ἐπικα^ον[1], ἐπια^ον, καὶ ἐπιϛ^ον, ἀπὸ δὲ τοῦ ὀξυτέρου τὸ ἀνάπαλιν[2], τὸ τοιοῦτον γένος τῆς συμφωνίας καλεῖται Χρῶμα σύντονον, διὰ τὸ ἧττον τοῦ μαλακοῦ χρώματος γοερώτερόν τε καὶ παθητικὸν ἦθος ἐμφαίνειν.

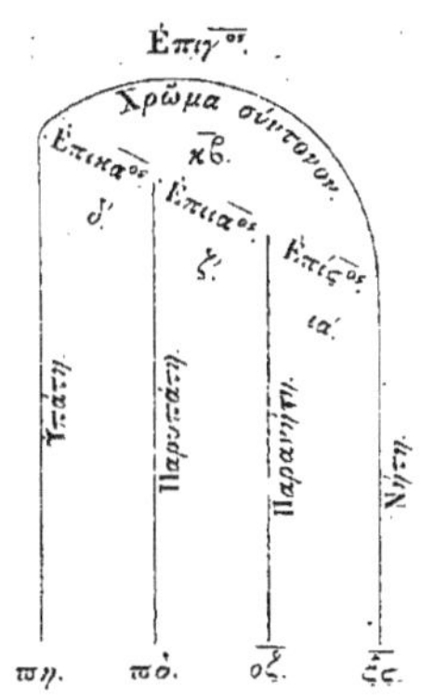

[1] A, C, aj. καί. — [2] Formule : $\frac{7}{6} \times \frac{12}{11} \times \frac{22}{21}$.

TRAITÉS GRECS relatifs à la musique.

Ὅταν δὲ πάλιν ἡ φωνὴ ἀπὸ τοῦ[1] βαρυτέρου ἀρχομένη, ἐπὶ τὸ ὀξύτερον μεταβαίνῃ κατὰ λόγους ἐπικζον, ἐπιιδον, καὶ ἐπιεον, ἀπὸ δὲ τοῦ ὀξυτέρου τὸ ἀνάπαλιν[2], τὸ τοιοῦτον γένος τῆς συμφωνίας καλεῖται Χρῶμα μαλακὸν, διὰ τὸ μᾶλλον τετράφθαι καὶ ἐξηλλάχθαι τῶν διατονικῶν γενῶν, καὶ παθητικώτερόν τε καὶ γοερώτερον ἦθος ἐμφαίνειν.

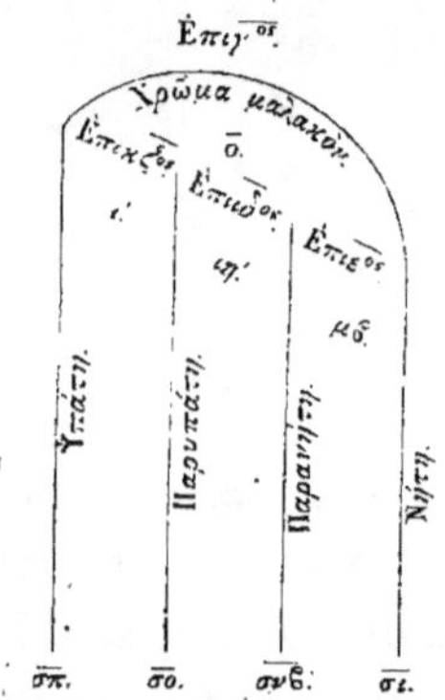

Ὅταν δὲ πάλιν ἀπὸ βαρυτέρου ἡ φωνὴ ἀρχομένη ἐπὶ τὸ ὀξύτερον μεταβαίνῃ κατὰ λόγους ἐπιμεον, ἐπικγον, καὶ ἐπιδον, ἀπὸ δὲ τοῦ ὀξυτέρου τὸ ἀνάπαλιν[3], τὸ τοιοῦτον μέλος τῆς μελῳδίας καλεῖται Ἐναρμόνιον, διὰ τὸ ἄρισΊον εἶναι τῶν λοιπῶν ἁπάντων γενῶν τοῦ ἡρμοσμένου, ὡς Ἀριστόξενος φησί. Τοιοῦτον δὲ ὂν, εἰκότως καὶ τὴν τοῦ παντὸς ἡρμοσμένου προσηγορίαν ἀπηνέγκατο. Fol. 14 r°.

[1] B, C, om. — [2] Formule : $\frac{6}{5} \times \frac{15}{14} \times \frac{28}{27}$. — [3] Formule : $\frac{5}{4} \times \frac{24}{23} \times \frac{46}{45}$.

TRAITÉS GRECS relatifs à la musique.

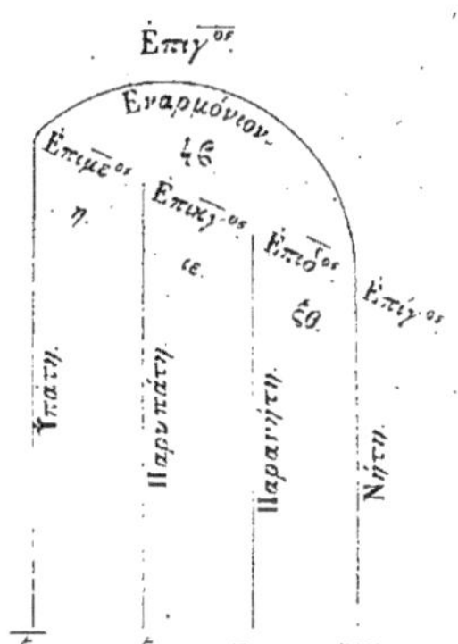

Πλὴν ἰσΊέον ὡς αἱ τοιαῦται ὀκτὼ χρόαι καὶ συμφωνίαι αἱ διὰ δ^ων, τὸ διτονιαῖον, τὸ σύντονον διάτονον, τὸ ὁμαλὸν διάτονον, τὸ μαλακὸν ἔντονον, τὸ μαλακὸν διάτονον, τὸ χρῶμα τὸ σύντονον, τὸ χρῶμα τὸ μαλακὸν, τὸ ἐναρμόνιον προηγουμένως μὲν, ἐν τρισὶ διασΊήμασι γίνονται ἐντὸς τῶν τοιούτων πεντεκαίδεκα ἐπιμορίων καὶ τοῦ λείμματος, ὅπερ ἄλογον[1] μὲν ἔχει ἡ ἀκοὴ, ὁ δὲ λόγος ἐλλόγισΊον[2] καὶ αὐτὸ κρίνει, καὶ ὡς ἡμιτόνιον δέχεται. Ἐν τρισὶ δὲ διασΊήμασιν εὕρηνται[3], ὅτι ὥσπερ ἡ ἀνθρωπίνη φωνὴ μέχρι καὶ τριῶν συλλαβῶν ἐπιτείνεται, τῆς μὲν πρώτης δεχομένης τὸν τόνον, τῶν δὲ δύο ἐγκλινομένων, ἐπιπλέον δὲ οὐ δύναται· οὕτω καὶ ἐνταῦθα ὅτε ἔν τισι τρισὶ διασΊήμασιν ἐλλογίσΊοις κατὰ τοὺς δοθέντας ἐπιμορίους πεντεκαίδεκα καὶ αὐτὸ δὴ τὸ λεῖμμα (καὶ μὴ κατὰ τοὺς λοιποὺς τοὺς[4] ἐκμελῆ τὴν συμφωνίαν ἀποτελοῦντας)· ὅτε γοῦν ἐν τρισὶ διαστήμασιν ἡ μελῳδία σΊῇ, τότε ἔκ τινος δαιμονίας μηχανῆς εἰς σύμφωνον μέλος ἀποκαθίσΊαται.

[1] C'est-à-dire : ἄλ. φύσει ὂν, ὡς εὔλογον ἔχ. ἡ ἀκ. κ. τ. λ. (voy. ci-après, ch. IX).

[2] Peut-être εὐλόγ. — D : καὶ ἐλλ. α.

[3] Mss. ex. A : εὔρηται.

[4] Au lieu de ce mot, peut-être faut-il lire λόγους.

TRAITÉS GRECS relatifs à la musique.

Δευτέρως δέ γε, ὅτι εὑρίσκονται καὶ ἐν βαρυτέρῳ τετραχόρδῳ καὶ ἐν ὀξυτέρῳ αἱ τοιαῦται συμφωνίαι· ἡ μὲν βαρυτέρα, ἐξ ὑπάτης ὑπατῶν, παρυπάτης ὑπατῶν, λιχανοῦ ὑπατῶν, καὶ ὑπάτης μέσων· ἡ δὲ τοῦ ὀξυτέρου, ἐκ νήτης διεζευγμένων, τρίτης ὑπερϐολαίων, παρανήτης ὑπερϐολαίων, καὶ νήτης ὑπερϐολαίων. Fol. 14 v°.

Περὶ δὲ τῶν κατατομῶν τῶν χορδῶν, τοῦτο ἰστέον· ὅτι ἐπεὶ ἀντιπαθοῦσιν αἱ χορδαὶ τοῖς φθόγγοις, ὀφείλομεν καταμετρεῖν τὴν χορδὴν διὰ τοῦ ὀξυκέντρου καρκίνου[1], εἰ μόνον ἐξ ἴσου ἐντείνονται αἱ χορδαὶ, εἰς τόσα μέρη τὴν πρώτην πρὸς τὴν μετ' αὐτὴν, κατὰ τὸν λόγον τῶν ἐπιμορίων λόγων. Εἰ γὰρ ἐπιια^{ον} τυχὸν ἔχει λόγον ἡ πρώτη πρὸς τὴν δευτέραν, δεῖ κατατέμνειν[2] τὴν χορδὴν εἰς δώδεκα μέρη τὴν πρώτην, τὴν δὲ μετ' αὐτὴν εἰς ἄλλα ἕνδεκα ἴσα, καὶ ἐπὶ τῶν ἄλλων οὕτως· ὡς ὁμολόγους εἶναι τοῖς φθόγγοις τὰς χορδάς· καὶ οὕτω γίνεται ἡ τούτων ἐξίσωσις. Εἰ οὖν ἴση ἡ τάσις τῶν χορδῶν, τοῦτο ὀφείλει γίνεσθαι· εἰ δ' οὖν ἄλλως, ἐξισωτέον τοὺς λόγους πρὸς τὴν διάφορον τάσιν τῶν χορδῶν.

Ὅθεν καὶ τὸ κοινὸν τετράχορδον τῶν ὀκτὼ τοῦ ἡρμοσμένου γενῶν συσταθήσεται, ὅπερ ἐστὶ τοιοῦτον·

[1] *Compas à pointes* : notre compas ordinaire (voy. ch. xx et xxiii). — [2] D : κατατεμεῖν.

ΤΟ ΚΟΙΝΟΝ ΤΕΤΡΑΧΟΡΔΟΝ ΤΩΝ Η ΓΕΝΩΝ [1].

Fol. 15 r°.

	Ὑπάτη.	Παρυπάτη.	Παρανήτη.
Διτονιαῖον.	Λεῖμμα.	Ἐπόγδοος.	Ἐπιη^{ος}.
Διάτονον ὁμαλόν.	Ἐπιια^{ος}.	Ἐπιι^{ος}.	Ἐπιθ^{ος}.
Διάτονον σύντονον.	Ἐπιιε^{ος}.	Ἐπιη^{ος}.	Ἐπιθ^{ος}.
Μαλακὸν ἔντονον.	Ἐπικζ^{ος}.	Ἐπιζ^{ος} [2].	Ἐπιη^{ος}.
Μαλακὸν διάτονον.	Ἐπικ^{ος}.	Ἐπιθ^{ος}.	Ἐπιζ^{ος}.
Χρῶμα σύντονον.	Ἐπικα^{ος}.	Ἐπιια^{ος}.	Ἐπις^{ος}.
Χρῶμα μαλακόν.	Ἐπικζ^{ος}.	Ἐπιιδ^{ος}.	Ἐπιε^{ος}.
Ἐναρμόνιον.	Ἐπιμε^{ος}.	Ἐπικγ^{ος}.	Ἐπιδ^{ος}.

Ἐὰν ἰσότονοι αἱ χορδαί εἰσι, κατὰ μέρη τῶν ἐπιμορίων γίνονται αἱ κατατομαί. Ἐὰν δὲ μὴ ἰσότονοι, τὰ μὴ κατὰ διάφορα τῶν χορδῶν πρὸς ἐξίσωσιν συντελέσωσιν.

Ὑπάτη. — Οἱ λόγοι οἱ ἐπέχοντες τὰ ὕπατα διαστήματα τῶν τετραχόρδων. — Παρυπάτη. — Οἱ λόγοι οἱ ἐπέχοντες τὰ μέσα διαστήματα τῶν τετραχόρδων. — Παρανήτη. — Οἱ λόγοι οἱ ἐπέχοντες τὰ πέρατα διαστήματα τῶν τετραχόρδων. — Νήτη.

Ἑστῶτες φθόγγοι. — Κινούμενοι φθόγγοι. — Κινούμενοι φθόγγοι — Ἑστῶτες φθόγγοι.

[1] Quelques-uns de ces *huit* genres portent des noms un peu différents dans Ptolémée. Ainsi :

1° Le genre **διτονιαῖον** est nommé dans cet auteur **διτονιαῖον διατονικόν**, **διάτονον διτονιαῖον**, **διάτονον διτονικόν** (c'est le diatonique d'Ératosthène);

2° Le genre ***μαλακὸν ἔντονον*** est quelquefois nommé par Ptolémée ou ses scoliastes, **τονιαῖον διατονικόν**, **τονιαῖον διάτονον**, **διάτονον *μέσον***, ***μέσον* μαλακοῦ καὶ *συντόνου***; ou simplement **τονιαῖον** (c'est le diatonique d'Archytas);

3° Enfin, le **διάτονον *σύντονον*** est désigné par Ptolémée sous le titre ***σύντονον* διατονικόν** ou ***σύντονον* διάτονον** (c'est le diatonique des modernes).

[2] Mss. om.

TRAITÉS GRECS relatifs à la musique.

CHAPITRE VII.

Nouveaux développements. — Méthode pour trouver le *rapport de deux fractions superpartielles;* on obtient pour résultat le *produit des deux dénominateurs augmenté du plus grand, divisé par le même produit augmenté du plus petit;* c'est-à-dire que

$$\frac{a+1}{a} : \frac{b+1}{b} = \frac{ab+b}{ab+a}.$$

Κεφον ζ.

Ἐπειδὴ πεντεκαίδεκα ἐπιμόριοι λόγοι εἰσὶ, καὶ προσέτι τὸ λεῖμμα, καθ' οὓς τὰ ὀκτὼ γένη τῶν συμφωνιῶν συνίσταται ἐν τοῖς τετραχόρδοις, ἔν τε τοῖς βαρυτέροις ἀπὸ ὑπάτης ὑπατῶν [ἕως ὑπάτης μέσων[1]], καὶ ἐν τοῖς ὀξυτέροις ἀπὸ νήτης διεζευγμένων ἕως νήτης ὑπερβολαίων· ὁ ἐπιδος, ὁ ἐπιεος, ὁ ἐπιςος, ὁ ἐπιζος, ὁ ἐπηος, ὁ ἐπιθος, ὁ ἐπιιος, ὁ ἐπιιαος[2], ὁ ἐπιιδος, Fol. 15 v°. ὁ ἐπιιεος, ὁ ἐπικος, ὁ ἐπικαος, ὁ ἐπικγος, ὁ ἐπικζος, ὁ ἐπιμεος· (καὶ τὸ μὲν λεῖμμα, καὶ τὸ ἐπηον, καὶ τὸ ἐπηον, ἔχει τὸ διτονιαῖον· τὸ δὲ ἐπιιαον, καὶ ἐπιιον, καὶ ἐπιθον, ἔχει τὸ διάτονον[3] ὁμαλόν· τὸ δὲ ἐπιιεον, ἐπηον, καὶ ἐπιθον, ἔχει τὸ σύντονον διάτονον· τὸ δὲ ἐπικζον, ἐπιζον, καὶ ἐπιηον, ἔχει τὸ μαλακὸν ἔντονον· τὸ δὲ ἐπικον, ἐπιθον, καὶ ἐπιζον, ἔχει τὸ μαλακὸν διάτονον· τὸ δὲ ἐπικαον, ἐπιιαον, καὶ ἐπιςον, ἔχει τὸ σύντονον χρῶμα· τὸ δὲ ἐπικζον, ἐπιιδον, καὶ ἐπιεον, ἔχει τὸ μαλακὸν χρῶμα· τὸ δὲ ἐπιμεον, ἐπικγον, καὶ ἐπιδον, ἔχει τὸ ἐναρμόνιον· τοὺς δὲ λοιποὺς ἐπιμορίους καθ' οὓς ὁ ἐπιγος συναρτᾶται, ὡς ἀλογίστους καὶ ἐκμέλειαν ποιοῦντας, ἀφιᾶσιν·) ἐπειδὴ ταῦτα, καὶ δεῖ μὴ μόνον εἰδέναι ὡς ὑπερέχει τόδε τοῦδε τῶν διαστημάτων, ἀλλὰ καὶ τὴν ὑπεροχὴν ὁπόση κανονικῶς θεωρεῖν καὶ ἀκριβῶς λέγειν, [καὶ] καθ' ὃν λόγον ἐστὶν ὑπερφέρουσα δεῖ κανονίζειν οὕτως.

Ὁπηνίκα τοίνυν βουλώμεθα εὑρεῖν δύο ὁποιωνδήτινων λόγων ἐπιμορίων μὴ μόνον τὴν πρὸς ἀλλήλους ὑπεροχὴν (ῥᾴδιον γὰρ τοῦτο τὸ τίνι διαφέρει ὁ ἐπηος φέρε τοῦ ἐπιθου, καὶ ὁ ἐπι-

[1] Mss. om. — [2] Mss. : ὁ ἐπιιγ. — [3] Mss. exc. D : δίτονον.

ια^{ος} τοῦ ἐπιε^{ου}), ἀλλὰ καὶ καθ' ὃν λόγον ἡ ὑπεροχὴ τούτων ἐσΊὶ, λαμϐάνομεν πρῶτον τοὺς ἀριθμοὺς ἀφ' ὧν παρονομάζονται οἱ ἐπιμόριοι· εἰ μὲν ἐπη^{ος} ἐσΊὶ, τὸν ὀκτὼ, εἰ δὲ ἐπια^{ος}, τὸν ια^{ον}, καὶ τοὺς ἄλλους ὡσαύτως. Καὶ πολλαπλασιάζομεν[1] τούτους πρὸς ἀλλήλους, καὶ τὸν γενόμενον ἐξ αὐτῶν λαμϐάνομεν· ἔπειτα ζητοῦμεν τοῦ τοιούτου ἀριθμοῦ τὰ προσεξακουόμενα μέρη ἐκ τῶν ἐπιμορίων, ἃ δὴ καὶ οἱ ἐπιμόριοι οἱ κείμενοι εἶχον· ὄγδοον τυχὸν ἢ ἑνδέκατον τοῦ γεγονότος ἀριθμοῦ ἐκ τοῦ πολλαπλασιασμοῦ ἐκείνων. Καὶ εὑρίσκοντες τὰ τοιαῦτα μόρια, πρῶτον μὲν προσΊίθεμεν τὸν ἐλάτΊονα τῷ γεγονότι ἐκ τοῦ πολλαπλασιασμοῦ τῶν δύο ἐκείνων ἀριθμῷ· καὶ ἔπειτα τὸν μείζονα, καὶ σκοποῦμεν τὸν μείζονα ἀριθμὸν πόσαις μονάσι διαφέρει τοῦ ἐλάτΊονος· καὶ τί μόριον εἰσὶν αἱ μονάδες τοῦ ἐλάτΊονος, καθ' ὃ ὁ μείζων ἐπιμόριος ἐκείνου λεχθήσεται· καὶ οἷος ἐσΊὶν ὁ λόγος ἐκεῖνος, αὕτη ἐσΊὶν ἡ διαφορὰ καθ' ἣν ὑπερέχει ὁ μείζων τοῦ ἐλάτΊονος. Οἷον φέρε ζητοῦμεν[2] τίνα λόγον ὑπεροχῆς ἔχει ὁ ἐπη^{ος} πρὸς τὸν ἐπιθ^{ον}, καὶ λέγομεν ὀκτάκις θ, οϐ· οὗτος ἐσΊὶν ὁ ἐκ τοῦ πολλαπλασιασμοῦ τῶν ἀμφοτέρων ἀριθμός. Εἶτα ζητοῦμεν τοῦ οϐ τόν τε η^{ον} καὶ τὸν θ^{ον}, καὶ ἔσΊιν ὁ μὲν ὄγδοος, θ, ὁ δὲ ἔννατος, η· ἐλάτΊων δὲ ὁ η τοῦ θ· καὶ προσΊίθεμεν τῷ οϐ τὸν η, καὶ γίνονται π· ἔπειτα τὸν θ, καὶ γίνονται πα· καὶ εὑρίσκεται ὁ πα πρὸς τὸν π ἐπογδοηκοσΊός· καὶ οὗτος ἐσΊὶν ὁ λόγος τῆς ὑπεροχῆς τοῦ ἐπογδόου πρὸς τὸν ἐπιθ^{ον}. Τοῦτο ἄρα ἐπὶ πάντων τῶν ἐπιμορίων, ὅταν τὸν μείζω πρὸς τὸν ἐλάτΊω συγκρίνωμεν.

Fol. 16 r°.

ἸσΊέον δὲ ὅτι ἐπὶ μὲν τῶν ἀριθμῶν, ὁ θ τοῦ η μείζων ἐσΊί· ἐπὶ δὲ τῶν ἐπιμορίων, ὁ ἐπη^{ος} μείζων τοῦ ἐπιθ^{ου}· μείζων γὰρ ὁ ἀριθμὸς ὁ ἔχων τοῦ ἐλάτΊονος τὸ ἓν καὶ τὸ ὄγδοον, παρὸ ὁ ἔχων τοῦ ἐλάτΊονος τὸ ἓν καὶ τὸ θ^{ον}· ὅθεν καὶ συντονωτέρα ἐσΊὶν ἡ χορδὴ ἡ πρὸς τὴν ἐγγὺς χορδὴν ἔχουσα τὸν ἐπη^{ον} λόγον,

[1] A : πολυπλ. — [2] D : ζητῶμεν.

ἢ ἡ ἔχουσα τὸν ἐπιθον· ὁμοίως τῷ ῥηθέντι λόγῳ καὶ ἄλλος ὅσΊις ἄρα καὶ εὑρεθείη.

CHAPITRE VIII.

Quels sont les *genres pycnés* et ceux qui ne le sont pas. Les premiers ne peuvent être formés que par les trois fractions $\frac{5}{4}$, $\frac{6}{5}$, $\frac{7}{6}$, prises pour représenter l'intervalle aigu du tétracorde [c'est-à-dire que l'on ne peut avoir $\left(\frac{a+1}{a}\right)^2 > \frac{4}{3}$ que sous la condition de $a < 7$]. — Quant à la décomposition du reste de la quarte, compris dans les deux intervalles graves du tétracorde, elle s'opère d'après la méthode indiquée dans l'Introduction (page 395).

Κεφον η. Ἐπειδὴ περὶ τῶν ὀκτὼ γενῶν τῆς συμφωνίας εἴπομεν, καὶ εἰσὶ ταῦτα· διτονιαῖον, ἐκ λείμματος, ἐπηον, καὶ ἐπηον, ἀπὸ βαρυτέρου εἰς ὀξύτερον, καὶ ἀνάπαλιν ἀπὸ ὀξυτέρου εἰς βαρύτερον, ἐξ ἐπηον, καὶ[1] ἐπηον, καὶ λείμματος· δεύτερον διάτονον ὁμαλὸν, ἀπὸ βαρυτέρου μὲν ἐξ ἐπιιαον, ἐπιιον, καὶ ἐπιθον, ἀπὸ δὲ ὀξυτέρου ἐξ ἐπεννάτου, ἐπιιον, καὶ ἐπιιαον· τρίτον διάτονον σύντονον, ἀπὸ βαρυτέρου μὲν ἐξ ἐπιιεον, ἐπηον, καὶ ἐπιθον, ἀπὸ ὀξυτέρου δὲ ἐξ ἐπιθον, ἐπηον, καὶ ἐπιιεον· τέταρτον μαλακὸν ἔντονον, ἀπὸ βαρυτέρου μὲν ἐξ ἐπικζον, ἐπιεβδόμου, καὶ ἐπηον, ἀπὸ ὀξυτέρου δὲ ἐξ ἐπηον, ἐπιζον, καὶ ἐπικζον· πέμπΊον μαλακὸν διάτονον, ἀπὸ βαρυτέρου μὲν ἐξ ἐπικον, ἐπιθον, καὶ ἐπιζον, ἀπὸ ὀξυτέρου δὲ ἐξ ἐφεβδόμου, ἐπιεννάτου, καὶ ἐπικον· ἕκτον χρῶμα σύντονον, ἀπὸ βαρυτέρου μὲν ἐξ ἐπικαον, ἐπιιαον, ἐπιςον, ἀπὸ ὀξυτέρου δὲ ἐξ ἐπιςον, ἐπιιαον, καὶ ἐπικαον· ἕβδομον χρῶμα μαλακὸν, ἀπὸ βαρυτέρου μὲν ἐξ ἐπικζον, ἐπιιδον, καὶ ἐπιεον, ἀπὸ ὀξυτέρου δὲ ἐξ ἐπιεον, ἐπιιδον, ἐπικζον· καὶ τελευταῖον ἐναρμόνιον, ἀπὸ βαρυτέρου μὲν ἐξ ἐπιμεον, ἐπικγον, καὶ ἐπιδον, ἀπὸ ὀξυτέρου δὲ ἐξ ἐπιδον, ἐπικγον, καὶ ἐπιμεον· ἐπειδὴ τοίνυν περὶ τούτων εἴπομεν, καὶ τῆς διαφορᾶς κατὰ τὴν συντονίαν Fol. 16 v°.

[1] B, D, om.

τῶν χορδῶν τὸν λόγον ἔγνωμεν, δεῖ μαθεῖν ἡμᾶς καὶ ποῖα τούτων λέγονται πυκνὰ καὶ ποῖα ἄπυκνα.

Περὶ πυκνοῦ συστήματος καὶ ἀπύκνου.

Πυκνὸν τοίνυν σύστημα λέγεται ὅτε τὰ πρὸς τῷ βαρυτάτῳ αὐτοῦ φθόγγῳ δύο διαστήματα ἐλάττονα γίνεται ἑνὸς τοῦ πρὸς
Fol. 17 r°. τῷ ὀξυτάτῳ· ἄπυκνον δὲ ὅταν ταῦτα τὰ δύο[1] διαστήματα τὰ πρὸς τῷ βαρυτάτῳ μείζονά εἰσιν ἑνὸς τοῦ πρὸς τῷ ὀξυτάτῳ. Πῶς δὲ δυνάμεθα γνῶναι τὰ δύο ταῦτα συγκρίνοντες πρὸς τὸ ἕν, κἂν ἐλάττονα εἶεν κἂν[2] μείζονα; (λοιπὸν τὰ τοιαῦτα δύο διαστήματα πεφύκασι συγκρίνεσθαι εἰς ἕν.) Εἰ γοῦν ἐκεῖνο τὸ ἓν ἔλαττόν ἐστι τοῦ πρὸς τῷ ὀξυτάτῳ ἑνὸς, καὶ τὰ δύο ταῦτα ἔλαττον δύνανται τούτου δὴ τοῦ ἑνὸς, καὶ πυκνόν ἐστι τὸ σύστημα· εἰ δὲ μεῖζον, καὶ τὰ δύο ταῦτα μεῖζον δύνανται, καὶ ἄπυκνον τὸ σύστημά ἐστι. Δεῖ γοῦν γινώσκειν ὅτι τρεῖς λόγοι δύνανται ἐπιμόριοι συνιστᾷν ἐπίτριτον, ὡς ἐπὶ τῶν συμφωνιῶν τούτων γίνεται· ἀλλὰ καὶ δύο ἐπιμόριοι συντεθέντες ἀλλήλοις ἐπίτριτον συστήσουσι, καὶ εἰσὶν οἵδε· ἐπιδ^{ος}, ἐπιε^{ος}, ἐπιϛ^{ος}, ἐπιζ^{ος}, ἐπιθ^{ος}, καὶ ἐπιιε^{ος}· οἷον ὁ μὲν ιϛ ἀριθμὸς πρὸς τὸν ιε λόγον ἔχει ἐπιιε^{ον}· ὁ δὲ ιε πρὸς τὸν ιϐ, ἐπιδ^{ον}· ὁ δὲ ιϛ τοῦ ιϐ ἐπίτριτος[3], συσταθεὶς ἐκ δύο ἐπιμορίων λόγων, τοῦ τε ἐπιιε^{ου} καὶ τοῦ ἐπιτετάρτου· καὶ αὖθις ὁ μὲν κ πρὸς τὸν ιη λόγον ἔχει ἐπιθ^{ον}· ὁ δὲ ιη πρὸς τὸν ιε, ἐπιε^{ον}· ὁ δὲ κ πρὸς τὸν ιε, ἐπιγ^{ος}[4], συσταθεὶς ἐκ δύο ἐπιμορίων λόγων, τοῦ τε ἐπιθ^{ου} καὶ τοῦ ἐπιε^{ου}· καὶ πάλιν ὁ μὲν η πρὸς τὸν ζ λόγον ἔχει ἐπιζ^{ον}· ὁ δὲ ζ πρὸς τὸν ϛ, ἐπίϛ^{ον}· καὶ ὁ η τοῦ ϛ ἐπίτριτος[5], συσταθεὶς ἐκ δύο ἐπιμορίων λόγων, τοῦ τε ἐφεϐδόμου καὶ τοῦ ἐπιϛ^{ου}· καὶ οἱ μὲν ἐπιμόριοι οἱ ποιοῦντες ταῦτα ἕξ, αἱ δὲ συζυγίαι τρεῖς· ἐπιιε^{ος} καὶ ἐπιδ^{ος}, ἐπιθ^{ος} καὶ ἐπιε^{ος}, ἐπιζ^{ος} καὶ ἐπίϛ^{ος}[6].

[1] D : τά δύο ταῦτα.

[2] Mss. exc. B : καί.

[3] $\frac{16}{15} \times \frac{15}{12} = \frac{16}{15} \times \frac{5}{4} = \frac{4}{3}$.

[4] $\frac{20}{18} \times \frac{18}{15} = \frac{10}{9} \times \frac{6}{5} = \frac{4}{3}$.

[5] $\frac{8}{7} \times \frac{7}{6} = \frac{4}{3}$.

[6] Voy. les *Nouvelles annales de Mathématiques*, janvier 1846.

TRAITÉS GRECS relatifs à la musique.

Ἔσʼω γοῦν ὁ ἐξ ἐπιδεκαπέμπʼου καὶ ἐπιδ^ου ἐπίτριτος ὁ δυνάμενος συστῆσαι τετράχορδον. Οὐδὲν δέ[1] ἄλλο τετραχόρ- Fol. 17 v°.
δου γένος εἶχε τὸν πρὸς τῇ νήτῃ ἀπὸ τοῦ λιχανοῦ ἐπιδ^ον, εἰ μὴ τὸ ἐναρμόνιον· διαιρεῖν γοῦν θέλομεν[2] τὸ ἐπιιε^ον εἰς λόγους ἐπιμορίους δύο, ἵνα τὸ τετράχορδον ἀπεργασώμεθα ἐκ τριῶν ἐπιμορίων λόγων· Ἔσʼι γοῦν ἡ μέθοδος τῆς διαιρέσεως αὐτῆς τοιάδε. Λαμβάνομεν τοὺς πρώτους ἀριθμοὺς τοὺς ποιοῦντας τὸν λόγον τοῦτον τὸν ἐπιιε^ον· καὶ οὐδένες ἄλλοι πρὸ τοῦ ιε καὶ ις εἰσίν· ὁ γὰρ ις τοῦ ιε πρῶτος ἐπιιε^ος. Τριπλασιάζομεν[3] ἑκάτερον, καὶ ποιοῦμεν τόν τε με καὶ τὸν μη· μέσον τῶν δύο ἀριθμῶν τούτων εἰσὶν ὅ τε μς καὶ ὁ μζ. Καὶ ἐπειδὴ ἐκ τούτων τῶν δύο ὁ μζ ἀχρεῖός ἐσʼι πρὸς τὸ ποιεῖν δύο ἐπιμορίους λόγους κατά τε ὑπόλογον καὶ πρόλογον, πρός τε τὸν με καὶ τὸν μη· (πρὸς γὰρ τὸν μη ἴσως ὑπόλογός ἐσʼι τοῦ ἐπιμζ^ον ὁ μζ^ος, πρὸς δὲ τὸν με ἀχρεῖος πάντῃ ἐσʼίν· ἡ γὰρ ὑπεροχὴ αὐτοῦ πρὸς τοῦτον, τὰ δύο, μόριόν τι οὐκ ἔσʼι τοῦ με, διὰ ταῦτα τοῦτον μὲν ἀφίεμεν)· τὸν δὲ μς παραλαμβάνομεν, καὶ εὑρίσκομεν αὐτὸν πρὸς μὲν τὸν με ἐπιμε^ον, πρὸς δὲ τὸν μη ἐπικγ^ον· (τὰ γὰρ δύο, τὴν ὑπεροχὴν τοῦ μη πρὸς τὸν μς, εὑρίσκομεν τοῦ ὑπολόγου μς εἰκοσʼότριτον)· καὶ οὕτω διαιροῦμεν τὸν ἐπιιε^ον λόγον, εἴς τε αὐτὸν τὸν ἐπιμε^ον, καὶ τὸν εἰκοσʼότριτον· καὶ ἔσʼιν ὁ ἐλάτʼων πρὸς τὸν μείζονα ἔγγισʼα ὑποδιπλάσιος· καὶ γίνεται τὸ ἐναρμόνιον γένος ἐξ ἐπιμε^ον, ἐπικγ^ον, καὶ ἐπιδ^ον· καὶ γίνονται τὰ δύο διαστήματα τρία. Ἐπεὶ οὖν ὁ ἐξ ἀρχῆς ἐπιιε^ος ἐλάτʼων ἐσʼὶ τοῦ ἐπιδ^ον, καὶ τὰ δύο ἄρα διασʼήματα, ὅ τε ἐπιμε^ος καὶ ὁ ἐπικγ^ος, ἐλάτʼονα σύναμα τοῦ ἐπιδ^ου εἰσί, καὶ Fol. 18 r°.
διὰ ταῦτα πυκνὸν λέγεται τὸ μελῴδημα.

Δύναται δὲ γενέσθαι[4] τοῦτο καὶ ἐπὶ τοῦ ἐπιδ^ον, ὡς διατη-

[1] A om.

[2] D : θέλωμεν.

[3] On ne voit pas ce qui empêche de doubler et de prendre la formule $\frac{5}{4}\times\frac{32}{31}\times\frac{31}{30}$, au lieu de $\frac{5}{4}\times\frac{24}{23}\times\frac{46}{45}$.

[4] D : γίνεσθαι.

ῥεῖσθαι μὲν τὸν[1] ἐπιιε, διαιρεῖσθαι δὲ τοῦτον οὕτως· ἐν τῷ λαβεῖν τοὺς ἀριθμοὺς τοῦ πρώτου ἐπιδον, τὸν δ καὶ τὸν ε[2], καὶ τριπλασιάσαι ἀνὰ μέρος τούτους, καὶ ποιῆσαι τόν τε[3] ιβ καὶ τὸν ιε, καὶ τοὺς μέσους τούτων, τὸν ιγ καὶ τὸν ιδ, δοκιμάσαι. Ἀλλὰ δοκιμάζεται ὁ ιγ, καὶ πρὸς μὲν τὸν ιβ ποιεῖ τὸν ἐπιιβον ὡς πρόλογος, πρὸς δὲ τὸν ιε, ὡς ὑπόλογος, οὐκ εὐοδοῦται. Λαμβάνω πάλιν τὸν ιδ, (καὶ) ὃς ὡς μὲν ὑπόλογος πρὸς τὸν ιε τὸν ἐπιιδον λόγον ἔχει, ὡς δὲ πρόλογος πρὸς τὸν ιβ τὸν ἐπιϛον. Ἀλλ' ἐκεῖ μὲν ὁ ἐπιιβος οὐκ ἔστιν ἐκ τῶν ιε ἐπιμορίων τῶν συνιστώντων ταύτας τὰς χρόας· ἐνταῦθα δὲ οἱ μὲν λόγοι οὗτοι, ὅ τε ἐπιιδος καὶ ὁ ἐπιϛος, ἐκ τῶν λόγων εἰσὶ τῶν συνιστώντων τὰ γένη ταῦτα. Ἀλλ' ὅμως ἡ πλοκὴ τούτων οὐ[4] συνιστᾷ κατὰ τοὺς ἄκρους[5] τὸν ἐπιγον λόγον· ἀλλ' οὐδὲ σύμφωνον ἐμμελὲς ποιοῦσιν ὁ ἐπιιεος, ὁ ἐπιιδος, καὶ ὁ ἐπιϛος· καὶ ἄλλως ὅτι τοὺς πρὸς τῷ βαρυτάτῳ δύο φθόγγους δοκιμάζωμεν[6] συνιστᾶν. Ὥστε μένειν ὡς ἔχει τὸν ἐπιιδον, καὶ οὕτως μὲν ἐστι τὸ πυκνὸν σύστημα ὡς ἐλέγομεν.

Ὥσπερ ἔστι ποιεῖν καὶ ἐπὶ τοῦ μαλακοῦ χρωματικοῦ. Λαμβάνομεν γὰρ τοὺς δύο ἐπιμορίους τοὺς τὸν ἐπίτριτον συνιστῶντας, τόν τε ἐπιθον καὶ ἐπιεον[7]· καὶ εὑρίσκομεν τοῦ ἐπιθου τοὺς δύο πρώτους ἀριθμοὺς τὸν θ καὶ τὸν ι· καὶ τριπλασιάζομεν ἑκάτερον, καὶ ποιοῦμεν κζ καὶ λ· μέσον τούτων ὁ κη καὶ
Fol. 18 v°. ὁ κθ. Λαμβάνομεν τὸν κθ, καὶ οὐκ ἔστιν εὔθετος πρὸς τὸν κζον εἰς λόγον ἐπιμόριον· λαμβάνομεν τὸν κη, καὶ πρὸς μὲν τὸν κζ ὁ τοιοῦτος ἐστὶν ἐπικζος· ὁ λ δὲ πρὸς τοῦτον ἐπιιδος,

[1] Mss. : ϛ.

[2] A : τὸν δον καὶ τὸν εον.

[3] A om. τε.

[4] Il semble qu'il faut εἰ au lieu de οὐ.

[5] Suivant les maîtres, dit-il, la formule $\frac{7}{6} \times \frac{15}{14} \times \frac{16}{15}$ n'est pas admissible, parce qu'elle ne produit pas une division agréable à l'oreille, et que les deux intervalles partiels doivent être au grave. Cette dernière raison est fort mauvaise: il n'y avait qu'à prendre d'abord $\frac{7}{6} \times \frac{5}{7}$.

[6] Mss. exc. D : δοκιμάζομεν.

[7] $\frac{6}{5} \times \frac{10}{9}$.

ἔγγιστα ἥμισυς[1] τοῦ ἐπικζου· οὕτω γὰρ ἀεὶ γίνεται ὁ μείζων τοῦ ἐλάττονος ἔγγιστα διπλάσιος· καὶ γίνεται τὸ χρωματικὸν μαλακὸν ἐξ ἐπικζου, ἐπιιδου, καὶ ἐπιεου[2]. Καὶ ἐπεὶ ὁ ἀρχῆθεν ἐπιθος ἐλάττων ἦν τοῦ ἐπιεου, καὶ τὰ δύο ἄρα διαστήματα τὰ ἐξ ἐκείνου διαιρεθέντα, τό τε ἐπικζον καὶ τὸ ἐπιιδον[3], ἐλάττονά εἰσι σύναμα τοῦ πρὸς τῇ νήτῃ ἐπιεου· καὶ διὰ τοῦτο πυκνὸν τὸ σύστημα λέγεται.

Τοιουτοτρόπως καὶ τὸ χρωματικὸν σύντονον οὕτω πυκνὸν γινώσκεται. Λαμβάνομεν γὰρ τὸν ἐπιζον καὶ ἐπιϛον, καὶ τὸν ἐπιϛον διατηροῦμεν πρὸς τῇ νήτῃ[4], τὸν δὲ ἐφέβδομον διαιροῦμεν κατὰ μείζονα καὶ ἐλάττονα λόγον, ὡς εἶναι τὸν μείζονα τοῦ ἐλάττονος ἔγγιστα διπλασίονα. Οὕτω δὲ διαιροῦμεν· ἐπιζος γὰρ πρῶτος ὁ η τοῦ ζ· καὶ τριπλασιάζομεν αὐτούς, καὶ γίνονται ἀριθμοὶ κα καὶ[5] κδ· μέσον τούτων εἰσὶν ὅ τε κβ καὶ ὁ κγ· δοκιμάζομεν τὸν κγ, καὶ οὐκ ἔστιν εὔθετος εἰς λόγον ἐπιμόριον πρὸς τὸν κα[6]. Λαμβάνομεν γοῦν τὸν κβ, καὶ ἔστιν ὁ κβ τοῦ κα ἐπικαος ὡς πρόλογος· ἔστι καὶ ὡς ὑπόλογος πρὸς τὸν κδ, ὑποεπιιαος, οὗ ἔγγιστα διπλάσιος[7] ὁ ἐπιεικοστόπρωτος· καὶ γίνεται τὸ χρωματικὸν σύντονον, συνεστὼς ἔκ τε ἐπικαον, ἐπιιαον, καὶ ἐπιϛου[8]. Εἰ γοῦν ὁ ἀρχῆθεν ἐφέβδομος ἐλάττων ἦν τοῦ ἐπιϛου, ἄρα καὶ τὰ πρὸς τῷ βαρυτέρῳ δύο διαστήματα τὰ ἐξ ἐκείνου διαιρεθέντα ἐλάττονά εἰσι πρὸς τὸν τοῦ λιχανοῦ πρὸς τὴν νήτην τόνον, τὸν ἐπιϛον· καὶ διὰ ταῦτα πυκνὸν λέγεται τὸ σύστημα.

[1] D : ἥμισυ, locution qui, pour nous, est inexacte : car la fraction $\frac{15}{14}$ est au contraire à peu près égale au carré de $\frac{28}{27}$.

[2] $\frac{6}{5}\times\frac{15}{14}\times\frac{28}{27}$.

[3] Mss. : ἐπικζος . . . ἐπιιδος.

[4] $\frac{7}{6}\times\frac{8}{7}$.

[5] D om.

[6] A, C, aj. *καί*.

[7] Même remarque que ci-dessus, n. 1.

[8] $\frac{7}{6}\times\frac{12}{11}\times\frac{22}{21}$.

CHAPITRE IX.

Les genres non pycnés sont fournis par les fractions $\frac{8}{7}$, $\frac{9}{8}$, $\frac{10}{9}$. — *Calcul de ces genres* (Introd. p. 395). — Ptolémée en admet 5 en comptant le diatonique ditonié.

Fol. 19 r°. Ἀλλὰ ταῦτα μὲν τὰ τρία συστήματα[1], τό τε ἐναρμόνιον καὶ τὰ δύο χρωματικά, τὸ μαλακὸν καὶ τὸ σύντονον, οὕτως κατὰ κανόνα εὑρέτησαν πυκνά· φέρε λοιπὸν καὶ τὰ ἄπυκνα ἴδωμεν. Καὶ ἔσ7ι πρῶτον τὸ σύντονον διάτονον, ὅπερ συνίσ7αται ἐξ ἐπιιε^{ου}, ἐπιη^{ου}, καὶ ἐπιθ^{ου}[2]. Ζητοῦμεν περὶ τούτου, καὶ λαμβάνομεν πάλιν τὸν ἕνα ἐκεῖνον ἐπιμόριον, ὃς συντεθεὶς μετὰ τοῦ ἐπιθ^{ου}, τὸν ἐπιγ^{ου} ἀπειργάζετο, καὶ ἔσ7ιν ὁ ἐπιε^{ος}· τοῦτον θέλω διελεῖν εἰς δύο λόγους. Λαμβάνω τοὺς ἀριθμοὺς τοῦ πρώτου ἐπιε^{ου}, καὶ ἔσ7ιν ὁ ε καὶ ὁ ϛ[3]· καὶ τριπλασιάζω ἑκάτερον αὐτῶν, καὶ ποιῶ ιε, καὶ ιη· μέσον τούτων ιϛ, ιζ. Καὶ ὁ μὲν ιζ ἀχρεῖος ὅλως πρὸς τὸν ιε ποιῆσαι ἐπιμόριον· ὁ δὲ ιϛ ἐπιιε^{ον} ποιεῖ, καὶ ὁ ιη πρὸς τοῦτον, ἐπιη^{ον}· καὶ γίνεται τὸ σύντονον διάτονον[4] γένος, συνεσ7ὼς ἔκ τε ἐπιιε^{ου}, ἐπιη^{ου}, καὶ ἐπιθ^{ου}. Καὶ ἐπεὶ ὁ ἀρχῆθεν ἐπίπεμπ7ος μείζων ἦν τοῦ ἐπιθ^{ου}, εἰκότως καὶ τὰ δύο διασ7ήματα ταῦτα, τό τε ἐν λόγῳ ἐπιιε^{ῳ} καὶ τὸ ἐν λόγῳ ἐπιη^{ῳ}, μείζονά εἰσι τοῦ ἐπιθ^{ου}, καὶ εἰσὶ τὰ πρὸς τῷ βαρυτέρῳ δύο διασ7ήματα μείζονα τοῦ ὀξυτέρου ἑνός· καὶ διὰ τοῦτο ἐσ7ὶν ἄπυκνον. Τί δὲ τὸ πυκνὸν καὶ τί τὸ ἄπυκνον; ἢ ὅτι τὸ μὲν συνεσ7αλμένον καὶ ἐλατ7ούμενον πρὸς τὸν ὀξὺν τόνον οἱονεὶ πυκνοῦται· τὸ δ' ἀνειμένον, ὡς μεῖζον καὶ ὑψούμενον, ἄπυκνον λέγεται.

Κεφ^{οι} θ.

Ἔσ7ι καὶ τὸ μαλακὸν διάτονον τοιοῦτον. Λαμβάνομεν γὰρ κἀν τούτῳ δύο ἐπιμορίους λόγους τὸν ἐπιγ^{ον} συνισ7ῶντας,

[1] A : διασ7.

[2] $\frac{16}{15} \times \frac{9}{8} \times \frac{10}{9}$.

[3] A : ὁ ε^{ος} καὶ ὁ ϛ^{ος}.

[4] A, C, om.

τόν τε[1] ἐπις̄ον καὶ ἐπιζ̄ον, καὶ τὸν ἐπιζ̄ον ἀφίεμεν πρὸς τὴν νήτην· λαμβάνομεν δὲ τοὺς δύο ἀριθμοὺς τοῦ πρώτου ἐπις̄ον, τόν τε ς καὶ τὸν ζ, καὶ τριπλασιάζομεν ἑκάτερον αὐτῶν, Fol. 19 v°. καὶ ποιοῦμεν ιη καὶ κα· καὶ μέσον τούτων ιθ καὶ κ. Καὶ ὁ μὲν ιθ ἀχρεῖός ἐσ7ιν εἰς ἐπιμόριον, καὶ παρ' ἑκάτερα τοῦ τε ιη καὶ τοῦ κα (τὰ γὰρ δύο, ἡ τοῦ κα πρὸς αὐτὸν ὑπεροχὴ, μόριον οὐκ ἔσ7ι τοῦ ιθ)· λαμβάνομεν τὸν κ, πρὸς ὃν ὁ μὲν κα ἐπικ̄ος, αὐτὸς δὲ πρὸς τὸν ιη ἐπιθ̄ος[2]· καὶ οὕτω συνίσ7αται τὸ μαλακὸν[3] διάτονον, ἐξ ἐπικ̄ου, ἐπιθ̄ου, καὶ ἐπιζ̄ου[4]. Καὶ ἐπεὶ ὁ ἐπις̄ος τοῦ ἐπιζ̄ου μείζων, καὶ ὁ διαιρούμενος ἐκ τοῦ ἐπις̄ου εἰς μείζονα καὶ ἐλάτ7ονα, ὡς εἶναι τὸν μείζονα ἐγγὺς διπλάσιον τοῦ ἐλάσσονος, μείζων τοῦ πρὸς τῇ νήτῃ ἐπιζ̄ου· καὶ διὰ ταῦτα τὸ σύσ7ημα ἐσ7ὶν ἄπυκνον.

Καὶ τὸ μαλακὸν δὲ ἔντονον τοιοῦτόν ἐσ7ιν ἄπυκνον. Λαμβάνειν μὲν γὰρ καὶ ἐν τούτῳ δύο ἐπιμορίους τοὺς συνισ7ῶντας τὸν ἐπιγ̄ον λόγον, ὧν εἷς ἐσ7ὶν ὁ ἐπιη̄ος ὁ πρὸς τῇ νήτῃ κείμενος, τούτου δὴ τοῦ ἐντόνου μαλακοῦ καὶ ὁ πρὸς τῇ νήτῃ τοῦ διτονιαίου. Καὶ ἐπειδὴ οὐδεὶς τῶν ἐπιμορίων λόγων δύναται συνάπ7εσθαι τῷ ἐπογδόῳ καὶ ποιεῖν ἐπίτριτον (ὡς ἂν κατὰ ταύτην τὴν μέθοδον), καὶ οὗτοι, ἤγουν ὁ μαλακὸς ἔντονος, καὶ ὁ διτονιαῖος, καὶ ὁ ὁμαλὸς[5] διάτονος, οἱ τοιοῦτοι τρεῖς τόνοι καὶ μελῳδίαι εὐθετῶνται[6]· ἑτέρᾳ μεθόδῳ τούτους ἀπύκνους ἀπέδειξαν.

Ἐπειδὴ γὰρ ὁ ἐπιη̄ος οὐ δύναται μὲν συναφθῆναι ἄλλῳ ἐπιμορίῳ εἰς τὸ ποιεῖν ἐπιγ̄ον, ἔσ7ι δὲ ὁ ἐπιη̄ος πρὸς τῇ νήτῃ, ἐπισυνῆψαν οἱ παλαιοὶ τῷ ἐπιη̄ῳ, τόν τε ἡγούμενον δηλαδὴ τὸν πρὸς τῇ νήτῃ τοῦ μαλακοῦ διατόνου τὸν ἐπιζ̄ον, καὶ τὸν βαρύ-

[1] Mss. exc. D : τὸν δέ.

[2] A, C : καὶ ἐπιθ̄ου.

[3] A, B : ὁμαλόν.

[4] $\frac{8}{7} \times \frac{10}{9} \times \frac{21}{20}$.

[5] Mss. exc. D : μαλακός.

[6] Qu'ils aillent se promener; bonne santé, bon voyage.

TRAITÉS GRECS relatifs à la musique.

τατον τῶν ἑπομένων τοῦ χρωματικοῦ μαλακοῦ ἤτοι τὸν
Fol. 20 r°. ἐπικζ^{ον}, καὶ τὸ μαλακὸν ἔντονον γένος ἡρμόσαντο· καὶ γίνονται τὰ ϖρὸς τῷ βαρυτάτῳ αὐτοῦ φθόγγῳ, δύο διαστήματα μείζονα τοῦ ϖρὸς τῷ ὀξυτάτῳ ἑνός (αὐτὸ γὰρ μόνον τὸ ἐφέϐδομον μεῖζον ἐστὶ τοῦ ἐπιη^{ου}). Προστίθεται δὲ αὐτῷ καὶ τὸ ἐπικζ, καὶ ἔστι τὸ μαλακὸν ἔντονον γένος ἀπὸ τοῦ βαρυτέρου μὲν μελῳδούμενον ἐξ ἐπικζ^{ου}, ἐπιζ^{ου}, καὶ ἐπιη^{ου}, ἀπὸ δὲ του ὀξυτέρου ἐξ ἐπογδόου, ἐπιζ^{ου}, καὶ ἐπικζ^{ου}[1] · καὶ ἔστι καὶ αὐτὸ ἄπυκνον.

Ὡσαύτως καὶ τὸ διτονιαῖον ἄπυκνόν ἐστιν· ὁ γὰρ ϖρὸς τῇ νήτῃ ἐπιη^{ος} ἐλάττων ἐστὶ τοῦ ἐπογδόου ἅμα καὶ τοῦ λείμματος[2] (ὅπερ καὶ ἐκμελὲς φύσει ὂν, ὡς ἐμμελὲς ἡ ἀκοὴ ϖαραδέχεται[3], ἐν λόγῳ ἔγγιστα ἐπικ^{ῳ}[4]) · τὰ γοῦν δύο διαστήματα τὰ ϖρὸς τῷ βαρυτέρῳ, τό τε ἐν λόγῳ ἐπιη^{ῳ} καὶ τὸ λεῖμμα[5], μείζονά εἰσι[6] τοῦ ὀξυτάτου διαστήματος τοῦ ἐν λόγῳ ἐπιη^{ῳ}.

Ἐπὶ τούτοις ἐστὶ καὶ αὐτὸ ἄπυκνον ὂν τὸ ὁμαλὸν διάτονον, τὸ συνεστὸς ἐξ ἐπιια^{ου}, ἐπιι^{ου}, καὶ ἐπιθ^{ου}, ἀπὸ τοῦ βαρυτέρου· ἀπὸ δὲ τοῦ ὀξυτέρου τὸ ἀνάπαλιν, ἐξ ἐπιθ^{ου}, ἐπιι^{ου}, καὶ ἐπιια^{ου}[7]. Κἀν τούτῳ γὰρ ὁ μὲν ϖρὸς τῇ νήτῃ ἐπιθ^{ος} μείζων ἐστὶν ἀνὰ μέρος καὶ ἀμφοτέρων· ὅμως δὲ συγκείμενοι ἀλλήλοις, ὅ τε ἐπιι^{ος} καὶ ἐπιια^{ος}, μείζονα ϖοιοῦσι τὰ δύο βαρέα διαστήματα τοῦ ϖρὸς τῷ ὀξυτέρῳ ἑνὸς[8] · καὶ διὰ τοῦτο ἔστι καὶ τοῦτο τὸ σύστημα ἄπυκνον.

Καὶ οὕτως εὑρέθησαν ϖυκνὰ μὲν τρία, ἐναρμόνιον, χρωματικὸν μαλακὸν, χρωματικὸν σύντονον· ἄπυκνα δὲ ϖέντε, διάτονον σύντονον, διάτονον μαλακὸν, μαλακὸν ἔντονον, διτονιαῖον, διάτονον ὁμαλόν.

1 $\frac{9}{8} \times \frac{8}{7} \times \frac{28}{27}$.

2 $\frac{9}{8} \times \frac{9}{8} \times \frac{256}{243}$.

3 Voy. p. 431.

4 Plus exactement : $\frac{20}{19}$.

5 Mss. : καὶ λείμματι.

6 ἐστι (?)

7 $\frac{10}{9} \times \frac{11}{10} \times \frac{12}{11}$.

8 Parce que $\frac{11}{10} \times \frac{12}{11} = \frac{6}{5} > \frac{10}{9}$.

CHAPITRE X.

Examen de la *quarte redoublée* ou *onzième*, dont la détermination acoustique est donnée par la fraction $\frac{8}{3}$. — Les pythagoriciens ne la regardaient pas comme une consonnance, parce qu'elle n'est représentée ni par un rapport multiple ni par un rapport superpartiel, et que son expression exige l'emploi d'un nombre supérieur à 4. — Mais Ptolémée, moins scrupuleux sur l'emploi des termes fractionnaires, transforme le rapport de 8 : 3 en celui de 4 : $\frac{3}{2}$, et élude ainsi cette grave difficulté. En effet, la *monade* (l'unité), une fois réalisée sous forme de matière et d'étendue, n'est-elle pas *en puissance*, et de toute nécessité, *divisible à l'infini?* et ne présente-t-elle pas ainsi, dans la variété et la multiplicité indéfinie de ses décompositions, tous les rapports imaginables, et par conséquent les rapports harmoniques? — Enfin, l'auteur prend pour exemple le nombre 12, le *nombre harmonique par excellence*, et trouve toutes les consonnances dans ce nombre et dans ses parties aliquotes, 3, 4, 6, en y joignant le nombre 8.

Κεφον ιον. Ἔφθημεν εἰπόντες πέντε εἶναι τὰς συμφωνίας· τὴν διὰ τεσσάρων ἐν ἐπιτρίτῳ λόγῳ· τὴν διὰ πέντε ἐν ἡμιολίῳ λόγῳ· [τὴν διὰ πασῶν ἐν διπλασίῳ λόγῳ[1]]· τὴν διὰ πασῶν ἅμα καὶ διὰ ε ἐν λόγῳ τριπλασίῳ· καὶ τὴν τελειοτάτην τὴν δὶς διὰ πασῶν ἐν λόγῳ τετραπλασίῳ, ὡς μὴ πεφυκυίας τῆς τάσεως ἢ τῆς φωνῆς ἢ τῆς χορδῆς ἐπέκεινα τούτων ὑπερφωνεῖν. Οὔτε γάρ ἐστι τὴν βαρυτάτην ἐπιπλέον ἀνίεσθαι, ἵνα μὴ ἀποφωνήσῃ τέλεον χαλασθεῖσα, οὔτε τὴν ὀξυτάτην ἐπιπλέον ἐπιτείνεσθαι, ἵνα μὴ κατὰ τὸ εἰκὸς διαῤῥαγῇ· διὰ ταῦτα μέχρι καὶ τετραπλασιόνος λόγου ἡ συμφωνία ἀναβιβάζεται. Fol. 20 v°.

Οἱ παλαιότεροι γοῦν τῶν ἁρμονικῶν, καὶ μάλιστα οἱ τῆς τοῦ Πυθαγόρου αἱρέσεως, οἵ τινες ὡς ἀρχὴν τῶν ὅλων τὸν ἀριθμὸν ὑπελάμβανον, οὐδαμῶς παρεδέχοντο ὡς σύμφωνον τὸ διὰ πασῶν ἅμα καὶ διὰ δων σύστημα, ἐπειδήπερ ὁ λόγος αὐτοῦ οὐκ ἐπιμορίοις συνίσταται λόγοις, ὡς τὰ λοιπὰ σύμφωνα·

[1] A om. ces six mots.

TRAITÉS GRECS relatifs à la musique.

τὸ μὲν διὰ τεσσάρων ἐν ἐπιγ^ω, τὸ διὰ ε̄ ἐν ἡμιολίῳ, τὸ διὰ πασῶν ἐν ἡμιολίῳ καὶ ἐπιτρίτῳ, τὸ διὰ πασῶν ἅμα καὶ διὰ ε̄ ἐν ἡμιολίῳ, ἐπιγ^ω, καὶ ἡμιολίῳ, καὶ τὸ δὶς διὰ πασῶν ἐν ἡμιολίῳ, ἐπιγ^ω, καὶ ἡμιολίῳ, καὶ ἐπιγ^ω· καὶ ὅτι οὐκ ἐν τοῖς ἀπὸ μονάδος μέχρι τετράδος ἀριθμοῖς, καθάπερ καὶ τῶν ἄλλων ἁπάντων ἁρμονικῶν συστημάτων ἕκαστον τεθεώρηται, διότι καὶ ὁ τέσσαρα τελειωτικὸς τοῦ δέκα ἐστί. Πῶς δὲ αἱ συμφωνίαι πᾶσαι ἐντὸς τῆς τετράδος τεθεώρηνται, ἢ ὁ μὲν ἐπίγ^{ος} τοῦ διὰ δ̄ λόγος ἀπὸ τοῦ δ̄ πρὸς τὸν γ̄· ὁ δὲ ἡμιόλιος τοῦ διὰ ε̄ λόγος
Fol. 21 r°. ἀπὸ τοῦ γ̄ πρὸς τὸν β̄· ὁ δὲ διπλάσιος τοῦ διὰ πασῶν λόγος ἀπὸ τοῦ δ̄ πρὸς τὸν β̄, καὶ ἀπὸ τοῦ β̄ πρὸς τὸν ἕνα· ὁ δὲ τριπλάσιος τοῦ διὰ πασῶν ἅμα καὶ διὰ ε̄ λόγος ἀπὸ τοῦ γ̄ πρὸς τὸ ἕν· ὁ δὲ τετραπλάσιος τοῦ δὶς διὰ πασῶν λόγος ἀπὸ τοῦ δ̄ πρὸς τὸ ἕν; Ὁ δὴ[1] διὰ πασῶν ἅμα καὶ διὰ δ̄ λόγον ἔχει ὃν ὁ η̄ πρὸς τὸν γ̄, τὸν διπλασιεπιδίτριτον, ὡς λείποντος ἡμιολίου ἐπὶ τῷ γενέσθαι τετραπλασίονα. Εἰ γὰρ προστεθείη τούτοις ὁ β̄[2], ὁ γ̄ πρὸς τὸν β̄ ἡμιόλιος, καὶ ὁ η̄ πρὸς τὸν β̄ τετραπλάσιος, τοῦτον δὲ τὸν διπλασιεπιδίτριτον οὐκ ἔχομεν ἐντὸς τῆς τετράδος ἀπὸ μονάδος συστήσασθαι· εἰ γὰρ[3] εἴποιμεν τὸν δ̄ τοῦ β̄[4] διπλάσιον, οὐκ ἔχομεν καὶ τὰ δύο τρίτα συνεισβαλεῖν. Διὰ ταῦτα καὶ ἀσύμφωνον ἔλεγον τὸν διὰ πασῶν ἅμα καὶ διὰ τεσσάρων.

Ὁ μέντοιγε Πτολεμαῖος, μὴ μόνον ὡς σύμφωνον παρεδέξατο τὸ τοιοῦτον· ἀλλὰ καὶ ὅτι σύμφωνον ἐπειράθη ἀποδεῖξαι. Καὶ γὰρ ἐπειδὴ τὴν δυάδα πρὸς τὴν μονάδα τεθέαται λόγον ἔχουσα διπλασίονα, ὁ δέ γε διπλάσιος λόγος ἐξ ἐπιγ^{ου} καὶ ἡμιολίου λόγου[5] σύγκειται, ἐξ ἀνάγκης ἐζήτησεν αὐτὸν μέσον ὅρον εὑρεῖν, ὃς πρὸς μὲν τὴν δυάδα ποιήσειεν ἂν τὸν ἐπίγ^{ον}, πρὸς δὲ τὴν μονάδα τὸν ἡμιόλιον. Καὶ ἐπειδὴ οὐκ ἄλλως εἶχεν αὐτὸν εὑρεῖν εἰ μὴ τὴν μονάδα διέλῃ (οὐδεὶς γὰρ μεταξὺ ἄλλος εὑρί-

[1] C, D : Ὁ δέ.
[2] Il me semble qu'il faut τοῖς β̄.
[3] Lisez εἰ δέ (?).
[4] Mss. : δευτέρου. — [5] A, D, om.

TRAITÉS GRECS relatifs à la musique.

σκεται ἀριθμὸς εἰς δύο μέρη ἴσα ἀλλήλοις αὐτὸν[1] διελόμενος), καὶ τόγε ἥμισυ ταύτῃ προσθεὶς, καὶ τὴν μίαν καὶ ἡμίσειαν μονάδα οἷον ἀριθμὸν μοναδικὸν ποιησάμενος, καὶ μεταξὺ τῆς τε μονάδος καὶ τῆς δυάδος θέμενος τὴν μονάδα καὶ τὴν ἡμίσειαν, ὡς πάντως ποιοῦσαν πρὸς μὲν τὴν μονάδα τὸν ἡμιόλιον, πρὸς Fol. 21 v°
δὲ τὴν δυάδα ὡς ὑπόλογον, τὸν ἐπίγον[2], πρὸς δὲ τὴν τετράδα, τὸν ὑποδιπλασιεπιδίτριτον[3] (ὁ γὰρ δ̅ ἔχει τὸν ἕνα καὶ ἥμισυν[4], δὶς καὶ δύο τρίτα αὐτοῦ, τὰ δύο ἡμίσεα[4] τῆς μονάδος[5]· δὶς γὰρ τὸ ἐν∠[6], τρία, καὶ δὶς τὸ ἥμισυ, ἕν, ἃ δὴ τὸν δ̅ ποιοῦσι[7]) καὶ τὸν τοῦ εἰρημένου συστήματος λόγον ἐν τοῖς ἀπὸ μονάδος μέχρι τετράδος ἀριθμοῖς, ἐμπεριειλημμένον ἀπέδειξε. Τὸ γοῦν τοιοῦτον σύστημα ἐκάλεσε συνημμένον, ἕνεκεν τοῦ συνημμένον ἔχειν ἀντὶ τῆς διαζεύξεως τῇ μέσῃ, τετράχορδον ἕτερον ἐπὶ τὸ ὀξύ. Οὐ νέμεσις δὲ Πτολεμαίῳ ὅτι τὴν μονάδα διεῖλεν· ἡ γὰρ μονὰς πάντως ἐν ὕλῃ φαινομένη καὶ διαστάσει, δυνάμει ἐξ ἀνάγκης ἀπειρομερὴς γίνεται· ἔνθεντοι καὶ τοὺς προειρημένους λόγους περιέχειν ἐν ἑαυτῇ ἀναντιῤῥήτως πιστεύεται. Καὶ γὰρ εἴ τις πρώτην μὲν ὅλην αὐτὴν νοήσειεν, εἶτα τὸ δίμοιρον αὐτῆς, εἶτα τὸ ἥμισυ, εἶτα τὸ τρίτον, εἶτα τὸ τέταρτον, ἔπειτα δὲ παραβάλῃ αὐτὴν μὲν πρὸς ἕκαστον τῶν εἰρημένων αὐτῆς μερῶν, ἐκεῖνα δὲ πάλιν πρὸς ἄλληλα, ὄψεται πάντως αὐτόθεν τοὺς τῶν ἁρμονικῶν ἁπάντων συστημάτων περιεκτικοὺς λόγους ἐν αὐτῇ περιειλημμένους. Καὶ γὰρ ἡ μονὰς πρὸς μὲν τὸ δίμοιρον αὐτῆς παραβαλλομένη[8], τὸν ἡμιόλιον λόγον ποιεῖ· πρὸς δὲ τὸ ἥμισυ, τὸν διπλάσιον· πρὸς δὲ τὸ

[1] Mss. : αὐτόν.

[2] C'est-à-dire que $\frac{4}{3} = 2 : \frac{3}{2}$.

[3] Mss. exc. D : ἐπιδιπλ. — D : διπλ.

[4] Mss. ἥμισυ.

[5] C'est-à-dire que *deux* fois le *tiers* de $\frac{3}{2}$ font *deux* fois $\frac{1}{2}$ ou 1.

[6] ἥμισυ.

[7] En résumé, tout ce raisonnement revient à dire que $\frac{8}{3} = 4 : \frac{3}{2}$, ou que $4 = (1+\frac{1}{2})(2+\frac{2}{3})$.

[8] $1 : \frac{2}{3} = \frac{3}{2}, 1 : \frac{1}{2} = 2, 1 : \frac{1}{3} = 3, 1 : \frac{1}{4} = 4$, etc
$\frac{2}{3} : \frac{1}{2} = \frac{4}{3}, \frac{2}{3} : \frac{1}{3} = 2, \frac{2}{3} : \frac{1}{4} = \frac{8}{3}$, etc.
$\frac{1}{2} : \frac{1}{3} = \frac{3}{2}, \frac{1}{2} : \frac{1}{4} = 2$, etc.
$\frac{1}{3} : \frac{1}{4} = \frac{4}{3}$, etc., etc.

γ^ον, τὸν τριπλάσιον· πρὸς δὲ τὸ δ̄, τὸν τετραπλάσιον· καὶ πάλιν τὸ δίμοιρον αὐτῆς πρὸς μὲν τὸ ∠ʺ παραβαλλόμενον, τὸν ἐπίγ^ον, πρὸς δὲ τὸ γ^ον, τὸν διπλάσιον· πρὸς δὲ τὸ δ^ον, τὸν
Fol. 22 r°. διπλασιεπιδίτριτον· καὶ πάλιν τὸ ἥμισυ αὐτῆς πρὸς μὲν τὸ γ^ον παραβαλλόμενον, τὸν[1] ἡμιόλιον· πρὸς δὲ τὸ[2] δ^ον, τὸν διπλάσιον· καὶ πάλιν τὸ γ^ον αὐτῆς πρὸς τὸ δ^ον παραβαλλόμενον, τὸν ἐπίγ^ον. Ἐκκείσθω δὲ ὁ ιϐ ἀριθμὸς, οἷον μονὰς εἰς ὑπόδειγμα, ὁ ἁρμονικώτατος ἀριθμὸς διὰ τὰ διάφορα αὐτοῦ μόρια.

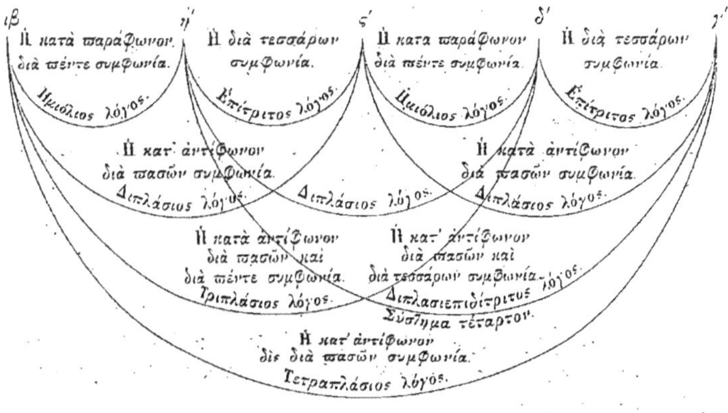

CHAPITRE XI.

L'auteur revient sur la *disposition* relative *des* cinq *tétracordes*, sur les deux *disjonctions* et les trois *conjonctions*.

Οἱ παλαιοὶ καὶ πρῶτοι ἐν λόγῳ πολλῷ τὸ τετράχορδον ἐτίθουν· ὥστε εἶναι τὰ τοιαῦτα διὰ δ^ων, τὰ μὲν πρὸς ταῖς ὑπάταις, τοῦ βαρυτέρου τόνου, τὰ δὲ πρὸς ταῖς νήταις, τοῦ ὀξυτέρου. Καὶ τὸ μὲν τῶν ὑπατῶν εἶναι βαρύτατον, τὸ δὲ τῶν ὑπερβολαίων ἑτέρωθεν[3] ὀξύτατον. Τὰ δὲ μεταξὺ τούτων δύο, Κεφ^ον ια.

[1] A : τό. — [2] B, C : τόν. — [3] Mss. : ἑκατέρωθεν.

TRAITÉS GRECS relatifs à la musique.

τὸ μὲν τῶν μέσων, ὀξύτερον μὲν τοῦ τῶν ὑπατῶν, τέως δὲ καὶ βαρύτερον ὂν τῶν λοιπῶν δύο, πρὸς τὸ βαρύτερον ἀπέκλινον καὶ αὐτό· τὸ δὲ τῶν διεζευγμένων, βαρύτερον τῶν ὑπερβολαίων, ὀξύτερον δὲ τῶν ἑπομένων δύο, ὅμως δὲ καὶ αὐτὸ τῷ τῶν ὑπερβολαίων τῷ ὀξυτάτῳ καὶ ἡγουμένῳ συνέτατΙον. Συνέβαινε γοῦν εἶναι τὰ τέσσαρα ἐν χορδαῖς τρισκαίδεκα κατὰ σύναψιν, καὶ ἦν τρισκαιδεκάχορδον διατονικῶς ἀμφοτέρωθεν ἑβδόμης τεταμένης. Καὶ ἦν ὑπάτη ὑπατῶν, παρυπάτη ὑπατῶν, διάτονος ὑπατῶν ἢ λιχανὸς ὑπατῶν (οὐδὲν γὰρ διαφέρει ὁποτερωσοῦν ὀνομάζειν)· ἦν γοῦν κεῖσθαι ἐπὶ τούτοις καὶ νήτην ὑπατῶν, ὡς συμπληροῦσθαι τὸ τῶν ὑπατῶν τετράχορδον. Ἀλλ' ἐπεὶ συνημμένα εἰσὶ τὰ τετράχορδα, τάτΙεται ἡ νήτη τῶν ὑπατῶν ὑπάτη τῶν μέσων, ἐφ' ᾗ παρυπάτη τῶν μέσων, καὶ λιχανὸς τῶν μέσων. Καὶ ἐπεὶ ἀπητεῖτο καὶ ἡ νήτη τῶν μέσων εἰς τὸ γενέσθαι τετράχορδον τῶν μέσων διὰ τὴν συναφὴν, ἐγένετο ἡ τῶν μέσων νήτη ὑπάτη διεζευγμένων, ἐφ' ᾗ παρυπάτη διεζευγμένων, λιχανὸς διεζευγμένων. Ἀπητεῖτο δὲ καὶ ἐνταῦθα νήτη διεζευγμένων· ἀλλὰ παρὰ τὴν αὐτὴν ταῖς προτέραις αἰτίαν, ἐτάχθη αὕτη ὑπάτη ὑπερβολαίων, ἐφ' ᾗ παρυπάτη ὑπερβολαίων, λιχανὸς ὑπερβολαίων, καὶ ἡ τελευταία νήτη ὑπερβολαίων. Fol. 22 v°.

Ἐπεὶ δὲ καὶ τοὺς ἄκρους τῶν συνημμένων ἢ δύο, ἢ δ^{ων}, ἢ καὶ τριῶν ἅμα τετραχόρδων Πυθαγόρας εἰς λόγους συμφωνιῶν ἤθελε τιθέναι, διέζευξε τὰ τέσσαρα τετράχορδα εἰς δύο καὶ δύο, παρενθεὶς μέσον αὐτῶν τόνον· καὶ ἦν ἑκατέρωθεν συμφωνία ἡ διὰ πασῶν, ἐξ ἐπιγ^{ου} καὶ ἡμιολίου, καὶ αὖθις ἡμιολίου καὶ ἐπιγ^{ου}. Ἀλλ' ἐπεὶ ἤθελε καὶ τοὺς τελείους ἄκρους ἀποπληροῦν τὴν δὶς διὰ πασῶν συμφωνίαν, προσέθετο καὶ τὸν προσλαμβανόμενον· καὶ διὰ τοῦτο καὶ προσλαμβανόμενος ἐκλήθη, ὅτι ἔξωθεν προσελήφθη, ἐν τονιαίῳ διαστήματι· καὶ γέγονε τὸ μὲν τῶν ὑπατῶν τετράχορδον διὰ πέντε ἐν λόγῳ ἡμιολίῳ·

Fol. 23 r°. τὸ δὲ τῶν μέσων, ταχθέντος τοῦ ὑσΊέρου ἄκρου εἰς νήτην (δι' ἣν αἰτίαν καὶ ὁ λιχανὸς αὐτῆς παρανήτη ἐλέγετο), διὰ τεσσάρων ἐν λόγῳ ἐπιγ^ῳ· καὶ οὕτω διετηρήθη ἀκεραία[1] ἡ διὰ πασῶν συμφωνία. Εἶθ' οὕτως κατὰ διάζευξιν διὰ τὸν παρεντεθέντα τόνον, τὸ μὲν τῶν διεζευγμένων τετράχορδον διὰ ε̄ ἐν λόγῳ ἡμιολίῳ ἐγίνετο· τὸ δὲ τῶν ὑπερβολαίων, διὰ δ̄ων ἐν λόγῳ ἐπιγ^ῳ· καὶ ἰδοὺ ἡ διὰ πασῶν συμφωνία, ἐν λόγῳ διπλασίῳ, ἐκ τούτων συνίσΊατο, κατὰ τὸν ὀξύτατον τόπον· καὶ οἱ τέλειοι ἄκροι τὴν δὶς διὰ πασῶν ἐν τετραπλασίονι λόγῳ συμφωνίαν ἀνεπλήρωσαν. Οὐ μὴν δέ, ἀλλὰ μέσον τούτων ἐνεφαίνοντο[2] καὶ αἱ λοιπαὶ δύο συμφωνίαι, ἥ τε διὰ πασῶν ἅμα καὶ διὰ ε̄, καὶ ἡ διὰ πασῶν ἅμα καὶ διὰ τεσσάρων· πλὴν ἐκ μὲν τῶν ὑπατῶν πρὸς τὸ ὀξύτερον, ἡ διὰ πασῶν ἅμα καὶ διὰ ε̄, συναφθέντος τῷ βαρυτέρῳ διὰ πασῶν καὶ τοῦ διὰ πέντε· ἐκ δὲ τῶν ὑπερβολαίων πρὸς τὸ βαρύτερον, ἡ διὰ πασῶν ἅμα καὶ διὰ δ̄ων, συναφθέντος τῷ ὀξυτέρῳ διὰ πασῶν καὶ τοῦ διὰ τεσσάρων. Καὶ οὕτως ἀπετελέσθησαν αἱ ιε̄ χορδαί, καὶ ἡ τάξις τῶν προσηγοριῶν αὐτῶν τοιαύτη· προσλαμβανόμενος· εἶτα μετὰ τὴν[3] ἀπόσΊασιν ὅλου τόνου, ὑπάτη ὑπατῶν· εἶτα μεθ' ἡμιτόνιον, παρυπάτη ὑπατῶν· εἶτα μετὰ τόνον, λιχανὸς ὑπατῶν, ἀπὸ τοῦ τὸν τῆς ἀρισΊερᾶς χειρὸς[4] δάκΊυλον τὸν παρὰ τὸν ἀντίχειρα, τὸν οὕτω λιχανὸν καλούμενον, αὐτῷ[5] ἀεὶ ἐπιτίθεσθαι· εἶτα μετ' ἄλλον τόνον, ὑπάτη μέσων· μετὰ δὲ ἡμιτόνιον[6], παρυπάτη μέσων· μετὰ δὲ τόνον, λιχανὸς μέσων, ὃν καὶ διάτονον καλοῦσιν ἀπ' αὐτοῦ τοῦ γένους τοῦ διατονικοῦ προσαγορεύοντες· εἶτα μετ' ἄλλον τόνον, μέση· εἶτα παρά-

TRAITÉS GRECS relatifs à la musique.

[1] A : ἀκαιρέα.
[2] A, C : ἐφαίνοντο.
[3] B, D, om.
[4] Ce passage est conforme au fragment que nous avons donné (p. 254), ainsi qu'à une indication fournie par Nicomaque (p. 22), où l'on voit que la main gauche est appliquée aux cordes graves. Cependant, un passage de l'Anthologie (ci-dessus, p. 288, n. 3) semble indiquer le contraire.
[5] D om. — [6] B, C : ἡμίτονον.

TRAITÉS GRECS relatifs à la musique.

μεσος, μετὰ ὅλον τόνον· εἶτα τρίτη διεζευγμένων, μετὰ ἡμιτόνιον[1]· εἶτα μετὰ τόνον, παρανήτη διεζευγμένων· καὶ μετ' ἄλλον τόνον, νήτη διεζευγμένων· ταύτῃ δὲ ἑξῆς μεθ' ἡμιτόνιον, τρίτη ὑπερβολαίων· εἶτα μετὰ τόνον, παρανήτη ὑπερβολαίων· καὶ ἐπὶ πάσης μετὰ τόνον, νήτη ὑπερβολαίων. Fol. 23 v°.

Ἕνεκα δὲ ὑπομνήσεως τῆς τοῦ πρωτοτύπου κατὰ τὴν ἑπτάχορδον συναφῆς, παραβάλλεται μεταξὺ τοῦ τε τῶν μέσων τετραχόρδου καὶ τοῦ τῶν διεζευγμένων, ἄλλο τι λεγόμενον συνημμένων τετράχορδον, εὐθὺς τὴν ἑαυτοῦ τρίτην ἔχον, ἡμιτονίῳ διεστῶσαν ἀπὸ τῆς μέσης· εἶτα μετὰ τόνον, τὴν ἰδίαν παρανήτην, εἶτα μετ' ἄλλον τόνον, τὴν τῶν συνημμένων νήτην, ὁμότονον ἐκ παντὸς καὶ ὁμόφωνον τῇ τῶν διεζευγμένων παρανήτῃ· ὥστε τετράχορδα μὲν ὑπάρχειν τὰ πάντα, πέντε, ὑπατῶν, μέσων, συνημμένων, διεζευγμένων, ὑπερβολαίων. Τούτων δὲ[2] διαζεύξεις μὲν εἶναι δύο, συναφὰς δὲ τρεῖς· καὶ διαζεύξεις μὲν[3], τήν τε μεταξὺ τοῦ τε τῶν συνημμένων καὶ τοῦ τῶν ὑπερβολαίων, καὶ τὴν τῶν μέσων καὶ διεζευγμένων[4], ἑκατέραν ἀνὰ τόνου μέγεθος διϊστάνουσαν· συναφὰς δέ, τήν τε [τὸ[5]] τῶν ὑπατῶν τῷ τῶν μέσων συνάπτουσαν, τήν τε [τὸ[5]] τῶν μέσων αὐτῶν τῷ τῶν συνημμένων, καὶ τελευταίαν τὴν τὸ τῶν διεζευγμένων τῷ τῶν ὑπερβολαίων συνάπτουσαν, καθὼς περὶ τούτων καὶ προελέχθη.

CHAPITRE XII.

L'auteur reprend toutes les définitions, en commençant par les *genres*. —*Son*. — *Intervalle; rapport* et *différence* de ses termes extrêmes. — *Systèmes consonnants* ou *dissonants*. — Le *genre* est déterminé par la *variation* des seules *cordes moyennes* des tétracordes. — Relation des genres entre eux.

Κεφου ιϐ. Ἐμάθομεν περὶ τῶν τριῶν γενῶν, τοῦ διατονικοῦ, τοῦ χρωματικοῦ, καὶ τοῦ ἐναρμονίου, ὅτι τὸ μὲν διατονικὸν ἐξ ἡμι-

[1] A, D : ἡμιτονίου. — [2] A, C : μέν. — [3] A, C, om. — [4] Mss. : συνημμένων. — [5] Mss. om.

τονίου, τόνου, καὶ τόνου, συνίσταται· τὸ δὲ ἐναρμόνιον ἐκ Fol. 24 r°. διέσεως, διέσεως, καὶ διτόνου· τὸ δὲ χρωματικὸν ἐξ ἡμιτονίου, ἡμιτονίου, καὶ ἀσυνθέτου τριημιτονίου· καὶ ὅτι καὶ τὰ τρία ταῦτα δυσὶ τόνοις καὶ ἡμιτονίῳ ἐγγὺς συνίσταται. Λοιπὸν καὶ περὶ τῶν φθόγγων τούτων διαληπτέον[1] ἐστίν.

Ἔστι δὲ φθόγγος φωνὴ ἄτομος οἷον μονὰς κατ' ἀκοὴν, ἢ ἐπίπτωσις φωνῆς ἐπὶ μίαν τάσιν καὶ ἁπλῆν. Ὅρος φθόγγου.

Διάστημα δὲ, δύο φθόγγων μεταξύτης. Ὅρ. διαστήματος.

Σχέσις δὲ, λόγος ἐν ἑκάστῳ διαστήματι μετρητικὸς τῆς ἐπιτάσεως. Ὅρος σχέσεως.

Διαφορὰ δὲ, ὑπερβολὴ ἢ ἔλλειψις φθόγγων πρὸς ἀλλήλους. Ὅρος διαφορᾶς.

Σύστημα[2] δὲ ἐστὶ δυοῖν ἢ καὶ πλειόνων διαστημάτων σύνοδος· ἀλλὰ τῶν διαστημάτων οὐδεὶς φθόγγος πρὸς τὸν συνεχῆ σύμφωνος, ἀλλὰ πάντως διάφωνος· τί γὰρ κατά τινος λογικῶς ὀνομάζεται· διὰ τοῦτο γὰρ καὶ ἡ πρότασις διάστημα τῷ Ἀριστοτέλει ὀνομάζεται[3]· τὸ δὲ τί κατά τινος, οὐ τὸ αὐτό ἐστιν, ἀλλ' ἄλλο κατ' ἄλλου· ὥσπερ καὶ ἐνταῦθα, ἐν τῷ διαστήματι, εἴπερ οἱ δύο φθόγγοι σύμφωνοι, οὐδὲν ἐμμελὲς Ὅρ. συστήματος.

[1] Peut-être διαλεκτέον.

[2] Il y a ici un passage fort obscur, vraisemblablement altéré en plusieurs points, et que n'éclaircit pas beaucoup une allusion aux catégories d'Aristote. Tâchons cependant d'y jeter quelque lumière, après avoir préalablement proposé quelques corrections que l'on trouvera indiquées plus bas.

D'abord, il paraît que, dans l'idée de l'auteur, le mot *διάστημα*, *intervalle*, ne s'applique qu'à des degrés conjoints, bien qu'il ne le dise pas, et que ce point de vue soit peu conforme à la théorie des anciens auteurs. Partant de là, il n'a pas de peine à établir que tous les intervalles sont dissonants; mais la raison qu'il en donne est curieuse : c'est, suivant lui, parce que l'intervalle appartient à la catégorie *πρός τι* ou *κατά τινος*, c'est-à-dire à la catégorie *du rapport*, et que, qui dit *rapport*, dit, non pas *identité*, *οὐ τὸ αὐτό*, mais *hétérogénéité*, *ἄλλο κατ' ἄλλου* : ou du moins, ajoute-t-il, si le deux sons qui composent un intervalle sont consonnants, ils ne peuvent produire aucun mélange harmonieux, *ἐμμελές* : et ici le mot *σύμφωνος* est pris dans le sens de *σύμφ. κατὰ συνέχειαν*, comme dans le passage de Théon de Smyrne que nous avons cité, page 28, note 1.

[3] Αἱ προτάσεις ἴσαι τοῖς διαστήμασιν (Aristote, analyt. prior. I, xxv).

ἀπεργάσονται· νῦν δὲ ἀλλ' ἐκ[1] βαρυτέρου καὶ ὀξυτέρου τῶν φθόγγων ἕν τι γενήσεται ἐν τῷ διασῖήματι[2]· πολυμιγέων γὰρ καὶ δίχα φρονεόντων[3] ἕνωσις ὁ ῥυθμός[4]. Τῶν δὲ συσῖημάτων ἐσῖὶ τινὰ σύμφωνα, τινὰ δὲ καὶ διάφωνα· σύμφωνα μὲν ἐπειδὰν οἱ περιέχοντες φθόγγοι διάφοροι τῷ μεγέθει ὄντες, ἅμα κρουσθέντες, ἐγκραθῶσιν ἀλλήλοις οὕτως, ὥσῖε ἑνοειδῆ τὴν ἐξ αὐτῶν φωνὴν γενέσθαι καὶ οἷον μίαν· διάφωνα[5] δὲ ὅταν διεσχηματισμένη πῶς καὶ σύγκρατος ἡ ἐξ ἀμφοτέρων φωνὴ ἀκούηται.

Ἐπεὶ δὲ σῖοιχειωδέσῖατον τὸ διὰ τεσσάρων ἐστὶν, εὐλόγως ἐπὶ τούτῳ τῶν τῆς μελῳδίας τριῶν γενῶν αἱ παραλλαγαὶ εὑρίσκονται πρὸς ἀλλήλας. Δῆλον τοίνυν ὡς αἱ παραλλαγαὶ τῶν γενῶν οὐκ ἐν τοῖς τέσσαρσι φθόγγοις τοῦ διὰ τεσσάρων διαφορὰν λαμβάνουσιν, ἀλλ' ἐν μόνοις τοῖς δυσὶ μέσοις. Ἐν μὲν οὖν χρωματικῷ, ὁ τρίτος ἠλλάγη φθόγγος πρὸς τὸ διάτονον. Ἐπειδὴ γὰρ οἱ δύο ἑσῖῶτες εἰσὶν, ὅ τε αος καὶ ὁ δος, ὁ δὲ δεύτερος καὶ ὁ τρίτος κινεῖσθαι πεφύκασιν· ὁ μὲν δεύτερος[6] τοῦ χρωματικοῦ ὁ αὐτὸς μένει τῷ διατονικῷ· μένει γὰρ ἐν ἀμφοτέροις τὸ διάσῖημα τὸ ἀπὸ τοῦ αου πρὸς τὸ ϐου ἡμιτόνιον· πῶς γοῦν ἔμελλε μένειν τὸ ἡμιτόνιον, εἰ παρηλλάγη ποσῶς ἡ δευτέρα χορδὴ καὶ ὁ ϐος φθόγγος; ὁ δὲ γος ἀλλάσσεται· ἐν μὲν γὰρ τῷ[7] διατονικῷ τὸ ἀπὸ [τοῦ[8]] ϐου πρὸς τὸ γον διάσῖημα τόνον ἔχει, ἐν δὲ τῷ χρωματικῷ, ἡμιτόνιον. Παρ' ἣν αἰτίαν καὶ τὰ διασῖήματα τὰ ἀπὸ τοῦ γου πρὸς τὸν δον τῶν δύο τούτων γενῶν, παρηλλαγμένα εἰσίν· ἐν μὲν γὰρ τῷ διατονικῷ, τόνος ἐσῖὶν, ἐν δὲ τῷ χρωματικῷ, τριημιτόνιον· χαλασθείσῃ τοίνυν τῇ χορδῇ τῇ τρίτῃ εἰς τὸ γενέσθαι τὸν τοῦ

Fol. 24 v°.

[1] Je lis ἄλλο ἐκ. — La phrase paraît altérée.

[2] Je lis συστήματι.

[3] Peut-être φωνηέντων.

[4] Je lis ὁρισμός. — Cf. la p. 242, n. 5.

[5] Mss. : διάφωνοι.

[6] A om. onze mots, depuis ὁ δὲ δεύτ.

[7] A : τό. — [8] Mss. om. τοῦ.

διατόνου τόνον ἐν χρωματικῷ ἡμιτόνιον, εἰκότως ἀπήντησε τὸ ἐφεξῆς διάσῖημα ἀπὸ τόνου εἰς τριημιτόνιον. Καὶ ἡ χορδὴ ἡ ἀπὸ τάσεως ποιοῦσα πρὸς τὴν ἐφεξῆς χορδὴν τόνον, χαλασθεῖσα εἰς τὸ ποιεῖν ἐν τῷ χρωματικῷ ἡμιτόνιον, εἰκότως προσκρούει τῇ τετάρτῃ χορδῇ εἰς τριημιτόνιον· ἵνα ἔχῃ τὸ διάσῖημα τόν τε τόνον τοῦ διατόνου, καὶ τὸ[1] ἡμιτόνιον ὅπερ ἀπέπεσεν ἐκ τῆς τρίτης χορδῆς· καὶ ἐγένετο τὸ τονικὸν διάσῖημα εἰς ἡμιτονικὸν[2] διάσῖημα.

Τὸ δὲ βον τοῦτο τὸ τοῦ χρωματικοῦ ἀπήχημα, ὁμοτονεῖ τῷ
Fol. 25 r°. τοῦ ἐναρμονίου τρίτῳ ἀπηχήματι· πῶς καὶ τίνα τρόπον; ἢ ὅτι ἡμιτονίου τάσιν εἶχεν ὁ βος φθόγγος ἐν τῷ χρωματικῷ, καὶ αὖθις ἡμιτονίου τάσιν ἔχει[3] ὁ αὐτὸς βος ἐν τῷ διατόνῳ· ὁμοτονεῖ δὲ τῷ τοῦ ἐναρμονίου τρίτῳ, ὅτι κατεβιβάσθη[4] ἀπὸ τοῦ ἑσῖῶτος πρώτου τόνου, δύο διέσεις· καὶ εἰσὶν αἱ δύο διέσεις ἡμιτόνιον. Ἐν δὲ τῷ ἐναρμονίῳ, οἱ δύο μέσοι ἐξαλλάτῖονται πρὸς τὸ διάτονον· ἐκεῖ γὰρ ἡμιτονίου καὶ τόνου τάσιν ἔχουσιν, ἐνταῦθα δὲ διέσεως [καὶ διέσεως[5]]· ὥσῖε ἀντικεῖσθαι τὸ ἐναρμόνιον τῷ διατόνῳ· μέσον δ' αὐτῶν ὑπάρχειν τὸ χρωματικόν· μικρὸν γὰρ παρετράπη ἓν μόνον ἡμιτόνιον ἀπὸ τοῦ διατονικοῦ· ἔνθεν καὶ χρῶμα ἔχειν λέγομεν τοὺς εὐτρέπῖους ἀνθρώπους[6].

Λοιπὸν οἱ μὲν ἄκροι τοῦ τετραχόρδου, ἑσῖῶτες φθόγγοι λέγονται· οὐ γὰρ διαπίπῖουσιν ἐν οὐδενὶ τῶν γενῶν· οἱ δὲ μέσοι κινούμενοι, ἔν γε τῷ ἐναρμονίῳ. Ἐν δὲ τῷ χρώματι ὁ βος κινούμενός τε καὶ οὐ κινούμενος· πρὸς μὲν γὰρ τὸ διάτονον οὐ μεταπίπῖει, πρὸς δὲ τὸ ἐναρμόνιον μεταπίπῖει.

[1] A om. τό.

[2] Il semble que l'auteur parle de l'intervalle des deux cordes aiguës, et que par conséquent il faut ici τριημιτόνιον, ou τρὶς ἡμιτονικόν, au lieu de εἰς ἡμ.

[3] A : ἔχειν.

[4] Il faut se rappeler que le grave occupe le haut du tétracorde.

[5] A om. καὶ δ.

[6] C'est ainsi que nous comparons au caméléon les hommes versatiles.

CHAPITRE XIII.

Analyse de la quarte, de la quinte, et de l'octave. — L'auteur rappelle que la *quarte* vaut deux tons et un limma, la *quinte* trois tons et un limma, et l'*octave* cinq tons et deux limmas : ce qui ferait six tons, si le limma était un demi-ton. — Alors l'auteur reprend et développe la démonstration par laquelle Ptolémée établit que le *limma* est *moindre que le demi-ton*, et qu'au contraire l'*apotome*, excès du ton sur le limma, est *supérieure au demi-ton*. Quant au demi-ton proprement dit, il est compris entre $\frac{17}{16}$ et $\frac{18}{17}$; il vaut environ $\frac{258}{243}$; il est par conséquent au limma dans le rapport de 258 à 256, ou de 129 à 128. Mais les aristoxéniens eux-mêmes, continue Ptolémée, n'oseraient dire qu'un pareil rapport est appréciable à l'oreille ; si donc l'ouïe peut commettre une erreur sur cet intervalle, *a fortiori* cela pourra-t-il arriver lorsque l'intervalle sera répété, comme il arrive dans la démonstration par laquelle cette secte établit sa théorie de la mesure des intervalles.

Κεφον ιγ. Σύσἱημα δὲ οὖσα ἡ διὰ πασῶν, εἴτε ἀπὸ τοῦ προσλαμβανομένου πρὸς τὴν μέσην, εἴτε ἀπὸ τῆς μέσης πρὸς τὴν νήτην τὴν ὑπερβολαίαν[1], ἐν ὀκτὼ χορδαῖς (ἀπό τε δύο τόνων καὶ ἡμιτονίου, καὶ τριῶν τόνων καὶ ἡμιτονίου)· οὐκ εὐθὺς ἐξ τόνων[2] ἀποτελεῖται, ἀλλὰ πέντε τόνων καὶ δύο ἡμιτονίων· ἅπερ εἰ ἀληθῶς ἡμίση τόνων ἦσαν, οὐδὲν ἐκώλυεν ἐξ τόνων λέγεσθαι τὸ διὰ πασῶν. Καὶ Φιλόλαος λέγει· « ἁρμονία δὲ πέντε ἐπόγδοα καὶ δύο διέσιες[3]· » ἁρμονίαν μὲν καλῶν τὴν διὰ πασῶν συμφωνίαν, ἐπόγδοα δὲ τοὺς τόνους, διέσιας δὲ τὰ ἡμιτόνια· ἅπερ εἰ ἀληθῶς ἦσαν ἡμίση τόνων[4], τάχα ἂν ἐξ τόνων Fol. 25 v°. τὸ διὰ πασῶν ἐλέγετο· ὅπερ οὐκ ἀρέσκεται λέγειν Πτολεμαῖος. « Ὁ γὰρ λόγος, φησίν[5], ἀξιοπισἱότερος ὢν ἤδη τῆς αἰσθήσεως ἐν ταῖς οὕτω βραχυτάταις διαφοραῖς, ἐλέγχων[6] τοῦτο οὕτω μὴ ἔχειν....... Ληφθέντος γάρ, φησιν[7], ἀριθμοῦ

[1] Peut-être τῶν ὑπ[illegible]ων.

[2] Mss. exc. D : ὀξυτόνων.

[3] Cf. Nicomaque (p. 17) et ci-dessus, p. 274, la note supplémentaire.

[4] D : ἡμιτόνια.

[5] Cf. Ptolémée, I, x, p. 22 ; et Porphyre, p. 302 et suiv.

[6] Ptol. : ἐλέγχει τ. οὕτως.

[7] Ptol., p. 23, lig. 6 en montant.

τοῦ πρώτου δυνατοῦ δεῖξαι τὸ προκείμενον, ὃς ἐστὶ μονάδων ͵αφλϛ, ἐπόγδοος μὲν αὐτοῦ γίνεται ὁ ͵αψκη· τούτου δὲ ἐστὶν ἐπιηος ὁ τῶν ͵αϡμδ, ὃς δηλονότι πρὸς τὸν τῶν[1] ͵αφλϛ λόγον ἕξει διτόνου[2]. Ἔστι δὲ καὶ ἐπιγος τοῦ τῶν ͵αφλϛ ὁ τῶν ͵βμη· τὸ ἄρα λεῖμμα ἐν λόγῳ ἐστὶ τῷ τῶν ͵βμη πρὸς τὰ ͵αϡμδ. Ἀλλ' ἐὰν καὶ τοῦ τῶν ͵αϡμδ τὸν ἐπόγδοον λάβωμεν, ἕξομεν ἀριθμὸν τὸν τῶν ͵βρπζ· καὶ ἔστι μείζων ὁ λόγος ὁ τῶν ͵βρπζ πρὸς τὰ ͵βμη τοῦ τῶν ͵βμη πρὸς τὰ ͵αϡμδ. Τὰ μὲν γὰρ ͵βρπζ τῶν ͵βμη μείζονι μὲν ὑπερέχει ἢ τῷ πεντεκαιδεκάτῳ αὐτοῦ μέρει, ἐλάττονι δὲ ἢ τῷ ιδῳ· τὰ δὲ ͵βμη τῶν ͵αϡμδ μείζονι μὲν ὑπερέχει ἢ τῷ ἐννεακαιδεκάτῳ αὐτοῦ μέρει, ἐλάττονι δὲ ἢ τῷ ὀκτωκαιδεκάτῳ. Τὸ ἔλαττον ἄρα τοῦ τρίτου τόνου[3] τμῆμα ἐντὸς ἀπείληπται τοῦ διὰ δων πρὸς τῷ διτόνῳ· ὥστε τὸ μὲν τοῦ λείμματος μέγεθος ἔλαττον[4] εἶναι ἡμιτονίου, συνάγεσθαι δὲ τὸ διὰ δων ὅλον ἔλαττον β καὶ 𐅵 τόνων. Καὶ ἔστι τῷ τῶν ͵βμη πρὸς τὰ ͵αϡμδ λόγῳ ὁ αὐτὸς ὁ[5] τῶν σνϛ πρὸς τὰ σμγ..... Ἐπειδὴ[6] γὰρ εἰς ἴσους μὲν δύο λόγους οὔτε ἐπηος οὔτε ἄλλος τις διαιρεῖται τῶν ἐπιμορίων, ἴσοι δὲ ἔγγιστα ποιοῦσι[7] λόγοι τὸν ἐπηον ὅ τε ἐπιιϛος καὶ ὁ ἐπιιζος· εἴη ἂν κατὰ τὸν μεταξύ πως τούτων λόγον τὸ ἡμιτόνιον, τουτέστι τὸν μείζονα[8] μὲν τοῦ ἐπιιζου,
Fol. 26 r°. ἐλάττονα δὲ τοῦ ἐπιιϛου. Ἔστι δὲ καὶ τῶν σμγ τὰ ιε μεῖζον [μὲν[9]] μέρος ἢ ἑπτακαιδέκατον, ἔλαττον δὲ ἢ ἑκκαιδέκατον[10]· ὥστε

[1] A om. τῶν.

[2] Mss. : δίτονον.

[3] A : τριτόνου. — V. ci-dessous, p. 458.

[4] Ptol. ἐλ. ἡμ. συν. τὸ δὲ διὰ τ.

[5] Mss. om. ὁ.

[6] *Ibid.* p. 25, lig. 2.

[7] Ptol. aj. δύο.

[8] Les mss. A, C, mettent les deux nombres l'un à la place de l'autre, comme à la page 37, dans le texte du § XII, où on lit que *le demi-ton est* μεῖζον μὲν ἢ ὀκτωκαιδεκάτῳ, ἔλαττον δὲ ἢ ἐννεακαιδεκάτῳ, ce qu'il faut lire ainsi : μεῖζον μὲν ἢ ἐπεννεακαιδεκάτῳ, ἔλαττον δὲ ἢ ἐποκτωκαιδεκάτῳ (cf. p. 171).

[9] Mss. om.

[10] Mss. exc. D : ἑπτακ. — Le nombre 15, dit ici Ptolémée, étant compris entre le 17e et le 16e de 243, il s'ensuit que le demi-ton vaut environ $\frac{243+15}{243} = \frac{258}{243}$; mais on a prouvé que le limma vaut $\frac{256}{243}$; donc le demi-ton est au limma dans le rapport de $\frac{258}{256} = \frac{129}{128}$.

Autrement : $\frac{243+x}{243} = \frac{18}{17}$ ou $= \frac{17}{16}$ approxi-

TRAITÉS GRECS relatifs à la musique.

συντεθέντων αὐτῶν τοῦ σμγ καὶ ιε, ἐν λόγῳ γίνεσθαι τὸ ἡμιτόνιον ἔγγισῖα τῷ τῶν σνη πρὸς τὰ σμγ. Ἐδείχθη δὲ καὶ τοῦ λείμματος ὁ λόγος ὁ τῶν σνς πρὸς τὰ σμγ· καὶ τοῦ λείμματος ἄρα τὸ ἡμιτόνιον διοίσει, τῷ τῶν σνη λόγῳ πρὸς σνς, ὅς ἐσῖιν ἐπιρκηος [1]. Τὴν δὲ βραχεῖαν οὕτω παραλλαγὴν δυνατὸν [2] κρῖναι [3] ταῖς ἀκοαῖς, οὐδ' ἂν αὐτοὶ φήσαιεν. Εἰ τοίνυν ἐνδέχεται τὸ τοσοῦτον τὴν αἴσθησιν [4] παρακοῦσαι, πολὺ μᾶλλον ἂν ἐνδέχοιτο κατὰ τὴν διὰ πλειόνων λήψεων [5] συναγωγὴν, ὁποῖον πέπονθεν αὐτοῖς ἡ προκειμένη δεῖξις· τρὶς μὲν τοῦ διὰ δων λαμβανομένου [6], δὶς δὲ τοῦ διτόνου κατὰ διαφόρους θέσεις, ὁπότε μὴ ἐφάπαξ [7] ποιῆσαι δίτονον [8] ἀκριβῶς, προχείρως ἐσῖιν [9] αὐτοῖς. Μᾶλλον μὲν γὰρ ποιήσειαν τόνον ἢ δίτονον, ἐπειδήπερ αὐτὸς μὲν ὁ τόνος ἐμμελής ἐσῖι καὶ ἐν ἐπογδόῳ λόγῳ· τὸ δὲ ἀσύνθετον δίτονον, ἐκμελές, ὡς ἂν ἐν λόγῳ τῷ τῶν πα πρὸς τὰ ξδ· ταῖς δὲ αἰσθήσεσιν εὐληπῖότερα τὰ συμμετρότερα. »

Καὶ ταῦτα μὲν κατὰ λέξιν ὁ Πτολεμαῖος· ἔξεσῖι δὲ ἐκ τῶν ἐκείνου μαθεῖν περὶ τῶν τοιούτων ἀκριβέσῖερον· διατί δὲ ἀπὸ τοῦ αφλς ἤρξατο ἄξιον εἰπεῖν. Ἐκθέμενος γὰρ τοὺς πυθμένας τοῦ ἐπηου, τουτέσῖι τὸν η καὶ τὸν θ, ζητεῖ πάλιν καὶ τοῦ δευτέρου ἀριθμοῦ ἐπηου τοῦ θ· καὶ ἐπεὶ οὐκ ἔχει ὁ θ ὄγδοον, λαμβάνει τὸν δεύτερον ὀκῖαπλάσιον, ὅς ἐσῖιν

mativement; d'où $x = 15$; etc. — Voyez ci-après, ch. xxi.

Le logarithme acoustique décimal de $\frac{129}{128}$ est 0,6736, ce qui fait de 6 à 7 centièmes de ton moyen, intervalle très-appréciable sur l'unisson; mais cette évaluation est un peu trop forte. En prenant le logarithme acoustique de $\sqrt{\frac{9}{8}} : \frac{256}{243}$, ce qui donne l'excès véritable du demi-ton majeur sur le limma, on ne trouve que 0,5864, ce qui fait entre 5 et 6 centièmes de ton moyen. Enfin, l'excès du demi-ton moyen sur le limma est seulement 0,4887, c'est-à-dire de 4 à 5 centièmes.

[1] Mss. : ἐπιεκατοσῖόγδοος, au lieu de ἐπιεκατοεικοσῖόγδοος.

[2] Ptol. δυν. εἶναι.

[3] Mss. exc. D : κρίναι.

[4] Ptol. aj. καθάπαξ.

[5] A om.

[6] Cf. Aristox. p. 55, 56; et Meyb. p. 118.

[7] Ptol. μηδ' ἅπαξ.

[8] A : τόνον.

[9] Ptol. πρόχειρόν ἐσῖιν.

TRAITÉS GRECS relatifs à la musique.

ὁ ξδ· καὶ ἐπὶ τούτου ἐποικοδομεῖ τὸν οϐ ἐπιηον, καὶ αὐτοῦ πάλιν ἐπηον τὸν πα. Καὶ ἐπεὶ τὸ διὰ δων ἐν ἐπιγω λόγῳ ἀπὸ τῶν
Fol. 26 v°. ἄκρων, ζητεῖ εἰ εἶχεν ὁ ξδ τρίτον· ἐν τούτοις ἂν εὐωδοῦτο τὸ ζήτημα. Ἐπεὶ δὲ οὐκ ἔχει, τριπλασιάζει τόν τε ξδ, τὸν οϐ, καὶ τὸν πα· καὶ γίνονται ρϟϐ, σις, σμγ, οἷς προστίθεται καὶ ὁ σνς, ἵνα ποιῇ οὗτος πρὸς τὸν ρϟϐ τὸν ἐπίγον λόγον. Καὶ ἔστιν ἡ ὑπερροχὴ τοῦ σνς πρὸς τὸν σμγ, ιγ· ταῦτα τὰ ιγ βουλόμεθα μαθεῖν τί μόριον εἰσὶ τοῦ σμγ· αὐτὰ γάρ εἰσι τὸ λεῖμμα· τοῦ γὰρ ρϟϐ ἐπηος ὁ σις, ἐν ὑπεροχῇ τοῦ κδ· καὶ τούτου αὖθις ὁ σμγ, ἐν ὑπεροχῇ τοῦ κζ· τούτου δὲ πάλιν ὑπερέχει ἐν ιγ ὁ σνς· ὁ σνς δὲ πρὸς τὸν ρϟϐ ἐπίγος. Τοῦτο γοῦν τὸ λεῖμμα τὰ ιγ μέρος ἐστὶν ὁποῖον τοῦ σμγ; καὶ σκοποῦμεν τοῦτο, καὶ εὑρίσκεται ἔλαττον μὲν ὀκτωκαιδεκάτου[1], μεῖζον δὲ ιθου· ὀκτωκαιδεκάκις γὰρ ιγ, σλδ, ἐννεακαιδεκάκις δὲ, σμζ. Δεῖ δὲ ἄρα καὶ τὸν σμγ σκέψασθαι εἰ ἔχει ηον, ἵνα ἐποικοδομήσαντες τὸν ἐπηον, διαιρήσομεν αὐτὸν εἴς τε τὸν ιγ τοῦτον καὶ τὴν ἀποτομήν. Ἀλλ' οὐκ ἔχει ὁ σμγ ὄγδοον· λοιπὸν ὀκταπλασιάζει[2] τὸν ξδ, καὶ ποιεῖ τὸν τρίτον ὀκταπλασίονα[3] τὸν φιϐ· καὶ οἱ μὲν τρεῖς ἐπόγδοοι ἐποικοδομοῦνται τούτῳ. Οὐκ ἔχει δὲ ὁ φιϐ τρίτον, ὡς ἂν ἐπὶ τούτῳ ἐδράσωμεν τὸν ἐπίγον· διὰ ταῦτα τριπλασιάζομεν τὸν φιϐ, καὶ γίνεται ὁ ͵αφλς[4]· καὶ τούτου ἐπηος ὁ τῶν ͵αφκη[5]· τούτου δ' αὖθις ἐπηος ὁ ͵αϡμδ, ὃς πρὸς τὸν ͵αφλς λόγον ἕξει διτόνου. Ἔστι δὲ καὶ ἐπίγος τοῦ ͵αφλς ὁ ͵ϐμη· ἀλλ' ἐὰν τοῦ ͵αϡμδ τὸν ἐπιηον λάϐωμεν, ἕξομεν ἀριθμὸν τὸν τῶν ͵ϐρπζ, ἐξ οὗ ἀφαιρήσομεν τὸ λεῖμμα τὸν ρδ· καὶ ἔστιν ἡ ἀποτομὴ πρὸς τὸν ͵ϐρπζ, ρλθ[6]· ὁ γὰρ ἐπιηος τοῦ ͵αϡμδ, ὁ

[1] Mss., exc. D où la correction est faite de seconde main : ἑπτακ.

[2] Mss. exc. D : ὀκτωπλ.

[3] C : ὀκτωπλ.

[4] L'auteur, après avoir ainsi expliqué pourquoi Ptolémée a dû baser son raisonnement sur le nombre 1536, reprend en détail la démonstration.

[5] Mss. exc. D : αψκδ.

[6] Mss. exc. D : ρθ.

͵βρπζ, ὑπερέχει ἐκείνου σμγ[1] μονάσιν· ἐκ τούτου ἐσ7ὶ τὸ λεῖμμα ὁ ρδ, ὁ δὲ ρλθ[2] ἐσ7ὶν ἡ ἀποτομή. « Τὰ μὲν[3] οὖν ͵βρπζ τῶν ͵βμη μείζονι μὲν ὑπερέχει ἢ τῷ πεντεκαιδεκάτῳ αὐτῶν μέρει, ἐλάτ7ονι δὲ ἢ τῷ τεσσαρεσκαιδεκάτῳ· τὰ δὲ ͵βμη τῶν ͵αϡμδ μείζονι μὲν ὑπερέχει ἢ τῷ ἐννεακαιδεκάτῳ αὐτῶν μέρει, ἐλάτ7ονι δὲ ἢ τῷ ὀκ7ωκαιδεκάτῳ. Τὸ ἔλασσον ἄρα[4] τοῦ τρίτου τόνου τμῆμα ἐντὸς ἀπείληπ7αι τοῦ διὰ δων πρὸς τῷ διτόνῳ. ὥσ7ε τὸ μὲν τοῦ λείμματος μέγεθος ἔλατ7ον ἡμιτονίου συνάγεσθαι· τὸ δὲ διὰ δων ὅλον, ἔλασσον δύο καὶ ἡμίσους[5] τόνων. Καὶ ἔσ7ι τῷ τῶν ͵βμη πρὸς τὰ ͵αϡμδ λόγος[6] ὁ αὐτὸς ὁ τῶν συϛ πρὸς τὰ σμγ, » ὧν ἡ ὑπεροχὴ ιγ[7]. Fol. 27 r°.

CHAPITRE XIV.

Pour Aristoxène et son école, le limma n'est autre chose qu'un demi-ton; la quarte vaut 2 tons $\frac{1}{2}$, la quinte 3 tons $\frac{1}{2}$, et l'octave exactement 6 tons. — Après avoir rappelé cette théorie des aristoxéniens, l'auteur insiste de nouveau sur la *réfutation* qu'il en a donnée dans le paragraphe précédent; et, comme complément de preuves, il ajoute, d'après Ptolémée, cette remarque, savoir : que si, d'une part, on prend 6 tons de suite[8], et

[1] Mss. exc. D : σιγ. D : σλγ.

[2] Mss. : ρθ.

[3] Ptol. p. 24, l. 6 : Τὰ μὲν γάρ... (voy. ci-dessus, p. 455).

[4] Mss. : Τῷ δ'ἐλ. εἶναι.

[5] Ptol. : ἡμίσεος. — [6] Ptol. : λόγῳ.

[7] La démonstration revient à ceci : Le ton vaut $\frac{9}{8}$, le diton $\left(\frac{9}{8}\right)^2 = \frac{81}{64}$, et le triton $\left(\frac{9}{8}\right)^3 = \frac{729}{512}$; quant à la quarte, elle vaut $\frac{4}{3}$. Maintenant $\frac{729}{512} : \frac{4}{3} = \frac{2187}{2048}$, valeur de l'apotome; et $\frac{4}{3} : \frac{81}{64} = \frac{256}{243}$, valeur du limma. Or $\frac{2187}{2048} > \frac{256}{243}$, comme il est facile de le reconnaître : car le premier rapport est compris entre $\frac{15}{14}$ et $\frac{16}{15}$, tandis que le second (mis ici sous la forme $\frac{2048}{1944} = \frac{256 \times 8}{243 \times 8}$, pour nous rapprocher de l'auteur) est compris entre $\frac{19}{18}$ et $\frac{20}{19}$. Au reste, pour éviter la fraction, Ptolémée part du nombre 1536 qui est le plus simple multiple des dénominateurs des trois fractions à comparer, savoir : $\frac{81}{64}$, $\frac{4}{3}$, et $\frac{729}{512}$.

L'unisson étant ainsi représenté par 1536,
le diton l'est par 1728,
la quarte par 2048,
et le triton par . . . . 2187.

Voyez Ptolémée, p. 23; Porphyre, p. 302 et 303, et les figures, ainsi que Wallis, p. 169, col. 1re. — Cf. aussi Aristoxène, p. 55, 56; et Meybaum, p. 118.

[8] Ce qui se fait en répétant six fois l'excès de la quinte sur la quarte, excès que l'on évalue à l'oreille.

d'autre part, une octave, la somme des 6 tons sera plus grande que l'octave, d'un intervalle qui est justement double de l'excès du demi-ton sur le limma, et qui par conséquent vaut $\frac{65}{64}$.

TRAITÉS GRECS relatifs à la musique.

Κεφον ιδ.

Ἀριστόξενος μὲν καὶ οἱ κατὰ τὸν Ἀριστόξενον, λαμϐάνοντες τὸ λεῖμμα ὡς ὁλόκληρον ἡμιτόνιον, ἔλεγον καὶ τὸ διὰ πασῶν ἐξ τόνων· ἐπείτοιγε τὸ διὰ πασῶν συντίθεται ἐξ ἐπιγου καὶ ἡμιολίου, εἴτουν τοῦ διὰ δων καὶ τοῦ διὰ ε· καὶ ἐπεὶ τὸ διὰ δων ἐτίθουν δύο καὶ[1] ἡμίσεος[2] τόνων, τὸ δὲ διὰ ε τριῶν καὶ ἡμίσεος[2], συντιθέντες τὰ δύο ἡμίσια[3] εἰς ἕνα τόνον, καθίστων τὸ διὰ πασῶν τόνων ἕξ. Πτολεμαῖος δὲ ἐλέγξαι βουλόμενος ὡς οὐκ ἔστι τὸ λεῖμμα ὁλόκληρον ἡμιτόνιον, οὐδὲ δύο καὶ ἡμίσεος τόνων τὸ διὰ δων, οὐδὲ τριῶν καὶ ἡμίσεος τόνων τὸ διὰ ε, ἔδειξε μὲν τοῦτο καὶ διὰ τῶν ἀριθμῶν, ὅτι διαφέρει τοῦ λείμματος τὸ ἡμιτόνιον ἐν λόγῳ ἐπιεκατοεικοστογδόῳ, ὅς ἐστι τοῦ σνη πρὸς τὸν σνϛ. Ὁ γὰρ διακόσια πεντήκοντα ὀκτὼ πρὸς τὸν σνϛ δυσὶ διαφέρει· τὰ δὲ δύο ταῦτα μέρος εἰσὶ τοῦ σνϛ ἑκατοεικοστόγδοον, καὶ ἔστιν ὁ σνη τοῦ σνϛ ἐπιεκατοεικοστόγδοος[4].

Fol. 27 v°. Ἐπεὶ γὰρ τὸν πρῶτον ἐπηον προεχειρίσατο τὸν θ πρὸς τὸν η, καὶ οὐκ ἦν ὄγδοον τοῦ θ, κατήντησεν εἰς τὸν δεύτερον ἐπηον τὸν ξδ, καὶ ἐπὶ τούτου εὑρίσκοντο δὲ οἱ δύο ἐπόγδοοι. Οὐκ εἶχε δὲ ὁ ξδ γον, ἵνα ἴδωμεν καὶ τὸν ἐπίγον αὐτοῦ· διὰ ταῦτα ὀκταπλασιάσας καὶ τὸν ξδ, καὶ τὸν ἐπίηον τούτου τὸν οϐ, καὶ τὸν ἐπηον αὖθις τούτου τὸν πα, ἀνῆξε τὸν λόγον εἰς ὑψηλοτέρους ἀριθμούς, τόν τε ρϙϐ, τὸν σιϛ, καὶ τὸν σμγ. Οὐδὲν δὲ εἶχε καὶ ὁ σμγ ὄγδοον ἄλλο πρὸς τοῖς δυσὶ τοῖς προτέροις, ἵνα δείξῃ τὸ πρόϐλημα σαφέστερον· καὶ παρέλαϐε τὸν τρίτον ὀκταπλασίονα τὸν φιϐ, καὶ ἐτριπλασίασε τοῦτον ἵνα εὕρῃ ἀριθμὸν τρίτον ἔχοντα· καὶ εὗρε τὸν ͵αφλϛ, οὗ ἐπόγδοος ἐγίνετο ὁ ͵αψκη· τούτου αὖθις ἐπηος ὁ ͵αϡμδ, ὅς πρὸς τὸν ἐξ ἀρχῆς ͵αφλϛ

[1] B, C, om. καί.

[2] A : ἡμίσεως.

[3] Peut-être ἡμίσεα.

[4] Mss. : ἐπικηος.

TRAITÉS GRECS relatifs à la musique.

λόγον ἔχει διτόνου· δύο γὰρ ἐπόγδοοί εἰσιν. Ἀλλ' εὕρηται καὶ ἐπίγ^{ος} τῶν ͵αφλς ὁ ͵βμη· τὸ δ' ἐπὶ τούτοις λεῖμμά ἐστιν ὁ ͵βμη πρὸς τὸν ͵αϡμδ. Ἐζήτησε δὲ καὶ τῶν ͵αϡμδ τὸν ἐπη^{ον}, καὶ ἔστιν ὁ ͵βρπζ, καὶ εὕρηκε μείζω τὸν λόγον τῶν ͵βρπζ πρὸς τὰ ͵βμη[1], τοῦ τῶν ͵βμη πρὸς τὰ ͵αϡμδ· τὰ μὲν γὰρ ͵βρπζ τῶν ͵βμη μείζονι μὲν ὑπερέχει ἢ τῷ πεντεκαιδεκάτῳ αὐτοῦ μέρει, ἐλάττονι δὲ ἢ τῷ τεσσαρεσκαιδεκάτῳ· τὰ δὲ ͵βμη τῶν ͵αϡμδ μείζονι μὲν ὑπερέχει ἢ τῷ ἐννεακαιδεκάτῳ αὐτοῦ μέρει, ἐλάττονι δὲ ἢ τῷ ὀκτωκαιδεκάτῳ.

Ταῦτ' ἀποδείξας, καὶ ἔλαττον δείξας τὸ τμῆμα τοῦ πρὸς τοῖς δυσὶ τοῖς προτέροις τρίτου τόνου, ὅπερ ἐναπείληπται ὡς λεῖμμα τῷ διτόνῳ, εἰς τὴν τοῦ ἐπιγ^{ου} εἴτουν τοῦ διὰ δ^{ων} γένεσιν, θέλων δεῖξαι καὶ ὁπόσον ἐλαττοῦται τὸ λεῖμμα πρὸς τὴν ἀποτομήν, ὑποκαταβαίνει εἰς τοὺς προτέρους ἀριθμοὺς[2] τόν τε ρϟβ, τὸν σις, τὸν σμγ· καὶ ἔστιν ὁ σμγ πρὸς τὸν ρϟβ λόγον ἔχων διτόνου· ὁ γὰρ σις ἐπη^{ος} τοῦ ρϟβ ἐν ὑπεροχῇ τοῦ[3] κδ· ὁ δὲ σμγ πάλιν ἐπη^{ος} τοῦ σις ἐν ὑπεροχῇ τοῦ κζ[4]· καὶ λίαν εἰκότως. Ἐπειδὴ γὰρ οἱ ἐξ ἀρχῆς ἀριθμοὶ ἐτριπλασιάσθησαν, ὅ τε ξδ, ὁ οβ, καὶ ὁ πα, εἰκότως καὶ αἱ ὑπεροχαὶ τῶν ἐπογδόων τριπλασιάζονται· καὶ ἦν ὑπεροχὴ πρὸς τὸν ξδ τοῦ οβ, ὀκτώ, καὶ ἐνταῦθα κδ· καὶ αὖθις ἡ ὑπεροχὴ πρὸς τὸν οβ τοῦ πα, θ, καὶ ἐνταῦθα κζ. Διτόνου γοῦν ὄντος, ζητεῖται καὶ τὸ λεῖμμα, ἵνα γένηται ὁ ἐπίγ^{ος} τοῦ διὰ δ^{ων} λόγος, καὶ προστίθενται ιγ, καὶ γίνεται σνς· ὁ γὰρ σνς πρὸς τὸν ρϟβ ἐπίτριτος· ἔχει γὰρ ὅλον αὐτὸν καὶ τὸ τρίτον τούτου τὸν ξδ. Ἀλλὰ τὸ ἡμίτονον[5] ἐν τῷ σνη ἵσταται· αὐτόθι γὰρ ἐγγὺς καταντᾷ τὸ ἥμισυ τοῦ ἐπιη^{ου} τῶν σμγ· καὶ εἴπερ εἶχεν ἐπη^{ον} ὁ σμγ, ἐδείχθη ἂν ἀριδηλότερον· ἐπειδὴ δὲ οὐκ ἔχει, καθ' ὑπόθεσιν εἰ ληφθείη, τὸ ἥμισυ

Fol. 28 r°.

[1] L'auteur ne fait ici que répéter ce qu'il a dit à la fin du chapitre précédent.

[2] A om.

[3] Mss. : τῷ.

[4] A, C : κε.

[5] Peut-être ἡμιτόνιον.

τούτου εἰς τὸν συη σ7ήσεται· ἔσ7ι γὰρ ἀπὸ τῶν σμγ τὸ ἐπέκεινα εἰς ἐπόγδοον ὡσανεὶ λόγον τριάκοντα μονάδες καὶ ϖλέον τι· τὸ ἥμισυ δὲ τοῦ λ, ιε. Ἀπὸ δὲ τῶν σμγ μέχρι καὶ τῶν σνς, ιγ μονάδες τὸ λεῖμμα· καὶ ἀπὸ τούτου δὲ μέχρι τοῦ[1] συη, δύο· καὶ ἔσ7ιν ὁ συη ϖρὸς τὸν σνς, μείζων ἐν λόγῳ ἐπιεκατοεικοσ7ογδόῳ[2]· τὰ γὰρ δύο, ἡ ὑπεροχὴ τῶν συη ϖρὸς τὰ σνς, μέρος ἑκατοσ7οεικοσ7όγδοον τῶν σνς ἐσ7ίν. Ἀλλ' οὕτω μὲν ἀπέδειξε Π7ολεμαῖος διὰ τῶν ἀριθμῶν μὴ εἶναι τὸ λεῖμμα ἡμιτόνιον ἄντικρυς, ἀλλ' ἐλλιπὲς τῷ τοιούτῳ λόγῳ.

Ἐναργέσ7ερον[3] δὲ καὶ διὰ τῆς αἰσθήσεως ἀποδείκνυσι μὴ
Fol. 28 v°. εἶναι ἓξ τόνων τὴν διαπασῶν συμφωνίαν[4], ἣν καὶ ὁμοφωνίαν καλεῖ ὡς ὁμοῦ συγκειμένην ἐκ δύο συμφώνων, τοῦ τε διὰ δων καὶ τοῦ διὰ ε. Εἰ γὰρ ἓξ τόνων ἦν, ὡς ἐκεῖνοι ἔλεγον, ἡ τοιαύτη συμφωνία[5], ὅτι δὶς ἔχει τὸ διὰ δων, ὡς δύο ἡμίσεος τόνων, καὶ ἔτι τόνον, ἔμελλεν ἂν μελῳδεῖσθαι ἐν ἑπ7ὰ χορδαῖς καὶ φθόγγοις, ὡς ϖοιεῖν τὸν ϖρῶτον φθόγγον ϖρὸς τὸν ἕβδομον τὸ διὰ ϖασῶν σύμφωνον· ἀλλ' οὐ μόνον οὐ γίνεται τὸ διὰ ϖασῶν ἐν τοῖς τοιούτοις ἑπ7ὰ φθόγγοις, ἀλλ' οὐδὲ ἄλλο τι σύμφωνον. « Λαμβανόντων[6] γὰρ ἡμῶν κατὰ τρόπον, τό τε διὰ δων καὶ τὸ διὰ ε, καὶ συντιθέντων, ϖοιήσουσιν οἱ ἄκροι τὸ διὰ ϖασῶν· ὅτι ταῦτα ταῖς ἀκοαῖς εἰσὶν[7] εὐορισ7ότερα. Ληφθέντων[8] δὲ ἓξ τόνων ἐφεξῆς ἐν ἑπ7αχόρδῳ κανόνι[9], μεῖζόν τι[10] βραχὺ τοῦ διὰ ϖασῶν οἱ ἄκροι[11] ϖοιήσουσι μέγεθος, καὶ κατὰ τὴν αὐτὴν ὑπεροχὴν ϖάντοτε, τουτέσ7ι τὴν διπλασίαν [τῆς[12]] τοῦ λείμ-

[1] Mss. : τόν au lieu de μέχρι τοῦ.

[2] A, C : ἐπιεκατοσ7οεικογδόῳ.

[3] Cf. Ptol. I, xi, p. 26.

[4] Mss. : ὁμοφ.

[5] B : ὁμοφ.

[6] Ptolémée, p. 26, lig. dern. : Καί τοι λαμβ. ἡμ. κ. τὸν αὐτὸν τρ. ἐφεξῆς, τό τε διὰ τ. καὶ διὰ ϖ. ϖοιήσ.

[7] Ptol. ἐσ7ίν.

[8] Ptol. τῷ λόγῳ μέντοι ληφθέντων ἓξ τόνων ἐφεξῆς.

[9] Ptol. om. ἐν ἑπ7. κ.

[10] Mss. : τε. Ptol. : τε βραχεῖ.

[11] Ptol. aj. φθόγγοι.

[12] Mss. om. τῆς.

TRAITÉS GRECS relatifs à la musique.

ματος πρὸς τὸ ἡμιτόνιον, ἥτις ἔγγιστα συνάγεται ἐν ἑξηκοστοτετάρτῳ[1] λόγῳ, ἀκολούθως ταῖς πρώταις ὑποθέσεσι[2] » καθ' ἃς ἐδείκνυτο[3] τὸ λεῖμμα τοῦ ἡμιτονίου ἔλατῖον, καὶ τὸ ἡμιτόνιον λόγον ἔχον πρὸς τὸν τοῦ λείμματος ἀριθμὸν, τὸν ἑκατοστοεικοστόγδοον. Ἐπεὶ γοῦν ἐν τῷ διὰ πασῶν δύο εὑρίσκονται λείμματα, ἓν τοῦ διὰ τεσσάρων, καὶ ἓν τοῦ διὰ ε̄, καὶ ἀντὶ ἡμιτονίων ἐκείνοις λαμβάνονται, εἰ τὸ ἡμιτόνιον τοσαύτην εἶχε πρὸς τὸ λεῖμμα τὴν ὑπεροχὴν ἐν λόγῳ ἑκατοστοεικοστογδόῳ, καὶ τὰ δύο ἑκατοστοεικοστόγδοα ἐν ἑξηκοστοτετάρτῳ λόγῳ γίνεται[4] · ἄρα ἐν τῷ ἑπταχόρδῳ κανόνι (τοῦ διὰ πασῶν[5]) εὑρεθήσονται οἱ ἄκροι πλέον [τι[6]] ποιοῦντες τοῦ διὰ πασῶν ἐν λόγῳ ἑξηκοστοτετάρτῳ, καθὼς καὶ ἐκθετικῶς διὰ χορδῶν ἀποδείκνυσιν.

CHAPITRE XV.

Les *cordes extrêmes* du tétracorde sont *fixes* ou *stables*, les *moyennes* sont *variables* ou *mobiles*. — La distinction principale des *genres* consiste en ce qu'ils sont les uns plus *mous*, les autres plus *durs*. — *Les genres les plus mous resserrent l'âme et l'énervent; les plus durs la dilatent et l'excitent.* — Une autre distinction des genres consiste en ce qu'ils sont au nombre de *trois principaux*, les seuls admis par Archytas, nombre porté à *six* par Ptolémée, et augmenté encore de *deux* autres par des auteurs plus modernes. — Passage remarquable d'Aristoxène, relatif à son système de division du tétracorde. Comparaison de cette division, fondée sur les différences des intervalles, avec celle d'Archytas qui porte sur les rapports des sons. Évaluations numériques. — Les genres les plus *mous* sont ceux dans lesquels *l'intervalle aigu* est le *plus grand;*

[1] En multipliant la fraction $\frac{129}{128}$ par $\frac{130}{129}$ qui lui est à peu près égale, on a $\frac{130}{128}=\frac{65}{64}$ pour le rapport du double demi-ton au double limma, ou pour l'excès de l'intervalle de 6 tons sur celui de l'octave. Le logarithme acoustique de $\frac{65}{64}$ est 1,3420, ce qui fait environ 13 centièmes de ton moyen. Mais la véritable valeur de l'excès de 6 tons majeurs sur l'octave n'est que 1,1730.

[2] Ptol. : τ. πρ. ὑπ. ἀκ.

[3] Mss. : ἐδείκνυ.

[4] Mss. exc. A : γίνονται. — C, D, om. λόγῳ.

[5] Mots surabondants.

[6] J'ajoute τι.

les plus *durs*, ceux dans lesquels cet *intervalle* est le *plus petit*, non par rapport au plus grave, mais par rapport à l'intervalle moyen ou intermédiaire.

Fol. 29 r°. Ἔφθημεν καὶ πρῶτον εἰπόντες, ὅτι ἐπὶ τοῦ τετραχόρδου, οἱ δύο ἄκροι ἑστῶτες εἰσὶν, ἵνα τηρῶσι[1] τὸ προκείμενον τοῦ διὰ τεσσάρων σύμφωνον· οἱ δὲ μεταξὺ δύο, κινοῦνται εἰς μεταβολὰς τῶν γενῶν, ἵνα ποιῶσι τὰς ὑπεροχὰς τῶν φθόγγων· καὶ λέγεται τὸ τοιοῦτον μεταβολὴ κατὰ γένος. Τὴν γὰρ διαίρεσιν τοῦ διὰ δων, οὐ τὴν αὐτὴν εἶναι πανταχοῦ συμβέβηκεν· ἄλλοτε δὲ ἄλλως συνίστασθαι· πρὸς γὰρ τὰ γένη καὶ αἱ διαιρέσεις τῶν τετραχόρδων γίνονται, ἄλλως μὲν ἐν τῷ ἐναρμονίῳ[2], ἄλλως δὲ ἐν τῷ χρωματικῷ, καὶ ἄλλως ἐν τῷ διατονικῷ, γενικῆς οὔσης τῆς μεταβολῆς. Τοῦ δὲ γένους πρώτη[3] μὲν ἐστὶν ἡ[4] εἰς δύο διαφορὰ κατὰ τὸ μαλακώτερον ὃ καλοῦσιν ἐναρμόνιον, καὶ τὸ συντονώτερον ὃ καλοῦσι διατονικόν· ἔστι δὲ μαλακώτερον μὲν τὸ συνακτικώτερον[5] τοῦ ἤθους, συντονώτερον δὲ τὸ διαστηματικώτερον[6]. Δευτέρα δὲ διαφορὰ ὡς εἰς τρία, τοῦ μὲν τρίτου μεταξύ πως τῶν εἰρημένων δύο τιθεμένου· καὶ τοῦτο μὲν καλεῖται χρωματικόν· τῶν δὲ λοιπῶν, ἐναρμόνιον μὲν τὸ μαλακώτερον αὐτοῦ· διατονικὸν δὲ, τὸ συντονώτερον· ὥστε εἶναι τρία γένη οἷς Ἀρχύτας ἐχρήσατο μόνοις.

Κεφον ιε.

Πτολεμαῖος δὲ τὸ μὲν ἐναρμόνιον ἐφύλαξεν, ἰδίαν ἔχον διαίρεσιν· τὸ δὲ χρωματικὸν εἰς δύο διελὼν, εἰς μαλακὸν καὶ σύντονον· καὶ τὸ διατονικὸν ὁμοίως τονιαῖον ὀνομάσας, καὶ ποιήσας ἄλλα δύο ἐξ αὐτοῦ, μαλακώτερον καὶ συντονώτερον, τὰ πάντα γένη ἓξ ὑπεστήσατο. Ὧν τὸ μὲν ἐναρμόνιον σύγκειται, πρὸς μὲν τὸ βαρὺ ἐξ ὀξέος, ἐκ τοῦ ἐπιδου, καὶ ἐπικγου, καὶ ἐπι-

[1] Cf. Ptol. I, XII, p. 29.

[2] A : ἁρμ.

[3] Cf. Ptol. p. 30, l. 4.

[4] Ptol. ὡς.

[5] Je préférerais συντακτικώτερον : mais je crois que la vraie leçon est συσταλτικώτερον (Cf. Bryenne, page 503).

[6] N'est-ce pas διασταλτικώτερον, ou plutôt διασταλτ.? — La première de ces deux leçons se trouve dans Ptolémée, p. 30, l. 8, et la seconde dans Bryenne, *ibid.* C'est l'opposé de συσταλτ.

τεσσαρακοσἸοπέμπἸου· ἐπὶ δὲ τὸ ὀξὺ ἀπὸ βαρέος, τὸ ἀνάπαλιν. Τῶν δὲ χρωματικῶν, τὸ μὲν μαλακὸν, πρὸς μὲν τὸ βαρὺ ἀπὸ τοῦ ὀξέος, ἐξ ἐπιε^{ου}, ἐπιδ^{ου}, καὶ ἐπικζ^{ου}, ἀπὸ δὲ τοῦ βαρέος ἐπὶ τὸ ὀξὺ τὸ ἀνάπαλιν· τὸ δὲ σύντονον, ἀπὸ μὲν τοῦ ὀξέος ἐπὶ τὸ βαρὺ, ἐξ ἐπιϛ^{ου}, ἐπιια^{ου}, καὶ ἐπικα^{ου}, ἀπὸ δὲ τοῦ βαρέος ἐπὶ τὸ ὀξὺ τὸ ἀνάπαλιν. Τῶν δὲ διατονικῶν, τὸ μὲν μαλακὸν, ἀπὸ μὲν τοῦ ὀξέος ἐπὶ τὸ βαρὺ, ἐξ ἐπιζ^{ου}, καὶ ἐπιθ^{ου}, καὶ ἐπικ^{ου}, ἀπὸ δὲ τοῦ βαρέος ἐπὶ τὸ ὀξὺ τὸ ἀνάπαλιν· τὸ δὲ μαλακὸν ἔντονον, ἀπὸ μὲν τοῦ ὀξέος ἐπὶ τὸ βαρὺ, ἐξ ἐπιη^{ου}, ἐπιζ^{ου}, καὶ ἐπικζ^{ου}, ἀπὸ δὲ τοῦ βαρέος ἐπὶ τὸ ὀξὺ τὸ ἀνάπαλιν· τὸ δὲ σύντονον διάτονον, ἀπὸ μὲν τοῦ οξέος ἐπὶ τὸ βαρὺ ἐξ ἐπιθ^{ου}, καὶ ἐπιη^{ου}, καὶ ἐπιιε^{ου}. Fol. 29 v°.

Καὶ οἱ ἀριθμοὶ σαφηνείας ἕνεκα οἵδε[1]· τοῦ μὲν ἐναρμονίου, ἀπὸ βαρέος, τξη, τξ, τμε, καὶ σοϛ· τοῦ δὲ μαλακοῦ χρωματικοῦ, σπ, σο, σνϐ[2], καὶ σι· τοῦ δὲ συντόνου χρωματικοῦ, ϖη, ϖδ, οζ, ξϛ· τοῦ δὲ μαλακοῦ διατόνου, ϖδ, ϖ, οϐ, ξγ· τοῦ δὲ μαλακοῦ ἐντόνου, ὃ δὴ καὶ τονιαῖον διατονικὸν λέγεται, σκδ, σιϛ, ρπθ, ρξη· τοῦ δὲ συντόνου διατονικοῦ, ϟϛ, ϟ, ϖ, οϐ· ταῦτα εἰσὶ τὰ ἓξ κατὰ τὸν ΠἸολεμαῖον γένη. Πρόσκεινται δὲ τούτοις καὶ ἄλλα δύο, τό τε διάτονον ὁμαλὸν, ἀπὸ μὲν βαρέος ἐπὶ τὸ ὀξὺ ἐξ ἐπιια^{ου}, ἐπιι^{ου}, καὶ ἐπιθ^{ου}, ἀπὸ δὲ τοῦ ὀξέος ἐπὶ τὸ βαρὺ τὸ ἀνάπαλιν· οὗ ἀριθμοὶ ἀπὸ βαρέος, ιϐ, ια, ι, θ· καὶ τὸ λεγόμενον διτονιαῖον, ὅπερ σύγκειται ἀπὸ μὲν βαρέος ἐκ λείμματος, ἐπιη^{ου}, καὶ ἐπιη^{ου}, ἀπὸ δὲ τοῦ ὀξέος ἐπὶ τὸ βαρὺ τὸ ἀνάπαλιν· οὗ ἀριθμοὶ ἀπὸ βαρέος, σνϛ, σμγ, σιϛ[3], ρϟϐ.

Ἴδιον δὲ τοῦ μὲν ἐναρμονίου καὶ τοῦ χρωματικοῦ τὸ καλου-

[1] Les nombres représentent ici des longueurs de cordes; ce sont, en allant du grave à l'aigu :

1° Pour l'Enharmonique. 368, 360, 345, 276;
2° Chromatique mou.... 280, 270, 252, 210;
3° Chromatique dur.... 88, 84, 77, 66;
4° Diatonique mou..... 84, 80, 72, 63;
5° Diatonique tonié..... 224, 216, 189, 168;
6° Diatonique dur...... 96, 90, 80, 72;
7° Diatonique égal..... 12, 11, 10, 9;
8° Diatonique ditonié... 256, 243, 216, 192.

[2] Mss. : σμϐ.

[3] A om.

Fol. 30 r°. μενον πυκνόν· ὅταν οἱ πρὸς τῷ βαρυτάτῳ δύο λόγοι, τοῦ λοιποῦ ἑνὸς ἐλάτlους γένωνται συναμφότεροι· ὡς ἐπὶ τῆς προκειμένης τῶν ἀριθμῶν ἐκθέσεως· ὁ μὲν ἐπικγ^{ος} μετὰ τοῦ ἐπιμε^{ου}, ἐν τῷ ἐναρμονίῳ γένει, ἐλάτlων ἐσlὶ τοῦ ἐπιιδ^{ου} λόγου τοῦ πρὸς τῷ ὀξυτάτῳ φθόγγῳ τεταγμένου· ὁ δὲ ἐπιιδ^{ος} μετὰ τοῦ ἐπικζ^{ου} ἐλάσσων ἐσlὶ τοῦ ἐπιε^{ου} ἐν τῷ μαλακῷ τῶν χρωμάτων· ὁ δὲ ἐπιια^{ος} μετὰ τοῦ ἐπικα^{ου} ἐλάσσων τοῦ ἐπιέκτου λόγου ἐν τῷ συντόνῳ τῶν χρωματικῶν. Τοῦ δὲ διατονικοῦ ἴδιόν ἐσlι τὸ καλούμενον ἄπυκνον· ὅταν μηδὲ εἷς τῶν λόγων μείζων γίνεται τῶν λοιπῶν δύο συναμφοτέρων· ἔσlι δὲ καὶ τοῦτο δῆλον ἐκ τῆς προκειμένης τῶν ἀριθμῶν ἐκθέσεως· ἐλάτlων γὰρ, καὶ ἐπὶ τῶν λοιπῶν γενῶν, ὁ μὲν ἐπιζ^{ος} τοῦ ἐπιθ^{ου} καὶ τοῦ ἐπικ^{ου} συναμφοτέρων, ὁ δὲ ἐπιη^{ος} τοῦ ἐπιζ^{ου} καὶ ἐπικζ^{ου} συναμφοτέρων· καὶ ὁμοίως ἕκασlος[1] αὐτῶν πρὸς τῷ ὀξυτάτω (μεθ' ἑνὸς τῶν πρὸς τῷ ἑπομένῳ[2]) ἐλάσσων ἐσlὶ τοῦ λοιποῦ. Καὶ ὁ μὲν Ἀρισlόξενος, ὡς ἐῤῥέθη, ἓξ ὑπογράφει τὰ γένη ταῦτα, ᾧ καὶ Πτολεμαῖος ἠκολούθησεν· οἱ δὲ νεώτεροι καὶ πλείους διαφορὰς τούτων εὑρίσκουσιν· ὧν αἱ ἀριδηλότεραι δύο[3] ὑπεγράφησαν. Φησὶ γὰρ οὗτος ἐκεῖνος[4] αὐταῖς λέξεσιν· «Ἕκασlον τῶν τετραχόρδων εἰς ἓξ διαιρεῖται γένη, ὧν ἐσlὶν «ἓν μὲν ὃ καλεῖται ἁρμονία, διέσει χρώμενον τῇ ἐλαχίσlῃ, «ἥτις ἐσlὶ τέταρτον τόνου· τρία δὲ χρωματικά, ὧν τὸ μὲν «βαρύτατον χρῆται[5] διέσει τῇ καλουμένῃ χρωματικῇ· ἔσlι δὲ «αὕτη τρίτον τόνου· τὸ δὲ μέσον ἄλλῃ διέσει χρῆται[6] τῇ

[1] D : ἕκασlον.

[2] Ces six mots sont certainement inutiles.

[3] L'auteur veut peut-être dire que la division la plus tranchée est celle qui a lieu entre le genre diatonique et le genre enharmonique; mais il est probable qu'il fait allusion aux deux genres supplémentaires admis par Ptolémée, savoir : le *diatonique égal* et le *ditonié*.

[4] Je n'ai pas trouvé ce passage dans Aristoxène; il y a seulement quelque chose d'analogue, à la pag. 51 de l'édition de Meybaum. — Cf. Ptol. I, XII, p. 30.

[5] Mss. : χρᾶται.

[6] A, D : χρᾶται.

« καλουμένη ἡμιολίᾳ· ἐπειδὴ κατὰ μίαν ἐναρμόνιον δίεσιν καὶ « ἥμισυ συνέσ7η τὸ διάσ7ημα αὐτῆς· τὸ δὲ τρίτον χρῶμα σύν- « τονόν ἐσ7ι, καθ' ἡμιτόνιον συνεσ7ὸς καὶ οὐ δίεσιν· καὶ τὸ Fol. 30 v°. « ϖυκνὸν μέχρι τούτου ϖρόεισι· μέχρι γὰρ τούτου τὸ ἓν « διάσ7ημα τῶν δύο μεῖζον ὑπάρχει. Εἶτα ἀπὸ τούτου εἰς ἴσα « διαιρεῖται τὸ τετράχορδον· λοιπὰ γὰρ δύο γένη ἐσ7ὶ διατονικὰ « ἀμφότερα. Κατὰ μέντοι τὸ ἀνειμένον, ὡς εἴρηται, εἰς ἴσα « τέμνεται τὸ τετράχορδον, κατὰ τὸν ὀξύτερον τῶν κινου- « μένων φθόγγων· τὸ γὰρ ἀπὸ ὑπάτης μέσων, λόγου χάριν, « ἐπὶ λιχανὸν, ἴσον γίνεται τῷ[1] ἀπὸ λιχανοῦ ἐπὶ μέσην, ὅπερ « ἐπ' οὐδενὸς ἦν τῶν ϖρώτων γενῶν· καὶ διὰ τοῦτο ἐπ' αὐ- « τῶν τὸ ϖυκνὸν διέμενε. Κατὰ δὲ τὸ λοιπὸν γένος, ὃ δὴ « καὶ αὐτὸ διατονικόν ἐσ7ι καὶ συντονώτερον, ὀξυτέρα ἔτι « γίνεται ἡ λιχανός· ὥσ7ε τονιαῖον μόνον εἶναι τὸ ἀπ' αὐτῆς « διάσ7ημα ἐπὶ μέσην. » Καὶ ταῦτα μὲν Ἀρισ7όξενος, ὃς καὶ τὸν τόνον διαιρεῖ ϖοτὲ μὲν εἰς δύο ἴσα ἡμιτόνια, ϖοτὲ δὲ εἰς τρία, ϖοτὲ δὲ εἰς $\bar{\delta}$, ϖοτὲ δὲ εἰς $\bar{\eta}$· καὶ τὸ μὲν $\overline{\delta^{ov}}$ αὐτοῦ μέρος καλεῖ δίεσιν ἐναρμόνιον· καὶ δίεσιν χρωματικὴν ἐπὶ τοῦ χρώματος, ὅπερ ἐσ7ὶ γ^{ov} τόνου· καὶ δίεσιν ἡμιολίαν τόνου καὶ ἡμίσεος τέταρτον[2], ϖαρὸ καὶ χρωματικὸν ἡμιόλιον λέγεται τὸ χρωματικὸν τοῦτο[3]. Ἀρχύτας δὲ ὁ Ταραντῖνος[4], μάλισ7α τῆς ϖυθαγορικῆς ἐπιμεληθεὶς μουσικῆς, ϖειρᾶται σώζειν ἐν ταῖς συμφωνίαις τὸν λόγον· καὶ οὐχ ὡς Ἀρισ7όξενος ἐποίει, διαιρῶν τὸν τόνον εἰς τόσα μέρη, καὶ τοῖς μεταξὺ μόνοις τῶν φθόγγων διασ7ήμασιν, ὡς τοπικοῖς οὖσι, χρησάμενος καὶ διορίζων τὰ γένη, καὶ οὐ ταῖς τῶν φθόγγων ϖρὸς ἀλλήλους ὑπεροχαῖς καθ' ἃς ὁ Ἀρχύτας τὰ γένη συντίθησι. Τρία τοιγαροῦν καὶ οὗτος ὑφίσ7αται γένη, τό τε ἐναρμόνιον, καὶ τὸ

[1] Mss., exc. D, τό.

[2] A : τόνος καὶ ἡμίσεως καὶ $\overline{\delta^{ov}}$. — B, C, D : τόνον καὶ ἡμίσεος καὶ τέταρτον. — Ptol. p. 30, l. 26 : τὸ τέτ. μετὰ τοῦ ὀγδόου.

[3] Mss. : σύντονον au lieu de τοῦτο.

[4] Ptol. I, XIII, p. 31.

Fol. 31 r°. χρωματικόν, καὶ τὸ διατονικόν· ἑκάστου δὲ αὐτῶν ποιεῖται τὴν διαίρεσιν οὕτως· τὸν μὲν γὰρ ἑπόμενον λόγον (εἴτουν τὸν βαρύτατον), καὶ ἐπὶ τῶν τριῶν γενῶν, τὸν αὐτὸν ὑφίσταται καὶ ἐπιεικοσθεέβδομον· τὸν δὲ μέσον, ἄλλως ἐν ἑκάστῳ γένει· ἔτι δὲ καὶ τὸν ἡγούμενον ἄλλως, ὡς μαθησόμεθα προϊόντες. Νῦν δὲ τοσοῦτον ἰστέον· ἐκκειμένου γὰρ τοῦ διὰ δων λόγου ἐν πυθμέσιν ἀριθμοῖς, τῷ τε δ̄ καὶ γ̄, βαρυτάτου μὲν ὄντος τοῦ δ̄ ὡς ὑπάτης ὑπατῶν, ὀξυτέρου δὲ τοῦ γ̄ ὡς ὑπάτης μέσων, διὰ τὸ τοὺς ὀξυτέρους φθόγγους ἐν τοῖς ἐλάττοσιν ἀριθμοῖς τάττεσθαι, ἀνάγκη (ἐπεὶ ἐν ἐπιεικοσθεεβδόμῳ λόγῳ τὸν ἑπόμενον τάττει καὶ ἐπὶ τοῖς τρισὶ γένεσιν) ἔχειν μὲν τὴν ὑπάτην τὸν κ̄η̄, τὴν δὲ παρυπάτην τὸν κ̄ζ̄· οὕτω γὰρ ἔσται ὁ κ̄η̄ τοῦ κ̄ζ̄ εἰκοσθεέβδομος· ὡς εἶναι βαρυτέραν τὴν ὑπάτην τῆς παρυπάτης τῷ κ̄ζ̄ λόγῳ, καὶ ἐν τοῖς τρισὶ γένεσιν. Ἀνάγκη δὲ καὶ τὴν ὑπάτην τῶν μέσων, ἥτις ἐστὶ τετάρτη[1] ἐν τοῖς τρισὶ τετραχόρδοις τούτοις, τὸν κ̄ᾱ ἔχειν· ὡς γίνεσθαι τὸν κ̄η̄ (τοῦ ἑπομένου) πρὸς τὸν κ̄ᾱ (τοῦ ἡγουμένου) ἐπίγον. Λοιπὸν ὁ λιχανὸς ἀλλαχθήσεται καὶ ἐν τοῖς τρισὶ γένεσιν· ὡς γίνεσθαι ἐπὶ μὲν τοῦ ἐναρμονίου ἐπιλεον, ἐπὶ δὲ τοῦ διατονικοῦ ἐφέβδομον τὸν μέσον λόγον· τὸν δὲ ἡγούμενον, ἐπὶ μὲν τοῦ ἐναρμονίου ἐπιδον, ἐπὶ δὲ τοῦ διατονικοῦ ἐπιηον· ἐπὶ δὲ τοῦ χρωματικοῦ, τὸν μέσον οὕτως ἔχειν πρὸς τὸν ὀξύτερον[2] τοῦ διατονικοῦ τὸν ἐπιζον[3], κατὰ λόγον τοῦ σ̄ν̄ς̄ πρὸς τὸν σ̄μ̄γ̄, ὃ καὶ λεῖμμα ἐλέγομεν[4]. Ἔστωσαν[5] γοῦν οἱ καθολικώτεροι ἀριθμοὶ ἐπὶ μὲν τοῦ ἐναρμονίου, ἀπὸ βαρυτέρου, ͵βις, ͵αϡμδ, ͵αωϛ, ͵αφιβ·

Fol. 31 v°. καὶ οἱ λόγοι, ἐπικζος, ἐπιλεος, καὶ ἐπιδος· ἐπὶ δὲ τοῦ διατονικοῦ,

TRAITÉS GRECS relatifs à la musique.

[1] L'hypate des mèses est la quatrième corde en partant de l'hypate des fondamentales, et cela dans les trois genres.

[2] Parce que le rapport moyen du genre diatonique est plus aigu que celui de même rang du genre chromatique.

[3] Mss., exc. D, ἐπιξ.

[4] Effectivement, la fraction $\frac{243}{224}$, que nous avons trouvée dans l'introduction (p. 393), est à $\frac{8}{7}$ dans le rapport de 256 à 243.

[5] A : ἔσωσαν.

TRAITÉS GRECS relatifs à la musique.

ἀπὸ βαρυτέρου, ͵βϛ, ͵αϡμδ, ͵αψα, ͵αφιϐ· καὶ οἱ λόγοι, ἐπικζος, ἐπιζος, ἐπιόγδοος· ἐπὶ δὲ τοῦ χρωματικοῦ, ἀπὸ βαρυτέρου, ͵βϛ, ͵αϡμδ, ͵αψϛϐ, ͵αφιϐ· καὶ ὁ μὲν τῶν ἑπομένων λόγος ἐπιεικοσθέϐδομος, καὶ αὐτὸς κατὰ τοὺς τῶν ἄλλων δυοῖν τετραχόρδων. Ὁ δὲ τῶν μέσων, ὡς ἐῤῥέθη, ἀπὸ τοῦ ἐν τῷ διατονικῷ ὀξυτάτου φθόγγου τοῦ ἐφεϐδόμου λαμϐάνεται, διὰ τὸ[1] τὴν αὐτὴν θέσιν ἔχειν κἀκεῖνον ἐκεῖ· δεύτερος γὰρ καὶ μέσος· λαμϐάνεται δὲ κατὰ λόγον τὸν τῶν σνϛ πρὸς τὰ σμγ, ὃν καὶ λεῖμμα ἐλέγομεν, καὶ οὐ λόγον· καὶ ἔχει ὁ ͵αψϛϐ πρὸς τὸν ͵αψα τὸν αὐτὸν λόγον τῶν σνϛ πρὸς τὰ σμγ· ὁ δὲ ἡγούμενος ἐν τῷ χρωματικῷ διὰ ταῦτα ἄλογός ἐστιν[2]. Ὃ δὴ καὶ ὁ Πτολεμαῖος αἰτιᾶται ὅτι οὐ σώζει ἡ διαίρεσις αὕτη τοῦ χρωματικοῦ τὸ τῷ ὄντι ἐμμελές[3]· ὁ γὰρ τῶν ͵αψϛϐ ἀριθμὸς οὔτε πρὸς τὸν τῶν ͵αφιϐ ποιεῖ λόγον ἐπιμόριον, οὔτε πρὸς τὸν τῶν ͵αϡμδ· παρά τε τὴν ἀπὸ τῆς αἰσθήσεως ἐνάργειαν ἐστὶ μὴ μόνον τοῦτο τὸ τετράχορδον χρωματικὸν, ἀλλὰ καὶ τὸ ἐναρμόνιον· «Τόν τε γὰρ ἑπόμενον λόγον, φησὶ, τοῦ συνήθους χρωματικοῦ μείζονα λαμϐάνομεν[4] τοῦ ἐπικζου » (τὸ γὰρ σύντονον χρωματικὸν ἐπικαον εἶχεν, εἰ καὶ τὸ μαλακὸν ἐπικζον ἔχει) · « καὶ τὸν ἐν τῷ ἐναρμονίῳ πάλιν ἑπόμενον ἐλάττονα, φησὶ, πολλῷ φαινόμενον τῶν ἐν τοῖς ἄλλοις γένεσιν ἑπομένων.[5] » Ὁ γὰρ Πτολεμαῖος ἐπιμεον αὐ-

[1] A om. τό.

[2] Il appelle ἄλογος, irrationnel, le rapport $\frac{32}{27}$, parce que ce nombre n'a pas la forme superpartielle $\frac{m+1}{m}$.

[3] Ptol. I, XIV, p. 33.

[4] Ptolémée accuse les divisions d'Archytas de ne pas s'accorder avec la pratique : ces genres étaient donc bien réellement en usage; et les théoriciens faisaient, pour les praticiens, ce que d'Alembert fit pour Rameau.

Cette accusation portée par Ptolémée contre ses prédécesseurs est encore précieuse sous un autre rapport; elle prouve, en effet, que ce n'était pas le calcul qui dirigeait la théorie, et que celle-ci ne s'appliquait, au contraire, qu'à représenter les procédés des artistes aussi exactement que possible; en un mot, que c'était bien l'oreille, et non la métaphysique comme on pourrait le croire, qui dictait ses lois à la science musicale des Grecs.

[5] Ptol. : Καὶ τὸν ἐν τῷ ἐν. π. ἑπ., τῶν ἐν τ. ἄλλ. γέν. ὁμοίων ἐλ. π. φ., ἴσον αὐτοῖς ὑποτίθεται.

TRAITÉS GRECS relatifs à la musique.

τὸν ποιεῖ· αὐτὸς δὴ ὁ Ἀρχύτας ποιεῖ ἴσον αὐτὸν τοῖς ἑπομένοις τῶν ἄλλων γενῶν, ἐν ἐπικζ^{ω} λόγῳ· καὶ πρὸς τούτοις ὅτι
Fol. 32 r°. ἐλάττονα τοῦ ἐπικζ^{ου} τὸν μέσον ἐν ἐπιλε^{ω} λόγῳ τίθεται, ἐκμελοῦς ἄντικρυς[1] τοῦ τοιούτου κατὰ πᾶν τετράχορδον, ὡς λέγει, γινομένου. Αὐτὸς[2] δὲ τὸ εὔλογον δοκιμάσας καὶ τὸ τῇ αἰσθήσει φαινόμενον, τάττει ταῦτα τὰ τρία τετράχορδα, προηγουμένως τὸ ἐναρμόνιον, τὸ χρῶμα τὸ μαλακὸν, καὶ τὸ χρῶμα τὸ σύντονον, οὕτως·

Τὸ μὲν ἐναρμ., ἀπὸ βαρυτέρων, ἐν ἀριθμοῖς τξη, τξ, τμε, σοϛ·
ἐν δὲ λόγοις.................... ἐπιμε^{ω}, ἐπικγ^{ω}, καὶ ἐπιδ^{ω}.
Τὸ δὲ μαλακὸν χρῶμα, ἐν ἀριθμοῖς...... σπ, σο, σνϐ, σι·
ἐν δὲ λόγοις.................... ἐπικζ^{ω}, ἐπιιδ^{ω}, καὶ ἐπιε^{ω}.
Τὸ δὲ χρῶμα τὸ σύντονον, ἐν ἀριθμοῖς...... πη, πδ, οζ, ξϛ·
ἐν δὲ λόγοις............. ἐπιεικοστομόνῳ, ἐπιια^{ω}, καὶ ἐπιϛ^{ω}.

Ἐφεξῆς δὲ τίθησι καὶ τὰ λοιπὰ πέντε·

Τὸ μὲν μαλακὸν διάτονον, ἐν μὲν ἀριθμοῖς χοϐ, χμ[3], φοϛ, φδ[4]·
ἐν δὲ λόγοις, ἀπὸ βαρυτέρων,........ ἐπικ^{ω}, ἐπιθ^{ω}, ἐπιζ^{ω}.
Τὸ δὲ σύντονον διάτονον, ἐν μὲν ἀριθμοῖς... χοϐ, χλ, φξ, φδ·
ἐν δὲ λόγοις, ἀπὸ βαρυτέρων,.......... ἐπιιε^{ω}, ἐπιιη^{ω}, ἐπιθ^{ω}.
Τὸ δὲ μαλακὸν ἔντονον, ἐν μὲν ἀριθμοῖς... χοϐ, χμη, φξζ, φδ·
ἐν δὲ λόγοις, ἀπὸ βαρυτέρων,........ ἐπικζ^{ω}, ἐπιζ^{ω}, ἐπιιη^{ω}.
Τὸ δὲ ὁμαλὸν διάτονον, ἐν μὲν ἀριθμοῖς....... κδ, κϐ, κ, ιη·
ἐν δὲ λόγοις, ἀπὸ βαρυτέρων,........ ἐπιια^{ω}, ἐπιι^{ω}, ἐπιθ^{ω}.
Ἐπὶ τούτοις καὶ τὸ διτονιαῖον, ἐν μὲν ἀρ. σνϛ, σμγ, σιϛ, ρϟϐ·
ἐν δὲ λόγοις, ἀπὸ βαρυτέρων,... λείμματι, ἐπιη^{ω}, καὶ ἐπιη^{ω}.

Πλὴν σημειωτέον ὅτι ἐπὶ μὲν τῶν τριῶν, τοῦ τε μαλακοῦ δια-

[1] Ptol. I, xiv, p. 33. — [2] C'est-à-dire Ptolémée. — [3] Mss. : χδ. — [4] Ici sont intercalées les différences, savoir :

χοϐ		χμ		φοϛ		φδ
372		640		576		504
	λϐ		ξδ		οϐ	
	32		64		72	

TRAITÉS GRECS relatifs à la musique.

τόνου, καὶ τοῦ συντόνου διατόνου, καὶ τοῦ μαλακοῦ ἐντόνου, κοινοὺς τοὺς ἄκρους ἐφύλαξεν ὡς ἑσΊῶτας ἐν λόγῳ ἐπιγ^{ω}, καθὼς καὶ ἐπὶ τῶν ἑτέρων τῶν προτέρων[1] τριῶν, κἂν ἡμεῖς ἄλλους διὰ σαφήνειαν ἐθέμεθα· τίθησι γὰρ ἐπὶ μὲν τοῦ ἐναρμονίου ἀριθμοὺς τοὺς ἄκρους, φυλάξας τοὺς αὐτοὺς ἐν τοῖς τρισίν, ἔν τε τῷ ἐναρμονίῳ, καὶ τοῖς δυσὶ χρωματικοῖς[2], τόν τε ιδ͵αχπ[3] ἀπὸ βαρυτέρων, καὶ τὸν ι͵ϛσξ[4] ἀπὸ ὀξυτέρων· ἰδίους δέ, ἐπὶ μὲν τοῦ ἐναρμονίου, τοῦ μὲν β^{ου} ἀπὸ τοῦ ἡγουμένου, ιγ͵βωκε[5]· τοῦ δὲ γ^{ου}, ιγηχ[6]· ἐπὶ δὲ τοῦ μαλακοῦ χρώματος, τοῦ μὲν δευτέρου ἀπὸ τοῦ ἡγουμένου, ιϐ͵ζφιϐ· τοῦ δὲ γ^{ου}, ιγ͵ϛχκ· ἐπὶ δὲ τοῦ συντόνου χρώματος, τοῦ μὲν δευτέρου ἀπὸ τοῦ ἡγουμένου, ιϐ͵γϡο[7]· τοῦ δὲ γ^{ου}, ιγ͵εσμ[8]· καὶ ἐπὶ τούτων μὲν οὕτως, ἵνα ἑσΊῶτας δείξῃ τοὺς φθόγγους. Ἐπὶ δὲ τοῦ ὁμαλοῦ διατόνου καὶ τοῦ διτόνου, ἄλλως τοὺς ἀριθμοὺς ἔθετο, ἐν λόγοις δὲ τοῖς[9] αὐτοῖς, ὡς τοὺς ἄκρους ποιεῖν τὸν ἐπίγ^{ον}. « Καθόλου δέ, φησι, μαλακώτερα φαίνεται τὰ μείζονα τὸν ἡγούμενον ἔχοντα λόγον, συντονώτερα δὲ τὰ ἐλάτΊονα. » Λέγει δὲ ταῦτα οὐ συγκρίνων τὸν ἡγούμενον πρὸς τὸν ἑπόμενον, ἀλλὰ πρὸς τὸν β^{ον} ἀπ' αὐτοῦ, τὸν μέσον. Fol. 32 v°.

[1] B, C : προτέρῳ.

[2] Voy. Ptolémée, I, xv, p. 37.

[3] Mss. : αχπη.

[4] Mss. : ϛσξ.

[5] Mss. : ͵βωκε. — Il en est de même des nombres qui suivent, dans lesquels les manuscrits suppriment toutes les unités du 5ᵉ et du 6ᵉ ordre.

[6] Mss. : ηχ.

[7] Mss. : ͵ϛπο.

[8] Voyez ci-dessous* le tableau de ces nombres. — [9] A, D, om. τοῖς.

Hypate des fondamentales : 141680

* Genre	Parhypate des fondamentales.	Indicatrice des fondamentales.
enharmonique	138600	132825
chromatique mou	136620	127512
chromatique dur	135240	123970

Hypate des mèses....... 106260

TRAITÉS GRECS relatifs à la musique.

CHAPITRE XVI.

Les genres les plus usités sont les diatoniques, et ils ne le sont pas tous également. — Ce qui présente un caractère de *mollesse ne plaît pas à tous les hommes* indistinctement[1]; il est rare d'ailleurs que l'on dépasse le chromatique dur. Mais pourquoi l'oreille préfère-t-elle celui-ci au chromatique mou? Sans doute à cause de la presque égalité qui existe entre les deux rapports $\frac{7}{6}$ et $\frac{8}{7}$, dont le premier dépend. — Sous ce point de vue, on peut aussi chercher à partager la quarte, non pas seulement en deux, mais en trois intervalles à peu près égaux. Le genre qui en résulte est le diatonique égal; il est agréable à l'oreille; les intervalles qui le composent sont mesurés par les fractions presque égales $\frac{10}{9}$, $\frac{11}{10}$, $\frac{12}{11}$, ou par des cordes ayant pour longueurs respectives, 9, 10, 11, 12; de sorte qu'une octave entière se trouve représentée, en longueurs de cordes, par les nombres 18, 20, 22, 24, 27, 30, 33, 36. — Caractère des autres nuances du genre diatonique; le dur et le ditonié peuvent être facilement pris l'un pour l'autre, à cause de la presque égalité de leurs intervalles[2]. Par la même raison, l'on pourrait sans difficulté, dans le genre enharmonique, remplacer par un diton $(\frac{5}{4})^2$ la tierce majeure de l'intervalle aigu. De là la *facilité avec laquelle on module du genre ditonié à l'enharmonique*[3]. — Affinités mutuelles de la quarte, du limma, et du ton. Ces deux derniers intervalles, et par suite le genre ditonié, s'obtiennent au moyen des deux premières consonnances (l'octave et la quarte).

Ἀλλ' αὗται μὲν αἱ χρόαι καὶ τὰ λεγόμενα γένη. Συνηθέστερα δὲ τούτων ταῖς ἀκοαῖς τὰ διατονικὰ μάλιστα πάντα[4]· οὐ μὴν δέ γε[5] ὁμοίως, « οὔτε τὸ ἐναρμόνιον, οὔτε τῶν χρωματικῶν τὸ μαλακόν· ὅτι οὐ πάνυ χαίρουσιν ἄνθρωποι τοῖς σφόδρα[6] ἐκλελυμένοις τῶν ἠθῶν· ἀπαρκεῖν[7] δ' αὐτοῖς, ἐν τῇ πρὸς τὸ μαλα- Κεφον ις.

[1] V. l'Introduction, p. 391.

[2] Les intervalles correspondants ne diffèrent que du comma $\frac{81}{80}$.

[3] Remarque de toute justesse, et de la plus haute importance pour l'introduction du genre enharmonique dans la musique moderne.

[4] Ptol., I, XVI, p. 41.

[5] D om. γε.

[6] Ptol.: χαίρουσε τ. σφ. — [7] *Id.*: αὐταῖς.

κὸν διαβάσει, μέχρι τοῦ συντόνου χρώματος φθάσαι.» Διατί δὲ τὸ σύντονον χρωματικὸν πρόσφορον ταῖς ἀκοαῖς; ἢ διότι ἀμφότερα μὲν τὰ χρωματικὰ πυκνά εἰσιν, ὅτι τὰ πρὸς τῷ βαρυτάτῳ δύο διαστήματα, ἐλάττονά εἰσιν ἑνὸς τοῦ πρὸς τῷ ὀξυτάτῳ. Ἀλλὰ κατὰ τὴν εἰς δύο λόγους τομὴν τοῦ ὅλου τετραχόρδου, τὸ μὲν μαλακὸν γίνεται ἐξ ἐπιθ^{ου} καὶ ἐπιε^{ου} ἀπὸ βαρυτέρων· καὶ ὁ ἐπιθ^{ος} διαιρούμενος εἰς δύο λόγους κατὰ τὴν προτέραν μέθοδον ἣν ἐθέμεθα, ἐν τῷ λαμβάνειν ἡμᾶς τοὺς πρώτους ἀριθμοὺς τοῦ ἐπενάτου, τόν τε ι καὶ τὸν Θ, καὶ τριπλασιάζειν αὐτοὺς, καὶ ποιεῖν κζ καὶ λ· καὶ μέσον αὐτῶν ἐν ἴσαις ὑπεροχαῖς λαμβάνειν τὸν κη καὶ τὸν κθ· καὶ τοῦ κθ ἀχρείου πρὸς τὴν παροῦσαν χρῆσιν ὄντος ὡς ἐδείκνυμεν πρότερον (οὐδὲ γὰρ ποιεῖ ἐπιμόριον λόγον πρὸς τὸν κζ), λαμβάνειν ἡμᾶς τὸν κη, καὶ εὑρίσκειν αὐτὸν, πρὸς μὲν τὸν κζ ἐπιεικοσθέβδομον, πρὸς αὐτὸν[1] δὲ τὸν λ[2] ἐπιιδ^{ον}· διαιρούμενος γοῦν ὁ ἐπιθ^{ος} τὰ δύο ποιεῖ διαστήματα, καὶ συνόλως σύγκειται τὸ μαλακὸν χρῶμα ἔκ τε ἐπιθ^{ου} καὶ ἐπιε^{ου}, καὶ πυκνόν ἐστι (τὰ γὰρ πρὸς τῷ βαρυτάτῳ διαστήματα δύο ἐλάττονά εἰσι τοῦ πρὸς τῷ ὀξυτάτῳ ἑνὸς, ἐπεὶ καὶ ὁ ἐπιθ^{ος} τοῦ ἐπιε^{ου} ἐλάττων). Τὸ δὲ σύντονον χρῶμα γίνεται καὶ αὐτὸ κατὰ τὴν εἰς δύο λόγους τομὴν τοῦ ὅλου τετραχόρδου, ἐξ ἐπιζ^{ου} καὶ ἐπιϛ^{ου}· διαιρούμενος δὲ ὁ ἐπιζ^{ος} κατὰ τὴν μέθοδον, ποιεῖ τοὺς δύο λόγους, τὸν ἐπικα^{ον} καὶ τὸν ἐπιια^{ον}, ἐν τῷ λαμβάνειν ἡμᾶς καὶ ἐν τούτοις τοὺς πρώτους ἀριθμοὺς τοῦ ἐπιζ^{ου}, τὸν η καὶ τὸν ζ· καὶ τριπλασιάζειν αὐτοὺς, καὶ ποιεῖν κδ καὶ κα, ὧν μέσοι[3] εἰσὶν, ἐν ἴσῃ ὑπεροχῇ, ὅ τε κβ καὶ ὁ κγ· ἀλλὰ τοῦ κγ ἀχρείου ὄντος εἰς ἐπιμόριον λόγον πρὸς τὸν κα, λαμβάνειν ἡμᾶς τὸν κβ, ὃς ἔχει πρὸς μὲν τὸν κα τὸν εἰκοστόμονον λόγον, πρὸς δὲ τὸν κδ κατὰ τὸν ὑπόλογον, τὸν ἐπιια^{ον}. Ἐπεὶ γοῦν τῶν δύο λόγων λαμβανομένων καὶ ὧδε κἀκεῖ Fol. 33 r°.

[1] A om. — [2] A titre de conséquent du rapport, κατὰ τὸν ὑπόλογον. — [3] B: μέσον.

Fol. 33 v°. « κατὰ τὴν[1] εἰς δύο λόγους ἐπιμορίους[2] τοῦ τετραχόρδου τομήν, » ἐκεῖ μέν ἐσ7ιν ἐπιθ^ος καὶ ἐπιε^ος, ἐνταῦθα δὲ ἐπιζ^ος καὶ ἐπιϛ^ος, μᾶλλον δὲ τὸ σύντονον τοῦτο χρῶμα « τοῖς ἐγγυτάτω τῆς ἰσότητος, καὶ ἐφεξῆς, διειλημπ7αι λόγοις, τουτέσ7ι τῷ ἐπιζ^ῳ καὶ ἐπιϛ^ῳ[3], » ἢ ἐκεῖνο, ἐν τῷ εἶναι ἐξ ἐπιθ^ου καὶ ἐπιε^ου, « ϖροσφορώτατον φαίνεται ταῖς ἀκοαῖς τὸ τοιοῦτον. »

TRAITÉS GRECS relatifs à la musique.

« Καὶ ἕτερον ἡμῖν γένος ὑποβάλλει[4], ὁρμωμένοις ἀπὸ τῆς ϖαρὰ τὰς ἰσότητας συνισ7αμένης ἐμμελείας[5], σκοπουμένοις[6] εἴ τις ἔσ7αι ϖρόσφορος σύνταξις τοῦ διὰ δ^ων » ἐν τετραχόρδῳ, ἐκ τριῶν ϖαρίσων λόγων· καὶ ἔσ7ι τὸ τοιοῦτον διάτονον ὁμαλὸν, ἀπὸ ὀξυτέρου ἐξ ἐπιθ^ου, ἐπιι^ου, καὶ ἐπιια^ου, ἀπὸ δὲ βαρυτέρου τὸ ἀνάπαλιν. Ἔχει γοῦν καὶ τὸ τοιοῦτον γένος τοὺς ϖαρίσους λόγους, καὶ ϖρόσφορον ταῖς ἀκοαῖς ἐσ7ιν· εἰσὶ δὲ οἱ τούτου ἀριθμοὶ, θ̄, ῑ, ῑᾱ, ῑβ̄, ἐφεξῆς κείμενοι· ὧν τινων διπλασιαζομένων καὶ γινομένων ῑη̄, κ̄, κ̄β̄, κ̄δ̄, καὶ αὖθις τριπλασιαζομένων καὶ γινομένων κ̄ζ̄, λ̄, λ̄γ̄, λ̄ϛ̄, συνίσ7αται τὸ διὰ ϖασῶν (ἐν ἐπιη^ῳ διαζεύξει κατὰ συνέχειαν), οἷον ιη, κ, κβ, κδ, κζ, λ, λγ, λϛ· ὧν διὰ μέσου ὁ ἐπιη^ος τῆς διαζεύξεως λόγος ὁ τοῦ κζ ϖρὸς τὸν κδ. Οὐ γὰρ « ϖερὶ μόνας[7] τὰς τρεῖς ὑπεροχὰς ἀπεργάζεται τὸ τῆς ἰσότητος ἴδιον, ἀλλὰ καὶ ϖερὶ τὰς τέσσαρας, » ϖροσκειμένης τῆς διαζεύξεως μέσον τοῦ τε διπλασιασμοῦ καὶ τοῦ τριπλασιασμοῦ τῶν τοιούτων ἀριθμῶν· οὕτω ϖρόσφορον τὸ ἐν τοιούτοις ϖαρίσοις ἀριθμοῖς μέλος, καὶ « ϖροσηνὲς ἄλλως[8], καὶ μᾶλλον ταῖς ἀκοαῖς συγγυμναζόμενον· ὅτι καὶ

[1] Ptol., *ibid.*

[2] Ptol. om.

[3] Ptol. : τῷ τε ἐπ. καὶ τῷ ἐπ.

[4] Ptol. : ὑπ. γ.

[5] Le caractère mélodieux résultant de cette *quasi-égalité.*

[6] Ptol. : καὶ σκ.

[7] Ptol., *ibid.*, p. 42 : οὐκέτι ϖερὶ μ.

[8] Quoi qu'il en soit, Ptolémée lui trouve quelque chose d'étrange et de rustique : ξενικώτερον μέν ϖως καὶ ἀγροικότερον ἦθος καταφανήσεται· ϖροσηνὲς δ' ἄλλως, καὶ μ. συγγ. τ. ἀκ.... ὅτι, κἂν καθ' αὑτὸ μελῳδῆται, οὐκ ἐμπ. ταῖς αἰσθ. ϖρ. — (Cf. la note B, p. 103, n. 1.)

καθ' αὑτὸ μελῳδούμενον οὐκ ἐμποιεῖ τινὰ προσκοπὴν[1] ταῖς αἰσθήσεσι. »

Καὶ πρὸς τούτῳ τό τε σύντονον διατονικὸν καὶ τὸ διτονιαῖον, προσηνῆ ταῖς ἀκοαῖς· τὸ μὲν [σύντονον διατονικὸν[2]] Fol. 34 r°
ὅτι σύγκειται, ἐκ βαρυτέρων, ἀπό τε ἐπιεου, καὶ ἐπιηου, καὶ ἐπιθου· ἔχει δὲ τὸν ἡγούμενον λόγον ἐλάττονα τοῦ μέσου, καὶ διὰ τοῦτο σύντονον τοῦτο καὶ προσηνές· (οὐ γὰρ χαίρουσιν ἄνθρωποι τοῖς μαλακοῖς καὶ ἐκλελυμένοις ἤθεσι· μαλακώτερα δέ εἰσι τὰ ἔχοντα τὸν ἡγούμενον μείζονα πρὸς τὸν μέσον[3])· τὸ δὲ διτονιαῖον, ὅτι τῷ τοιούτῳ συντόνῳ διατονικῷ παρομοιάζει, τῆς βραχυτάτης διαφορᾶς εἰς οὐδὲν λογιζομένης. Ἐπειδὴ γὰρ, ἀπὸ βαρυτέρων, ἐκ λείμματος, καὶ ἐπιηου, καὶ ἐπιηου, τὸ διτονιαῖον σύγκειται· τὸ δέ γε σύντονον διατονικὸν, ἀπὸ βαρυτέρων, ἐξ ἐπιεου, ἐπιηου, καὶ ἐπιθου· ὁ μὲν μέσος ἐπὶ τοῖς δυσὶν ὁ αὐτὸς μένει, ἐπόγδοος γάρ· ὁ δὲ ἡγούμενος μικρὸν ἔχει τὸ παραλλάττον πρὸς τὸν ἡγούμενον τοῦ ἄλλου· ἐπὶ τοῦ μὲν γὰρ ἐπόγδοος, ἐπὶ τοῦ δὲ ἐπέννατος· τὸ ἐπέννατον δὲ πρὸς τὸ ἐπόγδοον βραχὺ ἔλαττον· ὁ μέντοιγε ἑπόμενος πρὸς τὸν ἑπόμενον, βραχὺ καὶ αὐτὸς ἔχει τὸ παραλλάττον· τοῦ μὲν γὰρ λεῖμμα, τοῦ δὲ ἐπιπεντεκαιδέκατον. Ἐὰν γὰρ τοῦ τῶν οβ ἀριθμοῦ λάβωμεν τόν τε ἐπιέννατον καὶ τὸν ἐπόγδοον, ὁ μὲν ποιήσει τὸν πα, ὁ δὲ τὸν π· ἔστι δὲ ὁ πα τοῦ π ἐπιπος, ὁ ἐπιηος τοῦ ἐπιθου[4]· ὥστε οὐκ ἀξιόλογος ἡ διαφορὰ αὐτῶν. Ὁ αὐτὸς δὲ οὗτός ἐστι λόγος καὶ τοῦ διτόνου, τουτέστι τοῦ δὶς ἐπογδόου· οὓς ἐπογδόους δύο ἔχει τὸ διτονιαῖον πρὸς τὸν ἡγούμενον τοῦ ἐναρμονίου γένους τὸν ἐπιδον· πρὸς γὰρ τὸν τῶν ξδ ἀριθμὸν ὁ μὲν ἐπιδος πάλιν ποιεῖ τὸν π, ὁ δὲ δὶς ἐπηος

[1] A : προκοπήν.

[2] Mss. om.

[3] L'auteur a déjà dit cela (v. ci-dessus, p. 470, 471; et cf. Ptol. p. 30, 37, et 41).

[4] Il dit que 81 : 80 :: $\frac{9}{8}$: $\frac{10}{9}$. Ne faudrait-il pas ὁ ἐπιηος τοῦ ἐπιθου, ou bien ὡς ἐπ., ou enfin οὕτως ἐπ.?

τὸν σα. Ὁμοίως δὲ καὶ ἐπεὶ λόγος ἐσ͂ι τοῦ λείμματος ἄῤῥητος ὁ τῶν συς πρὸς τὸν σμγ, τοῦ δὲ ἐπιιε^ου ὁ τῶν συθ[1], ἔσ͂αι καὶ
Fol. 34 v°. ὁ πεντεκαιδεκάτου λόγος πρὸς τὸ λεῖμμα, ὁ τῶν συθ πρὸς τὰ συς· ὁ δὲ αὐτός ἐσ͂ι πάλιν τῷ ἐπογδοηκοστῷ· τοῦτο δὲ ὅτι καὶ ὁ ἐπιδ^ος λόγος ἴσος ἐσ͂ὶ συναμφοτέροις τῷ τε ἐπιη^ῳ καὶ τῷ ἐπιθ^ῳ[2]. Διόπερ ἐν οὐδετέρῳ τῶν ἐκκειμένων γενῶν συνίσ͂αταί τις ἀξιόλογος προσκοπὴ, καταχρωμένων τῶν μουσικῶν ἐπὶ μὲν τοῦ συντόνου διατονικοῦ, τῷ τε ἐπιη^ῳ ἀντὶ τοῦ ἐπιθ^ου κατὰ τὸν ἡγούμενον τόπον, καὶ τῷ λείμματι ἀντὶ τοῦ ἐπιιε^ου κατὰ[3] τὸν ἑπόμενον τόπον· ἐπὶ δὲ τοῦ ἐναρμονίου, τῷ τε δὶς ἐπογδόῳ ἀντὶ τοῦ ἐπιδ^ου κατὰ τὸν ἡγούμενον τόπον, καὶ τῷ λείμματι πάλιν ἀντὶ τοῦ ἐπιιε^ου κατὰ τοὺς συναμφοτέρους τοὺς ἑπομένους λόγους. Ὁ γὰρ ἐπιμε^ος καὶ ἐπικγ^ος, οἱ δύο τοῦ ἑπομένου λόγοι τοῦ ἐναρμονίου, διαίρεσίς εἰσι τοῦ ἐπιιε^ου κατὰ τὴν μέθοδον· ἐπιιε^ος γὰρ ὁ ις τοῦ ιε· λαμβάνομεν τούτους πρώτους καὶ τριπλασιάζομεν αὐτοὺς, καὶ ποιοῦμεν τὸν μη καὶ τὸν με· καὶ μέσον τούτων κατὰ συνέχειαν ὁ μς καὶ ὁ μζ· ἀλλ' ὁ μζ ἀχρεῖός ἐσ͂ι πρὸς τὸ ποιεῖν ἐπιμόριον πρὸς τὸν με, καὶ λαμβάνομεν τὸν μς· καὶ οὗτος πρὸς τὸν με ἐπιτεσσαρακοντάπεμπ͂ος· πρὸς δὲ τὸν μη κατὰ ὑπόλογον ἐπιεικοσ͂ότριτος. Ὑποκείσθω[4] τοιγαροῦν διὰ ταῦτα καὶ τοῦτο τὸ γένος[5] ὡς προσηνὲς ταῖς ἀκοαῖς, « διά τε τὸ πρόχειρον τῆς μεταβολῆς[6] ἀπὸ τοῦ διτονιαίου[7] γένους· καὶ διὰ τὸ ἔχειν οἰκειότητά τινα τὸν τοῦ λείμματος λόγον[8] πρός τε τὸ διὰ δ^ων καὶ τὸν τόνον,

[1] $\frac{16}{15} = \frac{259}{243}$ très-approximativement.

[2] Il dit que $\frac{5}{4} = \frac{9}{8} \times \frac{10}{9}$. — Quant à la raison pour laquelle l'excès du diton $(\frac{9}{8}) = \frac{81}{64}$ sur la tierce majeure $\frac{5}{4}$ est le même que celui du demi-ton majeur $\frac{16}{15}$ sur le *limma* $\frac{256}{243}$, rien n'est plus simple, puisque, de part et d'autre, la somme des intervalles doit reproduire la quarte. Ajoutons que la valeur de cet excès commun est celle du *comma* $\frac{81}{80}$, approximativement égal à la fraction $\frac{256}{253}$.

[3] Mss., exc. D, καί.

[4] Cf. Ptol. I, xvi, p. 44.

[5] Le genre enharmonique.

[6] Ptol. : τῶν μεταβολῶν τῶν.

[7] Mss. et Ptol. : τονιαίου.

[8] Ptol. : καὶ διὰ τὸν τοῦ λ. λ. ἔχ. τ. οἰκ.

TRAITÉS GRECS relatifs à la musique.

παρὰ τοὺς ἄλλους τῶν μὴ ἐπιμορίων[1], ἅτε κατὰ τὸ ἀναγκαῖον ἐπηκολουθηκότα τοῖς ἐμπίπτουσιν εἰς τὸν ἐπίγον δυσὶν ἐπογδόοις. Ἔσται γάρ πως καὶ τὸ λεῖμμα καθ' αὑτὸ[2] καὶ διὰ συμφωνίας εἰλημμένον, ὥσπερ καὶ ὁ τόνος· οὗτος μὲν ἐκ τῆς ὑπεροχῆς[3] τῶν πρώτων δύο συμφωνιῶν· ἐκεῖνο δὲ ἐκ τῆς ὑπεροχῆς τοῦ διτόνου[4] παρὰ τὴν διὰ δων συμφωνίαν. Ποιοῦσι μὲν οὖν καὶ τοῦτο τὸ γένος[5] ἀριθμοὶ πρῶτοι ὅ τε τῶν ρϟϐ, καὶ ὁ τῶν σις, καὶ ὁ τῶν σμγ, καὶ ὁ τῶν σνϛ· » καὶ διὰ τοῦτο διτονιαῖον λέγεται[6], « ὅτι τοὺς ἡγουμένους δύο λόγους τονιαίους ἔχει[7]. » Fol. 35 r°.

CHAPITRE XVII.

Description de l'instrument nommé *Hélicon*[8] : il consiste en un carré ΑΒΓΔ (fig. 1re), dans lequel on commence par joindre A avec Z milieu de ΒΔ; puis on mène la diagonale ΒΓ. Ensuite, par le point H d'intersection et par le point E milieu de AB, on mène les droites ΛΗΜ et ΕΘΚ parallèles à ΑΓ; on a ainsi ΑΓ = 12, ΘΚ = 9, ΗΜ = 8, ΒΖ = 6, ΛΗ = 4, ΕΘ = 3, ΕΛ = 2, lignes dont les rapports donnent toutes les consonnances.

Suivant une autre construction, on forme simplement un parallélogramme ΑΒΓΔ (fig. 2e), on prend ΔΕ = ΓΔ = ΑΒ = 12; ΑΛ = ΓΗ = 6; ΛΝ = ΗΘ = 2; on joint ΛΗ, ΝΘ, ΑΚΜΖΕ; et l'on a ΑΓ : ΚΗ :: ΜΘ : ΖΔ :: 12 : 9 :: 8 : 6. Cela posé, si l'on tend également quatre cordes ΑΓ, ΛΗ, ΝΘ, ΒΔ, un chevalet ΑΚΜΖΕ en déterminera quatre portions qui donneront, outre le son fondamental ΑΓ, la quarte aiguë ΚΗ, sa quinte ΜΘ, et son octave ΖΔ. De plus, si l'on partage, dans le rapport de tel genre que l'on voudra, les distances ΓΗ et ΘΔ, ainsi que leurs égales respectives ΑΛ, ΝΒ, et que l'on tende uniformément un nombre convenable de cordes entre les points de division correspondants, le même chevalet en déterminera des portions

[1] Mss. : τῶν ἐπ.

[2] A, C : καθ' αὑτά : c'est peut-être plutôt κατὰ ταῦτα.

[3] Mss., exc. D, τῶν ὑπεροχῶν.

[4] Mss., exc. D d'après une correction : διατόνου.

[5] Le genre *ditonié*; il est représenté par les nombres 192, 216, 243, et 256.

[6] Ptol. : κληθείη δ' ἂν εἰκότως καὶ αὐτὸ διτ.

[7] Ptol. : ἔχ. τον.

[8] Cf. Ptol., II, 11, p. 51; et Porph., p. 333.

dont les sons composeront une octave complète conforme à ce genre[1]. — Enfin, on pourra remplacer le chevalet AE par un autre ΞE : tous les sons monteront; mais on aura toujours, quoique dans un autre ton, la même division d'octave.

Ἄγε λεκτέον καὶ περὶ τοῦ καλουμένου Ἑλικῶνος, παρ' ὃ ἡ κατὰ τὸ ὀκτάχορδον χρῆσις τοῦ διὰ πασῶν δείκνυται. Κεφον ιζ.

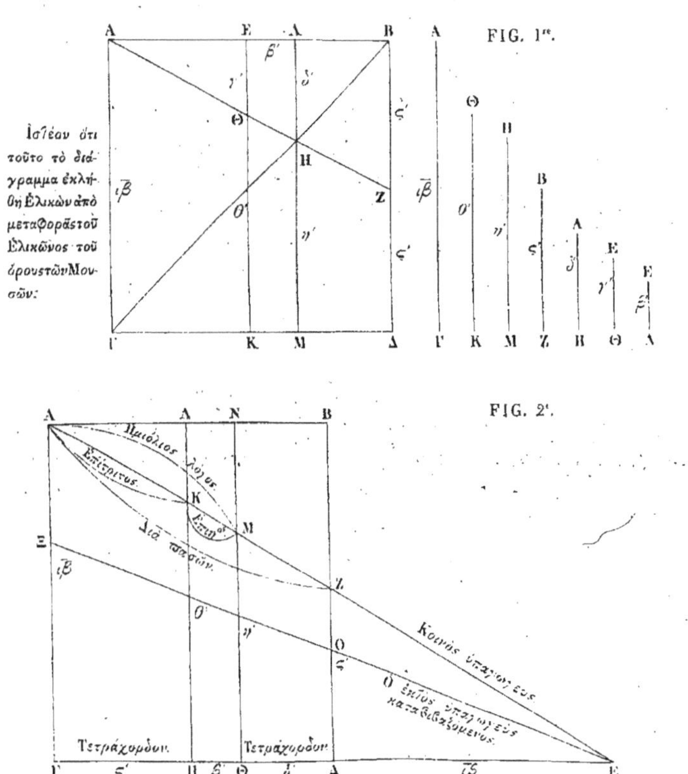

FIG. 1re.

FIG. 2e.

[1] L'instrument que nous avons décrit à la page 109 peut être considéré comme une modification et un perfectionnement de celui-ci.

« Ἐκτίθενται τετράγωνον ὡς τὸ ΑΒΓΔ· καὶ διελόντες δίχα τὰς ΑΒ καὶ ΒΔ κατὰ τὰ Ε καὶ Ζ, ἐπιζευγνύουσι μὲν τὰς ΑΖ καὶ ΒΗΓ· διάγουσι δὲ παρὰ μὲν[1] τὴν ΑΓ, διὰ μὲν τοῦ Ε τὴν ΕΘΚ, διὰ δὲ τοῦ Η τὴν ΛΗΜ. » (Ἔστω δὴ ἡ[2] τοῦ τετραγώνου γραμμὴ κατὰ τὸν ιϐ· ἔστι[3] γὰρ καὶ ἡ ΑΓ, καὶ ἡ ΑΒ, καὶ ἡ ΒΔ, καὶ ἡ ΓΔ, κατὰ τὸν αὐτὸν ἀριθμὸν τὸν ιϐ[4].) « Αὐτόθεν μὲν οὖν ἡ ΑΓ ἑκατέρας τῶν ΒΖ, ΖΔ, ἐστὶ διπλασία[5]· » (μέσον γὰρ ἐτμήθη ἡ ΒΔ· ἡ δὲ ΒΔ ἴση τῇ ΑΓ[4]). « Καὶ [ἔτι τούτων ἑκατέρα (ΒΖ, ΖΔ, διπλασία) τῆς ΕΘ, ἐπεὶ καὶ[6]] ἡ ΑΒ τῆς ΑΕ (διπλασία)· ὥστε καὶ ἡ ΑΓ τῆς ΕΘ τετραπλασία, τῆς δὲ λοιπῆς ΘΚ ἐπίγ^ος[7]. Δείκνυται δὲ[8] καὶ ἡ ΜΗ τῆς ΗΛ διπλασία[9]· ἐπειδήπερ ὡς μὲν[10] ἡ ΔΓ πρὸς τὴν ΓΜ, οὕτως [ἡ ΔΒ πρὸς τὴν ΗΜ· ὡς δὲ ἡ ΒΑ πρὸς τὴν ΑΛ, τουτέστι πάλιν ὡς ἡ ΔΓ πρὸς τὴν ΓΜ, οὕτως[6]] ἡ ΒΖ πρὸς τὴν ΛΗ· καὶ διὰ τοῦτο ὡς ἡ ΒΔ πρὸς τὴν ΗΜ, οὕτως ἡ ΒΖ πρὸς τὴν ΛΗ· καὶ ἐναλλὰξ (ἄρα) ὡς ἡ ΒΔ πρὸς τὴν ΒΖ, οὕτως ἡ ΜΗ πρὸς τὴν ΛΗ. Γίνεται ἄρα ἡ ΑΓ τῆς μὲν ΗΜ ἡμιολία, τῆς δὲ ΗΛ τριπλασία. Ὥστε διαταθεισῶν χορδῶν τεσσάρων ἰσοτόνων κατὰ τὰς αὐτὰς θέσεις, τὰς τῶν ΑΓ, καὶ ΕΚ, καὶ ΛΜ, καὶ ΒΔ[11], εὐθειῶν, καὶ ὑπαχθέντος αὐταῖς κανονίου κατὰ τὴν τῆς ΑΖ[12] θέσιν, ἐφαρμοσθέντων τε ἀριθμῶν, τῇ μὲν[10] ΑΓ τοῦ τῶν ιϐ, τῇ δὲ ΘΚ τοῦ τῶν θ, τῇ δὲ ΗΜ τοῦ τῶν η, ἑκατέρᾳ[13] δὲ τῶν ΒΖ καὶ ΖΔ τοῦ τῶν ϛ· καὶ πάλιν τῇ μὲν ΛΗ[14] τοῦ τῶν δ, τῇ δὲ ΕΘ τοῦ

Fig. 1re.

Fol. 35 v°.

[1] C'est μὴν vraisemblablement.

[2] B, C : δέ.

[3] Mss. : καί.

[4] Ptol. omet toutes les parenthèses.

[5] Ptol. : βξ καὶ ζδ ὑπόκειται διπ.

[6] Mss. om. — Cf. Ptol.

[7] Ptol. : ὥστε καὶ τὴν αγ τῆς μὲν εθ τετραπλασίαν εἶναι, λοιπῆς δὲ τῆς θκ ἐπίγ^ον.

[8] Ptol. aj. ὅτι.

[9] Ptol. aj. ἐστίν.

[10] Mss. om.

[11] Mss. : αγ, καὶ θκ, καὶ ημ, βζ, ζδ εὐθ.

[12] Ptol. : ζηθα.

[13] Mss. : ἑκάτερα.

[14] D : ὅλη.

τῶν γ̄, ἀποτελεῖσθαι (συμϐαίνει) ϖάσας τὰς συμφωνίας καὶ τὸν τόνον (εἴτουν ἐπιη^{ον}) ·

« Τῆς μὲν διὰ δ^{ων}, καὶ[1] κατὰ τὸν ἐπίγ^{ον} λόγον συνισΊαμένης, ὑπό τε τῶν ΑΓ[2] καὶ ΘΚ, καὶ ὑπὸ τῶν ΗΜ καὶ ΖΔ, καὶ ὑπὸ τῶν ΛΗ καὶ ΕΘ·

« Τῆς δὲ διὰ ϖέντε, καὶ ἐν λόγῳ ἡμιολίῳ[3], ὑπό τε τῶν ΑΓ καὶ ΗΜ, καὶ ὑπὸ τῶν ΘΚ καὶ ΖΔ, καὶ ὑπὸ τῶν ΒΖ καὶ ΛΗ·

« Τῆς δὲ διὰ ϖασῶν, καὶ κατὰ τὸν διπλάσιον λόγον, ὑπό τε τῶν ΑΓ καὶ ΖΔ, καὶ ὑπὸ τῶν ΗΜ καὶ ΛΗ, καὶ ὑπὸ τῶν ΒΖ καὶ ΘΕ·

« Τῆς δὲ διὰ ϖασῶν καὶ διὰ τεσσάρων, ἐν τῷ τῶν η̄ ϖρὸς τὰ γ̄ λόγῳ, ὑπὸ τῶν ΗΜ καὶ ΘΕ·

« Τῆς δὲ διὰ ϖασῶν καὶ διὰ ϖέντε, καὶ κατὰ τὸν τριπλάσιον[4] λόγον, ὑπὸ τῶν ΑΓ καὶ ΛΗ, [καὶ ΘΚ καὶ ΘΕ[1]]·

« Τῆς δὲ δὶς διὰ ϖασῶν, καὶ κατὰ τὸν τετραπλάσιον[5] λόγον, ὑπὸ τῶν[6] ΑΓ καὶ ΕΘ·

« Καὶ ἔτι τοῦ τόνου, κατὰ τὸν ἐπόγδοον λόγον, ὑπὸ τῶν ΘΚ καὶ ΗΜ.

« Παρὰ[7] δὴ τοῦτο τὸ ὄργανον ἐὰν ἐκθώμεθα ϖαραλληλόγραμμον ἁπλῶς, ὡς τὸ ΑΒΓΔ, καὶ νοήσωμεν τὰς μὲν ΑΒ καὶ ΓΔ κατὰ τὰ ἀποψάλματα τῶν χορδῶν » (ὡς ἐπ' εὐθείας ταύ- Fig. 2*.

Fol. 36 r°. ταις τὰς χορδὰς συνδεῖσθαι) · « τὰς δὲ ΑΓ καὶ ΒΔ κατὰ τοὺς ἄκρους φθόγγους τοῦ διὰ ϖασῶν · ἔπειτα ϖροσεκϐαλόντες[8] τῇ ΓΔ ἴσην τὴν ΔΕ, κατατέμωμεν, ἀνΊὶ τῶν κανονίων, τὴν ΓΔ ϖλευρὰν τοῖς οἰκείοις τῶν γενῶν λόγοις, ἐπὶ τοῦ Ε τὸ ὀξὺ ϖέρας[9] ὑποτιθέμενοι[10] » (διὰ τὸ ὑποχαλᾶσθαι τὸν ὑπα-

[1] Mss. om.

[2] Mss.: θγ.

[3] Ptol.: ἐν τῷ ἡμιολίῳ λ.

[4] Mss.: τριπλασίονα.

[5] A: τετραπλασίονα.

[6] A, C: τόν.

[7] Le scoliaste de Ptolémée écrit ici: Τμῆμα δεύτερον.

[8] A: ϖροσεκϐάλλ.

[9] Mss.: τὰς ὀξυτέρας. — Cf. Ptol.

[10] Mss., exc. D, ὑποτεθ. — Ptolémée éd.: ἀποτεθ.

TRAITÉS GRECS relatifs à la musique.

γωγέα) · « καὶ διὰ τῶν γινομένων ἐπ' αὐτῆς τομῶν τείνωμεν τὰς χορδὰς, παραλλήλους τε τῇ ΑΓ, καὶ ἰσοτόνους ἀλλήλαις· καὶ τούτου γενομένου[1], τὸν κοινὸν ἐσόμενον ὑπαγωγέα τῶν χορδῶν ὑποβάλωμεν αὐταῖς κατὰ τὴν[2] ὑποζευγνῦσαν τὰ Ε, Α[3], σημεῖα θέσιν, ὡς τὴν[4] ΑΖΕ · ποιήσομεν πάλιν[5] μήκη τῶν χορδῶν ἐν τοῖς αὐτοῖς λόγοις, ὥστε ἐπιδέχεσθαι τὴν τῶν ἐφηρμοσμένων τοῖς γένεσι λόγων ἀνάκρισιν. Ἐπειδήπερ ὡς αἱ ἀπὸ τοῦ Ε λαμβανόμεναι κατὰ τὴν ΓΔ πρὸς ἀλλήλας ἔχουσιν, οὕτω καὶ αἱ διὰ τῶν περάτων αὐτῶν ἀναγόμεναι παρὰ[6] τὴν ΑΓ μέχρι τῆς ΑΖ, ἕξουσι πρὸς ἀλλήλας· οἷον ὡς ἡ ΕΓ πρὸς τὴν ΕΔ, οὕτως ἡ ΓΑ πρὸς τὴν ΔΖ· διόπερ αὗται μὲν ποιήσουσι τὸ διὰ πασῶν, ὅτι διπλάσιος αὐτῶν ὁ λόγος.

« Ἐὰν[7] δὲ ἀπολαβόντες πάλιν ἀπὸ τῆς ΓΔ, τὴν μὲν ΓΗ κατὰ τὸ δ^ον^ μέρος τῆς ΕΓ, τὴν δὲ ΓΘ κατὰ τὸ γ^ον^ τῆς αὐτῆς, ἀναστήσωμεν καὶ διὰ τῶν η καὶ θ χορδὰς ὡς τὰς ΗΚΛ, καὶ ΘΜΝ, ταῖς πρώταις ἰσοτόνους· ὥστε καὶ τήν τε ΑΓ τῆς μὲν ΗΚ γίνεσθαι ἐπίγ^ον^, τῆς δὲ ΘΜ ἡμιολίαν· καὶ πάλιν τῆς ΔΖ τὴν μὲν[8] ΘΜ ἐπίγ^ον^, τὴν δὲ ΗΚ ἡμιολίαν, καὶ ἔτι τὴν ΗΚ τῆς ΘΜ ἐπιη^ον^. Ποιήσουσι καὶ αὗται πρὸς ἀλλήλας τὰς ἀκολούθους[9] τοῖς λόγοις συμφωνίας, τοῦ παραπλησίου παρακολουθήσαντος[10], καὶ ἐπὶ τῶν μεταξὺ τοῖν τετραχόρδοιν λαμβανομένων τμημάτων, ἐν τοῖς οἰκείοις τῶν ἀνακρινομένων λόγοις.

« Ἔχει δ' ὁ μὲν α^ος^ τρόπος (τοῦ Ἑλικῶνος) παρὰ τοῦτον προχειρότερον, τὸ μὴ δεῖν κινεῖν τὰς ἀπ' ἀλλήλων διαστάσεις τῶν χορδῶν· οὗτος δὲ παρ' ἐκεῖνον, τό τε κοινὸν ἔχειν ὑπαγωγέα Fol. 36 v°.

[1] Ptol. : γινομ.
[2] A, B, aj. τῶν. — Cf. Ptol.
[3] Ptol. : τὴν τῆς ἐπιζευγνυούσης τὰ ᾱ ε̄.
[4] Mss. : τόν. — Cf. Ptol.
[5] Mss. : πάντα. Ptol. : πάλιν τά.
[6] Mss. : πρός. — Cf. Ptol.
[7] Scol. de Ptol. : Τμῆμα τρίτον.
[8] Mss. om.
[9] Ptol. éd. : ἀκολούθως.
[10] A : παρακουλήθαντος.

καὶ ἕνα καὶ μίαν θέσιν[1]· καὶ ἔτι τὸ δύνασθαι καταβιβαζόμενον αὐτὸν διὰ τοῦ E ὡς ἐπὶ τὴν ΞΟΕ θέσιν, ὀξύτερον ποιεῖν[2] ὅλον τὸν τόνον, μενούσης τῆς κατὰ[3] γένος ἰδιότητος, ἐπεὶ καὶ ὡς ἡ ΑΓ, φέρε εἰπεῖν, πρὸς τὴν ΖΔ[4], οὕτως[5] ἡ ΞΓ πρὸς τὴν ΟΔ· καὶ ἐπὶ τῶν ἄλλων ὁμοίως. Πάλιν δ' αὖ[6] κατασκελέστερον, ὁ μὲν πρότερος ἔχει τρόπος παρὰ τοῦτον, τὸ πλέονα δεῖν κινεῖν ὑπαγωγίδια καθ' ἑκάστην ἁρμογήν· οὗτος δὲ παρ' ἐκεῖνον, τὸ τὰς χορδὰς ὅλως[7] παραφέρειν, καὶ μηκέτι κατ' ἴσας αὐτῶν διαστάσεις, ἀλλὰ πολλαχῇ μακρῷ διαφερούσας, συντελεῖσθαι τὰς τῶν ἐπιψαύσεων μεταβάσεις. »

CHAPITRE XVIII.

Différentes *formes* des systèmes consonnants; elles sont déterminées par la position et la valeur de certains intervalles caractéristiques : tels sont le ton disjonctif dans la quinte et l'octave, la distance des sons aigus dans la quarte. Plus cette distance est considérable, plus le genre est mou. — La quarte a 3 formes, la quinte en a 4, et l'octave 7. Énumération de toutes ces formes. — *Système parfait, disjoint* ou *invariable, conjoint* ou *variable.* — *Métaboles* ou *modulations.* Leurs diverses sortes : quant à l'élévation; quant au genre; quant à la forme du système, comme lorsqu'on passe du système disjoint au système conjoint. Cette dernière espèce de métabole produit une surprise remplie d'agrément lorsqu'elle est bien exécutée; et, malgré la modification qu'elle imprime au caractère du chant primitif, on y trouve du plaisir, parce qu'elle ne détruit pas l'unité. — L'auteur cherche à expliquer, au moyen du système conjoint, la position mutuelle des tons antiques; mais sa démonstration est fautive. Quant à la disjonction, elle a l'avantage de produire, à l'aigu comme au grave, la consonnance d'octave. C'est pour ne s'en point priver que l'on établit, à la suite du tétracorde conjoint, un ton disjonctif et deux autres tétracordes; d'où le système à 18 cordes du

[1] Ptol. : ὑπ., καὶ ἕνα, καὶ κατὰ μίαν θ.
[2] D : ποιεῖ.
[3] Ptol. éd. aj. τό.
[4] Ptol. : ζοδ.
[5] Ptol. aj. ἐστίν.
[6] Ptol. : τ'αὖ.
[7] Ptol. : ὅλας.

TRAITÉS GRECS relatifs à la musique.

chapitre III. — L'auteur nomme ici *système*, dans une acception plus générale, un *ensemble de consonnances;* et, comme il le dit d'après Ptolémée (II, IV), c'est la *consonnance des consonnances.* — Le *Système parfait*, en particulier, est celui qui réunit toutes les consonnances possibles, considérées dans leurs diverses formes; à proprement parler, il n'y a que la *double octave* que l'on puisse qualifier ainsi.

Κεφον ιηον.

Ἐπεὶ δὲ καὶ περὶ συστημάτων μέλλομεν λέγειν, καὶ ποῖον ἐν τούτοις τὸ τέλειον, ἀνάγκη πρῶτον περὶ εἴδους εἰπεῖν. «Εἶδος τοίνυν ἐστὶ[1] ποιὰ θέσις τῶν καθ' ἕκαστον γένος ἰδιαζόντων ἐν τοῖς οἰκείοις ὅροις λόγων· εἶεν δ' ἂν οὗτοι, τοῦ μὲν διὰ ε̄ καὶ[2] διὰ πασῶν,» οἱ μέσον δύο τετραχόρδων λαμβανόμενοι διαζευκτικοὶ τόνοι· ὡς ἂν συστῇ μὲν ὁ διὰ ε̄, συστῇ δὲ καὶ ὁ διὰ πασῶν σύναμα τούτῳ καὶ τῷ διὰ δων, οὕτω γὰρ καὶ οἱ ἄκροι τὸν διὰ πασῶν λόγον ἔχουσι· «τοῦ δὲ διὰ τεσσάρων οἱ[3] τῶν ἡγουμένων δύο φθόγγων (ἡ ἐν τονιαίῳ λόγῳ ἀπήχησις[4]), οἵτινες ποιοῦσι καὶ τὰς παραλλαγὰς τοῦ τε μαλακωτέρου καὶ τοῦ συντονωτέρου[5]·» μαλακώτερα γάρ εἰσι[6] τὰ μείζονα τὸν ἡγούμενον ἔχοντα λόγον, συντονώτερα δὲ τὰ ἐλάττονα. Εἰ γοῦν τὸ διὰ δων ἔχει τοὺς τόνους ἐν τοῖς ἡγουμένοις τόποις, μαλακώτερόν ἐστιν· εἰ δὲ τὸ λεῖμμα, συντονώτερον. Fol. 37 r°.
Κατὰ γοῦν τὰς διαστάσεις τῶν συμφώνων, καὶ τὰ εἴδη εἰσίν· οἷον τρεῖς αἱ διαστάσεις τοῦ διὰ δων, καὶ τρία τὰ εἴδη· τέσσαρες τοῦ διὰ πέντε, καὶ τέσσαρα[7] τὰ εἴδη· ἑπτὰ τοῦ διὰ πασῶν, καὶ ἑπτὰ τὰ εἴδη. Ἔστι γοῦν ἐν μουσικῷ ὀργάνῳ ἐφεξῆς

[1] Cf. Ptol., II, III, p. 54.

[2] Ptol. : καὶ τοῦ διὰ πασῶν, οἱ τονιαῖοι καὶ διαζευκτικοί.

[3] Sous-ent. λόγοι. — Il n'est pas exact de dire que le rapport des sons aigus détermine l'espèce de la quarte, puisque deux espèces différentes du genre diatonique ont, l'une comme l'autre, un ton à l'aigu.

[4] Dans les citations de Ptolémée, nous continuons à indiquer par des parenthèses les développements qui ne se trouvent pas dans cet auteur.

[5] Ptol. : οἵτινες ποιοῦσι τὰς ἐπὶ τὸ μαλακώτερον ἢ τὸ συντονώτερον παραλλαγάς.

[6] A : γὰρ σι. — V. p. 470 et 474.

[7] Mss. : πέντε.

TRAITÉS GRECS relatifs à la musique.

οὕτως· ἐκϐεϐλημένου τοῦ προσλαμϐανομένου (ὅτι καὶ παρενετέθη ὕσΊερον ἐκ τοῦ Πυθαγόρου)· ἡμιτόνιον, τόνος, τόνος· ἡμιτόνιον, τόνος, τόνος· δεύτερον τετράχορδον[1]· ἔπειτα ὁ διαζευκΊικὸς τόνος, καὶ αὖθις δύο ἄλλα ἐπὶ τὸ ὀξύτερον τετράχορδα· ἡμιτόνιον, τόνος, τόνος· ἡμιτόνιον, τόνος, τόνος. Ποῖοι δὲ τούτων ἑσΊῶτες, ὅτι οἱ ἄκροι τῶν τετραχόρδων, καὶ ποῖοι κινούμενοι, ὅτι οἱ μέσοι, εἴρηται πρότερον· καὶ τίνες αἱ ὀνομασίαι τῶν χορδῶν, ὅτι προσλαμϐανόμενος, ὑπάτη ὑπατῶν, παρυπάτη ὑπατῶν, λιχανὸς ὑπατῶν, ὑπάτη μέσων, παρυπάτη μέσων, λιχανὸς μέσων, μέση, παραμέση, τρίτη διεζευγμένων, παρανήτη διεζευγμένων, νήτη διεζευγμένων, τρίτη ὑπερϐολαίων, παρανήτη ὑπερϐολαίων, νήτη ὑπερϐολαίων· καὶ ὅτι δύο ταῦτα διὰ πασῶν· τὸ μὲν ὑπατῶν, ἐν ᾧ νήτη οὐ λέγεται ἐν τῇ συναριθμήσει πάντων, εἰ μὴ ὅτε ἰδίᾳ ἓν ἕκασΊον τετράχορδον δοκιμάζεται· τὸ δὲ νητῶν, ἐν ᾧ ὑπάτη οὐ λέγεται, εἰ μὴ ὅτε ἰδίᾳ τὰ τετράχορδα δοκιμάζονται· καὶ ὅτι ἐν πάντῃ τῷ ὀξυτάτῳ τετραχόρδῳ ὁ μιξολύδιος μελῳδεῖται· ἀπὸ δὲ τοῦ μέσου διαζευκτικοῦ τόνου κατὰ τὸ ἐφεξῆς, τὰ ἓξ μέλη γίνονται, ἕκασΊον παρὰ χορδὴν καὶ φθόγγον, ἐπὶ τὸ ὀξύτερον ἕως τῆς νήτης τῶν ὑπερϐολαίων· πρῶτος[2] ὁ ὑποδώριος, ἔπειτα ὁ ὑποφρύγιος, ἔπειτα ὁ ὑπολύδιος· ἀπὸ δὲ τῆς τρίτης τῶν διε-
Fol. 37 v°. ζευγμένων, ὁ δώριος, εἶτα ὁ φρύγιος, εἶτα ὁ λύδιος, ᾧ δὴ καὶ ὁ μιξολύδιος μίγνυται (ἀπὸ τῆς νήτης τῶν διεζευγμένων, ἕως τῆς παρανήτης τῶν ὑπερϐολαίων[3])· ὁ ὀξύτατος δὲ πάντων ὑπερμιξολύδιος κέκληται, ὃ καὶ ἦχος πρῶτος ὑπὸ τῶν μελοποιῶν λέγεται· ὁ δὲ μιξολύδιος, βος· λύδιος δέ, ὁ γος· ὁ δὲ δος, φρύγιος· ὁ δώριος δέ, πλάγιος αος· ὁ ὑπολύδιος, πλάγιος βος· ὁ ὑποφρύγιος, βαρύς· ὁ δὲ ὑποδώριος, πλάγιος τέταρτος.

[1] C'est comme s'il y avait ὁ ἐσΊι δ. τ.

[2] Mss., exc. D, πρῶτον.

[3] Cette indication est entièrement fautive : voy. note A, p. 90, fig. G.

« Πρῶτον[1] οὖν (ἐπὶ τούτοις) καλοῦμεν εἶδος κοινῶς » (καὶ ἐπὶ ἐπίγ^{ω} [2] δηλονότι τῷ διὰ δ^{ων}, καὶ ἐπὶ ἡμιολίῳ τῷ διὰ πέντε, καὶ ἐπὶ διπλασίῳ τῷ διὰ πασῶν), « ὅταν ὁ ἰδιάζων λόγος (ἐν ἑκάστῳ), τὸν ἡγούμενον ἐπέχῃ[3] λόγον[4], ὅτι καὶ τὸ ἡγούμενον α^{ον}· δεύτερον δὲ ὅταν τὸν β^{ον} ἀπὸ τοῦ ἡγουμένου, καὶ γ^{ον} ὅταν τὸν τρίτον, καὶ τὰ[5] ἑξῆς οὕτως, » μέχρι καὶ τῶν ἑπτά· καὶ γὰρ καὶ ἕβδομον εἶδος τοῦ διὰ πασῶν λέγομεν, ὅταν ὁ λόγος ὁ ἰδιάζων τὸν ἕβδομον ἐπέχῃ τόπον ἀπὸ τοῦ ἡγουμένου.

Αὐτίκα τοῦ διὰ τεσσάρων πρῶτον εἶδος, ἡμιτόνιον, τόνος, τόνος[6], ὃς καὶ ποιεῖ τὸ μαλακώτερον μέλος· μείζων γὰρ ὁ ἡγούμενος. Δεύτερον εἶδος, ὅταν ὁ τοιοῦτος τόνος δεύτερος ἐκ τοῦ ἡγουμένου γένηται, οἷον τόνος, τόνος, ἡμιτόνιον, ὅπερ ἐπὶ τὸ συντονώτερον τὸ μέλος μεθίστησιν· ἐλάττων γὰρ ὁ ἡγούμενος. Τρίτον εἶδος, ὅταν ὁ τοιοῦτος τόνος τὸν τρίτον ἐκ τοῦ ἡγουμένου τόπον ἐπέχῃ· οἷον τόνος[7], ἡμιτόνιον, καὶ τόνος. Καὶ οὕτως ἵστανται τὰ εἴδη τοῦ διὰ δ^{ων}· τρίτος γὰρ γέγονεν ὁ ἰδιάζων τόνος ἐκ τοῦ ἡγουμένου, καὶ πλέον οὐκ ἔχει ἐπὶ τὸ βαρύτερον. Τὸ γοῦν (ἐν[8]) εἶδος τὸ α^{ον}, ὑφ' ἑστώτων περιέχεται φθόγγων.

Τοῦ δὲ διὰ πέντε εἴδη τέσσαρα ταῦτα· πρῶτον ἀπὸ τῆς ὑπάτης τῶν μέσων ἀρχόμενον, ἡμιτόνιον, τόνος, τόνος, καὶ τόνος· καὶ οὗτός ἐστιν ὁ ἰδιάζων λόγος ἐν τῷ ἡγουμένῳ· Fol. 38 r°
διαζευκτικὸς γάρ ἐστι τόνος· περιέχεται δὲ τὸ πρῶτον εἶδος τοῦτο ὑπὸ ἑστώτων, καθὼς καὶ τὸ τέταρτον φανήσεται. Δεύτερον εἶδος, τόνος, τόνος, τόνος, ἡμιτόνιον· καὶ ἐτέθη ὁ διαζευκτικὸς οὗτος τόνος ἐκ τοῦ ἡγουμένου δεύτερος. Τρίτον,

[1] Ptolémée, *ibid.*

[2] Mss. : ἐπίγ^{ω}, ἐπὶ ἡμιόλιον, ἐπὶ διπλάσιον. — B, C : ἐπιτρίτου.

[3] A : ὑπ.

[4] Ce doit être τόπον, comme dans Ptolémée.

[5] Ptol. : καὶ κατὰ τό.

[6] L'auteur n'est pas d'accord avec Porphyre (p. 338) relativement au rang des diverses espèces de quarte.

[7] A répète τόνος.

[8] Le mot ἐν paraît surabondant.

TRAITÉS GRECS relatifs à la musique.

τόνος, τόνος, ἡμιτόνιον, καὶ τόνος· καὶ γέγονε τρίτος ὁ ἰδιάζων τόνος καὶ λόγος. Τέταρτον, τόνος, ἡμιτόνιον, τόνος, καὶ τόνος· καὶ γέγονεν ἐκεῖνος ὁ τόνος ἐκ τοῦ ἡγουμένου τέταρτος. Καὶ πλέον οὐκ ἔστι τῶν διὰ πέντε εἶδος· ἄρχεται γὰρ πάλιν ἀπὸ ἡμιτονίου, καὶ τὰ πρότερα εἴδη γίνονται, ὥσπερ καὶ ἐν τῷ διὰ δ̅ῶν ἐγίνετο· περιέχεται δὲ καὶ τὸ δ̅ον εἶδος τοῦτο ὑπὸ ἑστώτων, τῆς τε μέσης καὶ τῆς νήτης τῶν διεζευγμένων.

Τοῦ δὲ διὰ πασῶν[1] εἴδη ἑπτὰ ταῦτα· πρῶτον ἀπὸ τῆς ὑπάτης τῶν ὑπατῶν ἀρχόμενον, ἡμιτόνιον, τόνος, τόνος, ἡμιτόνιον, τόνος, τόνος, καὶ τόνος· ἔστι δὲ ὁ ἰδιάζων τόνος ὁ διαζευκτικὸς ἐν τῷ ἡγουμένῳ τόπῳ· διὰ τοῦτο καὶ πρῶτον τοῦτο τὸ εἶδος· καὶ περιέχεται ὑπὸ ἑστώτων, καθὼς φανεῖται καὶ τὸ τέταρτον, καὶ τὸ ἕβδομον. Δεύτερον τὸ ἀπὸ παρυπάτης ὑπατῶν ἀρχόμενον, καθ' ὃ γίνεται καὶ ὁ ἰδιάζων τόνος β̅ος ἀπὸ τοῦ ἡγουμένου· οἷον τόνος[2], τόνος, ἡμιτόνιον, τόνος, τόνος, τόνος, ἡμιτόνιον. Τρίτον εἶδος τὸ ἀπὸ λιχανοῦ ὑπατῶν ἀρχόμενον, καθ' ὃ γίνεται καὶ ὁ τόνος γ̅ος ἐκ τοῦ ἡγουμένου, οἷον τόνος, ἡμιτόνιον, τόνος, τόνος, τόνος, ἡμιτόνιον, τόνος. Τέταρτον, τὸ ἀπὸ τῆς[3] ὑπάτης μέσων ἀρχόμενον, καθ' ὃ καὶ τέταρτος ὁ τόνος γίνεται ἐκ τοῦ ἡγουμένου· οἷον ἡμιτόνιον, τόνος, τόνος, τόνος, ἡμιτόνιον, τόνος, τόνος· καὶ περιέχεται ὑπὸ ἑστώτων, τῆς τε ὑπάτης τῶν μέσων, καὶ τῆς νήτης τῶν διεζευγμένων. Πέμπτον, τὸ ἀπὸ παρυπάτης μέσων ἀρχόμενον, καθ' ὃ καὶ πέμπτος ἐκ τοῦ ἡγουμένου ὁ τόνος γίνεται· οἷον τόνος, τόνος, τόνος, ἡμιτόνιον, τόνος, τόνος, ἡμιτόνιον. Ἕκτον, τὸ ἀπὸ λιχανοῦ μέσων ἀρχόμενον, καθ' ὃ καὶ ἕκτος ἀπὸ τοῦ ἡγουμένου ὁ τόνος γίνεται· οἷον τόνος, τόνος, ἡμιτόνιον, τόνος, τόνος, ἡμιτόνιον, καὶ τόνος. Ἕβδομον, τὸ ἀπὸ τῆς μέσης ἀρχόμενον, καθ' ὃ καὶ ἕβδομος[4] ἀπὸ τοῦ

Fol. 38 v°.

[1] Mss., exc. D, διὰ ε̅.
[2] A répète τόνος.
[3] B om. τῆς.
[4] A : καθ' ὃ ἕβδομον.

TRAITÉS GRECS relatifs à la musique.

ἡγουμένου ὁ ἰδιάζων τόνος γίνεται· οἷον τόνος, ἡμιτόνιον, τόνος, τόνος, ἡμιτόνιον, τόνος, καὶ τόνος· ὃ δὴ καὶ ἀπὸ ἐσχάτων περιέχεται, τῆς τε μέσης καὶ τῆς νήτης τῶν ὑπερβολαίων. Καὶ πλέον οὐ πέφυκε γίνεσθαι· ταῦτα δὲ καὶ ἀμφοτέρωθεν γίνονται, καὶ ἐπὶ τὸ βαρύτερον καὶ ἐπὶ τὸ ὀξύτερον, ὅταν ᾖ τέλειον τὸ δὶς διὰ πασῶν, ὃ ποιοῦσι σύναμα τῷ προσλαμβανομένῳ, καὶ αὐτῷ δὴ τῷ διαζευκτικῷ τόνῳ, τὰ δ^α τετράχορδα.

«Τοῦτο μὲν οὖν σύστημα λέγεται καὶ διεζευγμένον[1], πρὸς ἀντιδιαστολὴν τοῦ λαμβανομένου κατὰ τὸ συντιθέμενον μέγεθος ἐκ τοῦ διὰ πασῶν καὶ διὰ δ^ων, ὃ καλεῖται συνημμένον, ἕνεκεν τοῦ συνημμένον ἔχειν, ἀντὶ τῆς διαζεύξεως, τῇ μέσῃ τετράχορδον ἕτερον[2] ἐπὶ τὸ ὀξύ· προσαγορευόμενον καὶ αὐτὸ συνημμένον ἀπὸ τοῦ συμβεβηκότος, ὥσπερ καὶ τὸ διεζευγμένον· ἐφ' οὗ[3] τρίτην μὲν συνημμένων τὸν μετὰ τὴν μέσην φθόγγον λέγομεν[4], παρανήτην[5] δὲ συνημμένων τὸν ἑξῆς, καὶ τὸν ἡγούμενον τοῦ τετραχόρδου καὶ ἔσχατα, νήτην συνημμένων.» Λέγεται δὲ καὶ μεταβολικὸν τὸ σύστημα τοῦτο, διὰ τὸ ἐκεῖνο μεταβόλον[6] εἶναι καὶ λέγεσθαι. Δύο δὲ αἱ μεταβολαί· ἡ μὲν ἐπὶ[7] τὸ βαρύτερον ἀπὸ ὀξυτέρου, καὶ ἀνάπαλιν· ἡ δὲ «ὅταν[8] ἐπιπλέον[9] μὲν συνείρηται τὸ ἀκόλουθον, μεταβαίνει[10] δὲ τοῦτο[11] πρὸς ἕτερον εἶδος, ἤτοι κατὰ[12] γένος, ἢ κατὰ[13] τάσιν[14]· οἷον (κατὰ μὲν γένος) ὅταν ἀπὸ διατονικοῦ Fol. 39 r°.

[1] Ptol., II, vi, p. 61.
[2] A om.
[3] Ptol. aj. πάλιν.
[4] Ptol. om.
[5] A : παρανήτη.
[6] Mss. : ἀμετάβολον.
[7] Mss., exc. D, κατά.
[8] Ptol., II, vi, p. 62, l. 9.
[9] Ptol. : ἐπὶ πλέον.
[10] C, D : μεταβαίνῃ.
[11] Ptol. : δέ που.
[12] Ptol. aj. τό.
[13] Il semble, au premier abord, que l'auteur veuille répéter ici la même chose en d'autres termes; car la modulation qui consiste à aller du grave à l'aigu, ou réciproquement, n'est autre que la modulation κατὰ τάσιν; mais la modulation κατὰ εἶδος est essentiellement distinguée de la modulation κατὰ γένος : et alors ce sont trois sortes.
[14] Ptol. aj. τήν.

συνεχοῦς ἀποκλίνῃ πού τὸ γένος ἐπὶ χρωματικόν·» κατὰ δὲ τάσιν, «ὅταν ἀπὸ μέλους ἐπὶ τοὺς διὰ ε συμφώνους[1] εἰωθότος ποιεῖσθαι τὰς μεταβάσεις,» εἰς τὸ ποιεῖν σύμφωνον τοῦ διὰ πασῶν ἅμα καὶ διὰ πέντε, «ἐπὶ τοὺς διὰ τεσσάρων γένηταί τις ἐκτροπή,» ὡς γίνεσθαι τὴν διὰ πασῶν ἅμα καὶ διὰ δ^{ων} κατὰ τὸν Πτολεμαῖον συμφωνίαν, «καθάπερ ἐπὶ τῶν ἐκκειμένων συστημάτων» γίνεται, τῶν λεγομένων συνημμένων. «Ἀναβαῖνον γὰρ τὸ μέλος (ἀπὸ τῶν ὑπατῶν) ἐπὶ τὴν μέσην (κατὰ τὸ ὀξύτερον ἐν δυσὶ τετραχόρδοις), ὅταν μή, ὡς ἔθος εἶχεν, ἐπὶ τὸ τῶν διεζευγμένων τετράχορδον ἔλθοι[2] κατὰ τὴν διὰ ε συμφωνίαν[3], ἀλλὰ περισπασθὲν[4] συναιρεθῇ πρὸς τὸ συνημμένον τῇ μέσῃ τετράχορδον, ὥστε ἀντὶ τοῦ διὰ πέντε, τὸ διὰ τεσσάρων ποιῆσαι πρὸς τοὺς πρὸ τῆς μέσης φθόγγους, ἐξαλλαγὴ γίνεται καὶ πλάνη ταῖς αἰσθήσεσι τοῦ γινομένου, παρὰ τὸ προσδοκηθέν· καὶ πρόσφορος μὲν ὅταν σύμμετρος ἡ συναίρεσις καὶ ἐμμελὴς ᾖ[5]· ἀπρόσφορος δὲ ὅταν τοὐναντίον.» Διὸ καὶ ἡ μὲν προτέρα μεταβολὴ «οὐκ ἐμποιεῖ[6] ταῖς αἰσθήσεσι φαντασίαν ἑτερότητος τῆς[7] κατὰ τὴν δύναμιν, ὑφ' ἧς κινεῖται τὸ ἦθος, ἀλλὰ μόνης τῆς κατὰ τὸ ὀξύτερον καὶ βαρύτερον· αὕτη δὲ ὥσπερ ἐκπίπτειν αὐτὴν ποιεῖ τοῦ συνήθους καὶ προσδοκωμένου μέλους.» — «Διὸ καλλίστη[8] καὶ μιᾷ δυνάμει σχεδόν ἐστιν, ὁμοία[9] τῇ προειρημένῃ, τονιαίαν λαμβά-
Fol. 39 v°. νουσα τὴν προσληπτικὴν μετάπτωσιν ᾗ διαφέρει τὸ διὰ πέντε τοῦ διὰ τεσσάρων.» — «Γίνεται[10] μὲν οὖν τρία τετράχορδα κατὰ τὸ ἑξῆς συνημμένα πρὸς τὸ τῆς τοιαύτης μεταβολῆς ἴδιον, μίξει τινὶ μερικῇ δύο διεζευγμένων συστημάτων, ὅταν

[1] Ptol., p. 63, l. 1.
[2] Ptol. : ἔλθῃ.
[3] Ptol. aj. τῷ τῶν μέσων.
[4] Ptol. aj. ὥσπερ.
[5] Ptol. om. ᾖ.
[6] Ptol., II, VI, p. 62, l. 5.
[7] Mss. : τήν.
[8] Ptol., p. 63, l. 14.
[9] Ptol. : ἡ ὁμ.
[10] Ptol. *ibid.*, l. 24.

ὅλα διαφέρωσιν ἀλλήλων κατὰ τὸν τόνον τὰ[1] διὰ τεσσάρων. Ἐπειδὴ[2] γὰρ ᾔδεσαν[3] τόν τε δώριον καὶ τὸν φρύγιον καὶ τὸν λύδιον ἑνὶ τόνῳ ἀλλήλων διαφέροντας» οἱ παλαιοί, εἰ μὲν τὴν διάζευξιν ἐτίθουν ἀναμεταξὺ τῶν τεσσάρων τετραχόρδων, τῶν τε δύο βαρυτέρων καὶ τῶν δύο ὀξυτέρων, οὐκ ἂν προέκοπτεν ἡ ἐφεξῆς διαφορὰ κατὰ τόνον τῶν τριῶν τούτων τόνων, τοῦ τε δωρίου, τοῦ φρυγίου, καὶ τοῦ λυδίου (ἄρχονται γὰρ τὰ βαρύτερα τετράχορδα ἀπὸ τῆς ὑπάτης τῶν ὑπατῶν, οὕτως· ἡμιτόνιον, τόνος, τόνος, δεύτερον ἡμιτόνιον, τόνος, τόνος· ἔπειτα ὁ διαζευκτικὸς τόνος, καὶ εἶθ' οὕτως ἡμιτόνιον, τόνος, τόνος[4])· τί γοῦν ἔμελλε γίνεσθαι; ἔμελλον μὴ προκόπτειν οἱ τρεῖς ἐφεξῆς τόνοι κατὰ τὸ βαρύτερον ἀπὸ τῆς[5] ὑπάτης ὑπατῶν, κατὰ τόνον· καὶ γὰρ ὁ μὲν ὑποδώριος[6] ἦν ἀπὸ βαρυτέρων, ἡμιτόνιον, τόνος, τόνος[7]· ὁ δὲ ὑποφρύγιος ἐφεξῆς, τόνος, τόνος, ἡμιτόνιον· ὁ δὲ ὑπολύδιος, τόνος, ἡμιτόνιον, τόνος[8]· καὶ αὖθις ὁ δώριος, ἡμιτόνιον, τόνος, τόνος· ὁ δὲ φρύγιος, τόνος, τόνος, ἡμιτόνιον· ὁ δὲ λύδιος οὐκ ἂν εὐωδοῦτο· ἦν γάρ, εἰ προσέκειτο ὁ διαζευκτικὸς τόνος ἐφεξῆς,

[1] Mss. : τήν. — Ptol. éd. : κατὰ τ. τ. τῷ διὰ τ. : quelques manuscrits : τόν.

[2] Ptol., *ibid.*, l. 29 : Ἐπεὶ δέ.

[3] Ptol. : ᾔδεισαν.

[4] Peut-être faut-il ajouter une fois encore ἡμιτόνιον, τόνος, τόνος, ce qui constitue le tétracorde ὑπερβολαίων.

[5] B om.

[6] Mss., exc. B, δώριος.

[7] Il pourrait paraître par trop hasardé de dire que Pachymère ne comprend pas le système des anciens qu'il invoque ; mais il le sera beaucoup moins de faire observer que l'auteur est en contradiction avec lui-même. En effet, le commencement de sa démonstration suppose essentiellement que les tons successifs qu'il énumère procèdent de l'aigu au grave (et encore, l'ascension n'est-elle pas d'un ton, mais seulement d'un demi-ton, de l'hypodorien à l'hypophrygien) ; la fin, au contraire, ne pourrait s'expliquer qu'en supposant la progression commençant à l'aigu ; ou bien ce serait au phrygien et non au lydien qu'il faudrait attribuer les *trois tons successifs*. Au reste, l'erreur que l'auteur commet ici est celle que nous avons signalée dans le note A ; elle appartient au moyen âge.

[8] Observons encore que les compositions respectives de ces deux tons sont ici interverties.

TRAITÉS GRECS relatifs à la musique.

τόνος, τόνος, τόνος· καὶ οὐκ ἂν ἦσαν ἐφεξῆς οἱ τρεῖς οὗτοι τόνοι τόνῳ διαφέροντες· πολλῷ γὰρ οὐχ ἥκιστα τοῦτο, ὅσῳ οὐδὲ κἂν τὸ τρίτον διάστημα διευθετεῖτο[1] τετράχορδον κατὰ λόγον ἐπίγον. Ἡ μὲν οὖν τῆς τονιαίας διαζεύξεως χρῆσις ἄλλο
Fol. 40 r°. τι ᾠκονόμει, γίνεσθαι τοὺς ἄκρους τοῦ ὀξυτέρου διὰ πασῶν ἐμμελεῖς κατὰ λόγον διπλάσιον[2], ὥσπερ καὶ ὁ προσλαμβανόμενος ὁ αος, γίνεσθαι τοῦ βαρυτέρου τοὺς ἄκρους διὰ πασῶν κατὰ λόγον διπλάσιον[2]. Κατὰ δὲ τοὺς ἐφεξῆς τόνους τοῦ τε δωρίου, τοῦ φρυγίου, καὶ τοῦ λυδίου, οὐκ ἦν προκοπὴ πρόσφορος, κειμένης τῆς διαζεύξεως· καὶ διὰ ταῦτα ἀφῃρέθη ἐκ τῶν τριῶν τούτων τετραχόρδων ἡ διάζευξις, ὡς μὴ κεῖσθαι μέσον τῶν δύο βαρυτέρων καὶ τοῦ ἑνὸς τοῦ ὀξυτέρου· καὶ συνήφθησαν μόνα τὰ τετράχορδα τὰ τρία. Καὶ εἶθ' οὕτως ἐτέθη ὁ διαζευκτικὸς τόνος, μετὰ τὴν νήτην τῶν συνημμένων[3], καὶ τὸ τῶν διεζευγμένων τετράχορδον συνίσταται ἀπὸ τῆς παραμέσης, καὶ ἐφεξῆς τὸ τῶν ὑπερβολαίων ἀπὸ τῆς νήτης τῶν διεζευγμένων· τοῦ τῆς διαζεύξεως τόνου, τοῦ μέσον τῆς τε[4] νήτης τῶν συνημμένων καὶ τῆς παραμέσης, ἀντὶ προσλαμβανομέ-

[1] A : διευθεῖ τό.

[2] Mss. : διπλασίονα.—Nous ne pouvons que répéter ici ce que nous avons déjà dit (3ᵉ partie, p. 298, note 2).

[3] L'auteur revient ici au système de dix-huit cordes qui a été décrit dans le chapitre III. Ce système ne satisfait toutefois encore aux conditions rappelées par l'auteur, de présenter les trois tons lydien, phrygien, dorien, à des distances successives d'un ton chacune, qu'en admettant 1° que le lydien sera le plus grave, puis le phrygien, le dorien, l'hypolydien, etc., en allant du grave à l'aigu; 2° que les deux groupes successifs de trois tons chacun ne différeront que d'un demi-ton. Alors les trois tétracordes conjoints successifs formeront cette suite :

Lydien, de la parhypate des fondamentales à la parhypate des moyennes;

Phrygien, de l'indicatrice des fondamentales à l'indicatrice des moyennes;

Dorien, de l'hypate des moyennes à la mèse;

Hypolydien, de la parhypate des moyennes à la trite des conjointes;

Hypophrygien, de l'indicatrice des moyennes à la paranète des conjointes;

Hypodorien, de la mèse à la nète des conjointes.

[4] A om. τε.

νου, λαμβανομένου, εἰς τὸ συσ7αθῆναι ἀπὸ τούτου μέχρι τῆς νήτης τῶν ὑπερβολαίων, τὸ διὰ πασῶν σύμφωνον, ὡς ἄλλως οὐκ ὂν κατὰ τὸ συνεχὲς γενέσθαι τοῦτο, εἰ μὴ ἡ διάζευξις ἐν πρώτοις προσετέθη. Καὶ διὰ ταῦτα προσευρέθη[1] τὸ τῶν συνημμένων ἐφεξῆς τετράχορδον, εἰς τὸ γίνεσθαι φανερὰν ἐν τόνῳ, τῶν τριῶν τόνων, τοῦ δωρίου, τοῦ φρυγίου, καὶ τοῦ λυδίου, τὴν διαφοράν.

«Σύσ7ημα μὲν (οὖν ἐσ7ιν) ἁπλῶς[2] τὸ συγκείμενον μέγεθος ἐκ συμφωνιῶν (ὡς τὸ διὰ πασῶν, ἀπό τε τοῦ διὰ τεσσάρων καὶ ἀπὸ τοῦ διὰ ε̄), καθάπερ (αὖθις) συμφωνία, τὸ συγκείμενον μέγεθος ἐξ ἐμμελειῶν (ὡς τὸ διὰ δ̄ων ἐξ ἡμιτονίου, τόνου, καὶ τόνου, καὶ τὸ διὰ ε̄ ἐκ τόνου, τόνου, τόνου, καὶ ἡμιτονίου)· καὶ ἔσ7ιν ὥσπερ συμφωνία συμφωνιῶν τὸ σύσ7ημα. Τέλειον δὲ σύσ7ημα λέγεται, τὸ περιέχον πάσας τὰς συμφωνίας μετὰ τῶν καθ' ἑκάσ7ην εἰδῶν·» (οἷον τὴν διὰ τεσσάρων μετὰ τῶν τριῶν εἰδῶν αὐτῆς, καὶ τὴν διὰ ε̄ μετὰ τῶν δ̄ων εἰδῶν αὐτῆς· καὶ τὴν διὰ πασῶν μετὰ τῶν ἑπ7ὰ εἰδῶν αὐτῆς.) «Κατὰ μὲν οὖν τὸν πρῶτον ὅρον, γίνεται σύσ7ημα, καὶ τὸ διὰ πασῶν» (σύγκειται γὰρ ἐκ συμφωνιῶν), «καὶ τὸ διὰ πασῶν καὶ διὰ δ̄ων, καὶ τὸ διὰ πασῶν καὶ διὰ πέντε, καὶ τὸ δὶς διὰ πασῶν· — κατὰ δὲ τὸν δεύτερον (ὅρον), μόνον ἂν εἴη τέλειον σύσ7ημα τὸ δὶς διὰ πασῶν· μόνῳ γάρ ἐσ7ιν[3] αὐτῷ τὰ σύμφωνα πάντα μετὰ τῶν ἐκκειμένων εἰδῶν.» Fol. 40 v°.

CHAPITRE XIX[4].

Le *système disjoint* et *immuable* est donc le seul système *parfait* : car le système conjoint ne comprend pas toutes les formes des consonnances; et, sous un autre rapport, il est surabondant. — *Métaboles* ou transpositions

[1] Mss. exc. D : παρευρέθη.

[2] Cf. Ptol., II, IV, p. 56 : Σύσ7. μὲν ἁπλῶς καλεῖται, τὸ σ.... κ. τ. λ. — Toute la fin de ce chapitre appartient à Ptolémée, excepté ce qui est entre parenthèses.

[3] Ptol. ἔνεσ7ι.

[4] Cf. Ptolémée, II, VII, p. 65; et Porphyre, p. 352.

suivant le ton. — Il y a *trois choses* à distinguer *dans un ton* : ses *limites* extrêmes, le *nombre des intervalles* compris entre ces limites, et la *nature* de ces intervalles. — Ce qu'il faut considérer dans un changement de ton n'est pas tant le degré d'acuité ou de gravité, que le *changement de caractère* ou *d'expression.*

Κεφον ιθον.

Ὅτι μὲν οὖν τέλειόν ἐστι σύστημα τὸ διεζευγμένον καὶ ἀμετάβολον, δῆλον· ὅτι πᾶσαι αἱ συμφωνίαι καὶ πάντα τὰ εἴδη αὐτῶν ἐν τούτῳ εὑρίσκονται, κατὰ τὴν δὶς διὰ πασῶν συμφωνίαν, ἣν καὶ τελειοτάτην ὁ τῆς ἀποδείξεως λόγος ἀπέφηνεν. Εἴ τις τοιγαροῦν δίχα τῆς χρήσεως τῶν τριῶν τόνων, δωρίου, φρυγίου, καὶ λυδίου, οἵτινες καὶ κατὰ τόνον τὴν διαφορὰν ἐπὶ τὸ ὀξύτερον ἔχουσιν, ὥσπερ καὶ οἱ τρεῖς, ὅ τε ὑποδώριος, ὁ ὑποφρύγιος, καὶ ὁ ὑπολύδιος· εἰ γοῦν δίχα τῆς τούτων χρήσεως τὸ τῶν συνημμένων διὰ τεσσάρων παρενθήσει, ἀφεὶς τὸ τῶν διεζευγμένων καὶ τὸ τῶν ὑπερβολαίων, καὶ συστήσει σύναμα τῷ προσλαμβανομένῳ τὴν διὰ πασῶν ἅμα καὶ διὰ δων συμφωνίαν, διάκενόν τι καὶ παρέλκον ποιήσειε· πρὸς γὰρ τῷ μὴ ἔχειν αὐτὸ τὴν τοῦ τελείου φύσιν (οὐ γὰρ πάντα τὰ εἴδη τοῦ τε διὰ ε καὶ τοῦ διὰ πασῶν συνέξει), καὶ περιττεῦον ἐστί.

Λεκτέον δ' ὅμως καὶ περὶ τῶν κατὰ τοὺς τόνους μεταβο-
Fol. 41 r°. λῶν[1]· « οὐ περὶ τῶν μεταβολῶν τῶν κατὰ γένος· » ἀπὸ χρωματικοῦ τυχὸν εἰς διάτονον, ἢ ἐναρμόνιον, ἢ τὸ ἀνάπαλιν· « οὐδὲ μὴν τῶν κατὰ τὸ μέλος[2]· » ὡς φέρε εἰπεῖν ἀπὸ δωρίου εἰς φρύγιον, ἢ ἀπὸ τούτου εἰς λύδιον· « ἀλλὰ τῶν κατὰ τοὺς τόνους, ἐξ ὧν σύστημα πᾶν συνάγεται, εἰ θέλεις[3] διὰ δων, εἰ

[1] Une grande partie de ce passage est empruntée presque mot pour mot à Porphyre (p. 354) : Νῦν δὲ περὶ τῶν κατὰ τοὺς τόνους μεταβολῶν ῥητέον. Οὐδὲ γὰρ περὶ τῶν μεταβολῶν . . . . κ. τ. λ.

[2] La modulation désignée ici par les mots κατὰ τὸ μέλος n'est autre que la modulation κατὰ τὸ εἶδος. Avec la modulation κατὰ τὸ γένος et la modulation κατὰ τοὺς τόνους (qui n'est que celle κατὰ τὴν τάσιν), cela fait bien les trois sortes signalées dans le chapitre précédent.

[3] Porph. : θέλοις. De même à la ligne suivante.

TRAITÉS GRECS relatifs à la musique.

θέλεις διὰ πέντε, εἰ θέλεις ἄλλο τι τῶν συμφωνιῶν[1]. Οὗτοι γοῦν οἱ τόνοι ἄπειροί εἰσι τῇ ἐπινοήσει τὸ πλῆθος, κατὰ τὸ ἄπειρον πλῆθος τῶν ἐπιμορίων[2], » ἐξ ὧν συνάγονται τὰ σύμφωνα· τὸ διὰ δ̅ω̅ν̅ πρῶτον, καὶ ἐφεξῆς τὰ λοιπὰ, καθὼς καὶ ἐν ἀρχαῖς ἐλέγομεν, ὅτι ἐκ δύο ἢ καὶ τριῶν ἄλλων καὶ ἄλλων ἐπιμορίων ὁ ἐπίγ̅ο̅ς̅ συνάγεται· ἀλλὰ ἐκ μόνων τῶν προεκτεθέντων δεκαπέντε ἐπιμορίων λόγων ἐδοκιμάσθη συνάγεσθαι, ὡς εὐλογίστων καὶ εὐορίστων, κατὰ τὰ ὡρισμένα τῶν χρωμάτων εἴδη. Οἱ γοῦν τόνοι ἄπειροι τῇ ἐπινοήσει, « καθὼς ἄρα καὶ αἱ τοῦ αὐτοῦ καὶ ἑνὸς φθόγγου παρηχήσεις ἄπειροί εἰσιν[3]· οὐδὲ[4] γὰρ ἄλλο διαφέρει φθόγγος τόνου, ἢ ὡς σημεῖον γραμμῆς[5]· ὁ γὰρ φθόγγος μιᾶς ἐστι χορδῆς[6] ἀπήχησις· ὁ δὲ τόνος, δύο ἢ καὶ πλειόνων. Ὥσπερ οὖν ἐκεῖ ἀδιάφορόν ἐστι, κἂν τὸ σημεῖον, κἂν[7] τὴν γραμμὴν, εἰς τοὺς συνεχεῖς τόπους μεταφέρωμεν, οὕτω καὶ ἐνταῦθα τὸ κατὰ τὸ συνεχὲς πλῆθος τῶν τοιούτων ἐμφαίνεται. Ὅμως ἐνεργείᾳ, καὶ[8] πρὸς τὴν αἴσθησιν, ὡρισμένοι εἰσι· καὶ τέως ἐφ' ἑκάστης συμφωνίας, τρεῖς εἰσιν οἱ τῶν τόνων ὅροι· εἷς, ὁ τῶν ἄκρων· δεύτερος, ὁπόσον τὸ πλῆθος τῶν μεταξὺ τῶν ἄκρων· καὶ γ̅ο̅ς̅, καθ' ὃν ὑπάρχουσιν αἱ ὑπεροχαὶ τῶν ἐφεξῆς, ἢ κατὰ δίεσιν, » τυχὸν, ἢ κατὰ τόνον, « ἢ κατὰ ἡμιτόνιον[9]. Καθάπερ ἐπὶ τοῦ διὰ δ̅ω̅ν̅, φέρε εἰπεῖν[10], ὅτι τε τὸν ἐπίγ̅ο̅ν̅ ποιοῦσιν[11] οἱ ἄκροι τῶν φθόγγων· καὶ ὅτι

[1] Porph. om. τ. συμφ.

[2] Porph. : τ. ἐπ. πλ.

[3] Porph. om. εἰσιν.

[4] Porph. : οὐδέν.

[5] Cf. Ptol. II, VII, p. 65.

[6] Porph. : μ. χ. ἐ., ὁ δέ.

[7] C'est peut-être κατά, sans virgule.

[8] Ptol., *ibid.* : Ἐν. δὲ τῇ πρ. — Porph., après ἐμφ. : Ἐν. δὲ, καὶ πρ.

[9] Porph. : ἢ κατὰ δίεσιν, ἢ κ. ἡμιτ., ἢ κατά τινα ἐπιμόριον ἄλλον. — La suite, Καθάπερ, appartient à Ptolémée (p. 65).

[10] Ainsi par exemple, dans la quarte, dit-il, les trois circonstances à considérer sont : 1° que les extrêmes sont dans le rapport épitrite ; 2° que ce rapport total se décompose toujours en trois rapports partiels ; 3° que ces trois rapports partiels sont tels ou tels : il ne les désigne pas, parce qu'ils varient avec le genre.

[11] Ptol. : ποιοῦσι λόγον.

Fol. 41 v°. μόνοι τρεῖς οἱ συντιθέντες τὸν ὅλον· καὶ ὅτι τοιαίδε αἱ τῶν λόγων διαφοραί.» Πλὴν[1] ὅσον ὁ μὲν τῶν ἄκρων λόγος, ἑκάσῃ συμφωνίᾳ ἴδιος[2], ὅτι τυχὸν ἐπίγος, ἢ ἡμιόλιος, ἢ διπλάσιος, ἢ τριπλάσιος, ἢ τετραπλάσιος, ἢ μὴν καὶ κατὰ λόγον ὀκτὼ πρὸς τὰ τρία, ὅπερ πέπονθε τὸ διὰ πασῶν ἅμα καὶ διὰ δων· καὶ τὸ πλῆθος τῶν μεταξὺ τόνων τῶν ἄκρων, ἴδιον, καὶ ὡρισμένον, ἢ τρία, ἢ τέσσαρα, ἢ ἑπτὰ καὶ ἑφεξῆς, ἕως καὶ ιε κατὰ τὸν δὶς διὰ πασῶν· «ἐπὶ δὲ» τῶν διαφορῶν «τῶν τόνων,» οἱονεὶ «τῶν λόγων καὶ τῶν ὑπεροχῶν, πλείστη ἐστὶν ἡ διαφορὰ ἐφ' ἑκάστης συμφωνίας·» παραφυλάττονται δὲ πρὸς τοὺς ἄκρους οἱ μέσοι πρὸς τὸ «τὸ μέλος ἐξεργάσασθαι πρόσφορον[3],» ἢ τοῦ διὰ δων, ἢ τοῦ διὰ ε, καὶ τῶν λοιπῶν. «Ὃ δὴ ἀγνοήσαντες οἱ παλαιοί, οὐκ ἐφρόντισαν ἵνα οἱ ἄκροι συνηχῶσιν·» ἀλλ' οἱ μὲν ἐπ' ἔλαττον ἔστησαν τὸ μέλος· οἱ δὲ ἐπὶ μεῖζον παρέτειναν· «οἱ δὲ ἐπ' αὐτὸ τοῦτο φθάνουσι, καὶ εὐστοχοῦσι τῆς συμφωνίας τῶν ἄκρων, συμπεραίνοντες καὶ συμβιβάζοντες τὴν[4] τῶν ἄκρων τόνων διάστασιν· οὔτε γὰρ ἡ ἀνθρωπίνη φωνὴ ἕνα καὶ τὸν αὐτὸν ἔχει τὸν ὅρον τῆς μεταβάσεως, οὔτε ἄλλο τι τῶν ψόφους ἀποτελούντων ὀργάνων[5]. Ἡμεῖς δέ, οὐχ ἕνεκα μόνον[6] τῶν ὀξυτέρων καὶ βαρυτέρων[7] φωνῶν, τὴν κατὰ τὸν τόνον[8] μεταβολὴν ζητοῦμεν, ὡς φέρε γενέσθαι[9] ὀξύτερον μόνον ἢ βαρύτερον τὸ μέλος, τοῦ αὐτοῦ ἤθους φυλασσομένου

TRAITÉS GRECS relatifs à la musique.

[1] Il reprend en généralisant, et dit qu'il y a à considérer 1° le rapport des extrêmes, épitrite, hémiole, etc.; 2° le nombre des intermédiaires, par exemple 15 pour la double octave; 3° les rapports partiels ou les excès successifs de ces intermédiaires, ce qui est très-variable, même dans chacune des consonnances prise isolément; mais ils doivent toujours conserver leur corrélation avec les extrêmes. — Ptol.: πλὴν καθόσον τούτων μὲν τῶν ὅρων, ἕκαστος ἴδιον ἔχει τὸ αἴτιον.

[2] Mss.: ἴδης. — B et D corrigent en ἴδιος.

[3] Porph.: παραπεφυλαγμένοι ἀκριβῶς, εἰς τὸ μ. ἐξ. πρ.

[4] Porph. om. τήν.

[5] Porph., p. 455: οὔτε ἄλλο τι τῶν ποιούντων τοὺς ψ. ὀργ.

[6] Mss.: μόνων.

[7] Mss.: βαρυτόνων.

[8] Porph.: κατὰ τῶν τόνων.

[9] D: γίνεσθαι.

TRAITÉS GRECS relatifs à la musique.

ἀεί (πρὸς ταῦτα γὰρ καὶ[1] ἡ τῶν ὀργάνων ἐπίτασις καὶ ἄνεσις ἐπαρκεῖ[2], ἵνα ἀποτελῆται[3] τὸ αὐτὸ μέλος, ἡ κατὰ ὀξυφωνίαν, ἡ κατὰ βαρυφωνίαν)· ἀλλὰ ζητοῦμεν καὶ τὴν τοῦ ἤθους μεταβολὴν, ποτὲ μὲν ἀρχομένου ἀπὸ τῶν ὀξυτέρων, ποτὲ δὲ ἀπὸ τῶν βαρυτέρων· ὥστε[4] τὸ ἐξ ἀρχῆς ἐφαρμόσαν[5] τῇ διαστάσει τῆς φωνῆς, » ὡς ὁρίζεσθαι τυχὸν τὸ διὰ πασῶν καὶ διὰ δ̄ων, ἢ διὰ πασῶν καὶ διὰ ε, ἢ ἄλλο τι τῶν συμφωνούντων κατὰ λόγον ὡρισμένον, « ποτὲ[6] μὲν ἀπολεῖπον ἐν ταῖς μεταβολαῖς, ποτὲ[6] δὲ ἐπιλαμβάνον, ἑτέρου[7] ἤθους φαντασίαν παρέχειν[8] ταῖς ἀκοαῖς, » ὡς πέπονθε τὸ διὰ πασῶν ἅμα καὶ διὰ τεσσάρων, ἀπολεῖπον ἐκ τοῦ διὰ πασῶν καὶ διὰ πέντε, τόνῳ, ποτὲ δὲ ὑπερβαῖνον καὶ φθάνον τὸ διὰ πασῶν ἅμα καὶ διὰ πέντε, καὶ τὴν συμφωνίαν παραλλάσσον. Fol. 42 r°.

CHAPITRE XX.

Les différences des sons rendus par les cordes dépendent principalement de trois choses : de l'*épaisseur*, de la *tension*, de la *longueur*. La *matière* y est aussi pour quelque chose. Sur le monocorde, la tension seule détermine le son. — L'auteur avance que les *intervalles* sont proportionnels aux *poids* (au lieu d'indiquer le rapport de leurs *racines carrées*). Il signale, d'après Ptolémée, les inconvénients que présente le monocorde, même quand on y adapte un chevalet mobile au lieu de faire varier les poids. Il indique, comme le meilleur mode d'emploi, la division en parties égales au moyen

[1] Porph. om. καί.

[2] B, Ptol. et Porph. : ἀπαρκεῖ.

[3] Porph. : ὅταν ἀποτελεῖται.

[4] Le reste du chapitre appartient plutôt à Ptolémée (fin du chap. VII du liv. II, p. 66) qu'à Porphyre.

[5] Sans doute μέλος, conformément au texte de Ptolémée. — Porphyre : ὥστε τὸ ἀρχῆθεν ἐφαρμόζον τῇ διαστάσει μέλος, τῇ μ. ἀπ., τῇ δὲ. ἐπ., ἑτερότητα τοῦ ἤθους ποιεῖν.

[6] Ptol. : τῇ.

[7] A, B : ἑτέρους.

[8] Ptol. : παρέχει. Wallis : *malim* παρέχειν : cette conjecture se trouve ici vérifiée.

TRAITÉS GRECS relatifs à la musique.

du compas, ce qui permet d'obtenir immédiatement les intervalles corrélatifs des rapports superpartiels. — Les premiers rapports superpartiels, $\frac{3}{2}$, $\frac{4}{3}$, donnent la quinte et la quarte, qui sont des consonnances, mais non des *intervalles mélodiques*. Cette sorte d'intervalles ne peut être produite que par les quinze fractions $\frac{5}{4}$, $\frac{6}{5}$, $\frac{7}{6}$, etc. (v. ch. v). Tous les autres nombres étant *irrationnels*[1], dit l'auteur, ne peuvent donner que des intervalles *discords*. — Il reprend de nouveau les définitions des huit genres de Ptolémée. — Le tétracorde, dans quelque genre que ce soit, présente toujours *trois intervalles : l'aigu*, le *moyen*, et le *grave*. — Le grave est toujours le plus petit. — C'est de la grandeur de l'intervalle aigu que dépend le plus ou moins de dureté dans le caractère du genre : les plus doux sont ceux qui correspondent aux plus grands intervalles aigus. — L'intervalle aigu est presque toujours le plus grand des trois; cependant il y a exception pour le diatonique dur et pour le moyen : dans ces deux genres, l'intervalle moyen est plus grand que l'aigu; mais la différence est à peu près insensible.

Κεφον κον.

Τριτῆς οὔσης τῆς αἰτίας τῆς τῶν φθόγγων πρὸς ἀλλήλους διαφορᾶς, ἢ γὰρ εἰ πάχει διαφέρουσιν αἱ χορδαὶ καὶ λεπτότητι, τῆς αὐτῆς τάσεως καὶ τοῦ μήκους τοῦ αὐτοῦ ὄντος, ἢ μήκει καὶ βραχύτητι, τῶν ἄλλων τῶν αὐτῶν μενόντων, ἢ μόνῃ τάσει, μήκους καὶ πάχους τοῦ αὐτοῦ μένοντος, προσευρίσκεται καὶ ἄλλη διαφορά· εἰ ἑτερόϋλοί εἰσιν αἱ χορδαὶ, τῶν ἄλλων τῶν αὐτῶν ὄντων· ὡς τὴν μὲν ἐκ μετάξης, τὴν δὲ ἐκ χαλκοῦ, τὴν δὲ ἐκ χολάδος, τὴν δὲ ἐξ ἄλλης ὕλης εἶναι. Ἐπὶ τοίνυν τοῦ μονοχόρδου κανονίου, αἱ ἄλλαι μὲν ἀργοῦσιν[2]· ἡ δὲ τάσις μόνη ἔχει τὴν διαφοράν. Γίνεται δὲ ἡ διαφορὰ κατὰ τὰ παρηρτημένα κάτωθεν βαρίδια, οἷς Πυθαγόρας ἐχρήσατο· εἰ γοῦν διαφέρει βαρίδιον βαριδίου τῷ διπλασίῳ, τὸν διὰ πασῶν δείξει τόνον ἡ μία τάσις πρὸς θατέραν τάσιν[3]· εἰ δὲ κατὰ τὸν ἡμιό-

[1] C'est-à-dire ne présentant pas des rapports suffisamment simples : le mot *irrationnel* n'a pas ici d'autre signification.

[2] A : ἐνεργοῦσιν.

[3] Ceci est une grave erreur : *les nombres de vibrations sont proportionnels aux racines carrées des poids*, et non aux poids eux-mêmes.

λιον ἡ διαφορὰ τῶν βαριδίων, τὸ διὰ πέντε· εἰ δὲ κατὰ τὸν ἐπίγ^ον^, τὸν διὰ δ^ων^· ὃ δὴ καὶ δύσχρηστον ἀποφαίνεται Πτολεμαῖος, κἂν μὴ διὰ βαριδίων, ἀλλὰ δι' ὑπαγωγέως εὐθετῆται· δεῖ γὰρ «ἐξετάζεσθαι[1], φησὶ, καὶ τὴν δι' ὅλου ὁμαλότητα τῆς χορδῆς·» ἄλλως τε δὲ «κἂν δεόντως, φησὶν[2], ὁ πῆχυς ᾖ κατατετμημένος,» διὰ τοῦ ὑπαγωγέως οὐ γίνεται ῥαδία ἡ τῶν δύο φθόγγων πρὸς ἀλλήλους σύγκρουσίς τε καὶ σύγκρισις. «Κατὰ σχολὴν μὲν γὰρ παραγομένου[3] τοῦ ὑπαγωγέως, δύναιντ' ἂν οἱ φθόγγοι παραβάλλεσθαι,» ἀλλὰ «μετρίως,» τοῦ διὰ[4] μέσου χρόνου τὴν παραλλαγὴν ἀφανίζοντος· «θᾶττον δὲ μεταβιβαζομένου, διὰ τὸ τῆς μελῳδίας ἐφεξῆς καὶ εὔρυθμον, οὐκ ἔσθ' ὁμοίως[5], μὴ καταλαμβανομένων ἀκριβῶς αὐτῶν[6] τῶν οἰκείων σημειώσεων, μηδὲ εὐθικτουμένων διὰ τὸ τάχος τῆς παραγωγῆς.» Ἐπὶ μέντοι γε τοῦ ὀργάνου, κατὰ μὲν πάχος καὶ λεπτότητα, ἢ κατὰ τὴν τάσιν, οὐ διαφέρειν πεφύκασιν εὔγνωστον διαφοράν. Κατὰ δὲ τὰ μήκη ἔχουσιν οἱ φθόγγοι τὰς διαφορὰς δήλας· ὥστε καταμετρεῖσθαι διὰ τοῦ ὀξυκέντρου καρκίνου μίαν ἑκάστην χορδήν· καὶ εἰ μὲν αὕτη μὲν τυχὸν δέκα τμήματα ἔχει, ἡ μετ' αὐτὴν δὲ[7] ἐννέα, ἐπέννατος ἂν εἴη πρὸς ταύτην ἡ πρώτη· εἰ δ' αὕτη μὲν φέρει θ̅ τμήματα, ἡ δὲ μετ' αὐτὴν η̅, ἐπιη^ος^ ἂν εἴη ἐκείνη ταύτης· καὶ ἐπὶ τοῖς λοιποῖς ὁμοίως. Οἱ μὲν οὖν πρῶτοι ἐπιμόριοι λόγοι, ὅ τε ἡμιόλιος καὶ ὁ ἐπίγ^ος^, ἐμμελείας μὲν τόνων οὐ ποιοῦσιν, συμφωνίας δὲ, ὁ μὲν τὴν διὰ πέντε, ὁ δὲ τὴν διὰ δ^ων^· τῶν δὲ λοιπῶν, οἱ μὲν ἄλογοι καὶ ἀόριστοί εἰσι, καὶ διὰ τοῦτο ἐκμελεῖς· οἱ δὲ εὐλόγιστοι καὶ ὡρισμένοι, καὶ διὰ τοῦτο ἐμμελεῖς· οἳ καὶ οὗτοί εἰσιν, ἀρχόμενοι ἀπὸ ἐπιδ^ου^· ἐπιδ^ος^, ὃν ἔχει τὸ ἐναρμόνιον ἡγούμενον· ἐπι- Fol. 42 v°.

[1] Cf. Ptol. p. 84, l. 12 en m. : τὴν ὁμ. τ. χ. ἐξ.

[2] *Ibid.* l. 3 en m.

[3] Mss. : παραγενομένου.

[4] Peut-être διὰ τοῦ.

[5] Ptol. οὐκεθ' ὁμ.

[6] Ptol. : αὐτοῦ.

[7] A om. δέ.

πεμπτος, ὃν ἔχει τὸ μαλακὸν χρῶμα ἡγούμενον· ἐπιϛος, ὃν ἔχει τὸ σύντονον χρῶμα ἡγούμενον· ἐπιζος, ὃν ἔχει τό τε μαλακὸν διάτονον ἡγούμενον, καὶ τὸ μαλακὸν ἔντονον μέσον· ἐπιηος, ὃν ἔχει τό τε μαλακὸν ἔντονον ἡγούμενον, τό τε σύν-
Fol. 43 r°. τονον διάτονον μέσον, καὶ τὸ διτονιαῖον μέσον τε καὶ ἡγούμενον· ἐπιθος, ὃν ἔχει τό τε μαλακὸν διάτονον μέσον[1], τό τε σύντονον διάτονον ἡγούμενον, καὶ τὸ διάτονον ὁμαλὸν ἡγούμενον· ἐπιιος, ὃν ἔχει τὸ διάτονον ὁμαλὸν μέσον· ἐπιιαος[2], ὃν ἔχει τό τε χρωματικὸν σύντονον μέσον, καὶ τὸ διάτονον ὁμαλὸν ἑπόμενον· ἐπιιδος, ὃν ἔχει τὸ μαλακὸν χρῶμα μέσον· ἐπιιεος, ὃν ἔχει τὸ σύντονον διάτονον ἑπόμενον· ἐπικος, ὃν ἔχει τὸ μαλακὸν διάτονον ἑπόμενον· ἐπικαος, ὃν ἔχει τὸ σύντονον χρωματικὸν ἑπόμενον· ἐπικγος, ὃν ἔχει τὸ ἐναρμόνιον μέσον· ἐπικζος, ὃν ἔχει τό τε μαλακὸν χρῶμα ἑπόμενον, καὶ τὸ μαλακὸν ἔντονον ἑπόμενον καὶ αὐτό· ἐπιμεος, ὃν ἔχει τὸ ἐναρμόνιον ἑπόμενον. Ἐν πᾶσι γοῦν τούτοις, οἱ τοιοῦτοι ἐπιμόριοι καὶ μόνοι τὰς ἐμμελείας ποιοῦσι. Πολλοὶ δὲ καὶ ἄλλοι τὸν ἐπίγου συνιστῶσιν· ἀλλ' ἐκμελεῖς εἰσιν, ὡς ἐλέγομεν, καὶ διὰ ταῦτα ἀχρεῖοι πρὸς γενῶν σύστασιν. Ταῦτα δὲ τὰ η γένη, ὧν ἓν μὲν ἐναρμόνιον, ἀπὸ βαρυτέρων μὲν ἐξ ἐπιμεου, ἐπικγου, καὶ ἐπιδου, ἀπὸ δὲ ὀξυτέρων κατὰ[3] τὸ ἀνάπαλιν· ἓν δὲ τὸ διτονιαῖον[4], ἀπὸ βαρυτέρων μὲν ἐκ λείμματος, ἐπιηου, καὶ ἐπιηου, ἀπὸ δὲ ὀξυτέρων κατὰ τὸ ἀνάπαλιν· δύο δὲ τὰ χρωματικά· τὸ μὲν μαλακόν, ἀπὸ μὲν βαρυτέρων ἐξ ἐπικζου, ἐπιιδου, καὶ ἐπιεου, ἀπὸ δὲ ὀξυτέρων κατὰ τὸ ἀνάπαλιν· τὸ δὲ σύντονον, ἀπὸ μὲν βαρυτέρων[5] ἐξ ἐπικαου, ἐπιιαου, καὶ ἐπιϛου, ἀπὸ δὲ ὀξυτέρων κατὰ τὸ ἀνάπαλιν· δύο δὲ τὰ διάτονα· τὸ μὲν μαλακόν, ἀπὸ μὲν βαρυτέρων ἐξ ἐπικου, ἐπιθου, καὶ ἐπιζου,

[1] A om.
[2] A : ἐπιιϛ.
[3] C, D, om.
[4] A : διατονιαῖον.
[5] Mss., exc. D, βαρυτόνων. De même dans plusieurs des phrases suivantes.

ἀπὸ δὲ ὀξυτέρων κατὰ τὸ ἀνάπαλιν· τὸ δὲ σύντονον, ἀπὸ βαρυτέρων μὲν ἐξ ἐπιε^{ου}, ἐπιη^{ου}, καὶ ἐπιθ^{ου}, ἀπὸ δὲ ὀξυτέρων κατὰ Fol. 43 τὸ ἀνάπαλιν[1]· καὶ ἓν τὸ μαλακὸν ἔντονον, ἀπὸ μὲν βαρυτέρων ἐξ ἐπικζ^{ου}, ἐπιζ^{ου}, καὶ ἐπιη^{ου}, ἀπὸ δὲ ὀξυτέρων κατὰ τὸ ἀνάπαλιν· ταῦτα τοίνυν τὰ η κατὰ Πτολεμαῖον γένη, τρεῖς τόπους ἕκαστον ἔχει, τὸν ἡγούμενον, ὃν καὶ μέγιστον λέγουσιν (ὅτι τὸν μέγιστον λόγον πρὸς τοὺς λοιποὺς δύο φέρει)· τὸν μείζονα, τὸν καὶ μέσον (ὅτι μείζονα λόγον φέρει πρὸς τὸν λοιπὸν τὸν ἑπόμενον)· καὶ τὸν ἐλάχιστον αὐτὸν δὴ τὸν ἑπόμενον (ὅτι ἐλάχιστον φέρει λόγον πρὸς τοὺς λοιποὺς δύο οὓς ἔχει τὸ γένος). Καὶ ἐπὶ μὲν τοῖς ἑπομένοις καὶ τῶν ὀκτὼ, ὁ λόγος σώζεται ἀκέραιος[2]. Ἐπὶ δὲ τοῖς μέσοις καὶ τοῖς ἡγουμένοις, τῶν μὲν λοιπῶν, οὐ μεταπίπτει ὁ λόγος· τοῦ δὲ μαλακοῦ ἐντόνου καὶ συντόνου διατόνου[3] παρήλλακται ὁ λόγος· τὸ μὲν γὰρ [μαλακὸν ἔντονον[4]] ἔχει μέσον μὲν τὸν ἐπιζ^{ον}, ἡγούμενον δὲ τὸν ἐπιη^{ον}· τὸ δὲ σύντονον διάτονον, μέσον μὲν τὸν ἐπιη^{ον}, ἡγούμενον δὲ τὸν ἐπιθ^{ον}· ὡς ἂν δηλονότι ἐλάττονος ὄντος τοῦ ἡγουμένου, συντονώτερον τὸ μέλος γίνηται. (Ἐλέγομεν γὰρ ὅτι κατὰ τὴν εἰς δύο λόγους τομὴν τοῦ ὅλου τετραχόρδου, ὅτε ὁ τοῦ ἡγουμένου λόγος πρὸς τὸν λοιπὸν, τὸν καὶ διαιρούμενον εἰς δύο ἄλλους λόγους, ἐλάττων ἐστὶν, ἄπυκνόν ἐστιν τὸ μελῴδημα· ὅτε δὲ μείζων ὁ τοῦ ἡγουμένου λόγος πρὸς τὸν λοιπὸν, πυκνόν. Κατὰ τὸν αὐτὸν λόγον, καὶ ὅτι[5] κατὰ τὴν εἰς δύο λόγους τομὴν τοῦ ὅλου τετραχόρδου, μαλακώτερα

[1] Il manque évidemment ici une phrase, savoir : ἓν δὲ τὸ διάτονον ὁμαλὸν, ἀπὸ μὲν βαρυτέρων ἐξ ἐπιια^{ου}, ἐπιι^{ου}, καὶ ἐπιθ^{ου}, ἀπὸ δὲ ὀξυτέρων κατὰ τὸ ἀνάπαλιν.

[2] Le rapport des sons graves conserve partout le caractère qui lui est naturel, savoir : d'être le plus petit des trois; mais quant aux deux autres, ils éprouvent une sorte d'inversion dans le genre *diatonique tonié*, μαλακὸν ἔντονον, et dans le genre *diatonique dur*, en ce sens que le rapport des sons aigus se trouve, dans ces deux genres, moindre que le rapport des cordes mobiles.

[3] A om. — [4] Mss. om. — [5] Mss., exc. D, ὅτε.

φαίνονται τὰ μείζονα τὸν ἡγούμενον ἔχοντα λόγον, συντονώτερα δὲ τὰ ἐλάτῖονα τὸν τοῦ ἡγουμένου λόγον ἔχοντα[1]. Καὶ διὰ ταῦτα, μαλακώτατον μὲν πάντων τῶν γενῶν τὸ ἐναρμόνιον· ἀλλὰ καὶ πυκνὸν, ὡς ἔχον τὸν ἡγούμενον λόγον μείζονα πρὸς τὸν λοιπὸν ἐπιιε^{ον}, τὸν διαιρούμενον εἰς τοὺς δύο λοιποὺς λόγους τόν τε ἐπιμε^{ον} καὶ τὸν ἐπικγ^{ον}, κατὰ τὸν κανόνα τῆς διαιρέσεως ὃν ἐλέγομεν· ἔσῖι δὲ τοῦ τοιούτου γένους ὁ ἡγούμενος ἐπιδ^{ος}. Ἔπειτα τὸ μαλακὸν χρωματικὸν, ὃ καὶ αὐτὸ πυκνόν ἐσῖιν, ἔχον τὸν ἡγούμενον λόγον ἐπιε^{ον}, καὶ μείζονα πρὸς τὸν ἐπιθ^{ον}, ὃς διαιρεῖται εἴς τε τὸν ἐπικζ^{ον} καὶ ἐπιιδ^{ον}. Τὸ δὲ σύντονον χρωματικὸν καὶ πυκνόν ἐσῖι, καὶ αὐτὸ τοῦτο σύντονον[2], ὅτι μείζονα[3] ἔχει τὸν πρὸς τῷ ἡγουμένῳ ἐπιϛ^{ον} τοῦ λοιποῦ ἐπιζ^{ον}, ὃς διαιρεῖται εἰς ἐπικα^{ον} καὶ ἐπιια^{ον}.) Τούτῳ γοῦν τῷ λόγῳ, καὶ ἐν τοῖς δυσὶ τούτοις γένεσιν[4], οἱ λόγοι τῶν τε μέσων καὶ τῶν ἡγουμένων μετεϐλήθησαν· διὰ τὸ σύντονον τάχα[5], ὅτι καὶ ἄπυκνά εἰσι ταῦτα, καὶ διὰ τοῦτο καὶ σύντονα, ὡς ἔχοντα τὸν ἡγούμενον ἐλάτῖονα πρὸς τὸν ἑπόμενον· τὸ μὲν σύντονον διάτονον, ἐπιθ^{ον} μὲν τὸν ἡγούμενον, τὸν δὲ ἑπόμενον ἐπιε^{ον}, ὃς καὶ διαιρεῖται εἴς τε τὸν ἐπιιε^{ον} καὶ ἐπιιη^{ον}, κατὰ τὸν κανόνα τοῦ τριπλασιασμοῦ τῶν πρώτων ὁμωνύμων ἐπιμορίων ὃν[6] ἐλέγομεν· ἐλάτῖων δὲ ὁ ἐπιθ^{ος} τοῦ ἐπιε^{ου}· τὸ δὲ μαλακὸν ἔντονον ἐπόγδοον μὲν τὸν ἡγούμενον ἔχει, μέσον δὲ τὸν ἐπιζ^{ον}, ἑπόμενον δὲ τὸν ἐπικζ^{ον}· καὶ αὐτόθεν δῆλον ὅτι ἐλάτῖων ἐσῖὶν ὁ ἡγούμενος τούτων· ὁ γὰρ ἐπιιη^{ος} ἐλάτῖων καὶ τοῦ ἐπιζ^{ου}· πόσῳ δὴ μᾶλλον προσκειμένου καὶ τοῦ ἐπικζ^{ου} τῷ ἐπιεϐδόμῳ. Ταῦτα δὲ καὶ ἡ αἴσθησις, διὰ τὸ ὀλίγον παραλλάτῖειν, οὐδὲ κατανοεῖ, οὐδὲ προσποιεῖται· καὶ

Fol. 44 r°.

[1] V. ci-dessus, p. 470 et 474.

[2] Quoique étant lui-même qualifié *synton* ou *dur*; c'est à tort que le ms. D corrige le mot σύντονον en μαλακόν.

[3] Mss. : ἐλάτῖονα, corrigé en μ. dans D.

[4] C'est-à-dire dans le diatonique tonié et dans le diatonique dur.

[5] Résultat qui provient justement de leur dureté.

[6] D : ὧν.

διὰ ταῦτα εἰ καὶ παρηλλάχθησαν, οὐ λυμαίνονται τῷ ἐπιστημονικῷ λόγῳ, ὡς βραχεῖαν ἔχοντα τὴν παραλλαγήν.

CHAPITRE XXI[1].

L'auteur se propose de *comparer les huit genres* deux à deux, en leur donnant les mêmes cordes extrêmes et calculant les rapports des intermédiaires. — Les combinaisons sont au nombre de 28. — Les rapports superpartiels sont d'autant plus grands que leurs termes sont plus petits. — Ils mesurent des intervalles d'autant plus durs, qu'ils sont plus petits. — *L'acuité et la gravité d'un ton ne changent rien à son caractère.* — Formule de comparaison de deux rapports superpartiels $\left(\frac{a+1}{a} : \frac{b+1}{b} = \frac{ab+b}{ab+a}\right)$.

Κεφ^ου^ κα^ον^. Φέρε τοιγαροῦν, κατὰ τὸν ὑποκείμενον τοῖς λογικοῖς φιλοσόφοις κανόνα, συστήσαντες ἐκ τῶν ὀκτὼ γενῶν, συζυγίας εἴκοσι καὶ ὀκτὼ[2], κατοπτεύσωμεν τὰς πρὸς ἄλληλα αὐτῶν διαφορὰς καὶ κοινωνίας. Ἐπεὶ γὰρ ὁ κανὼν λέγει, προτεθέντων τινῶν ὁποσωνδηποτοῦν ὅρων φέρε τυχὸν τεσσάρων, ὅτε θέλομεν ποιῆσαι τὰς συζυγίας αὐτῶν, δεῖ πολλαπλασιάζειν τὸν ἀριθμὸν ἐκεῖνον παρὰ τὸν παραμονάδα[3] τούτου ἐλάττονα, καὶ τὸν γινόμενον διαιρεῖν καθ' ἡμίσεα· καὶ τὸ ἓν μέρος ἐκείνων λέγειν τὰς συζυγίας αὐτῶν ὁπόσαι εἰσίν· ὡς φέρε ἐπὶ τῶν προτεθέντων τεσσάρων· λέγομεν γὰρ τρισάκις τὰ δ̅, ἢ τετράκις τὰ γ̅, καὶ γίνονται ιβ̅, ὧν τὸ ἥμισυ αἱ συζυγίαι εἰσὶ τῶν τεσσάρων πρὸς ἄλληλα. Τοῦτο ποιήσωμεν καὶ ἐπὶ τῶν η̅ τούτων γενῶν τῆς μουσικῆς, τοῦ ἐναρμονίου, συγκειμένου ἐξ ἐπιμε^ου^, ἐπικγ^ου^, καὶ ἐπιδ^ου^· τοῦ διτονιαίου, συγκειμένου ἐκ Fol. 44 v°.

[1] On pourrait établir ici une coupure qui se présente très-naturellement, et faire du reste de l'ouvrage un second livre, ou même un troisième en faisant commencer le deuxième au chapitre XII.

[2] Les combinaisons des huit genres deux à deux sont, d'après la formule ordinaire, au nombre de $\frac{8\times7}{1\times2} = 28$.

[3] Remarquons le mot παραμονάς, nombre qui diffère d'un autre d'une unité, soit en moins, ἐλάττων, soit en plus, μείζων. — Mss., exc. A, παρὰ μονάδα.

λείμματος[1], ἐπιηου, ἐπιηου· τῶν δύο χρωματικῶν, τοῦ τε μαλακοῦ, συγκειμένου ἐξ ἐπικζου, ἐπικδου, καὶ ἐπιιεου, καὶ τοῦ συντόνου, συγκειμένου ἐξ ἐπιεικοσΊομόνου[2], ἐπιιαου, καὶ ἐπιςου· τῶν δύο[3] διατόνων, τοῦ τε ὁμαλοῦ, συγκειμένου ἐξ ἐπιιαου, ἐπιιου, καὶ ἐπιθου, [τοῦ τε μαλακοῦ, συγκειμένου ἐξ ἐπικου, ἐπιθου, καὶ ἐπιζου[4],] καὶ τοῦ συντόνου, συγκειμένου ἐξ ἐπιιεου, ἐπιηου, καὶ ἐπιθου, καὶ τοῦ μαλακοῦ ἐντόνου, συγκειμένου ἐξ ἐπικζου, ἐπιζου, καὶ ἐπιηου. Φέρε γοῦν καὶ ἐπὶ τούτων τὸν αὐτὸν κανόνα φυλάξωμεν· καὶ ἐπεὶ ὀκτώ εἰσι τὰ γένη, παρ' ἓν[5] δὲ ἑπλὰ, πολλαπλασιάζομεν τὸν ηον ἐπὶ τὸν ζον, καὶ γίνονται νς, ὧν τὸ ἥμισυ κη· κη οὖν αἱ συζυγίαι τῶν τοιούτων ὀκτὼ γενῶν· καὶ φέρε ταύτας κατοπΊεύσωμεν, καὶ ποῖος τόνος ποίου τόνου

Fol. 45 r°. ἑτέρου γένους συντονώτερος, καὶ ὁπόσῳ[6] αὐτός. Καὶ πρῶτον ἰσΊέον ὅτι μείζων μὲν λόγος λέγεται ὁ τὸν ἐλάσσονα ἀριθμὸν ἐπιφέρων ἐξ οὗ παρωνυμεῖται· ὡς λέγομεν τὸν ἐφέβδομον λόγον μείζονα τοῦ ἐπιηου, καὶ τὸν ἐπιιον τοῦ ἐπιιαου, καὶ ὁμοίως τοὺς λοιπούς. Δεύτερον ἰσΊέον ὅτι ἐκεῖνος ὁ φθόγγος τὸ συντονώτερον ἔχει πρὸς ἄλλον φθόγγον συγκρινόμενος, ὃς τὸ ἔλατΊον ἐπέχει τῶν ἐπιμορίων πρὸς οὓς παραβάλλεται· οἷον ὁ ἐπιθος τοῦ ἐπιηου συντονώτερος· καὶ ὁ ἐπιιαος τοῦ ἐπιιου, ἢ ἐπιθου, ἢ καὶ ἐπιηου, καὶ ἐφεξῆς[7]· ὅταν γὰρ πρός τινα κοινὸν ὅρον δύο λόγοι παραβάλλωνται, ὁ ἐλάτΊων τοῦ μείζονος συντονώτερον ἐπέχει διάσΊημα. Τρίτον ἰσΊέον ὅτι καὶ κατὰ τὸ βαρύτατον, καὶ αὖθις τὸ ὀξύτατον, μεταβολαὶ γίνονται, σωζομέ-

[1] A : λείματος.

[2] Mss. : ἐπικου μόνου.

[3] Ce doit être, non pas δύο, mais δ ou τεσσάρων.

[4] Les mss. omettent ces neuf mots.

[5] παρ' ἕν, locution analogue de παραμονάς.

[6] Mss. : καὶ ποῖος ὁ αὐτός.

[7] L'intervalle est plus dur quand le rapport est moindre : ainsi la seconde est plus dure que la tierce, et la tierce mineure plus dure que la tierce majeure. C'est ainsi que le diatonique, $\frac{8}{7}$, ou $\frac{9}{8}$, ou $\frac{10}{9}$, etc., est plus dur que le chromatique, $\frac{6}{5}$, $\frac{7}{6}$, et celui-ci plus dur que l'enharmonique $\frac{5}{4}$.

νων τῶν αὐτῶν λόγων καὶ τοῦ αὐτοῦ ἤθους· μόνον ἵνα εἴη τὸ αὐτὸ κατὰ τὸν τόνον, ἢ ὑποδώριον, ἢ ὑποφρύγιον, ἢ ὑπολύδιον· καὶ αὖθις ἢ δώριον, ἢ φρύγιον, ἢ λύδιον· καὶ αὖθις μιξολύδιον ἢ ὑπερμιξολύδιον. Οὐδὲ γὰρ ἀλλάσσει τοὺς λόγους ἢ τὸ ἦθος τοῦ μέλους, κἂν ὀξύτερον εἴη, τὸ ὑπερμιξολύδιον φέρε, ἀπό τε τῆς νήτης τῶν διεζευγμένων ἕως νήτης τῶν ὑπερβολαίων [1], μέσον τούτων οὐσῶν τῆς τε τρίτης τῶν ὑπερβολαίων καὶ τῆς παρανήτης τῶν ὑπερβολαίων· κἂν βαρύτερον εἴη, ἀπό τε τῆς παραμέσης ἕως νήτης τῶν διεζευγμένων, μέσον τούτων οὐσῶν τῆς τε τρίτης τῶν διεζευγμένων καὶ τῆς παρανήτης τῶν διεζευγμένων· τὸ αὐτὸ γάρ ἐστι κατὰ τοὺς λόγους τοῦ ὑποκειμένου γένους, κἂν ὀξύτερον κἂν βαρύτερον ᾖ· τέως δὲ καὶ αὕτη ἡ παραλλαγὴ μεταβολὴ λέγεται, οὐ κατὰ γένος, ἀλλὰ κατὰ μόνον τὸ ὀξύτερον καὶ βαρύτερον. Τὸ γοῦν εἰδέναι ὅτι οὗτος ὁ λόγος τούτου μείζων, τυχὸν ὁ ἐπιη^{ος} τοῦ ἐπιθ^{ου}, καὶ ὅτι ὁ ἐπιθ^{ος} συντονώτερος τοῦ ἐπιη^{ου}, εἰ πρός τινα κοινὸν ὅρον ἐξετάζεται, δῆλόν ἐστιν ἐκ τῶν ἀριθμῶν. Ὡς γὰρ ὁ θ μείζων τοῦ η, οὕτως ὁ ἐπιη^{ος} τοῦ ἐπιθ^{ου} μείζων· ὁ γὰρ ἔχων τινὰ ἀριθμὸν ὅλον καὶ τὸ τρίτον αὐτοῦ, μείζων τοῦ ἔχοντος ὅλον αὐτὸν καὶ τὸ δ^{ον} αὐτοῦ. Ὑποκείσθω γὰρ ὁ ιβ· καὶ ὁ μὲν ις ἔχει ὅλον αὐτὸν καὶ τὸ γ^{ον} αὐτοῦ, ὁ δὲ ιε ἔχει ὅλον αὐτὸν καὶ τὸ δ^{ον} αὐτοῦ· ἀλλ' ὁ ις τοῦ ιε μείζων μονάδι· τὸ γοῦν τοῦτο εἰδέναι ὅτι μείζων ὁ ἐπιγ^{ος} τοῦ ἐπιδ^{ου} κατὰ ἀντιστροφὴν τοῦ ἐφεξῆς ἀριθμοῦ· ἐπὶ γὰρ τοῦ ἀριθμοῦ, ὁ δ^{ος} μείζων τοῦ γ^{ου}, ῥᾴδιον καὶ οὐ πραγματειῶδες [2]. Ὁπόσῳ δὲ μείζων καὶ ὁπόσον συντονώτερος ὁ ἐλάττων τοῦ μείζονος, ὅταν πρός τινα κοινὸν ὅρον συγκρίνωνται, τοῦτο δυσχερές, καὶ δεῖται κοινοῦ κανόνος πρὸς κατανόησιν· ὃ [3] ἐρρέθη μέν, ἀλλὰ καὶ αὖθις, διὰ τὸ τῆς

Fol. 45 v°.

[1] L'auteur ne veut sans doute pas fixer à une quarte les limites du ton hypermixolydien : passe encore s'il s'agissait du lydien, du phrygien, ou du dorien.

[2] A : πραγματιῶδες.

[3] Mss. : ὅς.

ϖαρούσης θεωρίας ὑπόγυον, ἀναγκαῖον ὂν ῥηθήσεται. Ὁπηνίκα τοίνυν βουλώμεθα εὑρεῖν δύο ὁποιωνδήτινων λόγων, ϖόση τίς ἡ ὑπεροχὴ ἑνὸς ϖρὸς θάτερον, λαμβάνομεν τοὺς ἀριθμοὺς ἀφ' ὧν τὰ ϖροσεξακουόμενα μέρη ϖαρονομάζονται· καὶ ϖολλαπλασιάζομεν ἑκάτερον αὐτῶν ἐπὶ θάτερον· εἶτα λαμβάνομεν τὰ ϖροσεξακουόμενα τοῖς λόγοις μέρη τοῦ γινομένου ἀριθμοῦ ἐκ τῆς ϖολλαπλασιάσεως τῶν δύο, εἶτα ϖροσlίθεμεν τούτῳ τὸ ϖροσεξακουόμενον μέρος αὐτοῦ ὑπὸ τοῦ ἐλάτlονος λόγου· καὶ αὖθις ϖροσlίθεμεν τῷ ϖροτέρῳ ἀριθμῷ τῷ γινομένῳ ἐκ τῆς ϖολλαπλασιάσεως, καὶ τὸ λοιπὸν μέρος τὸ ϖροσεξακουόμενον ὑπὸ τοῦ μείζονος λόγου· ϖοιοῦμεν γοῦν ϖρῶτον τὸν γινόμενον ἐκ τῆς ϖολλαπλασιάσεως τῶν δύο ἐκείνων ἀριθμῶν, καὶ δεύτερον τοῦτόν τε σὺν τῷ ϖροσεξακουομένῳ μέρει τούτου τῷ ὑπὸ τοῦ ἐλάτlονος ϖαρωνυμουμένῳ· καὶ τρίτον αὖθις τοῦτον
Fol. 46 r°. δὴ τὸν ϖρῶτον ἀριθμὸν σὺν τῷ ϖροσεξακουομένῳ μέρει τούτου τῷ ὑπὸ τοῦ μείζονος ϖαρωνυμουμένῳ· καὶ τελευταῖον θεωροῦμεν τὴν τῶν ϖροκειμένων λόγων ὑπεροχὴν, ϖόσον τί μέρος ἢ μέρη τοῦ β^ου ἀριθμοῦ ἐσlὶν ἡ ὑπεροχὴ τοῦ τρίτου ἀριθμοῦ ϖρὸς τοῦτον τὸν β^ον, καὶ τὸν ἐξακουόμενον ὑπ' αὐτοῦ λόγον εἰληφότες, ἐκεῖνον ἀκριβῶς διαγινώσκομεν τὸν τῆς ὑπεροχῆς εἶναι λόγον ἀμφοτέρων τῶν εἰς ἐπίσκεψιν ϖροκειμένων ἡμῖν ὁποιωνδήποτε λόγων. Οἷον, ὑποδείγματος χάριν, ἐπειδὴ ἡ μὲν ϖαρυπάτη τοῦ διατόνου ὁμαλοῦ γένους ἐν ἐπι^ιω λόγῳ θεωρεῖται, ἡ δὲ ϖαρυπάτη τοῦ συντόνου διατόνου γένους ἐν ἐπιη^ω· καὶ εἰβουληθῇ[1] μὲν εὑρεῖν, οὐ μόνον[2] τὴν ὑπεροχὴν ἀμφοτέρων τῶν λόγων ϖόση τίς ἐσlιν, ἀλλὰ καὶ τὸν λόγον αὐτῶν ἐν ᾧ αὕτη θεωρεῖσθαι ϖέφυκε, λαμβάνομεν ϖρῶτον τοὺς δύο ἀριθμοὺς τόν τε η καὶ τὸν ι (ἀπὸ τούτων γὰρ ϖαρονομάζονται τὰ ϖροσεξακουόμενα μέρη, ἤγουν τὸ ἐπη^ον καὶ τὸ[3] ἐπι^ον)· καὶ ϖολλαπλασιάζομεν τὸν η καὶ τὸν ι[4], καὶ γίνεται ὁ ϖ· εἶτα

[1] Mss. : ἠβουλήθη. — [2] A om. οὐ μ. — [3] A om. τὸ. — [4] B : τὸν η ἐπὶ τὸν ι.

TRAITÉS GRECS relatifs à la musique.

ἐπιτίθεμεν τούτῳ ϖρῶτον τούτου τὸ δέκατον· ἔσῖι δὲ τὸ δέκατον τοῦ ϖ, ὀκτὼ, καὶ γίνονται ϖη· εἶτ᾽ αὖθις ζητοῦμεν τὸ η^{ον} τοῦ ϖ, καὶ ἔσῖιν ὁ ι, καὶ γίνεται ὁ ϟ· καὶ γ^{ος} τίθεται, οἷον ϖ, ϖη, ϟ· ζητοῦμεν τὸν τρίτον τίνα λόγον ἔχει ϖρὸς τὸν δεύτερον· καὶ ἔσῖιν ὁ ἐννενηκοσῖὸς τοῦ ϖη^{ου} ἐπιτεσσαρακοσῖοτέταρτος[1]. Καὶ ἰδοὺ ὁ ἐπόγδοος λόγος τοῦ ἐπιδεκάτου μείζων ἐν λόγῳ ἐπιτεσσαρακοσῖοτετάρτῳ· καὶ ὁ ἐπιδέκατος τοῦ ἐπογδόου συντονώτερος· τῷ αὐτῷ λόγῳ τῷ ἐπιτεσσαρακοσῖοτετάρτῳ. Καὶ ὁ κανὼν ἐπὶ ϖᾶσιν εὔληπῖος.

CHAPITRE XXII.

Chacun des huit genres peut se chanter suivant le *ton hypodorien*, suivant l'*hypophrygien*, et suivant l'*hypolydien*, tons dans lesquels il faut distinguer deux tétracordes, celui des *hypates* ou *fondamentales*, qui est le plus grave, et celui qui le suit à l'aigu (c'est le tétracorde des *mèses* ou *moyennes*). — On peut répéter la même chose relativement au ton *hypermixolydien*, en y distinguant le tétracorde des *nètes*, ou *nouvelles*, ou *dernières*, qui est le plus aigu, et celui qui le suit au grave (ce sont les deux tétracordes des *adjointes* et des *disjointes*). — On peut, sans changer le caractère du chant, transporter un tétracorde divisé suivant un genre donné, du grave à l'aigu ou de l'aigu au grave. — Dans un tétracorde considéré en lui-même, en allant du grave à l'aigu on a ces quatre cordes, savoir : l'*hypate* ou *fondamentale*, la *parhypate* ou *voisine de l'hypate*, l'*indicatrice*, ou *paranète*, ou *voisine de la nète*, et la *nète* ou *dernière*. — On peut comparer deux tétracordes divisés suivant les formules de deux genres différents mais compris entre les mêmes limites; méthode pour faire cette comparaison (l'auteur répète ce qu'il a dit dans le chapitre précédent).

Κεφ^{ον} κβ^{ον}. Τούτων ϖροϋποτεθέντων, δεῖ εἰδέναι καὶ τοῦτο ὅτι ἕκασῖον τῶν κατὰ τὰ ὀκτὼ γένη τετραχόρδων, δυνάμεθα ἐκφέρειν καὶ Fol. 46 v°

[1] Voici tout ce calcul, qui aboutit à trouver la valeur du quotient $\frac{9}{8} : \frac{11}{10} = \frac{45}{44}$.

On multiplie l'un par l'autre les deux dénominateurs 10 et 8, ce qui donne $8 \times 10 = 80$; on ajoute au produit alternativement 8 et 10, ce qui donne $80 + 10 = 90$, et $80 + 8 = 88$; et l'on prend le rapport $\frac{90}{88} = \frac{45}{44}$.

Généralement $\frac{a+1}{a} : \frac{b+1}{b} = \frac{ab+b}{ab+a} = \frac{(a+1)b}{(b+1)a}$, comme on l'a vu au chapitre VII. — Ce

μελῳδεῖν κατά τε τὸν[1] ὑποδώριον, καὶ ὑποφρύγιον, καὶ ὑπολύδιον· καὶ διαιρεῖν ταῦτα εἰς δύο· εἴς τε βαρύτατον τετράχορδον τὸ ἐκ τῶν ὑπατῶν, καὶ ὀξύτερον τὸ ὑπὲρ τὰς ὑπάτας. Δυνάμεθα δὲ ταῦτα καθισῖᾶν καὶ ἐν τῷ ὀξυτάτῳ κατὰ τὸν ὑπερμιξολύδιον τόνον[2]· καὶ διαιρεῖν καὶ ταῦτα τὰ τετράχορδα εἰς δύο· τό τε πάντη[3] ὀξύτατον τὸ διὰ νητῶν περιεχόμενον, ἀπὸ νήτης διεζευγμένων εἰς νήτην ὑπερβολαίων (εἰσὶ γὰρ ἐφεξῆς αἱ δ̄ χορδαὶ, νήτη διεζευγμένων, τρίτη ὑπερβολαίων, παρανήτη ὑπερβολαίων, καὶ νήτη ὑπερβολαίων)· καὶ τὸ μετ' αὐτὸ καὶ ὑπ' αὐτὸ βαρύτερον, τὸ ἀπὸ παραμέσης ἐπὶ νήτην διεζευγμένων (εἰσὶ γὰρ οὕτως αἱ ἐφεξῆς χορδαὶ, παραμέση, τρίτη διεζευγμένων, παρανήτη διεζευγμένων, καὶ νήτη διεζευγμένων). Καὶ ὥσπερ τὰ βαρέα ἐκεῖνα δύο τετράχορδα[4] ὑπατῶν τετράχορδα λέγονται, οὕτω ταῦτα τὰ ὀξέα δύο τετράχορδα νητῶν τετράχορδα λέγονται. Τοῦτο γοῦν δυνάμεθα ποιεῖν καὶ ἐπὶ πᾶσι τοῖς γένεσιν, οὐ μεταβάλλοντες τὸ τῆς μελῳδίας ἦθος (ἐπεὶ κατὰ τοὺς αὐτοὺς λόγους καὶ τὸ βαρύτερον καὶ τὸ ὀξύτερον, καὶ αὖθις καὶ τὰ βαρέα καὶ τὰ ὀξέα μελῳδοῦνται), ἀλλὰ μεταβάλλοντες κατὰ τὸν τόνον ἐπὶ τὸ βαρύτερον καὶ τὸ ὀξύτερον. Καὶ ἐπεὶ καθ' αὑτά εἰσι τὰ τετράχορδα, ἐπὶ πᾶσι τὴν μὲν βαρυτάτην ὑπάτην λέγομεν, εἶτα τὴν μετ' αὐτὴν, παρυπάτην, εἶτα τὴν μετ' αὐτὴν, λιχανὸν καὶ παρανήτην[5], τὴν δὲ μετ' αὐτὴν, νήτην· ὡς μελῳδεῖσθαι καθ' αὑτὸ τὸ ἐν ὁποιῳδήτινι γένει τετράχορδον, κατά τε τὸν ὀξύτερον καὶ βαρύτερον τόνον. Ἔσ7ι μὲν οὖν καὶ καθ' αὑτὰ ἐκτι-

rapport se simplifie quand *a* et *b* sont tous deux pairs ou tous deux impairs.

[1] Probablement τόνον.

[2] Pachymère et Bryenne prennent pour exemple le ton hypermixolydien, octave de l'hypodorien, que les anciens nommaient κοινόν, *commun* (cf. Euclide, p. 16), et qui n'est autre que notre mode mineur de *la* (voy. p. 280).

[3] D corrige en ταύτῃ.

[4] Dans le ton hypodorien.

[5] Mss. : παρυπάτην, corrigé en παρανήτην dans D.

θέναι τὰ δύο ταῦτα τετράχορδα, καὶ διὰ τῆς κατατομῆς συνισΊᾶν τοὺς λόγους· ἔσΊι δὲ καὶ χωρὶς ἰδόντας αὐτὰ, ὁμοίως δὲ καὶ ἄλλου γένους αὖθις δύο τετράχορδα δοκιμάσαντας, εἶθ' οὕτως συντιθέναι εἰς ἓν τὰ δύο, καὶ συγκρίνειν τὰς χορδὰς κατὰ τοὺς φθόγΓους καὶ τοὺς λόγους αὐτῶν, ποία ἐσΊὶ θατέρας συντονωτέρα (εἴτ' οὖν ὀξυτέρα) καὶ ποία βαρυτέρα, καὶ πόσον; καὶ[1] κατὰ ποῖον λόγον ὀξυτέρα καὶ συντονωτέρα, κατὰ τὸν ὑποτεθέντα τῆς δοκιμασίας κανόνα, ὅς ἐσΊι τό[2]· Fol. 47 r°.

Τοὺς προσεξακουομένους ἀριθμοὺς ἀπὸ τῶν ἐπιμορίων λόγων πολλαπλασιάζεσθαι πρὸς ἀλλήλους, καὶ τὸν γινόμενον τάτΊειν πρῶτον· εἶτα ζητεῖν τὰ μόρια αὐτοῦ ἅπερ τοῖς προεκτεθεῖσιν ἐπιμορίοις συνεξακούονται· πρῶτον τὸ ἔλατΊον, καὶ τιθέναι δεύτερον ἐπὶ τῷ πρώτῳ ἐκείνῳ ἀριθμῷ· εἶτα τὸ μεῖζον, καὶ τιθέναι τρίτον· καὶ οὕτω σκοπεῖν πῶς ἔχει ὁ τρίτος πρὸς τὸν δεύτερον· καὶ τοῦτον τὸν λόγον λέγειν[3] ἔχειν πρὸς ἀλλήλους τοὺς προεκκειμένους ἐπιμορίους[4], καθὼς ἄρα καὶ λέλεκται.

CHAPITRE XXIII[5].

Dans ce chapitre, l'auteur, en considérant pour premier cas le genre *enharmonique* et le *diatonique égal*, commence la comparaison des genres deux à deux. Pour cela, il se propose d'abord de calculer le tétracorde grave et le tétracorde aigu du ton hypermixolydien dans chacun de ces deux genres; mais, au lieu de faire ce qu'il a annoncé, il donne deux tétracordes qui, au lieu d'être simplement disjoints par un ton intermédiaire, ou même conjoints, conformément aux noms qu'il leur donne, sont à une octave de distance l'un de l'autre, ce qui, du reste, n'a aucune influence sur le résultat définitif[6]. Ensuite, il prend deux des tétracordes calculés, un dans chacun des deux genres; il leur suppose les cordes extrêmes communes, l'*hypate* et la *nète*, et il détermine les rapports et les différences (le tout en

[1] Mss., exc. B, om.

[2] C'est la règle donnée dans le chapitre précédent.

[3] D om.

[4] A om.

[5] Voy. Bryenne, p. 423, 451, et 453.

[6] Bryenne commet la même inconséquence : voir Wallis (p. 425).

nombres entiers) des deux parhypates et des deux paranètes : c'est la figure comprenant tous ces résultats qu'il nomme le *tétracorde commun des deux genres*[1].

Διάτονον ὁμαλὸν γένος. Ἐναρμόνιον γένος.

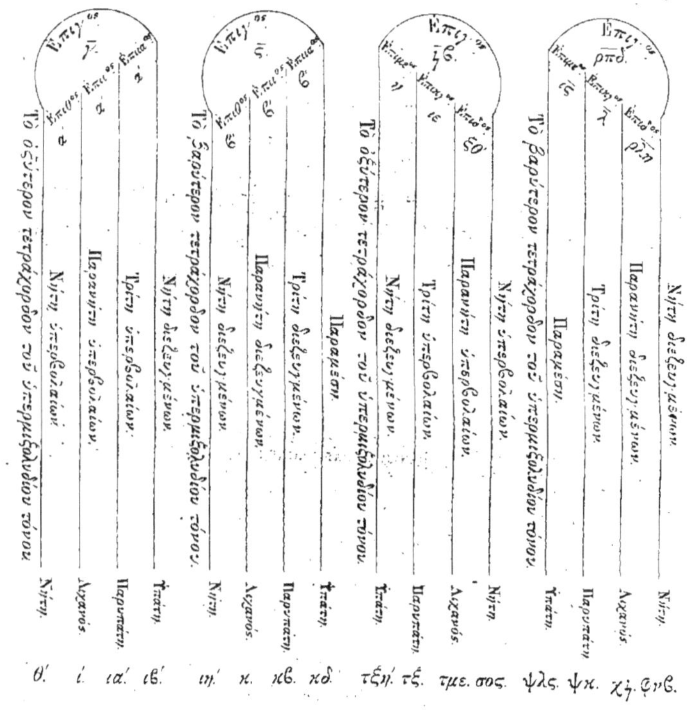

Τὸ ὀξύτερον τετράχορδον τοῦ ὑπερμιξολυδίου τόνου. Νήτη ὑπερβολαίων. Παρανήτη ὑπερβολαίων. Τρίτη ὑπερβολαίων. Νήτη διεζευγμένων.

Τὸ βαρύτερον τετράχορδον τοῦ ὑπερμιξολυδίου τόνου. Νήτη διεζευγμένων. Παρανήτη διεζευγμένων. Τρίτη διεζευγμένων. Παραμέση.

Τὸ ὀξύτερον τετράχορδον τοῦ ὑπερμιξολυδίου τόνου. Νήτη διεζευγμένων. Τρίτη ὑπερβολαίων. Παρανήτη ὑπερβολαίων. Νήτη ὑπερβολαίων.

Τὸ βαρύτερον τετράχορδον τοῦ ὑπερμιξολυδίου τόνου. Παραμέση. Τρίτη διεζευγμένων. Παρανήτη διεζευγμένων. Νήτη διεζευγμένων.

Νήτη. Λιχανός. Παρυπάτη. Ὑπάτη. Νήτη. Λιχανός. Παρυπάτη. Ὑπάτη. Ὑπάτη. Παρυπάτη. Λιχανός. Νήτη. Ὑπάτη. Παρυπάτη. Λιχανός. Νήτη.

θʹ. ιʹ. ιαʹ. ιβʹ. ιηʹ. κʹ. κβʹ. κδʹ. τξηʹ. τξʹ. τμε. σοϛ. ψλϛ. ψκʹ. χϟ. ϡνβ.

[1] Je donne cette première figure comme elle est dans le manuscrit, sauf plusieurs fautes de nombres que j'y corrige sans m'astreindre à les signaler, attendu que le texte, non-seulement justifie, mais nécessite mes corrections.

Dans les chapitres suivants, je me contenterai d'indiquer la composition des divers tétracordes en chiffres arabes, comme le fait Wallis par rapport à Bryenne, en adoptant d'ailleurs, pour la construction de la figure, un dispositif beaucoup plus commode que le sien.

TRAITÉS GRECS
relatifs
à la musique.

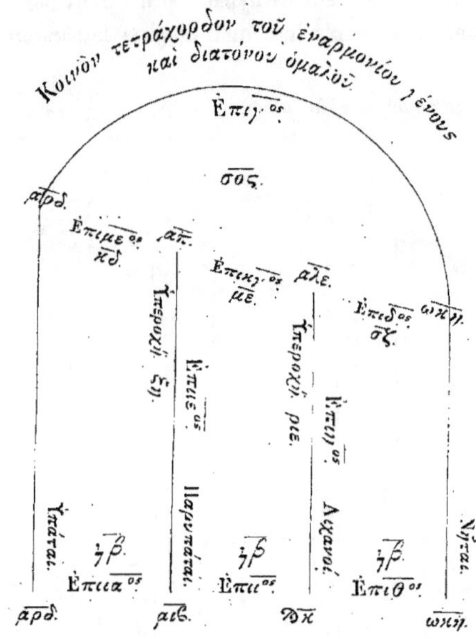

GENRE ENHARMONIQUE.

Nète.

Rapport	Corde	Nombre	Différence
		276	
$\frac{5}{4}$	Paranète ou indicatrice.		69
		345	
$\frac{24}{23}$	Parhypate ou trite.		15
		360	
$\frac{46}{45}$	Hypate.		8
		368	
Total : $\frac{4}{3}$			92

GENRE DIATONIQUE ÉGAL.

Nète.

Rapport	Corde	Nombre	Différence
		9	
$\frac{10}{9}$	Paranète.		1
		10	
$\frac{11}{10}$	Parhypate.		1
		11	
$\frac{12}{11}$	Hypate.		1
		12	
Total : $\frac{4}{3}$			3

TÉTRACORDE COMMUN DU GENRE ENHARMONIQUE ET DU GENRE DIATONIQUE ÉGAL.

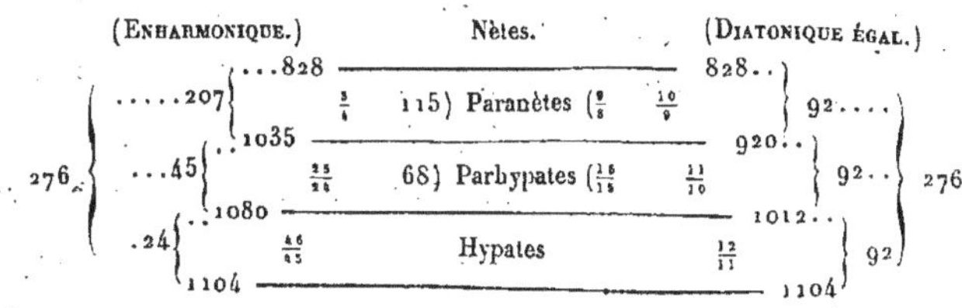

Ἀλλὰ φέρε ἐπεὶ μέλλομεν προηγουμένως[1] τὸ ἐναρμόνιον μετὰ τῶν λοιπῶν ἑπτὰ γενῶν συγκρίνειν, καὶ πρῶτον μετὰ τοῦ διατόνου ὁμαλοῦ, κατατέμωμεν ἰδίως ταῦτα κατὰ τοὺς λόγους ἑκάστου αὐτῶν, κατὰ τόνον ὑπερμιξολύδιον, τόν[2] τε ὀξύτατον τὸν ὑπὸ νήτης διεζευγμένων καὶ νήτης ὑπερβολαίων περιεχόμενον, καὶ τὸν μετ' αὐτὸν καὶ ὑπ' αὐτὸν βαρύτερον τὸν[3] ἀπὸ παραμέσης ἐς νήτην διεζευγμένων. Κεφον χγον.

Καὶ πρῶτον τὸ ἐναρμόνιον γένος, τό τε ὀξύτατον καὶ βα-
Fol. 47 v°. ρύτερον τοῦ ὑπερμιξολυδίου κατατέμωμεν. Ἐπειδὴ γοῦν τοῦτο ἀπὸ μὲν βαρυτέρου ἐξ ἐπιμεον, ἐπικγον, καὶ ἐπιδον μελῳδεῖται, ἀπὸ δὲ[4] ὀξυτέρου τὸ ἀνάπαλιν, δεῖ διὰ τοῦ ὀξυκέντρου καρκίνου, τὴν νήτην τοῦ ὀξυτέρου τετραχόρδου αὐτοῦ, ἤτοι τὴν

[1] Voici l'ordre suivi par l'auteur dans cette comparaison : il range les huit genres dans cet ordre : 1° enharmonique ; 2° diatonique égal ; 3° diatonique dur ; 4° diatonique moyen ; 5° diatonique mou ; 6° chromatique dur ; 7° chromatique mou ; 8° diatonique ditonié. Alors, en commençant par l'enharmonique, il le combine avec chacun des suivants ; puis il passe au diatonique égal, qu'il combine avec chacun des suivants ; puis de même il combine le diatonique dur avec chacun des suivants ; et ainsi de suite.

Bryenne (p. 423 et suiv.) suit une marche un peu différente, et qui paraît plus rationnelle ; d'abord il place l'enharmonique à l'avant-dernier rang, entre le chromatique mou et le diatonique ditonié ; alors il compare le diatonique dur avec le diatonique égal, puis le diatonique moyen avec les deux précédents, et ainsi de suite.

Quelle était l'utilité réelle de ces comparaisons ? c'est ce que l'on ne voit pas bien.

[2] A : τόνον.

[3] C, D : τό.

[4] Mss., exc. B, om.

νήτην τῶν ὑπερβολαίων, εἰς δ^α μέρη ἴσα ἀλλήλοις κατατεμεῖν, καὶ ποιεῖν τὴν παρανήτην, ἤτοι τὴν παρανήτην τῶν ὑπερβολαίων, ἴσην ὅλῃ αὐτῇ καὶ τῷ δ^ῳ μέρει αὐτῆς, ὡς ἔχειν τὸν ἐπίδ^ον λόγον αὐτὴν πρὸς ἐκείνην. Εἶτα διαιρεῖν ὁμοίως καὶ τὴν λιχανὴν[1] εἰς κγ μέρη ἴσα ἀλλήλοις καὶ οὕτω ποιεῖν τὴν παρυπάτην αὐτοῦ, ἤτοι τὴν τρίτην τῶν ὑπερβολαίων, ἴσην ὅλῃ αὐτῇ καὶ τῷ κγ^ῳ μέρει αὐτῆς, ὡς ἔχειν αὐτὴν πρὸς ἐκείνην λόγον ἐπικγ^ον. Καὶ μετὰ ταῦτα οὐδεὶς ἄλλος τῶν ἐπιμορίων συμπληρώσει μετ' αὐτῶν τὸν ἐπίγ^ον λόγον, εἰ μὴ ὁ ἐπιμε^ος.

Οἷον, ἐπὶ ὑποδείγματος, ὁ τξη ἀριθμὸς λόγον ἔχει πρὸς τὸν σος, τὸν ἐπίγ^ον· ἐὰν δὲ ἀπὸ τούτου ἀφέλωμεν τόν τε ἐπιδ^ον ἤτοι τὸν σος ὡς ὑπόλογον, καὶ τὸν ἐπικγ^ον τὸν τμε ὡς ὑπόλογον, ὁ λειπόμενος ἀπὸ τούτων λόγος ἐπιμε^ος ἔσΊαι· καὶ ἔσΊιν ὁ τξη πρὸς τὸν τξ τὸν τοιοῦτον λόγον ἔχων. Ὁμοίως τοῦτο ποιητέον καὶ ἐπὶ τοῦ βαρυτέρου τετραχόρδου τοῦ τοιούτου γένους· εἶεν δ' ἂν καὶ ἐπὶ τούτου, ἡ μὲν ὑπάτη, ἡ παραμέση· ἡ δὲ παρυπάτη, ἡ τρίτη τῶν διεζευγμένων· ἡ δὲ λιχανὸς, ἡ παρανήτη τῶν διεζευγμένων· ἡ δὲ νήτη, ἡ νήτη τῶν διεζευγμένων[2]· καὶ οἱ ἀριθμοὶ αὐτοῦ, ὁ ψλς, ὁ ψκ, ὁ χϡ, ὁ φυϐ. Ὁ γὰρ ψλς πρὸς τὸν ψκ ἐπιμε^ος[3]· οὗτος δ' αὖ πρὸς τὸν χϡ ἐπιεικοσΊότριτος· οὗτος δὲ πάλιν πρὸς τὸν φυϐ ἐπιδ^ος· καὶ οὕτως γέγονεν ἡ κατατομὴ τοῦ ἐναρμονίου.

Τοῦ δὲ διατόνου ὁμαλοῦ πρὸς ὃ μέλλομεν ποιῆσαι τὴν τοῦ ἐναρμονίου ἀντεξέτασιν, οὕτως ἔσΊαι, καὶ πρότερον ἐπὶ τοῦ ὀξυτέρου. Ἐπειδὴ γὰρ καὶ τοῦτο, ἀπὸ μὲν βαρυτέρου ἐξ ἐπια^ου, ἐπιι^ου, καὶ ἐπιθ^ου σύγκειταί τε καὶ μελῳδεῖται, ἀπὸ[4] δὲ ὀξυτέρου τὸ ἀνάπαλιν, δεῖ διὰ τοῦ ὀξυκέντρου καρκίνου τὴν νήτην αὐτοῦ, ἤτοι τὴν νήτην τῶν ὑπερβολαίων, εἰς θ^α μέρη Fol. 48 r°.

[1] Je n'ai jamais vu ce mot; n'est-ce pas plutôt λιχανόν?

[2] D om.

[3] Mss. : exc. D, ἐπίμεσος.

[4] A : ἐπί.

ἴσα ἀλλήλοις κατατεμεῖν, καὶ ποιεῖν τὴν λιχανὸν αὐτοῦ ἤτοι τὴν παρανήτην τῶν ὑπερβολαίων, ἴσην ὅλῃ αὐτῇ καὶ τῷ θ^{ω} μέρει αὐτῆς, ὡς ἔχειν αὐτὴν πρὸς ἐκείνην τὸν ἐπιθ^{ον} λόγον· εἶτα διαιρεῖν ὁμοίως καὶ τὴν λιχανὸν εἰς δέκα μέρη ἴσα ἀλλήλοις· καὶ οὕτω ποιεῖν τὴν παρυπάτην αὐτῆς, ἤτοι τὴν τρίτην τῶν ὑπερβολαίων, ἴσην ὅλῃ αὐτῇ καὶ τῷ ι^{ω} μέρει αὐτῆς, ὡς ἔχειν αὐτὴν πρὸς ἐκείνην λόγον ἐπιι^{ον}. Καὶ μετὰ ταῦτα οὐδεὶς ἄλλος τῶν ἐπιμορίων συμπληρώσει μετ' αὐτῶν τὸν ἐπίγ^{ον} λόγον, εἰ μὴ ὁ ἐπιια^{ος}· καὶ οἱ ἀριθμοὶ αὐτοῦ, ιβ, ια, ι, θ· ὁ γὰρ ιβ τοῦ ια ἐπιια^{ος}, ὁ δὲ ια τοῦ ι[1] ἐπιι^{ος}[2], ὁ δὲ ι τοῦ θ[3] ἐπιθ^{ος}. Ὁμοίως τοῦτο ποιητέον καὶ ἐπὶ τοῦ βαρυτέρου τετραχόρδου, οὗ ὑπάτη μὲν ἡ παραμέση, παρυπάτη δὲ ἡ τῶν διεζευγμένων τρίτη, λιχανὸς δὲ ἡ παρανήτη τῶν διεζευγμένων, νήτη δὲ ἡ τῶν διεζευγμένων νήτη· καὶ οἱ ἀριθμοὶ αὐτοῦ, κδ, κβ, κ, ιη. Ἐπιια^{ος} γὰρ ὁ κδ τοῦ κβ, ἐπιι^{ος} δὲ οὗτος τοῦ κ, καὶ οὗτος τοῦ ιη ἐπιθ^{ος}.

Τούτων οὕτως ἀποδειχθέντων, κοινὸν ἁρμόζεται τετράχορδον ἐναρμονίου καὶ διατόνου ὁμαλοῦ ἐν λόγῳ ἐπιγ^{ω} τοῦ ͵αρδ πρὸς τὸν ωκη. Ἡ γοῦν[4] λιχανὸς τοῦ διατόνου ὁμαλοῦ γένους ἐστὶ ϡκ, ἡ δὲ παρυπάτη ͵αιβ· καὶ τοῦ ἐναρμονίου γένους ἡ μὲν λιχανὸς ἐστὶ ͵αλε, ἡ δὲ παρυπάτη ͵απ. Λοιπὸν οἱ ἄκροι, ὅ τε ͵αρδ καὶ ὁ ωκη, ἑστῶτες εἰσὶν, οἱ αὐτοὶ καὶ ἐν τοῖς δυσὶ τετραχόρδοις μένοντες.

Σκοποῦμεν τὰς λιχανοὺς αὐτῶν, καὶ ἡ μὲν τοῦ ἐναρμονίου Fol. 48 v°. ἐστὶ ͵αλε, ἡ δὲ τοῦ διατόνου ϡκ· ἀμφότεραι δὲ πρὸς τὸν ωκη τὸν ἑστῶτα νηταῖον φθόγγον, ἡ μὲν τοῦ ἐναρμονίου ἐπιδ^{ον} λόγον ἔχει, ἡ δὲ τοῦ διατόνου ὁμαλοῦ ἐπιθ^{ον}. Ἔστι γοῦν ἡ λιχανὸς τοῦ διατόνου ὁμαλοῦ γένους τῆς λιχανοῦ τοῦ ἐναρμονίου γέ-

[1] A om. ι.

[2] Mss. : ἐπιι^{ον}.

[3] Mss. : θ^{ον}. — Je ne signalerai pas une multitude d'inexactitudes du même genre.

[4] A : ἤγουν.

TRAITÉS GRECS relatifs à la musique.

νους συντονωτέρα ἐν λόγῳ ἐπιηῳ. Κατά τε τὸν κανόνα ὃν ἐλέγομεν, πολλαπλασιάζομεν τὸν θ ἐπὶ τὸν δ· ἰδοὺ λϛ· καὶ ἐπὶ τούτῳ τίθεμεν θον[1] μὲν τὸν τοῦ λϛ, δ[2]· καὶ εἶθ' οὕτως τὸν θ τέταρτον[3]· καὶ γίνονται λϛ, μ, με· καὶ ἔσ7ιν ὁ με τοῦ μ ἐπιηος, κατά τε γοῦν τοῦτον[4], καὶ κατὰ τοὺς ἐκτεθέντας ἀριθμοὺς τῶν δύο λιχανῶν. Ἐπεὶ γάρ ἡ μὲν λιχανὸς τοῦ ἐναρμονίου ἐσ7ὶ πρὸς τοὺς ἐσ7ῶτας ἄκρους ͵αλε, ἡ δὲ λιχανὸς τοῦ ὁμαλοῦ διατόνου ϡκ, ἡ ὑπεροχὴ τοῦ μείζονος πρὸς τὸν ἐλάττονα ἐσ7ὶν ριε, ὁ δὲ ριε τοῦ ϡκ ηον μέρος ἐσ7ίν· ὥσ7ε πρὸς τὸν ϡκ ὁ ͵αλε ἐπιηος ἐσ7ίν[5]· ὥσ7ε συντονωτέρα ἡ λιχανὸς τοῦ διατόνου ὁμαλοῦ τῆς λιχανοῦ τοῦ ἐναρμονίου, ἐν ἐπιηῳ λόγῳ.

Ἐρχόμεθα[6] καὶ ἐπὶ τὰς παρυπάτας αὐτῶν· καὶ ἡ μέν τοῦ ἐναρμονίου ἐσ7ὶ ͵απ, ἡ δὲ τοῦ διατόνου ὁμαλοῦ ͵αιϐ. Καὶ ἔσ7ι συντονωτέρα οἱονεὶ ὀξυτέρα ἡ τοῦ διατόνου ὁμαλοῦ παρυπάτη τῆς παρυπάτης τοῦ ἐναρμονίου, ἐν λόγῳ ἐπιιεῳ ἔγγισ7α. Ὁ γὰρ ἀριθμὸς τῆς τοῦ ἐναρμονίου παρυπάτης ͵απ, πρὸς ὃν ἐπιμεος ὁ ͵αρδ, τῆς δὲ τοῦ ὁμαλοῦ διατόνου ὁ ͵αιϐ, πρὸς ὃν ὁ αὐτὸς οὗτος ἀριθμὸς ὁ ͵αρδ τὸν ἐπιιαον σώζει λόγον· καὶ ἡ ὑπεροχὴ τῶν ͵απ πρὸς τὰ ͵αιϐ, ξη· τὰ δὲ ξη ἔγγισ7α πεντεκαιδέκατόν ἐσ7ι μέρος τοῦ ͵αιϐ, ὡς εἶναι πρὸς τοῦτον τὸν ͵απ ἐπιιεον ἔγγισ7α. Καὶ ἔσ7ιν ἡ παρυπάτη τοῦ διατόνου ὁμαλοῦ συντονωτέρα καὶ ὀξυτέρα τῆς παρυπάτης τοῦ ἐναρμονίου, ἐν λόγῳ ἐγγὺς ἐπιπεντεκαιδεκάτῳ[7].

[1] Mss. : α̅ʹʹ.

[2] Mss. : δ̅ʹʹ.

[3] Mss. : τρίτον.

[4] Il faut sans doute ajouter quelque mot, tel que τὸν λογισμόν, ou sous-entendre τὸν κανόνα, ou bien enfin lire τοῦτο.

[5] C et D omettent ὥσ7ε πρὸς....... ἐπ. ἐ.

[6] Peut-être ἐρχώμεθα.

[7] Le manuscrit place ici les figures du chapitre XXIII (ci-dessus, p. 507 et 508), lesquelles occupent tout le reste du fol. 49.

CHAPITRE XXIV[1].

Comparaison du *genre enharmonique* avec le *diatonique dur*, au moyen des mêmes procédés. C'est-à-dire qu'après avoir calculé les cordes de deux tétracordes, l'un grave, l'autre aigu, du genre diatonique dur (celles de l'enharmonique étant déjà calculées dans le chapitre précédent), l'auteur établit, comme ci-dessus, le tétracorde commun des deux genres.

GENRE DIATONIQUE DUR[2].

Rapports	Cordes	Nombres	Différences	Total
	Nète.	72		
$\frac{10}{9}$	Paranète.		8	
		80		
$\frac{9}{8}$	Parhypate.		10	24
		90		
$\frac{16}{15}$	Hypate.		6	
		96		
$\frac{4}{3}$ (total)				

TÉTRACORDE COMMUN DU GENRE ENHARMONIQUE ET DU GENRE DIATONIQUE DUR.

Total	Différences	(ENHARMONIQUE.)	Rapports	Nètes.	Rapports	(DIATONIQUE DUR.)	Différences	Total
		828				828		
	207		$\frac{5}{4}$	115) Paranètes ($\frac{9}{8}$	$\frac{10}{9}$		92	
		1035				920		
76	45		$\frac{24}{23}$	45) Parhypates ($\frac{24}{23}$	$\frac{9}{8}$		115	176
		1080				1035		
	24		$\frac{46}{45}$	Hypates	$\frac{16}{15}$		69	
		1104				1104		

Fol. 49 v°. Ἐπειδὴ αὖθις αὐτὸ δὴ τὸ ἐναρμόνιον μέλλομεν κοινὸν ποιῆσαι τῷ συντόνῳ διατόνῳ, καὶ τὴν παραβολὴν ἀλλήλων ποιήσασθαι, τὸ μὲν ἁπλοῦν ἐναρμόνιον ὅπως γίνεται κατὰ τόνον ὑπερμιξολύδιον, καὶ ἐπὶ τὸ βαρύτερον, καὶ ἐπὶ τὸ ὀξύτερον, ἅπαξ εἴπομεν· καὶ οὐ δεῖ ἐπανακυκλοῦν περὶ αὐτοῦ καθ' ἑκάστην ἀντεξέτασιν καὶ ἐπὶ τῶν ἑπτὰ συγκρίσεων, καθ' ἃς τοῦτο πρὸς τὰ λοιπὰ συνεξετάζεται. Κεφον κδον.

[1] Voy. Bryenne, p. 426 et 454. — [2] L'auteur eût pu employer des nombres deux fois plus petits.

Ἀλλ᾽ εἴπωμεν περὶ τοῦ συντόνου διατόνου, καὶ κατατέμωμεν αὐτὸ ὁμοιοτρόπως τοῖς προτέροις· καὶ πρότερον ἐπὶ τοῦ ὀξυτέρου τετραχόρδου τοῦ αὐτοῦ ὑπερμιξολυδίου τόνου. Ἐπειδὴ γὰρ καὶ τοῦτο ἀπὸ μὲν βαρυτέρου πρὸς τὸ ὀξύτερον μελῳδεῖται ἐξ ἐπιε^ου^, ἐπιη^ου^, καὶ ἐπιθ^ου^, ἀπὸ δὲ τοῦ ὀξυτέρου πρὸς τὸ βαρύτερον τὸ ἀνάπαλιν, δεῖ διὰ τοῦ ὀξυκέντρου καρκίνου τὴν νήτην αὐτοῦ, ἤτοι τὴν νήτην τῶν ὑπερβολαίων, εἰς ἐννέα μέρη ἴσα ἀλλήλοις κατατεμεῖν, καὶ ποιεῖν τὴν λιχανὸν αὐτοῦ, ἤτοι τὴν παρανήτην τῶν ὑπερβολαίων, ἴσην ὅλῃ αὐτῇ καὶ τῷ ἐννάτῳ μέρει αὐτῆς, ὡς ἔχειν αὐτὴν πρὸς ἐκείνην τὸν ἐπιθ^ον^ λόγον. Εἶτα διαιρεῖν ὁμοίως καὶ[1] τὴν λιχανὸν εἰς η μέρη ἴσα ἀλλήλοις, καὶ οὕτω ποιεῖν τὴν παρυπάτην αὐτοῦ, ἤτοι τὴν τρίτην τῶν ὑπερβολαίων, ἴσην ὅλῃ αὐτῇ καὶ τῷ η^ῳ^ μέρει αὐτῆς, ὡς ἔχειν ταύτην πρὸς ἐκείνην λόγον ἐπιη^ον^. Καὶ μετὰ ταῦτα οὐδεὶς ἄλλος τῶν ἐπιμορίων συμπληρώσει μετ᾽ αὐτῶν τὸν ἐπίγ^ον^ λόγον, εἰ μὴ ὁ ἐπιε^ος^· καὶ οἱ ἀριθμοὶ δῆλον τὸ λεγόμενον ποιήσουσιν· ϟς, ϟ, π, οϐ· ὁ γὰρ ϟς τοῦ ϟ ἐπιε^ος^· οὗτος δὲ τοῦ π ἐπόγδοος· καὶ οὗτος τοῦ οϐ ἐπιθ^ος^. Ὁμοίως τοῦτο ποιητέον καὶ ἐπὶ τοῦ βαρυτέρου τετραχόρδου, οὗ ὑπάτη μὲν ἡ παραμέση· παρυπάτη δὲ ἡ τῶν διεζευγμένων τρίτη· λιχανὸς ἡ παρανήτη τῶν διεζευγμένων· καὶ νήτη ἡ τῶν διεζευγμένων νήτη· καὶ οἱ ἀριθμοὶ αὐτοῦ ρϟϐ, ρπ, ρξ, ρμδ[2]· ὁ γὰρ ρϟϐ τοῦ ρπ ἐπιε^ος^, οὗτος δὲ τοῦ ρξ ἐπιη^ος^, καὶ οὗτος τοῦ ρμδ ἐπιθ^ος^. Fol. 50 r°

Τούτων οὕτως ἀποδειχθέντων, κοινὸν ἁρμόζεται τετράχορδον ἐναρμονίου γένους καὶ συντόνου διατόνου· τοὺς γοῦν ἄκρους ὡς ἑστῶτας ἐῶμεν, ζητοῦμεν δὲ τὰς λιχανοὺς αὐτῶν καὶ τὰς παρυπάτας.

Καὶ λιχανὸς μὲν τοῦ ἐναρμονίου ρλε· τοῦ δὲ διατόνου συν-

[1] Dom. — [2] Mss., exc. D, ρμϐ.

τόνου, ϡκ· ἀμφότεροι γὰρ ϖρὸς τὸν ἐστῶτα νηταῖον φθόγγον τὸν ωκη, ἐκεῖνος μὲν τὸν ἐπιδον, οὗτος δὲ τὸν ἐπιθον ϖοιήσει. Ἔστι γοῦν ἡ λιχανὸς τοῦ συντόνου διατόνου[1] συντονωτέρα, ὅτι καὶ ὀξυτέρα τῆς λιχανοῦ τοῦ ἐναρμονίου, ἐν λόγῳ ἐπογδόῳ, κατὰ τὸν ϖρολελεγμένον κανόνα, καὶ ὅτι ἡ ὑπεροχὴ τοῦ αλε ϖρὸς τὸν ϡκ ὄγδοον μέρος ἐστὶ τοῦ ϡκ· ὥστε ϖρὸς τὸν ϡκ ὁ αλε ἐπόγδοός ἐστι.

Ἐρχόμεθα[2] δὲ καὶ ἐπὶ τὰς ϖαρυπάτας αὐτῶν, καὶ εὑρίσκεται ἡ μὲν τοῦ ἐναρμονίου απ, ϖρὸς ὃν ὁ αρδ, ὁ ἐπὶ τοῦ βαρυτέρου ἐστὼς, τὸν ἐπιμεον λόγον ἀποπληροῖ· ἡ δὲ τοῦ συντόνου διατόνου ϖαρυπάτη[3], αλε· ἰσότονος γὰρ αὕτη τῇ[4] λιχανῷ τοῦ ἐναρμονίου. Καὶ ἔστι συντονωτέρα εἴτ' οὖν ὀξυτέρα ἡ τοῦ διατόνου συντόνου ϖαρυπάτη[5] τῆς τοῦ ἐναρμονίου, ἐν λόγῳ ἐπικγῳ· ὁ γὰρ ἀριθμὸς τῆς ϖαρυπάτης τοῦ ἐναρμονίου δείξει τοῦτο ὁ απ, ὅς ἐστι ϖρὸς τὸν αλε ἐπικγος· καὶ ἡ ὑπεροχὴ αὐτοῦ ϖρὸς τοῦτον, με.

CHAPITRE XXV[6].

L'auteur, continuant à comparer le genre *enharmonique* avec les autres genres, établit le tétracorde commun à ce premier genre et au *diatonique moyen*.

GENRE DIATONIQUE MOYEN.

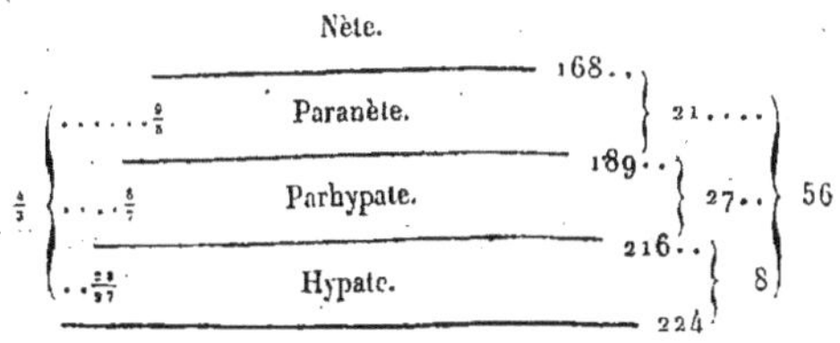

[1] B, C : διτ.

[2] Peut-être ἐρχώμ.

[3] Mss. : ὑπάτῃ.

[4] Mss : τῷ.

[5] Mss. : ὑπάτῃ.

[6] Voy. Bryenne, p. 430 et 455.

TÉTRACORDE COMMUN DU GENRE ENHARMONIQUE ET DU GENRE DIATONIQUE MOYEN.

		(Enharmonique.)		Nètes.		(Diatonique moyen.)		
448		..1344				1344..		448
	336		$\frac{5}{4}$	168) Paranètes ($\frac{10}{9}$	$\frac{9}{8}$		168....	
		..1680				1512..		
	...73		$\frac{24}{23}$	25) Parhypates ($\frac{70}{69}$	$\frac{8}{7}$		216..	
		..1753				1728..		
	.39		$\frac{46}{45}$	Hypates	$\frac{28}{27}$		64	
		1792				1792		

Κεφον κεον. Φέρε συνεξετάσωμεν αὖθις τὸ ἐναρμόνιον τῷ μαλακῷ ἐντόνῳ· πρῶτον δὲ αὐτὸ κατατέμωμεν. Καὶ πρότερον ἐπὶ τοῦ ὀξυτέρου τετραχόρδου τοῦ αὐτοῦ ὑπερμιξολυδίου τόνου. Ἐπειδὴ γὰρ καὶ τοῦτο ἀπὸ μὲν βαρυτέρου μελῳδεῖται ἐξ ἐπικζου, ἐπιζου, καὶ ἐπιηου, ἀπὸ τοῦ ὀξυτέρου δὲ τὸ ἀνάπαλιν, δεῖ διὰ τοῦ ὀξυκέντρου καρκίνου τὴν νήτην αὐτοῦ, ἤτοι τὴν νήτην τῶν ὑπερβολαίων, εἰς ὀκτὼ μέρη ἴσα ἀλλήλοις κατατεμεῖν, καὶ ποιεῖν τὴν λιχανὸν αὐτοῦ ἤτοι τὴν παρανήτην τῶν ὑπερβολαίων, ἴσην ὅλῃ αὐτῇ καὶ τῷ ὀγδόῳ μέρει αὐτῆς, ὡς ἔχειν αὐτὴν πρὸς ἐκείνην τὸν ἐπιηον λόγον. Εἶτα διελεῖν ὁμοίως καὶ τὴν λιχανὸν εἰς ἑπτὰ μέρη ἴσα ἀλλήλοις, καὶ οὕτω ποιεῖν τὴν παρυπάτην αὐτοῦ, ἤτοι τὴν τρίτην τῶν ὑπερβολαίων, ἴσην ὅλῃ αὐτῇ καὶ τῷ ἑβδόμῳ μέρει αὐτῆς, ὡς ἔχειν ταύτην πρὸς ἐκείνην λόγον ἐπιζον. Καὶ μετὰ ταῦτα οὐδεὶς ἄλλος τῶν ἐπιμορίων συμπληρώσει μετ' αὐτῶν τὸν ἐπίγον λόγον, εἰ μὴ ὁ ἐπικζος· καὶ οἱ ἀριθμοὶ δῆλον τὸ λεγόμενον ποιήσουσι· σκδ, σις, ρπθ, ρξη· ὁ γὰρ σκδ τοῦ σις ἐπικζος, καὶ οὗτος τοῦ ρπθ ἐπιζος, καὶ οὗτος τοῦ ρξη ἐπιηος. Ὁμοίως τοῦτο ποιητέον καὶ ἐπὶ τοῦ βαρυτέρου τετραχόρδου· οἷον ὑπάτη μὲν ἡ παραμέση, παρυπάτη δὲ ἡ τῶν διεζευγμένων τρίτη, λιχανὸς ἡ παρανήτη τῶν διεζευγμένων, καὶ νήτη ἡ τῶν διεζευγμένων νήτη· καὶ οἱ ἀριθμοὶ αὐτοῦ υμη, υλϐ, τοη, τλς· ὁ γὰρ υμη τοῦ υλϐ ἐπικζος, καὶ οὗτος τοῦ τοη ἐπιζος, καὶ οὗτος τοῦ τλς ἐπιηος.

Fol. 50 v°

Fol. 51 r°

TRAITÉS GRECS relatifs à la musique.

Τούτων οὕτως ἀποδειχθέντων, κοινὸν ἁρμόζεται τετράχορδον ἐναρμονίου γένους καὶ μαλακοῦ ἐντόνου. Τοὺς γοῦν ἄκρους ὡς ἑσΊῶτας ἐῶμεν· ζητοῦμεν δὲ τὰς λιχανοὺς αὐτῶν καὶ τὰς ϖαρυπάτας. Οἱ γοῦν ἄκροι ἔσΊωσαν ᾳψϛϐ καὶ ᾳτμδ, ὧν ἡ ὑπεροχὴ υμη.

Αἱ δέ γε λιχανοὶ, τοῦ μὲν ἐναρμονίου, ὡς ϖοιεῖν τὸν ἐπιδον λόγον ϖρὸς τὸν ᾳτμδ, ὁ ᾳχπ· τοῦ δὲ μαλακοῦ ἐντόνου, ὡς ϖοιεῖν ϖρὸς αὐτὸν τοῦτον[1] τὸν ᾳτμδ, τὸν ἐπόγδοον λόγον, ὁ ᾳφιϐ. ἜσΊιν οὖν ἡ λιχανὸς τοῦ μαλακοῦ ἐντόνου συντονωτέρα εἴτ᾽ οὖν ὀξυτέρα τῆς λιχανοῦ τοῦ ἐναρμονίου, ἐν λόγῳ ἐπιθω, κατά τε τὸν ϖρολελεγμένον κανόνα· καὶ ὅτι ἡ ὑπεροχὴ τοῦ ᾳχπ ϖρὸς τὸν ᾳφιϐ ἔνυατόν ἐσΊι τοῦ ᾳφιϐ, ὡς εἶναι ἐκεῖνον ϖρὸς τοῦτον, ἐπιθον.

Fol. 51 v°. Ἐρχόμεθα καὶ ἐπὶ τὰς ϖαρυπάτας αὐτῶν· καὶ εὑρίσκεται ἡ μὲν τοῦ ἐναρμονίου, ᾳψνγ, ϖρὸς ὃν ὁ ᾳψϛϐ τὸν ἐπιμεον λόγον ἀποπληροῖ, ἡ δὲ τοῦ μαλακοῦ ἐντόνου, ᾳψκη, ϖρὸς ὃν ὁ αὐτὸς οὗτος ὁ ᾳψϛϐ τὸν ἐπικζον λόγον ἀποπληροῖ. Καὶ ἔσΊι συντονωτέρα εἴτουν ὀξυτέρα ἡ ὑπάτη τοῦ μαλακοῦ ἐντόνου τῆς ὑπάτης τοῦ ἐναρμονίου, ἐν λόγῳ ἐγγὺς ἐπξθω, ὅτι καὶ ὁ ᾳψνγ τοῦ ᾳψκη ἐγγὺς ἐπιξθος ἐσΊί· καὶ ἡ ὑπεροχὴ αὐτοῦ ϖρὸς αὐτὸν κε.

CHAPITRE XXVI[2].

Comparaison du même genre *enharmonique* avec le *diatonique mou.*

GENRE DIATONIQUE MOU.

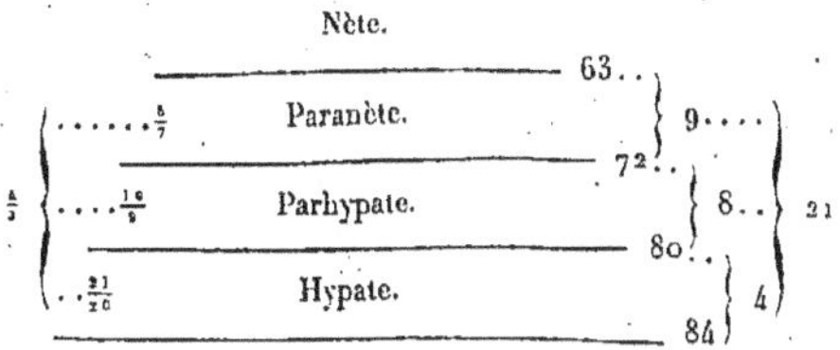

[1] D: τοῦτο. — [2] Voy. Bryenne, p. 435 et 456.

TÉTRACORDE COMMUN DU GENRE ENHARMONIQUE ET DU GENRE DIATONIQUE MOU.

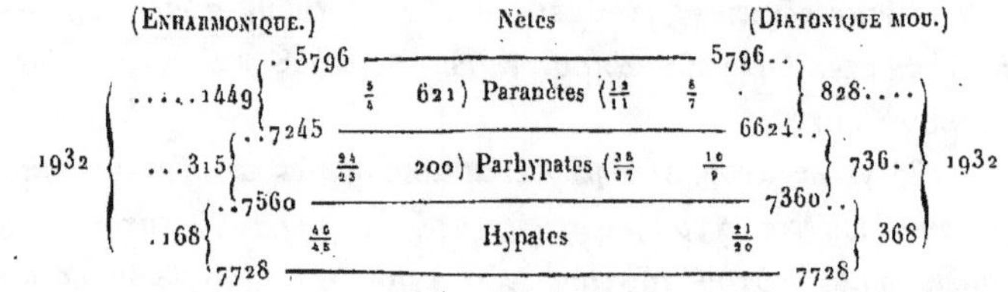

		(Enharmonique.)		Nètes		(Diatonique mou.)		
		..5796				5796..		
	1449		5/4	621) Paranètes (12/11	8/7		828....	
		..7245				6624..		
1932	...315		24/23	200) Parhypates (38/37	10/9		736..	1932
		..7560				7360..		
	.168		46/45	Hypates	21/20		368	
		7728				7728		

Κεφ^{ον} κς^{ον}. Συνεξετάσωμεν καθεξῆς τὸ ἐναρμόνιον τῷ μαλακῷ διατόνῳ· κατατέμωμεν τοίνυν αὐτὸ πρότερον, ὁμοιοτρόπως τοῖς προτέροις· καὶ πρῶτον ἐπὶ τοῦ ὀξυτέρου τετραχόρδου τοῦ αὐτοῦ Fol. 52 r°.
ὑπερμιξολυδίου τόνου. Ἐπειδὴ γὰρ καὶ τοῦτο μελῳδεῖται ἀπὸ μὲν βαρυτέρου ἐξ ἐπικ^{ου}, ἐπιθ^{ου}, καὶ ἐπιζ^{ου}, ἀπὸ δὲ τοῦ ὀξυτέρου τὸ ἀνάπαλιν, δεῖ διὰ τοῦ ὀξυκέντρου καρκίνου τὴν νήτην αὐτοῦ, ἤτοι τὴν νήτην τῶν ὑπερβολαίων, εἰς ἑπτὰ μέρη ἴσα ἀλλήλοις κατατεμεῖν, καὶ ποιεῖν τὴν λιχανὸν αὐτοῦ, ἤτοι τὴν παρανήτην τῶν ὑπερβολαίων, ἴσην ὅλῃ αὐτῇ καὶ τῷ ζ^{ῳ}[1] μέρει αὐτῆς, ὡς ἔχειν αὐτὴν πρὸς ἐκείνην τὸν ἐπιζ^{ον} λόγον. Εἶτα διαιρεῖν ὁμοίως καὶ τὴν λιχανὸν εἰς ἐννέα μέρη ἴσα ἀλλήλοις, καὶ οὕτω ποιεῖν τὴν παρυπάτην[2] αὐτοῦ, ἤτοι τὴν τρίτην τῶν ὑπερβολαίων, ἴσην ὅλῃ αὐτῇ καὶ τῷ θ^{ῳ} μέρει αὐτῆς, ὡς ἔχειν ταύτην[3] πρὸς ἐκείνην ἐπιθ^{ον} λόγον· καὶ μετὰ ταῦτα οὐδεὶς ἄλλος τῶν ἐπιμορίων συμπληρώσει μετ' αὐτῶν τὸν ἐπίγ^{ον} λόγον, εἰ μὴ ὁ ἐπικ^{ος}· καὶ οἱ ἀριθμοὶ δῆλον ποιήσουσι τὸ λεγόμενον· πδ, π, οϐ, ξγ· ὁ γὰρ πδ τοῦ π ἐπικ^{ος}, καὶ οὗτος τοῦ οϐ ἐπιθ^{ος}, καὶ οὗτος τοῦ ξγ ἐπιζ^{ος}. Ὁμοίως τοῦτο ποιητέον καὶ ἐπὶ τοῦ βαρυτέρου τετραχόρδου, οὗ ὑπάτη μὲν ἡ παραμέση, παρυπάτη δὲ ἡ τῶν διεζευγμένων τρίτη, λιχανὸς ἡ παρανήτη τῶν διεζευγμένων, καὶ νήτη ἡ τῶν διεζευγμένων νήτη· καὶ οἱ ἀριθμοὶ αὐτοῦ ρξη, ρξ, ρμδ, ρκς· ὁ γὰρ ρξη

[1] Mss. : ἐπιζ^{ω}. — [2] Mss., exc. C, παρανήτην. — [3] A, C, om.

τοῦ ρξ ἐπικ^{ος}, οὗτος δὲ τοῦ ρμδ ἐπιθ^{ος}, καὶ οὗτος τοῦ ρκϛ ἐπιζ^{ος}.

TRAITÉS GRECS relatifs à la musique.

Τούτων οὕτως ἀποδειχθέντων, κοινὸν ἁρμόζεται τετράχορδον ἐναρμονίου γένους καὶ μαλακοῦ διατόνου· τοὺς γοῦν ἄκρους αὐτῶν ὡς ἑσΊῶτας ἐῶμεν· ζητοῦμεν δὲ τοὺς λιχανοὺς καὶ τὰς παρυπάτας· καὶ ἄκροι μὲν κεῖνται ὅ τε ͵ζψκη καὶ ὁ ͵εψϟϛ[1], καὶ ἡ ὑπεροχὴ τοῦ μείζονος πρὸς τὸν ἐλάτΊονα, ἐν λόγῳ ἐπιγ^{ῳ}, ͵αϡλϐ.

Fol. 52 v°. Αἱ δὲ λιχανοί, ἡ μὲν τοῦ ἐναρμονίου ͵ζσμε, ἡ δὲ τοῦ μαλακοῦ διατόνου ͵ϛχκδ· οὗτοι γὰρ πρὸς τὸν ͵εψϟϛ[1] λόγους συμπληρώσουσιν, ὁ μὲν ͵ζσμε τὸν ἐπιδ^{ον}, ὁ δὲ ͵ϛχκδ τὸν ἐπιζ^{ον}. ἜσΊι δὲ ἡ λιχανὸς τοῦ μαλακοῦ διατόνου τῆς λιχανοῦ τοῦ ἐναρμονίου συντονωτέρα εἴτουν ὀξυτέρα, ἐν λόγῳ ἐπιια^{ῳ} ἔγγισΊα, κατά τε τὸν προλελεγμένον κανόνα, καὶ ὅτι ἡ ὑπεροχὴ τοῦ ͵ζσμε πρὸς τὸν ͵ϛχκδ, χκα· λόγος δὲ ἐπιια^{ος}, ὅτι καὶ ὁ χκα ια^{ον} μέρος ἐσΊὶ τοῦ ͵ϛχκδ.

Ἐρχόμεθα καὶ ἐπὶ τὰς παρυπάτας αὐτῶν· καὶ εὑρίσκεται ἡ μὲν τοῦ ἐναρμονίου, ͵ζφξ, ἡ δὲ τοῦ μαλακοῦ διατόνου, ͵ζτξ, πρὸς ὃν ὁ ͵ζψκη τὸν ἐπικ^{ον} σώζει λόγον, ὥσπερ αὖθις ὁ αὐτὸς ͵ζψκη πρὸς τὸν ͵ζφξ, τὸν ἐπιμε^{ον}· ἜσΊι γοῦν ἡ παρυπάτη τοῦ μαλακοῦ διατόνου τῆς παρυπάτης τοῦ ἐναρμονίου συντονωτέρα, ἐν λόγῳ ἐπιλζ^{ῳ}[2] ἐγγύς· ὅτι καὶ ἡ ὑπεροχὴ τοῦ ͵ζφξ πρὸς τὸν ͵ζτξ, ὁ σ[3], μέρος ἐσΊὶ τοῦ ͵ζτξ, λζ^{ον}[4], ὡς εἶναι ἐκεῖνον τούτου ἐπιλζ^{ον}.

[1] Mss. : ͵ϛψϟϛ.

[2] Les manuscrits mettent trois fois λη au lieu de λζ qui est le véritable nombre. Bryenne commet la même erreur, corrigée de même par Wallis aux pages 455 et 456.

[3] Mss. : ὅς.

[4] Mss. : ἐπιλη^{ον}.

TRAITÉS GRECS relatifs à la musique.

CHAPITRE XXVII[1].

Comparaison du genre *enharmonique* avec le *chromatique dur.*

GENRE CHROMATIQUE DUR.

Rapports	Notes	Nombres	Différences	
	Nète.	66		
$\frac{7}{6}$	Paranète.		11	
		77		
$\frac{12}{11}$	Parhypate.		7	
		84		
$\frac{22}{21}$	Hypate.		4	
		88		
$\frac{4}{3}$ (total)				22

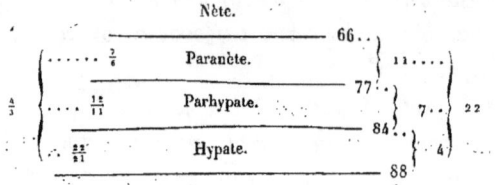

TÉTRACORDE COMMUN DU GENRE ENHARMONIQUE ET DU GENRE CHROMATIQUE DUR[2].

	(Enharmonique.)			Nètes.		(Chromatique dur.)		
		6072				6072		
	1518		$\frac{5}{4}$	506) Paranètes ($\frac{15}{14}$	$\frac{7}{6}$		1012	
		7590				7084		
2024	330		$\frac{24}{23}$	192) Parhypatos ($\frac{41}{40}$	$\frac{12}{11}$		644	2024
		7920				7728		
	176		$\frac{46}{45}$	Hypates	$\frac{22}{21}$		368	
		8096				8096		

Κεφον κζον. Μετὰ τὰ διατονικὰ, φέρε συνεξετάσωμεν τὸ ἐναρμόνιον, αον τῷ συντόνῳ χρωματικῷ· ἀλλὰ πρῶτον αὐτὸ ὁμοιοτρόπως τοῖς ἄλλοις κατατέμωμεν· καὶ πρότερον ἐπὶ τοῦ ὀξυτέρου τετραχόρδου τοῦ αὐτοῦ ὑπερμιξολυδίου τόνου. Ἐπειδὴ γὰρ καὶ τοῦτο ἀπὸ μὲν βαρυτέρου μελῳδεῖται κατὰ ἐπικαον καὶ ἐπιαον καὶ ἐπιςον, ἀπὸ δὲ τοῦ ὀξυτέρου τὸ ἀνάπαλιν, δεῖ διὰ τοῦ ὀξυκέντρου καρκίνου, τὴν νήτην αὐτοῦ, ἤτοι τὴν νήτην τῶν ὑπερβολαίων, εἰς ἓξ μέρη ἴσα ἀλλήλοις κατατεμεῖν, καὶ ποιεῖν τὴν λιχανὸν αὐτοῦ, ἤτοι τὴν παρανήτην τῶν ὑπερβολαίων, ἴσην ὅλῃ αὐτῇ καὶ τῷ ςῳ μέρει αὐτῆς, ὡς ἔχειν αὐτὴν πρὸς Fol. 53 r°.

[1] Voy. Bryenne, p. 439 et 456. — [2] Ici encore l'auteur eût pu employer des nombres deux fois plus petits.

TRAITÉS GRECS relatifs à la musique.

ἐκείνην τὸν ἐπίς̅ον λόγον. Εἶτα διαιρεῖν ὁμοίως καὶ τὴν λιχανὸν εἰς ἕνδεκα μέρη ἴσα ἀλλήλοις, καὶ οὕτω ποιεῖν τὴν παρυπάτην αὐτοῦ, ἤτοι τὴν τρίτην τῶν ὑπερβολαίων, ἴσην ὅλῃ αὐτῇ καὶ τῷ ια̅ῳ μέρει αὐτῆς, ὡς ἔχειν ταύτην πρὸς ἐκείνην λόγον ἐπια̅ον. Καὶ μετὰ ταῦτα οὐδεὶς ἄλλος τῶν ἐπιμορίων συμπληρώσει μετ' αὐτῶν τὸν ἐπίγ̅ον λόγον, εἰ μὴ ὁ ἐπιεικοστόμονος· καὶ οἱ ἀριθμοὶ δῆλον τὸ λεγόμενον ποιήσουσιν· εἰσὶ γὰρ π̅η, π̅δ, ο̅ζ, ξ̅ς· ὁ γὰρ π̅η τοῦ π̅δ ἐπιεικοστόμονος, οὗτος δὲ πρὸς τὸν ο̅ζ, ἐπια̅ος, καὶ αὐτὸς[1] πρὸς τὸν ξ̅ς̅ον, ἐπίς̅ος. Ὁμοίως τοῦτο ποιητέον καὶ ἐπὶ τοῦ βαρυτέρου τετραχόρδου, οὗ ὑπάτη μὲν ἡ παραμέση, παρυπάτη δὲ ἡ τῶν διεζευγμένων τρίτη, λιχανὸς ἡ παρανήτη τῶν διεζευγμένων, καὶ νήτη ἡ τῶν διεζευγμένων[2] νήτη· καὶ οἱ ἀριθμοὶ αὐτοῦ, ρ̅ο̅ς, ρ̅ξ̅η, ρ̅ν̅δ, ρ̅λ̅β· ὁ γὰρ ρ̅ο̅ς ἐπικα̅ος τοῦ ρ̅ξ̅η, οὗτος δὲ τοῦ ρ̅ν̅δ ἐπια̅ος, καὶ οὗτος[3] τοῦ ρ̅λ̅β ἐπίς̅ος.

Fol. 53 v°. Τούτων οὕτως ἀποδειχθέντων, κοινὸν ἁρμόζεται τετράχορδον ἐναρμονίου γένους καὶ χρωματικοῦ συντόνου. Τοὺς γοῦν ἄκρους ὡς ἑστῶτας ἐῶμεν· καὶ εἰσὶν οὗτοι η̅ϛ̅ς, ͵ς̅ο̅β· καὶ ἡ ὑπεροχὴ τοῦ μείζονος πρὸς τὸν ἐλάττονα, καθ' ἣν καὶ ἐπίγ̅ος, ἐστὶ ͵β̅κ̅δ· ζητοῦμεν δὲ τοὺς λιχανοὺς αὐτῶν καὶ τὰς παρυπάτας.

Καὶ ἡ μὲν τοῦ ἐναρμονίου γένους λιχανὸς ἐστὶν ἐνταῦθα ͵ζ̅φ̅ϟ, ὃς πρὸς τὸν ͵ς̅ο̅β τὸν ἐπιδ̅ον σώζει λόγον· ἡ δὲ τοῦ συντόνου χρωματικοῦ ͵ζ̅π̅δ, ὃς πρὸς αὐτὸν τοῦτον[4] τὸν ς̅ο̅β τὸν ἐπίς̅ον σώζει λόγον. Ἔστιν οὖν ἡ λιχανὸς τοῦ συντόνου χρωματικοῦ συντονωτέρα εἴτουν ὀξυτέρα τῆς λιχανοῦ τοῦ ἐναρμονίου, ἐν λόγῳ ἐπιτεσσαρεσκαιδεκάτῳ, κατά τε τὸν κανόνα, καὶ ὅτι ἡ ὑπεροχὴ τοῦ ͵ζ̅φ̅ϟ, ἣν ἔχει πρὸς τὸν ͵ζ̅π̅δ, αὐτοῦ τούτου μέρος ἐστὶ τεσσαρεσκαιδέκατον· ὡς εἶναι τὸν ͵ζ̅φ̅ϟ ἐπιιδ̅ον τοῦ ͵ζ̅π̅δ.

[1] Lisez οὗτος. — [2] A: ὑπερβολαίων. — [3] D: οὗτος δέ au lieu de κ. ο. — [4] A et B. om.

Ἐρχόμεθα καὶ ἐπὶ τὰς παρυπάτας αὐτῶν· καὶ εὑρίσκεται ἡ μὲν τοῦ ἐναρμονίου, ͵ζϡκ, ἡ δὲ τοῦ συντόνου χρωματικοῦ, ͵ζψκη, πρὸς ὃν ὁ ηϟϛ[1] ἐπικαος ἐσῖιν, ὥσπερ πρὸς τὸν ͵ζϡκ ὁ αὐτὸς ἀριθμὸς ἐπιμεος ἐσῖί. Καὶ ἔσῖι συντονωτέρα εἴτουν ὀξυτέρα ἡ τοῦ συντόνου χρωματικοῦ παρυπάτη πρὸς τὴν παρυπάτην τοῦ ἐναρμονίου ἐν λόγῳ ἐπιτεσσαρακοσῖῷ. Ἡ γὰρ ὑπεροχὴ τοῦ ͵ζϡκ ἣν ἔχει πρὸς τὸν ͵ζψκη, τεσσαρακοσῖόν ἐσῖι μέρος τοῦ ͵ζψκη· ὡς εἶναι ἐκεῖνον πρὸς τοῦτον, ἐπιμον· ἡ δὲ ὑπεροχὴ τοῦ μείζονος πρὸς τὸν ἐλάτῖονα, ρϟβ.

CHAPITRE XXVIII[2].

Comparaison du genre *enharmonique* avec le *chromatique mou*.

GENRE CHROMATIQUE MOU[3].

		Nète.			
			210		
$\frac{3}{4}$	$\frac{6}{5}$	Paranète.		42	70
			252		
	$\frac{15}{14}$	Parhypate.		18	
			270		
	$\frac{28}{27}$	Hypate.		10	
			280		

TÉTRACORDE COMMUN DU GENRE ENHARMONIQUE ET DU GENRE CHROMATIQUE MOU[4].

	(ENHARMONIQUE.)			Nètes.		(CHROMATIQUE MOU.)		
		28980				28980		
9660	7245		$\frac{5}{4}$	1449) Paranètes ($\frac{25}{24}$	$\frac{6}{5}$		5796	9660
		36225				34776		
	1575		$\frac{24}{23}$	540) Parhypates ($\frac{70}{69}$	$\frac{15}{14}$		2484	
		37800				37260		
	840		$\frac{46}{45}$	Hypates	$\frac{28}{27}$		1380	
		38640				38640		

Κεφου κηου. Ἤδη[5] δὲ συνεξετάζειν θέλοντες τὸ ἐναρμόνιον γένος τῷ Fol. 54 r°.

[1] Mss., exc. C, ηϟγ.

[2] Voy. Bryenne, p. 445 et 457.

[3] Même observation que précédemment.

[4] Ici tous les nombres sont divisibles par 3.

[5] D : Ἐπειδή.

χρωματικῷ μαλακῷ, ϖρότερον αὐτὸ κατατέμωμεν ὁμοιοτρόπως τοῖς ἄλλοις· καὶ ϖρότερον ἐπὶ τοῦ ὀξυτέρου τετραχόρδου τοῦ αὐτοῦ ὑπερμιξολυδίου τόνου. Ἐπειδὴ γὰρ καὶ τοῦτο μελῳδεῖται, ἀπὸ μὲν βαρυτέρου ἐξ ἐπικζ^{ου}, ἐπιιδ^{ου}, καὶ ἐπιιε^{ου}, ἀπὸ δὲ τοῦ ὀξυτέρου τὸ[1] ἀνάπαλιν, δεῖ διὰ τοῦ ὀξυκέντρου καρκίνου τὴν νήτην αὐτοῦ, ἤτοι τὴν νήτην τῶν ὑπερβολαίων, εἰς ϖέντε μέρη ἴσα ἀλλήλοις διελεῖν, καὶ ϖοιεῖν τὴν λιχανὸν αὐ-
Fol. 54 v°. τοῦ, ἤτοι τὴν ϖαρανήτην τῶν ὑπερβολαίων, ἴσην ὅλῃ αὐτῇ καὶ τῷ ε^{ῳ} αὐτῆς μέρει· ὡς ἔχειν αὐτὴν ϖρὸς ἐκείνην τὸν ἐπιε^{ον} λόγον.

Εἶτα διελεῖν ὁμοίως καὶ τὴν λιχανὸν εἰς ιδ μέρη ἴσα ἀλλήλοις, καὶ οὕτω ϖοιεῖν τὴν ϖαρυπάτην[2] αὐτοῦ ἤτοι τὴν τρίτην τῶν ὑπερβολαίων, ἴσην ὅλῃ αὐτῇ καὶ τῷ ιδ^{ῳ} μέρει αὐτῆς. ὡς ἔχειν ταύτην ϖρὸς ἐκείνην λόγον ἐπιιδ^{ον}. Καὶ μετὰ ταῦτα οὐδεὶς ἄλλος τῶν ἐπιμορίων συμπληρώσει μετ' αὐτῶν τὸν ἐπιγ^{ον} λόγον, εἰ μὴ ὁ ἐπικζ^{ος}· καὶ οἱ ἀριθμοὶ δῆλον τὸ λεγόμενον ϖοιήσουσι· σπ, σο, σνϐ, σι· ὁ γὰρ σπ τοῦ σο ἐπικζ^{ος} ἐσὶί, καὶ οὗτος τοῦ σνϐ ἐπιιδ^{ος}, καὶ οὗτος τοῦ σι ἐπιε^{ος}. Ὁμοίως τοῦτο ϖοιητέον καὶ ἐπὶ τοῦ βαρυτέρου τετραχόρδου· οὗ ὑπάτη μὲν ἡ ϖαραμέση, ϖαρυπάτη δὲ ἡ τῶν διεζευγμένων τρίτη, λιχανὸς ἡ ϖαρανήτη τῶν διεζευγμένων, καὶ νήτη ἡ τῶν διεζευγμένων νήτη· καὶ οἱ ἀριθμοὶ αὐτοῦ, φξ, φμ, φδ, υκ· ὁ γὰρ φξ τοῦ φμ ἐπικζ^{ος}[3] ἐσὶί, καὶ οὗτος τοῦ φδ ἐπιιδ^{ος}, καὶ οὗτος τοῦ υκ ἐπιε^{ος}.

Τούτων οὕτως ἀποδειχθέντων, κοινὸν ἁρμόζεται τετράχορδον ἐναρμονίου γένους καὶ χρωματικοῦ μαλακοῦ· τοὺς γοῦν ἄκρους ὡς ἑσῶτας ἐῶμεν· εἰσὶ δὲ ὁ μὲν μείζων γηχμ, ὁ δ' ἐλάττων, ϖρὸς ὃν ϖοιεῖ τὸν ἐπιγ^{ον}, ἐν ὑπεροχῇ θχξ, βηϡπ· καὶ ζητοῦμεν τὰς λιχανοὺς αὐτῶν καὶ τὰς ϖαρυπάτας.

[1] Mss., exc. D, om. τό. — [2] A, B : ϖαρανήτην. — [3] A : ἐπιζ^{ου}.

Καὶ ἔστιν ἡ λιχανὸς τοῦ μὲν ἐναρμονίου, γ,ςσκε, τοῦ δὲ μαλακοῦ χρωματικοῦ, γδψος· οἵ τινες πρὸς τὸν αὐτὸν βηϡπ, ὁ μὲν τὸν ἐπιδ^ον ἀποπληροῖ λόγον, ὁ δὲ τὸν ἐπιε^ον. Ἔστιν οὖν ἡ λιχανὸς τοῦ χρωματικοῦ μαλακοῦ συντονωτέρα εἴτ' οὖν ὀξυτέρα τῆς λιχανοῦ τοῦ ἐναρμονίου, ἐν λόγῳ ἐπικδ^ῳ, κατά τε τὸν περὶ τούτων κανόνα, καὶ ὅτι ἡ ὑπεροχὴ τοῦ γ,ςσκε[1], ἣν ἔχει πρὸς τὸν γ,δψος, ἡ ἐστι ϙυμθ, μέρος κδ^ον ἐστὶ τοῦ γ,δψος· ὡς εἶναι ἐκεῖνον πρὸς τοῦτον ἐπικδ^ον.

Ἐρχόμεθα καὶ ἐπὶ τὰς παρυπάτας αὐτῶν· καὶ εὑρίσκεται ἡ μὲν τοῦ ἐναρμονίου γ,ζω, ἡ δὲ τοῦ μαλακοῦ χρωματικοῦ γ,ζσξ, πρὸς ἃς ὁ αὐτὸς ἀριθμὸς, ὁ γηχμ, ἐπὶ μὲν τοῦ ἐναρμονίου τὸν Fol. 55 rº
ἐπιμε^ον λόγον ἀποπληροῖ, ἐπὶ δὲ τοῦ μαλακοῦ χρωματικοῦ ἐπικζ^ον. Καὶ ἔστι συντονωτέρα εἴτ' οὖν ὀξυτέρα ἡ παρυπάτη τοῦ μαλακοῦ χρωματικοῦ τῆς παρυπάτης τοῦ ἐναρμονίου, ἐν λόγῳ ἐπιεβδομηκοστῷ[2]· ἡ γὰρ ὑπεροχὴ τοῦ γ,ζω ἣν ἔχει πρὸς τὸν γ,ζσξ, ἥτις ἐστὶ ϙμ, ἑβδομηκοστὸν μέρος ἐστὶ τοῦ γ,ζσξ· ὡς εἶναι ἐκεῖνον πρὸς τοῦτον ἐπιεβδομηκοστόν.

CHAPITRE XXIX[3].

Comparaison du genre *enharmonique* avec le *diatonique ditonié*.

GENRE DITONIÉ.

	Rapport	Corde	Nombre	Différence	
		Nète.	192		
$\frac{4}{3}$	$\frac{9}{8}$	Paranète.		24	64
			216		
	$\frac{9}{8}$	Parhypate.		27	
			243		
	$\frac{256}{243}$	Hypate.		13	
			256		

[1] Mss. : γ,ςκε.

[2] Il faudrait ἐπιεξηκοστοεννάτῳ, et plus loin ἑξηκοστοέννατον μ., etc. : car le calcul donne $\frac{70}{69}$ et non $\frac{71}{70}$. Wallis a également signalé cette erreur dans Bryenne (p. 457 et 458).

[3] Voy. Bryenne, p. 458 et 466.

TÉTRACORDE COMMUN DU GENRE ENHARMONIQUE ET DU GENRE DITONIÉ

(ENHARMONIQUE.)				Nètes.			(DITONIÉ.)	
1472		..4416				4416..		1472
	1104		$\frac{5}{4}$	552) Paranètes ($\frac{10}{9}$	$\frac{9}{8}$		552....	
		..5520				4968..		
	240		$\frac{24}{23}$	171) Parhypates ($\frac{24}{23}$	$\frac{9}{8}$		621..	
		..5760				5589..		
	..128		$\frac{46}{45}$	Hypates	$\frac{256}{243}$		299	
		5888				5888		

Ὕσlατον θέλοντες συνεξετάζειν τὸ ἐναρμόνιον τῷ διτονιαίῳ γένει, κατατέμωμεν καὶ αὐτὸ ὁμοιοτρόπως τοῖς ϖροτέροις· καὶ ϖρότερον ἐπὶ τοῦ ὀξυτέρου τετραχόρδου τοῦ αὐτοῦ
Fol. 55 v°. ὑπερμιξολυδίου τόνου· ἐπειδὴ γὰρ καὶ τοῦτο ἀπὸ μὲν βαρυτέρου[1] μελῳδεῖται ἐκ λείμματος, ἐπιη^ου^, καὶ ἐπιη^ου^, ἀπὸ δὲ τοῦ[2] ὀξυτέρου ἀνάπαλιν, δεῖ διὰ τοῦ ὀξυκέντρου καρκίνου, τὴν νήτην αὐτοῦ, ἤτοι τὴν νήτην τῶν ὑπερβολαίων, εἰς ὀκτὼ μέρη ἴσα ἀλλήλοις κατατεμεῖν, καὶ ϖοιεῖν τὴν λιχανὸν αὐτοῦ, ἤτοι τὴν ϖαρανήτην τῶν ὑπερβολαίων, ἴσην ὅλῃ αὐτῇ καὶ τῷ ὀγδόῳ μέρει αὐτῆς· ὡς ἔχειν αὐτὴν ϖρὸς ἐκείνην τὸν ἐπόγδοον λόγον. Εἶτα ϖάλιν διελεῖν ὁμοίως τὴν λιχανὸν αὐτοῦ, ἤτοι τὴν ϖαρανήτην τῶν ὑπερβολαίων, εἰς ὀκτὼ μέρη ἴσα ἀλλήλοις· καὶ ϖοιεῖν τὴν ϖαρυπάτην αὐτοῦ ἴσην ὅλῃ αὐτῇ καὶ τῷ ὀγδόῳ μέρει αὐτῆς, ὡς ἔχειν αὐτὴν ϖρὸς ἐκείνην λόγον ἐπόγδοον. Καὶ μετὰ ταῦτα ἀφαιρεῖν ἀπὸ τοῦ ἐπιγ^ου^ λόγου ὃν ἔχει ἡ ὑπάτη αὐτοῦ ἤτοι ἡ νήτη τῶν διεζευγμένων, ϖρὸς τὴν νήτην αὐτοῦ ἤτοι τὴν νήτην τῶν ὑπρβολαίων, τοὺς εἰρημένους δύο ἐπογδόους· καὶ τὸ λειπόμενον διάσlημα εἰδέναι εἶναι τὸ ἐπεχόμενον ὑπὸ τοῦ καλουμένου ϖαρὰ τοῖς μουσικοῖς ἡμιτονίου, ϖαρὰ δὲ τοῖς ἁρμονικοῖς λείμματος, ὅπερ ἐν οὐδενὶ τῶν ἐπιμορίων ῥητῶν λόγων θεωρεῖσθαι δύναται· καὶ γὰρ ὥσπερ τὸ ἡμιτόνιον[3] μεταξύ ϖως δύο ἐπιμορίων ἐκμελῶν ῥητῶν λόγων (ἐκμελῶν λέγω

[1] Mss., exc. A, βαρυτόνου. — [2] A om. τοῦ. — [3] Voyez la note I (p. 169).

διὰ τοὺς ἐμμελεῖς ἐπιμορίους τοὺς ιε) τοῦ τε ἐπιζου καὶ τοῦ ἐπιϛου θεωρεῖσθαι πέφυκεν, οὕτως ἄρα καὶ τὸ λεῖμμα μεταξύ πως δύο ἐπιμορίων ἐκμελῶν λόγων, τοῦ τε ἐπιθου[1] καὶ ἐπιηου· μεῖζον δὲ τὸ ἡμιτόνιον τοῦ λείμματός ἐσῖιν ἐπιρκηῳ[2]· λόγῳ κατὰ τὸν Πτολεμαῖον ὡς ἐλέγομεν.

Οἷον, ὑποδείγματος χάριν, ὁ σνϛ ἀριθμὸς πρὸς τὸν ρϟϐ λόγον ἔχει ἐπίγον· ἐὰν οὖν ἀπὸ τούτου ἀφέλωμεν τοὺς δύο ἐπογδόους λόγους, ἤτοι τὸν ρϟϐ[3] καὶ τὸν σιϛ, οὐκ ἄλλος ἂν εἴη τῶν ἀῤῥήτων λόγων, εἰ μὴ ὁ σνϛ πρὸς τὸν σμγ, ὃν[4] μεταξὺ δύο ῥητῶν λόγων, τοῦ τε ἐπιηου καὶ ἐπιθου, ἐμπεριείληπται. Καὶ γὰρ τὰ ιγ, ἅπερ λείπει εἰς συμπλήρωσιν τοῦ σνϛ, ἔσῖι τοῦ σμγ ἐλάτῖονα μὲν ἢ ὀκτωκαιδέκατον μέρος, μείζονα δὲ ἢ ἐπιθου[5]· μεταξὺ δὲ τοῦ ἐπιηου καὶ τοῦ[6] ἐπιθου οὐδεὶς ἄλλος ῥητὸς λόγος ἐμπεσεῖν δύναται, τῶν δ' ἀῤῥήτων ἄπειροι· τὸ γὰρ μεῖζον καὶ ἔλατῖον[7], ὅρον οὐκ εἶδεν ἐπὶ τοῖς συνεχέσι ποσοῖς. Διὰ ταῦτα, οὐδὲ διά τε κατατομῆς τοῦ κανόνος ἔσῖιν εὑρεῖν ἀληθῶς, οὔτε τὴν ὑπάτην τοῦ τοιούτου γένους, οὔτε ὃν αὕτη λόγον πρὸς τὴν παρυπάτην αὐτοῦ κέκτηται. Τὸν αὐτὸν δὲ ἄρα τρόπον διαιροῦμεν καὶ τὸ βαρύτερον τετράχορδον ὃ περιέχεται ὑπό τε τῆς παραμέσης καὶ τῆς νήτης τῶν διεζευγμένων. Fol. 56 r°

Τούτων οὕτως ἀποδειχθέντων, ἁρμόζεται κοινὸν τετράχορδον τοῦ ἐναρμονίου καὶ τοῦ διτονιαίου, οὗ τῶν ἐσῖώτων ὁ μὲν μείζων ͵εωπη, ὁ δ' ἐλάτῖων ͵αυιϛ, οὓς καὶ ἐῶμεν· καὶ ζητοῦμεν τάς τε λιχανοὺς αὐτῶν καὶ τὰς παρυπάτας.

Καὶ ἔσῖιν ἡ μὲν λιχανὸς τοῦ ἐναρμονίου, ͵εφκ, ἡ δὲ τοῦ διτονιαίου, ͵δϡξη· καὶ ἔσῖιν αὕτη ἡ λιχανὸς τοῦ διτονιαίου συν-

[1] Mss. : ἐπιθου.

[2] Mss. : ἐπικηου. — Ne faut-il pas ἐν ἐπ. ?

[3] Mss. : ρνϐ.

[4] Peut-être ὅς.

[5] B, C, om. τοῦ.

[6] Il faudrait ἐννεακαιδέκατον.

[7] Cette phrase forme presque un distique.

τονωτέρα τῆς λιχανοῦ τοῦ ἐναρμονίου, ἐν λόγῳ ἐπιθω[1], κατά τε τὸν κανόνα, καὶ ὅτι ἡ ὑπεροχὴ τοῦ ͵εφκ ᾗ ὑπερέχει τοῦ ͵δϡξη [ὁ φνϛ], θον αὐτοῦ μέρος ἐσ7ὶν· ὡς εἶναι ἐκεῖνον τούτου ἐπιθον. TRAITÉS GRECS relatifs à la musique.

Ἐρχόμεθα καὶ ἐπὶ τὰς παρυπάτας αὐτῶν· καὶ ἔσ7ιν ἡ τοῦ διτονιαίου συντονωτέρα τῆς τοῦ ἐναρμονίου, ἐν λόγῳ ἐπιτριακοσ7ῷ τρίτῳ. Ἡ γὰρ ὑπεροχὴ τοῦ ͵εψξ πρὸς τὸν ͵εφπθ ἐσ7ὶ μὲν ροα· ἔσ7ι δὲ καὶ μέρος τοῦ ͵εφπθ τριακοσ7ότριτον· ὡς εἶναι ἐκεῖνον πρὸς τοῦτον ἐπιλγον.

CHAPITRE XXX[2]

L'auteur, ayant terminé la comparaison du genre enharmonique avec chacun des sept autres, va combiner maintenant le genre *diatonique égal* avec chacun des autres à l'exception de l'enharmonique; et il prend d'abord, avec les six restants, le *diatonique dur* pour second terme.

TÉTRACORDE COMMUN DU GENRE DIATONIQUE ÉGAL ET DU GENRE DIATONIQUE DUR[3].

		(DIATONIQUE ÉGAL.)				(DIATONIQUE DUR.)		
		72		Nètes.		72		
24	8		$\frac{10}{9}$	Paranètes (égales)	$\frac{10}{9}$		8	24
		80				80		
	8		$\frac{11}{10}$	2) Parhypates ($\frac{45}{44}$	$\frac{9}{8}$		10	
		88				90		
	8		$\frac{12}{11}$	Hypates.	$\frac{16}{15}$		6	
		96				96		

Fol. 56 v°. Ἐντεῦθεν δεῖ συνεξετάζειν τὸ διάτονον ὁμαλὸν τοῖς λοιποῖς ζ, ὡς αὖθις γίνεσθαι κοινωνίας αὐτῶν ἑπ7ά. Ἀλλ' ἀργεῖ πάντως ἡ μία, ἡ αὐτοῦ δὴ τούτου πρὸς τὸ ἐναρμόνιον· ὅτε γὰρ συνεξετάζομεν τὸ ἐναρμόνιον τῷ ὁμαλῷ διατόνῳ, τότε ἐξετάζομεν[4] Κεφον λον.

[1] Mss. : ἐπιιεθ : le même nombre est répété aux deux lignes suivantes. Cette erreur, commise ainsi trois fois de suite, est assez difficile à expliquer; cependant il ne peut y avoir de doute sur ce point. Le nombre 9, conforme à toutes les données, est d'ailleurs confirmé par Bryenne, p. 466.

[2] Voy. Bryenne, p. 430.

[3] Ici tous les nombres sont divisibles par 2.

[4] B : ἐξητ.

καὶ τοῦτο τῷ ἐναρμονίῳ· ἐναπελείφθησαν τοιγαροῦν αἱ πρὸς τὰ λοιπὰ συζυγίαι τοῦ ὁμαλοῦ διατόνου ἕξ. Πρῶτον οὖν συνεξεταστέον τὸ ὁμαλὸν διάτονον τῷ συντόνῳ διατόνῳ· ὁποῖα δὲ ταῦτα καθ' αὐτά, ὅτι τὸ μὲν ὁμαλὸν μελῳδεῖται, ἀπὸ μὲν βαρέων ἐξ ἐπιια^{ου}, ἐπιι^{ου}, καὶ ἐπιθ^{ου}, ἀπὸ δὲ ὀξέων τὸ ἀνάπαλιν· τὸ δὲ σύντονον, ὅτι ἀπὸ μὲν βαρέων ἐξ ἐπιιε^{ου}, ἐπιη^{ου}, καὶ ἐπιθ^{ου}, καὶ ὁποία ἡ κατατομὴ αὐτῶν εἴρηται. Ἁρμόζεται τοιγαροῦν τετράχορδον κοινὸν ὁμαλοῦ διατόνου καὶ συντόνου διατόνου· καὶ εἰσὶν οἱ ἀριθμοὶ αὐτῶν οἱ μὲν ἄκροι καὶ ἑστῶτες Fol. 57 r°.
κοινοί, ὁ μείζων ϟς, ὁ δ' ἐλάττων οϐ· καὶ ἡ ὑπεροχὴ αὐτῶν, κδ. Ἡ δὲ λιχανὸς ἡ αὐτὴ ὁ π· ὁμότονοι γὰρ αἱ λιχανοί. Ἡ δὲ παρυπάτη τοῦ μὲν συντόνου διατόνου, ϟ, τοῦ δὲ ὁμαλοῦ διατόνου, πη· πρὸς οὖν τὸν ϟ ὁ ϟς ἐπιιε^{ος}, πρὸς δὲ τὸν πη ὁ αὐτὸς ϟς ἐπιια^{ος} [1]. Καὶ ἔστιν ἡ παρυπάτη τοῦ ὁμαλοῦ συντονωτέρα τῆς παρυπάτης τοῦ συντόνου, ἐν λόγῳ ἐπιμδ^{ῳ}, κατὰ τὸν κανόνα ὃν ὑπεθέμεθα· δεκάκις γὰρ τὰ η, π. οὗ τὸ δέκατον, η· καὶ τὸ ὄγδοον, δέκα· καὶ γίνονται π, πη, ϟ· καὶ ὁ ϟ [2] τοῦ πη ἐπιμδ^{ος}· ταύτην ἔχει τὴν ὑπεροχὴν καὶ ὁ ἐπιη^{ος} πρὸς τὸν ἐπιι^{ον}.

CHAPITRE XXXI [3].

Il compare maintenant, en suivant la même marche, le *diatonique égal* avec le *diatonique moyen*.

TÉTRACORDE COMMUN DU GENRE DIATONIQUE ÉGAL ET DU GENRE DIATONIQUE MOYEN [4].

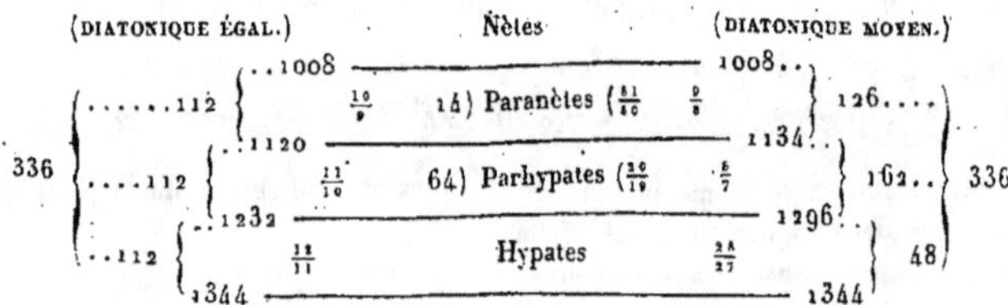

[1] Mss. : ὑποια^{ον}.

[2] A om. καὶ ὁ ϟ.

[3] Voy. Bryenne, p. 433.

[4] Ici, tout est divisible par 2.

TRAITÉS GRECS relatifs à la musique.

Fol. 57 v°. Ἐξεταστέον κατὰ δεύτερον λόγον[1] τὸ ὁμαλὸν διάτονον τῷ μαλακῷ ἐντόνῳ, ὧν αἱ κατατομαὶ προεῤῥέθησαν· καὶ ὅτι τὸ μὲν ὁμαλὸν διάτονον μελῳδεῖται ἀπὸ βαρέων ἐξ ἐπιιαου, ἐπιιου, καὶ ἐπιθου· τὸ δὲ μαλακὸν ἔντονον μελῳδεῖται καὶ αὐτὸ ἀπὸ βαρέων ἐξ ἐπικζου, ἐπιζου, καὶ ἐπιηου. Ἁρμόζεται τοιγαροῦν τετράχορδον κοινὸν διατόνου ὁμαλοῦ καὶ μαλακοῦ ἐντόνου· καὶ εἰσὶν οἱ ἀριθμοὶ αὐτῶν οἱ μὲν ἄκροι καὶ ἑστῶτες, κοινοί· ὁ μὲν μείζων, ͵ατμδ, ὁ δὲ ἐλάττων, ͵αη. Κεφον λαον.

Αἱ δὲ λιχανοὶ αὐτῶν, τοῦ μὲν μαλακοῦ ἐντόνου, ͵αρλδ, τοῦ δὲ ὁμαλοῦ διατόνου, ͵αρκ. Καὶ ἔστιν ἡ λιχανὸς τοῦ διατόνου ὁμαλοῦ γένους συντονωτέρα τῆς λιχανοῦ τοῦ μαλακοῦ ἐντόνου, ἐν ἐπογδοηκοστῷ λόγῳ, ἐπειδὴ πρὸς τὸν ἄκρον αὕτη μὲν ἐπόγδοον λόγον ἔχει, ἡ δὲ τοῦ ὁμαλοῦ διατόνου ἐπένατον· καὶ ὁ κανὼν πρόδηλος· μείζων γὰρ ὁ ἐπόγδοος[2] λόγος τοῦ ἐπιεννάτου; ἐπογδοηκοστῷ λόγῳ.

Ἡ δὲ παρυπάτη πάλιν τοῦ διατόνου ὁμαλοῦ συντονωτέρα ἐστὶ τῆς παρυπάτης τοῦ μαλακοῦ ἐντόνου, ἐπιεννεακαιδεκάτῳ[3] λόγῳ. Ἡ γὰρ παρυπάτη τοῦ μαλακοῦ ἐντόνου[4], ͵ασϛ, ἡ δὲ τοῦ ὁμαλοῦ[5] διατόνου, ͵ασλϐ, ἡ δὲ ὑπεροχὴ τοῦ μείζονος, ξδ, ὅπερ ἐστὶν ἐννεακαιδέκατον μέρος τοῦ ͵ασλϐ· ὡς ἔχειν τὸν ͵ασϛ πρὸς τοῦτον, λόγον ἐπιιθου.

[1] D'après la raison donnée en second lieu, savoir, au commencement du ch. XXX.

[2] Il faudrait ἐπόγδοος.

[3] Ne faut-il pas encore : ἐν ἐπιιθῳ λ.?

[4] A répète ces huit mots : ἐπιιθῳ λ.....

[5] D: μαλακοῦ.

TRAITÉS GRECS relatifs à la musique.

CHAPITRE XXXII[1].

Comparaison du *diatonique égal* avec le *diatonique mou.*

TÉTRACORDE COMMUN DU GENRE DIATONIQUE ÉGAL ET DU GENRE DIATONIQUE MOU.

		DIATONIQUE ÉGAL.)		Nètes		(DIATONIQUE MOU.)		
21		63				63		21
	7		$\frac{10}{9}$	2) Paranètes ($\frac{36}{35}$	$\frac{8}{7}$		9	
		70				72		
	7		$\frac{11}{10}$	3) Parhypates ($\frac{27}{26}$	$\frac{10}{9}$		8	
		77				80		
	7		$\frac{12}{11}$	Hypates	$\frac{21}{20}$		4	
		84				84		

Κεφ^ον λβ^ον. Ἑξῆς συνεξεταστέον τὸ ὁμαλὸν διάτονον τῷ μαλακῷ διατόνῳ, ὧν αἱ κατατομαὶ ϖροελέχθησαν· καὶ ὅτι τοῦ μὲν ὁμαλοῦ διατόνου ἀπὸ βαρέων ἡ σύνθεσις ἐξ ἐπιια^ου, ἐπιι^ου, καὶ ἐπιθ^ου· τοῦ δὲ μαλακοῦ διατόνου, ἐξ ἐπικ^ου, ἐπιθ^ου, καὶ ἐπιζ^ου. Ἁρμόζεται τοιγαροῦν τετράχορδον κοινὸν ὁμαλοῦ διατόνου καὶ μαλακοῦ διατόνου· καὶ εἰσὶν οἱ ἀριθμοὶ αὐτῶν, οἱ μὲν ἄκροι καὶ ἐσ7ῶτες κοινοί· ὁ μὲν μείζων πδ, ὁ δὲ ἐλάτ7ων ξγ. Fol. 58 r°.

Αἱ δὲ λιχανοὶ αὐτῶν, τοῦ μὲν μαλακοῦ διατόνου, οϐ[2], τοῦ δὲ ὁμαλοῦ διατόνου, ο. Καὶ ἔσ7ιν ἡ λιχανὸς τοῦ διατόνου ὁμαλοῦ γένους συντονωτέρα τῆς λιχανοῦ τοῦ μαλακοῦ διατόνου γένους, ἐπιλε^ῳ λόγῳ, κατά τε τὸν κοινὸν κανόνα, καὶ ὅτι ἡ ὑπεροχὴ τοῦ οϐ ϖρὸς τὸν ο τριακοσ7όπεμτον μέρος ἐσ7ὶ τοῦ ο· ὡς εἶναι ἐκεῖνον ϖρὸς τοῦτον ἐπιλε^ον.

Ἡ δὲ ϖαρυπάτη ϖάλιν τοῦ ὁμαλοῦ διατόνου γένους συντονωτέρα ἐσ7ὶ τῆς ϖαρυπάτης τοῦ μαλακοῦ διατόνου γένους, ἐπικϛ^ῳ λόγῳ ἔγγισ7α. Ἡ γὰρ ϖαρυπάτη τοῦ μαλακοῦ διατόνου[3] γένους, ϖρὸς ἣν ὁ πδ τὸν ἐπιεικοσ7ὸν λόγον[4] ἀποπληροῖ, π· ἡ δὲ τοῦ ὁμαλοῦ διατόνου, οζ· ἡ δὲ ὑπεροχὴ τούτων, Fol. 58 v°.

[1] Voy. Bryenne, p. 437.
[2] A, B : ὁ β̄.
[3] A om. — D : διατονικοῦ.
[4] A om. λόγον.

τρία, μέρος ἔγγισ7α τοῦ οζ εἰκοσ7όεκτον· ὡς εἶναι ἐκεῖνον τὸν π δηλονότι πρὸς τοῦτον, ἐπικς^{ον} ἔγγισ7α. TRAITÉS GRECS relatifs à la musique.

CHAPITRE XXXIII[1].

Comparaison du *diatonique égal* avec le *chromatique dur*.

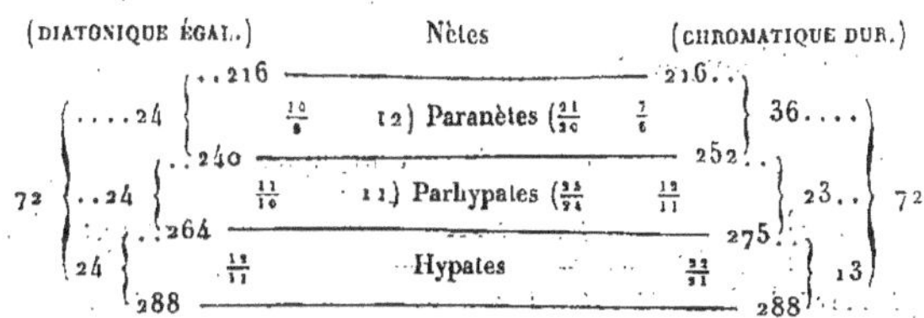

Φέρε συνεξετάσωμεν τὸ ὁμαλὸν διάτονον τῷ χρωματικῷ συντόνῳ, ὧν αἱ κατατομαὶ προελέχθησαν· καὶ ὅτι τοῦ μὲν ὁμαλοῦ διατόνου, ὡς πολλάκις ἐρρέθη, ἡ σύνθεσις ἀπὸ βαρυτόνων[2] ἐξ ἐπιμα^{ον}, ἐπιμ^{ου}, καὶ ἐπιθ^{ου}· τοῦ δὲ συντόνου χρωματικοῦ ἐξ ἐπικα^{ου}, ἐπιμα^{ου}, καὶ ἐπις^{ου}. Ἁρμόζεται τοιγαροῦν τετράχορδον κοινὸν ὁμαλοῦ διατόνου καὶ χρωματικοῦ συντόνου· καί εἰσιν οἱ ἀριθμοὶ αὐτῶν, οἱ μὲν ἄκροι καὶ ἐσ7ῶτες, κοινοί· ὁ μὲν μείζων, σπη, ὁ δ' ἐλάτ7ων σις. Κεφ^{ον} λγ^{ον}. Fol. 59 r°.

Αἱ δὲ λιχανοὶ αὐτῶν, τοῦ μὲν χρωματικοῦ συντόνου, σνϐ, τοῦ δὲ ὁμαλοῦ διατόνου, σμ, οἵτινες πρὸς τὸν σις, ὁ μὲν τὸν ἐπίς^{ον}, ὁ δὲ τὸν ἐπιθ^{ον} λόγον συμπληροῦσι. Καὶ ἔσ7ιν ἡ λιχανὸς τοῦ διατόνου ὁμαλοῦ γένους συντονωτέρα τῆς λιχανοῦ τοῦ χρωματικοῦ συντόνου γένους, ἐπικ^{ω} λόγῳ, κατά τε τὸν κανόνα, καὶ ὅτι ἡ ὑπεροχὴ τοῦ σνϐ πρὸς τὸν σμ, ἥτις ἐσ7ὶν ὁ ιϐ, κ^{ον} μέρος ἐσ7ὶ τοῦ σμ· ὡς εἶναι ἐκεῖνον τούτου ἐπικ^{ον}.

Ἡ δὲ παρυπάτη πάλιν τοῦ ὁμαλοῦ διατόνου γένους συν-

[1] Voy. Bryenne, p. 442. — [2] Sans doute βαρυτέρων.

τονωτέρα ἐσ7ὶ τῆς παρυπάτης[1] τοῦ χρωματικοῦ συντόνου γένους, ἐπικδῳ λόγῳ. Ἡ γὰρ παρυπάτη τοῦ χρωματικοῦ συντόνου πρὸς ἣν ἀποπληροῖ τὸν ἐπικαον ὁ σπη, σοε[2] ἐσ7ίν· ἡ δὲ παρυπάτη τοῦ ὁμαλοῦ διατόνου, σξδ· ἡ δὲ ὑπεροχὴ τούτων, ια, μέρος κδον τοῦ σξδ ἐσ7ίν· ὡς εἶναι ἐκεῖνον πρὸς τοῦτον, ἐπικδον.

CHAPITRE XXXIV[3].

Comparaison du *diatonique égal* avec le *chromatique mou.*

TÉTRACORDE COMMUN DU GENRE DIATONIQUE ÉGAL ET DU GENRE CHROMATIQUE MOU[4].

	(DIATONIQUE ÉGAL.)			Nètes		(CHROMATIQUE MOU.)		
315		945			945			315
	105		10/9	84) Paranètes (14/13	6/5		189	
		1050			1134			
	105		11/10	60) Parhypates (20/19	15/14		81	
		1155			1215			
	105		12/11	Hypates	28/27		45	
		1260			1260			

Κεφου λδον. Συνεξετάσωμεν τὸ ὁμαλὸν διάτονον τῷ μαλακῷ χρωματικῷ γένει, ὧν αἱ κατατομαὶ προελέχθησαν· καὶ ὅτι τοῦ μὲν ὁμαλοῦ διατόνου ἀπὸ βαρυτέρων ἡ σύνθεσις ἐξ ἐπιιαου, ἐπιιου, καὶ ἐπιθου· τοῦ δὲ μαλακοῦ χρωματικοῦ ἐξ ἐπικζου, ἐπιιδου[5], καὶ ἐπιεου. Ἁρμόζεται τοιγαροῦν τετράχορδον κοινὸν ὁμαλοῦ διατόνου καὶ χρωρατικοῦ μαλακοῦ· καὶ εἰσὶν οἱ[6] ἀριθμοὶ αὐτῶν, οἱ μὲν ἄκροι καὶ ἑσ7ῶτες, κοινοί· ὁ μὲν μείζων, ͵ασξ, ὁ δ' ἐλάττων, ϡμε. Fol. 59 v°.

Αἱ δὲ λιχανοὶ αὐτῶν, τοῦ μὲν μαλακοῦ χρωματικοῦ, ͵αρλδ, τοῦ δὲ ὁμαλοῦ διατόνου, ͵αν. Καὶ ἔσ7ιν ἡ λιχανὸς τοῦ διατόνου ὁμαλοῦ γένους συντονωτέρα τῆς λιχανοῦ τοῦ χρωματικοῦ γε-

[1] Mss. : λιχανοῦ.

[2] Mss. : σογ.

[3] Voy. Bryenne, p. 447.

[4] Tous les nombres sont divisibles par 3.

[5] Mss. : ἐπιδου.

[6] A, B, om. οἱ.

νους, ἐπιγῳ λόγῳ ἔγγισΊα, κατά τε τὸν κοινὸν κανόνα, καὶ ὅτι ἡ ὑπεροχὴ τοῦ αρλδ ᾗ ὑπερέχει τοῦ αν, ἥπερ ἐσΊὶ τοῦ πδ, ἐγγὺς[1] τρισκαιδέκατον μέρος τοῦ αν· ὡς εἶναι ἐκεῖνον πρὸς τοῦτον ἐγγὺς ἐπιγον.

Ἡ δὲ παρυπάτη πάλιν τοῦ διατόνου ὁμαλοῦ γένους συντονωτέρα ἐσΊὶ τῆς παρυπάτης τοῦ χρωματικοῦ μαλακοῦ γένους, ἐπιιθῳ λόγῳ ἔγγισΊα. Ἡ γὰρ παρυπάτη[2] τοῦ χρωματικοῦ μαλακοῦ γένους, πρὸς ἣν ὁ ασξ τὸν ἐπικζον συμπληροῖ λόγον, ασιε ἐσΊίν· ἡ δὲ τοῦ ὁμαλοῦ[3] διατόνου, πρὸς ἣν ὁ αὐτὸς ἀριθμὸς τὸν ἐπιιαον λόγον ἐκπληροῖ, αρνε· ἡ δὲ ὑπεροχὴ ἐκείνου πρὸς τοῦτον, ἥτις ἐσΊὶν ξ, ἐννεακαιδέκατον μέρος ἔγγισΊά ἐσΊι τοῦ αρνε· ὡς εἶναι τοῦτον ἐκείνου ἔγγισΊα ἐπιεννεακαιδέκατον.

CHAPITRE XXXV[4].

Comparaison du *diatonique égal* avec le *diatonique ditonié*.

TÉTRACORDE COMMUN DU GENRE DIATONIQUE ÉGAL ET DU GENRE DITONIÉ.

(DIATONIQUE ÉGAL.)				Nòtes			(DITONIÉ.)	
		576				576		
192	64		10/9	8) Paranètes (81/80	9/8		72	192
		640				648		
	64		11/10	25) Parhypates (20/26	9/8		81	
		704				729		
	64		12/11	Hypates	256/243		39	
		768				768		

Fol. 60 r°. Φέρε συνεξετάσωμεν λοιπὸν τὸ ὁμαλὸν διάτονον καὶ τῷ διτονιαίῳ γένει, ὧν δὴ[5] αἱ κατατομαὶ προελέχθησαν· καὶ ὅτι τοῦ μὲν ὁμαλοῦ διατόνου ἀπὸ βαρυτέρων ἡ σύνθεσίς ἐσΊιν ἐξ ἐπιιαου, ἐπιιου, καὶ ἐπιιθου· τοῦ διτονιαίου ἐκ λείμματος, ἐπιηου, Κεφον λεον.

[1] D : ἔγγισΊα.

[2] A et B : πάτη.

[3] Mss., exc. B, μαλακοῦ.

[4] Voy. Bryenne, p. 461.

[5] A om. δή.

TRAITÉS GRECS relatifs à la musique.

καὶ ἐπογδόου. Ἁρμόζεται τοιγαροῦν κοινὸν τετράχορδον ὁμαλοῦ διατόνου καὶ διτονιαίου γένους· καὶ εἰσὶν οἱ ἀριθμοὶ αὐτῶν, οἱ μὲν ἄκροι καὶ ἑσΊῶτες, κοινοί· ὁ μὲν μείζων, ψξη, ὁ δὲ ἐλάτΊων, φος.

Αἱ δὲ λιχανοὶ αὐτῶν, τοῦ μὲν διτονιαίου, χμη, ὃς πρὸς τὸν φος πληροῖ λόγον ἐπόγδοον· τοῦ δὲ ὁμαλοῦ διατόνου, χμ, ὃς πρὸς αὐτὸν τοῦτον τὸν φος, πληροῖ τὸν ἐπιθ^ον^ λόγον. Καὶ ἔσΊιν ἡ λιχανὸς τοῦ διατόνου ὁμαλοῦ γένους συντονωτέρα τῆς λιχανοῦ τοῦ διτονιαίου γένους, ἐν ἐπογδοηκοσΊῷ λόγῳ, κατά τε τὸν κανόνα, καὶ ὅτι ἡ ὑπεροχὴ τοῦ χμη, ᾗ ὑπερέχει τοῦ χμ, ὁ ὀκτὼ, ὀγδοηκοσΊὸν μέρος ἐσΊὶ τοῦ χμ· ὡς εἶναι ἐκεῖνον τούτου ἐπογδοηκοσΊόν. Fol. 60 v°.

Ἡ δὲ παρυπάτη πάλιν τοῦ διατόνου ὁμαλοῦ γένους συντονωτέρα ἐσΊὶ τῆς παρυπάτης τοῦ διτονιαίου κη^ῳ^ λόγῳ ἔγγισΊα. Καὶ γὰρ ἡ παρυπάτη τοῦ διτονιαίου, ἡ ψκθ· ἡ δὲ τοῦ ὁμαλοῦ διατόνου, ψδ· ἡ δὲ ὑπεροχὴ ἐκείνου πρὸς τοῦτον, μέρος ἐσΊὶν κη^ον^ τοῦ ψδ, ἥτις ἐσΊὶν κε· ὡς εἶναι ἐκεῖνον τούτου ἐπικη^ον^.

CHAPITRE XXXVI.

L'auteur va comparer maintenant le genre *diatonique dur* avec ceux auxquels il ne l'a pas encore comparé, en commençant par le *diatonique moyen;* et ici il se contente de rappeler qu'il a déjà donné précédemment (ch. XXIX et XXV) les divisions de ces deux genres.

Κεφ^ον^ λϛ^ον^. Τὸ μὲν οὖν ἐναρμόνιον γένος πρὸς τὰ λοιπὰ ἑπΊὰ γένη ἀντεξεταζόμενον, συνέσΊησε κοινότητας ζ. Τὸ δὲ ὁμαλὸν διάτονον αὖθις ὑπεξαιρουμένου τοῦ ἐναρμονίου, ἀντεξεταζόμενον πρὸς τὰ λοιπὰ ἓξ γένη, πεποίηκε καὶ αὐτὸ κοινότητας ϛ· ὁμοῦ, ιγ. Φέρε γοῦν λοιπὸν καὶ τὸ σύντονον διάτονον πρὸς τὰ λοιπὰ ε συνεξετάσωμεν, ὑπεξαιρουμένου καὶ τοῦ ὁμαλοῦ διατόνου· ὅτε γὰρ ἐκεῖνο πρὸς τοῦτο συνεκρίνομεν, καὶ τοῦτο πρὸς Fol. 61 r°.

ἐκεῖνο ἀντεξετάζομεν· ὥσ7ε ἐκ τοῦ συντόνου διατόνου πρὸς τὰ λοιπὰ, ε̄ κοινότητες γενήσονται, περὶ ὧν αὐτίκα λέξομεν.

Καὶ πρῶτον μιγνυμένου τοῦ συντόνου τούτου διατόνου τῷ ἐφεξῆς μαλακῷ ἐντόνῳ, ποιήσωμεν τὰς κατατομὰς αὐτῶν· εἰ καὶ περὶ αὐτῶν πρότερον τὰ εἰκότα εἴπομεν, τέως δὲ, διὰ τὸ εὐσύνοπ7ον, κἀνταῦθα ἐκθήσομεν τὰς κατατομὰς καὶ ἀμφοτέρων[1].

CHAPITRE XXXVII[2].

Et c'est ici seulement qu'il établit leur *tétracorde commun*.

TÉTRACORDE COMMUN DU GENRE DIATONIQUE DUR ET DU GENRE DIATONIQUE MOYEN[3].

	(DIATONIQUE DUR.)					(DIATONIQUE MOYEN.)		
		1008		Nètes.		1008		
	112		$\frac{10}{9}$	14) Paranètes ($\frac{81}{80}$	$\frac{9}{8}$		126	
		1120				1134		
336	140		$\frac{9}{8}$	36) Parhypates ($\frac{36}{35}$	$\frac{8}{7}$		162	336
		1260				1296		
	184		$\frac{16}{15}$	Hypates	$\frac{28}{27}$		48	
		1344				1344		

Fol. 61 v°. Ἄγε δὴ λοιπὸν καὶ τὸ διάτονον σύντονον μίξωμεν τοῖς ἐφεξῆς πέντε γένεσι, καὶ πρῶτον τῷ μαλακῷ ἐντόνῳ· ὧν αἱ κατατομαὶ προελέχθησαν· καὶ ὅτι τοῦ μὲν συντόνου διατόνου ἡ σύνθεσις, ἀπὸ βαρυτέρων ἐξ ἐπιε^{ου}, ἐπογδόου, καὶ ἐπεννάτου· τοῦ δὲ μαλακοῦ ἐντόνου ἐξ ἐπικζ^{ου}, ἐφεβδόμου, καὶ ἐπιη^{ου}. Ἁρμόζεται τοιγαροῦν τετράχορδον κοινὸν διατόνου συντόνου[4] καὶ μαλακοῦ ἐντόνου· καὶ εἰσὶν οἱ ἀριθμοὶ αὐτῶν, οἱ μὲν ἄκροι καὶ ἐσ7ῶτες, ὁ μὲν μείζων ͵ατμδ[5], ὁ δὲ ἐλάτ7ων ͵αη. Κεφον λζον.

Αἱ δὲ λιχανοὶ αὐτῶν, τοῦ μὲν μαλακοῦ ἐντόνου, ͵αρλδ,

[1] L'auteur reproduit ici deux figures qu'il a déjà données dans les chap. XXIV et XXV.

[2] Voy. Bryenne, p. 434.

[3] Tous les nombres sont divisibles par 2.

[4] A om.

[5] Mss. : ͵απδ. Le nombre 1344 est confirmé par Bryenne, p. 434.

τοῦ δὲ συντόνου διατόνου, ͵ϛρκ. Καὶ ἔσʇιν ἡ λιχανὸς τοῦ συντόνου διατόνου [συντονωτέρα][1] τῆς λιχανοῦ τοῦ μαλακοῦ ἐντόνου, ἐπογδοηκοσʇῷ λόγῳ, κατά τε τὸν κανόνα, καὶ ὅτι ἡ ὑπεροχὴ τοῦ ͵ϛρλδ πρὸς τὸν ͵ϛρκ, τὰ ιδ, ὀγδοηκοσʇὸν μέρος ἐσʇὶ τοῦ ͵ϛρκ· ὡς εἶναι ἐκεῖνον τούτου ἐπογδοηκοστόν.

Ἡ δὲ παρυπάτη τοῦ συντόνου διατόνου γένους συντονωτέρα ἐσʇὶ τῆς παρυπάτης τοῦ μαλακοῦ ἐντόνου γένους, ἐπιτριακοσʇοπέμπʇῳ λόγῳ ἔγγισʇα. Καὶ γὰρ καὶ ἡ ὑπεροχὴ τοῦ ͵ϛσϛ πρὸς τὸν ͵ϛσξ, ὁ λϛ, τριακοσʇόπεμπʇον μέρος ἐσʇὶν ἐγγὺς τοῦ ͵ϛσξ· ὡς εἶναι ἐκεῖνον πρὸς τοῦτον ἐπιτριακοσʇόπεμπʇον· εἰσὶ δὲ καὶ οἱ ἀριθμοὶ τῶν παρυπατῶν, τοῦ μὲν μαλακοῦ ἐντόνου, ͵ϛσϛ, τοῦ δὲ συντόνου διατόνου, ͵ϛσξ.

CHAPITRE XXXVIII[2].

Il continue, et compare maintenant le *diatonique dur* avec le *diatonique mou.*

TÉTRACORDE COMMUN DU GENRE DIATONIQUE DUR ET DU GENRE DIATONIQUE MOU.

(DIATONIQUE DUR.)			Nète.		(DIATONIQUE MOU.)	
84		..252			252..	84
	28	$\frac{10}{9}$	8) Paranètes ($\frac{36}{35}$	$\frac{8}{7}$		36....
		..280			288..	
	..35	$\frac{9}{8}$	5) Parhypates ($\frac{64}{63}$	$\frac{10}{9}$		32..
		..315			320..	
	21	$\frac{16}{15}$	Hypates.	$\frac{21}{20}$		16
		336			336	

Κεφ^ον^ λη^ον^. Ἐντεῦθεν συμμίξωμεν τό τε σύντονον διάτονον καὶ τὸ μαλακὸν διάτονον, ὧν αἱ κατατομαὶ προελέχθησαν· καὶ ὅτι τοῦ μὲν συντόνου διατόνου ἀπὸ βαρυτέρων ἡ σύνθεσις, ἐξ ἐπιε^ου^, ἐπιη^ου^, καὶ ἐπιθ^ου^, τοῦ δὲ μαλακοῦ διατόνου ἐξ ἐπικ^ου^, ἐπιθ^ου^, καὶ ἐπιζ^ου^. Ἁρμόζεται τοιγαροῦν τετράχορδον κοινὸν συντόνου διατόνου καὶ μαλακοῦ διατόνου· καὶ εἰσὶν οἱ ἀριθμοὶ αὐτῶν, οἱ Fol. 62 r°.

[1] Mss. om. — [2] Voy. Bryenne, p. 438.

μὲν ἄκροι καὶ ἑσ7ῶτες, ὁ μὲν μείζων, τλς, ὁ δὲ ἐλάτ7ων, συϐ.

Αἱ δὲ λιχανοὶ αὐτῶν, τοῦ μὲν μαλακοῦ διατόνου, σπη, τοῦ δὲ συντόνου διατόνου, σπ. Ἔσ7ι δὲ ἡ λιχανὸς τοῦ συντόνου διατόνου γένους συντονωτέρα τῆς λιχανοῦ τοῦ μαλακοῦ διατόνου ἐπιλεῳ λόγῳ, κατά τε τὸν κανόνα, καὶ ὅτι ἡ ὑπεροχὴ καθ' ἣν ὑπερέχει ὁ σπη τοῦ σπ, ὁ η[1], μέρος ἐσ7ὶ τοῦ σπ λεον· ὡς εἶναι ἐκεῖνον τούτου ἐπιλεον.

Fol. 62 v°. Ἡ δὲ παρυπάτη τοῦ συντόνου διατόνου γένους συντονωτέρα ἐσ7ὶ τῆς παρυπάτης τοῦ μαλακοῦ διατόνου γένους, ἐπιξγῳ λόγῳ. Ἡ γὰρ παρυπάτη τοῦ μαλακοῦ διατόνου γένους ἐσ7ὶ τκ, ἡ δὲ παρυπάτη τοῦ συντόνου διάτονου γένους, τιε· καὶ ἡ ὑπεροχὴ ἐκείνου πρὸς τοῦτον, ὁ κα, ἑξηκοσ7ότριτον μέρος ἐσ7ὶ τοῦ[2] τιε· ὡς εἶναι ἐκεῖνον πρὸς τοῦτον, ἐπιξγον[3].

CHAPITRE XXXIX[4].

Comparaison du *diatonique dur* avec le *chromatique dur*.

TÉTRACORDE COMMUN DU GENRE DIATONIQUE DUR ET DU GENRE CHROMATIQUE DUR.

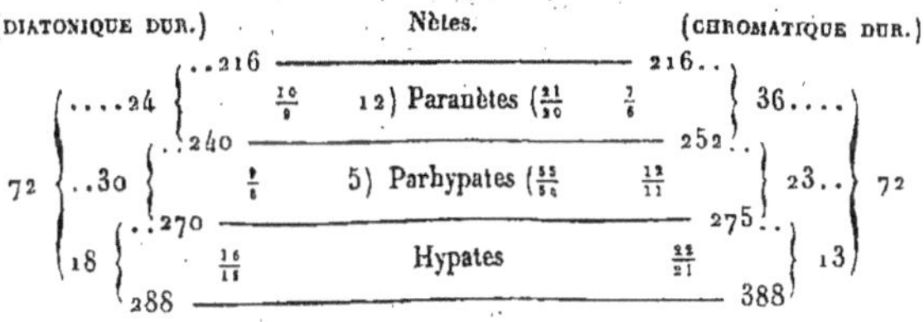

	(DIATONIQUE DUR.)			Notes.		(CHROMATIQUE DUR.)		
		216				216		
72	24		10/9	12) Paranètes (21/20	7/6		36	72
		240				252		
	30		9/8	5) Parhypates (55/54	12/11		23	
		270				275		
	18		16/15	Hypates	22/21		13	
		288				388		

Φέρε ἴδωμεν καὶ τὸ σύντονον διάτονον μετὰ τοῦ συντόνου χρωματικοῦ· τοῦτο γὰρ πλησιάζει μᾶλλον τῶν ἄλλων τοῖς διατονικοῖς γένεσιν· αἱ γοῦν διαιρέσεις καὶ αἱ[5] κατατομαὶ τῶν τοιούτων Κεφον λθον.

[1] A : ὁ ηον.

[2] A, C, om. ἐσ7ὶ τοῦ : B om. ἐσ7ὶ seulement.

[3] Mss. : ἐπικγον.

[4] Voy. Bryenne, p. 442.

[5] Mss., exc. A, om. αἱ.

TRAITÉS GRECS relatifs à la musique.

ἐλέχθησαν· καὶ ὅτι τὸ μὲν σύντονον διάτονον ἀπὸ βαρυτέρων ἐξ ἐπιιεου, ἐπογδόου, καὶ ἐπιεννάτου μελῳδεῖται, τὸ δὲ σύντονον χρωματικὸν ἐξ ἐπίεικοστομόνου [1], ἐπιιαου, καὶ ἐπιϛου. Ἁρμόζεται τοιγαροῦν τετράχορδον κοινὸν διατόνου συντόνου καὶ χρωματικοῦ συντόνου· καὶ εἰσὶν οἱ ἀριθμοὶ αὐτῶν, οἱ μὲν ἄκροι καὶ ἑσῶτες, ὁ μὲν μείζων, σπη, ὁ δ' ἐλάτῖων, σις. Fol. 63 r°.

Αἱ δὲ λιχανοὶ αὐτῶν, τοῦ μὲν χρωματικοῦ συντόνου, σνϐ, τοῦ δὲ συντόνου διατόνου, σμ. Ἔσῖι δὲ ἡ λιχανὸς τοῦ συντόνου διατόνου συντονωτέρα τῆς λιχανοῦ τοῦ χρωματικοῦ συντόνου γένους, ἐπικῳ λόγῳ, κατὰ τὸν κανόνα, καὶ ὅτι ἡ τοῦ τοιούτου γένους λιχανὸς, ἐν ἐπιθῳ λόγῳ θεωρεῖται, ἐν ᾧ καὶ ἡ τοῦ διατόνου ὁμαλοῦ γένους.

Ἡ δὲ παρυπάτη πάλιν τοῦ συντόνου διατόνου γένους συντονωτέρα ἐσῖὶ τῆς παρυπάτης τοῦ χρωματικοῦ συντόνου γένους ἐπινδῳ λόγῳ. Καὶ γὰρ ἡ παρυπάτη τοῦ μὲν χρωματικοῦ συντόνου, σοε, τοῦ δὲ συντόνου διατόνου, σο· καὶ ἡ ὑπεροχὴ αὐτῶν, ὁ ε, ἐπινδον μέρος ἐσῖὶ τοῦ ἐλάτῖονος· ὡς εἶναι ἐκεῖνον τούτου ἐπινδον.

CHAPITRE XL [2].

Comparaison du *diatonique dur* avec le *chromatique mou.*

TÉTRACORDE COMMUN DU GENRE DIATONIQUE DUR ET DU GENRE CHROMATIQUE MOU.

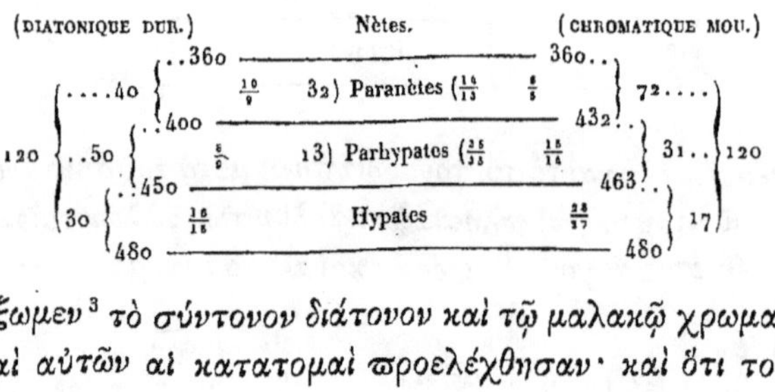

		(DIATONIQUE DUR.)		Nètes.		(CHROMATIQUE MOU.)		
		..360				360..		
120	40		$\frac{10}{9}$	32) Paranètes ($\frac{16}{13}$	$\frac{6}{5}$		72....	120
		400				432..		
	..50		$\frac{9}{8}$	13) Parhypates ($\frac{35}{33}$	$\frac{15}{14}$		31..	
		450				463..		
	30		$\frac{16}{15}$	Hypates	$\frac{28}{27}$		17	
		480				480		

Κεφον μον. Μίξωμεν [3] τὸ σύντονον διάτονον καὶ τῷ μαλακῷ χρωματικῷ· ὧν καὶ αὐτῶν αἱ κατατομαὶ προελέχθησαν· καὶ ὅτι τοῦ μὲν Fol. 63 v°.

[1] D : ἐπιεικοσῖοπρώτου. — [2] Voy. Bryenne, p. 448. — [3] A : δίξωμεν.

συντόνου διατόνου ἀπὸ βαρυτέρων ἡ σύνθεσις, ἐξ ἐπιιε^ον^, ἐπιιη^ον^, καὶ ἐπιθ^ον^· τοῦ δὲ μαλακοῦ χρωματικοῦ ἐξ ἐπικζ^ον^, ἐπιιδ^ον^, καὶ ἐπιε^ον^. Ἁρμόζεται τοιγαροῦν τετράχορδον κοινὸν συντόνου διατόνου καὶ χρωματικοῦ μαλακοῦ· καὶ εἰσὶν οἱ ἀριθμοὶ αὐτῶν, οἱ μὲν ἄκροι καὶ ἑσῶτες, ὁ μὲν μείζων υπ, ὁ δ' ἐλάτίων τξ.

TRAITÉS GRECS relatifs à la musique.

Αἱ δὲ λιχανοὶ αὐτῶν τοῦ μὲν μαλακοῦ χρωματικοῦ, υλϛ, τοῦ δὲ συντόνου διατόνου, υ. Ἔσῖι δὲ ἡ λιχανὸς τοῦ συντόνου διατόνου συντονωτέρα τοῦ μαλακοῦ χρωματικοῦ γένους ἐπιιγ^ῳ^ λόγῳ ἔγγισῖα, κατά τε τὸν κανόνα, καὶ ὅτι ἡ ὑπεροχὴ τοῦ υλϛ, ᾗ ὑπερέχει τοῦ υ ὁ λϛ, ιγ^ον^ μέρος ἐσῖὶ τοῦ υ· ὡς εἶναι ἐκεῖνον τούτου ἐπιιγ^ον^.

Ἡ δὲ παρυπάτη τοῦ συντόνου διατόνου γένους συντονωτέρα ἐσῖὶ τῆς παρυπάτης τοῦ χρωματικοῦ μαλακοῦ, ἐπιλε^ῳ^ λόγῳ ἔγγισῖα. Ἡ γὰρ παρυπάτη τοῦ χρωματικοῦ μαλακοῦ, πρὸς ἣν ὁ υπ τὸν ἐπικζ^ον^ λόγον σώζει, υξγ ἐσῖίν· ἡ δὲ τοῦ συντόνου διατόνου, πρὸς ἣν ὁ αὐτὸς ἀριθμὸς τὸν ἐπιιε^ον^ σώζει λόγον, υν ἐσῖίν· ὡς εἶναι ἐκεῖνον τούτου ἐπιλε^ον^.

CHAPITRE XLI[1].

Comparaison du *diatonique dur* avec le *ditonié*.

TÉTRACORDE COMMUN DU GENRE DIATONIQUE DUR ET DU GENRE DITONIÉ.

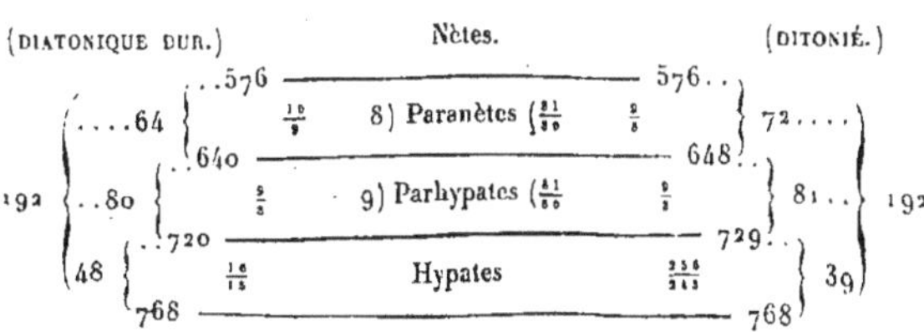

Fol. 64 r°. Ἐπὶ τούτοις μίξωμεν τὸ σύντονον διάτονον τῷ διτονιαίῳ Κεφ^ον^ μα^ον^.

[1] Voy. Bryenne, p. 462.

γένει· ὧν αἱ κατατομαὶ προελέχθησαν· καὶ ὅτι τοῦ μὲν συντόνου διατόνου γένους ἀπὸ βαρυτέρου ἡ σύνθεσις ἐξ ἐπιιεου, ἐπιιηου, καὶ ἐπιθου· τοῦ δὲ διτονιαίου ἐκ λείμματος, ἐπιιηου, καὶ ἐπιιηου· Ἁρμόζεται τοιγαροῦν τετράχορδον κοινὸν συντόνου διατόνου καὶ διτονιαίου γένους· καὶ εἰσὶν οἱ ἀριθμοὶ αὐτῶν, οἱ μὲν ἄκροι καὶ ἑσλῶτες, ὁ μὲν [1] μείζων, ψξη, ὁ δ' ἐλάτλων, φος.

Ἔσλι δὲ ἡ λιχανὸς τοῦ συντόνου διατόνου γένους συντονωτέρα τῆς λιχανοῦ τοῦ διτονιαίου γένους, ἐπιπω λόγῳ, κατά τε τὸν κανόνα, καὶ ὅτι ἡ λιχανὸς τοῦ διτονιαίου χμη ἐσλὶν, ἡ δὲ λιχανὸς τοῦ συντόνου διατόνου χμ· καὶ ἡ ὑπεροχὴ ἐκείνου πρὸς τοῦτον, ὁ η, μέρος ἐσλὶ τοῦ χμ ὀγδοηκοσλόν· ὡς εἶναι ἐκεῖνον πρὸς τοῦτον, ἐπιπον.

Ἡ δὲ παρυπάτη τοῦ συντόνου διατόνου γένους συντονωτέρα ἐσλὶ τῆς παρυπάτης τοῦ διτονιαίου γένους [2], ἐπιπω λόγῳ. Καὶ γὰρ ἡ παρυπάτη τοῦ διτονιαίου, πρὸς ἣν ὁ ψξη τὸ λεῖμμα σώζει, ψκθ [3]· ἡ δὲ παρυπάτη τοῦ συντόνου διατόνου, ψκ [4], πρὸς ὃν ὁ αὐτὸς ἀριθμὸς τὸν ἐπιιεον λόγον σώζει· ἡ δὲ ὑπεροχὴ ἐκείνου πρὸς τοῦτον, ὁ θος, πον μέρος ἐσλὶ τοῦ ψκ· ὡς εἶναι ἐκεῖνον τούτου ἐπιπον.

[1] B, C, om. — [2] A om. ces sept mots : συντ. ἐ. τ. π. τ. δ. γ. — [3] A om. — [4] A : ψθ.

CHAPITRE XLII[1].

L'auteur va maintenant comparer le *diatonique moyen* avec les suivants, en commençant par le *diatonique mou*.

TÉTRACORDE COMMUN DU GENRE DIATONIQUE MOYEN ET DU GENRE DIATONIQUE MOU.

		(DIATONIQUE MOYEN.)		Notes.		(DIATONIQUE MOU.)		
		..504				504..		
168	63		$\frac{9}{8}$	9) Paranètes ($\frac{64}{63}$)	$\frac{8}{7}$		72....	168
		..567				576..		
	..81		$\frac{8}{7}$	8) Parhypates ($\frac{81}{80}$)	$\frac{10}{9}$		64..	
		..648				640..		
	24		$\frac{28}{27}$	Hypates	$\frac{21}{20}$		32	
		672				672		

Fol. 64 v°. Φέρε δὴ καὶ τὸ μαλακὸν ἔντονον συνεξετάσωμεν τοῖς ἐφεξῆς τέτρασι γένεσι, καὶ πρῶτον τῷ μαλακῷ διατόνῳ. Ὅπως δὲ ταῦτα μελῳδοῦνται, ὅτι τὸ μαλακὸν ἔντονον ἀπὸ βαρυτέρων ἐξ ἐπικζ^ου^, ἐφεβδόμου, καὶ ἐπογδόου, τὸ δὲ μαλακὸν διάτονον ἐξ ἐπικ^ου^, ἐπιθ^ου^, καὶ ἐφεβδόμου, ἐλέχθη ἐν τοῖς πρότερον. Ἁρμόζεται τοιγαροῦν τετράχορδον κοινὸν μαλακοῦ ἐντόνου καὶ μαλακοῦ διατόνου· καί εἰσιν οἱ ἀριθμοὶ αὐτῶν, οἱ μὲν ἄκροι καὶ ἐσχάτες, ὁ μὲν μείζων, χοβ, ὁ δὲ ἐλάττων, φδ, πρὸς ὃν ἐκεῖνος τὸν ἐπίγ^ον^ λόγον ἀποπληροῖ. Κεφ^ον^ μ^εον^.

Αἱ δὲ λιχανοὶ αὐτῶν, τοῦ μὲν μαλακοῦ ἐντόνου, φξζ, πρὸς ἣν ἡ παρυπάτη τούτου, ὁ χμη, τὸν ἐφέβδομον λόγον ἀποπληροῖ, ἐν ὑπεροχῇ τοῦ πα· τοῦ δὲ μαλακοῦ διατόνου, φος, πρὸς ὃν ἡ παρυπάτη αὐτοῦ, ὁ χμ, τὸν ἐπένατον λόγον ἀποπληροῖ, ἐν ὑπεροχῇ τοῦ ξδ. Καὶ ἔστιν ἡ λιχανὸς τοῦ μαλακοῦ ἐντόνου γένους συντονωτέρα τῆς λιχανοῦ τοῦ μαλακοῦ διατόνου, ἐπιεξηκοστοτρίτῳ λόγῳ, κατά τε τὸν κανόνα, καὶ ὅτι ὁ φος τῷ ξγ^ῳ^ ὑπερέχει τοῦ φξζ· ὡς εἶναι ἐκεῖνον τούτου

[1] Voy. Bryenne, p. 439.

ἐπιεξηκοσΊότριτον[1]· μείζων γὰρ ὁ ἐπιζ^{ος} λόγος τοῦ ἐπογδόου, ἐπιξγ^{ῳ}[2] λόγῳ.

Ἡ δὲ παρυπάτη πάλιν τοῦ μαλακοῦ ἐντόνου γένους βαρυτέρα ἐσῖὶ τῆς παρυπάτης τοῦ μαλακοῦ διατόνου, ἐπιπ^{ῳ} λόγῳ· ὁ γὰρ χμη πρὸς τὸν χμ, ἐν ὑπεροχῇ τοῦ η[3], ἐπογδοηκοσῖός.

CHAPITRE XLIII[4].

Comparaison du *diatonique moyen* avec le *chromatique dur*.

TÉTRACORDE COMMUN DU GENRE DIATONIQUE MOYEN ET DU GENRE CHROMATIQUE DUR.

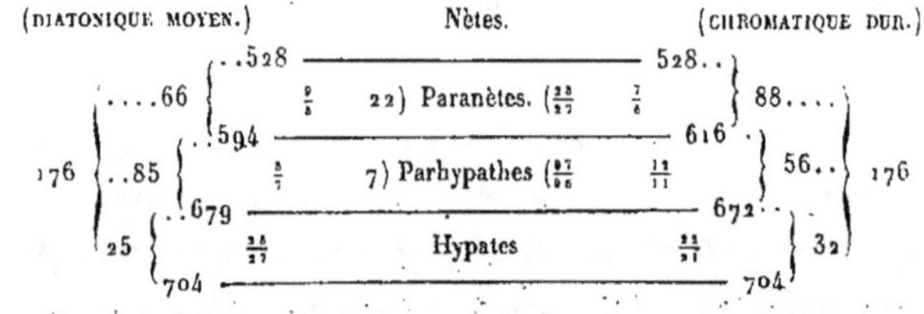

	(DIATONIQUE MOYEN.)			Nètes.			(CHROMATIQUE DUR.)	
		528				528		
176	66		$\frac{9}{8}$	22) Paranètes. ($\frac{28}{27}$	$\frac{7}{6}$		88	176
		594				616		
	85		$\frac{8}{7}$	7) Parhypathes ($\frac{97}{96}$	$\frac{12}{11}$		56	
		679				672		
	25		$\frac{28}{27}$	Hypates	$\frac{22}{21}$		32	
		704				704		

Κεφ^{ον} μγ^{ον}. Συνεξετασῖέον τὸ μαλακὸν ἔντονον τῷ χρωματικῷ συντόνῳ. Fol. 65 r°.

Ὅπως δὲ ταῦτα μελῳδοῦνται, ὅτι τὸ μαλακὸν ἔντονον, ἀπὸ βαρυτέρων, ἐξ ἐπικζ^{ου}, ἐπιζ^{ου}, καὶ ἐπιη^{ου}, τὸ δὲ χρωματικὸν σύντονον ἐξ ἐπικα^{ου}, ἐπιια^{ου}, καὶ ἐπιϛ^{ου}, ἐλέχθη ἐν τοῖς πρότερον. Ἁρμόζεται τοιγαροῦν τετράχορδον κοινὸν μαλακοῦ ἐντόνου καὶ συντόνου χρωματικοῦ· καὶ εἰσὶν οἱ ἀριθμοὶ αὐτῶν, οἱ μὲν ἄκροι, ὁ μὲν μείζων ψδ, ὁ δ' ἐλάτῖων φκη.

Αἱ δὲ λιχανοὶ αὐτῶν, τοῦ μὲν μαλακοῦ ἐντόνου, φϟδ, τοῦ δὲ χρωματικοῦ συντόνου, χιϛ. Συντονωτέρα δὲ ἐσῖιν ἡ τοῦ μαλακοῦ ἐντόνου γένους λιχανὸς τῆς λιχανοῦ τοῦ χρωματικοῦ συντόνου, ἐπικζ^{ῳ} λόγῳ. Καὶ γὰρ ἡ μὲν λιχανὸς τοῦ μαλακοῦ ἐντόνου γένους, ἐν ἐπιη^{ῳ} λόγῳ θεωρεῖται, ἡ δὲ τοῦ

[1] Mss. : ἐπιειχ.

[2] Mss. : κγ^{ῳ}.

[3] Mss. κδ^{ου}.

[4] Voy. Bryenne, p. 443.

χρωματικοῦ συντόνου ἐν ἐπιέκτῳ· μείζων δὲ ὁ ἐπιις^{ος} λόγος τοῦ ἐπιη^{ου}, ἐπικζ^{ῳ} λόγῳ.

Fol. 65 v°. Ἡ δὲ παρυπάτη πάλιν τοῦ μαλακοῦ ἐντόνου γένους βαρυτέρα ἐσ7ὶ τῆς παρυπάτης τοῦ χρωματικοῦ συντόνου γένους, ἐπιϛϛ^{ῳ} λόγῳ· ὅτι καὶ ὁ τῆς παρυπάτης ἀριθμὸς, ὁ χοθ, τοῦ τῆς παρυπάτης ἀριθμοῦ, τοῦ χοϐ, ἐπιϛϛ^{ος}· ὥσπερ καὶ ὁ τῆς λιχανοῦ ἀριθμὸς, ὁ χιϛ, πρὸς τὸν ἀριθμὸν τῆς λιχανοῦ, τὸν φϛδ, ἐπικζ^{ος} ἐσ7ίν.

CHAPITRE XLIV[1].

Comparaison du *diatonique moyen* avec le *chromatique mou*.

TÉTRACORDE COMMUN DU GENRE DIATONIQUE MOYEN ET DU GENRE CHROMATIQUE MOU[2].

(DIATONIQUE MOYEN.)				Nètes.			(CHROMATIQUE MOU.)	
		..1680				1680..		
560	210		$\frac{9}{8}$	126) Paranètes ($\frac{16}{15}$	$\frac{6}{5}$		336....	560
		..1890				2016..		
	270		$\frac{8}{7}$	Parhypates (égales)	$\frac{13}{4}$		144..	
		..2160				2160..		
	...80		$\frac{28}{27}$	Hypates	$\frac{28}{27}$		80	
		2240				2240		

Συνεξεταστέον τὸ μαλακὸν ἔντονον τῷ μαλακῷ χρωματικῷ. Ὅπως δὲ ταῦτα μελῳδοῦνται, ὅτι τὸ μὲν μαλακὸν ἔντονον ἀπὸ βαρυτέρων ἐξ ἐπικζ^{ου}, ἐφεϐδόμου, καὶ ἐπογδόου, τὸ δὲ μαλακὸν χρωματικὸν[3] καὶ αὐτὸ ἐξ ἐπικζ^{ου}, ἐπιιδ^{ου}, καὶ ἐπιε^{ου}, εἴρηται πρότερον. Ἁρμόζεται τοιγαροῦν τετράχορδον κοινὸν μαλακοῦ ἐντόνου καὶ μαλακοῦ χρωματικοῦ· καὶ εἰσὶν οἱ ἀριθμοὶ αὐτῶν, οἱ μὲν ἄκροι[4] καὶ ἑσ7ῶτες, ὁ μὲν μείζων, ͵βσμ, ὁ δ' ἐλάτ7ων, ͵αχπ. Κεφ^{ον} μδ^{ον}.

Fol. 66 r°.

Αἱ δὲ λιχανοὶ αὐτῶν, τοῦ μὲν μαλακοῦ ἐντόνου, ͵βις, τοῦ δὲ μαλακοῦ χρωματικοῦ, ͵αωϛ. Καὶ ἔσ7ιν ἡ λιχανὸς τοῦ μαλα-

[1] Voy. Bryenne, p. 449.

[2] Tous les nombres sont divisibles par 2.

[3] A om.

[4] B, C, aj. οἱ.

κοῦ ἐντόνου γένους συντονωτέρα τῆς λιχανοῦ τοῦ χρωματικοῦ μαλακοῦ γένους, ἐπιιεῳ λόγῳ. Καὶ γὰρ ἡ μὲν λιχανὸς τοῦ μαλακοῦ ἐντόνου γένους, ἐν ἐπιιηῳ λόγῳ θεωρεῖται, ἡ δὲ τοῦ μαλακοῦ χρωματικοῦ γένους, ἐν ἐπιιεῳ· μείζων δὲ ὁ ἐπίπεμπτος λόγος τοῦ ἐπιιηου, κατὰ τὸν κανόνα, ἐπιιεῳ λόγῳ. Καὶ ἔστιν ὁ ,βις ἐπιιεος τοῦ ,αωἱ· ἡ δὲ ὑπεροχὴ, ρκς.

Ἡ δὲ παρυπάτη πάλιν τοῦ μαλακοῦ ἐντόνου γένους καὶ τοῦ μαλακοῦ χρωματικοῦ, ἡ αὐτὴ καὶ μία ἐστίν· ἰσότονοι γὰρ ἀλλήλαις ἀμφότεραί εἰσιν, ὡς ἐκ τῆς τῶν λόγων συνθέσεως, καὶ τῆς κατατομῆς αὐτῶν[1], ἐναργῶς δείκνυται.

CHAPITRE XLV[2].

Comparaison du *diatonique moyen* avec le *ditonié*.

TÉTRACORDE COMMUN DU GENRE DIATONIQUE MOYEN ET DU GENRE DITONIÉ[3].

	(DIATONIQUE MOYEN.)			Nètes.			(DITONIÉ.)	
		8064				8064		
	1008		9/8	Paranètes (égales)	9/8		1008	
		9072				9072		
2688	1296		8/7	162) Parhypates (64/63	8/9		1134	2688
		10368				10206		
	384		28/27	Hypates	256/243		1546	
		10752				10752		

Κεφον μεον. Ἐπὶ τούτοις καὶ τῷ λοιπῷ διτονιαίῳ, συνεξεταστέον τὸ μαλακὸν ἔντονον. Ὅπως δὲ ταῦτα μελῳδοῦνται ἀπὸ βαρυτόνων, ὅτι τὸ μὲν μαλακὸν ἔντονον ἐξ ἐπικζου, ἐπιζου, καὶ ἐπιιηου, τὸ δὲ διτονιαῖον ἐκ λείμματος, ἐπιηου, καὶ ἐπιηου, ἐν τοῖς προτέροις εἴρηται. Ἁρμόζεται τοιγαροῦν τετράχορδον κοινὸν μαλακοῦ ἐντόνου καὶ διτονιαίου γένους· καὶ εἰσὶν οἱ ἀριθμοὶ αὐτῶν, Fol. 66 v°.

[1] A : κατ. τῶν.

[2] Voy. Bryenne, p. 463.

[3] Cette fois tous les nombres sont divisibles par 6.

οἱ μὲν ἄκροι οἱ καὶ ἑσΊῶτες, ὁ μὲν μείζων αψνϐ[1], ὁ δ' ἐλάττων ηξδ.

TRAITÉS GRECS relatifs à la musique.

Αἱ δὲ λιχανοὶ αὐτῶν ἰσότονοί εἰσι, πρὸς τὸν ἐλάσσονα ἄκρον τὸν ηξδ σώζουσαι τὸν ἐπόγδοον λόγον. Ἡ δὲ παρυπάτη τοῦ μαλακοῦ ἐντόνου γένους βαρυτέρα ἐσΊὶ τῆς παρυπάτης τοῦ διτονιαίου γένους, ἐπιξγ^{ω} λόγῳ· ἡ γὰρ παρυπάτη ἡ ατξη τῆς ὀξυτέρας παρυπάτης τῆς ασϛ, ἐπιξγ^{ος} ἐσΊὶν, ἐν ὑπεροχῇ ἀριθμοῦ ρξϐ.

Ἡ δὲ λιχανὸς ἡ ͵θοϐ πρὸς τὸν ηξδ, τὸν ἐπιη^{ον} διασώζει[2] λόγον.

CHAPITRE XLVI[3].

Comparaison du *diatonique mou* avec le *chromatique dur*.

TÉTRACORDE COMMUN DU GENRE DIATONIQUE MOU ET DU GENRE CHROMATIQUE DUR.

	(DIATONIQUE MOU.)			Nètes.			(CHROMATIQUE DUR.)	
		..1386				..1386		
462	198		$\frac{8}{7}$	33) Paranètes ($\frac{49}{48}$	$\frac{7}{6}$		231....	462
		..1584				1617..		
	176		$\frac{10}{9}$	4) Parhypates ($\frac{441}{440}$	$\frac{12}{11}$		147..	
		..1760				1764.		
	...88		$\frac{21}{20}$	Hypates	$\frac{22}{21}$		84	
		1848				1848		

Fol. 67 r°. Συνεξεταστέον τοιγαροῦν τὸ μαλακὸν διάτονον τοῖς τρισὶν ἐφεξῆς γένεσι, τοῖς τε δυσὶ χρωματικοῖς καὶ τῷ διτονιαίῳ· καὶ πρῶτον τῷ συντόνῳ χρωματικῷ· ὧν αἱ κατατομαὶ δῆλαι· καὶ ὅτι μελῳδοῦνται ἀπὸ βαρυτόνων, τὸ μὲν μαλακὸν διάτονον ἐξ ἐπικ^{ου}, ἐπιθ^{ου}, καὶ ἐφεϐδόμου· τὸ δὲ σύντονον χρωματικὸν ἐξ ἐπικα^{ου}, ἐπιια^{ου}, καὶ ἐπιϛ^{ου}. Ἁρμόζεται τοιγαροῦν τετράχορδον κοινὸν μαλακοῦ διατόνου καὶ χρωματικοῦ συντόνου· καὶ εἰσὶν οἱ ἀριθμοὶ αὐτῶν, οἱ μὲν ἄκροι καὶ ἑσΊῶτες, ὁ μὲν μείζων, ͵αωμη, ὁ δ' ἐλάτΊων ͵ατπϛ. Κεφ^{ον} μϛ^{ον}.

[1] A : ͵αψνϐ : et de même plus loin. — [2] A : σώζει. — [3] Voy. Bryenne, p. 444.

Αἱ δὲ λιχανοὶ αὐτῶν ἥ τε ͵αχιζ, καὶ ἡ ͵αφπδ· καὶ ἡ μὲν λιχανὸς τοῦ μαλακοῦ διατόνου γένους συντονωτέρα ἐσἰὶ τῆς λιχανοῦ τοῦ συντόνου χρωματικοῦ ἐπιμηω λόγῳ. Θεωρεῖται γὰρ αὕτη ἐν ἐφεϐδόμῳ λόγῳ· ἡ δὲ τοῦ χρωματικοῦ συντόνου ἐν ἐπιϛω· μείζων δὲ ὁ ἐπιϛος λόγος τοῦ ἐπιζου, ἐπιμηω λόγῳ[1], κατὰ τὸν κανόνα, καὶ ὅτι ὁ ͵αχιζ[2] ἐπιτεσσαρακοσἰόγδοός ἐσἰι τοῦ ͵αφπδ, ἐν ὑπεροχῇ τοῦ λγ ἀριθμοῦ.

Ἡ δὲ παρυπάτη τοῦ μαλακοῦ διατόνου γένους συντονωτέρα ἐσἰὶ τῆς παρυπάτης τοῦ χρωματικοῦ συντόνου γένους, ἐπιτετρακοσιοστοκαιτεσσαρακοστῷ[3] λόγῳ. Καὶ γὰρ καὶ ὁ ͵αψξδ τοῦ ͵αφξ[4] τοῦτον τὸν λόγον σώζει ἐν λόγῳ ἐπιμορίῳ υμω· αὗται γάρ εἰσιν αἱ παρυπάται· ἥ τε ͵αψξδ, καὶ ἡ ͵αφξ.

CHAPITRE XLVII[5].

Comparaison du *diatonique mou* avec le *chromatique mou.*

TÉTRACORDE COMMUN DU GENRE DIATONIQUE MOU ET DU GENRE CHROMATIQUE MOU.

	(DIATONIQUE MOU.)			Nètes.		(CHROMATIQUE MOU.)		
		..315				315..		
	45		6/7	18) Paranètes (21/20	6/5		63....	
105		..360				378..		105
	..40		10/9	5) Parhypates (81/80	15/14		27..	
		..400				405..		
	20		21/20	Hypates	28/27		15	
		420				420		

Κεφον μζον. Συνεξετασἰέον τὸ μαλακὸν διάτονον τῷ μαλακῷ χρωματικῷ· ὧν αἱ κατατομαὶ δῆλαι· καὶ ὅτι μελῳδοῦνται ἀπὸ βαρυτέρων, τὸ μὲν μαλακὸν διάτονον ἐξ ἐπικου, ἐπιθου, καὶ ἐπιζου, τὸ δὲ μαλακὸν χρωματικὸν ἐξ ἐπικζου, ἐπιιδου, καὶ ἐπιεου[6]. Fol. 67 v

[1] A om. λόγῳ.

[2] Mss. : ͵αχμζ.

[3] Mss. : ἐπὶ τετρακοσἰῷ καὶ τεσσαρακοσἰῷ.....

[4] Mss. : ͵αφπδ; et de même ci-dessous.

[5] Voy. Bryenne, p. 449.

[6] A ἐπιιεου.

Ἁρμόζεται τοιγαροῦν τετράχορδον κοινὸν μαλακοῦ διατόνου καὶ μαλακοῦ χρωματικοῦ· καὶ εἰσὶν οἱ ἀριθμοὶ αὐτῶν, οἱ μὲν ἄκροι καὶ ἑστῶτες, ὁ μὲν μείζων, υκ, ὁ δ' ἐλάττων, τιε.

Αἱ δὲ λιχανοὶ αὐτῶν, ἥ τε τοη καὶ ἡ τξ· καὶ ἔστιν ἡ λιχανὸς τοῦ μαλακοῦ διατόνου γένους συντονωτέρα τῆς λιχανοῦ τοῦ χρωματικοῦ μαλακοῦ γένους, ἐπικῳ λόγῳ. Καὶ γὰρ ἡ μὲν λιχανὸς τοῦ μαλακοῦ διατόνου[1] γένους ἐν ἐπιζῳ λόγῳ θεωρεῖται· ἡ δὲ τοῦ χρωματικοῦ μαλακοῦ γένους, ἐν ἐπιεῳ· μείζων δὲ ὁ
Fol. 68 r°. ἐπιεος λόγος τοῦ ἐπιζου, ἐπικῳ λόγῳ, κατὰ τὸν κανόνα· καὶ ὅτι ὁ τοη τοῦ τξ ἐπικος ἐν ὑπεροχῇ τοῦ[2] ιη.

Ἡ δὲ παρυπάτη τοῦ μαλακοῦ διατόνου γένους συντονωτέρα ἐστὶ τῆς παρυπάτης τοῦ χρωματικοῦ μαλακοῦ γένους, ἐπιπῳ λόγῳ, ὅτι καὶ ἡ παρυπάτη ἡ υε τῆς παρυπάτης τῆς υ ἐπιπῳ λόγῳ ὑπερέχει, ἐν ὑπεροχῇ τοῦ ε[3].

CHAPITRE XLVIII[4].

Comparaison du *diatonique mou* avec le *ditonié*.

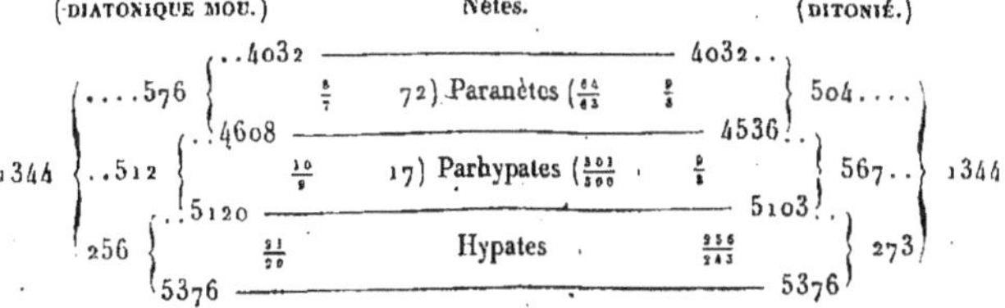

Λοιπὸν συνεξεταστέον τὸ μαλακὸν διάτονον τῷ διτονιαίῳ γένει· ὧν αἱ κατατομαὶ δῆλαι· καὶ ὅτι μελῳδοῦνται ἀπὸ βαρυτόνων, τὸ μὲν διάτονον μαλακὸν ἐξ ἐπικου, ἐπιθου, καὶ ἐπιεβδόμου· τὸ δὲ διτονιαῖον ἐκ λείμματος, ἐπιηου, καὶ ἐπιηου. Κεφου μηου.

[1] A om.

[2] Mss. : τῷ.

[3] Mss. : τῷ εῳ.

[4] Voy. Bryenne, p. 463.

Ἁρμόζεται τοιγαροῦν τετράχορδον κοινὸν μαλακοῦ διατόνου καὶ διτονιαίου γένους· καὶ εἰσὶν οἱ ἀριθμοὶ αὐτῶν, οἱ μὲν ἄκροι καὶ ἑσΊῶτες, ὁ μὲν μείζων ͵ετος, ὁ δ' ἐλάτΊων ͵δλϛ.

Αἱ δὲ λιχανοὶ αὐτῶν, ἥ τε ͵δχη καὶ ἡ ͵δφλς· καὶ ἔσΊιν ἡ λιχανὸς τοῦ μαλακοῦ διατόνου γένους βαρυτέρα τῆς λιχανοῦ τοῦ διτονιαίου γένους, ἐπιξγῳ λόγῳ. Καὶ γὰρ ἡ λιχανὸς τοῦ μαλακοῦ διατόνου γένους ἐν ἐπιζῳ λόγῳ θεωρεῖται· ἡ δὲ τοῦ διτονιαίου, ἐν ἐπογδόῳ· μείζων δὲ ὁ ἐπιζος λόγος τοῦ ἐπιηου, λόγῳ ἐπιξγῳ κατὰ τὸν κανόνα· καὶ ὁ ͵δχη τοῦ ͵δφλς ἐπιξγος. Fol. 68 r°.

Ἡ δὲ παρυπάτη πάλιν τοῦ μαλακοῦ διατόνου[1] γένους βαρυτέρα ἐσΊὶ τῆς παρυπάτης τοῦ διτονιαίου γένους ἐπιτριακοσιοσΊῷ[2] λόγῳ ἔγγισΊα. Καὶ γὰρ ἡ παρυπάτη τοῦ μαλακοῦ διατόνου, ͵ερκ, τῆς παρυπάτης τοῦ διτονιαίου τοῦ ͵εργ, ἐπιτος[3] ἐσΊὶν ἀριθμὸς ἀριθμοῦ, ἐν ὑπεροχῇ τοῦ ιζου· ὥσπερ ἡ λιχανὸς τοῦ λιχανοῦ ἐπιξγος, ἐν ὑπεροχῇ τοῦ οϛ.

CHAPITRE XLIX[4].

Comparaison du *chromatique dur* avec le *chromatique mou.*

TÉTRACORDE COMMUN DU GENRE CHROMATIQUE DUR ET DU GENRE CHROMATIQUE MOU[5].

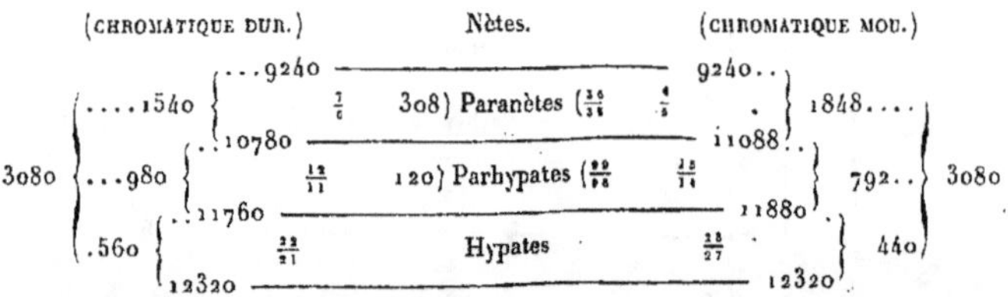

Κεφον μθον. Ἐντεῦθεν τὸ σύντονον χρωματικὸν τοῖς ἐφεξῆς δυσὶ γένεσιν ἀντεξετάσωμεν, τῷ τε μαλακῷ χρωματικῷ καὶ τῷ διτο- Fol. 69 r°.

[1] A : διτόνου.

[2] A : τριακοσΊῷ.

[3] Mss. : ἐπιλ".

[4] Voy. Bryenne, p. 450.

[5] Tous lés nombres de l'auteur sont divisibles par 4.

TRAITÉS GRECS relatifs à la musique.

νιαίῳ, καὶ ϖρῶτον τῷ μαλακῷ χρωματικῷ. Τῶν γοῦν τοιούτων γενῶν δύο αἱ κατατομαὶ δῆλαι· καὶ ὅτι τὸ μὲν σύντονον χρωματικὸν ἀπὸ βαρυτέρων μελῳδεῖται ἐξ ἐπικαου, ἐπιενδεκάτου, καὶ ἐπιέκτου· τὸ δὲ μαλακὸν χρωματικὸν ἐξ ἐπικζου, ἐπιιδου, καὶ ἐπιεου. Ἁρμόζεται τοιγαροῦν τετράχορδον κοινὸν ἐκ τῶν δύο χρωματικῶν, τοῦ τε συντόνου καὶ τοῦ μαλακοῦ, ὧν οἱ ἀριθμοὶ, οἱ μὲν ἄκροι καὶ ἑσῶτες, ὁ μὲν μείζων α͵ϐτκ, ὁ δ' ἐλάτῖων θσμ.

Αἱ δὲ λιχανοὶ αὐτῶν, ἥ τε α͵απη, καὶ ἡ α͵ψπ[1]· καὶ ἔστιν ἡ λιχανὸς τοῦ χρωματικοῦ συντόνου γένους συντονωτέρα τοῦ χρωματικοῦ μαλακοῦ γένους, ἐπιτριακοστοπέμπτῳ λόγῳ. Καὶ γὰρ ἡ μὲν λιχανὸς τοῦ χρωματικοῦ συντόνου γένους, ἐν ἐπιέκτῳ θεωρεῖται λόγῳ· ἡ δὲ τοῦ χρωματικοῦ μαλακοῦ γένους, ἐν ἐπιεῳ· μείζων δὲ ὁ ἐπίπεμπτος λόγος τοῦ ἐπιϛου, ἐπιλεῳ λόγῳ, κατὰ τὸν κανόνα· καὶ ὁ α͵απη τοῦ α͵ψπ ἐπιτριακοστόπεμπτός ἐστιν, ἐν ὑπεροχῇ τη.

Ἡ δὲ ϖαρυπάτη τοῦ χρωματικοῦ συντόνου γένους συντονωτέρα ἐστὶ τῆς ϖαρυπάτης τοῦ χρωματικοῦ μαλακοῦ γένους, ἐν ἐπιεννενηκοστογδόῳ[2] λόγῳ, ὅτι καὶ ἡ ϖαρυπάτη ἡ α͵αωπ τῆς ϖαρυπάτης τῆς α͵αψξ ἐπιεννενηκοστόγδοός ἐστιν, ἐν ὑπεροχῇ ἀριθμοῦ ρκ.

[1] D, α͵ψπ. — [2] B, ἐπιεννενηκογδόῳ.

TRAITÉS GRECS relatifs à la musique.

CHAPITRE L[1].

Comparaison du *chromatique dur* avec le *diatonique ditonié*.

TÉTRACORDE COMMUN DU GENRE DIATONIQUE DUR ET DU GENRE DITONIÉ.

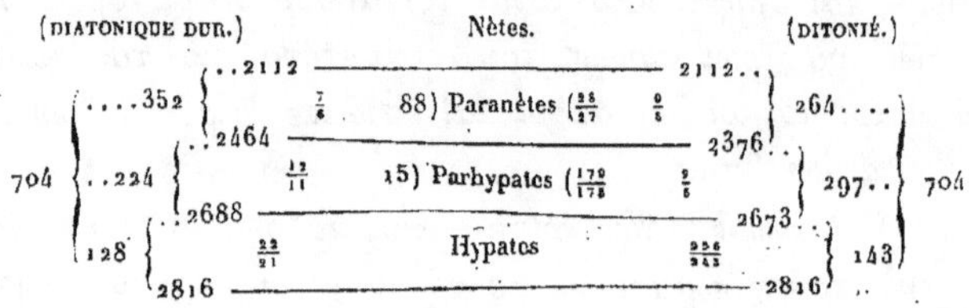

Κεφου νου.

Καὶ τῷ διτονιαίῳ γένει τὸ σύντονον χρωματικὸν ἀντιθήσομεν[2]· ὧν αἱ κατατομαὶ δῆλαι· καὶ ὅτι ἀπὸ βαρυτέρων μελῳδοῦνται, τὸ μὲν σύντονον χρωματικὸν ἐξ ἐπικαου, ἐπιιαου, καὶ ἐπιϛου, τὸ δὲ διτονιαῖον ἐκ λείμματος, ἐπογδόου, καὶ ἐπογδόου. Ἁρμόζεται τοιγαροῦν κοινὸν τετράχορδον ἐκ χρωματικοῦ συντόνου καὶ διτονιαίου, ὧν οἱ ἀριθμοὶ οἱ μὲν ἄκροι καὶ ἐσl̃ῶτες, ὁ μὲν μείζων, ͵βωιϛ, ὁ δ' ἐλάτlων, ͵βριϛ. Fol. 69

Αἱ δὲ λιχανοὶ αὐτῶν, ἥ τε ͵βυξδ καὶ ἡ ͵βτοϛ. Καὶ ἡ λιχανὸς τοῦ συντόνου χρωματικοῦ γένους βαρυτέρα ἐσlὶ τῆς λιχανοῦ τοῦ διτονιαίου γένους, ἐπικζω λόγῳ. Καὶ γὰρ ἡ μὲν λιχανὸς τοῦ χρωματικοῦ συντόνου γένους ἐν ἐπιϛω λόγῳ θεωρεῖται, ἡ δὲ τοῦ διτονιαίου γένους, ἐν ἐπογδόῳ· μείζων δὲ ὁ ἐπίεκτος λόγος τοῦ ἐπογδόου, ἐπικζω λόγῳ κατὰ τὸν κανόνα, ἐν ὑπεροχῇ τῇ τοῦ πη. Fol. 70

Ἡ δὲ παρυπάτη τοῦ χρωματικοῦ συντόνου γένους βαρυτέρα ἐσlὶ τῆς παρυπάτης τοῦ διτονιαίου γένους, ἐπιροηω[3] λόγῳ ἔγγισlα. Καὶ γὰρ καὶ ἡ παρυπάτη ἡ ͵βχπη τῆς παρυπάτης τῆς ͵βχοϛ ἐν ἐπιροηω λόγῳ ἔγγισlά ἐσlιν, ἐν ὑπεροχῇ τοῦ[4] ιε.

[1] Voy. Bryenne, p. 464.

[2] A, B : ἀντεθ.

[3] A : ἐπιοηω.

[4] A : τῇ.

CHAPITRE LI[1].

Enfin, comparaison du *chromatique mou* avec le *diatonique ditonié.*

TÉTRACORDE COMMUN DU GENRE CHROMATIQUE MOU ET DU GENRE DITONIÉ.

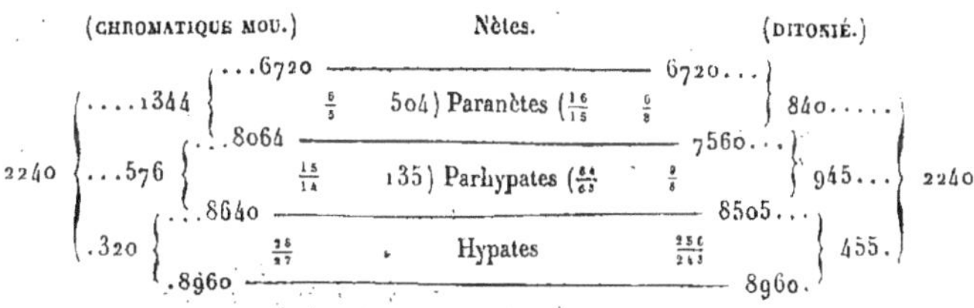

Ἐπὶ πᾶσι τούτοις ἐσ7ὶ καὶ τὸ κοινὸν τετράχορδον τοῦ τε μαλακοῦ χρωματικοῦ γένους καὶ τοῦ διτονιαίου· ὧν αἱ κατατομαὶ δῆλαι καὶ ἐῤῥέθησαν· καὶ ὅτι τὸ μὲν μαλακὸν χρωματικὸν μελῳδεῖται ἀπὸ βαρυτέρων ἐξ ἐπικζου, ἐπιιδου, καὶ ἐπιεου· τὸ δὲ διτονιαῖον ἐκ λείμματος, ἐπιηου, καὶ ἐπιηου. Ἁρμόζεται τοίνυν τὸ τοιοῦτον κοινὸν τετράχορδον, οὗ οἱ ἀριθμοὶ οἱ μὲν ἄκροι καὶ ἑσ7ῶτες, ὁ μὲν μείζων, ηϡξ, ὁ δ' ἐλάτ7ων, πρὸς ὃν ἐκεῖνος τὸν ἐπίτριτον λόγον σώζει, ἐν ὑπεροχῇ ͵βσμ, ͵ςψκ. — Κεφον ναον.

Fol. 70 v°.

Αἱ δὲ λιχανοὶ αὐτῶν εἰσιν, ἥ τε ηξδ καὶ ἡ ζφξ· καὶ ἔσ7ιν ἡ λιχανὸς τοῦ χρωματικοῦ μαλακοῦ γένους βαρυτέρα τῆς λιχανοῦ τοῦ διτονιαίου γένους, ἐν[2] ἐπιιεῳ λόγῳ. Καὶ γὰρ ἡ μὲν λιχανὸς τοῦ χρωματικοῦ μαλακοῦ γένους ἐν ἐπιεῳ λόγῳ θεωρεῖται· ἡ δὲ τοῦ διτονιαίου γένους, ἐν ἐπιηῳ· μείζων δὲ ὁ ἐπιεος λόγος τοῦ ἐπογδόου, ἐπιιεῳ λόγῳ κατὰ τὸν κανόνα, ἐν ὑπεροχῇ φδ.

Ἡ δὲ παρυπάτη τοῦ χρωματικοῦ μαλακοῦ γένους βαρυτέρα ἐσ7ὶ τῆς παρυπάτης τοῦ διτονιαίου γένους, ἐπιεξηκοσ7ο-

[1] Voy. Bryenne, p. 465. — [2] B, C, om. ἐν.

τρίτῳ λόγῳ. Καὶ γὰρ ἡ παρυπάτη ἡ ηχμ τῆς παρυπάτης τῆς ηφε ἐπιεξηκοστότριτός ἐστιν, ἐν ὑπεροχῇ ἀριθμοῦ τοῦ ρλε.

CHAPITRE LII ET DERNIER.

Épilogue et Résumé.— On distinguait autrefois trois tons, le *dorien*, le *phrygien*, le *lydien*, ainsi nommés des peuples chez lesquels ils prirent naissance, et différant mutuellement d'un ton. Le premier ton qu'on y ajouta depuis fut établi par consonnance à la quarte aiguë du dorien; et il fut nommé *mixolydien*, à cause de la proximité du lydien, dont il n'est distant que d'un limma. On nomme *hypermixolydien* un autre ton établi ensuite à un ton de distance à l'aigu du mixolydien. Depuis encore, on établit trois nouveaux tons, chacun à une quarte de distance au grave des trois plus anciens; et l'on nomma respectivement *hypolydien*, *hypophrygien*, *hypodorien*, ces nouveaux tons, dont le dernier et le plus grave est à l'octave de l'hypermixolydien ou du plus aigu, les mots *hypo* et *hyper* désignant ainsi, par *catachrèse*, le *grave* et l'*aigu* [1]. — L'auteur termine par l'énumération des huit tons ou ἦχοι, telle que nous l'avons donnée dans la note A (p. 90).

Κεφον νβον. Δεῖ δ' ἐπὶ τούτοις εἰδέναι, ὅτι τρεῖς εἰσιν οἱ ἀρχαιότατοι τόνοι ἐν μουσικῇ ὁ δώριος, ὁ φρύγιος, καὶ ὁ λύδιος, παρὰ τὰς ἀφ' ὧν ἤρξαντο ἐθνῶν πάντως ὀνομασίας· οὗτοι[2] δὲ ἀλλήλων τόνῳ διαφέρουσι. Καὶ διὰ τοῦτο ἴσως τόνους αὐτοὺς ὀνομάσαντες ἀπὸ τούτων ποιοῦσι πρώτην μεταβολὴν συμφώνου, ἀπὸ του βαρυτάτου τῶν τριῶν τοῦ δωρίου τὴν ἐπὶ τὸ ὀξὺ διὰ δων· προσαγορεύσαντες τοῦτον τὸν τόνον μιξολύδιον, ἐκ τῆς πρὸς τὸν λύδιον ἐγγύτητος· ὅτι οὐ τονιαίαν πρὸς αὐτὸν ποιεῖται τὴν ὑπεροχὴν, ἀλλὰ κατὰ τὸ περιλειπόμενον τοῦ διὰ τεσσάρων μέρος, μετὰ τὰ ἀπὸ τοῦ δωρίου ἐπὶ τὸν λύδιον διτόνου· ὡς εἶναι τὸν μιξολύδιον δον ἀπὸ τοῦ δωρίου, διαφέροντα ἐκείνου τῷ διὰ δων. Ὑπερέχει γὰρ τοῦ δωρίου ὁ φρύγιος τόνῳ· καὶ τούτου αὖθις ὁ λύδιος τόνῳ· τούτου δὲ ὁ Fol. 71 r°

[1] Ce qui est exact pour les modernes, mais ne l'était pas pour les anciens Grecs qui plaçaient le grave en haut.

[2] A, B, οὗτος.

μιξολύδιος λείμματι· καὶ ἔσ7ιν ἀπὸ τοῦ δωρίου μέχρι μιξολυδίου, τὸ διὰ τεσσάρων, τόνος, τόνος, καὶ λεῖμμα. Ὑπερμιξολύδιος δὲ λέγεται ὁ ὑπὲρ τὸν μιξολύδιον τόνῳ διαφέρων. Εἶτα, ἐπειδήπερ ἀπὸ τούτου [1] διὰ $\overline{\delta^{\omega\nu}}$ [2] κείμενος ὁ δώριος ἦν, ἵνα καὶ τοῖς λοιποῖς ὑποβάλωσι τοὺς διὰ τεσσάρων βαρυτέρους, τὸν μὲν ὑπὸ τὸν λύδιον ὑπολύδιον ὠνόμασαν, τοῦ λυδίου διαφέροντα τῷ διὰ $\overline{\delta^{\omega\nu}}$ ἐπὶ τὸ βαρύτερον· τὸν δὲ ὑπὸ τὸν φρύγιον [3], ὁμοίως τοῦ φρυγίου τῷ διὰ $\overline{\delta^{\omega\nu}}$ ἐπὶ τὸ βαρύτερον διαφέροντα, ὑποφρύγιον ὠνόμασαν, τόνῳ διαφέροντα τοῦ ὑπολυδίου· τὸν δὲ ὑπὸ τὸν δώριον τῷ διὰ $\overline{\delta^{\omega\nu}}$ καὶ αὐτὸν διαφέροντα τοῦ δωρίου, ὑποδώριον ἐκάλεσαν, τόνῳ διαφέροντα τοῦ ὑποφρυγίου· οὗ [4] τὸν ἐπὶ τὸ ὀξὺ διαφέροντα τῷ διὰ πασῶν, καὶ τόνῳ τοῦ μιξολυδίου, ὑπερμιξολύδιον ἐκάλεσαν, ἀπὸ τοῦ συμβεβηκότος, ὡς
Fol. 71 v°. ὑπὲρ τὸν μιξολύδιον εἰλημμένον, τῷ μὲν ΥΠΟ καταχρησάμενοι [5] πρὸς τὴν ἐπὶ τὸ βαρύτερον ἔνδειξιν, τῷ δὲ ΥΠΕΡ πρὸς τὴν ἐπὶ τὸ ὀξύτερον. Καὶ λέγεται τὸ πρῶτον καὶ ὀξύτατον τῆς μελῳδίας εἶδος [6], ὃ ἐπέχει τὸν ὑπερμιξολύδιον τόνον, ὁ πρῶτος ἦχος· ὃ δὲ ἐπέχει τὸν μιξολύδιον, ὁ δεύτερος· τρίτος, ὃ ἐπέχει τὸν λύδιον τόνον· $\overline{\delta^{o\varsigma}}$, ὃ ἐπέχει τὸν φρύγιον τόνον· πλάγιος πρώτου, ὃ ἐπέχει τὸν δώριον τόνον· πλάγιος $\overline{\beta^{ov}}$, ὃ ἐπέχει τὸν ὑπολύδιον τόνον· βαρύς, ὃ ἐπέχει τὸν ὑποφρύγιον τόνον· καὶ πλάγιος $\overline{\delta^{ov}}$, ὃ ἐπέχει τόνον τὸν ὑποδώριον.

ΤΕΛΟΣ ΣΥΝ ΘΕΩ ΤΕΛΟΣ.

[1] C'est-à-dire τοῦ μιξολυδίου.

[2] Mss. : διαδ^{ιε}.

[3] C, D, om. τόν : A om. ὑ. τ.

[4] Sous-ent. ὑποδωρίου.

[5] Expression à remarquer : car elle indique, conformément à la théorie exposée dans la note A, que les mots *hypo* et *hyper* étaient, à l'époque où vivait l'auteur, employés à contre-sens.

[6] Il faut bien prendre garde de confondre ce que l'auteur appelle ici la première forme de la mélodie avec la première forme de l'octave, qui est, au contraire, la mixolydienne.

FIN DU TRAITÉ D'HARMONIQUE DE GEORGE PACHYMÈRE
ET DE LA QUATRIÈME PARTIE.

ADDITIONS ET CORRECTIONS.[1]

Page 5, ligne dernière. — La *Logique* de Nicéphore Blemmydas (et non Blemmydes) a été imprimée à Augsbourg en 1605. Le passage cité se trouve à la page 39 de l'édition.

P. 6, note 1, col. 2, l. 4. — Ajoutez ces mots : « et Jablonski, *Panthéon Égyptien*, proleg. p. 55 et suiv. »

P. 10, n. 5, l. 7, et en quelques autres endroits : — *Meibom*, lis. *Meybaum*.

P. 11, n. 3, col. 2, l. 12. — Après *Psellus*, ajoutez dans la parenthèse : « éd. de Paris, 1545. »

P. 12, n. 4. — Ajoutez : « Notez, toutefois, que la même lacune existe dans Pachymère. »

P. 13, l. 16. — Porphyre, p. 332, en énumérant les tropes employés par les citharodes, met l'éolien à la place du lydien.

P. 14, n. 3, l. dern. — Au lieu de ῥύθμῳ, lisez ῥυθμῷ.

P. 15, n. 3, col. 2, l. 16. — Au lieu de ἁρμονία, lisez ἁρμονίαν.

P. 20, n. 4, l. 1 et 2. — Au lieu de ἠρεμία, lisez ἠρεμία.

P. 25, n. 4, col. 2, l. dern. — Après συστημάτων, ajoutez entre parenthèses : « (lisez διαστημάτων). »

P. 31, l. dern. du texte. — Aux mots *un hypermixolydien*, ajoutez en note : « Le texte porte ὑπερβολαίων ἕν, au lieu de quoi je lis, d'accord avec M. Bellermann : ὑπερμιξολύδιον ἕν. »

Ibid. n. 1, l. 2. — Au lieu de : *et la note* F, lisez : *et les notes* F et Aa.

Ibid. n. 3, l. 2. — Au lieu de N_1, lisez N_2.

P. 35, n. 3, l. 2. — Au lieu de κρούσις, lisez κροῦσις.

P. 39, l. 7. — On dit αἱ παράμεσοι et αἱ παράμεσαι : cette dernière forme est rarement employée.

[1] En sollicitant l'indulgence du lecteur pour les fautes de détail qui seraient restées dans cet ouvrage, et qui, je dois le craindre et le supposer par plus d'une raison, sont peut-être encore assez nombreuses, je me fais un devoir et un plaisir de déclarer que si, après tout, le texte grec ne paraît pas trop incorrect, j'en ai l'obligation à mon excellent collègue et ami M. Al. Pierron, qui a bien voulu s'imposer la longue et pénible tâche d'en revoir toutes les épreuves.

P. 41, 3e tableau. — Au lieu de μείζον, lisez μεῖζον.

P. 42. — Le texte d'Euclide (p. 2) résout la petite difficulté relative à la définition de la mélopée : Μελοποιΐα δέ ἐστι χρῆσις τῶν ὑποκειμένων τῇ ἁρμονικῇ πραγματείᾳ, κ. τ. λ.

P. 66, n. 3, l. 3. — Au lieu de στάθμους, lisez σταθμούς.

P. 76, l. 7. — Au sujet du distique d'Horace *Sonante mistum*..., cf. Perrault, *Essais de physique*, tom. II, p. 362 et suiv.

P. 81. — La conjecture que j'émets ici sur les relations de position du ton lydien avec l'hypolydien se trouve confirmée par la tablature du trope hypolydien que je donne à la page 258, et que l'Hagiopolite reproduit en partie.

En conséquence, je me détermine à modifier le tableau de la page 101, en transposant à la quarte grave la portion de la figure qui est relative au mode hypolydien, de telle façon que les cinq modes soient disposés dans cet ordre :

1° Le dorien, du *mi* au *la* ;
2° Le phrygien, du *ré* au *sol;*
3° L'hypolydien, de l'*ut* au *fa**; } (quintes descendantes).
4° Le lydien, de l'*ut* au *fa* ♮;
5° Le mixolydien, du *si* au *mi*.

De cette manière, la série entière se trouve renfermée dans les limites d'une octave, du *mi* au *mi*, ce qui est une probabilité de plus en faveur de l'arrangement proposé.

Une autre remarque assez importante, c'est que le trope hypolydien se trouvait apte à fournir ainsi l'introduction aux modulations par *dièses*, comme le système conjoint du lydien donnait l'entrée aux modulations par *bémols*.

P. 86, n. 4. — Ajoutez les mots : « et Aristide Quintilien, p. 23. »

P. 101. — Voyez ci-dessus l'addition proposée pour la p. 81.

P. 104, l. 11. — Après le mot *ditonié*, ajoutez ceux-ci : « qui n'est que celui d'Ératosthène et de Platon. »

P. 114, l. 21. — Au lieu de τῆν, lisez τὴν.

P. 119, l. 3. — Ajoutez, pour remplacer la parenthèse : « comme nous l'avons dit plusieurs fois (note A, p. 76; et note C, p. 108). »

Ibid. l. 8 en montant. — Quoique je me sois ici laissé entraîner à l'exemple des lexicographes qui écrivent λίχανος quand il s'agit d'une corde ou d'un son, je dois dire que cette distinction ne me paraît pas justifiée par les manuscrits, dans lesquels on lit invariablement λιχανός.

P. 121, l. 3 en montant. — Ajoutez en note :

« Il est très-remarquable que la première *note* de la voix hyperboloïde soit justement la première des notes aiguës affectées de l'accent que l'on désigne par les mots ἐπὶ τὴν ὀξύτητα. »

P. 124, l. 1. — Voyez la page 31 de l'*Introduction philosophique et théorique à l'étude de la musique d'église*, par M. Lecomte, et l'*Auxiliaire catholique*, t. IV, p. 275.

M. Lecomte, en suivant une marche entièrement différente de la mienne, est arrivé identiquement au même résultat que moi, relativement à la différence qui devait exister entre le diapason des anciens et le nôtre. Je ne dois pas manquer de signaler cet accord, véritablement remarquable dans une question aussi délicate.

P. 125, l. 10. — Au lieu de ἀρμονίαν, lisez ἁρμονίαν.

P. 133, l. 16. — Au lieu de $= 9$, lisez $= 9 - \frac{1}{4}$; et au lieu de $= 12$, lisez $= 12 + \frac{1}{4}$.

P. 137, l. 9. — Aux mots *notation plus ancienne*, ajoutez en note :

« Je dois au même M. Lecomte, au sujet de cette ancienne notation, une remarque curieuse, et dont peut-être il y aurait à tirer des conséquences importantes : c'est à savoir que les quatre premières lettres de l'alphabet se trouvent distribuées sur les dix premiers quarts de ton. Or ne semblerait-il pas résulter de là que la base primitive de la notation était tout simplement la division diatonique du tétracorde, et que les divisions intermédiaires, correspondant aux intervalles chromatiques et enharmoniques, n'y auront été introduites que postérieurement? »

Voyez encore, au sujet de la même notation, Perne, Revue musicale, tomes III et IV, et la page 61 d'un nouvel ouvrage de M. Bellermann, que je viens de recevoir, et qui a pour titre : *Die Tonleitern und Musiknoten der Griechen* (Berlin, 1847).

P. 138. — Dans l'ouvrage que je viens de citer, M. Bellermann déclare (p. 46) se ranger complétement à mon avis, déjà exprimé dans la *Revue archéologique* de M. Leleux (janvier 1846), que « les notes instrumentales peuvent tirer leur origine des signes des corps célestes : » — « Ich durchaus « der von A. J. H. Vincent, in der schrift *Des notations scientifiques à l'école* « *d'Alexandrie*, ausgesprochenen Meinung beipflichte. »

P. 143 et suiv. — Diverses considérations viennent fortifier d'une manière vraiment remarquable les conjectures que j'ai exposées en cet endroit pour tâcher de parvenir à expliquer l'origine de nos chiffres.

TRAITÉS GRECS relatifs à la musique.

1° C'est un curieux fragment du pythagoricien Moderatus, conservé par Porphyre dans sa *Vie de Pythagore* (p. 46, Amst. 1707), et d'où il résulte que *toute l'arithmétique des pythagoriciens* se composait d'*emblèmes par lesquels*, suivant ce philosophe, *ils avaient représenté les divers éléments du monde physique et du monde intellectuel.*

« Il réduisit, dit Meiners faisant l'analyse de ce passage de Moderatus (*Histoire des sciences en Grèce*, t. I, p. 209, trad. de Lavaux), il réduisit toute l'arithmétique des pythagoriciens en un système de signes hiéroglyphiques par lequel il prétendit qu'ils avaient exprimé les idées sur l'essence des choses, etc. »

2° Par une coïncidence qu'il me paraît difficile d'attribuer au pur hasard, nos quatre premiers chiffres sont identiques avec les signes qu'employaient les Égyptiens pour représenter les quatre premiers nombres, dans celui de leurs systèmes d'écriture que nous nommons *hiératique*, comme on peut le voir dans les ouvrages spéciaux, et, en particulier, pour n'en citer qu'un seul qui est à la portée de tout le monde, dans l'*Univers pittoresque*, vol. de l'*Égypte ancienne*, par M. Champollion-Figeac, pl. 66.

Ajoutons que les nombres suivants n'ont point de signes particuliers dans cette écriture; et, ce qui est assez remarquable, c'est à partir du 4 que commencent les triades d'Olympiodore, comme pour continuer la série et suppléer aux signes manquants.

P. 142, l. 8. — Au lieu de ἰσότης, lisez ἴσος.

P. 144, l. 7 en montant. — Au lieu de δύαδα, lisez δυάδα.

P. 145, l. 5. — Au sujet des variétés de forme des divers chiffres, et surtout du chiffre 4, voyez le *Cours de Paléographie* publié par M. Noël de Wailly.

P. 148, l. 12. — Au lieu de κένον, lisez κενόν.

P. 151, l. 9 en montant. — Au lieu du mot *biographie*, lisez *bibliographie*.

P. 155, l. 7. — Un passage de Gaudence, p. 11, prouve que la tierce majeure et le triton étaient des intervalles employés comme accompagnement. Un pareil intervalle était désigné par le mot παραφωνία, *paraphonie*, dont le sens est intermédiaire entre celui des mots συμφωνία, *consonnance*, et διαφωνία, *dissonance*.

Ibid. n. 2, col. 2, l. 7. — Au lieu de δεξίαν, lisez δεξιάν.

Ibid. — Aux noms des auteurs cités à l'occasion de l'orgue hydraulique, ajoutez *Claudien* (*de Mallii Theod. cons.*, v. 316 et suiv.), *A. L. F. Meister*

TRAITÉS GRECS relatifs à la musique.

(*De veterum hydraulo : Nov. comm. soc. reg. scient. Gotting.* tom. II, 1771, *part. phys. et math.* p. 158), et l'*Anthologie latine de Burmann* (IV, CCCXXI, v. 4, et VI, LXXXVII, v. 61).

P. 160. l. dernière. — Au lieu de *χρόνον, Μονὴ κατὰ...* lisez : *χρόνον μονὴ, κατὰ...*, et à la note 2, lisez : « c'est *στάσις*, et non *τονή*. »

P. 164, l. 14 en montant. — Au lieu de « ch. XLVII, » lisez « ch. VII. »

Ibid. l. 12, item. — Après *ποιήμασι*, ajoutez *ἐοικέναι*.

Ibid. l. 3 item. — Rapprochez des vers d'Horace les expressions *ὕμνοι ἄνευ μέτρου* (*Marin. Procl.* ch. 1), synonymes de *ᾠδαὶ κεχυμέναι* (ci-dessus, p. 50 et 51), ce qui signifie, sans aucune espèce de doute, quelque chose d'analogue à notre *plain-chant*.

P. 169, l. 12. — Après *halleluh-iah* ajoutez ces mots : « de הילל, *ululare*. »

P. 172, l. 8. — Ajoutez : « Cet intervalle est l'excès de la 12ᵉ quinte sur la 7ᵉ octave; il a pour valeur acoustique le quotient de $(\frac{3}{2})^{12}$ divisé par 2^7. »

P. 183, l. 17. — Un passage de Théon de Smyrne (éd. Bouillaud, p. 99) confirme pleinement la remarque que j'ai faite en cet endroit.

P. 194, l. 14. — Au lieu de *ajoutée*, lisez *ajouté*.

P. 195, l. 5. — Au lieu de *ἀνάδυσιν*, lisez *ἀνάδυσις*.

P. 197, n. 2, l. av. dern. — Au lieu de 1775 et 1789, lisez : Oxford, 1789.

P. 198, l. 15—18. — Supprimez la citation de Varron.

Ibid. n. 2, l. dern. et av. dern. — Suppr. les mots : *ce que Varron appelle ici.*

P. 202, l. 5 : — *ἀρυθμὸν* quam *εὐρυθμὸν*, lisez : *ἄρυθμον* quam *εὔρυθμον*.

Ibid. l. 16. — Aux mots *inversion d'idées*, ajoutez en note :

« Le double sens se trouve aussi indiqué dans le passage de *Marius Victor.* cité ci-dessus, p. 199, l. 2 en montant; car il ajoute : *Item, arsis est elatio temporis, soni, vocis: thesis depositio et quædam contractio syllabarum.* »

P. 207, n. 1. — Effacez la fin : *Quelques auteurs, etc.*

P. 208, l. 2 de la note. — Avant le mot *supposé*, lisez dans la parenthèse (ordinairement supp. dact.).

P. 221. — A la fin de la note P, ajoutez ce passage de Fab. Quint. (*Inst. orat.* XI, 3, 35) : *Observandam etiam quomodo sustinendus et quasi suspendendus sermo sit, quod Græci ὑποδιαστολήν et ὑποστιγμήν vocant, quo deponendus.*

P. 240, l. 4. — *βραχεία*, lisez *βραχείᾳ*.

P. 254, l. 5. — Aux mots *ἀρισ. χ.* ajoutez en note : « Un passage de Nicomaque (p. 22) dit aussi que la main gauche est affectée aux cordes graves (v. ci-dessus, p. 155).

P. 260, l. 6. — Au lieu de κράσις, lisez κρᾶσις.

Ibid., n. 2. — Ajoutez qu'une confusion pareille à celle des mots φρᾶγμα et φρύαγμα a lieu quelquefois entre ce dernier et le mot πρᾶγμα, comme on peut le voir dans la 64e remarque de Burette sur le traité de Plutarque.

P. 324, n. 7. — L'omission signalée dans cette note existe aussi dans une nouvelle édition du *Commentaire* de Proclus sur le Timée, que vient de donner M. *C. E. Chr. Schneider;* mais la lacune eût été sans peine reconnue et remplie, si le nouvel éditeur n'avait pas négligé de faire collationner les mss. 1838 et 1841 de la Bibliothèque royale de Paris, dans lesquels le passage en question se trouve tout au long. (Cf. la *Revue de philologie,* 2e année, n° 4, p. 350.)

P. 325, n. 7. — Voyez, au sujet du mot ἴυγξ, les scol. sur Pindare : Pyth. IV, v. 380; Ném. IV, v. 56; et sur Théocrite, II, v. 17.

P. 340, 2e fr., l. 7 et 11. — Au lieu de ἐξυφθάρσεως, que donne le manuscrit, j'ai proposé de lire ἐξ φθάρσεως : mais je pense maintenant, et il me paraît certain, que la véritable leçon est ἐκ συμφθάρσεως, vu que cette expression est employée dans des cas analogues par le même auteur. (V. Psellus, édition de Paris, 1545, fol. 26 v.)

P. 344. — L'étoile des pythagoriciens, nommée aussi πένταλφα et πεντάγραμμον, doit être formée d'un seul trait continu, comme aux deux figures de la page 345.

P. 346 et suiv. — Pour mieux atteindre le but que je me suis proposé en publiant ces fragments de Jules l'Africain, j'ai prié M. le Dr Roulin, qui a bien voulu accéder à ma demande, de faire un travail sur la détermination exacte des animaux cités par cet auteur : je le donne ci-après.

P. 346. l. 4 en montant. — Au lieu du mot Τρίσσα, comme il est accentué dans l'édition de Paris, lisez Τρισσά.

P. 349, n. 1. — Ajoutez que, suivant Artédi (*Synon. pisc.*, 1789, p. 14), le θρίσσα d'Aristote a pour synonyme θρίξ, τριχίς, τριχίας, en latin *aristosus*, en allemand *venth.*

P. 352, l. 5. — Au lieu de ῥήσιν, lisez ῥῆσιν.

P. 374, l. 8 en mont. — Au lieu de ὁμονυμῶς, lisez ὁμωνυμῶς.

P. 375, n. 1re. — Ajoutez ce qui suit : « Cf. à ce sujet Élien (*Hist. anim.* I, XXVIII) et Antig. Caryst. (*Hist. mirab. collect. explic. a J. Beckmann*, Leips., 1791, ch. XXIII). »

P. 383. — Ajoutez : *Fin de la 3e partie.*

TRAITÉS GRECS relatifs à la musique.

P. 402, l. 10 en montant. — Au lieu de ὀ, lisez ὃ.

P. 404, l. 6. — Au lieu de $\overline{\chi\kappa\theta}$, lisez $\overline{\psi\kappa\theta}$.

Ibid. l. 2 et 3 en montant. — Au lieu de ὃs πρὸs, lisez ὃs ἐστι πρὸs.

P. 407, l. 15. — Au lieu de ἀφωμένου, lisez ἀφωμένου.

P. 410. — Observez la place des demi-tons dans la figure; elle forme la troisième espèce d'octave ou la gamme de *ré*.

P. 425, l. 8 en mont. — Au lieu de : « propres à chaque genre et à chaque nuance, » lisez : « des divers genres et nuances. »

P. 452, l. 2 et 3. — Mettez entre guillemets les six mots : πολ. γ. κ. δ. φ. ἐ.

Ibid. n. 4. — Après le mot ὁρισμός, ajoutez : « En effet, nous avons ici une définition pythagoricienne de l'harmonie, rapportée par Théon de Smyrne, p. 15 de l'édit. de Bouillaud, 17 de celle de Gelder. Voyez les annotations de ces deux éditeurs, ainsi que l'*Arithmétique* de Nicomaque, p. 133 de l'édit. d'Ast (II, XIX), les annotations de l'éditeur, et les *Commentaires* de Jamblique et d'Asclépius. (Cf. aussi Boëckh, *Philolaos*, p. 61.) »

P. 468, n. 5, l. 2. — Au lieu de ὁμόιων, lisez ὁμοίων.

P. 471, n. 6. — Au lieu de χαίρουσε, lisez χαίρουσι.

P. 499, l. 7 en montant. — Au lieu de ἐπιμορίων, lisez ἐπιμορίων.

P. 500, l. 6 en montant. — Au lieu de εἴσιν, lisez εἰσίν.

P. 504, l. 2. — Au lieu de ὀκτὼ, lisez ὀκτώ.

P. 505, n. col. 1re, l. 1re. — Lisez : « ce rapport est évidemment toujours susceptible de simplification. »

P. 509, l. 4. — Au lieu de $\frac{3}{4}$, lisez $\frac{5}{4}$. = *L. 8.* — Au lieu de $\frac{46}{43}$, lisez $\frac{46}{45}$.

P. 512, n. 7, l. dernière. — Au lieu de *reste*, lisez *recto*.

P. 515, l. 4. — Au lieu de ὅτι, lisez ἔτι; et ajoutez en note que les mss. excepté C, donnent ὅτι.

P. 523, l. 13. — Mettez un point en haut après αὐτῆs, au lieu d'un point en bas.

P. 525, l. 6 en montant. — Au lieu de ὑπρβολαίων, lisez ὑπερβολαίων.

P. 538, l. 3. — Au lieu de ἐπίειχοστομόνου, lisez ἐπιειχοστομόνου.

P. 543, l. 16. — Lisez : $\frac{8}{7}$ Parypathes (égales) $\frac{15}{14}$.

P. 544, l. 18. — Au lieu de $\frac{8}{9}$, lisez $\frac{9}{8}$.

P. 546, l. 11. — Au lieu de $\overline{\alpha\varphi\xi}$, lisez $\overline{\alpha\psi\xi}$.

Ibid. l. 12. — Même correction.

P. 552, l. 4 en montant. — Après les mots μετὰ τὰ, mettez en note : Vraisemblablement μετὰ τοῦ.

ADDITION

COMMUNIQUÉE PAR M. LE DOCTEUR ROULIN,

RELATIVE AUX ANIMAUX MENTIONNÉS PAR JULES L'AFRICAIN.

(Ci-dessus, p. 346 et suiv.)

Chap. II. — Βάτραχον τὸν δενδρίτην ἢ φρυνόν... En prenant isolément l'expression βάτραχος ὁ δενδρίτης, on serait porté à croire qu'elle correspond à celle de *rana arborea* (Linn.), la *rainette* (*hila arb.* Laurent), et l'on verrait dans les mots ἢ φρυνόν l'indication d'un succédané; mais, en lisant le passage entier, et considérant l'usage auquel sont destinés les animaux nommés ci-dessus, on est conduit à une opinion toute différente. En effet, la rainette, aux formes sveltes, à la peau lisse, aux couleurs gaies, vivant sur les arbres comme un oiseau, n'a jamais passé pour participer en rien aux propriétés malfaisantes que partout le peuple attribue au crapaud, qui, par ses formes lourdes, sa peau pustuleuse, sa puanteur, son séjour dans les lieux fangeux, et l'heure où il se montre habituellement (la tombée de la nuit), est devenu très-naturellement un objet d'aversion. Cette seule considération me déciderait à penser que le reptile désigné par l'auteur sous le nom de βάτραχος ὁ δενδρίτης est un crapaud, et que la particule ἢ annonce, non un succédané, mais un synonyme. Je trouve, en effet, dans Dioscoride (*Alexipharmaca*, cap. XXXI), φρυνὸς ἢ βάτραχος ἕλειος.

A la vérité, l'épithète δενδρίτης ne va guère au crapaud, animal qui ne monte point sur les arbres. Mais une espèce au moins se trouve, de jour, dans les lieux ombragés, dans les buissons, et a été, pour cette raison, appelée par les Latins, *rubeta*.

Je suis cependant porté à faire dériver d'une autre cause la substitution du mot δενδρίτης à celui que nous indique l'expression employée par Dioscoride, φρυνὸς ἢ βάτραχος ἕλειος. Dans quelques cas, en effet, on a employé le mot ἕλειος dans le même sens que celui de δενδρίτης : ainsi, le *loir* (*mus glis*, Linn.) est appelé communément ἕλειος ou μῦς ἕλειος; mais il est aussi quelquefois désigné sous les noms de μῦς δενδρίτης, μῦς δενδρόβατης, μῦς δενδρότης.

Quant au mot ἕλειος, qui, pris dans son sens le plus usuel de *palustris*, ne conviendrait guère plus au loir (ou à l'écureuil, qui a été aussi quelquefois appelé de même), que le mot δενδρίτης, *arboreus*, ne convient au crapaud, il a réellement, dans ce cas, une signification toute différente, comme le remarque Saumaise (*Exerc. plin.* Utrecht, 1689, p. 224, *a*, F) : « Verius « tamen fortasse ἐλείους μύας sciuros veteribus Græcis appellari ἀπὸ τῶν ἑλῶν, « nam et ἕλη Græcis etiam sunt loca arboribus densa : Hesychius ἕλη σύν-« δενδροι τόποι : idem ἕλος σύμφυτος τόπος... » Et plus loin (p. 612, *a*, F, G) : « Nugantur itaque auctores qui Meleagridas inter paludicolas aves reponunt ; « ἑλώδη τόπον Græci non tantum de palustri solent dicere, sed etiam sic « vocant qui arboribus consitus est : nam ἕλος interpretantur grammatici « σύμφυτον τόπον καὶ σύνδενδρον : inde ἕλειος μῦς quem alii *glirem*, alii *sciurum* « exponunt, sic dictus quod in arboribus degat : *In silva mea nullus est glis* « (*Varro*). »

Même chap. II, § 2. — *Τρισσὰ γένη ζώων... ὄφιν τὸν φυσαλὸν, ἢ φύσας ποταμίας...* Je remarque d'abord qu'il faut trois animaux, et qu'ici, en prenant ἢ comme indiquant, soit un synonyme, soit un succédané, on n'en aurait qu'un seul. Si le mot τρισσὰ est bon, il faut donc lire ὄφιν καὶ φυσαλὸν καὶ φύσας ποταμίας, ou, en laissant ἢ, supposer que le troisième nom a été omis, ce qui me paraît l'hypothèse la plus vraisemblable.

Il n'y a aucune observation à faire sur le mot ὄφις, si ce n'est qu'il ne désigne aucune espèce en particulier, et s'applique aussi bien au *coluber natrix*, espèce sans venin, qu'aux serpents munis de crochets mobiles.

Pour le mot φυσαλός, il a trois significations distinctes, servant à désigner 1° un batracien (un crapaud) ; 2° plusieurs espèces de cétacés, de ceux nommés encore communément souffleurs (le mot φυσητήρ est souvent aussi employé dans le même sens et d'une manière également vague) ; 3° une ou plusieurs espèces de zoophytes, habituellement des acalèphes hydrostatiques, et principalement des physalies (*Lamarck*), des galères, animaux dont le contact fait éprouver une sensation de brûlure, et dont les anciens s'exagéraient encore les propriétés malfaisantes. Élien indique (liv. III, ch. XVIII), d'une manière très-reconnaissable, une galère de la mer rouge sous le nom de φυσαλός.

Maintenant, en admettant ἢ comme le donne le texte, et supposant le nom du troisième animal omis par une négligence du copiste, il faudrait que l'expression mise après la particule, au lieu d'être φύσας ποταμίας, fût φύσας ἐνύδρας, des vessies aquatiques, désignation qui conviendrait bien aux acalèphes hydrostatiques. D'ailleurs, comme ces animaux se trouvent dans la mer, et tout au plus dans la portion des fleuves où remonte la marée, l'épithète de θαλάσσιος leur irait beaucoup mieux que celle de ποτάμιος. Mais l'auteur, qui a écrit δενδρίτης pour ἕλειος, a bien pu regarder comme indifférent l'emploi de deux adjectifs destinés l'un et l'autre à indiquer une vie aquatique chez l'animal dont il avait à parler, et dont il ne connaissait probablement guère autre chose que le nom.

Chap. IV. — Θρίσσος ὄφις ἐστὶ θετταλός.... Θρίσσος est le nom d'un poisson, mais τρίσσος est celui d'un ophidien.

Τρίσσος εἶδος ὄφεως (*Hesychius et Varinus*).

Ce renseignement, le seul que je trouve, est bien insignifiant, puisque le mot ὄφις, ainsi que je l'ai dit plus haut, s'applique à tous les serpents, et, autant que je puis savoir, n'en désigne aucun en particulier. Comme le manuscrit paraît avoir été écrit sous la dictée, et qu'ainsi il faut, pour la restitution des mots corrompus, consulter plutôt l'oreille que l'œil, ou, en d'autres termes, avoir égard à la conformité des sons plus qu'à celle des caractères, j'avais d'abord songé à substituer un δ au θ, comme il a été fait au chap. II (p. 346, l. 1re); j'avais δρίσσος, qu'on pouvait supposer écrit au lieu de δρύϊσσος ou δύρισσος. Or Avicenne désigne sous ce dernier nom un serpent, qui, d'après ce qu'il en dit : « Ilicinus sive *dyrissus* habitat « in ilicibus, » est le même qui est appelé par d'autres δρύϊνος, δρυΐνας.

« Dryinus in radicibus quercuum vivit. » (*Gal.*)

« Serpentes dryini appellati abundant magis juxta Hellespontum (ὄφις ἐστὶ « θετταλός. Jul. Afric.); latibula autem habent in quercuum radicibus. » (*Ætius*, lib. XIII, cap. XXIX.)

« Serpens quem alii dryinam (δρυΐναν), alii hydrum et chelydrum vocant, « in concavæ quercus fagive latebris abstrusa vivit. » (*Nicander.*)

Je ne doute point que le τρίσσος ne soit le même animal que le δύρισσος; et j'ai montré que celui-ci ne différait point du δρύϊνος, qui est le chelydrus de Nicander, χέλυδρος. (Theriaca, vers 411 et suiv.)

Πυῤῥὸς τὴν χρόαν... Le thrissus est de couleur rousse, et Nicandre donne son δρυΐνας comme *flammeus in dorso, αἰθαλόεις μὲν νῶτα*. L'auteur de la traduction latine a rendu ces trois mots par *illi nigra cutis*, prenant le sens de brûlé, charbonné; mais il me semble que αἰθαλόεις peut bien être appliqué au même animal qu'un autre auteur désigne par l'épithète de πυῤῥός.

Δρακοντίδος παραπλήσιος μήκει.... Je ne connais aucune des formes du nom du dragon qui ait un génitif en ίδος, et je soupçonne fort l'*amanuensis* d'avoir écrit ce mot tandis qu'on lui dictait ἀκοντίδος. Le mot ἀκοντίς a

TRAITÉS GRECS relatifs à la musique.

été, en effet, quelquefois, quoique rarement, employé au lieu de la forme habituelle *ἀκοντίας*.

Aétius veut que ce serpent soit le même que le cenchrite, *κεγχρίτης*, *κεγχρίνη*, *κεγχρίνης*, *κέγχρος*, *κεγχρίδιον*, *κεγχρίς*, *κεγχρίας* : car son nom a toutes ces formes.

En admettant donc que ce soit à l'*ἀκοντίας* que le *δρίσσος* ait été comparé pour la grandeur, nous avons pour le premier le renseignement suivant :

« Cenchrites sive acontias serpens est magnitudine duorum cubitorum. » (*Ætius.*)

Et le même Aétius, parlant du dryinus, dit (*loc. cit.*) : « Est autem cu-« bitorum duorum longitudine, obesus et asperrimus squammis. . . »

Lacépède, dans son Histoire des reptiles, donne le mot *druinus* comme synonyme de cenchrite et d'ammodyte; et l'espèce qu'il désigne sous ce nom, la vipère à museau cornu, a bien à peu près la taille et la couleur indiquées. Quant au *δρύϊνος*, il me paraît impossible de dire à quelle espèce il correspond ; il est même assez peu probable qu'on doive le rattacher au groupe des dryinus des modernes.

Chap. IV, 5ᵉ ligne. — Καὶ λέων ὄφις ἄλλος διάφορος.

Le mot λέων est donné comme synonyme de κεγχρίς.

« Hunc serpentem λέοντα vocant a feritate sævitiaque; in corpora enim « se vibrat, spiris ea involvit, verbere caudæ rumpit, adactoque in claviculos « et thoracem vulnere sanguinem exsugit, leonino hæc omnia ritu. » (*Thes.*)

Le mot λέων étant d'ailleurs rarement employé, j'avais cru d'abord qu'il avait été écrit pour ἐλέων, qui est synonyme de scytale : Ἐλέων ὄφις ὃν ἔνιοι σκυτάλην καλοῦσι. Hésychius et quelques herpétologistes modernes ont cru reconnaître dans le scytale de Nicandre l'éryx turc.

Chap. XII, l. 3. — Ζῶντος αὐτοῦ θηρίου..... Il est peu probable que le mot θηρίου soit pris ici dans le sens général ; je pense qu'il a plutôt celui de *vipère*, de même que dans le mot θηριακή, indiquant un médicament dans lequel entre la chair de vipère. Comme il était difficile de se procurer la queue d'une vipère vivante, on pouvait être fort longtemps avant de reconnaître par expérience la véritable efficacité de la recette; on eût su bientôt à quoi s'en tenir s'il se fût agi simplement de la queue d'un chat ou d'un chien.

Dʳ ROULIN.

TABLE ALPHABÉTIQUE
DES OBJETS TRAITÉS.

A

B

C

D

I

K

L

M

N

O

P

Q

R

S

T

V

Z

TABLE DES NOMS PROPRES CITÉS.

A

B

C

D

E

F

G

H

I

J

K

L

M

N

O

P

Q

R

S

T

U

V

W

X

Z

TABLE DES MANUSCRITS.

MANUSCRITS GRECS TRADUITS, ÉDITÉS POUR LA PREMIÈRE FOIS, COMMENTÉS, OU SIMPLEMENT CITÉS.

MANUSCRITS SIMPLEMENT CITÉS.

TABLE DES MOTS GRECS.

A

B

Γ

Δ

E

K

Λ

M

N

Ξ

O

Π

P

Σ

T

Υ

Φ

X

Ψ

Ω

TABLE SYNTHÉTIQUE

DES MATIÈRES.

PREMIÈRE PARTIE.

Pag.

DEUXIÈME PARTIE.

TROISIÈME PARTIE.

QUATRIÈME PARTIE.

FIN DE LA DEUXIÈME PARTIE DU TOME XVI.